十三經清人注疏

詩三家義集疏

上

〔清〕王先謙 撰
吴 格 點校

圖書在版編目(CIP)數據

詩三家義集疏/(清)王先謙撰;吴格點校. —北京:中華書局,1987.2(2025.8 重印)
(十三經清人注疏)
ISBN 978-7-101-00066-5

Ⅰ.詩… Ⅱ.①王…②吴… Ⅲ.詩經-注釋
Ⅳ.I222.2

中國版本圖書館 CIP 數據核字(2009)第 196032 號

原版編輯: 常振國
責任編輯: 朱立峰
封面設計: 周　玉
責任印製: 陳麗娜

十三經清人注疏
詩三家義集疏
(全二册)
〔清〕王先謙 撰
吴　格 點校

*

中華書局出版發行
(北京市豐臺區太平橋西里 38 號　100073)
http://www.zhbc.com.cn
E-mail:zhbc@zhbc.com.cn
三河市宏盛印務有限公司印刷

*

850×1168 毫米 1/32 · 36½印張 · 4 插頁 · 684 千字
1987 年 2 月第 1 版　2025 年 8 月第 11 次印刷
印數:19801-20600 册　定價:128.00 元

ISBN 978-7-101-00066-5

十三經清人注疏出版説明

自漢至清，經學在各門學術中占有統治的地位。經學的發展經歷了幾個不同的階段，而清代則是很重要的也是最後的一個階段。清代經學家在經書文字的解釋和名物制度等的考證上，超越了以前各代，取得了重要成果，這對我們利用經書所提供的材料研究古代的經濟、政治、文化、思想以至科技等，有重要的參考意義。

清代的經學著作，數量極多，體裁各異，研究的方面也不同。其中用疏體寫作的書，一般是吸收、總結了前人多方面研究的成果，又是現在文史哲研究者較普遍地需要參考的書，因此我們在十三經清人注疏這個名稱下，選擇這方面有代表性的著作，陸續整理出版。所選的并非全是疏體，這是因爲有的書未曾有人作疏，或雖然有人作疏，但不够完善，因此選用其它注本來代替或補充。禮書通故既非疏體又非注體，但它與禮記訓纂等配合，可起疏的作用，故也入選。大戴禮記不在十三經之内，但它與禮記（小戴禮記）是同類型的書，因此也收進去。對收入的書，均按統一的體例加以點校。

清代的經學著作還有不少有重要參考價值，這有待於今後條件許可時，按新的學科分類，選擇整理出版。

十三經清人注疏的擬目如下：

周易集解纂疏　李道平撰
尚書今古文注疏　孫星衍撰
今文尚書考證　皮錫瑞撰
尚書孔傳參證　王先謙撰
詩毛氏傳疏　陳奂撰
毛詩傳箋通釋　馬瑞辰撰
詩三家義集疏　王先謙撰
周禮正義　孫詒讓撰
儀禮正義　胡培翬撰
禮記訓纂　朱彬撰
禮記集解　孫希旦撰
禮書通故　黄以周撰
大戴禮記補注　孔廣森撰

（附王樹枏校正、孫詒讓斠補）

大戴禮記解詁	王聘珍撰
左傳舊注疏證	劉文淇等撰
春秋左傳詁	洪亮吉撰
公羊義疏	陳　立撰
穀梁古義疏	廖　平撰
穀梁補注	鍾文烝撰
論語正義	劉寶楠撰
孝經鄭注疏	皮錫瑞撰
孟子正義	焦　循撰
爾雅義疏	郝懿行撰
爾雅正義	邵晉涵撰

中華書局編輯部

一九八二年五月

點校説明

詩三家義集疏二十八卷，清末王先謙撰集。

詩經傳授在漢代，分爲齊魯韓毛四家，已爲歷來詩經學者所詳論。四家詩中，齊魯韓三家以今文傳播，並被立爲官學，與起初僅在民間傳授、並以古文書寫的毛詩，不但所受重視的程度不同，而且在解釋詩旨、編次章節、辨析字詞、訓詁名物等方面，都存在着歧異。三家詩與毛詩的歧異，源於最初流傳的地區與師法門户之不同，孰優孰劣，本非一言可決。然而由於涉及今文與古文經學之争，發展至於不能相容，争執的性質已不止于學術問題。三家詩自武帝時置立博士，終兩漢之世，地位尊顯，影响極大。毛詩在平帝元始中，雖曾置立博士，然不久即廢。經過東漢前期的今、古文兩派鬬争，毛詩終於流傳漸廣，又因鄭玄總結諸古文經師的研究成果，兼採今文經説，爲毛氏詩詁訓傳作箋而大顯於世。自毛詩傳箋行世以後，三家詩的流傳日見衰微，三家詩説隨之逐漸亡佚，而毛詩後來居上，竟成爲後世誦習詩經的主要讀本。及至唐代，孔穎達等奉敕修定五經，恪守毛鄭師説，纂成毛詩正義。歷宋迄清，毛詩的尊崇地位牢固不變，而三家詩義僅殘闕不全地存於秦漢以後的大量古籍中。

三家詩的亡佚，據清代詩經學者的意見，齊詩最先，漢魏之間已亡；魯詩稍晚，流傳至於晉代；韓詩最後，但唐宋以還，亦唯有經後人整理的韓詩外傳十卷行世。按照漢書藝文志的著録，三家詩在漢代，卷帙甚爲繁富：魯詩有魯故二十五卷、魯説二十八卷；齊詩有齊后氏故二十卷、齊后氏傳三十九卷、齊孫氏故二十七卷、齊孫氏傳二十八卷；韓詩有韓詩内傳四卷、韓詩外傳六卷、韓故三十六卷、韓説四十一卷等等。時移代隔，文獻散落，三家詩的式微，令後人從此無由見其全貌。三家詩著作既經亡佚，其佚文遺説，只能從與其同時的各類典籍中尋討。此外，由於鄭玄是今、古文兼通的經學大師，三家詩説也部分地保留在鄭箋之中。

詩經的誦習與研究，自古至今，延續不斷，歷代名家輩出，著述如林，爲後人留下了一宗豐富遺産。詩經研究，經歷了漢學、宋學、清學等階段，而對三家詩與毛詩的依違信疑，亦貫穿其始終。毛詩雖自漢以下居於正統地位，然歷來疑毛、攻毛、護毛之辯不絶。三家詩雖已亡佚，歷來對其執信、搜輯並加以利用者亦代有人出。鑒於三家詩的失傳，自宋王應麟詩攷以下，歷代學者對三家詩分别作了採摭搜羅，成績斐然。延及清代，乾嘉學者更以輯佚補亡之長技，對三家詩佚文遺説開展全面搜討。至於清代後期，經范家相阮元丁晏馬國翰陳壽祺陳喬樅魏源等學者的努力，凡屬保留了三家詩義的古籍，已被搜尋殆遍。清末王先謙的詩三家義集疏，則是集諸家之大成，並加以融會貫通的總結性成果。

王先謙（一八四二——一九一七），字益吾，晚號葵園，湖南長沙人。同治四年進士，選庶吉士，授編修，歷國子祭酒、江蘇學政。四十七歲告歸以後，卽潛心撰述，以治學勤劬，涉獵廣博，撰著輯集宏富而著稱。當其任職史館，曾纂有東華録一百二十卷、續東華録四百三十卷；督學江蘇，則匯刊續皇清經解一千四百三十卷、南菁書院叢書一百四十四卷；釋經，有尚書孔傳參正傳世；治史，有漢書補注後漢書集解元史拾補等書流行；參訂子書，則有莊子集解荀子集解等作；刊刻目録，則有天禄琳琅前後編郡齋讀書志諸書；考究外國史地，則纂修日本源流攷五洲地理圖志外國通鑑等書；選編詩文，則有續古文辭類纂律賦類纂駢文類纂等刻；此外，王氏又刻有合校水經注世説新語、鄉賢詩文集多種及虚受堂文集十五卷、詩集十九卷。清史稿卷四百八十二有傳。

王氏詩三家義集疏一書，初名三家詩義通繹，屬稿始於中年，時在江蘇學政任上，然僅至衛風碩人而中輟，曾以成稿寄繆荃孫等商討。晚歲賡續成書，二度修訂，刻行已在民國四年（一九一五），時年七十有四（見藝風堂友朋書札）。王氏於纂輯集注類著作既富經驗，集疏成書又歷時長久，故此書體例博洽嚴謹，用心精密，使三家詩説之輯集達到完備程度。今人欲通三家詩説，卽可以集疏爲主要讀本，一編在手，庶免翻檢尋覓之勞。集疏遍採歷來研治三家詩學已有之成果，合邶風鄘風衛風爲一卷，以還三家詩二十八卷之舊觀。經文之下，先將採自秦漢以下各類典籍中有關三家詩之佚文遺説，條分縷析，以次臚陳。疏文首列毛傳鄭箋，又徵引自宋至清數十家詩經學者之論説，兼綜並蓄，精密排比，並參以己意，詳爲疏解，用力精深，創獲頗夥。集疏繼承前人成果，於三家詩佚文之採用，尤得力於陳壽祺陳喬樅三家詩遺説攷。陳氏所輯，大都爲集疏所利用。集疏於三家詩義説解，則廣泛吸收自宋至清代學者之心得。在文字聲韻、名物地理的考證方面，集疏對戴震惠棟錢大昕郝懿行段玉裁王念孫王引之等乾嘉以來學者之精見卓識，善爲融會，尤多徵引。王氏雖宗今文經學，以整理三家詩爲己任，但對專治毛詩或今、古文兼通的學者如陳啓源毛詩稽古編、陳奐詩毛氏傳疏、馬瑞辰毛詩傳箋通釋、胡承珙毛詩後箋等作，亦折衷異同，多所稱述，使内容更爲充實。集疏之問世，固然不能爲兩千年來今、古文詩之争端定案，但搜殘補闕，網羅遺佚，爲後人提供迄今最完備之三家詩讀本，其有益於詩經學之功績，自不待贅述。

集疏撰成以後，有一九一五年虚受堂家刻本行世。本書點校，即以家刻本爲底本。作爲一部網羅遺逸的輯佚大作，集疏的最大特點是引書浩博，舉凡唐宋以前之經、史、諸子、文集及字書、韻書、類書等，如有三家詩説見存者，王氏莫不搜討徵引，採摭無遺。唐宋以後，尤其是清代學者的研究著作，亦被大量鈎稽引証。由於引書繁多，引文又每見輾轉稱述，因而王氏疏語與引文之間，頗見轇轕，故本書點校，於翻檢核對引書，曾多所用力。在核對引文過程中，對集疏引書的明顯舛訛，已據原書作了改正。凡屬王氏節引或有意改寫的引文，如非内容牴牾，一般逕依其舊，不加修改。此外，對集疏刊印中所用避諱字、錯別字及部分假借字、異體字，均逕直作了訂正。

點校工作，難度極大，囿於學力識見，集疏點校必定存在不少錯誤。爲使讀者獲一儘可能準確之三家詩讀本，懇切請求海内學人賜予批評指正。

點校者

一九八四年五月

目録

卷三上

邶鄘衛

卷三中

卷三下

卷四

王風

卷五

鄭風

卷六

齊風

卷七

魏風

卷八

唐風

卷九

秦風

卷十

陳風

卷十五

卷十六

卷十七

卷十八

卷十九

卷二十

卷二十一 大雅

卷二十二

卷二十三

卷二十四 周頌

卷二十五

卷二十六

詩三家義集疏序例

經學昌於漢，亦晦於漢。自伏壁書殘，其後僞孔從而亂之。詩則魯齊韓三家立學官，獨毛以古文鳴，獻王以其爲河間博士也，頗左右之。劉子駿名好古文，嘗欲兼立毛詩，然其移太常書，僅左氏春秋古文尚書逸禮三事而已。東漢之季，古文大興，康成兼通今古，爲毛作箋，遂以翼毛而凌三家。蓋毛之詁訓，非無可取，而當大同之世，敢立異說，疑誤後來，自謂子夏所傳，以掩其不合之迹，而據爲獨得之奇，故終漢世少尊信者。魏晉以降，鄭學盛行，讀鄭箋者必通毛傳。其初，人以信三家者疑毛，繼則以宗鄭者暱毛，終且以從毛者屏三家，而三家亡矣。衆呴漂山，聚蟁成雷，乃至學問之途，亦與人事一轍。君子觀於古今盛衰興亡之故，可不爲長太息哉！有宋才謂之士以詩義之多未安也，咸出己見，以求通於傳箋之外，而好古者復就三家遺文異義爲之攷輯。近二百數十年來，儒碩踵事搜求，有斐然之觀，顧散而無紀，學者病焉。余研覈全經，參匯衆說，於三家舊義采而集之，竊附己意，爲之通貫；近世治傳箋之學者，亦加擇取，期於破除墨守，暢通經恉。毛鄭二注，仍列經下，俾讀者無所觖望焉。書成，名之曰集疏，自愧用力少而取人者多也。癸丑冬，平江旅次。

詩有美有刺，而刺詩各自爲體：有直言以刺者，有微詞以諷者，亦有全篇皆美而實刺者。美一也，時與事不倫，則知其爲刺矣。自毛出亂經，不復可辨，然卽以毛論，楚茨以下諸篇，毛以爲「刺幽王」者，篇中皆無刺義。雖與三家合否不可究知，然其體固存也。今並列以明之：如關雎，魯說：畢公刺康王也。齊韓說：刺也。騶虞，魯說：歎傷之詞也。羔裘，毛序：刺朝也。女曰雞鳴，毛序：刺不說德也。鳲鳩，毛序：刺不壹也。鹿鳴，魯說：刺也。魚麗，齊說：思初也。楚茨，毛序：刺幽王也。信南山，毛序：刺幽王也。甫田，毛序：刺幽王也。瞻彼洛矣，毛序：刺幽王也。裳裳者華，毛序：刺幽王也。桑扈，毛序：刺幽王也。鴛鴦，毛序：刺幽王也。魚藻，毛序：刺幽王也。采菽，毛序：刺幽王也。瓠葉，毛序：大夫刺幽王也。此皆同體。關雎之爲刺，三家詩說並同。琴操騶虞鹿鳴諸篇，亦與衆說相應，無一家獨自立異者，雖舊文散落，大致尚堪尋繹。而毛於關雎騶虞別創新說，又以騶虞配麟趾爲鵲巢之應，私意牽合，一任自爲，其居心實爲妄繆，宜劉子駿不敢以之責太常也。

南陔，孝子相戒以養也。白華，孝子之絜白也。華黍，時和歲豐，宜黍稷也。有其義而亡其辭。毛詩列魚麗之後。箋云：「此三篇者，鄉飲酒、燕禮用焉。曰『笙入，立于縣中，奏南陔、白華、華黍』是也。孔子論詩『雅頌各得其所』時俱在耳，篇第當在於此。遭戰國及秦之世而亡之，其義則與衆篇之義合編，故存。至毛公爲詁訓傳，乃分衆篇之義，各置於其篇端。又闕其亡者，以見在爲數，故推解什首遂通耳，而下非孔子之舊。」

由庚，萬物得由其道也。崇丘，萬物得極其高大也。由儀，萬物之生各得其宜也。有其義而亡其辭。毛詩列南山有臺之後。箋云：「此三篇者，鄉飲酒、燕禮亦用焉，曰：『乃間歌魚麗，笙由庚；歌南有嘉魚，笙崇丘；歌南山有臺，笙由儀。』亦遭世亂而亡之。燕禮又有『升歌鹿鳴，下管新宮。』新宮亦詩篇名也，辭義皆亡，無以知其篇第之處。」

宋洪邁容齋續筆云：南陔白華華黍由庚崇丘由儀六詩，毛公爲詩詁訓傳，各置其名，述其義，而亡其辭。鄉飲酒燕禮云：「笙入堂下，磬南北面立。樂奏南陔白華華黍。」「乃間歌魚麗，笙由庚；歌南有嘉魚，笙崇丘；歌南山有臺，笙由儀。乃合樂，周南關雎葛覃卷耳，召南鵲巢采蘋采蘩。」竊詳文意，所謂歌者，有其辭所以可歌，如魚麗嘉魚關雎以下是也。亡其辭者不可歌，故以笙吹之，南陔至於由儀是也。有其義者，謂「孝子相戒以養」、「萬物得由其道」之義。亡其辭者，元未嘗有辭也。鄭康成始以爲及秦之世而亡之，又引燕禮「升歌鹿鳴，下管新宮」爲比，謂新宮之詩亦亡。案左傳宋公享叔孫昭子，賦新宮，杜注爲「逸詩」，則亦有辭，非諸篇比也。陸德明音義云：「此六篇蓋武王之詩，周公制禮，用爲樂章，吹笙以播其曲。孔子刪訂在三百一十一篇內，及秦而亡。」乃祖鄭說耳。且古詩逸不存者多矣，何獨列此六名於大序中乎？束皙補亡六篇，不作可也。左傳叔孫豹如晉，晉侯享之，金奏肆夏韶夏納夏，工歌文王大明緜鹿鳴四牡皇皇者華。三夏者，樂曲名，擊鐘而奏，亦以樂曲無辭，故以金奏之，若六詩則工歌之矣。尤可證也。

皮錫瑞詩經通論云：漢初馬遷王式諸人，皆云「詩三百五篇」，無有云「三百十一篇」者，是不數六笙詩甚明。毛傳不以六笙詩列什數，序云「有其義而亡其辭」，「亡」字當讀「有無」之「無」，鄭君以爲「亡逸」之「亡」。自鄭爲此說，陸德明孔穎達成伯璵諸人，皆以爲詩三百十一篇，與漢初人云「三百五篇」不合矣。杜子春周禮鍾師注引春秋傳「金奏肆夏之三」云：「肆夏與文王、鹿鳴俱稱三，謂其三章也。以此知肆夏詩也。」呂叔玉云：「肆夏繁遏渠，皆周頌也。肆夏，時邁也。繁遏，執傹也。渠，思文也。肆，遂也。夏，大也。謂遂於大位，謂王位也，故時邁曰：『肆于時夏，允王保之。』繁，多也。遏，止也。言福祿止於周之多也，故執傹曰：『降福穰穰，降福簡簡，福祿來反。』渠，大也。言以后稷配天，王道之大也，故思文曰：『思文后稷，克配彼天。』」鄭謂：「以文王鹿鳴言之，則九夏皆詩篇名，頌之族類也。此歌之大者，載在樂章，樂崩亦從而亡，是以頌不能具。」案呂說蓋以時邁思文皆有「時夏」之文，而執傹一篇在其間，故據以當三夏，其說近傅會。鄭說是也，特以爲「頌之族類」、「樂崩亦從而亡」，則猶未知金奏與工歌不同，本不在三百五篇中也。

愚案：洪皮二說皆是。詩之緣起，先有辭而後有聲，古詩無不入樂，故有歌以宣之，卽有聲以播之，未有有其聲而無其辭者也。惟聲既入譜，卽各自爲書，不復與本詩相涉。漢藝文志有河南周歌詩七篇，別有河南周歌詩聲曲折七篇；有周謠歌詩七十五篇，別有周謠歌詩聲曲折七十五篇。是詩自爲詩，聲自爲聲，不相參雜之證。宋書樂志云：「詩章詞異，興廢隨時，至其韻逗曲折，皆繫於舊。」又詩廢而聲不同廢之證。南陔以下六詩之亡逸，不知何時，要決不在三百五篇之內，僅有儀禮古學，尚存「笙詩」之名，此卽當時詩廢而聲未廢，故止能笙而不能歌也。毛欲藉此以標異於今文之學，序又成於其手，撰爲詩義，羼入三百五篇之中，然尚不敢大破籓籬，竟改什數，此其心迹之可窺見者也。自鄭君信之，遂併爲一談，牢不可破矣。

史記稱「韓生推詩人之意，爲內、外傳數萬言，頗與齊魯閒殊，然其歸一也。」所謂「其歸一」者，謂三家詩言大恉不相悖耳。毛詩則詭名子夏，而傳授茫昧，姓名參錯，其大恉與三家歧異者凡數十，卽與古書不合者亦多，徒以古文之故，爲鄭偏好。諸家既廢，苟欲讀詩，舍毛無從。撫今者溯往事而不平，望古者覩遺文而長歎，是以窮經之士討論三家遺說者，不一其人，而侯官陳氏最爲詳洽。甄錄弁言，藉明梗概，其文其義，散具篇章。

陳喬樅魯詩遺說攷序云：漢書藝文志：「詩經二十八卷，魯齊韓三家。魯故二十五卷。魯說二十八卷。」楚元王傳云：「元王少時，嘗與魯穆生白生申公俱受詩於浮邱伯。文帝時，聞申公爲詩最精，以爲博士。申公始爲詩傳，號魯詩。」然則志載魯故魯說，蓋卽申公所爲之詩傳矣。史記儒林傳言漢高祖過魯，申公以弟子從師入謁於魯南宮。又言申公以詩教授，弟子自遠方至受業者千餘人。是三家之學，魯最先出，其傳亦最廣。有張唐褚氏之學，又有韋氏學、許氏學，皆家世傳業，守其師法。終漢之世，三家並立學官，而魯學爲極盛焉。魏晉改代，屢經兵燹，學官失業，齊詩既亡，魯詩不過江東，其學遂以寖微。然而馬班范三史所載，漢百家著述所稱，亦未嘗無緒論之存，足資攷證佚文，采摭異義。失在學者因陋就簡，不能修學好古、實事求是耳。宋王厚甫詩攷，據儀禮士昏禮鄭注引魯詩說、公羊傳何注引魯詩傳及漢書文三王傳、杜欽谷永傳注、續漢書輿服志注、後漢書班固傳注所引魯訓魯傳，采爲魯詩，疏漏尚多。其石經魯詩殘碑，惟取與毛異者，餘皆棄而不録。顧魯詩今不傳，止此殘碑，雖文與毛同，亦當備載，俾得據以考證，不宜取此棄彼也。案魯詩授受源流，漢書章章可攷。申公受詩於浮邱伯，伯乃荀卿門人也。劉向校録孫卿書，亦云浮邱伯受業於孫卿，爲名儒。是申公之學出自荀子，荀子書中説詩者，大都爲魯説所本。今綴之列於魯詩，原其所自始也。孔安國從申公受詩，爲博士，至臨淮太守，見史記儒林傳。太史公從孔安國問業，所習當爲魯詩。觀其傳儒林首列申公，敍申公弟子首數孔安國，此太史公尊其師傳，故特先之。劉向父子世習魯詩，攷楚元王傳，言「元王好詩，諸子皆讀詩，王子郢客與申公俱卒學。申公爲詩傳，元王亦次之詩傳，號元王詩。」向爲元王子休侯富曾孫，漢人傳經，最重家學，知向世修其業。説苑新序列女傳諸書，其所稱述，出魯詩無疑矣。後漢建初四年，下太常，將、大夫、博士、議郎、郎中及諸生、諸儒會白虎觀，講議五經同異，使五官中郎將魏應承制問，侍中淳于恭奏，帝親制臨決，如孝宣石渠故事，作白虎議奏。今於白虎通引詩，皆定爲魯説，以當時會議諸儒如魯恭魏應，皆習魯詩，而承制專掌問難，又出於魏應也。爾雅亦魯詩之學。漢儒謂爾雅爲叔孫通所傳，叔孫通，魯人也。臧鏞堂拜經日記，以爾雅所釋詩字訓義皆爲魯詩，允而有徵。郭璞不見魯詩，其注爾雅，多襲漢人舊義。若犍爲舍人劉歆樊光李巡諸家注解徵引詩經，皆魯家今文，往往與毛殊。郭璞沿用其語，如釋故「陽，予也」，注引魯詩「陽如之何」，釋草「藟，茥」，注引詩山有藟文，與石經魯詩同，尤其確證。熹平石經以魯詩爲主，間有齊韓字，蓋敍二家異同之説，此蔡邕、楊賜奉詔同定者也。若夫張衡東京賦「改奢卽儉，制美斯干」之語，與劉向傳説詩義合；王逸楚詞注「繁鳥萃棘，負子肆情」之解，與列女傳歌詩事同；至如「佩玉晏鳴，關雎歎之」，臣瓚謂事見魯詩；而王充論衡、揚雄法言，亦並以關雎爲「康王之時，仁義陵遲，鹿鳴刺焉」。史遷蓋語本魯説，而王符潛夫論、高誘淮南注，亦均以鹿鳴爲刺上之作。互證而參觀之，夫固可以攷見家法矣。

又齊詩遺説攷序云：漢書藝文志載：「詩經齊家二十八卷，齊后氏故二十卷，孫氏故二十七卷，齊后氏傳三十九卷，孫氏傳二十卷，齊雜記十八卷。」隋書經籍志云「齊詩魏已亡」，是三家詩之失傳，齊爲最早，魏晉以來，學者尟有肄業及之者矣。宋王厚甫所撰詩攷，其於齊詩，僅據漢書地理志及匡衡蕭望之傳與後漢書伏湛傳中語録入數事，寥寥寡證。間摭晁説之董彥遠説，往往持論不根，難以徵信。近世余蕭客范家相盧文弨王謨馮登府諸君，皆續有采輯。然擇焉不精，語焉不詳，於齊詩專家之學，究未能尋其端緒也。竊攷漢時經師，以齊魯爲兩大宗，文景之際，言詩者魯有申培公，齊有轅固生。春秋論語，亦皆有齊魯之學，其大較也。漢儒治經，最重家法，學官所立，經生遞傳，專門命氏，咸自名家。三百餘年，雖詩分爲四，春秋分爲五，文字或異，訓義固殊，要皆各守師法，持之弗失，寧固而不肯少變，斯亦古人之質厚，賢於季俗之逐波而靡也。喬樅比補緝齊詩佚文、佚義，於經徵之儀禮，大小戴禮記，於史徵之班固漢書、荀悅漢紀，於諸子百家徵之董仲舒春秋繁露、焦贛易林、桓寬鹽鐵論、荀悅申鑒諸書，皆確有證據，不逞私臆之見，不爲附會之語，蘄於實事求是而已。夫轅生以治詩爲博士，諸齊以詩貴顯者，皆固之弟子，而昌邑太傅夏侯始昌最明。始昌通五經，后蒼事始昌，亦通詩、禮，爲博士。訖孝宣世，禮學后蒼最明，戴德、戴聖慶普皆其弟子。三家立於學官，詩、禮師傳既同出自后氏，則儀禮及二戴禮記中所引佚詩，皆當爲齊詩之文矣。鄭君本治小戴禮，注禮在箋詩之前，未得毛傳，禮家師説均用齊詩，鄭君據以爲解，知其所述多本齊詩之義。故鄭志答炅模云：「坊記注以燕燕爲夫人定姜之詩，先師亦然。」「先師」者，謂禮家師説也。齊詩有翼匡師伏之學，班固之從祖伯，少受詩於師丹，誦説有法，故彪固世傳家學。漢書地理志引「子之營兮」及「自杜沮漆」，並據齊詩之文。又云「陳俗巫鬼」、「晉俗儉陋」，其語亦與匡衡説詩合，是其驗已。荀悅叔父爽師事陳實，實子紀傳齊詩，見陸德明經典釋文。後漢書言荀爽嘗著詩傳，爽之詩學，太邱所授，其爲齊學明矣。轅固生作詩内外傳，荀悅特著於漢紀，尤足證荀氏家學皆治齊詩，故言之獨詳耳。至如公羊氏本齊學，治公羊春秋者，其於詩皆稱齊，猶之穀梁氏爲魯學，治穀梁春秋者，其於詩亦稱魯也。董仲舒通五經，治公羊春秋，與齊人胡母生同業，則習齊可知。易有孟京「卦氣」之候，詩有翼奉「五際」之要，尚書有夏侯「洪範」之說，春秋有公羊「災異」之條，皆明於象數，善推禍福，以著天人之應，淵源所自，同一師承，确然無疑。孟喜從田王孫受易，得易家候陰陽災異書，喜卽東海孟卿子，焦延壽所從問易者，是亦齊學也。故焦氏易林皆主齊詩說，豈僅「甲戌己庚，達性任情」之語與翼氏齊詩言「五性六情」合，「亥午相錯，敗亂緒業」之辭與詩氾厤樞言「午亥之際爲革命」合已哉？若夫桓寬鹽鐵論，以周南之「罝兔」爲刺義，與魯韓毛迥異；以邶風之「鳴雁」爲「鳱」，文與魯韓毛並殊，又其顯然易見者耳。夫以二千餘年湮沒無傳之絶學，墜緒茫茫，苟能獲其單詞隻義，已不啻吉光片羽，良可寶貴，況乎沿流溯源，尚有涯涘之可尋，雖未足以盡梗概，而其佚時時見於他說者，猶存什一於千百，抑不可謂非幸也。

又韓詩遺說攷序云：自魏晉改代，毛、鄭詩行而三家之學始微。韓詩雖最後亡，持其業者蓋寡，惟杜瓊著韓詩章句十餘萬言，見於蜀志；張紘從濮陽闓受韓詩，見於吳書；崔季珪少讀韓詩，就鄭氏學，見於魏志；晉大康中何隨治韓詩，研精文緯，見於華陽國志。外此不數覯焉。夫去聖久遠，學不厭博，漢世褒顯儒術，建立五經，爲置博士，一經之學，數家競爽，凡別名家者，皆增置博士，各以家法教授，所以扶進微學，尊廣道藝也。後之人因陋就簡，安其所習，毀所不見，師法既失，家學就湮，豈非學士大夫之過與？稽之漢書藝文志：「韓詩經二十八卷，韓故三十六卷，内傳四卷，外傳六卷，韓説四十一卷。」而隋書經籍志止載：「韓詩二十二卷，薛氏章句。」唐書藝文志則載：「韓詩卜商序、韓嬰注二十二卷，又外傳十卷。」然觀唐人經義及類書所引韓詩，要皆薛氏章句爲多，至於内傳，僅散見一二焉。據後漢書儒林傳言薛漢「世習韓詩，父子以章句著名」。又言杜撫少「受業於薛漢，定韓詩章句。其所作詩題約義通，學者傳之，曰杜君法。」疑唐書藝文志所載當即此種，故卷數與漢志不同，雖題爲「韓嬰注」，知非太傅之舊本。蓋韓故韓説二書，其亡佚固已久矣。他如趙長君詩細，世雖不傳，然韓詩譜二卷、詩曆神淵一卷、侯包韓詩翼要十卷，具列隋志，是其書猶未盡佚，惜當時定五經正義專主毛詩鄭箋，獨立國學，韓詩雖在，世所不用，課士不取，人無能明之者。陸元朗經典釋文間采毛韓異同，而罣漏尚多，斯亦稽古者之大憾也。宋元以後，毛鄭詩亦復罕有專門，而韓詩之傳遂絶，其僅有存者，外傳十篇而已。説者因班志有「取春秋，采雜説，咸非其本義」之語，遂訾其不合詩意，不知董仲舒有言「詩無達詁」，劉向亦言「詩無通故」，讀詩之法，亦貴善以意逆志耳。太史公儒林傳稱「韓生推詩人之意，而爲内外傳數萬言，其語頗與齊魯間殊，然其歸一也。」夫詩三百篇中，邇之事父，遠之事君，興觀羣怨之旨，於斯焉備。其主文而譎諫也，言者無罪，聞之者足以戒，善惡美刺，蓋不可不察焉。孟子曰：「王者之迹熄而詩亡，詩亡然後春秋作。」詩之與春秋，固相與維持世道也。子夏序詩，言：「國史明乎得失之迹，傷人倫之廢，哀刑政之苛，吟詠性情以諷其上，達於事變而懷其舊俗者也。」今觀外傳之文，記夫子之緒論與春秋雜説，或引詩以證事，或引事以明詩，使爲法者章顯，爲戒者著明，雖非專於解經之作，要其觸類引伸，斷章取義，皆有合於聖門商賜言詩之意也。況夫微言大義，往往而有，上推天人性理，明皆有仁義禮智順善之心；下究萬物情狀，多識於鳥獸草木之名；考風雅之正變，知王道之興衰，固天命性道之蘊而古今得失之林邪！

鄭志答趙商云：「凡賦詩者，或造篇，或誦古。」孔疏：「誦古，指常棣也。」夫周公作常棣，召穆公於厲王時重歌之，而左傳富辰謂之「作詩」，是誦古亦爲賦詩之明證也。顧常棣今知爲周公作，伐木則無知之者。蓋伐木之詩，因文王少未居位時，藉端求賢，與友生伐木山阪，迨身爲國君，山林之朋友，已爲朝廷之故舊，宴飲叙情，事非周公不能知，詩非周公不能作也。詳具本詩。年遠世衰，賢人隱於伐木，歌此詩以見志，聞之者以爲其所作，故云「周衰作刺」，又謂「伐木廢，朋友之道缺也」。若非古説尚有流傳，此義當塵霾千載。鄭箋常棣云：「周公弔二叔之不咸，而使兄弟之恩疏。召公爲作此詩，而歌之以親之。」儻無左傳爲證，則詩屬召公矣。伐木亦其比也。故常棣伐木二詩爲「誦古」一體，全經止此二篇，因論詩體，並爲揭出。

魏源詩古微云：漢興，詩始萌芽。齊魯韓三家盛行，毛最後出，未立博士。蓋自東京中葉以前，博士弟子所誦習，朝野羣儒所稱引，咸於是乎在。與施孟梁邱之易，歐陽夏侯之書，公羊穀梁之春秋，並旁薄世宙者幾四百年。末造而古文之學漸興，力剷博士今文之學。然肅宗令賈逵撰齊魯韓毛異同，六朝崔靈恩作毛詩集注，皆兼采三家。使其書並傳，切劘「六義」，羽翼「四始」，詎不犖燎之燭長夜，衆造之證疑獄也哉！鄭康成氏少習韓詩，晚歲舍韓箋毛，及鄭學大昌，毛遂專行於世。人情黨盛則抑衰，孤學易擯而難輔，於是齊詩魏代卽亡，魯詩亡於西晉。韓詩唐宋尚存，新書藝文志崇文總目猶載其書，御覽集韻多引其文，而久亦亡於北宋。物極必反，情鬱思申，於是攻毛譏序者亦起於北宋。不揣其本，兩敗俱傷，天之將喪斯文也，夫何怪歟！辯生於末學，言止於甌臾，要其矯誣三家者，不過三端：曰齊魯韓皆未見古序也；毛詩與經傳諸子合，而三家無證也；毛序出子夏孟荀，而三家無攷也。請一一破其疑、起其墜，以質百世：案程大昌曰：「三家不見古序，故無以總測篇意。毛惟有古序，以該括章旨，故詁訓所及，會全詩以歸一貫。」然攷新唐書藝文志：「韓詩二卷，卜商序、韓嬰注。」而水經注引韓詩周南敘曰：「其地在南郡南陽之間。」至諸家所引韓詩，如：「關雎，刺時也。」「漢廣，說人也。」「汝墳，辭家也。」「芣苢，傷夫有惡疾也。」「黍離，伯封作也。」「蝃蝀，刺奔女也。」「溱與洧，說人也。」「雞鳴，讒人也。」「夫栘，燕兄弟也。」「伐木，文王敬故也。」「鼓鐘，刺昭王也。」「賓之初筵，衛武公飲酒悔過也。」「抑，衛武公刺王室以自戒也。」「假樂，美宣王之德也。」「雲漢，宣王遭亂仰天也。」「雨無極，正大夫刺幽王也。」「四月，歎征役也。」「閟宮有侐，公子奚斯作也。」「那，美襄公也。」皆與毛詩首語一例，則韓詩有序明矣。齊詩最殘缺，而張揖魏人，習齊詩，其上林賦注曰：「伐檀，刺賢者不遇明王也。」其爲齊詩之序明矣。劉向，楚元王孫，世傳魯詩，其列女傳，以芣苢爲蔡人妻作，汝墳爲周南大夫妻作，行露爲召南申女作，邶柏舟爲衞大夫作，碩人爲莊姜傅母作，燕燕爲定姜送婦作，式微爲黎莊夫人及傅母作，載馳爲許穆夫人作，視毛序之空衍者，尤鑿鑿不誣。且其息夫人傳曰：「君子故序之於詩。」黎莊夫人傳曰：「君子故序之以編詩。」而向所自著書亦曰新序，是魯詩有序明矣。且三家遺說，凡魯詩如此者，韓必同之；韓詩如此者，魯必同之；齊詩存什一於千百，而魯韓必同之。苟非同出一原，安能重規疊矩，三人占則從二人之言？謂毛不見三家古序則有之，三家烏用見毛序爲哉！程氏其何說之詞？王氏引之曰：「藝文志：『詩經二十八卷，魯齊韓三家。』蓋以十五國風爲十五卷，小雅七十四篇爲七卷，大雅三十一篇爲三卷，三頌爲三卷，與毛傳同。而志言『毛詩經故二十九卷』者，毛以詩序別爲一卷，與三家之序冠各篇者異也。今魯、齊二家序不可攷，韓詩序則楊震傳引蝃蝀篇、御覽引黍離篇，皆以序與經文連引，則知不別爲卷矣。而毛又分周頌三十一篇爲三卷，故今詁訓傳爲卷三十也。」案：王氏說於漢志似符，而於新唐書志又不合，且韓詩邶鄘衞分合不可知，則以序二卷與十三國數之，亦適符漢志之數也。鄭樵曰：「毛公時左傳孟子國語儀禮未盛行而先與之合，世人未知毛詩之密，故俱從三家。及諸書出而證之，諸儒得以攷其異同得失，長者出而短者自廢，故皆舍三家而宗毛。」應之曰：齊詩先采蘋而後草蟲，與儀禮合；小雅「四始」、「五際」，次第與樂章合。魯韓詩說碩人、二子乘舟載馳黃鳥，與左氏合；說抑及昊天有成命，與國語合；說騶虞「樂官備」，與射義合；說凱風、小弁，與孟子合；說出車與采薇非文王伐玁狁，與尚書大傳合；大武六章，次第與樂章合。其不合諸書者安在？而毛詩則動與牴牾，其合諸書者又安在？顧謂西漢諸儒未見諸書，故舍毛而從三家，則太史公本左氏國語以作史記，何以宗魯詩而不宗毛？賈誼劉向博極羣書，何以新書、說苑、列女傳宗魯而不宗毛？謂東漢諸儒得諸書證合，乃知宗毛而舍三家，則班固評論四家詩，何以獨許魯近？左傳由賈逵得立，服虔作解，而逵撰齊魯韓毛詩異同，服虔注左氏，鄭君注禮，皆顯用韓詩，卽鄭箋毛，亦多陰用韓義。許君說文敘，自言詩稱毛氏，皆古文家言，而說文引詩，什九皆三家。五經異義論罍制、論鄭風、論生民，亦並從三家說。豈非鄭許之用毛者，特欲專立古文門户，而意實以魯韓爲勝乎？若云長者出而短者自廢，則鄭荀王韓之易賢於施孟梁邱，梅賾之書賢於伏生夏侯歐陽，韓詩外傳賢於韓詩內傳，左氏之杜預注賢於賈服，而逸書十六篇、逸禮七十篇亡所當亡耶？至錢氏大昕據孟子「勞於王事，不得養父母」爲孟子之用小序，緇衣篇「長民者衣服不貳，從容有常」爲公孫尼子之用小序，則不如據論語「關雎樂而不淫，哀而不傷」爲夫子用小序之爲愈也。梅賾之僞古文書，其亦三代經傳襲用梅氏耶？鄭氏其何說之詞！葉氏夢得謂：「漢文章無引毛序者，惟魏黃初四年詔曰：『曹風刺遠君子、近小人。』毛序至是始行於世。」陳氏啓源駁之，謂司馬相如難蜀父老文「王事未有不始於憂勤，終於逸樂」，爲用魚麗序；班孟堅東都賦「大德廣之所及」，爲用漢廣序。不知衞宏續序，多勦取經傳陳言，卽如首篇：「關雎憂在進賢，不淫其色，哀窈窕，思賢才，而無傷善之心。」卽穿鑿論語，齟齬詩義，何論其他。馬氏端臨曰：「譬之聽訟，毛詩，其左證到案之人也；齊魯韓，其逋亡無證不到案之人也。今所存魯韓遺說，如以關雎爲畢公作，以柏舟爲衞宣夫人作，後儒皆不從之。夫同一魯韓詩也，他序可從而關雎柏舟之序獨不可從乎？」應之曰：詩三百五篇，篇自爲案，各不相謀。三家詩有亡逸者，有到案者，馬氏但就其所到之案虛，公讞之可矣。且其未到之案，或可連類旁證、比例互知者，亦有之矣。今以其有他案未到，乃幷其見存左證之百十案一切置之，而惟毛詩一面之詞，遂不煩他證，不問是非虛實，一切直之，可乎？馬氏又曰：「詩之見録者，必其序說明白而旨意可攷；其刪佚不録者，必其序說無傳，旨意難攷。」如其言，是聖人折衷六藝，衡鑒留然，惟以序說爲去取。然貍首新宮之屬，當以序不明而置之矣；其所存二雅諸序，當必與禮樂相表裏。乃大雅正篇，莫一詳其樂章之所用，何耶？十三國之無「正風」，與燕蔡莒許杞薛之并無「變風」，既皆以序不明而置之矣；則所存諸國之序，當必可爲詩史。乃國風小序於史有世家者，皆傅之惡謚，至魏檜之史無世家者，則但以爲刺其君、其大夫，而無一謚號世次之可傅會，又何耶？其明白者安在？其出國史者安在？馬氏其何說之詞？姜氏炳璋曰：「漢四家詩，惟毛公出自子夏，淵源最古。且魯頌傳引孟仲子之言，絲衣序別高子之言，北山序同孟子之語，則又出於孟子。而大毛公親爲荀卿弟子，故毛傳多用荀子之言，非三家所及。」應之曰：漢書楚元王傳言「浮邱伯傳魯詩於荀卿」，則亦出荀子矣；唐書載「韓詩，卜商序」，則亦出子夏矣；韓詩外傳高子問載馳之詩於孟子，孟子曰：「有衞女之志則可，無衛女之志則怠。」又載荀卿非十二子篇，獨去子思、孟子，且外傳屢引七篇之文，則亦出孟子矣。故漢書曰：「又有毛公之學，自言子夏所傳。」「自言」云者，人不取信之詞也。至釋文引徐整云：三國吳人。「子夏授高行子，高行子授薛倉子，薛倉子授帛妙子，帛妙子授河閒人大毛公，毛公爲詩故訓傳於家，以授趙人小毛公，小毛公爲河閒獻王博士。」「一云子夏授曾申，申傳魏人李克，克傳魯人孟仲子，孟仲子傳根牟子，根牟子傳趙人孫卿子，孫卿子傳魯人大毛公。」夫同一毛詩傳授源流，而姓名無一同，且一以爲出荀卿，一以爲不出荀卿；一以爲河閒人，一以爲魯人，展轉傳會，安所據依？豈非漢書「自言子夏所傳」一語，已發其覆乎？以視三家源流，孰傳信孰傳疑？姜氏其何說之詞？

愚案：魏說明快，足破近儒墨守陋見，故備録之。攷毛之不爲人信者，以序獨異故，脫有如蔡邕之録周頌序者，但使齊、魯、韓皆存其序，三家雖亡猶若未亡。而任其散失，不一顧念者，則今古相仇，意見橫出之過也。毛詩之在西漢，自杜欽欽說小弁用毛詩，蓋亦言不純師者。賈捐之外，鮮肄業及之者。鄭箋一出，學者靡然。以當時衆所不信之書，特起孤行，又值魏晉不甚說學之朝，肅、謐之徒見而生心，競起作僞，致聖人雅言之教並蒙其殃，宜其流至朱明，尚有子貢詩說出也。

爾雅，魯詩之學，先儒已有定論。茲取其顯明者列注，餘詳疏中。毛「維」字，三家作「惟」，或作「唯」。「彼其」之「其」，三家作「己」，全詩大同。然非古書稱引，不輒出之。

毛傳巨謬，在僞造周召二南新説，羼入大序之中，及分邶鄘衛爲三國。二南疆域，三家具存其義，若如毛説，是十五國風不全也。孔子云：「人而不爲周南召南，其猶正牆面而立也與？」推詳聖意，蓋因周立國最久，至孔子時已六七百年，二南規制既遠，史册無徵，惟據詩篇，尚存崖略，故有「不爲牆面」之歎。秦漢之際，經亦幾亡，毛傳乘隙奮筆，無敢以爲非者，古文勃興，永爲宗主。幸三家遺説猶在，不可謂非聖經一綫之延也。

詩三家義集疏卷一

周南關雎第一

【注】魯説曰：「古之周南，即今之洛陽。」又曰：「洛陽而謂周南者，自陝以東，皆周南之地也。」【疏】史記太史公自序：「天子始建漢家之封，而太史公留滯周南。」「古之」至「洛陽」，裴駰注引摯虞文。「洛陽」至「地也」，漢書司馬遷傳顏注引張晏文。此魯家相承舊説也。楊雄方言：「窕，美也。陳楚周南之間曰窕。」以陳楚周南地望相接，特並舉之。遷雄皆魯詩家也。洛陽，漢志河南郡雒陽縣。（今河南洛陽縣。）陝，漢志弘農郡陝縣。（今河南陝州。）水經河水注云：「昔周召分陝，以此城爲東西之別，東城即虢邑之上陽也。」周南詩篇有汝墳，周南大夫之妻作。有芣苢，蔡人之妻作。有漢廣，江漢合流之地所作。漢志：「汝南郡，莽曰汝墳。」（今本誤「汾」。）汝陰縣，「莽曰汝墳，故胡國。」（今潁州府阜陽縣。）「上蔡，故蔡國。」（今汝寧府上蔡縣。）江夏郡沙羨，江漢合流之地屬焉，皆周南地也。云「自陝以東皆周南之地」者，就周陳楚衞之間推測。二南四至：（召南見後。）周南之西與周都接，以陝爲界。其東北與召南接，以汝南郡汝陰縣爲界。其東南與陳接。（前漢淮陽國，後漢陳國，今陳州府淮寧縣。）東與楚接。（漢楚國，今徐州府銅山縣。）蓋周業興於西岐，化被於江漢汝蔡，江漢所爲詩，並得登於周南之篇，其地在周之南，故以周南名其國。江漢蒙化，雖皆服屬於周，然諸侯衆盛，各君其國，如晉語之蔡原、考工記注之蚡胡，猶可考案，周特羈縻撫輯之而已。迨文王受命稱王，召公代行方伯之職，南土日闢，故別爲召南國名。武王滅商之後，戡定南國，別建列侯。禮樂記：「武，始而北出，再成而滅商，三成而南，四成而南國是疆。」即詩「南國」究竟矣。詩人之作，或當時采自

風謠，或後世追述往事。周南是歸美文王，故云「王者之風」；召南則兼美召伯，故云「諸侯之風」。總覽詩恉，憭然易明。乃毛詩大序云：「然則關雎麟趾之化，王者之風，故繫之周公。南，言化自北而南也。鵲巢騶虞之德，諸侯之風也，先王之所以教，故繫之召公。」孔疏：「關雎麟趾之化，是王者之風，文王之所以教民。王者必聖，周公聖人，故繫之周公。不直名爲『周』，而必連言『南』者，言此文王之化，自北土而行於南方故也。鵲巢騶虞之德，是諸侯之風，先王太王王季所以教化民也。諸侯必賢，召公賢人，故繫之召公。」又魏書儒林傳，梁武帝問於李業興曰：「詩周南王者之風，繫之周公；召南仁賢之風，繫之召公，何名爲繫？」對曰：「鄭注儀禮曰：昔太王王季居於岐陽，躬行召南之教，以興王業。及文王，行今周南之教，以受命作邑於酆，分其故地，屬之二公。」武帝又問曰：「若是，故地應自統攝，何由分封二公？」業興曰：「文王爲諸侯時，所化之本國，今既登九五之尊，不可復守諸侯之地，故分封二公。」愚案：周南之詩，不及周公一語，曷爲繫之於公？若以公爲周聖人，然則文王非周乎？抑非聖乎？文王之先，起自諸侯，召公分土，亦任方伯之職，既云繫之召公，曷爲以諸侯之風歸之太王王季乎？且兩言之中，析周召言人，二南言化，杜撰不辭，聖門親授之指，殆不若是。（「然則」八句，語意難通，且與上「詩之至也」不相貫注。）鄭譜說曲祖毛序，啟梁武分封之疑，業興臆測，助成其詞，亦非確論也。孔疏：「關雎者，詩篇之名。既以關雎爲首，遂以關雎爲一卷之目。金縢云：『公乃爲詩，以貽王，名之曰鴟鴞。』然則篇名皆作者所自名，既言『爲詩』，乃云『名之』，則先作詩，後爲名也。名篇之例，義無定準，多不過五，少纔取一。或偏舉兩字，或全取一句。偏舉則或上或下，全取則或盡或餘。亦有捨其篇首，撮章中之一言，或復都遺見文，假外理以定稱。黃鳥顯『緜蠻』之貌，草蟲棄『喓喓』之聲，瓜瓞取『緜緜』之形，瓠葉捨『番番』之狀。『夭夭』與桃名而俱舉，『蚩蚩』從氓狀而見遺。召旻韓奕則采合上下，騶虞權輿則並取篇末。其中踳駁，不可勝論，豈古人之無常，何立名之異與？以作非一人，故名無定目。」據孔說，是舊目如此，三家當然，今從之。關雎下毛加「詁訓傳」三字，今刪。孔又云：「說文：第，次也。字從竹、弟。稱『第一』者，言其次第當一，所以分別先後也。」愚案：說文：「弟，韋束之次弟也。」不從「竹」。五經文字：「弟，從韋省，象圍帀次弟之形。」孔誤，今正。

詩國風

【注】齊說曰：詩三百五篇。詩者，持也。在於敦厚之教，自持其心。諷刺之道，可以扶持邦家者也。【疏】孔疏：「詩國風，舊題也。」又云：「周南關雎第一，詩國風，元是大師所題。」今從之。鄭箋：「國者，總謂十五國；風者，諸侯之詩。從關雎至騶虞二十五篇，謂之正風。」孔疏：「詩者，一部之大名。國風者，十五國之總稱。不冠於周南之上而退在下者，案鄭注三禮周易中候尚書，皆大名在下。孔安國馬季長盧植王肅之徒，其所注者莫不盡然。然則本題自然，非注者移之，定本亦然，當以皆在第下，足得總攝故也。」「詩三百五篇」者，詩譜序正義引詩含神霧文，齊說也。孔云：「據今者及亡詩六篇，凡有三百十一篇。」「云『三百五篇』者，闕其亡者，以見在爲數也。樂緯動聲儀詩緯含神霧尚書璿璣鈐皆云『三百五篇』者，漢世毛學不行，三家不見詩序，不知六篇亡失，謂其唯有三百五篇。讖緯皆漢世所作，故言三百五耳。」愚案：史記孔子世家云：「古者詩本三千餘篇，去其重，取其可施於禮義者三百五篇。」「義」讀曰「儀」。「可施於禮儀」，謂可以入樂，凡賓客宴享皆用之也。漢書儒林傳王式云：「臣以三百五篇諫。」遷式皆學魯詩者。漢書藝文志：「孔子純取周詩，上采殷，下取魯，凡三百五篇。」班氏學齊詩者，是魯齊二家皆言「三百五篇」。韓詩無考，而孔云「三家謂唯三百五篇」，韓傳後亡，孔猶及見，知韓與魯齊同也。六篇亡失，應以見在爲數。孔謂毛學不行所致，然班志藝文兼收毛傳，並非不知毛學，亦云「三百五篇」，是「三百五」者，漢儒通論稱之如此。孔用以尊毛而抑三家，非也。「詩者，持也」者，亦譜序孔疏引含神霧文，取聲同字爲訓。孔云：「內則說負子之

禮云『詩負之』，注云：『詩之言承也』。春秋説題辭云：『在事爲詩，未發爲謀，恬澹爲心，思慮爲志，詩之爲言志也。』然則詩有三訓：承也，志也，持也。作者承君政之善惡，述己志而作詩，爲詩所以持人之行，使不失隊，故一名而三訓也。」「在於」至「者也」，成伯璵毛詩指説引含神霧文。釋「持」兼二義，較孔尤備矣。詩大序：「風，風也，教也。」又云：「下以風刺上，故曰風。」釋「風」兼二義，與此兼「教」「刺」義合。周禮：「太師教六詩，曰風、曰賦、曰比、曰興、曰雅、曰頌。」鄭司農注：「古而自有風雅頌之名，故延陵季子觀樂於魯，時孔子尚幼，未定詩書。而曰：爲之歌邶鄘衞，曰是其衞風乎？又爲之歌小雅大雅，又爲之歌頌。」賈疏：「若然，此經有風雅頌，則在周公時，明不在孔子時矣。」「風是十五國風，從關雎至七月，是總號。」愚案：古有風雅頌之名，當如先鄭説，非孔子所定。漢書儒林傳序言「孔子論詩則首周南」，蓋孔子未定以前，或篇次倒亂，與今書不同，與史記言删詩爲三百五篇，疑皆三家舊説。

關雎【注】魯説曰：周道缺，詩人本之衽席，關雎作。又曰：后妃之制，夭壽治亂存亡之端也。是以佩玉晏鳴，關雎歎之，知好色之伐性短年，離制度之生無厭，天下將蒙化，陵夷而成俗也。故詠淑女，幾以配上，忠孝之篤、仁厚之作也。又曰：周之康王夫人晏出朝，關雎豫見，思得淑女以配君子。又曰：周衰而詩作，蓋康王時也。康王德缺於房，大臣刺晏，故詩作。又曰：昔周康王承文王之盛，一朝晏起，夫人不鳴璜，宫門不擊柝，關雎之人見幾而作。又曰：周漸將衰，康王晏起，畢公喟然，深思古道，感彼關雎，性不雙侣，願得周公，配以窈窕，防微消漸，諷諭君父。孔氏大之，列冠篇首。齊説曰：孔子論詩，以關雎爲始。言太上者民之父母，后夫人之行不侔乎天地，則無以奉神靈之統而理萬物之宜，故詩曰：「窈窕淑女，君子好仇。」言能致其貞淑，不貳其操，情欲之感無介乎容儀，宴私之意不形乎動静，夫然後可以配至尊而爲宗廟主。此綱紀之首、王教之端也。韓敍曰：關雎，刺時也。韓説曰：詩人言雎鳩貞潔慎匹，以聲相求，隱蔽於無人之處，故人君退朝入於私宮，后妃御見有度，應門擊柝，鼓人上堂，退反宴處，體安志明。今時大人內傾於色，賢人見其萌，故詠關雎，説淑女、正容儀以刺時。【疏】毛序：「后妃之德也。風之始也，所以風天下而正夫婦也。故用之鄉人焉，用之邦國焉。」○釋文：「舊説此是小序。自『風，風也』訖末，名爲大序。沈重云：『案鄭詩譜意，大序是子夏作，小序是子夏毛公合作，卜商意有不盡，毛更足成之。或云小序是東海衞敬仲所作。』」愚案：大序末云「然則關雎」至「召公」，（已見上。）又云：「是以關雎樂得淑女以配君子，憂在進賢，不淫其色，哀窈窕、思賢才，而無傷善之心。是關雎之義也。」箋：「『哀』，蓋字之誤也，當爲『衷』。『衷』，謂中心恕之，無傷善之心，謂好逑也。」愚謂此本子曰「樂而不淫，哀而不傷」二語。樂而不淫，謂「琴瑟友之」、「鼓鍾樂之」；哀而不傷，謂「寤寐思服」、「展轉反側」。「哀」之爲言「愛」，思之甚也。呂覽報更篇「人主胡可以不務哀士」，高注：「哀，愛也。」古「哀」、「愛」字通。釋名釋言語：「哀，愛也。愛乃思念之也。」與此「哀」意合。聖人言教，子夏豈有不知，而作如此解釋，其爲毛竄入之迹顯然。鄭破字爲「衷」，失之。○「周道」至「雎作」，史遷十二諸侯年表文。云「詩人本之衽席」者，玉府「衽席、牀笫，凡褻器」，鄭司農注：「衽席，單席也。」賈疏：「衽席者，燕寢中臥席，古人燕褻之地。」或言「衽席」，或言「牀笫」，其義一也。王后晏起，周道始缺，詩人推本至隱，而作關雎。儒林傳序「周室衰而關雎作」，義與此同。「后妃」至「作也」，漢書杜欽傳文。欽言：作關雎之人，歎在上之好色無度，冀得淑女配君子也。顏注引李奇曰：「后夫人鷄鳴佩玉去君所，周康王后不然，故詩人歎而傷之。」臣瓚曰：「此魯詩也。」「周之」至「君子」，劉向列女魏曲沃負傳文。云「晏出朝」者，據下引虞貞節注，明「朝」字衍文。云「關雎豫見」者，與杜欽傳贊「關雎見微」，楊賜傳言「關雎見幾」同義。今本「豫見」作「起興」，王氏念孫謂後人不曉魯詩之義而妄改之，王應麟詩攷引列女傳，尚作「豫見」。文選後漢皇后紀論李善注引虞貞節曰：「其夫人晏出，故作關雎之歌，以感誨之。」列女傳古有虞貞節注，此引即注文。據李奇劉虞說，知詩爲康王后夫人作。李稱康王后，劉虞言康王夫人者，古后、夫人得通稱，猶後世后、妃異號，而韓說以后、妃止是一人也。（見下。）匡衡傳以「后夫人」統言之，亦齊說之明證。列女傳云：「宣王嘗夜卧晏起，后夫人不出房，姜后請罪，宣王曰：『非夫人之罪也。』」（引詳庭燎篇。）稱姜后曰「夫人」，而姜后之外又別有「后夫人」，此魯說，可以推見周制矣。「周衰」至「詩作」，王充論衡謝短篇文。上引「詩家曰」，魯說也。云「周衰詩作」者，專以風刺之詩言。淮南氾論訓：「王道缺而詩作，周室廢、禮義壞而春秋作。詩春秋，學之美者也，皆衰世之造也。」與此義同。「昔周」至「而作」，袁宏後漢紀楊賜語。賜與蔡邕同定石經魯詩，亦用魯說。云「夫人不鳴璜」者，璜是夫人佩玉。佩玉上有蔥珩，下有雙璜，珩璜相準，行步成聲。（詳鄭風女曰鷄鳴。）故曰「鳴璜」。今則鷄鳴時過，而珩璜無聲也。「不鳴」，與上「佩玉晏鳴」同義。云「宮門不擊柝」者，以下引薛君說互證之，蓋夫人已去君所，然後應門擊柝，鼓人上堂，否則宮門不擊柝也。後漢楊賜傳「康王一朝晏起，關雎見幾而作」，李注：「此事見魯，今亡失也。」又皇后紀論「故康王晚朝，關雎作諷」，注亦云：「見魯詩。」又楊雄法言孝至篇：「周康之時，頌聲作乎下，關雎作乎上，習治也。故習治則傷始亂也。」文選齊竟陵王行狀李注引應劭風俗通義云：「昔康王一朝晏起，詩人以爲深刺。天子當夜寢蚤作，身省萬機。」楊應二家與以上諸說同。蓋魯詩王、后並刺，李奇諸人以爲歎后，王充諸人以爲刺康王，非有異也。「周漸」至「篇首」，古文苑張超誚青衣賦文。後漢文苑傳：「超，河間人，與蔡邕同時者。」超以關雎爲畢公作，與論衡「大臣刺晏」合。是大臣乃畢公，魯詩所傳如此也。云「願得周公」者，願得如周公之聖德。羅泌路史高辛紀云：「康王一晏朝，而暴公作關雎之詩以諷。」乃本超賦而竊易之。世說：「謝征西稱關雎有不妒忌之德。夫人問：『詩是誰人所作？』曰：『周公作也。』」襲周南詩繫周公之說，亦無根據。「孔子」至「端也」，漢書匡衡傳文。其上云：「臣聞之師曰」，衡受齊詩於后蒼，此引后氏詩說也。其謂「后夫人之行不侔乎天地」，明主刺義。姚氏衡謂：「衡本學齊詩，以關雎爲刺晏起，故云情欲之感，宴私之意。」朱子善其語，取入集傳。然其說詩，實不同是也。」班固漢書杜欽傳贊曰：「庶幾乎關雎之見微。」後漢明帝紀「昔應門失守，關雎刺世」，李注引春秋說題辭曰：「人主不正，應門失守，故歌關雎以感之。」宋均注：「應門，聽政之處也。言不以政事爲務，則有宣淫之心。關雎樂而不淫，思得賢人與之共化，修應門之政者也。」班宋皆傳齊學，合觀諸說，知齊詩非主頌美也。「關雎，刺時也」者，王應麟詩攷六引韓詩敘文。「詩人」至「刺時」，後漢明帝紀李注引韓詩薛君章句文。云「退反晏處」者，指后夫人言。云「今時大人內傾於色」者，「大人」當爲「人君」。後漢馮衍傳衍顯志賦云：「美關雎之識微兮，愍王道之將崩。」注：「薛夫子韓詩章句曰：『詩人言雎鳩貞潔，以聲相求，必於河之洲，蔽隱無人之處。故人君動靜，退朝入於私宮，妃后御見，去留有度。今人君內傾於色，大人見其萌，故詠關雎，說淑女、正容儀也。」互校明紀注「大人內傾于色」，「大人」是「人君」之誤。「大人見其萌」，「大人」又「賢人」之誤也。綜覽三家，義歸一致。蓋康王時當周極盛，一朝晏起，應門之政不修而鼓柝無聲，后夫人璜玉不鳴而去留無度，固人君傾色之咎，亦后夫人淫色專寵致然。畢公，王室藎臣，睹衰亂之將萌，思古道之極盛，由於賢女性不妒忌，能爲君子和好衆妾，其行侔天地，故可配至尊，爲宗廟主。今也不然，是無以奉神靈之統而理萬物之宜。陳往諷今，主文譎諫，言者無罪，聞者足戒，風人極軌，所以取冠全詩。毛傳匿刺揚美，蓋以爲陳賢聖之化，則不當有諷諫之詞，得粗而遺其精，斯巨失矣。韓詩外傳五引孔子曰：「關雎至矣乎！夫關雎之人，仰則天，俯則地。幽幽冥冥，德之所藏。紛紛沸沸，道之所行。如神龍變化，斐斐文章。大哉關雎之道也，萬物之所繫，羣生之所懸命也。」愚案：賢妃和好衆妾，取則天地，廓乎有容，以宮闈之幽深而德藏其內，嬪御之紛沸而道行其間，型家化國，以成天下，是以萬物羣生，於焉託命，爲孔子所深取。否則匹君子、稱好逑耳，於萬物羣生何與乎？又案，鄉飲酒鄭注云：「關雎，言后妃之德。」燕禮注同此。因後世樂歌推言其義，與當日詩恉無涉。關雎乃西都畿內之詩，附録於周南者，以召南野有死麕、何彼襛矣二詩例之，關雎篇次，蓋在汝墳之後，麟趾之前，自孔子列冠篇首，合樂者因之。固知禮經合樂在後，不在周公之世。吾聞周公作樂，不聞周公合樂也。

關關雎鳩，【注】魯説曰：「關關，音聲和也。」又曰：「鴡鳩，王鴡。」又曰：「夫雎鳩之鳥，猶未嘗見乘居而匹處也。」齊説曰：「貞鳥雎鳩，執一無尤。」在河之洲。【注】三家「洲」作「州」。【疏】傳：「興也。關關，和聲也。雎鳩，王雎也，鳥摯而有別。水中可居者曰洲。后妃説樂君子之德，無不和諧，又不淫其色，慎固幽深，若關雎之有別焉，然後可以風化天下。夫婦有別則父子親，父子親則君臣敬，君臣敬則朝廷正，朝廷正則王化成。」箋：「摯之言至也，謂王雎之鳥，雌雄情意至，然而有別。」○「關關，音聲和也」者，釋訓文。史記佞幸傳索隱：「關，通也。」尚書大傳「雎禽獸之聲，猶悉關於律」，注：「關，猶入也。」案，「入」亦「通」也。太玄玄測都序注：「關，交也。」「關」訓「通」，亦訓「交」。鳥之情意通，則鳴聲往復相交，故曰「關」。重言之曰「關關」，謂鳥聲之兩相和悦也。玉篇：「關關，和鳴也，或爲喧。」廣韻：「喧，二鳥和鳴。」説文無「喧」字，此後起之義。「鴡鳩，王鴡」，釋鳥文。陸德明毛詩釋文：「雎，依字，且邊，隹旁，或作鳥。」説文「鴡」下云：「王鴡也。」从「鳥」不从「隹」，則「鴡」是正字。陸疏：「鴡類大小如鴟，深目，目上骨露，幽州人謂之鷲。而楊雄許慎皆曰：『白鷢，似鷹，尾上白。』」愚案：説文「鷢」下云：「白鷢，王鴡也。」段玉裁注謂轉寫之誤。案，「王鴡也」三字，緣下科「鴡」字注誤衍，段説是也。廣韻：「白鷢善捕鼠，與捕魚之鴡是二物。」禽經：「鴡鳩，魚鷹。」郝懿行爾雅義疏云：「能扇波令魚出，食之，故淮南説林訓謂之『沸波』。」邵晉涵爾雅正義云：「史記正義：『王鴡，金口鶚也。』今鶚鳥能翱翔水上，捕魚而食，後世謂之魚鷹。其鳴緩而和順，與白鷢相似而色蒼，非即白鷢也。」參稽衆説，是「鴡鳩」即魚鷹矣。左昭十七年傳「鴡鳩氏，司馬也」，杜

注：「鵙鳩，王鵙也。摯而有別，故爲司馬，主法制。」摯虞槐樹賦「嘉別鷙之王雎」，劉勰文心雕龍比興篇「關雎有別，后妃方德，德貴其別，不嫌於鷙鳥」，皆以「鵙鳩」爲鷙猛之鳥。毛傳「鳥鷙而有別」，釋文：「摯，本亦作鷙。」釋鳥郭注引毛傳，亦作「鷙」。「摯」、「鷙」古通用，非有異義。鄭箋：「摯之言至也，謂王鵙之鳥，雌雄情意至，然而有別。」夫詩詠關雎，情意已顯，與別鷙之義相成而不相妨，鄭讀「摯」爲「至」，增文成訓，轉失之矣。「有別」，兼遊不雙侶、死不再匹二義。「夫雎」至「處也」，列女傳魏曲沃負篇文。廣雅釋詁：「乘、匹，二也。」言雎鳩非不乘匹，而人弗之見，與張超賦「性不雙侶」義同。讀者勿以詞害意。文選張衡東京賦：「雎鳩麗黃，關關嚶嚶。」思玄賦：「雎鳩相和。」歸田賦：「王雎鼓翼，鶬鶊哀鳴。交頸頡頏，關關嚶嚶。」「交頸」、「關關」，承王雎言；「頡頏」、「嚶嚶」，承鶬鶊言。和鳴在無人之區，有別於衆見之地也。「貞鳥鵙鳩，執一無尤」者，易林晉之同人文。下云：「寢門治理，君子悅喜。」「執一」，言其貞專也。陸賈新語道基篇：「關雎以義鳴其雄。」淮南泰族訓：「關雎興於鳥而君子美之，謂其雌雄之不乖居也。」（「不乖居」，言不亂耦。羅願爾雅翼引與淮南今本同。或改「乖」爲「乘」，以合列女傳，非。）陰陽自然變化，論雎鳩不再匹，皆其義。此鳥德最純全，故詩人取以起興。○「三家洲作州」者，說文「州」下云：「水中可居曰州，周繞其旁，从重川。詩曰：『在河之州。』」「洲」俗字，知三家作「州」也。云「在河之洲」者，以洲上有林木，此鳥有別，其和鳴必在林木隱蔽之處，故君子取之。後漢張衡傳「呬河林之蓁蓁兮，偉關雎之戒女」，李注：「蓁蓁，茂貌。」引此詩，以爲衡睹河洲而思之也。薛君章句：「言雎鳩以聲相求，必於河洲隱蔽無人之處。」衡見河洲林木茂密，雎鳩和鳴，思詩人諷戒之情而偉之，與「河洲隱蔽」之說相成。衡學魯詩，據此知魯韓義同。毛傳但云「水中可居曰洲」。則詩恉不憭。

窈窕淑女，【注】魯說曰：窈窕，好貌。韓說曰：窈窕，貞專貌。

君子好逑。【注】魯齊「逑」作「仇」。魯說曰：言賢女能爲君子和好衆妾也。齊說曰：關雎有原，冀得賢妃正八嬪。韓說曰：淑女奉順坤德，成其紀綱。【疏】傳：「窈窕，幽閒也。淑，善。逑，匹也。言后妃有關雎之德，是幽閒貞專之善女，宜爲君子好匹。」箋：「怨耦曰仇。言后妃之德和諧，則幽閒處深宮。貞專之善女，能爲君子和好衆妾之怨者，言皆化后妃之德，不嫉妒，謂三夫人以下。」○「窈窕，好貌」者，王逸楚詞九歌注文。下引詩曰：「窈窕淑女。」王學魯詩，此魯說也。廣雅釋詁：「窈窕，好也。」方言：「窕，美也。陳楚周南之閒曰窕。自關而西，秦晉之閒，凡美色或謂之好，或謂之窕。美狀爲窕，美心爲窈。」以「美」釋「窈窕」，並與王說合。釋文引王肅云：「善心曰窈，善容曰窕。」與方言義同。析言之則「窈」、「窕」義分，渾言之但曰「好」也。「窈窕，貞專貌」者，文選顏延年秋胡詩李注引薛君章句文。說文：「窕，深遠也。」釋言：「冥，幼。」孫炎本「幼」作「窈」，云：「冥，深暗之窈也。」說文又云：「窕，深，肆極也。」釋言：「窕，閒也。」又：「肆也。」郭注：「輕窕者，好放肆。」非也。「肆」與「肆極」同義。肆極者，狀其深遠之至。淮南兵略訓「谿肆無景」，高注：「肆，極也。極谿之深，不見景也。」與說文「肆極」義合。惟貞專故幽閒，惟幽閒故穆然而深遠，意皆相承爲訓。薛釋「窈窕」爲「貞專貌」，主其根心之容而言，以應上文「雎鳩貞一」之指，於義最長。匡衡云：「致其貞淑，不貳其操。」曰「貞」、曰「不貳」，即「貞專」之義，明齊韓說同。說文：「淑，清湛也。」廣雅釋詁：「淑，清也。」言女之容德如水之湛然而清，亦深遠意也。○「魯逑作仇」者，釋詁：「仇，匹也。」衆經音義引李巡注：「仇，怨之匹也。怨耦曰仇。」郭注：「詩曰：『君子好仇。』」據此，魯作「仇」。「齊逑作仇」者，匡衡傳及禮緇衣引作「仇」，乃齊作「仇」之驗。後漢張衡傳、邊讓傳李注、文選景福殿賦李注、嵇康琴賦注、嵇康贈秀才入軍詩注、白居易六帖十七引作「仇」，並用魯齊詩。「言賢」至「妾也」者，列女湯妃有㜪傳云：「詩曰：『窈窕淑女，君子好仇。』言賢女能爲君子和好衆妾也。」（今本列女傳作「好逑」。案：既云「和好衆妾」，字當作「仇」，今本乃後人據毛詩妄改。）謂衆妾有怨者，淑女能和好之。此魯義也。女曰鷄鳴篇「知子之好之」，箋：「謂與己和好。」彼亦釋「好」爲「和」。常棣篇「妻子好合」，謂妻子和合也。孟子「凡我同盟，既盟之後，言歸於好」，謂言歸於和也。箋云「言后妃之德和諧，則幽閒處深宮。貞專之善女，能爲君子和好衆妾之怨者，言皆化后妃之德，不嫉妒」，係用魯説改毛。孔疏：「此衆妾所以得有怨者，以其職卑德小，不能無怨，故淑女和好之。見后妃和諧，能化羣下，雖有小怨，和好從化，亦所以明后妃之德也。」「關雎」至「八嬪」，御覽皇親部引詩推度災文。宋均注：「八嬪正於內，則可以化四方矣。」「關雎有原」者，夫婦爲王化之原，惟關雎詩義有之，故宋云「可以化四方」也。八嬪，陳喬樅云：「古者天子、諸侯一娶九女，一爲適妻，餘皆爲嬪。孟子引詩『刑於寡妻』，趙岐注：『言文王正己適妻，則八妾從。』八妾即此所謂八嬪也。」愚案：詩緯用齊説，趙注用魯説，義正相通。「冀得賢妃正八嬪」，與「求淑女和好衆妾」合。經言「好」，緯言「正」者，和好之俾各消釋怨妒，以禮制情，是即所以正之，其義相成也。「淑女」至「紀綱」，文選顏延年宋元皇后哀策李注引韓詩文。言此淑女能奉順后妃之坤德，紀綱衆妾，和好怨者。義與魯齊同。此云「成其紀綱」，匡衡傳言「綱紀之首」，語亦同也。易林履之頤：「雎鳩淑女，聖賢配耦。宜家受福，吉善長久。」姤之无妄：「關雎淑女，賢妃聖耦。宜家壽母，福禄長久。」小畜之小過：「關雎淑女，配我君子。少姜在門，君子嘉喜。」皆以淑女爲即聖配，不分「后妃」「淑女」爲二人。「少姜在門」，未達其義。

參差荇菜，【注】三家「參」作「槮」，「荇」作「莕」。左右流之。【注】魯説曰：左右，勴也。流，擇也。窈窕淑女，寤寐求之。【注】韓説曰：寐，息也。【疏】傳：「荇，接余也。流，求也。后妃有關雎之德，乃能共荇菜、備庶物以事宗廟也。寤，覺。寐，寢也。」箋：「左右，助也。言后妃將共荇菜之葅，必有助而求之者，言三夫人九嬪以下，皆樂后妃之事。后妃覺寐，則常求此賢女，欲與之共己職也。」○孔疏：「言此參差然不齊之荇菜。」參，借字。「三家參作槮，荇作莕」者，説文：「槮，木長貌。詩曰：『槮差莕菜。』」文選長笛賦「森槮柞樸」，注：「森槮，木長貌。」西京賦「橚爽櫹槮」，注：「皆草木盛貌也。」說文「差」下云：「貳也，差不相值也。从左、从𠂹。」廣雅釋詁：「差，次也。」槮差，謂如木有長者、有次者，槮差然不齊一也。荇，俗字。說文「莕」下云：「菨餘也。」「䓷」下云：「莕或从洐，同。」（盧文弨云：「今本說文『䓷』誤脫水旁，五經文字不誤，云：『莕、䓷。二同。』爾雅釋文亦云『莕』，說文作『䓷』，當據以訂正。」）毛作「參」「荇」，知許引三家文也。釋草：「莕，接余。」說文「菨餘」，同音借字。孔疏引陸璣云：「接余，白莖，葉紫赤色，正圓，徑寸餘，浮在水上，根在水底，與水深淺。莖大如釵股，上青下白，鬻其白莖，以苦酒浸之，爲菹脆美，可案酒。」李時珍云：「葉徑一二寸，有一缺而形圓如馬蹏者，蓴也。葉似蓴而稍銳長者，荇也。」爾雅翼：「陂澤多有，今人猶止謂之荇菜，非難識也。葉亦卷，漸開，雖圓而稍羡，不若蓴之極圓也。花則出水，黃色，六出。今宛陵陂湖中彌覆頃畝，日出照之如金，俗名『金蓮子』，狀亦似蓴，猪亦好食，民以小舟載取之以飼猪，又可糞田，或因是得『猪蓴』之名。」○「左右，勴也」者，釋詁文。邢疏引詩「左右流之」。說文：「勴，助也。」「勴」即「勴」字之省。箋：「左右，助也。」與雅訓合。釋文：「上音佐，下音佑。」讀與毛異，明用魯義。「流，擇也」者，釋詁文。郭注、邢疏引同。釋言：「流，求也。」郭亦引詩爲證。陳氏奐云：「三家詩或用釋詁文訓流爲擇。」愚案：爾雅本之周公，亦兼有衆家附益，毛取「流，求」釋經，「流，擇」固是魯義。於參差不齊中而擇其長成佳美者，是「擇」與「求」義亦相近。「左右擇之」，猶言黽勉求之。「雎鳩」「荇菜」，並即所見起興。○「寐，息也」者，慧琳音義十四引韓詩文。說文「寤」下云：「寐覺而有信曰寤。」「寐」下云：「卧也。」顧震福云：「毛傳：『寐，寢也。』廣韻：『寐，寢也，息也。』蓋兼采毛韓二說。論語公冶長鄭注：『寢，卧息也。』文選永明九年策秀才文李注：『寢，猶息也。』足證毛韓義同。」愚案：「寤寐」猶言「不寐」，謂求此淑女，至於不寐也。柏舟「耿耿不寐」，易林作「耿耿寤寐」，可證。鄭箋釋爲「覺寐」，「覺寐」即「不寐」矣。後漢應奉傳：「奉上書：『母后之重，興廢所因。宜思關雎之所求，遠五禁之所忌。』」據注，奉爲韓詩學，「五禁」用外傳文。

「關雎所求」，用韓詩「寤寐求之」文。

求之不得，寤寐思服。【注】魯說曰：服，事也。【疏】傳：「服，思之也。」箋：「服，事也。求賢女而不得，覺寐則思己職事，當誰與共之乎。」○「服，事也」者，釋詁文。郭注：「見詩。」邢疏：「服者，周南關雎云：『寤寐思服。』」此魯義也。「思服」者，思得此賢妃以和衆妾之事。箋用魯義易毛，仍說爲后妃求淑女，故云「思共己職事」，以曲成毛義也。桓寬鹽鐵論執務篇：「詩云：『求之不得，寤寐思服。』有求如關雎，好德如河廣，何不濟不得之有？言其求誠也。」桓學齊詩，此齊說。

悠哉悠哉，輾轉反側。【注】三家「輾」作「展」。韓說曰：展轉，反側也。魯說曰：展轉，不寐貌。【疏】傳：「悠，思也。」箋：「思之哉，思之哉，言已誠思之。臥而不周曰輾。」○說文：「悠，憂也。」不得淑女，以爲己憂。「悠哉悠哉」，猶悠悠也，二「哉」字增文以成句。楚詞初放「悠悠蒼天兮」，王注：「悠悠，憂貌。」與說文義合，重言之見其憂之長也。「三家輾作展」者，釋文：「輾，本亦作展。」呂忱：「從車、展。」是『輾』字始見字林，知三家作「展」。說文：「驏，馬轉臥土中。」人轉臥謂之「展」，故馬轉臥卽於「展」旁加「馬」謂之「驏」，益證字之不當爲「輾」也。「展轉，反側也」者，廣雅釋詁文，卽以本句互釋。廣雅兼有魯韓義，此韓義也。說文：「展，轉也。」是「展」、「轉」義同。禮曲禮鄭注：「側，反側也。」蓋分言之則「反」訓「覆」，「側」訓「旁」，連言之則「反」「側」義亦同。故「展轉」訓「反側」，「反側」亦訓「展轉」。何人斯箋：「反側，展轉也。」與廣雅互證而義益顯。詩重言以申意，總謂不安之狀耳。孔子言「關雎哀而不傷」，卽謂此也。「展轉，不寐貌」，楚詞九歎王注文引本詩，蓋魯義。

參差荇菜，左右采之。窈窕淑女，琴瑟友之。【注】魯韓說曰：友，親也。【疏】傳：「宜以琴瑟友樂之。」箋：「言后妃既得荇菜，必有助而采之者。同志爲友，言賢女之助后妃共荇菜，其情意乃與琴瑟之志同。共荇菜之時樂必作。」○說文：「采，捋取也。」琴瑟，大祭祀及房中樂皆用之。箋云「共荇菜之時樂必作」，是以琴瑟爲祭樂。疏引孫毓云：「若在祭時，則樂爲祭設，何言德盛？設女德不盛，豈祭無樂乎？又琴瑟樂神，何言友樂也。豈得以祭時之樂友樂淑女乎？以此知毛意思淑女未得，假設之詞也。」愚案：傳上云「后妃有關雎之德，乃能共荇菜、備庶物以事宗廟」，下云「德盛者宜有鍾鼓之樂」，既明言事宗廟，又鍾鼓不能奏於房中，是毛意以爲祭樂，鄭申成之。孫駁箋袒傳，未爲公論。然樂爲淑女設，卽不得是祭樂，孫說實有裨經恉。如韓詩「鍾鼓」一作「鼓鍾」，知琴瑟與鍾皆房中所用，可無祭樂之疑。賴此孤證，袪毛傳數千年之惑，誠古經之幸矣。「友，親也」者，廣雅釋詁文，魯韓義也。釋名釋親屬：「友壻，言相親友也。」孔疏：「思念此女，若來則琴瑟友而樂之。思設樂以待之，親之至也。」又云：「言友者，親之如友。」與廣雅合。

參差荇菜，左右芼之。【注】魯說曰：芼，搴也，取也。齊說曰：芼，草覆蔓。韓「芼」作「現」。【疏】傳：「芼，擇也。」箋：「后妃既得荇菜，必有助而擇之者。」○「芼，搴也」者，釋言文。郭注：「謂拔取菜。」邢疏云：「孫炎曰：『皆擇菜也。』某氏曰：『搴，猶拔也。』郭云：『謂拔取菜。』以搴是拔之義。關雎云『左右芼之』，毛云：『芼，擇。』亦謂拔菜而擇之也。」案，釋言是魯說，與毛異，孫溷爲一，邢遷就其說，非是。「拔」「擇」自二義，不相通假。「芼，取也」者，廣雅釋詁文。又云：「搴，取也。」是「搴」「取」義同，並魯訓。「芼，草覆蔓」者，說文文，引詩曰：「左右芼之。」陳壽祺云：「昏義言，婦人將嫁，教於宗室，『教成祭之，牲用魚，芼之以蘋藻』，卽『覆』之義也。」愚案：以荇菜覆蔓於牲上以爲祭品，許說正本昏義，齊說也。「韓芼作現」者，玉篇見部引詩曰：「『左右現之』，現，擇也。現亦本作芼。」顧野王時惟韓詩存，而引字作「現」，與毛異，證以玉篇中它所引詩，知顧用韓詩也。說文：「現，擇也。从見、毛聲。」毛訓「芼」爲「擇」，以「芼」爲「現」借字。徐璈云：「廣雅：『現，視也。』諦視而擇之。」其義相成。

窈窕淑女，鍾鼓樂之。【注】韓「鍾鼓」亦作「鼓鍾」。韓說曰：后妃房中樂有鍾磬。【疏】傳：「德盛者宜有鍾鼓之樂。」箋：「琴瑟在堂，鍾鼓在庭，言共荇菜之時，上下之樂皆作，盛其禮也。」○說文：「鍾，酒器也。从金，重聲。」「鐘，樂鍾也。秋分之音，物種成，从金，童聲。」今經典通作。「韓鍾鼓作鼓鍾」者，外傳五引詩曰「鼓鍾樂之。」徐璈云：「鼓鍾，謂擊鍾也。故靈臺曰『於論鼓鍾』，又曰『鼉鼓逢逢』，蓋編鍾，左傳所謂歌鍾也。」「后妃房中樂有鍾磬」者，隋書樂志引漢侯包韓詩翼要文。杜佑通典百四十七、陳暘樂書百十三引同。（隋書經籍志：包著韓詩翼要十卷。「包」一作「苞」。）云「房中樂有鍾磬」者，鍾磬，所以節樂，此證成韓詩「鼓鍾」之義。侯云然者，磬師「掌教擊磬、擊編鍾，教縵樂、燕樂之鍾磬」，鄭注：「磬亦編於鍾言之者，鍾有不編，不編者鍾師擊之。縵樂，謂雜聲之和樂者也。燕樂，房中之樂，所謂陰聲也。二樂皆教其鍾磬。」據此，房中樂有鍾磬。詩上詠淑女，下言作樂，明是奏樂於房，故云「鼓鍾樂之」，言鍾則有磬可知，此即禮文可明詩義也。鍾師云：「掌金奏。凡樂事，以鍾鼓奏九夏。」「凡祭祀饗食，奏燕樂。」鄭注：「以鍾鼓奏之。」賈疏：「饗食，謂與諸侯行饗食之禮。在廟，故與祭祀同樂。」據此，燕樂奏於房中，用鍾磬；奏於祭祀饗食，用鍾鼓，猶磬師「凡祭祀，奏縵樂」，既繫於磬師，知縵樂用鍾磬。鍾師「掌鼙鼓縵樂」，鄭注：「謂作縵樂，鼓鼙以和之。」既繫於鍾師，則縵樂用鼙，其義一也。燕禮云：「若與四方之賓燕，有房中之樂。」鄭注：「絃歌周南召南之詩，而不用鍾磬之節也。」鄭知不用鍾磬者，以用之賓燕，與諸侯饗食之禮同，必是以鍾鼓奏之，故言「不用鍾磬」，與鍾師注義相發。賈疏乃謂磬師教房中樂，待祭祀而用之，故有鍾磬，房中及燕則無鍾磬。殊未明晰，自來亦無達鄭恉者。陳祥道禮書因謂鄭氏注義歧出爲自惑，誣鄭甚矣。韓詩外傳一：「古者天子左五鍾，將出，則撞黄鍾，而右五鍾皆應之。馬鳴中律，駕者有文，御者有數。立則磬折，拱則抱鼓，行步中規，折旋中矩，然後太師奏升車之樂，告出也。入則撞蕤賓，以治容貌，容貌得則顏色齊，顏色齊則肌膚安。蕤賓有聲，鵠震馬鳴，及倮介之蟲，無不延頸以聽。在內者皆玉色，在外者皆金聲，然後少師奏升堂之樂，卽席告入也。此言音聲相和、物類相感、同聲相應之義也。詩曰：『鍾鼓樂之』，此之謂也。」韓此引又作「鍾鼓」，足證詩古本元不同，韓傳各據所見爲說。磬師疏云：「鍾師云『掌金奏』，又云『以鍾鼓奏九夏』，明是鍾不編十二辰，零鍾也。若書傳云『左五鍾，右五鍾也。』」所引書傳正與外傳合。大司樂「王出入，則令奏王夏」，疏云：「王出入，據大祭祀言。」案，王夏卽九夏之一，既奏王夏，明當用鍾鼓，足證外傳言天子出入，亦主祭祀言也。大抵外傳雜采諸家，不專一義，解者惟擇所宜。侯作翼要，專主鍾磬之說，以韓內傳作「鼓鍾」，本義宜然也。孔子曰「關雎樂而不淫」，云「樂」，云「不淫」，明指房中言，卽此語推之，知聖人所見詩經必作「鼓鍾」，而「鍾鼓」乃後出誤本。毛傳「共荇菜、備庶物以祭宗廟」，蓋所據本作「鍾鼓」，故以爲祭祀，不云房中之樂，此二說不可得兼。後人用毛詩「鍾鼓」之文，仍取韓說房中之義，斯爲謬矣。房中樂者，惟燕樂奏於房，故以「房中」名之，蓋今俗所云「細樂」。鄉飲酒禮：「乃合樂周南關雎葛覃卷耳，召南鵲巢采蘩采蘋。」鄭注：「周南召南，國風篇也，王后、國君夫人房中之樂歌也。」燕禮鄭注：「謂之房中者，后夫人之所諷誦以事其君子。」磬師賈疏：「房中之樂，卽關雎、二南也。謂之房中者，房中謂婦人后妃以風喻君子之詩，故謂之房中之樂。」蓋周之後世，樂歌廣及二南，此房中後起之義，與詩本義無涉。

關雎五章，章四句。故言三章，一章章四句，二章章八句。【疏】釋文：「五章是鄭所分，『故言』以下是毛本意，後放此。」

葛覃【注】魯說曰：「葛蕈，恐其失時。」【疏】毛序：「后妃之本也。后妃在父母家，則志在於女功之事，躬儉節用，服澣濯之衣，尊敬師傅，則可以歸安父母，化天下以婦道也。」箋：「躬儉節用，由於師傅之教。而後言尊敬師傅者，欲見其性亦自然。可以歸安父母，言嫁而得意，猶不忘孝。」○「葛蕈恐其失時」者，古文苑蔡邕協和婚賦云：「考遂初之原本，覽陰陽之綱紀。乾坤和其剛柔，艮兌感其脢腓。葛覃恐其失時，摽梅求其庶士。唯休和之盛代，男女得乎年齒。婚姻協而莫違，播欣欣之繁祉。」徐璈云：「賦意蓋以葛之長大而可爲絺綌，如女之及時而當歸於夫家。刈濩汙澣，且以見婦功之敎成也，故與摽梅並稱。是亦士大夫婚姻之詩，與何休謂『歸寧非諸侯夫人之禮』者義同，魯家之訓也。」愚案：徐說是也。蔡賦「恐失時」，用首章詩意。次章已嫁，三章歸寧，正美其不失時。玩賦末四語，歸美意可見。文王化行國中，婚不違期，非獨士大夫爲然，此就本詩說之。鄉飲酒燕禮鄭注：「葛覃，言后妃之職。」此推言房中樂歌義例，若用以說詩，則不可通，以「澣衣」、「歸寧」皆非后妃事也。

葛之覃兮，施于中谷，維葉萋萋。【注】韓「維」作「惟」。韓說曰：惟，辭也。萋萋，盛也。魯說曰：萋萋，茂也。【疏】傳：「興也。覃，延也。葛，所以爲絺綌，女功之事煩辱者。施，移也。中谷，谷中也。萋萋，茂盛貌。」箋：「葛者，婦人之所有事也。此因葛之性以興焉。興者，葛延蔓於谷中，喻女在父母之家，形體浸浸日長大也。葉萋萋然，喻其容色美盛也。」○說文：「葛，絺綌草也。」釋詁：「覃，延也。」郭注：「謂蔓延。」蔡賦作「葛蕈」，陳喬樅以爲三家文。案，釋文：「葛覃，本亦作蕈。徒南反。」是毛詩有作「蕈」者。淮南原道訓高誘注：「潭，讀葛覃之覃。」又：「潯，讀葛覃之覃。」高用魯詩，而「覃」字不皆從「艸」。禮緇衣釋文：「葛覃，本亦作蕈。」知齊詩亦不皆從「艸」，是「蕈」字乃衆家異文也。說文：「蕈，桑蕈。」「覃，長味也。」引申之，凡延長者皆訓「覃」。「蕈」借字，「覃」正字。顏師古匡謬正俗云：「『施于中谷』，與『施于條枚』，義兼訓『移』，音亦爲『貤』。言葛生於此而蔓延漸移於彼也。」孔疏：「中谷，谷中。倒其言者，古人之語皆然，詩文多此類也。」又引王肅云：「葛生於此，蔓延於彼，猶女之當外成也。」孔駁之云：「案下句『黃鳥于飛』，喻女當嫁，若此句亦喻外成，於文爲重。毛意必不然。」愚案：傳云「興也」，未嘗指定某句興某事。如鄭說黃鳥飛集灌木，興女有嫁於君子之道，則王喻外成爲重，然與毛意無涉，孔疏非也。葛生延蔓，猶在谷中，鄭說較勝。但黄鳥翔集和鳴，見雌雄情意之至，陽春融和，草木暢茂，時鳥音變，淑女有懷，天機所流，有觸斯感。魯說以爲恐婚姻之失時，義優於毛鄭也。此從已嫁後追詠其情事。「惟，辭也」者，文選楊雄羽獵賦、阮籍詠懷詩李注引薛君韓詩章句文。據此，毛詩「維」字，韓皆作「惟」，它篇並同，疏不復出。「萋萋，盛也」者，文選潘岳藉田賦李注引章句文。「萋萋，茂也」者，廣雅釋訓文，魯說也。茂、盛義同，故毛云「萋萋，茂盛貌」。

黄鳥于飛，集于灌木，其鳴喈喈。【注】魯說曰：「倉庚，幽冀謂之黄鳥。」魯「灌」亦作「樌」。

【疏】傳：「黄鳥，摶黍也。灌木，藂木也。喈喈，和聲之遠聞也。」箋：「葛延蔓之時，則摶黍飛鳴，亦因以興焉。飛集藂木，興女有嫁于君子之道。和聲之遠聞，興女有才美之稱，達於遠方。」○「倉庚幽冀謂之黄鳥」者，呂覽仲春紀高注：「倉庚，爾雅曰商庚、黎黄，楚雀也。秦人謂之黄離，齊人謂之摶黍，幽冀謂之黄鳥。詩曰『黄鳥于飛，集于灌木』是也。」此魯說也。方言：「驪黄，自關而西謂之驪黄，或謂之黄鳥，或謂之楚雀。」楊亦用魯說。孔疏引陸璣云：「黄鳥，黄驪留也，或謂之黄栗留。幽州人謂之黄鶯，一名倉庚，一名商庚，一名鵹黄，一名楚雀。齊人謂之摶黍。當葚熟時，來在桑閒，故里語曰：『黄栗留看我，麥黄葚熟。』亦是應節趨時之鳥也。」與楊高說合。今楚人亦謂之「黄鶯」，不獨幽州爲然。說文「離」下云：「離黄，倉庚也，鳴則蠶生。」「䨼」下云：「䨼黄也。从隹，黎聲。一曰楚雀，其色黎黑而黄。」據此，正今之黄鶯。七月詩：「春日載陽，有鳴倉庚。」鄭箋亦以倉庚鳴爲可蠶之候，與說文合。「驪」即「鸝」字，與「黎」、「離」、「鵹」、「鵹」同音通用。「離黄」之爲「黄離」，猶「螽斯」之爲「斯螽」。「離」、「栗」一聲之轉，「離」、「留」又雙聲，短呼爲「離」，長呼得「離留」二字也。釋鳥：「倉庚，商庚。」郭注：「即鵹黄也。」又云：「鵹黄，楚雀。」注：「即倉庚也。」又云：「皇，黄鳥。」注：「俗呼黄離留，亦名摶黍。」案，「皇，黄鳥」，郭注誤，馬屬黄白曰「皇」，此鳥名「皇」，知非「鵹黄」之鳥也。而段玉裁焦循遂謂毛傳以「摶黍」釋「黄鳥」，不云卽「倉庚」，是詩之「倉庚」爲「黃鶯」，而「黃鳥」爲今之「黃雀」。黃雀啄粟，故有「摶黍」之名，因改「摶」爲「摶」，以成其義。攷釋文：「摶黍，徒端反。」不音「摶」。禽蟲隨地異名，不煩强釋，必謂啄粟，故名「摶黍」，然則螽斯名「春黍」，亦能啄粟乎？黃鳥名「楚雀」，惟楚地有乎？竊謂「啄粟」之黃鳥、「交交」之黃鳥，是黃雀，它詩皆黃鶯。郝懿行云：「其鳴聲和調而圓亮，故葛覃云『其鳴喈喈』。其毛色陸離而鮮明，故東山云『熠燿其羽』。其爲鳥柔易而近人，故凱風云『睍睆黃鳥』。其頸端有細毛雜色，故小雅云『綿蠻黃鳥』。文選注引薛君章句云：『綿蠻，文貌也。』」其說是矣。于，詞也。「于飛」猶「聿飛」，說詳桃夭。「魯灌亦作樌」者。釋木：「灌木，叢木。」郭注：「詩曰：『集于灌木。』」陳喬樅云：「爾雅釋文『樌木』字又作『灌』。下文『木叢生爲樌』，釋文同。據陸所見爾雅本作『樌』，則注引詩當亦作『集於樌木』，郭用舊注魯詩之文，故字同。作『樌』與毛異，或本爾雅及呂覽高注。作『灌木』者，是後人依毛詩改之。」愚案：詩釋文「灌木」下毛無「亦作」本，則作「樌」者，魯家異文也。說文：「喈，鳥鳴聲。」重言「喈喈」，鳴相和也。玉篇口部「喈」下引詩云：「『其鳴喈喈』，喈喈，和聲之遠聞也。」

葛之覃兮，施于中谷，維葉莫莫。【注】魯韓說曰：莫莫，茂也。【疏】傳：「莫莫，成就之貌。」箋：「成就者，其可采用之時。」○「莫莫，茂也」者，廣雅釋訓文。說文：「莫，日且冥也。从日，在茻中。」詩重言「莫莫」，其義自衆草翳不見日引申而出，以狀葛葉延蔓廣遠。後人增水旁爲「漠漠」，詩家言「廣遠」義多承用之，自此詩始也。詩巧言章、禮內則注，釋文並云「莫」，又作「漠」，是其證矣。是刈是濩。爲絺爲綌，服之無斁。【注】韓說曰：刈，取也。濩，瀹也。魯說曰：「是刈是鑊。」鑊，煮之也。韓說曰：結曰絺，辟曰綌。魯齊「斁」作「射」。齊說曰：射，厭也。言己願采葛以爲君子之衣，令君子服之無厭，言不虛也。【疏】傳：「濩，煮之也。精曰絺，粗曰綌。斁，厭也。古者王后織玄紞，公侯夫人紘綖，卿之内子大帶，大夫命婦成祭服，士妻朝服，庶士以下各衣其夫。」箋：「服，整也。女在父母之家，未知將來所適，故習之以絺綌煩辱之事，乃能整治之無厭倦，是其性貞專。」○「刈，取也」者，詩釋文文：「是艾，本亦作刈，魚廢反。韓詩云：『刈，取也。』」據此，毛作「艾」，韓作「刈」，孔疏本毛作「刈」，是所見本異。爾雅釋文：「是乂，本亦作刈。」是陸據爾雅本作「乂」。說文：「乂，芟草也。或从刀，作刈。」今案：葛但言芟，其義不全，故韓申訓曰「取也」。「濩，淪也」者，釋文「是濩」下云：「胡郭反，煮也。韓詩云：『濩，淪也。』音羊灼反。」愚案：說文：「淪，漬也。」服虔通俗文云：「以湯煮物曰淪。」既夕禮「其實皆淪」，注：「皆湛之湯。」李黼平云：「說文：『濩，雨流霤下貌。』則濩爲浸漬淋灖之狀，與『淪』字意同，皆謂浸漬而煮之也。」「是刈是鑊。鑊，煮之也」者，釋訓文。陳喬樅云：「爾雅『是鑊』，釋文：『又作濩。』毛詩作『濩』，卽『鑊』之假借。詩正義引爾雅云云，又申之曰：『以煮之於鑊，故曰鑊煮，非訓鑊爲煮。』（今本並改爲「濩」，誤。）據此，知孔見爾雅本作『是鑊』，『鑊』字亦是魯詩文也。」郝懿行云：「說文：『鑊，鐫也。』『鐫，䰛也。』淮南說山訓注：『無足曰鑊。』鼎、鑊皆煮器，惟有足、無足爲異。然則刈亦芟草之器，因名芟爲刈，且刈與鑊配，並是器名。故齊語『挾其鎗刈耨鎛』，韋昭注：『刈，鎌也。』方言云：『刈，鉤。』說文『鉤』作『钊』，云：『鎌也。』」愚案：「刈」、「鑊」器名，而以爲用器之稱，此魯義實字虛用例也。○「爲」者，煮葛以爲衣。說文：「絺，細葛也。」「綌，粗葛也。」「結曰絺，辟曰綌」者，玉篇系部引韓詩文。顧震福云：「說文：『結，絺也。』『絺，結不解也。』釋名：『結，束也。』柏舟釋文：『辟，本又作擘。』孟子滕文公篇『妻辟纑』，高士傳作『擘纑』。喪大記『絞一幅爲三，不辟』，正義：『古字假借，讀辟爲擘。』詩言績葛爲布，結束使密則精，擘分使疏則粗也。」說文：「斁，厭也。詩曰：『服之無斁。』」此引毛詩。「魯齊斁作射」者，釋詁：「射，厭也。」郭注：「詩曰：『服之無射。』」楚詞招魂王注：「射，厭也。詩曰：『服之無射。』」是述魯文。禮緇衣：「葛覃曰：『服之無射。』」是齊作「射」。「斁」「射」字，經典假借通用。「射厭」

至「虛也」，緇衣鄭注文。云「爲衣令君子服之」者，是以爲女適人後事，較箋云「在父母家習絺綌煩辱之事」者其義爲長，此齊說也。易林兌之謙：「葛生衍蔓，絺綌爲願。」焦用齊詩。言「爲願」，與注言「已願」同。云「無厭」者，見君子安其所服，恆德永好之意。「言不虛也」者，孔疏云：「君子實得其服而不虛也。」案：詩言絺綌之事，始於爲而終於服，見婦功之實有成，故彼文引以爲證。此「君子」，謂大夫。以魯說推之，仲春昏時，女子睹物有懷，未夏適人，親治絺綌爲君子服。見文王聖化隆洽，國中士女婚期無愆，此歌詠所由起。如傳箋所云，當葛葉成就之時，女尚在父母家，過時不婚，非詩意也。

言告師氏，言告言歸。【注】魯說曰：婦人所以有師者何？學事人之道也。【疏】傳：「言，我也。師，女師也。古者女師教以婦德、婦言、婦容、婦功。祖廟未毀，教于公宮三月。祖廟既毀，教于宗室。婦人謂嫁曰歸。」箋：「我告師氏者，我見教告于女師也。教告我以適人之道。重言「我」者，尊重師教也。公宮、宗室，於族人皆爲貴。」○釋詁：「言，我也。」此女自我也，詩云我告師氏矣，我告者何？我歸耳。歸，即末章「歸寧」之「歸」。毛傳「婦人謂嫁曰歸」，今知非者，上章詠適人後事，此不當復言嫁也。「婦人」至「道也」，班固白虎通嫁娶篇文，下引此詩二句爲證，云：「婦人有師者。」說文：「妿，女師也。从女，加聲。杜林說：加教於女也。讀若阿。」「娒，女師也。从女，每聲，讀若母。」案「娒」與「姆」同，亦作「母」。史記倉公傳作「阿母」，蓋轉寫失真，音存字變，即此「師氏」矣。云「學事人之道也」者，昏義孔疏云：「昏禮，姆纚笄綃衣，在其右。鄭注：『姆，婦人五十無子，出而不復嫁，能以婦道教人者。』鄭知女師之姆必是無子而出者，以女已出嫁，母尚隨之。公羊襄三十年傳曰：宋災，伯姬存焉。傅至，母未至，逮火而死。若非出而不嫁，何以得隨女在夫家？母既如此，傅亦宜然。」孔疏又云：「南山鄭箋：文姜與姪娣及傅姆同處，襄公不宜往雙之。則傅亦婦人也。何休云：『選老大夫爲傳，大夫妻爲母。』禮重男女之別，大夫不宜教女子，大夫之妻當從夫氏，不當隨女而適人，事無所出，其言非也。」愚案：孔據昏禮公羊傳知姆當隨女往夫家，説文釋「姆」爲「女師」，是姆、女師非有二義。陳氏奐謂：「女師與傅姆異，女師在公宫宗室，不隨行，傅姆隨女同行。」臆爲區別，以證成毛傳「在父母家」之義，其説非是。内則：「大夫以上立師、慈、保三母。」亦證此爲大夫家婚姻之詩矣。

薄汙我私，薄澣我衣。害澣害否，【疏】傳：「汙，煩也。私，燕服也。婦人有副褘盛飾，以朝事舅姑，接見于宗廟，進見于君子，其餘則私也。害，何也。私服宜澣，公服宜否。」箋：「煩，煩撋之用功深。澣，謂濯之耳。衣，謂褘衣以下至褖衣。我之衣服，今者何所當見澣乎？何所當否乎？言常自潔清，以事君子。」○後漢李固傳「薄言震之」，李注引韓詩曰：「薄，辭也。」全詩義同。説文：「汙，薉也。」衆經音義引字林：「穢也。」釋名：「洿也。」私，近身衣。凡親褻者皆謂之私，近身衣爲「私衣」，猶言「褻服」矣。「私」與「衣」不分二事，『我私』『我衣』，對文以見義，省字以成句。下言「我衣」，則知上「我私」爲私衣。猶大田篇「雨我公田，遂及我私」，上言「公田」，則知下「我私」爲私田也。説文：「澣，濯衣垢也。」二句相屬爲文，言我之私衣既薄汙矣，則薄澣之。「害」「曷」雙聲，古借「害」爲「曷」，故「害」易訓「何」。此衣服中又有未汙而不必澣者，故云何者當澣乎？何者當否乎？心口相商之詞也。**歸寧父母。**【注】魯説曰：自大夫妻，雖無事，歲一歸寧。【疏】傳：「寧，安也。父母在，則有時歸寧耳。」○釋詁：「寧，安也。」説文：「寧，願詞也。」「寍，安也。」今訓「安」之「寍」，詩通作「寧」。「自大夫妻雖無事歲一歸寧」者，公羊莊二十七年傳何休解詁云「諸侯夫人尊重，既嫁，非有大故不得反。惟自大夫妻，雖無事，歲一歸寧。」徐彦疏：「自，從也。言從大夫妻以下，卽詩云『歸寧父母』是也。詩是后妃之事，而云『大夫妻』者，何不信毛敍故也。」案，古天子、諸侯夫人皆不歸寧，穀梁以婦人既嫁踰竟爲非禮，傳凡八見。春秋經莊二十七年冬：「杞伯姬來。」左傳凡諸侯之女歸寧曰「來」，出曰「來歸」。公羊傳直來曰「來」，大歸曰「來歸」，二傳解經意同，非謂有當於禮。蓋春秋以降，多違禮自恣，若魯文姜、杞伯姬皆是。泉水載馳皆以父母既没，義不得往，則知因父母存而歸寧者必多。然如國策趙左師觸讋對太后云：「媪之送燕后，祭祀必祝之曰：『必勿使反。』」時至戰國，猶知此義，在西周之初，自無后妃歸寧之事，毛説疑與禮不合。惟大夫妻有歸宗之道，見禮喪服傳。又鄭志答趙商曰：「婦人有歸宗，謂目其家之爲宗者。大夫稱家。」與解詁合。詳詩恉，以魯爲長。説文：「晏，安也。詩曰：『以晏父母。』」段玉裁云：「引三家詩。」愚案：此或齊韓文。

葛覃三章，章六句。

卷耳

【注】魯説曰：思古君子官賢人，置之列位也。【疏】毛序：「后妃之志也。又當輔佐君子求賢審官，知臣下之勤勞，内有進賢之志，而無險詖私謁之心，朝夕思念，至於憂勤也。」箋：「謁，請也。」〇「思古」至「位也」，淮南俶真訓云「詩云：『采采卷耳，不盈頃筐。嗟我懷人，寘彼周行。』以言慕遠世也。」高注：「詩周南卷耳篇也。言采易得之菜，不滿易盈之器，以言君子爲國執心不精，不能以成其道，猶采易得之菜，不能滿易盈之器也。『嗟我懷人，寘彼周行』，言我思古君子官賢人，置之列位也。誠古之賢人各得其行列，故曰慕遠也。」此魯説。左襄十五年傳：「君子謂楚於是能官人。官人，國之急也。能官人，則民無覦心。詩云：『嗟我懷人，寘彼周行。』能官人也。王及公、侯、伯、子、男，甸、采、衞大夫，各居其列，所謂周行也。」杜注：「周，徧也。詩人嗟歎，言我思得賢人，置之徧於列位。」左氏引詩固多斷章取義，此説「周行」與魯合，是詩本義如此。參證荀子解蔽篇，（引見下。）此詩爲慕古懷賢，欲得徧置列位，思念深長。諸家無異説。藝文類聚三十引束晳云：「詠卷耳則忠臣喜。」唐書劉境傳同。蓋人君志在得人，是以賢才畢集，樂爲效用，而國勢昌隆也。鄉飲酒燕禮鄭注：「卷耳，言后妃之志。」亦後來樂歌義例，無關詩恉。

采采卷耳，不盈頃筐。【注】魯「卷」亦作「菤」。韓說曰：頃筐，欹筐也。【疏】傳：「憂者之興也。采采，事采之也。卷耳，苓耳。頃筐，畚屬，易盈之器也。」箋：「器之易盈而不盈者。志在輔佐君子，憂思深也。」○芣苢薛君說云「采采而不已」，此「采采」詩義當同，采而又采，是不已也。釋草：「菤耳，苓耳。」釋文：「菤，謝作卷，詩『卷耳』是也。」本草作「枲耳」，云：「一名胡枲，一名地葵，一名葹，一名常思。」陶注云：「一名羊負來，昔中國無此物，言從外國逐羊毛中來也。」廣雅云：「苓耳、蒼耳、葹、常枲、胡枲之類耳。」案，爾雅「菤」字，魯家異文。說文：「蓩，卷耳也。」「苓，卷耳也。」是卷耳有二。玉篇以「蓩」爲毒艸。楚詞九思「枲耳兮充耳」，王注：「枲耳，惡草也。」此「枲耳」當卽是「蓩」。說文之「苓」，則詩所謂「卷耳」。蓋名狀俱同，毒不毒有別。孔疏引陸璣云：「葉青白色。似胡荽，白華，細莖蔓生，可煮爲茹，滑而少味。四月中生子，如婦人耳中璫，今或謂之耳璫，幽州人謂之爵耳是也。」案，列子釋文引蒼頡篇云：「蒷耳，一名蒼耳。」埤雅引荆楚記同。陳啟源桂馥皆以爲卽今藥中「蒼耳子」是也。箋「器之易盈而不盈者」、「憂思深也」，卽用荀子引詩意（見下。）御覽九百九十八引毛詩卷耳曰：「采采卷耳，不盈傾筐。」易林鼎之乾：「傾筐卷耳，憂不能傷。」易林用齊詩，是齊毛俱有異文作「傾」。說文：「頃，頭不正也。」「傾，仄也。」字當以「傾」爲正。「頃筐，欹筐也」者，詩釋文引韓詩文。說文：「欹，持去也。」無「傾側」義。玉篇「欹」下云：「今作不正之攲。」「攲」下云：「傾低不正，亦作欹。」是「欹」爲「攲」之借字。說文：「箸，飯敧也。」段玉裁云：「當作飯攲，箸必傾側用之，故曰飯攲。宗廟宥坐之敧器，古亦當爲攲器。」愚案：說文：「攲，攲嘔也。」「攲嘔」與「崎嶇」音義同，傾側不正之意也。宮正「奇衺之民」，注：「奇衺，譎觚非常。」是「奇衺」猶「敧邪」。言傾側不正者，當以「奇」爲正字，「攲」字尚屬後起，俗書緣「奇」誤「敧」，遂以「敧」代「攲」，「敧」行而「奇」義遂別，卽「攲」義亦隱矣。頃筐後高前低，其爲製傾低不正，故韓以「敧筐」釋之。傾則前淺，故易盈也。

嗟我懷人，寘彼周行。【注】魯韓說曰：周，徧也。【疏】傳：「懷，思。寘，置。行，列也。思君子官賢人，置周之列位。」箋：「周之列位，謂朝廷臣也。」○嗟，歎息之詞。我者，文王自我。懷，思也。人，謂古君子。說文：「寘，實也。」無「寘」字。新附有之，云「置也」。廣雅釋詁：「寘，塞也。」「寘」當爲「窴」之誤字。東山篇釋文「寘」作「窴」：「大千反。從穴，下真。」不誤。彼，彼賢人。「周，徧也」者，廣雅釋詁文，杜注本之。釋文：「行，列位也。」嗟我思古君子，欲得寘彼賢人徧於行列，故淮南云「慕遠世」，猶綠衣篇「我思古人」意。荀子解蔽篇：「詩云：『采采卷耳，不盈頃筐，嗟我懷人，寘彼周行。』頃筐易滿也，卷耳易得也，然而不可以貳周行。故曰：心枝則無知，傾則不精，貳則疑惑。」楊注：「采易得之物，實易滿之器，以懷人寘周行之心，貳之則不能滿，況乎難得之正道，而可以他術貳之乎？」案，楊以「懷人寘周行」五字連文說，與諸家同。荀此引與淮南高注意微異。荀云因懷人寘周行，故采卷耳不盈頃筐，賦也。高云采易得之卷耳，不滿易盈之頃筐，以見執心不精，不能成道，故君子爲國宜憂勞求賢，興也。說詩不同，大義則一。

陟彼崔嵬，我馬虺隤。

【注】三家「虺」作「瘣」，「隤」作「頽」。【疏】傳：「陟，升也。崔嵬，土山之戴石者。虺隤，病也。」箋：「我，我使臣也。臣以兵役之事行出，離其列位，身勤勞於山險，而馬又病，君子宜知其然。」○此下三章言遠行求賢之事。說文：「陟，登也。」「崔，大高也。」「嵬，高而不平也。」釋山：「石戴土謂之崔嵬，土戴石爲砠。」案，如許訓，「崔嵬」是高而不平，明石在土上，則土戴石爲崔嵬，雅訓誤也。釋名：「崔嵬，土山之戴石者。石山戴土曰砠。」毛傳同，竝與爾雅相反。馬瑞辰云：「說文：『兀，高而上平也。』『屼，石山戴土也。』高而上平者爲石山戴土，則知高而不平者爲土山戴石矣。」此說是也。釋詁：「虺隤，病也。」釋文引孫炎云：「馬退不能升之，病也。」「三家虺作瘣，隤作頽」者，釋文引說文，「虺」作「瘣」，「隤」作「頽」。據此，說文引詩「我馬瘣頽」，今本無之，明轉寫遺奪。郝懿行云：「『瘣』字誤，說文作『瘣』，云病

也。詩爾雅『虺』字，俱『瘣』之假借。」愚案：郝說是也。易林賁之小過正作「玄黃瘣隤」。釋詁釋文出「㾯」字，云「呼回反。」字林云：「病也」，今經注無此字。蓋「㾯」即「瘣」之篆文誤字，陸氏忽不加察耳。說文：「虺以注鳴。」無「病」義。「瘣」正字，「虺」借字。說文：「隤，下隊也。」「穨，秃貌」。「頹」即「穨」之隸變。「頹」「隤」通用字。蔡邕述行賦：「我馬虺頹以玄黃。」王逸楚詞九思逢尤篇：「車軏折兮馬虺頹。」蔡王竝述魯詩，明魯作「虺頹」。易林三作「虺隤」，一作「瘣隤」，是「瘣」爲齊詩異文，「隤」字又與說文不合。然則作「瘣頹」者，韓詩也。

我姑酌彼金罍，維以不永懷。【注】三家「姑」作「夃」。韓說曰：金罍，大器也。天子以玉，諸侯、大夫皆以金，士以梓。【疏】傳：「姑，且也。人君黃金罍。永，長也。」箋：「我，我君也。臣出使，功成而反，君且當設饗燕之禮，與之飲酒以勞之，我則以是不復長憂思也。言且者，君賞功臣，或多於此。」〇「三家姑作夃」者，說文：「秦人市買，多得爲夃。從乃、從夂，益至也。詩曰：『我夃酌彼金罍』。」玉篇「夃」下亦有此文，又引論語曰「求善價而沽諸」，是「夃」即「沽」正字。說文：「沽水出漁陽塞外，東入海。」後人借爲市買之字，「沽」行而「夃」廢。此詩作「姑」，又「沽」之借字。凡從「古」得聲之字，音義多相通借。既夕禮注：「古文沽作古。」士虞禮注：「古文苦爲枯。」鄉射禮注釋文「枯」字又作「楛」。釋詁釋文：「詁，本作故。」荀子勸學篇注：「楛讀爲沽。」彊國篇注：「楛讀爲盬。」盬人典婦功注，皆「苦」讀爲「盬」，是其例也。詩字作「姑」，義仍爲「沽」。毛傳「姑，且也」，以「姑」爲語詞，望文生訓，失古義矣。文王遠行求賢，酒或不給，取之於夃，情事宜然。伐木篇「無酒酤我」，箋疏皆以爲「市買」，與此義同。說文：「酌，盛酒行觴也。」彼，亦彼賢人，求而得之，則設饗燕之禮，與之飲酒也。「金罍」至「以梓」，許慎五經異義六言罍制引韓詩文。云「大器也」者，孔疏引作「大夫器」。案，「夫」字衍。下既云「諸侯、大夫皆以金」，此不得云「大夫器」。司尊彝疏引無「夫」字，是也。毛詩說言「大一碩」，孔疏引阮諶禮圖亦云「大一斛」，故韓言「大器也」。云「天子以玉」者，詩釋文引作

「天子以玉飾」，孔疏云：「經無明文。」案明堂位：「爵夏后氏以琖，殷以斝，周以爵。」孔疏：「琖，夏爵名，以玉飾之，故前云爵用玉，琖仍雕也。」說文：「斝，玉爵也。」左昭七年傳「賂以斝耳」，杜注：「斝耳，玉爵。」明堂位疏又云：「太宰贊玉几玉爵，然則周爵或以玉爲之，或飾之以玉。」據此，夏殷周爵皆用玉，是天子以玉也，孔偶有不照耳。云「諸侯大夫皆以金」者，釋文作「諸侯大夫皆以黄金飾。」異義又云：「毛詩說，金罍，酒器也，諸臣之所酢，人君以黄金飾尊，大一碩，金飾龜目，蓋刻爲雲雷之象。」是毛詩以金飾罍，與韓同，惟毛言「人君」，統天子、諸侯言之，韓以諸侯、大夫言，唯是爲異。疏云：「人君黄金罍，謂天子也。周南，王者之風，故皆以天子之事言。」愚案：周南之詩，是文王未稱王時作，無嫌於金罍爲諸侯之制。毛傳統言「人君」，所以成其曲説，不若韓之得實也。云「士以梓」者，釋文同。孔疏：「司尊彝注：『罍亦刻而畫之，爲山雲之形。』言『刻畫』，則用木矣，故禮圖依制度云『刻木爲之』。韓說言『士以梓』，士無飾，言其木體，則以上同用梓而加飾耳。」疏又云：「謂之罍者，取象雲雷博施，如人君下及諸臣。」說文「櫑」下云：「龜目酒尊，刻木作雲雷象，象施不窮也。从木，畾聲。」「罍」下云：「櫑，或从缶。」「⿱畾皿」下云：「櫑，或從皿。」「𦉪」下云：「籀文櫑。」文選班固東都賦「列金靁」，「靁」借字，固用齊詩，蓋齊作「靁」。漢書文三王傳「梁孝王有𦉪尊」，顏注引應劭曰：「詩云『酌彼金𦉪』，『𦉪』，畫雲雷之象，以金飾之也。」劭蓋用魯詩說。又引鄭氏曰：「上蓋刻爲雲雷之象。」顏疑刻畫不同，故兩引之。案，據毛詩說、司尊彝注皆刻畫並舉，非有異義。陳喬樅云：「食貨志注引鄭氏稱詩蔈有梅作『蔈』，與魯韓毛文異，知此據齊詩也。」說文：「永，長也。」言如此則我不至以賢之不見，長久懷思，冀望之詞也。蓋文王當日以官人爲急慮，巖棲谷隱之賢伏而不出，不憚跋涉勞瘁，躬親訪求，故有「崔嵬」、「高岡」、「馬病」、「僕痡」之事。獵呂尚於磻溪，舉顛夭於山林，皆其明證。故知不通三家，未可言詩也。

陟彼高岡，我馬玄黃。【注】韓說曰：峛崺曰岡。峛崺者，卽爾雅所說山脊也。魯說曰：玄黃，病也。我姑酌彼兕觥，維以不永傷。【注】韓說曰：一升曰爵。爵，盡也，足也。二升曰觚。觚，寡也，飲當寡少。三升曰觶。觶，適也，飲當自適也。四升曰角。角，觸也，不能自適，觸罪過也。五升曰散。散，訕也，飲不自節，爲人謗訕。總名曰爵，其實曰觴。觴者，餉也。觥亦五升，所以罰不敬。觥，廓也，所以著明之貌。君子有過，廓然著明，非所以餉，不得名觴。魯說曰：傷，思也。【疏】傳：「山脊曰岡。玄馬病則黃。兕觥，角爵也。傷，思也。」箋：「此章爲意不盡，申殷勤也。觥，罰爵也，饗燕所以有之者。禮，自立司正之後，旅醻必有醉而失禮者，罰之亦所以爲樂。」○「峛崺」至「脊也」，玉篇山部引韓詩文，說文同，俱本爾雅「山脊岡」爲訓。邢疏引孫炎曰：「長山之脊也，必言長者，脊脊骨長。」顧震福云：「孫說是也。孔叢子云：『登彼邱陵，峛崺其阪。』法言云：『升東嶽而知衆山之峛崺也。』是『峛崺』爲卑小之邱。玉篇引埤蒼云：『峛崺，沙邱也。』慧琳音義七十八引考聲云：『峛崺，沙邱貌也，卑且長也，委曲相接也。』廣韻：『峛崺，沙邱狀。峛音邐。』集韻：『峛崺，山卑長也。或作「邐迤」，「邐迤」卽「峛崺」之本字。』釋地：『邐迤，沙邱。』鄭注：『旁行連延。』說文：『邐，行邐邐也。』『迤，衺行也。』蓋沙土所積，橫亘連延，卑於高大有石之山，謂之『邐迤』，或作『峛崺』，亦謂之『岡』，卽邱陵也。詩人所陟之岡，乃卑中之高者，故特曰『高岡』，非岡本高山之名也。釋名：『山脊曰岡。岡，亢也，在上之名也。』殊誤。」陳奐云：「虺穨，疊韻。玄黃，雙聲。皆合二字成義。『玄黃』之不可分釋，猶『虺穨』之不能分釋也。黃本馬之正色，黃而玄爲馬之病色，若以玄爲馬色而黃爲馬病，則不通矣。」愚案：陳說是。「玄黃，病也」者，釋詁文，與毛異，此魯說。蔡邕述行賦：「我馬虺穨以玄黃。」易林乾之革：「玄黃虺隤，行者勞罷。役夫憔悴，踰時不歸。」師之臨震之艮同。文選曹子建贈白馬王彪詩：「修坂造雲日，我馬玄以黃。玄黃猶能進，我思鬱以紆。」蔡學魯，焦學齊，曹學韓，皆「玄黃」連讀，知毛義誤。此章「姑」

字，以上章例之，三家亦當爲「兕」。○說文「冡」下云：「如野牛而青，象形，與禽离頭同。」「兕」下云：「古文从儿。」「觵」下云：「兕牛角可以飲者，其狀觵觵，故謂之觵。」「觥」下云：「俗觵，從光。」「一升」至「名觴」，孔疏引許慎異義引韓詩文。士昏禮疏引作韓詩外傳，梓人疏引作「今韓詩說」，云古周禮說亦與之同。特牲饋食禮：「篚在洗西，南順，實二爵二觚四觶一角一散。」鄭注引此又作「舊說云」。「一升曰爵」者，禮器、士昏注、論語雍也篇集解、燕禮疏、廣雅釋器同。梓人亦云「爵一升」。云「爵，盡也」者，禮器疏引異義同。曲禮「長者舉未釂」，注：「盡爵曰釂。」「釂」與「醮」音義同，「醮」亦訓「盡」。荀子禮論篇「利爵之不醮也」，注：「醮，盡也。」左隱元年傳：「未王命，故不書爵。」疏引服注云：「爵，醮也，所以醮盡其材也。」白虎通爵篇：「爵者，盡也。各量其職，盡其才也。」王制「王者之制祿爵」，疏：「爵者，盡也。」爵本酒器，一升至少而易盡，故訓爲「盡」，引申爲「爵秩」之字，亦並取「盡」意。「爵」、「盡」，雙聲字爲訓也。云「足也」者，禮器疏引同。飲不可多，盡一升爲已足，故又云「足也」。說文：「爵，禮器也。象爵之形，中有鬯酒。又持之也，所以飲器象爵者，取其鳴節節足足也。」「爵」、「節」、「足」三字雙聲，故又訓「爵」爲「足」。云「二升曰觚」者，禮器注、雍也篇集解、燕禮疏、廣雅釋器同。梓人「觚三升」，鄭注：「觚當爲觶。」賈疏：鄭駁異義云：「觶字，角旁『支』，汝潁之間師讀所作。今禮角旁『單』，古書或作角旁『氏』。角旁『氏』，則與『觚』字相近，學者多聞『觚』，寡聞『觝』，寫此書亂之而作『觚』耳。」禮器制度云：「觚大二升，觶大三升。是故鄭從二升觚、三升觶也。」案，說文：「觴受三升者謂之觚。」雍也篇馬注：「三升曰觚。」並緣周禮字誤。燕禮「坐取觚洗」，注：「古文皆爲觶。」又「公坐，取賓所媵觶」，作「觚」，足證古書二字多相亂。云「觚，寡也，飲當寡少」者，「觚」、「寡」雙聲字。禮器疏引異義同。云「三升曰觶」者，士冠禮、禮器注、行葦釋文、廣雅釋器同。說文：「觶，鄉飲酒角也，禮曰，一人洗，舉觶，觶受四升。」許以「觚」爲三升，故云「觶受四升」，溷「觶」於「角」也。云「觶，適也，飲當自適也」者，士冠禮釋文引字林云：「觶音至。」「至」、「適」雙聲字。云「四升曰角」者，禮器注、廣雅釋器同。云「角，觸也，不能自適，觸罪過也」者，角所以觸，此緣文生訓也。釋樂釋文引劉歆云：「角，觸也。物觸地而出，戴芒角也。」廣雅釋言亦云：「角，觸也。」禮戒多飲，故以「觸罪過」爲訓。云「五升曰散」者，禮器、大射儀注、廣雅釋器同。注並云：「散，方壺之酒也。」蓋此器如壺而方。云「散，訕也。飲不自節，爲人謗訕」者，「散」、「訕」同聲字爲訓。淮南精神訓注：「散，雜亂貌。」荀子修身篇注：「散，不拘檢者也。」多飲而散，則爲人所訕，此器受酒愈多，故以「散」爲名，韓又推其義釋之。云「總名曰爵」者，禮器疏引異義同。對文則異，散文即通。云「其實曰觴」者，禮器疏引同。說文：「觶實曰觴，虛曰觶。」據韓說，凡爵實酒而進之皆曰觴，不獨觶也。大戴禮曾子事父母篇注亦云「實之曰觴」。云「觴者，餉也」者，以飲食進人皆謂之「餉」。說文：「餉，饟也。」亦謂之「饗」，呂覽長攻篇、達鬱篇注並云：「觴，饗也。」「餉」、「饗」同聲字。云「觥亦五升，所以罰不敬。觥，廓也，所以著明之貌。君子有過，廓然著明，非所以餉，不得名觴」者，左成十四年傳孔疏引同。異義此下又云：「毛詩說觥大七升。許慎謹案：觥罰有過，一飲而盡，七升爲過多。」明許主韓「五升」之說，不然毛義也。釋文引韓詩云「容五升」，與異義引同。又讀禮圖云「容七升」，彼蓋據毛爲說，非也。周禮小胥觵「其不敬者」注：「觵，罰爵也。」閭胥「掌其比觵撻罰之事」，注：「觵撻者，失禮之罰也。」韓據禮爲說，故云「以罰不敬」。宋綿初云：「觥，從光得聲。廓，從郭得聲。『光』、『郭』一聲之轉。說文：『光，明也。』『觥』從『光』聲，亦即此義。方言：『張小使大謂之廓。』『張大』即著明之義。」愚案：君子有過，人皆見之，廓然著明，所以爲大。說文：「其狀觵觵然，故謂之觵。」言此器觵觵然大也，故越語韋注云：「觥，大也。」後漢郭憲傳李注：「觥觥，剛直之貌。」移狀物之義以貌人，與韓說「君子有過，廓然著明」意正相發。此觥既是罰爵，非以餉人，乃受罰者自取飲而盡之。它爵實酒曰「觴」，觥雖實酒，不以進客，不得名「觴」也。此詩言酌賢人亦用兕觥者，饗燕之禮有兕觥，不必定是罰爵，特就國君所有爲言耳。七月篇：「朋酒斯饗，稱彼兕觥。」左昭元年傳：趙孟、叔孫豹、曹大夫入于鄭，鄭伯兼享之。趙孟爲客。穆叔、子皮及曹大夫興拜，舉兕爵，飲酒樂。是饗燕皆用兕觥，非以爲罰。韓說乃制觥之初義，其後爲禮，亦得通用也。○「傷，思也」者，釋詁文。鄭注：「慼思也。」邢疏：「傷者，周南卷耳云：『維以不永傷。』」說文：「傷，創也。」「慯，𢝊也。」「傷」是「慯」假借字，此言君子思賢，且與上文「永懷」一例，故不訓「傷」爲「𢝊」，而訓爲「思」，它處無訓「傷」爲「思」者，足證此文諸家無異義。

陟彼砠矣，我馬瘏矣，我僕痡矣，云何吁矣。【注】齊韓「砠」作「岨」。韓說曰：云，辭也。魯「吁」作「盱」。魯說曰：盱，憂也。【疏】傳：「石山戴土曰砠。瘏，病也。痡，亦病也。吁，憂也。」箋：「此章言臣既勤勞於外，僕馬皆病，而今云何乎，其亦憂矣。深閔之辭。」○「齊韓砠作岨」者，說文：「岨，石戴土也。詩曰：『陟彼岨矣』。」案，爾雅作「砠」，是魯詩同毛，其作「岨」者，齊韓文。皮嘉祐云：「釋名釋山：『石戴土曰岨。岨，臚然也。』成國作『岨』，不作『砠』，本齊韓義。」說文：「瘏，病也。詩曰：『我馬瘏矣。』」「痡，病也。詩曰：『我僕痡矣。』」釋詁：「痡、瘏，病也。」邢孔疏並引孫炎曰：「痡，人疲不能行之病。瘏，馬疲不能進之病。」案，孫以「痡」爲「疲不能行」，此魯義也。蔡邕述行賦：「僕夫疲而劬勞兮，我馬虺頹以玄黃。」融會詩文，易「痡」爲「疲勞」，蔡用魯說，正與孫合。易林：「玄黃虺隤，行者勞罷。役夫憔悴，踰時不歸。」「勞罷」與「疲勞」義合，「役夫憔悴」，又申言之。賁之小過：「踰時不歸，處子畏哀。」正釋末句意。「處子」無義，乃「君子」之誤。「云，辭也」者，文選傅咸詩注引薛君章句文。言此行云何？我之憂矣。鄭箋「而今云何」，正「云何」二文連讀，猶言「云如之何」。「魯吁作盱」者，釋詁：「盱，憂也。」郭注：「詩曰：『云何盱矣。』」邢疏：「卷耳及都人士文也。」郭引與毛異，明據舊注魯詩文。釋文：「吁，本或作忬。」陳喬樅云：「訓憂當從心，『吁』、『盱』疑皆『忬』之假借。」愚案：說文：「盱，張目也。」列子釋文引作「仰目也」。「張目」、「仰目」，皆遠望意，不見賢人，憂思長望，故曰「盱，憂也」，意自貫注，非必借字。

卷耳四章，章四句。

樛木　【疏】毛序：「后妃逮下也。言能逮下而無嫉妬之心焉。」箋：「后妃能諧衆妾，不嫉妬。其容貌恒以善，言逮下而安之。」○美文王得聖后，受多福也。文選潘安仁寡婦賦云：「伊女子之有行兮，爰奉嬪於高族。承慶雲之光覆兮，荷君子之惠渥。顧葛藟之蔓延兮，託微莖於樛木。」李注：「葛、藟，二草名也。言二草之託樛木，喻婦人之託夫家也。詩曰：『南有樛木，葛藟纍之。』」案，潘以女子之奉君子，如葛藟之託樛木。李引此詩爲釋，是古義相承如此，不以「樛木」喻「后妃」、「葛藟」喻「衆妾」也。且詩明以「樛木」、「君子」相對爲文，無「后妃逮下」、「不妒忌衆妾」意。文選班孟堅幽通賦「葛緜緜於樛木兮，詠南風以爲綏」，李注引曹大家曰：「詩周南國風曰：『南有樛木，葛藟纍之。樂只君子，福履綏之。』此是安樂之象也。」潘李所用詩義，不能明爲何家。大家用齊義而説此詩亦不及「后妃逮下」，知三家與毛義異。

南有樛木，葛藟纍之。【注】韓「樛」作「朻」。魯説曰：「藟，巨荒也。虆，緣也。」【疏】傳：「興也。南，南土也。木下曲曰樛。南土之葛藟茂盛。」箋：「木枝以下垂之故，故葛也、藟也得纍而蔓之，而上下俱盛。興者，喻后妃能以意下逮衆妾，使得其次序，則衆妾上附事之，而禮義亦俱盛。南土，謂荆揚之域。」○南者，文王所治周南，箋謂「荆揚之域」。案，下「南有喬木」言化行江漢，則「南」是荆揚之域。此詩之「南」，其爲陝洛、荆揚不可得知。毛下言「荆揚之域」，故鄭説本之。詩言「南有」，益證毛以「化自北而南」釋「二南」字義爲非矣。韓「樛」作「朻」者，釋文：「木下曲曰樛。馬融、韓詩本並作『朻』。説文以『朻』爲『木高』。」胡承珙云：「馬習魯詩，疑魯本作『朻』，與韓同也。」説文「朻」下云：「高木也。」「樛」下云：「下句曰樛。」桂馥云：「此與『朻』字訓互誤。説文：『丩，相糾繚也。』與「下句」意合。『翏，高飛也。』與「木高」意合。釋木

『下句曰朻』，釋文：『本又作樛，同。』『樛』、『朻』二字，同聲相通。」愚案：桂說是，蓋古書以二字音同，轉寫互誤，宜據以訂正。文選高唐賦李注引爾雅作「下句曰糾」。「朻」與「糾」音義同，糾繚相結，正枝曲下垂之狀，明釋文「又作」本爲誤。韓作「朻」，正字。毛作「樛」，借字。後人據各書改併說文二字之義，則遷就而失其真矣。「葛」，見葛覃。說文：「藟，艸也。詩曰：『莫莫葛藟』，一曰秬鬯也。」又云：「虆，木也。」繫傳本草謂：「嬰薁爲千歲虆，即今人言萬歲藤，大者如盌。」案，廣雅釋草：「藟，藤也。」即說文之「藟草」。釋木「諸慮山櫐」，郭注：「今江東呼櫐爲藤，似葛而麤大。」即說文之「虆木」，所謂「嬰薁」也，二者並是藤，而有草木、大小之不同。釋文：「藟，本亦作虆。」則其字後人誤溷爲一。「藟巨」至「緣也」者，劉向楚詞九歎「葛藟虆於桂樹兮」，王注：「藟，巨荒也。虆，緣也。詩曰：『葛藟虆之。』」陳喬樅云：「孔疏引陸璣云：藟，一名巨荒，似燕薁，亦延蔓生，葉似艾，白色，其子赤，亦可食，酢而不美。（「巨荒」，今文並誤作「巨苽」。易困卦釋文「苽」作「荒」，不誤。又多「幽州謂之蓷藟」句。臧鏞堂云：「宋槧傳、箋本載釋文作『巨荒』，不誤。」）元恪草木疏末著魯齊韓毛四家詩授受四篇，雖以毛爲主，爲之作疏，實兼取三家說。故說葛藟與叔師所述魯訓合。」愚案：「藟」爲「秬鬯」，古訓無徵。說文「秬鬯」，蓋亦「巨荒」之譌。「嬰薁」即「燕薁」，音同字異耳。說文：「纍，綴得理也。」無「虆」字，蓋後人以葛藟是草，加艸作「虆」。釋文：「纍，力追反。纏繞也。本又作虆。」「上附，時掌反。」是毛詩亦有作「虆」者。「纏繞」、「上附」，陸分二義，王訓「虆」爲「緣」，與「上附」意合。藟既上緣，自然纏繞，與「纍」無異義。高注呂覽季春紀「纍牛」云：「『纍』，讀如詩『葛纍』之『纍』。」高用魯詩，明魯本又作「纍」。

樂只君子，福履綏之。【注】魯說曰：履，福也。【疏】傳：「履，禄。綏，安也。」箋：「妃妾以禮義相與和，又能以禮樂樂其君子，使爲福禄所安。」○說文：「只，語詞也。从口，象氣下引之形。」廣雅釋詁：「詞也。」語相屬而氣微下引以舒之，故爲語已詞，句中皆然，不獨句末。「樂只君子」，猶樂哉君子矣。「君子」，謂國君。

毛此章傳云：「履，禄也。」「履，福也」者，釋詁：「履，福也。」郭注：「詩曰：『福履綏之。』」釋言：「履，禄也。」郭注：「詩曰：『福履將之。』」引與傳異，明舊注魯詩義如此。說文：「福，祐也。」「履，足所依也。」與福相依，無所不順，故「履」訓「福」也。釋言：「履，禮也。」說文：「禮，履也，所以事神致福也。」「履」、「禮」互訓，說文釋「禮」亦言「致福」，與「履，福也」義合。說文：「綏，車中把也。从糸，从妥。」爲形聲兼會意字。釋詁：「妥，安也。」「綏，安也。」「妥」、「綏」古同字，「妥」爲「安」，故詩書中「妥」皆借訓爲「安」。上「之」之朻木，下「之」之國君。上言夫人託體於君子，猶葛藟延緣於朻木，爲夫人慶也；下言樂哉君子，已得夫人，有此百福以安之，又爲國君慶也。

南有樛木，葛藟荒之。樂只君子，福履將之。【注】魯說曰：履，禄也。【疏】傳：「荒，奄。將，大也。」箋：「此章申殷勤之意。將，猶扶助也。」○說文：「荒，蕪也。一曰草掩地也。」兩訓相成，草多則荒蕪而所掩覆者大。釋言：「荒，奄也。」郭注：「奄，奄覆也。見詩。」邢疏：「孫炎曰：荒大之奄。周南云：『葛藟荒之。』」郭云「奄覆」，即「掩覆」矣。「荒」、「蕪」一聲之轉，「蕪」與「幠」音同義近，「荒」又作「幠」。魯頌「遂荒大東」，釋詁郭注引作「遂幠大東」。說文：「幠，覆也。」則知「蕪」亦有「覆」義矣。參證兩文郭注，知魯詩「荒」、「幠」同字，並言掩覆之大。葛藟延緣朻木，蔓生既久，則掩覆者亦大也。魯訓「履」爲「禄」者，引見上文。「履」、「禄」聲轉義同，「禄」亦「福」也。釋詁：「禄，福也。」邢疏：「福、禄對文則小異，散則禄亦福也。」商頌玄鳥篇「百禄是何」，鄭箋：「謂擔負天之多福。」說文亦云：「禄，福也。」禮少牢饋食禮「使女受禄于天」，鄭注：「古文禄爲福。」是「福」、「禄」字訓並通。「履」之爲「禄」，猶「履」之爲「福」矣，魯變文立訓，故郭引不同。釋詁：「將，大也。」與上「荒之」文義相對，首言「安之」，此乃大矣，成則更進，次弟如此。

南有樛木，葛藟縈之。樂只君子，福履成之。【注】魯韓「縈」作「虆」。【疏】傳：「縈，旋也。成，就也。」○説文：「虆，草旋貌也。詩曰：『葛藟虆之。』」説文衣部「褮」，讀若「葛藟縈之」，與毛詩同。此作「虆」者，三家文也。士喪禮鄭注：「螟，讀若詩曰『葛藟縈之』之『縈』。」鄭禮注用齊詩，作「縈」與毛同，則作「虆」者，乃魯韓本。説文：「縈，收卷也。」葛藟緣木暢茂，言「收卷」則非其義。「虆」訓「草旋貌」，謂草之盤旋而上達。詳詩義，「虆」正字，「縈」借字。説文：「成，就也。从戊，丁聲。」「戚，古文成。从午。」萬物丁實而長大，此物之終也，故詩終言之。

樛木三章，章四句。

螽斯【疏】毛序：「后妃子孫衆多也。言若螽斯。不妬忌，則子孫衆多也。」箋：「忌有所諱惡於人。」○周南詩人美后妃子孫多且賢也。韓詩外傳九舉「孟母教子」、「爲相還金」二事，終篇兩引詩「宜爾子孫，繩繩兮」，言賢母使子孫賢也。外傳多采雜事，而大義必與内傳相應證。以「振振」、「繩繩」、「蟄蟄」之義，知韓説此詩美后妃能使子賢也。御覽百三十七引續漢書順烈梁皇后曰：「陽以博施爲德，陰以不專爲義。蓋詩人螽斯之福，則百斯男之祚所由興也。」後漢皇后紀言「后治韓詩，能舉大義。」此引螽斯詩卽韓説，而云「陰以不專爲義」，知韓言「后妃不妒忌」與毛同。後漢荀爽傳：爽對策略云：「衆禮之中，婚姻爲首。故天子娶十二，天之數也。諸侯以下皆有等差，事之降也。陽性純而能施，陰禮順而能化。以禮濟樂，節宣其氣，故能豐子孫之祥，致老壽之福。竊聞後宮采女五六千人，臣愚以爲諸非禮聘、未嘗幸御者，一皆遣出，使成妃合，配陽施，祈螽斯。」爽治齊詩，其論陽施螽斯之旨，與韓毛同。譙玄傳：「時趙飛燕爲皇后，專寵懷忌。玄上書諫曰：『臣聞王者承天，繼宗統極，保業延祚，莫急胤嗣，故易有「幹蠱」之義，詩詠衆多之福。』」襄楷傳：「楷上疏曰：『昔文王一妻，誕至十子，今宮女數千，未聞慶育，宜修德省刑，以廣螽斯之祚。』」文選張茂先女史箴「比心螽斯，則繁爾類」，説詩並同。是此詩美后妃不妒忌，以致子孫衆多，能使皆賢，自來説詩者無異詞。序説「言若螽斯不妬忌，則子孫衆多」，螽斯微蟲，妬忌與否，非人所知，箋說因之而益謬。陳氏奐祖傳，於「斯」字斷句，究屬牽强。

螽斯羽，詵詵兮。【注】三家「斯」作「蟖」，「詵詵」作「鋅鋅」。【疏】傳：「螽斯，蚣蝑也。詵詵，衆多也。」箋：「凡物有陰陽情慾者，無不妬忌，維蚣蝑不耳，各得受氣而生子，故能詵詵然衆多。后妃之德能如是，則宜然。」○「三家斯作蟖」者，衆經音義十引詩曰「螽蟖羽」，十三引同，與毛異。蓋三家文「螽蟖」，與「螽」截然二物。毛詩作「斯」，故後人以「斯」爲語詞，而溷「螽斯」與「螽」爲一物，此大謬也。說文「螽」下云：「蝗也。从䖵，夊聲。夊古文終字。」「螽」下云：「螽或从虫，衆聲。」「蝗」下云：「螽也。」廣雅釋蟲：「螽，蝗也。」衆經音義四：「蝗，螽也，謂蝗蟲也。小曰蝩，(「蝩」卽「螽」之異文。)大曰蝗，魚子化作也。」今案，凡魚蝦子，遇天旱水涸乾，著岸旁卽可化蝗，得雨水還復爲魚蝦。若化蝗生子，須掘地出之，毋俾遺種，此食苗爲災之螽也。說文「蜙」下云：「蜙蝑，以股鳴者。从虫，松聲。」「蚣」下云：「蜙或省。」「蝑」下云：「蜙蝑也。从虫，胥聲。」「蜙蝑」二字相連爲文，此卽詩之「螽斯」也。毛傳：「螽斯，蚣蝑也。」方言：「春黍謂之蝽蝑。」廣雅釋蟲：「蝽蝑，蝽蟓也。」孔疏引陸璣云：「幽州人謂之春箕。春箕卽春黍，蝗類也，長而青，長角，長股，股鳴者也。或謂似蝗而小，班黑，其股，似瑇瑁文，五月中以兩股相切作聲，聞數十步是也。」愚案：「螽斯」、「蚣蝑」、「蝽蝑」、「春箕」、「春黍」，一物數名，並字隨音變。螽、蚣、春、蝽，疊韻字。斯、黍、蝑、箕，一聲之轉。「螽斯」二字爲一蟲名，與單名「螽」者迥別。累呼之曰「蜙蝬」，方言「春黍」又爲「蚣蝬」，釋蟲：「蜤螽，蚣蝑。」郭注「蚣，蝬也。俗呼蝽蟓」是也。「蜙蝑」之爲「蜙蝬」，猶今人呼「蟋蟀」爲「蟋蟋」，急口呼之則音變也，倒呼之曰「斯螽」。豳風「五月斯螽動股」、玉篇「蚣蝑，斯螽」是也。又曰「蜤螽」，釋蟲『蜤螽，蜙蝑』是也。斯、析雙聲字，故釋文云「蜤本又作蟖」，與衆經音義所引「螽蟖」文合。「螽蟖」隨地皆有，初不爲害，與食苗爲災之「螽」形略同而性絶異。自李巡釋爾雅「蜤螽」諸物，概以爲分別蝗子異方之語；陸璣以「螽斯」爲蝗類；范甯注穀梁桓五年傳「蟲災之螽」，云「蚣蝑之屬」，後人展轉相沿，「螽斯」與「螽」遂併爲一物而莫可究詰矣。郭璞方言注：「江東呼爲蚱蜢。」郝懿行爾雅義疏云：「驗此類有三種：一種碧綠色，腹下淺赤，體狹長，飛而以股作聲戛戛者，蚣蝑也，陸疏前說是也。一種似蝗而斑黑色，股似瑇瑁文，相切作聲咨咨者，陸疏後說是也。又一種亦似蝗而尤小，青黃色，好在沙草中，善跳，俗呼『跳八丈』，亦能以股作聲，甚清亮。此三者皆動股屬也。」郭廣異號，適符今名。郝據目驗，尤詳形質矣。螽蜇羣飛，故以「羽」言。○「詵詵作辡辡」者，釋文：「詵詵，衆多也。」說文作「辡」，音同。陳喬樅云：「說文無『辡』字，陸氏所據，蓋古本有之。玉篇多部：『辡，多也。或作莘、騂、𨐨、兟、甡。』玉篇『辡』字，即本於詩文。又說文：『詵，致言也。詩曰：「螽斯羽，詵詵兮。」』文與毛同，則『辡』字爲三家今文。」愚案：「辡」無「衆多」義，及「詵」之假借。段玉裁亦以陸所據說文有「辡」字爲三家詩。馬瑞辰云：「先、辛雙聲通用。小雅『駪駪征夫』，說文引作『莘莘』；『伊尹耕於有莘之野』，『有莘』或作『有侁』，是也。」廣雅釋詁：「辡，多也。」明所引三家義。兮，語助。說詳綠衣。宜爾子孫，振振兮。

【注】魯說曰：「文王十子，伯邑考武王發周公旦管叔鮮蔡叔度曹叔振鐸成叔處霍叔武康叔封南季載。【疏】傳：「振振，仁厚也。」箋：「后妃之德寬容不嫉妒，則宜女之子孫，使其無不仁厚。」○禮內則注：「宜，猶善也。」韓云「能使子賢」，是能善其子也。爾，爾太姒。「文王」至「季載」，白虎通姓名篇引詩傳文，列女傳母儀篇同，所引魯詩傳也。皮錫瑞云：「太史公用魯詩。管蔡世家云：『武王同母兄弟十人，長子曰伯邑考，次曰武王發，次曰管叔鮮，次曰周公旦，次曰蔡叔度，次曰曹叔振鐸，次曰郕叔武，次曰霍叔處，次曰康叔封，次曰冉季載。』其次序人名略異。魯詩以周公爲兄，管叔爲弟，成叔名處，霍叔名武。史記以管叔爲兄，周公爲弟，郕叔名武，霍叔名處。或史公用古文說歟？古毛詩說無明文。古左氏說次序更異。思齊毛傳但云『太姒十子』，孔疏引史記云云，曰：『其次不必如此，其十子之名當然也。』皇甫謐云：『文王取太姒，生

伯邑考、武王發，次管叔鮮，次蔡叔度，次成叔武，次霍叔處，次周公旦，次曹叔振鐸，次康叔封，次聃季載。』不知謚何所據而別於馬遷也。左定四年傳注『蔡叔，周公兄』，孔疏亦引史記云云，曰：『如彼文，則蔡叔，周公弟也。今以蔡叔爲周公兄者，以僖二十四年傳富辰言文之昭十六國，蔡在魯上，明以長幼爲次。賈逵等皆言蔡叔周公兄，故杜從之。史遷之言多辟謬，故不用爲說。』案，孔疏以毛鄭無明說，依違其辭。左傳疏則以傳有明文，堅執爲是。竊疑富辰隨意舉之，不必皆以長幼爲次。若以爲次，不特管蔡周公兄，成霍亦周公兄，皇甫以周公列第七，正據左傳，孔謂『不知何據』，疏矣。周公若次第七，不應越四兄攝政，又不應其後魯爲宗國。賈杜皇甫雖據左傳，恐非左意。史記以管叔列周公上，猶相去不遠。而漢世今文通行，多同魯詩。白虎通誅伐篇：『尚書曰：「肆朕誕以爾東征。」誅弟也。』後漢樊儵傳『周公誅弟』，注：『周公之弟，管蔡二叔，流言於國。』張衡傳思玄賦『旦獲讟於羣弟兮』，注：『周公攝政，其弟管叔等謗言。』魏志毋丘儉傳討司馬師表云：『春秋之義，大義滅親，故周公誅弟。』傅子通志篇：『管叔蔡叔，弟也。爲惡，周公誅之。』舉賢篇：『周公誅弟而典型立。』皆今文說。趙岐注孟子云：『周公惟管蔡弟也，故愛之。管叔念周公兄也，故望之。』後人多疑其非，不知漢時今文說如是也。鄧析子無厚篇『周公誅管蔡，此於弟無厚也。』又在漢人前。武氏石刻畫象，武王同母兄弟十人，序次自後而前，首伯邑考，次武王發，次周公旦，次一人名泐，蓋管叔鮮，次蔡叔度，次二人名泐，蓋曹叔振鐸霍叔武，次『叔處』上一字泐，微見鉤挑，似是『成』字，次康叔封，次季載，上一字泐，當是『南』字。石刻所列，與白虎通列女傳合。白虎通云『成叔處霍叔武』，列女傳云『霍叔武成叔處』。石刻叔處在後，與列女傳合，與白虎通次序稍異，而周公列武王後、管叔前，則分明可據，足爲魯詩之證。」愚案：襄楷傳李注引史記，言伯邑考等同母兄弟十人，是衆妾所生者尚不在此數，故大雅言「百男」。詩上二句喻衆多，下二句美善教。孔疏：言「孫」者，協句，生子衆則孫亦多。愚謂作是詩時，后妃必已有孫，非協句也。

說文：「振，奮也。」釋言：「振，訊也。」郭注：「振者，奮迅。」太玄玄瑩玄文句並云：「振，動也。」重言之則曰「振振」。言后妃子孫受賢母之教，莫不奮迅振動，有爲之象也。有駜傳：「振振，羣飛貌。」左僖五年傳注：「振振，盛貌。」晉語注：「振振，威武也。」並與「振」字本義近，亦與此「振振」義合。麟趾「振振」同。

螽斯羽，薨薨兮。宜爾子孫，繩繩兮。【注】韓「薨」作「𧊜」。韓說曰：繩繩，敬貌也。【疏】傳：「薨薨，衆多也。繩繩，戒慎也。」○「韓薨作𧊜」者，釋訓釋文引舍人本，「薨薨」作「雄雄」，「雄」當爲「𧊜」，「𧊜」亦作「翃」，因誤爲「雄」。廣雅釋訓：「𧊜𧊜，⿱夢鳥⿱夢鳥，飛也。」集韻十七登：「博雅：⿱夢鳥⿱夢鳥，飛也。或作𧊜，通作薨。」據此，「𧊜」、「⿱夢鳥」一字。舍人本之「雄雄」，有作「𧊜𧊜」、「⿱夢鳥⿱夢鳥」者，故廣雅引之而訓爲「飛」也。釋訓同。毛詩「薨薨」是借字，廣雅本所引迺韓文。玉篇：「𧊜，蟲飛也。」「⿱夢鳥，羣鳥弄翅也。」二字分屬，非是。「繩繩，敬貌也」者，玉篇系部引韓詩文。釋訓：「繩繩，戒也。」毛傳釋「繩繩」爲「戒慎」，本之。顧震福云：「韓說『敬貌』，『敬』當讀爲『警』。常武『既敬既戒』，夏官序官注作『既儆既戒』。隸僕注釋文『儆』字又作『警』，古『警』與『敬』通。箋云：『敬之言警也。』釋名：『敬，警也，恆自肅警也。』說文：『警之言戒也。从言，从敬，敬亦聲。』繫傳云：『禮曰：「先鼓以敬戒。」敬戒卽警戒。』下武篇『繩其祖武』，傳：『繩，慎也。』管子宙合篇：『故君子繩繩乎慎其所先。』漢書禮樂志『繩繩意變』，應劭注：『繩繩，敬謹更正意也。』韓訓『繩』爲『敬』，與毛訓『戒慎』義同。」

螽斯羽，揖揖兮。宜爾子孫，蟄蟄兮。【注】魯韓「揖」作「集」。【注】魯說曰：蟄，靜也。【疏】傳：「揖揖，會聚也。蟄蟄，和集也。」○「魯韓揖作集」者，「揖」無「聚」義。陳奐云：「廣雅釋訓：『集集，衆也。』說或本三家。『揖』通作『集』，如說文『鏶或作鍓』之例。」馬瑞辰云：「『揖』蓋『集』之假借。詩『辭之輯矣』，新序引作『集』。說文：『咠，詞之集也。』又曰：『雧，羣鳥在木上也。或省作集。』是『集』本鳥羣集，引申爲凡聚之稱，重言之則曰『集集』。廣雅本三家詩。」愚案：

「揖」「輯」「集」古字通用。書舜典「輯五瑞」，史記五帝紀、漢書郊祀志作「揖五瑞」。漢書兒寬傳「統楫羣元」，注：「輯、楫、集三字同。」是「揖」、「集」互通之證。它書「集集」無連文，明是此詩魯韓訓。○「蟄，靜也」者，釋詁文。郭注：「見詩傳。」案，毛傳無此訓。陳奐云：「此三家義。」何楷云：「說文：『蟄，藏也。』物伏藏則安靜，故又訓爲靜。蟄蟄，安靜而各得其所也。」愚案：此魯說。陳又云：「說文：『斟斟，盛也。』徐鍇繫傳云：『詩曰：「宜爾子孫，蟄蟄兮。」蟄蟄，衆也。此斟義近之也。』據此，或三家有作『斟斟』訓『盛』者。淮南原道注：『蟄，讀什伍之什。』呂覽孟春紀注、音律注：『蟄，讀如詩文王之什。』此『蟄』、『什』同音之證。」馬瑞辰云：「『斟斟』，音義與『蟄蟄』同。」愚案：二說近附會。「振振」、「繩繩」、「蟄蟄」，皆主性情言，釋詁義合。

螽斯三章，章四句。

桃夭【疏】毛序：「后妃之所致也。不妬忌，則男女以正，婚姻以時，國無鰥民也。」箋：「老而無妻曰鰥。」○易林否之隨：「春桃生花，季女宜家。受福多年，男爲邦君。」師之坤、謙之夬、噬嗑之既濟、大過之蹇、解之歸妹同。（師之坤「多年」作「且多」，下多「在師中吉」一句。大過之蹇「生花」作「始華」。師之坤，謙之夬、噬嗑之既濟「邦君」作「封君」，古「封」、「邦」字通用。）又復之解：「春桃萌生，萬物華榮。邦君所居，國樂無憂。」又困之觀：「桃夭少華，婚悅宜家。君子樂胥，長利止居。」陳喬樅云：「據易林說，則桃夭之詩蓋當時實指其事。張冕云：『桃夭如爲民間嫁娶之詩，大學何由卽指爲實能宜家而可以教國？詳易林之語，似是武王娶邑姜事，然則大學引之非虛詞矣。』」愚案：張說無徵，然易林云「男爲邦君」，是齊詩說不以爲民間嫁娶之詩甚明。參之大學「宜家」、「教國」之義，非國君不足以當之，不知爲周南何國之詩也。魯韓未聞。

桃之夭夭，灼灼其華。

【注】魯韓「夭夭」作「枖枖」，又作「𡝩𡝩」。魯韓說曰：𡝩𡝩，茂也。灼灼，明也。【疏】傳：「興也。桃有華之盛者，夭夭其少壯也。灼灼，華之盛也。」箋：「興者，喻時婦人皆得以年盛時行也。」○說文：「枖，木少盛貌。從木，夭聲。詩曰：『桃之枖枖。』」「𡝩，巧也。一曰女子笑貌。詩曰：『桃之𡝩𡝩。』從女，芺聲。」並三家文。九經字樣木部出「枖」、「夭」二字。注云：「音妖，木盛貌。詩云：『桃之枖枖。』上說文，下經典，相承隸省。」據此，「枖」正字，「夭」消字。玉篇木部「枖」下云：「木盛貌。」廣韻四宵「枖」下云：「說文云『木盛貌』，詩云『桃之枖枖』，本亦作『夭』。」案，三引並删去說文「少」字，非是。毛傳：「桃有華之盛者，夭夭其少壯也。」「少壯」與說文「少盛」意同。徐鍇繫傳云：「桃之夭，喻女子在家形體日盈長也。」若無「少」字，喻意不明。易林云「少華」，明齊義同。大學引詩桃之夭夭，易林云「桃夭少華」，是齊毛同作「夭」，則作「枖」、「𡝩」者，魯韓本也。玉篇：「𡝩，媚也。」與說文訓「𡝩」爲「女子笑貌」合。「𡝩𡝩，茂也」者，廣雅釋訓文。許以「女子笑貌」釋字義，張以「茂」釋詩義，兩訓相成，正喻乃明。「灼灼，明也」者，亦廣雅釋訓文，與毛傳「灼灼，華之盛也」義異。說文：「灼，炙也。」「炙」是「灸」之誤。上文「灸，灼也」，互相爲訓。「灼」無「明」義，乃「焯」借字。說文：「焯，明也。」周書「焯見三有俊心」，今書作「灼」，此「灼」、「焯」字通之證。連言「灼灼」者，文心雕龍物色篇「灼灼狀桃花之鮮」是也。文選阮籍詩劉良注：「夭夭，美貌。灼灼，明貌。」並用三家義。「華」者，說文「𠂹」下云：「艸木華葉𠂹象形。」「𠌶」下云：「艸木華也。从𠂹，亏聲。」「蕐」下云：「榮也。从艸、从𠌶。」釋草：「木謂之華，草謂之榮。」對言則異，散言則通。榮從木，木著華亦爲榮，故說文訓「華」爲「榮」。後世代以「花」字而「華」義別行。據易林「春桃生花」，則「華」之爲「花」，自漢已然。月令：「仲春之月，桃始華。」通典五十九、五經通論引束晳曰：「桃夭篇序美婚姻以時，蓋謂盛壯之時，而非日月之時。故『灼灼其華』以喻盛壯，非謂嫁娶當用桃夭之月。其次章曰『其葉蓁蓁』、『有蕡其實』、『之子于歸』，

此豈仲春之月乎？詩人之興，取義繁廣，或舉譬類，或稱所見，不必皆可定候也。」案，東辨正毛序，足解箋疏之惑。之子于歸，宜其室家。【注】魯齊說曰：「之子者，是子也。【疏】傳：「之子，嫁子也。于，往也。宜以有室家無踰時者。」箋：「宜者，謂男女年時俱當。」○「之子者，是子也」者，釋訓文，此魯詩「之子」通訓，與毛「嫁子」義異。大學引「之子于歸」，鄭注：「之子者，是子也。」明齊義同魯。馬瑞辰云：「釋詁如、適、之、嫁並訓爲『往』，傳以『之』與『嫁』同義，故以『之子』爲『嫁子』，然詩言『之子』甚多，如『之子于征』之類，不得訓爲『嫁』，當從釋訓訓爲『是子』是也。」又云：「傳『于，往也』，以『于』爲『如』之假借，故訓爲『往』，然婦人謂嫁曰『歸』，詩既言『歸』，不必更以『于』爲『往』。爾雅：『于，曰也。』『曰』古讀若『聿』，『聿』、『于』一聲之轉。『之子于歸』，正與『黄鳥于飛』、『之子于征』爲一類。于飛，聿飛也。于征，聿征也。于歸，亦聿歸也。又與東山詩『我東曰歸』、采薇詩『曰歸曰歸』同義。『曰』亦『聿』也。『于』、『曰』、『聿』皆詞也，舊皆訓『于』爲『往』，或讀『曰』如『子曰』之『曰』，並失之。」愚案：此說足正自來注家之誤。說文：「宜，所安也。」「室，實也。从宀、从至。」「至，所止也。家，居也。」「宜其室家」，猶言「安其止居」。易林「長利止居」，正「宜其室家」之文，此齊說也。毛以爲「有室家無踰時」，似非詩義。

桃之夭夭，有蕡其實。之子于歸，宜其家室。【疏】傳：「蕡，實貌。非但有華色，又有婦德。家室，猶室家也。」○「有蕡其實」者，舉蕡以狀桃實之大也，字當爲「黂」，借「蕡」字耳。說文：「蕡，雜香草。」無「實」義。釋草：「黂，枲實。」釋文：「黂本作蕡。」籩人「其實麷蕡」，注：「麻曰蕡。」喪服傳釋文：「蕡，麻實。」內則注釋文：「蕡，字又作黂。」大麻子注同。」並「蕡」、「黂」通假之證。說文：「實，富也。从宀、从貫。」貫，貨貝也。引申之，凡物盈於內皆謂之實，故草木果亦曰實也。上「室家」，此「家室」，倒文合均。

桃之夭夭，其葉蓁蓁。之子于歸，宜其家人。【注】齊説曰：夭夭、蓁蓁，美盛貌。魯説曰：蓁蓁，茂也。韓説曰：蓁蓁，盛貌。【疏】傳：「蓁蓁，至盛貌。有色有德，形體至盛也。一家之人，盡以爲宜。」箋：「家人，猶室家也。」○「夭夭、蓁蓁，美盛貌」者，禮大學鄭注文。以「美」釋「夭夭」，「盛」釋「蓁蓁」。「蓁蓁，茂也」者，廣雅釋訓文。「茂」、「盛」同義。「蓁蓁，盛貌」者，菁菁者莪釋文引薛君説。此詩義當同也。大學引「之子于歸，宜其家人」，申之曰：「宜其家人，而後可以教國人。」與易林「男爲邦君」及「邦君所居，樂國無憂」義合，此齊詩推演之説也。上言「宜家室」，但謂安其居止，此言「宜家人」，則能安一家之人，故以「家人」、「國人」對待言之。惟自安其室家，然後其家之人皆安之也。

桃夭三章，章四句。

兔罝【注】韓説曰：殷紂之賢人退處山林，網禽獸而食之。文王舉閎夭、泰顛於罝網之中。【疏】毛序：「后妃之化也。關雎之化行，則莫不好德，賢人衆多也。」○「殷紂」至「食之」，文選桓温薦譙元彦表「兔罝絶響於林中」，劉良注云：「罝，兔網也。殷紂之賢人退處山林，網禽獸而食之。」唐惟韓詩存，劉注本韓説也。「文王舉閎夭泰顛於罝網之中」者，墨子尚賢篇文。下云：「授之政，西土服。」據此，劉注所稱「殷紂之賢人」即閎夭泰顛。墨子所述，實兔罝詩篇古義。劉注係節引，故未言文王舉賢。以左傳説詩義推之，知韓説此詩本末如此也。夭顛先臣事紂，見其無道，逃遁山林，文王舉之。詩人閔商之危亂，惡夭顛之不終事王朝而爲公侯腹心，故作此詩，蓋祖伊微子之志也。時文王化被南方，三分有二，汝蔡江漢閒先爲殷地，皆已屬周，賢才樂爲文王用，而忠於商者有深疾焉，是以爲刺。左成十二年傳郤至曰：「共儉以行禮，慈惠以布政，政以禮成，民是以息。百官承事，朝而不夕，此公侯之所以扞城其民也，故詩曰：『赳赳武夫，公侯干城。』及其亂也，諸侯貪冒，侵欲不忌，争尋常以盡其民，略其武夫，以爲己腹心股肱爪牙，故詩曰：『赳赳武夫，公侯腹心。』天下有道，則公侯能爲民扞城，而制其腹心，亂則反之。」其以文王爲諸侯，略武夫爲己腹心。他國之詞，不嫌已甚，觕繫之周南者，南人所作也。與下三章皆一地一時事。

肅肅兔罝，椓之丁丁。【注】魯説曰：兔罝，網也。又曰「肅肅兔罝，椓之丁丁」，言不怠於道也。齊説曰：兔罝之容，不失其恭。【疏】傳：「肅肅，敬也。兔罝，罝兔罟也。丁丁，椓杙聲也。」箋：「罝兔之人，鄙賤之事，猶能恭敬，則是賢者衆多也。」○説文：「肅，持事振敬也。从聿，在𣶒上。戰戰兢兢也。」重言之則曰「肅肅」。釋訓：「肅肅，敬也。」魯毛義同。「罝，兔網也」者，呂覽季春紀高注文，引詩首句爲釋。淮南時則訓注同。釋器：「兔罟謂之罝。」「網」、「罟」義同。「肅肅兔罝」，言設此兔罝之人，雖託業微賤，能持恭敬之道。「肅肅」至「道也」者，列女傳楚接輿傳云：「夫安貧賤而不怠於道者，惟至德能之。詩曰：『肅肅兔罝，椓之丁丁。』言不怠於道也。」「兔罝之容不失其恭」者，易林坤之困文。據此，魯齊韓釋「肅肅」義同。説文：「椓，擊也。」設罝於地，椓擊其橜，然後張之。陳奐云：「椓杙謂之朾橜，『丁』古『朾』字。」愚案：説文：「朾，橦也。」桂馥謂「橦」當爲「撞」。五音集韻：「朾，擊也。」義與「丁」合。「丁」上从「入」，「丨」象所以入之物，丁丁椓之，使深入地。習勞苦之事，則易生慢易之容，今此賢人椓杙入地，勞云至矣，而終始持以肅肅，故劉云「不怠」，焦云「不失」，深美之也。天顛隱居山林，网兔爲食。王充論衡宣漢篇云「猶守株待兔之蹊，藏身破罝之路也」，趙岐孟子章指云「兔罝窮處」，並用此事，與劉良説合。王趙皆學魯詩，明魯韓義同。赳赳武夫，公侯干城。【注】魯説曰：赳赳，武也。干，扞也。韓「赳」或作「糾」。魯説曰：言其賢可爲公侯扞難其城藩也。又曰：諸侯曰「干城」，言不敢自專，禦於天子也。【疏】傳：「赳赳，武貌。干，扞也。」箋：「干也、城也，皆以禦難也。此罝兔之人，賢者也，有武力可任，爲將帥之德，諸侯可任以國守，扞城其民，折衝禦難於未然。」○説文：「赳，輕勁有材力也。」「赳赳，武也」者，釋訓文。廣雅釋詁：「赳，材也。」材亦武也。

魯作「赳」，與毛同。「韓赳或作糾」者，後漢桓榮傳李注引謝承後漢書云：「糾糾武夫，公侯干城。」借「糾」爲「赳」，此韓異文。「言其賢可爲公侯扞難其城藩也」者，呂覽報更篇云：「宣孟德一士，猶活其身，而況德萬人乎？詩曰：『赳赳武夫，公侯干城。』『濟濟多士，文王以寧。』」高注：「言其賢可爲公侯扞難其城藩也。」「干，扞也」者，釋言文，與左傳義合。云「扞難其城藩」者，堯典「而難任人」，枚傳：「難，拒也。」「扞難」猶「扞拒」也。衆經音義二十引蒼頡篇：「藩，蔽也。」城所以爲蔽，故曰「城藩」。「諸侯」至「子也」，初學記二十四引白虎通逸文云：「天子曰崇城，言崇高也。諸侯曰干城，言不敢自專，禦於天子也。」訓「干」爲「禦」，與「扞難」義合。云「不敢自專禦於天子」者，城乃天子之城，非諸侯所得專，但爲天子扞禦而已。公羊定十二年傳「天子周城，諸侯扞城」，何注：「軒城者，闕南面以受過也。」或因「干」、「軒」同聲以謂，與白虎通合。案，傳自言「周城」、「闕城」之制，非此「干城」義也。諸侯爲天子扞禦其城，此赳赳然雄武之夫，又能爲公侯宣力以扞城，故郤至以爲天子有道之事。徵諸往籍，如齊之管仲，晉之狐趙諸人，皆能輔霸主以尊王室。漢世韓安國張羽以梁孝王將軍爲漢廷扞吳楚七國之難，皆其證矣。郤云「公侯所以扞城其民」，又云「公侯能爲民扞城而制其腹心」者，公侯代天子牧民，故但以民言。云「扞城其民」者，郤釋「扞城」並爲虛字，蓋古說如此，與高注、白虎通異。左傳孔疏：「蔽扞其民若城然，故云所以扞城其民也。」云「制其腹心」者，諸侯能奉公守法，不敢私略武夫爲己腹心，若天子制之然。毛用左傳義，迺於三章「公侯腹心」句下云「可以制斷公侯之腹心」，斯爲謬矣。劉向說苑復恩篇：「詩曰：『赳赳武夫，公侯干城。』『濟濟多士，文王以寧。』人君胡可不務愛士乎？」此亦魯說，言人君愛士則得武夫，與公侯共爲干城，與郤至言「天下有道」意合。

肅肅兔罝，施于中逵。【注】韓「逵」作「馗」。韓說曰：中馗，馗中，九交之道也。【疏】傳：「逵，九達之道。」○「施」，與葛覃「施于中谷」聲義同。釋宮：「九達謂之逵。」魯文與毛同。郭注：「四道交出，復有旁通者。」釋名：「九達曰逵。」齊魯謂道多爲「逵」，師此形然也。「中馗」至「逵也」，文選鮑照蕪城賦李注引韓詩曰：「『肅肅兔罝，施于中馗。』薛君曰：『中馗，馗中，九交之道也。』」顏延年皇太子釋奠詩、王粲從軍詩注引同。說文：「馗，九達道也。似龜背，故謂之馗。从九、从首。或作逵。」王念孫云：「馗，從九，首聲，故與『好仇』韻。毛詩作『逵』，『逵』在尤韻，字從『坴』得聲，讀如『逐』，今韻『馗』、『逵』並入脂，爲渠追切。作叶音者，以『好仇』之『仇』爲渠之切，以韻『逵』字。讀韓詩，自知其誤。」云「中馗，馗中」者，詩倒句爲文，如葛覃「中谷」之例。云「九交之道也」者，與郭注「四道交出，復有旁通」義同。左隱十一年傳「及大逵」，杜注：「道方九軌也。」劉炫規之以爲「九道交出。」孔疏引李巡爾雅注，亦取「並軌」之義，因以劉爲非。案，考工記「國中經涂九軌」，此言其廣，不名曰「逵」。若九達之逵，以縱横交午爲言，其義各别。且兔罝之設，必在野外九達之區，而非國中並軌之地，言「逵」義者，當以此經爲斷。薛說「九交之道」，爲得其實。雅訓、左義皆可據以訂正。赳赳武夫，公侯好仇。【疏】箋：「怨耦曰仇。此罝兔之人，敵國有來侵伐者，可使和好之，亦言賢也。」○關雎「好仇」，用三家義改毛，知此訓「仇」爲「怨耦」，亦三家說。如此，上言「扞禦」，此言「和好」，其義相屬，亦主追思治世言，謂武夫與公侯爲天子和好敵國。

肅肅兔罝，施于中林。赳赳武夫，公侯腹心。【注】三家說曰：「肅肅兔罝，施于中林」，處獨之謂也。【疏】傳：「中林，林中。可以制斷公侯之腹心。」箋：「此兔罝之人於行攻伐，可用爲策謀之臣，使之慮事。亦言賢也。」○「肅肅」至「謂也」，徐幹中論法象篇云：「人性之所簡也，存乎幽微。人情之所忽也，存乎孤獨。夫幽微者，顯之原也。孤獨者，見之端也。胡可簡也？胡可忽也？是故君子敬孤獨而慎幽微，雖在隱蔽，鬼神不得窺其隙也。詩曰：『肅肅兔罝，施于中林。』處獨之謂也。」案，此與列女傳易林云云，亦本三家爲說。「中林，林中」，劉良注：「所謂退處山林也。」徐以「中林」爲隱蔽，與關雎篇薛君言「河洲隱蔽無人之處」，張衡以爲「河林」，其義正合。蓋夭顛處山林幽獨之處，仍不改其肅敬之容，故文王以爲賢而舉之，與臼季識郤缺郭泰得茅容事相類。上二章「公侯」泛言治世之諸侯，此「公侯」謂文王。文王任牧伯，居商公侯之位。云「腹心」者，郤至所謂「略武夫爲己腹心」，詩人蓋歎商之失人將亡也。桓寬鹽鐵論備胡篇：「賢良曰：匈奴處沙漠之中，生不食之地，如中國之麋鹿耳。好事之臣，求其義，責之禮，使中國干戈至今未息，萬里設備。此兔罝之所刺，故小人非公侯腹心干城也。」胡承珙云：「此言當時之臣，異於周南之賢人，不能折衝禦難，爲國干城，將不免爲兔罝詩人之所刺也。」愚案：胡說是，此與詩本義無涉。

兔罝三章，章四句。

芣苢【注】魯說曰：蔡人之妻者，宋人之女也。既嫁於蔡而夫有惡疾，其母將改嫁之，女曰：「夫不幸，乃妾之不幸也，奈何去之？適人之道，壹與之醮，終身不改。不幸遇惡疾，不改其意。且夫采采芣苢之草，雖其臭惡，猶將始於捋采之，終於懷擷之，浸以益親，況於夫婦之道乎？彼無大故，又不遣妾，何以得去！」終不聽其母，乃作芣苢之詩。君子曰：宋女之意，甚貞而壹也。韓敍曰：芣苢，傷夫有惡疾也。韓說曰：芣苢，澤寫也。芣苢，臭惡之菜。詩人傷其君子有惡疾，人道不通，求己不得，發憤而作。以事興芣苢雖臭惡乎，我猶采采而不已者，以興君子雖有惡疾，我猶守而不離去也。【疏】毛序：「后妃之美也。和平則婦人樂有子矣。」箋：「天下和，政教平也。」○「蔡人」至「壹也」，劉向列女傳貞順篇文。宋陳邈妻鄭氏女孝經云：「芣苢興歌，蔡人作誡。」本此。魏源云：「國語『文王卽位，諏于蔡原』，韋昭以爲蔡君，則文王時已有其國矣。蔡宋無風，賴是詩存之。」徐璈云：「路史言：『蔡，黃帝後，姞姓國。』樂記『武王下車而投殷之後於宋』，蔡宋皆古國名也。」云「壹與之醮，終身不改」，與郊特牲「壹與之齊，終身不改」義同。說文：「醮，冠昏禮祭。」列女傳賢明篇宋鮑女宗曰「婦人一醮不改」，貞順篇息君夫人曰「終不以身更貳醮」，與此傳合。潛夫論云：「貞潔寡婦，守一醮之禮，成同穴之義。」「一醮」正用傳語。「無大故」者，夫未死。「又不遺妾，何以得去」者，白虎通嫁娶篇云：「夫有惡行，妻不得去者，地無去天之義也。」「芣苢」至「去也」，文選劉孝標辨命論李注引韓詩薛君章句文。韓詩此下又云：「詩曰：『采采芣苢，薄言采之。』」蓋韓序也。御覽七百四十二引作韓詩外傳，誤。云「求己不得」者，反求而不得其故，即小弁「何辜于天，我罪伊何」意。云「發憤而作」，與列女傳云「不聽其母」微異，而守而不去則同。女子貞壹，被文王之化而然也。

采采芣苢，薄言采之。采采芣苢，薄言有之。【注】韓「苢」作「苡」。韓說曰：直曰「車前」，瞿曰「芣苡」。魯韓說曰：有，取也。【疏】傳：「采采，非一辭也。芣苢，馬舄。馬舄，車前也，宜懷姙焉。薄，辭也。采，取也。有，藏之也。」箋：「薄言，我薄也。」○采采者，采而又采，薛君以爲「采采而不已」是也。「直曰車前，瞿曰芣苡」者，釋文：「苢，本亦作苡。芣苡，馬舄也，又名車前。韓詩曰：『直曰車前，瞿曰芣苡。』」是韓詩作「苡」，與毛「亦作」本同。又引陸璣云：「幽州人謂之『牛舌』，又名『當道』，其子治婦人生難。本草云一名『牛遺』，一名『勝舄』。山海經及周書王會皆云：『芣苢，木也。實似李，食之宜子，出於西戎。』衛氏傳及許愼並同此，王肅亦同，王基已有駁難也。」皮錫瑞云：「今醫家無用車前治難產者。陸疏云云，疑傳會毛序『婦人樂有子』而爲之說。世無夫有惡疾，人道不通，而婦猶樂有子者。魯韓二說與毛序正相反也。」陳喬樅云：「大觀本草六引陶隱居云，韓詩乃言芣苢是木，似李，食其實宜子孫，此爲謬矣。此陶引韓詩而駁之也，然與毛詩釋文、文選注所引不合，豈陶誤記耶？又王會解作『桴苡』，恐與詩之『芣苡』爲二物。衛氏傳當是衛宏所作，而釋文序録不言，後漢書謂宏作訓旨，殆即是也。衛許皆習古文詩，皆宗毛，不知何以解芣苢誤草爲木。」愚案：說文：「芣苢，一名馬舄。其實如李，令人宜子。从艸，目聲。周書所說。」許以「芣苢一名馬舄」爲一事，「其實如李，令人宜子，周書所說」爲一事，兩存其義，以廣異聞，非誤解也。徐鍇繫傳云：「本草：芣苢一名車前，服之令人有子。爾雅注亦同。韓詩云『芣苢，木名，實似李』，則非也。許慎但言李，則其子之苞亦似李，但微小耳。」案，小徐爲許曲解，非說文本義。其引韓詩，則緣隱居之誤也。韓云「直曰車前，瞿曰芣苢」者，釋草：「芣苢，馬舄。馬舄，車前。」郭注：「今車前草，大葉長穗，好生道邊，江東呼爲『蝦蟆衣』。」郝懿行云：「瞿，謂生於兩旁，然芣苢卽車前，何有瞿、直之分？蘇頌圖經：『春初生苗，葉布地如匙面，累年者長及尺餘，抽莖作長穗，如鼠尾。花甚細，青色微赤，結實如葶藶，赤黑色。』今驗此有二種，大葉者俗名『馬耳』，小葉者名『驢耳』。圖經所說『葉長尺餘』，似是『馬耳』。今藥所收乃是『驢耳』，野人亦煮啖之。其『馬耳』水生，不堪啖也。」愚案：陸疏云：「芣苢一名當道。」廣雅釋草亦云：「當道，馬舄也。」韓所云「瞿」、「直」者，蓋以「當道」及「生道之兩旁」而言。「直」之爲言「當」也，直道中，故曰「車前」，一名「當道」。生道之兩旁，則曰芣苢。說文：「眲，左右視也。」「瞿，鷹隼之視也。」「瞿」從「眲」取義，鷹隼下擊，必左右視之以取物，故曰「瞿」。引申之，人左右視亦謂之「瞿」。（易林震之離「持心瞿目，善數搖動」，是其證。）「瞿」行而「眲」遂廢。芣苢生道兩旁，故左右視而取之，韓釋異名，郝誤駁也。莊子至樂篇「得水土之際，則爲鼃蠙之衣。生於陵屯，則爲陵舄。」司馬彪注：「言物因水成而陸產，生於陵屯，化作車前，改名陵舄也。」「陵舄」卽郝云「小葉」、俗名「驢耳」者，是道上所生，故爲「陵舄」。「鼃蠙之衣」，卽郭所謂「蝦蟆衣」。郝云「大葉名馬耳，水生不堪啖」者，以水生故名「鼃蠙衣」也。「芣苢」、「牛遺」，音同字變。「牛舌」、「驢耳」，又音之轉。「馬舄」、「蟇衣」、「鼃衣」、「馬耳」，亦是音轉字變也。釋草云：「芣苢，馬舄。馬舄，車前。」以「芣苢」、「車前」與「馬舄」有生陵、生水之別，故互釋之，使人知名異物同，正與莊子義相發。韓又卽「芣苢」、「車前」分釋之。薛云：「芣苢，澤舄也。」「寫」亦作「舄」。案，此「馬舄」轉寫誤「澤舄」也。韓訓「車前」，薛不應與之違異。釋草「蕍蕮」，郭注：「今澤蕮」。是「車前」、「澤蕮」二物，雅訓甚明，司馬莊子注云：「陵舄，一名澤舄。」詩「言采其藚」，傳：「藚，水舄。」陸疏：「今澤瀉也。其葉如車前草大，其味亦相似。」是二物形狀相近，司馬因而誤注耳。「有，取也」者，廣雅釋詁文，與毛傳「有，藏之也」義異。陳奐云：「訓『有』爲『取』，本三家詩義。」王念孫云：「詩之用詞，不嫌於複。『有』亦『取』也，首章泛言取之，次則言其取之之事，卒乃言既取而盛之以歸耳。若首章既言『藏之』，而次章復言『掇之』、『捋之』，則非其次矣。」

采采芣苢，薄言掇之。采采芣苢，薄言捋之。【疏】傳：「掇，拾也。捋，取也。」○「掇之」者，說文：「掇，拾也。」「拾，掇也。」互相訓。「叕」下云：「綴，聯也。象形，掇聲。」義並從「叕」，蓋以手聯綴取之，言其易也。「捋之」者，說文：「捋，取易也。」「寽，五指捋也。」是「捋」之爲言「掬」也，較「掇」更易，故云「取易」也。

采采芣苢，薄言袺之。采采芣苢，薄言襭之。【注】魯說曰：袺謂之袸。襭謂之褱。【疏】傳：「袺，執衽也。扱衽曰襭。」○「袺謂之袸」，廣雅釋器文。云「袺謂之袸」者，釋器文，云褏袖也。集韻「袸」或書作「褎」。玉篇：「袸，衣袂也。」字或作「褎」，通作「胡」。深衣「袂圓以應規」，注：「謂『胡下也』。」釋名：「構，襌衣之無胡者也。」此「胡」爲「袖」也。管子輕重戊篇「丁壯者胡丸操彈」，「胡丸」謂「袖丸」也。采物既多，以袖受之，此「袺」之義也。釋器：「執衽謂之袺。」蓋衣裳皆有衽，以手執其兩旁交裂處，並合向前以受物。毛傳本雅訓，廣雅迺魯義也。云「襭謂之褱」者，說文：「褱，俠也。」「懷，念思也。」古字通用。漢書地理志、外戚傳並以「褱」爲「懷」。列女傳云：「始於捋采之，終於懷襭之。」訓「襭」爲「懷」，與廣雅合，此魯義同符之證。釋器：「扱衽謂之襭。」說文「襭」下云：「以衣衽扱物謂之襭。」「擷」下云：「襭或从手。」「扱」下云：「收也。」「趿」下云：「進足有所擷取也。」引爾雅「扱謂之擷」，作「趿謂之擷」，是「擷」爲進足向前，以衣收物滿貯之，與「褱」、「襭」義同。郭注爾雅云：「扱衣上衽於帶。」蓋盛物滿褱，則上衽於帶，情事宜然，郭以意推之。始「采」終「襭」，列女傳所謂「浸以益親」也。

芣苢三章，章四句。

漢廣【注】韓敘曰：漢廣，說人也。【疏】毛序：「德廣所及也。文王之道被于南國，美化行乎江漢之域，無思犯禮，求而不可得也。」箋：「紂時淫風徧於天下，維江漢之域先受文王之教化。」○「漢廣說人也」者，文選曹植七啟李注引韓詩敘文。陳啟源云：「韓敘『說人』，夫說之必求之，然惟可見而不可求，則慕說益至。」其說是也。江漢之間被文王之化，女有貞絜之德，詩人美之，以喬木、神女、江漢爲比。三家義同。

南有喬木，不可休息。【注】魯說曰：喬木上竦，少陰之木。韓「息」作「思」。漢有游女，不可求思。【注】魯說曰：江妃二女者，不知何所人也。出游於江漢之湄，逢鄭交甫。見而悅之，不知其神人也，謂其僕曰：「我欲下請其佩。」僕曰：「此間之人皆習於辭，不得，恐罹侮焉。」交甫不聽，遂下與之言曰：「二女勞矣。」二女曰：「客子有勞，妾何勞之有。」交甫曰：「橘是柚也，我盛之以笥，令附漢水將流而下，我遵其傍，采其芝而茹之，以知吾爲不遜也，願請子之佩。」二女曰：「橘是柚也，我盛之以筥，令附漢水順流而下，我遵其傍，采其芝而茹之。」遂手解佩與交甫。交甫悅，受而懷之中當心。趨去數十步，視佩，空懷無佩；顧二女，忽然不見。詩曰：「漢有游女，不可求思。」此之謂也。齊說曰：喬木無息，漢女難得。橘柚請佩，反手離汝。韓說曰：游女，漢神也。言漢神時見，不可得而求之。【疏】傳：「興也。南方之木美。喬，上竦也。思，辭也。漢上游女，無求思者。」箋：「不可者，本有可道也。木以高其枝葉之故，故人不得就而止息也。興者，喻賢女雖出游漢水之上，人無欲求犯禮者，亦由貞絜使之然。」○「南」者，楚地記：「漢江之北爲南陽，漢江之南爲南郡。」文王化行江漢，適當其地，明與召南疆域相接。「喬木」至「之木」，淮南原道訓高注文。說文：「喬，高而曲也。从夭、从高省。」引詩。釋木：「上句曰喬。」又云：「小枝上繚爲喬。」「上句」、「上繚」，與高注「上竦」同意，故說文以爲「高而曲也」。說文：「休，息止也。从人、依木。」喬木高而少陰，故不可休。孔疏：「傳解『喬木』之下，先言『思，辭』，然後始言『漢上』，疑經『休息』之字作『休思』也。詩之大體，韻在辭上，疑『休』、『求』字爲韻，二字俱作『思』。」「韓息作思」者，外傳一引作「不可休思」。藝文類聚八十八引同。案，列女傳一引作「不可休息」。易林云「喬木無息」，是魯齊作「息」，與毛同。○說文「漾」下云：「水出隴西氐道，東至武都爲漢。」「漢」下云：「漾也，東爲滄浪水。」「浪」下云：「滄浪水也，南入江。」敘漢水原流與禹貢合。詩江漢並舉，知非水初出之地也。游女，神女。詩舉昔漢水之所有，以興今貞女之不可求也。「江妃」至「謂也」，劉向列仙傳文。文選阮籍詠懷詩李注引略同。吳淑事類賦引列仙傳云：「鄭交甫至漢皋臺下，見二女佩兩珠，大如荊雞卵。二女解與之，既行反顧，二女不見，佩珠亦失。」此無佩「珠」語，傳寫闕逸。文選琴賦注引列女傳：「游女，漢水神。鄭大夫交甫於漢皋見之，聘之橘柚。」「列女」是「列仙」之誤。文選楊雄羽獵賦「漢女水潛」，李注引應劭云：「漢女，鄭交甫所逢二女也。」張衡南都賦云：「游女弄珠於漢皋之曲。」王逸楚辭九思云：「周徘徊兮漢渚，求水神兮靈女。」楊應張王皆學魯詩者也。「喬木」至「離汝」，易林萃之漸文。又頤之既濟：「漢有游女，人不可得。」噬嗑之困：「二女寶珠，誤鄭大夫。君父無禮，自爲作笑。」（「君」是「交」之誤，「父」、「甫」字同。）並齊說。「游女」至「求之」，文選嵇康琴賦注引薛君說，曹植七啟、謝朓齊敬皇后哀策文注引略同。郭璞江賦注引韓詩內傳曰：「鄭交甫遵彼漢皋臺下，遇二女，與言曰：『願請子之佩。』二女與交甫。交甫受而懷之，超然而去，十步循探之，卽亡矣，回顧二女，亦卽亡矣。」又南都賦注引韓詩外傳曰：（「外」字誤，當作「內」。）「鄭交甫將南適楚，遵彼漢皋臺下，乃遇二女。佩兩珠，大如荊雞之卵。」御覽八百二引韓詩內傳曰：「漢女所弄珠，如荊雞卵。」說文：「，魃鬼服也。韓詩傳云：『鄭交甫遇二女魃服。』」初學記地部下引韓詩，曰：「鄭交甫過漢皋，遇二女，妖服佩兩珠。交甫與之言，曰：『願請子之佩。』二女解佩與交甫，而懷之去十步，探之則亡矣，回顧二女亦不見。」此韓詩說可參考者。曹植七啟云：「諷漢廣之所求，覲游女於水濱。」洛神賦云：「感交甫之棄言兮，悵猶豫而狐疑。」曹學韓詩者也。陳琳神女賦云：「贊皇師以南假，濟漢水之清流。感詩人之攸嘆，想神女之所游。」琴賦云：「游女飄焉而來。」萃江賦云：「感交甫之喪佩。」敬皇后哀策文云：「清漢表靈。」阮籍詠懷詩云：「二妃游江濱，逍遙順風翔。交甫懷環佩，婉孌有芬芳。」皆用三家義。徐璈云：「游女之爲漢神，猶楚辭之有湘君湘夫人也。鄭交甫事未審係何時代，亦以證漢神之實有耳。詩以漢女之神不可犯，與『之子』，非謂『游女』即『之子』也。」斯言是矣。列女傳六、韓詩外傳一載孔子子貢見阿谷處女事，終引此詩，則說詩者推演之詞，不爲正訓。

漢之廣矣，不可泳思。江之永矣，不可方思。【注】魯「永」作「羕」。韓「永」作「漾」，云：「漾，長也。」魯「方」作「舫」。【疏】傳：「潛行爲泳。永，長。方，泭也。」箋：「漢也、江也，其欲渡之者，必有潛行乘泭之道，今以廣長之故，故不可也。又喻女之貞絜，犯禮而往，將不至也。」○說文：「廣，殿之大屋也。」引申之，爲凡遠大之辭。說文：「泳，潛行水中也。」江者，禹貢岷山所導，至今湖北江夏縣合漢水入海。「魯永作羕」者，說文：「永，長也。象水巠理之長。詩曰：『江之永矣。』」引與毛同。又云：「羕，水長也。詩曰：『江之羕矣。』」兼采魯詩。釋詁：「羕，長也。」正釋此義。「韓云『漾，長也』」者，文選王粲登樓賦「川既漾而濟深」，李注引韓詩曰：「江之漾矣，不可方思。」薛君曰：「漾，長也。」漾，水名。韓借「漾」爲「羕」，故訓「長」。「魯方作舫」者，釋言：「舫，泭也。」邢疏：「孫炎曰：『舫，水中爲泭，筏也。』周南漢廣云『不可方思』，『舫』、『方』音義同。」案，爾雅作「舫」，與毛異字，此魯詩文。說文：「方，併船也。」「舫，舟師也。」「泭，編木以渡也。」「方」正字，「舫」借字。方言：「泭謂之簰，簰謂之筏。筏，秦晉之通語也。」楚辭惜往日篇注：「編竹木曰『泭』，楚人曰『泭』，秦人曰『橃』。」詩釋文：「泭，本亦作游，又作桴，或作柎，並同。」又引郭云：「木曰箄，竹曰筏，小筏曰泭。」說雖微異，大旨則同。此詩之「方」，言併木以渡，非謂併船。併船可入江，編木爲小筏則不可。詩以併木爲「方」，又自併船義引申之。此章「喬木」、「神女」、「江漢」三者，皆興而比也。

翹翹錯薪，言刈其楚。之子于歸，言秣其馬。漢之廣矣，不可泳思。江之永矣，不可方思。

【注】魯韓說曰：翹翹，衆也。【疏】傳：「翹翹，薪貌。錯，雜也。秣，養也。六尺以上曰馬。」箋：「楚，雜薪之中尤翹翹者。我欲刈取之，以喻衆女皆貞絜，我又欲取其尤高絜者。之子，是子也。謙不敢斥其適己，於是子之嫁，我願秣其馬，致禮餼，示有意焉。」○說文：「翹，尾長毛也。」引申之，凡衆盛而高舉者皆謂之「翹」，重言之爲「翹翹」也。「翹翹，衆也」者，廣雅釋訓文。王念孫云：「詩『翹翹錯薪』，『翹翹』與『錯薪』連文，則『翹翹』爲衆貌，言於衆薪之中刈取其高者。傳箋以『翹翹』爲『高』，則與下句相複。廣雅以爲『衆』，蓋本於三家。」愚案：此魯韓說。文選陸機歎逝賦「翫春翹而有思」，李注：「翹，茂盛貌。詩曰：『翹翹錯薪。』」「茂盛」與「衆」義合，亦用魯韓說。木衆盛已有高義，又於其中刈取尤高者，以喻衆女之中，欲取其尤高絜者也。說文：「錯，金涂也。」謂以金塗物，其文錯雜。引申之，凡物雜亂皆爲「錯」。說文：「薪，蕘也。」急就篇顏注：「取木而然之曰薪。」詩以「薪」言木者，目中之木，卽意中之薪，謂此翹翹然高而雜亂者，皆我之薪也，故先言「薪」，後言「刈」，若已是「薪」，則於「翹翹」義無當，何煩更刈取乎？陳氏奐以「錯薪」爲集草與木，失之。說文：「楚，叢木，一名荆也。」「荆，楚木也。」陳啟源云：「荆有二，牡荆、蔓荆。」楚乃叢木，非蔓生，蓋「牡荆」也。「蔓荆」子大，「牡荆」子小，故又名「小荆」，有青、赤二種，青赤爲荆，赤者爲楛，嫩條皆可爲筥箱，古貧女以此爲釵，卽此二木也。說文：「秣，食馬穀也。」惠周惕云：「昏義，壻親迎之後，出御婦車，而壻授綏，御輪三周，故曰：『之子于歸，言秣其馬。』言得如是之女歸於我，則我將親迎而身御之。不言『御車』而言『秣馬』，欲速其行，且微其詞也。又左傳有『反馬』之文，鄭詩有『同車』之語，故

漢廣以『秣馬』、『秣駒』爲言。若箋言『禮餼』，則納徵，無用馬者。」馬瑞辰云：「聘禮：『餼之以其禮，上賓太牢，積惟芻禾。』鄭注：『禾以秣馬。』是秣馬亦禮餼之一。又士昏禮：『主人爵弁，纁裳緇衣，乘墨車，從車二乘，執燭前馬。婦車亦如之。』鄭箴膏肓據此，謂士妻始嫁，乘夫家之車，是親迎必載婦車以往，『秣馬』正載車以往之事。箋謂『致禮餼』，非也。」胡承珙云：「東山：『之子于歸，皇駁其馬。』則士庶人亦有送女之馬。」愚案：鄭說「禮餼」，非不可通，但「秣馬」承上「于歸」言，自以惠馬胡諸說爲是。箋意與韓敘「悦人」旨合，敬慕之至也。

翹翹錯薪，言刈其蔞。【注】魯「刈」作「采」。之子于歸，言秣其駒。漢之廣矣，不可泳思。江之永矣，不可方思。【疏】傳「蔞，草中之翹翹然。五尺以上曰駒。」○「魯刈作采」者，楚辭大招王注：「蔞，香草也。詩曰：『言采其蔞』。」廣韻十九侯引詩同。陳喬樅云：「據叔師所引，知魯詩『刈』字作『采』，不與毛同。木言『刈』、草言『采』。刈、采散文亦通，然以全詩例之，如采蘋、采藻、采葑、采菲、采芑、采薇，凡草之類皆言『采』，其義尤合。」陸疏釋「蔞」云：「其葉似艾，白色，長數寸，高丈餘，好生水邊及澤中。正月根芽生旁莖，正白，食之香而脆美，其葉又可蒸爲茹。」是「蔞」爲香草也。元恪多采三家詩說。說文：「蔞，草也。可以亯魚。」繫傳云：「今人所食蔞蒿。」釋草：「購，蔏蔞。」郭注：「蔏蔞，蔞蒿也。生下田，初出可啖，江東用羹魚。」郝疏：「京師人以二三月賣之，唯葉不中食。今驗其葉，似野麻而疏散，嫩亦可啖。陸以爲似艾白色，蓋其初生時耳。」愚案：蔞高丈餘，故亦言「翹翹」。蔞是草而言「薪」者，說文「薪」、「蕘」互訓。詩板釋文、文選長楊賦李注引許書「蕘」下「薪也」二字，並作「草薪也」。漢書賈山傳、楊雄傳顏注並云：「蕘，草薪。」是草可稱「薪」也。說文：「馬二歲曰駒。」二章、三章重舉江漢，以深致其贊美，長言之不足，又咏嘆之。

漢廣三章，章八句。

汝墳【注】魯說曰：「周南之妻者，周南大夫之妻也。大夫受命平治水土，過時不來，妻恐其懈於王事，蓋與其鄰人陳素所與大夫言。『國家多難，惟勉强之，無有譴怨，遺父母憂。昔舜耕於歷山，漁於雷澤，陶於河濱，非舜之事而舜爲之者，爲養父母也。家貧親老，不擇官而仕。親操井臼，不擇妻而娶。故父母在，當與時小同，無虧大義，不罹患害而已。夫鳳鳥不離於罻羅，麒麟不入於陷穽，蛟龍不及於枯澤。鳥獸之智，猶知避害，而況於人乎？生於亂世，不得道理而迫於暴虐，不得行義然而仕者，爲父母在也。』乃作詩曰：『魴魚赬尾，王室如燬。雖則如燬，父母孔邇。』蓋不得已也。君子是以知周南之妻而能匡夫也。」韓敘曰：汝墳，辭家也。【疏】毛序：「道化行也。文王之化行乎汝墳之國，婦人能閔其君子，猶勉之以正也。」箋：「言此婦人被文王之化，厚事其君子。」○「周南」至「夫也」，劉向列女傳賢明篇文。云「周南大夫之妻」者，毛序：「文王之化行乎汝墳之國。」是此大夫本汝墳國之大夫，而曰周南大夫者，以其國在南國疆域之中，時服屬於周也。易林兌之噬嗑：「南循汝水，伐樹斬枝。過時不遇，惄如周飢。」「過時不遇」，與列女傳「過時不來」合。是齊與魯同。「汝墳，辭家也」者，後漢周磐傳李注引韓詩文。傳稱磐居貧養母，儉薄不充，嘗誦詩至汝墳之章，慨然而嘆。乃解韋帶，就孝廉之舉。注稱韓詩，實韓序也。云「辭家」者，此大夫以父母之故，不得已而出仕，義與列女傳同，故磐誦之而就舉也。詳薛君章句。（引見下。）鄭箋謂「王室之酷烈，是時紂存」，與列女傳「生於亂世，迫於暴虐」合。孔疏：「文王率諸侯以事殷，故汝墳之國大夫猶爲殷紂所役，若稱王以後，則不復事紂，六州文王所統，不爲紂役也。」案，論語泰伯篇：「三分天下有其二，以服事殷。」此詩之作，正當其時。婦人知商王暴虐，君子勤勞，猶勉其無怠王事，貽父母憂。非被文王之化，何以能此。

遵彼汝墳，伐其條枚。【注】魯韓說曰：遵，行也。條，枝也。【疏】傳：「遵，循也。汝，水名也。墳，大防也。

枝曰條，榦曰枚。」箋：「伐薪於汝水之側，非婦人之事，以言己之君子賢者而處勤勞之職，亦非其事。」○「遵，行也」者，廣雅釋詁文，明魯韓訓「遵」爲「行」。易林「南循汝水」，是齊訓「遵」爲「循」，與毛同。案，說文：「循，順行也。」諸家訓異義同。「汝墳」者，漢志：「汝南郡定陵縣，高陵山，汝水出，東南至新蔡入淮。」說文：「汝水出弘農盧氏還歸山，東入淮。」水經汝水篇：「汝水出河南梁縣勉鄉西天息山。」酈注：「地理志曰出高陵山，卽猛山也。亦言出南陽魯陽縣之大盂山，又言出弘農盧氏還歸山。博物志曰『汝出燕泉山』，並異名也。」又云：「汝水出東南，逕奇雒城西北，今南潁川郡治也，濆水出焉，世亦謂之大濦水。爾雅曰河有雍，汝有濆，然則『濆』者，汝別也，故其下夾水之邑，猶流汝陽之名，是或『濆』、『濦』之聲相近矣，亦或下合濦、潁，兼統厥稱耳。」案，釋水：「汝爲濆。」郭注：「詩曰：『遵彼汝濆』。」是郭所見詩本作「濆」。御覽七十一引詩曰：「汝濆，道化行也。文王之化行乎汝墳之國也。遵彼汝濆，伐其條枚。」陳喬樅以「濆」爲三家今文，非也。列女傳及周磐傳注引韓詩，並作「汝墳」。又王逸楚辭九章注：「水中高者爲墳。（「中」，疑「旁」字之誤。）詩云：『遵彼汝墳。』」是三家詩不作「濆」，「濆」自毛詩異文。御覽所引是毛詩序，尤其明證，特不見於陸氏釋文耳。陳喬樅云：「釋水又云：『江有沱』、『河有灉』、『汝有墳』，郭注以爲『上水重見』。孔疏引李巡曰：『江、河、汝旁有肥美之地名』。考史記高祖功臣年表，汝陰爲夏侯嬰國。漢志『汝陰』注：『莽曰汝墳』。續志『汝陰』注：『地道記有陶邱鄉，詩所謂「汝墳」也。』水旁之地多肥美者，大司徒：『辨五地之物生，四曰墳衍，其動物宜介物。』鄭注『墳』爲『水厓』，以『介物』爲龜鼈之屬、水居陸生者。是『墳』、『衍』皆指水旁之地言，高者曰墳，平者爲衍也。『墳』、『濆』古字通用，然詩『汝墳』字不作『濆』，郭於『汝爲濆』下引詩曰『遵彼汝濆』，非是。據釋文云，『濆』字林作『涓』，衆爾雅本皆作『涓』，則『濆』乃譌字。釋水上言『汝爲涓』，此大水溢出，別爲小水之名，故與『河爲灉』、『江爲沱』諸別出之水以類言之。下言『汝有墳』，此汝旁肥美之地名，故與『江有沱』、『河有灉』諸水旁之地亦以類言之。下又云:『滸,水厓。水草交爲湄。』皆指水旁之地也。李巡於『江有沱』注云:『江溢出流爲沱』。則於『汝爲涓』下注云亦當然,是分辨二者極爲明晰。自郭本『涓』誤爲『濆』,遂誤仞詩之『汝墳』即爾雅之『汝爲濆』,而引詩以實之。又於下文『江有沱』諸句注云『上水別出,重見』,水經注本之,以誤沿誤。後人疑義紛起,或執其說,釋詩『汝墳』爲爾雅『別出之水』。或糾其失,謂爾雅『汝爲濆』爲郭私改之本。不知釋水之文前後別言,判然各異,李注彼此異解,昭然無疑也。」愚案:說文:「墳,墓也。」「濆,水厓也。」是訓「水厓」之字本作「濆」,其作「墳」者,乃假字。陳因分別雅訓,必謂詩「汝墳」字不作「濆」,亦屬非是。爾雅此注,李義爲優,郭但不應於「汝爲濆」下引詩實之,至云「汝有濆」爲「水旁肥美之地」,則說文義訓自合,不在争執文字也。酈氏爲「濆」「瀵」作注,謂「濆」是「汝別」,即本雅訓,特所據非作「涓」之本。然「濆」、「瀵」異稱,「瀵」即今河南郾城縣之大溵水,酈氏考實此水,固是不妄。今以作「涓」者爲是,據說文,「涓」訓「水流」,未聞是水名也。陳攻郭而侵酈,殆失之矣。文選鮑明遠蕪城賦李注:「詩曰:『遵彼汝墳』。又曰:『鋪敦淮墳』。爾雅:『濆莫大於河墳。』此蓋三墳。」考工記注:「蚡胡,胡子之國,在楚旁。」說文:「坋,大防也。」釋丘:「墳,大防。」「墳」、「坋」義通,「蚡」蓋「坋」字之借。漢志:「汝陰,故胡國。莽曰汝墳。」證以續志引詩,所謂「汝墳之國」即其地矣。說文云:「伐,擊也。从人,持戈。」「條,枝也」者,廣雅釋言文。毛傳:「枝曰條,幹曰枚。」易林:「伐樹斬枝。」伐樹謂「枚」,斬枝謂「條」,是三家訓「條」爲「枝」,與毛同義。說文:「枝,幹也。可爲杖。」幹是築牆耑木,此許書借訓,謂木之堅直可豎立者,言己之君子伐薪汝側,爲平治水土之用,勤勞備至也。治水需用薪柴,漢武帝時命羣臣從官負薪寘河,是其證。箋謂「伐薪非婦人之事,以喻君子處勤勞之職,亦非其事」,失之。未見君子,惄如調飢。【注】韓「惄」作「愵」。魯說曰:「惄,思也,一日飢也。」魯「調」作「朝」,齊作「周」。【疏】傳:「惄,飢意也。調,朝也。」箋:「惄,思也。未見君子之時,如朝飢之思食。」〇「未見君子」，列女傳所謂「過時不來」，易林所謂「過時不遇」也。韓「惄」作「愵」者，釋文：「『惄』，韓詩作『愵』，音同。」説文：「愵，㥄貌。从心，弱聲。與『惄』同。」方言：「愵，憂也。自關而西，秦晉之閒或曰『惄』。」衆經音義四：「愵，思也，傷也。」「愵」訓「憂傷」，則「如」爲比擬之詞，故説文：「惄，飢餓也。一曰憂也。从心，叔聲。詩曰：『惄如朝飢。』」後説謂「心憂如飢」，與韓義合。前説直謂「惄」爲「飢」，則「如」讀爲「然」，言「惄然而朝飢」，正狀其憂傷之切。「惄，思也」者，釋詁文。「惄，飢也」者，釋言文。皆魯説。雅訓兩釋與説文合。孔疏引李巡曰：「惄，宿不食之飢也。」宿不食，卽「朝飢」矣。「魯調作朝」者，説文：「輖，旦也。从軓，舟聲。」蔡邕青衣賦：「思爾念爾，惄焉且飢。」「且」乃「旦」之譌。「旦飢」卽「朝飢」。蔡用魯詩，知説文作「朝」爲魯文。晉郭遐周詩「言別在斯須，惄焉如朝飢」，正用詩語。「齊作周」者，易林作「周飢」，「朝」從「舟」聲，「舟」、「周」古通。

遵彼汝墳，伐其條肄。既見君子，不我遐棄。【注】魯韓説曰：「肄，枿也。」【疏】傳：「肄，餘也，斬而復生曰肄。既，已。遐，遠也。」箋：「已見君子，君子反也。君子已反得見之，知其不遠棄我而死亡，於思則愈，故下章而勉之。」〇「肄，枿也」者，廣雅釋詁、釋木文。方言：「烈，枿，餘也。陳鄭之閒曰枿，晉衞之閒曰烈，秦晉之閒曰肄，或曰烈。」「烈」卽「櫱」也，音同字異。書盤庚「若顛木之有由櫱」，釋文：「櫱，本又作枿。」馬注：「顛木而肄生曰枿。」説文「㽕」下云：「木生條也。」引書「由櫱」作「㽕枿」。「𣡌」下云：「伐木餘也。」引書作「㽕𣡌」。「櫱」下云：「𣡌，或从木，辥聲。」「梓」下云：「古文𣡌。」「枿」卽「梓」變體，與「𣡌」、「櫱」一字。據説文「㽕」爲「木生條」，是書之「㽕枿」與此詩「條肄」同義。既顛之木，復有發生，長枝爲條，小栽爲肄也。説文：「棄，捐也。」「不我遐棄」，猶云「不遐棄我」。孔疏：「婦人以君子處勤勞之職，恐避役死亡，今思之，覬君子事訖得反，我既得見君子，卽知不遠棄我而死亡，我於思則愈。」詳三家詩義「大夫踰時不歸，妻恐其懈於王事」，則是君子未反，孔疏得之。

魴魚赬尾，王室如燬。雖則如燬，父母孔邇。【注】齊「赬」作「䞓」。韓「燬」作「𤈦」。韓說曰：赬，赤也。𤈦，烈火也。孔，甚也。邇，近也。言魴魚勞則尾赤，君子勞苦則顏色變，以王室政教如烈火矣。猶觸冒而仕者，以父母甚迫近饑寒之憂，爲此祿仕。【疏】傳：「赬，赤也，魚勞則尾赤。燬，火也。孔，甚。邇，近也。」箋：「君子仕於亂世，其顏色瘦病，如魚勞則尾赤。所以然者，畏王室之酷烈，是時紂存，辟此勤勞之處，或時得罪。父母甚近，當念之以免於害，不能爲疏遠者計也。」○說文：「魴，赤尾魚。」馬瑞辰云：「爾雅『魴魾』，郭注：『江東呼魴魚爲鯿。』『鯿』、『魴』、『魾』三字，一聲之轉。本草綱目云：『有一種火燒鯿，頭尾俱似魴，而脊骨更隆，上有赤鬣連尾，黑質赤章。』今江南有鯿魚，其腹下及尾皆赤，俗稱與綱目說同，殆即古之魴魚。詩以魚尾之赤，興王室之如燬。」愚案：字林玉篇衆經音義十九並云：「魴，赤尾魚。」與說文合。馬說「鯿之別種」，殆即赤尾魴魚矣。「齊赬作䞓」者，說文：「䞓，赤色也。詩曰：『魴魚䞓尾。』」「赬」下云：「䞓，或從貞。」案，列女傳韓詩俱作「赬」，與毛同，則「魴魚䞓尾」爲齊詩文，其以魴爲赤尾魚，當本齊說也。「王室」，紂之朝廷。「如燬」，列女傳作「如毀」，王氏補注：「言王室多難，如將毀缺不堅完也。」此魯義。釋言：「燬，火也。」郭注：「詩曰：『王室如燬。』燬，齊人語也。」爾雅魯詩之學，據此亦兼有齊文。詩釋文：「齊人謂火曰燬。」是齊當作「燬」，與毛同。「韓燬作𤈦」者，說文「燬」下云：「火也。」「𤈦」下云：「火也。詩曰：『王室如𤈦。』」魯作「毀」，齊作「燬」，明說文作「𤈦」者爲韓詩文。周磐傳注引韓詩曰：「魴魚赬尾，王室如𤈦。雖則如𤈦，父母孔邇。」兩引並作「𤈦」，足可證合。（王應麟詩攷載後漢書注引韓詩作「如𤈦」，今本李注作「燬」。韓詩外傳一引詩「雖則如燬」二句，亦當爲「如𤈦」。今本亦作「燬」，皆後人妄改。）段玉裁說文注謂字當爲「𤈦」，徑删「燬」篆，由不知詩文各異耳。

「赬赤」至「祿仕」，周磐傳注引薛君章句文。云「魴魚勞則尾赤，君子勞苦則顏色變」者，以明詩取喻之義。其言「魚勞尾赤」，與毛傳同。孔疏：「魴魚之尾不赤，故知勞則尾赤。」左哀十七年傳：「如魚赬尾，衡流而彷徉。」鄭氏云：「魚肥則尾赤，以喻蒯聵淫縱。」不同者，此自魴魚尾本不赤，赤故爲勞也。說與薛合。鯿魚尾本不赤，據尋常目驗言之。義各有歸，不嫌互異。「燬」、「焜」皆謂火烈，王室政教如之，言暴虐也。「孔，甚」，釋言文。說文：「孔，通也。从乙，从子。乙，請子之候鳥也，乙至而得子。嘉美之也。古人名嘉字子孔。」案，「嘉」者美之至，故引申爲「甚」義，詩通詁也。「邇，近」，釋詁文。言君子所以觸冒危難而仕者，因父母甚迫近飢寒之憂，藉祿以養。釋「孔邇」爲與飢寒甚切近，此韓義也。列女傳「迫於暴虐，不得行義」，釋「王室如燬」句；「然而仕者，爲父母在」，釋「父母孔邇」句。言父母不能遠避，則當無懈王事以貽親憂，「孔邇」屬父母言。此魯義也。鄭箋「父母甚近，當念之以免於害」，與魯訓合。列女傳所云「素與大夫言」，即末章之指。

汝墳三章，章四句。

麟之趾【注】韓說曰：麟趾，美公族之盛也。【疏】毛序：「關雎之應也。關雎之化行，則天下無犯非禮，雖衰世之公子，皆信厚如麟趾之時也。」箋：「關雎之時，以麟爲應。後世雖衰，猶存關雎之化者，君之宗族猶尚振振然，有似麟應之時，無以過也。」○「美公族之盛也」者，文選王融曲水詩序張銑注文，此韓說也。詩兼言子姓而專以爲美公族者，子孫之盛，已見螽斯篇義，可參考得之。時文王大業日隆，族姓既多且賢，故詩人歎之。螽斯之美乃后妃不妒善，教所成，至於公族多賢，則國運鼎盛，休徵日臻。歷覽興朝，莫不如此。自是文王丕建周基，擇賢佐理，召公分治，遂別爲風，此二南所由分矣。

麟之趾，振振公子，于嗟麟兮。【注】韓「于」作「吁」。韓說曰：吁嗟，歎辭也。【疏】傳：「興也。趾，足也。麟信而應禮，以足至者也。振振，信厚也。于嗟，歎辭。」箋：「興者，喻今公子亦信厚，與禮相應，有似於麟。」〇麟，麐借字。説文：「麟，大牝鹿也。」「麒，仁獸也。」「麐，牝麒也。」史記司馬相如傳索隱引張揖曰：「雄曰麒，雌曰麟。」釋文出「麟之止」三字，云：「止，亦本作趾，兩通。」説文無「趾」字。廣雅釋獸：「麒麟步行中規，折還中榘，不履生蟲，不折生草。」此趾之德也，故首章以「趾」爲興。「振振」，解見螽斯，言此振奮有爲之公子應運而出，即是麟也。「公子」，諸侯之子。文王位爲牧伯，此「公」謂文王，「公子」即是武周諸人，文王而稱曰「公」，足證周南之詩在文未稱王時。「吁嗟，嘆辭也」者，文選謝朓八公山詩李注引薛君章句文。據此，韓詩「于」作「吁」。「于」、「吁」古今字。説文：「吁，驚也。」「𧪚，咨也。一曰痛惜也。」「嗞，嗟也。」篆文無「咨」、「嗟」字，説解「咨」、「嗟」，當仍爲「嗞」、「𧪚」。釋詁：「嗟、咨，蹉也。」「𩯀」訓「𩯀好」，亦借字。「吁」、「嗟」二字合訓，是驚歎詞，見公子多賢，故異而美之。

麟之定，振振公姓，于嗟麟兮。【注】魯「定」作「頷」。【疏】傳：「定，題也。公姓，公同姓。」〇「魯定作頷」者，釋言：「頷，題也。」郭注：「題，頷也。」引此詩。案，毛作「定」，則作「頷」者魯家文也。説文：「題，頟也。」莊子馬蹄篇「齊之以月題」，釋文引司馬崔云：「題，馬頟上當顱如月形者也。」廣雅釋獸：「麒麟狼題。」京房易傳云：「麟狼頟，即詩所謂『定』矣。」「姓」之爲言「生」也。禮特牲饋食「子姓兄弟，如主人之服」，鄭注：「子姓者，子之所生，亦謂孫也。」喪大記「卿大夫父兄子姓立於東方」，注：「子姓，謂衆子孫是也。」是「姓」訓爲「孫」，「公姓」即「公孫」。上章「公子」，此章「公孫」，下章「公族」，次弟如此。或釋「姓」爲「子」，謂「公姓」即「公子」，或據「公孫之子以王父字爲姓」，謂「公姓」是「公孫之子」，並失之。

麟之角，振振公族，于嗟麟兮。【注】魯説曰：麟似麐，一角而戴肉，設武備而不害，所以爲仁也。齊説曰：「麟，木之精。【疏】傳：「麟角，所以表其德也。公族，公同祖也。」箋：「麟角之末有肉，示有武而不用。」○「麟似」至「仁也」，公羊哀十五年傳何休解詁文，下引詩云：「『麟之角，振振公族』是也。」「麟，木之精」者，路史後紀注引詩含神霧文。陳喬樅云：「『木性仁，故麟爲仁獸，角端有肉。』藝文類聚引春秋感精符曰：『麟一角，明天下共一主也。王者不刳胎，不破卵，則出於郊，德及幽隱。不肖斥退，賢者在位，則至明於興衰。武而仁，仁而有慮，禽獸有培弃，非時張獵則去。明王動則有義，靜則有容乃見。』蓋亦本之齊說。左隱八年傳：「諸侯以字爲謚，因以爲族。」杜注：「諸侯不賜姓，其臣因氏其王父字，或卽先人之謚稱以爲族。」據此，孫以祖字爲姓，因以祖字爲族，族出於公，公孫之子爲公族也。

麟之趾三章，章三句。

周南之國十一篇，三十六章，百五十九句。

詩三家義集疏卷二

召南鵲巢第二

【注】齊說曰：周南召南，聖人所在。韓說曰：其地在南郡南陽之閒。【疏】「周南召南，聖人所在」者，焦延壽易林大過之頤文。下云：「德義流行，民悅以喜。」言皆文王轄治之地，得兆民和也。此齊說。蓋文王先有周南，後有召南，其名爲召南者，以召公所撫定也。大雅召旻篇：「昔先王受命，有如召公，日闢國百里。」是召公之闢召南，在文王受命後矣。文王稱王，明見尚書大傳，非獨詩人言之。召公之在召南，位在諸侯之上，所任者牧伯之職，文王或不仍西伯舊稱。方言又云：「衆信曰諒，周南召南衞之語也。」蓋召公自周南境內闢土而南，直抵衞境，與紂都相鄰，諸侯慕義來歸，如嬰孺之投慈母。文王無敵之師，終身抑而不用，宜孔子稱爲至德也。「其地在南郡南陽之閒」者，水經注江水篇引韓嬰敘詩文。言秦拔鄢郢，以漢南地置南郡。又引逸周書「南氏二臣，分爲二南國」，與周召二南無涉。以地理、經文參證之，韓敘指召南疆域也。漢南郡，今湖北荆州府荆門州，襄陽施南宜昌三府境。南陽，今河南南陽府汝州境。周南詩有汝墳，是其境至汝。周南東北，卽召南西南也。據水經注夏水、江水篇，江汜在江津豫章口，與楚詞合；江沱在枝江，與漢志合，皆在南郡境內。行露，召南申女作，申國在南陽郡宛縣，知此文爲召南敘無疑。羔羊篇、摽有梅篇，毛序皆云「召南之國」，殷其雷篇云「召南之大夫」，是毛非不知有召南國，而託名大序，公然作僞，不知是何居心也。

詩國風

【疏】召公分治南國後其地所爲詩，及非召南人詩而其詞歸美召公者，皆在焉。野有死麕何彼襛矣二篇，西都畿內之詩，因召公分主陝西，亦從附錄。

鵲巢【疏】毛序：「夫人之德也。國君積行累功，以致爵位，夫人起家而居有之，德如鳲鳩，乃可以配焉。」箋：「起家而居有之，謂嫁於諸侯也。夫人有均壹之德如鳲鳩然，而後可配國君。」○鄉飲酒鄭注：「鵲巢，言國君夫人之德。」南齊書五行志云：「鵲巢，夫人之德也。」三家無異義。國君者，南國諸侯，時皆服屬於周而自治其國，不能知爲何國也。文王受命稱王，召公分治南土，政教大行，歌詠斯起。後人就地采詩，別爲召南。蓋猶是南國既在召公分治後，卽不能不以諸侯之風目之，所謂「諸侯之風」有異於周南「王者之風」者以此。毛序「國君」語意，亦非指文王。乃孔疏云：「文王之迎太姒，未爲諸侯而言國君者。召南，諸侯之風，故以夫人、國君言之。文王繼世爲諸侯，而云『積行累功，以致爵位』者，言爵位致之爲難。」夫未爲諸侯，卽不當言國君，何爲因後日召南諸侯之風而言之？繼世爲諸侯，卽不當言積累以致爵位，何爲因爵位致之爲難而言之？設詞大爲難通。陳奐疏又云：「關雎麟止，王者之風，故曰后妃。鵲巢騶虞，諸侯之風，故曰夫人。后妃、夫人，皆謂大姒。」是一文王而忽王者，忽諸侯；一大姒而忽后妃，忽夫人，事理亦殊不合。釋文云：「周南是先王之所以教，聖人之深迹。召南是先王之教化，文王所行之淺迹。」同一先王教化，何故迹有淺深？此皆牽就舊文，不求通貫，明知其非是而故亂之者矣。御覽五百七十八引蔡邕琴操云：「古琴曲有歌詩五曲，一曰鹿鳴，二曰伐檀，三曰騶虞，四曰鵲巢，五曰白駒。」今琴操鵲巢亡闕。

維鵲有巢，維鳩居之。【注】齊說曰：「鵲以復至之月始作室家，鳲鳩因成事，天性如此也。」【疏】傳：「興也。鳩，鳲鳩，秸鞠也。鳲鳩不自爲巢，居鵲之成巢。」箋：「鵲之作巢，冬至架之，至春乃成，猶國君積行累功，故以興焉。興者，鳲鳩因鵲成巢而居有之，而有均壹之德，猶國君夫人來嫁，居君子之室，德亦然。室，燕寢也。」○「鵲」者，說文「舃」下云：「䧿也，象形。」「䧿」下云：「篆文舃。」「雗」下云：「雗鷽也。」「鷽」下云：「雗鷽，山鵲，知來事鳥也。」廣雅釋鳥：「鳱鵲，鵲也。」淮南氾論「乾鵲知來而不知往」，大射儀鄭注引作「鳱鵲」，高注：「乾鵲，鵲也。人將有來事憂喜之徵則鳴，此知來也。知歲多風，卑巢於木枝，人皆探其卵，故曰不知往也。」是「山鵲」、「乾鵲」、「乾鵲」、「鳱鵲」、「鵻鷽」，一物數名，音轉字變，卽今俗稱「喜鵲」。「鵲以」至「此也」，孔疏引詩推度災文。云「鵲以復至之月始作室家」者，月令疏引詩緯作「復之月，鵲始巢」。復於消息十一月卦。淮南子天文篇曰：「冬至，鵲始加巢。」是巢在復之月也。箋「冬至架之」，「架」、「加」文同。「至春乃成」，故此言「始」。月令：「十二月，鵲始巢。」周書時訓解：「小寒之日，又五日，鵲始巢。鵲不始巢，國不寧。」與此不同者，彼以架巢至遲之候言，過此不架，則爲災也。云「鳲鳩因成事，天性如此」者，毛傳：「鳩，鳲鳩。」釋鳥：「鳲鳩，秸鞠。」郭注：「今之布穀也，江東呼爲穫穀。」西山經「南山鳥多尸鳩」，郭注：「尸鳩，布穀類也。」呂覽仲春紀「鷹化爲鳩」，高注：「鳩，蓋布穀鳥。」釋文坤蒼云「鴶鵴」，方言曰「戴勝」，謝氏曰「布穀類也」，諸說皆未詳，布穀者近得之。愚案：鳩爲「布穀」，諸家初無塙确。今布穀鳥南北多有，小兒聆聲能識，其不居鵲巢甚明。崔豹古今注：「鴝鵒，一名鳲鳩。」嚴粲詩緝、李時珍本草綱目、毛奇齡續詩傳鳥名、陳啟源毛詩稽古編，皆謂「鴝鵒」卽今之「八哥」，喜居鵲之成巢，是也。鵲性好潔，鴝鵒伺鵲出，遺汙穢於巢，鵲歸見之，棄而去，鴝鵒入居之。又鵲避歲，每歲十月後遷移，則鴝鵒居其空巢。吾鄉諺云：「阿鵲蓋大屋，八哥住見窩。」謂此。衆經音義十八：「鴝鵒，似百舌。」荆楚歲時記：「五月，鴝鵒子毛羽新成，俗好登巢取養之，以教其語，今南方人猶喜弄之。」是「八哥」卽「鴝鵒」，「鴝鵒」卽「尸鳩」。古者鴝鵒不踰泲，北方罕見此鳥，故多以爲不祥，因悟古人呼「尸鳩」爲「布穀」，實卽「八哥」。「布」與「八」、「穀」與「哥」，皆雙聲字，高郭北人，聞南方呼「八哥」，以爲卽是「布穀」，又無解於催耕之「布穀」異物同名，云「類」、云「蓋」，皆存疑莫定之詞。或以爲化生，則吾無能知之矣。文心雕龍比興篇：「尸鳩貞一，夫人象義。義取其貞，無從於夷禽。」夫風人罕譬，但取一端，不關全體。鳩居鵲巢，以喻婦道無成有終之意。推度災謂「鳲鳩因成事」，最合詩旨，必謂象「夫人之貞一」，其失也拘矣。**之子于歸，百兩御之。**【注】魯説曰：車一兩爲兩，兩相與爲體也。又曰：車有兩輪，故稱爲兩，猶履有兩隻，亦稱爲兩。三家説曰：此國君之禮，夫人自乘其家之車也。又曰：御，侍也。【疏】傳：「百兩，百乘也。諸侯之子嫁于諸侯，送御皆百乘。」箋：「之子，是子也。御，迎也。是如鳲鳩之子，其往嫁也，家人送之，良人迎之，車皆百乘，象有百官之盛。」○「車一」至「體也」，藝文類聚七十一引應劭風俗通義文。「車有」至「爲兩」，書牧誓序疏引風俗通文。「兩相與爲體也」者，凡物得耦而成體者謂之「兩」，一車必兩輪而後行，否則車體不具，故云「兩相與爲體也」。説文：「兩，從一、㒳，平分。」錢二銖爲「兩」，幣二端亦爲「兩」，並以耦爲名。媒氏「無過五兩」，注：「凡於娶禮，必用其類，五兩，十端也。必言兩者，欲得其配合之名。」車亦娶禮所用，故不言「百車」而言「百兩」，車有兩輪，故稱「兩」。又引見後漢吴祐傳注。「履亦稱兩」者，齊風葛屨「五兩」是也。「百兩」總言其多。「此國」至「車也」，鄭康成箴膏肓引士昏禮曰：「主人爵弁，纁裳，從車二乘。婦車亦如之，有裧。」則士妻始嫁，乘夫家之車也。又引此詩云：「此國君之禮，夫人自乘其家之車也。」（據本詩孔疏引左宣五年傳疏，士昏禮疏引略同。）孔疏：「夫人之嫁，自乘家車。故箴膏肓又云：『禮雖散亡，以詩義論之，天子以至大夫，皆有留車反馬之禮。』」據此，鄭初解詩，以「百兩」爲夫人家車，三家義也。夫人乘家車，則侍從者亦乘夫人家車可知。「御，侍也」者，廣雅釋言文。釋文引王肅：「魚據反，云侍也。」與廣雅合。知王肅用三家義。華嚴經音義引蒼頡篇：「侍，從也。」論語先進皇侃疏：「卑者在尊者之側曰侍。」訓「御」爲「侍」，謂衆媵也。公羊傳：「諸侯一娶九女，二國往媵之，以姪娣從，凡有八人。」韓奕：「諸娣從之，祁祁如雲。」是其義也。傳：「諸侯之子嫁於諸侯，送御皆百乘。」箋：「御，迎也。家人送之，良人迎之，車皆百乘，象有百官之盛。」鄭依毛作訓，又以爲良人迎車，與箴膏肓異。案，國君夫人自乘其家之車，故首章爲從車，次章爲送車，正取與禮證合。且詩以

「鳩」喻「之子」，「百兩之」「御」、「將」、「成」，與上「居」、「方」、「盈」相承爲義，自當併屬「之子」說。若以首章爲壻車，與喻意不貫，知三家義優矣。皮錫瑞云：「儀禮鄭注：『士妻之車，夫家共之。大夫以上嫁女，則自以車送之。』疏曰：『云大夫以上嫁女，則自以車送之者。案，宣公五年冬左傳云云。以此鄭箴膏肓言之，則知大夫已上嫁女，自以其車送之。若然，詩注以爲王姬嫁時自乘其車，箴膏肓以爲齊侯嫁女，乘其母王姬始嫁時車送之。不同者，彼取三家詩，故與毛詩異也。』據賈疏，以箴膏肓爲取三家。竊疑齊魯詩久亡，唐時惟韓詩存，賈氏不明，引韓詩而統言三家者，因其與毛詩不同，未必別有明證。何劭公作膏肓以難左氏，言禮無『反馬』之法，是今春秋公羊說無大夫以上嫁女自以車送之說矣。鄭云禮有『反馬』之法，是據古春秋左氏說。孔賈二疏皆申鄭義。孔廣森公羊通義、劉逢祿箴膏肓評皆略同，孔疏與何君義違。惟陳立公羊義疏曰：『按反馬之說，出於左氏。推士禮以言，大夫以上婦人出嫁，亦當乘其夫家之車，男帥女、女從男之義，所以重恥遠嫌也。詩之「百兩御」、「百兩將」，自美其送迎之盛爾，不得據爲婦人自乘其車之證，何知婦車不在「百兩御之」中乎？昏禮雖士禮，如三月廟見諸節皆同，何所見婦車一節獨異焉？』錫瑞謂，陳說申何，近是。『反馬』之說，不見於他經，蓋出於古文左氏說。據何鄭兩義，可以攷見今古文駮異之一端。三家詩皆今文，當與今春秋公羊說同，不當與古春秋左氏說同，賈疏以箴膏肓爲取三家，似與漢人今古文家法未合。若鄭君詩注以爲王姬嫁時自乘其車，箴膏肓以爲齊侯嫁女乘其母王姬始嫁時車，雖說稍不同，皆自以其車送之，非夫家之車，皆有『反馬』之禮，與何君云禮無『反馬』異也。」愚案：鄭注昏禮，在未見毛詩前，故賈定箴膏肓爲取三家，既無明證定爲何家，故統言之劭公，意在難左，不關詩旨。公羊與三家雖同一今文學，容有異說，卽三家已不能悉合也。釋禮之旨，女乘家車，明不敢自安，爲婦三月之後，返自壻家，以示永爲夫婦，（義本左傳孔疏。）與三月廟見之禮相成。陳以乘夫家車爲帥女從男，知其一不知其二，又謂「何知婦車不在百兩之中」，似又依違其說矣。

維鵲有巢，維鳩方之。之子于歸，百兩將之。【疏】傳：「方，有之也。將，送也。」〇說文：「方，併船也。」引申之，物相併皆謂之「方」。鄉射禮注：「方，猶併也。」或訓「並」，或訓「比」，皆引申義。此「方之」，亦謂比並而居之。釋言：「將，送也。」孫炎注：「將者，行之送也。」淮南詮言訓高注：「將，送也。」此詩魯義亦當訓「送」。孔疏引左傳云：「凡公女嫁於敵國，姊妹則上卿送之，公子則下卿送之。凡大國，雖公子亦上卿送之。」是「將之」之義也。

維鵲有巢，維鳩盈之。之子于歸，百兩成之。【注】齊說曰：以成嘉福。【疏】傳：「盈，滿也。能成百兩之禮也。」箋：「滿者，言衆媵姪娣之多。是子有鳲鳩之德，宜配國君，故以百兩之禮送迎成之。」〇說文：「盈，滿器也。」引申之，物滿至不能容皆謂之「盈」，視「方」之義進。「以成嘉福」者，易林節之賁云：「鵲巢百兩，以成嘉福。」謂夫人有此嘉福，用百兩之禮以成之也。孔疏：「箋以『御』爲迎夫人，『將之』謂送夫人，『成之』謂成夫人，故易以『百兩之禮送迎成之。』」案，「之」者夫人，則「成之」是成夫人，非謂能成百兩之禮。箋意與易林合，知鄭參用齊詩義也。左昭元年傳：「鄭伯享趙孟，穆叔賦鵲巢。趙孟曰：『武不堪也。』」杜注：「喻晉君有國，趙孟治之。」案，臣道與妻道一也，故取爲喻。

鵲巢三章，章四句。

采蘩【疏】毛序：「夫人不失職也。夫人可以奉祭祀，則不失職矣。」箋：「奉祭祀者，采蘩之事也。不失職者，夙夜在公也。」〇鄉飲酒鄭注：「采蘩，言國君夫人不失職也。」案，「不失職」者，助祭祀是國君夫人之職，能供祭祀，是「不失」也。射義：「士以采蘩爲節。采蘩者，樂不失職也。」此言士當不失職事，故射以采蘩爲節，由此詩「不失職」之義推而用之。射禮鄭注：「『樂不失職』者，謂采蘩曰『被之僮僮，夙夜在公。』」仍舉詩義明之，與鄉飲酒注義同。三家無異義。王符潛夫論班祿篇「背宗族而采蘩怨」，疑「蘩」是「蘋」之譌，彼詩「宗室牖下」，言嫁女祭於宗室，故背宗族則因以致諷，說自可通。或是彼詩魯義，與關雎騶虞魯說同。若采蘩詩義，無一語及宗族，知其誤也。陳氏喬樅以爲此詩魯說，非是。

于以采蘩？于沼于沚。于以用之？公侯之事。【注】齊「蘩」作「繁」。【疏】傳：「蘩，皤蒿也。于，於。沼，池。沚，渚。公侯夫人執蘩菜以助祭，神饗德與信，不求備焉。沼沚谿澗之草，猶可以薦，王后則荇菜也。之事，祭事也。」箋：「于以，猶言往以也。執蘩菜者，以豆薦蘩菹，言夫人於君祭祀而薦此豆也。」○「于以」者，箋：「猶言往以也。」馬瑞辰云：「釋詁：『爰、粵，于也。』又曰：『爰、粵、于，於也。』凡詩言『于以』，猶言『爰以』、『粵以』，皆語詞。箋訓爲『往以』，失之。」案，馬說是也。釋文：「蘩，本亦作繁。」案射義作「繁」，是齊詩「蘩」當爲「繁」，與毛「亦作」本同。釋草：「蘩，皤蒿。」又云：「繁，由胡。」「蘩」、「繁」通用字。左隱三年傳疏引陸璣云：「凡艾白色爲皤蒿，今白蒿也。春始生，及秋，香美可生食，又可蒸。一名由胡，北海人謂之旁勃。」夏小正「二月榮菫采蘩」，戴德傳：「菫，菜也。蘩，遊胡。遊胡者，蘩母也。蘩母者，旁勃也。皆豆實也，故記之。」廣雅釋草：「蘩母，蒡葧也。」「蒡葧」即「旁勃」。說文「沼」下云：「池水。」「沚」下云：「小渚曰沚。詩曰：『于沼于沚。』」釋名：「沚，止也，小可以止息其上也。」孔疏：「白蒿非水菜，此言沼沚者，謂於其旁采之，下于澗之中，亦謂於曲內，非水中。」胡承珙云：「爾雅翼謂：『莪，蘿蒿，生澤田沮洳之處。』『莪』即古之『蘩』。圖經又云：『白蒿，蓬也，生中山川澤。』然則皤蒿水陸皆有，通可名『蘩』，故爾雅又云：『蘩之醜，秋爲蒿也。』」愚案：白蒿有水陸二種，爾雅通謂之「蘩」。云「蘩，皤蒿」者，今陸生艾蒿，辛薰不美。云「繁，由胡」者，今水生蔞蒿，辛香而美。云「蘩之醜，秋爲蒿」者，通水陸二種言。詳李時珍本草綱目。此「蘩」是水生蔞蒿，故曰采於沼沚也。箋云「以豆薦蘩菹」，與戴傳「豆實」訓合。大戴禮學與齊詩同源，以知此「豆薦蘩菹」之說，齊義如此，而鄭用之。醢人：「掌四豆之實。凡祭祀，共薦羞之豆實。」祭之事，夫婦親之，祭統「夫人薦豆」，是其義矣。「公侯之事」者，謂祭公侯之事。蘩雖微物，亦供祭祀。左隱三年傳：「苟有明信，澗谿沼沚之毛，蘋蘩薀藻之菜，筐筥錡釜之器，潢汙行潦之水，可薦於鬼神，可羞於王公。」又云：「風有采蘩采蘋，雅有行葦泂酌，昭忠信也。」杜注：「采蘩采蘋，義取於不嫌薄物。」文三年傳：「詩曰：『于以采蘩？于沼于沚。于以用之？公侯之事。』秦穆有焉。」杜注：「言沼沚之蘩至薄，猶采以共公侯，喻秦穆不遺小善。」昭元年傳，鄭伯享趙孟，穆叔賦采蘩，曰：「小國爲蘩，大國省穡而用之，其何實非命。」杜注：「詩召南，義取蘩菜薄物，可以薦公侯，享其信，不求其厚。穆叔言小國微薄，猶蘩菜。」釋此詩義竝同。「可羞於王公」，疏云：「上言鬼神，此言王公，是生王公也。或以爲王公亦謂鬼神，非生王公也。泂酌論天子之事，是羞於王。采蘩云公侯之事，是羞於公。」案，後說是也。「公侯」，謂已往之公侯享祭者，非生公侯。知者，下文「公侯之宮」，是公侯廟寢，則此「公侯」亦非生者也。杜云「薄物可薦公侯，享其信，不求其厚」，是謂薦公侯而享之，亦以此詩公侯非生公侯。

于以采蘩？于澗之中。于以用之？公侯之宮。【注】魯說曰：廟寢總謂之宮。【疏】傳：「山夾水曰澗。宮，廟也。」○「廟寢總謂之宮」者，蔡邕獨斷文，下引此詩「公侯之宮」爲證。公羊文十三年傳：「周公稱太廟，魯公稱世室，羣公稱宮。」推尊周魯二公，廟稱不同，其餘武宮煬宮之屬，並以宮稱。以此例之，是諸侯廟謂之宮。釋宮：「室有東西廂曰廟，無東西廂、有室曰寢。」月令鄭注：「前曰廟，後曰寢。」孔疏：「廟是接神之處，其處尊，故在前。寢，衣冠所藏之處，對廟爲卑，故在後。」隸僕賈疏：「寢、廟大況是同，有廂、無廂爲異耳。必須寢者，祭在廟，薦在寢，故立之。」後漢明紀李注：「宮者，存時所居，緣生事死，因以爲名。」

被之僮僮，夙夜在公。被之祁祁，薄言還歸。【注】三家「僮僮」作「童童」。魯韓說曰：童童，盛也。

齊說曰：夙夜在公，不離房中。【疏】傳：「被，首飾也。僮僮，竦敬也。夙，早也。祁祁，舒遲也，去事有儀也。」箋：「公，事也。早夜在事，謂視濯溉饎爨之事。禮記：『主婦髲髢。』言，我也。祭事畢，夫人釋祭服而去髲髢，其威儀祁祁然而安舒，無罷倦之失。我還歸者，自廟反其燕寢。」○釋文：「鬄，本亦作髢。」孔疏：「箋引少牢之文，云『主婦髲鬄』，與此『被』一也。」案，少牢作「被裼」，注云：「被裼，讀爲髲鬄。古者或剔賤者、刑者之髮，以被婦人之紒爲飾，因名髲鬄焉。此周禮所謂次也。」又追師「掌爲副編次」，注云「次，次第，髮長短爲之，所謂髲髢。」卽與「次」一也。知者，特牲云「主婦纚笄」，少牢云「被錫」。「纚笄」，笄上有次而已，故知是周禮之「次」也。此言「被」與「髲鬄」之文同，故知「被」是少牢之「髲鬄」，同物而異名耳。陳奐云：「『副笄六珈』，傳：『副者，后夫人之首飾，編髮爲之。』彼傳以『副』爲首飾，則『副』與『被』同物。『副』用編髮，『被』亦用編髮，編髮卽周禮追師之『編次』也。鄭改少牢『被』爲『髲』，又讀詩之『被』爲『髲髢』之『髲』。髲髢，婦人常服，后夫人副雖用編髮作成，與髲髢制相似，然亦不以髲髢爲從祭之服。鄭注追師及士昏、少牢，以『髲髢』爲周禮之『次』，而『次』又非后夫人從祭之服也。箋詩與注禮又不合。」愚案：鄭以此詩之「被」卽少牢之「被錫」，讀爲「髲鬄」，士昏追師之「次」亦卽「髲髢」，箋詩與注禮非不合。陳謂「被」卽是「副」，副用「編髮爲之」，卽追師之「編次」，誤編、次爲一物。案，追師：「掌王后之首服，爲副編次追衡笄，爲九嬪及內外命婦之首服，以待祭祀賓客。」賈疏：「此經云副編次以待祭祀賓客，明燕居不得著次。」則「次」未嘗非從祭之服。又鄭注云：「副之言覆，所以覆首爲之飾。其遺象若今步繇矣。服之以從王祭祀。」（「步繇」，卽「步搖」。「繇」、「搖」一聲之轉。「副笄六珈」，箋：「副既笄而加飾，如今之步搖上飾。」釋名：「步搖上有垂珠，步則搖也。」晉書輿服志：「皇后首飾則假髻，步搖，俗謂之珠松是也。」詳「步搖」名義，今婦人首飾上有之。）編，編列髮爲之。其遺象若今假紒矣。服之以告桑也。」（假紒，卽晉志之「假髻」，字又作「⿱髟介」。說文：「⿱髟介，簪結也。」「結」卽「髻」字。廣雅釋詁：「笄，簪也。」）「次，次第。髮長短爲之。所謂髲髢，服之以見王。」（說文「髲」下云：「鬄也。」「鬄」下云：「髲也。」「髢」下云：「鬄，或从也聲。」「鬀」下云：「鬄，髮也。」案：「鬀」、「鬄」字義並通。髲鬄者，鬀人髮以被己髮，古有此飾。左哀十七年傳：「見己氏之妻髮美，使髡之，以爲呂姜髢。」吳志薛綜上事，言漢朱崖叛，以長吏覩其人好髮，「髡取爲髲」，故百姓怨叛。釋名：「髲，被也。髮少者得以被助其髮也。」）「王后之燕居，亦纚笄總而已。凡諸侯夫人於其國，衣服與王后同。」詳鄭此文，皆據目驗以明古制，「假紒」、「髲髢」，確爲二物。（士昏禮「女次」注：「次，首飾也，今時髲也。」彼注言「今時」，與追師注兩「若今」同，皆據時目驗。）蓋髲髢，所以益髮美觀。假紒則編成以冠首，從而施步搖於其上，爲首服極盛之飾，惟從祭用之。告桑則有編次，而不用副。見王則有次，而不用編。其服遞殺。燕居惟纚笄總而已，並次不用。文義甚明，非謂從祭止用「副」而無「編」、「次」也。鄭但引禮「髲髢」證此詩之「被」者，以彼文「被裼」義㬎，舉其一端，下言「僮僮」，則被上盛飾自見，「副」、「編」皆包舉在內，繹詩「被之」之字義固如是，鄭特引而未發。釋名：「王后首飾曰副。副，覆也，以覆首也。亦言副，貳也，兼用衆物成其飾也。編，編髮爲之也。次，次第髮也。」「副」、「編」、「次」分三物，與鄭說同。君子偕老傳云：「副者，后夫人之首飾，編髮爲之。」此毛誤也，「副」若止是編髮，不得卽謂是盛飾，與褘之盛服相稱，理至易曉。若追師「副」、「編」、「次」是一物，但言「副」，不言「編」、「次」可矣。古書簡要，何用繁文？廣雅釋器：「假結，謂之鬠。」變「副」爲「鬠」。後漢東平王蒼傳李注：「副，婦人首飾，三輔謂之假紒。」『副』、「編」溷爲一事，其誤自毛傳啟之，非鄭君據時制一一剖析，詩禮古義並就湮廢矣。「童童，盛也」者，廣雅釋訓文。王念孫云：「僮與童通，童童爲盛，蓋本三家。釋名：『幢，童也，其貌童童然也。』蜀志先主傳云：『有桑樹高五丈餘，遥望見童童如小車蓋。』藝文類聚引作『幢幢』。張衡東京賦：『樹羽幢幢。』皆謂盛貌。『童』、『僮』、『幢』，古同聲而通用。」愚案：射義鄭注，亦引作「童童」。據此，「僮僮」三家並作「童童」。說文：「夙，早敬也。从丮。持事雖夕不休，早敬者也。」「夜，舍也，天下休舍也。從夕，亦省聲。」此「夙夜」本義。詩「夙夜」二字連讀，猶言「早夜」，史記齊悼惠王世家「魏勃常獨早夜埽齊相舍人門外」，「早夜」，未旦之詞，與此「夙夜」義合。馬瑞辰謂：「詩言『夙夜』不一，有兼指『朝暮』言者，陟岵行役『夙夜無已』之類是。有專指『夙興』言者，此詩『夙夜在公』，及它詩『豈不夙夜』、『夙夜敬止』、『庶幾夙夜』、『我其夙夜』、『莫肯夙夜』是。」其説是也。「在公」，猶言在廟。「不離房中」者，易林大過之小過文。特牲迭言「主婦盥于房中」、「洗爵于房」、「適房」、「反于房」，少牢亦言「主婦興，入于房」，與此「房中」同義，足證「在公」爲從祭於廟也。釋訓：「祁祁，徐也。」此魯説，與毛義同。説文：「徐，安行也。」韓奕傳亦云：「祁祁，徐靚也。」與此「祁祁」訓同。「薄言還歸」者，祭事畢，則夫人歸於燕寢。

采蘩三章，章四句。

草蟲【注】魯説曰：「孔子對魯哀公曰：『惡惡道不能甚，則其好善道亦不能甚；好善道不能甚，則百姓親之也亦不能甚。詩云：「未見君子，憂心惙惙。亦既見止，亦既覯止，我心則説。」詩人之好善道也如此。』」【疏】毛序：「夫人妻能以禮自防也。」○「孔子」至「如此」，劉向説苑君道篇文，與毛序異。左襄二十七年傳，鄭七子享趙孟，子展賦草蟲，趙孟曰：「善哉！民之主也，抑武也不足以當之。」（杜注：「子展以趙孟爲君子。」）又曰：「子展其後亡者也，在上不忘降。」（杜注：「降，詩『我心則降』也。」）與説苑「好善道」義合，是詩爲「好善」作，故趙孟聞子展之賦，卽美爲「民之主」，又自謙不足以當君子也。在民上之人好善，見君子而心降，故以「不忘降」爲美德。若妻見君子而心降，禮固當然，何足稱美？且與「在上」義亦不合，以此知魯説最古。文選劉孝標廣絶交論：「夫草蟲鳴則阜螽躍，雕虎嘯而清風起。」以蟲之同類相從，喻友之同道相合，正用魯説。徐幹中論法象篇：「良霄以鶉奔喪年，子展以草蟲昌族。君子感凶德之如彼，見吉德之如此。故立必磬折，坐必抱鼓。周旋中規，折旋中矩。」又就「好善」推演其義也。

喓喓草蟲，趯趯阜螽。【注】魯韓説曰：「喓喓，鳴也。趯趯，跳也。」魯説曰：「草螽，負蠜。皐螽，蠜。」【疏】傳：「興也。喓喓，聲也。草蟲，常羊也。趯趯，躍也。阜螽，蠜也。卿大夫之妻待禮而行，隨從君子。」箋：「草蟲鳴，阜螽躍而從之，異種同類，猶男女嘉時以禮相求呼。」○「喓喓，鳴也。趯趯，跳也」者，廣雅釋訓文。「草螽，負蠜」者，釋蟲文。郭注：「詩曰『喓喓草蟲』，謂常羊也。」案，月令「蟲螟爲害」，蔡邕章句作「螽螟」，是「蟲」、「螽」古通用。詩作「草蟲」，爾雅作「草螽」，郝懿行謂詩「變文以韻句」是也。孔疏引陸璣云：「小大長短如蝗也，奇音，青色，好在茅草中。」郝云：「如陸説，蓋今之青頭郎，大小如蝗而色青，卽蝗類，未聞能鳴。今驗一種青色善鳴者，登萊人謂之『聒子』，濟南人謂之『聒聒』，並音如『乖』。順天人亦謂之『聒聒』，音如『哥』，體青緑色，比蝗麤短，狀類蟋蟀，振翼而鳴，其聲清滑，及至晚秋，鳴聲猶壯。詩出車箋『草蟲鳴晚秋之時』，及陸疏『奇音青色』，唯此足以當之。」愚案：郝説卽今之蟈蟈也，以爲草蟲近之。「常羊」，未聞。「皐螽，蠜也」者，亦釋蟲文。郭注：「詩曰：『趯趯皐螽。』」集韻：「阜或作皐。」是「阜」、「皐」同字。據爾雅經注，魯詩作「皐」，孔疏引李巡曰：「蝗子也。」陸璣云：「今人謂蝗子爲螽子，兗州人謂之螣。」是李陸皆以阜螽爲蝗。案，説文：「螽，蝗也。」「蝗，螽也。」「蠜，自蠜也。」未嘗以「蠜」爲「蝗」，明蠜、蝗是二物。且阜螽爲自蠜，草蟲爲負蠜，「負」、「阜」同音字，「負」之爲「阜」，猶「螽」之爲「蟲」。凡蟲鳥草木之名，或是變文，或緣音轉，初無定字。草蟲、阜螽同類，故草蟲鳴而阜螽跳從之，以喻聲應氣求之義。若阜螽是蝗，與草蟲非類，何得聞聲相從？經文不可通矣。

未見君子，憂心忡忡。【注】魯「忡」作「𢥞」。魯説曰：「𢥞𢥞，憂也。」齊作「冲」。【疏】傳：「忡忡，猶衝衝也。婦人雖適人，有歸宗之義。」箋：「未見君子者，謂在塗時也。在塗而憂，憂不當君子，無以寧父母，故心衝衝然，是其不自絶於其族之情。」○君子，謂善人。「𢥞𢥞，憂也」者，廣雅釋訓文。臧庸云：「忡忡，三家詩必有作『𢥞𢥞』者。」愚案：楚辭雲中君王注：「𢥞𢥞，憂心貌。」張王訓義並合。據此，魯作「𢥞𢥞」。嚴忌哀時命「心煩寃之𢥞𢥞」，亦用魯義。鹽鐵論論誹篇引詩云：「未見君子，憂心冲冲。」桓寬所引乃齊異文，「冲」當爲「沖」俗省。説文：「沖，水涌搖也。」心之憂勞似之也。亦既見止，亦既覯止，我心則降。【注】魯「覯」作「遘」。【疏】傳：「止，辭也。覯，遇。降，下也。」箋：「既見，謂已同牢而食也。既覯，謂已昏也。始者憂於不當，今君子待己以禮，庶自此可以寧父母，故心下也。易曰：『男女覯精，萬物化生。』」○「魯覯作遘」者，釋詁：「遘，遇也。」邢疏引草蟲曰：「亦既遘止。」陳喬樅云：「邢疏所引，必據爾雅舊注之文，知是魯詩也。説苑引詩，亦當作『遘』爲正。」愚案：説文：「遘，遇也。」「覯，遇見也。」上言「見」，下不當複言「遇見」，魯詩作「遘」義長。止，詞也。釋言：「降，下也。」後漢東平王蒼傳引詩「我心則降」，李注：「降，下也。」説文：「夅，服也。從夊、㐄，相承不敢並也。」「降」、「夅」字同。

陟彼南山，言采其蕨。未見君子，憂心惙惙。亦既見止，亦既覯止，我心則説。【疏】傳：「南山，周南山也。蕨，鼈也。惙惙，憂也。説，服也。」箋：「言，我也。我，采者。在塗而見采鼈，采者得其所欲得，猶己今之行者欲得禮，以自喻也。」○南山，山之在南者，與采蘋「南澗」同，卽目興懷，非有指實。毛謂是「周南山」，説者遂以終南太一山當之，非也。釋草：「蕨，虌。」説文：「蕨，虌也。」釋文：「俗云其初生似鼈脚，故名焉。」是鼈不當從草。郝懿行云：「蕨菜全似貫衆而差小，初出如小兒拳，故名拳菜。其莖紫色，故名紫蕨。」愚案：今京師每用供客，以夷齊窮餓所食，更其名曰「吉祥菜」。詩言蕨菜至微，以其可食，尚不憚登山之勞以采之，況善人有益於我甚大，豈可不求見乎？故未見則憂，既見則説也。説文：「惙，憂也。詩曰：『憂心惙惙。』」衆經音義四引聲類：「惙，短氣貌也。」釋訓：「惙惙，憂也。」單言曰「惙」，重言曰「惙惙」，憂之至也。説文：「説，説釋也。」中心喜説而釋然。靜女篇「説懌女美」，鄭讀「懌」爲「釋」，「説釋」卽「説懌」也。

陟彼南山，言采其薇。【疏】傳：「薇，菜也。」○說文：「薇，菜也，似藿。」孔疏引陸璣云：「山菜也。」戴侗六書故引項安世云：「今之野豌豆也。莖葉花實皆似豌豆而小，蔓可菹，蜀人謂之小巢菜，豌豆謂之大巢。」釋草：「薇，垂水。」郭注：「生於水邊。」案，薇是山菜，故須陟山采之。夷齊作歌亦云：「登彼西山兮，采其薇矣。」或謂生山間水邊，不害爲山菜，然於登陟而采之之義未合。雅廣二名，不當泥視。未見君子，我心傷悲。亦既見止，亦既覯止，我心則夷。【注】魯說曰：「夷，悦也，喜也。」【疏】傳：「嫁女之家，不息火三日，思相離也。夷，平也。」箋：「維父母思己，故己亦傷悲。」○「傷悲」較「憂」義進，極言其誠。「夷，悦也」者，釋言文。郭注：「詩曰：『我心則夷。』」較毛訓「平」義進，魯詩訓也。「夷，喜也」者，楚詞九懷「羨余術兮可夷」，王注：「詩曰：『我心則夷。』夷，喜也。」「喜」、「悦」義同。詩「降」、「説」、「夷」，對上「憂」、「傷」、「悲」言，「夷」訓「喜悦」，尤合。釋詁：「悦，服也。」郭注：「謂喜而服從。」「降」、「服」義同，是「降」亦「悦」也。

草蟲三章，章七句。

采蘋【疏】毛序：「大夫妻能循法度也。能循法度，則可以承先祖，共祭祀矣。」箋：「女子十年不出，姆教，婉娩聽從。執麻枲，治絲繭，織紝組紃，學女事以供衣服。觀於祭祀，納酒漿、籩豆、菹醢，禮相助奠。十有五而笄，二十而嫁。此言能循法度者。今既嫁爲大夫妻，能循其爲女之時所學、所觀之事，以爲法度。」○鄉飲酒鄭注：「采蘋，言卿大夫之妻能修其法度也。」案，射義：「采蘋，樂循法也。」鄭注：「樂循法者，謂采蘋曰：『于以采蘋？南澗之濱。』循澗以采蘋，喻循法度以成君事也。」彼言射禮樂章，卿大夫以采蘋爲節，是取以循法爲節之義，亦由此詩卿大夫妻「能循法度」之義推而用之。據射義毛序作「循」，鄉飲酒注「能修其法度」之「修」，當爲「循」字傳寫之譌，古書「循」、「修」字多相亂。困學紀聞引曹粹中詩説云：「齊詩先采蘋而後草蟲。」陳喬樅云：「據儀禮，合樂歌周南，則關雎葛覃卷耳三篇同奏；歌召南，則鵲巢采蘩采蘋三篇同奏。是知古詩篇次原以采蘋在草蟲之前，三家次第容與毛異，曹說非無據也。」愚案：曹氏即本儀禮爲說，三家皆同，不獨齊也。

于以采蘋？南澗之濱。【注】韓說曰：沈者曰蘋，浮者曰薸。**于以采藻？于彼行潦。**【疏】傳：「蘋，大蓱也。濱，涯也。藻，聚藻也。行潦，流潦也。」箋：「古者婦人先嫁三月，祖廟未毀，教于公宮；祖廟既毀，教于宗室。教以婦德、婦言、婦容、婦功。教成之祭，牲用魚，芼用蘋、藻，所以成婦順也。此祭女所出祖也。法度莫大於四教，是又祭以成之，故舉以言焉。蘋之言賓也，藻之言澡也，婦人之行尚柔順，自絜清，故取名以爲戒。」○「沈者曰蘋，浮者曰薸」者，釋文引韓詩文。「薸」誤「藻」。盧文弨云：「王應麟詩攷引韓詩，『藻』作『薸』，當據以改正。」今從之。說文無「蘋」字。「薲」下云：「大蓱也。」據此，「薲」正字，「蘋」俗字。鄭箋「蘋之言賓也，藻之言澡也」，皆舉字形以見義，是鄭所見本「蘋」作「薲」。古從「賓」、從「頻」之字多相亂。釋草：「苹，蓱。」郭注：「水中浮蓱，江東謂之薸，音瓢。」又曰：「其大者蘋。」郭注：「詩曰：『于以采蘋』。」爾雅以「蘋」爲「大蓱」，與說文合，即韓所謂「沈者」。其浮蓱，即韓所謂「浮者」，今之浮薸是也。爾雅翼云：「蘋根生水底，葉敷水上，不若小浮蓱之無根而漂浮，故韓詩云『沈者曰蘋，浮者曰薸』。」薸音瓢，即小蓱也。蘋亦不沈，但比萍則有根，不浮游耳。薸、藻形似致誤，埤雅引韓詩，亦作「浮者曰藻」，遂謂藻出水上，非也。李時珍云：「蘋莖細於蓴莕，其葉大如指頂，面青背紫，有細文，頗似馬蹄、決明之葉，四葉合成，中拆十字，夏秋開小白花，故稱白蘋。」說文無「濱」字，「瀕」下云：「瀕，水厓，人所賓附。頻蹙不前而止。从頁、从涉。」據此，「瀕」正字，「濱」俗字。宋書何尚之傳：「袁淑書曰『舍南瀕之操』，尚之宅在南澗寺側，故書曰『南瀕』，毛詩所謂『于以采蘋？南澗之瀕』也。」足證詩古本「濱」作「瀕」。說文：「藻，水艸也。从艸、从水，巢聲。詩曰：『于以采藻』。」是許所據詩本作「藻」。「藻」下云：「藻或从澡。」箋「藻之爲言澡也」，是鄭所據詩本作「藻」。左隱三年傳「蘋蘩薀藻之菜」，杜注：「薀藻，聚藻也。」説文：「薀，積也。」「積」、「聚」義同，亦一聲之轉。「聚」，言其叢生之狀也。齊民要術引陸璣云：「藻生水底，有二種：其一種葉如鷄蘇，莖大如箸，可長四五尺；一種莖大如釵股，葉如蓬，謂之聚藻。此二藻皆可食，煮熟，挼去腥氣，米麪糝蒸，爲茹佳美，荆揚人飢荒以當穀食。」愚案：葉如鷄蘇者，舟行小河中常鉤得之，莖連綿長數尺，在水底有根，説文所謂「莙，牛藻也」，牛藻葉大，故別之曰「莙」。葉如蓬者，今人盆盎中貯水多蓄之，蘩生可玩，無根易活，俗謂之「絲草」，蓬茸水中，不生水底，左傳所謂「薀藻」，陸所稱「聚藻」也。二種，人並不食，古今之異。説文：「潦，雨水大皃。」漢書司馬相如傳注引張揖曰：「潦，行潦也。」泂酌毛傳：「行潦，流潦也。」足證「行潦」二字相連爲義。行之爲言流也，雨水流行，渟蓄汙下之處，其水無原，故曰「行潦」。其渟蓄處，則謂之「潢汙」。左隱三年傳「潢汙行潦之水」，杜注：「潢汙，渟水。」周語韋注：「大曰潢，小曰汙。」夏小正「七月湟潦生苹」，傳：「湟，下處也。」「湟」訓水名。即「潢」之借字。詩無「潢汙」之文，左傳取與「行潦」相配爲義，蓋但有行潦而無潢汙，不能生物，夏正是其明證，傳文非虛設也。孔疏：「行者道也。潦，雨水也。行潦，道路之上流行之水。」案，「行」雖有「道」義，但雨水道路流行，豈遂有藻可采？孔疏非也。

于以盛之？維筐及筥。【注】魯説曰：方底曰筐，員底曰筥。**于以湘之？維錡及釜。**【注】韓「湘」作「鬺」。韓説曰：鬺，飪也。【疏】傳：「方曰筐，圓曰筥。湘，亨也。錡，釜屬，有足曰錡，無足曰釜。」箋：「亨蘋藻者，於魚湆之中，是鉶羹之芼。」○「盛之」者，盛黍稷也。言「盛」，即知是黍稷者。説文：「盛，黍稷在器中以祀者也。」是「盛」爲黍稷在器中以祀之專義，筐、筥又是飯器，與它處泛言者不同。鄭箋云「其粢盛蓋以黍稷」，專言蘋、藻，於詩義不備也。昏義鄭注亦云「其齊盛用黍」，疏云：「以其告祭不用正牲，則無稻粱。既以蘋、藻爲羹，則當有齊盛。士祭特牲黍稷，故知此亦用黍也。」據此，知盛不屬蘋、藻言。說文：「匡，飯器，筥也。或從竹。」「筥，筲也。」「筲，一曰飯器，容五升。」「筲，飯筥也。受五升，秦謂筥曰筲。」「筲」即「筲」之異文。廣雅：「筲，簇也。」「簇」即「筥」之異文，今楚俗謂撈飯竹器爲「筲箕」，即是「筥」也。毛傳「方曰筐，圓曰筥」，許書不言，疑傳說非是。淮南時則訓高注：「方底曰筐，員底曰筥。」足證筐、筥之異止是底有方、員。今世筥名不槩，筐隨地有之，底方上員，猶存古製矣。「韓湘作鬺」者，漢書郊祀志「鬺亨上帝鬼神」，師古注：「鬺、亨一也。鬺亨，煮而祀也。韓詩曰：『于以鬺之？惟錡及釜。』」陳喬樅云：「『鬺』爲古烹飪字，下『亨』乃古亨祀字也。音香兩反。服虔音義云：『以亨祀上帝也。』正釋『亨』字。師古以鬺、亨爲一，非是。」陳壽祺云：「說文無『鬺』字。鬲部：『𩱛，煮也。从鬲，羊聲。』玉篇：『𩱛，式羊切。亦作鬺。』『鬺，同上。』廣韻：『鬺，亦𩱛字。』集韻十陽：『𩱛，或作鬺、鬺、䰕。』是說文『𩱛』字即韓詩『于以鬺之』之異文。」「鬺飪也」者，廣雅釋詁文，正用韓說。說文：「飪，大熟也。」左桓十四年傳疏：「飪是熟肉。」鄭箋「亨蘋藻者，於魚湆之中」，本昏義爲說。魚爲俎實，故須飪熟，言「鬺之」則魚自在內，不須槩文也。不用它物者，鄭以爲魚、蘋、藻皆水物，陰類，於婦人教成之祭爲宜，此告事，非正祭。說文：「錡，鉏鋤也。江淮之間謂釜曰錡。」「鋙」下云：「鋤或从吾。」廣韻：「鉏鋙，不相當也。」方言：「鍑，江淮陳楚之間謂之錡。」注云：「或曰三脚釜也。」案，釋文亦云：「錡，三足釜也。」釜是三脚，不相當對，故謂之「鉏鋙」，方言注是也。錡从「奇」聲，亦取不偶之義，爲形聲包會意字。說文：「鬴，三足鍑也。」「錡」、「鬴」疊韻，故又轉爲「鬴」。說文：「釜，鬴，鍑屬。」「釜」下云：「鬴或从父，金聲。」（當爲「从金、父聲」，傳寫誤倒。）經典「鬴」、「釜」通用。毛傳「無足曰釜」，今人家常用之器俗呼曰「鍋」。說文「鬲」下云：「秦名土釜曰鬲。从鬲，㔾聲，讀若過。」因誤爲「鍋」矣。

于以奠之？宗室牖下。誰其尸之？有齊季女。【注】韓「齊」作「齋」。韓說曰：齋，好也。【疏】傳：

「奠」，置也。宗室，大宗之廟也。大夫士祭於宗廟，奠於牖下。尸，主。齊，敬。季，少也。蘋藻，薄物也。澗潦，至質也。筐筥錡釜，陋器也。少女，微主也。古之將嫁女者，必先禮之於宗室，牲用魚，芼之以蘋、藻。」箋：「牖下，户牖間之前。祭不於室中者，凡昏事，於女禮設几筵於户外，此其義也與？宗子主此祭，維君使有司爲之。主設羹者季女，則非禮也。女將行，父禮之而俟迎者，蓋母薦之，無祭事也。祭事，主婦設羹，教成之祭，更使季女者成其婦禮也。季女不主魚，魚俎實男子設之，其粢盛蓋以黍稷。」○說文：「奠，置祭也。从酋。酋，酒也。下其丌也。」釋名：「喪祭曰奠。奠，停也。言停久也。」引申其義，凡祭而設酒，久停置之，皆謂之「奠」。奠之必於宗室者，教於大宗之室，則奠祭於大宗之廟也。左襄二十八年傳「寘諸宗室」，「寘」與說文「置祭」之「置」同，即詩所謂「奠」矣。昏義：「古者婦人先嫁三月，祖廟未毁，教于公宮；祖廟既毁，教于宗室。教以婦德、婦言、婦容、婦功。教成之祭，牲用魚，芼之以蘋、藻，所以成婦順也。」禮文與詩相表裏，知齊説同。士昏禮：「祖廟未毁，教于公宮三月；若祖廟已毁，則教于宗室。」與昏義文同。「宮」、「室」，皆廟也。獨斷：「廟寢總謂之宮。」是宮爲廟也。洛誥「王入大室裸」，馬注：「大室，廟中之夾室。」魯公廟稱「世室」，是室爲廟也。定之方中「作于楚宮」，箋：「楚宮，謂宗廟也。」「作于楚室」，傳：「室，猶宮也。」釋宮：「宮謂之室，室謂之宮。」知廟得通稱宮、室。蓋祖廟未毁，則於女所出之祖廟教之。女出於君之高祖，則教於高祖之廟；出於君之曾祖，則教於曾祖之廟。若與君四從以外，同高祖之父以上，其廟既毁，則此女與君絶屬，就繼别大宗之廟教之，此禮之不得不然，非意爲輕重厚薄也。教於女所出之祖廟，迨教成而祭，則亦於其廟也。士昏禮、昏義鄭注兩解「宗室」，一云「宗子之家」，一云「大宗之家」，訓「室」爲「家」，疑皆非是。若如其説，詩言「宗室牖下」，傳言寘諸宗室，義不可通。白虎通嫁娶篇云：「婦人學，一時足以成矣。與君有緦麻之親者，教於公宮三月；與君無親者，各教於宗廟、（疑「子」。）宗婦之室，國君取大夫之妾、士之妻老無子而明於婦道者祿之，使教宗室五屬之女。大夫、士皆有宗族，自於宗子之室學事人也。」案，内則：大夫以上，立師、慈、保三母。女子十年不出，姆教，婉娩聽從。於嫁前三月，更就尊者之宫教之。三月爲一時，則天氣變物有成，故學足以成也。「緦麻」，舉五屬最疏者，是與君有屬皆就公宫教之可知。至其廟既遷，就大宗教之者，宗子收族，宗婦又主教女之事也。昏義注：「宗室，宗子之家也。」孔疏：「鄭不云大宗、小宗，則大宗、小宗之家悉得教之。與大宗近者於大宗教之，與大宗遠者於小宗教之。」案，士昏禮鄭注明言「宗室，大宗之家」，孔偶有不照。賈疏：「小宗不就之教者，小宗卑故也。」其説允矣。白虎通又言：「大夫、士皆有宗族，自於宗子之室學事人也。」此詩爲卿大夫妻作，而云奠於宗室，知亦是教於宗子之室，與彼説合。鄭云：「宗子之家，若其祖廟已毁，則爲壇而告焉。」詩云「牖下」，故孔疏云：「此言牖下，又非於壇，知是大宗之廟也。」説文：「牖，穿壁也。以木爲交窗也。」奠必於牖下者，胡培翬云：「大夫、士宗廟之制，室在中，有東、西房，房室皆向堂開户。房有户無牖，室則户、牖俱有。户在東，牖在西，故以户牖閒爲尊位。」愚案：論語王孫賈章皇侃疏：「室向東南開户，西南安牖。」士昏禮：「納采用鴈，主人筵于户西，西上右几。」鄭注：「主人，女父也。筵，爲神布席也。户西者，尊處。將以先祖之遺體許人，故受其禮於禰廟。席西上，右設几。」案，户西近牖，言西上，則就牖下布席，雖無「牖下」明文，其禮神於牖下甚明。司几筵賈疏：「生人則几在左，鬼神則几在右。」故此右几也。主人徹几，改筵東上，然後迎賓於廟門外，納吉納徵請期，如初禮。及初昏，壻至門外，女父復筵於户西，西上右几以告神。以此推之，神事不同，廟制則一，教成祭祖，亦當是西上右几，故云「牖下」也。司几筵云：「筵國賓於牖前，左彤几。」其諸侯祭祀，「右彫几」。不言「牖前」，以通禮，故略之。「牖前」、「牖下」，其義同也。説文：「誰，何也。」釋詁：「尸，主也。」言何人主此祭也，設爲問答之詞，詩例多有之。「韓齊作⿱齊女」者，玉篇女部「⿱齊女」下云：「阻皆切，『有⿱齊女季女』。」引詩「齊」作「⿱齊女」，是據韓詩。「⿱齊女，好也」者，廣雅釋詁文，正用韓說。說文：「齌，材也。从女，齊聲。」亦謂女之材者，與「好」義近。馬瑞辰云：「左傳晉君謂齊女爲『少齊』，蓋取齌好之義，古文省借作齊。毛遂以敬釋之耳。」說文：「季，少稱也。」季女，少女，卽大夫妻。猶稱「女」者，明是未嫁之詞。已嫁則爲主婦，助夫氏之祭，不得言「尸之」矣。必女尸之者，惟大夫以下則然。知者，昏義鄭注：「君使有司告之。」孔疏：「此約雜記釁廟使有司行之，故知此告成之祭，亦使有司也。若卿大夫以下，則女主之，宗子掌其禮也。」案，祭禮，主婦設羹，將嫁時，先使習之。推本言之，知其必能循法度以成婦禮也。召南大夫之妻，娶異國之女，推其在家教成而祭之時而言。左傳：「潢澤之阿，行潦之蘋藻，寘諸宗室，季蘭尸之，敬也。」正釋此詩。潢阿，蓋季女所居。蘭，或季女之姓。惜古義就湮，莫可尋究矣。

采蘋三章，章四句。

甘棠【注】魯說曰：召公之治西方，甚得兆民和。召公巡行鄉邑，有棠樹，決獄政事其下。自侯伯庶人各得其所，無失職者。召公卒，而民人思召公之政，懷甘棠不敢伐，歌詠之，作甘棠之詩。又曰：詩曰：「蔽芾甘棠，勿翦勿伐！召伯所茇。」傳曰：自陝以東者，周公主之；自陝以西者，召公主之。召公述職，當桑蠶之時，不欲變民事，故不入邑中，舍於甘棠之下而聽斷焉。陝間之人皆得其所，是故後世思而歌詠之。善之故言之，言之不足故嗟歎之，嗟歎之不足故歌詠之。夫詩思然後積，積然後滿，滿然後發，發由其道而致其位焉。百姓歎其美而致其敬，甘棠之不伐，政教惡乎不行。孔子曰：吾於甘棠，見宗廟之敬也。甚尊其人，必敬其位，順安萬物，古聖之道幾哉。又曰：詩曰：「蔽芾甘棠，勿翦勿伐！召伯所茇。」言召公述職，親稅舍於野樹之下也。又曰：燕召公奭與周同姓，武王滅紂，封召公於燕，成王時入據三公，出爲二伯，自陝以西，召公主之。當農桑之時，重爲所煩勞，不舍鄉亭，止於棠樹之下，聽訟決獄，百姓各得其所。壽百九十餘乃卒。後人思其德美，愛其樹而不敢伐，詩甘棠之所爲作也。齊説曰：「召公，賢者也，明不能與聖人分職，常戰慄恐懼，故舍於樹下而聽斷焉。勞身苦體，然後乃與聖人齊，是故周南無美而召南有之。又曰：古者春省耕以補不足，秋省斂以助不給，民勤於財則貢賦省，民勤於力則功業牢。（陳喬樅云：「業、牢，是築、罕之譌。穀梁莊二十九年傳：『民勤於力則功築罕。』可證。」）爲民愛力，不奪須臾，故召伯聽斷於甘棠之下，爲妨農業之務也。韓説曰：昔者周道之盛，召伯在朝，有司請營召以居。召伯曰：「嗟！以吾一身而勞百姓，此非吾先君文王之志也。」於是出而就烝庶於阡陌隴畝之間，而聽斷焉。召伯暴處遠野，廬於樹下，百姓大悦，耕桑者倍力以勸。於是歲大稔，家給人足。其後在位者驕奢，不恤元元，稅賦繁數，百姓困乏，耕桑失時。於是詩人見召伯之所休息樹下，美而歌之。詩曰：「蔽芾甘棠，勿翦勿伐！召伯所茇。」此之謂也。又曰：「昔召公述職，當民事時，舍於棠下而聽斷焉，是時人皆得其所。後世思其仁恩，至乎不伐甘棠，甘棠之詩是也。【疏】毛序：「美召伯也。召伯之教，明於南國。」箋：「召伯，姬姓，名奭，食采於召，作上公，爲二伯，後封于燕。此美其爲伯之功，故言伯云。」○「召公」至「之詩」，史記燕召公世家文。西方，謂陝以西鄉邑，召公舊封。淮南繆稱訓：「召伯以桑蠶耕種之時，弛獄出拘，使百姓皆得反業修職。」與此云「各得所，無失職」合。彼但言百姓，此更兼及侯伯，明方伯職尊，其統屬有侯伯也。「詩曰」至「幾哉」，劉向説苑貴德篇文。所稱「傳」，魯詩傳也。云周召分主二陝者，與公羊隱五年傳文合。何休彼注：陝在弘農陝縣。郡國志：「陝縣有陝陌，二伯所分。」括地志：「陝原在陝州陝縣西南二十里，分陝從原爲界。」集古録：「陝州石柱，相傳以爲周召分陝所立，以別地里。」白虎通封公侯篇：「所分陝者，是國中也。若言面，八百四十國矣。」謂周召分治，各得四州之地，有八百四十國也。云「召公述職」者，孟子：「諸侯朝于天子，曰述職。」明召公因入朝，得至其鄉邑也。「詩曰」至「下也」，楊雄法言巡狩篇文。又先知篇云：「昔在周公，征於東方，四國是王。召公述職，蔽芾甘棠，其思矣夫。」並以爲召公述職事，與劉說同。「燕召」至「作也」，應劭風俗通義一文。云「與周同姓」者，以召公非文王子。史記燕世家、漢書人表，並云召公周同姓。據應說，知聽訟棠下事在成王時。又淮南氾論訓高注：「召康公用理民物，有甘棠之歌。」王符潛夫論愛日篇：「邵伯訟不忍煩民，聽斷棠下，而致刑錯。」忠貴篇：「周公東征，後世追思。召公甘棠，人不忍伐。見愛如是，豈欲私害之者哉？」王充論衡須頌篇：「宣王惠周，詩頌其行。召伯述職，周歌棠樹。」高及二王皆用魯說者也。「召公」至「有之」，初學記人事部引樂動聲儀文。白虎通又云：「不分南北何？東方被聖人化日少，西方被聖人化日久，故分東西，使聖人主其難，賢者主其易，乃俱致太平也。」上言「被聖人化」，「聖人」謂文王；下言「聖人主其難」，「聖人」謂周公。勞身苦體，非但聽訟棠下，此其一端。後代論周室開國元輔，周召並稱，是「與聖人齊」也。周南不斥文王，此詩明頌召伯，是周南無美、召南有美也。毛傳：「甘棠，美召伯也。」孔疏：「諸風雅正經皆不言美，此言美召伯者，二南文王之風，唯不得言美文王耳，召伯臣子，故可言美也。」案，孔兼舉二南，其說未晰，言美召伯不美文王，義與動聲儀合。「古者」至「務也」，桓寬鹽鐵論授時篇文。云「爲妨農業」，與劉應二說合。「昔者」至「謂也」，韓詩外傳一文。宋人以爲就烝庶於隴畝，是墨子之道，不知召公因述職而在朝，非常常如是。胡承珙譏外傳爲附會，謬矣。「昔召」至「是也」，漢書王吉傳文。云「當民事時，舍於棠下」，正與魯齊說同。外傳但言「耕桑者倍力以勸」，故略其文耳。合觀三家，是召公分陝後，因述職入朝，至其舊封召邑，不忍勞民以妨農務，聽訟棠下，卒後人思其德而作是詩。論衡氣壽篇云：「邵公，周公之兄也，至康王時，尚爲太保。」傳稱邵公「年百八十」，與風俗通言「壽百九十餘」者略異。竹書紀年：「康王二十四年，召公薨。」竹書雖不可信，而其人康王朝尚存，則論衡言之，明此詩之作在康王末矣。藝文類聚五十引謝朓文云：「召公分陝，流甘棠之德。」以此詩爲分陝後事，用魯義。八十一引孫楚賦云：「昔在邵伯，聽訟述職。甘棠作誦，垂之罔極。」又張纘賦云：「伊宗周之令望，巡召南而述職。」以此詩爲述職時事，用魯韓義。樂記「五成而分周公左、召公右」，是分陝在「疆南國」後，武成以來，二陝授政，列國分封，無復文代二南之舊，此仍爲召南之風者，因詩歸美召公，義從附録，亦猶歌詠周公之詩，牽連入於豳風也。張纘以爲「巡召南而述職」，試思巡在召南，何以謂之「述職」？六代詞人之説，蓋無足深辨矣。左襄十四年傳士鞅稱欒武，昭二年傳季孫譽韓宣，並以甘棠、召公爲比，是此詩歸美召公，古無異義。

蔽芾甘棠，【注】韓「芾」作「茀」。勿翦勿伐！【注】韓「翦」作「剗」，魯亦作「剗」，又作「鬋」。召伯所茇。【注】魯「召」亦作「邵」。魯説曰：王者所以有二伯者，分職而授政，欲其亟成也。齊「茇」作「废」。【疏】傳：「蔽芾，小貌。甘棠，杜也。翦，去。伐，擊也。」箋：「茇，草舍也。召伯聽男女之訟，不重煩勞百姓，止舍小棠之下而聽斷焉。國人被其德，説其化，思其人，敬其樹。」○説文：「蔽蔽，小草也。」桂馥義證引此詩毛傳，云「蔽蔽」宜作「蔽芾」，非也。釋詁：「蔽，微也。」廣雅釋詁：「蔽，障也，隱也。」「蔽蔽」者，草木初生，微有所掩蔽，重言之猶「夭夭」、「灼灼」之例。「蔽芾」即「蔽蔽」也，其本字當爲「蔽茀」，借作「蔽芾」，「茀」之爲言「蔽」也。説文：「茀，道多草不可行。」周語韋注：「茀，草穢塞路也。」是「茀」有「蔽」義。碩人篇「翟茀以朝」，傳：「茀，蔽也。」采芑篇「簟茀魚服」，箋：「茀之言蔽也。」其義皆自「多草不可行」引申之。采芑釋文：「茀，本又作芾。」「芾」亦「蔽」也。説文：「市，韠也。上古衣蔽前而已，市以象之。」「韍，篆文市。」玉藻「一命緼韍幽衡」，注：「韍之言亦蔽也。」白虎通紼冕：「紼者，蔽也。」古書「芾」、「茀」、「紼」、「紱」、「黻」、「韍」字並通用。「韓芾作茀」者，韓詩外傳引作「蔽茀甘棠」，家語廟制篇引同。足證韓作「蔽茀」，正字；毛「蔽芾」，借字。巾車注引詩「翟茀以朝」，作「翟蔽」，明古書「茀」、「蔽」二字非特義訓相通，字亦互叚。説文「蔽蔽」，即詩之「蔽茀」。它書無「蔽蔽」連文，此詩必有作「蔽蔽甘棠」者，不能考究爲何家異文矣。汲古閣本漢書王吉傳師古注：「邵南之詩曰『蔽芾甘棠』，蔽芾，小樹貌。」

案,「朩」卽說文「朩」字,古書从「市」、从「朩」之字多相亂。洪适隸釋涼州刺史魏元丕碑「蔽芾其縱」,「芾」,俗字。金薤琳瑯漢蕩陰令張遷碑「蔽沛甘棠」,「沛」、「芾」古通。○釋木:「杜,甘棠。」又云:「杜,赤棠,白者棠。」是謂杜兼二名,棠、杜之分在色之赤、白也。有杕之杜疏引陸璣云:「赤棠與白棠同耳,但子有赤白美惡。子白色爲白棠,甘棠也,少酢滑美。赤棠子澀而酢無味,俗語云『澀如杜』是也。赤棠木理韌,亦可以作弓幹。」陳啟源云:「甘棠乃赤棠無疑,陸疏既以甘棠爲赤棠,又以爲白棠,前後自相反,必有誤也。」愚案:陸以赤、白棠同有子,無可區別,乃分子之赤、白,以子白而甘者爲甘棠,致與雅訓相背。然其所言,亦據目驗。郭注「杜,甘棠」云:「今之杜梨。」郝懿行云:「其樹如梨,葉似蒼朮而大。二月開華,白色。結實如小楝子,霜後可食。」邵晉涵說同,是結實之杜何嘗非白,似未可末殺陸疏。說文「棠」下云:「牡曰棠,牝曰杜。」「杜」下云:「甘棠也。」徐鍇繫傳云:「木之性有牝牡,牡者華而不實,林中伐去其牡,則牝者亦不實。」疑棠、杜之分,止當據牝牡爲定。蓋有子者通是杜,甘棠木實雖甘,恆多微酢,杜或亦然。陸專於子之赤白、甘酢致辨,未免拘泥。土宜隨地輒殊,木之性色容有改易,牝牡之別,古今大同,許書不用雅訓,爲得其實耳。○「勿」者,勉而止之之詞。說文:「勿,州里所建旗。象其柄,有三游,雜帛。幅半異,所以趣民,故宂遽稱勿勿。」祭義「勿勿乎其欲饗之也」,注:「勿勿,猶勉勉也。」小雅「黽勉從事」,漢書引作「密勿」,「勿」之爲「勉」,其義自「趣民」引申之,故「禁止」之詞,亦借「勿」義。說文:「歬,齊斷也。」「歬」下云:「不行而進謂之歬。」「翦」下云:「羽生也。一曰采羽。」後世隸變,以「歬」爲「前後」之「前」,而「歬」廢。又變「翦」爲「齊斷」之「翦」,而「翦」之本義亦亡。故釋言云:「翦,齊也。」閟宮箋云:「翦,斷也。」「韓翦作剗」者,引見釋文。集韻「剗」字注引同。據此,上引外傳「勿翦勿伐」之文,亦當爲「勿剗勿伐」,作「翦」者,後人亂之。秦詛楚文「欲剗伐我社稷」,「剗伐」連文,卽同韓詩。「魯亦作剗」者,蔡邕劉鎮南碑頌:「蔽芾甘棠,召公聽訟。周人勿剗,我賴其楨。」蔡述魯詩，是魯本亦作「剗」。「又作鬋」者，漢書韋元成傳劉歆廟議云：「詩云：『蔽芾甘棠，勿鬋勿伐！邵伯所茇。』思其人猶愛其樹，況宗其道而毀其廟乎？」據此，魯異文作「鬋」。韋賢傳「鬋茅作堂」，顏注：「鬋與翦同。」「翦」、「鬋」通用字。說苑白虎通兩引詩「勿翦勿伐」，知魯又作「翦」也。「伐」義具汝墳。○召者，水經注渭水篇：「雍水東逕召亭南，故召公之采地。京相璠曰：『亭在周城南五十里。』」「魯召亦作邵」者，韋元成傳引作「邵伯」，明「邵」亦魯異文。「王者」至「成也」，白虎通封公侯篇文。下引王制「八伯各以其屬，屬於天子之老二人，分天下以爲左右，曰二伯」，及此詩首章爲證。「二伯」是殷周之制，王制以明殷制，詩以明周制也。職方鄭注引公羊傳云：「自陝以東，周公主之。自陝以西，召公主之。」是東西二伯也。」案，召公稱「伯」者，大宗伯「八命作牧」，注：「謂侯伯有功德者，加命，得專征伐於諸侯。」「九命作伯」，注：「謂上公有功德者，加命爲二伯，得征五侯九伯者。」鄭司農云：「長諸侯爲方伯。」典命亦云：「上公九命爲伯，王之三公八命，及其出封，皆加一等。」據此，二伯是方伯，爲一方之長，與侯伯之伯不同。五經通義云：「何以爲二伯乎？曰以二公在外稱伯，東西分爲二，所以稱爲伯。何欲抑之也？三公，臣之最尊者也，又以王命行天下，爲其盛，故抑之也，明有所屈也。」此以公稱伯爲有所屈，與周禮白虎通不合，其說非也。「分職而授政，欲其亟成也」者，列國分封，政教不一，王者欲治化亟成，故分二伯之職而授其政，以王朝之三公爲之，上承流於朝廷，下宣化於列國，故治功之成可幾也。「齊茇作废」者，說文：「废，舍也。詩曰：『召伯所废。』」釋文引「舍」上有「草」字。玉篇亦云：「废，草舍也。」毛詩作茇。」說文「茇」下云：「草根也。」無「舍」義。箋訓「茇，草舍」，是讀「茇」爲「废」。據說苑法言白虎通韋玄成傳韓詩外傳所引，明魯韓用借字作「茇」，與毛同。許引作「废」者，齊詩文也。棠下可舍，自非小樹，言「蔽芾」者，謂今雖此樹旁生之小枝葉，亦不可翦伐，而箋遂以爲召公當日止舍小棠之下，失之拘矣。

蔽芾甘棠，勿翦勿敗！召伯所憩。【疏】傳：「憩，息也。」○集韻二十六產「刻」字注：「翦也。」引韓詩曰：「勿剗勿敗。」說文：「敗，毀也。从攴、貝。」擊扑其貝，是「敗」義也，與「伐」同意。釋詁：「憩，息也。」釋文：「憩，本又作揭。」集韻：「憩本作愒，或作憇。」說文：「愒，息也。」明「揭」是「愒」之譌。漢書楊雄傳「度三巒兮偈棠棃」，顏注：「偈讀作愒。」又借「偈」爲「愒」。

蔽芾甘棠，勿翦勿拜！召伯所說。【注】魯韓「拜」作「扒」。魯韓說曰：扒，擘也。【疏】傳：「說，舍也。」箋：「拜之言拔也。」○「魯韓拜作扒」者，廣韻十六怪：「扒，拔也。詩曰：『勿翦勿扒』。」陳喬樅云：「『扒』得與『拜』通者，司馬相如上林賦：『洶湧澎湃。』韓愈孟郊征蜀聯句云：『獠江息澎扒』。『澎扒』卽『澎湃』也，此足爲『扒』、『拜』通叚之驗。」愚案：「扒」、「拜」以雙聲通轉。「扒，擘也」者，廣雅釋詁文，正釋此義，知作「扒」者爲魯韓詩矣。廣雅又云：「擘，分也。」以手批而分之，亦「拔取」之意，「擘」、「拔」聲轉而義通。毛詩作「拜」，箋：「拜之言拔也。」陳奐云：「本三家義。」愚案：箋不用「拜」之本義而訓爲「拔」者，見三家作「扒」是正字，毛作「拜」是借字，故讀「拜」爲「拔」也。釋詁：「說，舍也。」郭注：「詩曰：『召伯所說』。」釋文：「『說』或本作『稅』。」文選曹植應詔詩注，引毛詩亦作「稅」。或以爲作「稅」是三家今文，非也。易林師之蠱：「精潔淵塞，爲讒所言。證訊結請，繫於枳溫。甘棠聽斷，怡然蒙恩。」又復之巽：「閉塞復通，與善相逢。甘棠之人，解我憂凶。」小過之坤：「謹慎重言，不幸遭患。周邵述職，（謂周之邵公也。）脫免牢關。」既濟之觀：「結衿流粥，遭讒桎梏。周召述職，身受大福。」是召公聽訟棠下，實政可稽，惜齊義就湮，無可取證矣。

甘棠三章，章三句。

行露【注】魯說曰：召南申女者，申人之女也，既許嫁於酆，夫家禮不備而欲迎之。女與其人言，以爲夫婦者人倫之始也，不可不正。傳曰：「正其本則萬物理，失之毫釐，差之千里，」是以本立而道生，源始而流清。故嫁娶者，所以傳重承業，繼續先祖，爲宗廟主也。夫家輕禮違制，不可以行。遂不肯往。夫家訟之於理，致之於獄。女終以一物不具、一禮不備，守節持義，必死不往，而作詩曰：「雖速我獄，室家不足。」言夫家之禮不備足也。君子以爲得婦道之宜，故舉而揚之，傳而法之，以絶無禮之求，防淫泆之行。又曰：「雖速我訟，亦不女從。」此之謂也。齊説曰：婚禮不明，男女失常。行露反言，出爭我訟。又曰：行露之訟，貞女不行。韓説曰：傳曰：夫行露之人許嫁矣，然而未往也。一物不具，一禮不備，守志貞理，守死不往。君子以爲得婦道之宜，故舉而傳之，揚而歌之，以絶無禮之求，防汙道之行。詩曰：「雖速我訟，亦不爾從。」【疏】毛序：「召伯聽訟也。衰亂之俗微，貞信之教興，彊暴之男，不能侵陵貞女也。」箋：「衰亂之俗微，貞信之教興者，此殷之末世，周之盛德，當文王與紂之時」。○「召南」至「謂也」，劉向列女傳貞順篇文。申者，南陽被化之邦。酆者，崇侯虎之故地，文王伐崇後所作邑也。「禮不備而欲迎之」者，夫不親迎也，女不肯往，以不親迎爲輕禮違制也。蓋既許嫁，則非至迎娶之時，無以明其不往，而夫家或其時實有不能親迎之故，遂相持以至於爭訟，女乃必死不往，此詩之所爲作也。古禮最重親迎，列女傳貞順篇云：「宋恭伯姬，魯宣公之女、成公之妹也。其母曰繆姜，嫁伯姬於宋恭公。恭公不親迎，伯姬迫於父母之命而行。既入宋，三月廟見，當行夫婦之道，伯姬以恭公不親迎故，不肯聽命。宋人告魯。使大夫季文子如宋，致命於伯姬。」春秋成九年公羊、穀梁二傳注疏言「致女」，義同。夫宋公不親迎，伯姬迫於父母之命而行，若非迫於奉命，伯姬必不往可知也。既廟見而猶不肯成昏，至於宋人告魯，遣使致命而後從夫，其視親迎之重如此。若在士庶家而遇此事，未必不致爭訟也。貞順篇又云：「齊孝孟姬，華氏之長女，齊孝公之夫人也，好禮貞壹，齊中求之，禮不備，終不往，齊國稱其貞。孝公聞之，乃修禮親迎於華氏之室。遂納於宮，三月廟見，而後行夫婦之道。」傳先言「禮不備不往」，後言「修禮親迎」，明親迎是備禮之大端也。孟姬初未許人，而云「禮不備不往」者，議昏之時，先言必備禮而後往，其守禮之嚴如此。若既許嫁而不親迎，則孟姬之不往又可決也。此二事可與申女事參證以明之。士昏禮記云：「若不親迎，則婦入三月，然後壻見於妻之父母。」可見周時原有不親迎者。張爾岐謂周公制禮，因其舊俗而但爲之節文。是也。風俗之同，人情之所可通，雖聖王不能强使齊壹。夫不親迎者事之權，酆人、宋公是也；女不肯往者義之正，申女、伯姬是也；女守義，男備禮，相得益彰者，古禮之大明，齊侯、孟姬是也。或疑申女節太高而過中，據周禮，凶荒則殺禮而多昏，是禮不備，女非不可往。此誤解「一物不具、一禮不備」之義，申女嫁時，其爲年荒與否，書無明文。士昏禮記云「女子許嫁」，鄭注：「許嫁，已受納徵之禮也。」列女傳及韓詩傳皆言申女「許嫁」，時在納采、問名、納吉三禮之後，此後則惟請期親迎，所謂「玄纁束帛儷皮」者，當時業已備具，豈猶煩斷斷於聘幣之多寡。凡禮，皆藉物以行，親迎時冕服攝盛、執雁御輪諸事，禮也，亦物也，禮既不行，物即不具，是申女所謂「禮物不備具」者，即指親迎言之明矣。「婚禮」至「我訟」，易林大壯之姤文。「行露」至「不行」，无妄之剥文，所稱「婚禮不明」、「貞女不行」，與列女傳「輕禮違制」、「女不肯往」合。「傳曰」至「爾從」，韓詩外傳文。所稱「傳曰」，蓋内傳文。並以此詩爲申女守志，夫禮不備，雖訟不行而作。左宣元年傳正義引服虔曰：「古者一禮不備，貞女不從，詩曰：『雖速我訟，亦不女從。』」正用三家義。

厭浥行露。【注】魯韓「厭」作「湆」。魯韓説曰：湆浥，濕也。豈不夙夜，謂行多露。【疏】傳：「厭浥，濕意也。行，道也。豈不，言有是也。」箋：「夙，早也。厭浥然濕道中始有露，謂二月中，嫁取時也。言我豈不知當早夜成昏禮與？謂道中之露太多，故不行耳。今彊暴之男以此多露之時，禮不足而彊來，不度時之可否，故云然。周禮，仲春之月，令會男女之無夫家者，行事必以昏昕。」○「厭浥」者，「厭」無「溼」義，當爲「湆」借字。説文：「湆，幽溼也。」「浥，溼也。」「湆浥，溼也」者，廣雅釋詁文。「湆浥」連文，與下「漸洳」連文同，是此詩魯韓義。據此，魯韓「厭」作「湆」。釋文：「厭，於立反。」「湆，去急反。」正與「於立反」同音。小戎「厭厭良人」，列女傳二作「愔愔良人」。湛露「厭厭夜飲」，釋文：「韓詩『厭厭』作『愔愔』。」足證魯韓二家「厭」與從「音」之字相通假，彼借「厭」爲「愔」，知此詩亦借「厭」爲「湆」也。「湆」、「浥」二字聲轉義同，故疊文爲訓。徐鍇說文繫傳：「今人多言浥湆也。」「浥湆」，猶「湆浥」矣。易林未濟之損：「厭浥晨夜，道多湛露。沾我襦袴，（一作「濈衣濡襦」。）重難以步。」革之豫：「迷行晨夜，道多湛露。濈我袴襦，重不可涉。」（「涉」字是「步」之誤。）是齊詩訓「行」爲「道」，與毛同。說文：「露，潤澤也。」玉篇：「露，天之津液，下所潤萬物也。」藝文類聚九十八引五經通義曰：「和氣津液凝爲露，從地生也。」二說不同。案，露騰爲霜，如雲升爲雨，特陰陽氣異，通義是也。〇「夙」訓「早」，義具采蘩。言豈不欲早夜而往夫家，謂道中多露，不可往耳。露多難往，但取喻不可行意，因是夫家，於義當往，故云「豈不夙夜」。左僖二十年傳：「君子曰：隨之見伐，不量力也。量力而動，其過鮮矣。善敗由己，而由人乎哉？詩曰：『豈不夙夜，謂行多露』。」杜注：「言豈不欲早暮而行，懼多露之濡己，以喻違禮而行，必有汙辱，是亦量宜相時而動之義。」又襄七年傳：「晉韓獻子告老，公族穆子有廢疾，將立之。辭曰：詩曰：『豈不夙夜，謂行多露。』」杜注：「詩曰雖欲早夜而行，懼多露之濡己，義取非禮不可妄行。」於「豈不夙夜」句順文釋之，而義自明。

誰謂雀無角！何以穿我屋？誰謂女無家！何以速我獄？雖速我獄，室家不足！【注】魯說曰：「言夫家之禮不備足也。」【疏】傳：「不思物變而推其類，雀之穿屋，似有角者。速，召。獄，埆也。昏禮，純帛不過五兩。」箋：「女，女彊暴之男。變，異也。人皆謂雀之穿屋似有角，彊暴之男召我而獄，似有室家之道於我也。物有似而不同，雀之穿屋不以角，乃以咮。今彊暴之男召我而獄，不以室家之道於我，乃以侵陵。物與事有似而非者，士師所當審也。幣可備也。室家不足，謂媒妁之言不和六禮之來，彊委之。」○說文：「雀，依人小鳥也。」「穿，通也。」「屋，居也。」雀本無角，鼠本無牙，以其能爲害，反言之。言誰謂雀無牴觸之角而不爲害乎？苟雀無牴觸之角而不爲害，何以能穿我屋？誰謂女無成家之道而非我夫乎？苟無成家之道而非我夫，何以能速我獄？然雖速我獄，而禮物有未具，是室家之道尚不備足，無怪我之不往也。「言夫」至「足也」，劉向說，見上文。孟子：「丈夫生而願爲之有室，女子生而願爲之有家。」上指其夫，故專言「家」，下論夫婦之道，故兼言「室家」。對强暴不得如此立言，知三家義長。說文：「速，疾也。」「獄，确也。从㹜，从言，二犬所以守也。」「速我獄」者，言疾致於我獄。

誰謂鼠無牙！何以穿我墉？誰謂女無家！何以速我訟？雖速我訟，亦不女從！【注】韓「女」作「爾」。【疏】傳：「墉，牆也。」視牆之穿，推其類，可謂鼠有牙。不從，終不棄禮而隨此彊暴之男。」○說文：「牙，牡齒也。」段注：「牡當作壯，石刻九經字樣不誤。壯，大也。壯齒，齒之大者也。統言之，皆稱齒、稱牙。析言之，則前當脣者稱齒，後在輔車者稱牙，牙較大於齒，非有牝牡也。鼠齒不大，故云『無牙』。東方朔說騶牙曰：『其齒前後若一，齊等無牙。』此爲齒小牙大之明證。」胡承珙云：「左隱五年傳疏：『頷上大齒謂之爲牙。』徐鍇說文繫傳：『比於齒爲牡也。』此『牡』字亦當爲『壯』，蓋徐所見說文作『壯齒』，故云『比於齒爲壯』。若本作『牡齒』，而云『比於齒爲牡』，則不成語矣。」愚案：段胡說是。說文：「墉，城垣也。」引申之，凡垣皆稱墉，故釋宮云：「牆謂之墉。」說文：「訟，争也。」「韓女作爾」者，外傳作「亦不爾從」。陳喬樅云：「女、爾古字通用。桑柔『告爾憂恤，誨爾序爵』，墨子尚賢篇引並作『女』，是其證。」愚案：據外傳，上文二「女」字皆當爲「爾」。「室家不足」、「亦不女從」，二章義互相備。易林井之益：「穿室鑿牆，不直生訟。褰裳涉露，雖勞无功。」「穿室鑿牆」，即詩「穿屋」、「穿墉」之喻。「不直生訟」，以夫家生訟爲無禮，聽訟者不直之。「褰裳涉露」，本首章詩意而反用之，守禮者云「謂行多露」，則無禮者是「褰裳涉露」矣。「雖勞无功」，乃此詩訟事究竟，非聖王化洽，賢臣秉公，不能完女節而明禮教。毛序以爲召伯聽訟，蓋信而有徵矣。

行露三章，一章三句，二章章六句。

羔羊【注】齊説曰：羔羊皮革，君子朝服。輔政扶德，以合萬國。韓説曰：詩人賢仕爲大夫者，言其德能稱，有絜白之性，屈柔之行，進退有度數也。【疏】毛序：「鵲巢之功致也。召南之國，化文王之政，在位皆節儉正直，德如羔羊也。」箋：「鵲巢之君積行累功，以致此羔羊之化。在位卿大夫競相切化，有如此羔羊之人。」〇「羔羊」至「萬國」，易林離之復文，謙之離同。云「羔羊皮革，君子朝服」，足證退食非居私家。云「輔政扶德，以合萬國」，非任方伯之職者不足以當之，蓋齊詩以此爲美召公作也。晉之臨「皮革」作「皮弁」，「弁」卽「革」之譌。「萬國」作「萬福」。漢書儒林傳谷永疏曰：「王法納乎聖聽，功烈施乎政事。退食自公，私門不開。德配周召，忠合羔羊。」永學魯詩，疏舉羔羊大義，以周召、羔羊對言，是羔羊美召公，魯説亦如此。「詩人」至「數也」者，後漢王渙傳：「故洛陽令王渙，秉清修之節，蹈羔羊之義。盡心奉公，務在惠民。」李注引薛君章句云云，是韓詩以此爲美召南大夫，與魯齊不同，其以詩「素絲」爲喻絜白屈柔，（引見下。）與齊説但言「君子朝服」者亦異。漢書薛宣傳谷永疏曰：「竊見少府宣材茂行絜，達于從政。有『退食自公』之節。臣恐陛下忽於羔羊之詩，捨功實之臣，任虛華之譽，是以越職陳宣行能。」楚詞九思「士莫志兮羔羊」，王注：「言士貪鄙，無有素絲之志，皎潔之行也。」永云「行絜」，逸云「皎潔之行」，與薛云「素」喻「絜白」合，是魯韓義同。古文苑二載曹大家鍼縷賦云：「退逶迤以補過，似素絲之羔羊。」「退食」、「補過」，與永疏「私門不開，忠合羔羊」同意，大家學齊詩，是魯齊義同也。

羔羊之皮，素絲五紽。【注】韓詩曰：「羔羊之皮，素絲五紽。」韓説曰：小者曰羔，大者曰羊。素喻絜白，絲喻屈柔。紽，數名也。魯説曰：紽，數也。退食自公，委蛇委蛇。【注】魯説曰：退食自公，私門不開。齊韓「委蛇」作「逶迤」，韓又作「褘隋」。韓説曰：逶迤，公正貌。【疏】傳：「小曰羔，大曰羊。素，白也。紽，數也。古者素絲以英裘，不失其制，大夫羔羊以居。公，公門也。委蛇，行可從迹也。」箋：「退食，謂減膳也。自，從也。從於公，謂正直順於事也。委蛇，委曲自得之貌，節儉而順心志定，故可自得也。」○「羔羊」至「名也」者，王渙傳注引薛君章句文，引經明韓毛文同。「小者曰羔，大者曰羊」者，説文：「羔，羊子也。」故薛謂小者羔，大者羊。孔疏：「此説大夫之裘，宜直言羔而已，兼言羊者，以羔亦是羊，故連言以協句。」「素喻絜白」者，説文：「素，白緻繒也。」「紈，素也。」急就篇顔注：「素，謂絹之精白者。紈，即素之軟細者。」漢班婕妤詩：「新製齊紈素，鮮潔如霜雪。」故薛云「喻潔白」也。薛以性言，謂其心之精白。谷王以行言，美其行之潔清也。「絲喻屈柔」者，説文：「絲，蠶所吐也。」皇皇者華篇「六轡如絲」，傳：「如絲，言調忍也。」「調忍」即「屈柔」之義，故薛云「喻屈柔」也。屈柔以行言，立德尚剛而處事貴忍，故屈柔亦爲美德。「紽，數名也」者，與毛傳「紽，數也」義同。「紽，數也」者，廣雅釋詁文，是魯韓説並合。孔疏：「此章言羔羊之皮，卒章言羔羊之縫，互見其用皮爲裘，縫殺得制也。素絲爲飾，唯組紃耳，若爲綫，則所以縫裘，非飾也。故干旄篇曰『素絲組之』，傳曰：『總以素絲而成組也。』紃亦組之類，則素絲可爲組紃矣。既云素絲，即云五紽、五緎，是裘縫明矣。又明素絲爲組紃，而施於縫中。故下雜記注云：『紃施諸縫，若今之絛。』是有組紃而施於縫中之驗。」孔因毛傳言「古者素絲以英裘」，疏之如此。陳氏奐謂素絲爲裘緣邊之飾，如漢世「偏諸」。非也。王引之云：「案三章文義，不當如爾雅所訓。『紽』、『緎』、『總』，皆數也。五絲爲紽，四紽爲緎，四緎爲總，五紽二十五絲，五緎一百絲，五總四百絲，故詩先言五紽，次言五緎，次言五總也。西京雜記載鄒長倩遺公孫弘書曰：『五絲爲䌰，倍䌰爲升，倍升爲緎，倍緎爲紀，倍紀爲緵，倍緵爲襚。』豳風九罭釋文云：『緵，字又作總。』然則緎者二十絲，總者八十絲也。孟康注漢書王莽傳云：『緵，八十縷也。』史記孝景紀『令徒隸衣七緵布』，正義與孟注同。晏子春秋雜篇云：『十總之布，一豆之食。』説文作『稯』，云『布之八十縷爲稯』，正與『倍紀爲緵』之數相合。紽之數今失其傳，釋文云：『紽，本又作佗。』春秋時陳公子佗字五父，則知五絲爲紽，卽西京雜記之『緎』矣。」馬瑞辰云：「佗字五父，蓋取詩『五佗』爲義，非必佗卽五數也。佗卽古『他』字，管子輕重甲篇：『夫得居裝而賣其薪蕘，一束十他。』『他』一本作『倍』。墨子經篇：『倍爲二也。』『他』與『倍』通，則他亦二數矣。柏舟篇『之死矢靡他』，猶云『有死無二』也。小雅『人知其一，莫知其他』，猶云知其一、不知其二也。『紽』通『佗』，蓋二絲之數。」愚案：素絲施諸裘縫，雅訓元不誤。「紽」、「緎」、「總」皆數名，當如王説。玉篇廣韻並云：「紽，絲數。」陳氏奐訓「數」爲「簇」，謂卽密縫之意，亦非也。紽爲二絲，當如馬説。五紽得十絲之數，以西京雜記證之，與「倍緵爲升」同義。薛以「紽」、「緎」、「總」是數名，故探下文「退食」、「委蛇」之義，復總釋之曰：「言其德能稱，有絜白之性，屈柔之行，進退有度數也。」羔羊是大夫朝服，大夫之德又能稱此服，詩人以賦爲比，合章句與楚詞注觀之，知喻義古矣。羔羊朝服，齊説甚明。毛傳「大夫羔裘以居」，孔疏：「謂居於朝廷，非居於家也。」論語『狐貉之厚以居』，注云：『在家所以接賓客。』則可知不服羔裘矣。論語注又云：『緇衣羔裘，諸侯視朝之服。』卿大夫朝服亦羔裘，唯豹袪與君異耳。』明此爲朝服之裘，非居家也。」案，朝廷不可言「居」，孔曲釋之，不以傳説爲然，足與齊義證合。「退食」至「不開」，谷永説，見上文。「退食自公」者，自公朝退而就食，非謂退歸私家。永疏「私門不開」，正釋「自公」之義。卿大夫入朝治事，公膳於朝，不遑家食，故私門爲之不開也。漢衡方碑云「禕隋在公」，「自公」卽「在公」也。詩考：「禕隋，卽委蛇，出韓詩內傳。」婁機漢隸字源云：「禕隋，出韓詩。」足證魯韓釋「退食自公」義同。後漢楊秉傳「逶迤退食，足抑苟進之風」，李注：「退食，謂減膳也。從於公，謂正直順於事也。」宋弘傳「以全素絲羔羊之潔焉」，李注：「言卿大夫皆衣羔羊之裘素絲，自減膳食，從於公事，行步委蛇自得。」並用鄭箋，非三家義也。「齊韓委蛇作逶迤」者，釋文：「委蛇，韓詩作逶迤，云公正貌。」案，曹大家賦「逶迤補過」，是齊作「逶迤」，與韓同。楊秉傳「逶迤」二字，正用齊韓文。「韓又作褘隋」者，陳喬樅云：「據釋文，韓作逶迤，『褘隋』非韓詩經文，乃內傳釋經『逶迤』之訓。」愚案：衡方碑「褘隋」，洪适謂本韓詩，與王婁說合。衆家皆有異文，「褘隋」是韓異文，釋文失引耳。釋訓：「委委、蛇蛇，美也。」釋文作「褘褘」、「它它」，是「褘」、「委」通用。「逶迤」疑或作「委隨」，故隸省「隨」作「陏」，又變「陏」爲「隋」也。云「公正貌」者，陳啟源云：「毛『委蛇』傳以爲『行可從迹』，韓『逶迤』訓作『公正貌』，兩義意正相成，惟其公正無私，故舉動光明，始終如一，可蹤迹倣效，卽毛序所謂正直也。」愚案：說文「委」下云：「委，隨也。」「逶」下云：「逶迆，衺去之貌。」「迆」下云：「衺行也。」（迤，俗迆字。）箋「委曲自得之貌」，人臣敬爾在公，但云容體自得，於義未備，且「逶迤」之訓疑於衺曲，故韓以「公正貌」釋之，深爲有裨經恉。曹大家云「逶迤補過」，兼得賢臣退思之隱。三家說詩，以意逆志，較毛傳「行可從迹」尤深切著明。左襄七年傳，衛孫文子來聘，公登亦登。穆叔語之，孫子無辭，亦無悛容。穆子曰：「孫子必亡，爲臣而君，過而不悛，亡之本也。詩曰：『退食自公，委蛇委蛇。』謂從者也。衡而委蛇，必折。」此因孫子之不悛而言，順理乃可委蛇，若不順理而委蛇，必折矣。亦爲此詩「委蛇」補義，與三家說相發。

羔羊之革，素絲五緎。委蛇委蛇，自公退食。【注】魯說曰：緎，羔羊之縫也。齊「緎」作「黬」。韓說曰：緎，數也。【疏】傳：「革，猶皮也。緎，縫也。」箋：「自公退食，猶退食自公。」○說文：「革，獸皮治去其毛，革更之象。」此言羔裘，明非去毛，孔疏謂「對文言之則異，散文則皮、革通」是也。「緎，羔羊之縫也」者，釋訓文。郭注：「縫飾羔皮之名。」詩釋文引孫炎云：「緎，縫之界域。」孔疏：「縫合羔羊皮爲裘，縫卽皮之界域，因名裘縫爲緎。」爾雅獨解緎者，舉中言之。

緎言縫，則紽、總亦縫可知。」「齊緎作䪂」者，說文：「䪂，羔羊之縫。从黑，或聲。」此三家異文，魯韓與毛同，則作「䪂」者爲齊詩。繫傳：「詩曰『羔羊之䪂』，以黑爲縫也。」許引詩文雖異，不云裘縫是黑。小徐引詩既有奪文，以黑爲縫，亦文不成義，「以黑」疑「以䪂」字奪其半也。蓋羔裘色黑，以素絲爲縫裘之飾，則其縫之處黑白益明，故字從『黑』取義。玉篇：「䩕，羔裘縫。亦作緎、䪂。」是「䪂」、「䩕」皆「緎」或體矣。「緎，數也」者，玉篇系部引韓詩文。據此，知韓於「紽」、「緎」、「總」并訓「數」。倍升爲緎，得二十絲之數，五緎，一百絲也。「緎」爲數名，如縷一枚爲「紌」，緯十縷爲「綹」，十五升布爲「緦」之比。首章十絲，次章一百絲，三章四百絲，數取遞增，文因合均，非謂一裘之縫止用四百絲，不當泥視。猶無衣篇之「豈曰無衣七兮」、「豈曰無衣六兮」，干旄篇之「良馬四之」、「良馬五之」、「良馬六之」，分章協句，非有定數也。文選五臣注本潘安仁馬汧督誄「牧人逶迤，自公退食」，李善本作「逶迤」，與齊韓文合。「迱」又「迆」之本文，李注引毛詩曰：「逶迤逶迤，自公退食。」「毛」是「韓」之誤。

羔羊之縫，素絲五總。委蛇委蛇，退食自公。【疏】傳：「縫，言縫殺之大小得其制。總，數也。」○說文：「縫，以鍼紩衣也。」「紩，縫也。」「總，聚束也。」又云：「絩，綺絲之數也。」漢律曰：「綺絲數謂之絩，布謂之總。」此詩絲數亦稱「總」，與漢律異，古今之別耳。絲縷既多，聚而束之，故又爲「總」也。掌客釋文：「總本作緵。」莊子則陽篇「是稯稯何爲者」，釋文：「字亦作總。」明「總」與「緵」、「稯」字同。據說文，布之八十縷爲「稯」，漢書王莽傳注「緵八十縷」，五總正得四百絲。鄒長倩書「倍紀爲緵」，知漢世絲數亦互稱「總」也。

羔羊三章，章四句。

殷其靁【疏】毛序：「勸以義也。召南之大夫遠行從政，不遑寧處，其室家能閔其勤勞，勸以義也。」箋：「召南大夫，召伯之屬。遠行，謂使出邦畿。」○孔疏：「文王未稱王，召伯爲諸侯之臣，其下不得有大夫。此言召南大夫。則是文王都酆、召伯受采之後。」說與召南別爲風詩之義相發，但孔尚未悟召南建國不與召伯采地相涉也。三家無異義。

殷其靁，在南山之陽。【注】韓「殷」作「𩃬」。韓說曰：「𩃬，隱也，雷也。」【疏】傳：「殷，靁聲也。山南曰陽。靁出地奮，震驚百里。山出雲雨，以潤天下。」箋：「靁以喻號令。於南山之陽，又喻其在外也。召南大夫以王命施號令於四方，猶靁殷殷然發聲於山之陽。」○「韓殷作𩃬」者，臧鏞堂云：「廣韻六脂：『𩃬，雷也。』出韓詩。」「𩃬，隱也，雷也」者，玉篇文，卽此詩注。廣雅釋天：「𩃬，雷也。」正用韓說。陳喬樅云：「集韻：『𩃬，隱也。』『殷』、『隱』古字通用。『𩃬』訓『隱』、『雷』，『隱』或作『⿰車隱』，亦作『磤』。『磤』訓爲雷聲，見通俗文及玉篇，則『𩃬』亦當爲雷聲矣。禮玉藻『端行頤霤如矢』，注：『頤或爲𩃬。』釋文云：『𩃬音夷。』中庸『壹戎衣』，注：『衣讀如殷，聲之誤也。齊人言殷，聲如衣。』案，『殷』聲如『衣』，『𩃬』音爲『夷』，故『殷』、『𩃬』古得通假。」愚案：臧云詩建本「殷」作「隱」。釋詁邢疏、召南隱其雷，與臧所見建本同。釋文：「殷音隱。」字又作「隱」。「殷」、「隱」、「衣」三字，以音轉通叚。中庸「衣」讀如「殷」。白虎通云「衣者，隱也」，卽用雙聲字釋義。「衣」、「夷」、「頤」，亦一聲之轉，「𩃬」音同「夷」，故與「頤」通，亦與「殷」、「隱」字通用也。「其」者，廣雅釋詁：「詞也。」說文「靁」下云：「陰陽薄動，靁雨生物者也。」釋文：「靁亦作雷。」初學記一引詩作「雷」，與釋文合。「南山」，召南山，義同草蟲。穀梁僖二十八年傳：「山南爲陽。」南齊書五行志引洪範五行傳云：「雷者人君之象。」雷聲震驚，以喻上之命令臣下遠行，不遑安處，勉君子震恐致福，因取義焉。在「南山之陽」，賦而興也。

何斯違斯，莫敢或遑？振振君子，歸哉歸哉！【疏】傳：「何此君子也。斯，此。違，去。遑，暇也。振振，信厚也。」箋：「何乎此君子適居此，復去此，轉行遠從事於王所命之方，無敢或閒暇時？閔其勤勞。大夫，信厚之君子，爲君使，功未成。歸哉歸哉，勸以爲臣之義，未得歸也。」

〇釋詁：「斯，此也。」上「斯」，斯君子；下「斯」，斯地。說文：「違，離也。」廣雅釋詁同。毛傳訓「去」，「離」、「去」義近。廣雅釋詁：「或，有也。」「或」、「有」古通，書洪範「無有作好」，呂覽貴公篇作「無或作好」，高注：「或，有也。」是「或」爲「有」也。釋文：「遑，本或作徨。」釋詁：「遑，暇也。」說文無「遑」、「徨」、「偟」三字，當正作「皇」。言何斯人而離斯地乎？以奉君命，故莫敢有暇耳。因又曰，此振奮有爲之君子，庶幾畢王事而得歸哉。重言之，切望之也。箋云「歸哉歸哉，勸以爲臣之義，未得歸也」，本毛序爲說。案，詩恉明望君子之歸，非勸勉語。它詩如「悠哉悠哉」，悠也；「懷哉懷哉」，懷也，句例正同，皆順文爲說。推之「玼兮玼兮」、「瑳兮瑳兮」、「舍旃舍旃」、「左之左之」、「右之右之」、「有瞽有瞽」、「式微式微」、「采薇采薇」、「日歸日歸」之類，凡遇疊語，都無反言。「歸哉歸哉」，與「日歸日歸」同義。風人之旨，於征役勤勞，不諱言歸，全詩可按。閔其勞而望其歸，此正室家至情，不煩補義也。

殷其靁，在南山之側。何斯違斯，莫敢遑息？振振君子，歸哉歸哉！【疏】傳：「亦在其陰與左右也。息，止也。」〇說文：「側，旁也。」「息，喘也。」「莫敢遑息」，猶言不暇喘息也。桑柔箋：「如仰疾風，不能息也。」疏：「息，謂喘息。」與此意同。毛傳訓「息」爲「止」，乃引申義。

殷其靁，在南山之下。何斯違斯，莫或遑處？振振君子，歸哉歸哉！【注】韓「遑」作「皇」。【疏】傳：「或在其下。處，居也。」箋：「下，謂山足。」〇「在南山之下」者，易頤卦：「山下有雷，聲已出地，不爲隱伏。」箋云「下謂山足」，是也。說文：「処，止也，得几而止。」「處」下云：「処，或从虍聲。」「韓遑作皇」者，衆經音義六引詩曰「莫或皇處」，「遑」作「皇」。陳喬樅云玄應用韓詩者，據韓詩推此上二章，「遑」亦當爲「皇」。

殷其靁三章，章六句。

摽有梅

【疏】毛序："男女及時也。召南之國，被文王之化，男女得以及時也。"○蔡邕協和婚賦："葛覃恐其失時，摽梅求其庶士。唯休和之盛代，男女得乎年齒。婚姻協而莫違，播欣欣之繁祉。"此魯義，與毛序"召南被文王之化，男女得以及時"指合。媒氏疏引張融云："摽有梅之詩，殷紂暴亂，娶失其盛時之年，習亂思治，故戒文王能使男女得及其時。"（經義雜記云："'戒'當作'嘉'。"）張説蓋相傳古義。召南被文王之化，男女及時，故既幸之，而又唯恐失之也。左襄八年傳："晉范宣子來聘，告將用師于鄭。公享之。宣子賦摽有梅。季武子曰：'誰敢哉？今譬於草木，寡君在君，君之臭味也。歡以承命，何時之有？'"杜注："宣子欲魯及時共討鄭，取其汲汲相赴。"雖係斷章，亦見詩唯恐失時之指。

摽有梅，其實七兮。【注】魯韓"摽"作"𦯬"，齊作"蔈"。韓"梅"作"楳"。【疏】傳："興也。摽，落也。盛極則隋落者梅也，尚在樹者七。"箋："興者，梅實尚餘七未落，喻始衰也。謂女二十春盛而不嫁，至夏則衰。"○釋文："摽，婢小反。落也。""魯韓作𦯬，齊作蔈"者，孫奭孟子音義"莩有梅"，丁云："韓詩也。"陳喬樅云"趙岐孟子章句引詩曰𦯬有梅。𦯬，零落也。漢書食貨志贊引孟子，'莩'作'𦯬'，注引鄭德云：'𦯬音"蔈有梅"之蔈。𦯬，零落也。'説文：'𠬪，物落，上下相付也。讀若詩摽有梅。'段注以毛詩摽字爲𠬪之假借，孟子作莩者，𦯬之字誤。唐惟韓詩尚存，故丁公著音義云𦯬是韓詩，實則趙所引據魯詩文，蓋此詩魯韓同作𦯬，與毛異。蔡邕賦作摽梅，亦後人順毛改字也。鄭引作蔈，當據齊詩之文。"愚案：毛作"摽"，"摽"訓"擊"，非此詩義，故許但於"𠬪"字下句云"讀若摽有梅"，以寓正字之意。"物落，上下相付也"，段據韻會"落"下補"也"字，分二句讀。桂馥云："'增韻云：'詩摽有梅，本作𠬪，𠬪變爲孚，轉寫譌耳。'凡'餓殍'、'莩落'字從'孚'者，本皆作'𦯬'，非'孚信'之'孚'。"程瑶田云："'韓詩所謂"𦯬"者，即"𠬪"字轉寫之異。孟子言人飢腹中空而死，如華秀不實者之𦯬落也'。"參觀諸説，"摽"字確當爲"𠬪"，魯韓之"𦯬"，齊之"蔈"，皆非正字。"韓梅作楳"者，釋文又云：

「梅，木名也。韓詩作楳。」陳壽祺云：「韓詩言楳不言莩，丁音言莩不言楳，皆疏。」愚案：說文：「某，酸果也。」「梅，枏也。可食。」「楳」下云：「或从某。」梅是枏木，非可食者。桂馥謂說文「可食」字後人誤加，是也。詩正作「某」，「梅」、「楳」皆借字。「其實七兮」者，毛傳：「盛極則隋落者梅也，尚在樹者七。」鄭箋：「梅實尚餘七未落，喻始衰也。」孔疏：「十分之中，其三始落，是梅始衰，興女年十六七，亦女年始衰，宜及此善時以爲昏。」左傳杜注：「梅盛極則落，詩人以興女色盛則有衰，衆士求之宜及其時。」亦與毛說同，箋復以仲春昏期爲言，非詩取喻之恉。

求我庶士，迨其吉兮。【注】韓說曰：迨，願也。【疏】傳：「吉，善也。」箋：「我，我當嫁者。庶，衆。迨，及也。求女之當嫁者之衆士，宜及其善時。善時，謂年二十，雖夏未大衰。」○說文：「庶，屋下衆也。」引申爲「衆」義。士，事也。能理事者謂之爲士，乃男子之美號。荀子非相篇「處女莫不願得以爲士」，楊注：「士者，未娶妻之稱。」與此「庶士」義合。釋言：「迨，及也。」「迨」即「逮」或字。「迨，願也」者，釋文引韓詩文。陳喬樅云：「韓訓即孟子所云『丈夫生而願爲之有室，女子生而願爲之有家』，疑韓以此詩爲父母之詞。」愚案：陳說是。詩「迨」字多屬「願望」意，匏有苦葉篇「迨冰未泮」、鴟鴞篇「迨天之未陰雨」、伐木篇「迨我暇矣」，皆是。說文：「吉，善也。」「迨其吉兮」者，女之父母願望衆士及此女善時也。訓「迨」爲「及」，疑於已及之詞，故韓探詩意而爲之說。鄭箋：「我，我當嫁者。」孔疏：「言此者，以女被文王之化，貞信之教，興必不自呼其夫，令及時之取己。鄭恐有女自我之嫌，故辨之，言我者，詩人我此女之當嫁者，亦非女自我。」孔申箋義，以爲「詩人我此女」，是詩人即女之父母。據韓「迨，願」之訓，亦必以此爲父母之詞。鄭訓「迨」爲「及」，不用韓義，然以詩人爲女父母，固與韓合矣。

摽有梅，其實三兮。求我庶士，迨其今兮。【疏】傳：「在者三也。今，急辭也。」箋：「此夏鄉晚，梅之隋落差多，在者餘三耳。」○「其實三兮」，梅落益多，喻時將過也。今者，即時也。史記漢書「今」多以爲「即」，與此詩義合。

摽有梅，頃筐塈之。【注】韓「頃」作「傾」，「塈」作「摡」。韓說曰：摡，取也。【疏】傳：「塈，取也。」箋：「頃筐取之，謂夏已晚，頃筐取之於地。」○「韓頃作傾，塈作摡」者，玉篇手部「摡」下引詩云「頃筐摡之」。「頃」、「傾」字通。卷耳「頃筐」，齊毛本亦作「傾」。箋「頃筐取之於地。」說文：「塈，仰涂也。」無「取」義。「摡」下云：「滌也。詩曰：『摡之釜鬵』。」亦不訓「取」。「摡，取也」者，廣雅釋詁文，確爲此詩韓訓。「既」有「盡」義，加手則爲「盡取」之意。時過而梅盡落，故以頃筐盡取之。求我庶士，迨其謂之。【疏】傳：「不待備禮也。三十之男、二十之女，禮未備，則不待禮會而行之者，所以蕃育民人也。」箋：「謂，勤也。女年二十而無嫁端，則有勤望之憂。不待禮會而行之者，謂明年仲春，不待以禮會之也。時禮雖不備，相奔不禁。」○「謂，勤」，釋詁文。郭注：「詩曰：『迨其謂之』。」此魯說也，故箋以易毛。鄭於北門「謂之何哉」、隰桑「遐不謂矣」，並云「謂，勤也」。釋名：「謂，猶謂也，猶得敕不自安，謂謂然也。」謂謂，憂危之意，故云「有勤望之憂」，「勤」之爲言望之深也。穀梁僖二年傳「不雨者，勤雨也」，范注：「言不雨，是欲得雨之心勤也。」江有汜序「勤而無怨」，孔疏：「勤者心企望之。」「迨其謂之」，言願望甚勤。「女年二十」，明婚期以此爲限。

摽有梅三章，章四句。

小星【注】韓說曰：懷其寶而迷其國者，不可以語仁。窘其身而約其親者，不可以語孝。任重道遠者，不擇地而息。家貧親老者，不擇官而仕。故君子橋褐趨時，當務爲急。傳曰：不逢時而仕，任事而敦其慮，爲之使而不入其謀，貧焉故也。詩曰：「夙夜在公，實命不同。」又曰：「嘒彼小星」，喻小人在朝也。齊說曰：旁多小星，三五在東。早夜晨行，勞苦無功。【疏】毛序：「惠及下也。夫人無妬忌之行，惠及賤妾，進御於君，知其命有貴賤，能盡其心矣。」箋：「以色曰妬，以行曰忌。命，謂禮命貴賤。」○「懷其」至「不同」，韓詩外傳一文。言貧仕卑官，而引詩以明之。任重道遠，不擇地而息，任事而教其慮，是「夙夜在公」也。家貧親老，不擇官、不逢時而仕，爲之使不入其謀，是「實命不同」也。上文云：「曾子仕於莒，得粟三秉。方是之時，曾子重其禄而輕其身。親没之後，齊迎以相，楚迎以令尹，晉迎以上卿。方是之時，曾子重其身而輕其禄。」言曾子親在則禄仕爲重，親没雖卿相不往。外傳多推演之詞，而義必相比，明此詩是卑官奉使，故取與曾子仕莒事相儗。唐白居易六帖奉使類引此詩「肅肅宵征，夙夜在公」，正用韓義。宋洪邁容齋隨筆云：「小星『肅肅宵征，抱衾與裯』，是詠使者遠適，夙夜征行，不敢慢君命之意。」箋釋此兩句，謂諸妾肅肅然而行，或早或夜，在於君所，以次序進御。又云，裯者牀帳也。謂諸妾夜行，抱被與牀帳待進御。且諸侯有一國，其宫中嬪御，雖云至下，固非閭閻微賤之比，何至於抱衾而行。況於牀帳，勢非一己之力所能致者，其説可謂陋矣。宋章俊卿程大昌亦謂此爲使臣勤勞之詩，皆本韓爲説。「喻小人在朝也」者，文選五臣本魏文帝雜詩吕向注文。唐惟韓詩存，所引乃韓義。外傳雖無「小人在朝」之文，然云「不入其謀」，則小人間阻可知。以此推之，嘒星喻小人在朝，蓋韓内傳説如此。「旁多」至「無功」，易林大過之夬文。「旁多小星」，喻君側有小人，故使臣雖勞無功，與外傳所云「爲之使而不入其謀」合，是齊韓義同也。召南諸侯之臣，勤勞在使，義命自安，固其人之賢能，亦由漸被王化所致。「旁多小星」，指諸侯之朝言，或以爲殷紂，非也。召南，諸侯詩，在文王受命後，不得援汝墳「王室」爲詞矣。

嘒彼小星，三五在東。【注】韓「嘒」作「暳」。【疏】傳：「嘒，微貌。小星，衆無名者。三心五噣，四時更見。」箋：「衆無名之星，隨心、噣在天，猶諸妾隨夫人，以次序進御於君也。心在東方，三月時也。噣在東方，正月時也。如是終歲，列宿更見。」○「韓嘒作暳」者，玉篇日部「暳」下云：「衆星貌。」廣韻「暳」下云：「小星詩亦作暳。」俱不言出何詩，以篇韻引詩例推之，用韓義也。云「詩亦作嘒」者，兼采毛詩。說文：「嘒，小聲也。詩曰：『嘒彼小星』。」詩語疑後人妄加。玉篇「嘒」下引詩「鳴蜩嘒嘒」，云：「嘒嘒，小聲也。」「嘒」訓「小聲」，與許合。星本無聲，嘒從日，以光芒言，韓義爲優。「彼」，猶論語「彼哉彼哉」之「彼」，外之之詞也。「三五在東」，傳以爲「三心五噣」。王引之云：「此卽下章言『惟參與昴』也。文選任彥昇宣德皇后令注引論語比考讖曰：『堯觀河渚，乃五老游渚，流爲飛星，上入昴。』又引注曰：『入昴宿則復爲星。』據此，漢以前相傳昴宿五星，故有降精爲五老之說。其參之三星，史記天官書明著之。昴、參相距不遠，故得俱見東方。若心、噣，相距甚遠，心在東則噣在西，不得言『三五在東』矣。『三五』，舉其數也；『參昴』，著其名也，其實一而已矣。」愚案：王說是。據傳箋所云，詩蓋卽一日夜行所見之星以起興，必不舉終歲更見之列宿，知「三心五噣」之說不可通矣。

肅肅宵征，夙夜在公。寔命不同！【注】魯說曰：宵，夜也。韓「寔」作「實」，云有也。【疏】傳：「肅肅，疾貌。宵，夜。征，行。寔，是也。命不得同於列位也。」箋：「夙，早也。謂諸妾肅肅然夜行，或早或夜，在於君所，以次序進御者，是其禮命之數不同也。凡妾御於君，不當夕。」○肅肅，敬也，解具兔罝。「宵，夜也」者，楚詞九歎王注文。下引詩曰「肅肅宵征」。說文：「征，正行也。」「夙夜」，早夜，解具采蘩。夙夜則嚮晨矣，故易林云「早夜晨行」，是齊說亦釋「夙夜」爲「早夜」，連文讀之。「在公」，從於公也。詩言彼微小之星，方光明而在東，我乃敬戒夜行，不敢怠慢，而早夜以從公者，非君恩之不我逮，乃有命不同故耳，曷敢怨乎？「寔作實，云有也」者，釋文引韓詩文。陳喬樅云：「韓奕『實墉實壑』，箋云『實』當作『寔』，趙魏之間『實』、『寔』同聲。頍弁箋云：『實，猶是也。』釋詁：『寔，是也。』是音義並同。」愚案：說文：「寔，止也。」與「是」義不合，緣「寔」、「是」同聲，古書多借「寔」爲「是」，因亦訓爲「是」。說文：「實，富也。」易大有上九注：「大有，豐富之世也。」列子說符篇「羡施氏之有」，注：「有，猶富也。」是「富」、「有」義通。「實」訓「富」，亦可訓「有」，韓詩作「實」，故就本義引申之，訓爲「有」也。

嘒彼小星，維參與昴。肅肅宵征，抱衾與裯。寔命不猶！【注】三家「裯」作「幬」。魯說曰：「幬」謂之「帳」。韓說曰：幬，單帳也。【疏】傳：「參，伐也。昴，留也。衾，被也。裯，單被也。猶，若也。」箋：「此言衆無名之星，亦隨伐、留在天。裯，牀帳也。諸妾夜行，抱衾與牀帳，待進御之次序。不若，亦言尊卑異也。」○「參、昴」者，並西方宿。開元占經西方七宿占，引石氏云「參十星」。天官書云「參爲白虎，三星直」，是也。「下有三星，兑曰罰。其外四星，左右肩股也。」「罰」亦作「伐」。說文：「昴，白虎宿星。」廣雅釋天：「參謂之實沈，昴謂之旄頭。」秦策韋注：「抱，持也。」說文：「衾，大被。」「裯」下云：「衣袂袛裯。」「袛」下云：「袛，裯短衣。」「襤」下云：「裯謂之襤褸。襤，無緣也。」案，「衾」既爲「被」，「裯」不應又爲「襌被」。若訓爲「袛裯」，則無緣之短衣，亦未宜與被同抱。「三家裯作幬」者，鄭志：「張逸問：『此箋不知何以易傳？』答曰：『今人名帳爲裯，雖古無名被爲裯。』」是「裯」、「帳」之訓，三家說同。「幬謂之帳」者，釋訓文。郭注：「今江東亦謂帳爲幬。」陳喬樅云：「爾雅『幬，帳』之訓，正釋此詩『幬』字。邢疏言『幬』與『裯』音義同，知三家作『抱衾與幬』。」「幬單帳也」者，慧琳音義六十三引韓詩外傳文。顧震福云：「說文：『幬，單帳也。』文選寡婦賦注引纂要曰：『單帳曰幬。』廣雅釋器：『幬，帳也。』後漢馬融傳注同，並與韓訓合。」愚案：爾雅釋文：「幬，本或作幗。」說文無「幗」字，蓋卽「裯」之俗體，故鄭云「今人名帳爲裯」也。早夜啟行，僕夫以被帳之屬從，須抱持之，極言寢息不遑之狀。文選曹子建贈白馬王彪詩「何必同衾幬，然後展殷勤」，李注：「幬與裯古字同。」曹學韓詩者，言雖不與彪同行，而殷勤之意可以詞達，足證「衾幬」爲遠役攜持之物，非燕私進御之物。若如傳說，曹詩義不可通矣。鄭云「古無名被爲裯」，而毛云然，意以言帳則賤妾進御，何至併帳攜行，故釋爲「襌被」，欲以成其曲說。釋言：「猶，若也。」郭注：「詩曰：『寔命不猷。』」「猷」、「猶」字訓同。

小星二章，章五句。

江有汜

【注】齊説曰：「江水沱汜，思附君子，伯仲爰歸。（「伯仲」，陳喬樅本作「仲氏」，非也。遯之巽「爰」誤「受」，明夷之噬嗑不誤。）不我肯顧，姪娣恨悔。【疏】毛序：「美媵也。勤而無怨，嫡能悔過也。文王之時，江沱之間，有嫡不以其媵備數，媵遇勞而無怨，嫡亦自悔也。」箋：「勤者以己宜媵而不得，心望之。」○「江水」至「恨悔」，易林明夷之噬嗑文，遯之巽同。陳喬樅云：「比之漸云：『南國少子，才略美好。求我長女，薄賤不與。反得醜惡，後乃大悔。』泰之震漸之困渙之巽同。（噬嗑之夬「薄賤」作「賤薄」，「南國」作「齊侯」，緣下「齊侯」而誤。）詳易林之語，南國本求婚長女，而女家不與，但以仲女往媵之，故云『仲氏爰歸』。迨嫡不以其媵備數，因而恨悔，此江有汜之詩所爲作也。後其長女所嫁，反得醜惡之人，乃更大悔前事。比之漸云云，及明夷之觀所云『長女不嫁，後爲大悔』，皆指此事言。毛序以此詩爲美媵，是據其後言之。蓋至江漢之間被文王、后妃之化，嫡乃自悔其過，此詩之作，美媵之遇勞無怨，又以嘉嫡之能悔過自止也。宜合齊説、毛序參觀之，其義始備。」愚案：比之漸等所云求婚不與之事，與此詩無涉，彼但云「求我長女」，並無不與長女而與次女之説，陳强合爲一，易「伯仲」爲「仲氏」，以成其義，謬矣。古者諸侯一娶九女，二國媵之，其本國之媵，或以君之庶女，或以同姓大夫之女。媵八歲備數，十五從嫡，二十承事君子，未任承事，還待年父母之國，見公羊莊十九年傳何注。繹焦説「伯仲爰歸」，是伯爲嫡，仲爲媵，媵以君之庶女，則仲是庶女也。媵既從嫡，嫡不令承事君子，是「不我肯顧」。媵非一人，故有姪娣詩，蓋仲所作，兼言姪娣。釋親：「女子謂晜弟之子爲姪。同出謂先生爲姒，後生爲娣。」公羊傳「以姪娣從」，是也。「恨悔」，統詞也。「恨」、「悔」義同。廣雅釋詁：「悔，恨也。」荀子成相篇注：「恨，悔也。」説文：「恨，怨也。」廣雅釋詁：「怨，恨也。」是「恨」、「悔」總謂「怨」。媵作此詩，怨而不怒，故美而録之。「不我以」、「不我與」、「不我過」，就目前情事言，即易林

所云「不我肯顧」。「其後也悔」、「其後也處」，料嫡他日必悔過而與處，勤望之心，立言最爲婉至。「其嘯也歌」，媵自明作詩之意，義訓本自分明，自詩序謂「嫡能悔過」，此詩遂無正解。推究序文，語意三截。「美媵也」三字，當日相傳古義。「勤而無怨，嫡能悔過也」二句，與「美媵」意不貫注，乃毛所推衍，誤以其後悔、處爲已然之事，非「美媵」二字所能賅，從而爲之詞。「文王之時，江沱之間，有嫡不以其媵備數，媵遇勞而無怨，嫡亦自悔也」五句，與上二句語意重複，又後人暢發嫡能悔過之指，蓋衞敬仲輩所塗附也。夫嫡能悔過，序豈容獨言「美媵」？爲毛說者，因謂嫡之悔，由媵之勞而無怨，故爲推本之詞。尊卑倒值，莫此爲甚。譬如君父放逐其臣子，臣子萬無怨懟之理，其後君父悔悟，遂歸美臣子，以爲君父悔悟，由於臣子之不怨懟，可乎？且如毛說，末章「嘯歌」義不可通，知序之不出一人。參以易林之文，而詩之本義出矣。

江有氾。之子歸，不我以。不我以，其後也悔。【注】魯韓「氾」作「洍」。【疏】傳：「興也。決復入爲氾。嫡能自悔也。」箋：「興者，喻江水大，氾水小，然而並流，似嫡、媵宜俱行。之子，是子也。是子，謂嫡也。婦人謂嫁曰歸。以，猶與也。」○「魯韓氾作洍」者，說文：「氾，水別復入水也。从水，巳聲。詩曰：『江有氾。』」「洍，水也。从水，洍聲。詩曰：『江有洍。』」一引毛詩，一引三家今文。「氾」、「洍」古今字，非別有水地。呂祖謙讀詩記引董氏曰：「石經作洍。」據易林「江水沱氾」，是齊詩作「氾」，與毛同，作「洍」者爲魯韓文矣。漢書敘傳「芈彊大於南氾」，顏注：「氾，江水之別也。」水經夏水篇：「夏水出江津于江陵縣東南，又東，過華容縣南。又東，至江夏雲杜縣，入于沔。」酈注：「江津豫章口東有中夏口，是夏水之首，江之氾也。屈原所云『經夏首而西浮，顧龍門而不見』也。」案，酈注所云，正此詩之江氾。又江水篇「東過魚復縣南」，注云：「江水又東，右逕氾溪口，蓋江氾決入也。」地望懸隔，非此氾矣。鄭箋：「江水大，氾水小，然而並流，以嫡、媵宜俱行。」案，易林「江水沱汜，思附君子」，是齊義江喻君子，汜以自喻，思得附江以行，與箋意不同。之子謂嫡，歸謂嫁。我，媵自我。說文：「目，用也。」「不我以」，謂嫡不以自侍，重言之以實見在情事。「其後也悔」，逆料而勸望之，風人忠厚之指也。傳「嫡能自悔也」，誤爲已然事。

江有渚。之子歸，不我與。不我與，其後也處。【注】韓說曰：「水一溢一否爲渚。」又曰：「水一溢而爲渚。」【疏】傳：「渚，小洲也。水枝成渚。處，止也。」箋：「江水流而渚留，是嫡與己異心，使己獨留不行。止，嫡悔過自止。」○「水一溢一否爲渚」者，釋文引韓詩文。「水一溢而爲渚」者，文選張衡西京賦李注引韓詩章句文。陳喬樅云：「釋水：『水中可居者曰洲。小洲曰渚。』李巡注：『四方皆有水，中央獨高可處，故云。但大小異其名耳。』釋名：『渚，遮也。體高能遮水，使從旁回也。』韓云『水一溢一否』者，謂一溢而一涸，即今俗所云『水濱之洲，東坍而西漲』者也。水枝成渚，亦謂江水之枝分者溢而成渚耳。」愚案：水中小洲曰「渚」，洲旁之小水亦稱「渚」。鶴鳴：「魚在于渚，或潛在淵。」「渚」與「淵」對文，是水深者爲「淵」，淺者爲「渚」。楚辭湘君注：「渚，水涯也。」足證「渚」非無水之地。韓詩「水一溢一否」，謂水甫溢入，繼無來源，暫時渟聚，故謂之「渚」。說文：「洔，水暫益且止未減也。」「洔」與「渚」同義，「益」即「溢」也。「暫益且止」，即「一溢一否」之謂，許說與韓義正合。薛云「一溢爲渚」，亦謂水流溢於旁地，而渟聚者爲渚。蓋渚之爲言「瀦」也，水決入它水，而仍流入本水者曰「汜」。水決，即入本水者曰「沱」。決出而不復有所入者曰「渚」。毛傳「水枝成渚」，亦不以「渚」爲無水之洲。以上下文「沱」、「汜」例之，此詩「渚」字不當用雅訓爲釋。陳氏「東坍西漲」之解，失之。後漢淮陽憲王欽傳注：「與，偕也。」說文：「処，止也。或作處。」廣雅釋詁：「處，凥也。」「居」、「止」義同，詩「與」、「處」二字又相足，言今日不偕我居，其後必悔而偕我居也。較首章義進。箋云「嫡悔過自止」，非。

江有沱。之子歸，不我過。不我過，其嘯也歌。【注】齊說曰：「江沱出枝江縣西，東入江。魯齊「嘯」作「歗」，「歌」作「謌」。韓說曰：歌無章曲曰嘯。【疏】傳：「沱，江之別者。」箋：「岷山道江，東別爲沱。嘯，蹙口而出聲。嫡有所思而爲之，既覺，自悔而歌。歌者，言其悔過，以自解說也。」○「江沱出枝江縣西東入江」者，班固漢書地理志文。說文：「沱，江別流也。出㟭山東，別爲沱。」案，江沱更有數處，水經注江水篇云：「江水又東，別爲沱，開明之所鑿也。郭景純所謂玉壘，作東別之標者也。縣即汶山郡治，劉備之所置也。」此一沱也，又云：「犍爲郡有鄀江入焉，出江原縣，首受大江，東南流至武陽縣，注于江。」此無「沱」名，亦一沱也。又云：「魚復縣有夷溪，即佷山清江也。經所謂『夷水出焉。』」夷水篇云：「夷水出巴郡魚復縣江，逕宜都北，東入大江。」此又一沱也。諸水之源，並在三峽以上。又云：「江水之東，逕上明城北。其地夷敞，北據大江，江汜枝分，東入大江縣治洲上，故以枝江爲稱。地理志曰『江沱出西，東入江』是也。」案，酈引漢志班注，在南郡枝江下，準之韓敘所稱召南地望適合，明班爲此詩設證矣。漢書陸賈傳注：「過，至也。」「不我過」，謂不至我所。「魯齊嘯作歗，歌作謌」者，說文「嘯」下云：「吹聲也。籀文从欠，作歗。」「歌」下云：「詠也。」或作「謌」。又出「歗」字，云：「吟也。詩云：『其歗也謌。』」小徐本「吟」作「吹」，云：「歗者，吹氣出聲也。」是「歗」、「嘯」二字聲義相同，經典通用。許引詩「歗」、「謌」字與毛異，蓋出三家。韓作「嘯」、「歌」，則「歗」、「謌」爲魯齊文矣。「歌無章曲曰嘯」者，慧琳音義十五引韓詩文。顧震福云：「封演聞見記云：『激於舌端而清謂之嘯。』成公綏嘯賦：『動脣有曲，發口成音。觸類感物，因歌成吟。』蓋嘯者蹙口激舌，其聲清長，有似歌曲而不成章。」愚案：韓詩園有桃章句云：「有章曲曰歌，無章曲曰謠。」此「嘯」無章曲而亦得稱「歌」者，發聲清激，近似高歌耳。詠歎攄懷，自明作詩之恉，易林所謂「恨悔」也，與白華「嘯歌傷懷」同意。凡言「歗」者，感傷之詞。中谷有蓷之「條其歗矣」，亦一證也。若謂嫡悔過而蹙口作歌，於義難通。陳氏奐以爲媵備數而與君子歗歌，與感傷之詞不合，且與上句文義不屬也。

江有汜三章，章五句。

野有死麕【注】韓說曰：「平王東遷，諸侯侮法，男女失冠昏之節，野麕之刺興焉。」【疏】毛序：「惡無禮也。天下大亂，彊暴相陵，遂成淫風。被文王之化，雖當亂世，猶惡無禮也。」箋：「無禮者，爲不由媒妁，鴈幣不至，劫脅以成昏，謂紂之世。」○「平王」至「興焉」，劉昫舊唐書禮儀志文。劉，唐末人，所用韓詩義也。魏源云：「此東周時所采西都畿內之風也。周初，雒邑與宗周通，爲邦畿千里。平王東遷後，秦文公破戎，收地至岐，岐以東獻之周。及惠王，尚與虢公以酒泉。是西畿地東遷百餘年尚爲周有。虞芮西虢亦錯處西畿之內，未爲秦晉所併。故甘棠思召伯，何穠美王姬，皆陝以西畿內之風。野有死麕亦猶此例，其詩既不采於東都王城，使不附於召南，陝以西之風將何所屬？」愚案：魏氏采風之說，確不可易，參以下章「平王之孫」，時代吻合，此詩爲東遷後西都畿內之人所作無疑。雖時當衰亂，猶知見不善而惡之，斯周初禮教之遺、聖主賢臣之化，入人爲至深矣。

野有死麕，白茅包之。【疏】傳：「郊外曰野。包，裹也。凶荒則殺禮，猶有以將之。野有死麕，羣田之，獲而分其肉。白茅，取絜清也。」箋：「亂世之民貧，而彊暴之男多行無禮，故貞女之情，欲令人以白茅裹束野中田者所分麕肉，爲禮而來。」○說文：「野，郊外也。」「麇，麞也。」籀文作「麕」。釋文云「亦作麏」，引陸疏云：「麕，麞也。青州人謂之麏。」說文：「茅，菅也。」本草「茅根」，陶隱居云：「此卽白茅，其根如渣芹，甜美。」嘉祐圖經：「春生牙，布地如鍼，俗閒謂茅鍼，亦可噉，夏生白花茸茸然，至秋而枯，其根至潔白，亦甚甘美。」釋文「包」作「苞」，云：「裹也。」木瓜疏引亦作「苞」。說文：「苞，艸也。南陽以爲麤履。」「包，象人裹妊，已在中，象子未成形也。」「勹，裹也。」據此，「勹」，本字。「包」，借字。「苞」，誤字。有女懷春，【注】魯說曰：春女感陽則思。吉士誘之。【疏】傳：「懷，思也。春，不暇待秋也。誘，道也。」箋：「有貞女思仲春以禮與男會，吉士使媒人道成之。疾時無禮而言然。」○「春女感陽則思」者，淮南繆稱訓「春女思、秋士悲，而知物化矣」，高注：「春女感陽則思，秋士感陰則悲。」「感陽則思」與「懷春」義合，高用此詩魯訓。媒氏：「仲春之月，令會男女。」當春與懷，以婚姻不及時也。「吉士誘之」者，吉士，猶言善士，男子之美稱。說文：「羑，相訹呼也。」或作「誘」。呂覽決勝篇注：「誘，導也。」詩人覽物起興，言雖野外之死麕，欲取而歸，亦必用白茅裹之，稍示鄭重之意，況昏姻大事，豈可苟且？乃有女懷春，而爲吉士者，不待父母之命、媒妁之言，遂欲以非禮誘導此女，是愛人不如愛物矣。

林有樸樕，野有死鹿。白茅純束，有女如玉。【注】三家「純」作「屯」。【疏】傳：「樸樕，小木也。野有死鹿，廣物也。純束，猶包之也。如玉，德如玉也。」箋：「樸樕之中，及野有野鹿，皆可以白茅裹束以爲禮。廣可用之物，非獨麕也。純讀如屯。如玉者，取其堅而絜白。」○說文：「平土有叢木曰林。」「樸，木素也。」非此「樸」義。「樕」下云：「樸樕，木。」李燾本作「樸樕，小木」，是也。徐鍇繫傳云：「即今小槲樹。」釋木：「樸樕，心。」郭注：「槲樕別名。」邢疏引某氏曰：「樸樕，斛樕也，有心能溼，江河閒以作柱。」孫炎云：「樸樕，一名心。」陳啟源云：「爾雅注皆言樸樕即槲樕。案，槲樕與櫟相類，華葉似櫟，亦有斗，如橡子而短小。有二種，小者叢生，大者高丈餘，名大葉櫟。然則毛傳言其小者，某氏注指其大者與。」愚案：陳說是。高丈餘者爲「櫟」，亦名「槲」。小而叢生者爲「小槲」亦名「樸樕」。「槲」、「樸」一聲之轉，本字當爲「槲」，「樕樸」是借字，故許書「樸」下無「小木」義也。櫟木理多拳曲，不中宮室大材，而堅固耐溼，江河閒橋柱用之，亦可作小屋柱。樸樕但供作薪。釋木：「樸，枹者。」郭注：「樸屬叢生者爲枹。」考工記注：「樸屬，附著堅固貌。」「樸樕」、「樸屬」，亦是音轉字異，狀其叢生附著，故以爲名耳。漢書息夫躬傳「諸曹樸遬不足數」，顏注：「樸遬，凡短之貌。」關尹子八籌篇「草木俄茁茁、俄停停」，注：「停停，樸遫不長也。」與此「樸樕」字異義通。「三家純作屯」者，鄭箋：「純讀如屯。」孔疏云：「以純非束之義，故讀爲屯。」陳喬樅云：「史記蘇秦傳『錦繡千純』，索隱引國策高注：『音屯。屯，束也』。與鄭讀合。是古『屯束』字多假作『純』。左傳執『孫蒯于純留』，志作『屯留』。史記張儀傳『當屯留之道』，亦即『純留』也。史記漢書並作『屯』，左傳作『純』，是古文以『純』爲『屯』，然則三家今文當作『屯』。」愚案：陳說是也。「純」、「屯」古字通用，故「屯」亦爲「純」。「純束」者，總聚而束之，尋詩義，謂併樸樕、死鹿而總束之也。釋文：「屯，聚也。」說文：「總，聚束也。」漢書藝文志「孔子純取周詩」，即謂總取周詩，與此「純束」義正同。言林有樸樕，僅供樵薪之需，野有死鹿，亦非貴重之物，然我取以歸，亦須以白茅總聚而束之，防其隊失。今有女如無瑕之玉，顧不思自愛乎？上章刺男，此章刺女。曰「如玉」，惜之至也，語意蘊含不盡。傳云「德如玉」，或說以爲色如玉，皆非。

舒而脫脫兮，無感我帨兮！【注】三家「脫」作「娧」，「感」作「撼」。**無使尨也吠！**【疏】傳：「舒，徐也。脫脫，舒遲也。感，動也。帨，佩巾也。尨，狗也。非禮相陵則狗吠。」箋：「貞女欲吉士以禮來，脫脫然舒也。又疾時無禮，彊暴之男相劫脅，奔走失節，動其佩飾。」○說文：「舒，緩也。」「而」讀爲「如」，古「如」、「而」字通用。舒如，猶舒然。「三家脫作娧」者，陳奐云：「集韻十四泰：『娧娧，舒遲貌，一曰喜也。』此三家詩義。玉篇：『娧，好貌』。『娧娧』爲本字，『脫脫』爲假借字。」愚案：陳說是。說文：「娧，好也。」方言、廣雅釋詁同。舒遲則容儀安好，故「娧」訓爲「好」，重言之曰「娧娧」，集韻引與詩合。「脫」訓消肉臞，無「舒遲」義。淮南精神訓「則脫然而喜矣」，「脫」亦當爲「娧」，故集韻「娧」下云『一曰喜也。』」「三家感作撼」者，釋詁：「感，動也。」陳喬樅云：「毛作感，撼之省借。釋文：『感，如字。又胡坎切。動也』。胡坎切，即撼字之音。」愚案：御覽九百四引國風，曰「無撼我帨兮」，此三家異文。說文「感」下云：「感，動人心。」「撼」下云：「搖也。」

以手取物，作「撼」爲正。我，我女子。說文：「帥，佩巾也。」或從「兑」作「帨」。內則「女子生，設帨於門右」，注：「帨，事人之佩巾也。」又「左佩紛帨」，注：「所佩之物，皆是備尊者使令之用。紛以拭器，帨以拭手，皆巾也。」士昏禮「母施衿結帨」，是女事人所用之佩巾，始生設之，嫁時母爲結之，事舅姑用之。物雖微而禮至重，故以爲詞，謂禮不可犯，意不專重帨也。說文：「尨，犬之多毛者。詩曰：『無使尨也吠。』」詩人代爲女拒男之言，云士姑緩來，我帨本不可動，且無使犬吠而驚他人。旣儆以禮之難越，又喩以人之可畏，詞婉意嚴，可謂善於立言矣。左昭元年傳「子皮賦野有死麕之卒章，趙孟賦常棣，且曰：『吾兄弟比以安，尨也可使無吠。』」杜注：「義取君子徐以禮來，無使我失節而使狗驚吠。」杜云「徐以禮來」，深得詩恉，非欲其緩來，正拒其不來也。

野有死麕三章，二章四句，一章三句。【疏】陳奐本「二章」下增「章」字，是。

何彼襛矣【注】三家說曰：「言齊侯嫁女，以其母王姬始嫁之車遠送之。」【疏】毛序：「美王姬也。雖則王姬，亦下嫁於諸侯。車服不繫其夫，下王后一等，猶執婦道，以成肅雝之德也。」箋：「下王后一等，謂車乘厭翟，勒面繢總，服則褕翟。」○「言齊」至「送之」。士昏禮賈疏引鄭說云：「何彼襛矣篇曰『曷不肅雝？王姬之車』。言齊侯嫁女，以其母王姬始嫁之車遠送之。」下云「鄭箴膏肓言之」，明此爲箴膏肓文也。又云：「詩注以爲王姬嫁時自乘其車，箴膏肓以爲齊侯嫁女，乘其母王姬始嫁時車送之。不同者彼取三家詩，故與毛詩異也。」案，如三家說，是「齊侯之子」，爲齊侯所嫁之女，平王之孫，周平王之外孫女也。平王女王姬先嫁於齊，留車反馬。今所生之女，嫁西都畿內諸侯之國，榮其所自出，故以其母王姬始嫁之車送之。詩人見此車而貴之，知其必有肅雝之德，故深美之也。魏源云：「傳以平王爲文王，王姬爲武王女、文王孫，適齊侯之子。武王元妃邑姜，若女適齊侯之子，無論丁公乙公，皆違春秋傳譏取母黨之例。（見白虎通義。）且天子女適人，曷不云寧王之子，而必遠繫之祖？詩三百篇皆稱文王，不應此獨易稱平王，不見它經傳也。或謂平王崩於魯隱三年，春秋惟莊二年、十一年兩書王姬歸於齊。兩者之中，齊襄無道，魯主𥌒昏，王姬爲齊繼室，違諸侯不再取之義。惟莊十年適齊桓者，卒謚共姬，意其有肅雝之德，事在莊公十四年，則王姬是平王之元孫。不知韓奕『汾王之甥，蹶父之子』，美韓姞一人也。碩人『齊侯之子，衛侯之妻，東宮之妹，邢侯之姨』，美莊姜一人也。（頌魯僖曰：「周公之孫，莊公之子。」亦同。）無一稱其妻、一稱其夫，分屬二人者。至齊襄取王姬，立已五年；齊桓取王姬，立已三年，尚稱『齊侯之子』，亦乖君薨稱世子、既葬稱子、逾年稱君之例，唯箴膏肓得之。平王四十九年以前，未入春秋，安知無王姬適齊、而所生之女別適它國者？齊女所嫁，當是西畿諸侯虞虢之類，其詩采於西都畿内，既不可入東都王城之風，又不可入齊風，故從召南，陝以西之地而録其風爾。」

何彼襛矣？唐棣之華。

【注】韓「襛」作「茙」。【疏】傳：「興也。襛，猶戎戎也。唐棣，移也。」箋：「何乎彼戎戎者，乃移之華。興者，喻王姬顔色之美盛。」○何，初見而驚訝之詞。彼，彼華。説文：「襛，厚貌。詩曰：『何彼襛矣。』」此據毛詩，以衣厚擬華之盛多也。五經文字：「襛，見詩風，從禾者譌。」「襛作茙者，釋文引韓詩文，云：「茙音戎。」陳喬樅云：「毛傳『襛，猶戎戎也』，『戎』當即『茙』省文。『戎』又通作『茸』，旄丘『狐裘蒙戎』，左傳云『狐裘蒙茸』，是其驗也。説文：『茸，艸茸茸貌。』然則『戎戎』猶言『茸茸』耳。」愚案：釋草『蕭，茙葵』，釋文云：「茙本作戎。」又「戎叔」，列子立命篇作「茙菽」，是「茙」、「戎」同字。傳云「襛猶戎戎」，正釋「襛」爲「茙」，因借字義不可通，以正字明之。釋詁：「戎，大也。」然則「茙」亦「大」也。唐棣之華盛大，故以「茙」狀之。胡承珙云：「傳：『唐棣，移也。』爾雅、常棣傳：『常棣，棣也。』與今本爾雅同。正義引舍人注：『唐棣，一名移。常棣，一名棣。』又皆與郭注同。後人據以爲唐棣、常棣之分，而所言華實形色又

多溷淆。王氏引之云：『常棣，棣。』本或作『常棣，移。』秦晨風傳：『棣，唐棣也。』論語子罕篇注：『唐棣，棣也。』（今本作「唐棣，移也」，此後人依郭本爾雅改之。皇疏云：「唐棣，棣也。」釋文不出「移」字之音，則舊本作「唐棣，棣也」可知。）則與郭本殊，蓋所見爾雅舊本作『常棣，移。唐棣，棣也』。今案小雅『常棣之華』，藝文類聚木部引三家詩作『夫移之華』，則名『移』者乃『常棣』而非『唐棣』甚明。常棣傳『常棣，棣也』，當依或本作『常棣，移也』。何彼襛矣傳『唐棣，移也』及箋内之『移』，俱當作『棣』，後人據郭本爾雅改之也。以三家詩及毛傳陸疏本草考之，似作『常棣，移。唐棣，棣』者爲長。（玉篇「唐」作「棠」，云「棣也」，與晨風毛傳論語何注合。）蓋因常、唐聲近，遂致相亂耳。承珙案：王說是也。說文：『移，棠棣也。棣，白棣也。』棠棣卽常棣，棠、常形聲皆相近。漢書杜鄴傳引小雅常棣，作棠棣，顏注亦同。文選曹子建求通親親表『中詠棠棣匪他之誡』，李注引毛序云：『棠棣，燕兄弟也。』又謝宣遠於安城答靈運詩注，引毛詩曰：『棠棣之華，萼不韡韡』。蓋許氏以『移』爲『棠棣』，卽小雅之『常棣』。毛詩『常棣』，據選注有作『棠棣』者，殆卽許所本與？其又以棣爲白棣者，意當時惟白棣得專棣名，故以色別之，此卽召南及論語之『唐棣』。蓋『唐棣』可單稱『棣』，故秦風『山有苞棣』，止言『棣』，而毛傳曰：『棣，唐棣也。』『常棣』又可單稱『常』，故小雅但言『維常之華』，而毛傳曰：『常，常棣也。』然則召南之『唐棣，移』，當作『唐棣，棣』；小雅之『常棣，棣』，當作『常棣，移』。由於後人互易致誤，其故瞭然矣。」又云：「論語子罕篇疏引此詩陸疏云：『唐棣，奥李也，一名雀梅，（當作「李」。）亦曰車下李，所在山皆有之。其華或白或赤，六月中熟，大如李子，可食。』齊民要術引豳風陸疏：『鬱樹高五六尺，實大如李，正赤色，食之甜。』廣雅曰：『一名雀李，又名車下李，又名郁李，亦名棣，亦名奥李。』二疏正與神農本草『郁李，一名雀李』、御覽果部十『郁李，一名車下李，一名棣』者皆合。奥、郁字之通，鬱、奥聲之轉，總之皆唐棣也。陸氏此疏甚爲明晰，惟於常棣之華疏云：（見爾雅邢疏引。）『常棣，許愼曰白棣樹也，如李而小，如櫻桃正白，今官園種之。』此則微誤，說文以棣爲白棣，而訓栘爲棠棣，未嘗以常棣爲白棣也。陸又云：『又有赤棣樹，亦似白棣，葉如刺榆葉而微圓，子正赤，如郁李而小，五月始熟，自關西天水隴西多有之。』此所言白棣、赤棣，以其子色別之。蓋唐棣子名郁李，其大如李，常棣子如郁李而小其實，皆棣樹而種微異耳。自郭注以唐棣爲白栘，謂似白楊，陸佃羅願遂以唐棣爲白楊，而唐棣之別有郁李、車下李諸名，又以常棣當之。名實糾紛，不可董理。不知詩言唐棣、常棣，皆取華爲形容，姑無論其子之大小。陸於常棣雖不言其華，然齊民要術引詩義疏云：『承華者萼，其實似櫻桃，薁李』。蓋常棣不獨子如郁李，其華當亦如郁李之華，故二者皆以棣名，詩人並取其華之美。即常棣名栘，亦與栘楊無涉。古今注云：『栘楊亦曰栘柳，亦曰蒲栘，圓葉弱蒂，微風善搖，故云與白楊同類。』古詩曰『白楊多悲風』，夫白楊安得有偏反之華、韡韡之萼耶？」曷不肅雝？王姬之車。【疏】傳：「肅，敬。雝，和。」箋：「曷，何。之，往也。何不敬和乎，王姬往乘車也。言其嫁時始乘車，則已敬和。」○說文：「雝，雝𪆫也。」「雝」之訓「和」，蓋自鳥聲和鳴引申之，凡「邕」、「廱」等字，故訓皆有「和」義，本義俱不爾，別作「雍」、「噰」，其訓並同。此以唐棣之襛華，興車服之盛美，因決其婦德之肅雝。言之子于歸，何有不肅雝者乎？不見所乘者，乃其母王姬初嫁之車乎？因母可以知女也。釋文：「姬，周姓也。」杜預云：「王姬，以王爲尊。」易林艮之困：「王姬歸齊，賴其所欲，以安邦國。」荀悅申鑒時事篇：「尚主之制，非古也。釐降二女，陶唐之典。歸妹元吉，帝乙之訓。王姬歸齊，宗周之禮。」蓋當日王姬歸齊，能順成婦道，安定邦國，宜詩人知其女之必賢。惜書缺有間，無可證明矣。宣五年：「齊高固及子叔姬來，反馬。」大夫禮也。泉水「還車言邁」，是諸侯夫人用嫁時乘來之車，王姬之車，是天子嫁女所留之車，知天子至大夫皆有留車反馬之禮。

何彼襛矣？華如桃李。平王之孫，齊侯之子。【疏】傳：「平，正也。武王女、文王孫，適齊侯之子。」

箋：「華如桃李者，興王姬與齊侯之子顏色俱盛，正王者德能正天下之王。」○「華如桃李」，猶桃李之華。唐棣、桃李華俱極盛，故取以爲比。「華」在上者，倒文以合韻。孔疏謂「唐棣之華如桃李之華」，是興之外又有興矣。又云「箋言華如桃李者，興王姬與齊侯之子顏色俱盛，是以華比華」，而顏色不得卽謂之華。二義皆非也。孫者，外孫。馬瑞辰云：「言平王之外孫，則於詩句不類，故省言之曰孫。猶閟宮『周公之孫』，不言曾孫而但言孫也。魏源云：「爾雅：『女子子之子爲外孫。』儀禮：『外孫緦麻三月。』春秋僖五年：『杞伯姬來朝其子。』何休曰：『禮，外孫初冠，有朝外祖之道。』漢書西域傳，龜茲國王上書，自言得尚漢外孫女，謂公主女細君也。」愚案：喪服傳「孫適人者」，注：「孫者，子之子。女孫在室，亦大功也。」是女孫稱孫，則外孫女亦可稱孫矣。爾雅「女子子之子爲外孫」，「子」兼男、女言之，知外孫統男、女也。「平王之孫」，與韓奕「汾王之甥」同一義例，推所自出，以見其尊貴。曲禮注言，子者通男女。「齊侯之子」，義與碩人同。

其釣維何？維絲伊緡。齊侯之子，平王之孫。【疏】傳：「伊，維。緡，綸也。」箋：「釣者，以此有求於彼，何以爲之乎？以絲爲之綸，則是善釣也，以言王姬與齊侯之子以善道相求。」○說文：「釣，鉤魚也。」「緡，釣魚繁也。」謂繫絲於竿以釣也。釋詁：「伊，維也。」「維」、「伊」皆語詞。漢書禮樂志顏注：「伊，是也。」言釣用何物？維絲是緡耳，與抑「言緡之絲」對文見義。釋言：「緡，綸也。」郭注：「詩曰：『維絲伊緡。』緡，繩也，江東謂之綸。」案，郭說嫌於緡、繩不分。「維絲伊緡」，當與采綠「言綸之繩」參看，蓋絲是單絲，綸紨兩股，繩則總數絲而合之。「維絲伊緡」，是絲以爲綸。「言綸之繩」，是綸以爲繩也。若如郭說，則「言綸之繩」爲「言繩之繩」，詩義不當如此。

何彼襛矣三章，章四句。

騶虞【注】魯說曰：騶虞者，邵國之女所作也。古者聖王在上，君子在位，役不踰時，不失嘉會，內無怨女，外無曠夫。及周道衰微，禮義廢弛，强陵弱，衆暴寡，萬民騷動，百姓愁苦，男怨於外，女傷於內，內外無主，內迫情性，外逼禮儀，歎傷所説，而不逢時，於是援琴而歌。魯、韓説曰：騶虞，天子掌鳥獸官。齊説曰：五範四軌，優得饒有。陳力就列，騶虞悦喜。又曰，騶虞，樂官備也。」【疏】毛序：「鵲巢之應也。鵲巢之化行，人倫既正，朝廷既治，天下純被文王之化，則庶類蕃殖，蒐田以時。仁如騶虞，則王道成也。」箋：「應者，應德，自遠而至。」〇「騶虞」至「而歌」，蔡邕琴操文。文選李陵與蘇武詩李注引琴操云：「騶虞者，邵國之女所作也。古者役不踰時，不失嘉會。」曹子建贈丁儀王粲詩注引琴操曰：「古者君子在位，役不踰時。」琴操蔡邕所撰，所引並同。「聖王」，謂文王。「君子」，謂虞官。云「役不踰時不失嘉會」者，謂葭茁是春田之候，始於此時狩獵也。云「歎傷所説而不逢時」者，追慕盛時，不可得見。「于嗟乎騶虞」者，歎傷之詞也。琴操五曲，唯鵲巢亡闕，騶虞伐檀鹿鳴白駒並存，其三詩皆合古義，則以騶虞爲邵女所作，亦古訓相傳如此。召南列於國風，故召南亦稱召國。三家説詩，雖推演之詞或有不同，而大義必無譌舛，大題非蔡能臆造也。「騶虞天子掌鳥獸官」者，鍾師疏引韓詩説，許君五經異義引「今詩韓魯説」同，明魯韓同義。「天子」，謂文王。孟子滕文公趙注：「虞人，守苑囿之吏也。囿中有鳥獸，皆其所掌。」易屯卦虞注：「虞，謂虞人，掌鳥獸者。」與此説同。新書云：「虞者，囿之司獸者也。」因詩詠「豝」、「豵」，故專以獸言，非此虞但司獸也。「五範」至「悦喜」，易林坤之小畜文。云「五範」者，範，法也，與「範我馳驅」義同。保氏：教國子以六藝，「四曰五馭」，司農注：「五馭，鳴和鸞、逐水曲、過君表、舞交衢、逐禽左。」是「五範」也。云「四軌」者，説文：「軌，車轍也。」保氏賈疏：「舞交衢者，衢，道也，謂御車在交道，車旋應於舞節。」釋宮：「四達謂之衢。」郭注：「交道四出。」則「舞交衢」是「四軌」也。云「優得饒有」者，説文：「優，饒也。」「優」、「饒」皆「多」意。壹發而「五豝」、「五豵」，是優得饒有也。云「陳力就列」者，用論語季氏篇文。云「騶虞悦喜」者，謂騶囿之虞官得其人，可悦喜也。「騶虞樂官備也」者，禮射義文。「樂」卽「悅喜」意，與易林合，並齊說。魯語「詢於八虞」，韋昭注引賈唐曰：「八虞，周八士，皆在虞官：伯達伯适仲突仲忽叔夜叔夏季隨季騧。蓋其時君子盈朝，官制大備，卽司獸之官，亦仁賢畢集也。」鄉射禮：樂正命大師曰：「奏騶虞間若一。」乃奏騶虞，以射。鄭注：「騶虞，國風召南之詩篇也，其詩有『一發五豝』、『五豵』、『于嗟乎騶虞』之言，樂得賢者衆多，嘆思至仁之人，以充其官。」其云「嘆思仁人」，與琴操合，良由文王樂與民同，雉兔芻蕘，聽其采取。遊斯囿者，覩王制之崇隆，美良臣之衆盛，而又蒐田以時，嘉會不失，怨曠胥無，世稱極樂。及周道衰微，王迹湮息，畿内之民，思昔時所慕說，傷聖澤之不逢，故召女作此詩以寄慨，與關雎陳古刺今，同一恉趣。而文王當時，仁賢在職，民康物阜，王業大成，於斯畢見，故以爲二南之殿云。

彼茁者葭，壹發五豝。于嗟乎，騶虞！【注】三家「壹」作「一」。齊說曰：「彼茁者葭，一發五豝。」孟春，獸肥草短之候也。魯說曰：古有梁騶，梁騶者，天子獵之田也。又曰：禮者，臣下所以承其上也，故詩云：「一發五豝。吁嗟乎，騶虞！」騶者，天子之囿也。虞者，囿之司獸者也。天子佐輿十乘，以明貴也。僃牲而食，以優飽也。虞人翼五豝以待一發，所以復中也。作此詩者，以其事深見良臣順上之志也。良臣順上之志者，可謂義矣，故其歎之長，曰吁嗟乎，雖古之善爲人臣者，亦若此而已。魯「于」作「吁」。【疏】傳：「茁，出也。葭，蘆也。豕牝曰豝。虞人翼五豝，以待公之發也。騶虞，義獸也，白虎黑文，不食生物，有至信之德則應之。」箋：「記蘆始出者，著春田之早晚。君射一發而翼五豬者，戰禽獸之命。必戰之者，仁心之至。于嗟者，美之也。」○說文：「茁，艸初生出地貌。从艸，出聲。詩曰：『彼茁者葭。』」是「茁」爲形聲兼會意字。趙岐孟子章句云：「茁，生長貌。詩云：『彼茁者葭。』」「生長」，亦「出地」意也。釋草：「葭，華。」樊光注：「詩云：『彼茁者葭。』」郭注：「卽今蘆也。」說文：「葭，葦之未秀者。」「葦，大葭也。」夏小正傳：「葦未秀爲蘆。」是「葭」、「蘆」同也。史記司馬相如傳：「其卑溼則生藏莨蒹葭。」此舉囿中澤地所有。「三家壹作一」者。爾雅説文詩汜曆樞、新書「壹」皆作「一」，明三家今文與毛異。「彼茁」至「候也」，説郛十引詩汜曆樞文。言葭茁者所以著春田之候，獸肥中殺，草短便射，故詩云然，與琴操「不失嘉會」合，足證魯、齊義同。發，發矢。釋獸：「豕牝，豝。」郭注：「詩曰：『一發五豝。』」説文：「豝，牝豕也。一曰，二歲能相把拏也。詩曰：『一發五豝。』」廣雅釋獸：「獸二歲爲豝。」與説文「一曰」義合。「古有」至「田也」。文選魏都賦「邁梁騶之所著」，張載注：「魯詩傳曰：古有梁騶，梁騶者，天子獵之田也。」（東都賦注「魯」誤作「毛」，毛無此説。）後漢班固傳注引同。一作「梁鄒」，文選東都賦：「制同乎梁鄒，誼合乎靈囿。」「梁鄒」，卽「梁騶」也。漢書人表「鄒衍」，史記孟子傳作「騶衍」。韓勑碑陰「騶韋仲卿」，「鄒」作「騶」。是「騶」、「鄒」古通。陳喬樅以漢志濟南郡梁鄒當之。案，梁鄒在今鄒平縣四十里孫家嶺，去西都地望絶遠，不得取以爲證。「梁騶」亦單名「騶」，故賈誼云「騶者，天子之囿也。」蓋文王受命後，於西都畿内爲囿，以供田獵。大雅靈臺之篇，孟子七十里之對，昭然可證。「騶」者文王命名，「靈囿」民所稱美，書傳不言文王二囿，騶囿卽靈囿也。「禮者」至「而已」，賈誼新書禮篇文，引此詩以明臣下承上之義。賈時惟有魯詩，所引魯訓也。云騶是囿，虞是司獸之官，與張載引魯傳，賈、許引魯、韓説合。云「天子佐輿十乘，以明貴也」者。田僕「掌佐車之政」，賈疏引少儀注云：「朝祀之副曰貳，戎獵之副曰佐。」是「佐輿」爲田車。大戴禮：「天子貳車，十有二乘，率諸侯而朝日東郊，所以教尊尊也。」戎僕「掌王倅車之政」，賈疏亦云：「副車十二乘。」大行人：上公之禮，貳車九乘，侯伯七乘，子男五乘。此言佐車十乘，天子異等爲尊。視朝祀之貳車，又少殺其數，皆所以明貴也。云「貮牲而食，以優飽也」者。中庸釋文：「貳本作貮。」是「貳」、「貮」字同。曲禮「雖貳不辭」，注：「貳，謂重殽膳也。」牲者，成用之名。貮牲而食，明奉上之禮不同，所以優飽，故詩有「一發五豝」之文也。云「虞人翼五豝以待一發，所以復中也」者。書多士注：「翼，猶驅也。」毛傳亦云「翼五豝以待上之發」，以五豝備一發，非一發得五豕，一矢不能貫五也。獸雖多，不忍盡殺，一發中則殺一而已。一發失之，則待復中，此虞人驅禽之義，所以順上之志也。箋云「戰禽獸之命」，不若賈義爲長。良臣將事，雖古無加。曰「于嗟乎」，長歎而深美之。五豝殺一，仁也。驅禽備射，賢也。射義注：「樂官備者，謂騶虞曰『壹發五豝』，喻得賢衆多也。『于嗟乎，騶虞！』歎仁人也。」以「五豝」喻衆賢，鄭君推演之文，非古義。「于嗟」，解具麟趾。韓彼作「吁」，此當同。據新書魯作「吁」。皮錫瑞云：「自毛傳孤行，多信毛傳而疑三家，且以周書山海經書大傳爲毛傳之確證。錫瑞謂，諸書雖以騶虞爲獸，然未嘗明言卽詩之騶虞。大傳於陵氏取怪獸，雖文王時事，亦非釋詩。緯書如元命苞演孔圖援神契河圖括地象，並以騶虞爲獸，而皆他經之緯，非詩緯。爾雅同魯詩，故釋獸無騶虞。申公轅固生韓太傅賈太傅，必無不見周書山海經書大傳而不引以解詩，知諸書所謂騶虞，非詩之騶虞也。毛傳晚出，見諸書言騶虞，與詩騶虞二字偶合，遂據以易三家，其蹤跡可尋，毛已自發其覆。傳云『虞人翼五豝以待公之發』，虞人卽騶虞也。下忽綴以『騶虞義獸』云云，與上文不相承，良由牽合古書，欲剏新義，上『虞人』字不及追改，葛龔故奏，貽笑後人，此乃毛傳一大瑕。許、鄭諸公爲古文所壓，不復攷其本末，取毛傳所據者轉以證毛，舍三家古義而從之，其亦惑矣。後人所以不信三家而信毛者，一因『騶虞』二字與古書相合，不知官名、獸名，不妨相同。如太皞氏以龍紀官，不必龍官卽是龍，少皞氏以鳥紀官，不必鳳鳥氏以下至五鳩、五雉、九扈卽是鳥。周官有『虎賁』、『趣馬』，不必虎賁、趣馬卽是獸也。一因『于嗟』二字與麟趾相同，不知『于嗟』屢見於詩，如『于嗟闊兮』、『于嗟洵兮』、『于嗟鳩兮』、『于嗟女兮』，皆詩人常言，豈必兩兩相對，以麟趾爲關雎之應、騶虞爲鵲巢之應 亦是毛義，三家無明文。卽論毛義，兩詩亦不相對，麟之趾序、箋云『有似麟應之時』，疏引張逸問，云『致信厚未致麟』，是文王時無致麟之事。若騶虞，據大傳云散宜生取以獻紂，是文王實致騶虞矣。一未實致，一是實致；一喻言，一本事，又安得相對乎？癸巳類稾詩古微皆駁毛，猶未知古書所云騶虞，非詩之騶虞，未能絶袒毛者之口實，更詳辨之，以扶三家之義。」

彼茁者蓬，壹發五豵。于嗟乎，騶虞！【疏】傳：「蓬，草名也。一歲曰豵。」箋：「豕生三曰豵。」○說文：「蓬，蒿也。」籀文作「莑」。蓬之爲言莑莑然，枝葉緐盛，故謂之蓬。史記老子傳正義：「蓬，其狀若皤蒿，細葉，蔓生於沙之中。」御覽九百三引詩曰「一發五豵」，「壹」作「一」，以上文例之，亦本三家詩。釋獸「豕生三豵」，魯訓也。箋意一歲不中殺，故以易毛。

騶虞二章，章三句。

召南之國十四篇，四十章，百七十七句。

詩三家義集疏卷三上

邶鄘衛柏舟第三

【疏】毛詩邶柏舟詁訓傳第三、鄘柏舟詁訓傳第四、衛淇奥詁訓傳第五，三家詩當爲一卷。體式如此知者，漢書藝文志云：「詩經二十八卷，魯齊韓三家。」又云：「毛詩故訓傳三十卷。」案，古經、傳皆別行，毛詩作傳，取二十八卷之經，析邶鄘衛風爲三卷，故爲三十卷。三家故説、傳記別行，其全經皆二十八卷，十五國風爲十三卷，邶鄘衛共一卷，小雅七十四篇爲七卷，大雅三十一篇爲三卷，周頌三十一篇爲三卷，魯商頌各爲一卷，故二十八卷也。邶鄘衛詩本同風，不當分卷。左襄二十九年傳：吴公子札聘魯，觀周樂，爲之歌邶庸衛，曰：「美哉淵乎！吾聞衛康叔武公之德如是，是其衛風乎！」以邶庸衛皆爲衛風，卽其明證。漢書地理志：「河内本殷之舊都，周既滅殷，分其畿内爲三國，詩風邶庸衛國是也。邶，以封紂子武庚；庸，管叔尹之；衛，蔡叔尹之：以監殷民，謂之三監。故書序曰『武王崩，三監畔』，周公誅之，盡以其地封弟康叔，號曰孟侯，以夾輔周室；遷邶庸之民於雒邑，故邶庸衛三國之詩相與同風。邶詩曰『在浚之下』，庸曰『在浚之郊』。邶又曰『亦流于淇』、『河水洋洋』，（「洋洋」乃「洴洴」之誤。）庸曰『送我淇上』、『在彼中河』，衛曰『瞻彼淇奥』、『河水洋洋』。」（詩既同卷，仍分邶庸衛者，蓋爲卷分上中下，或一二三。）班習齊詩，是齊説以爲三詩同風。魯韓爲卷既同，知其義亦同也。地理志又云：「至十六世，懿公亡道，爲狄所滅。齊桓公帥諸侯伐狄，更封衛於河南曹、楚丘，是爲文公。而河内殷虚，更屬於晉。」又云：「衛地，營室、東壁之分野也。今之東郡及魏郡黎陽，河内之野王朝歌，皆衛分也。衛本國既爲狄所滅，文公徙封楚丘，三十餘年，子成公徙於帝丘，故春秋經曰『衛遷於帝丘』，今之濮陽是也。本顓頊之虛，故謂之帝丘。凡四十世，九百年，最後絶，故獨爲分野。衛地有桑間、濮上之阻，男女亦亟聚會，聲色生焉，故俗稱鄭衛之音。」御覽百五十七州郡部引詩含神霧曰：「邶鄘衛王鄭，此五國者，千里之城，（此「域」之誤。）處州之中，名曰地軸。」（陳壽祺云：「州」上脱「九」字。）乙巳占引詩推度災曰：「邶，結蝓之宿；鄘，天漢之宿；衛，天宿斗衡。」宋均注：「結蝓之宿，謂營室星。天漢之宿，謂天津也。」（陳喬樅云：「丹鉛總録五引作『邶國，結蝓之宿』。趙在翰云：『結宜作蛞。』本草『蛞蝓』，蜀本圖經云：『卽蝸牛也，頭有四角。』廣雅云『蝸牛，螔蝓也。』蛞蝓四角，蓋營室之精。」）此亦齊詩家説。案，邶鄘衛本紂畿内地，周分爲三以居武庚管蔡，因三人分治，各有疆界，故卽其舊地之名稱之，若三國然。此周初權立之制，特以鎮撫頑民。管蔡自有所封本國，志但云「尹之」，知此邶鄘衛不爲封國。或以三監爲三國君，非也。周公誅三監，盡以其地封康叔，故邶鄘衛同風，所詠詩皆衛事，亦非至康叔子孫并兼邶、鄘也。鄭譜云：「置三監，使管叔蔡叔霍叔尹而教之。」（魏源云：「班志三監有武庚無霍叔者，霍叔監邶，相禄父故也。周書作雒解：『武王克殷，乃立王子禄父，俾守商祀，建管叔於東，建蔡叔霍叔於殷，俾監殷臣。』孔晁注：『霍叔相禄父。』鄭據書大傳，言禄父及三監叛，非禄父自監。皇甫謐帝王世紀亦言霍叔監邶，周公誅三監，霍叔罪輕，以武庚管叔主謀也。」）自紂城而北謂之邶，南謂之鄘，東謂之衛。」玉篇：「紂城東曰衛，南曰鄘，北曰邶。」廣雅：「紂之畿内國名，東曰衛，南曰鄘，北曰邶。」皆本鄭説。説文「邶」下云：「故商邑，自河内朝歌以北是也。从邑，北聲。」「鄘」下云：「南夷國也。」謂春秋楚所滅之庸，不著此鄘爲何地。孔疏云：「鄭以詩人之作，自歌土風，驗其水土之名，知其國之所在。衛曰：『送子涉淇，至于頓丘。』頓丘今爲縣名，在朝歌，紂都之東也。紂都河北，而鄘曰『在彼中河』，鄘境在南明矣。都既近西，明不分國，故以爲邶在北。」愚案：三詩同爲衛風，則詩人所歌，不足分證國地。服虔王肅以爲鄘在紂都之西。孫毓云：「紂城之西，迫於西山，南附洛邑，檀伯之封，溫原樊川，皆爲列國，鄘風所興，不出於此。」說與服王同。陳氏奐云：「周書云建管叔於東，漢志云庸管叔尹之，是鄘在朝歌東矣。」證合經史，陳說爲長。周書又言：「周臨衞攻殷，殷大震潰，俾康叔宇於殷，俾中旄父宇於東。」孔晁注：「中旄父代管叔。」此康叔居衞，而中旄父居鄘在其東，權時立制，俾相康叔，其三監之地，卒盡封之，當如漢志所云也。桑中之詩云：「爰采葑矣，沬之東矣。云誰之思？美孟庸矣。」據漢志，「鄘」作「庸」，知鄘、庸一也。蓋居此之人，取舊邑之稱以爲族姓，故曰「孟庸」，是鄘在沬東之確證。「邶」聲義並從「北」，「沬之北」卽邶也，「沬鄉」卽衞也。「沬」借字，亦作「妹」，詩稱「沬鄉」，猶尚書言「妹邦」矣。水經注淇水篇云：「其水南流，東屈逕朝歌城南。」晉書地道記曰：「本沬邑也。詩云『爰采唐矣，沬之鄉矣。』殷王武丁始遷居之，爲殷都也。紂都在禹貢冀州大陸之野，卽此矣，有新聲靡樂，號邑朝歌。」又云：「武王以殷之遺民封紂子武庚於兹邑，分其地爲三，曰邶鄘衞，使管叔蔡叔霍叔輔之，爲三監。叛，周討平以封康叔，爲衞。」說與漢志合。釋文：「邶，本又作鄁。」魯語、漢書顏注、廣韻同。又作「背」，隸釋衞尉衡方碑「感背人之凱風」，通志氏族略二同，此隸省。

詩國風

柏舟【注】魯說曰：「衞宣夫人者，齊侯之女也。（陳喬樅云：「宣，御覽四百四十一引作寡。」郝懿行妻王氏列女傳補注云：「此與魯寡陶嬰、梁寡高行、陳寡孝婦同，作『宣』者形之誤耳。」說卦「寡髮」作「宣髮」，亦其例。）嫁於衞，至城門而衞君死，保母曰：「可以還矣。」女不聽，遂入。持三年之喪畢，弟立，請曰：「衞，小國也，不容二庖，願請同庖。」終不聽，衞君使人愬於齊兄弟，齊兄弟皆欲與君，使人告女。女終不聽，乃作詩曰：「我心匪石，不可轉也。我心匪席，不可卷也。」厄窮而不憫，勞辱而不苟，然後能自致也。言不失也，然後可以濟難矣。詩曰：「威儀棣棣，不可選也。」言其左右無賢臣，皆順其君之意也。君子美其貞壹，故舉而列之於詩也。又曰：貞女不二心以數變，故有匪石之詩。齊說曰：汎汎柏舟，流行不休。耿耿寤寐，心懷大憂。仁不逢時，復隱窮居。【疏】毛序：「言仁而不遇也。衛頃公之時，仁人不遇，小人在側。」箋：「不遇者，君不受己之志也。君近小人，則賢者見侵害。」○「衛宣」至「詩也」，列女傳貞順篇文。「願請同庖，終不聽」者，蘇輿云：「據此，知禮國君惟夫婦得同庖也。」禮玉藻「夫人與君同庖」，鄭注：「不特殺也。」膳人鄭注：「后與王同庖。」鄭云然者，以玉藻文推知之，繹禮微指，非惟重特殺，亦以明繫屬、辨嫌疑。弟請同庖，女終不聽，則知其時君與夫人同庖，已成通禮。女聞更制，恐漸取辱，守死不聽，防杜深矣。御覽人事部八十二引列女傳「願請同庖」，下作：「唯夫妻爲同庖，夫人不聽。」推尋文義，疑作「夫人曰：惟夫妻爲同庖。不聽。」御覽倒誤，又脫「曰」字。此「終」字則緣下「女終不聽」而衍也。范氏詩補傳「終不聽」上有「夫人曰惟夫婦同庖」八字，卽據御覽增。下文「皆欲與君」，與，許也，言欲許同庖之請也。「貞女」至「之詩」，王符潛夫論斷訟獄篇文，皆魯義也。「汎汎」至「窮居」，易林屯之乾文。咸之大過同。貞女確守節義而稱爲「仁」者，與孔子謂夷齊「求仁得仁」義同。復，疑「伏」之誤字。隱，是伏處之詞，義通男女。或謂此與毛序「仁而不遇」合，非也。藝文類聚十八引湛方生貞女解云：「志存匪石之固，守節窮居。」「伏隱窮居」，與「守節窮居」一也。魯齊義同。

汎彼柏舟，亦汎其流。【疏】傳：「興也。汎汎，流貌。柏木，所以宜爲舟也，亦汎汎其流，不以濟度也。」箋：「舟，載渡物者，今不用而與衆物汎汎然俱流水中。興者，喻仁人之不見用而與羣小人並列，亦猶是也。」○說文「汎」下云：「浮皃。从水，凡聲。」「泛」下云：「浮也。从水，乏聲。」二字義同。「氾」下云：「濫也。」蓋廣遠之意，後人承用，三字不分，故廣雅釋訓云：「汎汎、氾氾，浮也。」莊子德充符釋文：「氾，不係也。」貞女言今汎汎然而浮者，是彼陽剛至堅之柏木所爲舟也，乃亦汎濫流行於水中，無所係賴乎？喻己志節確然，而衛君臣及齊兄弟皆不足依據，致成此象。蘇輿云：「亦汎其流，與小弁『譬彼舟流，不知所屆』同義。」愚案：易林「流行不休」，（引見上。）正釋「流」爲舟流不休，與「不知所屆」意亦同也。柏，一名椈。釋木：「柏，椈。」其樹經冬不彫，蒙霜不變，故節義之婦，取以自況，此及後柏舟皆然。

耿耿不寐，如有隱憂。微我無酒，以敖以遊。【注】魯「耿」作「炯」，「隱」亦作「殷」，齊韓作「殷」。魯說曰：隱，幽也。齊說曰：殷，大也。韓說曰：殷，深也。【疏】傳：「耿耿，猶儆儆也。隱，痛也。非我無酒可以敖遊忘憂也。」箋：「仁人既不遇，憂在見侵害。」○「魯耿作炯」者，楚詞嚴忌哀時命云：「夜炯炯而不寐，懷隱憂而歷茲。」王注：「言己中心愁怛，目爲炯炯而不能眠，如逢大憂，常懷戚戚。」洪興祖補注：「隱，一作殷。隱，痛也。殷，大也。注言大憂，疑作殷者是。」楚詞遠遊云：「夜炯炯而不寐兮。」王注：「憂以愁戚，目不眠也。詩云：『炯炯不寐。』」王用魯詩，知魯作「炯炯」。陳喬樅云：「遠遊之『目不眠』，釋『炯炯』字義，即引詩證之，本亦作『耿耿』。舊校云耿一作炯，作炯者是也。今注作耿耿猶儆儆，引詩云『耿耿不寐』，此後人據毛詩所改，遂以毛傳語竄入，非王注本文。哀時命仍作『炯炯』可證。」愚案：陳說是也。淮南說山訓高注：「詩曰：『耿耿不寐，如有殷憂。』」高用魯詩，引「耿耿」當爲「炯炯」，亦後人傳寫改之。易林云「耿耿寤寐」，（引見上。）韓詩亦作「耿耿」，（見下。）明齊韓與毛同。「寤寐」、「不寐」同義。說文：「寐覺而有信曰寤。」「寐覺」即「不寐」矣。「魯詩隱亦作殷」者，據上引王高二注，知魯作「殷」。呂覽貴生篇高注：「隱，幽也。詩曰：『如有隱憂。』」此引又作「隱」。楚詞悲回風王注引詩，亦作「隱」，是魯「隱」、「殷」兩作。「齊韓作殷」者，易林云「心懷大憂」，（引見上。）知齊作「殷」。文選陸機歎逝賦、阮籍詠懷詩、劉琨勸進表、嵇康養生論李注並引韓詩曰：「耿耿不寐，如有殷憂。」知韓作「殷」矣。「隱，幽也」者，引見上文高注。「殷，大也」者，據易林「心懷大憂」文。「殷，深也」者，歎逝賦李注引韓詩下文。陳喬樅云：「李不言爲誰氏訓義，然上既引韓詩爲證，知用韓說也。」幽、深義合。　如，讀爲而，古如、而字通，言炯炯然不得寐而心懷大憂。　微，非也。　言非我無酒遨遊以解憂，特此憂非飲酒遨遊所能解。陳氏奐謂此四句皆合二句爲一句，是也。説文：「敖，出遊也。从出、从放。」二「以」字，語助足句。泉水竹竿皆言出遊、寫憂，合證此詩，明飲酒遨遊，婦人所不諱，詩又設想之詞耳。

我心匪鑒，不可以茹。【注】韓説曰：「茹，容也。」【疏】傳：「鑒，所以察形也。茹，度也。」箋：「鑒之察形，但知方圓白黑，不能度其真僞。我心非如是鑒，我於衆人之善惡外內，心度知之。」○匪，竹器，詩借爲「非違」之「非」。釋文：「監，本又作鑒，鏡也。」據此，陸所見作「監」。説文無「鑒」字，「監」下云：「臨下也。」「鑑」下云：「大盆也。一曰鑑諸，可以取明水於月。」（「諸」上脱「方」字。）司烜氏「掌以鑒，取明水於月」，鄭注：「鑒，鏡屬。」「鑒」是後起之字，釋文「監」則「鑑」之渻也。「茹，容也」者，韓詩外傳一云：「故新沐者必彈冠，新浴者必振衣，莫能以己之皭皭，容人之混污然。詩曰：『我心匪鑒，不可以茹。』」徐璈云：「外傳意以鑒之照物，無論妍媸美惡皆能容納，我則不能以身之察察，受物之汶汶矣。」愚案：小雅「柔則茹之」，釋文引廣雅：「茹，食也。」影入鑒中，若食之入口，無不容者，故詩人取譬於茹，而韓傳申義爲「容」。貞女守節不失，是其皭皭。請同庖而聽之，則容人混污，如鑒之茹物，故不可也。亦有兄弟，不可以據。薄言往愬，逢彼之怒。【疏】傳：「據，依也。彼，彼兄弟。」箋：「兄弟至親，當相據依。言亦有不相據依，以爲是者希耳。責之以兄弟之道，謂同姓臣也。」○兄弟，列女傳所云「齊兄弟」。説文：「據，持杖也。从手，豦聲。」廣雅釋言：「據，杖也。」釋詁：「逢，過也。」言亦有齊國之兄弟，而不可以據杖，今以不可同庖之義往愬於彼，反遇其怒，尚得謂可據乎？列女傳言衞君使人愬齊兄弟，不及女愬事；據詩，女不聽，亦使愬兄弟，而兄弟怒之。情事宜然，與傳義互相備。

我心匪石，不可轉也。【注】魯説曰：「言守善篤也。」我心匪席，不可卷也。【疏】傳：「石雖堅，尚可轉。席雖平，尚可卷。」箋：「言己心志堅平，過於石席。」○説文：「轉，運也。」「言守善篤也」者，漢書劉向傳上封事引詩文。楚詞九辯王注：「我心匪石，不變轉也。執履忠信，不離善也。」守之篤則與善不離，並魯義也。說文：「席，藉也。」「卷，厀曲也。」引申之，凡曲皆爲卷。詩言石雖堅，可轉運；席雖平，可卷曲。我以善道自守，必不可奪。此心匪石、非席，豈能聽人之轉運卷曲乎？列女傳所謂「厄窮而不憫，勞辱而不苟」也。當時女既不聽，必有厄窮、勞辱之事，故以轉石、卷席爲喻，言能屈其身，不能挫其志，所以濟難者恃此，自致其心而不失也。說苑立節篇、新序節士篇、韓詩外傳一、外傳九屢引此四語，皆斷章推演之詞，非詩本義。

威儀棣棣，不可選也。【注】魯說曰：夫有威而可畏，謂之威。有儀而可象，謂之儀。富不可爲量，多不可爲數，故詩曰：「威儀棣棣，不可選也。」棣棣，富也。不可選，衆也。言接君臣、上下、父子、兄弟、内外、大小品事之各有容志也。又曰：言其左右無賢臣，皆順其君之意也。三家「選」作「算」。

【疏】傳：「君子望之儼然可畏，禮容俯仰，各有威儀耳。棣棣，富而閑習也。物有其容，不可數也。」箋：「稱己威儀如此者，言己德備而不遇，所以愠也。」○「夫有」至「志也」，賈子新書容經篇文。時惟魯詩，此魯說也。左襄三十一年傳北宮文子曰：「衛詩云：『威儀棣棣，不可選也。』言君臣、上下、父子、兄弟、内外、大小皆有威儀也。」「皆」者，言非一端，正釋「棣棣」之義。下文「故君子在位可畏」云云，文子引申之詞，賈說本之，並專言威儀之盛。「棣棣，富也」者，承上「富不可爲量」言。釋文：「棣，本或作逮，同。」棣借字，逮正字。禮孔子閒居：「威儀逮逮，不可選也。無體之禮也。」漢書韋玄成傳：「儀服此恭，棣棣其則。」顏注引詩作「逮逮」，並與左傳合，與釋文「或本」同。「無體之禮」，謂儀節衆多，因事爲制，故無方體。王念孫廣雅疏證云：「孔子閒居云『無體之禮』，『威儀翼翼』，皆盛之義也。『棣棣其則』，舊解爲安和貌及善威儀，總謂禮儀之美盛也。」愚案：禮中庸：「優優大哉！禮儀三百，威儀三千。」「棣棣」猶「優優」。說文：「優，饒也。」富、饒同義。說文：「逮，唐逮，及也。」「隶，及也。」「及，逮也。」「隸，及也。」

是「隶」、「逮」、「隸」、「及」並轉相訓。凡言「相及」者，非一之詞。說文：「駁，馬行相及也。」「馬相及」，知非一馬也。釋山：「小山岌，大山峘。」郭注：「謂高過。」亦自「相及」得義，故廣雅釋訓云：「岌岌，高也。」又云：「岌岌，盛也。」「逮逮」之爲富，猶「岌岌」之爲盛矣。「逮」又與「遝」通，釋言：「逮，遝也。」公羊哀十四年傳「祖之所逮聞也」，漢石經「逮」作「遝」。方言：「迨、遝，及也。東齊曰迨，關之東西曰遝，或曰及。」說文：「遝，迨也。」「迨，遝也。」玉篇：「迨遝，行相及也。」說文又云：「眔，目相及也。」「誻，語相及也。」義並與「遝」通。「遝」爲相及並進之義，引申之，卽爲衆多之義。史記韓信傳「魚鱗雜遝」，文選洞簫賦「鶩合遝以詭譎」，「雜遝」、「合遝」皆衆多意。「逮」、「遝」字同義通，故「逮逮」訓爲「富」也。毛傳「棣棣，富而閑習也」，「富而閑習」四字文不成義，竊取連綴之迹顯然。「不可選，衆也」者，承上「多不可爲數」言。說文：「選，一曰擇也。」古「選」、「算」字通，「算」又與「擇」同義。大司徒注：「算車徒，謂數擇之也。」不可爲數者，衆多不可數擇也。「言接君臣上下父子兄弟內外大小品事之各有容志也」者，言其君臣上下諸人互相接也。發外爲容，在心爲志，因容見志，故並言之，總謂在外之威儀也。「言其」至「意也」，見上列女傳文，言衞君臣威儀美盛，而於禮之大者反若不知，其左右惟阿順君意，故知無賢臣也。「三家選作算」者，後漢朱穆傳注載穆絶交論，引詩云：「威儀棣棣，不可選也。」王應麟詩攷引作「不可算也」，知三家有作「算」者，今後漢書作「選」，乃後人據毛詩改之。漢書公孫賀等傳贊云：「斗筲之徒，何足選也。」顏注：「言其材器劣小，不足數也。」彼引論語「算」作「選」，與絶交論引詩「選」作「算」同。貞女雖處憂辱，不敢斥言衞君臣，但稱其威儀富盛可觀，而是儀非禮之意，言外自見。北宮文子以衞臣述衞詩，匿刺揚美，爲其先世諱惡，義固當然，而以「不可選」屬威儀言，此詩遂無正解。列女傳探貞女之隱而推言之，其釋「不可選也」，乃與漢書「何足選也」同意，其義尤深切著明矣。

憂心悄悄，慍于羣小。【疏】傳：「慍，怒也。悄悄，憂貌。」箋：「羣小，衆小人在君側者。」○說文：「悄，憂也。詩曰：『憂心悄悄。』」釋訓：「悄悄，慍也。」此魯說。郭注：「皆賢人愁恨。」車舝釋文引韓詩「以慍我心」，薛君章句：「慍，恚也。」此韓說亦當訓「恚」。說文：「恚，恨也。」「怒，恚也。」「慍，怒也。」（衆經音義十引作「怨也」，誤；五及十三引與今本同。）與薛說合。廣雅釋詁：「慍，怒也。」蓋魯韓義皆訓「慍」爲「怒」，「慍于羣小」，以不聽從羣小人之言，爲所慍怒。上「怒」謂齊兄弟，此羣小之慍謂衞諸臣，二句連三章爲義，與二章語句多寡不同，而意則相配。若以慍屬己言，是慍羣小非慍于羣小矣。孟子盡心篇引此二語以況孔子，最合詩恉。荀子宥坐篇、劉向傳上封事、說苑至公篇、韓詩外傳一、趙岐孟子章句十四引詩，皆推演之語，非本詩義。

覯閔既多，受侮不少。【注】魯齊「覯」作「遘」，「閔」作「慜」。魯說曰：遘，遇也。【疏】傳：「閔，病也。」○「遘，遇也」者，楚詞哀時命王注文，引詩曰「遘慜既多」，是魯作「遘慜」。陳喬樅云：「今本楚詞章句作『閔』，舊校云『閔』一作『慜』。作『慜』者是也。」愚案：班固幽通賦「考遘慜以行謠」，卽本詩語，班學齊詩，明齊作「遘慜」，與魯同。漢書敘傳：「遘閔既多，是用廢詘。」「閔」亦當爲「慜」。說文：「慜，痛也。」「閔，弔者在門也。」魯齊正字，毛借字，言遇傷痛之事既多，受人之輕侮亦不少。「不少」，總承上文齊兄弟、衞諸臣言之。

靜言思之，寤辟有摽！【注】魯齊「寤」作「晤」，云：晤，明也。魯說曰：辟，拊心也。韓「辟」作「擗」，云：擗，拊心也。【疏】傳：「靜，安也。辟，拊心也。摽，拊心貌。」箋：「言，我也。」○說文：「靜，審也。」「言，辭也。」「魯齊寤作晤」者，說文：「晤，明也。詩曰：『晤辟有摽。』」此魯齊文。寤，覺也。寤覺，亦明也，其義不異。「辟，拊心也」者，釋訓文。此魯說。郭注：「謂椎胸也。」釋文：「辟，宜作擗。詩曰：『寤擗有摽。』」「韓辟作擗」者，玉篇手部：「擗，拊心也。詩曰：『寤擗有摽。』」玉篇多引韓詩，此韓說。「擘」、「擗」字同，「辟」乃借字。說文：「擘，撝也。」「撝，裂也。」「摽，擊也。」「拊，揗也。」「揗，摩也。」是「拊」僅撫摩之意。貞女言審思此事，寤覺之時，以手拊心，至於擗擊之也。張協七命「煢嫠爲之擗摽」，馬融長笛賦「搯膺擗摽」，皆用韓詩，並可證詩爲寡婦作。

日居月諸，胡迭而微？【注】韓「迭」作「𢧐」，云：𢧐，常也。【疏】箋：「日，君象也。月，臣象也。微，謂虧傷也。君道當常明如日，而月有虧盈，今君失道而任小人，大臣專恣，則日如月然。」○孔疏：「居、諸，語助也。」禮檀弓：「何居？我未之前聞也。」注：「居，語助也。」左文五年傳「皋陶庭堅不祀忽諸」，服虔云：「諸，辭。」是「居」、「諸」皆不爲義也。「韓迭作𢧐」者，釋文：「迭，韓詩作𢧐，音同。云：𢧐，常也。」「𢧐」字字書所無，蓋是「𢧐」之誤字，「𢧐」又「𢧜」之誤字也。漢書地理志云「及車轔四𢧐小戎之篇」，顏注：「四𢧐，美襄公田狩也。其詩曰：『四𢧐孔阜。』𢧐音耋。」錢坫云：「𢧐，鐵古字。」愚案：說文「鐵」下云：「黑金也。从金，𢧜聲。」「𢧜」下云：「鐵或省。」今作「𢧜」者，蓋「鐵」俗省作「𢧜」，因譌爲「𢧐」。抑或「鐵」俗省作「𢧜」，因譌爲「𢧐」，故釋文引韓作「戜」也。「云戜，常也」者，陳喬樅云：「廣雅：『迭，代也。』毛詩『迭微』，當訓爲更迭而食。韓訓爲『常』者。范家相詩瀋云：『胡常而微，言日月至明，胡常有時而微，不照見我之憂思也。』『迭』得通『戜』者，『戜』蓋『𢧜』之或體。巧言『秩秩大猶』，說文作『𢧜𢧜』。又『𧽤』字注云：『讀若詩威儀秩秩。』是也。戜訓常者，韓蓋以戜爲秩之假字。釋詁：『秩，常也。』又賓之初筵『不知其秩』，烈祖『有秩斯祜』，毛傳並云：『秩，常也。』是其義。」馮登府云：「儀禮少牢『勿替引之』，替，古文秩，或爲𢧐。錢大昕云，秩是秩之譌文。說文引『秩秩大猷』，作『𢧜』，是戜即秩也，秩即替之古文，秩、迭皆從失得聲，是迭、𢧐音近，故得假借。『胡常而微』，言日月有常明，胡有時而微也。」愚案：「迭」、「秩」古通借字，韓詩本作「秩」，故字或借「戜」而訓爲「常」也。「而」讀爲「如」，與上文「如」讀爲「而」同例。范云「胡常有時而微」，案，既曰常微，則不得云有時而微，范依字解之，故未達韓指。說文：「微，隱行也。」日月更迭而隱，人所共覩，惟窮居苦節之婦人，終身晦闇，若天日所不照臨，故言日月胡常如微隱而不見，韓義較毛爲優矣。**心之憂矣，如匪澣衣。靜言思之，不能奮飛！**【疏】傳：「如衣之不澣矣，不能如鳥奮翼而飛去。」箋：「衣之不澣，則憒辱無照察。臣之不遇於君，猶不忍去，厚之至也。」○衣久著不澣，則體爲不適，婦人義主絜清，故取爲喻，葛覃「薄澣我衣」即其證。此正女功之事，非男子之詞。說文：「奮，翬也。从奞，在田上。詩曰：『不能奮飛。』」又「奞」下云：「鳥張毛羽自奮也。从大、從隹。」「翬」下云：「大飛。从羽，軍聲。」言「不能」者，貞女志不還齊，故不必入國而竟入。今欲返國，衛君臣亦不止之，祇以既爲國君夫人，越竟即爲非禮，雖欲奮飛，義不能也。張衡思玄賦「柏舟悄悄吝不飛」，用此經文。

柏舟五章，章六句。

綠衣【注】齊說曰：「黃裏綠衣，君服不宜。淫湎毀常，失其寵光。」【疏】毛序：「衛莊姜傷己也。妾上僭，夫人失位而作是詩也。」箋：「綠當爲褖，故作褖，轉作綠，字之誤也。莊姜，莊公夫人，齊女，姓姜氏。妾上僭者，謂公子州吁之母，母嬖而州吁驕。」○「黃裏」至「寵光」，易林觀之革文。陳氏奐云：「君，謂小君也。」愚案：「淫湎毀常」，謂衛君失其寵光，夫人自謂，序所云「失位」也。據此，齊與毛同。左隱三年傳：「衛莊公娶於齊東宮得臣之妹，曰莊姜，美而無子，衛人所爲賦碩人也。公子州吁，嬖人之子也。」鄭箋：「妾上僭者，謂公子州吁之母。」詩恉甚明，魯韓蓋無異義。

綠兮衣兮，綠衣黃裏。【疏】傳：「興也。綠，閒色。黃，正色。」箋：「褖兮衣兮者，言褖衣自有禮制也。諸侯夫人祭服之下，鞠衣爲上，展衣次之，褖衣次之，次之者衆妾亦以貴賤之等服之。鞠衣黃，展衣白，褖衣黑，皆以素紗爲裏，今褖衣反以黃爲裏，非其禮制也，故以喻妾上僭。」○說文「綠」下云：「帛青黃色也。从糸，彔聲。」「黃」下云：「地之色也。从田、从炗，炗亦聲。炗古文光。」又云：「䕸，青黃色也。」䕸即綠也。又云：「菮，草，可以染留黃。」「留黃」或作「流黃」，亦緑別稱。釋名：「緑，瀏也。荆泉之水，於上視之，瀏然緑色，此似之也。」「留」、「劉」、「瀏」、「鵏」、「緑」，並一聲之轉。釋名：「黄，晃也，猶晃晃，象日光色也。」緑東方間色，以爲衣；黄中央正色，反以爲裏，喻妾上僭，夫人失位也。説文：「裏，衣内也。」此章對「裏」言，則「衣」是在表之衣；下章對「裳」言，知「衣」是在上之衣，因文以見義也。陳喬樅云：「法言吾子篇：『緑衣三百，色如之何矣。紵絮三千，寒如之何矣。』淮南精神訓注：『逯，讀詩緑衣之緑。』楊高皆用魯詩，於此篇並作『緑衣』，是魯與毛同。又列女傳班婕妤賦：『緑衣兮白華，自古兮有之。』亦作『緑』。鄭箋定『緑』爲『褖』，誤，其義獨異，疑本之齊詩，據禮家師説爲解。」愚案：鄭氏改毛，間下己意，不盡本三家義。且易林用齊詩，即作「緑衣」，（見上。）班氏世習齊詩，婕妤賦亦作「緑」，陳謂齊作「褖」，非也。孔疏：「鄭知『緑』誤而『褖』是者，詩宜因其所有之服而言，不宜舉實無之緑衣以爲喻，故知當作褖。」愚案：詩喻毁常，則緑衣未爲害義，四章以絺綌當淒風，亦貴者實無之事也。皮錫瑞云：「攷之於古，婦人服緑，亦有明徵。夏小正『八月玄校』，傳曰：『玄也者，黑也。校也者，若緑色然，婦人未嫁者衣之。』任文田云：『絞，蒼黄色。』蔣春雨云：『周禮王后六服，首曰褘衣玄，末曰褖衣黑，其外内命婦之卑者皆褖衣，蓋玄最貴，其色似禄者，惟女子可衣之。命婦即不容僭，玄校殆有夏時之等焉。』案，任氏以絞爲蒼黄色，蓋本玉藻：『麛裘青豻褎，絞衣以裼之。』鄭注：『絞，蒼黄之色也。』緑色在蒼黄之間，故任氏以『絞』爲『校』。然麛裘白，不當以緑色衣爲裼，故皇氏云素衣爲正，記者亂言絞耳。且玉藻是説君服，非婦人服，亦與傳不合。蔣引周禮，夏固與周不同。周禮王后六服末之褖衣，外内命婦亦得服之，若未嫁之婦人，不當與命婦同服，或與夏時之制同服緑，亦未可知。此詩言妾上僭，妾非未嫁，得與未嫁同服緑者，古夫人自稱曰小童，蓋不敢居尊，而自謙爲妾。楚語云司馬子期欲以其妾爲内子，訪之左史倚相，曰：『吾有妾而愿，欲笄之。』内則云『妾雖老，笄，總角，拂髦。』然則古禮惟内子笄，妾老雖笄，猶必總角。子期云『笄之』，則不復總角，是僭内子，故不可也。總角則猶童，故古曰童妾。據左氏傳，公子州吁，嬖人之子也。古諸侯一娶九女，夫人而外，惟姪娣左右媵與兩媵之姪娣有位號，其餘曰賤妾、曰嬖人，必皆總角，猶童女然，其首既爲未嫁之總角，其身或亦爲未嫁之綠衣矣。」案，據此，則孔云綠衣實無，亦非確詁。二「兮」字，語助足句。說文「丂」下云：「气欲舒出，勹上礙於一也。丂，古文以爲亏字，又以爲巧字」。「亏」下云：「於也，象氣之舒。亏从丂、从一。一者，其氣平之也。」「兮」下云：「語所稽也，从亏、八，象气越亏也。」「稽」之爲言留止也，句中加「兮」，所以留止其語。**心之憂矣，曷維其已！**【疏】傳：「憂雖欲自止，何時能止也。」○曷，何也。已，止也。言憂何可止。說文：「巳，已也。四月陽气已出，陰气已藏，萬物見成文章，故以爲蛇象形。」釋名：「巳，已也。陽气畢布已也。」陽氣終止於巳，故引申爲「終止」之義。辰巳之「巳」，與已止之「已」，古音義不別，篇韻二音，非也。說文：「目，用也，从反巳。」巳爲止，故反巳爲用也。維、其，並語助。

綠兮衣兮，綠衣黃裳。心之憂矣，曷維其亡！【疏】傳：「上曰衣，下曰裳。」箋：「婦人之服不殊，衣裳上下同色。今衣黑而裳黃，喻亂嫡妾之禮。亡之言忘也。」○說文：「衣，依也。」衣有尚之者，故爲裳聲，兼義字也。孔疏：「表裏與幽顯，上下喻尊卑。」毀常甚矣，較首章義進。「曷維其亡」者，何能無憂也。亡、無古通用。說文：「亾，逃也。从入、从口。」「無，亡也。从亡，𣞤聲」。采葑「何有何亡」，傳：「亡，無也。」左襄九年傳「姜曰亡」，杜注：「亡猶無也。」

綠兮絲兮，女所治兮。【疏】傳：「綠，末也。絲，本也。」箋：「女，女妾上僭者。先染絲，後製衣，皆女之所治爲也，而女反亂之，亦喻亂嫡妾之禮，責以本末之行。禮，大夫以上衣織，故本於絲也。」○說文：「糸，細絲也。象束絲之形。」「絲，蠶所吐也。从二糸。」治，整理也。言此綠兮之衣，其爲絲時，亦是女工所整理兮。溯其未染言之。黃綠雖殊，絲無異質，與嫡妾雖別，人無異性也。**我思古人，俾無訧兮。**【疏】傳：「俾，使。訧，過也。」箋：「古人，謂制禮者。我思此人定尊卑、使人無過差之行，心善之也。」○釋詁：「俾，使人。」說文：「俾，益也。从人，卑聲。一曰：俾，門侍人。」「訧，辠也。」从言，尤聲。周書曰：「報以庶訧。」卑爲侍人，引申爲「使令」義。詩言上僭之妾非質性爾殊，特無人教之，致陷於辠過耳。我思持盈守分之古人，欲喻之使免於訧辠兮。忠厚之至也。釋文：「訧，本亦作尤。」魯語：「公父文伯之母欲室文伯，饗其宗老，而爲賦綠衣之三章。師亥曰：『詩以合室，歌以詠之，度於法矣。』」度於法，故能「無訧」，文伯母取此義也。

絺兮綌兮，凄其以風。【疏】傳：「凄，寒風也。」箋：「絺綌所以當暑，今以待寒，喻其失所也。」○絺綌，當暑之衣，解具葛覃。說文：「凄，雲雨起也。」雲雨起而加以風，則寒氣至，故凄有寒涼之義。素問「五常政大論，凄滄數至，」注：「凄滄，大涼也。」漢書外戚傳「秋氣潛以凄淚兮」，注：「凄淚，寒涼之意也。」是其證矣。其，辭也。唐人詩多用「凄其」字本此。以絺綌當凄風，喻君待己恩禮之薄。**我思古人，實獲我心！**【疏】傳：「古之君子，實得我之心也。」箋：「古之聖人制禮者，使夫婦有道，妻妾貴賤各有次序。」○說文：「獲，獵所獲也。从犬，蒦聲。」引申之，凡得皆曰獲。廣雅釋詁：「獲，得也。」詩言己處難堪之境，又言我思安命樂天之古人，實得我心。不敢怨君，亦忠厚之恉。此及上章「古人」雖同，合上下文觀之，意各有屬。左成九年傳：「季文子如宋致女，復命，公享之。賦韓奕之五章。穆姜出，再拜，賦綠衣之卒章。取「實獲我心」之義，不關詩恉。

綠衣四章，章四句。

燕燕【注】魯說曰：「衛姑定姜者，衛定公之夫人，公子之母也。公子既娶而死，其婦無子，畢三年之喪，定姜歸其婦，自送之至於野，恩愛哀思，悲以感慟，立而望之，揮泣垂涕，乃賦詩曰：「燕燕于飛，差池其羽。之子于歸，遠送于野。瞻望弗及，泣涕如雨。」送去，歸泣而望之，又作詩曰：「先君之思，以畜寡人。」君子謂定姜爲慈姑，過而之厚。齊說曰：泣涕長訣，我心不快。遠送衛野，歸寧無子。又曰：燕雀衰老，悲鳴入海。憂在不飾，差池其羽。頡頏上下，在位獨處。【疏】毛序：「衛莊姜送歸妾也。」箋：「莊姜無子，陳女戴嬀生子，名完，莊姜以爲己子。莊公薨，完立，而州吁殺之，戴嬀於是大歸，莊姜遠送之于野，作詩見己志。」○「衛姑」至「之厚」，列女傳母儀篇文。以爲定姜送婦作，魯義也。「泣涕」至「無子」，易林萃之賁文。「燕雀」至「獨處」，恆之坤文。所云「燕雀衰老」、「在位獨處」、「泣涕長訣」、「歸寧無子」，與列女傳合，是齊魯義同。禮坊記：「詩云：『先君之思，以畜寡人。』」鄭注：「此衛夫人定姜之詩也。定姜無子，立庶子衎，是爲獻公。畜，孝也。獻公無禮於定姜，定姜作詩，言獻公當思先君定公，以孝於寡人。」陳喬樅云：「鄭志答炅模云：『爲記注時就盧君，先師亦然，後乃得毛公傳，既古書義又宜，然記注已行，不復改之。』攷二戴之學，傳自后蒼，蒼治齊詩，故禮記引詩多從齊詩之文。至馬融盧植考諸家同異，附戴聖篇章，去其繁重及所敘略而行於世，即今之禮記是也。鄭君亦依盧馬之本而注焉。（見釋文敘録。）是禮記舊說多主齊詩傳義。鄭云注記時就盧君，又云先師亦然，則坊記注是述齊詩之說也。禮釋文云此是魯詩，『魯』蓋『齊』之誤。魯以爲送其婦歸而作。齊詩以爲送婦歸寧，並爲獻公無禮而作詩，義亦與魯互相備。魯齊詩久已佚，陸氏蓋據前儒遺說。王應麟詩攷以此記注收入魯詩，則王所見釋文本已誤作魯矣。」又云：「詩攷引李迂仲云：『燕燕，韓詩以爲定姜歸其娣，送之而作。』後漢和熹鄧皇后紀云：和帝葬後，宫人並歸園，太后賜周馮貴人策曰：『朕與貴人，託配後庭，共歡等列，十有餘年。不獲福祐，先帝早棄天下，孤心煢煢，靡所瞻仰，夙夜永懷，感愴發中。今當以舊典分歸外園，慘結增歎，燕燕之詩，曷能喻焉？』紀言后年十二通詩，時毛詩未立學官，后語本三家而與定姜送娣之說情事相合，是用韓詩也。迂仲之言，殆非無徵。」愚案：詩攷所引晁李諸人說，多出臆撰，不足傳信。柏舟詩爲衛寡夫人作，「寡」一作「宣」，李卽以爲宣姜自誓而作此詩。定姜歸其婦，李以爲歸其娣，影附范書，私意竄改，並疑誤後人之甚者。魯齊既同作定姜，不應韓詩獨爲送娣也。鄧后賜貴人策，以尊臨卑，其引此詩，特借喻分飛慘歎之思，何得援爲定姜送娣之證，陳說非。

燕燕于飛，差池其羽。【疏】傳：「燕燕，鳦也。燕之于飛，必差池其羽。」箋：「差池其羽，謂張舒其尾翼，與戴嬀將歸，顧視其衣服。」〇說文「燕」下云：「玄鳥也。籋口，布翄，枝尾。象形。」「乙」下云：「玄鳥也。」「巂」下云：「周燕也。」「巂周」爲燕，連篆文讀之。釋鳥：「巂周，燕。燕，鳦。」謂巂周名燕，而燕又名鳦。孫炎云：「別三名。」與說文合。陳奐謂「自郭景純不明詩義，致誤爾雅『燕燕』連讀，而孔穎達左傳疏以爲重名『燕燕』異方語，其誤實始於郭。」愚案：毛傳：「燕燕，鳦也。」是誤自毛始，後人承之，不爲毛惑者獨許君耳，陳正讀是祖毛，非也。連言「燕燕」者，非一燕。燕燕，定姜自喻及婦。于，辭也。「差池其羽」者，左襄二十一年傳「而何敢差池」，杜注：「差池，不齊一。」定姜及婦皆身丁憂厄，容飾不修，故以燕羽之差池爲比，齊說所謂「憂在不飾」也。之子于歸，遠送于野。瞻望弗及，泣涕如雨。【疏】傳：「之子，去者也。歸，歸宗也。遠送，過禮。于，於也。郊外曰野。瞻，視也。」箋：「婦人之禮，送迎不出門，今我送是子乃至于野者，舒己憤，盡己情。」〇之子，謂婦。于歸，往歸其國。郊外曰野，以三章「于南」例之，此「于野」亦當爲「往野」，言送之往外也。送于野，故云「遠」，魯說所謂「過而之厚」也。說文：「望，出亡在外，望其還也。从亡，朢省聲。」「無聲出涕曰泣。」「涕，泣也。」婦去既遠，瞻望之至不能逮及，思之涕泣如雨之多也。後漢十上注、文選曹植上責躬應詔詩表注引詩，「弗及」並作「不及」。

燕燕于飛，頡之頏之。【疏】傳：「飛而上曰頡，飛而下曰頏。」箋：「頡頏，與戴嬀將歸，出入前卻。」〇說文「頡」下云：「直項也。从頁，吉聲。」「亢」下云：「人頸也。从大省，象頸脈形。」「頏」下云：「或从頁。」漢書張耳陳餘傳「乃仰絶亢而死」，注：「亢，頸大脈也。」劉敬傳注：「亢，喉嚨也。」「頡之頏之」者，鳥大飛向前，則項直而頸下脈見，此狀其于飛之皃。云飛而下上者，後起之義。之子于歸，遠于將之。瞻望弗及，佇立以泣。【注】魯說曰：將，送也。佇，立貌。【疏】傳：「將，行也。佇立，久立也。」箋：「將亦送也。」○「將，送也」者，釋言文。郭注：「詩曰：『遠于將之。』」孔疏引孫炎曰：「將，行之，送也。」是魯詩訓「將」爲「送」，鄭用魯改毛，遠往送之，於義爲順。「佇立貌」者，楚詞離騷王注文，引詩曰「佇立以泣」，亦魯說也。說文無「佇」字，本字蓋作「宁」，說文：「宁，辨積物也。」文選孫綽遊天台山賦注：「宁，猶積也。」亦通作「貯」。說文：「貯，積也。」引申之，爲「積久」義。經典作「佇」，後起之字。毛訓「久立」，魯云「立貌」，皆就文立義。

燕燕于飛，下上其音。【疏】傳：「飛而上曰上音，飛而下曰下音。」箋：「下上其音，興戴嬀將歸，言語感激，聲有大小。」○先下後上音，鳥飛由下而上，下上皆聞其鳴，故云「下上其音」，音隨身下上也。說文：「音，聲也。从言，含一。」凡物單出曰聲，雜比曰音，詩言音不言聲，知非一燕。之子于歸，遠送于南。瞻望弗及，實勞我心。【疏】傳：「陳在衛南。」○于南，婦所歸之國在南，故送往南行。魏源云：「此婦出薛國任姓，薛在衛東南。」愚案：史記衛世家，定公乃成公孫。漢書地理志「東郡濮陽」，班注：「衛成公自楚丘徙此，故帝丘，顓頊墟。」「魯國薛」，注：「湯相仲虺居之。」晉太康地記云：「仲虺後當周世，爵稱侯，後見侵削，爲霸者所絀爲伯，任姓也。」一統志：「濮陽，今開州西南。薛，今滕縣東南四十五里，在開州東少南。」魏說是也。釋文：「實，是也。本亦作寔。」說文：「勞，劇也。从力，熒省。熒火燒門，用力者勞。」引申其義，故用心甚亦曰勞。

仲氏任只，其心塞淵。【注】韓說曰：仲，中也，言位在中也。魯說曰：淵，深也。【疏】傳：「仲，戴嬀字也。任，大。塞，瘞。淵，深也。」箋：「任者，以恩相親信也。周禮六行：孝友睦婣任恤。」○「仲，中也，言位在中也」者，衆經音義九引韓詩文。玉篇人部引詩：「仲氏任只。仲，中也。」卽用韓義。禮大傳注：「位，謂齒列也。」女子以伯仲爲字，位在中者，言此婦之字齒列在仲。「仲氏任只」者，魏源云：「猶大明『摯仲氏任』，是薛國任姓之女。」愚案：定姜婦爲何國女，書無明文，春秋無摯國，故魏以任姓爲薛女，以大明之仲氏任例之，此婦爲任姓，義亦當然，較傳文順。陳奐云：「大明傳：『大任，仲任也。』彼詩言大任來嫁，故稱婦之姓而言任，此莊姜評戴嬀，不必繫姓，故但言仲而不言仲嬀。」是陳意亦據大明見及婦爲任姓，特以爲毛作疏，不能末殺序傳之戴嬀耳。「塞」，當爲「𡫳」。說文：「塞，隔也。从土、从𡨄。」「𡫳，實也。从心，𡨄聲。書曰：『剛而𡫳。』」今書作「塞」。徐鍇繫傳引詩曰「秉心𡫳泉。」（唐諱「淵」，改。）今皆作「塞」，借字。「淵，深也」者，廣雅釋詁文。淵訓深，自水深義引申之。莊子應帝王，郭注：「淵者，静默之謂。」人静默則心深莫測，而又誠實無僞，故美之曰塞淵。蔡邕崔夫人誄「塞淵其心」，漢書叙傳「塞淵其德」，並本此文。蔡學魯詩，班學齊詩，而皆作「塞」，是齊魯與毛同字。

終温且惠，淑慎其身。先君之思，以勖寡人。【注】魯齊「勖」作「畜」。【疏】傳：「惠，順也。勖，勉也。」箋：「温，謂顔色和也。淑，善也。戴嬀思先君莊公之故，故將歸，猶勸勉寡人以禮義。寡人，莊姜自謂也。」○「終温且惠」者，王引之云：「終，猶既也。」詳引詩句例爲說。釋訓：「温，温柔也。」說文：「惠，仁也。」言既柔且仁也。釋詁：「淑，善也。」說文：「慎，謹也。」孔疏：「善自謹慎其身。」先君，謂定公。「魯齊勖作畜」者，見上引列女傳坊記文。鄭注：「畜，孝也。」禮祭統：「孝者，畜也。」孝經援神契：「庶人行孝曰畜。」案，詩以「孝」爲「畜」，義通貴賤，不獨庶人然矣。畜者，養也，孝貴能養，養體養志皆爲畜。「孝」、「畜」又雙聲字。寡人，定姜自謂。管子入國篇：「婦人無夫曰寡。」孟子梁惠王篇、禮王制同。釋名：「寡，踝也。踝踝，單獨之言也。」「寡人」對上「先君」言，非王侯謙言少德之謂。此章追述其婦之賢，意謂先君在時既能孝養，及先君已没，猶能追思先君愛敬寡人之思以孝養寡人。禮中庸：「敬其所尊，愛其所親，事死如事生，事亡如事存，孝之至也。」能畜寡人，知其不忘先君矣。齊詩謂獻公無禮，定姜作詩，言獻公當思先君以孝寡人者，此正定姜言外意。左成十四年傳：「衞定公有疾，立子衎爲太子。及薨，定姜既哭而息，見太子之不哀也，歎曰：『是夫也，將不爲衞國之敗，其必始於未亡人，天禍衞國也夫！』獻公十八年孫甯作亂，獻公奔齊，及竟，使祝宗告亡，且告無罪。定姜曰：「舍大臣而與小臣謀，一罪也。先君有冢卿以爲師保，而蔑之，二罪也。余以巾櫛事先君，而暴妾使余，三罪也。」此定姜責獻公不能念先君以孝適母之證。蓋獻公無禮，初立已然，故定姜有「始於未亡人」之語。定姜之子年長而夭，婦既賢孝，宜可相依，乃必歸其國，至於遠送野外，恩愛悲感若此，蓋時事逼迫，有不得不然者。詩云「先君」，知在定沒獻立之際。定姜慟子思婦，煢獨悲傷，專爲獻公不能孝養。末二句追美去婦，即以深責獻公，詩恉甚明，齊義非與魯異。

燕燕四章，章六句。

日月【注】魯說曰：「宣姜者，齊侯之女，衞宣公之夫人也。初，宣公夫人夷姜生伋子，以爲太子。又娶於齊，曰宣姜，生壽及朔。夷姜既死，宣姜欲立壽，乃與壽及朔謀構伋子。公使伋子之齊，宣姜乃陰使力士待之界上而殺之，曰：『有四馬白旄至者，必要殺之。』壽聞之，以告太子，曰：『太子其避之。』伋子曰：『不可。夫棄父之命，則惡用子也。』壽度太子必行，乃與太子飲，奪之旄而行，盜殺之。伋子醒，求旄不得，遽往追之，壽已死矣，伋子痛壽爲己死，乃謂盜曰：『所欲殺者乃我也，此何罪？請殺我！』盜又殺之。二子既死，朔遂立爲太子。宣公薨，朔立，是爲惠公，竟終無後，亂及五世，至戴公而後寧。（王氏注：「『五』，當作『三』，字之誤也。三世，宣惠懿。」）詩曰：『乃如之人兮，德音無良。』此之謂也。【疏】毛序：「衞莊姜傷己也。遭州吁之難，傷己不見荅於先君，以至困窮之詩也。」○「宣姜」至「謂也」，列女傳孽嬖篇文。陳喬樅云：「此篇魯詩之說與毛迥異，而於史記叙衞事爲合。衞世家云：『初，宣公愛夫人夷姜，生子伋，以爲太子。爲取齊女，未入室，而宣公見所欲爲太子婦者好，說而自取之，更爲太子取他女。宣公得齊女，生子壽子朔。太子伋母死，宣公正夫人與朔共讒惡太子伋。宣公自以其奪太子妻也，心惡太子，欲廢之，及聞其惡，大怒，乃使太子伋如齊，而令盜遮界上殺之，與太子白旄，而告界盜見持白旄者殺之。且行，子朔之兄壽，太子異母弟也，知朔之惡太子而君欲殺之，乃謂太子曰：「界盜見太子白旄，即殺太子，太子可毋行。」太子曰：「逆父命求生，不可。」遂行，壽見太子不止，乃盜其白旄而先馳至界。界盜見其驗，即殺之。壽已死，而太子伋又至，謂盜曰：「所當殺乃我也。」盜並殺太子伋，以報宣公。宣公乃以子朔爲太子。』新序云：『壽之母與朔謀欲殺太子伋而立壽也，使伋之齊，將使盜見載旌要而殺之。壽止伋，伋不可。壽竊伋旌以先行，幾及齊矣，盜見而殺之。伋至，見壽之死，痛其代己死，涕泣悲哀，遂載其屍還，至境而自殺，兄弟俱死。故君子義此二人而傷宣公之聽讒也。』語與列女傳大略相同，蓋皆本於魯詩，惟以伋爲至境自殺，與史記列女傳微異，傳聞異詞耳。」愚案：列女傳不備詩義，合新序觀之，蓋君子義此二人，代作之詩不止一篇。二子乘舟，新序以爲憂伋、壽見害於水作，此詩當爲伋聞壽代己先往作也。「胡能有定」，義不可止也。「寧不我顧」、「寧不我報」，謂壽胡不告我而竊旌先往也。「父兮母兮，畜我不卒」，傷父母恩絕而已將見殺也。「報我不述」，謂棄父之命，我爲不法也。詩四章「日月」並興，末章「父母」並稱，則所謂「乃如之人」者，自指宣公、宣姜二人，如伋自作詩，不當稱父母爲「之人」，故知他人作也。綠衣毛序：「衛莊姜傷己也。妾上僭，夫人失位而作是詩也。」孔疏：「此言而作是詩及故作是詩者，皆序作詩之由，不必即其人自作也。故清人序云『危國亡師之本，故作是詩』，非高克自作也。雲漢云『百姓見憂，故作是詩』，非百姓作之也。」即其例。

日居月諸，照臨下土。乃如之人兮，逝不古處！【疏】傳：「日乎月乎，照臨之也。逝，逮。古，故也。」箋：「日月，喻國君與夫人也。當同德齊意以治國者，常道也。之人，是人也，謂莊公也。其所以接及我者，不以故處，甚違其初時。」○「日居月諸」，箋云喻君與夫人，是也。說文：「照，明也。」「臨，監臨也。」釋詁：「臨，視也。」視，監義同。詩言君與夫人臨治在下之人，如日月照臨下土，赫然光明，無有障蔽，傷己之不見照察也。「乃」者，說文：「乃，曳詞之難也，象氣之出難。」詩不敢斥言，故爲難緩之詞出之。箋云「之人，是人也」，彼申毛，以「是人」謂莊公。尋魯詩之義，「是人」謂宣公宣姜也。說文：「逝，往也。从辵，折聲。」莊子山木篇釋文引司馬注：「曲折曰逝。」逝訓往，又訓曲折，當是曲折徐往之義。逝之爲往，猶漸之爲進也。廣雅釋詁：「逝，行也。」行亦往也。碩鼠「逝將去女」，訓爲行將去女，言徐徐然將去女也。此詩「逝不古處」，亦言徐徐然不古處，其義自曲折而往引申之，猶言漸不如前矣。不古處，箋云「不以故處，甚違其初時」是也。蓋宣姜於伋，始尚無不相容之事，及己生子已長，謀奪太子，搆害橫生。宣公信讒，恩愛漸薄，違其初時，非一朝一夕之故，故云「逝不古處」也。

胡能有定，寧不我顧！【疏】傳：「胡，何。定，止也。」箋：「寧，猶曾也。君子之行如是，何能有所定乎？曾不顧念我之言，是其所以不能定完也。」○陳奐云：「寧，亦胡也。」詳引詩句例證之，於義亦通。「定」之言「止」，新序所謂「壽止伋」也，詩代伋言：「壽雖止我，我奉命而往，何能有止乎？胡不顧念我言而先往也。」說文：「顧，還視也。」引申爲「回念」之義，故箋云：「顧，念也。」韓詩外傳九引「胡能有定」一語推演之，不關詩恉。

日居月諸，下土是冒。乃如之人兮，逝不相好！胡能有定，寧不我報！【疏】傳：「冒，覆也。不相好，不及我以相好。盡婦道，猶不得報。」箋：「覆，猶照臨也。其所以接及我者，不以相好之恩情，甚於己薄也。」○說文：「冒，蒙而前也。从月、从目。」詩言下土皆爲日月所覆冒，傷己獨不見蒙覆於君、夫人。楚詞惜誦「父信讒而不好」，注：「好，愛也。」此「好」亦訓「愛」。「逝不相好」，漸失愛也。呂覽權勳篇高注：「報，白也。」詩謂壽胡不報白於我而竊旌以行也。

日居月諸，出自東方。【疏】傳曰：「始月盛皆出東方。」箋：「自，從也。言夫人當盛之時，與君同位。」〇陳奐云：「禮器：『大明生於東，月生於西，此陰陽之分，夫婦之位也。』注：『大明，日也。』禮言日東月西，以喻夫婦之位，此言日月皆出東方者，箋所云是也。」愚案：此言宣姜干君之位，如日月並盛，箋意隱合。乃如之人兮，德音無良！胡能有定，俾也可忘！【疏】傳：「音，聲。良，善也。」箋：「無善恩意之聲語於我也。俾，使也。君之行如此，何能有所定，使是無良可忘也。」〇德音，以使命言，卑奉尊命謂之「德音」，若後世稱「恩命」矣。左傳「大國不加德音」，漢書楚元王傳「發明詔，吐德音」，義與此同。駟鐵「秩秩德音」，則在下之詞，總謂善言耳。良，善也。忘，不識也。奉使如齊是德音，陰使盜殺則無良矣，然於義當往，胡能止之，使忘君命乎。末二語當連讀爲一句。也，語詞。韓詩外傳一引公甫文伯事，亦推演之詞。

日居月諸，東方自出。父兮母兮，畜我不卒。【疏】箋：「畜，養。卒，終也。父兮母兮者，言己尊之如父，又親之如母，乃反養遇我不終也。」〇「父兮母兮」，謂宣公宣姜。畜，養也。卒，終也，言恩養不終而殺之，詩恉極明。毛序謂莊姜不見答於莊公而作，箋申之云「父兮母兮者，言己尊之如父，又親之如母」，此語施之夫婦，既覺不倫，而已不見答於公，又無追怨父母之理，義至難通，故疏家皆未及之。胡能有定，報我不述！【注】魯「述」作「遹」，云：「不遹，不蹟也。」韓「述」作「術」，云：「術，藝也。」又云：「術，法也。」【疏】傳：「述，循也。」箋：「不循，不循禮也。」〇「魯述作遹」者，釋訓：「不遹，不蹟也。」郭注：「言不循軌迹也。」陳壽祺云：「爾雅釋文：『不遹，古述字。』又釋言：『遹，述也。』釋文引孫炎曰：『遹，古述字。』爾雅以『不蹟』訓『不遹』，即訓此詩之『報我不述』。陸氏於『不蹟』下誤引沔水之『念彼不蹟』，非是。」陳喬樅云：「毛傳：『述，循也。』說文『述』亦訓『循』。釋詁：『遹，循也。』訓義並同，故郭解『不蹟』爲『不循軌迹也。』」「韓述作術」者，文選劉峻廣絕交論注引韓詩曰：「報我不術。」詩釋文：「述，本亦作術。」韓與毛「亦作」本同。宋綿初云：「述、術音義同。士喪禮『筮人許諾不述命』，注云：『古文述皆作術。』祭義『術省』，注云：『術省當爲述省。』賈山至言『術追厥功』，孟郁堯廟碑『歌術功稱』，韓勑修孔廟後碑『共術德政』，靈臺碑陰『州里僻術』，樊敏碑『臣子褒術』，義皆作『述』。唐君頌『躭樂道述』，義又作『術』，皆其證也。」「云術，藝也」者，慧琳音義九引韓詩文。鄉飲酒義「古之學術道者」，鄭注：「術，猶藝也。」左昭十六年傳「而共無藝」，杜注：「藝，法也。」昭二十年傳「布常無藝」，注：「藝，法制也。」十三年傳「貢之無藝」，注同。「云術，法也」者，絕交論注引薛君說。「術，藝也」，蓋韓詩之元文。「術，法也」，章句申明韓訓，以「藝」卽是「法」也。薛釋「不術」爲「不法」，亦謂「不循軌法」，與郭注「不循軌迹」義同。詩代伋言：壽之報白於我者，乃欲我不循軌法，我不能止而不往。列女傳伋云「棄父之命，則惡用子」，是伋以奉命必往爲循法，自以棄命逃罪爲不循法矣。

日月四章，章六句。

終風【疏】毛序：「衞莊姜傷己也。遭州吁之暴，見侮慢而不能正也。」箋：「正，猶止也。」○「惠然肯來」，傳云謂「時有順心。」「莫往莫來」，傳云：「人無子道以來事己，己亦不得以母道往加之。」魏源云：「莊姜初年，卽子完而惡州吁，（見左傳。）豈惡之莊公尚在之時而望之篡弒大逆之後，且以畢生孤危扶植之嗣子，一旦取諸其懷而殺之，反仞賊作子，惓惓顧念，責其言笑之末，冀其子道以來？使州吁貌爲恭敬，莊姜卽母子如初乎？是國人皆不君之，莊姜反欲子之，石碏尚知大義滅親，莊姜反不知母子義絕也。此當從韓說，爲夫婦之詞。」愚案：魏說是。序首句「莊姜傷己也」，蓋大師相傳古義；「遭州吁」云云，則毛所臆增。詳詩義，爲莊公作也。易林頤之升：「終風東西，散涣四分。終日至暮，不見子懽。」此齊義。「懽」與「歡」同，荀子大略篇「夫婦不得不驩」，「驩」亦「歡」借字，故夫婦相謂曰「歡」。古樂府「疑是所歡來」，懊儂歌「我與歡相憐」，並與「子懽」同意，是齊詩以此爲夫婦之詞，尤有明證。爾雅「謔浪笑敖」，郭注謂「調戲」，蓋是舊注魯詩義。「調戲」之詞，爲莊公言則可，若屬之州吁，而又云莊姜尚以子道望之，殆無是理，知魯亦謂此爲夫婦之詞矣。

終風且暴，顧我則笑。【注】韓說曰：終風，西風也。又曰：時風又且暴。魯說曰：日出而風爲暴。齊「暴」亦作「瀑」。【疏】傳：「興也。終日風爲終風。暴，疾也。笑，侮之也。」箋：「既竟日風矣，而又暴疾。興者，喻州吁之爲不善，如終風之無休止，而其間又有甚惡，其在莊姜之旁，視莊姜則反笑之，是無敬心之甚。」○「終風，西風也」者，釋文引韓詩文。「時風又且暴」者，文選陸機代顧彥先贈婦詩「隆思亂心曲」，李注引薛君章句文。下句云「使己思益隆。」韓詩以爲夫婦之詞，故陸贈婦詩用其義也。胡承珙云：「終與西不相涉。釋天：『西風謂之泰風。』疑本作『泰風』，故韓依爾雅釋爲『西風』。說文：『㚏，古文終。』又『泰』，古文作『夳』，是終、泰古文形近易溷。終亦爲衆，（士相見禮注：「今文衆爲終。」）集韻：『衆，古作昏。』列子周穆王篇『𡗗角爲右，殷敬順』，釋文：『𡗗，篆文泰。』昏與𡗗形亦相近，韓詩自作『泰風』，與毛師承各異。」其說亦通。薛云「時風」者，爾雅：「南風謂之凱風，東風謂之谷風，北風謂之涼風，西風謂之泰風，此四方之風應四時者也。」詩「泰風有隧」，疏引孫炎云：「西風成物，物豐泰也。」泰風爲秋風，故薛以時風釋之。」愚案：毛傳：「終風，終日風也。」據易林「散渙四分，終日至暮」，（見上。）是齊詩亦訓爲「終日風」，與毛同。「日出而風爲暴」者，釋天文，魯說也。「齊暴亦作瀑」者，說文「瀑」下云：「疾雨也。一曰沫也。一曰：瀑，賓也。詩曰：『終風且瀑』。」案「沫」、「賓」二義，與詩無涉，是說文引詩作「疾雨」解。玉篇：「瀑，疾風也。」「風」蓋「雨」之誤，據薛說作「暴」，知作「瀑」者齊文也，此以喻莊公狂縱之狀。「顧我則笑」者，其笑無時，不以禮義止情也。

謔浪笑敖，中心是悼。【注】魯說曰：謔，戲謔也。浪，意萌也。笑，心樂也。敖，意舒也。謔笑之貌也。（「萌」舊誤「明」，從阮校正，邢疏誤「朗」。）韓說曰：浪，起也。【疏】傳：「言戲謔不敬。」箋：「悼者，傷其如是然而已不能得而止之。」○「謔戲」至「貌也」者，釋詁：「謔浪笑敖，戲謔也。」郭注：「謂調戲也，見詩。」孔疏引舍人曰：「謔，戲謔也。浪，意萌也。笑，心樂也。敖，意舒也。戲笑，邪戲也。謔笑之貌也。」此魯說。「謔，戲謔也」者，下「謔」爲「言」字之誤。說文：「謔，戲也。从言，虐聲。」是「謔」爲「戲言」也。「浪，意萌也」者，阮元云：「浪，讀爲『蒼筤竹』之『筤』。易正義云竹初生時色蒼筤，取其春生之美也。凡意蕊心花初生時似此，故曰浪，意萌也。」「戲笑，邪戲也」者，臧鏞堂謂衍「邪」上「笑」字，是也，並爲舊注「調戲也」作解。「謔，笑之貌也」，總釋「謔浪笑敖」四字，謔浪，謔之貌；笑敖，笑之貌，合言之爲戲謔也。「浪，起也」者，釋文引韓詩文。阮元云：「韓說正是意萌之訓，謂如波之起。」愚案：浪之爲言謔無已也，萌、起二訓相成。敖從出、放，舍人訓「意舒」，謂笑之大放也。蓋謔非不可，謔而浪則狂；笑非不可，笑而敖則縱，分析言之，故與上「笑」不複。藝文類聚十九、御覽三百九十一、四百六十六引詩「敖」作「傲」，後人傳寫致誤。「敖」訓「倨」，非詩恉。中心，猶心中。說文：「悼，懼也。陳楚謂懼曰悼。」莊姜見公性情流蕩無節，即其當前之歡愛，已慮有他日之棄捐，故中心因是而懼，蓋終風即綠衣之兆矣。

終風且霾，【注】魯說曰：「風而雨土爲霾。」【疏】傳：「霾，雨土也。」○「風而雨土爲霾」，釋天文，魯說也。孔疏引孫炎注：「大風揚塵，雨從上下也。」說文：「霾，風雨土也。从雨，貍聲。詩曰：『終風且霾。』」無異義。釋名：「霾，晦也，言如物塵晦之色也。」喻公心迷晦，情愛忽移。**惠然肯來。**【注】魯「肯」作「肎」。【疏】傳：「言時有順心也。」箋：「肯，可也。有順心，然後可以來至我旁。不欲見其戲謔也。」○「魯肯作肎」者，釋言：「惠，順也。肎，可也。」郭注：「詩曰：『惠然肯來。』肯，今通言。」釋文：「肯，或作古肎字。」玉篇：「肎，可也。詩曰：『惠然肎來。』」作「肎」者蓋魯文。然，詞也。說文：「然，燒也。」「嘫，語聲也。」語詞當爲「嘫」，經典借「然」字。詩人言公或意順而肎來乎？冀望之詞。**莫往莫來，悠悠我**

思。【疏】傳：「人無子道以來事己，己亦不得以母道往加之。」箋：「我思其如是，心悠悠然。」○「莫往莫來」，不往來也。無來故無往，易林所謂「終日至暮，不見子懽」也。下「莫」字增文足句，望其來而不來，故思之悠悠然長。

終風且曀，不日有曀。【注】魯說曰：陰而風爲曀。【疏】傳：「陰而風曰曀。」箋：「有，又也。既竟日風且復曀，不見日矣而又曀者，喻州吁闇亂甚也。」○「陰而風曰曀」，釋天文，魯說也。釋名：「曀，翳也，謂日光掩翳也。」箋訓「有」爲「又」，有、又古字通，義亦互訓。「不日又曀」，不竟日而又曀也。「不日」，與河廣「不崇朝」意同，言清明無多時，復陰曀也。箋謂不見日而又曀，案，不見日卽曀也。或謂「有」，語助，「不日有曀」，謂陰也，亦與「且曀」義複，疑非詩恉。楚詞九歎王注：「曀，闇昧也。詩曰：『不日有曀。』」此喻莊公爲嬖寵翳蔽。

寤言不寐，願言則疐。【注】韓「疐」作「嚏」。三家「則」作「卽」。【疏】傳：「疐，跲也。」箋：「言，我。願，思也。疐，讀當爲不敢嚏咳之嚏。我其憂悼而不能寐，汝思我心如是，我則嚏也。今俗人嚏，云人道我，此古之遺語也。」○兩「言」皆詞也。釋詁：「願，思也。」方言同。言我思君甚，寤覺而不能寐，有時嚏鼻，以爲君思願我，乃致我嚏也。非真謂公願，正以形我思。「韓疐作嚏」者，玉篇口部：「嚏，噴鼻也。詩云：『願言則嚏』。」案，今毛詩作「嚏」，當本是「疐」。段玉裁云：「毛作『疐，跲也』，鄭云疐讀爲『不敢嚏咳之嚏』，此鄭改讀。唐石經以下經傳皆從口，是用鄭廢毛。嚏不得訓跲，今正義本傳是『跲也』，則經當作『疐』。釋文：『疌，本又作嚏，又作疐，竹利反。』鄭作嚏，音『都利反』。疌卽疐變體。狼跋釋文『疐，本又作疌』可證，與說文止部之『疌』字迥不相涉，若經字作止部之疌，鄭不得讀爲嚏，釋文亦不當作『竹利反』矣。」愚案：段說是。據玉篇引詩直作「嚏」字在唐石經前，顧用韓詩，所據卽韓文，鄭讀「疐」爲「嚏」，用韓改毛也，今仍正經字爲「疐」，以顯韓義。「三家則作卽」者，衆經音義十引蒼頡篇曰：「嚏，噴鼻也。詩曰：『願言卽嚏。』」十四、十五引並同。蓋三家文。「卽」、「則」雙聲字。

曀曀其陰，虺虺其靁。【注】韓「曀」作「壇」，云：「天陰塵也。」【疏】傳：「如常陰曀曀然，暴若震靁之聲虺虺然。」○韓「曀曀」作「壇壇」者，說文：「壇，天陰塵也。詩曰：『壇壇其陰。』」呂祖謙讀詩記引韓詩章句曰：「壇壇其陰，天陰塵也。」詩攷引董逌詩跋云：「韓詩章句曰：『壇壇，天陰塵也。』」是說文「壇」字注正用韓詩。玉篇土部亦云：「壇，天陰塵起也。」後漢馮衍傳「日曀曀其將暮兮」，李注：「曀曀，陰晦貌也。詩曰：『曀曀其陰』。」陳喬樅云：「馮用韓詩，當作『壇壇』，此後人傳寫依毛改之。」愚案：蔡邕述行賦「陰曀曀而不陽」，蔡用魯詩，與毛同。虺虺，震雷聲。曀曀其陰，天常陰矣。虺虺其雷，漸施震怒。既無肯來之望，已有失位之憂，中心悼懼，斯先見之明與？**寤言不寐，願言則懷。**【疏】傳：「懷，傷也。」箋：「懷，安也。女思我心如是，我則安也。」○箋「懷，安也」，雄雉揚之水同。詩言我常寤而不寐，冀君或思顧我，則我庶安其位也。蓋遇此狂蕩暴戾之君，始不以淫冶求容，終不以怨毒絕望，亦賢矣哉。

終風四章，章四句。

擊鼓【注】齊說曰：「擊鼓合戰，士怯叛亡。威令不行，敗我成功。」【疏】毛序：「怨州吁也。衛州吁用兵暴亂，使公孫文仲將而平陳與宋，國人怨其勇而無禮也。」箋：「將者，將兵以伐鄭也。平，成也。將伐鄭，先告陳與宋，以成其伐事。春秋傳曰：『宋殤公之卽位，公子馮出奔鄭，鄭人欲納之。及衛州吁立，將修先君之怨於鄭，而求寵於諸侯，以和其民。使告於宋曰：「君若伐鄭，以除君害，君爲主，敝邑以賦與陳蔡從，則衛國之願也。」宋人許之。於是陳蔡方睦於衛，故宋公陳侯蔡人衛人伐鄭』是也。伐鄭在魯隱四年。」○史記衛世家：「莊公卒，桓公立。弟州吁驕奢，桓公絀之，州吁出奔。十三年，鄭伯弟段攻其兄，不勝，亡，而州吁求與之友。十六年，州吁收聚衛亡人以襲殺桓公，州吁自立爲衛君。爲鄭伯弟段欲伐鄭，請宋陳蔡與俱，三國皆許州吁。」陳喬樅云：「史記言州吁爲叔段伐鄭事，與左傳異，史公用魯詩，魯說當然也。」愚案：

州吁自立，在隱四年春，至秋九月卽被殺於陳，數月之中，伐鄭者再，據詩「平陳與宋」句，與左傳合，則此詩是與陳宋伐鄭之役軍士所作。「擊鼓」至「成功」，易林家人之同人文，此齊說。「擊鼓合戰」，擊鼓練士以爲合戰之用也。「士怯叛亡」，與詩「居處喪馬」、「不我活信」義合，一時怨憤離叛之狀可見。

擊鼓其鏜，踊躍用兵。【注】齊韓「鏜」作「鼞」。【疏】傳：「鏜然，擊鼓聲也，使衆皆踊躍用兵也。」箋：「此用兵，謂治兵時。」○說文：「擊，攴也。从手、毄聲。」「攴，小擊也。」「齊韓鏜作鼞」者，說文：「鏜，金鼓之聲。从金，堂聲。詩曰：『擊鼓其鏜。』」「鼞，鼓聲也。从鼓，堂聲。詩曰：『擊鼓其鼞。』」用兵時或專擊鼓，或金鼓兼，鼞、鏜字並通。風俗通義六：「鼓者，郭也，春分之音也，萬物郭皮甲而出，故謂之鼓。詩云：『擊鼓其鏜。』」應劭用魯詩，引亦作「鏜」，則作「鼞」者，齊韓文也。說文：「踊，跳也。」「躍，迅也。」「兵，械也。」軍中暇時練習兵械，擊鼓爲節。「踊躍」者，用兵時絕地奮迅之狀。

土國城漕，我獨南行。【注】韓說曰：「二十從役，三十受兵，六十還兵。」【疏】傳：「漕，衞邑也。」箋：「此言衆民皆勞苦也，或役土功於國，或修理漕城，而我獨見使從軍，南行伐鄭，是尤勞苦之甚。」○土，度也。典瑞「玉人以土地」，注並云「土猶度」也。大司徒注云：「土其地，猶言度其地。」凡爲土功，必先量度之。尚書皋陶謨：「惟荒度土功。」是「役土功」卽「度土功」矣。詩省字以成句，與「城」對文，故但言「土」卽知是「土功」也。說文：「城，以盛民也。从土、从成，成亦聲。」管子輕重丁篇「請以今城陰里」，注：「城者，築城也。」左莊二十八年傳：「邑曰築，都曰城。」漕者，左閔二年傳管子小匡篇水經淇水注漢書地理志並作「曹」。列女傳許穆夫人篇易林噬嗑之訟作「漕」，是魯齊與毛同。傳：「漕，衞邑。」鄭志答張逸云：「漕邑在河南。」左傳杜注：「曹，衞下邑。」孔疏：「曹邑雖闕不知，其處當在河東，近楚丘也。」戴延之西征記始以漢東郡白馬縣爲衞漕邑，後人因之。元和郡國志：「今滑州郭下白馬縣，本衞之曹邑，漢以爲縣，因白馬津爲名」是也。今河南衞輝府滑縣東二十里。互詳定之方中。我者，軍士自我。獨者，對上力役之衆言。土功雖勞，從軍尤苦也。「南行」者，衞都朝歌在今淇縣東北，鄭在今新鄭縣北，是役伐鄭，由淇至新鄭，爲南行也。「二十」至「還兵」，孔疏引韓詩文。又云：「禮記：『五十不從力政，六十不與服戎。』注云：『力政，城郭道渠之役也。』力政之役，二十受之，五十免之，故韓詩說『二十從役』，王制云『五十不從力政』是也。戎事，則韓詩說曰『三十受兵，六十還兵』，王制云『六十不與服戎』是也。蓋力政用力，故取丁壯之時，五十年力始衰，故早役之，早捨之。戎事須當閑習，三十乃始從役，未六十年力雖衰，戎事稀簡，猶可以從軍，故受之既晚，捨之亦晚。」陳喬樅云：「漢書高紀注引孟康曰：『古者二十而傅，三年耕而又一年儲，故二十三而後役之。』景紀二年，『令天下男子年二十始傅』，顏注：『傅，著也，言著民籍給公家徭役也。』韓說『二十行役』，與周禮『國中七尺以及六十皆征』之說合。鄉大夫大胥疏禮王制正義後漢書四十七引異義韓詩說與孔疏引同。御覽三百六引白虎通曰：『王命法年三十受兵何？重絶人世也。師行不必反，戰不必勝，故須其有世嗣也。年六十歸兵者何？不忍鬬人父子也。』與韓詩說同。」愚案：後漢班超傳注引韓詩外傳曰：「二十行役，六十免役。」行役即從役，謂「力政」也。六十免役，「六十」乃「五十」之誤。互校之，孔疏引「年二十行役」下蓋脫「五十免役」四字。

從孫子仲，平陳與宋。【疏】傳：「孫子仲，謂公孫文仲也，平陳於宋。」箋：「子仲，字也。平陳於宋，謂使告宋曰：『君爲主，敝邑以賦與陳、蔡從。』」○唐書宰相世系表：「孫氏出自姬姓。衞康叔八世孫武公和生公子惠孫，惠孫生耳，爲衞上卿，食采於戚，生武仲乙，以王父字爲氏。乙生昭子炎，炎生莊子紇，紇生宣子鰌，鰌生桓子良夫，良夫生文子林父。」據此，孫之爲氏自乙始，「此孫」乃「公孫」，春秋「公孫」皆不爲氏，公孫稱孫，如魯子叔肸，春秋作叔肸，傳作子叔之例，省字稱之也。傳：「孫子仲，謂公孫文仲也。」箋：「子仲，字也。」文仲不見春秋經、傳，然鄭申傳義，無異說，是三家當與毛同。

公孫子仲與州吁俱武公孫，時代正合。乙是武仲，疑耳即文仲，如魯臧氏父子以文、武爲謚。耳爲孫氏祖，食采於戚，至林父猶居之。平，和也。左隱六年經注：「和而不盟曰平。」蓋陳、宋有宿怨，是役乃平。春秋書宋公、陳侯、蔡人、衞人伐鄭，蔡、衞大夫將兵，陳、宋國君來會，情事顯然，此詩義與春秋相表裏。**不我以歸，憂心有忡。**【疏】傳：「憂心忡忡然。」箋：「以，猶與也。與我南行，不我與歸期。兵凶事，懼不得歸，豫憂之。」〇「不我以歸」，猶言「不以我歸」，當從出之時，已知將無威令，軍必散亡，故豫憂之。說文：「忡，憂也。」有忡，猶忡忡。

爰居爰處，爰喪其馬。于以求之？于林之下。【疏】傳：「有不還者，有亡其馬者。山木曰林。」箋：「爰，於也。不還，謂死也、傷也、病也。今於何居乎？於何處乎？如何喪其馬乎？于，於也。求不還者及亡其馬者，當於山林之下。軍行必依山林，求其故處近得之。」〇釋詁：「爰，曰也。」「爰居爰處」，軍士私相寬慰之詞。既困役不歸，則且於是居處，軍士散居，無復紀律。易林云：「士怯叛亡，迺終言之。」說文：「喪，亡也。从哭、从亡會意，亡亦聲。」人物亡失，通言之。于，往也。說文：「平土有叢木曰林，从二木。」言喪失戰馬，且往求之林木之下，玩泄之情如是。

死生契闊，與子成說。【注】韓說曰：「契闊，約束也。」【疏】傳：「契闊，勤苦也。說，數也。」箋：「從軍之士與其伍約：死也生也，相與處勤苦之中，我與子成相說愛之恩，志在相存救也。」〇「契闊，約束也」者，釋文：「契，本亦作挈，同。苦結反。闊，苦活反。韓詩云：約束也。」陳喬樅云：「文選劉琨答盧諶詩李注又引韓詩章句曰：『括，約束也。』韓改『契闊』爲『約束』，是以『契闊』爲『絜括』之叚借。說文『絜』下云：『麻一耑也。』段注：『一耑，猶一束也。』『括』下云：『絜也。』『係』下云：『絜束也。』『約』下云：『纏束也。』玉篇：『絜，約束也。』『約，束也。』絜括之爲約束，此其義。胡承珙云：『死生絜括，言死生相與約結，不相離棄也。』後漢繁欽定情篇：『何以致契闊？繞腕雙跳脫。』魏武帝短歌行：『越陌度阡，枉用相存。契闊談讌，心念舊恩。』皆以契闊爲約結之義，與韓說同。」愚案：箋用韓義改毛。說文：「說，一曰談說。」淮南修務訓高注：「說，言也。」成說，猶成言，謂與之定約相存救。晉楚成言，見左襄二十七年傳。楚詞「初既與予有成言兮」，「與予成言」，卽用此詩「與子成說」義。　執子之手，與子偕老。【疏】傳：「偕，俱也。」箋：「執其手，與子約誓，示信也。言俱老者，庶幾俱免於難。」○孔疏：「於是執子之手，殷勤約誓，庶幾與子俱得保命以至於老，不在軍陳而死。」王肅以爲「國人室家之志」，泥「偕老」爲詞，非詩恉。

于嗟闊兮，不我活兮！【疏】傳：「不與我生活也。」箋：「州吁阻兵安忍，阻兵無衆，安忍無親，衆叛親離。軍士棄其約，離散相遠，故吁嗟歎之：闊兮，女不與我相救活。傷之。」○依周南文，韓「于」當作「吁」。說文：「闊，疏也。」釋詁：「遠也。」孔疏：「于嗟乎，此軍伍之人今日與我乖闊兮，不與我相存救而生活兮。言彼此不相顧也。」　于嗟洵兮，不我信兮！【注】魯韓「洵」作「夐」，云：夐，遠也。【疏】傳：「洵，遠。信，極也。」箋：「歎其棄約，不與我相親信。亦傷之。」○「魯韓洵作夐」者，釋文：「韓詩作夐，夐亦遠也。」廣雅釋詁：「夐，遠也。」亦卽此詩義。呂覽盡數篇高注：「夐，遠也。夐讀如詩云『于嗟夐兮』。」是魯韓同。錢大昕云：「古讀夐如絢，與洵音近。」胡承珙云：「文選思玄賦『儵眴眴兮反常閭』，注引蒼頡云：『眴，視不明也。』靈光殿賦『目矎矎而喪精』，張載注：『矎矎，目不正也。』是矎矎卽眴眴，洵之爲夐，與此同例，毛訓洵爲遠，以洵爲夐之叚借也。」馮登府云：「穀梁文十四年傳『夐千乘之國』，范注：『夐猶遠。』文選幽通賦『夐冥默而不周』，『夐，曹大家注，遠貌也。』典引『上哉夐乎』，上林賦『儵夐遠去』，注並訓『遠』，是夐本字，洵借字。」愚案：陳奐云：「管子宙合篇『讂充言心也』，劉績補注：『讂，遠也。讂與夐通。』」案，釋文「洵或作詢」，誤。陳喬樅謂鄭讀「信」如字，「洵」當作「詢」，與下「信」應，非誤字，蓋鄭所據本作「詢」。詢、讂並從「言」，因相通借，亦一證也。上文箋云執手約誓示信，今離散違約，是「不我信」。左傳衆仲言州吁阻兵安忍，衆叛親離；又云州吁未能和其民，與此詩情事相應。

擊鼓五章，章四句。

凱風【注】齊說曰：凱風無母，何恃何怙？幼孤弱子，爲人所苦。【疏】毛序：「美孝子也。衛之淫風流行，雖有七子之母，猶不能安其室，故美七子能盡其孝道，以慰其母心而成其志爾。」箋：「不安其室，欲去嫁也。成其志者，成言孝子自責之意。」○「凱風」至「所苦」，易林咸之家人文。後漢姜肱傳：「肱性篤孝，事繼母恪勤，感凱風之義，兄弟同被而寢，不入房室，以慰母心。」據此，則易林所稱無母而孤子「爲人所苦」者，人卽繼母，故肱讀此詩而感其義也。魯韓說當與齊同。魏源云：「如毛序所說，宜爲千古母儀所羞道，乃漢明帝賜東平王書曰：『今送光烈皇后衣巾一篋，可時奉瞻，以慰凱風「寒泉」之思。』衡方碑：『感鄁人之凱風，悼蓼儀之勤劬。』梁相孔耽神祠碑：『竭凱風以惆憀，惟蓼儀以愴悼。』古樂府長歌行云：『遠游使心思，游子戀所生。凱風吹長棘，夭夭枝葉傾。黃鳥鳴相追，咬咬弄好音。竚立望西河，泣下沾羅纓。』咸以頌母儀，比劬勞，毫無忌諱，何耶？孟子曰：『凱風，親之過小者也。親之過小而怨，是不可磯也。』趙岐注：『凱風言「莫慰母心」，母心不説也，知親之過小也。小弁言「行有死人，尚或墐之」，而曾不闕己，知親之過大也。』以『母心不説』釋『不可磯』，卽內則『父母怒撻不敢疾怨』之誼，若不安於室，固未嘗苦虐其子，何磯不磯之有？昔人言餓死事小，失節事大，士庶人守一身，與天子守天下無異。論者乃謂衛母辱止一身故小，幽王禍及天下故大，是庶人終古無大過也。或謂序言美七子能慰母心，成母守節之志，故孔疏有『母遂不嫁』之語，以申凱風『過小』之誼，如是則衛母過在未形，七子諭親於道，閨門泯然無迹，序詩者乃追訐其一念之陰私，坐以淫風流行之大惡，豈詩人忠厚之誼乎？且與孟子『不可磯』之説風牛馬不相及矣。據姜肱傳，明此爲事繼母之詩，或其母未能慈於前母之子，故孟子與小弁被後母讒將見殺者，分過之小大，復以舜事後母例伯奇之事。」愚案：序「美孝子」，自是大師相傳古誼，「淫風流行」云云，則毛所塗附。玩孟子「親之過小」一語，周秦以前舊說決無「母不安室」之辭。趙用魯詩，其爲孟子章句，「母心不說」云云，當本魯訓，亦與齊誼相通，而與毛序顯異。皮錫瑞云：「魏所引外，尚有漢郎中馬江碑：『感凱風，歎寒泉。』敦煌長史武斑碑：『孝深凱風。』後漢書章八王傳和帝詔曰：『諸王幼稚，早離顧復。弱冠相育，常有蓼莪凱風之哀。』三國蜀志二主妃子傳：『今皇思夫人宜有尊號，以慰寒泉之思。』此皆漢人之辭。以後如潘岳寡婦賦：『覽寒泉之遺歎兮，咏蓼莪之餘音。』陶潛孟嘉傳云：『淵明先親，君之第四女也，凱風寒泉之思，實鍾厥心。』謝莊宋孝武宣貴妃誄：『仰昊天之莫報，怨凱風之徒攀。』謝朓齊敬皇后哀册文：『思寒泉之罔極兮，託彤管於遺詠。』晉書孝友列傳序：『灑風樹以隤心，頫寒泉而沬泣。』是六朝人猶知古義。」愚案：宋蘇軾爲胡完夫母周夫人挽詞，尚有「凱風吹盡棘成薪」之句，至南渡後，朱子集傳申明毛序之恉，文人皆以此詩爲諱矣。

凱風自南，吹彼棘心。【注】魯說曰：南風謂之凱風。【疏】傳：「興也。南風謂之凱風，樂夏之長養者。」箋：「興者，以凱風喻寬仁之母。棘，猶七子也。」○「南風謂之凱風」者，釋天文，魯說也。郭注：「詩曰：『凱風自南。』」釋文：「颽，又作凱。」是爾雅經、注並當作「颽」。「凱」、「颽」古今字之異。玉篇風部：「颽，南風也，亦作凱。」又重文「颽」，云同上。廣韻十五海云：「颽，南風也，亦作凱。」皆其證。邢疏詩正義引李巡曰：「南風長養，萬物喜樂，故曰凱風。凱，樂也。」呂覽有始篇高注：「離氣所生曰凱風，詩曰：『凱風自南。』」楚詞遠遊王注：「南風曰凱風。」引詩同。是魯作「凱」，與毛不異。文選班固幽通賦「飄凱風而蟬蛻兮」，曹大家注：「南風曰颽風。」疑齊詩家或作「颽」。說文：「吹，噓也。从口、从欠。」「棘，小棗叢生者。从並束。」易坎卦「寘于叢棘」，虞注：「坎多心，故叢棘，棘之心赤。」大東傳：「棘，赤心也。」朝士注：「樹棘以爲位者，取其赤心而外刺，象以赤心三刺也。」凱風喻母，棘子自喻，業生心赤，與衆子赤心奉母。

棘心夭夭，母

氏劬勞！【疏】傳：「夭夭，盛貌。劬勞，病苦也。」箋：「夭夭以喻七子少長，母養之病苦也。」○魯語韋注：「草木未成曰夭。」漢書貨殖傳注：「夭，謂草木之方長未成者。」重言之則曰「夭夭」，與「桃之夭夭」同義，木少盛貌也，字亦當作「枖枖」。徐鍇說文繫傳引此詩，云：「棘心所以速長者，以得愷風也。子所以速大者，以母劬勞而養之也。」鴻雁釋文引韓詩文：「劬，數也。」此詩「劬」義當同。廣雅釋詁：「劬，數也。」即本韓詩。釋詁：「劬，勞病也。」人煩勞頻數則疲病，韓義與雅訓相成。

凱風自南，吹彼棘薪。【疏】傳：「棘薪，其成就者。」○棘薪，謂棘長大可爲薪，與「翹翹錯薪」同義。不指已刈者言，喻子已長成。母氏聖善，我無令人！【疏】傳：「聖，叡也。」箋：「叡作聖。令，善也。母乃有叡知之善德，我七子無善人能報之者，故母不安我室，欲去嫁也。」○說文：「聖，通也。」「善，吉也。」與「美」義同意。聖善，言通於事理，有美德也。列女孫叔敖母傳引詩曰「母氏聖善」，乃推演之詞。釋詁：「令，善也。」「我無令人」，反己自責也。

爰有寒泉，在浚之下。【疏】傳：「浚，衛邑也。在浚之下，言有益於浚。」箋：「爰，曰也。曰有寒泉者在浚之下，浸潤之，使浚之民逸樂，以興七子不能如也。」○水經瓠子水注：「濮水枝津，上承濮渠，後東逕沮丘城南，又東逕浚城南，西北去濮陽三十五里，城側有寒泉岡，卽詩所謂『爰有寒泉，在浚之下』，世謂之高平渠，非也。」御覽百九十三引郡國志云：「水冬夏常冷，故曰寒泉。」今續漢志無此語。有子七人，母氏勞苦！【疏】說文：「苦，大苦苓也。从草，古聲。」引申之爲五味之苦；又推言之，凡勤勞傷病厭惡，皆謂之苦，而苦字之本義廢。「勞苦」者，勞極則苦也，言雖七子無益於母，不如寒泉有益於人。大戴禮立孝篇：「詩云：『有子七人，母氏勞苦。』子之辭也。」盧辯注：「七子自責任過之辭。」陳喬樅云：「盧注徵引有康成譙周孫炎宋均范甯郭象諸人，則所稱述亦多魏晉以前舊說。」

睍睆黃鳥，載好其音。【注】韓「睍睆」作「簡簡」。【疏】傳：「睍睆，好貌。」箋：「睍睆，以興顏色說也。好其音者，興其辭令順也。以言七子不能如也。」○陳喬樅云：「玉篇目部：『睍，目出貌。詩云：「睍睆黃鳥」。』『睆，出目貌。』義與毛異，蓋三家說。」「韓睍睆作簡簡」者，御覽九百二十三羽族部引韓詩：「簡簡黃鳥，載好其音。」詩攷引同。段玉裁云：「毛詩睍、睆雙聲，此『簡簡』當本是雙聲字，御覽誤重簡字耳。」陳喬樅云：「宋槧本引韓詩作『簡斤黃鳥』，斤乃『反』之譌，疑作『簡眅黃鳥』，轉寫脫去『目』旁，僅存其半爲『反』字。說文：『眅，白眼也。』引春秋傳游眅字子明爲證，是『眅』有明義。『簡』亦明也，故以『簡眅』興顏色之明好。一說戰國策田⿱般目，高注讀鄭游眅之眅。說文：『⿱般目，轉目視也。』集韻『⿱般目』同『眅』。則眅卽⿱般目之通假也。簡亦瞯之通假。說文：『瞯，戴目也。江淮之間謂眄曰瞯。』方言：『瞯，略眄也。』玉篇：『瞯，眄也。』廣韻『瞯』、『眅』並訓爲『目多白貌』。目眄睞則睛多白，是瞯、眅皆謂目之轉視流眄，故爲顏色之悅也，其義亦通。毛傳『睍睆』之義，亦宜爲『眄睞』，洛神賦所謂『明眸善睞』是也。若訓睍爲『目出』、睆爲『出目』，則不得云『好貌』。『睍睆』蓋卽『䁙睕』之假借，毛詩角弓『見睍聿消』，荀子作『宴然聿消』，此見、宴字通之證。集韻：『睆，或作睕。』此睆、睕字通之證。說文：『䁙，目相戲也。』玉篇：『睕，小嫵媚也。』新臺『燕婉之求』，說文作『䁙婉之求』，䁙睕卽䁙婉，皆好貌也。」愚案：陳奐引詩經小箋，云說文無「睆」字，疑此本作「睍睍」，故韓作「簡簡」。段氏據影宋本御覽「簡」下第二字空白不可攷，因而獻疑。馮登府據張氏影宋本御覽作「簡簡」，謂作「簡簡」無疑。傳本參差，立說互異。陳氏釋毛韓通假之義，固爲有見，然據宋槧本作「簡斤」，以「斤」爲「反」之譌，究屬臆斷。御覽今本雖有不同，詩攷引韓作「簡簡」可據也。考工記弓人「欲小簡而長」，鄭司農云：「簡，讀爲撊然登陴之撊。」釋天釋文：「僩，本作撊。」荀子榮辱篇注：「僩，與撊同。」是簡、僩、撊三字音訓互通。淇奧「瑟兮僩兮」，釋文引韓詩云：「僩，美貌。」「簡簡」與「撊然」、「僩兮」並爲狀物之詞，「簡簡」猶「僩僩」也。美、好同訓，簡簡之爲美貌，猶晛睆之爲好貌矣。別求通假，不若以韓詁韓較爲明了。載，詞也。好音可悅，不獨顏色之美。有子七人，莫慰母心！【疏】傳：「慰，安也。」〇「莫慰母心」，言不如黃鳥尚能悅人。

凱風四章，章四句。

雄雉【疏】毛序：「刺衞宣公也。淫亂不恤國事，軍旅數起，大夫久役，男女怨曠，國人患之而作是詩。」箋：「淫亂者，荒放於妻妾，烝於夷姜之等。國人久處軍役之事，故男多曠、女多怨也。男曠而苦其事，女怨而望其君子。」〇案，序「大夫多役，男曠女怨」，正此詩之恉。宣公云云，乃推本之詞，詩中未嘗及之。箋於首、次章牽附淫亂之事，殆失之泥。三家義未聞。

雄雉于飛，泄泄其羽。【注】韓說曰：雉，耿介之鳥也。【疏】傳：「興也。雄雉見雌雉，飛而鼓其翼泄泄然。」箋：「興者，喻宣公整其衣服而起，奮訊其形貌，志在婦人而已，不恤國之政事。」〇「雉，耿介之鳥也」者，文選潘岳射雉賦注引韓詩薛君章句文。詩「雉」始見此篇。選注所引，當是此詩章句。士相見禮「冬用雉」，注云：「士贄用雉者，取其耿介，交有時，別有倫也。」章句以雉爲耿介之鳥，知大夫妻以雄雉喻君子，非以喻淫亂之宣公。韓與傳箋異也。于，往也。「泄泄」，唐石經避太宗諱作「洩洩」，「洩」、「泄」字同。板「無然泄泄」，釋訓作「無然洩洩」，是其證。文選思玄賦注引左傳杜注：「洩洩，舒散也。」「泄泄」亦當爲「舒散」意，傳以爲「飛而鼓翼狀」，箋云「奮迅其形貌」，盡「泄泄」情態。我之懷矣，自貽伊阻。【注】韓說曰：阻，憂也。【疏】傳：「詒，遺。伊，維。阻，難也。」箋：「懷，安也。伊當作繄，繄猶是也。言君之行如是，我安其朝而不去，今從軍旅，久役不得歸，此自遺以是患難。」〇說文：「懷，念思也。」釋文：「貽，本亦作詒。」是陸所據本作「貽」。說文：「遺，亡也。」無「貽」、「詒」字，「詒」卽「遺」也。釋言：「貽，詒也。」廣雅釋詁：「遺，餘也。」史記陳涉世家索隱：「遺，謂留餘也。」自「遺亡」義引申之，遺亡卽留餘也，故又爲餽贈之義。「自詒」猶言自留遺也。箋云：「伊當作緊，緊猶是。」陳奐云：「箋於此及蒹葭東山正月之『伊』，並云『伊』當作『緊』，或三家有作『緊』者。」「阻，憂也」者，玉篇阜部引韓詩文，慧琳音義六同。顧震福云：「廣韻『阻，憂也』，卽用韓說。左宣二年傳引詩『我之懷矣，自詒伊戚』，王肅謂卽雄雉之詩。」馬瑞辰云：「阻從且聲，且之言藉也。國語『甯戚』，亢倉子作『甯藉』。戚，亦與『憂』義同。」愚案：說文：「阻，險也。」釋詁：「阻，難也。」韓訓「憂」，自「險難」義引申而出。詩以雄雉奮迅往飛，與君子勇於赴義，今久役不歸而君莫不恤，乃自詒是險難之憂也。國有軍旅，臣下義當自效，惟宣公不恤國政，罔念勤勞，故大夫家人有君子「自詒伊阻」之傷，所以爲刺，否則詩人不當爲是言矣。

雄雉于飛，下上其音。展矣君子，實勞我心。【疏】傳：「展，誠也。」箋：「下上其音，興宣公小大其聲，怡悅婦人。誠矣君子，愬於君子也，言君之行如是，實使我心勞矣，君若不然，則我無軍役之事。」○「下上其音」者，以雄之往復飛鳴，興君子勞役無已。釋詁：「展，誠也。」言誠以君子之故，使我心思之至於勞劇也。

瞻彼日月，悠悠我思。道之云遠，曷云能來。【注】魯「悠」作「遥」。魯說曰：「急時之辭也，甚焉故稱日月也。韓說曰：「急時辭也，是故稱之日月也。【疏】傳：「瞻，視也。」箋：「日月之行，迭往迭來，今君子獨久行役而不來，使我心悠悠然思之。女怨之辭。曷，何也。何時能來，望之也。」○「魯悠作遥」者，說苑辨物篇引詩曰：「『瞻彼日月，遥遥我思。道之云遠，曷云能來。』急時之辭也，甚焉故稱日月也。」據此，魯作「遥」。說文無「遥」字。方言：「遥，遠也。梁楚曰遥。」廣雅釋詁：「遥，遠也。」釋詁：「悠，遠也。」莊子秋水篇注：「遥，長也。」說文：「悠，長也。」「遥」「悠」雙聲字，義訓亦同。「急時」至「月也」，韓詩外傳一引詩文。玩魯韓義，言舉日月以喻君子。日月至高，可瞻而不可卽，今君子遠不能來，如之。非所宜喻而取爲喻，故以爲急且甚之辭爾，望君子之切也。荀子宥坐引此詩，云：「伊稽首不其有來乎？」斷章取之。

百爾君子，不知德行。不忮不求，何用不臧。【疏】傳：「忮，害。臧，善也。」箋：「爾，女也。女，衆君子。我不知人之德行何如者可謂爲德行，事君或有所留。女怨，故問此焉。我君子之行不疾害、不求備於一人，其行何用爲不善，而君獨遠使之，在外不得來歸。亦女怨之辭。」○案，謂在朝之大夫不知其君子之德行，舉朝憒憒，非獨君不恤下。說文：「忮，很也。」論語子罕篇馬注：「害也。不疾害，不貪求，何用不爲善也。」案，很忮則害人，「害」是引申義。「不求」，馬說是。韓詩外傳一凡三引詩，推演其義，所云「不求福者爲無禍」、「廉者不求非其有」、「德義暢乎中而無外求」，釋「不求」並與馬說合。說苑雜言篇引詩亦云「廉者不求非其有」，足證魯韓義同。說文：「用，可施行也。」「臧，善也。」「何用不臧」，猶言無往不利。詩言我君子無很忮、無貪求，何所施行而不吉善乎？雖君與百君子不知，亦自安吾素而已。

雄雉四章，章四句。

匏有苦葉【疏】毛序：「刺衛宣公也。公與夫人並爲淫亂。」箋：「夫人，謂夷姜。」○賢者不遇時而作也。論語憲問篇：子擊磬于衛，荷蕢諷之曰：「莫己知也，斯己而已矣。深則厲，淺則揭。」此衛人引衛詩，以明當隨時仕己之義，乃詩說之最古者。後漢張衡傳應間云：「深厲淺揭，隨時爲義。」又云：「捷徑邪至，我不忍以揭步。干進苟容，我不忍以歛肩。雖有犀舟勁楫，猶人涉卬否，有須者也。」衡習魯詩，此本魯義，與荷蕢引詩意合，知古說無「刺淫」義也。徐璈云：「此是士之審於出處，而諷進不以道者。濟涉濟盈，大易涉川之象；求牡歸妻，孟子有家之喻。全詩以二者託興。呂祖謙云『此詩皆以物爲比，而不正言其事』是也。其曰『迨冰未泮』，『卬須我友』，則出處之間，待時而動，信友獲上，有其道矣。」

匏有苦葉，濟有深涉。【注】齊説曰：枯瓠不朽，利以濟舟。渡踰江海，无有溺憂。韓説曰：涉，渡也。【疏】傳：「興也。匏謂之瓠，瓠葉苦，不可食也。濟，渡也。由膝以上爲涉。」箋：「瓠葉苦而渡處深，謂八月之時。陰陽交會，始可以爲昏禮，納采問名。」〇説文：「匏，瓠也。从包，夸聲。包，取其可包藏物也。」「瓠，匏也。从瓜，夸聲。」壺涿氏注引詩，「匏」作「苞」，楚詞劉向九歎作「瓟」，並叚借字。孔疏引陸璣云：「匏葉少時可爲羹，又可淹煮，極美，故詩曰：『幡幡瓠葉，采之亨之。』今河南及揚州人恆食之。八月中堅强不可食，故云苦葉。」本草「苦瓠」，陶弘景注：「今瓠忽自有苦者如膽，不可食，非別生一種也。」唐本注云：「瓠味皆甜，時有苦者，而似越瓜，長者尺餘，頭尾相似。」愚案：三説皆未考實。匏卽今之壺盧瓜，豳風「八月斷壺」，壺卽瓠也。（今之「瓠瓜」又別一種，非詩之「瓠」。）晉以後謂之「壺盧」。世説載陸雲入洛詣劉道真，劉問「長柄壺盧」是也。南北皆有之，燕京鄉間尤多種者，味甚甜，初熟時取其不能製物者食之，餘則留待秋盡葉枯，壺盧體質堅老，摘取煮熟，剖以爲瓢而食其瓤。不剖者人繫於身，入水不湛，故江湖間用以防溺。楚北舟人小兒多繫之腰間，此皆得之目驗者。論語孔子云：「吾豈匏瓜也哉，焉能繫而不食。」謂此物也。鶡冠子「中流失船，一壺千金」，劉子隨時篇作「瓠」，亦謂繫瓠可以免溺。苦，當讀爲枯。「枯瓠」至「溺憂」，易林震卦文。是齊讀「苦」爲「枯」，「枯」、「苦」字通。莊子人間世篇「此以其能苦其生者也」，釋文：「苦，崔本作枯。」是其證。葉枯然後取匏，故匏有苦葉而後濟有深涉。左襄十四年傳：「諸侯之大夫從晉伐秦，及涇不濟。」「叔向見叔孫穆子，穆子賦匏有苦葉，叔向退而具舟。」魯語：「諸侯伐秦，及涇不濟。叔向見叔孫穆子曰：『諸侯謂秦不恭而討之，及涇而止，於秦何益？』穆子曰：『豹之業及匏有苦葉矣，不知其他。』叔向退，召舟虞與司馬，曰：『苦匏不材於人，共濟而已。魯叔孫賦匏有苦葉，必將涉矣。』」韋注：「材，若裁也，不裁於人，不可食也。共濟而已，佩匏可以渡水也。」案，穆子賦詩，叔向卽知其將涉，自是古義相承如此。韋注「不可食」，與夫子言「不食」義合。匏待葉枯，喻士須時至；有匏而後可深涉，喻士有材能而後可用世也。釋言：「濟，渡也。」説文「𣶃」下云：「徒行厲水。从林、从步。」「涉」下云：「篆文从水。」廣韻：「涉，徒行渡水也。」「涉，渡也」者，慧琳音義二引韓詩文。廣雅釋詁：「涉，渡也。」卽用韓義。楚詞離騷王注同，是魯韓不異。顧震福云：「呂覽知公篇高注、國語韋注並云：『涉，度也。』方言：『過度謂之涉濟。』『渡』、『度』古字通用。」深則厲，淺則揭。【注】魯説曰：揭者，揭衣也。以衣涉水爲厲。繇厀以下爲揭，繇厀以上爲涉，繇帶以上爲厲。韓説曰：至心曰厲。三家亦作「砅」，又作「濿」。【疏】傳：「以衣涉水爲厲，謂由帶以上也。揭，褰衣也。遭時制宜，如遇水深則厲，淺則揭矣。男女之際，安可以無禮義，將無以自濟也。」箋：「既以深淺記時，因以水深淺喻男女之才性賢與不肖及長幼也，各順其人之宜，爲之求妃耦。」○「以衣」至「爲厲」，釋訓文，釋此詩也。「至心曰厲」者，釋文：「厲，以衣涉水也。韓詩云：至心曰厲。」「三家亦作砅，又作濿」者。説文「砅」下云：「履石渡水也。从水、石。詩曰：『深則砅。』」「濿」下云：「砅或从厲。」釋文：「厲，本或作濿。」戴震云：「詩意以淺水可褰裳而過，若水深則必依橋梁乃可過。衛詩淇梁、淇厲並稱，厲固梁之厲也。」邵晉涵云：「橋無妨有厲名，至此詩當從爾雅。韓云『至心曰厲』，卽所云『由帶以上』。説文：『涉，徒行厲水也。』是未嘗不以厲爲以衣涉水，不必因『履石渡水』之解傅合橋梁也。」陳喬樅云：「説文引詩『深則砅』，此齊詩之文。重文作『濿』者，魯詩也。劉向楚詞九歎離世云：『櫂舟航以橫濿兮。』王逸注：『濿，渡也，由帶以上爲濿。』又遠逝云：『橫汨羅而下濿。』向逸用魯詩，字同作『濿』，是本魯詩『深則濿』之語。毛韓同作『厲』，則『砅』爲齊詩無疑。易林泰之坤：『濟深難渡，濡我衣袴。』卽以衣涉水也，由帶而上，則水深至心矣。玉篇水部：『水深至心曰砅。』是韓亦作『砅』也。至『履石渡水』之訓，説文別爲一義，與下文引詩無涉。」郝懿行云：

「爾雅以由膝、由帶言者，蓋爲空言深淺，恐無準限，故特舉此爲言，明過此以往則不可渡也。然亦略舉大槩而言，實則由帶以下亦通名厲，故論語鄭注、左傳服注並云『由膝以上爲厲』，由膝以上，卽由帶以下，故約略其文耳。厲有淩厲之義，因爲涉水之名，故說文『涉』字解云『徒行厲水也』，是厲、涉通名。『砅』字引詩別解，義與爾雅異。」愚案：陳郝說並是，惟以「砅」字解爲別義非也。韓許二家因雅訓由膝、由帶義未明塙，特易其文。「至心」，自上言之；「履石」，自下言之也。石卽水中之石，非謂橋梁。漢鐃歌「凉石水流爲沙」，是沙亦爲石。凡深水，沙石乃可徒行，泥淖陷没則否，故云「履石渡水」，此許意也。許於「涉」字已解爲「徒行厲水」，豈於此忽不知「厲」是「徒行」而易爲從橋之義乎？許君釋字、引經，義歸一貫，全書通例如此。陳謂「砅」字解與引詩無涉，疑誤後學，不可從。王引之云：「說文以砅爲履石渡水，仍取渡涉之義，非以砅爲石橋。」其說得之。揭者，說文：「高舉也。」淺則褰裳涉之，故曰揭。水深淺隨時，故厲、揭無定，喻涉世淺深，各有時宜也。韓詩外傳一載莊之善事，末引詩二語，乃推演之詞。

有瀰濟盈，有鷕雉鳴。【疏】傳：「瀰，深水也。盈，滿也。深水，人之所難也。鷕，雌雉聲也。衛夫人有淫佚之志，授人以色，假人以辭，不顧禮義之難至，使宣公有淫昏之行。」箋：「有瀰濟盈，謂過於厲，喻犯禮深也。」○有瀰，猶瀰瀰。有鷕，猶鷕鷕。全詩大同，下章「有洸有潰」，韓詩作「洸洸潰潰」，卽其例也。言瀰然者，濟之盈；鷕然者，雉之鳴。說文：「瀰，滿也。从水，爾聲。」不作「瀰」。新臺釋文引作「水滿也。」玉篇：「深也，盛也。」上「濟」以人言，此「濟」以車言。說文：「鷕，雌雉鳴也。从鳥，唯聲。詩曰：『有鷕雉鳴。』」濟盈不濡軌，雉鳴求其牡。【疏】傳：「濡，漬也。由輈以上爲軌。違禮義不由其道，猶雉鳴求其牡矣。飛曰雌雄，走曰牝牡。」箋：「渡深水者必濡其軌，言不濡者，喻夫人犯禮而不自知。雉鳴反求其牡，喻夫人所求非所求。」○「由輈以上爲軌」，釋文：「軌，舊龜美反。謂車轊頭也。依傳意，直音犯。説文：『軌，車轍也。从車，九聲。龜美反。』『軓，車軾前也。从車，凡聲。音犯。』」王念孫云：「傳『由輈以上爲軌』，當作『由軸以上爲濡軌』。軌者，軸之兩端。水由軸以上，則其深滅軌。徐邈等所見不誤，知軌爲軸之轊頭，故有車轊頭之訓。陸孔所見本『軸』誤『輈』，『軌』上又脱『濡』字，故疑軌爲軾前之軓。唐石經因之誤改軌爲軓。」王引之云：「水由軸以上則濡軸，經不言濡軸者，軸在軫下，爲軫所蔽，不若轊頭爲人所易見，故以易見者言之，而云濡軌。晏子春秋諫篇景公爲西曲潢，其深滅軌。滅者没也，水由軸以上則轊頭没入水中，故曰滅軌。不言滅軸而言滅軌，亦以易見者言之也。」（詳經義述聞。）足正毛傳唐石經之誤。鳥曰雌雄，獸曰牝牡，散文則通，故南山「雄狐綏綏」，獸亦稱雌雄；周書「牝雞司晨」及此詩，鳥亦稱牝牡。雉必其牡然後求之，喻臣當擇主也。水深濡軌則不濟，「危邦不入」之義。雉非其牡則不求，「非君不事」之義。

雝雝鳴雁，旭日始旦。【注】魯「雝雝」作「噰噰」，齊作「雍雍鳴鳱」。韓「旭」作「煦」。韓説曰：煦，暖也。【疏】傳：「雝雝，鴈聲和也。納采用鴈。旭日始出，謂大昕之時。」箋：「鴈者隨陽而處，似婦人從夫，故昏禮用焉。自納采至請期用昕，親迎用昏。」○「魯雝雝作噰噰」者，釋詁：「噰噰，音聲和也。」郭注：「鳥鳴相和。」邢疏：「邶風匏有苦葉云：『噰噰鳴雁。』」「齊作雍雍鳴鳱」者，鹽鐵論結和篇引詩文。桓學齊詩也。御覽三、洪興祖楚詞補注八引作「噰噰」，事類賦十九作「嗈嗈」，並詩異文。陳喬樅云：「鳱同鳽，即雁也。禽經：『鳽以水言，自北而南。鴈以山言，自南而北。』張華注：『鳽、鴈並音雁。鳽，隨陽鳥也，冬適南方，集於江干，故字從干。鴈，中春寒盡，雁始北向，燕代尚寒，猶集山陸岸谷閒，故字從厈。』開元五經文字『雁』又音『岸』，則鳽即雁無疑矣。」愚案：孔疏：「雁生執之以行禮，故言雁聲。」王引之云：「『摯不用死』，鄭注：『摯，雁也。』鴻雁不可生服，雁蓋鵝也。」陳奐云：「秋行嫁娶，納采在前，當無雁之時，則雁爲家畜之鵝。王説是。」說文：「旭，日旦出貌。一曰明也。」說文：「旦，明也。从日，見一上。一，地也。」「韓旭作煦。云煦，暖也」者，文選陸機演連珠李注引薛君韓詩章句文。毛傳：「旭日始出，謂大昕之時。」箋云：「自納采至請期用昕。」說文：「昕，日將出也。」說文：「煦，日出昷也。」「昷」、「暖」義同。陳喬樅云：「周禮注引司馬法曰：『旦明鼓五通爲發昫。』是昫亦訓爲日始出。旭、昫一聲之轉，韓詩煦字蓋亦昫之通借。」胡承珙云：「易『盱豫』，釋文：『盱，姚信作旴，云日始出。』引詩『旴日始旦。』今案，旴當爲旰，从干，不从于。說文玉篇皆無『旴』字。說文『旰』雖訓『晚』，然日部又云：『皞，旰也。』玉篇：『皞，明也，旰也。』是『旰』有『明』義，故釋天注言『氣皓旰』，釋文云：『旰，日光出也。』文選上林賦『采色皓旰』，景福殿賦『皓皓旰旰』，皆取光明之義。詩釋文：『旭，許玉反。徐又許袁反。』案，『旰』從『干』，讀與『軒』同，『許袁反』正其音，是徐所見本亦必作『旰日始旦』，與姚同。」士如歸妻，迨冰未泮。【注】魯說曰：嫁娶必以春何？春者天地交通，萬物始生，陰陽交際之時也。齊說曰：冰泮將散，鳴雁雍雍。丁男長女，可以會同，生育賢人。韓說曰：迨，願也。古者霜降迎女，冰泮殺止。【疏】傳：「迨，及。泮，散也。」箋：「歸妻，使之來歸於己，謂請期也。冰未散，正月中以前也，二月可以昏矣。」○「士如歸妻」者，婦人謂嫁曰「歸」，自士言之，則娶妻是「來歸」其妻，故曰「歸妻」，謂親迎也。「嫁娶」至「時也」，白虎通嫁娶篇文，引本詩爲證。「冰泮」至「賢人」，易林豫卦文，是齊詩說此章大恉。說文「泮」下云：「諸侯鄉射之宮。」「判」下云：「分也。」詩借「泮」爲「判」，謂冰乘春而分解，冰泮將散，猶言冰將泮散。詩言「未泮」，說文云「將泮」，正釋「迨」字之義。時至初春，冰未泮而有將泮之勢，唯恐中春冰泮，過正昏之月也。「迨，願也」者，摽有梅引韓說，此詩顧及時，意亦同也。「古者」至「殺止」，周禮媒氏疏載王肅聖證論引韓詩傳文。胡承珙云：「二語本荀子。嫁娶時月，毛鄭異說，東門之楊傳云：『男女失時，不逮秋冬。』鄭據周禮『仲春之月，令會男女』，以仲春爲婚月。案，管子幼官篇：春三卯，『十二，始卯，合男女。』秋三卯，『十二，始卯，合男女。』管子所謂『秋始卯』，在白露後，卽霜降迎女；『春始卯』，在清明後，卽冰泮殺止也。通典引董仲舒書曰：『聖人以男女當天地之陰陽，天地之道，向秋冬而陰氣來，向春夏而陰氣去，故古之人霜降而迎女，冰泮而殺止，與陰俱近，與陽俱遠也。』太玄亦云『納婦始秋分。』管荀皆周秦古書，董楊又漢代大儒，其義不可易矣。王肅云，自馬氏以來，乃因周官而有二月，鄭說蓋本馬融。至馬昭申鄭，援證諸詩，則孔晁答云：『有女懷春，謂女惡無禮過時，故思春日遲遲，蠶桑始起，女心悲矣。嘒彼小星，喻妾侍夫人。蔽芾其樗，喻行遇惡人。熠燿其羽，喻嫁娶盛飾。皆非仲春嫁娶之候。』其說皆孔優於馬。若張融所據夏小正『二月綏多士女』，蓋亦期盡蕃育之法，其實鄭正據定在周官。今攷周官媒氏云：『掌萬氏之判，凡男女自成名以上，皆書年月日名焉。令男三十而娶，女二十而嫁，凡娶判妻入子者，皆書之。中春之月，令會男女，於是時也，奔者不禁。若無故而不用令者，罰之。』詳玩經文，所謂判妻入子皆書之，自是霜降之候，正以昏禮。其下云云，乃期盡蕃育之法，蓋自中春以後，農桑事起，婚姻過時，故於是月令會男女，其或先因札喪凶荒六禮未備者，雖奔不禁，所謂不待禮聘，因媒請嫁而已。若中春非爲期盡，則正昏之月何用汲汲而先下此不禁奔之令乎？此誤會經文之失也。惠氏禮說云：左襄二十二年傳：『十一月，鄭游眅將如晉，未出境，遭逆妻者，奪之。』則春秋時民間嫁娶亦在秋冬，尤塙證矣。」愚案：胡氏此條足解自來經生聚訟之紛，當爲定論，惟與白虎通義不合，蓋東漢昏期不遵古制，漸變西京舊說，遂不免遷就今禮以解古詩，此魯恭魏應等推衍魯義之失。詩人以昏不可過期，喻仕不可過時，與孟子男女室家之譬同意，明己未嘗不欲仕也。

招招舟子，人涉卬否。人涉卬否，卬須我友。【注】魯說曰：以手曰招，以言曰召。韓說曰：招招，聲也。魯「須」作「頷」。【疏】傳：「招招，號召之貌。舟子，舟人，主濟渡者。卬，我也。人皆涉，我友未至，我獨待之而不涉，以言室家之道，非得所適貞女不行，非得禮義昏姻不成。」箋：「舟人之子號召當渡者。猶媒人之會男女無夫家者，使之爲妃匹。人皆從之而渡，我獨否。」○說文：「招，手呼也。」「以手曰招，以言曰召」者，釋文引王逸說。案，見楚詞招魂章句敍，蓋本魯故。「招招，聲也」者，釋文引韓詩文。陳喬樅云：「號召必手招之，故毛以貌言；手招亦必口呼之，故韓以聲言也。」釋詁：「卬，我也。」說文：「否，不也。」「魯須作頿」者，釋詁：「頿，待也。」邢疏：「邶風匏有苦葉云：『卬頿我友。』」「須」作「頿」，蓋據舊注魯詩文。說文：「須，面毛也。从頁、从彡。」「頿，待也。从立，須聲。」魯正字，毛借字。人皆涉，我獨不然，所以如此者，我待我友而後涉耳。詩人明己目前不仕之故，待同心之友而後謀共濟也。其抱道自重，不輕一試，可謂賢矣。

匏有苦葉四章，章四句。

谷風【疏】毛序：「刺夫婦失道也。衞人化其上，淫於新昏而棄其舊室，夫婦離絶，國俗傷敗焉。」箋：「新昏者，新所與爲昏禮。」○列女傳賢明篇：「晉趙衰妻狄叔隗，生盾。及返國，文公以其女趙姬妻衰。趙姬請迎盾與其母，衰辭而不敢。姬曰：「不可，夫得寵而忘舊，舍義；好新而嫚故，無恩；與人勤於隘厄，富貴而不顧，無禮。君棄此三者，何以使人？雖妾亦無以侍執巾櫛。詩不云乎：『采葑采菲，無以下體。德音莫違，及爾同死。』與人同寒苦，雖有小過，猶與之同死而不去，況於安新忘舊乎？」又曰：『讌爾新昏，不我屑以。』蓋傷之也。君其逆之，無以新廢舊！」趙姬引詩，以爲夫婦失道之辭，其義最古。魯詩家載之如此，是魯與毛同。貞順篇息君夫人爲楚所虜，與息君俱自殺；節義篇楚昭越姬先昭王之薨自殺，傳末並引詩云：「德音莫違，及爾同死。」此之謂也。」亦以二事明此詩夫婦同死之義。禮坊記引詩「葑菲」四句，鄭注：「此詩故親今疏者，言人之交當如采葑采菲，取一善而已，君子不求備於一人。」案，交，謂相接也。「故親今疏」，與「棄舊」

義合」;「不求備」,申「取一善」義,非有異說。乃疏言「鄭云此『故親今疏』者,此鄭別解詩義,以注記之時,未見毛傳,不知夫婦相怨,謂交友相於,(疑當作「瘉」。)所以云故親今疏」,夫詩爲夫婦之辭,其義甚明,何必見傳始知此,孔泥注文而誤會,非。三家說不同也。

習習谷風,以陰以雨。【注】魯說曰:「東風謂之谷風。谷之言穀,穀,生也。谷風者,生長之風。【疏】傳:「興也。習習,和舒貌。東風謂之谷風。陰陽和,谷風至,夫婦和則室家成,室家成而繼嗣生。」○「習習」者,說文:「習,數飛也。从羽,从白。」數飛則鳥羽和調,引申爲「申重」義,又爲「和舒」義,故以狀和風數至,重言之曰「習習」也。「習」與「襲」通。胥師注:「故書襲爲習。」書大禹謨疏:「習與襲同。」是習之言襲,亦謂和風徐來若襲人然也。「東風謂之谷風」者,釋天文,魯說也。「谷之」至「之風」,孔疏引孫炎注文,蓋舊注魯詩義也。「谷之言穀」者,取同聲字爲訓。書堯典「宅西曰昧谷」,縫人注作「度西曰柳穀」;莊子駢拇篇「臧與穀二人相與牧羊」,崔譔本「穀」作「谷」,是「谷」、「穀」字通。「穀,生也」者,釋言文。晉語注:「穀,所仰以生也。」廣雅釋詁:「穀,養也。」老子「谷神不死」,注:「谷,養也。」其義同。水注谿相屬謂之谷,其生不窮,故生長之風亦爲「谷風」矣。說文:「陰,闇也。」廣雅釋詁同。山川蒸雲,上掩宙合,天地氣應,時雨乃至,故雨先以陰。陰陽和調則風雨有節,與夫婦和順則戾氣不生,正與「不宜有怒」相應。黽勉同心,不宜有怒。【注】韓「黽勉」作「密勿」,云密勿,僶俛也。魯「黽勉」亦作「密勿」。【疏】傳:「言黽勉者,思與君子同心也。」箋:「所以黽勉者,以爲見譴怒者非夫婦之宜。」○「韓黽勉作密勿,云密勿,僶俛也」者,文選傅季友爲宋公求加贈劉將軍表李注引韓詩曰:「『密勿同心,不宜有怒。』密勿,僶俛也。」釋文:「黽,本亦作僶。」周禮「矢前後俛」,唐石經「俛」作「勉」,是「黽勉」、「僶俛」字同。白帖十七、御覽五百四十引詩,並作「僶俛」。「魯亦作密勿」者。陳喬樅云:「『十月之交『黽勉從事』,漢書劉向傳引作『密勿從事』，然則此『黽勉同心』，魯詩亦當作『密勿同心』，與韓同也。釋詁：『蠠没，勉也。』郭注：『蠠没，猶黽勉。』釋文：『蠠，本或作𧖞。』説文：『𧖞，古密字。』是爾雅『蠠没』即魯詩『密勿』之通假。『没』亦重文作『没没』，易繫辭鄭注：『亹亹，没没也。』又轉爲『勿勿』，禮器鄭注：『勿勿，猶勉勉也。』義皆相通。」皮錫瑞云：「後漢蔡邕傳：『宣王遭旱，密勿祇畏。』即雲漢篇之『黽勉畏去』也。又蔡邕月令問答云：『晝夜密勿。』伯喈書石經用魯詩，則此兩引『密勿』亦魯詩作『密勿』之證。隸釋帝堯碑『密勿匪休』，冀州從事郭君碑『密勿其光』，無極山碑『僉(缺)密勿』，皆漢人引三家詩也。」馬瑞辰云：「黽勉、密勿、蠠没，皆雙聲通用。玉篇：『蠠，勉也。』蠠又蠠俗字。『黽勉』又作『閔免』。漢書五行志『閔免遯樂』，顏注：『閔免，猶黽勉也。』又轉爲『文莫』。説文：『忞，自勉强也。』『慔，勉也。』廣雅：『文，勉也。』楊慎丹鉛錄引晉欒肇論語駁云：『燕齊謂勉强爲文莫。』是也。黽、勉皆爲勉，故釋文曰：黽勉，猶勉勉也。」愚案：説文：「勿，州里所建旗象，其柄有三游，所以趣民，故遽稱勿勿。」據此，勿爲戒勉之義，自「趣民」意引申而出，故「勿勿」猶「勉勉」也，「黽勉」、「密勿」，字通而訓同，猶「展轉」、「反側」同義，「展轉」訓「反側」、「反側」亦訓「展轉」之例。

采葑采菲，無以下體。德音莫違，及爾同死。

【注】韓「體」作「禮」。【疏】傳：「葑，須也。菲，芴也。下體，根莖也。」箋：「此二菜者，蔓菁與葍之類也，皆上下可食，然而其根有美時、有惡時，采之者不可以根惡時并棄其葉，喻夫婦以禮義合顏色相親，亦不可以顏色衰棄其相與之禮。莫，無。及，與也。夫婦之言無相違者，則可與女長相與處至死，顏色斯須之有。」○釋草：「須，葑蓯。」孔疏引孫炎曰：「須，一名葑蓯。」説文「葑」下云：「須，從也。」桂馥云：「當云『須，葑從』，脱葑字。」愚案：「從」與「蓯」同，「葑」名「須」，又名「蓯」，文倒義同，非脱字。坊記疏引陸璣云「葑又謂之蓯」，是其證也。釋文：「葑，徐音豐，須也。字書作蘴。郭璞云：『今菘菜也。』案，江南有菘，江北有蔓菁，相似而異。」桑中箋：「葑，蔓菁。」孔

疏引陸璣云：「葑，蕪菁。幽州人或謂之芥。」（「葑蕪菁」，坊記疏引作：「吳人謂葑蓯蔓菁。」）方言：「葑蕘，蕪菁也。陳楚之間謂之蘴，齊魯之郊謂之蕘，關之東西謂之蕪菁，趙魏之郊謂之大芥。其小者謂之辛芥，或謂之幽芥。」愚案：「葑」即「蕪菁」，一名「蔓菁」，非「菘」亦非「芥」，昔人誤溷爲一。本草別録有「蔓菁」。陳藏器云：「蕪菁，北人名蔓菁，今并汾河朔燒食其根，呼爲蕪根，猶是蕪菁之號。蕪菁，南北之通稱也。」郝懿行云：「蔓菁、蘆菔、芥三者，相似而異，北方人能識之。楊陸以葑爲芥，非也。芥味辛，蔓菁味甜，燒食蒸啖甚美。齊民要術引廣志云：『蕪菁有紫花者、白花者。』今驗紫花即是蘆菔。字林以葑爲蔓菁苗，亦非也。」陳喬樅云：「玉篇艸部：『葑，蕪菁也。詩曰：采葑采菲。』箋云葑：蔓菁之類，顧直以爲蕪菁，或據韓詩之說。」菲者。說文：「菲，芴也。」「芴，菲也。」釋草：「菲，芴。」郭注：「即土瓜也。」又云：「菲，蒠菜。」孔疏引陸璣云：「菲似葍，莖麤，葉厚而長，有毛，三月中烝鬻爲茹，滑美可作羹，幽州人謂之芴。爾雅謂之蒠菜，今河內人謂之宿菜。」焦循云：「菲之爲芴，猶非之爲勿。蟲之名蜚，一名盧蜰，則菜之名菲，即蘆葩也。蘆葩即蘆菔，與蔓菁一類，故詩並舉之。爾雅：『葖，蘆菔。』葖從突，與忽音近，忽、芴字通。」馬瑞辰云：「菲、芴一聲之轉，菲、菔、葩，聲亦相近。蘆菔今作蘿蔔，菔轉作蔔，猶扶服通作匍匐耳。」愚案：廣雅釋草：「土瓜，芴也。」疑魯韓說如此，郭所本也。「無以下體」者，箋云：「二菜皆上下可食，然其根有美時、有惡時，采之者不可以根惡時並棄其葉。」「韓體作禮」者，韓詩外傳九載孟子不敢去婦事，引詩：「采葑采菲，無以下體。」詩攷引外傳，「體」作「禮」，明韓作「無以下禮」。「體」正字，「禮」借字也。陳喬樅云：「今本外傳作『體』，乃後人據毛所改。外傳五云：『禮者，則天地之體。』是禮本訓體，故禮、體通假。馮登府云：『釋名：「禮，體也，得其事體也。」廣雅釋言：「禮，體也。」義皆本韓詩。』」愚案：左僖三十三年傳引詩，云：「君取節焉可也。」謂取其一節也。坊記注：「言人之交當如采葑采菲，取一善而已。」春秋繁露竹林篇云：「取其一美，不盡其失。」引詩二語。制度篇亦引之。董用齊詩，其義並同。詩又言爾常有德音而不相乖違，則我願與爾相處至死。列女傳云「雖有小過，猶與之同死而不去」者，以「無以下體」爲不念小過，與董云「不盡其失」意同，明魯齊無異義。

行道遲遲，中心有違。【注】魯說曰：遲遲，行貌。韓說曰：違，很也。【疏】傳：「遲遲，舒行貌。違，離也。」箋：「違，徘徊也。行於道路之人，將至於別，尚舒行，其心徘徊然，喻君子於己不能如也。」○「行道」，謂己辭夫出門，行於道路，不指他人言。「遲遲，行貌」者，楚詞九歎惜賢篇王注文。下引詩云：「行道遲遲。」此魯訓。說文：「遲，徐行也。詩曰：『行道遲遲。』」二狀其容，一釋其義也。「違，很也」者，釋文引韓詩文。胡承珙云：「說文：『很，不聽從也。一曰行難也。』韓以『違』爲『很』，即『行難』之意。」馬瑞辰云：「廣雅釋詁：『怨，愇，很也。』韓蓋以違爲愇之假借，故訓爲很，很亦恨也。書無逸『民否則厥心違怨』，違與怨同。『中心有違』，猶云『中心有怨』。曹大家東征賦：『遂去故而就新兮，志愴恨而懷悲。明發曙而不寐兮，心遲遲而有違。』其義亦本韓詩。傳訓違爲『離』，箋以違、回通用而訓爲『徘徊』，均非詩義。」愚案：胡馬二說並通。「愇」是「韙」之或體，說文訓是也。以「愇」爲「很」，後起之義。「很」訓「行難」，於韓尤合矣。

不遠伊邇，薄送我畿。【注】魯「邇」作「爾」。魯說曰：出婦之義，必送之，接以賓客之禮。君子絕，愈於小人之交。又曰：歷機，門內之位也。詩云：「不遠伊邇，薄送我畿。」此不過歷之謂。【疏】傳：「畿，門內也。」箋：「邇，近也。言君子與己訣別，不能遠維近耳，送我裁於門內，無恩之甚。」○「出婦」至「之交」，白虎通嫁娶篇文，引本詩下句爲證。「歷機」至「之謂」，呂覽孟春紀高注文，皆魯說。「邇」、「爾」通用字，「不遠伊邇」，謂夫送之不遠，不出畿，故箋云「無恩之甚」也。惠棟云：「歷通櫪，即閾也。」段玉裁云：「機即畿，門限也。機、畿古今文之異。」馬瑞辰云：「畿者，機之消借。周禮鄭注：『畿，猶限也。』王畿之限曰畿，門內之限曰機。義正相近。廣雅釋宮：『歷機，闑朱也。』『朱』或作『梱』，又作『閫』。說文：「『梱，門橛也。』蔡邕司徒夫人靈表曰『不出其機』，言不出於閫也。『薄送我畿』，即送不過梱之謂。」愚案：段氏謂門限可以歷人，故呂覽云「招歷之機」，是「橛」之名取於「歷」，猶「梱」之名取於「困」。（廣雅：「朱，古困字。」）皆自「門限」得義。門限可以歷人，與發以陷人之機相等，故通謂之機。機從幾聲，畿亦從幾省聲，經典幾、畿、機三字互通。（易屯卦「君子幾」，釋文：「鄭作機。」繫辭釋文：「幾，本作機。」左昭二十二年傳「宋仲幾」，公羊作「機」。禮郊特牲疏「幾」與「畿」字相涉。大學釋文：「畿本作幾。」）畿有「限」義，（後漢孔融傳注：「畿，限也。」禮郊特牲疏云：「幾是畿限之所本。」詩孔疏：「畿者，期限之名。」）故機又爲畿。韓愈詩「白石爲門畿」，本此。**誰謂荼苦？其甘如薺。**【疏】傳：「荼，苦菜也。」箋：「荼誠苦矣，而君子於己之苦毒又甚於荼，此方之荼則甘如薺。」〇釋草：「荼，苦菜。」郭注：「詩曰：『誰謂荼苦。』」孔疏引樊光注：「苦菜，可食也。」陳喬樅云：「禮月令『孟夏苦菜秀』謂此，即今苦藚菜。廣雅釋草：『藚，蘧也。』玉篇：『蘧，今之苦蘧，江東呼爲苦藚。』是也。」愚案：苦藚，今音轉譌爲「苦抹」，薺菜亦譌呼「地菜」，南北皆有之。詩言昔與夫同處，雖苦無怨，譬之於荼而我甘之如薺。列女傳所謂「同寒苦」也。魯說當如此。**宴爾新昏，如兄如弟。**【疏】傳：「宴，安也。」〇說文：「宴，安也。」孔疏：「言安愛汝之新昏，其恩如兄弟也。」釋文：「宴，本又作燕。」列女傳作「讌」，俗字。「昏」作「婚」。白虎通同。說文：「昏，日冥也。从日、氐省。氐者下也。一曰民聲。」「婚，婦家也。禮，娶婦以昏時，婦人陰也，故曰婚从女、从昏，昏亦聲。」白虎通嫁娶篇又云：「婚者，昏時行禮，故曰婚。姻者，婦人因夫而成，故曰姻。詩曰『不惟舊姻』，謂夫也。又曰『燕爾新婚』，謂婦也。所以昏時行禮何？示陽下陰也。昏亦陰陽交時也。」昏、婚古通用。

涇以渭濁，湜湜其沚。【注】三家「沚」作「止」。【疏】傳：「涇渭相入而清濁異。」箋：「小渚曰沚。涇水以有渭，故見謂濁。湜湜，持正貌，喻君子得新昏，故謂己惡也。己之持正守初，如沚然不動搖。此絕去所經見，因取以自喻焉。」○漢書地理志安定郡涇陽下云：「幵頭山在西，禹貢涇水所出，東南至陽陵入渭，過郡三，行千六十里，（據孔疏引鄭注及禹貢疏引當作「千六百里」。）雍州川。」隴西郡首陽下云：「禹貢鳥鼠同穴山在西南，渭水所出，東至船司空入河，過郡四，行千八百七十里。雍州寖。」案，涇陽在今平涼府平涼縣西四千里，幵頭山卽縣笄頭山，崆峒山之別名，涇水發源縣西北固原州界，至西安府高陵縣西南、咸陽縣東北入渭，漢陽陵地也。首陽在今蘭州府渭源縣東北，鳥鼠山在縣西，渭水至同州府華陰縣北倉頭村入河，古渭汭也。漢京兆尹船司空縣故城在縣東北。漢書溝洫志：「涇水一石，其泥數斗。」是涇濁也。潘岳西征賦：「清渭濁涇。」三秦記：「涇渭合流三百里，清濁不雜。」蓋水行愈遠則清濁不分，故云「涇以渭濁」，然水質本清，不爲濁掩，故湜湜其沚也。衞地非二水所經，而詩人以之託興，蓋此女居涇渭之側而嫁於衞，故據昔所經見言之也。箋：「小渚曰沚。」「三家沚作止」者，說文：「湜，水清底見。詩曰『湜湜其止。』」玉篇水部：「湜，水清也。」引詩同。集韻類篇並作「止」。陳喬樅云：「白帖七引詩亦作『止』，唐惟韓詩尚存，足證說文、玉篇所引據韓詩文。」馬瑞辰云：「說文：『止，下基也。』湜湜狀水止貌，故以爲水清見底。水流則易濁，止則常清，沚作止爲是。」愚案：毛用「沚」，借字；三家作「止」，正字。蓋其夫誣以濁亂事而棄之，自明如此。

宴爾新昏，不我屑以。【注】魯「以」亦作「已」。【疏】傳：「屑，絜也。」箋：「以，用也，言君子不復絜用我當室家。」○「不我屑以」，列女傳以爲「傷之也」。（見上。）「魯以亦作已」者，趙岐孟子章句十三云：「屑，潔也。詩云：『不我屑已。』」「以」、「已」古通，趙學魯詩，是魯「以」亦作「已」。鄉射禮鄭注：「今文『以』爲『與』。」江有汜擊鼓箋並云：「以，猶與也。」論語述而篇：「與其潔也。」「不我潔以」，猶言「不與我潔」，以清潔而受汙濁之名，可傷之甚也。

毋逝我梁，毋發我笱。【注】韓說曰：「發，亂也。」【疏】傳：「逝，之也。梁，魚梁。笱，所以捕魚也。」箋：「毋者，諭禁新昏也。女毋之我家，取我爲室家之道。」○説文：「毋，止之也。」禮王制「然後漁人入澤梁」，注：「梁，絶水取魚者。」説文：「笱，曲竹，捕魚笱也。从竹、句，句亦聲。」「發，亂也」者，釋文引韓詩文。馬瑞辰云：「梁與笱相爲用，故詩言『逝梁』，卽言『發笱』。笱從竹、句會意，笱之言句，句，曲也，謂以曲竹爲之，使其口可入而不可出。唐書王君廓傳：『君廓無行，負竹笱如漁具，內置逆刺，見鬻繒者，以笱承其頭，不可脱，乃奪繒去。』今時取魚者亦多爲逆刺，有門可開，淮南兵略篇「發笱門」是其制也。『發』訓『開』，疑韓訓『亂』失之。」陳喬樅云：「𢿱人『掌以時𢿱爲梁』，鄭司農注：『梁，水堰。堰水而爲關空，以笱承其空。』韓訓『亂』，是以『發』爲『撥』之通借。釋名釋言語云：『撥，播也。播，使移散也。』移散卽『亂』義。梁以障水，笱承梁空，其曲竹非一，必理之使與空關相承，乃可捕魚，故云毋亂我笱，謂勿移散之使魚得脱也。馬以訓亂爲失，疏矣。」陳奐云：「韓讀發爲撥，長發傳：『撥，治也。』撥之爲亂，猶治之爲亂。逝梁發笱，喻新昏者入我家而亂我室，我欲禁其無然。」愚案：二陳説並通。

我躬不閱，遑恤我後！【注】三家「躬」作「今」，「遑」作「皇」。

【疏】傳：「閱，容也。」箋：「躬，身。遑，暇。恤，憂也。我身尚不能自容，何暇憂我後所生子孫也。」○説文：「閱，具數於門中也。」義訓「數」，又訓「歷」，非此詩義。「閱」是「説」之借字，左襄二十五年傳云：「詩所謂『我今不説，皇恤我後』者，甯子可謂不恤其後矣。」引「不閱」正作「説」，杜注：「皇，暇也，言今我不能自容説，何暇念其後乎。」傳「閱，容也」，知毛所見本亦作「説」，故取「容説」義釋之。馬瑞辰云：「孟子以『容悦』並言，亦以容爲悦也。」「三家躬作今，遑作皇」者，據禮表記引詩文。馬云：「『今』對『後』言，三家當有作『今』者。『躬』、『今』雙聲通用。杜注『言今我不能自容説』，知所見左傳經文元作『我今不説』，故以『今我』釋詩『我今』，今本作『我躬』，後人據毛改之。箋：『我身尚不能自容，何暇憂我後所生之子孫。』案，『後』謂婦人既去以後，卽指上『逝梁』、『發笱』事，不必如箋以『後』爲『子孫』。」愚案：箋云：「恤，憂也。」表記引孔子云：「國風曰：『我今不閱，皇恤我後。』終身之仁也。」上文引詩「詒厥孫謀，以燕翼子」，以爲數世之人。（「仁」同。）「子孫」與「我後」對文見義，明以「後」爲「子孫」，夫子說詩已如此解。列女傳王陵母傳云：「君子謂王陵母能棄身立義，以成其子，詩云：『我躬不閱，遑恤我後。』終身之仁也。陵母之仁及五世矣。」（陵傳「爵五世」。）「仁及五世」反對「遑恤我後」言，是魯詩家亦以「後」爲「子孫」。箋用三家，遠承古訓，馬說非。魯作「躬」、作「遑」同毛，是作「今」、作「皇」者齊韓文。

就其深矣，方之舟之。就其淺矣，泳之游之。【注】魯說曰：「言必濟也。」【疏】傳：「舟，船也。」箋：「方，泭也。潛行爲泳。言深淺者，喻君子之家，事無難易，吾皆爲之。」○廣雅釋詁：「就，歸也。」是「就」有「歸往」義。說文：「滜，新也。从水，臯聲。」徐鍇繫傳曰：「按詩：『滜其深矣。』」「就」作「滜」。陳喬樅以爲摭三家異文。說文：「方，併船也。」「舟，船也。」「泳，潛行水中也。」「游」下云：「旌旗之流也。从㫃，汓聲。」「汓」下云：「浮，行水上也。从水、从子。古或以汓爲没。」「泅」下云：「汓或从囚聲。」是「游」正字當作「汓」，與「浮」同訓。廣雅釋詁：「游，浮也。」書君奭正義：「游者，入水浮渡之名。」古或以「汓」爲「没」，故方言云：「潛，沈也，游也。」郭注：「潛行水中亦曰游。」釋言：「泳，游也。」郭注：「潛行游水底。」是也。詩「舟」與「方」對，自指一船言之。「泳」與「游」對，則游義亦不與泳複，當訓浮行水上，不訓潛行水中。對文異、散文通也。「言必濟也」者。徐幹中論法象篇云：「詩曰：『就其深矣，方之舟之。就其淺矣，泳之游之。』言必濟也。」幹學魯詩，蓋魯說如此。孔疏：「隨水深淺，期於必渡，以興隨事難易，期於必成。」與徐義合。

何有何亡，黽勉求之。凡民有喪，匍匐救之。【注】魯「匍匐」亦作「扶服」。魯「救」亦作「捄」。【疏】傳：「有，謂富也。亡，謂貧也。」箋：「君子何所有乎？何所亡乎？吾其黽勉勤力爲求之，有求多，亡求有。匍匐，言盡力也。凡於民有凶禍之事，鄰里尚盡力往救之，況我於君子家之事難易乎？固當黽勉。以疏喻親也。」○詩言家中之物何者爲有，何者爲亡，無不在我心而盡力求之。雖有仍求，故知是「求多」也。「黽勉」，文選陸機文賦、殷仲文解尚書表李注引，並作「僶俛」，與上「黽勉同心」合。「匍匐救之」者，言鄰里有凶禍事，則助君子盡力救之，謂營護凶事、贈賵之屬，不特勤其家事，亦且惠及鄉人。箋謂「以疏喻親」，非也。「魯齊匍匐亦作扶服」者，漢書谷永傳永疏引詩曰：「凡民有喪，扶服捄之。」谷用魯詩，明魯作「扶服」。楊雄長楊賦：「扶服蛾伏。」雄習魯詩，與谷引合。漢書元紀初元五年詔，及說苑至公篇引詩，又作「匍匐」。（元帝受魯詩，見儒林傳及陸璣疏。劉向亦用魯詩。）禮檀弓引詩作「扶服」。孔子閒居篇又作「匍匐」，是魯齊兩作之證。陳喬樅云：「說文：『匍，手行也。』『匐，伏地也。』廣雅：『匍，伏也。』釋言：『匍，匐也。』則匍、匐字義互通。釋名：『匍匐，小兒時也。匍猶捕也，匐猶伏也，人雖長大，及其求事用力之勤，猶亦稱之。』與箋『盡力』義合。左昭十三年傳『奉壺飲冰，以蒲伏焉』，釋文：『本又作匍匐』，『蒲，本亦作扶。』昭二十一年傳『扶服而擊之』，釋文：『本或作匍匐。』史記蘇秦傳『嫂委蛇蒲服』，索隱：『蒲服即匍匐，並音蒲伏。』范雎傳『膝行蒲服』，淮陰侯傳『俛出袴下』，蒲伏、蒲扶、服伏，皆以音同假借。」馬瑞辰云：「服、百音亦近，故又作蒲百，秦和鐘銘『蒲百四方』是也。匍匐之合聲爲鞠，東方朔七諫『塊兮鞠當道宿』，王逸注『匍匐爲鞠』是也。」「魯救亦作捄」者，谷永引詩，見上文。說文：「救，止也。」「捄，盛土於梩中也。」此作「捄」，借字。禮大學注、左昭十一年傳注釋文：「救，本亦作捄。」

不我能慉，反以我爲讎。【注】三家作「能不我慉」，云：慉，起也。又云：慉，興也。【疏】傳：「慉，養也。」箋：「慉，驕也。君子不能以恩驕樂我，反憎惡我。」〇「三家作能不我慉」者，說文：「慉，起也。从心，畜聲。詩曰：『能不我慉。』」「云慉，興也」者，玉篇文。「興」亦「起」也，俱三家義，與傳訓「養」、箋訓「驕」異。晉語「世相起也」，韋注：「起，扶持也。」「不我興起，猶言不我扶持。董氏讀詩記引王肅孫毓本，並「能」字在句首。陳奐云：「各本『能』字在『不我』下，轉寫誤耳。『能不我慉』，與『甯不我顧』、『既不我嘉』、『則不我遺』同。能、甯、既、則，皆語詞之轉。說文段注云『能不我慉』與『能不我知』、『能不我甲』同。」說文：「仇，讐也。」下「售」當作「讐」，則此應作「仇」。既阻我德，賈用不售。【注】齊說曰：「賈庸不售，讐困爲害。」韓說曰：「一錢之物舉賣百，何時當售乎？」【疏】傳：「阻，難。」箋：「既難卻我，隱蔽我之善，我修婦道而事之，覬其察已，猶見疏外，如賣物之不售。」○釋詁：「阻，難也。」書舜典鄭注：「戹也。」「賈庸」至「爲害」，易林小畜之蠱文。「庸」、「用」古字通。「讐困爲害」，正釋「阻德」義，言讐我者困害之。「困害」與「難」、「戹」義同。「一錢」至「售乎」，御覽八百三十五引韓詩文。上引此二語，言夫之於我不知其德，反多方阻戹。持物入市，故索高價，使不得售也。售當作讐。說文：「讐，猶譍也。」典瑞疏：「仇爲怨，讐爲報。」報、譍義合，抑「無言不讐」，猶云「無言不報」。買物以價相酬曰讐，亦取「報答」義。售，俗字。唐石經初刻作「讐」，誤從釋文改「售」也。昔育恐育鞫，及爾顛覆。既生既育，比予于毒！【疏】傳：「育，長。鞫，窮也。」箋：「昔育，育稚也。及，與也。昔幼稚之時，恐至長老窮匱，故與女顛覆盡力，於衆事難易無所辟。生，謂財業也；育，謂長老也。于，於也。既有財業矣，又既長老矣，其視我如毒螫，言惡已甚也。」○釋詁：「育，養也。」廣雅釋詁：「生也。」「生」、「養」義相成，言育則生在內，故下文『生』、『育』並言。單言「育」，渻文；兼言「生」，足句。釋文：「鞫，本又作鞠。」說文：「鞫，窮理辠人也。」引申之，故「鞫」訓「窮」。又云：「鞠，蹋鞠也。」古書或借「鞠」爲「鞫」，故釋言云：「鞠，窮也。」詩言昔謀生養時，恐生養道窮，與爾顛墜覆敗。呂覽達鬱篇注：「比，猶致也。」廣雅釋詁：「毒，苦也。」「比予於毒」，言致我於苦毒。

我有旨蓄，亦以御冬。宴爾新昏，以我御窮。【注】魯說曰：「蓄菜，乾苴之屬也。」【疏】傳：「旨，美。御，禦也。」箋：「蓄聚美菜者，以禦冬月乏無時也。君子亦但以我御窮苦之時，至於富貴，則棄我如旨蓄。」○說文：「旨，美也。」「蓄菜」至「屬也」者，呂覽仲秋紀「務蓄菜」，高注：「蓄菜，乾苴之屬也。詩曰：『我有旨蓄』。」此魯義，較箋「蓄聚美菜」文順。釋文：「御，禦也。一本下句卽作禦字。」據此，御，禦借字。白帖八十一、藝文類聚八十二、事類賦五引「御冬」，並作「禦冬」。「禦」之言「備」也，冬時百物斂藏，預儲菹菜，備窮乏也。亦者，孔疏：「亦以之禦窮，窮苦娶我，至富饒見棄，似冬月蓄菜，至春夏見遺。」

有洸有潰，既詒我肄。

【注】韓說曰：潰潰，不善之貌。【疏】傳：「洸洸，武也。潰潰，怒也。肄，勞也。」箋：「詒，遺也。君子洸洸然、潰潰然，無溫潤之色，而盡遺我以勞苦之事，欲窮困我。」〇有者，狀物之詞。「有洸」猶「洸洸」，「有潰」猶「潰潰」。說文：「洸，水涌光也。詩曰：『有洸有潰。』」徐璈云：「洸者，水激涌而有光。潰者，水潰決而四出。皆以水勢皋似怒貌也。毛傳『洸洸，武也』，本江漢『武夫洸洸』。」「潰潰，不善之貌」者，釋文引韓詩文。陳喬樅云：「傳『潰潰，怒也』，怒亦不善貌，義與韓同。箋『君子洸洸然、潰潰然，無溫潤之色』，皆重文言之。禮樂記引詩『肅雍和鳴』，釋之曰：『肅，肅敬也。雍，雍和也。』是其例。」釋詁：「肄，勞也。」孔疏：「爾雅或作『勩』，孫炎曰：『習事之勞也。』」爾雅釋文：「勩，或作勦，亦作肄。」馬瑞辰云：「郭注引『莫知我勩』，左昭十六年傳引作『莫知我肄』，是肄、勩古通，肄、肆古亦通。釋言：『肆，力也。』力亦勤也、勞也。」愚案：「既詒我肄」，謂空遺我以勤苦之事。

不念昔者，伊余來塈。

【疏】傳：「塈，息也。」箋：「君子忘舊，不念往昔年稚，我始來之時安息我。」〇伊，辭也。說文：「塈，白涂也。」此借字。馬瑞辰云：「炁，惠也。悉，古文是悉，卽古文愛字，塈蓋悉之假借。『伊余來塈』，猶言維予是愛也。仍承昔者言之。傳訓塈爲息，以塈爲呬字假借。王引之讀塈爲愾，訓怒，似不若讀悉訓愛爲允。」愚案：馬讀是八字爲句，追念昔日之詞，咎夫之不念也。來，是也。全詩「來」字多與「是」同，義詳釋詞。

谷風六章，章八句。

式微【注】魯説曰："黎莊夫人者，衞侯之女、黎莊公之夫人也。既往而不同，欲所務者異，未嘗得見，甚不得意。其傅母閔夫人賢，公反不納，憐其失意，又恐其已見遣而不以時去，謂夫人曰："夫婦之道，有義則合，無義則去。今不得意，胡不去乎？"乃作詩曰："式微式微，胡不歸？"夫人曰："夫婦之道，一而已矣。彼雖不吾以，吾何可以離於婦道乎？"乃作詩曰："微君之故，胡爲乎中路？"終執貞壹，不違婦道，以俟君命。君子故序之以編詩。齊説曰："式微式微，憂禍相絆。隔以巖山，室家分散。【疏】毛序："黎侯寓于衞，其臣勸以歸也。"箋："寓，寄也。黎侯爲狄人所逐，棄其國而寄於衞，衞處之以二邑，因安之。可以歸而不歸，故其臣勸之。"○"黎莊"至"編詩"，列女傳貞順篇文。漢志"上黨郡壺關縣"下應劭注："黎侯國也。今黎亭是。""潞縣"下班自注："故潞子國。"續志："壺關有黎亭，故黎國。"劉注："文王戡黎，即此。"又"潞"下注云："東北八十里有黎城。"説文"𨙻"下云："殷諸侯國，在上黨東北。"商書"西伯戡𨙻"，史記周本紀云："敗耆國。"鄒誕生云："本或作黎。"宋微子世家"滅阢國"，徐廣曰："阢音耆。"索隱："耆即黎也。"據此，"黎"、"阢"、"耆"一也。潞縣之黎城，則晉重立之黎國。左宣十五年傳"赤狄潞酆舒奪黎氏地。"是年六月，晉滅潞。七月，立黎侯，是也。又漢志"東郡黎"下孟康注："詩黎侯國，今黎陽也。"臣瓚駁之云："黎陽在魏郡，非黎縣也。"案，此蓋春秋衞犂邑，太叔疾以置妻娣者。黎、犂通作字。至魏郡之黎陽，晉灼注以爲取縣之黎山爲名，無與黎國事。水經河水注："河水又東北，過黎陽縣南，黎侯國也。詩式微黎侯寓於衞是也。"並爲泥中衞邑作證。此則因周旋毛詩而失之，前此地説家所無。魏源云："諸侯失地名。此黎莊公有謚，非失國之黎侯也。載馳河廣泉水竹竿皆衞女思歸詩，而附於衞，黎國無風，又衞女所作，其附衞風宜矣。""式微"至"分散"，易林小畜之謙文，歸妹之困同。"室家分散"，即謂夫婦分離，此齊義，與魯合。所云"隔以巖山"，當是黎侯不悦夫人，遷寘别所，故傅母恐其已見遣，而詩有"中路"、"泥中"之語也。

式微式微，胡不歸？【注】魯説曰：「式微式微者，微乎微者也。君何不歸乎？禁君留止於此之辭。式，發聲也。」〇「式微」至「者也」，釋訓文。郭注：「言至微也。」箋以「式」爲「發聲」，用魯説改毛。「微」之爲言輕賤也，孔疏亦以「至微」爲見卑賤。傅母謂夫人之貴而不得於君，屏斥分散，見卑賤極矣，故云至微也。疏引左傳「榮成伯賦式微」，服虔注：「君用中國之道微。」陳奐云：「道微，猶云無道。」案，如陳説，以「無道」指黎侯，於義亦通。歸，大歸。「胡不歸」者，君無義則當去。微君之故，胡爲乎中露？【注】魯「露」作「路」。【疏】傳：「微，無也。中露，衞邑也。」箋：「我若無君，何爲處此乎？臣又極諫之辭。」〇呂覽離俗篇高注：「微，亦非也。」君，謂黎侯。「魯露作路」者，列女傳作「路」，（見上）。路正字，露借字。釋名：「道，一達曰道路。道，蹈也。路，露也。言人所踐蹈而露見也。」孟子滕文公上音義：「路，與露同。」漢書人表曹靖公路，春秋定八年作露，是「路」、「露」古通之證。「中路」、「路中」，倒文以合均。夫人言非吾君之故，我何爲在中路？夫一而已去，將安之乎？蓋當時遷往他所，中道相謂之詞，易林所謂「隔以巖山」也。郝懿行云：「言所以微者，以君不見納之故。」「微」字逗，於義亦通。

式微式微，胡不歸？微君之躬，胡爲乎泥中？【疏】傳：「泥中，衞邑也。」〇泥中，猶中路也，亦寓賤辱義。左傳「辱在泥塗」；莊子「棄隸者若棄泥塗，知身貴於隸也」；論衡「蹂蹈文錦於泥塗之中，聞見之者莫不痛心」，皆以「泥中」喻賤辱。言非君之躬，何爲至此？安忍之也。魏源云：「序謂黎臣勸其君歸，黎地爲狄奪，復於何歸？今有可歸，昔不出奔矣。且主辱臣死，而出『微君胡爲至此』之怨詞，殉國之忠，恐不若是。」

式微二章，章四句。

旄丘

旄丘【注】齊説曰：陰陽隔塞，許嫁不答。旄丘新臺，悔往歎息。【疏】毛序：「責衞伯也。狄人迫逐黎侯，黎侯寓于衞，衞不能修方伯連率之職，黎之臣子以責於衞也。」箋：「衞康叔之封爵稱侯，今曰伯者，時爲州伯也。周之制，使伯佐牧。春秋傳曰：『五侯九伯。』侯爲牧也。」○「陰陽」至「不答」，易林歸妹之蠱文，此齊說。以旄丘與新臺並稱，曰「隔塞」、曰「不答」，知與式微同恉，亦黎莊夫人不見答而作也。廣雅釋詁：「悔，恨也。」「悔往歎息」，謂念往事自歎。明夷之噬嗑釋江汜義，亦云「娙娣恨悔」，與此意同。江汜恨悔不害爲賢媵，旄丘悔歎不失爲貞妻，其志壹也。列女傳稱夫人云：「彼雖不吾以，吾何可以離於婦道乎？」「不吾以」與江汜「不我以」同詞，謂不以爲婦也。江汜次章又云「不我與」，言不我偕處也，證之此詩「必有與也」、「必有以也」，其爲婦不見答於夫之詞義尤明顯，是魯與齊同。

旄丘之葛兮，何誕之節兮？【注】三家「旄」作「堥」。【疏】傳：「興也。前高後下曰旄丘。諸侯以國相連屬，憂患相及，如葛之蔓延相連及也。誕，闊也。」箋：「土氣緩則葛生闊節。興者，喻此時衞伯不恤其職，故其臣於君事亦疏廢也。」○釋丘：「前高旄丘。」郭注：「詩云：『旄丘之葛兮』。」孔疏引李巡云：「謂前高後卑下。」「三家旄作堥」者，釋文：「前高後下曰旄丘。字林作『堥』，云：『堥，丘也。亡周反，又音毛。』山部又有『堥』字，亦云：『堥，丘。亡付反。又音旄。』」此三家文。釋名作「髦」，云：「前高曰髦丘，如馬舉頭垂髦也。」丘舉形似，所在多有。寰宇記：「澶州臨河縣有旄丘。在今大名府開州者，名由後起，地或偶同，不得引以證經。釋詁：「誕，大也。」傳「闊也」，闊亦大也。馬瑞辰云：「誕者，『延』之借字；之，猶其也，猶云何延其節。延訓長，闊、長義近。」愚案：「誕」從「延」得聲、義，馬說亦通。葛本蔓延之物，日久則得地愈遠，是「延長」亦「大」義也。何者，警訝之詞，覽物起興，以見爲日之多。

叔兮伯兮，何多日也？【疏】傳：「日月以逝而不我憂。」箋：「叔伯，字也。呼衞之諸臣，叔與伯與，女期迎我君而復之，可來而不來，女日數何其多也。先叔後伯，臣之命不以齒。」○魏源云：「言叔伯者，疑使人告衞兄弟，故望兄弟之來問。」愚案：魏說是也。廣雅釋詁：「叔，少也。」釋詁：

「伯，長也。」擇兮篇「叔兮伯兮」，句例正同。彼箋云：「叔伯，兄弟之稱。」此「叔伯」亦當訓「兄弟」，蓋夫人因君不見答，屏置異地，必嘗使人愬於衞兄弟，情事宜然。柏舟：「亦有兄弟，不可以據。薄言往愬，逢彼之怒。」往嫁之女有事則愬親屬，亦其證矣。「何多日也」，勤望兄弟之詞。

何其處也？必有與也。何其久也？必有以也。【注】齊「以」作「似」。【疏】傳：「言與仁義也，必以有功德。」箋：「我君何以處於此乎？必以衞有仁義之道故也。責衞今不行仁義。我君何以久留於此乎？必以衞有功德故也，又責衞今不務功德也。」○此又自爲問答，以明久而不歸之義。處，居。與，偕。以，用也。言我所以不去而久處此者，尚冀君之悔悟，必我與、必我以耳。「齊以作似」者，特牲饋食禮「蓑有以也」，鄭注：「以，讀如『何其久也，必有似也』之『似』。」是齊文作「似」。（今本儀禮注疏「似」作「以」。盧文弨云：「經『蓑有以』，釋文云：『依注音似。』則注本作『似』明矣。」陳喬樅云：「下文注既知，似先祖之德尚作『似』字不誤。」）「似」、「以」字通。漢書高紀如淳注：「以，或作似。」古以、已字同，（見禮檀弓注。）「似」、「已」字亦同，（斯干疏。）故「以」爲「似」也。說苑政理篇修文篇、韓詩外傳一、外傳九並引此詩推衍之。

狐裘蒙戎，匪車不東。叔兮伯兮，靡所與同。【疏】傳：「大夫狐蒼裘。蒙戎，以言亂也。不東，言不來東也。無救患恤同也。」箋：「刺衞諸臣形貌蒙戎然，但爲昏亂之行。女非有戎車乎？何不來東迎我君而復之。黎國在衞西，今所寓在衞東。衞之諸臣行如是，不與諸伯之臣同。言其非之特甚。」○釋文：「蒙，如字。徐武邦反。戎，如字。徐而容反。蒙戎，亂貌。」案，徐此音依左傳讀作『尨茸』字。」愚案：牧人杜注：「尨，謂雜色不純。」雜亦亂也。杜又云：「厖，當爲尨。」「厖」、「尨」古通。小戎傳：「蒙，厖也。」荀子榮辱篇楊注：「蒙，讀爲厖。」厖聲義並從尨，蒙、厖互通，故蒙、尨亦相假，義並訓「亂」。何彼襛矣傳：「襛，猶戎戎也。」「戎戎」即「茸茸」借字。小戎疏引此詩，亦作「蒙茸」。左僖五年傳晉士蔿賦詩，云：「狐裘尨茸，一國三公，吾誰適從？」以衣之蒙戎喻國事紛亂，足證此狐裘亦喻意。箋云「刺衞諸臣形貌蒙戎然，但爲昏亂之行」，彼申毛義，故云「斥衞諸臣」。如三家說，乃刺衞兄弟也。蘇輿云：「此以形貌寓言儀表可觀，中實繆亂，與柏舟『威儀棣棣，不可選也』意同。風詩美刺多寄服飾。鄭、檜羔裘是其例矣。」東者，據一統志，漢壺關縣故城在今潞安府長治縣東南，潞縣在今潞城縣東北，是先後二黎皆在衞西，而衞出其東。車，謂使衞者所乘之車。釋言：「靡，無也。」言我愬衞兄弟，非不使人東往衞國，其如兄弟之無可與同何。論語衞靈公篇孔子曰：「道不同，不相爲謀。」傅母以爲於義可歸，夫人終執貞壹同之難也。傅母且然，況兄弟乎。

瑣兮尾兮，流離之子。【注】魯「流」作「留」。【疏】傳：「瑣尾，少好之貌。流離，鳥也。少好長醜，始而愉樂，終以微弱。」箋：「衞之諸臣初有小善，終無成功，似流離也。」○釋訓：「瑣瑣，小也。」韓詩防有鵲巢傳：「娓，美也。」「尾」是「娓」消借字，故傳云「瑣尾，少好之貌」，而孔疏云「尾者，好貌也」。「尾」又作「微」，書堯典「鳥獸孳尾」，史記五帝紀作「鳥獸字微」。漢書人表尾生晦，即微生畝。說文：「尾，微也。」是「尾」、「微」字訓互通。「瑣尾」即「微瑣」，若今言「猥瑣」矣。「流離之子」者，釋文：「流，本又作鶹。」草木疏云：「『梟也。關西謂之流離，大則食其母。』」「魯流作留」者，釋鳥：「鳥少美長醜爲鶹鷅。」郭注：「鶹鷅猶留離，詩所謂『留離之子』。」釋文：「留離，詩字如此，或作鶹離，後人改耳。」是陸不以詩「又作」本爲然。郭引作「留離」，蓋舊注魯詩文也。詩意喻叔伯年少，無所聞知，故以鳥子言。

叔兮伯兮，褎如充耳。【疏】傳：「褎，盛服也。充耳，盛飾也。大夫褎然有尊盛之服，而不能稱也。」箋：「充耳，塞耳也。」言衞之諸臣顏色褎然，如見塞耳，無聞知也。人之耳聾，恆多笑而已。」○釋文：「褎，亦作裒，由救反。」阮引釋文校勘，「裒」當作「褎」。六經正誤云：「亦作褏，中从由。或作𧙨，从巳、从臼。誤。」羣經音辨云：「褏，盛服也。」集韻四十九宥載「褎」、「褏」二形，云「或从由」，皆可證。愚案：裒者褏之渻，裒者褎之譌。說文「褎」下云：「袂也。从衣，采聲。」「袖」下云：「俗褎，从由。」或謂當作从衣，采聲，以从采聲爲譌。案，說文「采」下云：「古文孚。从禾。禾，古文保字。」「保」下云：「从人，从采省。采，古文禾。」（當作「孚」。）「禾」下云：「古文保。」「保」下云：「古文保不省。」「裦」下云：「衣博裾。从衣，保省聲。」據此，「保」古文「保」，「裦」即「褎」也。「褎」正書不省而篆文省若「褎」，亦作从衣，采聲，是與篆文「裦」無異矣，而惑其說者多，故詳辨之。「褎」是衣袂，得引申爲「盛服」義者，蓋古人尊盛之服，其袖必大，故傳云然。漢書董仲舒傳制云：「今子大夫褎然爲舉首。」顏注：「褎然，盛服貌也。詩邶風旄丘之篇曰：『褎如充耳。』褎，音弋授反。」案，「然」、「如」同訓，「褎如」猶「褎然」也。「裦」爲盛服貌，引申之亦爲盛服自尊大之貌，終言衛兄弟之塞耳無聞，蓋多日之望已絶矣。

旄丘四章，章四句。

簡兮【疏】毛序：「刺不用賢也。衛之賢者，仕於伶官，皆可以承事王者也。」箋：「伶官，樂官也。伶氏世掌樂官而善焉，故後世多號樂官爲伶官。」○三家無異義。

簡兮簡兮，方將萬舞。【注】魯說曰：「簡，擇也。」韓說曰：「萬，大舞也。」【疏】傳：「簡，大也。方，四方也。將，行也。以干羽爲萬舞，用之宗廟山川，故言於四方。」箋：「簡，擇。將，且也。擇兮擇兮者，爲且祭祀，當萬舞也。萬舞，干羽也。」○「簡，擇也」者，釋詁：「柬，擇也。」郭注：「見詩。」邢疏引此詩云：「簡、柬同。」據此，知鄭用魯說改毛。禮王制注：「簡，差擇也。」廣雅釋言：「簡，閱也。」「閱」亦「擇」也，因萬舞之期，先閱擇舞徒，較傳言「大」義長。廣雅釋詁：「方，始也。」釋詁：「將，大也。」「方將萬舞」，猶云「始大萬舞」矣。「萬，大舞也」者，初學記十五引韓詩文。陳喬樅云：「廣雅釋樂：『萬，大也。』正用韓義。萬者舞之總名，干戚與羽籥，皆是大舞，對小舞言，自當兼文、武二舞，故傳亦云「以干羽爲萬舞。」箋釋萬舞爲干舞，籥舞爲羽舞，説者以箋爲易傳。今案春秋宣八年經：『萬入，去籥。』公羊傳：『萬者何？干舞也，籥者何？籥舞也。』鄭蓋據以爲説。然公羊此傳於萬中別『籥舞』耳，非專以萬之名屬『干舞』也。五經異義引公羊説：『樂萬舞以鴻羽。』此可爲萬兼羽、籥之塙據。推鄭意，蓋以萬舞先干戚而後羽籥，此詩二章方言籥翟，故於首章但言干舞，非以萬舞爲獨有干戚而無羽籥也。左隱五年傳：『考仲子之宮，將萬焉。公問羽數於衆仲。』亦萬兼羽籥之明證。孔疏謂羽爲『籥』，不得爲『萬』，引孫毓評，以毛爲失，過矣。韓詩説云萬以夷狄大鳥羽，義與毛同。」日之方中，在前上處。【疏】傳：「教國子弟以日中爲期。」箋：「在前上處者，在前列上頭也。周禮：大胥掌學士之版，以待致諸子，春入學，舍采合舞。」○「日之方中」，謂祭畢時。文選東京賦薛注：「方，將也。」禮禮器：「季氏逮闇而祭，日不足，繼之以燭。他日祭，子路與，質明而始行事，晏朝而退。」疏：「晏，晚也。朝正嚮晚，禮畢而退。」案，朝已嚮晚，是日將中也。大夫祭且然，諸侯可知。聘義云：「聘射之禮，質明而始行事，日幾中而後禮成。」日方中，猶日幾中也。古人儀節煩重，事畢需時，不獨祭禮然矣。詩舉日中事畢言者，樂舞人衆，至祭畢乃見，此俣俣之碩人，亦在公庭萬舞也。箋「在前上處者，在前列上頭也」，蓋祭時樂舞在前，故云然。碩人俣俣，公庭萬舞。【注】韓「俣俣」作「扈扈」，云：美貌。【疏】傳：「碩人，大德也。俣俣，容貌大也。萬舞非但在四方，親在宗廟公庭。」○説文：「碩，頭大也。」引申爲「大」義。釋詁：「碩，大也。」碩人，猶言大賢。後漢周黄徐姜申屠傳注：「碩人，謂賢者。」是其義也。説文：「俣，大也。从人，吴聲。詩曰：『碩人俣俣。』」「韓作扈扈，云美貌」者，釋文引韓詩文。陳喬樅云：「禮檀弓『爾毋扈扈爾』，鄭注：『扈扈，謂大也。』是扈扈本訓爲大。釋文：『俣俣，容貌大也。』容貌大即美義也。」愚案：後漢馮衍傳注：「扈扈，光彩盛也。」美、盛同義。「公庭萬舞」者。傳云「親在宗廟公庭」，是「公庭」即「宗廟」，而碩人親舞也。

有力如虎，執轡如組。【疏】傳：「組，織組也。武力比於虎，可以御亂。御衆有文章，言能治衆。動於近，成於遠也。」箋：「碩人有御亂、御衆之德，可任爲王臣。」○左襄十年傳孟獻子曰：「詩所謂『有力如虎』者也。」嘉狄虒彌之勇，引與詩意合。說文：「轡，馬轡也。从糸、从車。與聯同意。」釋名：「轡，拂也，牽引拂戾以制馬也。」說文：「組，綬屬，其小者以爲冕纓。」禮内則疏云：「絛也。」呂覽先己篇：「詩曰：『執轡如組。』孔子曰：『審此言也，可以爲天下。』子貢曰：『何其躁也？』孔子曰：『非謂其躁也，謂其爲之於此而成文於彼也，聖人組修其身而成文于天下矣。』」高注：「組，讀組織之組。夫組織之匠成文於手，猶良御執轡於手而調馬足，以致萬里也。」楚詞九歎靈懷篇王注：「執御，猶織組也。織組者，動之於此而成文於彼，善御者亦動之於手而盡馬力也。詩云：『執轡如組。』」高王蓋用魯說。淮南繆稱訓：「詩曰：『執轡如組。』動於近，成文於遠。」毛傳「動於近，成於遠」，皆本呂覽爲說。韓詩外傳二：「御馬有法，御民有道。法得則馬和而歡，道得則民安而集。詩曰『執轡如組』，此之謂也。」毛傳「御衆有文章，言能治衆」，說亦與韓傳合，此言碩人文武道備。

左手執籥，右手秉翟。【注】魯說曰：左手執籥，以節衆也。韓「籥」作「龠」，云：龠，樂之所管，三孔，以和衆聲也。又曰：秉，執也。魯說曰：翟羽可持而舞。齊說曰：樂萬舞以鴻羽，取其勁輕，一舉千里。韓說曰：以夷狄大鳥羽。【疏】傳：「籥六孔。翟，翟羽也。」箋：「碩人多才多藝，又能籥舞，言文武道備。」○笙師鄭注：「籥如笛，三孔，舞者所吹也。」引詩爲證。「左手」至「衆也」者，趙岐孟子章句二云：「籥若笛，短而有三孔。」下引詩云云。趙用魯詩，此魯說。公羊宣八年傳注：「籥，所吹以節舞也。」與「節衆」義合。「韓籥作龠」者，「龠」正字，「籥」借字。說文：「籥，書僮竹笘也。」「龠，樂之所管，三孔，以和衆聲也。从品、侖。侖，理也。」「龠樂」至「聲也」，玉篇龠部文，下引詩作「龠」。顧用韓詩，此韓異文。釋文：

「籥以竹爲之，長三尺，執之以舞。鄭注禮云三孔，郭璞同，廣雅云七孔。」愚案：張用魯，韓當同。「三孔」之說，疑傳寫譌「三」爲「七」，陸所見廣雅本已然。箋：「碩人多才多藝，又能籥舞。」禮文王世子鄭注：「羽籥，籥舞。」詩云：『左手執籥，右手秉翟。』」樂記注引同，與箋詩合。溱洧韓詩云：「秉，執也。」此亦當同。上言「執」，此言「秉」，文變義通。「翟羽可持而舞」者，釋鳥：「翟，山雉。」春秋疏引樊光曰：「其羽可持而舞，詩曰：『右手秉翟。』」此魯義與毛合。「樂萬」至「千里」，孔疏引異義公羊說文。公羊齊學，轅固詩亦齊學，治公羊者必稱齊詩，公羊說萬以「鴻羽」，知齊詩義同。皮錫瑞云：「孔廣森公羊通義云：『翟羽文，鴻羽質。』蓋鴻舞者殷制，翟舞者周制。周禮：『舞大濩，以享先妣。』魯有六代之樂，或意以仲子之宮比先妣廟而舞殷舞，與春秋有變文從質之義，亦因以示法。易曰：『鴻漸于陸，其羽可用爲儀。』儀猶獻也。錫瑞案：衛居殷墟，可用殷禮，如孔說正可爲此詩之證。公羊說『取其勁輕，一舉千里』，則鴻當爲鴻鵠之鴻，鴻鵠卽黃鵠，黃鵠卽黃鶴，故有一舉千里之象，若鴻雁之鴻，不得一舉千里也。」「以夷狄大鳥羽」者，亦孔疏引韓詩說。段玉裁云：「韓詩蓋作秉狄，廣雅釋器：『狄，羽也。』正釋韓『秉狄』之訓。」愚案：段說是也。禮祭統疏引此詩云：「翟卽狄也。古字通用。」喪大記注：「狄人，樂吏之賤者。」「狄人」卽秉狄之人，此「翟」爲「狄」之證。

赫如渥赭，公言錫爵。【注】三家「渥」亦作「屋」。

【疏】傳：「赫，赤貌。渥，厚漬也。祭有畀煇胞翟閽寺者，惠下之道。見惠不過一散。」箋：「碩人容色赫然如厚傅丹，君徒賜其一爵而已，不知其賢而進用之。散受五升。」○說文：「赫，火赤貌。」「渥，霑也。」「赭，赤土也。」「赫如渥赭」，謂其顏色赫然明盛，如霑漬赤土然也，與終南「顏如渥丹」義同。「三家渥亦作屋」者，隸釋修堯廟碑「赫如屋赭」，屋，「渥」之渻借。皮錫瑞云：「漢碑作屋，亦三家異文也。易萃初六『一握爲笑』，釋文：『握，傅氏作屋。』鄭云當讀如『夫三爲屋』之屋。』鼎六四『其形渥』，釋文引鄭作『刑剭』，音『屋』。詩韓奕正義、醢人司烜氏疏引鄭說，以爲『屋中刑之』。鄭注司烜氏『邦若屋誅』

云：「『屋，讀其刑剭之剭。』據此，則渥可通剭，剭可通屋，而渥亦可通屋，故漢碑以屋爲渥也。」公，謂衞君。碩人儀狀偉然，不見識察，待之如衆人，言賜爵而已。詩言「碩人俁俁」，又言「赫如渥赭」者，意謂文武道備，君雖未悉，然其容貌異常，可望而知，乃略無省録，是不以求賢爲務。此刺意也。禮祭統：「夫祭有畀煇胞翟閽者，惠下之道也。畀之爲言與也，能以其餘畀其下者也。煇者，甲吏之賤者也。胞者，肉吏之賤者也。翟者，樂吏之賤者也。閽者，守門之賤者也。尸又至尊，以至尊既祭之，末而不忘至賤，而以其餘畀之。」注：「翟，謂教羽舞者也。」此樂吏得與惠賜之證。又云：「尸飲五，君洗玉爵獻卿。尸飲七，以瑶爵獻大夫。尸飲九，以散爵獻士及羣有司。」此祭禮錫爵得逮及羣下之證。樂吏賤，當受散爵也。箋「散受五升」，卷耳疏引異義云：「韓詩說『五升曰散』。」周禮梓人疏引同，知箋用韓義。

山有榛，隰有苓。【疏】傳：「榛，木名。下濕曰隰。苓，大苦。」箋：「榛也、苓也，生各得其所，以言碩人處非其位。」○釋文：「榛，本亦作蓁，同，子可食。」孔疏引陸璣云：「榛，栗屬，其子小似杼子，表皮黑，味如栗。」釋文蓋本陸爲說。說文：「榛，木也。」「亲，果實如小栗。」本二物。馬瑞辰云：「榛，蓁皆亲之借字。廣雅：『亲，栗也。』亲之言辛，辛，物小之稱也。云子可食，後人溷榛爲亲耳。」說文：「隰，阪下濕也。」孔疏：「釋草：『蘦，大苦。』孫炎曰：『本草云「蘦，今甘草」是也。蔓延生，葉似荷青黄，其莖赤有節，節有枝相當。或云蘦似地黄。』」陳喬樅云：「毛詩作苓，傳云『大苦』，字異訓同。蓋毛魯文異。」愚案：說文：「苓，卷耳也。」「蘦，大苦也。」是魯用正字，毛借字。桂馥云：「夢溪筆談云：本草注引爾雅『蘦大苦』注：『蔓生，葉似荷，莖青赤。』此黄藥也，其味極苦，故謂之大苦，非甘草也。案嘉祐圖經說甘草形狀，與爾雅注大異，爾雅注與黄藥合。然則以蘦爲甘草，始於孫而郭沿其誤也。說文甘草自作『苷』字。沈存中之說可定羣疑。」愚案：詩言榛有於山，蘦有於隰，土地所宜，喻碩人之賢，宜有於王朝，故末句云然。

云誰之思？西方美人。彼美人兮，西方

之人兮！【疏】傳：「乃宜在王室。」箋：「我誰思乎？思周室之賢者，以其宜薦碩人與在王位。彼美人，謂碩人也。」○「西方美人」，謂周室賢者也。晉語韋昭注引詩曰：「西方之人兮。西方謂周也。」下「美人」承上言之。箋上下「美人」兩解。蘇輿云：「同一美人，似非兩指。二句或是歎慕之詞，言思周家盛時之賢者，皆見用於王朝。然彼賢人者亦幸而爲西周之人耳，不若碩人否塞於衞也。言外見意，以美人喻賢者，遂爲屈平離騷所祖矣。」較鄭意深曲。

簡兮三章，章六句。

泉水【疏】毛序：「衞女思歸也。嫁於諸侯，父母終，思歸寧而不得，故作是詩以自見也。」箋：「以自見者，見己志也。國君夫人，父母在則歸寧，没則使大夫寧於兄弟。衞女之思歸，雖非禮，思之至也。」○三家無異義。皮錫瑞云：「夫人歸寧，今古文說不同。左莊二十七年傳：『凡諸侯之女，歸寧曰來。』襄十二年傳：『楚司馬子庚聘於秦，爲夫人寧，禮也。』毛詩葛覃傳：『父母在，則有時歸寧耳。』此詩序：『嫁於諸侯，父母終，思歸寧而不得。』鄭箋於歸寧父母無明說，而葛覃序箋云：『可以歸安父母，言嫁而得意，猶不忘孝。』此詩箋云『國君夫人，父母在則歸寧』，又伏后議。若后適離宮，及歸寧父母，從子禮。據此，則毛鄭皆同。左傳以爲，夫人父母在，得歸寧父母；没，不得歸寧，當使大夫寧。此古文說也。若公穀二傳今文說，則與古文異。公羊莊二十七年傳『直來曰來』，何氏解詁曰：『直來，無事而來也。諸侯夫人尊重，既嫁，非有大故，不得反。唯自大夫妻，雖無事，歲一歸宗。』疏云：『其大故者，奔喪之謂。』文九年『夫人姜氏如齊』，彼注云『奔父母之喪』是也。言從大夫妻以下，即詩云『歸寧父母』是也。案，詩是后妃之事而云大夫妻者，何氏不信毛敍故也。穀梁莊二年傳：『婦人既嫁不踰竟，踰竟非正也。』據此，則今文說以爲國君夫人無論父母在不在，皆不得歸寧，唯有大故得奔喪耳。案泉水蝃蝀竹竿三詩皆云『女子有行，遠父母兄弟』，似當從今文說不得歸寧爲是。戰國策趙太后於其女燕后，飲食祝曰：『必勿使反。』蓋戰國時猶守母在不歸寧之禮。三家詩雖無明說，而說文引詩『以晏父母』，段玉裁謂卽『歸寧父母』之異文，其文與毛詩不同，必出於三家詩。三家作『以晏』，不作『歸寧』，此卽三家詩謂夫人不得歸寧之證。三家今文說當同，公穀二傳不當同左氏，此漢人家法之可據者。」愚案：「遠父母兄弟」，風詩屢有明文，合之公穀國策，足爲國君夫人不得歸寧之確證，若葛覃，本非后妃之詩，卽依文作『歸寧父母』，亦自如禮不悖，三家容有異文作『以晏』者，然不必執此爲后妃既嫁不歸之據也。

毖彼泉水，亦流于淇。【注】韓「毖」作「祕」。【疏】傳：「興也。泉水始出，毖然流也。淇，水名也。」箋：「泉水流而入淇，猶婦人出嫁於異國。」○「韓毖作祕」者，釋文：「毖，流貌。韓詩作『祕』。說文作『䀣』，云：『直視也。』」陳喬樅云：「篇海『柲』璧吉反，韓詩云：『祕，刺也。』案方言：『柲，刺也。』祕、柲音同義通，韓訓祕爲刺，蓋以祕爲泌之借字，泌與滭同字。采菽『觱沸檻泉』，說文引作『滭沸檻泉』。釋水：『濫泉正出。正出，涌出也。』公羊昭五年傳：『濆泉者何？直泉也。直泉者何？涌泉也。』是『正出』卽『直出』之義。說文：『刺，直傷也。』是刺有直義。廣雅釋丘云：『丘上有水曰泌。』丘水出丘上，卽正出之直泉，故稱『泌丘』也。」詩攷「䀣彼泉水」下引說文：「䀣，直視也。」案說文目部：「䀣，直視也。从目，必聲，讀若詩曰『泌彼泉水』。」是詩自作「泌」，非謂从目作「䀣」，而釋文詩攷並云說文作「䀣」，豈所據說文古本泌字作䀣，無讀若二字耶？愚案：韓作「祕」，說文所引蓋魯齊異文。水經注淇水篇：「淇水又東，右合泉源水。水有二源：一出朝歌城西北，東南流，又東與左水合，謂之馬溝水，又東南注淇水，爲肥泉也，故衛詩曰：『我思肥泉，茲之永歎。』又曰然斯水，卽詩所謂泉源之水也，故衛詩曰：『泉源在左，淇水在右。』」此詩泉水當卽泉源水，下云所謂肥泉也。泉淇皆衛地水，女適異國，無由得見，追憶之以起興。竹竿亦女適異國之詞，而稱淇水泉源與此同也。漢書地理志「河內郡共」下云：「北山淇水所出，東至黎陽入河。」説文：「或云出隆慮西山。」案，共今衛輝府輝縣，隆慮今彰德府林縣，輝縣西北接林縣西界，山水合流爲淇水也。黎陽屬魏郡，在今濬縣東北。泉亦流淇，興己不得歸衛，不如此水。**有懷于衛，靡日不思。孌彼諸姬，聊與之謀。**【疏】傳：「孌，好貌。諸姬，同姓之女。聊，願也。」箋：「懷，至。靡，無也。以言我有所至念於衛，我無日不思也。所至念者，謂諸姬諸姑伯姊。聊，且略之辭。諸姬者，未嫁之女。我且欲略與之謀。婦人之禮，觀其志意，親親之恩也。」○「靡日不思」者，思之長也。箋與傳異，蓋用三家義。如鄭意，「孌」當訓「思慕」。説文：「孌，慕也。」楚詞懷沙注：「慕，思也。」是「孌」與「戀」同義。諸姬未嫁之女，故思彼而欲與之見。箋訓「聊」爲「且略」者，以諸姬或兄弟之女及五服之親，降於姑姊，故於姑姊則言問尊之也，於諸姬但言聊卑之也。釋言：「謀，心也。」論衡超奇篇：「心思爲謀。」宜於口亦爲謀，故謀從言。「聊與之謀」，猶云相見略道思念而已。蘇輿云：「與諸姬相見，即是與謀，若今言『謀面』矣。書立政『謀面用丕訓德』，傳云：『謀所面見之事。』後世以相見爲『謀面』，蓋本於此。柳宗元鈷鉧潭記『枕席而卧，則清泠之狀與目謀，瀯瀯之聲與耳謀，悠然而虛者與神謀，淵然而静者與心謀。』謀不必專以言也。」於義亦通。此豫言歸後見親屬之事，故箋又申之曰：「此婦人之禮，觀其志意，親親之恩也。」孔疏以「婦人之禮」連上爲句，謂衛女思見諸姬，與謀婦禮。案，箋意若云與謀婦禮，則是鄭重咨議，不得訓「聊」爲「且略」之詞。且爲國君夫人歸其母家，豈嫺習儀文反不如未嫁之女，而欲向彼咨議未聞之禮乎？必不然矣。疏又云：「傳言同姓之女，亦謂未嫁也。」混合爲一，非傳義。陳奂云：「衛，姬姓。衛女嫁諸侯，有姪娣從，故以諸姬爲同姓之女。」申毛是也，特以必不行之事而謀及姪娣，適以顯己之不知禮，或詩人不出此耳。

出宿于泲，飲餞于禰。【注】魯韓説曰：宿，舍也。魯「泲」作「濟」。韓説曰：送行飲酒曰餞。韓「禰」作「坭」。

【疏】傳：「沸，地名。祖而舍軷，飲酒於其側曰餞，重始有事於道也。禰，地名。」箋：「沸禰者，所嫁國，適衛之道所經，故思宿餞。」○「宿，舍也」者，廣雅釋詁文。說文：「宿，止也。」止亦舍也。「魯沸作濟」者，列女傳一引詩「出宿于濟」四句，「沸」作「濟」，「沸」、「濟」字同，禹貢「濟」字，漢志皆作「沸」。文選顏延之應詔讌曲水作詩注、陸機挽歌注、初學記十八、白帖三十四、御覽四百八十九引詩，並作「濟」，蓋用魯文。「送行飲酒曰餞」者，玉篇食部引韓詩、文選謝靈運送孔令詩、顏延之曲水詩序注並引薛君韓詩章句文。「韓禰作坭」者，釋文：「禰，地名。韓詩作坭。」玉篇食部引韓詩作「禰」，蓋後人順毛改之。士虞禮鄭注：「餞，送行者之酒。詩云：『出宿于濟，飲餞于泥。』」字又作「泥」。陳喬樅云：「廣韻：『坭，地名。』釋丘：『水潦所止泥丘。』式微篇魯說不以『中路』爲地名，則『泥中』亦不爲地名，與毛傳異。爾雅所釋『泥丘』，當指此詩飲餞之地，士虞禮注作『坭』可證也。釋文云『韓作坭。』『泥丘』，釋文云：『又作坭。』坭與泥通，三家皆今文，與毛異。列女傳用魯詩，所引當作『飲餞于泥』，今本作『禰』，乃後人順毛改之。士虞禮注『于泥』，釋文本作『于禰』，音『乃禮反』。又載劉昌宗本作『泥』，音同。今注疏本作『禰』，亦後人順毛改之。」皮嘉祐云：「書高宗肜日『典祀無豐于昵』，馬注：『昵，考也，謂禰廟也。』昵、坭音皆同禰，昵之通禰，猶坭之通禰矣。」愚案：孔疏：「衛女思歸，言我思欲出宿于沸，先飲餞于禰，而出宿，以嚮衛國。」先言「出宿」者，見飲餞爲出宿而設，故先言以致其意，疏說是也。知不爲來嫁時事者，以下章亦言出宿飲餞，嫁時道遠，出宿容有二地，飲餞必無繁文也。沸禰二地，今未詳所在，或衛女所適國在沸水旁，沸禰爲舟行適衛之道，干言爲陸行適衛之道，故設想歸程，兩言宿餞歟？

女子有行，遠父母兄弟。

【疏】箋：「行，道也。婦人有出嫁之道，遠於親親，故禮緣人情，使得歸寧。」○左桓九年傳「凡諸侯之女行」，杜注：「行，嫁也。」「遠父母兄弟」，統今昔言之。昔嫁時已與父母兄弟相遠，今父母既沒，兄弟同等，宜遠嫌，歸與諸姬相見外，惟問姑及姊而已。禮曲禮：「已嫁而反，兄弟弗與同席而坐，弗與同器而食。」列女傳貞順篇：「禮，婦人既嫁，歸問女昆弟，不問男昆弟，所以遠別也。」合證二文，女子歸寧無致問兄弟之禮，兄弟相見而退，亦不同坐，詩所謂「遠」也。

問我諸姑，遂及伯姊。【注】韓說曰：女兄曰姊。魯說曰：父之昆弟不俱謂之世父，父之女昆弟俱謂之姑何也？以爲諸父内親也，故別稱之也；姑當外適人，疏，故總言之也。至姊妹亦當外適人，所以別諸姊妹何？以爲事諸姑禮等，可以外出又同，故稱略也。至姊妹雖欲有略之，（陳立云：「『可以』二字疑誤，『欲有』亦有誤字。」）姊尊妹卑，其禮異也。詩曰：「問我諸姑，遂及伯姊。」謂之姊妹何？姊者咨也，妹者末也。

【疏】傳：「父之姊妹稱姑，先生曰姊。」箋：「寧則又問姑及姊，親其類也。先姑後姊，尊姑也。」〇左文二年傳：「詩曰：『問我諸姑，遂及伯姊。』君子曰：禮，謂其姊親而先姑也。」釋親：「父之姊妹曰姑，先生曰姊。」說文：「伯，長也。」禮曲禮「男女異長」，注：「各自爲伯季也。」疏：「冠禮，加字之時，伯某甫，仲叔季唯其所當。」此女自舉其親屬言，既有伯姊，知女居次也。「女兄曰姊」者，慧琳音義三引韓詩文。「姊」作「姉」，從「市」，「市」亦卽「𠂔」，或从「市井」之「市」，以形近而誤也。觀方言「娋，姊也」郭注：「今江南山越閒呼姊聲如市。」此因字誤逐俗也。「如市」，正謂如市井之市，知相承易誤，晉已如此。慧琳引「姊」从「市」，亦傳寫之譌。爾雅：「男子謂女子先生爲姊。」郝懿行云：「據詩，則女子亦謂女子先生曰姊，爾雅略舉一邊耳。」「父之」至「末也」，白虎通綱紀篇文，申詩及姊不及妹之故，此魯說。陳立云：「檀弓云：『姑姊妹之薄也，蓋有受我而厚之也。』是姑外適人疏，故喪服『姑出室降大功』，亦從略之義也。女兄可咨問，故謂之姊，女弟末小於己，故稱妹。易歸妹注：『妹，少女之稱。』是也。」孔疏：「姑姊尊長，則當已嫁，父母既沒，當不得歸，所以得問之者。諸侯之女有嫁於卿大夫者，去歸則問之。」

出宿于干，飲餞于言。【疏】傳：「干言，所適國郊也。」箋：「干言猶泲禰，未聞遠近同異。」〇漢書地理志「東郡」下有發干縣。案，在今東昌府堂邑縣西南。續志「東郡衛國」下有竿城。劉昭注：「前書故發干城。」是「竿」即「干」之變文，地與泲爲近，或即詩之「干」也。言，未聞。御覽地部十引李公緒記曰：「柏人縣有干山言山，邶詩干言是也。」柏人，今順德縣唐山縣地望，遼遠未敢據信。下文言「還車」，明此二地爲陸行道。載脂載舝，還車言邁。遄臻于衛，不瑕有害。【疏】傳：「脂舝其車，以還我行也。遄，疾。臻，至。瑕，遠也。」箋：「言還車者，嫁時乘來，今思乘以歸。瑕，猶過也。害，何也。我還車疾至於衛，而反於行，無過差，有何不可而止我。」○越語注：「脂，膏也。」脂之言膏車也，今北道人語如此。史記田完世家：「豨膏棘軸，所以爲滑也，然而不能運方穿。」荀卿傳「炙轂過髡」，注引劉向別録曰：「過字作輠。輠者，車之盛膏器也。」案，炙轂猶膏車也。方言：「車釭，齊燕海岱之間謂之鍋，自關而西謂之釭。」據此，盛膏者乃謂之「鍋」，「釭」、「鍋」、「輠」一聲之轉，此以「釭」爲盛膏器，「釭」之一義也。説文：「釭，車轂中鐵也。」新序雜事篇引淳于髡曰：「方内而員釭，如何？」與田完世家語意同。膏軸不能運方穿，猶員釭不能運方内，以釭爲車轂中鐵，與説文合。説文又云：「鐗，車軸鐵也。」釋名：「鐗，閒也。閒釭軸之閒，使不相摩也。」急就篇「釭鐗鍵鈷冶錮鐈」，顔注：「釭，車轂中鐵也。鐗，軸上鐵也。施釭鐗者，所以護軸，使不相摩𡐤也。」此又「釭」之一義也。後人溷合爲一，謂盛膏於釭中，則鐵與鐵相摩，使之滑利，誤矣。今車行別以器盛膏，若不滑利，則下車取膏塗軸鐵乃行。吴起治兵篇所謂「膏鐗有餘則車輕」，非膏盛釭中，鐵自滑利也。至取膏之物，説文：「鈷，鐵銸也。一曰膏車鐵鈷。敕淹切。」急就篇顔注：「鈷，以鐵有所鑷取也。」是古人取膏用鐵，其名曰「鈷」，今束馬鬉毛爲之，蓋取其便，與昔異矣。「舝」者，説文：「車軸耑鍵也，兩穿相背。从舛，𥁕省聲。𥁕，古文偰字。」「轄」下云：「車聲也。从車，害聲。一曰：轄，鍵也。」「轄」一訓「鍵」，故「舝」通作「轄」。文選潘尼贈陸機出爲吴王郎中令詩注引詩作「轄」，是其證也。所謂「兩穿相背」者，「穿」所以受軸頭，古謂之「軹」，説文：「軹，車輪小穿也。」

今仍謂之穿，以木裹鐵爲之，兩穿夾輪，左右制之，使不移動，中爲輪隔，故曰相背。穿之外復有鐵牡關之，所謂「轄」也，今俗謂之「擋」。說文「鍵」下云：「一曰車轄」。急就篇顔注：「鍵，以鐵有所豎關，若門牡之屬也。」得其實矣，故釋文云：「舝，車軸頭金也。」車舝釋文云：「舝，車軸頭鐵也。」「金」、「鐵」無異義。「舝」無用木者，或云以木鍵之，誤也。淮南人間訓：「夫車之所以能轉千里者，以其要在三寸之轄。」尸子：「文軒六駃，題無四寸之舝，則車不行。」(舝一作「鍵」。)三寸、四寸，隨車大小爲之，無定制也。「還車言邁」者，箋云：「嫁時乘來，今思乘以歸。」案，乘嫁時車，義具何彼襛矣。釋言：「邁，行也。」釋詁：「遄，疾也。」「臻，至也。」言疾至于衞，則已歸矣。「不瑕有害」者，馬瑞辰云：「瑕、遐古通用。(隰桑「遐不謂矣」，禮表記引作「瑕不謂矣」。)遐之言胡，胡、無一聲之轉，故『胡寧』又爲『無寧』。凡詩言『遐不眉壽』、『遐不黃耇』、『遐不謂矣』、『遐不作人』，『遐不』猶云『胡不』，信之之詞也。易其詞則曰『不遐』，凡詩言『不遐有害』、『不遐有愆』，『不遐』猶云『不無』，疑之之詞也。」愚案：馬說是。此及上章，並設想歸衞之事，復轉一念曰：此不無有害，於義止而不往，故下章但言思衞，是以能義制情也。

我思肥泉，茲之永歎。【疏】傳：「所出同，所歸異，爲肥泉。」箋：「茲，此也。自衞而來所渡水，故思此而長歎。」○釋水：「歸異出同流肥。」水經注淇水篇引詩：「我思肥泉，茲之永歎。」又云：「毛注：『同出異歸爲肥泉。』爾雅曰：『歸異出同曰肥。』釋名曰：『本同出時所浸潤水少，所歸各枝散而多，似肥者也。』犍爲舍人曰：『水異出流行合同曰肥。』今是水異出同歸矣。」馬瑞辰云：「爾雅古有二讀，一作『歸異出同肥』，一作『異出同流肥』。毛傳、郭注、釋名皆不釋『流』字之義，是毛郭劉所見爾雅本作『歸異出同肥』，其『同』下並無『流』字，道元引爾雅『歸異出同曰肥』是其證，此一讀也。列子『殷敬順』，釋文云：『水所出異爲肥。』與舍人皆不釋『歸』字，則舍人爾雅本當作『異出同流肥』，以『歸』字屬上句，作『洊出不流歸』，與『異出同流肥』相對成文，又一讀也。今本爾雅兩從，致有歧誤。又爾雅：『瀵，大出尾下。』而水經河水注瀵水，引呂忱曰：『爾雅：異出同流爲瀵水。』是呂所見爾雅作『異出同流瀵』。釋文亦云：『瀵，水本同而出異』，與呂合，則知『肥』當從毛作『歸異出同』，以別於『異出同流』之『瀵』，其『大出尾下』之下別有一字脫去，不可考矣。詩義蓋以肥泉之異流，興女之各嫁一方。然泉雖異歸，終入于衛，女子有行，遂與衛訣，又泉水之不若，故思之滋歎耳。」愚案：馬說甚辨，而依傳釋詩，非也。肥有二水，一異出同流，一歸異出同，此肥泉是異出同流之肥也。酈注言淇水合馬溝水，馬溝水合美溝水，美溝「出朝歌西北大嶺下，流逕駱駝谷，於中逶迤九十曲，歷十二崿，崿流相承，泉響不斷，防閒積石千通，水穴萬變。」案此肥泉上源，今輝縣蘇門山百泉是也。泉源異出，故酈以舍人讀爲然。又案呂忱字林，肥水出良餘山，此入淮之肥。水經注肥水篇言肥水出九江成德縣廣陽鄉西北，流分爲二水，施水出焉，又北入于淮。施水篇云施水亦從廣陽鄉肥水別，東南入于湖，此歸異出同之肥也。雅訓與經相表裏，所稱肥水，當指詩之肥泉，非入淮之肥水，肥泉入淇，歸並不異，如依毛傳，義不可通，斯李酈之說不容易也。至爾雅古本互異，或後人因入淮之肥妄有竄改耳。首章泉水興，此當是賦，馬以爲興，亦非。說文：「茲，草木多益。从艸，絲省聲。」引申爲「增益」義，故漢書五行志楊雄匈奴傳注並云：「茲，益也。」永，長也。說文：「歎，吟也。」禮坊記注：「歎，謂有憂戚之聲也。」「茲之永歎」者，蓋女之父母既沒，或葬肥泉之側，故思其地則益之長歎也。藝文類聚引晉劉慆母孫氏悼艱賦云：「覽蓼莪之遺詠，諷肥泉之餘音。」以肥泉與蓼莪並稱，則二語爲思既沒之父母，古義如此。

思須與漕，我心悠悠。駕言出遊，以寫我憂。

【疏】傳：「須、漕，衛邑也。寫，除也。」箋：「自衛而來所經邑，故又思之。既不得歸寧，且欲乘車出遊，以除我憂。」○水經注沛水篇：「濮渠又東，逕須城北，衛詩云『思須與曹』也。」毛云：「須，衛邑矣。」鄭云：「自衛而東所逕邑，故思。」（箋云「自衛而來所經邑」，「來」譌「東」，「經」同

「逕」。）案，須之爲邑，其名不顯。鹽城陳蔚林詩說云：「說文『湏』下云：『古文沬。从頁。』是湏卽沬也，桑中『沬之鄉矣』是也。此詩『思湏』之『湏』，字當爲『湏』，後人不知『湏』是古文『沬』字，傳寫謁改爲『須』。毛云衞邑，無能名其所在者，道元遂以後起之須城當之，未爲塙證。」愚案：陳說極精。漕義具擊鼓。「思須與漕」者，錢澄之田閒詩學謂詩作於衞東渡河後是也。蓋湏是舊都，漕迺新徙，故國之變，聞而心傷，思之悠悠然長。欲歸不得，故結之曰「駕言出遊，以寫我憂。」罔極之哀，多難之急，皆在其內。竹竿適異國不見答，末章語同，憂在己身；此詩憂在家國，皆有所不得已也。否則思歸耳，何爲憂乎？說文：「駕，馬在軛中。」「寫，置物也。」言惟駕言出遊，置我之憂於度外耳。

泉水四章，章六句。

北門

北門【疏】毛序：「刺士不得志也。言衞之忠臣不得其志爾。」箋：「不得其志者，君不知己志而遇困苦。」〇三家無異義。潛夫論讚學篇：「君子憂道不憂貧，箕子陳六極，國風歌北門，故所謂不憂貧也。豈好貧而弗之憂邪？蓋志有所專，昭其重也。乃將以底其道而邁其德者也。」王用魯詩，此蓋魯說。「志有所專」者，以國爲憂也。「底道邁德」者，委於天命也。「終窶且貧」者，祿不足以代耕，而非以貧爲病也。王事敦迫，國事加遺，任勞而不辭，阨窮而不怨，可謂君子矣。讀者因「終窶」之詞以爲憂貧而作，不亦昧於詩義乎？

出自北門，憂心殷殷。【疏】傳：「興也。北門，背明鄉陰。」箋：「自，從也。興者，喻己仕於闇君，猶行而出北門，心爲之憂殷殷然。」〇出北門者，適然之詞。或所居近之，與「出其東門」同。賦也。箋：「自，從也。」「憂心殷殷」者，以國亂君闇，故憂之深痛也。釋文：「殷，本又作慇，同。於巾反。」說文繫傳「慇」下云：「詩『憂心殷殷』，本作此『慇』字。」是徐鍇所見與「又作」本合，毛異文也。釋訓：「慇慇，憂也。」本又作「殷殷」。詩釋文云：「又音隱。爾雅云憂也。」是陸以爾雅「殷殷」下當音「隱隱」。柏舟「如有隱憂」，韓詩作「殷」，重言之則爲「殷殷」。殷、隱字同，故「殷殷」又爲「隱隱」。楚詞九歎怨思篇王注：「隱隱，憂也。詩云：『憂心殷殷』，亦作隱隱。」是也。蔡邕述行賦「感憂心之殷殷。」九惟文：「憂心殷殷。」潛夫論交際篇：「處卑下之位，懷北門之殷憂。內見謫於妻子，外蒙譏於士夫。」蔡與二王並用魯詩，據此，魯正文爲「殷殷」，亦作「隱隱」。三家義訓並具柏舟。**終窶且貧，莫知我艱。**【疏】傳：「窶者，無禮也。貧者，困於財。」箋：「艱，難也。君於己祿薄，終不足以爲禮，又近困於財，無知己以此爲難者。言君既然矣，諸臣亦如之。」○釋文：「窶，謂貧無可爲禮。」案，此言既窶不能爲禮，且至貧無以自給也。說文：「窶，無禮居也。」馬瑞辰云：「婁，空也。窶从婁聲，故爲無禮居。」愚案：所居窶陋，無以爲禮也。倉頡篇云：「無財曰貧，無財備禮曰窶。」釋詁：「艱，難也。」國勢瘠弱，薄祿不足贍，臣僚君子，絜清自守，爲貧所困，雖有艱難，無可告語也。**已焉哉，天實爲之，謂之何哉！**【注】韓「已」上多「亦」字。【疏】箋：「謂勤也。詩人事君無二志，故自決歸之於天，我勤身以事君何哉。忠之至。」○「韓已上多亦字」者，外傳一兩引「已焉哉」並同，是韓異文。下二章當同。新序節士篇引，無「亦」字，明魯與毛同。陳奐云：「已哉，猶言既然，古訓既、已通用，然、焉通用。」「亦已焉哉」，猶言亦既然矣。天實爲之，惟聽命於天，安貧之志也。齊策高注：「謂，猶奈也。」「謂之何哉」，猶言奈之何哉。潛夫論論榮篇：「夫令譽我興，而大命自天降之。詩云：『天實爲之，謂之何哉。』故君子未必富貴，小人未必貧賤，或潛龍未用，或亢龍在天，從古以然。」引詩以明修身俟命之義，蓋魯說如此。韓詩外傳一引「天實爲之」二句三見，新序節士篇兩見，並推演之詞。曹植求通親親表引同。**王事適我，政事一埤益我。**【疏】傳：「適，之。埤，厚也。」箋：「國有王命役使之事，則不以之彼，必來之我；有賦稅之事，則減彼一而以益我。言君政偏，已兼其苦。」○孔疏：「此『王事』不必天子事，直以戰伐行役皆王家之事。」案，衛是侯國，而云「王事」，知是王命役使之事。

疏以爲非天子事，失箋恉矣。「適我」者，謂有王事則必之我。「政事」對「王事」言，知是國之政事。荀子勸學篇注：「一，皆也。」後漢馮緄傳注：「一，猶專也。」説文：「埤，增也。」釋詁：「厚也。」厚、增義同。「一埤益我」，皆以增益於我也，此與「我獨賢勞」意同。

我入自外，室人交徧讁我。已焉哉，天實爲之，謂之何哉！【注】魯「讁」作「適」，韓作「謫」，云：謫，數也。【疏】傳：「讁，責也。」箋：「我從外而入，在室之人更迭遍來責我，使己去也。言室人亦不知己志。」○孔疏：「此士雖困，志不去君，而家人使之去，是不知己志。」書立政疏：「室，猶家也。」呂覽慎勢篇注：「家，室也。」室人猶家人。傳：「讁，責也。」「魯讁作適」者，趙岐孟子章句七云：「適，過也。」下引詩語，明魯作「適」。「謫，數也」者，玉篇言部引韓詩文。説文：「謫，罰也。从言，啻聲。」漢書食貨志注：「適，責罰也。」是「責」亦爲「罰」，「適」借字，「讁」俗字。顧震福云：「玉篇引毛詩作『謫我』，是毛亦作『謫』。集韻引詩作『適我』，云『適』與『謫』同。商頌『勿予禍適』，毛傳云：『適，過也。』玉篇亦引作『謫』。方言：『謫，過也。南楚以南，凡相非議謂之謫。』齊語韋注：『謫，譴責也。』」「韓云謫，數也」者，廣雅釋詁：「數，責也。」左昭二年傳「使吏數之」，杜注：「數，責其罪。」皮嘉祐云：「『數』，猶責讓之謂。商頌『勿予禍適』，韓詩亦云：『適，數也。』」愚案：過亦責也。衆經音義十四引字林：「謫，過責也。」淮南覽冥訓注，過讀「責過」之過，皆即以過爲責。陸氏列子釋文云：「謫，謂責其過也。」此見古人過責之文而昧其訓，故於文中加一「其」字而不知其非是也。顔注漢書「過責」之過，尤多誤釋，古義之不明，蓋自唐初已然矣。

王事敦我，政事一埤遺我。【注】韓説曰：敦，迫。【疏】傳：「敦，厚。遺，加也。」箋：「敦，猶投擲也。」○「敦，迫」者，釋文引韓詩文，與毛訓「厚」異。陳喬樅云：「後漢韋彪傳『以禮敦勸』，注：『敦，猶逼也。』班固傳『靡號師矢，敦奮撝之容』，注：『敦，猶迫逼也。』義皆同韓詩。」胡承珙云：「敦與督一聲之轉。廣雅：『督，促也。』」愚案：釋詁：「敦，勉也。」勉亦與迫義近。唐杜甫八哀贈司空王思禮詩「塞望勢敦迫」，正用韓詩文。遺，猶益也。我入自外，室人交偏摧我。已焉哉，天實爲之，謂之何哉！【注】韓「摧」作「誰」。【疏】傳：「摧，沮也。」箋：「摧者，刺譏之言。」○「韓摧作誰者」，釋文：「摧或作催，音同。韓詩作誰，音于佳、子佳二反，就也。」案，說文：「催，相擣也。詩曰：『室人交偏催我。』」此用「或作」本。「相擣」者，謂相數怨若擣擊然。說文無「誰」字。廣雅釋詁：「誰，就也。」正用韓義。馬瑞辰云：「玉篇：『誰，謫也。』誰、就以雙聲爲義，就當爲蹵，蹵同蹙。廣雅：『蹙，罪也。』廣韻：『蹙，迫也。』與『誰，謫也』義正合。桂馥疑就爲『訧』字之誤，又疑爲『掠』字形近之誤，皆未確。」陳喬樅云：「箋『摧者，刺譏之言』，是鄭用韓誰字爲義。」

北門三章，章七句。

北風【注】齊說曰：北風寒涼，雨雪益冰。憂思不樂，哀悲傷心。又曰：北風牽手，相從笑語。伯歌季舞，燕樂以喜。【疏】毛序：「刺虐也。衛國並爲威虐，百姓不親，莫不相攜持而去焉。」○「北風」至「傷心」，易林晉之否文。「北風」至「以喜」，否之損文，噬嗑之乾同，此齊說。「雨雪益冰」者，與易「履霜堅冰至」同意，懼威虐之日甚，故憂思而傷心。「相從笑語」、「燕樂以喜」，與碩鼠「樂土樂土，爰得我所」同意。詩主刺虐，以北風喻時政也。此衛之賢者相約避地之詞，以爲百姓莫不然，或非也。張衡西京賦「樂北風之同車」，與易林「燕樂」意合，張用魯詩，是魯與齊同。

北風其涼，【注】魯說曰：北風謂之涼風。韓說曰：涼，寒貌也。雨雪其雱。【疏】傳：「興也。北風，寒涼之風。雱，盛貌。」箋：「寒涼之風，病害萬物。興者，喻君政教酷暴，使民散亂。」○「北風謂之涼風」者，釋天文，魯說也。郭注：「詩曰：『北風其涼。』」釋文：「涼，本或作古颷字，同。」說文：「北風謂之颷。从風，涼省聲。」與「又作」本合。北風又曰

「廣莫風」，見易通卦驗、乾元序制記、淮南天文訓、史記律書、白虎通八風、說文、廣雅；亦作「廣漠」，見易稽覽圖；又曰「寒風」，見呂覽有始篇、淮南地形訓。寒風在冬至後。別有西南方涼風，亦見諸書，在立秋之後，是北風非卽涼風，爾雅依詩立訓耳。「涼，寒貌也」者，玉篇水部引韓詩文。上文「北風」，故知是「寒貌」也。白虎通：「涼，寒也，陰氣行也，」言涼則寒至矣。」皮嘉祐云：「列子湯問篇注引字林：『涼，微寒。』釋名釋州國：『涼州，西方所在寒州也。』是「涼」有「寒」義。說文：「雱，旁之籀文，滂也。」滂者，大也。御覽三十四引引詩作「滂」，穆天子傳郭注、廣韻十遇、藝文類聚二、韓鄂歲華紀麗四並引作「霶」。北風雨雪，以喻威虐。**惠而好我，攜手同行。其虛其邪，既亟只且！**【注】魯齊「邪」作「徐」。魯說曰：其虛其徐，威儀容止也。齊說曰：虛徐，狐疑也。韓說曰：亟，猶急也。【疏】傳：「惠，愛。行，道也。虛，虛也。亟，急也。」箋：「性仁愛而又好我者，與我相攜持同道而去，疾時政也。邪讀如徐，言今在位之人，其故威儀虛徐寬仁者，今皆以爲急刻之行矣。所以當去以此也。」○古然、而同字。「惠而好我」，猶言惠然好我，與終風「惠然肯來」句例同。說文：「攜，提也。」「其虛」至「止也」，釋訓文。郭注：「雍容都雅之貌。」孔疏引孫炎曰：「虛徐，威儀謙退也。」郭孫注詞異意同。班固幽通賦：「承靈訓其虛徐兮，竚盤桓而且俟。」曹大家注：「虛徐，狐疑也。詩曰：『其虛其徐』。」曹用齊詩，訓「虛徐」爲「狐疑」，本齊說。魯齊「邪」皆作「徐」，韓說當同。箋云「邪讀如徐」，用三家改毛也。馬瑞辰云：「虛者，舒之同音假借。野有死麕傳：『舒，徐也。』虛、徐二字疊韻。淮南原道訓注：『原泉始出，虛徐流不止。』正以虛徐爲徐，虛徐卽舒徐也。正義釋虛徐爲謙退閑徐之義，失之。」愚案：詩借「虛」爲「舒」，「舒徐」卽「徐徐」。釋天李注：「徐，舒也。」齊策「徐州」注：「徐州或作舒州。」是「舒」之與「徐」字訓並通，「其虛其徐」，卽「其徐其徐」也。易困卦釋文引馬注：「徐徐，安行貌。」詳繹雅訓、曹注，四字只是委蛇退讓、裴回不前之狀。孔疏析義未爲全失，但宜連讀，不宜分疏。以各家注義證之，可見詩人見其同行者從容安雅之狀如此，又速之曰「既亟只且」，猶言事已急矣，尚不速行而爲此徐徐之態乎？「亟，猶急也」者，慧琳音義八十引韓詩文。說文「急」作「忞」，云：「褊也。从心，及聲。」「亟，敏疾也。从人、从口、从又、从二。二，天地也。」蓋象人蹋天蹐地，口手並用之狀。亟以事言，急以心言，故云亟猶急也。顧震福云：「釋詁：『亟，疾也。』釋文『亟』字又作『茍』。說文：『茍，自急敕也。』通作⿰革亟、㥛。說文：『⿰革亟，急也。』『㥛，急性也。』釋言：『悈，急也。』釋文：『悈，本或作㥛，又作亟。』毛傳：『亟，急也。』與韓訓同。」只且，語助。

北風其喈，雨雪其霏。惠而好我，攜手同歸。其虛其邪，既亟只且！【注】魯「其霏」作「霏霏」。【疏】傳：「喈，疾貌。霏，甚貌。歸有德也。」○喈，鳥鳴聲。陳奐云：「玉篇：『⿰皆風，疾風也。』或本三家詩。」愚案：「喈」即「湝」之假借。說文「湝」下云：「一曰寒也。」「⿰皆風」乃「湝」之後起字，猶「⿰京風」爲「涼」之後起字也。「魯其霏作霏霏」者，列女傳楚處莊姪篇引詩北風四句，「其霏」作「霏霏」，此魯詩文。陳喬樅云：「廣雅釋訓：『霏霏，雪也。』正釋魯詩『雨雪霏霏』之訓。霏又與⿱雨飛通，漢書楊雄傳『雲⿱雨飛⿱雨飛而來迎』，顏注『⿱雨飛，古霏字』是也。」

莫赤匪狐，莫黑匪烏。惠而好我，攜手同車。其虛其邪，既亟只且！【疏】傳：「狐赤烏黑，莫能別也。」箋：「赤則狐也，黑則烏也，猶今君臣相承，爲惡如一。」○莫，無。匪，非也。莫、非二字，相連爲義。孟子盡心篇：「莫非命也。」詩意猶言莫非赤狐黑烏耳。說文：「狐，妖獸也。」烏鴉鳴聲，人多惡之。唐韓愈詩：「鵲噪未爲吉，鴉鳴豈是凶。」是烏㖆不祥，古有此語。目見耳聞，皆妖異不祥之物，亟思避之，詞危而情迫矣。在風人取喻，或指奸猾亂民，若云斥言其君，殆非詩恉。

北風三章，章六句。

靜女【注】齊說曰：季姬踟躕，結衿待時。終日至暮，百兩不來。又曰：季姬踟躕，望我城隅。終日至暮，不見齊侯。居室無憂。又曰：躑躅踟躕，撫心搔首。五晝四夜，睹我齊侯。【疏】毛序：「刺時也。衛君無道，夫人無德。」箋：「以君及夫人無道德，故陳靜女遺我以彤管之法，德如是，可以易之，爲人君之配。」○此媵俟迎而嫡作詩也。「季姬」至「不來」，易林師之同人文。「結衿」者，結帨於衿。儀禮：「母施衿結帨，曰：勉之敬之，夙夜無違宮事。」是其義也。「待時」，謂俟迎。「季姬」至「無憂」，同人之隨文，渙之遯同，無末一句。謙之巽作「季姜躊躕，待孟城隅。」姜是「姬」之譌，「孟」即孟姬也。「躑躅」至「齊侯」，大有之隨文。「百兩不來」，始望之；「居室無憂」，繼喜之；「五晝四夜，睹我齊侯」，終慶之。蓋焦氏多見古書，當日皆有事實足徵，而今無可攷，此詩爲望媵未至時作也。戴震云：「此媵俟迎之禮。諸侯娶一國，二國往媵之，以姪娣從，冕而親迎惟嫡夫人耳，媵則至乎城下，以俟迎者而後入。『愛而不見』，迎之未至也。」徐璈云：「戴說與易林相證發，尋詩意，是靜女爲齊侯夫人所媵之同姓，故曰季姬。季，少也。我，夫人自稱。女謂媵。詩恉思賢惠下，情詞悱然，有關雎好逑之風，車舝德音之慕矣。」陳喬樅云：「左傳言齊桓公有長衛姬少衛姬，疑易林所云『季姬』，即指少衛姬。」愚案：諸說皆是。易林「望我城隅」，即詩之「俟我城隅」也。又作「待孟城隅」，明「我」爲孟姬自稱，則媵是少衛姬，而「孟」爲長衛姬矣。同是一國之女，又夙相見，故先有貽管歸荑之事。及孟已至國，季在城隅，孟思戀企望，願其早見齊侯，共承恩遇。合詩與易林觀之，情誼顯見。列女傳賢明篇載齊桓衛姬事，稱其信而有行，齊桓使之治內，立爲夫人，此詩其賢明之見端矣。

靜女其姝，【注】韓說曰：靜，貞也。姝姝然美也。魯齊「姝」作「娗」，亦作「袾」。**俟我於城隅。**【注】魯「於」作「乎」。【疏】傳：「靜，貞靜也。女德貞靜而有法度，乃可說也。姝，美色也。俟，待也。城隅，以言高而不可踰。」箋：「女德貞靜，然後可畜美色，然後可安，又能服從，待禮而動，自防如城隅，故可愛之。」〇說文：「靜，審也。」周書謚法解：「安也。」「靜，貞也」者，文選張衡思玄賦、宋玉神女賦、曹植洛神賦注引韓詩文。蓋女貞則未有不靜也，此依經立訓。「姝姝然美也」者，慧琳音義三十一引韓詩文。三十二引作「姝好然美也」，疑誤。詩作「其姝」而韓作「姝姝然」者，卽經文一字，傳箋疊字例，如碩人「其頎」，鄭箋玉篇並作「頎頎」之比。傳：「姝，美色也。」顧震福云：「說文廣雅並云：『姝，好也。』玄應音義六引字林：『姝，好貌也。』方言：『娥，㜲好也。趙魏燕代之間曰姝。』廣韻：『姝，美好。』後漢和熹鄧皇后紀注：『姝，美色。』韻會：『姝，美色。又好貌。』說文：『好，美也。』方言：『凡美色，或謂之好。』廣韻：『美，好色。美一作媄。』說文：『媄，色好也。』廣韻引字樣：『媄，顏色姝好也。』」「魯齊姝作㛂，亦作袾」者，說文「㛂」下云：「好也。从女，殳聲。詩曰：『靜女其㛂。』」「袾」下云：「好，佳也。从衣，朱聲。詩曰：『靜女其袾。』」「[illegible]」下云：「一曰若『靜女其袾』之袾。」「㛂」、「袾」皆三家異文，韓作「姝」，則作「㛂」、「袾」者爲魯齊文矣。廣雅釋詁：「袾，好也。」衆經音義六云：「袾，古文㛂，同。」案，「袾」謂衣服麗都，文殊義別，假借作「姝」耳。俟，「竢」借字。說文：「俟，大也。」「竢，待也。」「魯於作乎」者，說苑辨物篇引詩作「乎」。言「城隅」者，以表至城下將入門之所也。」戴震云：「城隅之制，見考工記、許叔重五經異義古周禮說文。天子城高七雉，隅高九雉；公之城高五雉，隅高七雉；侯伯之城高三雉，隅高五雉。據記考之，公侯伯之城皆當高五雉，城隅與天子宮隅等。門臺謂之宮隅，城臺謂之城隅，天子、諸侯臺門，以其四方而高，故有隅稱。」**愛而不見，搔首踟躕。**【注】魯「愛」作「薆」，齊作「僾」。韓「而」作「如」。「踟躕」作「躊躇」，云：躊躇，猶躑躅也。亦作「跱躕」。【疏】傳：「言志往而行正。」箋：「志往，謂踟躕。行正，謂愛之而不往見。」〇「魯愛作薆」者，釋言：「薆，隱也。」郭注：「見詩。」方言：「掩翳，薆也。」郭注：「薆，謂蔽薆也。詩曰：『薆而不見。』」合證二注，明郭據爾雅舊注魯詩文，是魯作「薆」。毛作「愛」，省借字。「而」、

「如」字古通，「愛而」卽「愛如」也。戴震云：「愛而，猶隱然。」陳喬樅云：「離騷『衆薆然而蔽之』，薆而猶薆然也。說苑引詩作『愛』，後人從毛所改。」「齊愛作僾」者，說文：「僾，仿佛也。詩曰：『僾而不見。』」陳喬樅云：「禮祭義『僾然必有見乎其位』，孔疏引詩云『僾而不見』，與說文合。今注疏本仍作愛。段玉裁以爲愛當作薆，是也。蓋禮記舊說有據齊詩以證祭義者，故孔沿用其說。然則許引齊詩文也，『薆』、『僾』字通。」「韓而作如，踟躕作躊躇」者，慧琳音義七十三引韓詩云：「愛如不見，搔首躊躇。」「躊躇」猶「躑躅」也。易林云「躑躅，踟躕」，知齊訓與韓同。七十二引韓詩外傳，亦作「搔首躊躇」，今本外傳一引詩作「愛而不見，搔首踟躕」，乃後人順毛改之。文選思玄賦注引韓詩「愛而不見，搔首踟躕」，薛君曰：「躊躇，躑躅也。」據此，知是薛訓「躑」上奪「猶」字。琴賦注引二語，仍作「猶躑躅也」可證。兩引作「而」不作「如」，亦後人所改。「搔首躊躇」句又見思舊賦、洞簫賦、左思招隱詩、何劭贈張華詩注，惟鸚鵡賦注誤作「踟躕」。「亦作跱躇」者，說文綮傳「躇」下云：「跱躇，不前也。」鍇曰：「詩云：『愛而不見，搔首跱躇。』」（說文無「跱」字，大徐作「跱躇」，是。）小徐時惟韓詩存，蓋亦韓異文。顧震福云：「易姤『羸豕孚蹢躅』，釋文：『蹢，本亦作躑。躅，本亦作𨇾，古文作𨁂。』禮三年問『蹢躅焉，踟躕焉』，釋文作『蹢躅』、『踶蹰』。荀子禮論作『躑躅』、『踟蹰』。說文『篙』下云：『篙箸也。』『蹢』下云：『住足也，或曰蹢躅。』『躅』下云：『蹢躅也。』『彳』下云：『小步。』『亍』下云：『步止也。』玉篇：『躊躇，猶猶豫也。』『蹢躅，行不進，重文作躑躅。』廣雅：『蹢躅，䠱跦也。』集韻：『躊躇，行不進也。躊亦作峙。』易緯『是類謀物瑞騠𩨙』，鄭注：『騠𩨙，猶踟蹰也。』成公綏嘯賦又作『踟跦』。篙著、峙躇、踶蹰、踟跦、踟蹰，並與躊躇同。蹢𨇾、蹢𨁂、騠𩨙、彳亍，並與躑躅同，皆猶豫不進之貌。」愚案：「搔首踟蹰」者，說文：「搔，括也。」古者以象骨爲搔，以爲首飾，所以自旁掔括其髮，義具君子偕老及淇奧篇，故許訓「搔」爲「括」。鄘風正義云「以象骨搔首」是也。人每有所思而搔首，亦於髮上取其骨搔而復安之，與「括髮」意同，故亦謂之

「搔」。衆經音義引說文，誤「括」爲「刮」，又訓「搔」爲「抓」，此後起之義，古無是說。後世以玉爲簪，用以束髮，故結髮曰「簪髮」，散髮曰「抽簪」，有所思而搔首亦用之。唐杜甫詩「天地空搔首，頻抽白玉簪」，是其證矣。「踟躕」謂媵，易林云「季姬踟躕」可證。蓋夫人初至成禮，禮畢而後迎媵，故詩以「俟我」爲詞。媵在城外，俟迎乃入，致有終日至暮，不見國君之事。「搔首踟躕」，夫人代媵設想如此。韓詩外傳一略言不肖者縱欲天年，賢者精氣闐溢而後傷，時不可過。引「懷昏姻也」，及此詩爲證。說苑辨物篇引詩同，並推演之詞。

静女其孌，貽我彤管。【注】魯說曰：「古者后夫人必有女史彤管之法，后妃羣妾以禮御於君所，女史書其日，授其環，以示進退之法。生子月娠，則以金環退之。當御者以銀環進之，著於左手。既御，著於右手。左手陽也，以當就男，故著左手。右手陰也，既御而復故。又曰：女史掌彤管之訓。齊說曰：彤者，赤漆耳。史官載事，故以彤管赤心記事也。【疏】傳：「既有静德，又有美色，又能遺我以古人之法，可以配人君也。古者后夫人必有女史彤管之法，史不記過，其罪殺之。后妃羣妾，以禮御於君所，女史書其日月，授之以環以進退之。生子月辰，則以金環退之。當御者以銀環進之，著于左手；既御，著于右手。事無大小，記以成法。」箋：「彤管，筆赤管也。」○「孌」義具泉水。詩言静女從行，其情甚與我相孌慕，乃貽我以彤管。釋文：「貽，本又作詒。」彤，赤也。管，筆管。後漢皇后紀注引詩「詒我彤管」，與「又作」本合。「古者」至「復故」，御覽皇親部引劉向五經要義文，魯說也。藝文類聚十五引同。「女史掌彤管之訓」者，張衡天象賦文，衡用魯詩者也。周禮「女史八人」注：「女史，女奴曉書者。」其職「掌王后之禮職，掌內治之貳，以詔后治內政，逆內官，書內令。凡后之事，以禮從夫人，女史亦如之。御覽百四十五引劉芳詩音義疏云：「女史彤管，法如國史，主記后夫人之過。人君有柱下史，后有女史，內外各有官也。」後漢后妃紀序：「頒官分務，各有典司。女史彤管，記功書過。」劉知幾史通十一云：「詩彤管者，女史記事之所執也。古者人君，外朝則有國史，內朝則有女史。故晉獻惑亂，驪姬夜泣，牀笫之私，房中之事，不得掩焉。楚昭夜讌，蔡姬許之後死。夫宴私而有書事之册，蓋受命者卽女史之流乎？」皆掌訓之義也。「彤者」至「事也」，崔豹古今注：牛亨問：「彤管何也？」董仲舒答曰云云。此記其製物之式，命名之由，齊詩說也。張華博物志同。合證諸書，是女史彤管，書事記過，使人君妃妾知所警戒，進退得秩敘之美，宮闈無瀆亂之愆，所繫至重。左定九年傳：「靜女之三章，取彤管焉。」斷章之義，取諸此也。

彤管有煒，說懌女美。【注】三家「懌」作「釋」。【疏】傳：「煒，赤貌。彤管，以赤心正人也。」箋：「說懌當作說釋。赤管煒煒然，女史以之說釋妃妾之德，美之。」○說文：「煒，盛赤也。从火，韋聲。詩曰：『彤管有煒。』」衆經音義十八引作「盛明貌也」。釋文：「說，本又作悅。」白帖二十、御覽六百五引並作「悅」。「三家懌作釋」者，箋：「說懌當作說釋。」此用三家改毛。說文無「懌」字。「說」下云：「說釋也。」卽本此詩「說釋」之義，與鄭合。人說則心釋然，故曰「說釋」。學記「相說以解」，與「說釋」意合。女，女彤管。以下章女荑例之，可見美善也。「說懌女美」者，夫人見媵贈此彤管，知其義在箴規，故說而善之。此及下章並擧從行相贈遺之事，以見情好之篤。

自牧歸荑，洵美且異。匪女之爲美，美人之貽。【注】韓「異」作「瘱」，云：「瘱，悅也。」【疏】傳：「牧，田官也。荑，茅之始生也。本之於荑，取其有始有終。非爲其徒說美色而已，美其人能遺我法則。」箋：「洵，信也。茅，絜白之物也。自牧田歸荑，其信美而異者，可以供祭祀，猶貞女在窈窕之處，媒氏達之，可以配人君。遺我者，遺我以賢妃也。」○釋地：「郊外謂之牧。」廣雅釋詁同。周語「國有郊牧」，韋注：「牧，放牧之地。」歸，讀如左閔二年傳「歸夫人魚軒」之「歸」。晉語注：「歸，饋也。」「歸」、「饋」古通。廣雅釋詁：「歸，遺也。」「遺」、「貽」同字，「歸」、「貽」同義，上「歸」下「貽」，變文言之耳。說文：「荑，草也。」衆經音義十九引通俗文：「草陸生曰荑。」「自牧歸荑」者，言在郊外曾取此荑以饋我也。「韓異作瘱，云瘱，悦也」者，文選神女賦李注引韓詩文。陳奂云：「它詩無瘱訓，當是此詩章句。異者，瘱之借字，異、瘱一聲之轉，承上文説懌女美而言。」愚案：陳説是。「洵美且異」者，言信美且可悦愛也。女，女荑。夫人言此荑非彤管比，而我得之以爲信美可悦者，非女荑之爲美也，所以如此者，美此人之貽我，重其人，因愛其物耳。此女足爲我重，如是安得不望其早見國君而承恩遇乎。

静女三章，章四句。

新臺【疏】毛序：「刺衛宣公也。納伋之妻，作新臺于河上而要之，國人惡之而作是詩也。」箋：「伋，宣公之世子。」〇三家無異義。孔疏：「此詩蓋伋妻自齊始來，未至於衛，公聞其美，恐不從己，故使人於河上爲新臺，待其至於河，而因臺所以要之耳。」案，疏説是也。易林歸妹之蠱：「陰陽隔塞，許嫁不答。旄丘新臺，悔往歎息。」此齊詩説。新臺旄丘事異，而其爲陰陽隔塞、人倫禍變則同。「悔往歎息」，以詩爲國人代姜氏之詞，與序意合，姜氏許嫁子伋，人其國不見其人，是「不答」也。遇衛宣之强暴，乃悔往而歎息，其初心未必不善，轉念誤之耳。左桓十六年傳：「衛宣公烝於夷姜，生急子，爲之娶於齊，而美，公取之。」事又見史記衛世家列女傳新序，詳具日月篇。水經注河水篇：「河水又東，逕鄄城縣北，故城在河南十八里，河之北岸有新臺，鴻基層廣，累高數丈，衛宣公所築新臺矣。」寰宇記：「新臺在濮州鄄城縣東北十七里，北去河四里。」一統志：「鄄城，今曹州府濮州。」

新臺有泚，河水瀰瀰。【注】三家「泚」作「玼」。齊「瀰」作「洋」。【疏】傳：「泚，鮮明貌。瀰瀰，盛貌。水所以絜汙穢，反于河上而爲淫昏之行。」〇新臺者，釋文：「修舊曰新。」「三家泚作玼」者，釋文：「泚，鮮明貌。説文作『玼』，云：『新色鮮也。』」案，説文：「玼，玉色鮮也。从玉，此聲。詩曰：『新臺有玼。』」與釋文引異。段玉裁云：「説文『玉』上當有

『新』字，玼本新玉色，引申爲凡新色，如『玼兮玼兮』，言衣之鮮盛；『新臺有玼』，言臺之鮮明。」其說是也。說文無「泚」字。孟子滕文公篇「其顙有泚」，當訓爲水出貌，無鮮明義。許引三家，正字，毛借字。「齊瀰作⿰氵芊」者，漢書地理志：「邶詩曰『河水洋洋。』」顏注：「今邶詩無此句。」盧文弨云：「洋洋，疑字誤，或本作⿰氵芊字，从水，芊聲，卽『河水瀰瀰』也。⿰氵芊字見廣雅釋丘，今亦譌爲『洋』。班氏明引邶詩，必非逸句。」顧廣圻云：「影宋本廣雅作『淬』，集韻『淬』字載十九侯。盧讀作『⿰氵芊』，非是。」陳喬樅云：「玉篇水部：『瀰，深也，盛也。』⿰氵芊亦瀰字。集韻四紙瀰、濔、⿰氵芊同字，訓『水盛貌』。類篇十一中水部：『瀰，或作⿰氵芊。』據此數證，盧說良是，但不當引廣雅以亂之耳。集韻類篇雖引廣雅『陴淬涯也』，然玉篇廣韻皆無此字。王念孫廣雅疏證以爲『涘』字之誤，是也。且使廣雅作『淬』，其訓爲『涯』，豈可以當詩之瀰瀰乎？顧說誤。」**燕婉之求，籧篨不鮮。**【注】魯韓「燕」作「嬿」。韓說曰：嬿婉，好貌。齊作「暥」。魯說曰：籧篨，口柔也。【疏】傳：「燕，安。婉，順也。籧篨，不能俯者。」箋：「鮮，善也。伋之妻齊女，來嫁於衞，其心本求燕婉之人，謂伋也；反得籧篨不善，謂宣公也。籧篨口柔，常觀人顏色而爲之辭，故不能俯也。」○「魯韓燕作嬿，韓云嬿婉好貌」者。文選西京賦李注引韓詩曰：「『嬿婉之求』，嬿婉，好貌。」玉篇女部引詩，亦從韓作「嬿婉」。張衡西京賦從「嬿婉」，衡用魯詩作「嬿」，是魯韓文同。薛綜注：「嬿婉，美好之貌。」與韓訓合。燕、嬿皆借字，本字當作「宴」。說文「宴」下云：「宴，婉也。」「婉」下云：「順也。」干祿字書「宛」或作「惌」，故「婉」今作「婉」。據此，「婉」與「婉」通，「宴婉」卽「宴婉」矣。傳：「燕，安。婉，順也。」毛訓「燕」爲「安」，明以「燕」爲「宴」。後漢邊讓傳「展中情之嬿婉」，李注：「嬿，安也。婉，美也。」亦以「嬿」爲「宴」。釋訓：「宴宴，柔也。」郭注：「和柔。」是「宴」爲「安和」貌，故雅訓「柔」也。「宴」、「婉」二字，析言各字爲義，合言則「安和」之意，總謂美好耳。「齊作暥」者。說文：「暥，目相戲。从目，晏聲。詩曰：『暥婉之求。』」毛作「燕」，魯韓作「嬿」，則作「暥」者齊文也。「暥」亦「宴」

假借字，下二章當同。「燕婉之求」，言爲嘉耦是求也。「籧篨，口柔也」者，釋訓文。釋文引舍人曰：「籧篨，巧言也。」李巡曰：「籧篨，巧言好辭，以口悅人，是謂口柔。」孫炎曰：「籧篨之疾，不能俯；口柔之人，視人顏色，常亦不伏，因亦名云。」此蓋魯詩說。論衡累害篇「籧篨多佞」，王用魯詩，正合雅訓。晉語「籧篨不可使俯」，蓋疾不能俯者名籧篨，而口柔者似之，故以爲號，餘互詳末章。此一義也。說文：「籧篨，粗竹席也。」方言：「簟，自關而西，其粗者謂之籧篨。」此以物之粗惡者爲比，又一義也。齊韓家以戚施爲醜物，則籧篨之訓當從本義，以爲粗惡之物矣。竹席可卷，反之則折，是不可使俯也。疾有籧篨之名，卽取此義，以口柔爲籧篨，又因疾狀推言之。箋：「鮮，善也。」「不鮮」，言遇此不善之人。爾雅釋詁：「鮮，善也。」知三家同。

新臺有洒，河水浼浼。【注】韓「洒」作「漼」，云：鮮貌。「浼浼」作「浘浘」，云：盛貌。「漼」亦作「滜」。【疏】傳：「洒，高峻也。浼浼，平地也。」○「韓洒作漼，浼浼作浘浘」者，釋文：「洒，七罪反。韓作漼，音同，云鮮貌。」「浼，每罪反。韓作浘浘，音尾，云盛貌。」段玉裁云：「此必首章『新臺有泚，河水瀰瀰』之異文。漼、浘字與泚、瀰同部，與洒、浼不同部，陸誤屬之二章也。」馬瑞辰云：「洒、洗雙聲，古通用。白虎通：『洗者，鮮也。』呂覽高注：『洗，新也。』又與『銑』通。晉語韋注：『銑，猶洒也。』『有洒』猶『有泚』。毛訓高峻，不若韓訓鮮貌爲確。」「韓洒作漼」者，「玉篇『滜』與『漼』同。詩『有漼者淵』，本或爲『萃』。洒通作漼，猶洗通作淬，皆異部叚借也。儀禮釋文：『洗，悉禮反。劉本作淬，七對反。』是其類。段謂『漼』爲『泚』異文，非也。說文繫傳引詩『新臺有漼』，云字本作『滜』。說文：『滜，新也。』廣韻：『滜，新水狀也。』亦與韓訓『漼』爲『鮮』同義。說文『閔』字注：『水流浼浼貌。』『浼』字注引詩『河水浼浼』。『浼』，古者讀如『門』，與『潤』音近，『浼浼』卽『潤潤』也。玉篇：『浘浘，水流貌。』『浼浼』通作『浘浘』，猶『勉勉』通作『亹亹』，皆一聲之轉。禮器鄭注：「亹亹，猶勉勉也。」）文選吳都賦『清流亹亹』，李注引韓詩：『亹亹，水流進貌。』當亦此詩『浼浼』之異文。古浼、亹音皆如『門』，故通用。傳韓詩者不一家，故浘、亹字各異耳。段以『浘浘』爲上章『瀰瀰』異文，但取字之同部，不知雙聲字古亦通用也。」愚案：「漼」、「滜」並三家文。說文：「崔，大高也。」「皋，山貌。」文選靈光殿賦「嵯峨嶵嵬」，「嶵」同「皋」，『皋嵬』猶「崔嵬」也。「皋」之通「崔」，與「滜」之通「浘」一例。說文：「浘，深也。」亦此詩義，當以「滜」爲正字。防有鵲巢韓詩：「娓，美也。」此詩「浘浘，盛貌。」「美」、「盛」義同，「河水浘浘」，猶言美哉河水矣。燕婉之求，籧篨不殄。【注】三家「殄」作「腆」。【疏】傳：「殄，絕也。」箋：「殄當作腆，腆，善也。」○「三家殄作腆」者，箋「殄當作腆」，疏：「腆、殄皆今字之異，故儀禮注云『腆』古文字作『殄』，是也。」據此，三家今文皆作「腆」，故箋依以改毛。不腆，猶不鮮也。

魚網之設，鴻則離之。燕婉之求，得此戚施。【注】魯說曰：戚施，面柔也。韓說曰：戚施，蟾蜍，蝛蝤，喻醜惡。亦作「𪓰鼀」。【疏】傳：「言所得非所求也。戚施，不能仰者。」箋：「設魚網者宜得魚，鴻乃鳥也，反離焉，猶齊女以禮來求世子，而得宣公。戚施面柔，下人以色，故不能仰也。」○說文：「設，施陳也。」易序卦傳：「離者，麗也，附著之義。」「戚施面柔也」者，釋訓文。釋文引舍人曰：「戚施令色誘人。」李巡曰：「戚施和顏悦色以誘人，是謂面柔也。」孫炎曰：「戚施之疾不能仰，面柔之人常俯，似之，亦以名云。」論衡累害篇「戚施彌妬」，言戚施之人彌多妬忌，故以令色誘人，蓋皆魯說。晉語：「戚施不可使仰。」又云：「戚施直鎛，籧篨蒙璆。」韋注：「籧篨直者，戚施瘁者。直，直擊。鎛，鎛鍾也。蒙，戴也。璆，玉磬。不能俯，故使戴磬。」淮南修務訓：「啳睽哆噅，籧篨戚施。雖粉白黛黑，弗能爲美者，嫫母仳倠也。」高注：「籧篨偃，戚施僂，皆醜貌。」是戚施爲不能仰之疾，而面柔者似之，故名。此一義也。「戚施」至「醜惡」者。御覽九百四十九引韓詩曰：「魚網之設，鴻則離之。嬿婉之求，得此戚施。」薛君曰：「戚施，蟾蜍，蝛蝤，喻醜惡。」「亦作𪓰鼀」者。說文

「鼀」下云：「圥鼀，詹諸也。其鳴詹諸，其皮鼀鼀，其行圥圥。从黽、从圥，圥亦聲。」「𪓰」下云：「鼀或从酋。」「𪔂」下云：「𪔂鼁，詹諸也。詩曰『得此𪔂鼁』，言其行𪔂鼁。」所引詩與魯韓毛文異，是據齊詩，而訓與韓合。詹諸，蟾蠩之消，即薛所云蟾蜍，郭璞云「似蝦蟆，居陸地」者也。說文「其皮鼀鼀」，猶言戚戚；「其行𪔂鼁」，猶言「施施」，故鼀𪔂與戚施同字。「其行圥圥」，桂馥云：「行不應重出，圥似詹諸之形，行當作形。」是也。圥，力竹切，音「六」。鼀，七宿切，音「蹴」。詹諸一名圥鼀，又名𪔂鼁，亦名鼀𪔂，釋魚「鼀𪔂，詹諸」是也。鼀或作鼁，譌字，說文所無，後人據雅訓，因謂說文誤，併鼀、𪔂爲一字。馬瑞辰云：「爾雅釋文𪔂音秋。(「𪔂」又作「䶂」，山海經郭注：「䶂黽，似蝦蟆。」玉篇𪔂、䶂同字。)秋、戚一聲之轉。」(莊子「諸大夫蹵然」，本或作「愀然」「蹵」即「蹙」也，是秋、戚通用。)據此，說文不誤。愚案：薛注「蟾蜍，𧍯蝤」，廣異名也。𧍯從「就」聲，秋、酋、就、戚，同聲通轉，尤爲顯證。又名「𧎚鼀」，說文「𧎚」下云「𧎚鼀，詹諸，以脰鳴者」是也。𧎚、𧍯亦雙聲字。一物繁稱，字隨音變，猶螽斯有十數名，柔評、倒評皆可，不必謂爾雅是而說文非也。淮南原道訓「蟾蠩捕蚤」，高注：「蟾蠩，𧍯也。」又以一字爲名，𧍯，即此詩「施」字之增變矣。說文「其皮鼀鼀，其行𪔂鼁」，皆狀物之醜惡貌，故詩人以爲比，此又一義也。惟蟾蠩之爲物，亦不能使仰者，是齊韓與魯毛訓異而義未嘗不通也。

新臺三章，章四句。

二子乘舟

【注】魯韓說曰：衞宣公之子，伋也、壽也、朔也。伋，前母子也。壽與朔，後母子也。壽之母與朔謀，欲殺太子伋而立壽也，使人與伋乘舟於河中，將沈而殺之。壽知不能止也，固與之同舟，舟人不得殺伋。方乘舟時，伋傅母恐其死也，閔而作詩，二子乘舟之詩是也。其詩曰：「二子乘舟，汎汎其景。願言思子，中心養養。」【疏】毛序：「思伋壽也。衞宣公之二子爭相爲死，國人傷而思之，作是詩也。」○「衞宣」至「養養」，新序節士篇文，下「又使伋之齊」云云，具日月

篇，此魯韓詩義，與毛序異。范家相云：「姜與朔謀殺伋，其事祕，有傅母在內，故知而閔之。壽與伋共舟，所以阻其沈舟之謀。其後竊旌乃代死，情事宛然。此新序之勝於毛傳者。」陳奐云：「此與列女傳不同，劉子政習魯詩，兼習韓詩也。」

二子乘舟，汎汎其景。【疏】傳：「二子，伋壽也。宣公爲伋取於齊女，而美，公奪之，生壽及朔。朔與其母愬伋於公，公令伋之齊，使賊先待於隘而殺之。壽知之，以告伋，使去之。伋曰：『君命也，不可以逃。』壽竊其節而先往，賊殺之。伋至，曰：『君命殺我，壽有何罪？』賊又殺之。國人傷其涉危遂往，如乘舟而無所薄，汎汎然迅疾而不礙也。」○案三家義，傅母閔而作詩，「二子」亦當指伋壽乘舟實事，非喻言也。沈舟祕計，傅母知而不敢言，壽與同舟以阻其謀，其果沈與否，亦非壽與傅母所敢知，而壽有救伋之心，傅母必知之，故閔伋兼閔壽也。汎，浮貌，重言之曰「汎汎」。廣雅釋訓：「汎汎，浮也。」王引之云：「景，讀如憬。」泮水傳：「憬，遠行貌。」與下章「汎汎其逝」同義。士昏禮「姆加景」，今文「景」作「憬」，是「憬」、「景」古通。願言思子，中心養養。【注】魯「養養」作「洋洋」。【疏】傳：「願，每也。養養然憂不知所定。」箋：「願，念也。念我思此二子，心爲之憂養養然。」○「魯養養作洋洋」者，釋訓：「悠悠、洋洋，思也。」邢疏：「二子乘舟云：『中心養養。』此皆想念憂思也。『洋』、『養』音義同。」邢蓋據舊注魯詩文，是「養養」當爲「洋洋」，魯正字，毛借字。「悠悠」訓長，「洋洋」亦爲思之長也。馬瑞辰云：「首章『中心養養』，二章『不瑕有害』，皆二子未死以前恐其被害之詞。非既死後追悼之詞，且二子如未乘舟，不得直言乘舟也。新序說是。」

二子乘舟，汎汎其逝。願言思子，不瑕有害。【疏】傳：「逝，往也。言二子之不遠害。」箋：「瑕，猶過也。我思念此二子之事，於行無過差，有何不可而不去也。」○「不瑕」，義具泉水。「不瑕有害」，言此行恐不無有害，疑慮之詞。水經注河水篇：「莘道城西北有莘亭，衞宣公使伋於齊，令盜待於莘，伋壽繼隕於此亭。道阨限蹊要，自衞適齊之道也。望新臺於河上，感二子於夙齡。詩人乘舟，誠可悲也。」以河上乘舟爲實事，亦用三家義。

二子乘舟二章，章四句。

邶鄘衞國上十九篇，七十一章，三百六十三句。

詩三家義集疏卷三中

邶鄘衞柏舟第四

柏舟【疏】毛序：「共姜自誓也。衞世子共伯蚤死，其妻守義，父母欲奪而嫁之，誓而弗許，故作是詩以絶之。」箋：「共伯，僖侯之世子。」○史記衞世家：「釐侯卒，太子共伯餘立爲君。共伯弟和襲攻共伯於墓上，共伯入釐侯羨自殺。（羨，墓道也。）衞人因葬之釐侯旁，謚曰共伯，而立和爲衞侯，是爲武公。」司馬貞索隱據序「早死」之文，疑史公別采雜說。孔疏遷就其詞，謂序「言早死者，謂早死不得爲君，不必年幼」，曲爲序解。愚案：共伯事當以史爲正，毛序不合，無庸强爲牽附三家詩義與史同。列女傳漢孝平王后傳云：「君子謂平后體自然貞淑之行，不爲存亡改意，可謂節行不虧汙者矣。詩曰：『髧彼兩髦，實爲我儀，之死矢靡他。』此之謂也。」引詩義以證漢事，此魯說。共伯被弑，共姜不嫁；孝平被弑，王后不嫁，其事正同，故取爲喻。漢書地理志「庸曰『在彼中河』」；與「邶曰『河水洋洋』」；衞曰『河水洋洋』」，並引此河爲衞地之河，不容任指一水當之，是女已嫁在衞。班用齊詩，知齊說不以詩爲共伯早死、共姜守義之事。魏志陳思王植傳植疏云：「有不蒙施之物，必有慘毒之懷，故柏舟有『天只』之怨，谷風有『棄予』之歎。」曰「不蒙施」、曰「慘毒」，且以與谷風「棄予」並稱，明詩爲禍亂慘變、中道分離之作，植用韓詩者也。魯齊韓詩義皆無異說。文選潘岳寡婦賦云：「蹈共姜兮明誓，詠柏舟兮清歌。」以此詩爲寡婦之詞，亦用三家義之明證矣。詩曰「中河」、「河側」，明見所嫁之地。曰「髧彼兩髦」，明見所嫁之人。曰「母」、曰「天」，明歸見其家之父母而自誓。蓋共伯弑死，武公繼立，姜勢難久處衞邦，既不如柏舟之寡卒守死君，祇得爲燕燕之婦往歸故國，不料父母欲奪而嫁之，故爲此詩以自誓也。

汎彼柏舟，在彼中河。【疏】傳：「興也。中河，河中。」箋：「舟在河中，猶婦人之在夫家，是其常處。」○首句義具上柏舟。白帖六引「汎」作「泛」。中河，河中，言此汎然彼柏木所爲之舟，曾在彼衞國之河中。箋：「舟在河中，猶婦人之在夫家，是其常處。」案，此是興意，亦兼賦也。髧彼兩髦，實維我儀。【注】齊韓「髧」作「紞」。「髦」作「鬏」，亦作「髳」。【疏】傳：「髧，兩髦之貌。髦者，髮至眉，子事父母之飾。儀，匹也。」箋：「兩髦之人，謂共伯也，實是我之匹，故我不嫁也。禮，世子昧爽而朝，亦櫛纚笄，總拂髦，冠緌纓。」○釋文：「髧，本又作优。」「髦」，說文作「髳」。案，足利本作「优」，與「又作」本合。「齊韓髧作紞，髦作鬏，亦作髳」者，說文「鬏」下云：「髮至眉也。从髟，敄聲。詩曰：『紞彼兩鬏』。」「髳」下云：「或省作髳。」與釋文合。案，列女傳作「髧」、「髦」，是魯與毛同，作「紞」、「鬏」、「髳」者，齊韓文也。說文無「髧」字。「紞」下云：「冕冠塞耳者。」左桓二年傳「衡紞紘綖」，杜注：「紞，冠之垂者。」正義：「紞者，懸瑱之繩，垂於冠兩旁，故云冠之垂者。」魯語「王后親織玄紞」，韋注：「紞，所以懸瑱當耳者。」瑱以塞耳，故許云「冕冠塞耳者」，「塞」上疑脫「垂」字，義互見君子偕老。紞垂冠之兩旁，因謂兩髦垂貌爲紞，髦黑而紞玄。故取爲喻。以紞爲雜采如縉者，失之。优，是「紞」之譌字。衆經音義二云：「髦，古文髳同。」「髳」亦「鬏」之渻。小雅「如蠻如髦」，箋：「髦，西夷別名。」正義：「牧誓作髳，髦、髳音義同。」傳：「髦者，髮至眉。」釋名：「髦，冒也。冒覆頭頸也。」內則「兒生三月，翦髮爲鬌，男角女羈，否則男左女右。」注：「鬌，所遺髮也。夾囟曰角，午達曰羈。」吳廷華云：「夾囟曰角，兩角也。午達曰羈，在中也。左右，則一角而已。」愚案：「夾囟兩角」者，此詩所謂「兩髦」。新唐書禮樂志嘉禮之皇子雙童髻，猶存遺式。午達在中者，了分爲五，其一在中，交午四達，今俗所謂「了鬎」也。內則又云：「子事父母，總拂髦。」既夕禮鄭注：「長大猶爲飾存之，所以順父母幼小之心也。」此詩箋「世子昧爽而朝，亦總拂髦」，鄭以此兩髦之制，通於命士以上，共伯又是世子，故言之也。喪大記「小歛，主人說髦」，鄭注：「士既殯說髦，此云小歛，蓋諸侯禮也。士之既殯，諸侯之小歛，於死者俱三日也。」喪大記孔疏：「若父死，說左髦。母死，說右髦。二親並死，則並說之。」此詩疏云：「父母有先死者，於死三日說之，服闋又著之。若二親並沒，則去之。玉藻云『親沒不髦』，是也。」二疏不同，若如詩疏，共伯甫葬父而被弒，去髦未久。如禮疏，或共伯父死母存，兩髦說一，後須復著，故姜追稱彼兩髦之人，實我之匹，不斥言也。釋詁：「儀，匹也。」案，儀，法也，則也。夫爲妻法，大雅云「刑于寡妻」，刑亦法也。夫修於家，妻則而象之謂之儀，故「儀」訓「匹」也。

之死矢靡它！母也天只，不諒人只！

【注】魯「它」作「他」。韓「諒」作「亮」。【疏】傳：「矢，誓。靡，無。之，至也。至己之死，信無它心。諒，信也。母也天也，尚不信我。天，謂父也。」○釋言：「矢，誓也。」「靡，無也。」婦人從一而已，無它，猶無二也。文選寡婦賦注引作「靡佗」。「魯它作他」者，列女傳作「他」，（見上。）魯詩文也。此如君子于役「雞棲于桀」，爾雅作「榤」之類，「它」本字，「佗」借字，「他」，俗字。天者，傳謂父也。喪服傳：「父者，子之天也。」左桓十五年傳杜注：「婦人在室則天父，出則天夫。」此共姜既嫁，以父爲天者。陳奐云：「喪服傳：『子嫁反在父之室，爲父三年。』故從天父之義，評父爲天是也。」先母後父，便文合均也。只，語詞。諒，與「亮」同。釋文：「諒，本亦作亮。」御覽四百三十九引作「涼」。「涼」、「諒」古通。「韓諒作亮」者，大明釋文：「涼，本作諒，韓詩作亮。」是此詩「諒」，韓亦當爲「亮」矣。父母不信，誓以明之。

汎彼柏舟，在彼河側。髧彼兩髦，實維我特。

【注】韓「特」作「直」，云：相當值也。【疏】傳：「特，匹也。」○說文：「側，旁也。」傳「特」猶「匹」也。「韓作直，云相當值也」者，見釋文。陳喬樅云：「呂覽忠廉篇高注：『特，猶直也。』」荀

子勸學篇楊注：『特，猶言直也。』小胥『士特縣』，新書作『大夫直縣』。特與犆通，禮少儀『不特弔』，釋文：『特，本作犆。』釋水『士特舟』，釋文同。直亦與犆同，禮郊特牲『首也者直也』，注：『直或爲犆。』是也。韓訓直爲『相當值也』者。漢書刑法志『不可以直秦之鋭士』，注：『直亦當也。』當有敵義，相當猶言『相匹』耳。史記封禪書『遂因其直北』，集解引孟康曰：『直，值也。』又匈奴傳『直上谷』，索隱引姚氏曰：『古者例以直爲值。』是已。」**之死矢靡慝！母也天只，不諒人只！**【疏】傳：「慝，邪也。」○列女傳云：「邶柏舟之詩，君子美其貞壹。」貞，正也。壹然後貞，有它則爲邪矣。之死靡它，故「靡慝」也。

柏舟二章，章七句。

牆有茨【注】齊説曰：牆茨之言，三世不安。【疏】毛序：「衛人刺其上也。公子頑通乎君母，國人疾之而不可道也。」箋：「宣公卒，惠公幼，其庶兄頑烝於惠公之母，生子五人：齊子、戴公、文公、宋桓夫人、許穆夫人。」○「牆茨」至「不安」。易林小過之小畜云：「大椎破轂，長舌亂國。牆茨之言，三世不安。」三世，謂宣、惠、懿，與列女傳所稱衛宣姜「亂及三世，至戴公而後寧」合。（引見日月篇。）史記衛世家：太子伋同母弟二人，一曰黔牟，嘗代惠公爲君，八年復去；二曰昭伯。昭伯、黔牟皆前死，故立昭伯子申爲戴公。戴公卒，復立其弟燬爲文公。至左傳所云昭伯通宣姜，生戴公諸人，並史記列女傳所不及。遷向用魯詩，知此詩魯義必不以爲公子頑通君母事。媒氏：「凡男女之陰訟，聽之於勝國之社。」鄭注：「陰訟，爭中冓之事以觸法者。亡國之社，奄其上而棧其下，使無所通，就之以聽陰訟之情，明不當宣露。詩云：『牆有茨，不可埽也。中冓之言，不可道也。所可道也，言之醜也。』」賈疏：「詩者，刺衛宣公之詩。引之者，證經所聽者是中冓之言也。」唐惟韓詩尚存，賈疏蓋引韓説，是三家皆以爲刺宣公。毛思立異説，故此及鶉之奔奔皆附會左傳爲詞。

牆有茨，不可埽也。【注】齊韓「茨」作「薺」。【疏】傳：「興也。牆，所以防非常。茨，蒺藜也。欲埽去之，反傷牆也。」箋：「國君以禮防制一國，今其宮內有淫昏之行者，猶牆之生蒺藜。」〇說文：「茨，以茅蓋屋也。」釋草：「茨，蒺藜。」郭注：「布地蔓生，細葉，子有三角刺人。見詩。」據此，今所謂「刺蒺藜」也。郭引詩蓋據舊注魯詩文，與毛同。「齊韓茨作薺」者，說文：「薺，蒺藜也。从草，齊聲。詩曰：『牆有薺。』」蓋齊韓本如此。「茨」、「薺」古通，故禮玉藻鄭注引詩「楚楚者茨」作「楚薺」。毛傳、郭注不以茨爲蓋屋之茅，而訓爲蒺藜，與說文「薺」注合，明「薺」正字，「茨」借字。「不可埽」，謂不可埽去之。牆之有茨，以固其家，猶人之有禮，以固其國，今若埽去其茨，則不能防禦非常，喻宣恣爲淫亂，要娶子妻，隳禮制之大防，將無以爲國也。中冓之言，不可道也。所可道也，言之醜也！【注】韓說曰：中冓，中夜，謂淫僻之言也。魯說曰：道，說也。【疏】傳：「中冓，內冓也。言之醜，於君醜也。」箋：「內冓之言，謂宮中所冓成頑與夫人淫昏之語。」〇「中冓」至「言也」，釋文引韓詩文。漢書文三王傳谷永疏云：「帝王之意，不窺人閨門之私，聽聞中冓之言。」晉灼曰：「魯詩以爲夜也。」據此，魯韓義同，「冓」當爲「⿱宀冓」之借字。廣雅釋詁：「⿱宀冓、昔、闇、暮，夜也。」玉篇宀部：「⿱宀冓，夜也。詩曰『中冓之言』，中夜之言也。」又云：「⿱宀冓，本亦作冓。」谷永學魯詩，所引「中冓」，當作「中⿱宀冓」，今傳作「冓」，蓋後人順毛改之。廣雅訓「⿱宀冓」爲「夜」，以「⿱宀冓」與「闇」同義，是「中⿱宀冓之言」，猶言「中夜闇昧之言」，故韓說於「中夜」下申成之曰「淫僻之言」也。「中⿱宀冓」二字，相連爲訓。桑柔「征以中垢」，傳：「中垢，言闇冥也。」與「中⿱宀冓」義合，蓋「垢」、「⿱宀冓」古字通也。傳「中冓，內冓也」，箋「謂宮中所冓成淫昏之語」，疏云「冓合淫昏之事」，皆讀「冓」爲「媾」，析「中冓」爲二義，與釋文「本又作中遘」者合，不同三家而與韓說「淫僻之言」意不相遠。文三王傳注應劭曰：「中冓，材構在堂之中也。」師古曰：「冓，謂舍之交積材木也。」望文爲說，失之愈遠矣。「道，說也」者，廣雅釋詁文。「不可說」，卽媒氏注所云「不當宣露」。說文：「醜，可惡也。」釋名：「醜，臭也，如物臭穢也。」

牆有茨，不可襄也。【疏】傳：「襄，除也。」○釋言：「襄，除也。」郭注：「詩曰：『不可襄也。』」魯毛同訓。説文「𧟄」下云：「漢令，解衣耕謂之𧟄。」耕必芸治其草，故凡除草皆謂之襄。「漢令」，本古義。中冓之言，不可詳也。所可詳也，言之長也。【注】韓「詳」作「揚」，云：揚，猶道也。【疏】傳：「詳，審也。長，惡長也。」○「詳作」至「道也」，釋文引韓詩文。「詳」、「揚」聲同義通，故得相假。揚者，講明宣播之意，較「道」義進。釋詁：「揚，續也。」郭注未詳，當即此詩義，郭偶有不照耳。連屬稱舉，即是宣明之義，故「揚」亦訓「續」也。廣雅釋詁：「揚，説也。」足證魯韓文同。

牆有茨，不可束也。【疏】傳：「束而去之。」○束，是總聚之義，總聚而去之，言其浄盡也，較「埽」、「襄」義又進。中冓之言，不可讀也。所可讀也，言之辱也！【注】魯韓説曰：讀，説也。【疏】傳：「讀，抽也。辱，辱君也。」箋：「抽，猶出也。」○説文：「讀，誦書也。」引申其義，凡有事而誦言之亦曰讀。「讀，説也」者，廣雅釋詁文。「不可讀」，正訓爲「不可説」，亦魯韓義也。辱者，爲國辱也，君則然矣，當爲國諱惡。

牆有茨三章，章六句。

君子偕老【疏】毛序：「刺衛夫人也。夫人淫亂，失事君子之道，故陳人君之德、服飾之盛，宜與君子偕老也。」箋：「夫人，宣公夫人，惠公之母也。人君，小君也，或者『小』字誤作『人』耳。」○內司服賈疏云：「刺宣姜淫亂，不稱其服之事。」三家無異義。

君子偕老，副笄六珈。【疏】傳：「能與君子俱老，乃宜居尊位、服盛服也。副者，后夫人之首飾，編髮爲之。

笄，衡笄也。珈，笄飾之最盛者，所以別尊卑。」箋：「珈之言加也。副既笄而加飾，如今步搖上飾，古之制所有，未聞。」○君子，謂宣公。詩言夫人者，乃當與君偕至於老之人。娶必以正，今公要奪姜氏以爲夫人，雖服此小君之盛服，而德不足以稱之，則如之何？刺姜以惡公也。首二句，明爲夫人則有此盛服也。追師「掌王后之首服，爲副編次追衡笄」，鄭注：「凡諸侯夫人於其國，衣服與王后同。」又云：「鄭司農云：『副者，婦人之首服。』」玄謂，副之言覆，所以覆首爲之飾，其遺象若今步繇矣。」禮明堂位鄭注：「副，首飾也，今之步搖是也。詩云：『副笄六珈。』」釋與此同。釋名：「王后首飾曰副。副，覆也，以覆首也。亦言副，貳也，兼用衆物成其飾也。步搖上有垂珠，步則搖也。」鄭又云：「笄，卷髮者。」公羊僖九年傳注：「笄者，簪也，所以繫持髮。」釋名：「笄，係也，所以係冠，使不墜也。」又云：「冠，貫也，所以貫韜髮也。」「纚，以韜髮者也，以纚爲之，因以爲名也。」「總，以束髮者也，總而束之也。」簪，㛸也，以㛸連冠於髮也。」案，「係冠」與「繫髮」義同，總束其髮，以纚韜之，加冠於上，用笄簪連冠髮繫持之。鄭云「卷髮者」，明髮得笄則卷而不墜也。鄭又云：「編，編列髮爲之，其遺象若今假紒矣。」「次，次第，髮長短爲之，所謂髲髢。」案，卽采蘩之「被」也。先鄭云追，冠名衡維持冠者，蓋婦人首飾，以髮爲先，得笄繫持，然後可從而施飾。燕居惟纚、笄、總，舉笄，可以包纚、總也。追是冠，衡以維持冠，明言笄而追衡在內。加服次以見君，加服編以告桑，至副爲極盛之服，以從君祭祀。六珈，又副上之飾耳。箋云：「珈之言加也，副既笄而加飾，如今步搖上飾，古之制所有，未聞。」案，「副既笄而加飾」者，以珈爲副飾也，鄭謂副若步搖，故云六珈如步搖上飾，持珈飾有六，非所知也。追師賈疏亦云：「詩有『副笄六珈』，謂以六物加於副上，未知用何物，故鄭云然。」釋名以爲「兼用衆物成飾」，衆物，其「六珈」之謂與？續漢輿服志：「步搖以黃金爲山題，貫白珠爲桂枝相繆。一爵九華，熊、虎、赤羆、天鹿、辟邪、南山豐大特六獸，詩所謂『副笄六珈』者。」陳喬樅云：「劉昭注補志敘，言『車服之本卽依董蔡所立』；後漢蔡邕傳注，言邕作漢記十意，車服意第六，續志所録，多本其文。邕用魯詩，此當爲魯説。」愚案：傳云「副者，后夫人之首飾，編髮爲之」，説與周禮乖戾，辨見采蘩。又云「珈，笄飾之最盛者」，謂以珈飾笄之誤。鄭注周禮時，以副爲若今步摇，與編、次爲三物，並於禮記注引「副笄六珈」以明之，是用三家義之明證。特「六珈」三家無説，故云「未聞」。續漢志雖有「六獸」之文，非必卽古「六珈」，鄭所不悉，不應蔡獨明之。

委委佗佗，如山如河，象服是宜。【注】韓説曰：「委委佗佗，德之美貌。」魯作「禕禕它它」，説曰：美也。【疏】傳：「委委者，行可委曲蹤迹也。佗佗者，德平易也。山無不容，河無不潤，象服尊者，所以爲飾。」箋：「象服者，謂揄翟、闕翟也。人君之象服，則舜所云予欲觀古人之象，日月星辰之屬。」○「韓云德之美貌」者，釋文：「委委，行可委曲蹤迹也。佗佗，德平易也。韓詩云：德之美貌。」案，陸引毛訓，故分析注之，而綴韓總義於末。韓爲「委委佗佗」四字作訓，非僅以「佗佗」爲「德美」。衆經音義三十九引韓詩曰：「逶佗，德之美貌也。」是其證矣。「委委佗佗」，猶羔羊「委蛇委蛇」也。御覽六百九十事類賦十三引詩，「佗佗」卽作「蛇蛇」，蓋詩字本作「它」，加「虫」旁則爲「蛇」，加「人」旁則爲「佗」，「佗」變文又爲「他」。呂氏讀詩記引釋文，作「委委他他」，餘詳羔羊。「委委佗佗」四字，不宜分釋。羔羊「委蛇」，韓作「逶迤」，云「公正貌」，彼詩韓作「逶」，與衆經音義引此詩韓作「逶」同，惟「迤」、「佗」有別，蓋或作異文，彼云「公正貌」，與此「德美」義合，詩殊男女，故語意微別。毛彼傳云「委蛇，行可從迹也」，此傳乃分釋「委委」爲「行可委曲蹤迹」，「佗佗」爲「德平易」，失其義矣。「魯作禕禕它它，説曰：美也」者，釋訓文。是魯文與毛異。「禕禕」，今本作「委委」。釋文云：「委委，諸儒本並作禕。舍人曰：『禕禕者，心之美。』詩云：『禕禕佗佗。』」又：「佗佗，本或作它它，顧舍人引詩釋云：『禕禕它它，如山如河』。」委作禕，佗作它，並魯詩文。舍人「心美」之訓，與韓「德美」義同。孔邢疏引李巡曰：「皆容之美也。」孫炎曰：「委委，行之美。佗佗，長之美。」並以容貌言。蓋德不可見，於容見之，内有美德，斯外有美容，行步有儀，舉止自得，故曰「委委佗佗」非謂美麗，四字德容兼釋，不宜偏舉。韓訓「德美貌」，於義最優矣。如山凝然而重，如河淵然而深，皆以狀德容之美，言夫人必有委委佗佗、如山如河之德容，乃於象服是宜也。反言以明宣姜之不宜，與末句相應。「象服是宜」者，箋引尚書「予欲觀古人之象」，以明人君有象服，則夫人象服亦當是。服之以畫繪爲飾者，蓋褘衣也。內司服「王后之六服有褘衣」，鄭司農注：「褘衣，畫衣。」說文「褘」下云：「周禮，王后之服褘衣，謂畫袍。」是褘衣即「象服」矣。褘是王后之服，而諸侯夫人得服之者，蓋嫁攝盛之禮，明此詩爲宣姜初至時作矣。說文：「襐，飾也。」「飾，襐飾也。」急就篇「襐飾刻畫無等雙」，顏注：「襐飾，盛服飾也。刻畫，裁製奇巧也。」象、襐古字通作，證以內司服鄭注「三翟之刻繒采畫」，則褘衣爲襐服甚明。明堂位祭統祭義並言「夫人副褘」，是夫人有副即有褘，上言副以該褘，此舉褘以包副，義互相備。宜者，稱也。

子之不淑，云如之何？【疏】傳：「有子若是，何謂不善乎？」箋：「子乃服飾如是，而爲不善之行，於禮當如之何？深疾之。」○子，子宣姜。釋詁：「淑，善也。」言今子與公爲淫亂而有不善之行，雖有此小君之盛服，則奈之何哉。顯刺之也。郭茂倩樂府引琴操曰：「思歸引者，衞女作也。衞有賢女，昭王聞而聘之，未至而薨。太子曰：『吾聞齊桓公得衞姬而霸，今衞女賢，欲留之。』大夫曰：『不可，若賢必不我聽，若聽必不賢，不可取也。』太子遂留之。果不聽，拘於深宮，思歸不得，援琴作歌，曲終而死。」姜與伋雖未成昏，名分已定，與衞女之於昭王相等。新臺見要，宜以死拒，乃與公俱陷大惡，故詩人深疾之。

玼兮玼兮，其之翟也。【疏】傳：「玼，鮮盛貌。褕翟闕翟，羽飾衣也。」箋：「侯伯夫人之服，自褕翟而下，如王后焉。」○「玼兮玼兮」者。釋文：「玼音此。」引沈云：「毛及呂忱並作『玼』解。王肅云：『顏色衣服鮮明貌，本或作瑳。』此是後文『瑳兮』，王肅注：『好美衣服潔白之貌。』若與此同，不容重出。今檢王肅本，後不釋，不如沈所言也。然舊本皆前作玼、後作瑳字。」段玉裁云：「陸意不以沘爲然，但舊本皆爾，故不定爲一字。」愚案：內司服鄭注引詩，此章作「玼」，下章作「瑳」。（引見下。）釋文云：「玼音此，劉倉我反，本亦作瑳。與下瑳字同倉我反。」阮校勘記云：「說文：『瑳，玉色鮮白。』『玼，玉色鮮也。』義亦同。然一詩之中，不當瑳、玼錯出。毛詩『瑳兮』下傳、箋、王肅皆無說，明與前章同作『玼』也。此注玼亦作瑳，劉音倉我反，蓋毛詩前後皆作玼。禮注據魯韓詩，前後皆作瑳，今本合併爲一，以前後區別之，非也。」愚案：據阮說，三家詩二、三章俱作「瑳」，但禮注是據齊詩，非魯韓也。「之」之爲言「變」也，宋洪邁容齋隨筆云：「『之』字之義訓變。左傳『周史以周易見陳侯者，陳侯使筮之，遇觀之否』。謂觀六四變爲否也。漢高祖諱邦，荀悅云：『之字曰國，』惠帝諱盈，之字曰滿。』」「之」義亦訓變，惠棟云：「之，適也。適則變矣。」易繫辭曰：「惟變所適。」今案：「之翟」之「之」，亦當訓「變」，下「之展」同。之翟、之展，猶言變服，（變服，見戰國策。）卽更衣也。（更衣，見漢書衞皇后東方朔傳。）禮曾子問：「男不入，改服於外次；女入，改服於內次。」士冠禮「乃易服」，改、易與變同義。翟者，總揄翟、闕翟言之。內司服：「掌王后之六服：褘衣，揄狄，闕狄，鞠衣，展衣，緣衣，（緣當爲褖。）素沙。」注：「鄭司農云：『揄狄、闕狄，畫羽飾。』喪大記曰：『夫人以屈狄。』『屈』音與『闕』相似。玄謂狄當爲翟。翟，雉名。伊雒而南，素質五色皆備成章曰翬。江淮而南，青質五色皆備成章曰搖。王后之服，刻繒爲之形，而采畫之綴於衣，以爲文章。褘衣畫翬者，揄翟畫搖者，闕翟刻而不畫，此三者皆祭服。從王祭先王則服褘衣，祭先公則服揄翟，祭羣小祀則服闕翟。今世有圭衣者，蓋三翟之遺俗。詩國風曰：『玼兮玼兮，其之翟也。』下云：『胡然而天也，胡然而帝也。』言其德當神明。又曰：『瑳兮瑳兮，其之展也。』下云：『展如之人兮，邦之媛也。』言其行配君子。二者之義，於禮合矣。」案，禮玉藻「夫人揄狄」，注：「揄讀如搖。」說文「褕，翟羽飾衣。」是「揄」又作「褕」。釋名：「王后之六服，有褘衣，畫翬雉之文於衣也，伊雒而南，雉青質五色皆備成章曰翬；鷂翟，畫鷂雉之文於衣，江淮而南，雉青質五采皆備成章曰鷂；闕翟，翦闕繪爲翟雉形以綴衣也。」「搖」又作「鷂」。闕翟，取翦闕之義。此一說也。賈疏云：「言翟而加『闕』字，明示刻繪爲雉形，但闕而不畫五色而已。」此又一說也。傳「褕翟闕翟，羽飾衣也」，刻畫皆爲飾，非有異義。

鬒髮如雲，不屑髢也。【注】三家「髢」作「鬄」。【疏】傳：「鬒，黑髮也。如雲，言美長也。屑，絜也。」箋：「髢，髲也。不絜者，不用髲爲善。」〇鬒髮者，說文「㐱」下云：「稠髮也。从彡、从人。詩曰：『㐱髮如雲。』」「鬒」下云：「㐱或从髟，真聲。」郭忠恕汗簡云古毛詩作「㐱」。釋文：「鬒，黑髮也。服虔注左傳云：『髮美爲鬒。』」案，左昭二十八年傳、注並作「黰」，髮稠則長黑而美，故字又從「黑」作「黰」也。追師賈疏：「如雲，言美長也。」屑，用也。傳：「屑，絜也。」「不屑髢」者，己髮美，則以他人髮爲不潔而不用。說文「鬄」下云：「髲也。」「髢」下云：「鬄，或作髢。」釋文：「髲，被也。髮少者得以被助其髮也。」「三家髢作鬄」者，追師鄭注引詩，「髢」作「鬄」，用三家文，徐鍇繫傳引同。

玉之瑱也，【注】三家「瑱」作「𦖋」，「也」作「兮」。**象之揥也，**【疏】傳：「瑱，塞耳也。揥，所以摘髮也。」〇「三家瑱作𦖋，也作兮」者，說文「瑱」下云：「以玉充耳也。从玉，真聲。詩曰：『玉之瑱兮。』」「𦖋」下云：「瑱，或从耳。」案，玉篇耳部：「詩云：『玉之𦖋也。』𦖋，充耳也。」顧用韓詩，蓋韓本如此。說文引「也」作「兮」，亦三家異文也。著正義引孫毓引詩作「兮」，與說文同。釋名：「瑱，鎮也，懸當耳旁，不欲使人妄聽，自鎮重也。或曰充耳，充塞其耳，亦所以止聽也。」追師注：「王后之衡笄，皆以玉爲之。唯祭服有衡，垂於副之兩旁當耳，其下以紞縣瑱。詩云：『玼兮玼兮，其之翟也。鬒髮如雲，不屑鬄也。玉之瑱也。』是之謂也。」賈疏：「笄既橫施，則橫垂可知。若然，衡訓爲橫。既垂而又得爲橫者，此橫在副旁當耳，據人身豎爲從，此衡則爲衡，其衡下乃以紞懸瑱也。引詩者，證服翟衣首有玉瑱之義。」揥者，孔疏：「以象骨搔首，因以爲飾，名之揥。葛屨云『佩其象揥』是也。」說文有「擿」字，無「揥」字，「擿」下云：「搔也。」桂馥謂「揥」卽「擿」字。愚案：「象揥」，卽弁師之「象邸」。

「邸」、「揥」聲轉，義詳淇奥。說文「髖」下云：「骨擿之可會髮者。」骨擿卽象揥。又云：「搔，揺也。」「揺，絜也。」「鬠，絜髮也。」「揺」、「鬠」聲義互通，訓「絜束」之「絜」，不訓「潔淨」之「潔」。士喪禮注，古文「鬠」皆爲「括」。鬠、會義同，是「會髮」卽「括髮」，蓋以揥自旁約括其髮，故云「會」也。「搔」訓爲「括」，則「搔首」卽「會髮」矣。釋名：「揥，摘也，所以摘髮也。」摘者，擿之異文。**揚且之皙也。**【疏】傳：「揚，眉上廣。皙，白皙。」○顙廣則容貌開朗而發越，故知揚是眉上廣也。釋文：「且，七也反。徐子餘反，下同。」陸主前讀也。孔疏：「其眉上揚廣，且其面之色又白皙，是以且音七也反。」與陸讀義同。馬瑞辰云：「揚且之皙也，與『玉之瑱也』、『象之揥也』句法相類。且，句中助詞。之，其也。揚且之顏也，亦謂揚其顏也，是以且音子餘反，與徐讀義同。」馬說是也。揚、皙分二義，本章可通，下章不可通，從徐讀爲是，猶言揚然而廣者，其皙白之貌也。說文：「皙，人色白也。从白，析聲。」蘇輿云：「皙，與下『顏』並列，借狀女貌，此虛字實用例也。左襄十九年傳『澤門之皙，實興我役』，彼之皙目子罕，與此之皙目宣姜同。」**胡然而天也？胡然而帝也？**【疏】傳：「尊之如天，審諦如帝。」箋：「胡，何也。帝，五帝也。何由然女見尊如天帝乎？非由衣服之盛，顏色之莊與？反爲淫昏之行。」○箋讀「而」爲「如」，與毛同義。「如」、「而」古通，足利本兩「而」字皆作「如」，是古有作「如」者。箋從毛讀，疑古毛本作「如」也。（古毛本不同，引見前。）內司服鄭注言褘揄、闕翟皆是祭服，引詩「其之翟也」，下云「胡然」云云，而申之曰「言其德當神明」，且謂詩義與禮合。（并引見上。）蓋「當」之爲言「對」也，「當神明」卽「對越」之義。鄭謂服此翟衣，則可以事神明，用三家詩，與毛異義。賈疏云：「言服翟衣，尊之如天帝，比之神明。」又云：「此翟與彼翟，俱事神之衣服。」依違於詩箋、禮注之間，失鄭恉矣。「德當神明」者，言服翟衣事神明，必其德足當之，非謂姜有其德也。「然」、「如」同訓，何如而可以事天，何如而可以事帝，此刺姜令自思。禮哀公問篇孔子云：「合二姓之好以繼先聖之後，以爲天地宗廟社稷之主。」內司服疏引白虎通云：「周官祭天，后夫人不與。哀公問云『夫人爲天地社稷主』者，見夫婦一體而言也。」案，唯是一體，故可言爲天地社稷主，此夫人可言事天之證也。月令：「天子薦鞠衣於先帝，后夫人亦服鞠衣以告桑。」此夫人可言事帝之證也。

瑳兮瑳兮，其之展也。蒙彼縐絺，是紲袢也。【注】三家「紲」作「褻」。【疏】傳：「禮有展衣者，以丹縠爲衣。蒙，覆也。絺之靡者爲縐，是當暑袢延之服也。」箋：「后妃六服之次，展衣宜白。縐絺，絺之蹙蹙者。展衣，夏則裏衣縐絺，此以禮見於君及賓客之盛服也。『展衣』字誤，禮記作『襢衣』。」○內司服注，鄭司農云：「展衣，白衣也。喪大記曰世婦以襢衣，襢音聲與展相似。」後鄭云：「展衣，以禮見王及賓客之服，字當爲襢。襢之言亶，亶，誠也。」下引此詩「瑳兮瑳兮，其之展也」文。賈疏：「禮記作襢，詩及此文作展，皆是。正文鄭必讀從襢者，襢字衣旁爲之，有衣義。爾雅展、亶雖同訓爲誠，展者言之誠，亶者行之誠，貴行賤言，襢字以亶爲聲，有行誠之義，故從亶也。」愚案：后妃六服，展衣、白鞠衣、黄褖衣、黑闕翟、赤揄翟、青褘衣，玄此以天地四方之色差次六服之文。展衣宜白，先、後鄭說同，知後鄭引三家詩義亦同。鄭箋毛詩時，知傳異義誤，故不從也，明字當作「襢」，不作「展」者。說文「㞡」下云：「轉也。从尸，襄省聲。」「䘸」下云：「丹縠衣。从衣，㠭聲。」經典借「展」爲「㞡」，故傳釋展爲「丹縠衣」。但六服之色，褘衣象天，鞠衣象地，揄翟象東，闕翟象南，褖衣象北，襢衣白色象西。二鄭以衣宜白色，則非丹縠衣。字作襢、不作展，非拘拘貴行賤言之義也。六服之等，三翟祭服，鞠衣告桑，襢衣以禮見王及賓客，褖衣御於王，亦以燕居，差次如此，故二鄭知周禮字不爲丹縠衣之展。詩首二章言祭服，三章言見君及賓客之服，次第如此，故鄭箋知詩不爲丹縠衣之展也。釋名：「襢衣，襢，坦也，坦然正白，無文采也。」馬瑞辰云：「亶與單、旦聲義相近。玉藻『櫛用樿櫛』，孔疏：『樿，白理木也。』說文：『䵌，白而有黑也。』廣雅：『白馬黑脊驙』。古字從單、旦、亶聲者多有白義，襢之色白，故字從亶。」其説是也。亶有誠義，鄭又取爲訓意，謂服此衣者，宜顧名思義，與「蒙」字承上文言之，以展衣蒙於縐絺之上。「彼」字連下句讀，謂縐絺是紲袢，不謂展衣。淮南主術篇注：「蒙，冒也。」本字當爲「冡。」説文：「冡，覆也。」蒙是草名，縐絺以葛爲之，精者曰絺。説文：「縐，絺之細者也。詩曰：『蒙彼縐絺。』一曰蹴也。」蹴、蹵字同。前説與傳合，後説與箋合，後説爲長。縐，謂文之縮蹵也。類篇：「縐，聚文也。」史記司馬相如傳「雜纖羅，垂霧縠，襞積褰縐，鬱橈谿谷」，言縐中文理之狀，與鄭「蹵蹵」義相發，蓋若今縐紗矣。展衣不必皆蒙縐絺，孔疏舉時事言之是也。『三家紲作褻』者，説文「褻」下云：「私服。从衣，埶聲。詩曰：『是褻袢也。』」「袢」下云：「無色也。从衣，半聲。一曰，詩曰：『是紲袢也。』」作「紲」者用毛詩，則「褻」是三家文。「褻」正字，「紲」借字。褻，謂親身之衣也。玉篇「袢衣無色」，與説文合。衣受汗垢，故無色也。傳「袢延」，蓋當時語，「當暑袢延之服」，猶言「當暑褻近之服」。孔疏以袢延爲「熱氣」，疑非。

之子清揚，揚且之顏也。【疏】傳：「清，視清明也。揚，廣揚而顏角豐滿。」〇揚亦以目言，猗嗟「美目清兮」、「美目揚兮」，清揚猶清明也。廣雅釋親：「顏，頟也。」方言：「顏，顙也。東齊謂之顙，汝潁淮泗之閒謂之顏。」傳「廣揚而顏角豐滿」，讀「且」爲「且」，又之、且分揚、顏爲二事，又因「顏」不成義，加「角豐滿」三字以足之。案，「顏」訓頟顙，自眉閒以上謂之顏，頟兩旁謂之角，「揚」訓眉上廣，「顏」卽眉上河，分二義，知傳誤也。馬説釋爲「揚其顏也」，義明而詞順矣。

展如之人兮，邦之媛也！【注】魯説曰：美女爲媛。韓「媛」作「援」，云：取也。齊「也」亦作「兮」。【疏】傳：「展，誠也。美女爲媛。」箋：「媛者，邦人所依倚以爲援助也。疾宣姜有此盛服而以淫昏亂國，故云然。」〇説文：「展，轉也。」轉有虛、實二義，「轉側」爲「展」，語轉亦爲「展」。「展如之人兮」，與日月「乃如之人兮」同意，「展」是語之轉也。説文：「丂，曳詞之難也，象气之出難。」廣雅釋詁：「展，難也。」方言：「展，難也。山之東西，凡難貌曰展。荆吳之人，相難謂之展。」是「乃」與「展」同有「難」義。日月斥姜言「乃」，此詩美姜言「展」，皆難詞也。之人，是人。「美女爲媛」，釋訓文，魯說也。郭注：「所以結好媛。」蘇輿云：「列女傳仁智篇載許穆夫人之言曰：『古者諸侯之有女子也，所以苞苴玩弄，繫援於大國也。』繫援，與郭注『結好媛』之恉正同。彼言衛女適齊，可爲繫援，此言衛娶齊女，藉結好媛，意實相類。郭用舊義作注，與列女傳脗合。」愚案：孔疏引孫炎曰「君子之援助然」，亦謂結好大國，是君子之援助。蔡邕胡夫人神誥曰：「家邦之援。」列女傳衛姬篇，載齊桓欲伐衛而衛姬請罪，桓公因止不伐，引此詩「展如之人兮，邦之媛也」，亦取結昏援助義，讀「媛」爲「援」。皆魯義也。齊姜大國，與爲昏姻，是衛邦之援助。姜無母儀之德，今取其一端，或亦衛國之福，於無可稱美之中强爲設詞。箋「媛者，邦人所依倚以爲援助者也」，正用魯說。「韓媛作援，云取也」者，釋文引韓詩文。皇矣「無然畔援」，正義：「援是引取。」是「援」有「取」義，言此人爲衛邦所引取。或謂「取」是「助」誤，非也。「齊也亦作兮」者。說文：「媛，美女也。人所援也。从女、从爰。爰，引也。詩曰：『邦之媛兮。』」許引詩義，亦謂此人爲我邦援引取之意，與韓同而與魯詩「援助」訓異，所引詩與魯韓毛及內司服注引俱別，是齊詩異文。此詩蓋宣公要娶歸國後，姜以副褘翟禮之服承祭見賓，國人所刺，而篇末仍祝其配君子爲邦援，不失忠厚之恉。它日之乘舟日月，又非所及料矣。

君子偕老三章，一章七句，一章九句，一章八句。

桑中【疏】毛序：「刺奔也。衛之公室淫亂，男女相奔，至于世族在位，相竊妻妾，期於幽遠，政散民流而不可止。」箋：「衛之公室淫亂，謂宣惠之世，男女相奔，不待媒氏以禮會之也。世族在位，取姜氏弋氏庸氏者也。竊，盜也。幽遠，謂桑中之野。」○左成二年傳：楚屈巫聘於齊，告師期，盡室以行。申叔跪適郢，遇之，曰：「異哉！夫子有三軍之懼，而又有桑中之喜，宜將竊妻以逃者也。」以桑中爲竊妻之詩，此最古義。易林師之噬嗑：「采唐沬鄉，要我桑中。失信不會，憂思約帶。」臨之大過无妄之恆巽之乾同。又蠱之謙：「采唐沬鄉，期於桑中。失期不會，憂思忡忡。」又艮之解：「三十无室，寄宿桑中。上宮長女，不得來同，使我失期。」此齊詩以爲淫奔義，與毛合。漢書地理志引庸詩曰「送我淇上」，又云：「衞地有桑間濮上之阻，男女亦亟聚會，聲色生焉，故俗稱鄭衞之音。」顔注：「阻者，言其隱阸，得肆淫僻之情也。」與序箋「遠幽」義合。男女聚會，正指此詩言，明「桑間」卽「桑中」矣。班用齊詩，此亦齊義也。禮樂記：「鄭衞之音，亂世之音也，比於慢矣。桑閒濮上之音，亡國之音也，其正散，其民流，誣上行私而不可止也。」數語毛序所本，亦證「桑閒」卽「桑中」。特記舉鄭衞與桑濮並論，不得謂桑中之詩卽「桑閒之音」。至政散民流而不可止，記意明指桑濮，無關鄭衞，而毛用其文，溷「桑閒之音」於衞詩，斯爲謬耳。班志「男女聚會」，用詩義，下文但云「俗稱鄭衞之音」，知齊詩未嘗以「桑閒之音」爲衞詩也。鄭注：「濮水之上地有桑閒者，亡國之音於此之水出也。昔殷紂使師延作靡靡之樂，已而自沈於濮水云云。桑閒，在濮陽南。」鄭注禮時用三家詩，而以桑濮爲紂樂，知魯韓詩亦不誤「桑閒之音」爲衞詩矣。

爰采唐矣，沬之鄉矣。【疏】傳：「爰，於也。唐，蒙，菜名。沬，衞邑。」箋：「如何采唐必沬之鄉，猶言欲爲淫亂者必之衞之都。惡衞爲淫亂之主。」〇爰，詞也。釋草：「唐、蒙，女蘿。女蘿，兔絲。」郭注：「別四名。詩云：『爰采唐矣。』」又云：「蒙，王女。」郭注：「蒙卽唐也，女蘿別名。」案，唐、蒙爲二，故云四名。孔疏引「蒙，王女」下孫炎曰：「蒙，唐也，一名菟絲，一名王女。」與郭合。又引「唐、蒙，女蘿」下舍人曰：「唐、蒙名女蘿，女蘿又名菟絲。」孫炎曰：「別三名。」孫不應自相違戾，「三」疑「四」之誤，舍人少分析耳。說文：「蒙，王女也。」徐鍇曰：「卽女蘿也。」是唐也、蒙也、女蘿也、兔絲也，四名一物，古無異說。傳以唐、蒙爲一名，誤同舍人。「菜」或「草」之誤，兔絲固不可食也。或遷就毛傳，謂今本爾雅「唐蒙」下衍「女蘿」二字，然則舍人孫郭注本皆非邪？釋文：「沬，音妹，衞邑也。」說文「沬」下云：「洒面也。从水，未聲。荒內切。」「湏」下云：「古文沬，从頁。」「妹」下云：「女弟也。从女，未聲。莫佩切。」「沬」、「妹」音同，故尚書「沬」爲「妹」，沬鄉卽酒誥「沬邦」也。「洒面」之「沬」，字又作「頮」，卽「湏」之變文。禮內則及檀弓注釋文作「靧」，俗字說文所無。玉篇：「頮，火內切。洒面也。」「沬，同上。又莫貝切。水名。」「沬，亡活、莫蓋二切。水名。」廣韻：「沬，無沸切。水名。」「沬，莫撥切。水名，在蜀。又武泰切。」案，「亡活」、「莫撥」二切之「沬水」，卽說文沬水，出蜀西徼外，東南入江，从水，末聲。漢書溝洫志顏注：「沬，音『本末』之末者也。」洒面之「沬」，漢書律曆志禮樂志淮南厲王傳外戚傳顏注所云「沬卽頮字，從『午未』之未」者也。沬、頮並訓洒面。沬鄉之「沬」非水名，故許書「沬」下不取其義。詩借「沬」爲地名，又轉借沬之古文「湏」字，泉水「思沬與漕」，沬作湏，是其證。後人以湏爲須，轉寫誤也。玉篇分「洒面」之沬爲「火內」切，水名之沬爲「莫貝」切，不知實卽一字。廣韻以「沬」爲水名，又失載「洒面」之義，皆誤之甚者。水經注淇水篇略云：泉源水有二源，一水出朝歌城西北，其水南流東屈，逕朝歌城南。晉書地道記曰：「本沬邑也。詩云：『爰采唐矣，沬之鄉矣。』殷王武丁始遷居之，爲殷都也。」此沬邑卽朝歌之證，酈元以爲邑名不謂水名者，朝歌城外止有淇泉二水，別無名沬之水也。沬邑之「沬」，卽妹邦之「妹」，皆轉音借字，其本字當爲「牧」，卽牧野也。酒誥馬融注：「妹邦，卽牧養之地。」是謂妹邦卽牧野也。釋地：「邑外謂之郊，郊外謂之牧，牧外謂之野。」牧野名義，當取諸此。鄭注：「妹邦，紂之都所處也。」牧是紂都之郊，故以紂都統之。說文：「坶，朝歌南七十里地。周書：武王與紂戰於坶野。从土，母聲。」水經注清水篇：「自朝歌以南暨清水，土地平衍，據皋跨澤，悉坶野矣。郡國志曰：朝歌縣南有牧野。」牧、坶雙聲，故牧又爲坶。據此，知朝歌牧野妹邦沬邑，並無異地。沬、末同聲，末、妹雙聲，（白虎通綱紀篇：「妹者，未也。」）故牧音轉爲妹，又爲沬也。呂覽求人篇注：「鄉，亦國也。」邦、國同訓，明沬鄉與妹邦義同。

云誰之思？美孟姜矣。

【疏】傳：「姜，姓也。言世族在位，有是惡行。」箋：「淫亂之人誰思乎？乃思美孟姜。孟姜，列國之長女，而思與淫亂，疾世族在位有是惡行也。」○孔疏：「列國姜姓，齊許申呂之屬，不斥其國，未知誰國之女也。」案，衛無姜姓，故序以爲世族所取妻妾。期我乎桑中，要我乎上宮，送我乎淇之上矣。【疏】傳：「桑中上宮，所期之地。淇，水名也。」箋：「此思美孟姜之愛厚己也。與我期於桑中，而要見我於上宮，其送我則於淇水之上。」○後漢郡國志東郡濮陽下，劉昭注引博物記曰：「桑中在其中。」案一統志，濮陽在今大名府開州西南二十里。說文：「期，會也。」淮南原道訓注：「要，約也。」上宮未聞，既會而後約，則桑中上宮非一地。上宮蓋孟姜所居，故易林云「上宮長女」也。送我淇上，與氓「涉淇」意同。

爰采麥矣，沬之北矣。云誰之思？美孟弋矣。期我乎桑中，要我乎上宮，送我乎淇之上矣。【疏】傳：「弋，姓也。」○說文：「邶，故商邑，自河內朝歌以北是也。」沬鄉爲朝歌，則沬北卽朝歌以北，詩所謂邶也。郡國志河內郡朝歌下云：「紂所都居，南有牧野，北有邶國。」孟弋者，春秋「定姒」，穀梁作「定弋」，孟弋卽孟姒也。胡承珙云：「似，本作以。白虎通云夏祖昌意以薏以生，賜姓似氏。說文無『似』字，蓋本作『以』，弋與以一聲之轉。」

爰采葑矣，沬之東矣。云誰之思？美孟庸矣。期我乎桑中，要我乎上宮，送我乎淇之上矣。【疏】傳：「庸，姓也。」箋：「葑，蔓菁。」○地理志「鄘」作「庸」，「孟庸」卽「孟鄘」。庸在沬東，居此之人，取舊邑之稱以爲族，若晉韓趙魏氏之比，故曰「孟庸」。據此，知舊說庸在紂城南西，皆非也。漢有庸光，膠東庸生是其後。

桑中三章，章七句。

鶉之奔奔【疏】毛序：「刺衛宣姜也。衛人以爲宣姜鶉鵲之不若也。」箋：「刺宣姜者，刺其與公子頑爲淫亂，行不如禽鳥。」○愚案：刺宣公也。左襄二十七年傳：鄭七卿享趙孟，伯有賦鶉之賁賁，趙孟曰：「牀笫之言不踰閾，況在野乎？非使人之所得聞也。」杜注：「衞人刺其君淫亂，鶉鵲之不若，義取『人之無良，我以爲兄』、『我以爲君』也。」又傳云：「文子告叔向曰：『伯有將爲戮矣。詩以言志，志誣其上而公怨之，以爲賓榮，其能久乎？』」杜注：「言誣則鄭伯未有其實。」正義：「伯有賦此詩，有嫌君之意。」是伯有之賦、趙孟之言，皆不以詩之「君」爲「小君」，此最古義。司馬遷劉向用魯詩，而史記、列女傳無公子頑通宣姜事，是魯義必與毛異，不以「兄」爲頑也。禮表記：「子曰：『唯天子受命于天，士受命于君，故君命順則臣有順命，君命逆則臣有逆命。詩云：『鵲之姜姜，鶉之賁賁。人之無良，我以爲君。』』」鄭注：「姜姜、賁賁，爭鬭惡貌也。良，善也。言我以惡人爲君，亦使我惡，如大鳥姜姜於上，小鳥賁賁於下。」記義與鄭注皆不以「君」爲「小君」，知齊義必與毛異，不以君爲宣姜也，然則詩刺宣公甚明。

鶉之奔奔，鵲之彊彊。【注】魯齊「奔奔」作「賁賁」，「彊彊」作「姜姜」。韓說曰：「奔奔、彊彊，乘匹之貌。」【疏】傳：「鶉則奔奔，鵲則彊彊然。」箋：「奔奔、彊彊，言其居有常匹，飛則相隨之貌，刺宣姜與頑非匹偶。」○說文「雜」下云：「雒屬。」「鴿」下云：「雜屬。」「鶴」下云：「籀文雒，从鳥。」案，鶉即雜字，當从「隹」。鴿又作鵪。夏小正「八月鴽爲鼠」，傳：「鴽，鵪也。」今俗評「鵪鶉」，以爲一物。桂馥謂蝦蟇化者爲鶉，田鼠化者爲鴿。案，田鼠化鶉，見淮南萬畢術及本草。素問云：「鴽，雜也。」列子天瑞篇亦言田鼠爲鶉，是二物化生，亦非全別。釋鳥：「鵪鶉其雄鵲，牝庳。」又云：「鴽，鴾母。」（說文作𨿽，牟母。）郭云：「鴿也。」又云：「鶉子鳼，鴽子鸋。」郭注：「別鴿鶉雛之名。」公食大夫禮「以鶉鴽」，內則「鶉羹」、「鴽釀」並列，蓋對文異、散文通也。郝懿行云：「鶉黃黑雜文，大如秋雞，無尾。鴿較長大，黃色無文，又長頸長觜。鶉竄伏草間，無常居而有常匹，兩雄相值則鬭而不釋。」愚案：今人多畜令博鬭，燕地尤多。鵲值他鳥爭巢，列隊相拒，亦善鬭之鳥，故鄭以「姜姜」、「賁賁」爲爭鬭貌也。「魯齊奔奔作賁賁」者，毛作「奔奔」，韓同，則注作「賁賁」者爲魯齊文，與左傳合。馮登府云：「賁與奔通。禮記『賁軍之將』，後漢作『奔軍之將』。周禮『虎賁氏』，宋書百官志：『虎賁舊作虎奔。』孟子音義引丁音：『虎賁，先儒言如猛虎之奔。』漢書百官表『虎賁郎』，注云：『賁，讀與奔同。』」愚案：賁有「憤」義，禮樂記注：「賁讀爲憤。」憤，怒氣充實也，重言之曰「賁賁」，故訓争鬬惡貌，此齊説也。呂覽壹行篇高注：「賁，色不純也。詩曰：『鶉之賁賁。』」案，説文：「賁，飾也。」易賁釋文引王肅注：「賁，有文飾，黄白色。」高用賁本義作訓，故以「賁賁」爲「色不純」，與鶉鳥黄黑雜文合，此魯説也，魯齊經字同訓義別。「魯齊彊彊作姜姜」者，説文：「彊，弓有力也。」引申爲凡有力之稱。楚語注：「彊，彊力也。」重言之曰「彊彊」。表記「姜姜」，同聲借字，齊詩文也。廣雅釋詁：「姜，强也。」「彊」、「强」古通，正與記引詩作「姜」合，張用魯詩，是齊魯文同矣。推高注之意，鶉色不純，鵲强有力，喻宣公無純一之行，而有强奪之事，此魯義也。推鄭注之意，以鵲爲大鳥，鶉爲小鳥，鵲非必大，以鶉較之鵲爲大也。小大既別，取興宜殊，故知大鳥喻公，小鳥喻臣民。公奪子妻，淫亂成風，下必有甚。小鳥之賁賁，一如大鳥之姜姜，皆争鬬爲惡。此齊義也。「奔奔彊彊，乘匹之貌」者，釋文引韓詩文。乘匹，猶「匹耦」也。列女傳：「夫關雎之鳥，猶未嘗見其乘居而匹處也。」韓用其文。鶉、鵲雖乘居匹處，然尚不亂其偶，刺公奪子妻，乃鶉鵲之不若。箋「奔奔、彊彊，言其居有常匹、飛則相隨之貌」，用韓義申毛也。説文：「奔，走也。」雌雄同走，是居有常匹。衆經音義引蒼頡篇曰：「彊，健也。」齊飛而羽翮健勁，是飛則相隨。

人之無良，我以爲兄！【注】韓「之」作「而」。【疏】傳：「良，善也。兄，謂君之兄。」箋：「人之行無一善者，我君反以爲兄。君，謂宣公。」○「韓之作而」者，外傳九引「人之無良」二句推演之，詩攷引外傳作「人而無良」，今本作「之」，後人據毛詩妄改。表記注：「良，善也。」無良，謂無善行。「以爲兄」，謂左公子洩右公子職等。魏源云：「洩職皆宣公庶弟，公所屬伋壽者，故曰『人之無良，我以爲兄』也。」

鶉之彊彊，鵲之奔奔。人之無良，我以爲君！【疏】傳：「君，國小君。」箋：「小君，謂宣姜。」○此章用外傳推之，「人之無良」、「之」字韓詩亦當作「而」。「以爲君」者，臣下統同之詞。

鶉之奔奔二章，章四句。

定之方中【疏】毛序：「美衛文公也。衛爲狄所滅，東徙渡河，野處漕邑。齊桓公攘戎狄而封之，文公徙居楚丘，始建城市而營宮室，得其時制，百姓說之，國家殷富焉。」箋：「春秋閔公二年冬，狄人入衛，衛懿公及狄人戰于熒澤而敗，宋桓公迎衛之遺民渡河，立戴公，以廬於漕。戴公立一年而卒，魯僖公二年，齊桓公城楚丘而封衛，於是文公立而建國焉。」○左閔二年傳：「衛文公大布之衣，大帛之冠，務材訓農，通商惠工，敬教勸學，授方任能。元年，革車三十乘。季年，乃三百乘。」杜注：「季年，在僖二十五年。」此徙居楚丘，始建城市營宮室，國人說而作詩。「作于楚宮」，毛傳引仲梁子曰：「初立楚宮也。」鄭志：「仲梁子先師魯人，當六國時。」案，禮檀弓有仲梁子，鄭注「魯人」，疑卽其人。又見韓非子，稱仲梁氏，足證詩古義相承如此。晉書劉曜載記和苞云：「衛文公承亂亡之後，宗廟社稷漂流無所，而猶仰準乾象，俯順民時，以搆楚宮，故興康叔武公之迹，以延九百之慶也。」三家無異義。

定之方中，作于楚宮。【注】魯說曰：營室謂之定。娵觜之口，營室東壁也。三家「于」作「爲」。【疏】傳：「定，營室也。方中，昏正四方。楚宮，楚丘之宮也。仲梁子曰：初立楚宮也。」箋：「楚宮，謂宗廟也。定星昏中而正，於是可以營制宮室，故謂之營室。定昏中而正，謂小雪時，其體與東壁連正四方。」○「營室」至「壁也」，釋天文。郭注：「定，正也。作宮室皆以營室中爲正。」詩春秋正義引孫炎同。蔡邕月令問答：「詩曰：『定之方中，作于楚宮。』營室也，九月十月之交，西南方中。」皆魯說。史記天官書索隱引春秋元命包曰：「營室十星，埏陶精類。始立紀綱，包物爲室。」蓋齊說。陳喬樅云：「據開元占經六十一引郗萌云：『營室二星爲西壁，與東壁二星合而爲四，其形開方似口，故名娵觜之口。』營室二星，春秋緯言『十星』者，中二星爲室；繞室三向，兩兩而居，曰離宮；離宮之下，二星曰東壁。統而言之，皆得謂之營室，故曰十星也。」史記律書云：「營室者，主營胎，（徐廣曰：「一作含。」）陽氣而產之。」蔡邕謂九月十月之交，營室在西南。輈人賈疏云「十月在南方娵觜」，毛傳亦云南，視定緣二宿皆值北方水位，故又謂之水，左莊二十九年傳「水昏正而栽」是也。左襄三十年傳「歲在娵訾之口」，娵一作諏。禮月令注「日月會于諏訾」，釋文：「本又作娵。」是娵、諏可通作，惟「訾」借「觜」字也。分野略例云：「自危十六度至奎，四度於辰，在亥爲諏訾。」諏訾，歎息也。十月之時，陰氣始盛，陽氣伏藏，萬物失養育之氣，故哀愁而歎悲，嫌於無陽，故曰「諏訾」。詩云「中」者，昏正於午之謂。禮月令：「孟春之月，日在營室。」「仲冬之月，昏東壁中。」周語「日月底於天廟」，韋注：「天廟，營室也。孟春之月，日月皆在營室。」又云：「營室之中，土功其始。」韋注：「建亥小雪之中，定星昏正於午，土功可以始也。」與月令合。邵晉涵云：「月令孟冬，言昏危中；仲冬，言昏東壁中。不言昏營室中者，營室在危東壁之間。孔穎達謂營室十六度，日行一度，是十月半而室中，十一月初而壁中也。」馬瑞辰云：「僖二年正月城楚丘，則作室亦正月，周正月爲夏正十一月，是作室不在十月小雪之中。漢書天文志，危十七度，營室十六度。十月危星昏中，日行一度，營室繼危之後，其中在十月望後，至十一月初猶爲昏中，故楚宮作於十一月，猶得言定中也。」愚案：輈人鄭注：「營室，元武宿，與東壁連體而四星。」詩言「方中」，明兼營室、東壁，故室、壁之中可以定中統之，春秋書「城楚丘」，或舉成事言，而經營宮廟之始，當在十月，不得泥春秋以疑詩也。又新唐書曆志：「傳曰：『凡土功，龍見而畢務，戒事。火見而致用，水昏正而栽，日至而畢。』十六年，城向。十有一月，衛侯朔出奔齊。『冬，城向，書時也。』以歲差推之，周初霜降，日在心五度，角、亢晨見。立冬，火見營室中。後七日，水昏正，可以興板幹。故祖沖之以爲定之方中，直營室八度。是歲九月六日霜降，二十一日立冬。十月之前，水星昏正，故傳以爲得時。杜氏據晉曆，小雪後定星乃中，季秋城向，以爲太早。因日功役之事，皆總指天象，不與言曆數同。引詩云『定之方中』，乃未正中之詞，非是。」「三家于作爲」者，文選魏都賦魯靈光殿賦、謝朓和伏武昌登孫權故城詩、江淹雜體詩、王簡栖頭陀寺碑文注，引此及下兩「于」字，皆作「爲」。白帖三十八、御覽百七十三引同。蔡邕月令作「于」，（引見上。）是魯與毛同，作「爲」者蓋齊韓文。

揆之以日，作于楚室。【疏】傳：「揆，度也。度日出日入，以知東西。南視定，北準極，以正南北。室，猶宮也。」箋：「楚室，居室也。君子將營宮室，宗廟爲先，廐庫爲次，居室爲後。」○孔疏：「度日，謂度其影。公劉傳云『考於日影』是也。」考工記：「匠人建國，水地以縣，置槷以縣，眂以景，爲規識日出之景與日入之景，晝參諸日中之景，夜考之極星，以正朝夕。」鄭注：「於四角立植而縣以水，望其高下。高下既定，乃爲位而平地。槷，古文臬，假借字。於所平之地中央樹八尺之臬，以縣正之，視之以其景，將以正四方也。日出日入之景，其端則東西正也。又爲規以識之者，爲其難審也。自日出而畫其景端，以至日入，既則爲規，測景兩端之內規之，規之交乃審也。度兩交之間，中屈之以指臬，則南北正也。日中之景，最短者也。極星，謂北辰。」案，天文志：「夏日至，立八尺之表。」臬卽表也。於平地之中央立表訖，乃於日出入之時畫記景端，以繩測景之兩端，則東西正。屈之以指，表於東西景端相當，則南北亦正。此揆日之術也。記言建立國城之事，據詩之「宮室」同。古文苑張衡冢賦「正之以日」，衡用魯詩，疑魯詩「揆」或作「正」。箋：「楚室，居室也。君子將營宮室，宗廟爲先，廐庫爲次，居室爲後。」詩先宮後室，與禮合矣。疏：「宮室俱於定星中爲之，同度日景正之，各於其文互舉一事耳。」

樹之榛栗，椅桐梓漆，爰伐琴瑟。【疏】傳：「椅，梓屬。」箋：「爰，曰也。樹此六木於宮者，曰其長大可伐以爲琴瑟，言豫備也。」○說文：「樹，生植之總名。从木，封聲。」木爲樹，植木亦爲樹，呂覽任地篇、淮南本經篇高注並云：「樹，種也。」說文：「榛，木也。从木，秦聲。」「亲，果實如小栗。从木，辛聲。春秋傳曰：女摯，不過亲栗。」詩與「栗」並舉，知文當爲「亲」。栗者，說文作「㮚」，云：「木也。从木，其實下垂，故從卤。」二木不中琴瑟，連文言之。「椅桐」者。說文「椅」下云：「梓也。」「檹」下云：「賈侍中說，卽椅木，可作琴。」孔疏引陸璣云：「梓實桐皮曰椅。」續漢志注引王隆小學漢官篇「樹栗查桐梓」，胡廣注：「椅，今梧桐也。」說文「梧」下云：「梧桐木，一名櫬。」釋木「櫬，梧。」是椅、檹、梧、櫬一物也。說文：「桐，榮也。」「榮，桐也。」釋木：「榮，桐木。」急就篇顏注：「桐，卽今之白桐木也，一名榮。」賈思勰云：「桐華而不實者曰白桐，實而皮青者曰梧桐。」據此，椅、桐之分，華實之異也。說文：「梓，楸也。」梓，楸也。以楸、梓爲一物。急就篇顏注：「梓，楸類也。」廣韻：「梓，木名，楸屬。」陸璣云：「楸之疏理白色而生子者爲梓。」齊民要術：「楸、梓二木相類，白色有角、生子者爲梓，或名子楸，或名角楸；黃色無子者爲柳楸，亦呼荆黃楸也。」此楸、梓爲二物。徐鍇繫傳云：「今人名膩理曰梓，質白曰楸。」與上二說相反，蓋傳寫互譌也。玉篇：「椅，楸也。」釋木：「椅，梓。」與說文合。郭注：「卽楸。」釋文：「椅與楸惟子爲異。」今參攷諸說，椅色青，梓色白，皆有子；楸色黃，無子。釋文說未析，蓋同類之木，名稱久溷，不復致詳耳。說文「桼」下云：「木汁可以髹物。象形，桼如水滴而下。」「漆」下云水名，借字。箋云「樹此六木於宮」。爰，詞也。椅、桐、梓，可備他日伐爲琴瑟之材，漆則所以髹桼也。藝文類聚引蔡邕琴賦：「觀彼椅桐。」又曰：「考之詩人，琴瑟是宜。」用魯經文。

升彼虛矣，以望楚矣。望楚與堂，景山與京。【疏】傳：「虛，漕虛也。楚丘有堂邑者。景山，大山。京，高丘也。」箋：「自河以東，夾於濟水。文公將徙，登漕之虛，以望楚丘，觀其旁邑及其丘山，審其高下所依倚，乃後建國焉。愼之至也。」○釋文：「虛，或本作墟。」水經注濟水篇引詩作「墟」，與「或作」本合。傳「虛，漕虛也」，疏：「此追本欲遷之由言。文公將徙，先升彼漕邑之墟矣，以望楚丘之地矣。蓋地有故墟，高可登之以望。」陳奐云：「管子大匡篇：『狄人伐衛，衛君出致于虛。』小匡篇：『衛人出旅于曹。』是虛與曹同也。」愚案：陳說較疏義爲長，蓋州吁城漕之後，郭邑稍完，可藉爲固，故暫託棲止也。楚，楚丘也。孔疏引鄭志：「張逸問：『楚宮今何地？』答曰：『楚丘在濟河閒，疑在今東郡界中。』衛本河北，至懿公滅，乃東徙渡河，野處漕邑，則在河南矣。又此二章升漕墟望楚丘，楚丘與漕不甚相遠，亦河南明矣，故疑在東郡界中。」愚案：鄭志獻疑，明三家楚丘無文。春秋隱七年經「戎伐凡伯於楚丘以歸」，穀梁傳：「戎者，衛也。戎衛者，爲其伐天子之使，貶而戎之也。楚丘，衛之邑也。」疏引麋信云：「不言夷狄獨言戎者，因衛有戎邑故也。」公羊傳「其地何大之也」，何休注：「使若楚丘爲國者，不地以衛者，天子大夫銜王命至尊，顧在所諸侯有出入，所在赴其難，當與國君等也。」左傳杜預注：「楚丘，衛地，在濟陰成武縣西南。」又僖二年經「城楚丘」，穀梁傳：「楚丘者何？衛邑也。」左傳杜注：「衛邑。」又左哀十七年傳「戎州人攻衛莊公」，「公入于戎州己氏」，杜注：「戎州，戎邑。己氏，戎人姓。」是穀梁傳注及左公羊注說並同。漢書地理志：「齊桓公帥諸侯伐狄，而更封衛于河南曹楚丘。」山陽郡成武下云：「有楚丘亭，齊桓公所城，遷衛文公於此。」山陽郡卽濟陰也。又梁國下有己氏縣。通典云：「今宋州楚丘縣，古之戎州己氏之邑，漢曰己氏縣也。」水經注濟水篇：「荷水分濟於定陶東北，東南右合黃溝支流，俗謂之界溝也。北逕己氏縣故城西，又北逕景山東，衛詩所謂『景山與京』者也。毛公曰：『景山，大山也。』又北逕楚丘城西。郡國志曰：『成武縣有楚丘亭。』杜預云：『楚丘在成武縣西南。』衛懿公爲狄所滅，衛文公東徙渡河，野處漕邑，齊桓公城楚丘以遷之，故春秋稱『邢遷如歸，衛國忘亡』，卽詩所謂『升彼墟矣，以望楚矣。望楚與堂，景山與京』。故鄭玄言觀其旁邑及山川也。又東逕城武城西。」據此，楚丘正在成武、己氏之閒，所引「郡國志」，係「地理志」之誤。又瓠子水篇：「瓠河故瀆又東，右會濮水枝津水，上承濮渠，東逕沮丘城南。京相璠曰：

『今濮陽城西南十五里有沮丘城，六國時沮、楚同音，以爲楚丘，非也。』」以上諸說，皆以戎伐凡伯之楚丘卽衛文徙都之楚丘，班、何、杜、酈諸儒，皆本穀梁古訓也。自鄭志獻疑，京相璠遂有以沮丘當楚丘之說。後漢郡國志濟陰郡成武下云：「故屬山陽。」劉昭注：「左傳隱七年，戎執凡伯於楚丘。杜預曰：『在縣西南。』」劉不言是衛文所徙，蓋不以班志爲然。水經注河水篇：「鹿鳴津又曰白馬濟，津之東南有白馬城，衛文公東徙渡河都之，故濟取名焉。」酈既從班氏，以城武楚丘爲齊桓所城，而於此白馬復以爲衛文東徙渡河所都之漕邑，則漕與楚丘相距遠，是酈亦不能自堅其說。蓋自魯僖三十一年成公避狄徙濮陽，中閒居楚丘僅三十年，紀載有闕，故地遂不可考。漢東郡白馬縣，在今滑縣東。成武，今曹州府城武縣。春秋二地皆在大河東南，惟成武楚丘距衛故都朝歌較遠，故鄭疑楚丘在東郡界中，若已東至城武，尚被狄圍，無反西北遷至濮陽之理。但如京氏以沮丘當楚丘，則濮陽相距僅十五里，又疑太近。其以白馬爲衛漕邑，始自戴延之西征記，亦後起之說也。自隋開皇十六年，同時置兩楚丘縣，一在漢己氏縣，卽杜注所云城武縣西南；一在漢白馬、濮陽之閒，正用京說，旋改衛南，於是言輿地者本之，遂一成而不可易。或乃以楚丘之誤妄訾班氏，亦可謂不揣其本矣。堂，地名，未聞。陳蔚林云：「據士昏禮注，今文『景』作『憬』。知景、憬古通。此詩『景』當讀爲『憬』。泮水傳：『憬，遠行皃。』與上升望、下降觀相屬爲義。毛訓大，於文不順。」愚案：陳說是也。京者，說文：「人所爲絶高丘也。」釋丘：「絶高爲之京，非人爲之丘。」春秋正義引李巡曰：「丘之高大者爲京。」孫炎曰：「爲之，人力所作也。」

降觀于桑。卜云其吉，終焉允臧。

【注】魯「焉」作「然」。【疏】傳：「地勢宜蠶，可以居民。龜曰卜。允，信。臧，善也。建國必卜之，故建邦能命龜，田能施命，作器能銘，使能造命，升高能賦，師旅能誓，山川能說，喪紀能誄，祭祀能語，君子能此九者，可謂有德音，可以爲大夫。」○釋言：「降，下也。」孔疏：「言又下漕墟而往觀於其處之桑，既形勢得宜，蠶桑又美，可居民矣。卜者，大卜。國大遷，大師則

貞龜，是建國必卜之。」釋詁：「允，信也。」「臧，善也。」卜言其吉，終然信善，匪直當今也。三十年後遷帝丘，小曰三百年。蓋成公相時度地，正其繼述之善，不必拘中興之故迹，愈以顯吉卜之先徵矣。「魯焉作然」者，「焉」是「然」之誤，唐石經作「然」。蔡邕崔夫人誄「終然允臧」，邕用魯詩，證魯不誤。宋本釋詁疏、晉書樂志、文選魏都賦劉注、東京賦、謝脁和伏武昌詩李注、御覽七百二十五引，並作「然」。

靈雨既零，【注】魯韓說曰：靈，善也。命彼倌人，星言夙駕，說于桑田。【注】韓說曰：星，精也。【疏】傳：「零，落也。倌人，主駕者。」箋：「靈，善也。星，雨止星見。夙，早也。文公於雨下，命主駕者：雨止，爲我晨早駕。欲往爲辭。說于桑田，教民稼穡，務農急也。」〇「靈，善也」者，廣雅釋詁文，是此詩魯韓義。箋釋「靈」爲「善」，本之「善雨」，猶唐人言「好雨」矣。說文「𩆜」下云：「𩆜巫以玉事神。」「䨩」下云：「靈，或作巫。」引申之爲「神靈」義。風俗通典祀篇：「靈者，神也。」靈雨者，以其應時，故神之也。神之卽善之，不分兩義。說文：「零，餘雨也。」「霝，雨零也。」或謂詩「零」當爲「霝」，非也。大雨降後，間有點滴，故零訓「餘雨」，「既零」猶言「既霑既足。」傳「零，落也」，「零落」當爲「零露」。說文：「露，雨零也。」是其義。張揖上廣雅表「墳典散露」，「落」、「露」並「各」聲，故互借矣。釋詁：「蘦，落也。」郭注：「見詩。」是東山「霝雨其濛」之借字，與此詩無涉。說文：「倌，小臣也。詩曰：『命彼倌人。』」周禮：小臣爲大僕之佐，「掌王之小命，詔相王之小法儀。王之燕出入，則前驅。」注：「燕出入，若今游於諸觀苑。」「星，精也」者，釋文引韓詩文。「精」與「晴」同。姚鼐云：「古晴字本作暒，暒亦作星，若星辰字自作曐。詩星，精也。精，晴明之謂也。世久以星字當曐辰之曐，此詩偶存古字耳。甫晴而駕，足以爲勤矣，若見星而行，乃罪人與奔喪者之事。」胡承珙云：「箋云：『星，雨止星見。』說文：『姓，雨而夜除曐見也。』與箋說同。日部又云：『啟，雨而晝姓也。』啟字从『日』，故屬之晝，姓字从『夕』，故云夜除曐見，鄭意亦以詩之星卽姓字，雨止星見之星字當作曐。四字總言夜晴以明，豫戒倌人，令其早駕耳。史記『天精而見景星』，精謂精明，與韓詩釋星爲精義同。漢書直作姓，亦作暒，（見索隱衆經音義，云古文姓、暒二形同。）或據宋本釋文引韓詩，作『星，晴也』。若經文之星爲姓，則與晴字同，不當以晴釋星，不知漢初已多用晴少用星，故韓以今字明古字，謂星卽晴字，非訓星爲晴。韓非子說林下曰：『荆伐陳，吳救之，軍間三十里，雨十日夜，星。』此亦古『晴』字之僅存者。」愚案：玉篇：「暒，雨止也。」「精，明也，無雲也。」三蒼解詁：「暒，雨止無雲也。」說文：「姓，从夕，生聲。」「曐，从晶，生聲。星，曐或省。」後人以姓、星易溷，遂於星旁加「日」以別之，實說文所無。詩借星爲姓，故韓云「星，精也。」「精」、「暒」同義，故史記天官書「天精」，漢書天文志作「天暒」，孟康注：「暒，晴明也。」韓非說林「夜星」，說苑指武篇載其事，作「夜晴」，蓋書字轉寫失真，而古義彌晦矣。言，詞也。箋：「夙，早也。」說者，釋文：「毛始銳反。舍也。」御覽九百五十五、藝文類聚八十八引此詩二句，「說」作「稅」，與毛合。箋云：「文公於雨下，命主駕者：雨止，爲我晨早駕。欲往爲辭。說于桑田，教民稼穡，務農急也。」陳奐云：「鄭讀『說』如字，或本三家義。」**匪直也人，秉心塞淵，騋牝三千。**韓說曰：秉，執也。【疏】傳「非徒庸君。秉，操也。馬七尺以上曰騋，騋馬與牝馬也。」箋：「塞，充實也。淵，深也。國馬之制，天子十有二，閑馬六種，三千四百五十六匹；邦國六，閑馬四種，千二百九十六匹。衞之先君兼邶鄘而有之，而馬數過禮制。今文公滅而復興，徙而能富，馬有三千，雖非禮制，國人美之。」○匪，非。直，特也。與孟子「非直爲觀美也」義同。也，詞也。人，謂民，承上文而言。文公夙駕勸農，於民事可謂盡美矣，抑非特於人然也。傳訓爲「非徒庸君」，於文不順。「秉，執也」者，溱洧韓詩文，此詩「秉」字，韓亦當訓「執」，與小弁「君子秉心」箋義同。塞淵，義具燕燕，言文公執心誠實深遠，政行化速，兼能致物産蕃庶。左傳記衞文初政，富强有基，是其實心遠謀，成效丕著，非虛美也。說文：「騋，馬七尺爲騋，八尺爲龍。从馬，來聲。詩曰：

『騋牝驪牝。』」蓋誤文。釋畜：「騋牝，驪牝。元駒，褭驂。」郭注：「詩云：『騋牝三千。』馬七尺以上爲騋，見周禮。玄駒，小馬別名，褭驂耳。」禮檀弓鄭注引爾雅云「騋牝驪牝玄」，以「玄」字上屬。庾人賈疏：「騋中所有，牝則驪色，牡則玄色，兼有駒褭驂。」讀與郭異。據釋文，爾雅之「驪牡」，亦作「驪牝」。庾人注引之「騋牝」亦作「騋牡」，轉寫互異，二說並通，本詩則以「騋牝」爲義，不與爾雅相蒙。騋是馬種之良，牝則用以蕃育，舉良馬以概其餘，言牝而牡可弗計也。三千者，箋：「國馬之制，天子十有二閑，馬六種，三千四百五十六匹；邦國六閑，馬四種，千二百九十六匹。衛之先君兼邶鄘而有之，而馬數過禮制。今文公滅而復興，徙而能富，馬有三千，雖非禮制，國人美之。」疏：「國馬，謂君之家馬，其兵賦則左傳曰『元年革車三十乘，季年乃三百乘』是也。」愚案：詩爲初徙楚丘而作，則「三千」非實有其事。齊語：「齊桓公城楚丘以封之。其畜散而無有，與之繫馬三百。」衛文畜牧雖勤，孳生烏能如是之速？古人立國，馬乘爲重，「三千」，是國人十倍之數，期望頌美之詞耳。詩「三千」之數，專以牝言，卽是國馬不應有牝無牡，鄭據此譏其過禮制，或未然。

定之方中三章，章七句。

蝃蝀【注】韓序曰：刺奔女也。【疏】毛序：「止奔也。衛文公能以道化其民，淫奔之耻，國人不齒也。」箋：「不齒者，不與相長稚。」○「韓云刺奔女也」者。後漢楊賜傳：「有虹蜺晝降於嘉德殿前，賜書對曰：『今殿前之氣，應爲虹蜺，皆妖邪所生，不正之象，詩人所謂蝃蝀者也。於中孚經曰：「蜺之比，無德以色親。」方今內多嬖倖，外任小臣，是以災異屢見。今復投蜺，可謂孰矣。昔虹貫牛山，管仲諫桓公無近妃宮。今妾媵嬖人閹尹之徒，共專國朝，欺罔日月，惟陛下慎經典之戒，圖變復之道。』」李注引韓詩序曰：「蝃蝀，刺奔女也。蝃蝀在東，莫之敢指，詩人言蝃蝀在東者，邪色乘陽，人君淫佚之徵。臣子爲君父隱藏，故言莫之敢指。」賜用魯詩，以爲「妖邪所生，不正之象」，足證魯韓同義。易林蠱之復：「螮蝀充側，佞人傾惑。女謁橫行，正道壅塞。」无妄之臨、震之井同，此齊詩說。春秋演孔圖云：「虹蜺者，斗之亂精也，失度投蜺見態，主惑於毁譽。」感精符云：「九女並譌，則九虹並見。」文耀鉤云：「白虹貫牛山，管仲諫曰：『無近姬宮，君恐失權。』齊侯大懼，退去色黨，更立賢輔。」宋均注：「山，君象也。虹蜺，陰氣也。陰氣貫之，君惑於妻黨之象也。」緯書並用齊說，是三家皆與毛序「止奔」義異。所云「奔女傾惑」，「人君淫佚」，必衞君當時有如密康魯莊之事，惜書缺有閒，不能求其人以實之矣。

蝃蝀在東，【注】魯「蝃」作「螮」，曰：螮蝀，虹也。莫之敢指。【疏】傳：「蝃蝀，虹也。夫婦過禮則虹氣盛，君子見戒而懼，諱之，莫之敢指。」箋：「虹，天氣之戒，尚無敢指者，況淫奔之女，誰敢視之。」○「螮蝀，虹也」者，釋天文，魯說也。又云：「螮蝀謂之雩。蜺爲挈貳。」郭注：「俗名爲美人虹，江東呼爲雩。蜺，雌虹也。」邢疏引郭音義云：「虹雙出，色鮮盛者爲雄，闇者爲雌。」按，蜺是寒蜩本字，當爲「霓」。呂覽季春紀高注：「虹，螮蝀也。兗州謂之虹。詩曰『螮蝀在東，莫之敢指』是也。」淮南時則訓注引詩同。藝文類聚二引蔡邕月令章句云：「虹，螮蝀也，陰陽交接之氣著於形色者也，常依陰雲而晝見於日衝，無雲不見，大陰亦不見，率以日西見於東方，故詩云『螮蝀在東』。」高蔡用魯詩，以上並魯說，與齊詩皆作「螮」，（見上易林。）正字。韓作「蝃」，（見上。）與毛同。說文無「蝃」字，楊賜用魯詩，本傳「蝃蝀」之文，疑後人順毛改之。釋名：「虹，攻也，純陽攻陰氣也。又曰蝃蝀其見，每於日在西而見於東，啜飲東方之水氣也。」釋「在東」，與蔡同，兼爲「蝃」字作詁，近於鑿矣。白虎通五行篇：「東方者，陽氣始動，萬物始生。」蝃蝀，陰邪之氣，故章懷釋詩，以爲「邪色乘陽」。釋名云「陽攻陰氣」，失之，蓋是「純陰攻陽氣」，傳寫致誤也。說文：「指，手指也。」廣雅釋詁：「語也。」又釋言：「斥也。」漢書河閒獻王德傳注云：「指，謂義之所趣，若人以手指物然。」此詩「指」有二義：自本義言，則爲手指之指；自喻意言，則爲指斥之指。「莫之敢指」，所謂臣子爲君父隱藏。女子有行，遠父母兄弟。【疏】箋：「行，道也。婦人生而有適人之道，何憂於不嫁而爲淫奔之過乎？惡之甚。」○女子，謂奔者。行，嫁也。奔而曰「有行」者，先奔而後嫁。「遠父母兄弟」，亦奔女意耳，非義之遠，與泉水詞同而指異。列女傳齊宿瘤女篇，言齊王命後車載之，女曰：「賴大王之力，父母在內，使妾不受父母之教而隨大王，是奔女也，大王又安用之？」此奔女所謂不受教而隨君者，與宿瘤女正相反。男女交悅而專刺奔女，卽韓詩爲君父隱之誼也。

朝隮于西，崇朝其雨。女子有行，遠兄弟父母。【注】齊「隮」作「躋」，云：雲上升極，則降而爲雨。

【疏】傳：「隮，升。崇，終也。從旦至食時爲終朝。」箋：「朝有升氣於西方，終其朝則雨，氣應自然，以言婦人生而有適人之道，亦性自然。」○說文無「隮」字。「躋」下云：「升也。」是「躋」卽「隮」。眂祲「掌十煇之法，九曰隮」，先鄭注：「隮，升氣也。」後鄭注：「隮，虹也。詩云：『朝隮于西。』」蓋因詩「朝隮」承上文「蝃蝀」言之，故卽以「隮」爲「虹」，則此箋所云「升氣」，意以升氣卽虹也。釋名又云：「虹見於西方曰升，朝日始升而出見也。」與箋義合。「齊隮作躋，云雲上升極，則降而爲雨」者。李氏易傳二引需卦荀爽注云：「雲上升極，則降而爲雨，故詩云：『朝隮于西，崇朝其雨。』」爽述齊詩，引「隮」作「躋」，且釋爲「雲上升」，是齊與諸家異義。玉曆通政經云：「虹霓旦見於西則爲雨，暮見於東則雨止。」孟子「若大旱之望雲霓也」，趙岐注：「雨則虹見，故大旱而思見之。」與詩「其雨」義合。淮南氾論篇「不崇朝而雨天下」，高注：「崇，終也。」「崇」、「終」同聲通用字。書君奭「其終出于不祥」，釋文：「終，本作崇。」是其證。傳「從旦至食時爲終期」，箋「終其朝則雨」，謂終朝然後雨也，故楚詞哀時命云：「虹蜺分其朝覆兮，夕淫淫而霖雨。」

乃如之人也，【注】魯韓「也」作「兮」。懷昏姻也，大無信也，不知命也！【疏】傳：「乃如是淫奔之人也，不待命也。」箋：「懷，思也。乃如是之人，思昏姻之事乎？言其淫奔之過惡之大。淫奔之女，大無貞絜之信，又不知昏姻當待父母之命。惡之也。」〇上二章刺女，此章刺男，不敢斥言，故云「之人」。日月「乃如之人兮」，刺公及夫人；君子偕老「展如之人兮」，刺夫人，並不敢指斥之詞，知此「之人」謂衛君，不謂女子也。「魯韓也作兮」者，列女傳陳女夏姬篇：「詩云：『乃如之人兮，懷昏姻也，大無信也，不知命也。』言變色殞命也。」韓詩外傳一略云：不肖者精化始具，觸情縱欲，是以年壽極夭而性不長。詩曰：「乃如之人兮，懷昏姻也，大無信也，不知命也。」說苑辨物篇引詩語並同。據此，魯、韓作「兮」。「懷昏姻」者，蘇輿云：「昏姻，兼男女言。箋訓懷爲『思』，於恉似閡。懷蓋壞之借字，懷、壞並從褱聲，故字得相通。左襄十四年傳『王室之不壞』，釋文：『壞，本作懷。』荀子禮論篇『諸侯不敢壞』，史記禮書作『懷』，是其證。說文：『壞，敗也。』懷昏姻，言敗壞昏姻之正道也。月令章句釋虹云：『夫陰陽不和，昏姻失序，即生此氣。』釋名『虹』下亦云：『陰陽不和，昏姻錯亂。淫風流行，男美於女，女美於男，互相奔隨之時則此氣盛。』曰『昏姻錯亂』，曰『昏姻失序』，所謂壞昏姻也，而蝃蝀由此而生，故詩人以之託興，較箋意尤深至。」「大無信」者，白虎通情性篇：「信者，誠也，專一不移也。」禮器疏：「信者，外不欺於物也。」君淫奔女，是無不移不欺之信也。「不知命」者，傳「不待命也」，箋申之云「又不知昏姻當待父母之命」，據列女傳、外傳皆以命爲「壽命」之命，是魯韓義並與傳異。書無逸云「惟耽樂之從，亦罔或克壽」，其斯之謂與？

蝃蝀三章，章四句。

相鼠【注】魯說曰：妻諫夫也。【疏】毛序：「刺無禮也。衛文公能正其羣臣，而刺在位，承先君之化，無禮儀也。」〇「妻諫夫也」者，白虎通諫諍篇：「妻得諫夫者，夫婦一體，榮耻共之。詩曰：『相鼠有體，人而無禮！人而無禮，胡不遄死！』此妻諫夫之詩也。」困學紀聞引與今本同。御覽四百五十七引白虎通，作「夫妻一體，榮辱共之。詩云『相鼠有皮，人而無儀！人而無儀，不死胡爲』」云云，是魯詩以此爲「妻諫夫」，與毛序義異。所稱「夫婦」，當時必實有其人，古義相承如是，特久而名不可攷耳。左襄二十七年傳：「齊慶封來聘。叔孫與慶封食，不敬，爲賦相鼠。」此則但取其義，與此詩大指無涉，後來皆以爲刺無禮之詩，固人人能言之矣。

相鼠有皮，人而無儀！人而無儀，不死何爲！【注】魯「無」一作「亡」，「何」一作「胡」。【疏】傳：「相，視也。無禮儀者雖居尊位，猶爲闇昧之行。」箋：「儀，威儀也。視鼠有皮，雖處高顯之處，偷食苟得，不知廉耻，亦與人無威儀者同。人以有威儀爲貴，今反無之，傷化敗俗，不如其死，無所害也。」○說文：「相，省視也。从木、从目。地可觀者，莫可觀於木。詩曰：『相鼠有皮。』」以「相」爲「省視」，與禮記鄭注同，此舊義。釋詁亦云：「相，視也。」後人以相州之鼠能拱立，謂之「禮鼠」，釋詩「相」爲相州，鑿矣。箋「儀，威儀也」，詩言人之所以異於鼠者，以有威儀，視鼠則僅有皮耳，豈人而竟無儀乎？甚言其不可也。「魯無一作亡，何一作胡」者，漢書五行志劉向引詩曰：「人而亡儀，不死何爲！」「無」、「亡」古通，下二章當同。御覽引白虎通，「何爲」作「胡爲」，（見上。）皆魯異文。居上位之人非禮不能行法，已亂無儀，則不足以有爲，而必至於死，故曰不死更何爲乎？憂深而詞切也。列女傳陶荅子妻篇略云：「荅子治陶三年，名譽不興，家富三倍，妻數諫不聽，抱兒而泣。姑怒，以爲不祥。妻謂：『荅子貪富務大，不顧後害，犬彘不擇食以肥其身，坐而須死耳。君不敬，民不戴，敗亡之徵見矣。』後荅子果誅。」魏風碩鼠毛序云：「刺重斂也。蠶食於民，不修其政，貪而畏人，若大鼠也。」此詩傳云「雖居尊位，猶爲闇昧之行」，箋云「偷食苟得，不知廉耻」，是其人在位苟得，與陶荅子事類，其妻以鼠爲喻，則與魏風義同。以榮辱一體之情，值屢諫不悛之後，語雖激切，意可矜原。後人謂其不當以死斥夫，遂疑白虎通爲臆說，斯爲謬矣。魏源云：「此以必死自誓，非以速死斥夫。」意亦可通，但古訓不如是也。列女傳衛二亂女篇引此章四句，韓詩外傳一兩引末二句，外傳五、說苑雜言篇文子子符言篇一引，並推演之詞。

相鼠有齒，人而無止！人而無止，不死何俟！【注】韓說曰：止，節；無禮節也。魯「何」作「胡」。

【疏】傳：「止，所止息也。俟，待也。」箋：「止，容止。孝經曰：容止可觀。無止，則雖居尊，無禮節也。」○鼠齒，義見行露。「止，節；無禮節也」者，釋文引韓詩文。說文：「止，下基也。象草木出有址，故以止爲足。」引申之，凡有所自處自禁，皆謂之「止」。禮大學「在止於至善」，注：「止，猶自處也。」淮南時則訓「止獄訟」，注：「止，猶禁也。」是其證。故「止」訓「節」，而「無止」爲「無禮節」也。「止」訓「節」，「節」亦訓「止」，易雜卦傳「亦不知節也」虞注、呂覽大樂篇「必節嗜欲」高注，並云：「節，止也。」禮樂記疏：「節奏，謂或作或止，作則奏之，止則節之。」明「止」、「節」義通。惟禮有節，有節然後有止，故禮文王世子「興秩節」注：「節，猶禮也。」喪服四制注：「節者，禮也。」廣雅釋言、小旻箋並云：「止，禮也。」韓訓「無止」爲「無禮節」，兼內外言。箋「止，容止」，義偏而不舉，不如韓訓爲優。「魯何作胡」者。列女傳趙悼倡后篇引詩曰：「人而無禮，不死胡俟！」「禮」是「止」之譌。「何」作「胡」，魯異文。「俟」當爲「竢」，待也。左傳晉伯宗妻謂伯宗必及於難，夫之賢否雖異，妻之憂危則同。

相鼠有體，人而無禮！人而無禮，胡不遄死！【注】三家「胡」作「何」。【疏】傳：「體，支體也。遄，速也。」○廣雅釋詁：「體，身也。」首二章皮、齒指一端，此舉全體言之。威儀以臨民，正節以容民，亦禮之見端，此章復總舉禮以明之，正喻取相當也。釋詁：「遄，速也。」禮禮運云：「夫禮，先王以承天之道，以治人之情，故失之者死，得之者存。詩云：『相鼠有體，人而無禮！人而無禮，胡不遄死！』」鄭注：「相，視也。遄，疾也。言鼠之有身體，如人而無禮者矣。人之無禮，可憎賤如鼠，不如疾死之愈。」蘇輿云：「言鼠尚有身體之質，豈人而無禮敬之誠。禮者，體也，故借以相形，下乃反復申言，諷戒兼至。鄭注『言鼠』二語，似失詩意。詩中凡連言者，約有二例：如此詩及江有汜『不我以』、中谷有蓷『條其歗矣』、葛藟『謂他人父』、丘中『彼留子嗟』、東方之日『在我室兮』、汾沮洳『美無度』，此反復以致其歎望也；鳲鳩『其帶伊絲』、鹿鳴『鼓瑟鼓琴』、既醉『釐爾女士』、泮水『其馬蹻蹻』，此申重以極其贊美也。」愚案：毛傳「體，支體」，鄭以體爲身體，謂全體也，蓋本三家，與毛訓異。記曰「失之者死」，是其引詩意謂無禮之人胡有不遄死者。言其必死，正憂其速死也，詩古義蓋如此。鄭云「不如疾死之愈」，後儒設詞，已非其本恉矣。左定十年傳晉人討衞之叛，故遂殺涉佗。君子曰：「此之謂弃禮，弃禮必不鈞。詩曰：『人而無禮，胡不遄死！』涉佗亦遄矣哉。」即引此詩爲說。「三家胡作何」者，史記商君傳引此章四句，「胡」作「何」，蓋三家異文。韓詩外傳一兩引末二句，外傳三、外傳九、新序刺奢篇、晏子春秋內諫篇一引，並推演之詞。

相鼠三章，章四句。

干旄【注】齊說曰：干旄旌旗，執幟在郊。雖有寶珠，無路致之。【疏】毛序：「美好善也。衞文公臣子多好善，賢者樂告以善道也。」箋：「賢者，時處士也。」○左定九年傳：「竿旄『何以告之』，忠也。」是此詩古義。杜注：「取其中心願告以善道也。」家語好生篇亦云：「竿旄之忠告，至矣哉。」諸說並合。韓詩外傳二載楚莊圍宋事，末引詩云：「『彼姝者子，何以告之？』君子善其以誠相告也。」雖係推演之詞，其言「以誠相告」，與「忠告」義合，知韓說本詩與毛同義。列女傳鄒孟母篇略言孟母斷織，孟子勤學不息，遂成名儒。君子謂：「孟母知爲人母之道矣。詩曰：『彼姝者子，何以告之？』此之謂也。」亦推演之詞，其意取孟母能告子以善道，亦與「賢者樂告善道」合，知魯說亦同。案，序云衞臣好善，賢者樂告，箋云賢者說此卿大夫有忠順之德，似賢者已與衞臣相見而厚愛之。「干旄」至「致之」，易林師之隨文，豫之中孚履之解解之未濟同，此齊說。「寶珠」以喻善道，言可珍貴也。致之，猶詩言「畀之」、「予之」、「告之」也。以「無路」釋「何以」之義，明是良輔求材，賢人抱道，未適邂逅之願，但懷忠告之誠者，與序箋義異。夫好善則人樂告，其理相因，若如序箋所云，既見而猶曰「何以」，則挾持無具，烏得爲賢？知齊說優矣。箋又云：「時有建此旄來至浚邦，卿大夫好善也。」馬瑞辰云：「左傳引逸詩『翹翹車乘，招我以弓』，又曰：『旃以招大夫，弓以招士，皮冠以招虞人。』孟子：『庶人以旃，士以旂，大夫以旌。』是古者聘賢招士，多以弓旌車乘。此詩干旄、干旟、干旌，皆歷舉招賢者之所建。箋謂卿大夫建此旌旄，失之。」愚案：傳言「大夫之旃」，又云「臣有大功，世其官邑」，明謂旌旄是大夫所建，不得以此爲箋失。且序言衞臣好善，卽使招聘出於君意，干旄本以求賢，而將命往招，亦是臣子之職，無妨是大夫建此旌旄、備此車馬也。蓋衞文草刱於喪敗之餘，授方任能，勵精爲國，其臣如寧莊子輩，皆能宣揚德化，留意人才，故巖穴之儒，聞風興起，思以善道告之，中興氣象，固不侔矣。

孑孑干旄，在浚之郊。【注】三家「干」作「竿」。【疏】傳：「孑孑，干旄之貌。注旄於干首，大夫之旃也。浚，衞邑。古者臣有大功，世其官邑。郊外曰野。」箋：「周禮：孤卿建旃，大夫建物。首皆注旄焉。時有建此旄來至浚之郊，卿大夫好善也。」〇釋名：「孑，小稱也。」漢書高惠高后文功臣表顏注：「孑然，獨立貌。」孑孑，猶孑然。旄之爲物至小，而表立干首，望之孑然，故云『孑孑』也。「三家干作竿」者，釋天「注旄首曰旌」，郭注：「載旄於竿頭，如今之幢，亦有旒。」釋天「素錦綢杠」，郭注：「以白地錦韜旗之竿。」是郭以「竿」卽「杠」，「載旄竿頭」，與毛「注旄干首」義同而字異，則知郭用魯詩舊注文矣。又左傳引詩本作「竿旄」，（引見上。）郭說因「竿旌」、「竿旟」推見「竿旄」，知古文有與三家今文合者。陳喬樅云：「毛詩作干，古文之省借，然則『竿』正字，『干』借字也。」釋天邢疏云：「李巡曰：『旄，牛尾著竿首。』孫炎曰：『析五采羽注旄上。』」如是則竿之首有毛、有羽也。旌有羽，則無羽者旄矣。明堂位「夏后氏之綏」，鄭注：「綏當爲緌，謂注牛尾於杠首，所謂大麾。書云：『武王『右秉白旄以麾』。周禮：『建大麾以田也。』」釋名：「緌，注旄竿首，其形燊燊然。」與鄭注合，而「竿」之卽「杠」，又與郭注合。』」廣雅釋天：「天子杠高九仞，諸侯七仞，大夫五仞。」張用魯、韓詩，此干旄爲大夫之干，是五仞。魯、韓說宜然。牛尾謂之氂，注於干者乃謂之旄，後人溷氂、旄爲一，非也。說文「旄」下云：「幢也。从㫃、从毛，毛亦聲。」「氂」下云：「犛牛尾也。」「犛」下云：「西南夷長髦牛也。」釋畜「犣牛」，郭注：「旄牛也，髀膝尾皆有長毛。」徐松云：「今蘭州青海多此牛，大與常牛等，色多青，染其毛爲雨纓。」案，犛、犣雙聲，犣牛卽犛牛。旄人注：「旄，旄牛尾，舞者所持以指麾。」又不獨爲旌飾矣。傳云：『注旄於干首，大夫之旃也。』箋云：「周禮：孤卿建旃，大夫建物。首皆注旄焉。」鄭引司常文也。司常又云：「通帛爲旃，雜帛爲物。」注云：「凡九旗之帛，皆用絳。」則通帛大赤也，雜帛以白爲飾，絳之側也。說文：「旃，旗曲柄也，所以旃表士衆。从㫃，丹聲。或作旜。」「勿，州里所建旗，象其柄，有三游，雜帛，幅半異，所以趣民。」或作「㫚」，隸變作「物」。箋云旃、物皆注旄，以明建旄而來浚郊者，非特建旃之卿，與傳異義，蓋用三家改之。漢書地理志「鄘曰『在浚之郊』」，引此詩文。衞文東徙，渡河建都之地，若如京相璠說，以沮丘當楚丘，證以水經注瓠子水篇所述地理，浚城距楚丘止二十里，國郊之外，冠蓋往來，啟宇求材，諒多賢輔，迺傳云「古者臣有大功，世其官邑」，意以此好善之卿大夫，必衞臣食邑於浚者，殆不然與？

素絲紕之，【注】韓說曰：紕，織組器也。

良馬四之。【疏】傳：「紕，所以組織也。總紕於此，成文於彼，願以素絲紕組之法御四馬也。」箋：「素絲者以爲縷，以縫紕旌旗之旒縿，或以維持之。浚郊之賢者既識卿大夫建旄而來，又識其乘善馬。四之者，見之數也。」○毛取簡兮「執轡如組」義以釋詩「素絲」二句，說近迂曲，故鄭不從之，蓋用三家改傳也。「紕，織組器也」者，玉篇系部引韓詩文。顧震福云：「傳云『所以組織』，亦似以紕爲織組之器，蓋紕本織組之器名，其後織組亦謂之紕耳。」蘇輿云：「方言：『紕、繹、督，理也，秦晉之間曰紕，凡物曰督，絲曰繹之。』據此詩，知衞亦有『紕』稱。說文：『繹，抽絲也。』組，織器，正所以理絲，紕與繹同，故韓訓云然。」愚案：韓以紕爲織組器，今究無可攷實。說文：「紕，氐人𦃇也。」「𦃇，西胡毳布也。」「𦃇」同「罽」，織毛爲之，此「紕」之本義，詩「紕之」亦謂以絲縫織，引申義也。爾雅釋言：「紕，飾也。」郭注：「謂緣飾，見詩。」即謂此篇。廣雅釋詁：「紕，緣也。」集韻：「紕，或作⿰糸坒。」廣雅釋言：「⿰糸坒，並也。」玉篇引埤蒼曰：「⿰糸坒，縷并也。」蓋比并素絲之縷以爲緣飾，故其字聲義从「比」。釋天「纁帛縿，練旒九，飾以組，維以縷」，郭注：「纁帛，絳也。縿，衆旒所著。練，絳練也。用綦組飾旒之邊，用朱縷連維持之，不欲令曳地。周禮曰『六人維王之太常』是也。」郭謂縿、旒皆赤，與鄭異義。案，說文：「縿，旌旗之游也。」「游，旌旗之旒也。」孔疏引孫炎曰「爲旒於縿」，是旒乃縿末之下垂者，統言一物，析言二事。「纁帛縿」，明堂位注引作「纁白縿」，言以絳色及白繒爲縿，是縿亦用素也。說文：「練，湅繒也。」染人注：「暴練，練其素而暴之。」淮南說林訓：「墨子見練絲而泣之，爲其可以黃、可以黑。」練皆純素，無用絳者，是旒用素也。爾雅釋文：「郭注：『綦，本作纂。』」說文：「纂，似組而赤。」「綦，帛蒼艾色。」據此詩及箋，郭但言綦纂組及朱縷亦非也。蓋雅訓所釋旌旂，或謂殷制，亦兼諸侯以下所用言之，其等遞殺，不得概以時王尚赤之禮。此詩大夫所建既用雜帛之物，非通帛之旃，故得以素爲飾。毛云「干旄大夫之旃」，則通帛因章，無以通「素絲紕組」之說，遂曲附篇兮「執轡」之義，故鄭易之也。鄭謂「以縫紕旒縿，或以維持之」者，用釋天「飾以組，維以縷」文。下章「組之」是飾以組，則此「紕之」是維以縷也。「縫紕之」者，孔疏謂「以縷縫之使相連」。「或以維持之」者，疏謂：「『太常』注云：『維之以縷，王旌十二旒，兩兩以縷綴連之，傍三人持之。』諸侯以下旒數少而且短，維之與否未可知也。經直言『紕之』，不言其所用，故言『或』爲疑詞。」是也。說文：「縷，綫也。」以縷綫相綴連，亦「維持」之義。飾組爲飾，維縷亦是飾，故釋言訓紕爲「飾」，廣雅訓紕爲「緣」，緣、飾不分，二義皆比并絲縷意也。周官公羊左傳正義引禮含文嘉云：「天子之旗九仞，十二旒，曳地；諸侯七仞，九旒，齊軫；大夫五仞，七旒，齊較；士三仞，五旒，齊首。」廣雅釋天：「天子十二斿，至地；諸侯九斿，至軫；卿大夫七斿，至軹；士三斿，至肩。」與禮緯異。王念孫謂自諸侯以下降殺以兩，「三斿」是「五斿」之誤。愚案：周禮王建太常，十有二斿；上公建旗，九斿；侯伯七斿；子男五斿。孤卿建旜，大夫士建物，其斿各視其命之數。是卿、大夫、士斿無定數，當以周禮爲定據。說文「物」是「三斿」而大夫士建之，亦足以知旜、物之異在帛之通雜，不係斿之多少矣。參證各說，旗三斿爲至少，故州里皆建之，服官者視命數遞加，士始於三而限於五，卿大夫始於五而限於九，與諸侯之限於九斿者同。禮緯廣雅說士斿，各舉一端，非有誤文。或疑物三斿則旜五斿，非也。其軝、較、肩、首之說不同，辨見王念孫廣雅疏證。四馬，大夫以備贈遺者，下文或五或六，隨所見言之，不專是自乘。左昭十六年傳鄭六卿餞韓宣子於郊，宣子皆獻馬焉，是以馬贈遺，古有是禮也。彼姝者子，何以畀之？【疏】傳：「姝，順貌。畀，予也。」箋：「時賢者既說此卿大夫有忠順之德，又欲以善道與之，心誠愛厚之至。」○彼，彼大夫。說文：「姝，好也。」好與美同義。「彼姝者子」，猶簡兮「彼美人兮」。說文：「畀，相付與之約在閣上也。」引申之爲凡。

孑孑干旟，在浚之都。【疏】傳：「鳥隼曰旟。下邑曰都。」箋：「周禮：州里建旟。謂州長之屬。」○干旟，三家亦當作「竿旟」。釋天：「錯革鳥曰旟。」郭注：「此謂合剥鳥皮毛，置之竿頭，即禮記所載鴻及鳴鳶。」其曰「置之竿頭」，即竿旟之竿也。六月孔疏引孫炎曰：「錯，置也。革，疾也。畫疾急之鳥於縿也。」公羊宣十二年疏：「李巡曰：『以革爲之，置於旐端。』」三說不同，郭注非也。隋書禮儀志引爾雅舊說曰：「刻爲革鳥，置竿首也。」與李說同。鄭志答張逸云：「畫急疾之鳥隼。」與孫說同，是自來雅訓有此二義，故說文云「旟，錯革畫鳥其上。」亦二說並采。案，司常「鳥隼爲旟」，六月「織文鳥章」，孫鄭義優矣。箋云：「州里建旟，謂州長之屬。」案，司常云：「師都建旗，州里建旟，縣鄙建旐。」注云：「師都，六鄉六遂大夫也。謂之師都，都民所聚也。（「師」誤，當作「帥」。）州里縣鄙鄉遂之官，互約言之。」賈疏：「主鄉遂民衆所聚，故謂之師都。六鄉大夫皆卿，六遂大夫皆大夫也。卿合建旃，大夫合建物。以領衆在軍爲將，故同建旗。遂之里是下士，得與鄉之州中大夫同建旟，則知鄉之閭亦得與遂之縣同建旐；遂之鄙得與縣同建旐，鄉之黨亦得與州同建旟可知，是『互』也。言『約』者，鄉之族上從黨同建旟，比上從閭同建旐，遂之酇上從鄙同建旐，鄰上從里同建旟，是『約』也。」愚案：鄉之下州黨族閭比，遂之下縣鄙酇里鄰，據孔疏，州里外黨酇鄰建旟，縣鄙外族閭比建旐，與賈微異。諸侯降於天子，鄉遂亦大夫，州長、黨正、縣正、鄙師皆士，族師、閭師、比長、酇長、里宰、鄰長非士。析言之，則州是鄉官，里縣鄙是遂官；總言之，則鄉遂大夫下州長爲先，故禮注云「鄉遂之官」，此云「州長之屬」，皆舉大以晐小也。司常又云：「凡祭祀，各建其旗。會同賓客，亦如之。」賈疏：「散文通。孤鄉則旜，大夫則物，故言各建其旗。」以此推之，則州里建旟，亦不獨出軍大閱爲然，疏以爲平常建旃，出軍則建旟，非也。旟之用，下達於鄰長而上極於天子，輈人「鳥旟七斿」，與「熊旗六斿」、「龜蛇四斿」，賈疏皆以爲「天子所建」，蓋鳥旟之斿以七爲數，雖天子所用亦然，禮言七斿所以象鶉火，非鳥旟皆七斿也，故鄭注云：「鳥隼爲旟，州里之所建。熊虎爲旗，師都之所建。龜蛇爲旐，縣鄙之所建。」賈釋云：「州長中大夫四命，里宰下士一命，皆不得建七斿之旟。言州里建旟者，亦取彼成文以釋旟，非謂州里得建七斿也。」又云：「師都鄉遂大夫，鄉大夫六命，得建六斿；遂大夫是中大夫四命，不得建。縣正下大夫四命，得建四斿；鄙師上士三命，不得建。」足證旗旟旐之等差，惟視命爲斿數。大司馬言「百官載旟」，統卿大夫言之，據禮緯廣雅「卿大夫旗七斿」，明七斿之旟，卿大夫七命者亦得用之，或以爲合侯伯七斿之制，非也。廣雅釋詁：「都，聚也。」故聚居之處曰都。「彼都人士」，箋：「城郭之邑曰都。」不必如左傳

「邑有先君之主」、周禮「距國五百里」之義矣。**素絲組之，良馬五之。**【疏】傳：「總以素絲而成組也。驂馬五轡。」箋：「以素絲縷縫組於旌旗，以爲之飾。五之者，亦爲五見之也。」○組之，釋天所謂「飾以組」，箋云「以素絲縷縫組於旌旗，以爲之飾」是也。說文：「組，綬屬。」「綬，韍維也。」所以承受印韍者，此組之本義。後漢班固傳「綺組繽紛」，蓋織文如組，因以稱之，文選長門賦所謂「垂楚組之連綱」也。郭注「用組飾旒之邊」，而鄭云「縫組於旌旗」者，尋釋天此節文義，上言緣旒，下言維縿，明組以飾旒，非縫於旗上，箋渾言之耳。「五之」，傳：「驂馬五轡。」孔廣森云：「四之、五之、六之，不當以轡爲解，乃謂聘賢者用馬爲禮，轉益其庶且多也。左傳王賜虢公晉侯馬五匹、楚棄疾遺鄭子皮馬六匹，皆不必成乘，故或五或六也。」**彼姝者子，何以予之？**【注】魯「予」亦作「與」。魯說曰：「譬猶練絲，染之藍則青，染之丹則赤。」

【疏】「魯予作與」者，論衡率性篇引召公戒成王曰：「『今王初服厥命，於戲！若生子罔不在厥初生。』生子謂十五子，初生意於善，終以善；意於惡，終以惡。詩曰：『彼姝者子，何以與之？』傳言：譬猶練絲，染之藍則青，染之丹則赤。十五之子其猶絲也，其有所漸化爲善惡，猶藍丹之染練絲，使之爲青赤也。」本性篇說同，惟「彼姝者子」作「彼姝之子」。王充用魯詩，所引詩傳，蓋魯詩傳，兩引「予」作「與」，是魯異文，它處魯說皆作「彼姝者子」，明此引作「之」誤。傳意謂彼姝者子如未染之練絲，視所予之善道爲變化。說文：「藍，染青草也。」荀子勸學篇：「青，出之於藍，而青於藍。」說文又云：「丹，巴越之赤石也。」「雘，善丹也。」「彤，丹飾也。」書梓材：「惟其塗丹雘。」左哀元年傳「器不彤鏤」，皆謂赤色。譙子：「素之白也，染之以朱則赤，染之以藍則青。」與傳義合。列女傳鄒孟母篇略言：孟子遷居，及孟子長，學六藝，卒成大儒。「君子謂孟母善以漸化，詩曰：『彼姝者子，何以予之？』此之謂也。」亦因以善道予人之義而推衍之。

孑孑干旌，在浚之城。【疏】傳：「析羽爲旌。城，都城也。」○干旌，三家作「竿旌」，說具「干旄」章。司常「全羽爲旞，析羽爲旌，注：「全羽、析羽，皆五采，繫之於旞旌之上。」詩言「干旌」，孫炎所謂「析五采羽注旄上」也。（引見上。）左襄十四年疏言「全羽」、「析羽」者，蓋有全取其翅，或析取其翮，故有全、析二名也。周書王會篇「青陰羽鳧旌」，注：「鵜鳧羽爲旌旄也。」司常賈疏：「周禮鍾氏：『染鳥羽。』是周制染鳥羽爲五色。」說文「旌」下云：「游車載旌，析羽注旄首，所以精進士卒。」孔疏：「既設旄緌，有旃旗之稱。未設旄緌，空有析羽，謂之旌。卿建旌者，設旄緌而載之；遊車則空載析羽，無旄緌也。」今案，杠上有旄羽，下無旄緌，不成旗物之制，孔疏似誤。「遊車」者，賈疏所謂「小小田獵及巡行縣鄙則建旌爲異耳」，且有旌先有旄，亦非僅載析羽也。釋天「注旄首曰旌」，孫謂「析羽注旄上」，無析羽者但謂之干旄，故詩先旄後旌，次第言之，言旌則先有旄，故雅訓直云「注旄首曰旌」，不云「析羽注旄首」者，以言「注」便知是鳥羽，不別白也。旌是注羽於旄首，非注旄於干首，鄭注司常、郭注釋天皆爲失詞。御覽州郡部引郡國志云：「汴有浚城。詩曰『在浚之城』矣。」

素絲祝之，良馬六之。彼姝者子，何以告之？【疏】傳：「祝，織也。四馬六轡。」箋：「祝當作屬。屬，著也。六之者，亦謂六見之也。」〇「祝之」無義，故毛取雙聲字、鄭取疊均字釋之。巾車注「正幅爲緌，旄則屬焉」，與此「屬」義同。釋天郭注：「緌，衆旒所著。」邵晉涵云：「言相繫屬也。」即引此箋爲說。徐幹中論虛道篇：「君子常虛其心志，恭其容貌，不以逸羣之才加乎衆人之上，視彼猶賢，自視猶不足也，故人願告之而不倦。詩曰：『彼姝者子，何以告之？』」幹用魯詩，其說亦與本義相發。

干旄三章，章六句。

載馳【注】魯說曰：許穆夫人者，衞懿公之女、許穆公之夫人也。初，許求之，齊亦求之，懿公將與許，女因其傅母而言曰：「古者諸侯之有女子也，所以苞苴玩弄，繫援於大國也。今者許小而遠，齊大而近，若今之世，强者爲雄，如使邊境有寇戎之事，惟是四方之故，赴告大國，妾在不猶愈乎？今舍近而就遠，離大而附小，一旦有車馳之難，孰可與慮社稷？」衛侯不聽，而嫁之於許。其後翟人攻衛，大破之，而許不能救，衛侯遂奔走涉河，而南至楚丘。齊桓往而存之，遂城楚丘以居，衛侯於是悔不用其言。當敗之時，許夫人馳驅而弔唁衛侯，因疾之而作詩云：「載馳載驅，歸唁衛侯。驅馬悠悠，言至于漕。大夫跋涉，我心則憂。既不我嘉，不能旋反。視爾不臧，我思不遠。」君子善其慈惠而遠識也。韓說曰：「高子問於孟子曰：「夫嫁娶者，非己所自親也，衛女何以得編於詩也？」孟子曰：「有衛女之志則可，無衛女之志則怠。（疑「殆」誤。）若伊尹於太甲，有伊尹之志則可，無伊尹之志則篡。夫道二，常謂之經，變謂之權，懷其常道而挾其變權，乃得爲賢。夫衛女行中孝，慮中聖，權如之何？」詩曰：「既不我嘉，不能旋反。視我不臧，我思不遠。」齊說曰：「懿公淺愚，不受深諫。無援失國，爲狄所滅。【疏】毛序：「許穆夫人作也。閔其宗國顛覆，自傷不能救也。衛懿公爲狄人所滅，國人分散，露於漕邑。許穆夫人閔衛之亡，傷許之小力不能救，思歸唁其兄，又義不得，故賦是詩也。」箋：「滅者，懿公死也，君死於位曰滅。露於漕邑者，謂戴公也。懿公死，國人分散，宋桓公迎衛之遺民，渡河處之於漕邑而立戴公焉。戴公與許穆夫人，俱公子頑烝於宣姜所生也。男子先生曰兄。」○「許穆」至「識也」，列女傳仁智篇文。「衛侯不聽」，謂懿公。「衛侯奔走」及「弔唁衛侯」，則戴文之世也。左閔二年傳：「衛立戴公，以廬于曹。許穆夫人賦載馳。齊侯使公子無虧帥車三百乘，甲士三千人以戍曹。」與列女傳合。惟此以許夫人爲懿公女爲異耳。「高子」至「不遠」，韓詩外傳二文。所云「嫁娶自親」，即謂因傅母請嫁齊事。「懷道挾權」，謂馳驅歸唁事。是魯韓說同。「懿公」至「所滅」，易林比之家人文，睽之師革之益同。又噬嗑之訟：「大蛇巨魚，戰於國郊。上下隔塞，衛侯廬漕。」歸妹之坎作「君臣隔塞，戴公出廬。」所云「愚不受諫，無援失國」，即謂懿公不聽女嫁齊事，是齊說亦同。詩正義引樂稽耀嘉曰：「狄人與衛戰，桓公不救，於其敗也，然後救之。」宋均注：「救，謂使公子無虧成之。」緯書蓋用齊說，亦與左傳合。蓋齊桓不救者，懷失婦之私嫌；敗然後救者，存霸主之公義。向使女果適齊侯，衛可不至破滅，則許夫人之事關繫至重，而經傳不載，幸軼說猶見於三家耳。

載馳載驅，歸唁衛侯。驅馬悠悠，言至于漕。【注】韓說曰：弔生曰唁，弔失國亦曰唁也。【疏】傳：「載，辭也。弔失國曰唁。悠悠，遠貌。漕，衛東邑。」箋：「載之言則也。衛侯，戴公也。夫人願御者驅馬悠悠乎，我欲至于漕。」〇說文：「馳，大驅也。」「驅，馬馳也。」桂馥謂「馬馳」當爲「馳馬」，是也。「弔生」至「唁也」，衆經音義十三引韓詩文。「弔生曰唁」者，何人斯云：「不入唁我。」左傳：「齊人獲臧堅，齊侯使夙沙衛唁之。」孔疏引服虔云：「弔生曰唁。」是也。「弔失國亦曰唁」者，春秋昭二十五年「齊侯唁公于野井」，穀梁傳曰：「弔失國曰唁。」及此詩「歸唁衛侯」是也。泉水箋：「國君夫人父母在則歸寧，沒則使大夫寧於兄弟。」又禮雜記云：「婦人非三年之喪不踰封，如三年之喪，則君夫人歸。」繁露玉英篇：「婦人無出竟之事，經禮也；奔喪父母，變禮也。」是國君夫人父母既沒，惟奔喪得歸，後遂不復歸也。懿公死於兵亂，觀呂覽弘演納肝事，知戴公倉卒廬漕，亦未能成葬禮，夫人之歸，不能以奔喪爲詞，則疑於歸寧兄弟，此許人所爲執禮相責也，故夫人作詩曰，我之馳驅而歸，乃弔衛侯之失國，非寧兄弟比，宗國破滅，此不恒有之變，既不能救，義當往唁。當時未有此禮而夫人毅然行之，雖不合於常經，亦天理人情之正，故孟子以爲權而賢者。悠悠，道長。漕，義具擊鼓。

大夫跋涉，我心則憂。【注】韓說曰：不由蹊遂而涉曰跋涉。齊「跋」作「軷」。齊說曰：軷，道祭也。【疏】傳：「草行曰跋，水行曰涉。」箋：「跋涉者，衛大夫來告難於許時。」〇首章承衛侯言，此「大夫」是衛大夫。末章承許人尤之言，而云「無我有尤」，則「大夫」是許大夫，文義顯然，不得以先後異解爲疑。傳：「草行曰跋，水行曰涉。」「不由蹊遂而涉曰跋涉」者，釋文引韓詩文。莊子馬蹄篇「出無蹊隧」，釋文引李注：「蹊，徑也。」遂與隧同。荀子大略篇「溺者不問遂」，楊注：「遂，謂徑隧，水中可涉之徑也。」是「蹊遂」猶「徑隧」，「不由蹊遂而涉」，謂事急時不問水之淺深，直前濟渡，視水行如陸行。「跋涉」二字連貫讀之，用之此詩，韓義優矣。淮南修務訓「跋涉山川」，高注：「不從蹊遂曰跋涉。」又云：「申包胥跋涉谷行。」「跋涉」與「谷行」對文，尤與韓義合。高注亦云「不蹊遂曰跋涉」，高用魯詩，知魯說此詩「跋涉」與韓同也。「齊跋作軷，云軷道祭也」者。聘禮鄭注：「詩傳曰：『軷，道祭也，謂祭山川之神。』春秋傳曰：『軷涉山川。』然則軷，山行之名也。道路以險阻爲難，是以委土爲山，伏牲其上，使者爲軷祭酒脯祈告也。卿大夫處者於是餞之，飲酒於其側，禮畢，乘車轢之而行，遂舍於近郊矣，其牲犬羊可也。」案，鄭所引詩傳是齊詩內傳，知爲此詩「軷涉」文義別一說。衛許昏姻，當狄亂時，必有使臣來告，「我心則憂」者，聞其軷涉而來，卽知必有國難不待問也。蓋衛宣惠懿以來，亂機已兆，故左傳言文公爲衛之多患先適齊，而夫人亦豫憂寇戎，欲以身繫援大國，志不獲濟，聞跋涉而卽憂。慈惠遠識，非人可及。韓詩外傳一載魯監門女嬰事，末引此二句推演之。

既不我嘉，不能旋反。視爾不臧，我思不遠。既不我嘉，不能旋濟。視爾不臧，我思不閟。【注】韓「爾」作「我」。【疏】傳：「不能旋反我思也，不能遠衛也。濟，止也。閟，閉也。」箋：「既盡嘉善也，言許人盡不善我欲歸唁兄。爾，女，女許人也。臧，善也。視女不施善道救衛。」○釋詁：「嘉，美也。」爾，爾衛國。臧，善也。夫人既言跋涉心憂，追念前請於衛君事，云我所以請嫁於齊者，爲欲繫援大國，我之謀至嘉美也，既不我嘉，衛果遁逃而不能旋反其舊都，當日已視爾衛國不臧善也，我之思慮豈不深遠乎？列女傳引上章及此四句，以證夫人之遠識，思遠卽識遠也。濟，渡也。閟與祕同，密也。文選魯靈光殿賦張注，引「閟宮」作「祕宮」，並引字書云：「祕，密也。」是其證。夫人又言，既不我嘉，果奔走渡河而不能旋濟，當日視爾不臧，我之思慮豈不周密乎？「韓爾作我」者，外傳引前「視爾不臧」，「爾」作

「我」,(見上。)次「視爾」亦當作「視我」。「視我不臧」,即「不我嘉」意,詩言雖視我不臧,我之思慮豈不遠且悶乎?語意正同。

陟彼阿丘,言采其蝱。【注】魯「蝱」作「莔」。【疏】傳:「偏高曰阿丘。蝱,貝母也。升至偏高之丘,采其蝱者,將以療疾。」箋:「升丘采貝母,猶婦人之適異國,欲得力助安宗國也。」○釋丘:「偏高阿丘。」郭注:「詩云:『陟彼阿丘。』」孔疏引李巡曰:「謂丘邊高。」蓋舊注魯詩義。釋名:「偏高曰阿丘。阿,何也,如人擔何物,一邊偏高也。」「魯蝱作莔」者。淮南氾論訓高注:「蝱,讀如詩云『言采其莔』之莔也。」高述魯詩,據此,知魯作「莔」。說文「蝱」下云:「齧人飛蟲。从䖵,亡聲。」「莔」下云:「貝母也。从艸,明省聲。」徐鍇繫傳云:「本草:貝母一名莔,根形如聚貝子,安五藏,治目眩、項直不得返顧。故許穆公夫人思歸衛不得而作詩曰『言采其莔』也。」「蝱」作「莔」,與高引同,明魯正字,毛借字。釋草:「莔,貝母。」與魯詩合,郭注:「根如小貝,員而白,華葉似韭。」孔疏引陸璣云:「蝱,今藥草貝母也,其葉如栝樓而細小,其子在根下如芋子,正白,四方連累有分解。是也。」廣雅謂之「貝父」。爾雅釋文引本草云:「貝母一名空草,一名藥室,一名苦華,一名苦菜,一名莔草,(「莔」或作「商」,誤。)一名勤母。」蘇頌圖經:「二月生苗,莖細,青色,葉亦青,似蕎麥,葉隨苗出,七月開花,碧綠色,八月采根。此有數種,郭言『白華葉似韭』,此種罕復見之。」案,郭謂根「員而白」,蘇似誤會。易林解之大畜:「採蝱山頭,終安不傾。」「蝱」省作「虻」,與淮南子同。御覽九百九十二引毛詩作「虻」,是毛異文有作「虻」者,明齊毛同字。偏丘似傾而終安不傾,猶衛國似滅而終安不滅,此易林取詩義意也。箋云「升丘采貝母,猶婦人之適異國,欲得力助安宗國也」,鄭意采蝱所以療疾,喻求人力以助安衛亂,與易林「終安不傾」義近,箋或用齊說與?

女子善懷,亦各有行。許人尤之,衆稺且狂。【注】韓說曰:尤,非也。【疏】傳:「行,道也。尤,過也。是乃衆幼稺且狂進,取一槩之義。」箋:「善,猶多也。懷,思也。女子之多思者有道,猶升丘采其蝱也。許人,許大夫也。『過之』者,過夫人之欲歸唁其兄。」○女子多思念其父母之國,如泉水竹竿皆然。夫人自明我之思歸,與它女子異,亦各有道耳,而許人例以恒情,責以常禮,是穉且狂矣。漢書地理志潁川郡許縣下云:「故國,姜姓,四岳後,太(當作「文」,春秋傳孔疏杜譜並云「文叔」。)叔所封,二十四世爲楚所滅。」案,說文「鄦」下云:「炎帝太岳之胤,甫侯所封,在潁川。从邑,無聲。俗作許。」說文自敘云:「呂叔作藩,俾侯于許。」甫侯呂姓,故呂刑一云甫刑,然則「文叔」卽呂叔之字矣。一統志:「故城今許州西南。」「尤,非也」者,文選盧諶贈劉琨詩注引薛君韓詩章句文。陳喬樅云:「陸士衡文賦『練世情之常尤』,注亦云:『尤,非也。』論語憲問篇『不尤人』,鄭注:『尤,非也。』皆用韓訓。」愚案:釋文:「尤,亦本作訧。」尤卽訧之省借。許人,是衆詞,故復以「衆」言之。「衆穉且狂」者,說文:「穉,幼禾也。」引申爲凡幼小義。「狂,狾犬也。」引申爲愚妄義。不能見事理之大,是穉也。韓非子解老篇:「心不能審得失之也,則謂之狂。」

我行其野,芃芃其麥。【疏】傳:「願行衛之野,麥芃芃然方盛長。」箋:「麥芃芃者,言未收刈,民將困也。」○「其野」者,衛之野也。說文:「芃,草盛也。」重言之曰「芃芃」。言我行衛野,則已芃芃其麥矣,意謂喪亂已久,援救無人也。胡承珙云:「狄滅衛在閔二年冬,非麥蝱之候,不宜取非時之物而漫爲託興。衛侯,似指文公爲近。」愚案:胡說是也。春秋閔二年冬十二月,狄入衛。左傳「立戴公以廬于曹」,杜注:「其年卒,而立文公。」是戴公立後旋卒,爲日甚淺,縱許夫人聞變卽行,已不及閔二年戴公在位之日。箋以詩衛侯爲戴公,蓋偶有不照,且丘蝱、野麥,皆春深時物也,夫人行野賦詩,其夏正之二三月,而魯僖元年四五月聞事,與左傳言齊侯使無虧戍曹,亦必在僖元年。其與許穆夫人賦載馳同載於閔二年者,以終經「狄入衛」後事也。當夫人歸唁時,齊國尚未遣戍,傳敘「戍曹」於「賦詩」後,是其明證,故下言「控于大邦」

云云，若齊已遣戍，夫人不爲是言矣。**控于大邦，誰因誰極？**【注】韓說曰：控于大邦，控，赴也。【疏】傳：「控，引。極，至也。」箋：「今衛侯之欲求援引之力助，於大國之諸侯亦誰因乎？由誰至乎？閔之，故欲歸問之。」○說文：「控，引也。詩曰：『控于大邦。』」傳訓與說文合。「控，赴也」者，衆經音義九引韓詩文。陳奐云：「爾雅：『引，陳也。』陳告與赴告同義。」胡承珙云：「赴，謂赴告。左襄八年傳『無所控告』是也。莊子消摇游篇『時則不至而控於地』，釋文引司馬注：『控，投也。』控告猶言投告也。投與赴義近，韓訓赴，較引義勝。」愚案：既夕禮鄭注：「赴，走告也。」與韓訓「控」爲「赴」義最合。列女傳載夫人言：「邊境有寇戎之事，赴告大國。」正與此「控于大邦」同意。因釋如孟子「時子因陳子以告孟子」之「因」。釋詁：「極，至也。」求救它國，必有所因，以致其情，夫人始云妾在猶愈，即此意也。今於諸大國無所繫援，果誰因乎？又誰至乎？閔宗國之無援，亦追咎己言之不用也。王先博云：「皇矣毛傳：『因，親也。』廣雅釋詁同，詩言赴告大邦，誰親而誰至乎？」於義亦通。

大夫君子，無我有尤！百爾所思，不如我所之！【疏】傳：「不如我所思之篤厚也。」箋：「『君子，國中賢者。』無我有尤，無過我也。爾，女，女衆大夫君子也。」○「大夫君子」，承上「許人」言。箋云「君子，國中賢者」，是君子乃許國不在位之人。「尤」，亦承上「尤之」言。爾，爾大夫及君子。之，往也。言爾無以禮非責我，今日之事，義在必歸，雖百爾之所思，不如我所往之爲是也。故服虔注左傳云：「言我遂往，無我有尤也。」是夫人竟往衛矣。」或疑夫人以義不果往而作詩，今案「驅馬悠悠」、「我行其野」，非設想之詞，服說是也。如夫人未往，涉念即止，烏有舉國非尤之事。若既已前往，則必告之許君而決計成行，亦無忽畏謗議，中道輒反之理。惟其違禮而歸，許人皆不謂然，故夫人作詩自明其行權而合道，且其憂傷宗國，感念前言，信外傳所謂「行中孝、慮中聖」者矣。列女傳二陶荅子妻篇、三魯公乘姒篇、韓詩外傳二載楚樊姬事，並引末二句推演之。

載馳五章，一章六句，一章八句，一章六句，二章章四句。【疏】古分章與今毛詩本有異。毛載馳五章，一章六句，二章章四句，一章六句，一章八句。案，左襄十九年傳：「穆叔見叔向，賦載馳之四章。」杜注：「四章曰：『控于大邦，誰因誰極？』控，引也，取其欲引大國以自救助。」若如毛詩分章，則「控于大邦」爲五章；據傳注則「我行其野」爲四章，「大夫君子」爲五章，蓋三家本如此。文十三年傳「子家賦載馳之四章」，杜注：「四章以下，義取小國有急，欲引大國以救助。」杜蓋見毛詩分章「控于大邦」在卒章，故渾言「四章以下」，此兩本分章不同之明證。孔疏引服虔注，蓋語有譌誤，其説云：「載馳五章，屬鄘風，許夫人閔衛滅，戴公失國，欲馳驅而唁之，故作。以自痛國小，力不能救。」服用毛詩，此謂首章也。又云：「在禮，婦人父母既没，不得寧兄弟，於是許人不嘉，故賦二章以喻思不遠也。」此似併「我思不閟」爲二章，省約言之。又云：「許人尤之，遂賦三章，以卒章非許人不聽，遂賦四章。言我遂往，無我有尤也。」疏謂服「置首章於外，以下別數爲四章」，理固未安。陳奐謂：「『我遂往』，即是『我行其野』之義爲四章。非許人不聽，即是『不如我思』之義爲五章。」服意實不如此，它無可證，不敢妄説，惟據服言，載馳五章與今本合，是此詩實有五章，據穆叔、子家賦詩取義及襄十九年傳注，是「控于大邦」確爲四章，「大夫君子」當分爲五章，三家詩應依古本爲正。或謂此詩本四章，「我行其野」以下通爲一章，則左傳引詩當稱「卒章」，不稱「四章」矣，此於經例不合，不可從。

邶鄘衛國中十篇，三十章，百七十六句。

詩三家義集疏卷三下

淇奧【疏】毛序：「美武公之德也。有文章，又能聽其規諫，以禮自防，故能入相于周，美而作是詩也。」○左昭二年傳「北宮文子賦淇奧」，杜注：「淇澳，詩衞風，美武公也。」據詩「終不可諼兮」及「猗重較兮」，是公入爲卿士時國人思慕而作。徐幹中論修本篇：「衞武公年過九十，猶夙夜不怠，思聞訓道。衞人誦其德，爲賦淇澳。」徐用魯詩，明魯與毛同。齊齊無異義。

瞻彼淇奧，【注】齊「奧」亦作「澳」，又作「隩」。魯作「隩」。綠竹猗猗。【注】魯「綠」作「菉」。韓「竹」作「藩」。【疏】傳：「奧，隈也。綠，王芻也。竹，萹竹也。猗猗，美盛貌。武公質美德盛，有康叔之餘烈。」○釋文引草木疏云：「奧，亦水名。」「齊奧亦作澳，又作隩」者，漢書地理志：「衞詩曰：『瞻彼淇奧。』」班述齊詩，明齊作「奧」，與毛同。禮大學引此章，「奧」作「澳」，鄭注：「澳，隈崖也。」釋文：「澳，又作隩。」是澳、隩皆齊異文。文選魏都賦劉注引詩作「澳」，用齊文也。「魯作隩」者，釋丘：「隩，隈也。」孔疏引孫炎曰：「隈，水曲中也。」又云：「厓內爲隩。」李巡曰：「厓內近水爲隩。」蓋皆魯義。中論引「淇澳」，亦魯文也。「奧」借字，「隩」、「澳」正字。說文「隩」下云：「隈崖也。」「隈」下云：「水曲隩也。」「澳」下云：「隈厓也，其內曰澳，其外曰隈。」與雅訓合。然則隩、澳皆謂崖岸深曲之處耳。水經注淇水篇：「肥泉，博物志謂之澳水，詩云：『瞻彼淇澳，菉竹猗猗。』毛云『菉，王芻也。竹，編竹也。』漢武帝塞決河，斬淇園之竹木以爲用。寇恂爲河內，伐竹淇川，治矢百餘萬以輸軍資。今通望淇川，無復此物，惟王芻、編草，不異毛興。又言『澳，隈也』，鄭亦不以爲津源，而張司空專以爲水流入於淇，非所究也。」案，後漢郡國志劉昭注亦引博物志，作「奥水」，與陸疏「奥水」名合，蓋魏晉以來別解。馬瑞辰云：「『水之内爲奥』，與『水相入爲汭』同義。古人或名泉水入淇處爲淇奥，因有奥水之稱，猶夏汭涇汭亦稱汭水也。」其說允已。绿，當爲菉。「魯作菉」者，釋草：「菉，王芻。」郭注：「菉，蓐也，今呼鴟腳莎。」孔疏引舍人曰：「菉，一爲王芻。某氏曰：菉，鹿蓐也。」爾雅魯詩之學，明魯正字，毛借字。說文「菉」下云：「王芻也。从艸，彔聲。詩曰：『菉竹猗猗。』」又云：「藎，草也。」許引作「菉」，亦魯詩文。據本草，藎草卽王芻，葉似竹而細薄，莖亦圓小，郝懿行以爲今之淡竹、葉竹者。釋草又云：「竹，萹蓄。」釋文：「竹，本或作茿。」郭注：「似小藜，赤莖節，好生道旁，可食，又殺蟲。」邢疏引李巡曰：「一物二名也。」孫炎曰：「某氏引詩衞風云：『绿竹猗猗。』」此亦魯說。「绿」當爲「菉」，後人順毛改之。邢又云：「陶隱居本草注云：『處處有，布地而生，節間白葉，華細绿，人謂之萹竹，煮汁與小兒飲，療疣蟲。』是也。」案，邢說與毛傳合。水經注引毛作「編竹」，（見上。）蓋所據本異。「韓竹作薄」者，釋文：「韓詩竹作薄，音徒沃反，云：薄，萹茿也。石經同。」案，臧琳謂石經爲魯詩。陳喬樅云：「洪适隸釋載石經魯詩殘碑文，言其間有齊、韓字，蓋取三家異同之說，猶公羊傳所云顏氏，論語碑所云盍毛包周之比也。陸云『石經同』者，謂石經所載韓異文『薄』字，與世所行韓詩字同，非謂魯詩同韓作『薄』也。臧說失之。」李匡乂資暇録云：「薄音篤，萹竹。攷說文：『薄，水萹茿。从竹、从水，毒聲。讀若督。』萹竹乃『萹茿』之假借耳。」愚案：臧又云：「說文：『茿，萹茿。』『薄，水萹茿。』毛借竹作茿，以爲岸萹茿；韓作薄，以爲水萹茿。經言『淇奥』，韓較毛爲勝。」愚謂爾雅釋文竹或作茿，一名萹蓄；韓詩竹作薄，一名萹茿，皆語音變轉。據酈元一名「編草」，亦卽離騷之「萹薄」也，今藥中有扁蓄，卽是物矣。菉、竹二物，孔疏引陸璣，以爲一草名，非也。又任昉述異記云：「衞有淇園，出竹，在淇水之上。」戴凱之竹譜云：「箴竹根深耐寒，茂被淇苑，淇園衞地，殷紂竹箭園也。」案，任戴二說與酈注合。藝文類聚二十八引班彪游居賦「瞻淇奧之園林，美绿竹之猗猗」，是以詩「绿竹」爲竹，漢世已有此說。陳喬樅云：「班固竹扇賦『青青之竹形兆直』，卽用詩『绿竹青青』語，班習齊詩，此蓋齊義。」案，據陳說，齊當作「绿」，與毛同，大學作「菉」，是齊又借「菉」爲「绿」耳。鄭注：「猗猗，喻美盛。」有匪君子，【注】魯齊「匪」作「斐」，韓作「邲」，云：美貌也。如切如磋，如琢如磨。【注】魯齊說曰：如切如磋，道學也。如琢如磨，自修也。魯「切」亦作「𪗾」。三家「磋」作「瑳」。韓「琢」作「錯」。齊「磨」亦作「摩」。【疏】傳：「匪，文章貌。治骨曰切，象曰磋，玉曰琢，石曰磨。道其學而成也，聽其規諫以自修，如玉石之見琢磨也。」〇釋文：「匪，本又作斐。」「魯齊作斐」者，列女傳八、大學引並作「斐」，下同。衆經音義九引同。禮鄭注：「斐，有文章貌也。」「韓作邲，云美貌也」者，釋文引韓詩文，下亦當同。陳喬樅云：「廣韻：『邲，好貌。』好亦卽美義也。」此謂君子有美而文。釋訓：「美士爲彥。」說文：「彥，美士有文，人所言也。」三家字異義同。釋器：「骨謂之切，象謂之磋，玉謂之琢，石謂之磨。」「如切」至「修也」者，釋訓文，大學引同，是魯齊說合。道，言也。「魯切亦作𪗾」者，爾雅釋文：「切，本或作𪗾，同。千結反。」說文：「切，刌也。」骨非可切之物，切借字，作𪗾是。說文：「𪗾，齒差也。从齒，屑聲，讀若切。」段注：「齒差，謂齒相磨切也。差卽今磋磨字。引申之，磨物亦曰𪗾也。」臧琳云：「𪗾是齒之參差，治骨者因其參差而治之俾齊一，故切磋字以𪗾爲正。」黄山云：「𪗾，卽禮內則『屑桂與薑』之屑，本義謂碎之。說文：『碎，䃺也。』『屑，動作切切也。』蓋古屑物以鋸，動作切切而碎末出，因名屑出者爲屑，猶名䃺碎者爲碎。說文訓鋸爲『槍唐』，不言其形，而『業』下云：『捷業如鋸齒，以白畫之象，其鉏鋙相承。』鋸屑以齒，故屑亦从齒，齒差卽齒鉏鋙，治骨者先鋸之而後磋之，今猶然。是段謂齒相磨切，臧謂齒之參差，一著其用，一狀其形，均通。而謂差卽磋，則段掍切、磋爲一，謂因其參差而治之。差乃屬骨，不屬齒。說文：『肰，骨差也。』則臧又掍𪗾、肰爲一，均誤。」「三家磋作瑳」者，說苑建本篇一引作「瑳」，是魯亦作「瑳」，大學及韓詩外傳二兩引作「瑳」，明齊、韓文同。外傳九作「磋」，字誤。荀子大略篇引亦作「瑳」，衆經音義十同。說文無「磋」字，「瑳」下云：「玉色鮮白。」治象齒令鮮白如玉，故謂之「瑳」，明三家正字。後漢馬援傳載援與楊廣書：「語朋友邪，應有切磋。」本傳與東觀漢記稱援受齊詩，引詩當爲「切瑳」，今作「磋」者，後人改之也。說文：「琢，治玉也。」學記：「玉不琢，不成器。」「韓琢作錯」者，御覽七百六十四引韓詩「如磨如錯」。宋綿初云：「磨、錯當上下互易，以諧韻。韓本作『如錯如磨』，外傳今本引並作『琢』，後人順毛所改。束皙補亡白華篇『粲粲門子，如磨如錯』，即用韓詩。」愚案：宋說是。錯、琢字異義同，鶴鳴「他山之石，可以爲錯」，傳：「錯，石也，可以琢玉。」孔疏：「寶玉得石錯，琢以成器。」是琢必用錯，故琢又爲錯矣。「齊磨亦作摩」者，大學亦作「摩」，與大略篇及毛「又作」本合。說文無「磨」字，「礳」下云：「石磑也。」「研」下云：「礳也。」「摩」下云：「研也。」「犘」下云：「摩也。」論語「磨而不磷」，州輔碑引作「摩而不磷」。樂記「陰陽相摩」，釋文：「摩，本又作磨。」磨、摩字同義通，故易繫辭釋文引京注：「摩，相磑切也。」學記注：「摩，相切磋也。」石堅難治，當以礪石摩切之。」釋訓郭注：「骨、象須切磋而爲器，人須學問以成德。玉石之被琢磨，猶人自修飾。」此依雅訓分釋喻意。大略篇云：「人之於文學也，猶玉之於琢磨也。詩曰：『如切如瑳，如琢如磨。』謂學問也。」毛傳：「道其學而成也，聽其規諫以自修，如玉石之見琢磨也。」論衡量知篇「骨曰切，象曰瑳，玉曰琢，石曰磨，切瑳琢磨，乃成寶器。人之學問知能成就，猶骨象玉石切瑳琢磨也。」荀毛王用雅記語而綜說之，以自修即學中事耳。韓說當同。諸家外傳並推演之詞。

瑟兮僩兮，赫兮咺兮；

【注】韓說曰：僩，美貌。魯「咺」作「烜」，齊作「喧」，韓作「宣」，云：「顯也，亦作「愃」。【疏】傳：「瑟，矜莊貌。僩，寬大也。赫，有明德赫赫然。咺，威儀容止宣著也。」○釋訓：「瑟兮僩兮，恂慄也。赫兮烜兮，威儀也。」大學引同，是魯齊說又合。禮鄭注：「恂字或作峻，讀如『嚴峻』之峻，言其容貌嚴栗也。」瑟、栗疊韻字。白虎通禮樂篇：「瑟者，嗇也，閑也，所以懲忿窒

欲，正人之德也。」是「瑟」有「嚴正」義。說文「璱」下云：「玉英華相帶如瑟弦。詩曰：『璱彼玉瓚。』」今詩作「瑟」，瑟、璱字同。又「璠」下云：「近而視之，瑟若也。」瑟卽璱也。「瑮」下云：「玉英華羅列秩秩。逸論語曰：『玉粲之璱兮，其瑮猛也。』」合此數義證之，是「瑟兮」謂德容之縝密莊嚴，秩然不亂。瑮與栗同，栗則有威，不猛而猛矣。說文：「僩，武貌。从人，閒聲。詩曰：『瑟兮僩兮。』」爾雅釋文：「僩，或作撊。」方言：「撊，猛也。」廣雅釋訓同。武、猛義合，皆嚴栗意也。「僩，美貌」者，釋文引韓詩文。馬瑞辰云：「荀子云『陋者俄且僩也』，以僩與陋對，是以僩爲美，與韓義合。段玉裁訓陋爲『陋陿』，謂與寬大反對，爲毛傳所本，非也。」陳喬樅云：「韓蓋以僩爲『嫺』之假借。新書博職篇云：『明僩雅以道之文。』又道術篇云：『容志審道謂之僩，反僩爲野。』僩與野對，則義當爲嫺雅，故韓仍錯貌。」愚案：毛韓皆別義，與魯齊正訓異。漢書韋賢傳注：「赫，明貌。」「魯咺作烜」者，釋訓作「烜」。釋文：「烜者，光明宣著。」廣雅釋詁：「烜，明也。」張用魯詩，此魯詩文同之證。「齊作喧」者，大學作「喧」。易林坤之巽：「赫喧君子，樂以忘憂。」亦作「喧」，此齊詩文同之證。「韓作宣亦作愃」者。釋文：「咺，韓詩作宣。宣，顯也。」說文：「愃，寬閒心腹貌。从心，宣聲。詩曰：『赫兮愃兮。』」蓋作「宣」者，「愃」之省字，許引亦韓異文。心體寬廣，發見於儀容，故「宣」訓爲「顯」，許韓義不異也。咺、恒、烜，皆借字。有匪君子，終不可諼兮。【注】齊「諼」作「諠」。【疏】傳：「諼，忘也。」○釋訓：「有匪君子，終不可諼兮。道盛德至善，民之不能忘也。」大學引同，亦證魯齊說合。「齊諼作諠」者，大學作「諠」。鄭注：「諠，忘也，民不能忘，以其意誠而德著也。」說文無「諠」字，「諼」下云：「詐也。」無「忘」義。伯兮「焉得諼草」，以草能令人忘憂。釋訓：「蘐、諼，忘也。」諼之爲忘，義由假借。

瞻彼淇奧，緑竹青青。有匪君子，充耳琇瑩，【注】三家「琇」作「璓」。【疏】傳：「青青，茂盛貌。充耳謂之瑱。琇瑩，美石也。天子玉瑱，諸侯以石。」○釋文：「青，本或作菁。」青卽菁之省。杕杜「其葉菁菁」，傳：「菁菁，葉盛也。」釋文：「菁，本又作青。」是其證。充耳，瑱也，義具君子偕老。「三家琇作璓」者，說文無「琇」字。「璓」下云：「石之次玉者。詩曰：『充耳璓瑩。』」三家文也。「瑩」下云：「玉色。从玉，熒省聲。一曰，石之次玉者。逸論語曰：如玉之瑩。」愚案：璓謂石，瑩謂玉，言充耳有石、有玉也。知者，考工記：「玉人之事，天子用全，上公用龍，侯用瓚，伯用將。」先鄭云：「全，純色也。龍當爲尨，尨，雜色。」後鄭云：「全，純玉也。瓚，讀爲餐饜之饜。龍、瓚、將，皆雜名也。卑者下尊，以輕重爲差，玉多則重，石多則輕。公侯四玉一石，伯子男三玉二石。」白虎通瑞贄篇：「天子之純玉，尺有二寸；公侯九尺四寸，一石也；伯子男俱三玉二石也。」說文：「瓚，三玉二石也。从玉，贊聲。禮，天子用全，純玉也。上公用駹，四玉一石。侯用瓚，伯用埒，玉石半相埒也。」案，此言圭玉之制，記與說文合，惟將、埒岐出，先鄭全、尨以色言，許全、駹以玉石雜言。後鄭白虎通說五等不同，據賈疏出於禮緯，而言玉石雜則同，推之國君玉瑱，亦當是玉石雜也。弁師：「諸侯之繅斿九就，瑉玉三采，其餘如王之事，繅斿皆就，玉瑱玉笄。」鄭注：「侯當爲公。」此公玉瑱之證，參以本詩「璓瑩」之義，又非全玉，其爲玉石雜甚明。武公入相於周，據世家，王命爲公，準之禮制，殆亦如圭玉用駹與？傳云用石，非所安矣。廣韻十二庚：「瑩，玉色。詩曰：『充耳秀瑩。』」「璓」作「秀」，亦異文。

會弁如星。瑟兮僴兮，赫兮咺兮；有匪君子，終不可諼兮。

【注】魯「會」作「冠」，韓作「䯤」。【疏】傳：「弁，皮弁。所以會髮。」箋：「會，謂弁之縫中，飾之以玉，皪皪而處，狀似星也。天子之朝服皮弁，以日視朝。」○傳「所」上脫「會」字。毛讀「會」爲「䯤」也。箋「會」如字讀，說與傳異。說文：「䯤，骨擿之可會髮者。从骨，會聲。詩曰：『䯤弁如星。』」玉篇骨部：「䯤，五采束髮。」載說文引詩同。顧與許微異，參用周禮先鄭說。弁師：「王之皮弁，會五采玉璂，象邸玉笄。」鄭注：「故書『會』作『䯤』，鄭司農云讀如『馬會』之會，謂以五采束

髮也。士喪禮曰：「檜用組乃笄。檜讀與膾同，書之異耳。說曰以組束髮，乃著笄謂之檜，沛國人謂反紒爲膾。璂，讀如『綦車轂』之綦。」玄謂會讀如『大會』之會，會，縫中也。璂，讀如『薄借綦』之綦，綦，結也。皮弁之縫中，每貫結五采玉十二以爲飾，謂之綦。詩云『會弁如星』，又曰『其弁伊綦』，是也。邸，下柢也，以象骨爲之。」賈疏：「邸，下柢也者，謂如弁內頂上以象骨爲柢。」愚案：此卽象揥。揥、柢一聲之轉，許所云「會髮」之骨擿也。許所據詩从骨作「膾」，知是骨擿，故不訓爲五采束髮。禮既言「象邸」，則上「會」字亦不當從故書作「膾」，義各有當也。五采束髮，括以象邸，從而加弁，以玉笄貫之，其弁飾是玉璂，所謂「如星」者也。禮先弁後象邸，詩先膾後弁，義可互證。箋又云「天子之朝服皮弁，以日視朝」，此言武公入爲卿士，在天子之朝，君臣同服也。釋名：「弁，如兩手相合抃時也。以爵韋爲之謂之爵弁，以鹿皮爲之謂之皮弁，以韎韋爲之謂之韋弁也。」司服：「眂朝，則皮弁服。」玉藻亦有「皮弁視朝」之文，故知弁是皮弁矣。「如星」，言玉之羅列而光明。說文「璂」下云：「弁飾，往往冒玉也。」「璂」下云：「璂或從基。」與弁師文合。往往，言非一處。冒者，加飾之也。鄭注又云「皮弁則侯伯璂飾七，子男璂飾五，玉亦三采。」據上文，諸公之繅斿九就，上公以九爲節，武公璂當飾九也。「魯會作冠，韓作膾」者，呂覽上農篇高注：「弁，鹿皮冠。詩云：『冠弁如星。』」高用魯詩，明魯作「冠」。鄭注禮時未見毛詩，所引詩作「會」，是齊與毛同。其注禮箋詩義合，蓋用齊說。然則許引作「膾」者韓詩，顧用韓詩，故亦與許同也」。隋書禮儀志：「弁之制，案五經通義：『高五寸，前後玉飾。』詩曰：『璯弁如星。』」左僖二十八年傳「會弁」，釋文云：「本又作璯。」此隋志異文所本。五經文字云，春秋傳注引詩以爲「繪弁」，「弁」無「繪」義，字之誤也。

瞻彼淇奧，綠竹如簀。【注】韓說曰：簀，積也。綠蓐盛如積也。【疏】傳：「簀，積也。」○說文：「簀，牀棧也。」史記范雎傳索隱：「謂葦荻之薄也。」不合詩義。「簀，積也」者，文選張衡西京賦李注引韓詩曰：「綠蓐如簀。簀，積也。」薛君曰：『簀，綠蕃盛如積也。』」陳奐云：「玉篇：『蕃同薄。』」陳喬樅云：「毛韓並訓簀爲積，是以簀爲積之假借。西京賦『芳草如積』，正用斯語，衡用魯詩，然則魯作『菉竹如積』與？」有匪君子，如金如錫，如圭如璧。寬兮綽兮，猗重較兮。【注】韓「綽」亦作「婥」，云：「柔貌也。」三家「猗」作「倚」，「較」作「較」。【疏】傳：「金錫練而精，圭璧性有質。寬能容衆。綽，緩也。重較，卿士之車。」箋：「圭璧亦琢磨四者，亦道其學而成也。綽兮，謂仁於施舍。」○「如金如錫」者，說文「金」下云：「五色金也，黄爲之長，久薶不生衣，百鍊不輕，從革不違。」「錫」下云：「銀鉛之間也。」孔疏：「武公器德已百鍊成精，如金錫，如圭如璧」者，說文「圭」下云：「瑞玉也，上圜下方。」「璧」下云：「瑞玉圜也。」孔疏：「道業既就琢磨，如圭璧。」說文「寬」下云：「屋寬大也。」引申之爲凡「寬裕」義。「繛」下云：「緩也。」「綽」下云：「繛或省。」孔疏：「又性寬容兮，而情綽緩兮。」案，此連下「猗重較兮」爲文，則「寬綽」止是寬緩自得之貌，不屬性情言。「韓綽亦作婥，云柔貌也」者，玉篇系部引韓詩作「綽」，慧琳音義七十九引韓詩作「婥」，並云：「柔貌也。」顧震福云：「文選神女賦『柔情綽態』，綽與柔對文，則綽、柔義本相近。莊子在宥篇：『淖約柔乎剛强。』又逍遥遊：『淖約若處子。』釋文引李云：『淖約，柔弱貌。』荀子宥坐篇：『淖約微達，似察。』楊注：『淖約，柔弱也。』綽、淖字通，亦通作婥。說文：『婥，女病也。』女病則柔弱。慧琳音義七十九引考聲云：『婥約，婦人耎弱貌。』史記司馬相如傳上林賦『便嬛婥約』，即用婥爲綽也。」愚案：韓訓綽爲「柔」，寬綽，猶禮中庸云「寬柔」矣。韓訓貌不訓性情，得之。釋文：「猗，於綺反。依也。」讀猗爲倚。孔疏：「入相爲卿士，倚此重較之車。」其下又云「猗重較兮」，字作「猗」而義爲「倚」，與陸讀同。「三家猗作倚」者，荀子非相篇楊注、文選西京賦李注、曲禮孔疏、論語鄉黨皇疏、說文車部較傳並引作「倚」，蓋皆用三家文。三家正字，毛借字也。「重較」者，皇疏云：「古人乘路車，皆於車中倚立，倚立難久，故於車箱上安一横木，以手隱憑之，謂之爲較。詩云『倚重較兮』是也。」「三家較作較」者，說文：「較，車輢上曲鉤也。（各本「輢」誤「騎」，「鉤」誤「銅」。段注據西京賦七啟注訂正。）从車，爻聲。」徐鍇繫傳：「按古今注：車較，車耳也，在車轝上，重起如牛角也。（「車較」之「車」當作「重」，「轝」當作「蕃」，據文選西京賦注訂正。）詩曰：『倚重較兮。』」據玉篇，「較」與「較」同。說文有「較」無「較」，徐引亦三家文。說文：「輢，車旁也。」考工記輿人：「以其廣之半，爲之式崇；以其隧之半，爲之較崇。」鄭注：「較，兩輢上出式者。」阮元云：「言車制者皆以爲直輢，由不解車之有耳也。說文：『較，車輢上曲鉤也。』『輒，車兩輢也。从車，耴聲。』『耴，耳下垂也。』『軓，車耳反出也。』合此四者，可知車耳之制。蓋車輢板通五尺五寸，其下三尺三寸，直立軫上。軫上之輪崇三尺三寸，與直輢前式同高，若過此三尺三寸之上，象耳之耴，故謂之輒，以其反出，又謂之軓。至其直立軫上，上曲如兩角之木，則謂之較，重出式上，故名重較。重耳，卽垂輒之義。秦公子名耴，衞公子名輒，晉公子名重耳，鄭公孫輒字子耳，皆此義也。詩『重較』卽『重耳』之義。」黃山云：「阮說甚明，惟云重出式上名重較、重耳卽垂耴之義則非。蓋既以輢上反出者爲耳，取合說文輒、輢之訓，則耳屬輢、不屬較；若又以較之上曲者同爲耳，則耳與輢重，非與式重。孔疏雖云周禮無單較、重較之文，然大東疏說大車之箱，謂在兩較之間，是平地任載之車亦有兩較，卽阮所論凡車之較，非詩『重較』也。釋名：『較在箱上，爲辜較也。重較其較重，卿所乘也。』文選西京賦『倚金較』，李注引古今注曰：『車耳重較，文官青，武官赤。或曰，車蕃上重起如牛角也。』漢官儀引里語云：『仕宦不止車生耳。』漢鏡銘：『作吏高遷車生耳。』隋書禮儀志：『令三公開府，尚書令給鹿幡軺施耳。』皆是爲卿士之車另有重較之證。爾雅：『較，直也。』又云：『較謂之幹。』胡承珙云：『凡物在兩旁者皆曰幹，故兩脅謂之幹，築牆兩邊障土亦謂之幹。』皆與『較謂之幹』義相發。考工記又云：『三分其隧，一在前，二在後，以揉其式。』就車深四尺四寸計之，是前三之一爲式，人坐車中所憑也；後三之二爲輢。輢必倚幹以立，其幹木上出爲曲鉤形，居輢之內、箱之外，而見於箱上，故後漢輿服志李注引徐廣說，亦云較在箱上，此幹木兩旁直出通謂之『較』，亦卽阮所謂『直立於軨上』者。惟此較上單曲鉤，卽傅於輢，人不能憑，是謂『單較』之制，『重較』則另有重起如牛角者，或塗以金，或飾以青、赤，惟人所施，乃人立車中所憑也。說文『輒』訓『車輢』，此自車輢形如耳垂，與較無涉。若『𨊠』訓車耳反出，與較字連文，自卽指重較之耳傅於輢者，既爲正出，此則爲反出矣。皇疏謂較爲車中倚立所憑，最合三家猗作倚之義，惟以較爲箱上橫木，與式爲車前橫木相提，非立所可倚，既違雅訓直幹之訓，且與諸家車耳之說皆不能合。車耳亦謂之𨏥，說文：『𨏥，乘輿金耳也。』字通作『彌』。荀子及史記禮書並云：『彌龍，所以養威也。』徐廣注：『乘輿車以金薄繆龍，爲輿倚較。』三國志吳童謠：『黃金車，斑蘭耳，闓閶門，見天子。』（謂孫晧降晉之兆。）蓋惟天子金較龍飾，其色斑蘭，故云金耳斑蘭耳。至百官之車較，當如崔豹所云文青武赤。武公入相於周，其重較亮爲青飾矣。」善戲謔兮，不爲虐兮。【疏】傳：「寬緩弘大，雖則戲謔，不爲虐矣。」箋：「君子之德，有張有弛，故不常矜莊而時戲謔。」○說文：「謔，戲也。从言，虐聲。」是謔爲戲，言虐殘也。从虍，虎足反爪人也。此虐本義。虐承「戲謔」言，則言不傷人亦是「不爲虐」，此引申義。左襄十四年傳：「臧紇如齊唁衛侯，衛侯與之言，虐。」與此「虐」義正同，故紇云「其言糞土也」。不爲虐，則謔而不浪，與終風所刺異矣。

淇奧三章，章九句。

考槃【疏】毛序：「刺莊公也。不能繼先公之業，使賢者退而窮處。」箋：「窮，猶終也。」○案，君不用賢，是詩外意。孔叢子曰：「於考槃見士之遁世而不悶也。」三家無異義。

考槃在澗，【注】三家「槃」作「盤」。韓「澗」作「干」，云：墝埆之處也。一云：考盤在干，地下而黃曰干。碩人之寬。【疏】傳：「考，成。槃，樂也。山夾水曰澗。」箋：「碩，大也。有窮處成樂在於此澗者，形貌大人而寬然有虛乏之色。」

○釋詁：「考，成也。」「般，樂也。」毛傳本之，訓「槃」爲「樂」。案，文選東都賦鶺鴒賦李注引爾雅，並云：「盤，樂也。」無作「槃」者。「三家槃作盤」者，郭注爾雅云：「見詩。」是郭所見此詩及爾雅本必作「盤」，與李注同。爾雅魯詩之學，知魯作「盤」也。釋訓：「諼，忘也。」郭注：「義見考槃。」釋文：「槃，本又作盤。」案，此郭注當爲「盤」，其作「槃」者，傳寫之誤。漢書敍傳：「竇后違意，考盤於代。」顏注：「詩衛風『考盤在澗』，考，成也；盤，樂也。言竇姬初欲適趙而向代，違其本意，卒以成樂也。」班用齊詩，亦作「考盤」而訓爲「成樂」，據下文引文選注，韓詩亦作「盤」，毛字異義同，或因毛作「盤」而掰爲別解，非也。御覽六十九引作「盤」，用三家文。文選四十六李注兩引毛詩二、三章，皆作「盤」，疑毛亦有作「盤」者，而釋文未之及。說文：「昪，喜樂貌。」省作「弁」。小弁傳：「弁，樂也。」詩本字當爲「昪」，般、盤、槃皆同音假借。釋山：「山夾水澗。」「韓澗作干，云墝埆之處也」者，釋文引韓詩文。胡承珙云：「小雅『秩秩斯干』，傳：『干，澗也。』二字通。易『鴻漸于干』，釋文引荀、王注並云：『干，山間澗水也。』虞注：『小水從山流下稱干。』翟注云：『山厓也。』此皆謂干卽澗也。」陳喬樅云：「韓云『墝埆之處』者，干爲山澗厓岸之地，故以墝埆言之，謂土地瘠薄者也。丘中有麻傳謂丘中爲『墝埆之處』，與此同義。」「一云考盤在干，地下而黃曰干」者，文選吳都賦劉注引韓詩文，讀詩記六引同。胡承珙云：「黃，疑『潢』字之誤。潢汙者，停水之處。小雅正義引鄭注漸卦云：『干者，大水之傍。』故停水處卽其義也。韓『干』有兩訓，或由韓故韓說與薛君章句之不同。」碩人，謂賢者，雖處陋隘，心自寬綽也。

獨寐寤言，永矢弗諼！【疏】箋：「寤，覺。永，長。矢，誓。諼，忘也。在澗獨寐，覺而獨言，長自誓以不忘君之惡，志在窮處，故云然。」○案，惡，疑「意」之誤，若作「惡」，鄭說必不如此。王肅謂「先王之道，長自誓不敢忘。」愚謂承「考槃」言，則謂「不忘其樂」近得之。隸續平輿令薛君碑「永矢不愃」，「弗」、「不」義同，疑三家有作「不」者。凡从「爰」、从「宣」之字，多相通假。淇奧「諼」，大學作「諠」。伯兮「諼」，釋文又作

「萱」。此「諼」爲「愃」，亦其例。

考槃在阿，【注】韓說曰：曲京曰阿。碩人之薖。獨寐寤歌，永矢弗過！【注】韓「薖」作「𠈃」，云：美貌。【疏】傳：「曲陵曰阿。薖，寬大貌。」箋：「薖，飢意。弗過者，不復入君之朝也。」○「曲京曰阿」者，一切經音義一引韓詩文。案，謂山曲隈處也。說文「阿」下云：「曲阜也。」「阜」下云：「大陸山無石者。」「韓云曲京」者，釋丘：「絕高謂之京。」釋地：「高平曰陸，大陸曰阜，大阜曰陵。」是陵、阜與京相似，故傳亦云「曲陵曰阿」。皇矣傳又云：「京，大阜也。」文選西都賦注引韓詩曰：「曲景曰阿。」「景」乃「京」之誤。「韓作𠈃，云𠈃，美貌」者，釋文引韓詩文，與傳「寬大」義近。廣韻：「𠈃，美也。」即用韓義。「弗過」者，箋云「不復入君之朝也」，王肅云：「歌所以詠志，長以道自誓，不敢過差。」愚謂「不入君朝」固不待言，而「不敢過差」又非此時詩意所屬，「弗過」，謂不與人相過也。

考槃在陸，【注】韓說曰：陸，高平無水。碩人之軸。獨寐寤宿，永矢弗告！【注】魯「軸」作「逐」，云：逐，病也。【疏】傳：「軸，進也。無所告語也。」箋：「軸，病也。不復告君以善道。」○「陸高平無水」者，玉篇阜部引韓詩文。顧震福云：「說文：『陸，高平地。』釋名：『高平曰陸，陸，漉也，水流漉而去也。』易漸卦『鴻漸于陸』，虞注：『高平稱陸。』馬注：『山上高平曰陸。』陸从坴。說文『坴』下云：『土塊坴坴也。』有土塊，故無水。」孔疏訓『軸』爲『進』，大德之人，進於道義也。」釋詁：「逐，病也。」孔疏：「逐與軸，蓋古今字異。」陳喬樅云：「據此，知魯作逐，而訓爲病。」愚案：箋訓寬爲「虛乏」，薖爲「飢意」，此復取爾雅「逐，病」義，與傳迥殊，蓋皆本於魯詩。「弗告」者，傳「無所告語也」，箋「不復告君以善道」，傳義爲優。

考槃三章，章四句。

碩人【注】魯說曰：「傅母者，齊女之傅母也。女爲衛莊公夫人，號曰莊姜。姜交好，（「交」、「姣」同字。）始往，操行衰惰，有冶容之行，淫佚之心。傅母見其婦道不正，諭之曰：『子之家世世尊榮，當爲民法則；子之質聰達，於事當爲人表式；儀貌壯麗，不可不自修整。衣錦絅裳，飾在輿馬，是不貴德也。』乃作詩曰：『碩人其頎，衣錦絅衣。齊侯之子，衛侯之妻，東宮之妹，邢侯之姨，譚公維私。』砥厲女之心以高節，以爲人君之子弟爲國君之夫人，尤不可有邪僻之行焉。女遂感而自修。君子善傅母之防未然也。」【疏】毛序：「閔莊姜也。莊公惑於嬖妾，使驕上僭。莊姜賢而不答，終以無子，國人閔而憂之。」○「傅母」至「然也」，列女傳齊女傅母篇文，此魯義也。齊韓未聞。案，左隱三年傳：「衛莊公娶於齊東宮得臣之妹，曰莊姜，美而無子，衛人所爲賦碩人也。」此序義所本，但「衛人」云云，謂當日曾爲莊姜賦詩，非謂詠其無子，此自左氏行文之法如是，與「高克奔陳，鄭人爲之賦清人」句例略同，不得執此爲「閔憂無子」之證，毛似誤會左意。易林豫之家人：「夫婦相背，和氣弗處。陰陽俱否，莊姜無子。」用左傳文，無一字及詩義，或據此謂齊與毛同，亦非。詩但言莊姜族戚之貴，容儀之美，車服之備，媵從之盛，其爲初嫁時甚明。何楷云：「詩作於莊姜始至之時，當以列女傳爲正。」

碩人其頎，衣錦褧衣。【注】魯齊「褧」作「絅」，韓作「檾」。【疏】傳：「頎，長貌。錦，文衣也。夫人德盛而尊，嫁則錦衣加褧襜。」箋：「碩，大也，言莊姜儀表長麗俊好頎頎然。褧，襌也。國君夫人翟衣而嫁。今衣錦者，在塗之所服也。尚之以襌衣，爲其文之大著。」○碩人，謂莊姜。碩，大也。孟子盡心篇：「充實之謂美，充實而有光輝之謂大。」大人猶美人，簡兮詠賢者，稱「碩人」，又稱「美人」，鄭箋以爲卽一人，是其證也。古人碩、美二字爲讚美男女之統詞，故男亦稱「美」，女亦稱「碩」，若泥「長大」、「大德」爲言，則失之矣。小徐本說文：「頎，頭佳也。从頁，斤聲。」鍇曰：「詩曰：『碩人其頎。』」傳：「頎，長貌。」玉篇頁部「頎」下云：「詩云『碩人頎頎』，傳：『頎，長貌。』又頎頎然佳也。」毛許說並引。案，當以「頭佳」爲本義。顧引詩作「頎頎」，三章「碩人敖敖」，箋云：「敖敖，猶頎頎也。」或謂所據本與毛不同。阮校勘記云：「經文一字，傳箋疊字者多。玉篇依箋疊字，非六朝時經作『碩人頎頎』之本。」其說是也。列女傳作「其頎」。蔡邕青衣賦「碩人其頎」，正用此文。邕習魯詩，與列女傳合，是魯作「其頎」與毛同。說文：「錦，襄色織文。」小字本「色」作「邑」。陳留風俗傳：「襄邑縣南有渙水，北有睢水，所謂睢、渙之間出文章也。」說文「褧」下云：「檾也。詩曰：『衣錦褧衣。』示古反。从衣，耿聲。」「魯齊作絅，韓作檾」者，列女傳作「絅」。禮中庸：「詩曰『衣錦尚絅』，惡其文之著也。」斷文引詩，字亦作「絅」，是魯齊文同。說文「檾」下云：「枲屬。从林，熒省。詩曰：『衣錦檾衣。』」蓋韓作「檾」也。玉篇「檾」亦作「苘」，云與「檾」同。廣韻集韻又作「䔛」，並云與「苘」同。類篇：「䔛，麻屬。」本草：「苘實味苦。」唐本注：「一作䔛字，人取皮爲索者也。」圖經云：「北人種以績布及打繩索，苗高四五尺，或六七尺，葉似苧而薄，花黃，實帶殼，如蜀葵，中子黑色。」與說文「檾，枲屬」合。蓋若左傳之紵衣而實較粗。掌葛注：「䔛紵之屬，可緝績者。」明與「紵」爲二物。韓作「檾」，舉衣材之名也。傳「嫁則錦衣加褧襜」，箋：「褧，禪也。國君夫人衣翟而嫁，今衣錦者，在塗之所服也。尚之以禪衣，爲其文之太著。」案，禪衣不重，以檾爲之，仍微見在內之衣，故謂之褧。褧从耿聲，亦兼會意。說文「耿」下云：「杜林說：耿，光也。从火，聖省。」廣雅釋詁：「耿，明也。」士昏禮「姆加景」，注：「景之制蓋如明衣，加之以爲行道禦風塵，令衣鮮明。景亦明也。」是「褧」與「景」同，所以行道禦塵，從「明」取義，故字从「耿」。毛作「褧」，明制衣之義也。說文：「絅，急引也。」廣雅釋詁：「絅，急也。」無「衣」義，魯齊借字。玉藻「禪爲絅」，注：「有衣裳而無裏是絅，卽褧也。」中庸釋文：「絅，本又作顈。」雜記：「如三年之喪，則既顈，其練祥皆行」，注：「顈，草名。無葛之鄉，去麻則用顈。」是『顈』卽「檾」也。王應麟困學紀聞五：「衣錦尚絅，尚書大傳作『尚蘔』，注云：蘔讀爲絅。字書無『蘔』字，又『䔛』之增文以成者。䔛去艸加糸爲『顈』，猶絅去糸加艸爲『苘』，要皆後起借用之字，以褻、紲二文爲正。」鹽鐵論散不足篇：「古者男女之際尚矣，嫁娶之服，未之以記。及虞夏之後，蓋表布内絲，骨笄象珥，封君夫人加錦尚褧而已。」桓述齊詩，此蓋齊說。「褧」宜作「絅」，後人據毛改之。齊侯之子，衛侯之妻，東宮之妹，【注】魯說曰：東宮，世子也。韓說曰：女弟曰妹。邢侯之姨，譚公維私。【注】魯說曰：妻之姊妹同出爲姨。女子謂姊妹之夫爲私。魯「譚」亦作「覃」。齊韓「私」亦作「厶」。【疏】傳：「東宮，齊太子也。女子後生曰妹。妻之姊妹曰姨。姊妹之夫曰私。」箋：「陳此者，言莊姜容貌既美，兄弟皆正大。」○齊侯，蓋莊公購。衛莊元年甲申，當魯惠公十二年、齊莊公三十八年也。齊莊六十四年卒，子釐公禄甫立。東宮得臣，當是釐公之兄，未立而先卒。以年世推之，可知姜是齊莊女也。喪服傳注：「凡言子者，可以兼男女。」「東宮，世子也」者，呂覽應審篇高注文，引詩爲證。此魯說，與傳云「齊太子」同。案，齊女傅母傳：「莊姜者，東宮得臣之妹也。」與左傳合。得臣未即位，終言「東宮」，未成爲君之詞。「女弟曰妹」者，慧琳音義三引韓詩文。釋親：「男子謂女子後生爲妹。」毛傳同。說文：「妹，女弟也。」段玉裁云：「釋名：『妹，昧也。』文从未。白虎通：『妹者，末也。』又似从末。」顧震福云：「說文：『媦，楚人謂女弟曰媦。』玉篇：『媦，楚人呼妹。』纂文：『河南人云：媦，妹也。』廣雅釋親、公羊桓二年傳何注並云：『媦，妹也。』以媦、妹聲近義同考之，仍以从未作妹爲正。」「妻之」至「爲私」，釋親文，魯說也。左僖二十四年傳：「凡蔣邢茅胙祭，周公之胤也。」說文：「邢，周公子所封地，近河内懷。」漢書地理志趙國襄國下云：「故邢國。」案，今順德府邢臺縣南百泉村有襄國故城，此邢始封地，說文據後徙也。漢志，懷、平皋俱屬河内。左襄六年傳「赤狄伐晉，圍懷及邢丘」，杜注：「邢丘，今河内平皋縣。」漢志「平皋」下應劭曰：「邢侯自襄國徙此。當齊桓公時，衛人伐邢，邢遷於夷儀，其地屬晉，號曰邢丘，以其在河之皋，處埶平夷，故曰平皋。」臣瓚曰：「春秋傳狄人伐邢，邢遷於夷儀，不至此也。今襄國西有夷儀城，去襄國百餘里，邢是丘名，非國也。」師古曰：「應說非也。左氏傳曰『晉侯送女于邢丘』，蓋謂此耳。」愚案：平皋故城在今懷慶府温縣東二十里。夷儀，邢地。注春秋者皆未詳所在，說文言「近」，存疑之詞。後漢郡國志平睪下云：「有邢丘，故邢國，周公子所封。」與許、應說合。薛顏異義，未知孰是。詩稱邢侯，則襄國之邢也。白虎通宗族篇：「族或言九者，據有交接之恩也。若『邢侯之姨，覃公維私』也。」釋親：「妻之姊妹同出爲姨。」郭注：「同出，謂俱已嫁。詩曰：『邢侯之姨。』」「妻之女弟爲姨」者。呂覽長攻篇：「蔡侯曰：息夫人，吾妻之姨也。」高注云云，並魯說，而高義尤晰。說文：「妻之女弟同出爲姨。」釋名：「妻之姊妹曰姨。姨，弟也，言與己妻相長弟也。」是姨專屬妻妹言，與高注合。或遂以爲同事一夫，誤也。釋親：「女子謂姊妹之夫爲私。」郭注：「詩曰：『譚公維私。』」孔疏引孫炎曰：「私，無正親之言。」釋名：「姊妹互相謂夫曰私。言於其夫兄弟之中，此人與己姊妹有恩私也。」雜記「吾子之外私某」，是凡有恩私，皆得稱之，故孫以爲「無正親之言」。疏：「謂吾姨者，吾謂之私，邢侯、譚公皆莊姜姊妹之夫，互言之耳。」譚，說文作「鄿」，云：「國也，齊桓公之所滅。」案，齊滅譚，見春秋莊十年經。郡國志濟南東平陵下云：「有譚城。」一統志：「在今濟南府歷城縣東南。」「魯譚亦作覃」者，白虎通號篇：「何以知諸侯得稱公？詩曰：『覃公維私。』覃，子也。」宗族篇引同。（見上。）譚作覃，是魯異文。朱子儀禮經傳通解引郭璞爾雅注，亦作「覃」。據白虎通，「公」是諸侯之通稱。「三家私亦作厶」者。說文繫傳「厶」下云：「詩曰：『譚公維厶。』」「私」作「厶」，蓋亦三家異文。陳喬樅云：「說文厶部下引韓非曰：『倉頡造字，自營爲厶。』八部『公』下云：『八，猶背也。韓非曰：自營爲厶，背厶爲公。』禾部『私』下云：『禾也，北道名禾主人曰私主人。』是私字不兼『公厶』義，今經傳公厶字皆作私，乃古人假借用之。」愚案：此章傳母言姜族戚之貴，列女傳所謂「爲人君之子弟爲國君之夫人，不可有邪僻之行也」。

手如柔荑，【注】魯說曰：手如柔荑者，茅始熟中穰也，既白且滑。【疏】傳：「如荑之新生。」〇說文：「荑，草也。」傳

「如荑之新生」，義無專屬，蓋以爲草。孔疏：「荑所以柔，新生故也，若久則不柔，故知新生也。」是手之如荑，從「柔」取義，不從「荑」取義。「手如」至「且滑」，御覽九百九十六引風俗通引詩文。應用魯詩，此魯說也。靜女傳：「荑，茅之始生也。」是茅亦可言荑，以喻手柔，尤爲切至。膚如凝脂。【疏】傳：「如脂之凝。」○說文「冰」下云：「水堅也。」「凝」下云：「俗冰，從疑。」內則疏：「凝者爲脂，釋者爲膏。」釋器：「冰，脂也。」亦謂冰者爲脂。爾雅魯詩之學，蓋魯「凝」作「冰」。孔疏引孫炎曰：「膏凝曰脂。」「凝」亦當爲「冰」，傳寫妄改耳。領如蝤蠐，【注】魯「蝤」作「螬」。【疏】傳：「領，頸也。蝤蠐，蝎蟲也。」○說文：「領，項也。」「項，頭後也。」玉篇：「項，頸後也。」廣韻：「頸在前，項在後。」是頭之下、頸之後爲領。釋文：「蝤，似修反，徐音曹。齏，本又作蠐，又作齊，同音齊。」是陸所據毛本作「齏」。說文：「蝤，蝤齏也。」「蝎，蝤齏也。」「齏，齏蠤也。」「蠤，齏蠤也。」蠐作「齏」，與陸作「齏」同。釋蟲：「蟦，蠐螬。」郭注：「在糞土中。」又云：「蝤蠐，蝎。」注：「在木中。今雖通名爲蝎，所在異。」其以蝎、螬爲二物，與許同，惟許書無「蟦」字，「蟦」疑「糞」之音轉字。孔疏引孫炎曰：「蠐螬謂之蟦蠐，關東謂之蝤蠐，梁益之間謂之蝎。」方言：「蟦螬謂之蟦，自關而東謂之蝤蟦，或謂之蛬蠾，或謂之蝖毂；梁益之間謂之蛒，或謂之蝎，或謂之蛒蛒；秦晉之間謂之蠹，或謂之天螻。」蟦、蠐一聲之轉，孫楊以爲一物。本草：「蟦蠐一名塈齊，一名教齊，生河內平澤及人家積糞草中，反行者良。」陶隱居云：「大者如足大指，以背行乃駛於脚，從夏入秋化爲蟬。」論衡無形篇『蠐螬化爲復育，復育化而爲蟬』是也。陳藏器本草拾遺：「蝤蠐，木蠹。一如蠐螬，節長足短，生腐木中，穿木如錐刀，至春羽化爲天牛。一名蝎。」據此，二物迥別，其誤爲一物者。「蝤」、「螬」雙聲，釋文：「蝤，徐音曹。」足證徐據音同以爲一物。「魯蝤作螬」者，乃徑改「蝤蠐」之「蝤」爲「螬」。蔡邕青衣賦「領如螬蠐」，是魯詩以「螬」爲「蝤」之明證。淮南氾論訓高注：「槽，讀『領如蠐螬』之螬。」則「螬」、「蠐」誤倒，猶莊子至樂篇「烏足之根爲蠐螬」，釋文：「司馬本作螬蠐也。」蝤蝤、蠐螬，音轉互混，以爾雅說文爲正。孔疏：「白而長，故以比頸。」齒如瓠犀，【注】魯「犀」作「棲」。【疏】傳：「瓠犀，瓠瓣。」○「魯犀作棲」者，釋草：「瓠棲，瓣。」郭注：「詩云：『齒如瓠棲。』」釋文：「舍人本『觚棲』，云：觚，瓠也。」孔疏引孫炎曰：「棲，瓠中瓣也。」是魯「犀」作「棲」，與毛異。呂覽本生篇高注：「皓齒，詩所謂『齒如瓠犀』者也。」淮南修務訓注同。高用魯詩，字當作「棲」，疑後人據毛改之。說文「瓣」下云：「瓜中實也。」「卥」下云：「鳥在巢上，象形。」「棲」下云：「卥或從木、妻。」此「棲」本義，引申之，凡物止著其處皆謂之「棲」。賓之初筵傳「舉鵠而棲之於侯」，釋文：「棲，著也。」瓠實著於瓤中，故云「瓠棲」，齒白而齊，似之。犀，西徼外牛名，同音借字。

螓首蛾眉。【注】三家「螓」作「頱」，「蛾」作「娥」。【疏】傳：「螓首，顙廣而方。」箋：「螓，謂蜻蜻也。」○「三家螓作頱」者，說文：「頱，好皃。从頁，争聲。詩所謂頱首。」段注：「傳但云『顙廣而方』，不言螓爲何物，箋乃云『螓，蜻蜻』，知毛作頱，鄭作螓，鄭據三家改毛，是三家作『螓首』也。」愚案：釋文「螓首」下云「音秦」，與正義合，陸、孔所見毛詩本並作「螓」。王肅述毛，釋文引其說云：「如蟬而小。」是肅所見毛詩亦作「螓」，則作「頱」者三家文也。釋蟲「蚻，蜻蜻」，郭注：「如蟬而小。」孔疏引舍人曰：「小蟬也，青青者。某氏曰，鳴蚻蚻者。」孫炎曰：「方言云，有文者謂之螓。」孔又云：「此蟲額廣而且方。」釋文：「郭徐子盈反，沈又慈性反。方頭有文。」並與傳義合，益證毛作「螓首」無疑。「三家蛾作娥」者，段注：「蛾眉，毛鄭皆無說。王逸注離騷云：『娥眉，好貌。』師古注漢書，始有『形若蠶蛾』之說。離騷及招魂注並云：『娥亦作蛾。』今俗本倒易之。娥作蛾，字之假借，如漢書外戚傳『蛾而大幸』，借『蛾』爲『俄』。宋玉賦『眉聯娟以蛾揚』，揚雄賦『何必颺纍之蛾眉』、『虙妃曾不得施其蛾眉』，皆『娥』之假借字。娥者，美好輕揚之貌。方言：『娥，好也。秦晉之間，好而輕者謂之娥。』大招『娥眉曼只』，枚乘七發『皓齒娥眉』，張衡思玄賦『嫮眼娥眉』，陸士衡詩『美目揚玉津，娥眉象翠翰』，儻從今本作『蛾』，則一句用『蛾』，又用『翠羽』，稍知文義者不肯也。」愚案：「蛾」、

「娥」二義並通。蛾眉者，眉以長爲美，蠶蛾眉角最長，故以爲喻，顏說是也。傳箋因其易曉，故不爲說，且與「螓」對文，知必從蟲作「蛾」。釋文出「蛾眉」字，云「我波反」，孔疏亦云「螓首蛾眉」指其體之所似，謂舉物之一體以象之。是毛詩本作「蛾」，而作「娥」者爲三家文矣。藝文類聚十八引詩曰「螓首娥眉」，正作「娥」。「蛾」、「娥」二文，詩家並采，不專一說，段氏未爲全得也。

巧笑倩兮，【疏】傳：「倩，好口輔。」○說文：「倩，人美字也。」引申之爲凡「美好」義，故傳云「倩，好口輔」。楚詞大招「靨輔奇牙，宜笑嘕只」，王注：「嘕，笑貌。輔一作酺。」陳奐謂「嘕」、「倩」一聲之轉。案，淮南修務篇「奇牙出，酺輔搖」，亦言笑也，並與傳「好口輔」義合。論語八佾篇引詩「巧笑倩兮」，馬注：「倩，笑貌。」皇疏：「笑巧而貌倩倩然。」意與傳同。修務篇又云「冶由笑」，高注：「冶由笑，巧笑，詩曰『巧笑倩兮』是也。」高用魯詩，明魯與毛同。釋文：「倩，本亦作蒨，韓詩云蒼白色。」案，據陸所見，毛亦有作「蒨」之本，非韓詩也，韓如作『蒨』，不當以「蒼白色」爲訓。「蒨」是「茜」之俗字。說文『茜』下云：「茅蒐也。」「蒐」下云：「茅蒐茹藘，人血所生，可以染絳。」廣雅：「地血茹藘，蒨也。」禮雜記注：「蒨，染赤色者也。」蒨染赤，何得訓「蒼白色」？且與「巧笑」意不屬，斷爲誤文。**美目盼兮。**【注】韓說曰：盼，黑色也。魯此下有「素以爲絢兮」句。【疏】傳：「盼，白黑分。」箋：「此章說莊姜容貌之美，所宜親幸。」○說文：「詩曰：『美目盼兮。』从目，分聲。」有闕文。衆經音義八引說文：「盼，目黑白分也。」與傳合。修務篇云「目流眺」，高注：「流眺，睛盼也。詩曰『美目盼兮』是也。」此用魯說。八佾篇引詩「美目盼兮」，馬注：「盼，動目貌。」皇疏：「目美而貌盼盼然也。」並與魯說合。「盼，黑色也」者，釋文引韓詩文。陳喬樅云：「白黑分則矑之黑色益顯，故韓以『黑色』言之。」「魯有素以爲絢兮句」者，列女傳云：「儀貌壯麗，不可不自修整。」正指此章言。論語子夏引：「巧笑倩兮，美目盼兮，素以爲絢兮。」說文：「素，白緻繒也。」聘禮注：「采成文曰絢。」以列女傳證之，魯詩本有此一句。「手如柔荑」六句，歷述儀貌之壯麗。「素以爲絢」，喻當加修整意，所以儆姜之衰惰，取義深至而毛詩無之，故昔以爲逸詩耳。

碩人敖敖，說于農郊。【注】魯「說」作「稅」。【疏】傳：「敖敖，長貌。農郊，近郊。」箋：「敖敖，猶頎頎也。說，當作襚，禮春秋之『襚』，讀皆宜同。衣服曰襚，今俗語然。此言莊姜始來，更正衣服于衛近郊。」〇敖，無「長」義。毛鄭訓「長貌」者，說文「贅」下云：「贅，顤高也。」「顤」下云：「高長頭。」是「敖」即「贅」之省文，故云然。廣雅釋詁亦云：「顤、顟，高也。」釋文：「說，本或作稅，舍也。」箋：「說，當作襚，衣服曰襚。此言莊姜始來，更正衣服於衛近郊。」鄭承上文「在塗之服」言，兩義俱通。「魯說作稅」者，文選上林賦張揖注：「詩曰：『稅于農郊。』邑外謂之郊，郊，田也。」張述魯詩，是魯作「稅」，與釋文「或作」本合。呂覽孟春紀高注：「東郊，農郊也。」高用魯說，以東郊爲農郊，知魯詩「農郊」必訓爲「東郊」矣。古者迎春耕耤，布農命田，皆在東郊，故「東郊」謂之「農郊」。齊在衛東，夫人入竟，稅於此以待郊迎。

四牡有驕，朱幩鑣鑣，【注】韓「鑣鑣」作「儦儦」。翟茀以朝。【注】三家「茀」作「蔽」，云：諸侯夫人始來，乘翟蔽之車以朝見於君，盛之也。【疏】傳：「驕，壯貌。幩，飾也。人君以朱纏鑣扇汗，且以爲飾。鑣鑣，盛貌。翟，翟車也，夫人以翟羽飾車。茀，蔽也。」箋：「此又言莊姜自近郊既正衣服，乘是車馬以入君之朝，皆用嫡夫人之正禮，今而不答。」〇說文：「馬高六尺爲驕。」公羊隱元年傳何休解詁：「天子馬曰龍，高七尺以上。諸侯馬高六尺以上。」國君夫人馬高六尺，故云「有驕」，猶言馬皆壯大耳。說文「幩」下云：「馬纏鑣扇汗也。从巾，賁聲。詩曰：『朱幩鑣鑣。』」「鑣」下云：「馬銜也。从金，麃聲。」釋文：「鑣，馬銜外鐵也，一名扇汗，又名排沫。」案，陸誤也。續漢輿服志「乘輿象鑣，赤扇汗。王公列侯朱鑣，絳扇汗。」明「鑣」與「扇汗」爲二物。「朱幩」即「絳扇汗」，公侯所用，制沿自古矣。據許，幩以纏於鑣上，行則飄揚，若爲馬扇汗然，故又名「扇汗」。徐鍇繫傳：「謂以帛纏馬口旁鐵，扇汗使不汗也。」它書無謂鑣名扇汗者。「排沫」者，銜在馬口，沫向外分流，若排去之然。

文選舞賦云「揚鑣飛沫」，急就篇顏注：「鑣者，銜兩旁之鐵，今之排沫是也。」是銜與旁鐵統謂之「鑣」矣。重言「鑣鑣」者，四牡皆有鑣，連翩齊騁，故傳云「盛貌」，此實字虛詁之例，會意爲訓也。廣雅釋訓：「鑣鑣，盛也。」是魯與毛同。「韓鑣鑣作儦儦」者。玉篇人部：「詩云：『朱幩儦儦。』盛貌也。」顧用韓詩，知韓作「儦儦」。說文：「儦，行貌。」廣雅釋詁：「儦，行也。」翟者，夫人以翟羽飾車。「三家茀作蔽」者。案，巾車：「王后之五路：重翟，錫面朱總；厭翟，勒面繢總，安車，彫面鷖總，皆有容蓋。翟車，貝面組總，有握；輦車，組輓，有翣羽蓋。」鄭注：「重翟，重翟雉之羽也。厭翟，次其羽使相迫也。重翟、厭翟，謂蔽也。重翟，后從王祭祀所乘。厭翟，后從王賓饗諸侯所乘。安車無蔽，后朝見於王所乘，謂去飾也。詩國風碩人曰『翟蔽以朝』，謂諸侯夫人始來，乘翟蔽之車以朝見於君，盛之也。此翟蔽蓋厭翟也。然則王后始來，乘重翟乎？翟車不重不厭，以翟飾車之側爾，后所乘以出桑。輦車不言飾，后居宮中，從容所乘，但漆之而已。」案，鄭引詩「茀」作「蔽」，是三家文。（何彼襛矣正義引同。）「謂諸侯」至「盛之也」，引三家詩說如此。「盛之也」者，言嫁攝盛之禮，其爲重翟、厭翟，詩說無明文。重、厭皆爲翟蔽，故鄭疑「翟蔽」是「厭翟」，唯王后乘重翟也。曰「蓋」、曰「乎」，存疑之詞。賈疏：「彼是衞侯之夫人，當乘厭翟，則上公夫人亦厭翟，以其王姬下嫁於諸侯，車服不繫於其夫，下王后一等，不得乘重翟，則上公與侯伯夫人皆乘厭翟可知。若子男夫人，可以乘翟車。」愚案：諸侯之禮，不得以王朝爲比，后履至尊，制有所極，不須攝盛。后乘重翟，王姬下嫁乘厭翟，此等殺之必然者，車服不繫於其夫，本其自有之貴，正所以尊王也。公侯夫人下王姬一等，則厭翟固其所乘，賈謂上公侯伯夫人皆厭翟是也。嫁攝盛則乘重翟，猶褘衣是王后服，據君子偕老有「象服」，則諸侯夫人得服褘。詩爲宣姜初至時作，亦嫁攝盛之禮，車、服一也。若仍乘厭翟，何謂「盛之」乎？必知夫人嫁乘重翟者，上言「朱幩」，則此是重翟。巾車「重翟朱總」，鄭司農注：「以繒爲之，總著馬勒，直兩耳與兩鑣。」詳其制，與「幩」合，是「朱幩」即「朱總」，惟重翟用之，若厭翟，非朱幩矣。安車，常朝所乘，非嫁時所用，前後章皆言初嫁時事，明非常朝。傳云「夫人聽內事於正寢」，及以「翟」爲「翟車」，皆不如三家義長。或泥傳云「人君以朱纏鑣扇汗」，謂「四牡」二句就君說，「翟茀」句就夫人說，則上下文義尤不屬。茀者，蔽也。巾車賈疏：「凡言翟者，皆謂翟鳥之羽，以爲兩旁之蔽。言重翟者，皆二重爲之；厭翟者，謂相次以厭其本；下有『翟車』者，又不厭其本也。」案，釋器：「輿，革前謂之鞎，後謂之笰；竹前謂之禦，後謂之蔽。」「笰」與「茀」同，茀、蔽義一，是車後障蔽之名，加用翟羽，取其文采美觀，蓋通兩旁與後並飾之，謂之「翟茀」、「翟蔽」，賈但言兩旁，失蔽之本義。重，二重爲之是也。厭，今俗作壓，比次其羽，令相迫壓，每羽但重其半，次於重翟一等。翟車惟飾兩旁，不重不厭，故直謂之翟車。疏說俱誤。以朝者，謂君親迎而夫人朝見。穀梁傳：「迎者，行見諸，舍見諸。」是夫人初見，有朝見國君之禮也。

大夫夙退，無使君勞。【注】韓說曰：退，罷也。魯說曰：君，謂女君也。

【疏】傳：「大夫未退，君聽朝於路寢，夫人聽內事於正寢，大夫退然後罷。」箋：「莊姜始來時，衛諸大夫朝夕者皆早退。無使君之勞倦者，以君夫人新爲妃耦，宜親親之故也。」○「大夫」者，公羊莊二十四年傳：「禮，夫人至，大夫皆郊迎。」此「大夫」爲衛大夫。姜稅於郊，大夫隨君出迎，正與禮合。夙，早也。「退，罷也」者，釋文引韓詩文，謂既見夫人，早退罷也。「君謂女君也」者，列女傳楚莊樊姬篇：「詩曰：『大夫夙退，無使君勞。』其君者，謂女君也。」「無使君勞」，極形夫人之尊貴，魯說如此，較毛義優矣。列女傳：「衣錦絅裳，飾在輿馬，是不貴德也。」「飾在輿馬」，就「四牡」三句言，此魯詩皆指夫人，不兼國君之明證。「衣錦」云云，又通上章，總言其車服。傅母言夫人所貴在德，若但有車服之盛飾，是不以德爲貴，非謂車服不當盛美也。

河水洋洋，北流活活，【注】魯說曰：衛地濱於淇水，在北流河之西。魯「洋洋」亦作「油油」。　施罛濊濊，

【注】魯「罛」亦作「罟」，「濊濊」一作「泧泧」。韓說云：「流貌。」齊作「濊濊」。鱣鮪發發，【注】魯「發發」一作「潑潑」，韓作「鱍鱍」，齊作「鮁鮁」。葭菼揭揭，庶姜孼孼，【注】韓「孼」作「钀」，云：「長貌。」庶士有朅。【注】韓「朅」作「桀」，云：「健也。」【疏】傳：「洋洋，盛大也。活活，流也。罛，魚罟。濊，施之水中。鱣，鯉也。鮪，鮥也。發發，盛貌。葭，蘆。菼，薍也。揭揭，長也。孼孼，盛飾。庶士，齊大夫送女者。朅，武壯貌。」箋：「庶姜，謂姪娣。此章言齊地廣饒，士女佼好，禮儀之備，而君何爲不答夫人。」○「衛地」至「之西」者，趙岐孟子章句十二：「衛詩竹竿之篇曰：『泉源在左，淇水在右。』碩人之篇曰：『河水洋洋，北流活活。』衛地濱於淇水，在北流河之西。」陳喬樅云：「漢志河內郡共：『北山，淇水所出，東至黎陽入河。』魏郡鄴：『故大河在東北入海。』焦循曰：『鄴東大河故道，由黎陽北行，故衛風曰：「河水洋洋，北流活活。」趙氏當東漢時，鄴河久竭，河徙東行，衛地不在河西，而淇水不濱於河，故兩引詩以明古河與淇之所在也。』胡渭禹貢錐指云：『河至大伾山西北，折而北，逕朝歌之東，故謂之北流，是也。』」愚案：趙用魯詩，據其引詩語，明以北流河屬衛，蓋魯說如此。箋疏據詩末二語，以此爲言齊地之河，失之。衛故都在河西北，齊在衛東。姜初嫁時，傅母從行渡河，覩物產之饒美，國土之富，「庶姜」二句，方及媵從之盛，總以見姜之尊榮，婦道不可不正也。釋詁：「洋，多也。」傳：「洋洋，盛大也。」應劭風俗通義十引詩曰：「河水洋洋。」應用魯詩，與趙同。漢書地理志：「衛詩曰：『河水洋洋。』」班用齊詩，明魯齊同作「洋洋」。「魯亦作油油」者，劉向九歎王注引詩「河水油油」，「洋」、「油」一聲之轉，王引蓋魯異文。廣雅釋訓：「油油，流也。」「活活」者，說文「𣶒」下云：「水流聲。从水，𠯑聲。」繫傳云：「案詩曰：『北流𣶒𣶒。』」玉篇「活」下云：「詩曰：『北流活活。』」重文「𣶒」下云：「說文活。」實則說文凡从「舌」之字如「适」、「活」、「栝」、「聒」之類皆本从「𠯑」，非異文也。史記田齊世家正義：「施，張設也。」說文「罛」下云：「魚罟也。从网，瓜聲。詩曰：『施罟濊濊。』」「罟」下云：「网也。从网，古聲。」「濊」下云：

「礙流也。从水，薉聲。詩曰：『施罟濊濊。』」「奯」下云：「空大也。从大，歲聲，讀若詩『施罟濊奯。』」小徐本作「泧泧」。「魯罛亦作罟」者，案，詩有二文，一作「罛」，一作「罟」，說文「罛」下注引詩當作「罛」，不作「罟」，後人據「濊奯」注誤改之。淮南原道訓「因江海以爲之罟」，高注：「罟，魚网也。詩曰『施罟濊濊。』」說山訓注：「罛，大网也。詩曰『施罛濊濊，鱣鮪潑潑』是也。」呂覽上農篇注：「罛，魚罟也。詩云：『施罛濊濊。』」高用魯詩，明魯作「罛」，又作「罟」。「罛」、「罟」雖分大小，散文則通。或據說山上農作「罛」，欲併原道正文及注「罟」字改之，非也。「濊濊」者，說文：「濊，水多貌。」「魯一作泧泧」者，廣雅釋訓：「泧泧，流也。」與小徐本合，明「泧」是魯異文，讀與「濊」同。說文「眓」下云：「視高貌。从目，戉聲，讀若詩曰『施罛濊濊』。」是其證。許書無「濊」字，「奯」注之「濊濊」，乃「濊濊」之誤文也。「濊濊，流貌」者，釋文引韓詩文，蓋言罛下與水俱流。參之高注，魯韓並作「濊」，與毛同，則作「濊濊」者爲齊文矣。說文：「薉，蕪也。」「濊」注「礙流」之訓，自「蕪薉」義引申而出。罛罟多若礙流然，「濊」是形聲兼會意字，蓋齊義如此。廣韻十三末：「濊，水聲。」「濊，同上。」義雖微異，文則互通，故淮南齊俗篇云：「河水欲清，沙石濊之。」又以「濊」爲「薉」也。釋魚「鯉，鱣」，郭注：「鯉，今赤鯉魚。鱣，今江東呼爲黃魚。」釋文「鱣」與「鯉」全異，皆據目驗，言潛有鱣有鮪，鰷鱨鰋鯉，明鱣、鯉二魚。毛傳「鱣，鯉也」，此誤以爾雅爲兼名訓釋，而說文從之。鮪者，釋魚「鮥，鮛鮪」，郭注：「鮪，鱣屬也，大者名王鮪，小者名鮛鮪。」說文：「鮪，鮛也。」「鮛，叔鮪也。」淮南氾論訓注：「鱣，大魚，長丈餘，細鱗，黃首白身，短頭，口在腹下。鮪，大魚，亦長丈餘，仲春二月從西河上，得過龍門便爲龍。」「魯發發一作潑潑」者，呂覽諭大篇高注：「鱣鮪皆大魚，長丈餘。詩曰：『鱣鮪發發。』」季春紀注云：「鮪魚似鯉而小。（時則訓註作「大」，疑此誤。）詩曰：『鱣鮪潑潑。』」據此，「發」、「潑」兩作。唐石經元刻作「潑潑」，後改「發發」，是毛與魯同。傳：「發發，盛貌。」「潑潑」者，魚在水中潑潑然也。「韓作鱍鱍」者，釋文引韓詩文。「齊作鮁鮁」者。說文

「鮁」下云：「鱣鮪鮁鮁。」蓋齊文也。集韻十三末「鱍」下云：「魚游貌。或省作發，亦作鮁。」又「鮁」下云：「或作發，亦從魚。」是「鱍」、「鮁」字同，以「鮁」爲正，從「犮」、從「發」之字古多通用。玉篇「撥」與「拔」同，亦其證。釋文引馬融云：「魚著网，尾發發然。」讀「發」爲「鱍」也。「葭」義具騶虞。説文「𦵹」下云：「萑之初生，一曰薍，一曰鵻。从艸，剡聲。」「菼」下云：「𦵹或从炎。」「薍」下云：「𦵹也。从艸，亂聲。八月薍爲葦也。」「萑」下云：「薍也。从艸，隹聲。」「揭，高舉也。」重言之曰「揭揭」。傳：「揭揭，長也。」秦風：「蒹葭蒼蒼，白露爲霜。」此蒹葭長時有霜之證。説文又云：「蒹，萑之未秀者。」「葭，葦之未秀者。」「蒼，艸色也。」揭揭然高舉，則色蒼蒼然矣。皆以葭菼未秀時言。詩爲莊姜初至時作，與古禮「霜降逆女」合。

庶姜，姪娣。「韓孽作𨏵，云長貌」者，釋文引韓詩文，「牛過反。」案，説文「孽」下云：「庶子也。从子，辥聲。」無「盛飾」義。「𨏵」下云：「載高貌。从車，巘省聲。」釋訓「孽孽，戴也」，郭注：「頭戴物。」故傳以爲「盛飾」。但上文「頎頎」、「敖敖」皆以高長美碩人，則此亦以高長美庶姜，非謂盛飾也。頭戴物則高，與「𨏵」之「載高」正同，故字從「𨏵」爲正，引申之爲人高長義。吕覽過理篇「宋王築爲孽臺」，高注：「孽當作巘，孽與巘音同。」詩曰『庶姜𨏵𨏵』，高長貌也。」張衡西京賦：「飛檐𨏵𨏵。」廣雅釋訓：「𨏵𨏵，高也。」高、張皆用魯詩，是魯作「𨏵」與韓同。「孽」一爲「𨏵」，猶説文引書盤庚「蘖」一爲「巘」。文選魯靈光殿賦「飛陛揭孽」，正用此詩「揭揭」、「孽孽」之文。李注：「揭孽，高貌。」明漢人讀「孽」爲「𨏵」也。庶士，傳：「齊大夫送女者。」孔疏：「桓三年左傳曰：『凡公女，嫁於敵國。公子，則下卿送之。』齊衛敵國，莊姜齊侯之子，則送者下卿也。大夫，卿之總名。士者，男子之大稱，故齊大夫統稱『庶士』也。」「朅作桀，云健也」者，釋文引韓詩文。陳喬樅云：「『伯兮』『邦之桀兮』，傳：『桀，特立也。』特立卽健義，亦武壯貌。説文：『朅，去也。』毛詩『朅』蓋『偈』之假借。偈、桀音義相近。廣雅釋詁：『偈，健也。』衆經音義六引字林：『偈，健也。』『伯兮朅兮』，傳：『朅，武也。』玉篇人部：『朅，武貌。詩曰：伯兮偈兮。』」

文選高唐賦序注引韓詩云：『偈，桀，健也。』是揭、偈、桀三字義近通假之證。」愚案：「有揭」即「揭揭」，詩偶變其文。谷風「有洸有潰」，毛傳釋爲「洸洸潰潰」。女曰鷄鳴「明星有爛」，鄭箋：「明星尚爛爛然。」皆其例也。

碩人四章，章七句。

氓【注】齊說曰：氓伯以婚，抱布自媒。棄禮急情，卒罹悔憂。【疏】毛序：「刺時也。宣公之時，禮義消亡，淫風大行，男女無別，遂相奔誘。華落色衰，復相棄背，或乃困而自悔，喪其妃耦，故序其事以風焉。美反正，刺淫泆也。」○棄婦自悔恨之詞。後漢崔駰傳載駰祖篆慰志賦所謂「懿氓蚩之悟悔」也。毛以詩爲他人代述，說亦可通。左成八年傳引詩「女也不爽」四句，杜注：「詩衛風，婦人怨丈夫不一其行。」「氓伯」至「悔憂」，易林蒙之困文，夬之兑同，首句作「以緡易絲」，此齊說，魯韓無異義。

氓之蚩蚩，【注】韓說曰：氓，美貌。「蚩」亦作「嗤」，云：志意和悅也。抱布貿絲。【注】齊說曰：以緡易絲。

【疏】傳：「氓，民也。蚩蚩者，敦厚之貌。布，幣也。」箋：「幣者，所以貿物也。季春始蠶，孟夏賣絲。」○說文：「氓，民也。」「氓美貌」者，釋文引韓詩文。馬瑞辰云：「氓、藐聲之轉，蓋韓以『氓』爲『藐』之叚借。爾雅：『藐藐，美也。』說文：『懇，美也。』『藐』即『懇』之叚音。」愚案：美民爲「氓」，猶美士爲「彥」、美女爲「媛」也。據此及易林，韓齊作「氓」，與毛同。易林云「氓伯」者，伯兮箋以伯爲呼其君子之字，詩義當同，疑齊說相傳有此文也。陳喬樅云：「小爾雅廣言：『蚩，戲也。』衆經音義二十三引倉頡篇云：『蚩，笑也。』文選阮籍詠懷詩注、古詩十九首注兩引說文『嗤，笑也』，李善云：『嗤與蚩同。』說文無『嗤』字，『欪』下云：『欪欪，戲笑貌。』蚩當即欪之或體，蚩蚩爲戲笑貌。此婦人追本男子誘己之時，與己戲笑，己悅之而以爲美也。」「韓蚩亦作嗤」者，慧琳音義十五引韓詩作「蚩」，音義七引作「嗤」，並云：「志意和悅貌也。」顧震福云：「龍龕手鑑：『蚩，和悦也。』廣韻：『⿰虫欠，喜笑。』喜笑即和悦也。釋名：『蚩，癡也。』即毛所云敦厚貌。蚩蚩者，乃笑之癡也。毛韓義異而可以互相發明。」抱，說文作「袌」，云：「褱也。」秦策韋注：「抱，持也。」「以緡易絲」者，易林夬之兑文。（引見上。）「緡」即錢也。史記平準書如注：「詩云『抱布貿絲』，故謂之緡也。」正用易林齊義。漢書武紀「初算緡錢」，李斐注：「緡，絲也，以貫錢也。」食貨志「賈人之緡錢」，注：「緡，謂錢貫也。」釋言「貿，市也」，郭注：「詩云：『抱布貿絲。』」蓋即舊注魯詩文，不詳「布」爲何物。案，載師「凡宅不毛者，有里布」，先鄭注：「里布者，布參印書，廣二寸，長二尺，以爲幣貿易物。詩云『抱布貿絲』，抱此布也。或曰，布，泉也。春秋傳曰：『貿之百兩一布。』又廛人職掌斂市之次布、儳布、質布、罰布、廛布。」後鄭注：「不知言『布參印書』者何？見舊時說也。玄謂宅不毛者，罰以一里二十五家之泉。」賈疏云：「『里布』至『抱此布』，此說非，故先鄭自破之也。云『或曰布泉』以下至『廛布』，此說合義也。」愚案：先鄭前說，後鄭時已不曉其義，或以爲古毛詩說。先鄭又曰「布，泉也」，其注禮亦兼釋詩，明詩有「布泉」義也，所引廛人云云，彼諸布皆是泉，故以爲證。後鄭駁先鄭前說，則其釋詩亦不主「布參印書」之義，而以布爲泉可知。鄭注禮時書三家詩，知三家必訓「布」爲「泉」。此箋依傳訓「布」爲「幣」者，說文：「布，枲織也。」「幣，帛也。」此二字本義。食貨志：「貨寶於金，利於刀，流於泉，布於布，束於帛。」此泉刀與金布帛各爲物也。又引周景王將更鑄大錢，單穆公言「量資幣，權輕重，以救民。民患輕，則爲之作重幣。」「秦兼天下，幣爲二等，黄金以溢爲名，上幣；銅錢，質於周錢，文曰『半兩』，重如其文。」金錢皆爲幣，是錢可稱「布」，又可稱「幣」，傳箋訓布爲幣，正以布爲錢，因世所共曉，不須分析言之。若枲織之布，與幣帛之幣顯然二物，周秦漢以來從無以布當幣者。莊子山木篇郭注，釋布爲「匹帛」，此晉人語，由於誤解毛傳，孔疏乃云布幣謂絲麻布帛之布，未免溷淆矣。以布爲錢，「抱」字訓「褱」、訓「持」，義俱可通。疏云「泉則不宜抱之」，亦非。說文：「絲，蠶所吐也。从二糸。」「糸，細絲也。」蠶鐵論借幣篇：「古者市朝而無刀幣，各以其所有易無，抱布貿絲而已。」此言者遇無刀幣之時，則以物相易，非謂周世無刀幣也，直云以布易絲，亦非訓布爲幣。桓習齊詩，此蓋齊家異義。又易林解之乾云「抱布貿絲」，並明齊毛文同。**匪來貿絲，來卽我謀。送子涉淇，至于頓丘。**【疏】傳：「丘一成爲頓丘。」箋：「匪，非。卽，就也。此民非來買絲，但來就我，欲與我謀爲室家也。子者，男子之通稱。言民誘己，己乃送之涉淇水，至此頓丘，定室家之謀，且爲會期。」○易林萃之歸妹「來卽我謀」，知齊毛文同。傳「丘一成爲頓丘」，釋丘「丘一成爲敦丘」，郭注：「成，猶重也。今江東呼地高堆爲敦。」孔疏引孫炎曰：「形如覆敦，敦器似盂，又如覆敦者。」「敦丘」，郭注：「敦，盂也。」疏引孫炎曰：「丘，一成之形象也。」是「頓丘」卽「敦丘」，毛作「頓」，同音借字，魯詩今文當作「敦」。風俗通義十引詩云「至于頓丘」，應用魯詩，「頓」當作「敦」，後人據毛改之，今「頓」行而「敦」廢矣。漢書地理志云「東郡頓丘」，顏注：「以丘名縣也。丘一成爲頓丘，謂一頓而成也。或曰重也，一重之丘。」顏兼用爾雅及釋名文，所云「以丘名縣」，卽詩「頓丘」矣。水經淇水注略云：淇水自衞郡黎陽，右合宿胥故瀆，瀆受河於頓丘縣遮害亭東、黎山西北，會淇水處立石堰過水，今瀆東北注。蘇代曰：「決宿胥之口，魏無虛頓丘。」卽指是瀆也。淇水又逕雍榆城南，又東北逕帝嚳冢西，世謂之頓丘臺，非也。皇覽曰「帝嚳冢在東郡濮陽頓丘城南臺陰野中」者也。又北，歷廣陽里，逕顓頊冢西，帝王世紀曰「顓頊冢，東郡頓丘城南廣陽里大冢」者也。淇水又北，屈而西轉，逕頓丘北，故闞駰云「頓丘在淇水南」，爾雅曰「山一成謂之頓丘」，釋名謂「一頓而成丘，無高下大小之殺也」，詩所謂「送子涉淇，至于頓丘」者也。魏徙九原西河土軍諸胡，置土軍於丘側，故其名亦曰土軍也。又屈，逕頓丘縣故城西。古文尚書以爲「觀地」矣，蓋太康弟五君之號曰「五觀」者也。竹書紀年：「晉定公三十一年城頓丘。」蓋因丘而爲名，故曰頓丘矣。細繹酈注，淇水於頓丘城南逕帝嚳顓頊二冢，又逕頓丘北，方至頓丘故城西，注中止一言頓丘，餘並廣及縣治，與丘無涉。或謂衛有三頓丘，及黎陽東郡有二頓丘者，皆誤。一統志：「頓丘故城在今大名府清豐縣西南二十五里。」此婦居淇水北，涉淇而南，乃至頓丘。頓丘築城，始自晉定公時，毛序以爲衛宣公時作，自衛宣元年至晉定三十一年，歷二百三十八甲子，作詩時頓丘尚無城也。

匪我愆期，子無良媒。將子無怒，秋以爲期。【注】韓說曰：將，辭也。【疏】傳：「愆，過也。將，願也。」箋：「良，善也。非我欲過子之期，子無善媒來告期時。將，請也。民欲爲近期，故語之曰：請子無怒，秋以與子爲期。」○釋文：「愆，字又作諐。」說文：「愆，過也。从心，衍聲。諐，籀文。」釋言：「愆，過也。」案，此氓欲爲近期，故婦言非我故欲過會合之期，因子尚無善媒耳，將子無怒，秋以爲期可乎？初念尚知待媒，雖有成約，猶欲以禮自處也。婦欲待媒而氓怒。毛訓「將」爲「願」，於文不順，故箋改之。「將辭也」者，文選甘泉賦李注引薛君韓詩章句文。僞家語本命解王肅注：「季秋霜降，嫁娶者始于此。詩曰『將子無怒，秋以爲期』也。」案，箋云「孟夏賣絲」，孔疏：「月令孟夏，云『蠶事既畢，分繭稱絲』，是孟夏有絲賣之也，欲明此婦見誘之時節，故云賣絲之早晚，以男子既欲爲近期，女子請之至秋，明近期不過夏末，則賣絲是孟夏也。」愚案：男約近期，女請至秋，未必拘季秋逆女之節。王肅據淫奔之詩以明禮，斯爲謬矣。張衡定情賦「秋爲期兮」，時已征用此經文。

乘彼垝垣，以望復關。【疏】傳：「垝，毀也。復關，君子所近也。」箋：「前既與民以秋爲期，期至，故登毀垣，鄉其所近而望之，猶有廉恥之心，故因復關以託號民云，此時始秋也。」○說文：「乘，覆也。从人、桀。」案，凡物相覆謂之「乘」。易屯卦鄭注：「馬牝牡曰乘。」是也。人在垣上，若覆之者，故亦曰「乘」。說文：「垝，毀垣也。从土，危聲。詩曰：『乘彼垝垣。』」「垣，牆也。」釋詁：「垝，毀也。」郭注：「詩曰：『乘彼垝垣。』」蓋魯舊注義與毛同。傳「復關，君子所近也。」陳奐據左襄十四年、二十六年傳衞有「近關」，謂衞之關有遠有近，詩之關卽「近關」，傳本左傳爲說。愚案：「復」無近義，且「近關」非以君子所近蒙稱，此毛誤解左氏也。廣雅釋詁：「復，重也。」管子牧民篇注同。復關，猶易言「重門」。近郊之地，設關以譏出入、禦非常，法制嚴密，故有重關，若司關疏所稱「面置三關」者。婦人所期之男子，居在復關，故望之。崔篆賦所謂「揚蛾眉於復關」也。**不見復關，泣涕漣漣。既見復關，載笑載言。**【注】魯「泣」作「波」。魯說曰：漣漣，流貌也。韓說曰：漣漣，淚下貌。【疏】傳：「言其有一心乎君子，故有自悔。」箋：「用心專者怨必深。則笑則言，喜之甚。」○傳箋「漣漣」二字均無訓義。「流貌也」者，劉向楚詞九歎「涕流交集兮泣下漣漣」，王逸注：「漣漣，流貌也。詩曰：『泣涕漣漣。』」王述魯說。「魯泣作波」者，宋本詩攷引，「泣」作「波」，丁晏以爲今本後人依毛改之，故詩云涕下如流泉波涕。說新而確。「淚下貌」者，玉篇水部：「詩曰：『泣涕漣漣。』淚下貌。」顧述韓詩，說與魯合。易林坤之井：「三女求夫，伺候山隅。不見復關，泣涕漣洳。」「洳」疑「如」之誤。乾之家人解之家人末同作「長思憂歎」，此齊義。「三女求夫」云云，蓋舊說有之，今不可攷矣。**爾卜爾筮，體無咎言。**【注】齊韓「體」作「履」。韓說云：履，幸也。**以爾車來，以我賄遷。**【疏】傳：「龜曰卜，蓍曰筮。體，兆卦之體。賄，財。遷，徙也。」箋：「爾，女也。復關既見此婦人，告之曰：我卜女筮女，宜爲室家矣。兆卦之繇，無凶咎之辭，言其皆吉，又誘定之。女，女復關也。信其卜筮皆吉，故答之曰：徑以女車來迎我，我以所有財遷徙就女也。」○以二語爲男告女之詞，承上文「載言」實之。「齊體作履」者，禮坊記：「子云：善則稱人，過則稱己，則民不争；善則稱人，過則稱己，則怨益忘。詩云：『爾卜爾筮，履無咎言。』」鄭注：「爾，女也。履，禮也。言女鄉卜筮然後與我爲禮，則無咎惡之言矣。言惡在己，彼過淺。」說與箋詩異。案，記稱子說，引詩以明「過則稱己」之意，此最古義。昏姻正禮，先以卜筮，左傳所載懿氏卜妻敬仲、晉獻公筮嫁穆姬是也。「履」、「禮」古通用，此婦人棄逐之後，追述往事，言己見復關，問知爾已卜矣，爾已筮矣，我仍惟禮是履，匪媒不嫁，則不至有後來咎惡之言，不應卽以爾車來，以我賄遷耳。所謂過則稱己，惡在己，彼過淺也。子不引下二句，見聖人非禮不道，嚴重如此。禮家舊說多用齊詩，蓋齊義如此。「履，幸也」者，釋文引韓詩文。郝懿行云：「爾雅：『履，福也。』幸者，趨吉而免凶，亦福之意。」陳喬樅云：「漢書伍被傳注：『幸，非望之福。』履義訓福，故引申旁通，其義亦得訓幸。」愚案：韓意亦謂問知爾已卜筮，幸無惡咎之言，特我不當以賄遷往耳，合下二句釋之，方得夫子「過則稱己」、引詩以說之意。此婦自恨卒爲情誘，違其待媒訂期之初念，直道其事如此，齊詩所謂「棄禮急情」也。

桑之未落，其葉沃若。于嗟鳩兮，無食桑葚！于嗟女兮，無與士耽！【注】韓「于」作「吁」。【疏】

傳：「桑，女功之所起。沃若，猶沃沃然。鳩，鶻鳩也。食桑葚過，則醉而傷其性。耽，樂也。女與士耽，則傷禮義。」箋：「桑之未落，謂其時仲秋也，於是時國之賢者刺此婦人見誘，故于嗟而戒之。鳩以非時食葚，猶女子嫁不以禮，耽非禮之樂。」○此以桑落、未落興己色盛衰。「沃」，說文作「洪」，云：「灌溉也。从水，芺聲。」草木得溉灌則肥盛而美。衆經音義引廣雅云：「沃，溼也，美也。」魯語注：「沃，肥美也。」淮南墜形訓注：「沃，盛也。」溉灌，本義；肥盛美，引申義。「沃若」，與「沃沃」、「有沃」同詞，隰桑「其葉有沃」，猶「沃沃」也。毛於隰桑傳云：「沃，柔也。」於隰有萇楚傳云：「沃沃，壯佼也。」故爲岐詞，實卽一義，古人狀物必疊二文以盡形容之妙。「若」、「然」同義，「沃若」卽「沃然」，亦卽「沃沃」矣。此以鳩喻女，又以桑喻士，隨文見義也。傳：「鳩，鶻鳩也。食桑葚過，則醉而傷其性。」說文：「葚，桑實也。」釋文作「椹」。泮水傳作「黮」，字同。疏：「鶻鳩，班鳩也。鳩類非一，知此是鶻鳩者，以鶻鳩冬始去，今秋見之，以爲喻，故知非餘鳩也。」「韓于作吁」者，外傳二引詩曰：「『吁嗟女兮，無與士耽。』皆防邪禁佚，調和心志。」明韓「于」皆作「吁」。荀子非相篇「處女莫不願得以爲士」，楊注：「士，未娶妻之稱。」「耽」說詳下。士之耽兮，猶可說也；女之耽兮，不可說也！【疏】箋：「說，解也。士有百行，可以功過相除。至於婦人無外事，維以貞信爲節。」○「士之耽兮」四句，列女魯宣繆姜傳引，明魯毛文同。說文：「耽，耳大垂也。从耳，冘聲。詩曰：『士之耽兮。』」謂耳垂過大也，此本義，詩訓爲樂之過，又自「過大」義旁推之，言男子過行，猶有解說之詞，婦人從一而終，失節則無可言矣。毛但訓「樂」，義未盡。

桑之落矣，其黃而隕。【注】齊說曰：「桑之將落，隕其黃葉。失勢傾側，而無所立。自我徂爾，三歲食貧。淇水湯湯，漸車帷裳。【疏】傳：「隕，惰也。湯湯，水盛貌。帷裳，婦人之車也。」箋：「桑之落矣，謂其時季秋也，復關以此時車來迎己。徂，往也，我自是往之女家。女家乏穀食已三歲貧矣，言此者，明己之悔不以女今貧故也。帷裳，童容也。我乃渡深水，至漸車童容，猶冒此難而往，又明己專心於女。」○說文：「凡草曰零，木曰落。」「隕」下云：「自高下也。」詩言桑落，特繪其落之情狀，謂將落時其葉必先黃而後隕，喻婦人色必先衰而後被棄逐也。「桑之」至「所立」，易林履之噬嗑文，泰之无妄剥之震小過之復同，亦以將落爲言。「無所立」，無自立之所也，喻婦人被逐，自立無所，此齊義。後漢孔融傳擬劉表於桑落，以爲其勢可見，李注引此詩，融亦言表有桑落之勢，似此婦人也。馬瑞辰云：「詩下言『三歲爲婦』，推之『三歲食貧』，應指既嫁之後。食貧，猶居貧。箋訓『食』爲『穀食』，非。」愚案：馬說是。追言徂爾食貧，至於三歲，我無悔意也。釋文：「漸，子廉反。溼也。」孔疏云：「童容，以帷障車之旁如裳，以爲容飾，故或謂之帷裳，或謂之童容，其上有蓋，四傍垂而下，謂之襜。」愚案：車，卽復關之車，上文所云「爾車」也。此婦更追溯來迎之時，秋水尚盛，己渡淇徑往，帷裳皆溼，可謂冒險，而我不以此自阻也。以上四句，皆「不爽」之證。女也不爽，士貳其行。士也罔極，二三其德。【疏】傳：「爽，差也。極，中也。」箋：「我心於女，故無差貳，而復關之行有二意。」○「女也不爽」，列女魯季敬姜傳引，明魯毛文同。王引之云：「貳當爲貣之譌，貣音他得反，即『忒』之借字。洪範『衍忒』，史記宋微子世家作『衍貣』。管子正篇『如四時之不貣』，即易之『四時不忒』也。爾雅：『爽，差也。』『爽，忒也。』豫卦、彖傳鄭注：『忒，差也。』是爽與忒同訓爲『差』。爾雅說此詩曰：『晏晏旦旦，悔爽忒也。』正謂恨士之爽忒其行。據爾雅所釋，詩之作『貣』明矣。」陳喬樅云：「據爾雅『悔爽忒』之語，足證魯詩是作『士忒其行』，毛譌作『貳』，三家皆當作『忒』也。」愚案：王、陳說是。詩言我無爽忒，汝之行乃有差忒，所以然者，汝之心失其中，不專一其德而有二三耳，故初至於暴而其後見棄逐也。

三歲爲婦，靡室勞矣。【注】韓說曰：靡，共也。【疏】箋：「靡，無也。無居室之勞，言不以婦事見困苦。有舅姑曰婦。」○「三歲爲婦」，與上文「三歲食貧」相應。毛傳言婦年老見棄。愚案：婦總角與氓相識，即私奔年長，當不過二十內外，加三歲亦未遽老，特因色衰愛移，婦由奔誘而來，不以夫婦之禮相待，與谷風諸詩有別，非年老也。箋釋兩「三歲」爲二義，蓋欲以實年老之說，非是。黃山云：「箋『有舅姑曰婦』，案公羊僖二十五年、宣元年傳皆云：『其稱婦何？有姑之辭也。』穀梁文三年傳云：『曰婦，有姑之辭也。』鄭連『舅』言，必非今文說。推公穀之義，亦他人稱婦，非婦自名。詩爲婦以室勞言，係對夫自述，義於『舅姑』無涉。禮曲禮：『夫人自稱於天子曰老婦。』國策趙太后對大臣，亦自稱『老婦』。又漢以下，婦人未有子者皆自稱『新婦』。史記陳嬰母謂嬰曰：『自我爲汝家婦』，則自稱爲『婦』，乃婦之常。說文：『婦，服也。從女，持帚灑掃也。』釋名：『婦，服也，服家事也。』服家事，即同室服勞，正爲婦之本職。『三歲爲婦』，猶李白長干行『十四爲君婦』之意，不必如鄭說。」「靡，共也」者，易中孚釋文引韓詩、列子說符篇注引外傳文。言三歲之中，食貧同居，共室家勞瘁之事。如箋訓，是復關之待此婦甚優，非氓家食貧者所能爲，與下文語意不貫，明韓說優矣。

夙興夜寐，靡有朝矣。【疏】箋：「無有朝者，常早起夜卧，非一朝然，言己亦不解惰。」○「夙夜」，義具陟岵，說詳彼注，猶朝暮也。興，起。

寐，臥也。漢書昭帝紀始元五年詔，引「夙興夜寐」句，昭帝從韋賢受魯詩，又從蔡義受韓詩，明魯韓與毛文同。「靡有朝」，言不可以朝計也，猶易言非一朝之故。**言既遂矣，至于暴矣。兄弟不知，咥其笑矣。靜言思之，躬自悼矣！**【疏】傳：「咥咥然笑。悼，傷也。」箋：「言，我也。遂，猶久也。我既久矣，謂三歲之後，見遇浸薄，乃至見酷暴。兄弟在家，不知我之見酷暴，若其知之，則咥咥然笑我。靜，安。躬，身也。我安思君子之遇己無終，則身自哀傷。」○雨無正傳：「遂，安也。」說文：「咥，大笑也。」此婦人云我既安然爲汝婦矣，不料見遇浸薄，乃至酷暴不堪，始則相陵，後乃偪逐，不能不歸。從前奔從復關之時，不告於兄弟，後至夫家，始末情事，兄弟亦茫然不知，今見我歸，但一言之，皆咥然大笑，無相憐者。我靜思之，惟身自傷悼爲匪人所誘耳。

及爾偕老，老使我怨。【疏】箋：「及，與也。我欲與女俱至於老，老乎女反薄我，使我怨也。」○嚴粲云：「詩言總角之宴，則此婦人始笄便爲此氓之婦，三歲不應便老，蓋言始也將與汝偕老，今未老而已見棄，若從爾至老，其被暴戾必有甚者，愈使我怨也。」愚案：「及爾偕老」，卽復關從前信誓之詞，此婦追述其前誓，而云今已見棄，尚何所言，徒使我老增哀怨耳。箋泥「老」字，以爲老乃見棄，固非，嚴解亦未當也。**淇則有岸，隰則有泮。**【疏】傳：「泮，陂也。」箋：「泮讀爲畔，畔，涯也。言淇與隰皆有厓岸以自拱持，今君子放恣心意，曾無所拘制。」○釋文引呂忱云：「陂，阪也，所以爲隰之限域也。」詩卽目爲喻，言淇水之盛，尚有岸以爲障；原隰之遠，尚有畔以爲域，今復關之心，略無拘忌，蓋淇、隰之不足喻矣。**總角之宴，言笑晏晏。信誓旦旦，不思其反。反是不思，亦已焉哉！**【注】魯說曰：「晏晏旦旦，悔爽忒也。」【疏】傳：「總角，結髮也。晏晏，和柔也。信誓旦旦然。」箋：「我爲童女，未笄結髮宴然之時，女與我言笑晏晏然而和柔，我其以信，相誓旦旦耳。言其懇惻款誠。反，復也。今老而使我怨，曾不念復其前言。已焉哉，謂此不可奈何，死生自決之辭。」○釋文：「宴，如字，本或作丱者，非。」正義同。馬瑞辰云：「作『丱』者是也。丱即『丫』字之省，爲總角貌，丱與晏古音正合。箋『宴然』亦當爲『丱然』之譌，作宴者，因下『晏晏』而誤也。釋文正義轉以作丱爲非，失之。」愚案：馬說是。總角者，童女直結其髮，聚之爲兩角。自爲童女時即見此氓，是貿絲非一次，至長成後乃與相期約耳。始則言笑和柔，繼則信誓誠懇，所以誘之備至，今於爽忒後述之如此。釋訓：「晏晏旦旦，悔爽忒也。」釋文：「旦，本或作悬。」說文：「怛，憯也。從心，旦聲。或從心，在旦下。詩曰『信誓悬悬。』」許所引者，魯詩作「悬」之本也。陳喬樅云：「悬悬爲憯之意，故鄭箋又云『言其懇惻款誠』，亦本魯說爲訓也。」胡承珙云：「說文：『憯，痛也。』方言：『怛，痛也。』或疑於此『信誓』義不協，不知傷痛者至誠迫切之意，故可通爲形容誠懇之貌也。」禮表記：「國風曰：『信誓旦旦，言笑晏晏，不思其反。反是不思，亦已焉哉。』」鄭注：「此皆與爲婚禮而不終也。言始合會，言笑和悅，要誓甚信，今不思其本恩之反覆，反覆之不思，亦已焉哉，無如此人何。怨深也。」愚案：據表記引「言笑」五句，知齊毛文同。釋文云：「信誓，本亦作矢誓。」蓋齊家有異文作「矢」。「不思反覆其前言」，鄭釋爲「不思其本恩之反覆」，此齊說異義。

氓六章，章十句。

竹竿

竹竿【疏】毛序：「衞女思歸也。適異國而不見答，思而能以禮者也。」○愚案：古之小國數十百里，雖云異國，不離淇水流域。前三章衞之淇水，末章則異國之淇水也。三家無異義。

籊籊竹竿，以釣于淇。豈不爾思，遠莫致之！【疏】傳：「興也。籊籊，長而殺也。釣以得魚，如婦人待禮以成爲室家。」箋：「我豈不思與君子爲室家乎？君子疏遠己，己無由致此道。」○說文：「竿，竹梃也。」說文無「籊」字。馬瑞辰云：「釋木『梢，梢擢』，郭注：『謂木無枝柯，梢擢長而殺也。』王氏念孫云：『梢之言削也。』讀如輪人『斲爾而纖』之

『䈰』。鄭注：『䈰，纖殺小貌也。』擢與籊籊聲近而義同。爾雅又云：『無枝爲檄。』郭注：『檄，擢直上。』亦與籊籊爲長而殺義近。卓文君白頭吟『竹竿何嫋嫋，魚尾何簁簁』，義取此詩。」愚案：淇水衛地，此女身在異國，思昔日釣游之樂而遠莫能致，此賦意。傳言『釣以得魚，如婦人待禮以成爲室家』，此興意也。

泉源在左，淇水在右。女子有行，遠兄弟父母。【疏】傳：「泉源，小水之源。淇水，大水也。」箋：「小水有流入大水之道，猶婦人有嫁於君子之禮。今水相與爲左右而已，亦以喻己不見答。行，道也。女子有道當嫁耳，不以不答而違婦禮。」○趙岐孟子章句十二引衛詩竹竿之篇曰：「泉源在左，淇水在右。」趙習魯詩，明魯毛文同。胡承珙云：「衛都朝歌，淇自其城北屈而西轉，亦在衛之西北，其下流乃在西南。詩不曰泉水曰泉源，水經淇水注：『泉有二源，一曰馬溝，二曰美溝，皆出朝歌西北。』詩自其源而言之，故曰『在左』。淇水詩不曰源，則是目其下流已至衛之西南，故曰『在右』。一字分別，不苟如此。」俗本「父母」在「兄弟」上。阮校勘記云：「小字本、閩本、明監本皆作『遠兄弟父母』，釋文以『遠兄』二字作音可證。」胡承珙云：「王風葛藟、魯頌閟宮皆『母』與『有』均，小雅沔水『母』與『友』均，與此『母』、『右』爲均同。」藝文類聚二十三引荀爽女誡云：「詩曰：『泉源在左，淇水在右。女子有行，遠父母兄弟。』(此所謂俗本。)明當許嫁配適君子，竭節從理，正身節行，稱爲順婦，以崇螽斯百葉之祉。」爽習齊詩，明齊毛文同。「當許嫁配適君子」，與箋「有行」義合，以此推之，古訓相承如此。

淇水在右，泉源在左。巧笑之瑳，佩玉之儺。【疏】傳：「瑳，巧笑貌。儺，行有節度。」箋：「己雖不見答，猶不惡君子，美其容貌與禮儀也。」○馬瑞辰云：「瑳，當爲『齹』之假借。說文『齹』字注：『一曰開口見齒之貌，讀若柴。』笑而見齒，故以齹狀之。『齹』借作『瑳』，猶『玼』或作『瑳』也。」說文：「儺，行有節也。詩曰：『佩玉之儺。』」段玉裁云：

「此僻字本義。」愚案：由上文遞推之，見遠其家，遂至夫家，得見其夫體貌之美，禮節之嫺，故詠之。箋言「己雖不見答，猶不惡君子」，愚謂但不見答耳，未至棄絶，何敢言惡。東漢時如梁鴻之於孟光，袁隗之於馬融女，初不見禮，旋歸於好，此事古多有之也。

淇水滺滺，檜楫松舟。駕言出遊，以寫我憂。【注】魯「滺」作「油」。【疏】傳：「滺滺，流貌。檜，柏葉松身。楫，所以櫂舟也。舟楫相配，得水而行。男女相配，得禮而備。出遊思鄉衛之道。」箋：「此傷己今不得夫婦之禮，適異國而不見答，其除此憂，維有歸耳。」○釋文：「滺，本亦作浟，音由。」馬瑞辰云：「滺，古止作『攸』。說文：『攸，水行也。从攴、从人，水省。』戴侗曰：『唐本作水行攸攸也。』說文又曰：『枝。秦刻石嶧山，攸字如此。』是攸从『水』者即省『人』，从『人』者即省『水』作『丨』，不應於『攸』字又加水旁，『滺』乃俗字。張參五經文字：『滺，書無此字，見詩風，亦作攸。』是詩古本作『攸攸』之證。」「魯作油油」者，王逸楚詞九歎惜賢篇注：「油油，流貌。詩曰：『河水油油。』」河是淇之誤。廣雅釋訓：「油油，流也。」「油油」即「浟浟」之異文。王習魯詩，明魯作「油油」。傳：「檜，柏葉松身。楫，所以櫂舟也。」吳志張紘傳裴松之注，引吳紀孫皓問紘子尚云：「詩曰『汎彼柏舟』，惟柏中舟乎？」對曰：「詩言『檜楫松舟』，則松亦中舟也。」陳喬樅云：「紘從濮陽闓受韓詩，見吳書，知尚亦習韓詩也。」愚案：據此，韓毛文同。詩言淇水依然，舟楫具備，惟命駕而往出遊，以寫我憂思耳。

竹竿四章，章四句。

芄蘭【疏】毛序：「刺惠公也。驕而無禮，大夫刺之。」箋：「惠公以幼童即位，自謂有才能而驕慢於大臣，但習威儀，不知爲政以禮。」○三家無異義。

芄蘭之支，【注】魯「支」作「枝」。【疏】傳：「興也。芄蘭，草也。君子之德，當柔潤溫良。」箋：「芄蘭柔弱，恆蔓延於地，有所依緣則起。興者，喻幼稺之君，任用大臣，乃能成其政。」○釋草：「雚，芄蘭。」說文作「莞」，云：「芄蘭，莞也。」陸疏云：「一名蘿摩，幽州人謂之雀瓢。」焦循云：「即今田野間所名『麻雀官』者，其結莢形與解結錐相似，故以起興。」胡承珙云：「莢綴於支上，亦可云支也。」「魯支作枝」者，說苑修文篇云：「能治煩決亂者佩觿，能射御者佩韘，能正三軍者搢笏衣，必荷規而成矩，負繩而準下，故君子衣服中而容貌得，接其服而象其德，故望玉貌而行能有所定矣。詩云：『芄蘭之枝，童子佩觿。』說行能者也。」阮元云：「詩『本支百世』，左傳作『枝』。漢書楊雄傳『支葉扶疏』，即『枝葉』，皆以支爲枝。」陳喬樅云：「支、枝今古文之異。唐石經亦作枝。」愚案：說文「芄」下引詩亦作「枝」。**童子佩觿。雖則佩觿，能不我知！**【疏】傳：「觿，所以解結，成人之佩也。人君治成人之事，雖童子猶佩觿，早成其德。不自謂無知，以驕慢人也。」箋：「此幼稺之君雖佩觿與，其才能實不如我衆臣之所知爲也。惠公自謂有才能而驕慢，所以見刺。」○觿者，說文：「佩角，銳耑可以解結。詩曰：『童子佩觿。』」禮內則「小觿」注：「小觿，解小結也。觿如錐，以象骨爲之。」眂祲注作「鑴」，賈疏云：「鑴是錐類。」內則釋文：「觿，本或作鑴。」則亦有以金爲之者。人君治成人之事，雖童子猶佩觿，早成其德。「能不我知」者，王引之云：「詩凡言『寧不我顧』、『既不我嘉』、『子不我思』，皆謂不顧我、不嘉我、不思我也。此『不我知』亦當謂不知我，下文『不我甲』亦當謂不狎我，非謂不如我所知、不如我所狎也。能，乃語詞之轉，當讀爲『而』。言子今雖則佩觿、佩韘，而實不與我相知、相狎，蓋刺其驕而無禮、疏遠大臣也。古字多借『能』爲『而』，不當如箋說訓爲『才能』。」**容兮遂兮，垂帶悸兮。**【注】韓「悸」作「萃」，云：「垂貌。」【疏】傳：「容儀可觀，佩玉遂遂然垂其紳帶，悸悸然有節度。」箋：「容，容刀也。遂，瑞也。言惠公佩容刀與瑞，及垂紳帶三尺，則悸悸然行止有節度，然其德不稱服。」○「容兮遂兮」者。孔疏：

「孝經曰『容止可觀』，大東詩云『鞙鞙佩璲』，璲本所佩之物，因爲其貌，故言佩玉遂遂然。」「悸作萃，云垂貌」者，釋文引韓詩文。陳喬樅云：「傳『垂其紳帶悸悸然有節度』，是亦以悸爲垂貌。悸，蓋『萃』之借字。說文：『萃，草聚貌。』文選藉田賦注引倉頡篇云：『惢，聚也。』是萃、惢義通。說文又云：『繠，垂也。从惢，糸聲。』廣雅釋詁：『橤，聚也。』集韻『繠』或从木作『橤』。左哀十三年傳『佩玉橤兮』，謂佩玉垂貌也。說文：『垂，草木花葉垂，象形。』草木花葉皆以聚故而下垂，橤故萃、又並爲垂貌。」

芄蘭之葉，童子佩韘。【疏】傳：「韘，玦也，能射御則佩韘。」箋：「葉，猶支也。韘之言沓，所以彄沓手指。」○程瑤田「芄蘭」疏證云：「葉油綠色，厚而不平，正本圓，末狹。玦形如環而缺，此葉圓端象其環，狹末象其缺。」傳「能射御者佩韘」，與說苑合。說文：「韘，射決也，所以拘弦，以象骨韋系，著右巨指。詩曰：『童子佩韘。』」馬瑞辰云：「士喪禮『設決麗于掔』，鄭注：『決以韋爲之藉。』與說文言『韋系』合。繫傳：『韘，所以助鉤弦，若今皮韘是矣。』說文：『屟，履中薦也。』薦猶藉也。履中藉謂之屟，決內藉謂之韘，其義一也。至箋云『韘之言沓，所以彄沓手指』，據士喪禮注：『決以韋爲之藉，有彄，彄內端爲紐，外端有橫帶，設之以紐擐大擘本，因沓其彄，以橫帶貫紐，結於掔之表也。』是古者決以韋爲藉，又必有彄，以彄沓手指。箋本申傳訓『決』爲『韘』之義。手指，謂右巨指，正義乃以大射『朱極三』釋之，以手指爲食指、將指、無名指，誤矣。彄之言韝也，沓之言韝也。說文：『⿰扌沓，縫指⿰扌沓也。一曰韜也。』玉篇：『⿰扌沓，韋韜也。』『韘，指沓也。』是決也、韘也、沓也，異名而同實，以其用以闓弦謂之決，以其用韋爲藉謂之韘，以其用以韜指謂之彄沓。正義第知決用象骨，而韋系及指沓之制未詳。胡承珙以爲韘即今之扳指，而制微不同，今之扳指如環無端，古之玦則如環而缺，其缺處當聯以韋系，所以著弦。瑞辰謂今之射者著扳指內，必以皮薦之，以免其滑，即古韘用韋系之遺制也。」雖則佩韘，能不我甲！【注】魯説曰：甲，狎也。韓「甲」作「狎」。【疏】傳：「甲，狎也。」箋：「此君雖佩韘與，其才能實不如我衆臣之所狎習。」〇「甲，狎也」者，釋言文。是魯毛義同。「甲作狎」者，釋文引韓詩文。徐仙民云：「狎，户甲反。」惠棟云：「匡謬正俗曰：『甲雖訓狎，自有本音，不當便讀爲狎。』其説非也。漢儒訓詁，音義相兼，尚書多方『甲於内亂』，鄭王皆以「甲」爲「狎」，古文以「甲」爲「狎」，遂有「狎」音，非叚借也。經傳中徐氏釋音獨得古人之義，小顔輒斥爲非，何也。」容兮遂兮，垂帶悸兮。

芄蘭二章，章六句。

河廣【疏】毛序：「宋襄公母歸于衛，思而不止，故作是詩也。」箋：「宋桓公夫人，衛文公之妹，生襄公而出。襄公即位，夫人思宋，義不可往，故作詩以自止。」〇嚴粲云：「正義因箋説，以爲是詩當衛文公時，非也。衛都朝歌，在河北，宋都睢陽，在河南。自衛適宋，必涉河。自魯閔二年狄人衛之後，戴公始渡河而南，河廣之詩作於衛未遷之前，時宋桓猶在，襄公方爲世子，衛戴文俱未立也。舊説誤矣。」許氏詩深曰：「説苑：『宋襄公爲太子，請于桓公，曰：「請使目夷立。」公曰：『何故？』對曰：「臣之舅在衛，愛臣，若終，立則不可往。」』左傳：『僖八年冬，宋公疾，太子茲父固請曰：「目夷長且仁，君其立之。」公命子魚，辭曰：「能以國讓，仁孰大焉？臣不及也。」』夫不言母之愛子而託於舅，固猶不忍傷父之意。然夫人之思子，不止形諸哀吟，故襄公於前請未獲命，至父疾而又固請之。自鄭箋以詞害志，遂謂襄公即位，夫人思宋而義不可往。竊謂桓公在時必無出婦思返之理，若襄公既已即位，不惟衛徙楚丘，無河可渡，而母出與廟絶，尤不宜復萌此想也。使此時思及往宋，是前乎此者未嘗思，今見先君已没，其子即位，思以國母就養而義有不可，遂不勝其拳拳而作此詩，則亦愚婦之鄙情，安見其發於愛子之至性而有循禮度義之志乎？」范家相云：「詩雖以望宋爲言，然於桓公無相思之理。詩億引宋仁宗廢后，郭氏不肯與仁宗私見一事，明夫人之不思桓公，是也。蓋望宋但以思子耳。」愚案：稽之史表，庚午，周襄王元年，宋桓公三十一年，衞文公九年也。文公十年爲宋襄公元年，是衞渡河而南久矣。説苑立節篇：襄公茲父以太子讓目夷，目夷逃之衞，茲父從之三年。以襄公「臣舅愛臣，立則不可以往」之言觀之，是夫人被出之後，母子常得相見矣。襄公即位，不能往宋見母，故夫人思之，設言「河廣」以起興，此詩庶幾可通耳。

誰謂河廣？一葦杭之！【注】魯「杭」作「斻」。【疏】傳：「杭，渡也。」箋：「誰謂河水廣與？一葦加之則可以渡之。喻狹也。今我之不渡，直自不往耳，非爲其廣。」〇夫人以衞女嫁宋，往返南北，河廣本所習見，因以起興。傳：「杭，渡也。」「魯杭作斻」者，王逸楚詞九章注：「斻，渡也。詩曰：『一葦斻之。』」王習魯詩，知魯作「斻」。説文：「斻，方舟也。」「方，併船也。」始皇臨浙江，水波惡，乃西百二十里從狹中渡，其地因有餘杭縣。杭是斻之誤字。後漢杜篤論都賦「北斻涇流」，李注：「斻，舟渡也。」流俗不解，遂與「杭」字相亂。正義：「一葦，一束也，可以浮之水上而渡，若桴栰然，非一根葦也。」詩言誰謂河廣乎？積葦爲泭則亦可徑渡矣。但言河之易渡，以興宋之易至，非真欲渡河也。鹽鐵論執務篇孔子曰：「吾於河廣，知德之至也。」又云：「有求如關雎，好德如河廣，何不得不濟之有。」此推衍之義。誰謂宋遠？跂予望之！【注】魯齊「跂」作「企」。【疏】箋：「予，我也。誰謂宋國遠與？我跂足則可以望見之，亦喻近也。今我之不往，直以義不往耳，非爲其遠。」〇「魯齊跂作企」者，王逸楚詞九歎注：「企，立貌。」引詩曰「企予望之」，知魯作「企」。易林觀之明夷「企立望宋」，知齊亦作「企」。説文「企」下云：「舉踵也。」「跂」下云：「足多指也。」魯齊正字，毛同音叚借字。

誰謂河廣？曾不容刀！【疏】箋：「不容刀，亦喻狹小。船曰刀。」〇釋文：「刀如字，字書作舠，説文作𦨴，並音刀。」馬瑞辰云：「𦨴借作刀，猶説文鯛讀如刀也。」愚案：釋名：「三百斛曰𦨴。𦨴，貂也。貂，短也。江南所謂短而廣安不傾危者也。」刀、貂古通用。管子「豎刀」，即左傳之「寺人貂」也。說文無「舠」，或唐人所見異本。「舠」本俗字，仍當作「刀」。誰謂宋遠？曾不崇朝！【疏】箋：「崇，終也。行不終朝，亦喻近。」〇「崇朝」者，蝃蝀傳：「從旦至食時爲終朝。」

河廣二章，章四句。

伯兮【疏】毛序：「刺時也。言君子行役，爲王前驅，過時而不反焉。」箋：「衞宣公之時，蔡人、衞人、陳人從王伐鄭伯也。爲王前驅久，故家人思之。」〇案，伯以衞國大夫，入爲王朝之中士，妻從夫在王國，故因行役之久而思之。詳見下文，三家無異義。

伯兮朅兮，邦之桀兮。【注】韓「朅」作「偈」，云：「桀，侹也，疾驅貌。」亦作「傑」。【疏】傳：「伯，州伯也。朅，武貌。桀，特立也。」箋：「伯，君子字也。桀，英桀，言賢也。」〇此蓋衞國之州長中大夫也，見下注。「韓作偈」者，文選宋玉高唐賦注引韓詩文。玉篇人部：「偈，武貌。」引詩曰「伯兮偈兮」。陳喬樅云：「朅字卽『偈』之通叚。玉篇所引雖不言何詩，然『偈』字與選注引韓詩文同，其爲韓詩無疑。段玉裁云：據說文：『仡，勇壯也。』引周書『仡仡勇夫』，謂『朅』爲『仡』之叚借，不知從韓詩『偈』字尤爲郅确。」愚案：廣雅云：「偈，健也。」碩人「庶士有朅」，釋文引韓詩作「桀」，云「健也」。明韓詩亦以彼詩之「朅」爲「偈」，而訓爲「健」也，與此「桀侹」之訓合。說文：「侹，長貌。」檜風「匪車偈兮」，傳云「偈偈疾驅」。韓於此詩以「桀侹」之義未足，又增訓曰「疾驅貌」，與匪風義同。是「朅」爲「偈」之借字。「桀作傑」者，玉篇人部云：「桀，英傑。詩曰：『邦之傑兮。』傑，特立也。」衆經音義五引詩同，皆據韓詩之文。伯也執殳，爲王前驅。【疏】傳：「殳，長丈二而無刃。」箋：「兵車六等，軫也、戈也、人也、殳也、車戟也、酋矛也，皆以四尺爲差。」〇孔疏：「考工記兵車六等之數，『車軫四尺，謂之一等；戈柲六尺有六寸，既建而迤，崇於軫四尺，謂之二等；人長八尺，崇於戈四尺，謂之三等；殳長尋有四尺，崇於人四尺，謂之四等；車戟長崇於殳四尺，謂之五等；酋矛常有四尺，崇於戟四尺，謂之六等』是也。彼注云：『戈、殳、戟、矛，皆插車輢。』此云執之者，在車當插輢，則此執之，（「此」本在「之」下，據文義改正。）據用以言也。」胡承珙云：「戈戟皆可言執，何以獨云『執殳』？說文：『殳，以杸殊人也。禮，殳以積竹，八觚，長丈二尺，建于兵車，旅賁以先驅。』司戈盾『祭祀授旅賁殳，故士戈盾』，注云：『故士，王族故士也，與旅賁當事則衛王也。』疏云：『旅賁氏掌執戈盾而趨，此執殳，以其與故士同衛王時以爲儀衛，故不執戈盾。』旅賁氏云：『掌執戈盾，夾王車而趨，左八人，右八人。』注云：『夾王車者，其下士也。下士十有六人，中士爲之帥焉。』據此，則執戈盾夾車者爲下士，其執殳前驅者當爲中士，與司戈盾所謂『授旅賁殳』者，蓋以授中士，故說文獨於『殳』下言旅賁以先驅，雖引禮文，而實合於詩義。傳以伯爲州伯，正義以內則『州伯』釋之，鄭彼注云『州長中大夫一人』，而此執殳之旅賁則爲士。曲禮『列國之大夫，入天子之國曰某士』，注云：『三命以下，於天子爲士。』衛之君子爲王前驅者，自是諸侯大夫，於王朝則爲士耳。」文選西京賦李注引韓詩此二句，明韓、毛文同。易林大過之訟：「秉鉞執殳，挑戰先驅。不役元帥，敗破爲憂。」又解之蹇：「四姦爲殘，齊魯道難。前驅執殳，戒守無患。」皆與此詩無涉，不知何指。

自伯之東，首如飛蓬。豈無膏沐，誰適爲容！【疏】傳：「婦人夫不在，無容飾。適，主也。」○之，往也。集傳以衛在鄭西，疑不得云「之東」。孔疏云：「蔡、衛、陳三國從王伐鄭，兵至京師，乃東行伐鄭。」愚案：必待三國之衆同聚京師，方始東行，展轉勞費，非軍行所宜出。毛奇齡謂伯之妻從其夫仕於王朝者，情事爲合，今從之。「蓬」義具騶虞。史記老子傳正義：「蓬生沙漠中，風吹則根斷，隨風轉移也。」首如飛蓬，言髮亂也。易林節之謙「伯去我東，首髮如蓬。長夜不寐，展轉空牀。內懷惆悵，憂摧肝腸。」姤之遯比之復詞意相同。比之復「伯」作「季」，蓋字譌。明齊毛文同。澤面曰「膏」，濯髮曰「沐」，言非無膏沐之具，夫不在家，無意於容飾也。馬瑞辰云：「衆經音義六引三蒼：『適，悦也。』女爲悦己者容，夫不在，故曰『誰適爲容』，言誰悦爲容也。」

其雨其雨，杲杲出日。願言思伯，甘心首疾。【疏】傳：「杲杲然日復出矣。甘，厭也。」箋：「人言其雨其雨，而杲杲然日復出，猶我言伯且來伯且來，則復不來。願，念也。我念思伯，心不能已，如人心嗜欲所貪，口味不能絕也。我憂思以生首疾。」○左襄二十三年傳「其然」注云：「猶必爾。」此云「其雨」，於義當同。馬瑞辰云：「杲對杳言。說文『杳』下云：『冥也。从日，在木下。』『東』下云：『動也。从木、日。官溥說从日，在木中。』『杲』下云：『明也。从日，在木上。』說文又云：『榑桑神木，日所出也。』日出神木之上，故日出謂之『杲杲』。」王逸楚詞九辨注引詩云「杲杲出日」，明魯毛文同。二子乘舟傳：「願，每也。」此傳云我每有所言，則思於伯。甘，厭也。馬瑞辰云：「甘與苦以相反爲義，故甘草爾雅名爲『大苦』。方言：『苦，快也。』郭注：『苦而爲快者，猶以臭爲香、治爲亂、徂爲存。』以此推之，則『甘心』亦得訓爲『苦心』，猶言憂心、勞心、痛心也。左成十三年傳『諸侯備聞此言，斯是用痛心疾首』，杜注：『疾，猶痛也。』甘心首疾，與『痛心疾首』文正相類，皆爲對舉之詞。詩不言『疾首』而言『首疾』者，倒文以爲均也。厭，爲『猒足』之猒，引申爲猒倦、猒苦。漢書韓信傳注：『苦，厭也。』李廣傳注：『苦，厭苦之也。』竊疑傳訓『甘』爲『厭』者，正讀『甘』爲『苦』，故卽以訓苦者釋之，正義有未達耳。箋訓爲『甘嗜』之甘，其義近迂。集傳又謂『寧甘心於首疾』，亦非詩義。」

焉得諼草，言樹之背？願言思伯，使我心痗。【注】魯說曰：萲、諼，忘也。韓「諼」亦作「諠」。韓說曰：諠草，忘憂也。【疏】傳：「諼草，令人忘憂。背，北堂也。痗，病也。」箋：「憂以生疾，恐將危身，欲忘之。」○「萲諼，忘也」

者，釋訓文，魯說也。郭注：「義具伯兮、考槃詩。」是魯作「蘐」而訓爲「忘」。孔疏云：「蘐訓爲忘，非草名也。」「韓蘐亦作諠」者，文選謝惠連西陵遇風詩李注，引韓詩「焉得諠草」。「諠草，忘憂也」者，注又引薛君章句文。馬瑞辰云：「說文『藼』下云：『令人忘憂草也。詩曰：安得藼草。』『蕿』下云：『或从煖。』『萱』下云：『或从宣。』蘐、諼皆以釋詩，蘐又蕿之省。據詩釋文云：『善忘，亡向反。』又爾雅釋文亦引毛傳『蘐草令人善忘』，是毛傳本作『諼草令人善忘』。今正義本作『令人忘憂』者，誤也。阮校勘記云：『傳不言憂，故箋言憂以申之。』今案文選李注『忘憂』之說，實本韓詩。鄭先通韓詩，故以『忘憂』爲說。以此推知，說文『令人忘憂之草』，亦本韓詩也。傳箋皆作設想之詞，不謂實有此草，而任昉述異記曰：『萱草一名紫萱，吳中書生謂之療愁。』張華博物志引神農經『上藥養性』，謂『合歡蠲忿，萱草忘憂。』則以萱草爲卽今之萱花，以萱、諼同音取義，猶『之栗』爲『戰栗』、『棗』爲『早起』、『棘』爲『吉』、『桑』爲『喪』、『桐杖』爲『取同於父』，又因韓詩忘憂之說而引申之也。」陳喬樅云：「文選陸士衡贈從兄車騎詩注，又引韓詩『焉得諼草』二句，文與毛同，諼、諠字通。謝惠連詩云：『積憤成疢痗，無萱將如何。』注引韓詩，又作『萱草』，此順謝詩所作字耳。其引薛君章句字仍作『諠』，云萱與諠通。」馬瑞辰云：「說文：『北，乖也。从二人相背。』是『北』本從『背』會意。漢書高紀『項羽追北』，韋昭注：『北，古背字，背去而走也。』背、北古通用，故傳知背卽北堂。」

伯兮四章，章四句。

有狐【疏】毛序：「刺時也。衞之男女失時，喪其妃耦焉。古者國有凶荒，則殺禮而多昏，會男女之無夫家者，所以育人民也。」箋：「育，生長也。」○案，「會男女之無夫家者」，「夫家」當作「室家」，字誤。韓詩外傳三：「昔者不出戶而知天下，不窺牖而見天道，非目能視乎千里之前，非耳能聞乎千里之外，以己之情量之也。己惡飢寒焉，則知天下之欲衣食也。己惡勞苦焉，則知天下之欲安佚也。己惡衰乏焉，則知天下之欲富足也。知此三者，聖王之所以不降席而匡天下。故君子之道，忠恕而已矣。夫處飢渴、苦血氣、困寒暑、動肌膚，此四者民之大害也，害不除，未可教御也。四體不掩則鮮仁人，五藏空虛則無立士。故先王之法，天子親耕，后妃親蠶，先天下憂衣與食也。詩曰：『父母何嘗？心之憂矣。之子無裳。』」愚案：此錯引鴇羽有狐二詩，言時當貧困，故昏禮不舉，男女失時，欲君人者不忘國本，急於養民也。外傳義與毛序合，魯齊無異義。

有狐綏綏，在彼淇梁。【注】齊「綏綏」作「夊夊」。【疏】傳：「興也。綏綏，匹行貌。石絕水曰梁。」○馬瑞辰云：「齊風『雄狐綏綏』、吳越春秋塗山歌『綏綏白狐』者，指一狐言，不得謂綏綏爲匹行貌。」「齊作夊夊」者，王應麟詩攷引齊「綏綏」作「夊夊」。玉篇：「夊，今作綏，行遲貌。」引詩「雄狐夊夊」，此文當同。廣雅：「綏，舒也。」說文「夊」下云：「行遲曳夊夊，象人兩脛有所躧也。」是『夊夊』爲舒遲貌。詩蓋以狐之舒遲自得，與無室家者之失所耳。心之憂矣，之子無裳。【疏】傳：「之子，無室家者。在下曰裳，所以配衣也。」箋：「之子，是子也。時婦人喪其妃耦，寡而憂是子無裳，無爲作裳者，欲與爲室家。」○馬瑞辰云：「序云『男女失時，喪其妃耦』，是詩本兼男女言。左傳言『男有室、女有家』，知傳言『之子，無室家者』，實合下章言之，亦兼男女言。古者上衣而下裳，以喻先陽而後陰。無裳，喻男之無妻也。」愚案：馬說是。箋專說首章，置二三章不言，致後來說詩者有寡婦欲嫁鰥夫之解，得此可息羣疑。韓詩外傳三引末二句，見上。明韓毛文同。

有狐綏綏，在彼淇厲。【注】韓說曰：「在彼淇厲，水絕石曰厲。」心之憂矣，之子無帶。【疏】傳：「厲，深可厲之者。帶，所以申束衣。」○「在彼」至「曰厲」，玉篇厂部引韓詩文。胡承珙云：「傳明知此厲非『深則厲』之厲，但厲必深水，其旁水淺處亦可名厲，實則此厲當爲瀨之借字。史記南越傳『爲戈船下厲將軍』，漢書作『下瀨』。説文：『瀨，水流沙上也。』楚詞『石瀨兮淺淺』，是瀨爲水流沙石間，當在由深而淺之處。上章石絶水曰梁，爲水深之所；次章言厲，爲水淺之所；三章言側，則在岸矣，立言次序如此。説文：『砅，履石渡水也。或从厲作濿。』厲、賴同聲，故履石渡水之『砅』與水流沙上之『瀨』義足相成，聲亦同類，又與涉水之『厲』轉相引申，故『深則厲』説文作『砅』。此水旁之厲又以深厲之字爲之，若但訓水旁，與側無別矣。」皮嘉祐曰：「胡説於韓義亦合，瀨是水中有涉石之處，故水絶石亦由水渡石之謂。」馬瑞辰云：「東山詩『親結其縭』，釋言：『縭，帶也。』婦人繫屬於人，無帶是無所繫屬，蓋以喻婦女無夫。」

有狐綏綏，在彼淇側。心之憂矣，之子無服。【疏】傳：「言無室家，若人無衣服。」○馬瑞辰云：「三章無服，統男女言之。」

有狐三章，章四句。

木瓜【注】賈子新書禮篇引由余云：「苞苴時有，筐篚時至，則羣臣附。詩曰：『投我以木瓜，報之以瓊琚。匪報也，永以爲好也。』上少投之，則下以軀償矣。弗敢謂報，願長以爲好。古之蓄其下者，其報施如此。」【疏】毛序：「美齊桓公也。衞國有狄人之敗，出處于漕，齊桓公救而封之，遺之車馬器服焉。衞人思之，欲厚報之而作是詩也。」○案，序美桓公，朱子不以爲然，謂於經文無據。其説見吕記者，但以爲尋常施報之言。至作集傳，乃以爲男女贈答之詞，又不如從序之爲愈矣。賈子本經學大師，與荀卿淵源相接，其言可信，當其時惟有魯詩，若舊序以爲美桓，賈子不能指爲臣下報上之義，是其原本古訓，更無可疑。傳於末章引孔子曰：「吾於木瓜，見苞苴之禮行。」足見尼山當日以爲詩文明白，古禮可徵，卽微物亦將君上之意，悠然有會於聖心，其對哀公問政，以體羣臣則士之報禮重，爲九經之一，卽此意也。韓齊無異義。

投我以木瓜，報之以瓊琚。【疏】傳：「木瓜，楙木也，可食之木。瓊，玉之美者。琚，佩玉名。」○埤雅謂：「實如小瓜，食之津潤，不木者爲木瓜。圓而小如木瓜，食之酢澀而木者爲木桃；大於木桃，似木瓜而無鼻者爲木李。」姚寬遂以木桃爲樝子，木李爲榠樝。胡承珙云：「樝子、榠樝，在本草別録圖經並無木桃、木李之名，後人因詩而被以此名耳。傳以木瓜爲『楙』，用爾雅文，而木桃、木李無訓。爾雅以瓜不木生，故獨釋楙爲『木瓜』，若桃李皆木，自不必復稱爲『木』。詩言木桃、木李，因上章『木』字以成文耳。毛傳無訓，蓋卽以爲桃李。若樝子及榠樝，皆與木瓜同類，不應目爲桃李。任昉述異記云『桃之大者爲木桃』，足知木桃卽桃，烏得爲木瓜之類乎？」馬瑞辰云：「瓊爲玉之美者，因而凡玉石之美者通謂之瓊。釋文引說文：『瓊，赤玉也。』段氏玉裁謂『赤』乃『亦』之譌，說文時有言『亦』者，如李賢所引『診亦視也』、『鸞亦神靈之精也』之類。案，段說是也。說文以玖爲『石之次玉黑色者』，若以瓊爲赤玉，詩不得言『瓊玖』矣。段又云琚乃佩玉之一物，不得言佩玉名，傳當作『佩玉石』，今譌爲『名』。」匪報也，永以爲好也！【疏】箋：「匪，非也。我非敢以瓊琚爲報木瓜之惠，欲令齊長以爲玩好，結己國之恩也。」○「永」義具漢廣。好，統君臣言之。孟子：「禹惡旨酒，而好善言。」此君好臣也。又「蓄君者，好君也」，注言「臣說君謂之好君」，此臣好君也。

投我以木桃，報之以瓊瑤。匪報也，永以爲好也！【疏】傳：「瓊瑤，美玉。」○馬瑞辰曰：「玉蓋『石』之譌，上章正義引傳正作『美石』，卽其證。瑤次於玉，當爲美石。大雅公劉詩言『維玉及瑤』，亦瑤異於玉之證。說文：『瑤，玉之美者。』據此詩釋文引說文『瑤，美石』，知說文『玉』亦『石』之譌。然陸引說文云『美石』，以存異義，則所見毛傳已作『美玉』矣。」王逸楚詞離騷注引詩曰『報之以瓊瑤』，又九歌章句引同，明魯毛文同。

投我以木李，報之以瓊玖。匪報也，永以爲好也！【疏】傳：「瓊玖，玉名。」孔子曰：「吾於木瓜，見苞苴之禮行。」箋：「以果實相遺者，必苞苴之，尚書曰：『厥苞橘柚。』」○段玉裁云：「王風傳：『玖，石次玉者。』說文：『玖，石之次玉黑色者。』傳作『玉名』，乃『玉石』之誤。」胡承珙云：「首章正義云：『此言「琚，佩玉名」；下傳云「瓊瑶，美石」；「瓊玖，美玉名」。三者互也。』此『瓊玖玉名』，『名』當作『石』。蓋謂傳訓『瓊玖』爲『玉石』，與『琚』爲『佩玉名』、『瑶』爲『美石』三者不同，故爲互文見義。若作『瓊玖玉名』，則與『琚佩玉名』同，不得云『三者互』矣。正義又云：『琚言「佩玉名」，瑶玖亦「佩玉名」。瑶言「美石」，玖言「玉名」。明此三者皆玉石雜也。』此玖言『玉名』，亦當作『玉石』，今正義二『名』皆『石』字之誤。」

木瓜三章，章四句。

邶鄘衛國下十篇，三十四章，二百三句。

詩三家義集疏卷四

王黍離第四

乙巳占引詩推度災曰：「王，天宿箕斗。」此齊說。漢書地理志：「昔周公營雒邑，以爲在于土中，諸侯屏蕃四方，故立京師。至幽王淫褒姒以滅宗周，子平王東居雒邑。雒邑與宗周通封畿，東西長而南北短，短長相覆爲千里。」又曰：「河南郡河南，故郟鄏地。武王遷九鼎，周公致太平，營以爲都，是爲王城，至平王居之。」易林井之升：「營城洛邑，周公所作。世運三十，年歷七百。福佑豐實，堅固不落。」（兑之震「運」作「達」，「七」作「八」，「豐實」作「盤結」。）班、焦皆齊詩家，其說王城如此。魯韓無異義。鄭譜云：「平王以亂故徙居東都王城，於是王室之尊與諸侯無異，其詩不能復雅，故貶之謂之王國之變風。」陸堂詩學云：「春秋魯國之史，於元年春必書『王正月』，猶可目爲尊王。黍離十章，采自王畿，不稱『王』而奚稱？或曰周可稱也，余謂『王』亦以地而言，自平王歷景王，都王城者十二世，敬王避子朝亂乃徙都成周，義不得舍王而稱周，且稱周則與周南混矣。故謂以『風』貶周者非也，謂以『王』尊周者亦非也。」顧氏炎武云：「邶鄘衛王，列國之名，其始於成康之世乎？太師陳詩以觀民風，采於商之故都者，則繫之邶鄘衛；采於東都者，則繫之王；采於列國者，則各繫之其國。驪山之禍，先王之詩率已闕軼，而孔子所録者皆平王以後之詩，此變風之所由名也。詩雖變而太師之本名則不敢變，此十二國之所以存其舊也。先儒謂王之名不當儕於列國，而爲之說曰：列黍離於國風，齊王德於邦君，誤矣。」虞東學詩云：「孟子曰：『王者之迹熄而詩亡，詩亡然後春秋作。』蓋王者之政，莫大於巡狩述職。巡狩則天子采風，述職則諸侯貢俗，太師陳之以攷其得失，而慶讓行焉。所謂『迹』也。夷厲以來，雖經板蕩，而甫田東狩，鳥芾來同，撻伐震於徐方，疆理及乎南海，中興之迹，燦然著明，二雅之篇可考焉。洎乎東遷，而天子不省方，諸侯不入覲，慶讓不行而陳詩之典廢，所謂『迹熄而詩亡』，孔子傷之，不得已而託春秋以彰袞鉞也。」

詩國風

黍離【注】韓説曰：「昔尹吉甫信後妻之讒而殺孝子伯奇，其弟伯封求而不得，作黍離之詩。」【疏】毛序：「閔宗周也。周大夫行役至于宗周，過故宗廟，宮室盡爲禾黍，閔周室之顛覆，彷徨不忍去而作是詩也。」箋：「宗周，鎬京也，謂之西周。周，王城也，謂之東周。幽王之亂而宗周滅，平王東遷，政遂微弱，下列於諸侯，其詩不能復雅而同於國風焉。」○「昔尹」至「之詩」，御覽九百九十三羽族部引陳思王植令禽惡鳥論文。七月疏引此論，羅泌路史發揮亦引曹子建惡鳥論。植，韓詩家也。後漢書郅惲傳惲説太子曰：「昔高宗明君，吉甫賢臣，及有纖芥，放逐孝子。」傳稱「惲理韓詩，以授皇太子，侍講殿中」，卽以此詩説太子也。胡承珙云：「尹吉甫在宣王時，尚是西周，不應其詩列於東都。」愚案：吉甫放逐，伯奇出亡，自是西周之事，年歲無考，存歿不知，蓋有傳其亡在王城者。及平王東遷，伯封過之，求兄不得，揣其已歿，憂而作詩，情事分明，此不足以難韓説也。

彼黍離離，彼稷之苗。【注】韓説曰：「黍離，伯封作也，曰：『彼黍離離，彼稷之苗。』」薛君注：「離離，黍貌也。詩人求亡兄不得，憂懣不識於物，視彼黍離離然，憂甚之時，反以爲稷之苗，乃自知憂之甚也。」【疏】傳：「彼，彼宗廟宮室。」箋：「宗廟宮室毀壞而其地盡爲禾黍，我以黍離離時至，稷則尚苗。」○「黍離」至「甚也」，御覽四百六十九人事部、八百四十二百穀部引韓詩文。馬瑞辰云：「程瑤田九穀考云：『黍，今之黄米。稷，今之高粱。』其説是也。説文：『黍，禾屬而黏者也。』又曰：『穈，穄也。』『穄，穈也。』倉頡篇：『穄，大黍也。』程云黍有黏、不黏二種，對文則黏者爲黍，不黏者爲穈，亦爲穄，散文則通謂之黍。今北方通呼黃米爲黍子、糜子、穄子，是黍即今黃米之證。黃米最黏，與說文『黍禾屬而黏者』正合。唐蘇恭以稷爲穄，誤矣。說文：『稷，齋也。』『齋，稷也，秫稷之黏者』。是稷亦有黏、不黏二種，對文則黏者秫、不黏者稷，散文則通謂之稷，亦謂之秫。今北方呼高粱爲秫，呼秫之稭爲秫稭，與稷一名秫者正合，是稷即高粱之證。月令『首種不入』，鄭注：『首種謂稷。』淮南子作『首稼』，高注：『百穀惟稷先種，故曰首稼。』今北方種高粱最早，與稷爲『首稼』正合。郭璞以稷爲小米，誤矣。稷以春種，黍以夏種，而詩言黍離離稷尚苗者，稷種在黍先，秀在黍後故也。黍秀舒散，『離離』者狀其有行列也。自穗至實皆離離然，故稷言苗穗實而黍但言離離耳。釋文云：『離，說文作䅈。』今說文脫『䅈』字，惟郭忠恕佩觿作『䅈䅈』。離離又作『穲穲』，廣韻：『穲穲，黍稷行列也。』又作『纚纚』，楚詞離騷『索胡繩之纚纚』，纚纚蓋繩羅列之貌，王逸訓爲『好貌』，失之。又作『蠡蠡』，劉向九歎『覽芷圃之蠡蠡』，王逸注：『蠡蠡，猶歷歷。』並與『離離』聲近而義同。」行邁靡靡，中心摇摇。【注】三家「摇」作「愮」。【疏】傳：「邁，行也。靡靡，猶遲遲也。摇摇，憂無所愬。」箋：「行，道也。道行，猶行道也。」○馬瑞辰云：「說文：『邁，行遠也。』邁亦爲行，對行言則爲遠行。『行邁』連言，猶古詩云『行行重行行』也。」愚案：釋訓：「灌灌、愮愮，憂無告也。」說文「灌」下引爾雅作「愮」字，同。玉篇心部：「愮，憂也。詩曰：『憂心愮愮。』」衆經音義二引詩同。蓋三家作「愮愮」。知我者謂我心憂，不知我者謂我何求。【疏】箋：「知我者知我之情，謂我何求，怪我久留不去。」○求者，謂求亡兄也，生則求其人，死則求其屍。列女魯漆室女傳引「知我者」四句，明魯毛文同。悠悠蒼天，此何人哉？【注】韓「蒼」作「倉」。【疏】傳：「悠悠，遠意。蒼天，以體言之。尊而君之，則稱皇天。元氣廣大，則稱昊天。仁覆閔下，則稱旻天。自上降鑒，則稱上天。據遠視之蒼蒼然，則稱蒼天。」箋：「遠乎蒼天，仰愬欲其察己言也。此亡國之君，何等人哉。疾之甚。」○呼天而訴之：爲此事者，果何人哉？不敢顯斥其母。「蒼作倉」者，外傳八引詩「悠悠倉天」。阮元云：「『倉』是『蒼』之本字。禮月令『駕倉龍，服倉玉，衣倉衣』，漢書蕭望之傳『倉頭廬兒』，並以『倉』爲『蒼』」。

彼黍離離，彼稷之穗。【疏】傳：「穗，秀也。詩人自黍離離見稷之穗，故歷道其所更見。」○胡承珙云：「說文：『采，禾成秀，人所以收。从爪、禾。穗，俗从禾，惠聲。』凡穀之華皆吐於穗，非華而後穗也，故毛詩說文皆以『采』爲『秀』。月令注『黍散舒秀』，即謂黍穗。或疑吐華曰秀，與此成穗之秀別，不知穀類惟菽作華，餘皆不華而秀，吐穗即秀，既秀即實。出車『黍稷方華』，此『華』即秀，散文通耳，非於華之外別有秀也。」行邁靡靡，中心如醉。知我者謂我心憂，不知我者謂我何求。悠悠蒼天，此何人哉？【疏】傳：「醉於憂也。」○後漢劉寬傳：「對曰：『任重責大，憂心如醉。』」寬傳李注引謝承書曰：「寬尤明韓詩外傳。」足證此對即用韓詩。曹植釋愁文「憂心如醉」，植亦用韓詩也。

彼黍離離，彼稷之實。行邁靡靡，中心如噎。知我者謂我心憂，不知我者謂我何求。悠悠蒼天，此何人哉？【疏】傳：「自黍離離見稷之實。噎，憂不能息也。」○新序節士篇：「衞宣公子壽閔其兄伋之且見害，作憂思之詩，黍離之詩是也。其詩曰：『行邁靡靡，中心搖搖。知我者謂我心憂，不知我者謂我何求。悠悠蒼天，此何人哉。』」胡承珙云：「據左傳，衞壽竊旌先往，是死在伋先，安得有閔兄見害之事？且使黍離果爲壽作，當列之衞風，何爲冠於王風之首？其不足據明矣。」又說苑奉使篇：「魏文侯封太子擊於中山，三年使不往來。趙倉唐爲太子奉使於文侯。文侯曰：『子之君何業？』倉唐曰：『業詩文。』侯曰：『於詩何好？』倉唐曰：『好晨風與黍離。』文侯讀黍離，曰『彼黍離離』云云。文侯曰：『子之君怨乎？』倉唐曰：『不敢，時思耳。』」韓詩外傳亦引此，以父子之間其事相類故也。愚案：擊先封中山而後入爲太子，說苑乃云封太子擊於中山。又倉唐述詩而以爲文侯自讀，據外傳所引，餘文尚多，皆從删削，疑它人竄入，不出中壘手也。此詩當以韓說爲正。

黍離三章，章十句。

君子于役【疏】毛序：「刺平王也。君子行役無期度，大夫思其危難以風焉。」○案，據詩文雞棲、日夕、牛羊下來，乃室家相思之情，無僚友託諷之誼，所稱「君子」，妻謂其夫，序說誤也。

君子于役，不知其期，曷至哉？【疏】箋：「曷，何也。君子于往行役，我不知其反期，何時當來至哉？思之甚。」○案，言君子行役，未有定期，此時何能至家哉。箋以爲未有反期，似與下「曷至」相複。二章「不日不月」，卽不知行役之期也；「曷其有佸」，卽「曷至」也，文以互證而益明。雞棲于塒，【注】魯說曰：「鑿垣而棲爲塒。」日之夕矣，羊牛下來。【疏】傳：「鑿牆而棲曰塒。」箋：「雞之將棲，日則夕矣，羊牛從下牧地而來，言畜產出入尚有期節，至於行役者乃反不也。」○「鑿垣而棲爲塒」者，釋宮文，魯說也。孔疏引與毛同。李巡曰：「別雞作棲之名。」郭注：「寒鄉鑿牆爲雞所棲曰塒。」蓋舊注魯詩之文。廣韻：「塒，穿垣棲雞。」案，今人家累土四周，亦呼「雞塒」，音從「寺」，不從「時」，字隨讀變也。班彪北征賦：「日晻晻其將暮兮，覩牛羊之下來。寤怨曠之傷情兮，哀詩人之歎時。」班氏世習齊詩，賦云「怨曠傷情」，知齊義以此詩「君子」爲室家之詞。郭引詩汜歷樞云「牛羊來暮」，亦用齊文，是齊作「牛羊」也。君子于役，如之何勿思！【疏】箋：「行役多危難，我誠思之。」君子于役，不日不月，曷其有佸？【注】韓說曰：佸，至也。【疏】傳：「佸，會也。」箋：「行役反無日月，何時而有來會期。」○「不日不月」者，不能以日月計。「佸，至也」者，釋文引韓詩文。陳喬樅云：「韓訓『佸』爲『至』，蓋以爲『括』之通叚。毛於下文『羊牛下括』，訓『括』爲『至』，於小雅車舝『德音來括』，訓『括』

爲『會』。釋文：『括，本亦作佸。』此『括』、『佸』通用之驗。廣雅釋詁：『括、會，至也。』是『會』亦有『至』義。王氏疏證云：『詩「曷其有佸」，韓云「佸，至也」，毛云「會也」，會亦至也。首章言「曷至」，次章言「曷其有佸」，其義一也。佸、括、會古聲義並同。』雞棲于桀，【注】魯說曰：雞棲於弋爲橜。【疏】傳：「雞棲于杙爲桀。括，至也。」○「雞棲於弋爲橜」者，亦釋宮說也。就地樹橜，桀然特立，故謂之橜，但橜非可棲者，蓋鄉里貧家編竹木爲雞棲之具，四無根據，繫之於橜，以防攘竊，故云「棲于橜」耳。作「桀」爲是，「橜」俗字。日之夕矣，羊牛下括。君子于役，苟無飢渴！【疏】箋：「苟，且也。且得無飢渴，憂其飢渴也。」

君子于役二章，章八句。

君子陽陽【疏】毛序：「閔周也。君子遭亂，相招爲祿仕，全身遠害而已。」箋：「祿仕者，可得祿而已，不求道行。」○三家無異義。

君子陽陽，【注】韓說曰：陽陽，君子之貌也。左執簧，右招我由房。【疏】傳：「陽陽，無所用其心也。簧，笙也。由，用也。國君有房中之樂。」箋：「由，從也。君子祿仕在樂官，左手持笙，右手招我，欲使我從之於房中，俱在樂官也。我者，君子之友自謂也，時在位有官職也。」○「陽陽君子之貌也」者，玉篇阜部引韓詩文。孔疏云：「史記稱『晏子御擁大蓋，策四馬，意氣陽陽甚自得』，則『陽陽』是得志之貌。」今史記列傳作「揚揚」，晏子雜上篇亦作「揚揚」。荀子儒效篇「則揚揚如也」，楊倞注：「得意之貌。」是「陽」即「揚」之叚借。玉藻注：「揚讀爲陽。」此揚、陽聲通之例。韓訓爲君子之貌，雖未明言其得意，而情狀如繪。凡無所用心之人，未有不自得者，是與傳亦相成爲義。馬瑞辰云：「簧，亦樂器之一。世本『女媧作笙，隨作簧』，宋均注：『隨，女媧之臣。笙、簧二器。』說文：『隨作笙，女媧作簧。』（古史考亦曰「女媧作簧」。）

與世本互易，亦以笙、簧爲二器。說文又曰：『箟，簧屬。』其不以簧爲笙中之簧明矣。爾雅『大笙謂之巢』，文選笙賦李注引，『巢』作『簧』，疑李所見爾雅本自作『簧』。月令『調竽笙篪簧』，以笙、簧並列。詩『吹笙鼓簧』，與『鼓瑟吹笙』爲一類，皆以簧別爲一器。此詩『左執簧』，車鄰詩『並坐鼓簧』，亦別器也。傳『簧，笙也』，不曰『笙中簧』，蓋知簧爲笙之大者，通言則簧亦笙也。正義以簧爲笙管中之簧，失之。」胡承珙云：「由房者，房中對廟朝言之，人君燕息時所作之樂，非廟朝之樂，故曰房中。」**其樂只且！**【注】韓「只」作「旨」，云：旨亦樂也。【疏】箋：「君子遭亂道不行，其且樂此而已。」○「旨亦樂也」者，玉篇旨部引韓詩文。韓作「旨」，訓「樂」，蓋以「旨」本訓「美樂」，「旨」猶言樂之至美者，意謂樂甚，故曰「旨亦樂也」。南山有臺篇「樂只君子」，衡方碑作「樂旨君子」，是「只」、「旨」本通叚之字。張衡西京賦「其樂只且」，衡用魯詩，明魯毛文同。

君子陶陶，【注】韓說曰：陶，暢也。君子陶陶，君子之貌。**左執翿，右招我由敖。其樂只且！**【疏】傳：「陶陶，和樂貌。翿，纛也，翳也。」箋：「陶陶，猶陽陽也。翳，舞者所持，謂羽舞也。君子左手持羽，右手招我，欲使我從之於燕舞之位，亦俱在樂官也。」○「陶暢也」者，文選枚乘七發李注、後漢書杜篤傳李注引薛君韓詩章句文。「君子之貌也」者，玉篇阜部引韓詩文。皮嘉祐云：「傳：『陶陶，和樂貌。』韓云『君子之貌』，則亦訓爲『和樂』可知。玉篇所引亦薛君章句文，當在『陶，暢也』下。」孔疏：「釋言：『翿，纛也。』『纛，翳也。』李巡曰：『翿，舞者所持纛也。』孫炎曰：『纛，舞者所持羽也。』」段玉裁云：「『翳也』之上當有『纛』字，此『燿燿，粦也』、『粦，熒火也』之例。」胡承珙云：「說文羽部：『翳，翳也，所以舞也。从羽，殹聲。詩曰：左執翳。』（此據集韻，今說文引詩作『翿』，乃後人據俗本毛詩改之。）據此，知詩本作『翳』。說文無『翿』字，『翿』乃『儔』之別體。人部：『儔，翳也。从人，壽聲。』蓋『儔』正字或作『翿』，經典遂通用。翿若纛字，六書所無，不但作『纛』爲俗，卽作『翿』亦非，釋言當本作『翳，翿也。翿，翳也。』」黃山云：「釋言：『翢，纛也。』郭注：『今之羽葆幢。』『纛，翳也。』郭注：『舞者所以自蔽翳。』『翿』又誤『翢』，故說者益疑此文多誤。今據阮校勘記，則段說原與爾雅唐石經本、毛詩考文本合。卽胡謂說文無『翿』，詩本作『翳』，亦定論也。惟『翿』既从羽，明卽『翳』之別體，凡經史『翿』字，皆卽說文之『翳』，歷無異說，乃必改『翿』爲『儔』之或作，斥『纛』爲『翿』之誤文，則好奇之失矣。『儔』雖訓『翳』，是人相蔽翳耳，非舞者持以自蔽翳之羽葆幢也。纛，見地官『執纛』，鄭注卽以雜記『執翿』說之，其字从縣，與『翳，殹聲』之『殹』、說文訓『縣物殹擊』合。邢疏並引獨斷『黃屋左纛』以證之，蓋卽『翳』之古文，故同有『翳』義。說文偶遺之，『纛』行而『翳』廢，言『翳』或有不知，言『纛』則無不知，故爾雅互訓以通之，猶『煽，熾也』、『熾，盛也』之例。說文『翳』本訓華，蓋文選上林賦注：『華，葆也。』是『翳』本義亦卽羽葆之物。『翳』訓『翳』而曰『所以舞』，仍用『翳』本義，特引申之亦爲『蔽翳』也。若作『翳，儔也』、『儔，翳也』，既悖雅訓，且失詩義矣。」愚案：黃說是。釋文：「敖，游也。」胡承珙以爲「由敖」不應無傳，蓋是傳文各本皆脫，賴釋文存之。游謂燕游，「由敖」卽謂用燕游之舞相招。箋不更爲「敖」字，作訓但云「欲使我從之於燕舞之位」，豈非以毛既訓游，不煩更釋乎？嚴粲引錢氏云：「敖，游也。」因謂「游處」爲「敖游」，周禮之「囿游」也。此說得之。「其樂只且」，韓亦當作「旨且」。

君子陽陽二章，章四句。

揚之水【疏】毛序：「刺平王也。不撫其民而遠屯戍于母家，周人怨思焉。」箋：「怨平王恩澤不行於民，而久令屯戍不得歸，思其鄉里之處者。言周人者，時諸侯亦有使人戍焉。平王母家申國，在陳鄭之南，迫近彊楚，王室微弱而數見侵伐，王是以戍之。」胡承珙云：「以畿甸之民而爲諸侯戍守，固西周以前未有之事也。」〇三家無異義。

揚之水，不流束薪。【注】魯「揚」作「楊」。【疏】傳：「興也。揚，激揚也。」箋：「激揚之水至湍迅，而不能流移束薪。興者，喻平王政教煩急，而恩澤之令不行于下民。」○「魯揚作楊」者，釋文：「揚之水，或作『楊木』之字，非。」陳喬樅云：「據漢石經魯詩，唐風揚之水字作『楊』，則此楊字亦當從木。楊，地名也，見漢書楊雄傳。」愚案：古書楊、揚通作，說詳漢書地理志，此文作「揚」正字，作「楊」通叚。陳引漢書，非是。淮南本經篇「抑減怒瀨，以揚激波」，波本激而又揚之，則水愈湍怒，雖束縛薪木下之水中，亦皆漂流而去。「不」者，反言之也。彼其之子，不與我戍申。【注】韓說曰：戍，舍也。【疏】傳：「戍，守也。申，姜姓之國，平王之舅。」箋：「之子，是子也。彼其是子，獨處鄉里，不與我來守申，是思之言也。其，或作『記』，或作『己』，讀聲相似。」○陳奐云：「毛詩作『其』，蓋記、己本三家詩。」案，韓詩外傳引詩作『彼己之子』。「其」者，語助。思其鄉里習狎之人，不與我同戍，稍解離思。或以「是子」爲斥平王，悖於理矣。「戍，舍也」者，釋文引韓詩文。左莊三年傳：「凡師一宿爲舍，再宿爲信，過信爲次。」此戍守時久亦爲「舍」者，以其留止於此言之，散文通也。潛夫論：「炎帝苗胄，四岳伯夷，或封於申城。」括地志：「申在鄧州南陽縣北三十里。」一統志：「申在南陽府南陽縣附郭。」申，姜姓，幽王太子宜咎之舅也。王黜申后，太子奔申，王伐申，申召戎伐周，殺幽王。見鄭語韋注。太子立，爲平王，申雖平王母黨，實不共戴天之仇，其後鄭國侵伐而又戍之。懷哉懷哉，曷月予還歸哉？【疏】箋：「懷，安也。思鄉里處者，故曰今亦安不哉、安不哉，何月我得歸還見之哉？思之甚。」

揚之水，不流束楚。彼其之子，不與我戍甫。懷哉懷哉，曷月予還歸哉？【疏】傳：「楚，木也。甫，諸姜也。」○甫即呂國。詩孝經禮記皆作「甫」，尚書左傳國語皆作「呂」，「甫」、「呂」古同聲。周語：「富辰云：『齊許申甫由大姜。』」左傳楚「子重請取於申呂以爲賞田」，知後爲楚滅。鄭語：「史伯云：『申呂方强，其隩愛太子，亦必可知。』」先彊而後見侵，蓋與申皆偪於楚。故同時遣戍，孔疏云「借甫許以言申，實不戍甫許」，其失甚矣。括地志：「故呂城在鄧州南陽縣西四十里。」一統志：「呂城在南陽府西三十里，今名董呂村。」

揚之水，不流束蒲。彼其之子，不與我戍許。【疏】傳：「蒲，草也。許，諸姜也。」箋：「蒲，蒲柳。」○說文：「鄦，炎帝大嶽之胤，甫侯所封，在潁川，讀若許。」一統志：「今在河南許州。」其地距楚較申甫爲遠，而後亦爲楚滅，蓋同被楚侵也。左昭二十六年傳疏劉炫引汲冢紀年：「平王奔申，申侯魯侯許文公立平王於申。」陳奐據此以爲許有立平王之功，故兼戍之。紀年皇甫謐僞撰之書，不足據信，其撰造故實，即影射此詩。懷哉懷哉，曷月予還歸哉？

揚之水三章，章六句。

中谷有蓷【疏】毛序：「閔周也。夫婦日以衰薄，凶年饑饉，室家相棄爾。」○三家無異義。

中谷有蓷，暵其乾矣。【注】韓說曰：「蓷，益母也。」又曰：「茺蔚也。」三家「暵」作「灘」。【疏】傳：「興也。蓷，鵻也。暵，菸貌。陸草生谷中，傷於水。」箋：「興者，喻人居平安之世，猶鵻之生於陸，自然也；遇衰亂凶年，猶鵻之生谷中，得水則病將死。」○中谷，谷中。「蓷，益母也」者，陸璣詩疏引韓詩文。「蓷，茺蔚也」者，釋文引韓詩文。益母，即茺蔚別名。廣雅釋草云：「益母，茺蔚也。」玉篇：「萑，蓷，茺蔚也。詩曰：『中谷有蓷。』」與釋文引韓說合。陸璣又引劉歆云：「蓷臭穢，即茺蔚也。」傳云：「蓷，鵻也。」釋草：「萑，蓷。」是蓷名鵻，又名萑，今俗通謂之益母草。傳：「暵，菸貌。陸草生於谷中，傷於水。」說文：「菸，鬱也。」詳詩義，此不當作「菸鬱」意。說文：「暵，乾也，耕暴田曰暵。」亦與此文不合。「三家作灘」者，說文：「灘，水濡而乾也。从水，鷬聲。詩曰：『灘其乾矣。』」文與毛異，蓋出三家，較作「暵」義合。王氏詩總聞云：「益母草在野甚多，最能任酷烈，日愈烈色愈鮮，則性不宜水可知。」愚案：蓷本惡溼，今生谷中，水頻浸之。首章雖濡旋乾，次章且濡且乾，三章雖乾終溼，則傷於水而將萎死矣。次第如此。有女仳離，嘅其嘆矣。嘅其嘆矣，遇人之艱難矣！【疏】傳：「仳，別也。艱亦難也。」箋：「有女遇凶年而見棄，與其君子別離，嘅然而嘆，傷己見棄，其恩薄。所以嘅然而嘆者，自傷遇君子之窮厄。」○釋文：「嘆，本亦作歎。」說文：「歎，吟也。」廣雅釋詁：「嘆，傷也。」言有女見棄於夫，時當別離，嘅然長歎。所以嘅然長嘆者，遭遇此艱困之時，不欲專咎君子也。箋「自傷遇君子之窮厄」，正指凶年言之。正義申箋云：「艱難，謂無恩情而困苦之。」則意與鄭違矣。

中谷有蓷，暵其脩矣。有女仳離，條其歗矣，條其歗矣，遇人之不淑矣！【疏】傳：「脩，且乾也。條條然歗也。」箋：「淑，善也。君子於己不善也。」○陳奐云：「說文：『脩，脯也。』『脯，乾肉也。』乾肉謂之脯，亦謂之脩，因之凡乾皆曰脩矣。」椒聊傳：「條，長也。」歗義具江有汜。條然而長嘯也，遇人不淑，歸咎君子，言雖遇饑饉，如其夫相待不薄，未必不可共謀保聚，其如遇人不善何。

中谷有蓷，暵其溼矣。有女仳離，啜其泣矣。啜其泣矣，【注】韓「啜」作「惙」。何嗟及矣！【疏】傳：「鵻遇水則濕。啜，泣貌。」箋：「鵻之傷於水，始則溼，中而脩，久而乾，有似君子於己之恩，徒用凶年深淺爲薄厚。及，與也。泣者，傷其君子棄己。嗟乎，將復何與爲室家乎？此其有餘厚於君子也。」○啜，猶歠也，無「泣」義。「韓啜作惙」者，韓詩外傳二引此詩，作「惙其泣矣」。衆經音義四引聲類：「惙，短氣貌。」又十九引字林：「惙，憂也。」人心憂則氣短而下泣，明此詩當作「惙」。胡承珙云：「何嗟及矣，經文當作『嗟何及矣』，傳寫者誤倒之。外傳及說苑建本篇、列女魯莊哀姜傳引此文，皆作『何嗟及矣』。然外傳引孔子曰：『不慎其前而悔其後，嗟乎！雖悔無及矣。』是正以『何及』二字相連爲義，而所引詩仍作『何嗟』，亦皆傳寫誤倒。」其說是也。箋訓「及」爲「與」，云將復何與爲室家乎？凡言雖悔無及者，所包甚廣，卽此詩臨去之時，心事萬端，而以爲慮君子無室家，似不必過泥，外傳說苑列女傳皆推演之詞。

中谷有蓷三章，章六句。

兔爰　【疏】毛序：「閔周也。桓王失信，諸侯皆叛，構怨連禍，王師傷敗，君子不樂其生焉。」箋：「不樂其生者，寐不欲覺之謂也。」○三家無異義。

有兔爰爰，雉離于羅。【注】魯說曰：「爰爰，緩也。鳥罟謂之羅。」韓說曰：「爰爰，發蹤之貌也。」【疏】傳：「興也。爰爰，緩意。鳥網爲羅。言爲政有緩有急，用心之不均。」箋：「有緩者，有所聽縱也。有急者，有所躁蹙也。」○「爰爰，緩也」者，釋訓文，謂物情舒緩自如。「鳥罟謂之羅」，釋器文。皆魯說也。釋器又云：「兔罟謂之罝。」是「羅」專以網鳥，非以捕兔，詩意止言縱兔不捕耳。「爰爰，發蹤之貌也」者，華嚴經音義、衆經音義二十三引韓詩傳文。「蹤」爲「縱」之誤。漢書蕭何傳顏注：「發縱，謂解紲而放也。」「聽縱」與「發縱」義同。馬瑞辰云：「狡兔，以喻小人。雉，耿介之鳥，以喻君子。有兔爰爰，以喻小人之放縱。雉離于羅，以喻君子之獲罪。」離義具新臺。我生之初尚無爲，我生之後逢此百罹。尚寐無吪！【疏】傳：「尚無成人爲也。罹，憂。吪，動也。」箋：「尚，庶幾也。言我幼稚之時，庶幾於無所爲，謂軍役之事也。我長大之後，乃遇此軍役之多憂，今但庶幾於寐，不欲見動。無所樂生之甚。」○釋詁：「罹，憂也。」「吪，動也。」陳喬樅云：「詩釋文：『罹，本作離。吪，本亦作訛。』今考文選盧子諒詩李注引詩：『逢此百離。』毛萇曰：『離，憂也。一作罹。』又爾雅釋文『訛言』下云：『訛字又作吪，亦作譌。』據說文言部：『譌，譌言也。从言，爲聲。』引詩曰：『民之譌言。』口部：『吪，動也。从口，化聲。』引詩曰：『尚寐無吪。』是訓言之『譌』，譌爲正字；訓動之『吪』，吪爲正字。釋文於『訛言』下異文載譌、訛二字，故『訛動』下不複見。『離』者『罹』之叚借，『訛』者『吪』之叚借。毛氏古文，當作『逢此百離，尚寐無訛』。羅字、訛字，乃從今文所改。爾雅今文之學，所釋皆據魯詩，字當作『羅』與『吪』也。」

有兔爰爰，雉離于罦。【注】魯說曰：罬謂之罦。罦，覆車也。【疏】傳：「罦，覆車也。」○「罬謂之罦。罦，覆車也」者，釋器文。孔疏引孫炎曰：「覆車是兩轅網，可以掩兔者也。」郭注：「今之翻車也，有兩轅，中施罥以捕鳥。」說文：「雹，覆車網也。或作罦。」馬瑞辰云：「罦，孫謂以掩兔，郭謂以捕鳥，攷說文『䍖，兔罟也』，字又作罘。莊子釋文：『罘，本又作罦。』是罦、罘亦可通用。據齊語『田獵畢弋』，韋注：『畢弋，掩雉兔之網也。』是古者掩雉、兔之網可以同用。詩蓋言縱兔取雉，以喻王政之不均也。」御覽八百三十一引韓詩此二句，明韓毛文同。我生之初尚無造，我生之後逢此百憂。尚寐無覺！【疏】傳：「造，爲也。」○釋言作「造，爲也」。關雎傳：「寤，覺也。」覺、寤互訓。

有兔爰爰，雉離于罿。【注】魯說曰：繴謂之罿，罿，罬也。韓說曰：張羅車上曰罿也。【疏】傳：「罿，罬也。」○「繴謂之罿，罿，罬也」者，釋器文，是罿、罦一物。御覽八百三十二引韓詩曰：「有兔爰爰，雉離于罿。」明韓毛文同。「張羅車上曰罿也」者，引薛君章句，釋文引同，「張」作「施」。我生之初尚無庸，我生之後逢此百凶。尚寐無聰！【疏】傳：「庸，用也。聰，聞也。」箋：「庸，勞也。百凶者，王構怨連禍之凶。」○釋詁：「庸，勞也。」陳喬樅云：「據爾雅，知魯詁與毛異，鄭箋即用魯義改毛。」黄氏日鈔云：「人寤則憂，寐則不知，故欲無吪、無覺、無聰，付理亂於不知耳。近人以爲欲死者，過也。」

兔爰三章，章七句。

葛藟【注】齊說曰：葛藟蒙棘，華不得實。讒言亂政，使恩壅塞。【疏】毛序：「王族刺平王也。周室道衰，棄其九族焉。」箋：「九族者，據己上高祖、下及玄孫之親。」○「葛藟」至「壅塞」，易林泰之蠱文，師之中孚蠱之明夷節之蹇同。「葛藟蒙棘」，喻王族遭讒。「華不得實」，喻恩施不終。「讒言亂政，使恩壅塞」者，蓋因其時公家窮乏，賙給無資，計臣無可如何，出此下策，此讒言亂政之刺所由來也。左文七年傳：「宋昭公欲去羣公子，樂豫曰：『公族，公室之枝葉也，若去之，則本根無所庇廕矣。葛藟猶能庇其本根，故君子以爲比。』」即謂此詩也。詩言人君不可不推恩公族，其取喻同，齊說甚明。魯韓無異義。

緜緜葛藟，在河之滸。【疏】傳：「興也。緜緜，長不絕之貌。水厓曰滸。」箋：「葛也藟也，生於河之厓，得其潤澤以長大而不絕。興者，喻王之同姓得王之恩施以生長其子孫。」○馬瑞辰云：「滸，說文作『汻』，云『水厓也。』『厓，山邊也。』『汻水厓』，對『厓山邊』言之。釋水：『滸，水厓。』釋邱又曰：『岸上滸。』據爾雅：『望厓洒而高岸。』又曰：『重厓岸。』說文：『屵，岸高也。』岸上者，蓋謂其厓上高峭如重厓然，與『漘』言『夷上』，謂其上陵夷者正同。郭注爾雅，以『滸』爲『岸上地』，非。」終遠兄弟，謂他人父。謂他人父，亦莫我顧！【疏】傳：「兄弟之道已相遠矣。」箋：「兄弟，猶言族親也。王寡於恩施，今已遠棄族親矣，是我謂他人爲己父。族人尚親親之辭。謂他人爲己父，無恩於我，亦無顧眷我之意。」○愚案：終猶既也，傳意謂兄弟之道已相遠，是言族親本與兄弟相遠也。箋訓「遠棄」，義與傳異，似與下文意複。傳又言「兄弟之道既已相遠」，而族親於王仰戴爲父母親兄，以受其庇廕之恩也。今雖謂爲父母親兄，亦莫我眷顧，則亦他人之而已矣。

緜緜葛藟，在河之涘。終遠兄弟，謂他人母。謂他人母，亦莫我有！【疏】傳：「涘，厓也。」箋：「王又無母恩。有，識有也。」○說文：「涘，水厓也。」廣雅疏證云：「古者謂相親曰『有』。『亦莫我有』，謂莫相親有也。」左昭二十五年傳「是不有寡君也」，杜注：「有，相親有也。」釋名云：「友，有也，相保有也。」亦即此意。

緜緜葛藟，在河之漘。終遠兄弟，謂他人昆。謂他人昆，亦莫我聞！【疏】傳：「漘，水溓也。昆，兄也。」箋：「不與我相聞命也。」○説文：「漘，厓也。」釋邱：「夷上洒下不漘。」李巡曰：「夷上，平上，洒下，陗下，故名漘。」孫炎曰：「平上陗下，故名曰漘。不，蓋衍字。」（詩正義。）郭注：「厓上平坦而下水深者爲漘。不，發聲也。」馬瑞辰云：「昆，睪之叚音。説文：『周人謂兄曰睪，从弟、眔。』詩惟王風有『昆』字，此正周人謂『兄』爲『睪』之證。聞古通『問』。文王詩『令聞不已』，墨子明鬼篇引作『令問』。聞，讀如『恤問』之問。莫我聞猶莫我顧、莫我有也。」

葛藟三章，章六句。

采葛【疏】毛序：「懼讒也。」箋：「桓王之時，政事不明，臣無大小，使出者則爲讒人所毁，故懼之。」○三家無異義。

彼采葛兮，一日不見，如三月兮！【疏】傳：「興也。葛，所以爲絺綌也，事雖小，一日不見於君，憂懼於讒矣。」箋：「興者，以采葛喻臣以小事使出。」○馬瑞辰云：「傳箋並以采葛、采蕭、采艾爲懼讒者，託所采以自況。今案楚詞九歌『采三秀於山間，石磊磊兮葛蔓蔓』，五臣注：『芝草仙藥，采不可得，但見葛石耳，亦猶賢哲難逢，諂諛者衆也。』劉向九歌『葛藟虆於桂樹兮，鵾鶚集於木蘭』，王逸注：『葛藟，惡草，乃緣桂樹，以言小人進在顯位。』是葛爲惡草，古人以喻讒佞。」愚案：劉向用魯詩説，而以葛爲惡草喻讒佞，是於此詩懼讒喻意可通，魯説之恉。

彼采蕭兮，一日不見，如三秋兮！【疏】傳：「蕭，所以供祭祀。」箋：「彼采蕭者，喻臣以大事使出。」○馬瑞辰云：「楚詞離騷：『何昔日之芳草兮，今直爲此蕭艾也。』張衡思玄賦：『珍蕭艾於重笥兮，謂蕙芷之不香。』蕭、艾並舉，皆爲讒佞進仕者託喻。」愚案：衡亦習魯詩者，可以推見魯説之恉。

彼采艾兮，一日不見，如三歲兮！【疏】傳：「艾，所以療疾。」箋：「彼采艾者，喻臣以急事使出。」○馬瑞辰云：「離騷：『户服艾以盈要兮，謂幽蘭其不可佩。』東方朔七諫：『蓬艾親御於牀第兮，馬蘭踸踔而日加。』此詩采葛、采蕭、采艾，皆喻人主之信讒，下二句乃懼讒之意。」愚案：以惡草喻讒人，古義疊見，比興之指，深切著明，說詩者必兼此指。

采葛三章，章三句。

大車【注】魯說曰：夫人者，息君之夫人也。楚伐息，破之，虜其君，使守門，將妻其夫人而納之於宮。楚王出遊，夫人遂出見息君，謂之曰：「人生要一死而已，何至自苦？妾無須臾而忘君也，終不以身更貳醮，生離於地上，何如死歸於地下乎？」乃作詩曰：「穀則異室，死則同穴。謂予不信，有如曒日。」息君止之，夫人不聽，遂自殺。息君亦自殺，同日俱死。楚王賢其夫人守節有義，乃以諸侯之禮合而葬之。君子謂夫人說於行善，故序之於詩。夫義動君子，利動小人，息君夫人不爲利動矣。詩云：「德音莫違，及爾同死。」此之謂也。頌曰：楚虜息君，納其適妃。夫人持固，彌久不衰。作詩同穴，思故忘親。遂死不顧，列於賢貞。【疏】毛序：「刺周大夫也。禮義陵遲，男女淫奔，故陳古以刺今大夫不能聽男女之訟焉。」○「夫人」至「賢貞」，劉向列女傳貞順篇文。案，左傳載楚納息嬀事，與此相反。魏源辨之云：「史記楚蔡世家敍楚滅息、蔡，無一言及於納嬀，況隱十一年左傳『君子知息之將亡』，正義云：『莊十四年，楚滅息。』莊十四年經書：『秋七月，荊入蔡。』傳謂楚文因息嬀生二子，不言，而伐蔡。既同是一年，卽使息滅於春初，亦僅相去數月，豈能卽生二子？事蹟無一合者。詩曰爾、曰子、曰予，明屬息君楚子夫人三人之稱。班婕妤賦曰：『窈窕姝妙之年，幽閑專貞之性，符皎日之心，甘首疾之病。』其爲夫人詞明矣。蓋申息皆畿甸之國，且楚之北門而東周之屏蔽也。申息亡而楚遂憑陵中夏，故錄戍申、哀息二詩於王風，明東周不振之由，猶黎許無風而附於衛，見衛爲狄滅也。」

大車檻檻，毳衣如菼。【疏】傳：「大車，大夫之車。檻檻，車行聲也。毳衣，大夫之服。菼，鵻也，蘆之初生者也。天子大夫四命，其出封五命，如子男之服，乘其大車檻檻然，服毳冕以決訟。」箋：「菼，薍也。古者天子大夫服毳冕，以巡行邦國而決男女之訟，則是子男入爲大夫者。毳衣之屬，衣繢而裳繡，皆有五色焉，其青者如鵻。」○王逸楚詞九歎怨思篇注：「檻檻，車聲也。詩云：『大車檻檻。』」王述魯詩，明魯毛文同。白帖十一作「轞轞」，服虔通俗文云：「車聲曰轞。」張參五經文字：「轞，大車聲。」是言「車聲」當作「轞」，「轞」、「檻」字乃通借耳。魏源云：「大車，楚君所乘。或曰管仲檻車至齊。息爲楚滅，其君與夫人皆被虜，載以檻車，渾言之曰大車耳。說亦可通，但以下文例之，皆屬楚君爲合。」釋言：「菼，鵻也。」「菼，薍也。」孔疏引樊光曰：「菼，初生葸，騂色，海濱曰薍。」郭注：「詩曰：『毳衣如菼。』菼草色如鵻，在青白之間。」說文『䓤』下云：「萑之初生，一曰薍，一曰鵻。从草，剡聲。」「菼」下云：「或从炎。」「𦅾」下云：「帛鵻色也。从糸，剡聲。詩曰：『毳衣如𦅾。』」段注：「帛色如䓤，故謂之鵻色。『从糸，剡聲』，當作『从糸，䓤省』。引詩『毳衣如𦅾』，當作『䓤』，若如今本，則色固𦅾矣，何云『如𦅾』乎？」案，段說是。詩異文當作「如䓤」。傳「天子大夫四命」，及箋「古者天子大夫服毳冕」云云。魏源云：「毳衣，楚君所服。大車毳衣，明爲子男諸侯之服。春官司服職，子男之服，自毳冕以下；卿大夫之服，自玄冕以下。巾車職，大夫但乘墨車，鄭君知其不合。乃爲子男入爲大夫之說，則毳冕朝祭之服，豈有服以聽訟者乎？」

豈不爾思，畏子不敢！【疏】傳：「畏子大夫之政，終不敢。」箋：「此二句者，古之欲淫奔者之辭。我豈不思與女以爲無禮與？畏子大夫來聽訟，將罪我，故不敢也。子者，稱所尊敬之辭。」○爾者，爾息君夫人。言至楚後豈不思君乎？特畏楚子知之，不敢出相見耳。子者，楚國君爵。楚雖僭王，時人稱之仍曰「子」也。

大車哼哼，毳衣如璊。【注】韓作「大車轘轘」，云：「轘轘，盛貌也。」「璊」作「䵢」，云：「異色之衣也。」魯、齊作「璊」。豈不爾思，畏子不奔！【疏】傳：「哼哼，重遲之貌。璊，赬也。」〇「大車轘轘，轘轘，盛貌也」者，玉篇車部引韓詩文。皮嘉祐云：「玉篇：『轘，車盛貌。』野王即用韓義。說文『璊』下云：『玉赬色也。禾之赤苗謂之𥻦，玉色如之，从玉，㒼聲。』又『𣰌』下云：『以毳爲𦃃，色如虋，故謂之𣰌。虋，禾之赤苗也，从毛，㒼聲。詩曰：毳衣如𣰌。』」「韓作䵢，云異色之衣也」者，列子釋文下引韓詩內傳文。（元作外傳，誤。）陳奐云：「三家詩作『𣰌』，本字；毛作『璊』，借字。」案，據韓作「䵢」，則作「璊」者爲魯齊文矣。陳喬樅云：「首章『如菼』，菼，草色；次章『如䵢』，䵢，麻色。𥻦、䵢亦一聲之轉，故韓釋䵢爲異色之衣也。禾之赤苗者爲𥻦，麻之異色者爲䵢。䵢字从賁，賁，色不純也，見呂覽壹行篇高注。」奔者，文選舞鶴賦注：「獨赴也。」言奔赴息君而見之。

穀則異室，死則同穴。謂予不信，有如皦日！【疏】傳：「穀，生。皦，白也。生在於室，則外內異，死則神合同爲一也。」箋：「穴，謂冢壙中也。此章言古之大夫聽訟之政，非但不敢淫奔，乃使夫婦之禮有別，今之大夫不能然，反謂我言不信，我言之信如白日也。刺其闇於古禮。」〇「穀生」，釋言文。息君守門，夫人將納於楚宮，此異室也。「同穴」者，約死之誓言。漢書哀紀詔云：「朕聞夫婦一體，詩云：『穀則異室，死則同穴。』祔葬之禮，自周興焉。」陳喬樅云：「哀帝從韋元成韋賞受魯詩，見陸璣草木疏，則詔中引詩云云，據魯詩文也。外戚傳引詩同。白虎通崩薨篇：『合葬者，所以同夫婦之道也。』亦引二語。白虎通用魯詩，明魯毛文同。」予者，夫人自謂。指日爲誓，尚著明也。釋文：「皦，本又作皎。」列女梁寡行傳引詩及文選潘岳寡婦賦注引韓詩，皆作「皎」。陳喬樅云：「說文：『皎，月之白也。』『曉，日之白也。』『皦，玉石之白也。』是皎、皦皆曉之叚借。」今湖北桃花夫人廟祀息夫人，古蹟尚存。唐人留詠，知魯詩之言信而有徵矣。

若如左傳所載，烏得有遺構至今乎？

大車三章，章四句。

丘中有麻【疏】毛序：「思賢也。莊王不明，賢人放逐，國人思之而作是詩也。」箋：「思之者，思其來，己得見之。」

○三家無異義。

丘中有麻，彼留子嗟。【疏】傳：「留，大夫氏；子嗟，字也。丘中墝埆之處，盡有麻麥草木，乃彼子嗟之所治。」箋：「子嗟放逐於朝，去治卑賤之職而有功，所在則治理，所以爲賢。」○留者。鄭世家：「周衰，鄭徙都于留。」公羊傳：「鄭取鄶，遷鄭而野留。」後爲陳有，漢陳留郡陳留縣，今陳留縣也。公羊傳：「祭仲省留而爲宋所執。」左傳：「楚子辛侵宋留。」漢楚國留縣，今沛縣境也，皆不足當此留。漢志：「河南郡緱氏縣，劉聚，周大夫劉子邑。」水經雒水注：「劉水出半石東山，西北流逕劉聚，三面臨澗，在緱氏西南、周畿内劉子國，故謂之劉澗。」今偃師縣南二十里，故縣村。馬瑞辰云：「劉、留古通。薛尚功鐘鼎款識有『劉公簠』，積古齋鐘鼎款識作『留公簠』。」是其證，今從之。孔疏申毛云：「子嗟在朝有功，今放逐在外，國人覩其業而思之。」愚案：覩業思功，與詩義合，箋說失之。緱氏縣地勢險峻，丘中墝埆爲多而樹蓺勤勞，由於彼子嗟之董督，宜其動人懷思矣。彼留子嗟，將其來施施。【疏】傳：「施施，難進之意。」箋：「施施，舒行，伺間獨來見己之貌。」○顔氏家訓書證篇云「將其來施施」，韓詩亦重爲「施施」，河北毛詩皆云「施施」，江南舊本悉單爲「施」。愚案：二義皆通。單言「施」者，學記注：「施，猶教也。」晉語注：「施，施德也。」左僖二十四年傳注：「施功勞也。」簡兮箋：「將，且也。」言此麻麥草木，皆留子嗟之德教功勞，今雖放逐，且將復來以惠施我乎？重爲「施施」者，傳：「難進之貌。」將，語詞。言賢者被黜，恐遂長逝不顧，或且施施然徐行而來乎。

丘中有麥，彼留子國。彼留子國，將其來食。【疏】傳：「子國，子嗟父。子國復來，我乃得食。」箋：「言子國使丘中有麥，著其世賢。言其將來食，庶其親己，己得厚待之。」○孔疏：「子國是子嗟之父，俱是賢人，不應同時見逐，當先思子國，不應先思其子，今首章先言子嗟，二章乃言子國，然則賢人放逐，止謂子嗟耳。但作者既思子嗟，又美其奕世有德，遂言及子國耳。」愚案：詩言子嗟之賢，教民盡力，種植蕃茂，多得可食之物以食我，今雖放逐以去，或且更食我乎？思之甚也。

丘中有李，彼留之子。彼留之子，貽我佩玖。【疏】傳：「玖，石次玉者。言能遺我美寶。」箋：「丘中而有李，又留氏之子所治。留氏之子於思者，則朋友之子庶其敬己而遺己也。」○馬瑞辰云：「詩以子國爲子嗟父，則此言『彼留之子』，宜爲子嗟之子。箋上云『丘中而有李，又留氏之子所治』，『又』字正承子國、子嗟言之。」貽，當從釋文作「詒」。說文：「玖，石之次玉黑色者。从玉，久聲。詩曰：『詒我佩玖。』」

丘中有麻三章，章四句。

詩三家義集疏卷五

鄭緇衣第五

【疏】鄭，國名。漢書地理志：「京兆尹鄭縣，周宣王弟鄭桓公邑。」應劭注：「宣王母弟友所封。」史記索隱引世本云：「鄭桓公居棫林，徙拾。」宋忠注：「棫林與拾皆舊地名，自封桓公，乃名爲鄭。」愚案：秦紀晉悼公追秦軍，渡涇至棫林，今與拾皆無考。一統志：「陝西華州北，故鄭城也。其鄰縣之閿鄉，漢湖縣，古爲胡國。」韓非子「鄭武公戮關其思而滅胡」，即其地。蓋漢武帝嫌胡名，始加「水」旁，此故鄭事也。漢志臣瓚注：「桓公爲周司徒，王室將亂，故謀於史伯，而寄帑與賄於虢會之間。（詳國語。）幽王既敗，二年而滅會，四年而滅虢，居於鄭父之丘，是以爲鄭桓公。」地理志：「河南郡新鄭縣，詩鄭國，鄭桓公之子武公所國。」一統志：「河南新鄭縣西，故鄭城也。」乙巳占引詩推度災曰：「鄭，天宿斗衡。」地理志：「武公與平王東遷，卒定虢會之地，右雒左泲，食溱洧焉。士陿而險，山居谷汲，男女亟聚會，故其俗淫。鄭詩曰：『出其東門，有女如雲。』又曰：『溱與洧，方灌灌兮。士與女，方秉菅兮。』『恂盱且樂，惟士與女，伊其相謔。』此其風也。」皆齊說，魯韓蓋同。

詩國風。

緇衣【疏】毛序：「美武公也。父子並爲周司徒，善於其職，國人宜之，故美其德，以明有國善善之功焉。」箋：「父，謂武公父桓公也。司徒之職掌十二教，善善者治之有功也。鄭國之人皆謂桓公武公居司徒之官，正得其宜。」○禮緇衣云：「『好賢如緇衣。』」鄭注：「『緇衣』，詩篇名也。其首章曰：『緇衣之宜兮，敝，予又改爲兮。適子之館兮，還，予授子之粲兮。』言此衣緇衣者，賢者也，宜長爲國君。其衣敝，我願改制授之以新衣。是其好賢，欲其貴之甚也。」鄭注禮時治三家詩，知三家皆以此詩爲美武公，無異說。

緇衣之宜兮，敝，予又改爲兮。【疏】傳：「緇，黑色，卿士聽朝之正服也。改，更也。有德君子，宜世居卿士之位焉。」箋：「緇衣者，居私朝之服也。天子之朝服，皮弁服也。」○齊詩緇衣首章文，與毛同。（引見上。）馬瑞辰云：「周官司服『凡甸冠弁服』，後鄭注：『冠弁，委貌，其服緇布衣，諸侯以爲視朝之服。』引詩緇衣爲證。論語『緇衣羔裘』，邢疏：『謂朝服也。』是緇衣本諸侯視朝之服。鄭志答趙商云：『諸侯入爲卿大夫，與在朝仕者異，各依本國，如其命數。』以此推之，諸侯內臣于王，其居私朝，仍服其諸侯之朝服，故詩以緇衣美武公。傳云『卿士聽朝之正服』，係專指外諸侯入爲卿士者言，非泛指王朝卿士也。私朝，對公朝言。箋云『緇衣，居私朝之服』，又云：『卿士所之之館，在天子之宮，今之諸廬也。』蓋謂館爲九卿治事之公朝，並未言館卽私朝也。館爲公朝，故下文又云『還』，乃還於私朝也。正義合而一之，因謂天子之朝皮弁服，退適諸曹，服緇衣。誤矣。古者諸侯之卿大夫有二朝，魯語公父文伯之母謂季康子曰：『自卿以下，合官職於外朝，合家事於內朝。』韋注：『外朝，君之公朝。內朝，家朝。』是也。天子之卿大夫制亦當有二朝。玉藻『揖私朝煇如也』，注：『私朝，自大夫家之朝。』是卿大夫有私朝之證。至考工記『外有九室，九卿朝焉』，正韋注所云『君之公朝』，不可謂卽治家事之私朝也。玉藻『朝辨色始入，君日出而視之，退適路寢聽政』，謂君退於路寢，以待朝者各就其官府治事，有當告者乃入也。以此推之，知天子之卿大夫在外朝有事尚當入告，似不得先釋朝服而易緇衣也。且玉藻又云：『使人視大夫，大夫退，然後適小寢釋服。』退，謂大夫退於家。釋服，謂釋朝服也。以此推之，知天子於卿大夫未退尚不釋朝服，則卿大夫當天子未釋服以前不得先服緇衣明矣。又案，羔裘與緇衣相配，召南羔裘詩上言『羔羊之皮』，下言『自公退食』，知諸侯之大夫退朝時尚服朝服之緇衣，則知天子之卿士未退時不得釋朝服之皮弁矣。緇衣，指在私朝言；適館，指在公朝言；還，則還於私朝。首言緇衣，蓋指未朝君之前，先與家臣朝於私朝而言；次言『適子之館』，蓋指朝君後退適公朝而言；至望其還而飲食之，所以明好之，深望其退而休息也。正義誤以館爲私朝，因謂適諸曹改服緇衣，失之。」愚案：馬說精審，詩意禮經，一一吻合。說文「緇」下云：「帛黑色。」「宜」下云：「所安也。」官命有德，服以章之，賢則曰宜，否則曰不稱。唯其人也敝，願改爲，欲其久服。予者，探君上之意而詠歌之。合觀下文，解衣推食，皆出君恩，他人親愛，不能如此立言也。

適子之館兮，還，予授子之粲兮。【疏】傳：「適，之。館，舍。粲，餐也。諸侯入爲天子卿士，受采禄。」箋：「卿士所之之館，在天子宮，如今之諸廬也。自館還在采地之都，我則設餐以授之。愛之，欲飲食之。」○馬瑞辰云：「公羊定四年傳何注：『諸侯入爲天子大夫，更受采地於京師，使大夫爲治其國。』是諸侯入仕王朝，更授采地，說與傳合。公羊襄五年傳何注：『所謂采者，不得有其土地人民，采取其租稅耳。』故傳謂之『采禄』。箋謂『自館還在采地之都』，乃釋詩『還』字，非謂『授粲』即授以采禄也。正義謂授即授以采禄，誤矣。說文：『館，舍也。』『餐，吞也。』授粲猶授食，即論語『君賜食』之類。諸侯仕王朝者，居當與王宮相近，不必定居采邑。箋以爲還在采邑之都，亦誤。」

緇衣之好兮，敝，予又改造兮。適子之館兮，還，予授子之粲兮。【疏】傳：「好，猶宜也。」箋：「造，爲也。」

緇衣之蓆兮，【疏】魯說曰：蓆，大也。韓說曰：蓆，儲也。敝，予又改作兮。適子之館兮，還，予授子之粲兮。【疏】傳：「蓆，大也。」箋：「作，爲也。」○「蓆，大也」者，釋詁文，魯說也。郭注：「詩曰『緇衣之蓆兮』。」「蓆，儲也」者，釋文引韓詩文。陳喬樅云：「說文：『蓆，廣多也。』廣多之訓，與『儲』義近。」

緇衣三章，章四句。

將仲子【疏】毛序：「刺莊公也。不勝其母以害其弟。弟叔失道而公弗制，祭仲諫而公弗聽，小不忍以致大亂焉。」箋：「莊公之母，謂武姜，生莊公及弟叔段。段好勇而無禮，公不早爲之所而使驕慢。」○三家無異義。左桓五年傳「鄭伯使祭足勞王」，杜注：「祭足，卽祭仲之字，蓋名仲，字仲足也。」愚案：詩人感於君國之事，託爲男女之詞，稱曰「仲子」，無直呼其名之理，當是祭封人名，足仲爲其字也。春秋桓十一年，「宋人執鄭祭仲」，公羊傳云：「祭仲者何？鄭相也。何以不名？賢也。」則杜誤顯然矣。後漢郡國志：「陳留長垣縣東北有祭城。」一統志：「今長垣縣東四十里。」

將仲子兮，無踰我里，無折我樹杞！【疏】傳：「將，請也。仲子，祭仲也。踰，越。里，居也，二十五家爲里。杞，木名也。折，言傷害也。」箋：「祭仲驟諫，莊公不能用其言，故言請，固距之。無踰我里，喻言無干我親戚也。無折我樹杞，喻言無傷害我兄弟也。仲初諫曰：君將與之，臣請事之。君若不與，臣請除之。」○此詩託爲莊公距仲之言，請無踰我里而折我親樹之杞，喻封段於京，猶種杞也。據左傳，封段時仲固諫。箋引公子呂語，殆由誤記。胡承珙云：「詩言杞者七。自四牡以後言杞者六，皆當爲『枸檵』，惟將仲子傳云『杞，木名』。據陸疏云：『杞，柳屬。』蓋卽孟子之『杞柳』，後世謂之欅柳。本草衍義云：『欅，木本最大者，高五六十尺，合二三抱。』此杞木所由別於枸檵也。」馬瑞辰云：「杞，卽社所樹木。周禮，二十五家爲社，各樹其土所宜木，正與傳『里』訓合。蓋以杞本大而難伐，喻段之大而難制與。」**豈敢愛之，畏我父母。仲可懷也，父母之言，亦可畏也。**【疏】箋：「段將爲害，我豈敢愛之而不誅與？以父母之故，故不爲也。懷私曰懷，言仲子之言可私懷也，我迫於父母有言，不得從也。」○說文：「懷，思念也。」言豈敢愛而不折，特畏我父母而不爲。仲非不可念思，然父母之言可畏，故不女從耳。當時武公已歿，迫於母命。言「父母」者，統詞耳。

將仲子兮，無踰我牆，無折我樹桑！【疏】傳：「牆，垣也。桑，木之衆也。」○此「桑」及下「檀」皆以喻段，傳「桑，木之衆也」，蓋以比段之得衆，所謂「厚將得衆」也。孟子「樹牆下以桑」，是古者桑樹依牆。**豈敢愛之，畏我諸兄。**【疏】傳：「諸兄，公族。」**仲可懷也，諸兄之言，亦可畏也。**

將仲子兮，無踰我園，無折我樹檀！【疏】傳：「園，所以樹木也。檀，彊韌之木。」○蓋以比段之恃強，所謂「多行不義」也。鶴鳴詩：「樂彼之園，爰有樹檀。」是古者檀樹於園。**豈敢愛之，畏人之多言。仲可懷也，人之多言，亦可畏也。**

將仲子三章，章八句。

叔于田【疏】毛序：「刺莊公也。叔處于京，繕甲治兵，以出于田，國人說而歸之。」箋：「繕之言善也。甲，鎧也。」○三家無異義。

叔于田，巷無居人。【疏】傳：「叔，大叔段也。田，取禽也。巷，里塗也。」箋：「叔往田，國人注心于叔，似如無人處。」○叔者，段字。武姜溺愛，莊公縱惡，寵異其號，謂之京城大叔。從叔於京者，類皆諛佞之徒，惟導以畋遊飲酒之事，而國人亦同聲貢媚，詩之所爲作也。古者居必同里，里門之內，家門之外，則巷道也。巷與衖同，巷頭門謂之閎。周禮：「二十五家爲里。」故說文：「里門曰閭。二十五家相羣侶也。」亦謂之「巷」。祭義「而弟達乎州巷矣」，注：「巷猶閭也。」其里中有別道亦曰巷，蓋因地勢爲之。衆經音義引三蒼：「衖，里中別道也。」說文：「閻，里中門也。」里中而有門，即別道之門，故廣雅釋室又云：「閻謂之衖也。」（其當道直啟之家，蓋由於賜第。張衡西京賦：「北門甲第，當道直啟。」漢書夏侯嬰傳：「賜北第第一。」）後來轉相倣傚，里制漸廢，巷亦成街。此言叔既往田，巷道爲空，居此之人，闃其如無也。左隱三年傳杜注：「開封府滎陽縣東南二十里，有京縣故城。」漢志：「河南郡京縣。」一統志：「今滎陽縣東南二十一里。」豈無居人，不如叔也，洵美且仁！【疏】箋：「洵，信也，言叔信美好而又仁。」○案，叔之爲人，未必知行仁道，蓋其初至京城，或多小惠，故國人以『仁』稱之，新書修政篇所謂「樂之者見謂仁」也。黄山云：「論語『里仁爲美』，仁止是『敦讓』意。」亦通。

叔于狩，巷無飲酒。【疏】傳：「冬獵曰狩。」箋：「飲酒，謂燕飲也。」○馬瑞辰云：「狩，爲田獵之通稱。于狩，猶于田也。」豈無飲酒，不如叔也，洵美且好！【疏】劉詩益曰：「飲酒者，宜好會。」

叔適野，巷無服馬。豈無服馬，不如叔也，洵美且武！【疏】箋：「適，之也。郊外曰野。服馬，猶乘馬也。武，有武節。」○陳奐曰：「公羊傳注：『禮，諸侯田狩不過郊。』蓋諸侯苑囿當在近郊，叔適野，以都城之外爲野也。」武者，謂有武容。

叔于田三章，章五句。

大叔于田【疏】毛序：「刺莊公也。叔多才而好勇，不義而得衆也。」○孔疏：「叔負才恃衆，必爲亂階，而公不之禁，故刺之。」案，加「大」字，以別於上章。三家無異義。

叔于田，乘乘馬，【疏】傳：「叔之從公田也。」○釋文：「叔于田，本或作『大叔于田』者，誤。」嵩高傳：「乘馬，四馬。」執轡如組，兩驂如舞。【疏】傳：「驂之與服，和諧中節。」箋：「如組者，如織組之爲也。在旁曰驂。」○「執轡如組」，義具碩人。「兩驂如舞」者，小戎箋：「驂，兩騑也。」保氏注：「舞交衢。」疏云：「御車在交道，車旋應於舞節。」蓋謂驂馬安行，如舞者之有行列，從容中節也。新序雜事五、韓詩外傳二引詩二句，歸美善御，明魯韓義同。中論賞罰篇：「言善御之可以爲國。」外傳二：「言堯能使能者爲己用。」又言：「法得則馬和而歡，道得則民安而集。」引二句，皆推衍之詞。叔在藪，【注】韓説曰：禽獸居之曰藪。火烈具舉，【注】魯「烈」作「列」。【疏】傳：「藪，澤，禽之府也。烈，列。具，俱也。」箋：「列人持火俱舉，言衆同心。」○「禽獸居之曰藪」者，釋文引韓詩文，蓋内傳也。釋慧苑華嚴經音義二引韓詩傳同，「禽」上多「澤中可」三字。「魯烈作列」者，張衡東京賦引詩作「列」，衡述魯詩也。陳喬樅云：「毛作烈，訓爲列，古文借字。三家今文本字。澤虞疏文選李注三引詩並作列。」陳奐云：「列，古『迾』字。周禮作『厲』。鄭司農注山虞典祀，並訓『厲』爲『遮列』，卽『遮迾』也。詩假作『烈』。孟子『益烈山澤而焚之』，言遮迾山澤而以火焚之也。」襢裼暴虎，【注】魯説曰：襢裼，肉袒也。暴虎，徒搏也。齊韓「襢」作「膻」。獻于公所。【注】齊説曰：鄭伯好勇而國人暴虎。【疏】傳：「襢裼，肉袒也。暴虎，空手以搏之。」箋：「獻于公所，進於君也。」○「襢裼，肉袒也。暴虎，徒搏也」者，釋訓文，魯説也。孔疏引李巡曰：「襢裼，脱衣，見體曰肉袒。」孫炎曰：「袒去裼衣。」舍人曰：「徒搏，無兵空手搏之。」詩釋文：「襢，本又作袒。」「齊韓襢作膻」者，説文：「膻，肉膻也。詩曰：『膻裼暴虎。』」據爾雅作「襢」，則作「膻裼」者齊、韓本也。馬瑞辰云：「袒裼與『膻裼』有別。説文：『但，裼也。』『裼，但也。』又曰：『臝者但也。裎者但也。』是去裼衣之袒當作『但』，肉袒之袒當作『膻』。今作襢、袒，皆借字。説文：『袒，衣縫解也。』段注：『卽綻之本字。』」公者，莊公。段從公獵，故搏虎而獻之，以示武勇。「鄭伯」至「暴虎」，漢書匡衡傳上疏文。顔注：「言以莊公好勇之故，大叔空手搏虎，取而獻之。」衡習齊詩，此齊説也。將叔無狃，戒其傷女！【注】魯説曰：狃，復也。【疏】傳：「狃，習也。」箋：「狃，復也。請叔無復者，愛也。」○「狃，復也」者，釋言文。孔疏引孫炎曰：「狃忕前事復爲也。」陳喬樅云：「傳『狃，習也』。箋訓狃爲復，蓋據魯訓。」「戒其傷女」者，衆愛而戒之。孔疏謂公恐其更然，似非詩意。

叔于田，乘乘黃，兩服上襄，兩驂雁行。【注】韓詩曰：兩驂雁行。韓説曰：兩驂，左右騑驂。【疏】傳：

「乘黄，四馬皆黄。」箋：「兩服，中央夾轅者。襄，駕也。上駕者，言爲衆馬之最良也。雁行者，言與中服相次序。」〇釋言：「襄，駕也。」呂覽愛士篇高注：「四馬車，兩馬在中爲服。詩曰：『兩服上襄。』」王引之云：「上者，前也。上襄，猶言並駕於前，卽下章之『兩服齊首』也。雁行，謂在旁而差後，卽下章之『兩驂如手』也。」胡承珙云：「説文：『駕，馬在軛中也。』呂覽高注：『上猶前也。』下武箋：『下猶後也。』是上爲前，下爲後，古有此稱。上駕者，言兩服在前駕軛，與兩驂在後雁行者文義相對。」陳喬樅云：「襄蓋驤之借，禮正義三、史記司馬相如傳索隱引詩並作『兩服上驤』。」「兩驂」至「騑驂」，文選曹植應詔詩注引薛君文，引經明韓毛文同。兩驂在車左右，承上「兩服」言之，則騑驂與之相並而稍退後，如飛雁之有行列也。叔在藪，火烈具揚。叔善射忌，又良御忌，抑磬控忌，抑縱送忌。【疏】傳：「揚，揚光也。忌，辭也。騁馬曰磬，止馬曰控。發矢曰縱，從禽曰送。」箋：「良亦善也。忌，讀如『彼己之子』之己。」〇胡承珙云：「磬卽磬折之謂。禮凡言『磬折』者，皆謂屈身如磬之折殺。凡騁馬時，人之立於車中者，身必稍曲向前，故謂之磬。」孔疏：「今止馬猶謂之『控』。縱謂放縱，故知發矢。送謂逐後，故知從禽。」

叔于田，乘乘鴇，【疏】傳：「驪白雜毛曰鴇。」〇釋文：「鴇音保，依字作駂。」胡承珙云：「釋畜本作『駂』。詩疏引爾雅作『鴇』者，後人據詩文改之。唐石經及五經文字爾雅皆作駂。説文：『駂，黑馬驪白雜毛。』今説文無此字。陸氏尚及見之，故詩音義亦云依字作駂。毛特借鴇爲駂耳。」兩服齊首，兩驂如手。【疏】傳：「馬首齊也。進止如御者之手。」箋：「如人左右手之相佐助也。」〇馬瑞辰云：「齊者等也，等者同也，同卽如也。此與下句『兩驂如手』，皆以人身爲喻，言兩服前出，如人之首，兩驂稍次，如人之手，變『如』言『齊』者，錯文以見義也。傳以爲馬首齊，失之。」叔在藪，火烈具阜。叔馬慢忌，叔發罕忌，抑釋掤忌，抑鬯弓忌。【疏】傳：「阜，盛也。慢，遲。罕，希也。掤，所以覆矢。鬯弓，弢弓。」箋：「田事且畢，則其馬行遲，發矢希，射者蓋矢弢弓。言田事畢。」〇胡承珙云：「此詩自是宵田用燎，初獵之時，其火乍舉。正獵之際，其火方揚。末章獵畢將歸，持炬照路，火當更盛，故曰阜也。」慢，釋文作「嫚」。陳奐云：「古『侮嫚』作嫚，『嫷慢』作慢，其義皆不訓『遲』，字當作『趧』。說文：『趧，行遲也。』因之凡遲皆可以謂之趧。『罕希』，釋詁文。說文：『掤，所以覆矢也。』左傳作『冰』，昭十二年傳杜注：『冰，箭筩，其蓋可以取飲。』今釋之以覆其矢也。鬯讀爲韔，此假借也。小戎傳：『韔，弓室也。』弓室謂之韔，亦謂之弢，又謂之韇。左傳『右屬櫜韇』，又謂之『韣』。禮記『帶以弓韣』，皆是物也。蓋韔、弢本藏弓之器，因之受藏於韔曰韔，猶受藏於弢曰弢也。」

大叔于田三章，章十句。

清人【注】齊說曰：清人高子，久屯外野。逍遥不歸，思我慈母。又曰：慈母望子，遥思不已。久客外野，我心悲苦。【疏】毛序：「刺文公也。高克好利而不顧其君，文公惡而欲遠之，不能，使高克將兵而禦狄于竟。陳其師旅，翱翔河上，久而不召，衆散而歸，高克奔陳。公子素惡高克進之不以禮，文公退之不以道，危國亡師之本，故作是詩也。」箋：「好利不顧其君，注心於利也。禦狄于竟，時狄侵衛。」〇春秋閔公二年經書「鄭棄其師」，左傳：「鄭人惡高克，使帥師次于河上，久而弗召，師潰而歸。高克奔陳，鄭人爲之賦清人。」即其事也。漢書古今人表，鄭高克與公孫素同列第七等，或以傳「公子」爲「公孫」之譌。焦循云：「公子素即僖二年帥師入滑之公子士，素、士一聲之轉。」說皆可通。「清人」至「慈母」，易林師之睽文，觀之升遯之鼎同。「慈母」至「悲苦」，豐之頤文，咸之旅同。皆爲高克事作，齊說也。詩蓋從克之軍人所作，據易林「清人高子」，知克亦清邑之人，故率其同邑之衆屯於衛邑彭地。越境屯兵，故云「外野」。（見下。）魯韓無異義。

清人在彭，駟介旁旁。【注】三家「旁」作「騯」。【疏】傳：「清，邑也。彭，衛之河上，鄭之郊也。介，甲也。」箋：

「清者，高克所帥衆之邑也。駟，四馬也。」○水經濟水注：「渠水又東，清池水注之。清池水出清陽亭西南平地，東北流逕清陽亭南，東流卽清人城也，詩所謂『清人在彭』，故杜預春秋釋地：中牟縣西有清陽亭。是也。」彭者，河上地名。左哀二十五年傳：「初，衛人翦夏丁氏，以其帑封彌子。」彌子瑕食采于彭，爲彭封人。蓋衛邑而與鄭連境，故克帥衆在此防狄渡河。駟介，四馬被甲也。廣雅：「旁旁，盛也。」「三家旁旁作騯騯」者，說文：「騯，馬盛也。」引詩「四牡騯騯」。段注謂「駟介」誤爲「四牡」，「盛也」當作『盛貌。』旁旁作騯騯，三家異文。二矛重英，河上乎翱翔。【疏】傳：「重英，矛有英飾也。」箋：「二矛，酋矛、夷矛也，各有畫飾。」○馬瑞辰云：「考工記言車六等之數，有酋矛，無夷矛。說文：『矛，酋矛也。兵車所建，長二丈。』是知兵車所建惟酋矛耳。魯頌『二矛重弓』，箋云：『備折壞直。』是酋矛有二，則此詩二矛亦謂酋矛有二，非兼言夷矛。矛有英飾，裘之飾爲英，矛之飾亦爲英，其義一也。魯頌謂之『朱英』，傳：『朱英，矛飾也。』蓋刻矛柄而以朱畫之。此疏以朱英絲纏，彼疏謂以朱染爲英飾，皆非也。」胡承珙云：「周禮掌節『以英蕩輔之』，杜子春云：『英蕩，畫函。』干寶注亦云：『英，刻畫也。』箋正以『畫飾』申傳『英飾』。」今案，胡說引周禮「英蕩」以證英飾卽畫飾，可補孔疏之略。重者，「緟」之叚借。說文：「緟，增益也。」又曰矛象形。段注：「直者象其柲，左右蓋象其英。」是「重英」宜謂矛有重飾。二章箋云「喬矛矜近，上及室題，所以懸毛羽」，謂矛柄近上，及矛頭受刀處皆懸毛羽以爲飾，亦謂凡矛各有重飾，是知此箋「各有畫飾」之語特釋「英」字，非釋「重英」。孔疏乃謂二矛各自有飾，並建而重累，失之。胡云詩言重英、重喬，則必二矛有長短，所建高下不一，故見爲重，亦誤以重爲二矛之飾相重累矣。載驅傳云：「翱翔，猶彷徉也。」

清人在消，駟介麃麃。二矛重喬，【注】韓「喬」作「鷮」。【疏】傳：「消，河上地也。麃麃，武貌。重喬，累荷也。」箋：「喬矛矜近，上及室題，所以縣毛羽。」○「重喬」者，傳：「累荷也。」釋文：「荷舊音何，謂刻矛頭爲荷葉相重累也。」

沈胡可反，謂兩矛之飾相負荷也。」「喬作鷮」者，釋文引韓詩文。馬瑞辰云：「說文雉十四種，其二喬雉。鷮，走鳴長尾雉也。釋木『句如羽喬』，知木之如羽者，得名爲喬，是知喬本爲羽飾之名矣。箋訓『懸毛羽』者，正本韓詩讀『喬』爲『鷮』，以鷮羽爲飾，因名喬耳。」范家相云：「重鷮者，重施雉羽於矛之室題也。」河上乎逍遙。【注】韓「逍遙」作「消搖」，云：逍遙也。齊說曰：清人逍遙，未歸空閒。又曰：逍遙不歸，思我慈母。【疏】「逍遙也」者，文選南都賦注引韓詩內傳文，（元作外傳，誤。）知韓詩文作「逍搖」者。說文無「逍遙」字，字林有之，見張參五經文字序。文選上林賦注引司馬彪云：「消搖，逍遙也。」卽本韓詩訓義。「清人」至「空閒」，易林无妄之旅文。「逍遙」至「慈母」，引見上。蔡邕青衣賦「河上逍遙」，邕用魯詩，知魯齊文與毛同。

清人在軸，駟介陶陶。【疏】傳：「軸，河上地也。陶陶，驅馳之貌。」○案，君子陽陽傳：「陶陶，和樂貌。」此因在師中，易其文，猶暢樂意也。左旋右抽，中軍作好。【注】三家「抽」作「搯」。【疏】傳：「左旋，講兵。右抽，抽矢以射。居軍中爲容好。」箋：「左，左人，謂御者。右，車右也。中軍，謂將也。高克之爲將，久不得歸，日使其御者習旋車，車右抽刃，自居中央，爲軍之容好而已。兵車之法，將居鼓下，故御者在左。」○「三家抽作搯」者。說文「搯」下云：「拔兵刃以習擊刺也。詩曰：『左旋右搯。』」三家文也。孔疏：「左成二年傳，郤克傷矢，言『未絕鼓音』，是郤克爲將在鼓下也。張侯傷手而血染左輪，是御者在左也。此謂將之所乘車耳，若士卒兵車，則閟宮箋明云兵車之法，左人持弓，右人持矛，中人御車，不在左也。」王夫之云：「御必居中，所以齊六轡而制馬也。使其居左，則攬轡偏而縱送礙，且視不及右驂之外紛而舒斂無度矣。故雖以天子之尊，而在車亦無居中之理。大馭：『掌馭玉路犯軷，王自左馭，馭下祝。』其曰『王自左馭』者，自左而轡中也。馭犯軷，暫攝馭居中，王位固在左矣。戎僕：『掌馭戎車，犯軷，如玉路之儀。』則天子卽戎且不居中，而況將乎？鞌之戰，齊侯親將，逢丑父爲右。公羊傳曰：『逢丑父者，頃公之車右也，代頃公當左。』此將居左之明證。然則左旋右抽，非以車左、車右言之，蓋言戎車回旋演戰之法，有左旋以先弓矢者，有右旋而先矛者。左旋先弓而迎敵於左，則車右持矛以刺；右旋先矛以要敵，則將抽矢以射，勢以稍遠而便也。」胡承珙云：「左僖三十三年傳：『秦師過周北門，左右免冑而下。』蓋惟御者居中，故左右下。左宣十三年傳：『楚許伯御樂伯，攝叔爲右。樂伯曰：致師者，左射以菆。』皆足爲御在車中之證，故詩疏惟據鞌之戰以爲郤克在鼓下而居中，解張有『左輪朱殷』之言而居左。然將執旗鼓，豈必鼓定在中，解張之左輪朱殷，安知非射傷左手而流血於左耶？且是戰也，韓厥因夢避左右而代御居中，杜注因有自非元帥御皆在中之說，近於因文牽就，非有明證。總之，此詩左、右、中本不可以一車言之，傳云『居軍中爲容好』，則以中軍爲軍中，猶中谷卽谷中之比，並未嘗以中軍爲將，故左右亦必非車左、車右之謂。王氏謂左旋右抽爲戎車回旋演戰之法，申毛甚確，此卽居軍中爲容好也。」馬瑞辰云：「王胡二說甚確，然以『左旋』爲戎車之左旋，猶誤以箋說爲傳說也。攷牧誓『王左杖黃鉞，右秉白旄以麾』，史記齊世家『師尚父左杖黃鉞，右把白旄以誓』，大司馬：『若師有功，則左執律，右秉鉞，以先，愷樂獻于社。』左僖三十三年傳重耳曰：『其左執鞭弭，右屬櫜鞬，以與君周旋。』所謂左右，皆指君及將之左右手，是知詩云左旋右抽，亦謂將之左右手也。旋車曰旋，旌旗之指麾亦曰旋。說文：『旋，周旋，旌旗之指麾也。从㫃、疋。疋，足也。』古者將執旗鼓。公羊宣十三年傳『莊王親自手旌麾軍』，旌卽旗也，則『左旋』者謂將左手執旗指麾以相周旋，教其坐作進退之節，故傳以左旋爲『講兵』，與說苑尊賢篇云『今將軍方吞一國之權，提鼓擁旗，披堅執銳，回旋十萬之師』，語正相合，非謂御者旋車也。若『右抽』如三家詩作『搯』，言拔兵刃，則所該者廣，不得如傳云『抽矢』已也。左旋右抽，皆卽將在軍中作容好之事耳。」

清人三章，章四句。

羔裘【疏】毛序：「刺朝也。言古之君子以風其朝焉。」箋：「言，猶道也。鄭自莊公而賢者陵遲，朝無忠正之臣，故刺之。」○左昭十六年傳：「鄭六卿餞韓宣子於郊。子產賦鄭之羔裘。宣子曰：『起不堪也。』」此詩言古君子立朝之義，故起辭不堪。三家無異義。

羔裘如濡，洵直且侯。【注】韓詩「洵」作「恂」。韓說曰：侯，美也。【疏】傳：「如濡，潤澤也。洵，均。侯，君也。」箋：「緇衣羔裘，諸侯之朝服也。言古朝廷之臣皆忠直且君也。君者，言正其衣冠，尊其瞻視，儼然人望而畏之。」○如箋說，則古衣此羔裘之君子，卽諸侯入爲王朝之卿士者，意謂如鄭先君之等。「韓洵作恂」者，外傳二引崔杼弑齊莊公，劫諸大夫盟，晏子不從，引此四句，作「恂直且侯」。陳喬樅云：「洵者，恂之叚借。說文：『恂，信心也。』釋詁：『洵，信也。』亦叚『洵』爲『恂』。溱與洧『洵訏且樂』，釋文引韓詩作『恂』，皆用正字。」「侯美也」者，釋文引韓詩文。馬瑞辰云：「左傳『楚公子美矣君哉』，古字訓『君』者多有『美』義。侯爲君，又爲美，猶皇與烝爲君，又爲美。」（釋詁：「烝、皇，君也。」廣雅釋詁：「皇、烝，美也。」）愚案：「洵直且侯」，與下二章相應，司直應此洵直，美士應此侯美，從韓義爲允。彼其之子，【注】魯韓「其」作「己」。【疏】「魯其作己」者，新序義勇篇節士篇、列女梁節姑姊傳楚成鄭瞀傳引「彼其之子」二句，皆作「己」。「韓作己」者。外傳作「彼己之子」。胡承珙云：「左襄二十七年傳引『彼己之子，邦之司直』，正作『己』，知韓詩亦本古文。揚之水箋云：『其或作記，或作己，讀聲相似。』蓋古人於此等以聲爲主，聲同則字不嫌異。推之大叔于田之『忌』，（箋云：「忌，讀如彼己之子之己。」）嵩高之『近』（箋云：「聲如彼記之子之記。」）皆然。然各有師承，不相錯亂。如毛必作『其』，揚之水汾沮洳椒聊候人及此詩是也。韓必作『己』，汾沮洳『彼其之子，美如英』，韓外傳亦引作『己』是也。若文選陸機吴趨行漢高祖功臣頌注兩引毛詩曰『彼己之子，邦之彦兮』，又謝玄暉答吕法曹詩注引毛詩曰『彼己之子，美無度』，此『毛詩』恐皆『韓詩』之誤。」黄山云：「毛固古文，其『或作』本亦多與今文合，如葛覃之『刈』，卷耳之『觥』可證也。此詩『彼己』，蓋亦毛『或作』所有，與韓同文，是以吴趨行功臣頌注引爲毛詩。釋文於揚之水『彼其』下明言其音『記』，詩内皆放此，或作『己』，亦同，故此詩及候人篇『彼其』不再著其異，而左僖二十四年傳引候人亦作『彼己』也。胡謂此詩爲韓本古文，則非。」**舍命不渝。**【注】韓「渝」作「偷」。【疏】傳：「渝，變也。」箋：「舍，猶處也。之子，是子也。是子處命不變，謂守死善道，見危授命之等。」○「舍命不渝」者，傳：「渝，變也。」箋：「舍，猶處也。」王肅云：「舍，受也。」胡承珙云：「舍猶釋也。管子小問篇：『語曰：澤命不渝，信也。』史記徐廣注：『古釋字作澤。』周頌『其耕澤澤』，爾雅作『釋釋』，周禮鄭注：『舍即釋也。』士冠禮注：『古文釋作舍。』是澤命即舍命也。蓋古有是語，詩引之以美君子之信。戴震詩攷正云：『考工記「水有時以凝，有時以澤。」澤，李軌音釋。澤與舍義並爲釋，言自受命於君，以至復命而後釋，始終如一也。』案，釋文舍音赦，此因箋訓舍爲處，故爲作音。又云『沈書者反』，是沈重意以舍爲『舍釋』之舍矣。然鄭雖訓舍爲處，而云『是子處命不變，謂守死善道，見危授命之等』，是以命爲『軀命』之命。外傳言崔杼劫盟，晏子不從，引此詩以美之。新序義勇篇同。蓋以舍命爲『授命』，與鄭義合。戴震用王肅之訓，以爲受君命，非也。」「渝作偷」者，外傳二作「舍命不偷」。馬瑞辰云：「渝古音如偷，偷即渝之假借，猶山有樞篇『他人是偷』，箋讀爲『渝』，皆謂雖至死而捨命，亦不變耳。」

羔裘豹飾，孔武有力。【疏】傳：「豹飾，緣以豹皮也。孔，甚也。」○姚氏識名解云：「正義以君裘用純，此詩褎飾異皮，爲臣之服，引唐風作證，謂緣以豹皮爲袪褎也。陸佃言國君體柔而文之以剛，其義上達，引玉藻豹褎、豹飾異文，明飾非褎。傳所謂緣，蓋言領，人君之服也。案，飾義通用，凡緣領、緣褎、緣履皆謂之飾。豹自指褎袪而言，裘惟有緣褎之制，未聞有緣領者。玉藻以豹飾爲君子之服，亦指士大夫言，未嘗專指人君之服也。」胡承珙云：「姚說是。玉藻首云『君衣狐白裘，錦衣以裼之』，下乃言『君子狐青裘豹褎』、『羔裘豹飾』之等，其下又云：『錦衣狐裘，諸侯之服也。』分析甚明，故鄭注以君子爲大夫士。正義以狐青羔裘，君皆用純，大夫士雜以豹褎、豹飾爲異。埤雅引管子（揆度篇）『上（今本作「卿」。）大夫豹飾，列大夫豹幨』，正可證豹飾爲人臣之服，而以爲非古，過矣。」「孔，甚」，釋言文。愚案：箋意首章指諸侯，故云諸侯朝服，二章指上大夫，故云豹飾，三章指列大夫。所云刺朝者，統王朝、諸侯朝言之。

彼其之子，邦之司直。【疏】傳：「司，主也。」○馬瑞辰云：「呂覽自知篇『湯有司直之士』，高注：『司，主也。直，正也。正其過闕也。』漢書東方朔傳『以史魚爲司直』，是古有司直之官。」愚案：上章「洵直」，是君子之直己；此章「司直」，言君子能直人也。新序節士篇及外傳二舉楚石奢、齊顏涿聚、魏解狐三事，引詩「邦之司直」，並推衍之詞，明魯韓毛文同。

羔裘晏兮，三英粲兮。【疏】傳：「晏，鮮盛貌。三英，三德也。」箋：「三德，剛克，柔克，正直也。粲，衆意。」○孔疏：「英，俊秀之名，言有三種之英，故傳以爲三德。」愚案：此章指列大夫，故云「三英」，疏說是也。上二章次句皆指人言，則以「三英」指裘飾者非是。「三德」衆說紛紜，莫衷一是，亦斷從孔疏。**彼其之子，邦之彥兮。**【注】魯「彥」作「喭」，說曰：「美士爲喭。」【疏】傳：「彥，士之美稱。」○舍人曰：「國有美士，爲人所言道。」郭注：「人所喭咏也。」「美士爲喭」，釋訓文。孔疏引釋文：「喭音彥，今本作彥。」說文彣部：「彥，美士有彣，人所言也。从彣，厂聲。」是作「喭」者魯說也。今本作「彥」，後人從毛改之。外傳二言蘧伯玉之行，外傳九言楚有善相人者，能相人之友，並引「彼己之子」二句，明韓毛文同。（惟「己」異。）

羔裘三章，章四句。

遵大路

【疏】毛序：「思君子也。莊公失道，君子去之，國人思望焉。」○三家無異義。

遵大路兮，摻執子之袪兮。【疏】傳：「遵，循。路，道。摻，擥。袪，袂也。」箋：「思望君子於道中，見之則欲擥持其袂而留之。」○馬瑞辰云：「說文：『操，把持也。』『擥，撮持也。』二字義同，摻，疑爲『操』字之譌，故傳訓爲『擥』。據文選宋玉登徒子好色賦曰：『遵大路兮，攬子袪。』則三家詩有作『攬』者。攬卽擥字之俗，故傳以摻爲擥。魏晉間避武帝諱，凡從『喿』之字多改从『參』，八分『喿』字多寫从『㕘』，形近易誤。北山詩『或慘慘畏咎』，釋文：『慘本作懆。』抑詩『我心慘慘』，張參五經文字作『懆』。餘如『勞心慘兮』、『憂心慘慘』，並當爲『懆』，是其類也。廣雅釋言：『摻，操也。』蓋其時操多假作摻，故遂以操爲摻耳。此詩正義云，以摻字从手，又與『執』共文，故爲擥也。又引說文：『摻，參聲。斂也。』『操，喿聲。奉也。』二者義皆小異。據廣雅釋詁：『奉，持也』，是正義引說文『操，奉也』之訓亦以與『執』共文作『操』爲近，但未能確定摻爲操字之借耳。說文玉篇皆無『摻』字，蓋因魏晉間摻、操不分，淺者誤刪其一。詩正義引說文『操，奉也』，與二徐本訓爲『把持』詞亦微異。」正義引喪服云：「『袂屬幅，袪尺二寸。』則袂是袪之本，袪是袂之末。」愚案：說文：「袪，衣袂也。」「袖，袂也。」「袂，袖也。」此渾言之。釋名：「袂，掣也。掣，開也。開張之以受臂屈伸也。」「袪，虛也。」「袖，由也，手所由出入也。亦言受也，以受手也。」說文「袪」下又云：「一曰袪褱也。褱者袌也。」「袌」下云：「褱也。」「褱」下云：「俠也。」俠、挾字通。國語韋注：「在掖曰挾。」證以「子生三年，然後免於父母之懷」，是袪正在肘上掖下，切近胸前，可褱袌人物之處，與「袪，虛也」之訓相合。是袪通掖下至袂末言之，袂以屬幅於衣，反屈至肘，盡於袖口言，袖以手所由出入言。毛詩散文通稱，不爲定詁。

無我惡兮，不寁故也。【疏】傳：「寁，速也。」箋：「子無惡我擥持子之袂，我乃以莊公不速於先君之道使我然。」○陳奐云：「『寁，速』，釋詁文。說文：『寁，意之速也。』『疌，疾也。』寁、疌同聲，疾、速同義。速訓疾，又訓召。行露傳速訓召，此傳速亦當訓爲召。不寁故，故，故舊也，謂吾君不召故舊之人也。不寁好，好，愛好也，謂吾君不召而愛好之也。唐羔裘『維子之故』、『維子之好』，故爲『故舊』，好爲『愛好』，其義當同。此所以刺莊公失道，不能用君子，君子去之而不可留也。」

遵大路兮，摻執子之手兮。無我魗兮，不寁好也。【疏】傳：「魗，棄也。」箋：「言執手者，思望之甚。魗，亦惡也。好，猶善也。子無惡我，我乃以莊公不速於善道使我然。」○王引之云：「二章『路』字當作『道』，與手、魗、好爲韻。凡詩次章全變首章之韻，則第一句先變韻。」齊詩還次章以「道」與「茂」、「牡」、「好」爲韻，正與此詩同。孔疏：「魗與醜古今字，醜惡可棄之物，故傳以爲棄，言子無得棄遺我。箋準上章，故云魗亦惡，意小異耳。」釋文：「魗，本亦作⿰壽欠，又作⿰壽殳，市由反。」說文攴部云：「⿰壽攴，棄也。」引詩作「無我⿰壽攴兮」，與毛義合。

遵大路二章，章四句。

女曰鷄鳴【疏】毛序：「刺不說德也。陳古義以刺今不說德而好色也。」箋：「德，謂士大夫賓客有德者。」○易林豐之艮：「鷄鳴同興，思配无家。執佩持凫，莫使致之。」漸之鼎同，此无家而思配，用意不同而引經義合，知齊詩說與毛不殊。魯、韓無異義。

女曰鷄鳴，士曰昧旦。【疏】箋：「此夫婦相警覺以夙興，言不留色也。」○馬瑞辰云：「昧旦，猶昧爽。說文：『昧爽，旦明也。』（段「旦」作「且」，非。）「旦，明也。从日，見一。」一，地也，日始出地，猶未大明，故許以旦釋昧爽。昒、昧雙聲通用。漢郊祀志『昒爽』，即三倉解詁云『曶明』也。說文：『昒，尚冥也。』『昧』字注：『一曰闇也。』昧旦爲未大明貌，故爲將旦之稱，列子湯問篇『將旦昧爽之交』，是其證矣。古者鷄鳴而起，昧爽而朝。內則成人皆雞初鳴適父母舅姑之所，未冠笄者昧爽而朝。皆昧旦後於雞鳴之證。『女曰鷄鳴』者，警其起也。『士曰昧旦』，言已爲將明之時，有不止於雞鳴者，與齊詩『雞既鳴矣，朝既盈矣』同義。孔疏謂『雞鳴女起之常節，昧旦士起之常節』，失之。」子興視夜，明星有爛。【疏】傳：「言小星已不見也。」箋：「明星尚爛爛然，早於別色時。」○馬瑞辰云：「釋天：『明星謂之啓明。』此詩『明星』及東門之楊『明星煌煌』，皆謂啓明之星。啓明爲大星，故傳言『小星已不見耳。』」子，謂君子。自此以下，皆女謂士之詞。將翺將翔，弋鳧與鴈。【疏】傳：「閒於政事，則翺翔習射。」箋：「弋，繳射也。言無事則往弋射鳧鴈，以待賓客爲燕具。」○釋名：「翺，敖也，言敖游也。」「翔，佯也，言仿佯也。」君子夙興則治政事，政事之暇，閒游習射，弋鳧鴈爲燕賓之具。蓋古人無時不學，射卽游藝之方，說德樂賓，罔非勤政之助。呂覽功名篇高注：「弋，繳射之也。」引詩「弋鳧與鴈」。季春紀注、淮南時則訓注、說山訓注引詩同，明魯毛文同。說文：「繳，以生絲爲繩也。」

弋言加之，與子宜之。宜言飲酒，與子偕老。【疏】傳：「宜，肴也。」箋：「言，我也。子，謂賓客也。所弋之鳧鴈，我以爲加豆之實，與君子共肴也。宜乎我燕樂賓客而飲酒，與之俱至老。親愛之言也。」○詩「弋」字、「宜」字，承遞而下，「言」者，語詞，方言「弋」，不得卽言「加豆」。蘇氏詩傳引史記「微弓弱繳，加諸鳧鴈之上」，以釋此詩「加」字，是也。傳「宜，肴也」。孔疏：「『宜，肴。』釋言文。李巡曰：『宜，飲酒之肴也。』」是魯詩舊注之文，較毛傳更爲明確。琴瑟在御，莫不靜好。【注】魯說曰：「大夫士曰琴瑟。」【疏】傳：「君子無故不徹琴瑟。賓主和樂，無不安好。」○「大夫士曰琴瑟」者。公羊隱五年傳解詁云：「卿大夫御琴瑟，未嘗離於前。」下引魯詩傳，與「天子食，日舉樂，諸侯不釋懸」連文。白虎通禮樂篇引詩傳曰：「大夫士琴瑟御」，與魯傳文合，足證琴瑟乃與賓客燕飲之樂器。禮曲禮篇「君子無故不徹琴瑟」，毛傳即引之以釋詩文，鄭彼注云：「故，謂災患喪病。」則此詩言「莫不靜好」者，即謂此飲酒之賓主，無災患喪病之故，而莫不安好也。邶柏舟傳：「靜，安也。」

知子之來之，雜佩以贈之。知子之順之，雜佩以問之。知子之好之，雜佩以報之。

【注】三家說曰：佩玉有蔥衡，下有雙璜，衡牙蠙珠，以納其閒，琚瑀以雜之。【疏】傳：「雜佩者，珩璜琚瑀衡牙之類。問，遺也。」箋：「贈，送也。我若知子之必來，我則豫儲雜佩，去則以送子也。與異國賓客燕時，雖無此物，猶言之以致其厚意，其若有之，固將行之。士大夫以君命出使，主國之臣，必以燕禮樂之，助君之歡。順，謂與己和順。好，謂與己同好。」○王引之云：「來，讀爲『勞來』之來。釋言：『勞來，勤也。』大東詩『職勞不來』，傳：『來，勤也。』正義：『以不被勞來爲不見勤，故采薇序云「杕杜以勤歸」，即是勞來。』是古者相謂恩勤爲『來』，此言『來之』，下言『順之』、『好之』，義相因也。」「佩玉」至「其閒」，玉府鄭注引詩傳文。賈疏以爲韓詩傳。案，大戴禮保傅篇，「蔥」作「雙」，「蠙」作「玭」，「其閒」下有「琚瑀以雜之」五字，盧辯注：「衡，平也。半璧曰璜，衡在中，牙在旁，納于衡璜衡牙之閒。總曰玭珠，而赤者曰琚，白者曰瑀。或曰，瑀美玉，琚石次玉。」所言佩玉之制，與鄭引詩傳同而說較詳，其「琚瑀以雜之」之語，與詩言「雜佩」尤合，是齊說所本也。鄭於詩兼通三家，唐時齊魯詩亡，故賈氏止據所見韓詩傳爲證耳。續漢志注引蔡邕月令章句，與玉府注同，而多「琚瑀以雜之」五字，蔡習魯詩，知魯說不異。是衡、璜、衡牙爲佩玉之大名，其中雜貫以琚瑀，乃爲「雜佩」，與毛傳渾指珩、璜、琚、瑀衡牙之類異。馬瑞辰云：「玉藻『佩玉有衡牙』，鄭注：『衡牙居中央，以前後觸也。』三禮舊圖云：『衡長五寸，博一寸。璜徑二寸，衡牙長三寸。』皆以衡牙爲一玉。盧辯云：『衡在中，牙在旁。』皇侃說衡居中央，牙是外畔兩邊之璜，謂衡牙爲二玉，又誤以璜爲牙，失之。」順者，發言中理，我必順從。好者，情意相保，罔不同好。孔疏：「曲禮『凡以苞苴簞笥問人者』，

哀二十六年左傳『衞侯使以弓問子貢』，皆遺人物謂之問。」

女曰雞鳴三章，章六句。

有女同車【疏】毛序：「刺忽也。鄭人刺忽之不昏于齊。太子忽嘗有功于齊，齊侯請妻之齊女。賢而不取，卒以無大國之助至於見逐，故國人刺之。」箋：「忽，鄭莊公世子，祭仲逐之而立突。」○案，昭公辭昏見逐，備見左傳隱八年，如陳逆婦嬀，詩所爲作。三家無異義。

有女同車，顏如舜華。【注】魯「舜」作「蕣」。【疏】傳：「親迎同車也。舜，木槿也。」箋：「鄭人刺忽不取齊女。親迎與之同車，故稱同車之禮。齊女之美。」○錢澄之云：「上四句言忽所娶陳女，徒有顏色之美，服飾之盛。下二句盛言齊女之美且賢，以刺忽之不昏于齊。箋說非。」馬瑞辰云：「有女同車，實陳親迎之禮，謂忽娶陳女也。下言『彼美孟姜』，乃慕齊女德美之詞，故言『彼美』以別之，下章倣此。」愚案：錢馬說是。「同車」者。鵲巢篇一章：「之子于歸，百兩御之。」御，迎也。二章：「之子于歸，百兩將之。」將，送也。太子攝盛親迎陳女，當是諸侯親迎之禮。女從者之車與壻從者之車，其送迎百兩，儀從亦皆相同。陳奐云：「正義引『壻御婦車授綏』，爲與婦同車，直指同一車者說。不知壻御婦車，不過御輪三周，壻卽先驅，士婦乘壻家之從車，若大夫以上，婦自乘其母家之車，不同一車也。或據下句言女之顏，謂壻同車同行時所見云然，尤違詩恉。內則云：『女子出門，必擁蔽其面。』儀禮，婦車有裧，不令人見也。」「舜華」者，蕣省借字。「魯作蕣」者。呂覽仲夏紀高注：「木菫樹高五六尺，其葉與安石榴相似，華可用作蒸，雜家謂之朝生，一名蕣。詩曰『顏如蕣華』是也。」淮南時則訓注、趙岐孟子章句十三、說文草部引詩同，明魯用正字。**將翱將翔，佩玉瓊琚。**【疏】傳：「佩有琚瑀，所以納閒。」○孔疏：「言其玉聲和諧，行步中節。」王逸楚詞章句序引此詩二句，明魯毛文同。**彼美孟姜，**

洵美且都。【疏】傳：「孟姜，齊之長女。都，閑也。」箋：「洵，信也。言孟姜信美好，且閑習婦禮。」○孔疏：「上林賦『妖冶閑都』，亦以都爲閑也。」彼美孟姜，指齊女言。齊侯兩次請昏，詩人但泛指之，不必泥視。即鄭女是文姜，亦視其夫家檢制如何耳，賢否豈有定乎。左昭十六年傳：「鄭六卿餞韓起，子旗賦有女同車」，杜注：「取『洵美且都』，愛樂宣子也。」

有女同行，顏如舜英。將翱將翔，佩玉將將。彼美孟姜，德音不忘。【注】魯「將」作「鏘」。

【疏】傳：「行，行道也。英，猶華也。將將鳴玉而後行。」箋：「女始乘車，壻御輪三周，御者代壻。不忘者，後世傳其道德也。」○「魯將作鏘」者。王逸楚詞九歌注：「鏘，佩聲也。詩曰：『佩玉鏘鏘。』」白虎通衣裳篇：「婦人佩其緘縷，亦佩玉也。」引詩四句，誤作「將將」，當據楚詞章句改正。列女楚白貞姬傳張湯母傳引詩「彼美孟姜」二句，明魯毛文同。「德音不忘」者。宋呂祖謙讀詩記引長樂劉氏云：「德音，謂齊侯請妻之德音，鄭人懷之不能忘也。」蓋忠於昭公者憫其失大國之援，懼將來之不安其位，而益追想齊侯之德意爲不可忘耳。

有女同車二章，章六句。

山有扶蘇【疏】毛序：「刺忽也。所美非美然。」箋：「言忽所美之人實非美人。」○三家無異義。

山有扶蘇，隰有荷華。【疏】傳：「興也。扶蘇，扶胥，小木也。荷華，扶渠也，其華菡萏。言高下大小各得其宜也。」箋：「興者，扶胥之木生于山，喻忽置不正之人于上位也；荷華生于隰，喻忽置有美德者于下位。此言其用臣顛倒，失其所也。」○段玉裁云：「說文：『枎，枎疏四布也。从木，夫聲。』枎之言扶也，古書多作扶疏，同音叚借也。漢書司馬相如傳『垂條扶疏』，揚雄傳『支葉扶疏』，注：『扶疏，分布也。』劉向傳『梓樹上枝葉，扶疏上出屋』，呂覽『樹肥無使扶疏』，是則扶疏謂大木枝柯四布。疏通作『胥』，亦作『蘇』。鄭風山有扶蘇，毛意山有大木，隰有荷華，是爲高下大小各得其宜。

後人以鄭箋掍合而改之。」胡承珙云：「佩觿引山有扶蘇，與扶持別，是經字本亦作『扶』。埤雅引毛傳：『扶蘇，扶胥木也。』是所見本尚無『小』字。管子地員篇：『五沃之土，宜彼羣木，桐柞枎櫄，及彼白梓。』是枎自爲木名，緩言之曰『扶蘇』，急言之曰『枎』，扶蘇卽枎木耳。」愚案：管子之「枎」，說文「枎」下不録，亦不見於爾雅，深所不解。而此木之由「扶疏四布」受名，其義可推而得之，今亦不能定爲何木，但知是大木耳。卽謂扶蘇是枎木，亦未爲非也。黄山云：「扶與榑通。淮南道應篇『扶桑受謝』，墬形篇作『暘谷榑桑』。說文扶、枎、榑皆『防無切』，同音相叚。『榑』下云：『榑桑神木，日所出也。』扶疏卽榑桑二字之變文，明爲大木。齊表東海，地近暘谷，故管子言木及之。」說亦近是。荷華本陂澤所生，與山生大木，正高下合宜之喻。箋謂以興「用臣顛倒」，誤矣。不見子都，乃見狂且！【注】齊說曰：視暗不明，雲蔽日光。不見子都，鄭人心傷。魯說曰：言所謂好者非好，醜者非醜。【疏】傳：「子都，世之美好者也。狂，狂人也。且，辭也。」箋：「人之好美色，不往覩子都，乃反往覩狂醜之人，以興忽好善不任用賢者，反任用小人。其意同。」○「視暗」至「心傷」，易林蠱之比文。言鄭君視暗不明，在朝非無子都，特不見耳。中論審大臣篇：「時俗之所不譽者，未必爲非也。其所譽者，未必爲是也。詩曰：『山有扶蘇，隰有荷華。不見子都，乃見狂且。』言所謂好者非好，醜者非醜。」是有所見而以爲子都，不知其非見子都，乃見狂且也。則所謂「狂且」者，安知非子都乎？趙岐孟子章句十一云：「子都，古之姣好者也。」亦引此詩二句，明齊魯毛文義並同。子都、狂且，以好醜爲君子、小人之喻，不指好色言。

山有橋松，隰有游龍。不見子充，乃見狡童！【注】魯說曰：游龍，鴻也。齊說曰：思我狡童，不見子充。【疏】傳：「松，木也。龍，紅草也。子充，良人也。狡童，昭公也。」箋：「游龍，猶放縱也。橋松在山上，喻忽無恩澤於大臣也。紅草放縱枝葉於隰中，喻忽聽恣小臣。此又言養臣顛倒，失其所也。人之好忠良之人，不往覩子充，乃反往覩狡童。狡童有貌而無實。」○橋、喬古通作，言高松也。山、隰，亦高下合宜之比。「游龍，鴻也」者，淮南墜形訓高注文，引詩曰：「隰有游龍。」陳喬樅云：「釋草：『紅，蘢古，其大者蘬。』舍人注：『紅名蘢古，其大者名蘬。』龍卽蘢之叚借，故毛傳亦云『龍，紅草也。』陸璣疏云：『一名馬蓼，葉大而赤白色，生水澤中，高丈餘。』廣雅：『鴻，龍頡，馬蓼也。』鴻、紅同音，龍頡，亦卽『龍古』之聲轉。」子充者，子，男子之美稱。孔疏：「充，實也，言其性行充實。」故曰子充。孟子云：「充實之謂美。」子都謂容貌之美，子充謂性行之美也。「狡童」者，傳：「昭公也。」「思我」至「子充」，易林隨之大過文。云「思我狡童」，是齊說亦指昭公，不以爲刺小人。下狡童詩序云「刺忽」，傳謂「昭公有壯狡之志」，則以狡童指昭公，乃古義相承如此。齊說釋詩，蓋言不見善人相輔，惟見狡童孤立於上而已。

山有扶蘇二章，章四句。

蘀兮【疏】毛序：「刺忽也。君弱臣强，不倡而和也。」箋：「不倡而和，君臣各失其禮，不相倡和。」○三家無異義。

蘀兮蘀兮，風其吹女。【疏】傳：「興也。蘀，槁也。人臣待君倡而後和。」箋：「槁，謂木葉也。木葉槁，待風乃落。興者，風喻號令也，喻君有政教，臣乃行之。言此者，刺今不然。」○說文「蘀」下云：「草木凡皮葉落陊地爲蘀。」「欜」下云：「木葉陊也。讀若薄。」玉篇：「欜，與蘀同。」叔兮伯兮，倡予和女。【疏】傳：「叔、伯，言君臣長幼也。君倡臣和也。」箋：「叔、伯，羣臣相謂也。羣臣無其君而行，自以强弱相服。女倡矣，我則將和之，言此者，刺其自專也。叔伯，兄弟之稱。」○孔疏：「士冠禮，爲冠者作字云：『伯某甫仲叔季，唯其所當。』則叔伯是長幼之異字，故云叔伯言羣臣長幼也。」陳奐云：「箋謂倡、和俱屬叔伯，指羣臣言，與上下文義不通。」愚案：鄭欲顯刺意，然詩但言君臣倡和，刺在言外也。書大傳言虞廷賡歌之事，言「百工相和，帝乃倡之」，百工非不可相和，而倡必由帝。呂刑：「王曰：『伯兄，仲叔，季弟。』」枚傳：「伯仲叔季，順少長也。舉同姓，包異姓，言不殊也。」此諸侯叔伯義同。左傳，魯隱公謂公子彄爲「叔父」，晉景公謂荀林父爲「伯氏」，亦其例也。曰「倡予」，君自謂；曰「和女」，謂羣臣，詞義森然。列女魯公乘姒傳言「婦人之事，倡而後和」，引此詩四句，明魯毛文同。妻道、臣道一也，唱而後和，亦無異義。

蘀兮蘀兮，風其漂女。叔兮伯兮，倡予要女。【疏】傳：「漂，猶吹也。要，成也。」○案，文選長楊賦注：「漂，搖蕩之也。」釋文：「漂，本亦作飄。」呂覽簡選篇注：「要，成也。」

蘀兮二章，章四句。

狡童【疏】毛序：「刺忽也。不能與賢人圖事，權臣擅命也。」箋：「權臣擅命，祭仲專也。」○三家無異義。

彼狡童兮，不與我言兮。【疏】傳：「昭公有壯狡之志。」箋：「不與我言者，賢者欲與忽圖國之政事，而忽不能受之，故云然。」○錢大昕云：「古本『狡』當爲『佼』，山有扶蘇箋云：『狡童有貌而無實。』孫毓申之，以爲『佼好』之佼，非如後世解爲『狡獪』也。傳云『昭公有壯狡之志』，疏亦云『佼好之幼童』，則佼童止是小年通稱，非甚不美之名。衛武公刺厲王云：『於乎小子。』古人質樸，不以爲嫌。」胡承珙云：「姣、狡、佼三字古通。月令『養壯佼』，呂覽作『壯姣』。詩碩人箋『長麗佼好』，還箋、猗嗟箋『昌，佼好貌』，月出『佼人僚兮』，釋文並云：『佼，本作狡。』荀子非相篇：『古者桀紂，長巨姣美，天下之傑也。』據此，則箕子以狡童目紂者，亦止爲形貌佼好之稱明甚。且此傳云『壯狡之志』，則又非徒形貌。高注呂覽云：『壯狡，多力之士。』是壯狡與『雄武』意略同。昭公志在自奮，而所與圖者非其人，故惟有壯佼之志，而闇於事機，終將及禍，愈使人思其故而憂之，至不能食息焉。然則謂傳以狡童目昭公爲悖理者，皆不達古人文義者也。」維子之故，使我不能餐兮。【疏】傳：「憂懼不遑餐也。」

彼狡童兮，不與我食兮。【疏】傳：「不與賢人共食祿。」維子之故，使我不能息兮。【疏】傳：「憂不能息也。」○說文：「息，喘也。」不能息，謂氣息不利也。昭公少立威望，意似有爲，然祭仲善爲謀而不能用，視其擅權而不能制，知高渠彌之惡而不能去，厲公偪居櫟而不能討，任用非人，忠賢扼腕，蓋知其危亡在即，而末如之何矣。

狡童二章，章四句。

褰裳【疏】毛序：「思見正也。狂童恣行，國人思大國之正己也。」箋：「狂童恣行，謂突與忽爭國，更出更入，而無大國正之。」○胡承珙云：「春秋桓十五年『鄭伯突出奔蔡』，公羊傳：『突何以名？奪正也。』『鄭世子忽復歸于鄭』，公羊傳：『其稱世子何？復正也。』夫突爲奪正，忽爲復正，與序云『思見正』者合。然則所謂狂童，指突而言耳。」

子惠思我，褰裳涉溱。【疏】傳：「惠，愛也。溱，水名也。」箋：「子者，斥大國之正卿。子若愛而思我，我國有突篡國之事，而可征而正之，我則揭衣渡溱水往告難也。」○白虎通衣裳篇：「所以名爲裳何？衣者隱也，裳者鄣也，所以隱形自鄣蔽也。何以知上爲衣、下爲裳？以其先言衣也，詩曰『褰裳涉溱』，所以合爲下也。弟子職言摳衣而降。名爲衣何？上兼下也。」據此，魯毛文同。釋文：「褰，本或作騫。」說文「褰」下云：「袴也。」「攐」下云：「摳衣也。从手，褰聲。」則褰、騫皆「攐」之借字。說文「溱」下云：「水出桂陽臨武，入洭。从水，秦聲。」「潧」下云：「水出鄭國。从水，曾聲。」水經注同。明今經字誤。紀要云：「溱水出密縣境，一名鄫水，東北流至新鄭縣界，與洧水合。溱有水淺處可涉，故子產以乘輿濟人，正義以爲設言示以告難之疾意，非也。」子不我思，豈無他人！狂童之狂也且！【疏】傳：「狂行，童昏所化也。」箋：「言他人者，先鄉齊晉宋衞，後之荆楚，狂童之人日爲狂行，故使我言此也。」○「不我思」，不思我也，與「能不我知」、「既不我嘉」同一句例。「豈無他人」，言尚有他國可求也。其時諸國謀納鄭突，故左傳桓十五年：「公會宋公、衞侯、陳侯于袲，伐鄭。」十六年：「公會宋公衞侯陳侯蔡侯伐鄭。」黨突攻忽。詩甚言狂童之狂，恣行爲亂，冀動大國之聽，速其興仁義之師耳。揚雄逐貧賦引「豈無他人」，呂覽求人篇高注引「子不我思」二句，明魯毛文同。

子惠思我，褰裳涉洧。【疏】傳：「洧，水名也。」〇漢書地理志：「潁川郡陽城縣，陽城山，洧水所出，東南至長平入潁。」水經「洧水出河南密縣西南馬領山」，注云：「陽城山，馬領之總目。」紀要：「洧水出河南登封縣北陽城山，逕禹州密縣，又東流至新鄭縣，合溱水爲雙泊河。」**子不我思，豈無他士！狂童之狂也且！**【疏】傳：「士，事也。」箋：「他士，猶他人也。大國之卿，當天子之上士。」〇孔疏引曲禮：「列國之大夫，入天子之國曰某士。」左襄二十六年傳：晉韓宣子聘于周，自稱「晉士起」，是本義當稱士，卽託爲「士女」之詞稱士亦合，不必如傳讀「士」爲「事」，故箋易之也。呂覽求人篇：「晉人欲攻鄭，使叔嚮聘焉，視其有人與無人。子產爲之詩曰：『子惠思我，褰裳涉洧。子不我思，豈無他士。』叔嚮歸曰：『鄭有人，子產在，不可攻也。秦荆近，其詩有異心，不可攻也。』」「爲之詩」者，爲之歌詩也。左昭十六年傳：「鄭六卿餞韓宣子。大叔賦褰裳，宣子曰：『起在此，敢勤子至於他人乎？』子大叔拜，宣子曰：『善哉，子之言是，不有是事，其能終乎？』」宣子大國執政，故聞而知儆，善其能賦。子產事當在前。是兩次歌詩皆有益於國。而爲此詩者深憂君國，奔走叫號，無裨時事，以世無霸主故也。

褰裳二章，章五句。

丰【疏】毛序：「刺亂也。昏姻之道缺，陽倡而陰不和，男行而女不隨。」箋：「昏姻之道，謂嫁取之禮。」〇三家無異義。

子之丰兮，俟我乎巷兮，【疏】傳：「丰，豐滿也。巷，門外也。」箋：「子，謂親迎者。我，我將嫁者。有親迎我者，而貌丰丰然豐滿，善人也，出門而待我於巷中。」○陳奐云：「豐滿也，『也』當作『貌』。」愚案：釋文：「丰，方言作『妦』。」攷郭璞方言注：「妦，言妦容也。」説文「丰」下云：「草盛丰丰也。从生，上下達也。」玉篇：「妦，容好貌。」是「丰」乃古文借字。雄習魯詩，今文作方言用「妦」字，此詩從魯必作「妦」，時無文以證耳。巷，卽門外之里涂，詳叔于田注。**悔予不送兮。**【疏】傳：「時有違而不至者。」箋：「悔乎我不送是子而去也。時不送則爲異人之色，後不得耦而思之。」○坊記：「子云：昏禮，壻親迎，見於舅姑。舅姑承子以授壻，恐事之違也。以此坊民，婦猶有不至者。」不送，卽「不至」，壻親迎，婦隨至，有似於送，故不至以爲不送也。戴震云：「時俗衰薄，婚姻而卒有變志，非男女之情，乃其父母之惑也，故託爲女子自怨之詞以刺之。悔不送，以明己之不得自主，而意終欲隨之也。凡後世婚姻變志，皆出於父母，不出於女子，詩言迎者之美，固所願嫁也，必無自主不嫁者。此託爲女子之詞，正以見惑由父母耳。」胡承珙云：「荀子富國篇：『男女之合，夫婦之分，婚姻娉内，送逆無禮。』注：『内讀曰納，納幣也。送，致女。逆，親迎也。』春秋言致女者，卽以女授壻之謂。此女悔其不行，故託言於其家之不致，非自謂其不送男子也。」愚案：胡曲爲「送」字斡旋，説亦可通。

子之昌兮，俟我乎堂兮，悔予不將兮。【疏】傳：「昌，盛壯貌。將，行也。」箋：「堂當爲棖，棖，門梱上木近邊者。將，亦送也。」○胡承珙云：「詩先言『巷』，後言『堂』，孫毓以爲門側之堂，是也。學記『古之教者家有塾』，正義：『周禮，二十五家爲閭，同共一巷，巷首有門，門邊有塾，故云有塾。』釋宮：『衖門謂之閎，門側之堂謂之塾。』二句連文，郭注以閎爲『衖頭門』，以塾爲『夾門堂』，是也。一里之巷，巷外有門，門側有堂，親迎者既出寢廟之門，姑俟乎里中之巷，繼俟乎巷首之堂。次第分明，不必從鄭改『堂』爲『棖』，亦不得同王謂堂在寢也。」

衣錦褧衣，裳錦褧裳。【注】齊魯「褧」作「絅」。【疏】傳：「衣錦褧裳，嫁者之服。」箋：「褧，襌也。蓋以襌縠爲之中衣，裳用錦而上加禪縠焉，爲其文之大著也。庶人之妻嫁服也。士妻紂衣纁袡。」○「齊魯褧作絅」者，禮玉藻鄭注：「詩云：『衣錦絅衣，裳錦絅裳。』然則錦衣復有上衣明矣。」陳喬樅云：「此所引詩作『絅』，與毛異，與劉向引碩人詩作『絅衣』合者，蓋齊魯今文同爲『絅』字也。」愚案：陳說是，詳見碩人詩。叔兮伯兮，駕予與行。【疏】傳：「叔伯，迎己者。」箋：「言此者以前之悔，今則叔也伯也來，迎己者從之，志又易也。」○陳奐云：「謂壻之從者也，迎己者不止一人，故或呼叔，或呼伯。旄丘『叔伯』爲大夫，蘀兮『叔伯』爲羣臣，則此『叔伯』義與之同。」

裳錦褧裳，衣錦褧衣。叔兮伯兮，駕予與歸。【疏】歸，謂于歸其家。上言「與行」，此言「與歸」，願從終親迎之禮。

丰四章，二章章三句，二章章四句。

東門之墠【注】齊說曰：東門之墠，茹藘在阪。禮義不行，與我心反。【疏】毛序：「刺亂也。男女有不待禮而相奔者也。」○案，詩無奔意，蓋以世風淫亂，己獨持正，故序云「刺」耳。「東門」至「心反」，易林賁之鼎文，此齊說。言亂世禮義不行，與我心相違反也。魯韓無異義。

東門之墠，茹藘在阪。【注】韓說曰：墠，猶坦也。【疏】傳：「東門，城東門也。墠，除地町町者。茹藘，茅蒐也。男女之際近而易，則如東門之墠。遠而難，則茹藘在阪。」箋：「城東門之外有墠，墠邊有阪，茅蒐生焉。茅蒐之爲難淺矣，易越而出。此女欲奔男之辭。」○孔疏本「墠」作「壇」，釋文同。封土曰壇，除地曰墠，此「壇」字讀音曰「墠」，今毛詩定本作「墠」，依齊韓詩改也。「墠，猶坦也」者，華嚴經音義上引韓詩傳文。陳喬樅云：「毛傳『除地町町』，言除地使之平坦。論衡語增篇『町町若荆軻之閭』，謂夷其里若平地也。墠，王霸記曰『置之空墠之地』，空墠，猶言『空坦』也。」愚案：說文「墠」下云：「野土也。」「坦」下云：「安也。言其地平安無險阻也。」「阪」下云：「坡者曰阪。」釋草：「茹藘，茅蒐。」孔疏引李巡云：「茅蒐，一名茜，可以染絳。」陸璣疏云：「齊人謂之茜。徐州人謂之牛蔓。」郭璞謂卽今之蒨草，是也。其室則邇，其人甚遠。【疏】傳：「邇，近也。得禮則近，不得禮則遠。」箋：「其室則近，謂所欲奔男之家。望其來迎己而不來，則爲遠。」○「邇近」，釋詁文。其室，謂善人居室，卽在東門，非不邇也。其人，謂善人以禮自持，甚覺其遠。淮南說山訓：「行合趨同，千里相從；行不合，趨不同，對門不通。」高注：「詩所謂室邇人遠。」知魯毛說合。晉酒泉太守馬岌求見宋纖不得，銘曰：「丹厓百尺，青壁千尋，室邇人遠，實勞我心。」借此語以表求賢之誠，言其可望而不可卽，與詩女求男之意相同，或遂執以爲此詩別義，非也。

東門之栗，有踐家室。【注】韓「踐」作「靖」，云：「栗，木名。靖，善也。言東門之外，栗樹之下，有善人可與成爲家室也。【疏】傳：「栗，行上栗也。踐，淺也。」箋：「栗而在淺家室之内，言易竊取。栗，人所啗食而甘者，故女以自喻也。」○釋文：「行，道。」左襄九年傳「晉伐鄭，斬行栗」，傳卽依左立訓。「踐，淺也」者，卽側陋之意，賢士之室，不以貧敝爲嫌。有淺，猶淺淺也，句例與「有洸」、「有揭」同。陳喬樅云：「曲禮：『日而行事，則必踐之。』鄭注：『踐，讀曰善。』正義：『踐，善也。言卜得而行事，必善也。』然則踐義可依韓訓善。」「踐作靖也」者，御覽九百八十四、藝文類聚八十七、白帖九十九、事類賦二十七引韓詩文。（類聚引「靖」或作「静」，御覽引「善」或誤「樂」。）慕善心切，願得爲其室家，足見此女之賢，欲嫁不由淫色。有靖家室，猶今諺云「好好人家」也。豈不爾思？子不我卽。【疏】傳：「卽，就也。」箋：「我豈不思望女乎？女不就迎我而俱去耳。」○爾、子，皆指賢人言。我豈不思爲爾室家，但子不來就我，以禮相迎，則我無由得往耳。此女以禮自守。

東門之墠二章，章四句。

風雨【疏】毛序：「思君子也。亂世則思君子不改其度焉。」○三家無異義。

風雨淒淒，雞鳴喈喈。【注】三家「淒」作「湝」。【疏】傳：「興也。風且雨淒淒然，雞猶守時而鳴喈喈然。」箋：「興者，喻君子雖居亂世，不變改其節度。」○孔疏：「淒淒，寒凉之意。」「淒作湝」者，說文：「湝，寒也。詩曰：『風雨湝湝』。」蓋三家異文。玉篇「湝」下亦引詩「風雨湝湝」。廣韻十四：「皆、湝，户皆切。風雨不止。」卽釋此詩「風雨湝湝」之文。篇、韻所引蓋出韓詩說，時齊魯皆亡也。既見君子，云胡不夷！【注】魯說云：夷，喜也。【疏】傳：「胡，何。夷，說也。」箋：「思而見之，云何而心不說。」○「夷，喜也」者，王逸楚詞九懷注：「詩云：『既見君子，我心則夷。』夷，喜也。」明魯說訓「夷」爲「喜」，與末章義同。「我心則夷」，乃「云胡不夷」之誤文。左昭十六年傳「鄭六卿餞韓宣子，子游賦風雨」，杜注：「取其『既見君子，胡云不夷』。」

風雨瀟瀟，雞鳴膠膠。【注】三家「膠」作「嘐」。【疏】傳：「瀟瀟，暴疾也。膠膠，猶喈喈也。」○段玉裁云：「說文無『瀟』字，有『潚』字，云：『水清深也。』廣韻屋蕭韻皆有『潚』，無『瀟』字。毛詩『風雨潚潚』，是淒清之意。入聲音『肅』，平聲音『修』，在第三部，轉入第二部，音『宵』，俗誤爲『瀟』。見明時詩經舊本，作『潚潚』爲是。羽獵賦：『飛廉雲師，吸鼻潚率。』西京賦：『飛罕潚箾，流摘擂㩧。』思玄賦『迅猋潚其媵我』，舊注：『潚，疾貌。』與毛傳『瀟瀟，暴疾也』意正相合。」陳奐云：「瀟瀟，猶肅肅也。小星傳：『肅肅，疾也。』暴亦疾也。終風傳：『暴，疾也。』玉篇：『洬，先篤切。洬洬，雨聲。』古夙聲、肅聲相通，洬洬卽潚潚也。」「膠作嘐」者，廣韻引詩曰：「雞鳴嘐嘐。」玉篇：「嘐，古包切。雞鳴也。」「啁」下引說文云：「啁，嘐也。」是三家作「嘐」，「嘐」正字。毛詩作「膠」，「膠」借字。既見君子，云胡不瘳！【疏】傳：「瘳，愈也。」〇陳奐云：「愈，古瘉字。」

風雨如晦，雞鳴不已。【疏】傳：「晦，昏也。」箋：「已，止也。雞不爲如晦而止不鳴。」〇陳奐云：「如，猶而也。公羊傳僖十五年：『晦，冥也。』爾雅所謂『霧』也。」愚案：辨命論云：「詩云：『風雨如晦，雞鳴不已。』故善人爲善，焉有息哉。」廣弘明集云：「梁簡文於幽縶中，自序云：『梁正士蘭陵蕭綱立身行己，終始如一，風雨如晦，雞鳴不已。非欺暗室，豈況三光。數至如此，命也如何。』」南史袁粲傳：「粲峻於儀範，廢帝倮之迫使走，粲雅步如常，顧而言曰：『風雨如晦，雞鳴不已。』」呂光遺楊軌書曰：「陵霜不彫者松柏也，臨難不移者君子也。何圖松柏彫於微霜，而雞鳴已於風雨。」文選陸機演連珠云：「貞乎期者，時累不能淫，是以迅風陵雨，不謬晨禽之察。」皆與此詩正意合。既見君子，云胡不喜！

風雨三章，章四句。

子衿【疏】毛序：「刺學校廢也。亂世則學校不修焉。」箋：「鄭國謂學爲校，言可以校正道藝。」〇魏武短歌行：「青青子衿，悠悠我心。但爲君故，沈吟至今。」雖未明指學校，並無別解。北魏獻文詔高允曰：「道肆陵遲，學業遂廢。子衿之歎，復見于今。」北史：「大寧中，徵虞喜爲博士，詔曰：『喪亂以來，儒軌陵夷。每攬子衿之詩，未嘗不慨然。』」宋朱子白鹿洞賦：「廣青衿之疑問，弘菁莪之樂育。」皆用序說。三家無異義。

青青子衿，悠悠我心。【疏】傳：「青衿，青領也，學子之所服。」箋：「學子而俱在學校之中，己留彼去，故隨而思之耳。禮，父母在，衣純以青。」〇案，釋文：「衿，本亦作襟。」釋名：「襟，禁也，交於前，所以禁御風寒也。」最與「衿」義合。而說文無「襟」字，「衾」下云：「大被。」與「衿」畧同而義迥殊。「紟」下云：「衣系也。」釋名：「紟亦禁也，禁，使不得解散也。」此爲「衣系」義所專。「裣」下云：「交衽也。」「衽」下云：「衣裣也。」玉藻「衽當旁」，是謂裳際之衽。玉篇：「衽，裳際也，衣袷也。」又爲「裳際」義所奪。袷、紟雖亦通衿，不能竟指爲衿也。釋器：「衣眥謂之襟。」郭注：「交領。」李巡曰：「交眥，衣領之襟。」襟，文出爾雅古書，見釋文「亦作」本，確爲此詩正字，說文遺之耳。領以壅領也，亦言總領衣體，爲端首也。顏氏家訓云：「古有斜領，下連於襟，故謂領爲衿也。」孔疏：「衿是領之別名，故傳云『青衿，青領也』。衿、領二物，色雖一青，而重言『青青』者，古人之復言也。」子，謂學子。「悠悠我心」者，不得見而思之長也。**縱我不往，子寧不嗣音！**【注】韓魯「嗣」作「詒」。魯說曰：詒，遺也，詒我德音也。【疏】傳：「嗣，習也。古者教以詩樂，誦之、歌之、絃之、舞之。」箋：「嗣，續也。女曾不傳聲問我以恩。責其忘己。」○「嗣作詒」者，釋文引韓詩文。又釋之云：「詒，寄也，曾不寄問也。」箋用韓說。馬瑞辰云：「詒、遺古通用。虞書『舜讓于德弗嗣』，史記集解引今文尚書作『不怡』，是其證。」「詒，遺也，詒我德音也」者，王逸楚詞九章惜誦篇注文。「遺也」下有「詩曰」二字而無其文。陳喬樅云：「必是引魯詩『子寧不詒音』，而釋之曰『詒我德音也。』今本或傳寫脫落詩句。」案，陳說甚確，今補正。

青青子佩，悠悠我思。縱我不往，子寧不來！【疏】傳：「佩，佩玉也。士佩瓀珉而青組綬。不來者，言不一來也。」○孔疏：「禮，不佩青玉而云『青青子佩』者，佩玉以組綬帶之，士佩瓀珉而青組綬，故云青青謂組綬也。玉藻：『士佩瓀珉而緼組綬。』此云『青組綬』者，蓋毛讀禮記作『青』字，其本與鄭異也。學子非士而傳以士言之，以學子得依士禮故也。」馬瑞辰云：「往來，卽『禮聞來學，不聞往教』之謂。」

挑兮達兮，【疏】傳：「挑達，往來相見貌。」○孔疏：「城闕雖非居止之處，明其乍往乍來，故知挑達爲往來貌。」胡承珙云：「據此，則正義本傳文無『相見』二字。釋文：『挑達，往來見貌』，『見』字當亦後人所添。挑與佻同。小徐說文本引作『佻兮』。初學記十八引詩亦作『佻』。大東『佻佻公子』，釋文引韓詩，作『嬥嬥，往來貌』。毛彼傳作『佻佻，獨行貌』。

並謂其避人游蕩，獨往獨來，二義相足也。」挑達，又作「叏達」，說文：「叏，滑也。」「達，行不相遇也。」並引詩。滑與「行不相遇」兩義，皆孔疏「獨往獨來」之義。**在城闕兮。**【疏】傳：「乘城而見闕。」箋：「國亂，人廢學業，但好登高見於城闕，以候望爲樂。」○孔疏引釋宮：「觀謂之闕。」云：「闕是人君宮門，非城之所有，且宮門觀闕，不宜乘之候望，此言『在城闕兮』，謂城之上別有高闕，非宮闕也。」馬瑞辰云：「闕者，『𩫖』之叚借。說文：『𩫖，缺也。古者城闕其南方謂之𩫖，從𩫏。』『𩫏，象城𩫏之重，兩亭相對也。』今案，𩫖爲重城，象兩亭相對，兩亭卽內、外城臺也。蓋古諸侯之城三面皆重，設城臺，惟南方之城無臺，其城缺然，故謂之『𩫖』，借作『闕』。公羊定十二年何注：『天子周城，諸侯軒城。軒城者，闕南面以受過也。』與說文『城缺南方』義合。周官小胥：『王宮縣，諸侯軒縣。』春秋傳謂之『曲縣』，軒城，猶軒縣、曲縣也，其形闕然而曲。城闕，卽南城缺處耳。孔疏既謂闕非城之所有，又謂城之上別有高闕，非也。公羊疏疑爲城墉不完，則更誤矣。」**一日不見，如三月兮！**【疏】傳：「言禮樂不可一日而廢。」箋：「君子之學，以文會友，以友輔仁，獨學而無友，則孤陋而寡聞，故思之甚。」○陳奐云：「不見禮樂也。不見禮樂，一日如三月之久，是禮樂不可一日廢，此卽上二章厚望學子來習之意。」

子衿三章，章四句。

揚之水【疏】毛序：「閔無臣也。君子閔忽之無忠臣良士，終以死亡，而作是詩也。」○三家無異義。

揚之水，不流束楚。終鮮兄弟，維予與女。【疏】傳：「揚，激揚也。激揚之水，可謂不能流漂束楚乎？」箋：「激揚之水，喻忽政教亂促。不流束楚，言其政不行於臣下。鮮，寡也。忽兄弟爭國，親戚相疑，後竟寡於兄弟之恩，獨我與女有耳。作此詩者，同姓臣也。」○嚴粲引曹氏曰：「忽突爭國，子儀、子亹更立，至莊十四年，忽等已亡，而原繁謂厲公曰『莊公之子猶有八人』，不得爲鮮。蓋昭公兄弟雖衆，無與同心者，要其終必不相助，雖多猶少也。」無信人之言，人實迂女！【疏】傳：「迂，誑也。」○說文：「誑，欺也。」「迂，往也。」春秋傳曰：『子無我迂。』誑、迂音近，故「迂」又爲「誑」之叚借。

揚之水，不流束薪。終鮮兄弟，維予二人。【疏】傳：「二人同心也。」箋：「二人者，我身與女忽。」無信人之言，人實不信！

揚之水二章，章六句。

出其東門，【注】齊說曰：「鄭男女亟聚會，聲色生焉，故其俗淫。鄭詩曰：『出其東門，有女如雲。』又曰：『溱與洧，方灌灌兮，士與女，方秉蕑兮，恂盱且樂。惟士與女，伊其相謔。』此其風也。【疏】毛序：「閔亂也。公子五爭，兵革不息，男女相棄，民人思保其室家焉。」箋：「公子五爭者，謂突再也，忽子亹子儀各一也。」○「男女」至「風也」，漢書地理志文，此齊說。詩乃賢士道所見以刺時，而自明其志也。魯韓當同。

出其東門，有女如雲。【疏】傳：「如雲，衆多也。」箋：「有女，謂諸見棄者也。如雲者，如其從風，東西南北，心無有定。」○鄭城西南門爲溱洧二水所經，故以東門爲游人所集。雖則如雲，匪我思存。【疏】傳：「思不存乎相救急。」箋：「匪，非也。此如雲者，皆非我思所存也。」縞衣綦巾，【疏】傳：「縞衣，白色，男服也。綦巾，蒼艾色，女服也。願室家得相樂也。」箋：「縞衣綦巾，己所爲作者之妻服也。」○說文糸部：「綥，帛蒼艾色也。詩曰：『縞衣綥巾。』未嫁女所服。」或以爲三家詩字。馬瑞辰云：「左傳『楚人惎之』，說文引作『畀』，杜林以『畀』爲『騏』字也。箋以『綦』爲『綦』，文與秦風傳『騏綦』文合，蓋讀騏如綦。」愚案：說文「綥」下重文「綦」云：「綥，或從其。」是「綥」即「綦」字，非三家異解。說文：「巾，佩巾也。」一云首飾。釋名:「二十成人,士冠庶人巾。」傳以衣巾分男女,過泥。説文又以帉巾爲未嫁女所服,無論喪服之時莫爲分別,卽游人所萃,如雲如荼,孰辨其已嫁未嫁?今斷從箋説,以爲作者之妻服,則此詩文從字順矣。韓毛文同。(見下。)聊樂我員。【注】韓詩曰:「縞衣綦巾,聊樂我魂。」韓説曰:「魂,神也。」【疏】箋:「時亦棄之,迫兵革之難,不能相畜,心不忍絶,故言且留樂我員。此思保其室家,窮困不得有其妻,而以衣巾言之,恩不忍斥之。綦,綦文也。」○釋文:「員,本亦作云。」正義:「員、云古今字,助句辭。」「縞衣」至「神也」者,釋文及文選曹大家東征賦注、鮑照東武吟注、鮑照舞鶴賦注引韓詩文。臧鏞堂云:「此『魂』乃『云』之變體。春秋疏引孝經説云:『魂,云也。』韓但讀作『神魂』之魂耳。」陳喬樅云:「毛韓師傳各異,訓義不必强同。孝經援神契云『情者魂之使』,此自言其妻子得用情之正,故云『聊樂我魂』。下章云『聊可與娛』,娛亦樂也。人悲則神傷,樂則神安,故韓以魂爲神,其説未嘗不是也。」

出其闉闍,【注】韓説曰:「城内重門也。」有女如荼。【疏】傳:「闉,曲城也。闍,城臺也。荼,英荼也。言皆喪服也。」箋:「闍,讀當如『彼都人士』之都,謂國外曲城之中市里也。荼,茅秀,物之輕者,飛行無常。」○「城内重門也」者,玉篇門部「闉」下文,引詩曰:「出其闉闍。」陳喬樅云:「玉篇所引韓詩説也。」馬瑞辰云:「如荼,與『如雲』皆取衆多義。荼或作蒤。廣雅:『蒤菸,茅穗也。』説文:『菸,茅秀也。』豳風傳:『荼,萑苕也。』夏小正『七月灌荼。灌,聚也。荼,雚葦之秀』。是『茅秀』爲荼,『葦秀』亦爲荼。爾雅:『蕍、芛、荼、猋、藨、芀』。又曰:『葦醜芀。』蓋對文則茅秀爲荼,葦秀爲芀,散言則茅葦之秀通可稱荼,皆取色白爲義。灌荼則有叢聚之象,故以喻衆多也。傳以爲『皆喪服』,似非詩恉。」雖則如荼,匪我思且。縞衣茹藘,聊可與娛。【疏】傳:「茹藘,茅蒐之染女服也。娛,樂也。」箋:「匪我思且,猶非我思存也。茅蒐,染巾也。聊可與娛,且可留與我爲樂,心欲留之言也。」○馬瑞辰云:「釋器:『三染謂之纁。』郭注:『纁,絳也。』

廣雅：『纁謂之絳。』是茹藘染絳卽纁也。士昏禮『女次純衣纁袡』，是茹藘所染當卽纁袡。方言：『蔽厀，齊魯之郊謂之袡，魏宋南楚之閒謂之大巾。』纁袡卽婦人蔽厀，箋但言『茅蒐染巾』，不言大巾，說亦未確。」愚案：詩言「茹藘」，不言「巾」者，省文以成句，故鄭言之卽佩巾也。馬以爲婦人蔽厀，殊乖事理。

出其東門二章，章六句。

野有蔓草【疏】毛序：「思遇時也。君之澤不下流，民窮於兵革，男女失時，思不期而會焉。」箋：「不期而會，謂不相與期而自俱會。」○左襄二十七年傳：「鄭伯享趙孟于垂隴，子太叔賦野有蔓草，趙孟曰：『吾子之惠也。』」杜注：「大叔喜於相遇，故趙孟受其惠。」昭十六年傳：「鄭六卿餞宣子於郊，子齹賦野有蔓草，宣子曰：『善哉，吾有望矣。』」杜注：「君子相願，己所望也。」以鄭國之人賦本國之詩，享餞大禮，豈敢賦不正之詩，以取戾於大國執政？有女同車諸詩，宋人以爲淫奔者，賴毛序正之，獨此詩爲序說所累，久蒙不美，然卽賦推詩，其非男女之詞決矣。且序爲衞敬仲輩所塗附，早失真面，詳此詩，「思遇時也」，尚是元文，餘則他人增竄。遇時之思，蓋因兵革不息，民人流離，冀覯名賢以匡其主，如齊侯之得管仲，秦伯之得百里奚耳。說苑尊賢篇：「孔子之郯，遭程子於塗，傾蓋而語終日，有閒，顧子路曰：『取束帛一以贈先生。』子路不對。有閒，又顧曰：『取束帛一以贈先生。』子路屑然對曰：『由聞之也，士不中而見，女無媒而嫁，君子不行也。』孔子曰：『由，詩不云乎：「野有蔓草，零露漙兮。有美一人，清揚婉兮。邂逅相遇，適我願兮。」今程子，天下之賢士也，於是不贈，終身不見。（言終身恐不得再見。）大德不踰閑，小德出入可也』。」（言天下善士以得見爲幸，不可以常禮拘也。）據此，魯韓詩說皆以爲思遇賢人，齊詩蓋同。自漢世爲毛詩者以爲男女之詞，而詩之真失，猶幸左傳說苑韓詩外傳存大義於幾希，尚可推求而得之爾。

野有蔓草，零露漙兮。【疏】傳：「興也。野，四郊之外。蔓，延也。漙，漙然盛多也。」箋：「零，落也。蔓草而有露，謂仲春之時草始生，霜爲露也。周禮：仲春之月，令會男女之無夫家者。」○馬瑞辰云：「說文：『蔓，葛屬。』『曼，引也。』爾雅：『引、延，長也。』是蔓爲草名，『滋曼』字古止作『曼』。傳訓『延』，猶說文訓『引』也。今經傳通借『蔓』爲『曼』。」釋詁：「蘦，落也。」郭注：「見詩。」陳喬樅云：「毛詩作『零露』，箋：『零，落也。』正義釋箋云：『靈作零字，故爲落也。』據此，毛作『零露』，與衞風『靈雨』同，鄭從今文作『零』，訓爲『落』也。爾雅作『蘦』，蓋本魯詩。喬樅案：說文：『霝，雨零。从雨、㗊，象零形。』『零，餘雨也。从雨，令聲。』雨露曰『霝零』，草木曰『蘦落』，霝作蘦，通用字。說文引詩『霝雨其濛』，今毛詩作『零』。」釋文：「漙，本亦作團。」胡承珙云：「說文無『漙』字，玉篇始有。此『漙兮』，古止作『團』。匡謬正俗所云古本詩有作『水旁專』，後人輒改爲『團』者，即謂此。藝文類聚卷八十一引，正作『團』。謝靈運永初三年之郡詩『火閔團朝露』，謝朓京路夜發詩『猶霑餘露團』，謝惠連七月七日夜詩『團團滿繁露』，李注並引詩『零露團兮』，此必六朝古本作『團』。顏謂後人改之，非也。」

有美一人，清揚婉兮。邂逅相遇，適我願兮。【注】韓詩：「青揚宛兮。」韓說云：「青，靜也。【疏】傳：「清揚，眉目之間婉然美也。邂逅，不期而會，適其時願。」○「青陽宛兮」者，詩攷引韓詩外傳二文。（初學記七引作「清揚婉兮」，今本外傳二同，與詩攷不合。）「青靜也」者，文選射雉賦注引薛君韓詩章句文。青陽宛，即「青揚婉」三字之叚借也。猗嗟詩「美目清兮」、「美目揚兮」，清揚猶清明也。「靜也」者，言其目之澄然而靜也。說文：「婉，順也。」方言：「美目謂之順。」眉目之閒位置天然，視之但覺其婉順而美也。玉篇面部：「𩈲，眉目之閒美貌。」韓詩云：『清揚𩈲兮。』」集韻二十阮引詩同。案，韓詩若作「𩈲」字，不應王氏不見，必出後人增竄，今不取。「邂逅」者，陳奐云：「傳複經句，轉寫者刪『相遇適我願兮』六字，彼人誤以傳『不期而會』四字專釋『邂逅』，沿譌至今，直以邂逅爲逢遇之通稱，學者失其義久矣。綢繆傳：『邂逅，解說也。』解說猶說懌，卽是適我願之意。穀梁傳：『遇者，志相得也。』志相得，卽詩所謂『適我願』也。」愚案：陳說是。「解說」乃相悅以解之意，思見其人，求而忽得，則志意開豁，歡然相迎，卽所謂「邂逅」矣。

野有蔓草，零露瀼瀼。有美一人，婉如清揚。邂逅相遇，與子偕臧。【疏】傳：「瀼瀼，盛貌。臧，善也。」○案，藝文類聚四十一引魏文帝善哉行云：「有美一人，婉如青陽。」以上章「青陽宛兮」證之，魏帝亦用韓詩也。「宛」作「婉」，蓋誤文。傳：「婉然美也」，「宛如」卽「宛然」也。「偕臧」，謂偕之於善，有互相勖勉意。

野有蔓草二章，章六句。

溱洧【注】韓說曰：溱與洧，說人也。鄭國之俗，三月上巳之日於兩水上，招魂續魄，拂除不祥，故詩人願與所說者俱往觀也。（御覽三十「日」作「辰」，「兩」上有「此」字，「水」下有「之」字，「拂」一作「祓」，「也」作「之」。宋書十五、初學記三十六「魄」下有「秉執蘭草」四字，爾雅翼四「不祥」作「氛穢」。）魯說曰：鄭國淫辟，男女私會於溱洧之上，有詢訏之樂，勺藥之和。齊說，見出其東門序。【疏】毛序：「刺亂也。兵革不息，男女相棄，淫風大行，莫之能救焉。」箋：「救猶止也。亂者，士與女合會溱洧之上。」○「溱與」至「觀也」，御覽八百八十六引韓詩內傳文。後漢書袁紹傳注引「鄭國之俗」至「俱往觀也」，又見續漢志注及藝文類聚四。「鄭國」至「之和」，呂覽本生篇高注文，魯說也。漢書地理志引此詩，見上出其東門序，齊說也。

溱與洧，方渙渙兮。【注】韓「渙」作「洹」，云：「盛貌也，謂三月桃花水下之時至盛也。」齊作「灌」，魯作「汍」。【疏】傳：「溱、洧，鄭兩水名。渙渙，春水盛也。」箋：「仲春之時，冰以釋，水則渙渙然。」○「渙作」至「盛也」者，釋文、袁紹傳注、鄭世家正義、御覽九百八十三引韓詩文。「齊作灌」者，漢書地理志文。顏注：「灌灌，水流盛也。」「魯作汍」者，說文：

潧水出鄭國，詩曰：『溱與洧，方汍汍兮。』」與韓齊毛異，必魯詩也。玉篇溱、潧皆「側銀切」，毛古文，叚用「溱」字耳。釋文説文作「汎汎」，音「父弓反」。段玉裁云：「此音、義俱非，古書叚借，必字異而音同。汎汎，蓋『汍汍』之誤。汍，从水，丸聲，讀與『洹』同，見玉篇。灌灌，亦當讀『汍汍』，皆水盛沄旋之貌。」士與女，方秉蕑兮。【注】韓云：「秉，執也。蕑，蘭也。當此盛流之時，衆士與衆女執蘭而祓除邪惡。齊『蕑』作『菅』。【疏】傳：「蕑，蘭也。」箋：「男女相棄，各無匹偶，感春氣並出，託采芬香之草而爲淫泆之行。」○「秉執」至『邪惡』者，御覽三十引韓詩文。蕑蘭也」，説與毛同。陸璣疏云：「其莖葉似藥草，澤蘭廣而長節，節中赤，高四五尺，可著粉中，藏衣著書，辟白魚。」「齊蕑作菅」者，漢書地理志文。衆經音義二「葌」字書與「蕑」同。葌，蘭也。中山經郭注：「葌亦菅字。」荊州記：「都梁，香蘭也。」都梁縣名，有小山，下有水清泚，其中生蕑草，名爲都梁。」或借「菅」字。寰宇記：「菅涔山在靜樂縣。」菅音姦，土人云山多菅草，故以爲名。」據此，蕑、菅字異音同，故通用。女曰觀乎？士曰既且。且往觀乎？【注】願與所説者俱往觀也。洧之外，洵訏且樂！【注】魯「洵」作「詢」，云：「有詢訏之樂。」韓「訏」作「盱」，曰：「恂盱，樂貌也。」【疏】傳：「訏，大也。」箋：「『女曰觀乎？』欲與士觀於寬閒之處。既，已也。士曰已觀矣，未從之也。洵，信也。女情急，故勸男，使往觀於洧之外，言其土地信寬大又樂也，於是男則往也。」○「願與」至「觀也」，韓傳文，引見上。「洧之外」者，溱入洧同流，溱小洧大，舉洧以該溱也。釋詁：「恂，信也。」「洵作詢，云有詢訏之樂」者，呂覽高注文。（見上。）「洵」本「恂」之借，獨此借「詢」爲「恂」，言其地信廣大可樂也。「洵作」至「貌也」者，釋文引韓詩文，與前羔裘之「洵直且侯」，韓詩作「恂」同。舉目曠野，喜形於色，故曰「恂盱，樂貌也。」漢志亦作「恂盱」。（見上。）維士與女，伊其相謔，贈之以勺藥。【注】韓説曰：「勺藥，離草也。言將離別，贈此草也。魯説曰：「勺藥之和。」【疏】傳：「勺藥，香草。」箋：「伊，因也。士與女往觀，因相戲謔，行夫婦之事。其別，則送女以勺藥，結恩情也。」○「勺藥」至「草也」者，釋文引韓詩文。崔豹古今注：「勺藥一名可離，故將別贈以勺藥，猶相招則贈以文無。文無，一名當歸也。」與韓合，箋義卽本韓詩。「勺藥之和」者，呂覽高注文。（見上。）司馬相如子虛賦：「勺藥之和具，而後御之。」伏儼曰：「勺藥，以蘭桂調食也。」文穎曰：「勺藥，五味之和也。」揚雄蜀都賦：「甘甜之和，勺藥之美。」張衡南都賦：「歸鴈鳴鷃，黃稻䲆魚，以爲勺藥。」論衡譴告篇：「猶人勺藥失其和。」陳喬樅云：「王充張衡高誘諸人並用魯詩，皆以勺藥爲『調和』之名，是魯詩不以勺藥爲草名也。又枚乘七發云『勺藥之醬』，張載七命云『和兼勺藥』，韋昭云『勺藥和齊酸鹹美味也』，亦皆本魯詩以勺藥爲調和名。蓋魯說以『贈之以勺藥』，卽承上文『秉蘭』而言，謂蘭爲調和之用，義取於和也。御覽引禮斗威儀曰：『君乘金而王，其政平則蘭常生。』宋均注：『蘭生主給調和也。』文選魯靈光賦注引鄭氏說同。合之伏儼『以蘭調食』之注，是調食古有用蘭者矣。」

溱與洧，瀏其清矣。【注】韓詩「瀏」作「漻」，曰：清貌也。【疏】傳：「瀏，深貌。」○「瀏作漻，曰清貌也」者，文選南都賦注引韓詩內傳文。梁處素云：「瀏、漻通。蓋此章傳據此，韓瀏作漻。」陳喬樅云：「莊子天地篇『漻乎其清也』，釋文：『李良由反，清貌。』是讀漻聲爲瀏。文選甘泉賦注引孟康曰：『瀏，清也。』文賦注引字林曰：『漻，清流也。』廣雅釋詁：『漻，清也。』說文：『瀏，清貌。』引此詩。又曰：『漻，清深也。』則漻、瀏音義並同。」士與女，殷其盈矣。女曰觀乎？士曰既且。且往觀乎？洧之外，洵訏且樂！維士與女，伊其將謔，【疏】傳：「殷，衆也。」箋：「將，大也。」○馬瑞辰云：「將謔，猶相謔也。尚書大傳『羲伯之樂舞將陽』，將陽，卽『相羊』之叚借。」贈之以勺藥。

溱洧二章，章十二句。

鄭國二十一篇，五十三章，二百八十三句。

詩三家義集疏卷六

齊雞鳴第六

【疏】詩含神霧曰：「齊地處孟春之位，海岱之間，土地汙泥，流之所歸，利之所聚，律中太簇，音中宮角。」漢書地理志：「齊地，虛、危之分埜也。少昊之世，有爽鳩氏，虞夏時有季萴，湯時有逢伯陵，殷末有薄姑氏，皆爲諸侯，國此地。至周成王時，薄姑氏與四國作亂，成王滅之，以封師尚父，是爲太公。詩風齊國是也。」易林頤之漸：「姬姜望，爲武守邦。藩屏燕齊，周室以强，子孫億昌。」禮樂記師乙曰：「溫良而能斷者，宜歌齊。」又曰：「齊者，三代之遺聲也，齊人識之，故謂之齊。」此皆齊說之可徵者。魯韓無聞。陳奐云：「左傳管仲曰：『賜我先君履，東至于海，西至于河，南至于穆陵，北至于無棣。』齊語：『通齊國之魚鹽于東萊。』齊有東海，爲有海邦諸夷之國。晏子對齊景公曰『姑尤以西』，姑尤，在今登萊二府之地。地理志：『東有甾川東萊琅邪高密膠東。』此就春秋以後言之矣。至大河故瀆，春秋初未改禹迹。晏子曰『聊攝以東』，杜注：『聊攝，齊西界也。』平原聊城縣東北有攝城，今聊城去大河故瀆幾四百里。齊語：『桓公築五鹿中牟蓋與牡丘，以衞諸夏之地。』故四邑皆在大河左右，築之以禦戎狄，非齊西境有此四邑。蓋穆陵南接魯無棣，北接燕，齊與魯燕爲周三公，其封國皆連壤，故管仲於南北以齊境言之。其東有東夷，西有戎狄，但舉海、河言之，非建國之初，卽至東海、西河也。又齊語：桓公『既反侵地，正封疆，地南至于餉陰，西至于濟，北至於河，東至于紀酅』。案春秋莊三十年杜注：『濟水歷齊、魯界。』此云『西至濟』，則在濟西，所謂大朝諸侯於陽穀，是其西境。云『北至河者』，無棣之上下，皆大河故瀆所經也。然則齊封域在周禮職方幽州之

域，而西南及於窔焉。」詩國風

雞鳴【注】韓説曰：雞鳴，讒人也。齊説曰：雞鳴失時，君騷相憂。【疏】毛序：「思賢妃也。哀公荒淫怠慢，故陳賢妃貞女，夙夜警戒相成之道焉。」○「讒人也」者，御覽九百四十四引韓詩文。「讒」上疑奪「憂」字。一本作「纔人」，字誤。玉海三十八引作「説人也」，亦誤。韓以此詩爲憂讒之作。「雞鳴」至「相憂」，易林夬之屯文。「雞鳴失時」者，蓋齊君内嬖工讒，有如晉獻之驪姬，致其君有失時晏起之事，其相憂之而賦此詩。文選王元長策秀才文云：「歌雞鳴於闕下，稱仁漢牘。」李注引列女傳云：「緹縈歌雞鳴、晨風之詩。」今本列女齊太倉女傳無此事，蓋奪文也。注又引班固歌詩云：「上書詣北闕，闕下歌雞鳴。憂心摧折裂，晨風激揚聲。」緹縈之歌此詩，傷父無罪被讒，冀見憐察。孟堅歌詩，足爲左證。子政列之於傳，知魯家之説此詩與齊韓無異也。

雞既鳴矣，朝既盈矣。【疏】傳：「雞鳴而夫人作，朝盈而君作。」箋：「雞鳴朝盈，夫人也、君也可以起之常禮。」○書大傳：「雞鳴，大師奏雞鳴于階下，夫人鳴佩玉於房中，告去也。然後應門擊柝，告辟也。然後少師奏質明于階下，辟。」應門，謂啓朝門，則朝者人也。此言常朝之節如此，刺今日晏起之失時。匪雞則鳴，蒼蠅之聲。【注】韓詩曰：「匪雞則鳴，蒼蠅之聲。」韓説曰：雞遠鳴，蠅聲相似也。【疏】傳：「蒼蠅之聲，有似遠雞之鳴。」箋：「夫人以蠅聲爲雞鳴，則起早於常禮，敬也。」○「匪雞」至「似也」，御覽九百四十四引韓詩薛君文。「匪雞」二句，明韓毛文同。「雞遠」二句，與傳意大同。蒼，青也。蒼蠅即青蠅，喻讒人也。言朝者皆知爲雞鳴矣，自君聽之匪雞則鳴也，蒼蠅之聲耳。君聽不聰，躭於逸欲，而讒人近在枕席，如驪姬夜半而泣，可畏孰甚。

東方明矣，朝既昌矣。匪東方則明，月出之光。【疏】傳：「東方明則夫人纚笄而朝，朝已昌盛則君聽朝。見月出之光，以爲東方明。」箋：「東方明，朝既昌，亦夫人也，君也可以朝之常禮。君日出而視朝，夫人以月光爲東方明則朝，亦敬也。」○「匪東」二句，雖明尚疑未明，以致失時。就喻意言，臣下盼朝日之升，不料東方未明。月出皎兮，陰光有耀，陽不能升也。

蟲飛薨薨，甘與子同夢。會且歸矣，無庶予子憎。【疏】傳：「古之夫人配其君子，亦不忘其敬。會，會於朝也。卿大夫朝會於君，朝聽政，夕歸治其家事。無庶予子憎，無見惡於夫人。」箋：「蟲飛薨薨，東方且明之時，我猶樂與子卧而同夢，言親愛之無已。庶，衆也。蟲飛薨薨，所以當起者，卿大夫朝者且罷歸故也。無使衆臣以我故憎惡於子，戒之也。」○此代君謂其夫人之詞。薨薨，衆多也。言天之將明，飛蟲皆出，予猶甘願與子卧而同夢，但會於朝者且將歸治其家事矣，庶無因予之故而使臣下憎惡於子耳。馬瑞辰云：「爾雅：『庶，幸也。』大雅抑詩：『庶無大悔。』『無庶』即『庶無』之倒文，猶『遐不』作『不遐』，『尚不』作『不尚』也。」臣下惡其夫人，則歸怨其君者，不言可知，所以致儆者深矣。

雞鳴三章，章四句。

還【疏】毛序：「刺荒也。哀公好田獵，從禽獸而無厭，國人化之，遂成風俗。習於田獵謂之賢，閑於馳逐謂之好焉。」箋：「荒，謂政事廢亂。」○馬瑞辰云：「賢，即首章『儇』字，音近之譌，猶下句『閑於馳逐謂之好』，即釋二章『好』字也。」三家無異義。

子之還兮，遭我乎峱之間兮。【注】齊「還」作「營」，「峱」作「嶩」。韓「還」作「璇」，云：「嫙，好貌。」遭，遇也。【疏】傳：「還，便捷之貌。峱，山名。」箋：「子也、我也，皆士大夫也，俱出田獵而相遭也。」○「還作營」者，漢書地理志：「臨淄名營邱，故齊詩曰：『子之營兮，遭我虖嶩之閒兮。』」顏注：「齊國風營詩之詞也。毛作『還』，齊作『營』。之，往也。嶩，山名也。言往適營邱而相逢於嶩山也。『嶩』字或作『峱』，亦作『巎』。」陳喬樅云：「毛詩釋文載崔靈恩集注本，『峱』作『嶩』。」水經淄水注：「營邱，山名也，詩所謂『子之營兮』。」道元不及見齊詩，淄水篇引詩作「營」，亦采前儒遺說耳。錢大昕云：「古人讀『營』如『環』。韓非子云：『倉頡之作書也，自環者謂之厶。』說文引作『自營爲厶』是也。釋邱：『水出其左營邱。』郭注謂：『淄水過其南及東。』是營邱本取『回環』之義。士喪禮『布巾環幅』，注：『古文環作還。』左傳『還鄭而南』及『道還公宮』，釋文並云：『還，本作環。』『營』亦與『還』聲近，故名字叚借用之。」「峱作嶩」者，字異而地同。御覽獸部二十一作「猱」，說文：「峱山在齊地。」紀要：「峱山在臨淄縣南十五里。」陳奐云：「齊世家：『周亨哀公，立其弟靜，是爲胡公。胡公徙都薄姑。』是胡公都薄姑，而營邱舊都遂爲田獵之地。依顏說，則詩當作在胡公後矣，與毛序言哀公異。」「韓詩還作嫙，云嫙，好貌」者。馬瑞辰云：「釋文：傳『便捷，本亦作便旋』。說文：『趯，疾也。』傳蓋以『還』爲『趯』之叚借。說文又云：『儇，急也。』義亦與『趯』近。韓以嫙爲『好貌』，據下章茂、昌皆爲『好』，則從韓訓『好』是也。」「遭遇也」者，華嚴經音義二引韓詩傳文。

並驅從兩肩兮，揖我謂我儇兮。【注】韓詩齊風曰：「並驅從兩肩兮。」韓說曰：獸三歲曰肩。魯「肩」作「豜」。韓「儇」作「婘」，云：婘，好貌。【疏】傳：「從，逐也。獸三歲曰肩。儇，利也。」箋：「並，併也。子也我也，併驅而逐禽獸。子則揖耦我謂我儇，譽之也。譽之者，以報前言『還』也。」○「齊風」至「曰肩」，後漢馬融傳注引韓詩文，引經明韓毛文同。「獸三歲曰肩」，與毛訓合。廣雅：「罾一歲爲豵，二歲爲豝，三歲爲肩，四歲爲特。」大司馬先鄭注：「肩、特互易。」又云：「五歲爲慎。」釋文：「肩，本亦作豜。」說文：「豜，三歲豕，肩相及。詩曰：『並驅從兩豜兮。』」與「亦作」本合。「豜」本大豕之名，小爾雅云：「豕之大者謂之豜。」釋獸：「麢，絕有力豜。」是凡獸之大者亦通稱「豜」也。「魯肩作豜」者，陳喬樅云：「呂覽知化篇高注：『獸三歲曰豣』。當本魯詩故訓。」愚案：玉篇「豣」字同「研」，疑後出字。「揖我」者，敬而譽之。「儇作婘，云婘，好貌」者，釋文引韓詩文。廣雅：「婘，好也。」即本韓爲說。王念孫云：「詩二章言『好』，三章言『臧』，則首章從韓作『婘』訓『好』義相同。」馬瑞辰云：「玉篇：『婘，好貌』。或作『嬽』，又通作『卷』。澤陂詩『碩大且卷』，毛傳：『卷，好貌。』釋文：『卷，本又作婘。』」

子之茂兮，遭我乎峱之道兮。並驅從兩牡兮，揖我謂我好兮。【疏】傳：「茂，美也。」箋：「譽之言好者，以報前言茂也。」○呂氏讀詩記引崔靈恩集注云：「茂昌，俱齊地。」蓋齊詩以營爲地名，則茂昌自應訓爲齊地。「茂」無考。

子之昌兮，遭我乎峱之陽兮。並驅從兩狼兮，揖我謂我臧兮。【疏】傳：「昌，盛也。狼，獸名。臧，善也。」箋：「昌，佼好貌。」○漢琅邪郡有昌縣，今諸城縣東南齊郡有昌國縣；戰國齊昌城，今淄川縣東，未知孰是。釋獸：「狼牡貛，牝狼，其子獥，絕有力迅。」說文：「狼，似犬，銳頭白頰，高前廣後。」孔疏引義疏云：「其鳴能大能小，善爲小兒啼聲以誘人，去數十步止，其猛捷者人不能制，雖善用兵者不能及也。」

還三章，章四句。

著【疏】毛序：「刺時也。時不親迎也。」箋：「時不親迎，故陳親迎之禮以刺之。」○三家無異義。陳奐云：「古者親迎，天子以下達士皆行之。大明『親迎于渭』，天子親迎也；韓奕『韓侯迎止，于蹶之里』，諸侯親迎也。周自文王及宣王時，其禮不廢。春秋：隱二年九月，『紀履繻來逆女』，譏不親迎。厥後桓八年，『祭公逆王后于紀』。襄十五年，『劉夏逆王后于齊』。天子不親迎。桓三年，『公子翬如齊逆女』。文四年，『逆婦姜于齊』。宣元年，『公子遂如齊逆女』。成十四年，『叔孫僑如如齊逆女』。諸侯不親迎矣。春秋正夫婦之始，天子諸侯皆在所譏。孔疏以著三詩皆刺哀公，則春秋之前，哀公之世，親迎之禮已廢矣。詩人陳古義以刺今時，亦春秋之譏也。」

俟我於著乎而，【疏】傳：「俟，待也。門屏之間曰著。」箋：「我，嫁者自謂也。待我於著，謂從君子而出至於著，君子揖之時也。」○漢書地理志：「詩云：『俟我於著乎而。』此亦其舒緩之體也。」顏注：「著，地名，即濟南著縣也。」范家相云：「此蓋三家說。」胡承珙云：「顏於上文『子之營兮』明言齊詩作『營』，此則不言，所據必非出於三家。且濟南之著，韋昭音『弛之反』，乃蓍龜之『蓍』字。魏收地形志亦作『蓍』。顏音『竹庶反』，以韋爲失，並謂即齊風之著，皆非也。」正義：「傳以首章言士親迎，二章言卿大夫親迎，卒章言人君親迎。箋以爲三章共述人臣親迎之禮。」馬瑞辰云：「公羊隱二年傳『譏不親迎也』，何注：『禮所以必親迎者，所以示男先女也。於廟者，告本也。夏后氏逆於庭，殷人逆於堂，周人逆於户。』武億據以釋此詩，其說是也。詩刺時不親迎，因錯陳三代親迎之禮。首章『俟著』，於門户爲近，即周人『逆於户』。二章『俟庭』，三章『俟堂』，正與夏殷禮合，較傳、箋說爲允。」陳奐云：「春秋繁露質文篇『昏禮逆于庭，逆于堂，逆于户』，與公羊注合，此或齊魯韓詩義，以三代親迎禮分屬三章。」愚案：户、庭、堂之逆，夏殷周有明文，一代之中，不能人自爲禮，惟充耳之制無可推求耳。今從武說。於，當作「于」。著，與「宁」通。「宁」有二釋：宮門屏之間爲宁，乃門內屏外，人君視朝所宁立處，此傳所本。李巡云：「正門內兩塾間曰宁。」即此詩之「著」。士家於寢門之內設屏，屏門可以宁立，故亦謂之宁。寢門亦曰閨門，說文：「閨，特立之户。」是户即宁也。說苑修文篇說親迎之禮，言大人戒女，女拜，乃親引其手，授夫於户。此周人所謂逆於户也。故壻俟之於此。**充耳以素乎而，尚之以瓊華乎而。**【疏】傳：「素，象瑱。瓊華，美石，士之服也。」箋：「我視君子則以素爲充耳，謂所以縣瑱者，或名爲紞，織之，人君五色，臣則三色而已。此言素者，目所先見而云。尚猶飾也，飾之以瓊華者，謂懸紞之末，所謂瑱也。人君以玉爲之瓊華，石色似瓊也。」○二章「青紞」之青，三章「黃紞」之黃，馬瑞辰云：「大戴禮：『䵊絖塞耳，所以弇聰也。』說文：『纊，絮也。』或从光作『絖』。莊子『䵊』作『黈』，西京賦注：『黈纊，言以黃緜大如丸，縣冠兩邊當耳，不欲妄聞，不急之言也。』古者充耳之制，當耳處用纊，此詩『充耳以黃』，即黈纊，『以素』、『以青』，即素纊、青纊也。纊下更綴玉爲瑱，故詩言瓊華、瓊瑩、瓊英，皆曰『尚之』，即加之也。若如傳以詩素、青、黃爲象玉，則下不得複言瓊華、瓊瑩、瓊英。箋以素、青、黃爲紞，紞乃縣纊之繩，不得謂之『充耳』。段玉裁謂古無以纊塞耳者，大戴之『絖』，乃『紞』字形近之誤。說亦未確。」「瓊華，美石」者，謂石色如瓊玉之光華。

俟我於庭乎而，【注】韓說曰：「俟我於庭乎而」，參分堂塗，一曰庭。【疏】箋：「待我於庭，謂揖我於庭時。」○「俟我」至「曰庭」，玉篇广部引韓詩文。引經明韓、毛文同。「參分堂塗一曰庭」者。皮嘉祐云：「左昭五年傳『大庫之庭』，注：『堂前地名。』周書『大匡朝于公庭』，注：『公堂之庭。』據此，是庭在堂之間。『參分堂塗』者，度堂前之道而居其中也。黃山云：「釋宮：『堂塗謂之陳。』郭注：『堂下至門徑也。』著在門屏之間，則參分堂塗之一，正在堂、著之間。皮云在堂之閒，未憭。」充耳以青乎而，尚之以瓊瑩乎而。【疏】傳：「青，青玉。瓊瑩，石似玉，卿大夫之服。」箋：「待我於庭，謂揖我於庭時。青，紞之青，石色似瓊似瑩也。」○說文：「瑩，玉色也。从玉，熒省聲。逸論語曰：如玉之瑩。」瓊瑩、瓊英，猶瓊華也。

俟我於堂乎而，充耳以黃乎而，尚之以瓊英乎而。【疏】傳：「黃，黃玉。瓊英，美石似玉者，人君之服也。」箋：「黃，紞之黃。瓊英，猶瓊華也。」○此雜陳夏殷逆庭、逆堂之禮，以刺今之不然。充耳之制，二代無聞。

著三章，章三句。

東方之日【疏】毛序：「刺衰也。君臣失道，男女淫奔，不能以禮化也。」○三家無異義。

東方之日兮，彼姝者子，在我室兮。【注】韓詩曰：「東方之日兮，彼姝者子，在我室兮。」韓說曰：詩人言所說者顏色盛美，如東方之日。【疏】傳：「興也。日出東方，人君明盛無不照察也。姝者，初昏之貌。」箋：「言東方之日者，愬之乎耳，有姝姝美好之子，來在我室，欲與我爲室家，我無如之何也。日在東方，其明未融。興者，喻君不明。」○「東方」至「之日」，文選顏延年秋胡詩注、宋玉神女賦注、曹植美女篇注、陸機日出東南隅行注引韓詩薛君章句文，引經明韓毛文同。神女賦注（「日」下無「兮」字，脫文。）「盛美」作「美盛」，「如」作「若」；美女篇注「美」作「顏色盛也，言美如東方之日出也。」神女賦云：「其始出也，耀乎若白日，初出照屋梁。」即本此詩意。說文：「姝，美也。」子，女子。我，壻自謂。在室，謂女入門後。**在我室兮，履我卽兮。**【疏】傳：「履，禮也。」箋：「卽，就也。在我室者，以禮來，我則就之與之去也。言今者之子不以禮來也。」○履、禮古通用。昏姻之道，非禮不行，詩意陳古刺今，重在上以禮化。或卽以此詩爲淫奔，不作「禮」解，謬矣。東門之墠詩「子不我卽」，傳：「卽，就也。」此言所以在我室者，因我以禮往，而後彼來卽我，非如後世苟且之行也。

東方之月兮，彼姝者子，在我闥兮。【注】韓說曰：門屏之間曰闥。【疏】傳：「月盛於東方，君明於上，若日也。臣察於下，若月也。闥，門內也。」箋：「月以興臣，月在東方，亦言不明。」○月生於西而云「東方之月」者，取其明盛也。馬瑞辰云：「古者喻人顏色之美，多取譬於日月。詩『月出皎兮』，傳：『婦人有美白皙也。』神女賦云：『其少進也，皎若明月舒其光。』皆其義。」「門屏之間曰闥」者，釋文引韓詩文。士家二門，大門內爲寢門，小牆當門中特立一門，所謂寢門也，亦曰閨門，門內設屏，門屏之間謂之宁，亦謂之著，卽闥也。以次序言，當先言闥而後言室。韓順詩釋義，而云然者，意總謂門闥以內，仍不欲没闥之名耳。胡承珙云：「後漢書宦者傳注引爾雅曰：『小閨謂之闥。』所據蓋古本。切言之則闥爲小門，渾言之則門以內皆爲闥，故毛傳但云『闥，門內也』。」**在我闥兮，履我發兮。**【疏】傳：「發，行也。」箋：「以禮來，則我行而與之去。」〇言禮自我而行也，時雖失道，我自守禮，望世之意切矣。

東方之日二章，章五句。

東方未明【疏】毛序：「刺無節也。朝廷興居無節，號令不時，挈壺氏不能掌其職焉。」箋：「號令，猶召呼也。挈壺氏，掌漏刻者。」〇陳奐云：「周禮挈壺氏，下士六人，於諸侯未聞。」三家無異義。

東方未明，顛倒衣裳。顛之倒之，自公召之。【疏】傳：「上曰衣，下曰裳。」箋：「挈壺氏失漏刻之節，東方未明而以爲明，故羣臣促遽，顛倒衣裳。羣臣之朝，別色始入。自，從也。羣臣顛倒衣裳而朝，人又從君所來而召之，漏刻失節，君又早興。」〇禮玉藻：「朝，辨色始入，君日出而視之。」若急事特召，偶或不同，此因其號令不時，故刺之。人臣承召入朝，雖當急遽時，亦必整肅衣裳，無任其上下顛倒之理，詩特極意形容之語耳。說苑奉使篇：「魏文侯遣張倉唐賜太子衣一襲，敕以雞鳴時至。太子發篋視衣，盡顛倒。太子曰：『詩云：「東方未明，顛倒衣裳。顛之倒之，自公召之。」』遂西至謁，文侯大喜。」荀子大略篇：「諸侯召其臣，臣不俟駕，顛倒衣裳而走，禮也。詩曰：『顛之倒之，自公召之。』」趙岐孟子章句：「君以其官召之，豈得不顛倒？詩云：『顛之倒之，自公召之。』」據說苑諸書，明魯毛文同。易林同人之中孚：「衣裳顛倒，爲王來呼。」雖有別解，亦爲齊詩文義相同之證。

東方未晞，顛倒裳衣。倒之顛之，自公令之。【疏】傳：「晞，明之始升。令，告也。」〇馬瑞辰云：「晞者昕之假借。說文：『昕，旦明。（段玉裁云：「旦」當作「且」。）日將出也，讀若希。』『昕』與『晞』一聲之轉，故通用。廣雅：

『昕，明也。』傳知晞卽昕，故以爲『明之始升』，孔疏引『晞乾』爲證，失之。」

折柳樊圃，狂夫瞿瞿。【疏】傳：「柳，柔脆之木。樊，藩也。圃，菜園也。折柳以爲樊園，無益於禁矣。瞿瞿，無守之貌。古者有挈壺氏，以水火分日夜，以告時於朝。」箋：「柳木之不可以爲藩，猶是狂夫不任挈壺氏之事。」○「樊」當爲「棥」。說文「樊」下云：「鷙不行也。」「棥」下云：「藩也。」傳：「柳，柔脃之木。圃，菜園也。」段玉裁云：「楊之細莖小葉者曰柳。」狂夫，中心無守之人。「瞿瞿」者，「䀠䀠」之借字。說文「䀠」下云：「左右視也。」「瞿」下云：「鷹隼之視也。」「瞿」行而「䀠」廢，故以「瞿」爲「䀠」。言折柔脃之木以藩其圃，雖中心無守之狂夫，亦爲之瞿瞿然驚顧，慮藩之不固，以柳之非其材也。今以不能司夜之人而令居挈壺氏之官，以致不能舉其職，其失時必矣。不能辰夜，不夙則莫。【疏】傳：「辰，時。夙，早。莫，晚也。」箋：「此言不在其事者，恒失節數也。」○爾雅：「不辰，不時也。」莊子齊物論「見卵而求時夜」，釋文引崔注云：「時夜，司夜。」此詩義亦當爲司夜，「司」之爲言「伺」也。論語「孔子時其亡也」，亦謂「伺其亡也」。采繁傳：「夙，早也。」抑傳：「莫，晚也。」司夜之官，不能舉職，以致君之視朝不早則晚。蓋齊侯興居無節，有未明之時，卽有晏起之時。舉動任情，非必辰夜之咎。詩人不欲顯君之過，故諉諸具官之不能，冀君之聞而能改耳。陳喬樅云：「北堂書鈔二十一引詩含神霧曰『起居無常』，疑亦說東方未明之文。」此齊家說。

東方未明三章，章四句。

南山【疏】毛序：「刺襄公也。鳥獸之行，淫乎其妹。大夫遇是惡，作詩而去之。」箋：「襄公之妹，魯桓公夫人文姜也。襄公素與淫通。及嫁，公謫之。公與夫人如齊，夫人愬之襄公，襄公使公子彭生乘公而搤殺之。夫人久留於齊，莊公卽位後乃來，猶復會齊侯于禚、于祝丘，又如齊師。齊大夫見襄公行惡如是，作詩以刺之，又非魯桓公不能禁制夫人而去之。」○三家無異義。

南山崔崔，雄狐綏綏。【注】韓「綏綏」作「夊夊」，云：「行遲皃。」齊説曰：「雄狐綏綏，登山崔嵬。」【疏】傳：「興也。南山，齊南山也。崔崔，高大也。國君尊嚴，如南山崔崔然。雄狐相隨，綏綏然無別，失陰陽之匹。」箋：「雄狐行求匹耦於南山之上，形貌綏綏然。興者，喻襄公居人君之尊而爲淫泆之行，其威儀可恥惡如狐。」○陳奐云：「南山，即孟子之牛山。晏子諫上篇：楚巫『至於牛山而不敢登，曰：五帝之位，在於國南，請齊而後登之。』又：『景公遊於牛山，北臨其國城。』皆其義證。」「綏綏作夊夊，云行遲皃」者，玉篇云：「夊，行遲皃。思隹切。」引詩「雄狐夊夊」。廣韻六脂同。玉篇所載「夊」字「行遲」之義，它處不見，蓋據韓説。「雄狐」至「崔嵬」者，易林咸之賁文，損之无妄同，齊説喻以邪孽在高位也。魯

道有蕩，齊子由歸。既曰歸止，曷又懷止？【疏】傳：「蕩，平易也。齊子，文姜也。懷，思也。」箋：「婦人謂嫁曰歸，言文姜既以禮從此道嫁于魯侯也。懷，來也，言文姜既曰嫁于魯侯矣，何復來爲乎？非其來也。」○有蕩，猶「蕩蕩」也，即「有洸」猶「洸洸」，「有潰」猶「潰潰」之例。齊子，如碩人傳「齊侯之子」，謂文姜歸嫁也。水經汶水注：「汶水又南，逕鉅平縣故城東而西南流，城東有魯道，詩所謂『魯道有蕩，齊子由歸』也。今汶上夾水有文姜臺。」汶爲齊魯界，蓋鉅平縣城東爲初入魯境之道，以此受名，在今泰安府泰安縣西南。傳：「懷，思也。」箋：「懷，來也。」箋訓更深切。

葛屨五兩，冠緌雙止。【疏】傳：「葛屨，服之賤者。冠緌，服之尊者。」箋：「葛屨五兩，喻文姜與姪娣及傅母同處。冠緌，喻襄公也。五人爲奇，而襄公往從而雙之。冠屨不宜同處，猶襄公文姜不宜爲夫婦之道。」○兩者，「緉」之省借。説文：「緉，履兩枚也。」説苑修文篇：「親迎之禮，諸侯以屨二兩加琮，曰某國寡小，君使寡人奉不珍之琮、不珍之屨，禮夫人貞女。夫人受琮，取一兩屨以履女。大夫庶人以屨二兩，加束脩二。」此詩「葛屨五兩」，徐璈謂即「加琮之屨」，是

也。傳言「五兩」，疑説苑「二兩」爲「五兩」之譌，若二兩，則諸侯與大夫、庶人無異矣。禮，純帛無過五兩，故屨以五兩爲最多。禮内則注：「綏者，纓之飾也。」正義：「結纓頷下以固冠，結之餘者，散而下垂，謂之緌。」古者冠系皆以二組，系於冠卷，結頷下，謂之纓。纓用二組，則緌亦雙垂也。此即婚姻禮物，取義兩雙不容雜厠者，顯以示人，自含深意。箋取喻繁瑣，轉令詩恉迂曲難通。

魯道有蕩，齊子庸止。既曰庸止，曷又從止？【疏】傳：「庸，用也。」箋：「此言文姜既用此道嫁於魯侯，襄公何復送而從之，爲淫泆之行。」○行，卽用也，孟子所謂「介然用之而成路也」。從者，言又從魯侯而如齊。

蓺麻如之何？衡從其畝。【注】齊「衡從」作「横從」。韓「衡從」作「横由」，曰：東西耕曰横，南北耕曰由。【疏】傳：「蓺，樹也。衡獵之，從獵之，種之然後得麻。」箋：「樹麻者必先耕治其田，然後樹之，以言人君取妻，必先議於父母。」○獵者，踐治其田，往來捷獵，非謂田獵也。「齊衡從作横從」者，禮坊記引詩「横從其畝」四句，「衡」作「横」，鄭注云：「蓺猶樹也。横從，横從游行，治其田也。」（依釋文如此，注疏本作「横行治其田」，係脱誤。）賈思勰齊民要術云：「凡種麻，耕不厭熟，縱横七徧以上，則麻葉盛也。」（諸書引作「則麻無葉也」，大誤，凡樹蓺，未有不欲其葉盛者。）「衡從作横由，曰東西耕曰横，南北耕曰由」者，釋文引韓詩文。衆經音義三引韓詩傳曰：「南北曰從，東西曰横。」卷六引同。卷二十四又引韓詩説曰：「南北曰從，東西曰廣。」蓋傳韓詩者不一家，故本亦各異。「衡」古文「横」，衆經音義二釋「從廣」，引小爾雅曰：「從，長。廣，横也。」卷三引周禮「九州之地域，廣輪之數」，鄭君曰：「輪，從也。廣，横也。」則「從廣」卽「從横」，「廣輪」猶「横從」也。馬瑞辰云：「古由、從義同。説文：『繇，隨從也。』由或繇字，故通用。」

取妻如之何？必告父母。【注】韓詩作「娶妻如之何」，説曰：娶，取婦也。【疏】傳：「必告父母廟。」箋：「取妻之禮，議於生者，卜於死者，此之謂告。」

〇「娶，取婦也」者，衆經音義二十四云：「娶，七句切。取也。」引詩「娶妻如之何」，傳曰：「娶，取婦也。」段玉裁云：「玄應所據詩與陸異，蓋是韓詩。」趙岐孟子章句九：「詩齊國風南山之篇，言娶妻之禮，必告父母。」呂覽當務篇高注：「詩云：『娶妻如之何？必告父母。』」白虎通嫁娶篇：「男不自專娶，女不自專嫁，必由父母，須媒妁何？遠恥防淫佚也。詩曰：『娶妻如之何？必告父母。』又曰：『娶妻如之何？匪媒不得。』」是魯詩「取」亦作「娶」。齊詩作「取」，同毛。（見下。）鄭注云：「取妻之道，必告父母，如樹麻當先易治其田。」既曰告止，曷又鞠止？【疏】傳：「鞠，窮也。」箋：「鞠，盈也。魯侯女既告父母而取，何復盈從，令至于齊乎？又非魯桓。」〇陳奐云：「言夫道窮也。」

析薪如之何？匪斧不克。取妻如之何？匪媒不得。既曰得止，曷又極止？【注】齊「析薪」作「伐柯」。【疏】傳：「克，能也。極，至也。」箋：「此言析薪必待斧乃能也，取妻必待媒乃得也。女既以媒得之矣，何不禁制，而恣極其邪意，令至齊乎？又非魯桓。」〇「齊析薪作伐柯」者，禮坊記引子云：「男女無媒不交，無幣不相見，恐男女之無別也。」引詩云「伐柯如之何」四句，自「析薪」外，餘文齊毛皆同。鄭注：「伐柯，伐木以爲柯也。言取妻之法必有媒，如伐柯之必須斧也。」又儀禮士昏禮鄭注：「詩云：『取妻如之何？匪媒不得。』昏必由媒交接，設介紹，皆所以養廉恥。」易林小過之益：「執斧破薪，使媒求婦。和合二姓，親御飲酒。」既濟之中孚同，皆齊說。極猶鞠也，昏姻之事不可道說，至於此極也。

南山四章，章六句。

甫田【疏】毛序：「大夫刺襄公也。無禮義而求大功，不脩德而求諸侯，志大心勞，所以求者非其道也。」〇三家無異義。

無田甫田，維莠驕驕。【注】魯「驕」作「喬」。【疏】傳：「興也。甫，大也。大田過度而無人功，終不能獲。」箋：「興者，喻人君欲立功致治，必勤身修德，積小以成高大。」○釋文「無田」之田，音「佃」。造字之始，「田」異讀耳。畋、佃皆後起。「甫，大」，釋詁文。大田多稼，人所樂也，然必度其力能治此田，否則終於無穫。「無田」者，戒之甚。說文：「莠，禾粟下揚生莠也。」莠能亂苗，不去莠則苗不殖。驕驕者，揚生挺起之狀。「魯作喬」者，揚雄法言修身篇：「田甫田者莠喬喬，思遠人者心忉忉。」據此，知魯作「喬」。諸經「喬」、「驕」多通作。釋詁：「喬，高也。」鹽鐵論地廣篇：「夫治國之道，由中及外，自近者始。近者親附，然後來遠。百姓內足，然後恤外。今中國弊落不憂，務在邊境，意者地廣而不耕，多種而不耨，費力而無功，詩云『無田甫田，維莠驕驕』，其斯之謂與？」桓寬用齊詩，論治道與序意合，所言「地廣而不耕，多種而不耨，費力而無功」三語，尤與「無田」二句義相發明，知其爲此詩齊說也。無思遠人，勞心忉忉。【疏】傳：「忉忉，憂勞也。」箋：「言無德而求諸侯，徒勞其心忉忉耳。」○思遠人，序所謂「不修德而求諸侯」也。陳奐云：「襄公於魯桓十五年即位，會艾定許，始有主盟之志，於後殺鄭子亹，納衛惠公，遷紀圍郕，見於春秋經傳者，皆其求諸侯之事。」然不務修德，諸侯不懷，志大心勞，終歸無益。釋訓：「忉忉，愛也。」愛所不當愛，則憂將至矣。說苑復恩篇：「晉文公求舟之僑不得，終身誦甫田之詩。」此魯詩說，就「思遠勞心」之義而推演之。

無田甫田，維莠桀桀。無思遠人，勞心怛怛。【疏】傳：「桀桀，猶驕驕也。怛怛，猶忉忉也。」○桀桀，田中特立之貌。匪風傳：「怛，傷也。」重之曰「怛怛」。易林蒙之損：「忉忉怛怛，如將不活。」

婉兮孌兮，總角丱兮。未幾見兮，突而弁兮。【注】三家「孌」作「孎」。【疏】傳：「婉孌，少好貌。總角，聚兩髦也。丱，幼穉也。弁，冠也。」箋：「人君內善其身，外修其德，居無幾何，可以立功。猶是婉孌之童子，少自脩飾，丱然而稚，見之無幾何，突耳加冠爲成人也。」○「三家孌作嫋」者，說文：「婉，順也。詩：『婉兮嫋兮。』孌，籀文嫋。」毛作「孌」，用籀文也。馬瑞辰云：「說文別有『孌』字，云『慕也』。蓋小篆以爲『孌慕』字，故與籀文之『嫋順』字不嫌複見，猶小篆以『㝵』爲『取』，古文則以『㝵』爲『得』，或因於『嫋』下刪『孌』字，失之。五經文字云：『𦫳，工瓦切。羊角也，象形。俗呼古患反，作卝，無中丨。』又：『卝，古患反。見詩風。』是張所見毛詩作『丱』。唐石經定本俱作『卝』，與張參說合。周禮卝人疏，亦曰經所云『卝』是『總角』之『卝』，知今毛詩作『丱』者，俗也。此『卝兮』象兩角之貌，傳訓『幼穉』，不若訓總角貌爲善。」方言：「凡卒相見謂之突。」廣雅：「突，猝也。」猝、卒通用。突而，與「突如」同。箋作「突爾」，正義作「突若」，猶「突然」也。方見總角，突然加冠，言襄公以童穉無知之人，忽有求諸侯之大志也。

甫田三章，章四句。

盧令【疏】毛序：「刺荒也。襄公好田獵畢弋，而不脩民事，百姓苦之，故陳古以風焉。」箋：「畢，噣也。弋，繳射也。」○陳奐云：「齊語及管子小匡篇，並云襄公田獵畢弋，不聽國政。魯莊八年，齊襄之十二年也。左傳稱田貝丘而作，爲襄公因荒亡身之實據，皆與序合。」三家無異義。

盧令令，其人美且仁。【注】三家「令」作「鏻」，一作「獜」，又作「泠」。【疏】傳：「盧，田犬。令令，纓環聲。言人君能有美德，盡其仁愛，百姓欣而奉之，愛而樂之，順時游田，與百姓共其樂、同其獲，故百姓聞而說之，其聲令令然。」○孔疏引戰國策：「韓國盧，天下之駿犬也。」詩「盧」是齊國田犬之名，蓋韓國沿而稱之。「三家作獜，亦作鏻」者，說文犬部：「獜，健也。詩曰：『盧獜獜。』」玉篇金部：「鏻，健也。」犬部：「獜，聲也。亦作鏻。」俱引詩。陳喬樅云：「鏻與鈴同，玉篇『鏻，健也』、『獜，聲也』之注當係互誤。玉篇於詩采三家，必於『鏻』下注云：『鏻，聲也。』引詩『盧鏻鏻』，亦作『獜，健也』。

於『獜』下注云：「『健也。』引詩『盧獜獜』，亦作『鏻，聲也』。今本轉寫者譌脫，非顧氏之舊矣。」其孰齊孰魯未詳。「一作泠」者。呂氏讀詩記引董逌曰：「韓詩作『盧泠泠』。」王應麟詩攷同。泠，又「令」之借字也。其人，謂古賢君有德，而又能行仁政。

盧重環，其人美且鬈。【疏】傳：「重環，子母環也。鬈，好貌。」箋：「鬈當讀爲權，權，勇壯也。」○孔疏：「重環，謂環相重；子母環，謂大環貫一小環也。」說文：「鬈，髮好貌。詩曰：『其人美且鬈。』」言其人既有美德，又有美容也。箋「鬈當讀爲權，權，勇壯也」，陳奐以爲三家義。

盧重鋂，其人美且偲。【疏】傳：「鋂，一環貫二也。偲，才也。」箋：「才，多才也。」○孔疏：「重鋂與重環別，一環貫二，謂一大環貫二小環也。」說文：「偲，彊也。」「才」、「彊」義近。

盧令三章，章二句。

敝笱

敝笱【疏】毛序：「刺文姜也。齊人惡魯桓公微弱，不能防閑文姜，使至淫亂，爲二國患焉。」○三家無異義。

敝笱在梁，其魚魴鰥。【注】三家「鰥」作「鯤」。齊說曰：敝笱在梁，魴逸不禁。【疏】傳：「興也。鰥，大魚。」箋：「鰥，魚子也。魴也，鰥也，魚之易制者，然而敝敗之笱不能制。興者，喻魯桓微弱，不能防閑文姜，終其初時之婉順。」○魴（依王引之說補。）鰥，大魚。邶谷風傳：「笱，所以捕魚也。」笱而敝則無用，與魯桓之微弱。鰥者，王引之云卽爾雅之「鯇」一作「鯤」。潘岳西征賦「弛青鯤於鉅網」，此大魚也。箋：「鰥，魚子。」釋魚：「鯤，魚子。」李巡曰：「凡魚之子，總名鯤也。」是鯤有二義。孔疏：「鰥、鯤字異，蓋古字通用，或鄭本作『鯤』也。」「三家鰥作鯤」者，陳喬樅云：「魯語『夏禁鯤鮞』，亦以『鯤』爲『魚子』。鄭箋之義卽用魯詩改毛。御覽九百四十引作「魴鯤」，蓋三家今文同。」「敝笱」至「不禁」，易林遯之大過文，齊說也。據此，專以魴比文姜，故云「魴逸不禁」，而以鯤之衆比從者也。齊子歸止，其從如雲。【疏】傳：「如雲，言盛也。」箋：「其從，姪娣之屬。言文姜初嫁于魯桓之時，其從者之心意如雲然，雲之行順風耳。後知魯桓微弱，文姜遂淫恣，從者亦隨之爲惡。」○陳奐云：「桓三年春秋書『齊侯送姜氏于讙』，齊侯，僖公也。桓以弑兄篡國，求昏于齊，文姜又爲僖公寵女，親送之讙，嫁從之盛，驕伉難制。魯爲齊弱，由來者漸。至桓十八年，文姜如齊，與襄公通，桓卽斃於彭生之手。序云『不能防閑使至淫亂』，則詩作於十八年之後，而追刺其嫁時之盛，以爲淫亂之由，實始於微弱。」陳啓源云：「笱之敝也，不敝於彭生乘公之日，而敝於子翬逆女之年，詩人推見禍本，故不於如齊刺之，而於歸魯刺之。」愚案：笱敝魴逸，明指當前歸從如雲，推本既往，原有兩意。張衡西京賦「其從如雲」，知魯毛文同。

敝笱在梁，其魚魴鱮。齊子歸止，其從如雨。【疏】傳：「魴鱮，大魚。如雨，言多也。」箋：「鱮似魴而弱鱗，如雨，言無常。天下之則下，天不下則止，以言姪娣之善惡，亦文姜所使止。」○孔疏引義疏云：「鱮似魴厚而頭大，魚之不美者，故里語曰：『網魚得鱮，不如啗茹。』其頭尤大而肥者，徐州人謂之鰱，或謂之鱅。」愚案：魚之最佳者爲魴，杜甫詩所云「魴魚肥美知第一」也，故以興文姜。鱮不美，以興其從。

敝笱在梁，其魚唯唯。齊子歸止，其從如水。【注】韓「唯」作「遺」，說曰：遺遺，言不能制也。【疏】傳：「唯唯，出入不制水，喻衆也。」箋：「唯唯，行相隨順之貌。水之性可停可行，亦言姪娣之善惡在文姜也。」○「遺遺言不能制也」者，釋文引韓詩文，義與毛同，亦與齊詩「魴逸不禁」之意合。玉篇：「瀢瀢，魚行相隨。」廣韻五旨：「瀢，魚盛貌。」皆本此詩。韓詩「遺遺」卽「瀢瀢」之省，「唯唯」又「瀢瀢」之假借也。魚行相隨而去，卽不能禁制之意。

敝笱三章，章四句。

載驅【注】齊説曰：「襄嫁季女，至于蕩道。齊子旦夕，留連久處。」【疏】毛序：「齊人刺襄公也。無禮義故，盛其車服，疾驅於通道大都，與文姜淫，播其惡於萬民焉。」箋：「故，猶端也。」○「襄嫁」至「久處」，易林屯之大過文，蹇之比困之訟中孚之離同，齊説也。春秋經莊二十二年：「冬，如齊納幣。」二十四年：「夏，公如齊逆女。秋，公至自齊。八月丁丑，夫人姜氏入。」公羊傳：「其言入何？難也；其書日何？難也；其難奈何？夫人不僂，不可使入，與公有所約，然後入。」何注：「僂，疾也。齊人語約，約遠媵妾也。夫人稽留，不肯疾順，公不可使疾入。公至，與公約定，八月丁丑乃入，故爲難詞也。」左傳杜注：「姜氏，哀姜也。公羊傳以爲姜氏要公，不與公俱入，蓋以孟任故，丁丑入而明日乃朝廟。」又注：「姜氏，齊襄公女。」愚案：周惠王七年辛亥，魯莊之二十四年，齊桓公十六年也。齊襄立十二年而死，又十六年而女嫁，蓋是卽位後所生，二十內外而嫁，其爲襄季女無疑云。襄嫁季女者，繫女於襄，猶言齊嫁季女耳。「留連久處」，與何杜兩注「夫人稽留，不與公俱入」情事合，與詩文「發夕」、「豈弟」、「翺翔」、「遊敖」合。毛序以爲刺襄公，非也。魯韓當與齊同。

載驅薄薄，簟茀朱鞹。【疏】傳：「薄薄，疾驅聲也。簟，方文席也。車之蔽曰茀。諸侯之路車，有朱革之質而羽飾。」箋：「此車襄公乃乘焉，而來與文姜會。」○案，諸侯之路車，舊説以爲齊侯之車，不知乃魯侯也。莊公二十四年夏，公如齊逆女，行親迎之禮，乘己之車而往。及秋，公先歸魯，八月，夫人乃入。何注云「公至，與公約定」，是公已逆之後，歸魯之前。蕩道之中，彼此傳言，申約諄諄，以遠媵妾爲言，約定公行，夫人尚稽留後入，情事如此。薄之言迫也，重言「薄薄」，謂驅馳之聲甚疾急也。詩人言此薄薄疾驅而往者，簟茀而朱鞹，乃魯侯之車也。孔疏：「簟字从竹，用竹爲席，故是方文。」茀，詳碩人詩。説文：「鞹，去毛皮也。」與「鞟」同，以朱染之。傳云「羽飾」，卽「翟羽」也。**魯道有蕩，齊子發夕。**【注】韓説曰：「發，旦也。」【疏】傳：「發夕，自夕發至旦。」箋：「襄公既無禮義，乃疾驅其乘車以入魯境。魯之道路平易，文姜發夕由之往會焉，曾無慙恥之色。」〇「魯道有蕩」，義具南山詩。齊說以爲「蕩道」亦謂卽平易之魯道，非險阻難行也。齊子，謂哀姜。發夕，傳云「自夕發至旦」，胡承珙以爲衍「發」字。愚案：無論「發」之有無，傳意以爲終夕在道，則是齊子促迫，非留連矣。「發旦也」者，釋文引韓詩文。小宛詩「明發」，薛君王逸皆訓「發」爲「旦」，亦本韓義。「齊子旦夕」，猶言朝見暮見，卽久處之義。

四驪濟濟，垂轡瀰瀰。魯道有蕩，齊子豈弟。【疏】傳：「四驪，言物色盛也。濟濟，美貌。垂轡，轡之垂者。瀰瀰，衆也。言文姜於是樂易然。」箋：「此又刺襄公乘是四驪而來，徒爲淫亂之行。」此「豈弟」猶言「發夕」也。豈，讀當爲「闓」。弟，古文尚書以「弟」爲「圛」。圛，明也。〇說文：「驪，馬深黑色。」後漢李忠傳注：「馬色黑而青曰驪。」蓼蕭詩「鋚革沖沖」，傳：「鋚革，轡首垂也。沖沖，垂飾貌。」與此「垂轡」義合。陳奐云：「玉篇：『⿰革尼，乃米切。轡垂貌。』蓋出三家詩。」則「瀰」卽「⿰革尼」之借。「齊子豈弟」者，釋言：「愷悌，發也。」孔疏引舍人曰：「闓，明。發，行也。」郭注：「詩云：『齊子愷悌。』」陳喬樅云：「據箋釋『豈弟』及孔疏云釋言『愷悌發也』，舍人李巡郭璞皆云『闓，明。發，行。』郭璞又引此詩云『齊子愷悌』，是釋言文本不作『愷悌』，故注皆以『闓明』訓之。今爾雅本作『愷悌，發也』，注：『發，發行也。』詩曰：『齊子愷悌。』此乃後人所改，非景純舊本。又徑奪『闓明』之訓，僅存『發行』之義，遂與沖遠所引迥殊。且注之引詩，乃證明釋言之文，更不宜用『愷悌』字，疑魯詩文當爲『齊子闓圛』，故鄭據以改毛，又引古文尚書『弟』爲『圛』者，以證毛詩『豈弟』卽魯詩之『闓圛』。釋言文當爲『闓圛，發也』，故注引魯詩以證之。」愚案：陳說是。此爾雅所釋「豈弟」，專爲齊風「齊子豈弟」而作，郭璞引詩，卽用舊注魯詩文毫無疑義。至舍人李巡概訓「闓明」爲「發行」二字者，爲此詩魯義相承，謂齊子留連久處之後，至開明乃發行耳，否則齊子開明，文義不完也。

汶水湯湯，行人彭彭。魯道有蕩，齊子翺翔。【疏】傳：「湯湯，大貌。彭彭，多貌。翺翔，猶彷徉也。」箋：「汶水之上蓋有都焉，襄公與文姜時所會。」○漢志泰安郡萊蕪縣原山下云：「禹貢汶水出西南，入泲。」説文同，書、詩、春秋所載，皆卽此水。其出琅邪郡朱虛下之汶水，經傳不言。禹貢汶水自萊蕪、（今淄川縣。）嬴、（淄川。）博、（今泰安縣。）鉅平、（泰安。）魯國汶陽、（今甯陽縣。）泰山虵丘、（今肥城縣。）剛、（寧陽。）東平國章、（今東平州。）泰山桃鄉、（今汶上縣。）東平國無鹽、（東平州。）分四汶，二汶由東郡須昌（東平。）入泲，二汶由東郡壽良（東平。）入泲，今大清河也。詩言汶水盛大，行人極多，魯道蕩平，齊子獨回翔不進也。

汶水滔滔，行人儦儦。魯道有蕩，齊子遊敖。【疏】傳：「滔滔，流貌。儦儦，衆貌。」○齊子以于歸之女，反在魯道任意敖遊，不思入國，乖恒情而失大禮也。

載驅四章，章四句。

猗嗟【疏】毛序：「刺魯莊公也。齊人傷魯莊公有威儀技藝，然而不能以禮防閑其母，失子之道。人以爲齊侯之子焉。」○三家無異義。

猗嗟昌兮，頎而長兮。【疏】傳：「猗嗟，歎辭。昌，盛也。頎，長貌。」箋：「昌，佼好貌。」○馬瑞辰云：「猗者，美之之辭。嗟，語詞。」説文：「昌，美言也。从日、从曰。」「昌」之本義爲美言，引申爲凡美盛之稱。「頎而長兮」者，孔疏：「若，猶然也。」引史記「頎然而長」爲證。又云：「今定本云『頎而長兮』，『而』與『若』義並通。」是孔疏原作「頎若長兮」，與下文「抑若揚兮」句法相類，今從定本作「而」，非孔本之舊。抑若揚兮，【注】韓作「卬若陽兮」，曰：眉上曰陽。【疏】傳：「抑，美色。揚，廣揚。」○案，「抑」、「懿」古通。抑詩外傳作「懿」。國語韋注：「懿，讀曰抑。」是也。「抑若」，與上句孔疏舊本「頎若」一例。廣揚，謂廣闊揚起，顙額之際也。「抑作印，揚作陽，曰眉上曰陽」者，玉篇阜部引韓詩文。皮嘉祐云：「毛釋此篇數『揚』字義各異，既曰『廣揚』，又曰『揚眉』，又以眉目釋『清揚』，其說游移無定，令讀者莫知所從，不如韓訓『眉上』之確。陽者，陽明之處也，今俗呼額角之側亦謂太陽，正同此義，然則自眉以及額角皆得爲陽也。」黄山云：「素問：『頭者，諸陽之會。』故頭可謂陽。士相見禮『左頭奉之』，注：『頭，陽也。』亦此義。眉以下爲面，以上則爲頭，『卬若』猶『卬卬』，喻頭容之直。詩同文異解，如采蘩之『公』，谷風之『有』，此例甚多。君子偕老三『揚』兩說，即此詩之證。惟無同韻異說者，則此『揚』自以從韓作『陽』爲確。『揚且之晳』，毛訓『眉上廣』，卽係借『揚』爲『陽』，此亦當同。目揚，清揚，皆言眉下，皮欲通之，非韓義。」美目揚兮，【疏】傳：「好目揚眉。」○禮記「揚其目而視之」，瞻視清明，其美自見。傳以「揚眉」連言，非其義也。陳奐云：「玉篇：『眫，美目。』疑出三家詩。」巧趨蹌兮，射則臧兮。【疏】傳：「蹌，巧趨貌。」箋：「臧，善也。」○說文：「蹌，動也。」於舉足見疾行之巧，揚目巧趨，正其射時之儀狀。春秋莊公四年：「冬，及齊人狩于禚。」（左傳以爲微者，公、穀以爲齊侯。）故齊人賦之。

猗嗟名兮，美目清兮。【注】魯說曰：「猗嗟名兮」，目上爲名。韓「名」作「顯」。【疏】傳：「目上爲名，目下爲清。」○「猗嗟名兮，目上爲名」者，釋訓文。孔疏引孫炎曰：「目上平博。」郭注：「眉眼之間。」「名作顯」者，玉篇頁部：「詩云：『猗嗟顯兮。』顯，眉目間也。」玉篇所引係據韓詩，集韻引同。文選西京賦薛綜注：「眳，眉睫之間。增目作眳。」禮檀弓：「子夏喪其子而喪其明。」冀州郭君碑云：「卜商號咷，喪子失名。」蓋以「名」爲「明」之借字。儀既成兮，【疏】箋：「成，猶備也。」○胡承珙云：「射人：『以射法治射儀。』淮南俶真訓：『善射者有儀表之度。』泰族訓：『射者數發不中，人教之以儀，則喜矣。』莊公善射，惟其射儀既備，所以終日不出正也。不當泛作『威儀』釋之。」終日射侯，不出正兮。【疏】

傳：「二尺曰正。」箋：「正，所以射於侯中者。天子五正，諸侯三正，大夫二正，士一正，外皆居其侯中，參分之一焉。」○射人：「王以六耦，射三侯五正；諸侯以四耦，射二侯三正；孤卿大夫以三耦，射一侯二正；士以三耦，射豻侯二正。若王大射，則以貍步張三侯。」鄭司農注：「三侯，虎、熊、豹也。正，所射也。詩曰：『終日射侯，不出正兮。』」司裘：「王大射，則共虎侯、熊侯、豹侯，設其鵠；諸侯則共熊侯、豹侯；卿大夫則共麋侯，皆設其鵠。」鄭司農注：「鵠，鵠毛也。方十尺曰侯，四尺曰鵠，二尺曰正，四寸曰質。」案，司農以射人之「三侯」，謂卽司裘虎熊豹設鵠之侯，凡侯皆有鵠也。考工記：「梓人爲侯，廣與崇方，參分其廣，而鵠居一焉。張皮侯而棲鵠，則春以功；張五采之侯，則遠國屬。」皮侯，虎熊豹三皮之侯也。五采之侯，五正之侯也。大射張皮侯棲鵠，不設正；禮射采侯棲鵠，設正，故司農以爲一侯之身設四尺之鵠，二尺之正，四寸之質，是正鵠皆在一侯也。賓之初筵正義引馬融注周禮及王肅引小爾雅，並與司農同。後鄭據司裘言「鵠」、射人言「正」，遂以皮侯謂有鵠而無正，五采之侯謂有正而無鵠，其射人注云：「畫五正之侯，中朱，次白，次蒼，次黃，玄居外。三正損玄黃。二正去白蒼，而畫以朱綠。其外之廣，皆居侯中，參分之一，中二尺。」梓人注云：「正之方外如鵠，內二尺。五采者，內朱，白次之，蒼次之，黃次之，黑次之。其侯之飾又以五采，畫雲氣焉。」後鄭謂正外如鵠，正內二尺，則正方不止二尺，與毛傳「二尺曰正」之説不同。今細覈之，司弓矢「射椹質」，注：「質，正也。樹椹以爲射正。」弓人「利射革與質」，注：「質，木椹也。」正方二尺，二尺之邊當有木榦，其中設布，畫以五采、三采、二采不等。車攻傳云：「裘纏質以爲槸。」槸，門橜也，在門中央。田車之輪六尺有三寸，軹崇三尺一寸有半，其任正之與槸相去一尺一寸有半，其廣亦然。門槸高二尺，又有裘以纏之，其高僅二尺餘，田車之輪乃可過也。若謂正大如鵠，侯中丈八尺者，鵠方六尺；侯中丈四尺者，鵠方四尺六寸，大半寸；侯中一丈者，鵠方三尺三寸，少半寸，則高於田車之軹，礙於任正，豈能通行。據彼傳云以質爲槸，正爲二尺，是其古制，儒家皆不能詳言之矣。又賈逵注周禮云：「四尺曰正，正五重，鵠居其內，而方二尺以爲鵠。」賈謂正、鵠俱在一侯，與鄭司農同，而云「四尺曰正」，正大於鵠，與古說乖戾。射人注：「今儒家云四尺曰正，二尺曰鵠，此說失之。」是也。鄭賈並治毛詩而其說不同若此。以上皆陳奐說。展我甥兮。【疏】傳：「外孫曰甥。」箋：「展，誠也。姊妹之子曰甥。容貌技藝如此，誠我齊之甥。言誠者，拒時人言齊侯之子。」○孔疏：「傳言『外孫曰甥』者，王肅云據外祖以言也。」案，序云「人以爲齊侯之子」，詩人特述齊人公言，以爲據信，所以釋時俗刺譏之疑。

猗嗟孌兮，清揚婉兮。【疏】傳：「孌，壯好貌。婉，好眉目也。」○案，泉水候人傳：「孌，好貌。」莊公身爲國君，年已踰冠，威儀既美，技藝又精，故傳於「好」上加「壯」字以足其義。「清揚婉兮」，與野有蔓草同，皆壯其容儀之美，非必以「清揚」總承上文也。

舞則選兮，【注】韓「選」作「纂」，言其舞則應雅樂也。射則貫兮，【疏】傳：「選，齊。貫，中也。」箋：「選者，謂於倫等最上。貫，習也。」○「韓選作纂」者，文選日出東南隅行注、傅毅舞賦注引韓詩曰：「舞則纂兮。」「言其舞則應雅樂也」者，引薛君章句文。（舞賦注無「則」字。）陳喬樅云：「選之與纂，以聲近通叚。柏舟詩『不可選也』，後漢朱穆傳注引絕交論作『纂』字，亦以聲近通叚。『選』之或爲『纂』，猶『饌』之或爲『籑』，『譔』之或爲『篹』也。」馬瑞辰云：「詩三章俱言射事，則舞亦射時之舞。論語馬注『射有五善』，五曰『興武』，武與舞同。又大射儀『王射，令奏騶虞，詔諸侯以弓矢舞，樂師燕射，帥射夫以弓矢舞』，皆射時有舞之證。皇侃論語疏釋『興武』云：『射容與舞趣興，相會進退同也。』則此詩『舞則選兮』即『興舞』耳。」薛君言「其舞應雅樂」，即記所云「其節比於樂」也。四矢反兮，以禦亂兮。【注】韓「反」作「變」，云：變易也。【疏】傳：「四矢，乘矢。」箋：「反，復也。禮，射三而止。每射四矢，皆得其故處，此之謂復。射必四矢者，象其能禦四方之亂也。」○案，如箋所云，是保氏五射所謂「參連」者也。賈疏釋「參連」云：「前放一矢，後三矢連續而去。」列子仲尼篇云：「善射者能令後鏃中前括，發發相及，矢矢相屬。」謂四矢皆能復其故處也。「韓訓變爲易」者，言每射四矢，皆易其處，此保氏五射所謂「井儀」者，賈疏釋「井儀」云「四矢貫侯，如井之容儀」是也。淮南子云：「越人學遠射，參矢而發，適在五步之內，不易儀。世已變矣，而守其故，譬猶越人之射也。」然則井儀之法，每射四矢，各易其儀，不守其故處，與參連之四矢皆復其故處者正相反，要皆五射之事也。禦，大射注及鄉射疏引詩作「御」。御，止也。言莊公善射，可以止亂。

猗嗟三章，章六句。

齊國十一篇，二十四章，百四十三句。

詩三家義集疏卷七

魏葛屨第七

【疏】乙巳占引詩推度災曰：「魏，天宿牽牛。」御覽二十六時序部引詩含神霧曰：「魏地處季冬之位，土地平夷。」漢書地理志：「河東郡河北，詩魏國。」又曰：「魏國，亦姬姓也，在晉之南河曲，故其詩曰『彼汾一曲』，『寘諸河之側。』」陳奐云：「魏在商爲芮國地，與虞爭田，質成於文王。至武王克商，封姬姓之國，改號曰魏。春秋魯閔公二年，周惠王之十七年也，晉獻公滅魏。今山西解州芮城縣是其地。」

詩國風

葛屨【疏】毛序：「刺褊也。魏地陿隘，其民機巧趨利，其君儉嗇褊急，而無德以將之。」箋：「儉嗇而無德，是其所以見侵削。」○三家無異義。

糾糾葛屨，可以履霜。【疏】傳：「糾糾，猶繚繚也。夏葛屨，冬皮屨，葛屨非所以履霜。」箋：「葛屨賤，皮屨貴。魏俗至冬猶謂葛屨可以履霜，利其賤也。」○說文「丩」下云：「相糾繚也。」「繚」下云：「纏也。」「糾」下云：「繩三合也。」重言之曰「糾糾」。士冠禮：「屨夏用葛。冬皮屨可也。」今以葛屨履霜，則是儉不中禮，故刺其褊。南山詩「葛屨五兩」，據說苑修文篇，葛屨親迎禮所用。

摻摻女手，可以縫裳。【注】韓詩曰：「纖纖女手，可以縫裳。」韓說曰：「纖纖，女手之貌。」一作「攕攕」。【疏】傳：「摻摻，猶纖纖也。婦人三月廟見，然後執婦功。」箋：「言女手者，未三月未成爲婦。裳，男子之下服，賤又未可使縫。魏俗使未三月婦縫裳者，利其事也。」○「纖纖」至「之貌」者，文選古詩注引韓詩文。古詩「纖纖擢素手」，本韓詩語。纖義訓細，言肌理細膩。碩人詩「手如柔荑」，卽纖纖之貌也。易林困之中孚：「絲苧布帛，人所衣服。摻摻女手，紡績善織。南國饒足，取之有息。」易林齊説，取義雖别，然文作「摻摻」，明齊與毛合。「一作攕攕」者。説文：「攕，好手貌。」引詩「攕攕女手」，文雖不同，義與韓合。陳喬樅云：「吕記引董氏云石經作『攕』，則説文所引據魯詩之文也。摻、纖皆『攕』之叚借，摻、纖同音，故得通用。爾雅『纚帛縿』，釋文：『縿，本或作纖。』是其證。」女者，未成婦之稱，不當令執婦功。説文：「上曰衣，下曰裳。」衣有尚之者，故爲裳，今以女手縫之，是褊之至，無禮者也。**要之襋之，好人服之。**【疏】傳：「要，褄也。襋，領也。好人，好女手之人。」箋：「服，整也。褄也，領也，在上，好人尚可使整治之，謂屬著之。」〇説文：「襋，衣領也。」與「要」皆屬衣言。箋云「在上」，是也。孔疏以爲「裳要」，非。説文：「服，用也。」縫裳賤者之事，而使未成婦之好人爲之，彼要之襋之，非皆好人服用之乎？乃卽令縫裳，失宜甚矣。

好人提提，【注】魯「提」作「媞」。【疏】傳：「提提，安諦也。」〇「魯提作媞」者，釋訓：「媞媞，安也。」郭注：「好人安詳之容。」東方朔七諫「西施媞媞而不得見兮」，王逸注：「媞媞，好貌也。詩曰：『好人媞媞。』」是魯詩作「媞媞」而訓爲「安」也。傳訓「提提」爲「安諦」，亦以「提」爲「媞」之借字。禮檀弓「吉事欲其折折爾」，鄭注：「折折，安舒貌。詩曰：『好人提提。』」山井鼎考文云：「折折，古本作提提。」鄭注禮時未見毛傳，而訓「提提」爲「安舒」，與傳義合，知齊、毛文同。陳喬樅云：「白帖十二及説文繫傳引詩作『禔禔』，此韓詩之異文。漢書敘傳『姼姼公主，乃女烏孫』。孟康曰：『姼音題。姼姼，惕惕，愛也。』師古曰：『孟説非也。姼姼，好貌。魏詩葛屨之篇『好人提提』，音義同耳。』今案，釋訓：『忯忯、惕惕，愛也。』郭注：『詩：心焉惕惕』，韓詩以爲悦人，故言愛也。『忯忯』未詳。釋文引李巡曰：『忯忯，和適之愛也。』攷説文：『忯，愛也。』『姼，美女也，或从氏作㚨。』姼、㚨字同，㚨、忯音同，得相叚借。惟美女，故悦而愛之。師古以孟説爲非，過矣。氏、是古多通用，覲禮『太史是右』，注云：『古文是爲氏。』曲禮『是』，職方注云：『是或爲氏』。故字之从是、从氏者如提媞、㚨低皆得通叚。『安舒』之訓，卽所謂『好貌』，疑齊詩之說讀『提』如『姼』，班氏敍傳語，亦本齊詩故傳也。」宛然左辟，【注】三家作「宛如左僻」。佩其象揥。【疏】傳：「宛，辟貌。婦至門，夫揖而入，不敢當尊，宛然而左辟。象揥，所以爲飾。」箋：「婦新至，愼於威儀如是，使之非禮。」○「宛如左僻」者，說文：「僻，辟也。」引此詩，蓋出三家。「宛如」卽「宛然」也，「僻」卽「辟」也。馬瑞辰云：「辟，讀如『便辟』之辟，詩板『無爲夸毗』，正義：『夸毗者，便辟其足，前卻爲恭。』論語『師也辟』，亦謂便辟，好習容儀也。『便』與『旋』疊韻而同義，故左傳以便爲旋，便辟與旋辟、般辟義同。釋言：『般，旋也。』說文：『般，辟也，象舟之旋。』投壺：『主人般旋曰辟。賓般旋曰辟。』大射儀『賓辟』注：『辟，逡遁不敢當盛。』並與此詩『左辟』同義。般辟爲容，則易偏於一邊，故曰左辟。」象揥，義具君子偕老。佩，猶飾也。象揥本夫人所佩，詩蓋以刺其君。維是褊心，是以爲刺。【注】魯「維」作「惟」。【疏】箋：「魏俗所以然者，是君心褊急，無德教使之耳，我是以刺之。」○說文「急」下云：「褊也。」「褊」下云：「衣小也。」廣韻：「褊，衣急。」賈誼書：「反裕爲褊。」褊小、褊陋，皆自衣旁推之。「魯維作惟」者，石經魯詩殘碑、列女魯秋潔婦傳引此詩二句，「維」並作「惟」，與韓同。全詩有「維」字者皆然。

葛屨二章，一章六句，一章五句。

汾沮洳【疏】毛序：「刺儉也。其君儉以能勤，刺不得禮也。」○韓詩外傳二：「君子有主善之心，而無勝人之色，德足以君天下而無驕肆之容，行足以及後世而不以一言非人之不善。故曰：君子盛德而卑，虛己以受人，旁行不流，應物而不窮。雖在下位，民願戴之。雖欲無尊，得乎哉？詩曰：『彼己之子，美如英，美如英，殊異乎公行。』」又曰：「君子易和而難狎也，易懼而不可劫也，畏患而不避義死，好利而不爲所非，交親而不比，言辯而不亂，盪盪乎其易不可失也，嗛乎其廉不可劌也，溫乎其仁厚之寬大也，超乎其有以殊於世也。詩曰：『美如玉，美如玉，殊異乎公族。』」魏源云：「據外傳之言，蓋歎沮澤之間有賢者隱居在下，采蔬自給，然其才德實出乎在位公行、公路之上，故曰雖在下位而自尊，超乎其有以殊於世，蓋春秋時晉官皆貴游子弟，無材世祿，賢者不得用，用者不必賢也。毛詩因次葛屨之下，並以爲刺儉，乃以所美爲刺，所刺爲美。試思『采莫』、『采藚』，豈公卿之行？『如玉』、『如英』，非褊嗇之度。既極道其美，又何言不似貴人氣象乎？」愚案：魏說是也。外傳雖多推衍之詞，然皆依文順恉，從無與本詩相反者。汾沮洳果爲刺詩，韓在當時不容不知，何必取而曲暢其說，此智者所不爲，豈經師而昧此理邪？魯齊當同韓義。

彼汾沮洳，言采其莫。【疏】傳：「汾，水也。沮洳，其漸洳者。莫，菜也。」箋：「言，我也。於彼汾水漸洳之中，我采其莫以爲菜，是儉以能勤。」○漢書地理志「太原郡汾陽縣」下云：「北山，汾水所出，西南至汾陰入河。」汾陽，今山西忻州靜樂縣。汾陰，今蒲州府榮河縣。朱右曾云：「蒲坂爲魏地，北接汾陰。譜言魏境，北涉汾水。正義言其境踰汾。攷水經注，汾水西逕耿鄉城北，古耿城在河津縣東南十二里，自河津縣西南至榮河縣九十里。河津爲耿地，則魏境不得踰汾矣。班固引詩但稱汾曲之句。所謂一曲者，汾水入河之處，稍折而西南，自南望之爲汾曲也。」陳奐云：「汾，晉水也。魏北汾西河，汾逕西南以入河，則汾曲卽河曲矣。魏都蒲坂，已爲魏之北境。蒲州至榮河縣百二十里，汾水尚在縣北。水經：『河水南出龍門口，汾水從東來注之。』自龍門至華陰，皆汾水入河所會流，詩舉晉水爲言，其實魏無汾也。」沮洳，卽漸洳，沮、漸雙聲字。廣雅釋詁：「漸洳，溼也。」猶言汾旁之溼地矣。孔疏引陸璣疏云：「莫，莖大如箸，赤節，節一葉，似柳葉厚而長，有毛刺。今人繅以取繭緒，其味酢而滑，始生可以爲羹，又可生食。五方通謂之酸迷，冀州人謂之乾絳，河汾之間謂之莫。」馬瑞辰云：「本草『羊蹄』，陶隱居注：『又一種極相似而味酸，呼爲酸摸。』卽『酸迷』之聲轉，省言之曰『莫』。『莫』又轉『蕪』，釋草『須，蕵蕪』，郭注：『似羊蹄，葉細味酢，可食。』『蕵蕪』卽『酸摸』音轉，正此詩莫菜也。或疑爾雅不載莫菜，誤矣。」彼其之子，美無度；美無度，殊異乎公路。【疏】傳：「路，車也。」箋：「之子，是子也。是子之德，美無有度，言不可尺寸，是子之德美信無度矣。雖然，其采莫之事，則非公路之禮也。公路主君之秏車，庶子爲之，晉趙盾爲秏車之族是也。」〇之子，指采菜之賢者。言其下位沈淪，食貧自給，才德内蘊，容儀有輝。今在上之人富貴滿溢，不以君國爲心，彼美無度之賢者，其所爲殊不似我公路之大夫也。傳訓「路」爲「路車」，乃賓祀所用之車。箋誤以秏車之公行掍之，孔疏遂亦云「公路」與「公行」一也。以其主君路車謂之公路，主君之行列謂之公行，正是一官也。馬瑞辰云：「巾車掌王車之五路，車僕掌戎車之倅，分路車、戎車爲二，此詩亦分『公路』、『公行』爲二。公路掌路車，主居守；公行掌戎車，主從行，不必爲一官。左宣二年傳服虔注：『秏車，戎車之倅。』杜預注：『公行之官也。』箋以『秏車』釋『公路』，不若服杜爲確。左傳宦卿之適以爲公族，又宦其餘子亦爲餘子，其庶子爲公行。有餘子而無公路，此詩有公路而無餘子，公行以庶子爲之，公路較公行爲尊，當即以餘子爲之。餘子主公路而不以公路名，猶公行兼主庶子而不以庶子名。凡一官兼數事者，隨舉一事以名之耳。正義謂餘子不掌公車，不得謂之公路，非也。」

彼汾一方，言采其桑。彼其之子，美如英；美如英，殊異乎公行。【疏】傳：「萬人爲英。公行，從公之行也。」箋：「采桑，親蠶事也。從公之行者，主君兵車之行列。」〇馬瑞辰云：「美無度，度，讀如『尺度』之度，與『美如玉』皆以器物爲喻，不得謂英獨指人言。英，當讀如『瓊英』之英。如英，猶云『如玉』，變文以協韻耳。」韓詩「美如英」四句引見上，明韓毛文同，惟韓「其」皆作「己」，詳見鄭羔裘傳。

彼汾一曲，言采其藚。彼其之子，美如玉；美如玉，殊異乎公族。【疏】傳：「藚，水舄也。公族，公屬。」箋：「公族，主君同姓昭穆也。」〇孔疏：「釋草：『藚，牛脣。』郭注引毛詩傳云：『水蕮也。如續斷，寸寸有節，拔之可復。』陸璣疏云：『今澤蕮也，其葉如車前草大，味亦相似。』」郭於「藚牛脣」不云即「澤蕮」，而於「渝蕮」下注云：「今澤蕮。」蓋以陸疏爲非。然神農本經云：「澤瀉，一名水舄。」說文：「藚，水舄。」亦用傳文。蘇頌云：「澤瀉，春生苗，多在淺水中，葉似牛舌。」爾雅「牛脣」之名，以形似耳。爾雅一物數名者，多不得因，既有「渝蕮」，遂疑藚非「澤瀉」也。漢志引詩「彼汾一曲」，明齊毛文同。韓詩「美如玉」三句，引見上，明韓毛文同。

汾沮洳三章，章六句。

園有桃【疏】毛序：「刺時也。大夫憂其君，國小而迫，而儉以嗇，不能用其民，而無德教，日以侵削，故作是詩也。」○三家無異義。

園有桃，其實之殽。【疏】傳：「興也。園有桃，其實之食。國有民，得其力。」箋：「魏君薄公稅，省國用，不取於民，食園桃而已，不施德教，民無以戰，其侵削之由由是也。」○釋文：「殽，本作肴。」說文：「肴，啖也。」又賓之初筵箋：「凡非穀而食之曰殽。」亦通。呂覽重己篇高注：「樹果曰園。詩曰：『園有樹桃。』」或疑三家詩多「樹」字。陳喬樅云：「樹字衍文也。據石經魯詩殘碑下章『園有棘』，無『樹』字，是其明證。初學記園圃部引毛詩，亦作『園有樹桃』，知『樹』字皆衍。」案，園有桃則食其實，以興國有民則得其力，至君不能用其民，則國與無民等矣。心之憂矣，我歌且謡。【注】韓說曰：有章曲曰歌，無章曲曰謡。【疏】傳：「曲合樂曰歌，徒歌曰謡。」箋：「我心憂君之行如此，故歌謡以寫我憂矣。」○言有章曲則可以合樂也。「有章」至「曰謡」，初學記十五引韓詩章句文。玉篇言部同義，與毛傳合。列女魯寡陶嬰傳引詩二句，明魯毛文同。釋樂：「徒歌謂之謡。」孔疏引孫炎曰：「聲消摇也。」郭注引詩「我歌且謡」以實之，知用舊注魯詩文。陳喬樅云：「謡，古字作『䚻』。說文：『䚻，徒歌。从言，肉聲。』『䚻』又通作『繇』。廣韻：『繇，喜也。詩曰：我歌且繇。』作

『繇』者齊詩異文。漢書李尋傳『人民繇俗』，繇俗卽謠俗，尋用齊詩，此其證也。」不我知者，謂我士也驕。彼人是哉，子曰何其？心之憂矣，其誰知之？其誰知之，蓋亦勿思。【疏】傳：「子曰何其，夫人謂我欲何爲乎？」箋：「士，事也。不知我所爲歌謠之意者，反謂我於君事驕逸故。彼人，謂君也。曰，於也。不知我所爲憂者，既非責我，又曰君儉而嗇，所行是其道哉，子於此憂之何乎？如是則衆臣無知我憂所爲也。無知我憂所爲者，則宜無復思念之以自止也。衆不信我，或時謂我謗君，使我得罪也。」〇「不我知者」，唐石經本、小字本同，岳本作「不知我者」，阮校已正其誤，今集傳本亦誤也。胡承珙云：「古者卿大夫皆可稱士。儀禮喪服『公士大夫之衆臣爲其君』，注云：『士，卿士也。』是公士猶言公卿。書秦誓疏云：『士者，男子之大號，故羣臣通稱之。』」言不知我心懷憂者，聞我居位而歌謠，反謂我爲驕慢。今彼人之謀國果是哉，子之謂我驕者，意何居乎？我徒憂而無人知，既無人知，何不勿思。强自解說之詞也。蓋，與「盍」同。禮檀弓『子盍言子之志於公乎？』與『盍嘗問焉』，鄭注皆訓「何不」。釋言：「曷，盍也。」郭注：「盍，何不。」邢疏引論語『盍各言爾志』，皆其義。王引之曰：「凡言『盍亦』者，以『亦』爲語助。左僖二十四年傳『盍亦求之』，盍求之也。吳語『王其盍亦鑑於人』，盍鑑於人也。孟子『盍亦反其本矣』，盍反其本也。」韓詩外傳九引詩曰：「心之憂矣，其誰知之？」明韓毛文同。其言天下有道則諸侯畏之，天下無道則庶人易之，及范蠡行遊，天地同憂云云，則因「心之憂矣」推衍之。

園有棘，其實之食。心之憂矣，聊以行國。不我知者，謂我士也罔極。彼人是哉，子曰何其？心之憂矣，其誰知之？其誰知之，蓋亦勿思。【疏】傳：「棘，棗也。極，中也。」箋：「聊，且略之辭也。聊出行於國中，觀民事以寫憂。見我聊出行於國中，謂我於君事無中正。」〇說文：「棘，小棗叢生者。」方言：「凡草木刺人，江湘之閒謂之棘。」蓋古人專以棘爲棗，本赤心而外有刺，其刺人之草木爲棘，又旁推後起之義也。聊，願也。行國，去國。罔極，失其中正之心。石經魯詩殘碑「園有棘，其實之（闕）。」明魯毛文同。

園有桃二章，章十二句。

陟岵

【疏】毛序：「孝子之行役，思念父母也。國迫而數侵削，役乎大國，父母兄弟離散，而作是詩也。」箋：「役乎大國者，爲大國所徵發。」○三家無異義。

陟彼岵兮，瞻望父兮。【注】魯說曰：山多草木岵，山無草木峐。韓說曰：有木無草曰岵，有草無木曰屺。【疏】傳：「山無草木曰岵。」箋：「孝子行役，思其父之戒，乃登彼岵山以遥瞻，望其父所在之處。」○「山多」至「木峐」，釋山文，郭注云：「見詩。」此魯說，與毛異。爾雅釋文引三蒼字林聲類，並云「峐猶屺字。」陳喬樅云：「郭云見詩，疑魯詩『屺』字作『岵』，郭據爾雅舊注而言也。說文：『岵，山有草木也。从山，古聲。詩曰：陟彼岵兮。』『屺，山無草木也。从山，己聲。詩曰：陟彼屺兮。』釋名：『山有草木曰岵。岵，怙也，人所怙取以爲事用也。』」「山無草木曰屺」，玉篇山部引韓詩文，别爲一義，未詳所出。

父曰嗟，予子行役，夙夜無已。上慎旃哉，猶來無止！【注】魯「父」下有「兮」字，「無已」作「毋已」，「上」作「尚」。【疏】傳：「旃之，猶可也。父尚義。」箋：「予，我。夙，早。夜，莫也。無已，無解倦。上者，謂在軍事作部列時。」○此稱父戒己之意。「魯父下有兮字」者。宋洪适隸釋載石經魯詩殘碑，於第二「父」字下注云：「闕一字。」與毛異。陳喬樅云：「石經『父』下所闕，亦必『兮』字，疊上文『父兮』而言也。毛詩『父曰嗟予子』五字句，魯詩『父兮曰嗟予子』六字句，下『行役夙夜無已』，亦六字句也。下章母、兄下有『兮』字當同。」「無」作「毋」者。毋已，禁戒之詞，勉其毋懈倦也。下「毋寐」當同。「上作尚」者。毛詩作「上」，古文魯詩作「尚」。今文儀禮鄉射禮「上握焉」，注：「今文上作尚。」覲禮「尚左」，注：「古文尚作上。」是其證。下二章「上」並當作「尚」。尚，庶幾也。傳「旃之猶可也」，言庶幾慎之哉，可以歸來，無致爲敵所止也。馬瑞辰云：「左隱七年傳『公之爲公子也，與鄭人戰於狐壤止焉』，桓七年傳『驂絓而止』，止，皆退敗不能前進之稱。」

陟彼屺兮，瞻望母兮。【疏】傳：「山有草木曰屺。」箋：「此又思母之戒，而登屺山而望之也。」○列女魯臧孫母傳引「陟彼屺兮」二句，明魯毛文同。愚案：據爾雅，魯當作「峐」，此引作「屺」，後人順毛改之，或别本如此。易林泰之否：「陟岵望母，役事不已。王政靡盬，不得相保。」此齊詩合上章詩文用之，非有異也。母曰嗟，予季行役，夙夜無寐。上慎旃哉，猶來無棄！【注】魯「猶」作「猷」。【疏】傳：「季，少子也。無寐，無耆寐也。母尚恩也。」○陳奐云：「夙，早也。天未明而早起，故無孰寐，言行役不能偃息在牀也。『早夜』連文成義。此言行役太早，欲寐不得寐。箋謂早無寐、夜無寐，誤矣。」「魯猶作猷」者，釋言：「猷，可也。」郭注：「猷來無棄。」是魯詩上下章「猶」皆作「猷」。馬瑞辰云：「『無棄』，與『無死』同義。說文：『婍，棄也。俗語謂死曰大婍。』大婍，猶云『大棄』也。」

陟彼岡兮，瞻望兄兮。兄曰嗟，予弟行役，夙夜必偕。上慎旃哉，猶來無死！【疏】傳：「偕，俱也。兄尚親也。」○必偕，與秦無衣之「與子偕行」、「與子偕作」同義。

陟岵三章，章六句。

十畝之閒【疏】毛序：「刺時也。言其國削小，民無所居焉。」○魏源云：「自續序造爲『國削小民無所居』之說，而箋疏水經注各傳會之。箋云一夫止授十畝，疏謂田亦樹桑，地陿民稠。水經注：『故魏國城南西二面，並去大河可二十餘里，北去首山可十餘里，處河山之閒，土地迫隘，故魏風著十畝之詩。』不知俗之儉嗇，由磽瘠多山；地之褊小，由强鄰侵偪，且魏風『適彼樂郊』，民方離散，並無畏寇內入之事。苟有如季札所稱，以德輔此，則明主者踰山越河，大啟疆宇，又孰得而限之乎？」愚案：魏說是也，今從馬說。見下。

十畝之間兮，桑者閑閑兮，行與子還兮。【疏】傳：「閑閑，男女無別往來之貌。或行來者，或來還者。」箋：「古者一夫百畝，今十畝之間，往來者閑閑然，削小之甚。」○馬瑞辰云：「井田之法，一夫百畝，魏雖削小，未必僅止十畝。古者田野不得樹桑，此詩『十畝』，蓋指公田也。孟子云：『五畝之宅，樹牆下以桑。』穀梁傳：『公田爲居。』公羊宣十五年何注：『還廬舍種桑荻雜菜，民各受公田十畝，又廬舍各二畝半，環廬舍種桑麻雜菜。』凡爲田十二畝半，詩言『十畝』者，舉成數耳。」桑者，謂采桑者。閑閑，據釋文乃「亦作」本，原作「閒閒」，猶言「寬閒」也。文選宋玉登徒子好色賦注引毛詩，亦作「閒閒」，知出後人妄改。閑閑，詩人言他國田蠶之樂，而羨其得所，相約偕行。王引之云：「漢書楊雄傳顏注：『行，且也。』文選李注：『行，猶且也。』此詩『行與子還』、『行與子逝』，猶言還且與子歸、且與子往也。」子，謂同去之人。說文：「還，復也。」廣雅釋詁：「還，歸也。」親見樂國，故言復歸。

十畝之外兮，桑者泄泄兮，【注】三家「泄」作「詍」，一作「呭」。行與子逝兮。【疏】傳：「泄泄，多人之貌。」箋：「逝，逮也。」○「三家泄作詍，一作呭」者，說文「詍」下云：「多言也。」引詩。又「呭」下同。詍、呭皆三家文。今毛詩大雅作「無然泄泄」。多言由於多人，故此又釋爲多人貌。說文：「逝，往也。」

十畝之間二章，章三句。

伐檀【注】魯說曰：伐檀者，魏國之女所作也，傷賢者隱避，素餐在位，閔傷怨曠，失其嘉會。夫聖王之制，能治人者食於人，治於人者食於田。今賢者隱退伐木，小人在位食祿，懸珍奇，積百穀，并包有土，澤不加百姓。傷痛上之不知，王道之不施，仰天長歎，援琴而鼓之。又曰：其詩刺賢者不遇明主也。齊說曰：功德不施於天下而勤勞於百姓，百姓貧陋困窮而家私累萬金，此君子所恥而伐檀所刺也。【疏】毛序：「刺貪也。在位貪鄙，無功而受祿，君子不得進仕爾。」○「伐檀」至「鼓之」，御覽五百七十八引蔡邕琴操文，此作詩之緣起。「其詩」至「主也」，司馬相如上林賦云：「刺伐檀。」史記索隱、文選李注引張揖注文。邕和熹鄧后謚議云：「何有伐檀，茅茹不拔。」亦用此文。邕揖皆魯詩家也。「功德」至「刺也」，鹽鐵論國疾篇文。桓寬齊詩家也。漢書王吉傳吉疏云：「今使俗吏得任子弟，率多驕驁，不通古今，至於積功治人，亡益於民，此伐檀所爲作也。」吉習韓詩，「任子」非前古所有，而刺在位尸祿同。諸說皆刺在位尸祿，賢不進用，與毛不異。

坎坎伐檀兮，【注】魯「坎」作「飲」，齊作「竷」，韓說曰：斫木聲。【疏】傳：「坎坎，伐檀聲。」○「坎作飲」者，魯詩石經殘碑文。玉篇云：「坎，或作竷。」重文「埳」，亦借「飲」。詳見下。所謂賢者退隱伐木也。説文引「坎坎鼓我」，作「竷竷」，此詩亦當作「竷竷伐檀」，疑齊家異文。玉篇土部：「詩云：『坎坎伐檀。』斫木聲也。」與毛義同文異，蓋韓訓。寘之河之干兮。【注】齊「之」作「諸」。【疏】傳：「寘，置也。干，厓也。」○「齊之作諸」者，禮中庸鄭注：「示，讀如『寘諸河干』之寘，寘，置也。」陳喬樅云：「齊詩三章並作『諸』。漢書地理志引第二章『寘諸河之側』可證也。班據齊詩，鄭記注引與班同，是其用齊詩之明證。」愚案：伐木寘河閒，以喻有材無用。河水清且漣猗。【注】魯「漣」作「瀾」，「猗」作「兮」。【疏】傳：「風行水成文曰漣。伐檀以俟世用，若俟河水清且漣。」箋：「是謂君子之人不得進仕也。」○「魯漣作瀾」者，釋水：「河水清且瀾猗，大波爲瀾，小波爲淪，直波爲徑。」孔疏引李巡曰：「分別水大小曲直之名。」郭注：「瀾，言渙瀾也。」「猗作兮」者，隸釋載石經魯詩殘碑，「猗」作「兮」，猗、兮古通用。書秦誓「斷斷猗」，大學引作「兮」。爾雅「荷」字，後人順毛所改。從「闌」、從「連」之字，古本通作，詳見陳澤陂。不稼不穡，胡取禾三百廛兮？不狩不獵，胡瞻爾庭有縣貆兮？【注】魯「穡」作「嗇」。韓說曰：廛，篿也。【疏】傳：「種之曰稼，斂之曰穡。一夫之居曰廛。貆，獸名。」箋：「是謂在位貪鄙，無功而受祿也。冬獵曰狩，宵田曰獵。胡，何也。貉子曰貆。」○「魯穡作嗇」者，石經殘碑作

「嗇」。馮登府云：「穡，古省作嗇，本作嗇。禮郊特牲『主先嗇而祭司嗇也』，鄭注：『嗇同穡。』湯誓『舍我穡事』，史記作『嗇』。般庚『服田力嗇』，漢成帝詔作『嗇』。無逸『知稼穡之艱難』，漢石經作『嗇』。漢陳球碑『稼三繁阜』，張壽碑『稼嗇滋殖』，古皆省『穡』爲『嗇』。」「三百廛」者，馬瑞辰云：「易訟九二『其邑人三百户』，鄭注：『下大夫采地方一成，其稅嗇百家，故三百户。』雜記『大夫之喪，其升正柩也，執引者三百人』，鄭注：『諸侯之大夫邑有三百户之制。』疏引訟卦注爲證，云：『一成所以三百家者，一成九百夫，宫室塗巷山澤，三分去一，餘有六百夫。畝又有不易，一易再易，通率一家而受二夫之地，是定稅三百家也。』又論語『奪伯氏駢邑三百』，孔注：『伯氏食邑三百家。』鄭注：『三百家，齊下大夫之制。』此詩『三百廛』，正義引遂人『夫一廛，田百畝』，卽爲三百家，亦指下大夫采地之制言之。二章『三百億』、三章『三百囷』，變文以協韻。吳語『寡人其達王於甬句東，夫婦三百』，亦是三百家。有夫有婦然後爲家，毛傳只言『一夫』者，言夫以該婦也。」「廛，箄也」者，玉篇广部引韓詩文。皮嘉祐云：「說文：『箄，圜竹器也。』玉篇：『楚人謂折竹卜曰箄。』離騷王逸注：『楚人名結草折竹曰箄。』別一義也。案，廛爲民居，民居多是結草折竹成之，箄亦結草折竹，故『廛』可通『箄』。」箋「冬獵曰狩，宵田曰獵」，析言也，渾言狩、獵不別。爾，謂素餐之人。釋獸：「貈子貆。」箋：「貉子曰貆。」釋文：「依字作貈。」是也。易林乾之震：「懸貆素餐，居非其安。失輿剝廬，休坐徒居。」頤之益同。又謙之坎：「懸貆素餐，食非其任。失望遠民，實勞我心。」皆斥在位貪鄙而引此詩。

彼君子兮，不素餐兮！【注】韓說曰：素者質也，人但有質朴而無治民之材，名曰素餐。魯說曰：素者空也，空虛無德，餐人之祿，故曰素餐。【疏】傳：「素，空也。」箋：「彼君子者，斥伐檀之人。仕有功，乃肯受祿。」○「素者質」至「素餐」，文選潘岳關中詩注、傅咸贈何劭王濟詩注、曹植七啟注、求自試表注引薛君韓詩章句文。外傳二商容固辭三公，晉文侯使李離爲大理，過聽殺人，自請死，兩引詩文，皆推衍之詞。「素者空」至「素餐」，論衡量知篇文。楚詞九辨王注：「謂居位食禄，無有功德，名曰素餐。」孟子章句十三：「無功而食禄，謂之素餐。」說苑修文篇：「天地四方者，男女之所有事也，必先意其所有事，然後敢食穀也。詩曰『不素餐兮』，此之謂也。」潛夫論三式篇：「封疆立國，不爲諸侯。張官置吏，不爲大夫。必有功於民，乃得保位。故有考績黜陟，九錫三削之義。詩云：『彼君子兮，不素餐兮。』由此觀之，未有以無功而得禄者也。」三國志曹植上疏曰：「夫論德而授官者，成功之君也；量能而受爵者，畢命之臣也。故君無虛授，臣無虛受，虛授謂之謬舉，虛受謂之尸位，詩之『素餐』所由作也。」魏志注引魚豢曰：「爲上者不虛授，處下者不虛受，然後外無伐檀之歎，內無尸素之刺。」（陳喬樅云：「華歆傳注引世語曰：隗禧字子牙，京兆人，魚豢嘗從問詩。禧說齊魯韓毛四家義，不復執文，有如諷誦。今觀豢說伐檀詩云云，與曹植語合，是豢亦習韓詩也。」）王充王逸趙岐劉向王符皆魯詩家也，曹植魚豢皆韓詩家也。

坎坎伐輻兮，寘之河之側兮。【注】齊「之」作「諸」。河水清且直猗。【疏】傳：「輻，檀輻也。側，猶厓也。直，直波也。」○蒙上章伐檀以爲輻也。考工記輪人「三十輻共一轂」，鄭注：「今世輻以檀。」「齊之作諸」者，漢書地理志：「詩曰：『寘諸河之側。』」詳上。釋水：「直波爲徑。」釋名：「水直波曰涇。涇，徑也，言如道徑也。」不稼不穡，胡取禾三百億兮？不狩不獵，胡瞻爾庭有縣特兮？【疏】傳：「萬萬曰億。獸三歲曰特。」箋：「十萬曰億。三百億，禾秉之數。」○楚茨傳：「露積曰庾。」禾三百億者，露積之數也。方言：「物無耦曰特。」呂覽務本篇高注引詩云：「『不稼不穡，胡取禾三百億兮？不狩不獵，胡瞻爾庭有縣特兮？』故曰非盜則無所取。」彼君子兮，不素食兮！【疏】春秋繁露仁義法篇：「詩曰：『坎坎伐輻，彼君子兮，不素食（舊誤「餐」，改正。）兮。』先其事，後其食，謂治身也。」明齊毛文同。石經魯詩殘碑有此二句，明魯毛文同。

坎坎伐輪兮，寘之河之漘兮。河水清且淪猗。【注】魯「坎」作「欿」。魯說曰：欿欿，聲也。韓說曰：順流而風曰淪。淪，文貌。【疏】傳：「檀可以爲輪。漘，厓也。小風水成文，轉如輪也。」○「坎作欿」者，石經魯詩殘碑作「欿」。「欿」與首章同，據此，知二章無異字。「欿欿聲也」者，廣雅釋訓文，知此詩魯說也。陳喬樅云：「聲，謂伐檀之聲。廣雅兼采三家，此魯訓也。說文：『坎，陷也。』玉篇『坎』同『埳』，作『欿』者叚借字。易釋文：『坎，本作埳。』劉本作欿。』」說文：「漘，水厓也。詩曰：『寘河之漘。』」「順流而風曰淪。淪，文貌也」者，釋文引韓詩文。文選雪賦李注引薛君韓詩章句，作「從流而風曰淪」，「從流」即「順流」也。釋水：「小波爲淪。」順流而有微風，故其波小也。釋名：「淪，倫也，水文相次有倫理也。」說與韓、雅相成。傳：「小風水成文，轉如輪也。」案，言水轉如輪，則非小風矣。不稼不穡，胡取禾三百囷兮？不狩不獵，胡瞻爾庭有縣鶉兮？【疏】傳：「圓者爲囷。鶉，鳥也。」○說文「囷」下云：「廩之圜者。从禾，在囗中。圜謂之囷，方謂之京。」「𥫱」下云：「篅也。」「篅」下云：「判竹圜以盛穀也。」三百囷，謂三百𥫱也，今俗作「囤」。「鶉」字當作「雗」，詳具鶉之奔奔。彼君子兮，不素飧兮！【注】韓說曰：不素飧兮，無功而食祿，謂之素飧。人但有質朴，無治民之材，居位食祿，多得君之加賜，名曰素飧。素者質也，飧者君之加賜，小人蒙君加賜溫飽，故言飧之也。魯齊「飧」作「湌」。【疏】傳：「熟食曰飧。」箋：「飧，讀如魚飧之飧。」○「不素」至「之也」，玉篇食部引韓詩文。「魯飧作湌」者，列女齊田稷母傳引詩：「彼君子兮，不素飧兮。無功而食祿，不爲也。」此魯說也。「齊飧作湌」者，鹽鐵論散不足篇：「古者君子夙夜孳孳思其德，小人晨昏孜孜思其力，故君子不素飧，小人不空食。」此亦申「不素湌」之義，齊說也。說文「飧」下云：「餔也。从夕、食。」「餔」下云：「申時食也。」「湌」下云：「餐，或从水。」桂馥謂「餐」當爲「飧」之誤，「湌」本「飧」之或字，是也。玉篇：「飧，水和飯也。」集韻：「水沃飯曰飧。」釋名：「飧，散也，投水於中解散也。」禮玉藻疏謂用飲澆飯於器中也。蓋夕食澆水，取其易於下咽，今人尚爾，即魚飧亦是置魚飯中，似水澆飯，故受「飧」名也。

伐檀三章，章九句。

碩鼠【注】魯説曰：履畝税而碩鼠作。齊説曰：周之末塗，德惠塞而耆欲衆，君奢侈而上求多，民困於下，怠於公事，是以有履畝之税，碩鼠之詩是也。【疏】毛序：「刺重斂也。國人刺其君重斂蠶食於民，不修其政，貪而畏人，若大鼠也。」○「履畝」至「鼠作」，潛夫論班祿篇文，魯説也。「周之」至「是也」，鹽鐵論取下篇文，齊説也。毛序以爲「刺重斂」，不若二家義尤明確，韓詩當同。

碩鼠碩鼠，【注】齊説曰：碩鼠四足，飛不上屋。【疏】箋：「碩，大也。大鼠大鼠者，斥其君也。」○「碩鼠」至「上屋」，易林萃之乾文，困之需同。釋獸：「鼠屬有鼫鼠。」舍人樊光同引此詩，以碩鼠爲被五技之鼠也。説文：「鼫鼠五技，能飛不能上屋，能游不能渡谷，能緣不能窮木，能走不能先人，能穴不能覆身。」此之謂五技。今據易林語，是齊詩説亦以碩鼠爲五技之鼠，與魯詩同義。陳喬樅云：「藝文類聚九十五引樊光云：『詩碩鼠，即爾雅鼫鼠也。』是『碩』與『鼫』古字通。易釋文云：『晉如鼫鼠，子夏傳作碩鼠。』李鼎祚周易集解引九家易注：『鼫鼠喻貪，謂四也。體離故欲升，體坎欲降，游不度瀆，不出坎也；飛不上屋，不至上也；緣不及木，不出離也；穴不掩身，五坤薄也；走不先人，外震在下也。五技皆劣，四爻當之，故云晉如鼫鼠也。』『鼫鼠喻貪』之義，足與此詩相證明。」無食我黍！【注】魯「無」作「毋」。【疏】箋：「女無復食我黍，疾其税斂之多也。」○「魯無作毋」者，石經殘碑如此。陳喬樅云：「呂覽舉難篇引仍作『無』，後人依毛改之也。」推之二三章，作「毋」當同。三歲貫女，莫我肯顧。【注】魯「貫」作「宦」。【疏】傳：「貫，事也。」箋：「我事女三歲矣，曾無教令恩德來顧眷我。疾其不修政也。古者三年大比，民或於是徙。」○「魯貫作宦」者，石經殘碑如此。説文：「宦，仕也。」越語「與范蠡入宧於吳」，注：「宧，爲臣隸也。」推之二、三章，作「宧」當同。韓「女」當作「汝」，以下文「女」字例推之。

逝將去女，適彼樂土。樂土樂土，爰得我所。【注】韓「女」作「汝」。「適彼樂土」重句，不作「樂土樂土」。【疏】箋：「逝，往也。往矣將去女，與之訣別之辭。樂土，有德之國。爰，曰也。」○白虎通諫争篇引「逝將去女」二句，明魯與毛同。「韓女作汝。適彼樂土重句」者，外傳二接輿辭楚相、伊尹去桀就湯二事，兩引「逝將去女」四句，「女」作「汝」，「適彼樂土」重一句，與毛異。盧文弨云：「外傳一仍作『樂土樂土』，與毛同，非。後『適彼樂土』亦重上句，蓋重上句者是古本，後人以毛詩改之。」

碩鼠碩鼠，無食我麥！三歲貫女，莫我肯德。逝將去女，適彼樂國。樂國樂國，爰得我直。【注】韓「女」作「汝」，「適彼樂國」重句。【疏】傳：「直，得其直道。」箋：「莫我肯德，不肯施德於我。直，猶正也。」○「韓女作汝。適彼樂國重句」者，外傳二田饒適燕，引詩四句，「女」作『汝』，「適彼樂國」重一句，與毛異，推之三章當同。

碩鼠碩鼠，無食我苗！三歲貫女，莫我肯勞。【疏】傳：「苗，嘉穀也。」箋：「不肯勞來我。」逝將去女，適彼樂郊。樂郊樂郊，誰之永號。【疏】傳：「號，呼也。」箋：「郭外曰郊。之，往也。永，歌也。樂郊之地，誰獨當往而歌號者。言皆喜說無憂苦。」○案，石經魯詩殘碑「樂郊」下仍接「樂郊」，知魯毛文同，與韓重句者異。呂覽舉難篇「寗戚干齊桓公，歌碩鼠」，高注全引詩首章、三章，與毛同，是也。（「毋」仍作「無」，「宧」仍作「貫」，後人妄改。「勞」誤作「逃」。）說苑雜事五田饒去魯之燕，節士篇介之推去晉入山，引詩與韓同，大誤。

碩鼠三章，章八句。

魏國七篇，十八章，百二十八句。

詩三家義集疏卷八

唐蟋蟀第八【疏】乙巳占引詩推度災曰：「唐，天宿奎婁。」御覽二十六引詩含神霧曰：「唐地處孟冬之位，得常山太岳之風。音中羽。其地磽确而收，故其民儉而好畜，（寰宇記作「善而畜積」。）外急而內仁。（五字從寰宇記河東道四引增。）此唐堯之所處。」漢書地理志：「太原郡晉陽，故詩唐國，周成王滅唐，封弟叔虞。」又曰：「河東土地平易，有鹽鐵之饒，本唐堯所居，詩風唐魏之國也。其民有先王遺教，君子深思，小人儉陋，故唐詩蟋蟀山樞葛生篇皆思奢儉之中，念死生之慮。」詩國風

蟋蟀【注】齊說曰：君子節奢刺儉，儉則固。孔子曰：大儉極下，此蟋蟀所爲作也。魯說曰：獨儉嗇以齷齪，忘蟋蟀之謂何。【疏】毛序：「刺晉僖公也。儉不中禮，故作是詩以閔之，欲其及時以禮自虞樂也。此晉也而謂之唐，本其風俗，憂深思遠，儉而用禮，乃有堯之遺風焉。」箋：「憂深思遠，謂『宛其死矣』、『百歲之後』之類也。」○「君子」至「作也」，鹽鐵論通有篇文，齊說也。「獨儉」至「謂何」，張衡西京賦文，魯說也。薛綜注：「儉嗇，節愛也。蟋蟀，唐詩，刺儉也。言獨爲節愛，不念唐詩所刺耶？」

蟋蟀在堂，歲聿其莫。【注】齊說曰：蟋蟀在堂，流火西也。韓詩曰：「蟋蟀在堂，歲聿其莫。」韓說曰：聿，辭也。莫，晚也。言君之年歲已晚也。【疏】傳：「蟋蟀，蛬也，九月在堂。聿，遂也。」○孔疏引李巡曰：「蛬，一名蟋蟀。蟋蟀，蜻蛚也。」郭注：「今趨織也。」陸璣疏云：「蟋蟀似蝗而小，正黑，有光澤如漆，有角翅，一名蛬，一名蜻蛚，楚人謂之王

孫，幽州人謂之趨織。」案，趨織卽促織。以蟋蟀爲促織，誤自北人，文俗靡然，不可復正，其實促織乃絡緯也，鳴聲如織，故云「促織鳴，嬾婦驚」，若蟋蟀之鳴，略無似織處，嬾婦何驚之有。孔疏又云：「禮運：『醴醆在户，粢醍在堂。』對文言之則堂與户別，散則近户之地亦名堂，故禮言升堂者，皆謂從階至户也。此言在堂，謂在室户之外，與户相近，九月可知。言『歲聿其莫』，過此月後歲遂將莫。采薇云『歲亦暮止』，下章云『歲亦陽止』，十月爲陽明，暮止亦十月也。」「蟋蟀」至「西也」，說郛引詩氾曆樞文。七月流火，流火既西，故蟋蟀在堂也。「蟋蟀」至「其莫」，文選張景陽詠史詩注引韓詩文，明韓、毛文同。「聿，辭也」者，文選江賦注引薛君章句文。莫晚，至晚也。張景陽詠史詩注、沈休文鍾山詩注、學省愁卧詩注、陸士衡長歌行注、江文通雜體詩注、任昉王文憲集序注、袁宏三國名臣序贊注引薛君章句文，以「歲聿其莫」爲君之年歲已晚，義與毛異。魏源云：「蟋蟀山樞之詩並刺國君，諷以大康馳驅之節，則季札所美，必此數篇，而非晉昭曲沃之事明矣。毛詩以爲刺僖公昭公，不過因史記謂唐叔至靖侯五世無年可紀，而年表起靖僖以來，故唐風卽始於僖侯。史作釐侯。觀韓詩章句，以『歲聿其莫』喻君年歲已晚，而僖侯止十八年，非必卽韓詩所指也。」**今我不樂，日月其除。無已大康，職思其居。**【疏】傳：「除，去。已，甚。康，樂。職，主也。」箋：「我，我僖公也。蓋在堂，歲時之候，是時農功畢，君可以自樂矣。今不自樂，日月且過去，不復暇爲之，謂十二月當復命農計耦耕事。又云君雖當自樂，亦無甚大樂，欲其用禮爲節也。又當主思於所居之事，謂國中政令。」

好樂無荒，良士瞿瞿。【注】魯說曰：「瞿瞿、休休，儉也。」【疏】傳：「荒，大也。瞿瞿然顧禮義也。」箋：「荒，廢亂也。良，善也。君之好樂，不當至於廢亂政事，當如善士瞿瞿然顧禮義也。」○「瞿瞿」至「儉也」，釋訓文，魯說也。孔疏引李巡曰：「皆良士顧禮節之儉也。」說文：「䀠，左右視也。讀若拘，又若良士瞿瞿。」是許讀「瞿瞿」卽「䀠䀠」也。以「瞿瞿」爲儉者心存乎儉，左右顧視，惟恐其行事之有一未合於禮節，是以爲良士之儉也。

蟋蟀在堂，歲聿其逝。今我不樂，日月其邁。【疏】傳：「邁，行也。」〇石經魯詩殘碑有此四句，缺「邁」字，明魯毛文同。漢地理志引蟋蟀之篇，有「今我不樂」二句，明齊毛文同。無已大康，職思其外。好樂無荒，良士蹶蹶。【注】魯說曰：蹶蹶，敏也。【疏】傳：「外，禮樂之外。蹶蹶，動而敏於事。」箋：「外，謂國外至四境。」〇釋詁：「蹶，動也。」曲禮「足毋蹶」，鄭注：「行遽貌。」故「蹶蹶」訓爲「敏」也。「蹶蹶，敏也」者，釋訓文，魯說也。

蟋蟀在堂，役車其休。今我不樂，日月其慆。【注】韓詩曰：「今我不樂，日月其陶。」陶，除也。【疏】傳：「，慆，過也。」箋：「庶人乘役車，役車休，農功畢，無事也。」〇「今我」至「除也」，玉篇阜部引韓詩文，引經明韓毛文同。皮嘉祐云：「慆、陶音義並通。菀柳詩『上帝甚蹈』，韓詩作『上帝甚慆』，玉篇引作『上帝甚陶』，即其證。」廣雅釋詁：「陶，除也。」即用韓義。毛訓「慆」爲「過」，韓訓「陶」爲「除」，除、過義亦通。無已大康，職思其憂。【疏】傳：「憂，可憂也。」箋：「憂者，謂鄰國侵伐之憂。」〇三國志曹植疏：「任益隆者負益重，位益高者責益深，書稱『無曠庶官』，詩言『職思其憂』，此其義也。」曹習韓詩，韓義以負重責深爲憂，更爲切至。列女密康公母傳引詩「無已大康，職思其憂」，明魯毛文同。好樂無荒，良士休休。【疏】傳：「休休，樂道之心。」〇魯說以「休休」爲「顧禮節之儉」者，外雖樸謹，中自寬裕也。列女楚子發母傳：「詩云：『好樂無荒，良士休休。』言不失和也。」不失和，亦即寬裕意。

蟋蟀三章，章八句。

山有樞【疏】毛序：「刺晉昭公也。不能修道以正其國，有財不能用，有鍾鼓不能以自樂，有朝廷不能洒埽，政荒民散，將以危亡，四鄰謀取其國家而不知，國人作詩以刺之也。」〇史記晉世家：「當周公召公共和之時，成侯曾孫僖侯甚嗇愛物，儉不中禮，國人閔之，唐之變風始作。」以此推之，三家與毛異義，下引張賦薛注，是魯說明作僖公。

山有樞，隰有榆。【注】魯「樞」作「蓲」。【疏】傳：「興也。樞，荎也。國君有財貨而不能用，如山隰不能自用其財。」〇「魯樞作蓲」者，石經殘碑作「蓲」。釋木「蓲荎」，郭璞曰：「今之刺榆。詩曰：『山有蓲。』」陳喬樅云：「郭引詩語，今本爾雅注文脫此，據御覽引補。」愚案：據詩釋文，毛詩雖亦「樞」、「蓲」兩作，然證以石經魯詩作「蓲」，則所引舊注魯詩文也。邢疏：「樞，針刺如柘，其葉如榆，瀹為茹美，滑如白榆。」陳藏器本草拾遺云：「江東有刺榆，無大榆。是樞即刺榆，榆即大榆。白榆謂之枌，樞、枌皆榆之種類耳。」子有衣裳，弗曳弗婁。子有車馬，弗馳弗驅。【注】魯韓「婁」作「摟」。【疏】傳：「婁，亦曳也。」〇孔疏：「走馬謂之馳，策馬謂之驅。馳驅俱乘車之事，則曳、婁俱著衣之事。」「魯婁作摟」者，釋詁：「摟，聚也。」此據魯詩。說文：「摟，曳聚也。」正釋此詩「摟」字。陳喬樅云：「左僖二十四年傳鄭子臧好聚鷸冠，『聚』字與此同義。」「韓婁作摟」者，玉篇手部：「詩曰：『弗曳弗摟。』摟亦曳也。」陳喬樅云：「此所引詩是據韓家之文。玉篇又云：『本亦作婁。』今韓詩外傳宓子賤巫馬期治單父，引『子有衣裳』四句，作『婁』，係推衍之詞，即顧氏所云『亦作』本，蓋後人依毛詩改之耳。」宛其死矣，他人是愉！【注】魯齊「愉」作「媮」。【疏】傳：「宛，死貌。愉，樂也。」箋：「愉讀曰偷，偷，取也。」〇「魯愉作媮」者，張衡西京賦「鑒戒唐詩，他人是媮」，薛綜注：「唐詩，刺晉僖公不能及時以自娛樂。」「齊愉作媮」者，漢地理志：「山樞之篇曰：『宛其死矣，他人是媮。』」是據齊詩故文，明齊魯文同。陳喬樅云：「文選韋孟諷諫詩『我王以媮』，注：『媮與愉同。』集韻：『愉，或从女。』『偷，或从心。』則媮、愉、偷古皆通用。」又云：「說文：『媮，功黠也。』『愉，薄也。』段注：『謂當作薄樂也。』案，論語『私覿愉愉如也』，『愉愉』者，和氣之薄發於色也，引申之為凡淺薄之稱，故佻又訓偷。媮為巧黠，故引申之為偷盜也。說文無『偷』字，當即作媮。」愚案：鄭羔裘「舍命不渝」，韓「渝」作「偷」，亦其證。馬瑞辰云：「釋文：『宛，本亦作苑。』案，『宛』卽『苑』之叚借，淮南本經訓『百節莫苑』，高注：『苑，病也。』俶真訓『形苑而神壯』，高注：『苑，枯病也。』『苑』又通『蔫』。廣雅：『蔫、菸、婑，蔫也。』玉篇：『萎，蔫也。』並與傳訓爲『死貌』義相近。」

山有栲，隰有杻。【疏】傳：「栲，山樗。杻，檍也。」○毛說栲、杻與釋木同。郭注：「栲似樗，色小白，生山中，因名云。亦類漆樹。杻似棣，細葉，葉新生可飼牛，材中車輞，關西呼杻子，一名土橿。」胡承珙云：「檍，說文作『楮』，梓屬，大者可爲棺槨，小者可爲弓材。與考工記『取幹之道七，柘爲上，檍次之』合。」子有廷內，弗洒弗埽。子有鍾鼓，弗鼓弗考。宛其死矣，他人是保！【疏】傳：「洒，灑也。考，擊也。保，安也。」箋：「保，居也。」○馬瑞辰云：「洒，謂以水濕地而埽之，故轉爲灑。案說文：『灑，汛也。』『洒，滌也。』古文以爲灑埽字。』是洒、灑二字本異義，古文以聲近，故叚洒爲灑。」弗鼓，當爲弗鼓，說文：「鼓，擊鼓也。讀若扈。」考者，「攷」之叚借。說文：「攷，敂也。」「敂，擊也。」愚案：「廷」與「庭」通，庭內，猶言「堂室」也。漢書鼂錯傳「今人家有一堂二內」，「內」之爲言「室」也。

山有漆，隰有栗。子有酒食，何不日鼓瑟？且以喜樂，且以永日。宛其死矣，他人入室！【注】魯「何」作「胡」。【疏】傳：「君子無故，琴瑟不離於側。永，引也。」○「魯何作胡」者，石經殘碑「酒食」至「喜樂」，餘缺，「何」作「胡」。陳喬樅云：「何、胡古通用字。詩『胡能有定』，傳云：『胡，何也。』又『胡臭亶時』、『時思畏忌』，箋並云『胡』之言『何』也。書太甲疏云：『胡之與何，方言之異耳。』」

山有樞三章，章八句。

揚之水【注】齊說曰：揚水潛鑿，使石絜白。衣素表朱，戲遊皋沃。得君所願，心志娛樂。【疏】毛序：「刺晉昭公也。昭公分國以封沃，沃盛强，昭公微弱，國將叛而歸沃焉。」箋：「封沃者，封叔父桓叔于沃也。沃，曲沃，晉之邑也。」○

「揚水」至「娛樂」，易林否之師文，豫之小過震之屯同。「揚水潛鑿，使石絜白」者，石在水中，漂疾之水濯磨此石，有如鑿然，使石絜白。鑿之不已，故曰「鑿鑿」。「衣素表朱」者，卽「素衣朱襮」。王念孫云：「襮之爲言『表』也。呂覽忠廉篇『臣請爲襮』，高注：『襮，表也。』新序節士篇作『臣請爲表』。班固幽通賦『張修襮而內逼』，曹注與高同。易林訓襮爲表，與毛義合，葢本三家詩。」陳喬樅云：「易林用齊詩，則訓『襮』爲『表』，卽本齊詩故傳也。」「戲遊皋沃」者，王念孫云：「卽詩『從子于沃』、『從子於鵠』也。鵠與皋古同聲，若定四年春秋之『皋鼬』，公羊作『浩油』；爾雅『皋皋琄琄』，樊光本『皋皋』作『浩浩』，是其證。」馬瑞辰云：「皋之通鵠，猶周禮『皋舞』當爲『告舞』。皋者澤也。（見鶴鳴毛傳。）皋沃，豫之大過又作『皋澤』，是知『沃』亦『澤』也。澤也、皋也、沃也，析言則異，散言則通。左襄二十五年傳『鳩藪澤，牧隰皋，井衍沃』，此析言也。鶴鳴傳訓『皋』爲『澤』，易林『皋沃』一作『皋澤』。曲沃，本取沃澤之義，故詩別稱『皋沃』以協韻。三家詩從本字作『皋』，毛叚借作『鵠』，傳云『鵠，曲沃邑』者，正謂鵠卽曲沃，非謂曲沃之旁別有邑名鵠也。水經注：『涑水又西南，逕左邑縣故城南，故曲沃也。晉武公自晉陽徙此，秦改爲左邑縣，詩所謂從子於鵠者也。』以鵠與曲沃爲一，正與傳合。正義謂曲沃旁更有別名鵠，失傳恉矣。」「得君所願，心志娛樂」者，國人所願皆在得君，故娛樂也。齊詩「襮」作「宵」（見下），此仍作「襮」者，魯、齊詩皆有作「襮」之本，又有作「綃」、作「宵」之本也。

揚之水，白石鑿鑿。【注】魯「揚」作「楊」。【疏】傳：「興也。鑿鑿然鮮明貌。」箋：「激揚之水，波流湍疾，洗去垢濁，使白石鑿鑿然。興者，喻桓叔盛彊，除民所惡，民得以有禮義也。」○「魯揚作楊」者，隸釋載石經魯詩殘碑作「楊」。陳喬樅云：「御覽八百十五、八百十六引詩亦作『楊之水』，葢三家今文皆爲『楊』，惟毛詩古文作『揚』。」愚案：詩字當爲「揚」，叚借作「楊」，説詳王揚之水。陳奐云：「白石喻桓叔，白石之鑿鑿，由於水之激揚，桓叔之盛彊，實由於昭公之不能修道正國。解者以揚水喻桓叔，非也。」**素衣朱襮，**【注】魯作「襮」，亦作「綃」。齊作「襮」，亦作「宵」。【疏】傳：「襮，領也。諸侯繡黼丹朱中衣。」箋：「繡當爲綃。綃黼丹朱中衣，以綃黼爲領，丹朱爲純也。國人欲進此服，去從桓叔。」○孔疏：「郊特牲云：『繡黼丹朱中衣，大夫之僭禮也。』大夫服茲爲僭禮，知諸侯當服之。中衣者，朝衣祭服之裏衣也。」「魯作襮，亦作綃」者，士昏禮注：「詩云：『素衣朱襮。』爾雅云：『黼領謂之襮。』周禮曰：『白與黑謂之黼。』刺黼以爲領，若今偃領矣。」郊特牲注：「詩云：『素衣朱襮。』襮，黼領也。」鄭注禮用魯義，與毛同，此魯作「襮」也。郊特牲「繡黼」注：「繡，讀爲綃，綃，繒名也。詩曰：『素衣朱綃。』」士昏禮「宵衣」注：「宵，讀爲詩『素衣朱綃』之綃。魯詩以綃爲綺屬。」此魯亦作「綃」也。正義：「箋從魯義讀『繡』爲『綃』，以『黼』與『繡』共作中衣之領。考工記云：『白與黑謂之黼，五色備謂之繡。』若五色聚居，則白黑共爲繡文，不得別爲黼稱，繡黼不得同處，知非繡字，故破『繡』爲『綃』。綃是繒綺別名，於此綃上刺爲黼文，故謂之『綃黼』也。綃上刺黼，以爲衣領，然後名之爲『襮』，故爾雅『黼領謂之襮』，襮爲領之別名。」此鄭說也。又云：「下章傳曰『繡黼』，是以『繡』爲義，未必如鄭爲『綃』。傳意繡得爲黼者，繢是畫，繡是刺之，雖五色備具乃成爲繡，初刺一色，即是作繡之法，故繡爲刺名。傳言『繡黼』者，謂於繒之上繡刺以爲黼，非訓『繡』爲『黼』也。孫炎注爾雅云：『繡刺黼文以褗領』，是取毛『繡黼』爲義，其意不與箋同，不破『繡』字，義以通也。」「齊作襮，亦作宵」者，據易林文，此齊作「襮」也。特牲饋食禮鄭注：「詩有『素衣朱宵』。」此齊亦作「宵」也。陳喬樅云：「儀禮『宵衣』，鄭以爲此衣染之以黑，其繒本名爲宵，記有『玄宵衣』。正義：『此字據形聲爲綃，從糸，肖聲。但詩及禮記皆作宵字，故鄭引詩及禮記爲證。』士昏禮注破『宵』爲『綃』，是據魯詩『素衣朱綃』之文。齊叚『宵』爲『綃』，毛又叚『繡』爲『綃』也。」**從子于沃。既見君子，云何不樂！**【疏】傳：「沃，曲沃也。」箋：「君子，謂桓叔。」○子，謂同謀之人。于，往也。案左傳：「惠之二十四年，晉始亂，封桓叔於曲沃。三十年，晉潘父弒昭侯而納桓叔，不克。」此國人欲從桓叔之事也。曲沃，今山西絳州聞喜縣東左邑城。

揚之水，白石皓皓。素衣朱繡，從子于鵠。【注】齊「鵠」作「臯」。【疏】傳：「皓皓，潔白也。繡，黼也。鵠，曲沃邑也。」〇「齊鵠作臯」者，義見上。既見君子，云何其憂！【注】魯「何」作「胡」。【疏】傳：「言無憂也。」〇「魯何作胡」者，石經殘碑如此，足證上下章及全經「何」皆作「胡」。

揚之水，白石粼粼。【疏】傳：「粼粼，清澈也。」我聞有命，不敢以告人！【注】魯作「國有大命，不可以告人。妨其躳身。」【疏】傳：「聞曲沃有善政命，不敢以告人。」箋：「不敢以告人而去者，畏昭公謂己動民心。」〇「國有」至「躳身」，荀子臣道篇引詩文。段玉裁云：「此所云卽是詩之異文，前二章六句，此章四句，殊太短，恐漢初相傳有脱誤也。」愚案：荀子傳詩於浮丘伯，爲魯詩之祖，蓋魯詩如此。大命，謂昭公有征討曲沃之命。不可告人，懼以漏師獲咎也。

揚之水三章，二章章六句，一章四句。

椒聊【疏】毛序：「刺晉昭公也。君子見沃之盛彊，能修其政，知其蕃衍盛大，子孫將有晉國焉。」〇三家無異義。

椒聊之實，蕃衍盈升。【疏】傳：「興也。椒聊，椒也。」箋：「椒之性芬香而少實，今一梂之實，蕃衍滿升，非其常也。興者，喻桓叔晉君之支別耳，今其子孫衆多，將日以盛也。」〇阮元云：「『也』上脱『梂』字。箋『梂』字卽承傳言之。」是也。釋木：「椒、樧，醜菉。」又云：「朻者聊。」孔疏引李巡曰：「樧，茱萸也。椒、茱萸皆有房，故曰菉。菉，實也。」郭注：「椒之房裹名爲菉也。」菉、梂通用字，朻、聊亦以聲近通借。釋文以爲語助，非也。應劭漢官儀：「皇后稱椒房，取其蕃實之義也。詩曰：『椒聊之實，蕃衍盈升。』」應用魯詩，明魯毛文同。文選何晏景福殿賦、曹子建求通親親表李注，並引詩曰：「蔓延盈升，美其繁興也。」蕃衍、蔓延，聲同字變，蓋出三家。「美其繁興」四字，疑亦詩傳中語。彼其之子，碩大無朋。【疏】傳：「朋，比也。」箋：「之子，是子也，謂桓叔也。碩，謂壯佼貌。佼，好也。大，謂德美廣博也。無朋，平均不朋黨。」○案，詩以「椒聊」二句興此二句，止是美其繁衍盛大，庶意相比附碩大無朋，依傳義惟言碩大無比，似未指其貌與德也。 椒聊且，遠條且！【疏】傳：「條，長也。」箋：「椒之氣日益遠長，似桓叔之德彌廣博。」○案，廣雅釋言：「條，枝也。」汝墳傳：「枝曰條。」詩人言此椒聊之香氣日盛，惜其尚在遠枝耳。祝其遂有晉國也。楚詞九歎「懷椒聊之蔎蔎兮」，王逸注：「椒聊，香草也。詩曰：『椒聊且。』」明魯毛文同。陳奐云：「逸以椒爲香草，說文『椒』亦入草部，蓋草、木散文得通也。」

椒聊之實，蕃衍盈匊。彼其之子，碩大且篤。【疏】傳：「兩手曰匊。篤，厚也。言聲之遠聞也。」○案，言其盛大，且根柢厚也。說苑立節篇論士欲立義行道，引詩『彼其之子，碩大且篤』而推衍之，明魯毛文同。 椒聊且，遠條且！箋：「言聲之遠聞也。」

椒聊二章，章六句。

綢繆【疏】毛序：「刺晉亂也。國亂則婚姻不得其時焉。」箋：「不得其時，謂不及仲春之月。」○三家無異義。

綢繆束薪，三星在天。【疏】傳：「興也。綢繆，猶纏綿也。三星，參也。在天，謂始見東方也。男女待禮而成，若薪芻待人事而後束也。三星在天，可以嫁娶矣。」箋：「三星，謂心星也。心有尊卑，夫婦父子之象，又爲二月之合宿，故嫁娶者以爲候焉。昏而火星不見，嫁娶之時也。今我束薪於野，乃見其在天，則三月之末、四月之中，見於東方矣，故云不得其時。」○案史記，參，三星直者爲衡石。參、辰三月不相比，夏小正「八月辰則伏」，辰伏則參見，始嫁娶之候也。鄭以參見嫁娶爲得時，非，詩正義故易之：「孝經援神契『心三星，中獨明』，是心亦三星也。左昭十七年傳『火出，於夏爲三月，於商爲四月，於周爲五月。』小星箋：『心在東方，三月時。』則心星始見在三月矣。此箋云『三月之末、四月之中』者，正以三月至於六月，則有四月。此詩惟有三章，而卒章言『在户』，謂正中直户，必是六月昏。逆而差之，則一章當五月，首章當四月。四月火見已久，不得謂之始見，以詩人總舉天象，不必章舉一月。鄭差次之，使四月共當三章，而每章連舉兩月也。」馬瑞辰云：「今夕，卽失時之夕。孔疏謂『今夕何夕』卽此三星在天之夕，非傳恉。」如馬說，首句與次句虛搆一在天之參星，而不言爲何事，語不成義，古人亦無此文法。故知箋之易傳，非得已也。

今夕何夕？見此良人。【疏】傳：「良人，美室也。」箋：「今夕何夕者，言此夕何月之夕乎？而女以見良人。言非其時。」○孔疏：「下云『見此粲者』，粲是三女，故知良人爲美室。」胡承珙云：「漢興，因秦稱號，適稱皇后，妾稱夫人、美人、良人，見漢書外戚傳。良人，當卽因詩而有此稱，可見毛公以前經師已有訓此『良人』爲美室者矣。」

子兮子兮，如此良人何！【疏】傳：「子兮者，嗟茲也。」箋：「子兮子兮者，斥取者。子取後陰陽交會之月，當如此良人何。」○王引之云：「嗟茲，卽嗟嗞。說文：『嗞，嗟也。』廣韻：『嗞嗟，憂聲也。』秦策：『嗟嗞乎！司空馬。』管子小稱篇：『嗟茲乎！聖人之言長乎哉。』說苑貴德篇：『嗟茲乎！我窮必矣。』楊雄青州牧箴『嗟茲天王！附命下士。』皆歎詞也。或作『嗟子』。楚策：『嗟乎子乎，楚國亡之日至矣！』儀禮經傳通解續引尚書大傳：『諸侯在廟中者，愀然若復見文武之身，然後曰：嗟子乎，此葢吾先君文武之風也夫！』是『嗟子』與『嗟嗞』同。經言『子兮』，猶曰『嗟嗞乎』、『嗟嗞乎』也。故傳以『子兮』爲『嗟茲』。鄭謂『子兮子兮』斥娶者，殆失其義。」

綢繆束芻，三星在隅。【疏】傳：「隅，東南隅也。」箋：「心星在隅，謂四月之末、五月之中。」

今夕何夕？見此邂逅。【注】韓「逅」作「覯」，曰：「邂覯，不固之貌。」【疏】傳：「邂逅，解說之貌。」○釋文：「邂，本亦作解。覯，本又作逅。邂覯，解說也。」似陸所見毛詩本作「邂覯」，與今本不合。「逅作覯，曰邂覯，不固之貌」者，釋文引韓詩文。胡承珙云：「邂逅，會合之意。淮南俶真訓『孰肯解構人間之事』，高注：『解構，猶會合也。凡君臣朋友男女之會合，皆可言之。(魏志崔季珪傳注：「大丈夫爲有邂逅耳。」亦是「遇合」之意。)傳云『解説之貌』，卽因會合而心解意説耳。韓云『不固之貌』，則由不期而遇，卒然會合，故云『不固』。後漢閻后紀安帝幸章陵，崩於葉，后與兄弟謀曰：『今晏駕道次，濟陰王在內，邂逅公卿立之，還爲大害。』此『邂逅』亦謂倉卒遘會，與韓詩『不固』義近。總之『解覯』大旨是狀與己會合者之神情。」(卽鄭風所謂「有美一人，清揚婉兮。邂逅相遇，適我願兮」者也。)子兮子兮，如此邂逅何！

綢繆束楚，【疏】王逸楚詞九歌注：「綢繆，束也。詩曰：『綢繆束楚。』」明魯與毛同。三星在户。今夕何夕？見此粲者。【疏】傳：「參星，正月中直户也。三女爲粲，大夫一妻二妾。」箋：「心星在户，謂五月之末、六月之中。」○孔疏：「此時貴者亦婚姻失時。」子兮子兮，如此粲者何！

綢繆三章，章六句。

杕杜【疏】毛序：「刺時也。君不能親其宗族，骨肉離散，獨居而無兄弟，將爲沃所并爾。」○三家無異義。

有杕之杜，其葉湑湑。【疏】傳：「興也。杕，特貌。杜，赤棠也。湑湑，枝葉不相比也。」○「杜赤棠」，釋木文，詳甘棠詩。馬瑞辰云：「湑湑、菁菁，皆言葉盛。杜雖孤特，猶有葉以爲蔭芘。以杜之特喻君，以葉之茂喻宗族，與今之獨行無親，爲杕杜不若也。」愚案：裳裳者華「其葉湑兮」，是「湑湑」與下「菁菁」同爲茂盛貌，傳釋「菁菁」爲「葉盛」，以「湑湑」爲「枝葉不相比次」，未免歧異。鄭又釋「菁菁」爲「希少之貌」，以曲附傳義，愈非詩恉，不如馬説妥順。馬又云：「之，猶者也。『有杕之杜』，猶云『有杕者杜』，與『有頍者弁』、『有菀者柳』、『有卷者阿』句法正同。小雅『有棧之車』與『有芃者狐』相對成文，『之』猶『者』也。之、諸一聲之轉。士昏禮注：『諸，之也。』左僖九年傳『以是藐諸孤』，卽『藐者孤』也。釋魚：

『龜前弇諸，句果後弇諸，句獵。』猶上云『俯者靈，仰者謝』也。是『諸』亦『者』也。諸、之古同訓，『諸』訓『者』，則『之』亦得訓『者』矣。」淮南說林訓高注：「杕，讀詩『有杕之杜』之杕。」高用魯詩，明魯毛文同。

獨行踽踽。【注】魯韓說曰：踽踽，行也。

豈無他人？不如我同父。【疏】傳：「踽踽，無所親也。」箋：「他人，謂異姓也。言昭公遠其宗族，獨行於國中踽踽然，此豈無異姓之臣乎？顧恩不如同姓親親也。」○說文：「踽踽，疏行貌。詩曰：『獨行踽踽。』」疏行，猶「獨行」也。「踽踽，行也」者，廣雅釋詁文。張揖用魯、韓詩，所引魯韓說也。陳奐云：「父爲考，父之考爲王父，王父之考爲曾祖王父，曾祖王父之考爲高祖王父，是祖、曾、高皆『父』也。今以旁殺言之：曰昆弟，我之同於父者也；曰從父昆弟，我之同父於祖者也；曰從祖昆弟，我之同父於曾祖者也；曰族昆弟，我之同父於高祖者也，皆可謂之我同父。言他人不如我同父之親也。」

嗟行之人，胡不比焉？人無兄弟，胡不佽焉？【疏】傳：「佽，助也。」箋：「君所與行之人，謂異姓卿大夫也。比，輔也。此人女何不輔君爲政令。又云異姓卿大夫，女見君無兄弟之親親者，何不相推佽而助之。」○孔疏：「佽，古字。欲使相推以次弟助之耳，非訓佽爲助也。」愚案：桓叔既封而叛，宗族相繼崩離，昭公以宗族爲皆不可恃，異姓卿大夫必從而和之，勸其疏棄宗族，然昭公但當修其政令以圖自强，無怨及宗族之理，故望君所與行之人以道輔其君，仍篤親親之誼，庶不爲踽踽睘睘之人耳。

有杕之杜，其葉菁菁。獨行睘睘。【注】魯「睘」作「焭」。

豈無他人？不如我同姓。【疏】傳：「菁菁，葉盛也。睘睘，無所依也。同姓，同祖也。」箋：「菁菁，希少之貌。」○釋文：「睘，本亦作煢，又作焭。」馬瑞辰云：「走部：『赹，獨行也。從走，勻聲，讀若煢。』又目部：『睘，目驚視也。從目，袁聲。』今省作『睘』。則睘、焭皆『赹』之叚借。『焭』又作『儝』，方言：『儝，獨也。』郭注：『古焭字是也。』焭即煢之或體，說文：『煢，回疾也。從卂，從營省聲。』段注：『回轉之疾也。引申爲煢獨，取裴回無所依之意。』」「魯作煢」者。王逸楚詞九思注：「詩云：『獨行煢煢。』」劉向楚詞九歎：「獨煢煢而南行。」張衡思玄賦：「何孤行之煢煢兮。」三人習魯詩，皆作「煢煢」，是其證。程瑤田宗法小記云：「孫以祖之字爲姓，故同祖昆弟謂之『同姓』。是故自曾祖與族曾祖等而下之，旁及族昆弟，皆與我同姓於高祖者也，其宗子，所謂繼高祖之宗也。自祖父與從祖祖父等而下之，旁及於從祖昆弟，皆與我同姓於曾祖者也，其宗子，所謂繼曾祖之宗也。自父與世父叔父等而下之，旁及於從父昆弟，皆與我同姓於祖父者也，其宗子所謂繼祖之宗也。」案，此卽「同姓」爲「同祖」之義。**嗟行之人，胡不比焉？人無兄弟，胡不佽焉？**

杕杜二章，章九句。

羔裘【疏】毛序：「刺時也。晉人刺其在位不恤其民也。」箋：「恤，憂也。」〇三家無異義。

羔裘豹祛，自我人居居。【注】魯說曰：「居居、究究，惡也。」又曰：「居居，不狎習之惡。」【疏】傳：「祛，袂也。本末不同，在位與民異心自用也。居居，懷惡不相親比之貌。」箋：「羔裘豹祛，在位卿大夫之服也。其役使我之民人，其意居居然有悖惡之心，不恤我之困苦。」〇王逸楚詞哀時命注：「祛，袖也。詩云：『羔裘豹祛。』」易林蹇之家人亦引此句，明魯齊毛文同。「居居究究，惡也」者，釋訓文。「居居，不狎習之惡也」者，孔疏引李巡注文，此魯說，言雖遇故舊之人，妄自尊大，略無親愛，與毛傳「不親比」義同。胡承珙云：「說文處居字作『尻』，蹲踞字作『居』。曹憲廣雅音義云：『今居字乃箕居字，故居又與倨通。』說文『倨』訓『不遜』，倨傲無禮，故爲惡也。漢書郅都傳『丞相條侯至貴居』，亦以『居』爲『倨』。言自我在位之人皆如此。」**豈無他人？維子之故。**【疏】箋：「此民，卿大夫采邑之民也，故云豈無他人可歸往者乎，我不去者，乃念子故舊之人。」

羔裘豹褎，自我人究究。【注】魯說曰：究究，窮極人之惡。【疏】傳：「褎，猶袪也。究究，猶居居也。」〇「究究，窮極人之惡也」者，孔疏引孫炎注文，亦魯詩舊說也。與人不合，疾之已甚。極，與孟子「極之於其所往」義同。劉向九懷「涕究究兮」，王逸注：「究究，不止貌也。」又自「窮極」義推之。豈無他人？維子之好。【疏】箋：「我不去而歸往他人者，乃念子而愛好之也。民之厚如此，亦唐之遺風。」

羔裘二章，章四句。

鴇羽【疏】毛序：「刺時也。昭公之後，大亂五世，君子下從征役，不得養其父母而作是詩也。」箋：「大亂五世者，昭公孝侯鄂侯哀侯小子侯。」〇三家無異義。

肅肅鴇羽，集于苞栩。【疏】傳：「興也。肅肅，鴇羽聲也。集，止。苞，稹。栩，杼也。鴇之性不樹止。」箋：「興者，喻君子當居安平之處，今下從征役，其爲危苦，如鴇之樹止然。稹者，根相迫迮梱致也。」〇陸疏云：「鴇連蹄，性不樹止。」釋文：「鴇似雁而大，無後趾。」馬瑞辰云：「鴇蓋雁之類，雁亦不樹止也。曾目驗之，無後趾信然。即陸所云連蹄也。」「苞，稹」，釋言文。孫炎曰：「栩叢生曰苞。」釋木：「栩，杼。」嘉祐本草引孫炎曰：「栩一名杼。」郭注：「柞樹。」蓋舊注魯詩之文。陸疏云：「徐州人謂櫟爲杼，或謂之栩；其子爲皁，或言皁斗；其殼爲汁，可以染皁，今京洛及河内多言杼汁。」說文「栩」下云：「柔也。其實皁，一曰樣。從木，羽聲。」「柔」下云：「栩也。從木，予聲，讀若杼。」「樣」下云：「栩實也。從木，羕聲。」即今之「橡」字。王事靡盬，不能蓺稷黍。父母何怙？【注】齊說曰：王事靡盬，秋無所收。【疏】傳：「盬，不攻緻也。怙，恃也。」箋：「蓺，樹也。我迫於王事無不攻緻，故盡力焉，既則罷倦不能播種五穀，今我父母將何怙乎？」〇「王事」者，左傳隱五年：「王命虢公伐曲沃。」桓八年：「王命虢仲立晉侯。」桓九年：「虢仲芮伯荀侯賈伯伐曲沃。」皆王事也。四牡「王事靡盬」，傳：「盬，不堅固也。」不堅固，卽「不攻緻」意，盡力王事，致曠田功，恐無以養父母。「王事」至「所收」，易林訟之復文，此齊義也，與毛詩合。鹽鐵論執務篇引「王事靡盬」三句，明齊毛文並同。言吏不奉法以存撫人，愁苦而怨思，又因兵役而推言之。悠悠蒼天，曷其有所！【疏】箋：「曷，何也。何時我得其所哉。」○馬瑞辰云：「三蒼：『所，處也。』廣雅：『處，止也。』所爲處，卽爲止，『曷其有所』，猶言『曷其有止』，與下二章『曷其有極』、『曷其有常』同義。」韓詩外傳二子路與巫馬期見富人處師氏，失言而慚，負薪先歸，以告孔子。孔子援琴而彈詩之首章，曰：「予道不行邪？使女願者。」此推衍之義。韓詩「蒼」作「倉」，詳王黍離。外傳作「蒼」，誤。

肅肅鴇翼，集于苞棘。王事靡盬，不能蓺黍稷。父母何食？悠悠蒼天，曷其有極！【疏】箋：「極，已也。」

肅肅鴇行，【疏】傳：「行，翮也。」○馬瑞辰云：「行之訓翮，經傳無徵。鴇行，猶雁行也。」說文：「𠤏，相次也。從匕、十。鴇從此。」蓋鴇之飛，比次有行列，故字從「𠤏」會意，訓「行列」爲是。集于苞桑。王事靡盬，不能蓺稻粱。父母何嘗？【疏】韓詩外傳三引詩「父母何嘗」，明韓毛文同。悠悠蒼天，曷其有常！

鴇羽三章，章七句。

無衣【疏】毛序：「美晉武公也。武公始并晉國，其大夫爲之請命乎天子之使而作是詩也。」箋：「天子之使，是時使來者。」○陳奐云：「禮，爲人臣者無外交，雖容或有周使適晉，晉大夫不得與天子之使交通，且命出自天子，又不得私相干請。『使』必『吏』之誤，天子之吏，謂三公也。列國大夫入天子之國稱士，士不得上通天子，故屬於天子之吏。若成二年左傳：『晉侯使鞏朔獻齊捷於周。王使委於三吏，禮之如侯伯克敵使大夫告慶之禮。』杜注：『委，屬也。三吏，三公也。』此其義證矣。武公并晉，以寶器賂僖王，必有大夫至周，其大夫亦但能屬乎天子之吏，爲君請命。僖王得賂，遂以武公爲晉侯，是請命在周不在晉，由轉寫者『吏』誤作『使』，遂多謬說。此詩卽其大夫所作，故爲美而不爲刺。」愚案：陳說是。三家無異義。

豈曰無衣七兮！【疏】傳：「侯伯之禮七命，冕服七章。」箋：「『我豈無是七章之衣乎，晉舊有之，非新命之服。」○孔疏：「典命：『侯伯七命，其國家宮室車旗衣服禮儀皆以七爲節。』大行人：『諸侯之禮，冕服七章。』」不如子之衣，安且吉兮。【疏】傳：「諸侯不命於天子，則不成爲君。」箋：「武公初并晉國，心未自安，故以得命服爲安。」○案，如陳說，「使」作「吏」，則「子」卽指天子之吏言。典命「王之三公八命」，大行人「冕服八章」，此言「不如子之衣」者，非敢較量章數，但謂子之衣由王所賜，今未得王新命，有衣與無衣同，故謂不如其安且吉兮。

豈曰無衣六兮！不如子之衣，安且燠兮。【疏】傳：「天子之卿六命，車旗衣服以六爲節。燠，暖也。」箋：「變七言六者，謙也，不敢必當。侯伯得受六命之服，列於天子之卿，猶愈乎不。」○陳奐云：「天子之卿，卽侯伯也。天子之卿六命，出封侯伯加一等，則七命。晉爲侯伯之國，實七命，其在王朝，則亦就六命之數。詩人以七、六分章，實一意。」愚案：陳說是也。侯伯就封之後，亦入王朝爲卿士，如衞武公鄭莊公父子皆是，故可言七，亦可言六，非謙也。燠，當從釋文作「奧」。釋言：「奧，暖也。」

無衣二章，章三句。

有杕之杜【疏】毛序：「刺晉武公也。武公寡特，兼其宗族，而不求賢以自輔焉。」○三家無異義。

有杕之杜，生於道左。【疏】傳：「興也。道左之陽，人所宜休息也。」箋：「道左，道東也。日之熱，恆在日中之後，道東之杜，人所宜休息也。今人不休息者，以其特生陰寡也。興者，喻武公初兼其宗族，不求賢者與之在位，君子不歸，似乎特生之杜然。」彼君子兮，噬肯適我？【注】魯「噬」作「遾」，說曰：「遾，逮也。」韓作「逝」，說曰：「逝，及也。」【疏】傳：「噬，逮也。」箋：「肯，可。適，之也。彼君子之人至於此國，皆可求之我君所，君子之人，義之與比。其不來者，君不求之。」○「魯噬作遾」者，釋言：「遏、遾，逮也。東齊曰遏，北燕曰遾，皆相及逮。」陳喬樅云：「毛作『噬』，此作『遾』，蓋據魯詩文。郝懿行云：『方言：「蝎噬，逮也。」蝎噬、遏遾，並字之叚音。遏通作曷，遾通作逝。』」「韓作逝。逝，及也」者，釋文引韓詩文。陳喬樅云：「毛於邶詩『逝不古處』云：『逝，逮。』次章『逝不相好』云：『不及我以相好。』是訓逝爲逮，訓逮爲及，義皆展轉相通。此詩『噬』即『逝』之借字。」中心好之，曷飲食之？【疏】箋：「曷，何也。言中心誠好之，何但飲食之，當盡禮極歡以待之。」○胡承珙云：「爾雅：『曷，盍也。』郭注：『盍，何不。』蘇氏詩傳云：『苟誠好之，何不試飲食之，庶其肯從我乎？』是已以『曷』爲『盍』矣。蓋緩言之曰『曷不』，如『曷不肅雝』是也；急言之則曰『盍』，亦曰『曷』，聲近義通，故爾雅曰『曷，盍也』。」愚案：箋意好賢在能用，不專在飲食，故以「曷」爲「何」，然武公蓋並好賢之虛文亦所弗講不舉，而又不能養。詩人以特生之杜爲興，則釋「曷」爲「盍」尤與詩意相合。

有杕之杜，生於道周。【注】韓詩云：「周，右也。」【疏】傳：「周，曲也。」○「周右也」者，詩攷引釋文載韓詩文。呂記引釋文云：「周，韓詩作右，與今本釋文同。蓋誤。『道周』與上章『道左』對文，故韓訓周爲右，非周直作右也。」馬瑞辰云：「右、周古音同部，『周』即『右』之借字。右通作周，猶詩『既伯既禱』，『禱』通作『禂』也。（「壽」從「𠷎」聲，「𠷎」從「又」聲，「右」從「又」，又亦聲，皆與「周」通用。）毛訓『周』爲『曲』。據蒹葭詩『道阻且右』，箋：『右者，言其迂迴。』即屈曲也，則傳訓『曲』亦與『右』義相近。」彼君子兮，噬肯來遊？中心好之，曷飲食之？

有杕之杜二章，章六句。

葛生【疏】毛序：「刺晉獻公也。好攻戰，則國人多喪矣。」箋：「喪，棄亡也。夫從征役，棄亡不反，則其妻居家而怨思。」○孔疏：「其妻獨處於室，故陳妻怨之詞以刺君也。」三家無異義。

葛生蒙楚，蘞蔓于野。【疏】傳：「興也。葛生延而蒙楚，蘞生蔓於野，喻婦人外成於他家。」○陸疏：「蘞似栝樓，葉盛而細，子正黑如燕薁，不可食。」馬瑞辰云：「爾雅『薕，菟荄』，郭注：『未詳。』說文：『薟，白薟也。或作蘞。』本草：『白蘞，一名菟核。』『菟核』與『菟荄』同，是『蘞』即爾雅之『薕』。」**予美亡此，誰與獨處。**【疏】箋：「予，我。亡，無也。言我所美之人無於此，謂其君子也。吾誰與居乎？獨處家耳。從軍未還，未知死生，其今無於此。」○馬瑞辰云：「少儀『有亡而無疾』，鄭注：『亡，去也。』史記晉世家『明因亦亡去』，『亡』即『去』也。公羊傳『季子使而亡焉』，說苑至公篇作『季子時使行不在』，是『亡』即『不在』。『亡此』猶云『去此』，又如俗云『不在此』耳。」胡承珙云：「與，當音餘。誰與，自問也，與檀弓『誰與哭者』語同。」黃山云：「誰與，讀如皇矣『此維與宅』之『與』，即『予』也。皇矣『因予懷明德』，予訓爲『我』，特變文以別之。此詩上有『予美亡此』，正同一例。夫因攻戰棄亡不返，則與婦以獨處、獨息、獨旦者皆君也。不欲斥言君，第曰『誰與』，而怨君、刺君自見矣。蓋與白華『之子之遠，俾我獨兮』辭意略同。」愚案：黃說較合。

葛生蒙棘，蘞蔓于域。予美亡此，誰與獨息。【疏】傳：「域，營域也。息，止也。」○馬瑞辰云：「葛蘞延於松柏，則得其所，猶婦人隨夫榮貴。今詩言蒙楚、蒙棘，蔓野、蔓域，蓋以喻婦人失所，隨夫卑賤，至於予美亡此，則求貧賤相依而不可得矣。」

角枕粲兮，錦衾爛兮。【疏】傳：「齊則角枕錦衾。禮，夫不在，斂枕篋衾席，韣而藏之。」箋：「夫雖不在，不失其祭也。攝主，主婦猶自齊而行事。」○陳奐云：「夫從征役，既缺時祭，婦人斂藏枕衾，乃特假夫在，齊物以起興。」予美亡此，誰與獨旦。【疏】箋：「旦，明也。我君子無於此，吾誰與齊乎？獨自潔明。」○陳奐云：「旦，讀如『昧旦』之旦。祭，昧旦而興，質明而行事。夫不在，故自傷其獨旦也。」

夏之日，冬之夜。百歲之後，歸于其居。【疏】傳：「言長也。」箋：「思者於晝夜之長時尤甚，故極之以盡情。居，墳墓也。言此者，婦人專一，義之至，情之盡。」○漢書地理志：「葛生之篇曰：『百歲之後，歸于其居。』」班引齊詩，明齊毛文同。後漢蔡邕傳：「邕作釋誨云：『百歲之久，歸于其居。』」邕用魯詩，「後」「久」音近，疑魯異文。

冬之夜，夏之日。百歲之後，歸于其室。【疏】傳：「室，猶居也。」箋：「室，猶冢壙。」

葛生五章，章四句。

采苓【疏】毛序：「刺晉獻公也。獻公好聽讒焉。」○三家無異義。

采苓采苓，首陽之巔。【疏】傳：「興也。苓，大苦也。首陽，山名也。采苓，細事也。首陽，幽辟也。細事，喻小行也。幽辟，喻無徵也。」箋：「采苓采苓者，言采苓之人衆多非一也。皆云采此苓於首陽山之上，首陽山之上信有苓矣，然而今之采者未必於此山，然而人必信之。興者，喻事有似而非。」○馬瑞辰云：「詩言『隰有苓』，是苓宜隰不宜山之證。埤雅言『蘦生於圃』，何氏楷言『苦生於田』，是三者皆非首陽山所宜有，而詩言采於首陽者，蓋設爲不可信之言，以證讒言之不可聽，卽下所謂『人之譌言』也。」首陽者，舊説在河東蒲阪，或謂首陽卽雷首，在今山西蒲州府北臨海。金鶚求古録云：「曾子制言篇：『夷齊居河濟之間。』莊子讓王篇：『夷齊北至于首陽之山，遂餓而死。』言北至於首陽，則首陽當在蒲阪之北，雷首陽枕大河，不得言北也。況論語言『首陽之下』，是首陽二字名山，非言『首山之陽』也。蒲阪雷首山，一名首山，不名首陽，則謂首陽在蒲阪者非也。唐國卽晉國，晉始封在晉陽，卽夏禹都，至穆侯遷于翼，在今平陽。獻公居絳，亦屬平陽，詩所詠首陽，卽夷齊所隱之首陽也。平陽爲堯所都，又黃帝所葬，二子所顧居，其地近河濟，又在蒲阪之北，與曾子、莊子所言皆合，但非在河濟之間。意二子先居河濟，後乃隱於首陽。史記云：『武王東伐紂，夷齊叩馬而諫。』蓋在孟津之地，孟津正當河濟間，是夷齊去周，尚未隱首陽而居於河濟之間也。又云：『武王已平殷亂，天下宗周，夷齊恥之，隱於首陽山，采薇而食，遂餓死。』是武王克商之後，乃隱於首陽山也，故曾子言『居河濟之間』而不言隱首陽。莊子言『北至首陽』，明自河濟間而北去也。首陽之在平陽，可無疑矣。」愚案：夷、齊餓死之首陽，諸書皆言在洛陽東北，偃師縣西北二十五里，其相距數十里之鞏縣，當濟水入河，然與晉都無涉。詩人所詠，卽目興懷，自以平陽爲合，無妨平陽自有首陽，不必果爲夷齊所隱也。巔，俗「顚」字。

人之爲言，苟亦無信！舍旃舍旃，苟亦無然！【注】韓詩曰：苟，且也。【疏】傳：「苟，誠也。」箋：「苟，且也。爲言，謂爲人爲善言以稱薦之，欲使見進用也。旃之言焉也，舍之焉，舍之焉，謂謗訕人欲使見貶退也。此二者且無信受之，且無答然。」○段玉裁云：「傳以『苟』爲『果』之雙聲。」「苟，且也」者，衆經音義二引韓詩文。馬瑞辰云：「說文：『苟，艸也。』訓誠、訓且、訓假，皆雙聲假借。苟、假雙聲，苟、姑亦雙聲。訓且者，以苟爲姑之叚借。此詩苟字，當從韓訓『且』，謂姑置之，勿信、勿與、勿從也。」陳奐云：「王肅諸本作『爲言』，定本作『僞言』，與釋文『或作』本同。沔水正月『民之訛言』，箋：『訛，僞也。』說文作『譌言』，無『訛』字，古爲、僞、譌三字同。毛詩本作『爲』，讀作『僞』也。譌言卽讒言，所謂小行無徵之言也。苟亦無信，誠無信也。亦，爲語助。無然，無是也。皇矣『無然』，傳釋爲『無是』。無是者，無一是者也。」

人之爲言，胡得焉！【疏】箋：「人以此言來，不信受之，不答然之，從後察之，或時見罪，何所得。」○孔疏：「君但能如此不受僞言，則人之僞言者，復何所得焉。」

采苦采苦，首陽之下。【疏】傳：「苦，苦菜也。」○孔疏：「荼也。陸璣云：『苦菜生山田及澤中，得霜甜脆而美，所謂堇荼如飴。』內則云『濡豚包苦』，用苦菜是也。」人之爲言，苟亦無與！舍旃舍旃，苟亦無然！人之爲言，胡得焉！傳：「無與，勿用也。」

采葑采葑，首陽之東。【疏】傳：「葑，菜名也。」○詳邶谷風。人之爲言，苟亦無從！舍旃舍旃，苟亦無然！人之爲言，胡得焉！

采苓三章，章八句。

唐國十二篇，三十三章，二百三句。

詩三家義集疏卷九

秦車鄰第九【疏】乙巳占引詩推度災曰：「秦，天宿白虎，氣主玄武。」藝文類聚三、御覽二十四引詩含神霧曰：「秦地處仲(北堂書鈔引詩緯作「季」。)秋之位，男懦弱，女高瞭，白色秀身。律中南宮，(四字從書鈔增。)音中商，(書鈔引詩緯作「徵」。)其言舌舉而仰，聲清以揚。」注：「瞭，明也。落消切。」漢書地理志：「秦地，東井、輿鬼之分壄也。於禹貢時跨雍涼二州，詩風兼秦豳兩國。天水隴西及安定北地上郡西河，皆迫近戎狄，修習戰備，高上氣力，以射獵爲先。故秦詩曰：『王于興師，修我甲兵，與子偕行。』及車轔四𢧵小戎之篇，皆言車馬田狩之事。」以上皆齊說。案，非子始封地，漢志云隴西秦亭秦谷，今甘肅秦州清水縣。

詩國風

車鄰【疏】毛序：「美秦仲也。秦仲始大，(句。)有車馬禮樂侍御之好焉。」○左傳服虔注：「秦仲始有車馬禮樂之好，侍御之臣，戎車四牡田狩之事。其孫襄公列爲侯伯，故有『蒹葭蒼蒼』之歌，終南之詩，追録先人車鄰駟鐵小戎之歌，與諸夏同風，故曰夏聲。」陳喬樅云：「服虔以駟驖、小戎爲秦仲之詩，與毛序不同，是據魯詩爲說。」易林大畜之離：「延陵適魯，觀樂太史。車轔白顛，知秦興起。卒兼其國。(「其」疑作「六」。)一統爲主。」坎之剝旅之泰同，是齊詩說。漢書地理志顏注：「車轔，美秦仲大有車馬。其詩曰：『有車轔轔，有馬白顛。』」陳喬樅云：「師古引車轔及四𢧵小戎諸詩，皆襲舊注齊詩之說，故字多與毛不同。毛詩『車鄰鄰』，蓋『轔』之借字，齊詩今文用『轔』字。」愚案：服習韓詩，見小雅都人士疏。據釋文：「鄰，本又作轔。」及文選藉田曲水詩序注所引，是毛亦有作「轔」之本，非獨三家，不能執爲同異之證也。

有車鄰鄰，有馬白顛。【注】魯齊「鄰」作「轔」。魯說曰：轔轔，車聲也。【疏】傳：「鄰鄰，衆車聲也。白顛，的顙也。」○「轔轔車聲也」者，王逸楚詞九歌大司命注，又引詩云「有車轔轔」，此魯說也，明魯作「轔轔」。又九辯注：「軒車先導，聲轔轔也。」亦用魯文。「齊鄰作轔」者，漢書地理志作「轔」。（引見前。）釋畜：「的顙，白顛。」孔疏引舍人曰：「的，白也。顙，額也。額有白毛，今之戴星馬也。」據此，知魯義與毛同。易說卦傳：「震爲的顙。」說文：「旳，明也。」引易作「旳顙」。

未見君子，寺人之令。【注】韓「令」作「伶」，云：使伶。【疏】傳：「寺人，內小臣也。」箋：「欲見國君者，必先令寺人使傳告之，時秦仲又始有此臣。」○君子，謂秦仲。周禮序官，內小臣、閽人、寺人、內豎，皆奄官。是內小臣爲奄官之長，與寺人別。寺、侍古字通。釋文：「寺，本亦作侍。」序云侍御之臣，左襄二十九年傳服虔注：「秦仲始有侍御之臣。」是寺人即侍臣，蓋近侍之通稱，不必泥歷代寺人爲說。「令作伶，云使伶」者，釋文引韓詩文。考案經典，凡命令、教令、號令、法令等用「令」字者，皆尊重之詞。至使令，亦間用之，蓋出自假借，當以「伶」爲正，故韓以「伶」易「令」也。說文「使」下云：「伶也。从人，吏聲。」「伶」下云：「弄也。从人，令聲。」此其本義可以推見。漢書金日磾傳：「其子爲武帝弄兒。」司馬遷傳：「固主上所戲弄，倡優畜之。」言其給事主上左右，卑賤不足道之人也。廣雅釋言：「令，伶也。」玉篇：「伶，使也。」與說文訓解其源皆自韓詩發之。古樂官稱伶，樂人稱優，不稱伶，唐後遂爲樂人專稱，「使伶」之義，無有能言之者矣。

阪有漆，隰有栗。【疏】傳：「興也。陂者曰阪，下濕曰隰。」箋：「興者，喻秦仲之君臣所有各得其宜。」○傳「阪隰」義用釋地文。漆、栗，詳定之方中注。

既見君子，並坐鼓瑟。【注】魯說曰：並，併也。【疏】傳：「又見其禮樂焉。」箋：「既見，既見秦仲也。並坐鼓瑟，君臣以閒暇燕飲相安樂也。」○列女齊孤逐女傳引詩云：「既見君子，並坐鼓瑟。」明魯毛文同。「並，併也」者，釋言文，郭注：「詩云：『並坐鼓瑟。』」蓋本舊注魯詩之文而郭據之，此魯說也。並之言併，併之言皆，君臣皆坐，故曰併，與曲禮「並坐不横肱」之「並」義別。陳奂云：「燕禮：『公以賓及卿大夫，皆坐乃安。』此『並坐』之説也。『並坐』與『鼓瑟』不連讀。燕禮鼓瑟在堂，上有『上坐』之文，或據以解詩『並坐』爲樂工並坐，然鼓簧在堂下，詩亦言『並坐』，將作何解乎？」愚案：明郭注爲魯説，「並」字乃有確解。**今者不樂，逝者其耋！**【疏】傳：「耋，老也，八十曰耋。」箋：「今者不於此君之朝自樂謂仕焉，而去仕他國。其徒自使老，言將後寵禄也。」〇樂，樂禮樂也。言今者不樂，往者其老矣。釋言：「耋，老也。」春秋注義引舍人注：「年六十稱也。」孔疏引孫炎注：「耋，鐵也，老人面如生鐵色。」郭注：「八十曰耋。」陳喬樅云：「釋名：『八十曰耋。耋，鐵也，皮黑如鐵。』與孫注同。桓寬鹽鐵論、王肅易注，並以八十曰耋，服虔左傳注、馬融易注以七十爲耋，舍人注及何休公羊注以六十爲耋，説各不同。」馬瑞辰謂：「公羊宣十二年徐彦疏云：『七十曰老，曲禮文也。』案，今曲禮『七十曰耋』，與此異也，是徐所見曲禮有作『七十曰耋』者矣。又曲禮『八十、九十曰耋』，釋文云：『本或作八十曰耋，九十曰耄。』是陸所見曲禮有作『八十曰耋』者矣。蓋由諸儒所據曲禮本不同，故其説各異。至『六十曰耋』，未詳所出。古『六』字从『入』，『八』形近易譌，周官校人注，『六』皆疑爲『八』之誤，是其證也。疑舍人何休皆以『八十爲耋』，傳寫者譌爲『六十』耳。」

阪有桑，隰有楊。既見君子，並坐鼓簧。今者不樂，逝者其亡！【疏】傳：「簧，笙也。亡，喪棄也。」〇陳奂云：「燕禮：『小臣坐，授瑟乃降。工歌鹿鳴四牡皇皇者華。』此升歌三終也。『笙入，立于縣中，奏南陔白華華黍。』此笙入三終也。上章『鼓瑟』是升歌，此章『鼓簧』是笙入。」易林咸之震「並坐鼓簧」，明齊毛文同。

車鄰三章，一章四句，二章章六句。

駟驖【疏】毛序：「美襄公也。始命有田狩之事，園囿之樂焉。」箋：「始命，命爲諸侯也，秦始附庸也。」〇三家無異義。

駟驖孔阜，六轡在手。【注】三家「駟」作「四」，「驖」亦作「𢧐」。韓說曰：阜，肥也。【疏】傳：「驖，驪。阜，大也。」箋：「四馬六轡，六轡在手，言馬之良也。」○「三家駟作四，驖亦作𢧐」者。漢志引詩作「四載」，是齊作「四載」。「載」乃「𢧐」之誤字。班固東都賦「覽駟驖」，班用齊詩，當作「四𢧐」，此作「駟驖」者，後人順毛改之也。說文「驖」下云：「馬赤黑色。詩曰：『四驖孔阜。』」蓋魯、韓如此。「阜，肥也」者，玉篇阜部引韓詩文。陳奐云：「駟當作四，四馬曰駟，若下一字爲馬名，則上一字作『四』，不作『駟』。四驖孔阜，猶云四牡孔阜耳。凡碩人小戎四牡采薇杕杜六月車攻吉日節南山北山車舝桑柔嵩高烝民韓奕，皆曰『四牡』，此詩曰『四驖』，載驅六月曰『四驪』、『四牡』，裳裳者華曰『四駱』，采芑曰『四騏』，車攻曰『四黃』，大明曰『四騵』，皆謂四馬也。」說文漢志引詩作「四」，可證「駟」字之誤。廋人「以阜馬」，鄭注：「阜，盛壯也。」此韓詩訓「阜」爲「肥」。肥、壯、大一類之辭，其義無異。公之媚子，從公于狩。【疏】傳：「能以道媚於上下者。冬獵曰狩。」箋：「媚於上下，謂使君臣和合也。此人從公往狩，言襄公親賢也。」○陳奐云：「卷阿七章『維君子使，媚於天子』。言媚於上者。八章『維君子命，媚於庶人』。言媚於下者。箋言使君臣和合，非。」列女馮昭儀傳引詩曰：「公之媚子，從公于狩。」以證昭儀當熊事，明魯毛文同。陳喬樅云：「疑魯詩之義以『媚子』爲嬪妾之稱，故劉向引之。」

奉時辰牡，辰牡孔碩。【疏】傳：「時，是。辰，時也。冬獻狼，夏獻麋，春秋獻鹿豕羣獸。」箋：「奉是時牡者，謂虞人也。時牡甚肥大，言禽獸得其所。」○孔疏：『冬獻狼』以下，皆獸人文。獸人獻時節之獸以供膳，故虞人驅時節之獸以待射。」諸家讀「辰」爲「慎」，或讀爲「麎」，皆不如傳義之審。公曰左之，舍拔則獲。【疏】傳：「拔，矢末也。」箋：「左之者，從禽之左射之也。拔，括也。舍拔則獲，言公善射。」○胡承珙云：「公羊何注解第一殺、第二三殺，皆自左膘射之達於右，雖以死之遲速爲言。但考儀禮特牲少牢，凡牲升鼎者，皆用右。胖載俎者，亦皆右體。鄉飲鄉射用右體，與祭同。是射必中左，自以尚右之故。至驅禽待射，孔疏云『公命御者從禽之左逐之』，此誤會箋語。箋云『從禽之左射之』者，謂當禽之左射之，若逐禽而出其左，轉不便於射矣。（車攻正義亦云「凡射獸皆逐後，從左厢而射之」，亦誤。）但獸之來，不定在車左，設出於車右，而旋車向左則相背，故公曰『左之』者，蓋獸自遠奔突而來，公命御者旋當其左，以便於射耳。」

遊於北園，四馬既閑。【疏】傳：「閑，習也。」箋：「公所以田則克獲者，乃遊于北園之時，時則已習其四種之馬。」○陳奐云：「書無逸『于觀于逸，于遊于田』，渾言之『遊』亦『田』也。古者田在園囿中，北園，當即所田之地。首章言『狩』，此章言『北園』，與車攻篇上言『狩』、言『苗』而下言『於敖』文義正同。四馬，即四驖也。箋以序田狩、園囿分屬二事，遂謂公遊北園爲田獲以前，並讀『閑』爲邦國六閑，四馬爲『四種之馬』，非。」輶車鸞鑣，載獫歇驕。【注】魯齊「歇」作「猲」，「驕」作「獢」。【疏】傳：「輶，輕也。獫歇驕，田犬也。長喙曰獫，短喙曰歇驕。」箋：「輕車，驅逆之車也。置鸞於鑣，異於乘車也。載，始也。始田犬者，謂達其搏噬，始成之也。此皆遊於北園時所爲也。」○「輶輕」，釋言文。「鸞」當作「鑾」。「鑣」義詳衛碩人。鸞和所在，經無正文。玉藻經解注引韓詩内傳曰：「鸞在衡，和在軾。」禮保傅篇、呂覽高注、東京賦薛注與韓同。漢書輿服志劉注載白虎通引魯訓曰：「和，設軾者也。鸞，設衡者也。」亦同韓義。蓼蕭傳：「在軾曰和，在鑣曰鸞。」庭燎傳：「將將，鸞鑣聲。」異義載禮戴、詩毛二説，謹案云：「經無明文。」且殷周或異，故鄭亦不駁。商頌烈祖箋云：「鸞在鑣。」以無明文，且殷周或異，故爲兩解。」説文「人君乘車，四馬鑣八，鑾鈴象鸞鳥之聲，和則敬也。」鸞、鑣連文，不必鸞定在鑣。古書兩解，今仍並存之。「魯作猲獢」者，釋畜：「狗屬，長喙獫，短喙猲獢。」孔疏引李巡注：「分別犬喙長短之名。」郭注：「詩曰：『載獫猲獢。』」張衡西京賦「屬車之蓮，載獫猲獢」，郭注：「張賦所據魯詩之文。」知魯作「猲獢」。薛綜賦注：「蓮，副也。」以輶車爲屬車之副，載是載於車，與箋訓始異義。陳奐以爲「從公媚子之所乘車」，則是人犬並載，非也。「齊作猲獢」者，漢志集注引詩：「輶車鸞鑣，載獫猲獢。」陳喬樅云：「釋文：『歇，本又作猲。驕，本又作獢。』作『猲獢』者，三家今文也。爾雅陸本作『獥』，釋文云『獥』，字林作『猲』，說文引爾雅作『猲』。今本爾雅『獥』仍爲『猲』，從說文也。」

駟驖三章，章四句。

小戎【疏】毛序：「美襄公也。備其兵甲以討西戎，西戎方彊而征伐不休，國人則矜其車甲，婦人能閔其君子焉。」箋：「矜，夸大也。國人夸大其車甲之盛，有樂之意也。婦人閔其君子恩義之至也。作者叙内外之志，所以美君政教之功。」○三家無異義。馬瑞辰云：「史記秦本紀：『武公十年，伐邽冀戎，初縣之。』襄公時猶爲戎地，故水經渭水注以『邽戎板屋』卽詩『西戎』。史記：『襄公十二年伐戎，而至岐卒。』匈奴傳亦云。案，襄公伐戎至岐，始列爲諸侯。竹書紀年：『平王五年，秦襄公帥師伐戎，卒於師。』是史記所言『襄公十二年伐戎至岐卒』也。紀年：『幽王四年，秦人伐西戎。』幽王四年正襄公元年，此詩蓋因襄公伐西戎作。」愚案：幽王十一年庚午因戎亂被弑，當襄公七年。其襄公元年甲子，乃幽王五年，當四年時，襄公尚未卽位，其時秦戎卽有戰鬭，無與王事。竹書僞造，不足信也。襄公十二年乙亥，當平王五年，此有史記明文可據，以前戰事，書缺有間，不能確指其年矣。

小戎俴收，五楘梁輈。【疏】傳：「小戎，兵車也。俴，淺；收，軫也。五，五束也。楘，歷録也。梁輈，輈上句衡也。一輈五束，束有歷録。」箋：「此羣臣之兵車，故曰小戎。」○孔疏：「兵車大小應同而謂之『小戎』者，六月云：『元戎十乘，以先啓行。』元，大也。先啓行之車謂之『大戎』，從後行者謂之『小戎』。」馬瑞辰云：「齊語『五十人爲小戎』，韋注：『小戎，兵車也，此有司之所乘。』與箋以小戎爲『羣臣之兵車』合。小戎爲羣臣所乘，蓋對元戎爲將帥所乘言之，天子不必無小戎，諸侯不必無元戎也。或謂天子曰元戎，諸侯曰小戎，非也。首章言小戎，二、三章卽言『四牡』，言『俴駟』，是小戎駕四之證。王肅以小戎爲『駕兩馬』，非也。五十人爲小戎，自是齊制。惠氏棟疑周制以七十二人爲大戎，五十人爲小戎，亦非也。」釋言：「俴，淺也。」郭注：「詩曰：『小戎俴收。』」張衡東京賦「乃御小戎」，據郭注，明魯毛文同，張賦亦用此經文也。漢志集注引詩曰：「小戎俴收，五楘梁輈。」明齊毛文同。陳奐云：「考工記言軫最詳，不及後軫。車廣六尺六寸，輿深四尺四寸，其四面束輿之木謂之軫，詩謂之『收』。收，聚也，聚衆材而收束之也。升車皆從車後，故軫圍雖四面材，兩旁爲輢，前爲軓，其三面上有揜輿之版，納於輿下者，不可得而見，輿後一面無揜輿之版，所可見者惟軫而已。（詳阮氏車制攷。）鄭許云：『軫，車後橫木。』皆指可見之軫而言，後軫無掩版，故謂之『俴收』也。」孔疏：「五楘是轅上之飾，故以五爲『五束』，言以皮革五處束之。」說文「楘」下云：「車歷録束交也。」韻會引誤，「交」作「文」。孔疏：「因以爲文章歷録然，歷録蓋文章之貌。」非也。王夫之云：「傳言『束有歷録』，則歷録自爲一物，古未聞以『歷録』狀文章者。『束交』者，束之互相交，如畫卦交爻作『乂』也。廣雅：『繀車謂之麻鹿。』麻鹿卽歷録也。許慎說『著絲於莩車』爲『繀』。莩車者，紡車也。紡車相維之繩，上下轉相縈，是『歷録』者紡車交縈之名，借以言車之楘也。輈之束有五，蓋輈體不可枘鑿，恐致脆折，故皆用束，其束之或金或革，未詳其制。於束之上，更以絲交縈，如紡車之左右交縈，務爲纏固，此之謂『歷録』，何文章之有乎？」胡承珙云：「王說是也。說文『𨐅』下云：『曲轅𨐅縛，讀若論語「鑽燧改火」之「鑽」字。或作𨏥。』此卽所謂『五楘』，鄭司農云『騆車之轅，率尺所一縛』是也。（馬瑞辰云：「考工記國馬之輈，深四尺有七寸，尺所一縛，宜爲五縛。正合詩『五楘』之制。」）

然則梁輈以革縛之，又纏束以爲固，謂之『歷録』，故毛云『束有歷録』，（「録」當本作「彔」。說文：「彔，刻木彔彔也。」小徐繫傳：「彔彔猶歷歷也。」）許云『車歷録束交也』。說文『鞏』下云：『軸束也。』『帣』下云：『車衡上衣。』與『輈束』謂之『楘』義一耳。」

游環脅驅，陰靷鋈續，【疏】傳：「游環，靷環也。游在背上，所以禦出也。脅驅，慎駕具，所以止入也。陰，揜軓也。靷，所以引也。鋈，白金也。續，續靷也。」箋：「游環在背上無常處，貫驂之外轡，以禁其出。脅驅者，著服馬之外脅，以止驂之入。揜軓在軾前垂輈上。鋈續，白金飾續靷之環。」○釋文：「靳，環。居覲反。本又作『靷』。沈云舊本皆作『靳』。靳者，言無常處，游在驂馬背上。（「驂」當作「服」，釋名云：「在服馬背上。」）以驂馬外轡貫之，以止驂之出。左傳『如驂之靳』，居覲反，無取於靷也。」胡承珙云：『說文：「靳，當膺也。」巾車鄭注：『纓，謂當胷。』當胷即當膺也。既夕注：『纓，今馬鞅。』說文：『鞅，頸靼也。』靳、纓、鞅一物，蓋鞅鞷服馬之頸，所以負軛而上繫於衡，其下則當服馬之胷，故謂之頸靼，又謂之當膺。其上有環，可以貫驂馬之外轡以禁其出。驂馬之首齊服馬之胷，胷上有靳，故左定九年傳王猛曰：『吾從子，如驂之靳。』其環又謂之『游環』者，以其游動於服馬胷背之間，而能制驂馬之外出故也。正義云：『游環者，以環貫靷，游在背上。』然游環所以貫轡，非以貫靷也。轡以御馬，靷以引車，非可混爲一事。」「脅驅，慎駕具」者。駕具所該甚廣，說文：「鞁，車駕具也。」「鞊，車鞁具也。」「䩠，車鞁具也。」「鞥，車具也。」「𩋆，車具也。」字皆從「革」，蓋以皮爲之。孔疏云：「脅驅者，以一條皮上繫於衡，後繫於軫，當服馬之脅，愛慎乘駕之具也。」「陰靷鋈續」者。胡承珙云：「軓在輿下，陰在軾前，陰高於軓，是名揜軓。箋云『揜軓在軾前垂輈上』，所言止一面。孔疏謂『以板木横側車前，所以陰映此軓』，則似車左右亦有陰板，恐非。至陰靷者，謂陰下之靷，正義謂靷『繫於陰板之上』，亦非也。蓋靷從輿下而出於軓前，以繫於衡，其革不能如此之長，必須爲環以接續之，故曰鋈續，其後則繫於車軸，故說文以『靷』爲『引軸』。廣雅：『陰軜，伏兔也。』此語雖誤，然伏兔本在軸上，正以軜繫於軸，故張揖致有此誤。若軜繫於陰板之上，陰板非挽輿得力之處，何以引車？詩以『陰軜』連言，殆以其自下而出於揜軓之前，故曰『陰軜』耳。」王夫之云：「廣雅：『白銅謂之鋈。』鋈乃白銅之名，無沃灌之義，以鋈飾續環，蓋即今之嵌銅事件。作者必鑿鐵作竅，而以練成銅片嵌入之，若以銅液傾沃，則生熟不相沾洽，其上之漫出者，施以錯鑢，必動摇而不固矣。釋名云：『鋈，沃也。治白金以沃灌軜環也。』集傳改『治』爲『銷』，尤誤。世豈有已成之鐵，可用他金沃灌而得相黏合者哉？」胡承珙云：「傳意鋈爲白金，續者即以白金爲續軜之環。鋈以觼軜者，以白金爲繫軜之觼。鋈錞者，以白金爲矛下之錞。孔疏泥於爾雅白金無鋈名，遂誤以爲沃灌後乃以爲嵌銅鋈銀之説。古人質樸，未必作此工巧，但軜環等似非白金之柔者所宜，則孔疏云『金銀銅鐵總名爲金，此或是白銅白鐵，未必皆白銀』，是也。」文茵暢轂，駕我騏馵。【注】韓詩「文茵暢轂」。韓説曰：文茵，虎蔯。【疏】傳：「文茵，虎皮也。暢轂，長轂也。騏，騏文也。左足白曰馵。」箋：「此上六句者，國人所矜。」○「文茵虎蔯」，玉篇艸部「茵」下引韓文，引經明韓毛文同。説文：「騏，馬青驪文如博棊也。」釋畜：「馬後右足白驤，左足白馵。」黄山云：「傳『騏，騏文也』，下『騏』阮校据孔疏謂當改『綦』。案，説文：『綥，帛蒼艾色。綦，綥或从其。』『騏，馬青驪文如博棊也。』『驪，馬深黑色。』孔疏謂『色之青黑者名爲綦，馬名騏，知其色作綦文』，此説蓋誤釋馬者文與色各別。説文『騏馬青驪』，言馬色也；『文如博棊』，言馬文也。博棊非有色可言，乃言驪馬青花文圜如棊子耳。然則傳之『騏文』，乃『棋』之譌。孔所見本之『綦文』，亦正『棊』之譌。説文曰『文如博棊』，此『棊』不能改『綦』，必不譌也。今孔疏掍色與文而一之，固已不可從矣。綦爲蒼艾色，鄭風『綦巾』，傳説本同，箋亦曰『綦文』。孔疏於此更援鄭君顧命注，易爲青黑色者。艾之色，荀子正論篇注曰『蒼白』，後漢馮魴傳注曰『綟緑』，孔知蒼白既異驪馬之深黑，世又斷無緑色之馬，故以鄭訓青黑爲便意，謂可與説文騏馬青驪之色合矣。其如博棊之文，仍歸無著。且馬色以白掩黑爲青，非如布帛青謂之葱，黑謂之黝。傳果以綦色説騏，必不自忘綦巾蒼白之訓，孔乃以鄭君禮注説毛傳，似尤不可從。」言念君子，温其如玉。【疏】箋：「言，我也。念君子之性温然如玉，玉有五德。」○孔疏引聘義「君子比德如玉」爲證。馬瑞辰云：「聘義言玉之德有十，與箋言『五德』不同。管子水地言玉有九德，荀子言玉有七德，説苑又云玉有六美，皆非箋義所本，惟説文云：『玉石之美有五德：潤澤以温，仁之方也；䚡理自外，可以知中，義之方也；其聲舒揚，尃以遠聞，智之方也；不橈而折，勇之方也；鋭廉而不技，絜之方也。』與箋云五德合。」愚案：禮聘義引詩云：「言念君子，温其如玉。」荀子法行篇亦引二句，明齊、魯與毛同。韓詩外傳二亦引「温其如玉」，明韓、毛文同。在其板屋，亂我心曲。【注】齊説曰：民以板爲室屋。【疏】傳：「西戎板屋。」箋：「心曲，心之委曲也，憂則心亂也。此上四句者，婦人所用閔其君子。」○「民以板爲室屋」者，漢書地理志云：「天水、隴西，山多林木，民以板爲室屋。故秦詩曰『在其板屋』。」明齊毛文同。顔注：「言襄公出征，則婦人居板屋之中而念其君子。」水經渭水注：「秦武公十年伐邽。漢武帝改爲天水郡。其鄉居悉以板蓋屋，詩所謂『西戎板屋』也。」孔疏：「謂『西戎板屋』，念想君子，伐得而居之。」尋文究理，正義較顔注爲長。其字指西戎。馬瑞辰云：「説文：『曲，象器受物之形。』心之受事如曲之受物，故稱心曲，猶水涯之受水處亦曰水曲也。」韓詩外傳二引詩：「在其板屋，亂我心曲。」明韓、毛文同。

四牡孔阜，六轡在手。騏駵是中，騧驪是驂。【疏】傳：「黄馬黑喙曰騧。」箋：「赤身黑鬣曰駵。中，中服也。驂，兩騑也。」○馬瑞辰云：「秦紀言襄公用駵駒祀上帝，是秦以駵爲上。説文：『騮，赤馬黑髦尾也。』騮省作駵。」龍盾之合，鋈以觼軜。【疏】傳：「龍盾，畫龍其盾也。合，合而載之。軜，驂内轡也。」箋：「鋈以觼軜，軜之觼以白金爲飾也，軜繫於軾前。」○馬瑞辰云：「龍、尨、蒙三字，古聲近通用。牧人『凡外祭毁事用尨可也』，注：『故書尨作龍。』杜子春曰：『尨當爲龍。』考工記玉人『上公用龍』，鄭司農云：『龍當作尨。』詩旄邱『孤裘蒙戎』，左傳作『厖茸』，是其證也。此詩『龍盾』，蓋卽下章之『蒙伐』，箋以爲『厖伐』也。作『龍』者叚借字耳。」「鋈以觼軜」者，孔疏：「四馬八轡，而經傳皆言『六轡』，明有二轡當繫之。馬之有轡者，所以制馬之左右，令之隨逐人意。驂馬欲入則偪於脅驅，不須牽挽，故知納者，納驂內轡，繫於軾前，其繫之處以白金爲觼也。」説文：「觼，環之有舌者。或作鐍。」徐鍇云：「言環形象玦，通作觖，觖亦缺也。」

言念君子，温其在邑。方何爲期？胡然我念之。【疏】傳：「在敵邑也。」箋：「方今以何時爲還期乎？何以然了不來，言望之也。」○馬瑞辰云：「方之言將也。方何爲期，猶云『將何爲期』也。方、將音近而義同。箋釋爲『方今』，失之。」

俴駟孔羣，厹矛鋈錞，蒙伐有苑。【注】韓詩曰：駟馬不著甲曰俴駟。「伐」作「瞂」，「宛」作「苑」。【疏】傳：「俴駟，四介馬也。孔，甚也。厹，三隅矛也。錞，鐏也。蒙，討羽也。伐，中干也。苑，文貌。」箋：「俴，淺也，謂以薄金爲介之札。介，甲也。甚羣者，言和調也。蒙，厖也。討，雜也，畫雜羽之文於伐，故曰厖伐。」○「駟馬」至「俴駟」，釋文引韓詩文。胡承珙云：「韓説與管子參患篇『甲不堅密與俴者同實，將徒人與俴者同實』二『俴』字相近，然清人明言『駟介』，左成二年傳鞍之戰，『齊侯不介馬而馳』，本非兵家之常，此詩方言兵車之備，豈反以不介爲詞，韓義似不如毛。」馬瑞辰云：「韓説是也。管子參患篇注：『俴，謂無甲單衣者。』又云：『俴，單也。人雖衆，無兵甲，與單人同也。』今案，人無甲謂之俴，馬無甲亦謂之俴。左成二年傳『不介馬而馳之』，正詩『俴駟』之謂。竊疑毛傳本作『俴駟，不介馬也』。後人譌爲『四介馬也』，箋遂以俴淺釋之耳。」陳喬樅云：「馬申韓義，是矣。然以毛傳『四介馬』爲『不介馬』之譌，則説近牽强。此詩『俴收』，傳訓俴爲淺，故箋於『俴駟』卽用俴淺爲義，謂以薄金爲甲之札。古之戰馬皆著甲，以金爲札，金厚則重，故云俴，謂以薄爲善也。韓則訓俴爲單，謂馬不著甲，以示其驍勇，猶詩美大叔于田，言其『袒裼暴虎』也。」馬瑞辰云：「厹，通作仇。釋名：『仇，矛頭有三叉，言其可以討仇敵之矛也。』厹、酋聲相近，考工記『酋矛常有四尺』，蓋卽詩之『厹矛』，厹借作『酋』，猶遒借作『勼』與『逑』也。曲禮鄭注：『鋭底曰鐏，取其鐏地。平底曰鐓，取其鐓地。』是鐏、鐓異物。而説文云：『鐓，矛戟柲下，銅鐏也。』『鐏，柲下銅也。』蓋鐏與鐓對文則異，散則通，故毛傳亦云『錞，鐏也』。孔疏謂取類相明，非訓爲鐏，失之。」「伐作瞂宛作苑」者。玉篇盾部：「瞂，盾也。」引詩曰：「蒙瞂有苑。」是據韓詩之文。釋文：「伐，本又作瞂。」説文：「瞂，盾也。」是「伐」乃「瞂」之叚借。商頌長發「武王載旆」，説文引詩作「載拔」。小雅六月「白旆央央」，釋文：「本作白茷。」此詩「蒙伐」，韓作「瞂」，皆古今字異也。胡承珙云：「蒙伐之『蒙』，與『㦽』同訓『覆』。説文：『㦽，從火，壽聲。』『翳，翳也。從羽，㲉聲』。『㲉，從攴，䍜聲。』周書以爲討。』此數字，聲皆相近。然則傳訓『蒙討』，猶訓『蒙』爲『㦽』，『討羽』猶言『㦽羽』也。蒙亦有『雜』義，易雜卦：『蒙雜而著。』儀禮鄉射記：『旌各以其物，無物則以白羽，與朱羽糅。』注：『此翿旌也，糅者雜也。』據此，知翿爲雜羽之名，討與翿聲相近，故箋申『討』爲『雜』，釋『討羽』爲『雜羽』也。」黃山云：「析羽謂之旌，凡羽葆之屬，皆析分鳥羽以爲飾。討羽蓋由上揜下，順羽之序而治之，著於干以辟雨，必不析也。趙岐孟子注：『討者，上討下也。』討、伐義近，故傳取爲訓。説文：『討，治也。』『誅，討也。』治茅覆屋謂之誅茅，義蓋相昉。箋訓『蒙』爲『厖』、『討』爲『雜』，亦本無『畫』義，忽以畫羽爲説，自未确。」

虎韔鏤膺，交韔二弓，竹閉緄縢。【注】齊「閉」作「柲」，魯作「鞑」。【疏】傳：「虎，虎皮也。韔，弓室也。膺，馬帶也。交韔，交二弓於韔中也。閉，紲。緄，繩。縢，約也。」箋：「鏤膺，有刻金飾也。」○韔，廣雅作「韔」，云：「弓藏也。」釋文：「本亦作鬯。」虎韔，謂以虎皮包之而藏於弓室。嚴粲云：「鏤膺，鏤飾弓室之膺。弓以後爲背，則以前爲膺，故弓室之前亦爲膺。詩上言虎韔，下言交韔二弓，不應中及馬帶，傳説非也。韔爲藏弓之室，因名弓之藏亦爲韔。交韔，謂交互安置之。竹閉，以竹爲閉也。」「齊閉作柲」者，士喪禮鄭注：「弓檠曰柲。縢，緣也。詩云：『竹柲緄縢。』」又既夕記注：「柲，弓檠，弛則縛於弓裏，備損傷，以竹爲之。詩云：『竹柲緄縢。』」鄭注儀禮多用齊詩，兩引此詩皆作「柲」字，蓋據齊詩文。「魯作𩏏」者，考工記弓人「譬如終紲」，「引如終紲」，注：「紲，弓𩏏也。弓有𩏏者，爲發弦時備頻傷。詩云：『竹𩏏緄縢。』」鄭注周禮引詩作「𩏏」，蓋從魯詩也。陳奐云：「說文：『檠，榜也。』『榜，所以輔弓弩也。』『紲，繫也。』案，繫檠曰紲，因之呼檠曰紲，傳讀詩之『閉』爲既夕記『有柲』之柲，而即以考工記『終紲』之紲釋之，實一物也。詩既言交弓於韔中，又用竹檠約之以繩，所以虞其翩反也。角弓傳：『不善紲檠巧用，則翩然而反。』是其義矣。傳文『緄繩，縢約』，疑互譌。宋策『束組三百緄』，此緄有『約』義。少儀『甲不組縢』，周書『有金縢』，此縢有『繩』義。閟宫『緑縢』，傳亦訓縢爲『繩』。緄縢，謂約之必以繩也。然賈公彥疏已作『緄繩，縢約』矣。」言念君子，載寢載興，厭厭良人，秩秩德音。【注】韓「載」作「再」。魯「厭」作「愔」。【疏】傳：「厭厭，安靜也。秩秩，有知也。」箋：「此既閔其君子寢起之勞，又思其性與德。」○「韓載作再」者，曹植應詔詩：「騑驂倦路，再寢再興。」陳喬樅云：「文選李注『騑驂』句，引韓詩曰：『兩驂雁行。』於『再寢』句引毛詩曰：『言念君子，再寢再興。』考毛詩『載寢載興』，不作『再』字，子建用韓詩，故文與毛異，李引毛亦作『再』，乃順子建本詩之文耳。」「魯厭作愔」者，列女於陵子妻傳引詩曰：「愔愔良人，秩秩德音。」毛作「厭」，借字；正字當作「懕」。說文：「懕，安也。」段玉裁以爲「愔」是「懕」之或體。三倉：「愔愔，性和也。」毛作「厭」者，魯韓詩皆作「愔」。湛露「厭厭夜飲」，韓詩作「愔愔」，是其明證矣。

小戎三章，章十句。

蒹葭【疏】毛序：「刺襄公也。未能用周禮，將無以固其國焉。」箋：「秦處周之舊土，其人被周之德教日久矣，今襄公新爲諸侯，未習周之禮法，故國人未服焉。」〇魏源云：「襄公初有岐西之地，以戎俗變周民也。豳部皆公劉太王遺民，久習禮教，一旦爲秦所有，不以周道變戎俗，反以戎俗變周民，如蒼蒼之葭，遇霜而黄。肅殺之政行，忠厚之風盡，蓋謂非此無以自强於戎狄。不知自强之道在於求賢，其時故都遺老隱居藪澤，文武之道，未墜在人，特時君尚詐力，則賢人不至，故求治逆而難；尚德懷則賢人來輔，故求治順而易，溯洄不如溯游也。襄公急霸西戎，不遑禮教，流至春秋，諸侯終以夷狄擯秦，故詩人興霜露焉。」愚案：魏説於事理詩義皆合，三家義或然。

蒹葭蒼蒼，白露爲霜。【疏】傳：「興也。蒹，薕。葭，蘆也。蒼蒼，盛也。白露凝戾爲霜，然後歲事成，國家待禮然後興。」箋：「蒹葭在衆草之中，蒼蒼然彊盛，至白露凝戾爲霜，則成而黄。興者，喻衆民之不從襄公政令者，得周禮以教之則服。」〇「蒹薕葭蘆」，釋草文。郭注：「蒹似萑而細，高數尺，蘆葦也。」陸疏云：「蒹，水草也。堅實，牛食之令牛肥彊。青徐州人謂之蒹。」御覽十二事類賦天部引詩含神霧曰：「陽氣終，白露凝爲霜。」宋均曰：「白露，行露也。陽終陰用事，故白露凝爲霜也。」此齊義。愚案：魏源云：「毛傳謂露凝爲霜然後歲事成，國家待禮然後興，然則下章『白露未晞』、『白露未已』，又何以取興乎？故知詩以霜興肅殺，非興禮教。」正與宋説合。蔡邕釋誨『蒹葭蒼而白露凝』，明用魯詩文。

所謂伊人，在水一方。【疏】傳：「伊，維也。一方難至矣。」箋：「伊，當作緊，緊猶是也。所謂是知周禮之賢人，乃在大水之一邊，假喻以言遠。」〇説郛引詩氾曆樞曰：「蒹葭秋水，其思涼，猶秦西氣之變乎？」蓋齊説如此。陳奐云：「伊、維一聲之轉，『伊其』卽『維其』，『伊何』卽『維何』，『伊人』卽『維人』。維，是也，猶言是人也。」

遡洄從之，道阻且長。【注】韓詩曰：阻，憂也。又曰：道阻，阻且險也。【疏】傳：「逆流而上曰遡洄，逆禮則莫能以至也。」箋：「此言不以敬順往求之，則不能得見。」〇「阻，憂也。又曰道阻，阻且險也」者，玉篇阜部引韓詩文。皮嘉祐云：「釋文、説文俱云：『阻，險也。』

釋名釋邱：「水出其後曰阻邱，背水以爲險也。」是阻本有『險』義。韓又訓阻爲『憂』者。書舜典『黎民阻飢』，釋文引王注：『阻，難也。』釋詁及詩傳皆云：『阻，難也。』道難則心有憂危之意，故韓以憂、險並釋之。」遡游從之，宛在水中央。【注】魯說曰：「逆流而上曰𣴑洄，順流而下曰𣴑游。【疏】傳：「順流而涉曰遡游，順禮求濟，道來迎之。」箋：「宛，坐見貌。以敬順求之則近耳，易得見也。」○「逆流」二句，釋水文，魯說也。孔疏引孫炎曰：「逆渡者，逆流也。順渡者，順流也。」陳奐云：「『而下』，亦當作『上』。以逆順分洄游，渡水皆是鄉上也。傳就濟渡言，故云『順流而涉』，其實逆流而上，亦是涉也，不作『下』字。」愚案：陳說是。說文：「𣴑，逆流而上曰𣴑洄。𣴑，向也，水欲下，逆而之上也。从水，㡿聲。或从辵、朔。」𣴑，正字。遡，或體。泝，又「𣴑」之俗字。

蒹葭淒淒，白露未晞。所謂伊人，在水之湄。遡洄從之，道阻且躋。遡游從之，宛在水中坻。【疏】傳：「淒淒，猶蒼蒼也。晞，乾也。湄，水隒也。躋，升也。坻，小堵也。」箋：「未晞，未爲霜。升者，言其難至如升阪。」○陳奐云：「宋本作『淒淒』，故傳讀爲『萋萋』，與上章『蒼蒼』同訓爲盛。若水作『萋萋』，訓茂盛，已見於葛覃傳，不當云『猶蒼蒼』矣。」胡承珙云：「說文釋名『湄』義皆同爾雅，傳獨云『水隒』者。說文：『隒，崖也。』『崖，高邊也。』下文『道阻且躋』，躋爲『升』義，故此以『水隒』見其高意。」甫田箋：「坻，水中之高地也。」

蒹葭采采，白露未已。所謂伊人，在水之涘。遡洄從之，道阻且右。遡游從之，宛在水中沚。【注】韓「沚」作「持」，說曰：大渚曰持。【疏】傳：「采采，猶淒淒也。未已，猶未止也。涘，厓也。右，出其右也。小渚曰沚。」箋：「右者，言其迂迴也。」○蜉蝣傳：「采采，衆多也。」馬瑞辰云：「周人尚左，故以右爲迂回。」「韓沚作持，說曰大渚曰持」者，文選潘岳河陽縣詩李注引韓詩曰：「宛在水中持。」薛君曰：「大渚曰持。」詩同沚，「大」是「小」之誤。說文亦云：「小渚曰沚。」爾雅釋文：「沚，本或作洔。」穆天子傳「飲於板洔之中」，郭注：「洔，小渚也。」皆無異義。

蒹葭三章，章八句。

終南【疏】毛序：「戒襄公也。能取周地，始爲諸侯，受顯服，大夫美之，故作是詩以戒勸之。」○案，周地，岐以西之地。鄭語云：「平王之末，秦取周土。」蓋已至秦文公末年矣。三家無異義。

終南何有？有條有梅。【疏】傳：「興也。終南，周之名山中南也。條，稻。梅，枏也。宜以戒不宜也。」箋：「問何有者，意以爲名山高大，宜有茂木也。興者，喻人君有盛德，乃宜有顯服，猶山之木有大小也。此之謂戒勸。」○陳奐云：「漢書地理志：『右扶風，武功，大一山，古文以爲終南。垂山，古文以爲敦物，皆在縣東。』案禹貢，終南惇物，皆在雍州渭南，惇物爲武功縣南山，而終南爲漢京兆長安縣之南山，今陝西西安府南五十里終南山也。豐在長安西，鎬在長安東，則終南爲周豐鎬之南山，以大一當終南，未是也。漢書匈奴傳：『秦襄公伐戎至郊，始列爲諸侯。』據此，知襄公僅有岐西，尚無岐東，至豐鎬之南山，必非秦履也。」胡承珙云：「岐之東西皆有終南，不必定至岐東之地。朱子謂襄公雖未能遽有周地，然既有天子之命矣。穀梁子曰：『王者無外命之則成矣。』史記載平王曰：『戎無道，奪我岐豐之地，秦能攻逐戎，卽有其地。』故秦襄公冢中鼎銘曰：『天王遷洛，岐豐錫公。』（見通鑑前編。）其言正與詩序相應，此大夫美其君能取周地，始爲諸侯，首舉周之名山，舍終南將何所舉，不必泥於襄地之未至終南。且箋云：『至止者，受命服於天子而來。』是則襄公救周之後，受服西歸，道經終南，大夫因以起興，未爲不可也。」釋木：「稻，山榎。」孔疏引孫炎注引詩「有條有梅」，云：「條，稻也。」郭注：「今之山楸。」攸聲、舀聲古同部通用，柚條爲南方之木，非終南所有，故不得以條爲柚也。釋木：「梅，枏。」說文「梅」下云：「枏也。」「某」下云：「酸果也。」蓋酸果之梅，以「某」爲正字，作「梅」者借字耳。說文「梅」字注又云：

「可食，或作楪。」段注以爲淺人改竄，是也。君子至止，錦衣狐裘。【疏】傳：「錦衣，采色也。狐裘，朝廷之服。」箋：「至止者，受命服於天子而來也。諸侯狐裘錦衣以裼之。」○馬瑞辰云：「古者裼衣與裘色相稱，此詩狐裘，以玉藻證之，知爲『白裘』，則錦衣亦當從玉藻鄭注訓爲『素錦』。玉藻『君衣狐白裘，錦衣以裼之』，鄭注：『君衣狐白毛之裘，則以素錦爲衣覆之，使可裼也。』又曰：『凡裼衣，象裘色也。』疏云：『凡裼衣象裘色者，狐白裘用錦衣爲裼，狐青裘用元衣爲裼，羔裘用緇衣爲裼。』是皆與裘色相稱之證。又案玉藻『君子狐青裘，豹褎，玄綃衣以裼之。麛裘，青豻褎，絞衣以裼之。羔裘，豹褎，緇衣以裼之。狐裘，黃衣以裼之。』玄既爲綃衣，則下言『絞衣』、『緇衣』、『黃衣』，皆承上用綃可知。是知諸侯惟狐裘用錦，以別於天子用綃。說文：『綃，生絲也。』『錦，襄邑織文也。』綃與錦異其質，不異其色。玉藻云：『童子之節也，緇布衣，錦緣，錦紳并紐，錦束髮，皆朱錦也。』案，有『朱錦』，則有『素錦』矣。鄭云『以素錦爲衣覆之』，正與狐白裘色相稱。毛傳以錦衣爲『采色』，正義作『采衣』，失之。」顏如渥丹，其君也哉！【注】韓「丹」作「沰」，曰：「沰，赭也。」亦作「赭」。【疏】箋：「渥，厚漬也。顏色如厚漬之丹，言赤而澤也。其君也哉，儀貌尊嚴也。」○「丹作沰。曰沰，赭也」者，釋文引韓詩文。「亦作赭」者。韓詩外傳二引詩：「顏如渥赭，其君也哉。」亦作「赭」，俱與毛異。黃山云：「說文：『丹，巴越赤石。』『赭，赤土色。』並赤，故義可通，簡兮鄭箋即以『傅丹』訓『赭』可證也。封氏聞見記：『赭，或謂之柘木染。』本草：『柘木染黃赤色，謂之柘黃，天子服。』柘黃即赭黃也。柘讀如『蔗』，與『赭』爲同音字。沰與柘皆『石』聲，亦可通『赭』，是沰又即赭也。」

終南何有？有紀有堂。【注】三家「紀」作「杞」，「堂」作「棠」。【疏】傳：「紀，基也。堂，畢道平如堂也。」箋：「畢也堂也，亦高大之山所宜有也。畢，終南山之道名，邊如堂之牆然。」○孔疏：「案集注本作『屺』，定本作『紀』，以下文有堂，故以爲『基』，謂山基也。釋丘云：『畢，堂牆。』李巡曰：『堂，牆名。崖似堂牆曰畢。』郭注：『今終南山道名畢，其邊若堂之牆。」以終南之山見有此堂，知是畢道之側，其崖如堂也。「三家紀作杞，堂作棠」者，白帖五引詩，作「有杞有棠」，蓋本三家詩文。馬瑞辰云：「紀，當讀爲『杞梓』之杞。堂，當讀爲『甘棠』之棠。紀、堂皆叚借字。左氏春秋桓二年『杞侯來朝』，公、穀並作『紀侯』。三年，『公會杞侯于郕』，公羊作『紀侯』。『吳夫槩奔楚爲棠谿氏』，定五年左傳作『堂谿』，此皆杞、紀、棠、堂古得通借之證。王引之說略同，謂白帖所引蓋韓詩。唐時齊、魯皆亡，惟韓詩尚存也。」**君子至止，黻衣繡裳。**

【注】魯詩曰：「君子至止，黻衣繡裳。」魯說曰：「黻衣繡裳，君子之所服也。愛其德，故美其服也。韓詩曰：「君子至止，紼衣繡裳。」異色繼袖曰紼。【疏】傳：「黑與青謂之黻，五色備謂之繡。」○傳義本考工記文，以「黻」與「繡」對言。釋言：「黻、黼，彰也。」又曰：「袞，黻也。」論語「而致美乎黻冕」，「黻冕」猶言「袞冕」。此詩「黻衣繡裳」，猶九罭詩「袞衣繡裳」，乃通言章服耳。君子德足稱服，故美之也。引「君子至止」二句，明魯毛文同。「黻衣」至「服也」，中論藝紀篇文。「君子」至「曰紼」，玉篇絲部引韓詩文。「袖」當爲「繡」字之誤。青黑二文曰「黻」，是異色也，加以五色備曰「繡」，是繼繡也。「黻」通「紱」，「紱」亦通「紼」。莊子逍遥游釋文：「紱，或作紼。」堯廟碑「印紼相承」，「紱」作「紼」，是三字以音近相通。韓作「紼」者，亦叚「紼」爲「紱」耳。九章「黼」、「黻」皆統於「繡」，考工「繡」與「黼」、「黻」對言，不能合而爲一也。

佩玉將將，壽考不亡！【注】魯「將」作「鏘」，魯齊「亡」作「忘」。【疏】「魯將作鏘，亡作忘」者，中論藝紀篇引詩：「佩玉鏘鏘，壽考不忘。」徐幹用魯詩也。「齊亡作忘」者，漢書禮樂志安世房中歌作「壽考不忘」，班用齊詩也。毛作「將」及「亡」，皆古文省借字。

終南二章，章六句。

黃鳥【疏】毛序：「哀三良也。國人刺穆公以人從死，而作是詩也。」箋：「三良，三善臣也。謂奄息仲行鍼虎也。從死，自殺以從死。」○史記秦本紀：「秦繆公卒，葬雍，從死者百七十七人，秦之良臣子輿氏三人奄息仲行鍼虎，亦在從死之中，秦人哀之，爲作黃鳥之詩。」史記敘傳：「穆公思義，悼豪之旅。以人爲殉，詩歌黃鳥。」應劭漢書注：「秦繆公與羣臣飲酣，公曰：『生共此樂，死共此哀！』於是奄息仲行鍼虎許諾。及公薨，皆從死，黃鳥所爲作也。」以上魯說。漢書匡衡傳疏云：「秦穆貴信，士多從死。」易林困之大壯：「子輿失勢，黃鳥哀作。」又革之小畜：「子車鍼虎，善人危殆。黃鳥悲鳴，傷國元輔。」以上齊說。曹植三良詩：「功名不可爲，忠義我所安。秦穆先下世，三臣皆自殘。生時等榮樂，既沒同憂患。誰言捐軀易，殺身誠獨難。黃鳥爲悲鳴，哀哉傷肺肝。」以上韓說。三家皆謂秦穆要人從死，穆公既死，三臣自殺以從也。西國書記非洲諸國以人從死，動至無數，英法禁之，然後衰息，蓋夷俗如此。

交交黃鳥，止于棘。【疏】傳：「興也。交交，小貌。黃鳥以時往來得其所，人以壽命終，亦得其所。」箋：「黃鳥止于棘，以求安己也，此棘若不安則移。興者，喻臣之事君亦然，今穆公使臣從死，刺其不得黃鳥止于棘之本意。」○馬瑞辰云：「文選嵇叔夜贈秀才入軍詩：『咬咬黃鳥，顧儔弄音。』李注引詩『交交黃鳥』，又引古歌：『黃鳥鳴相追，咬咬弄好音。』玉篇、廣韻並曰『咬，鳥聲』。作『交交』者，省借字耳。」又云：「詩以黃鳥之止棘、止桑、止楚，爲不得其所，興三良之從死，爲不得其死也。棘、楚皆小木，桑亦非黃鳥所宜止，小雅黃鳥詩『無集于桑』，是其證也。詩刺三良從死，而以止棘、止桑、止楚爲喻者，『棘』之言『急』，（素冠傳：「棘，急也。」）『桑』之言『喪』也，『楚』之言『痛楚』也。（六書故：楚亦名荊，捶人卽痛，因名痛楚。）古人用物，多取名於音近，如『松』之言『容』，『柏』之言『迫』，『栗』言『戰栗』，（公羊文二年何注。）『桐』之言『痛』，『竹』之言『蹙』，（白虎通：「竹者，蹙也。桐者，痛也。」）『蓍』之言『耆』，（白虎通：「蓍之爲言耆也。久長意也。」）皆此類也。」愚案：馬說精當。蔡邕陳太邱碑文：「交交黃鳥，爰止于棘。命不可贖，哀何有極。」邕習魯詩，明魯毛文同。誰從穆公？子車奄息。維此奄息，百夫之特。臨其穴，惴惴其慄！彼蒼者天，殲我良人！如可贖兮，人百其身。【注】魯「慄」作「栗」，「兮」作「也」。【疏】傳：「子車，氏；奄息，名。乃特百夫之德。惴惴，懼也。殲，盡。良，善也。」箋：「言『誰』，從穆公者傷之。特，百夫之中最雄俊也。穴，謂冢壙中也。秦人哀傷此奄息之死，臨視其壙，皆爲之悼慄，言彼蒼者天，愬之如此。奄息之死，可以他人贖之者，人皆百其身，謂一身百死猶爲之，惜善人之甚。」○馬瑞辰云：「柏舟『實維我特』，傳：『特，匹也。』此亦訓特爲『匹』，匹之言『敵』也、『當』也，猶云乃當百夫之德耳。人百其身，謂願以百人之身代之，言『人百其身』者，倒文也。箋謂『一身百死』，似非經義。」愚案：左傳作「子車氏」，史記作「子輿氏」，「車」、「輿」字異義同，故易林作「子車」，又作「子輿」也。「魯慄作栗」者，趙岐孟子公孫丑章句：「惴，懼也。詩云：『惴惴其栗。』」淮南説山訓注：「惴，讀詩『惴惴其栗』之惴。」是魯詩「慄」作「栗」，不與毛同。今孟子注閣本、監本、毛本俱作「慄」，此後人順毛所改。曹植卞太后誄：「痛莫酷斯，彼蒼者天。」引「彼蒼」句，明韓毛文同。「魯兮作也」者，蔡邕陳留太守胡公碑作「如可贖也」。隸續平輿令薛君碑：「如可贖也，人百其身。」與邕引魯詩合，明魯作「也」，與毛異。

交交黃鳥，止于桑。誰從穆公？子車仲行。維此仲行，百夫之防。【疏】傳：「防，比也。」箋：「仲行，字也。防，猶當也，言此一人當百夫。」○陳奐云：「子車三子，不當兩稱名、一稱字，蓋若鄭祭仲足，祭氏、仲字、足名矣。」臨其穴，惴惴其慄。彼蒼者天，殲我良人！如可贖兮，人百其身。

交交黃鳥，止于楚。誰從穆公？子車鍼虎。維此鍼虎，百夫之禦。臨其穴，惴惴其慄。彼蒼者天，殲我良人！如可贖兮，人百其身。【疏】傳：「禦，當也。」

黃鳥三章，章十二句。

晨風【疏】毛序：「刺康公也。忘穆公之業，始棄其賢臣焉。」○三家無異義。

鴥彼晨風，鬱彼北林。【注】韓「鴥」作「鴪」。齊「鬱」作「温」。魯說曰：晨風，鸇。「晨」亦作「鷐」。「鬱」作「宛」。【疏】傳：「興也。鴥，疾飛貌。晨風，鸇也。鬱，積也。北林，林名也。先君招賢人，賢人往之，駛疾如晨風之飛入北林。」箋：「先君，謂穆公。」○「韓鴥作鴪」者，外傳八趙蒼唐對魏文侯引此詩六句，作「鴪彼晨風」。宋綿初云：「鴪，字書作聿，疾飛貌。木華海賦『鴪如驚鳧之失侶』，與『鴥』字異而音義同。」「齊鬱作温」者，易林小畜之革：「晨風之翰，大舉就温。」又豫之革：「晨風文翰，隨時就温。雄雌相和，不憂危殆。」陳喬樅云：「温與蘊通，當爲『鬱』之叚借。雲漢詩『温隆蟲蟲』，正義：『定本作蘊。』釋文：『韓詩作鬱。』可證也。齊詩異文蓋作『温彼北林』，魏曹丕詩『願爲晨風鳥，雙飛翔北林』，即用此詩語意，與易林『雄雌相合』之説合，其義皆本之齊詩。」愚案：舉、就，如論語「色斯舉矣」之舉，疾飛故云「大舉」；就者集也，就、集一聲之轉。就温，猶晉語云「集菀」耳。「晨風鸇」者，釋鳥文，魯說也，與毛同。郭注：「鸇，鷂屬。」郝懿行云：「詩獨『鴥彼飛隼』與『鴥彼晨風』言鴥，可知鸇即隼矣。」「魯晨亦作鷐，鬱作宛」者，說文：「鸇，鷐風也。」「鷐，从鳥，晨聲。」「鴪，鸇飛貌。从鳥，穴聲。詩曰：『鴪彼鷐風。』」「鴪」與「鴥」字同，但有左右轉易之別。齊韓毛皆作「晨」，則作「鷐」者魯詩「亦作」本也。周官函人，鄭注引詩「宛彼北林」，「宛」與「菀」同，亦「鬱」之借字。史記倉公傳「寒濕氣宛」，即「氣鬱」也。韓毛作「鬱」，齊作「温」，則作「宛」者亦魯詩也。陸疏：「鸇似鷂，青黃色，燕頷句喙，向風摇翅，乃因風飛急，疾擊鳩鴿燕雀食之。」**未見君子，憂心欽欽。**【疏】傳：「思望之，心中欽欽然。」箋：「言穆公始未見賢者之時，思望而憂之。」**如何如何！忘我實多。**【疏】傳：「今則忘之矣。」箋：「此以穆公之意責康公，如何如何乎！忘我之事實多。」

○案，外傳趙倉唐對文侯言中山君擊好晨風，誦「忘我實多」以感文侯，文侯大悅。是以「忘我」爲君忘其臣，箋說非也。

張衡思玄賦引「忘我實多」，衡用魯詩，明魯毛文同。

山有苞櫟，隰有六駮。【注】魯「苞」作「枹」。【疏】傳：「櫟，木也。駮如馬，倨牙，食虎豹。」箋：「山之櫟，隰之駮，皆其所宜有也，以言賢者亦國家所宜有之。」○陸疏云：「駮馬，梓榆也。其樹皮青白駮犖，遥視似駮馬，故謂之駮馬。下章云『山有苞棣，隰有樹檖』，皆山隰之木相配，不宜云獸。駮與駁，古通用。」崔豹古今注：「六駁，山中有木，葉似豫章，皮多癬駁，名六駮木。」卽此。「魯苞作枹」者，釋木：「樸，枹者。」郭注：「樸屬叢生者爲枹。詩所謂棫樸、枹櫟。」案，毛作「苞櫟」，則作「枹櫟」者魯詩也。未見君子，憂心靡樂。如何如何！忘我實多。

山有苞棣，隰有樹檖。【疏】傳：「棣，唐棣也。檖，赤羅也。」○馬瑞辰云：「爾雅：『唐棣，栘。』『常棣，棣。』據小雅常棣傳，一本作『常棣，栘也』。合以此傳『棣，唐棣也』，知傳與今本爾雅互易，蓋作『常棣，栘。』『唐棣，棣。』疑毛所見爾雅原作『唐棣，棣。』『常棣，栘。』說文：『栘，常棣也。』『棣，白棣也。』爾雅疏引陸疏云：『常棣，許慎云白棣樹也，如李而小，子如櫻桃，正白。又有赤棣，亦似白棣，子正赤，亦如郁李而小。』今案，常棣既爲白棣，則唐棣爲赤可知，郭注乃以唐棣爲今白栘，似白楊，誤矣。」又云：「正義引陸疏云『檖，一名山梨，今人謂之楊檖，實如梨，但小耳。一名廣梨，一名鼠梨』。是檖卽山梨之小者，而爾雅說文以爲『羅』。傳言『赤羅』者，羅、梨一聲之轉，赤羅猶言紅梨耳。方言：『樹，植立也。』樹檖蓋植立者，故對苞爲叢生言之。」未見君子，憂心如醉。如何如何！忘我實多。

晨風三章，章六句。

無衣【疏】毛序：「刺用兵也。秦人刺其君好攻戰，亟用兵，而不與民同欲焉。」○案，毛謂詩之篇第以世爲次，此在穆公後，宜爲刺康公詩。其實世次之說，出毛武斷，而審度此詩詞氣，又非刺詩，斷從齊說。見下。

豈曰無衣！與子同袍。【疏】傳：「興也。袍，襺也。上與百姓同欲，則百姓樂致其死。」箋：「此責康公之言也。君豈嘗曰女無衣，我與女同袍乎？言不與民同欲。」○子者，秦民相謂之詞。「豈曰無衣」，與唐風「豈曰無衣六兮」句法一例，言豈曰我無衣乎？但以我與子友朋親愛之情，子有袍，願與同著之。釋名：「袍，大夫著，下至跗者也。袍，苞也。苞，內衣也。」吳越春秋二引無衣之詩曰：「豈曰無衣，與子同袍。」長君用韓詩，明韓毛文同。王于興師，脩我戈矛，與子同仇。【注】韓「仇」作「讎」。【疏】傳：「戈長六尺六寸，矛長二丈。天下有道，則禮樂征伐自天子出。仇，匹也。」箋：「于，於也。怨耦曰仇。君不與我同欲，而於王興師，則云脩我戈矛，與子同仇往伐之。刺其好攻戰。」○于，往也。秦自襄公以來受平王之命以伐戎，所興之師，皆爲王往也，故曰「王于興師」。孔疏：「考工記廬人：『戈長六尺六寸。』記又云：『酋矛常有四尺。』注：『八尺曰尋，倍尋曰常。』常有四尺，是矛長二丈也。」「韓仇作讎」者，吳越春秋二引詩曰：「王于興師，與子同讎。」西戎弒幽王，是於周室諸侯爲不共戴天之讎，秦民敵王所愾，故曰「同讎」也。

豈曰無衣！與子同澤。【注】齊「澤」作「襗」。【疏】傳：「澤，潤澤也。」箋：「澤，褻衣，近汙垢。」○釋文：「澤，如字。說文作『襗』，云：『袴也。』」孔疏：「箋以上袍下裳，則此亦衣名。故易傳爲『襗』，襗是袍類，故論語注云：『褻衣，袍襗也。』」陳喬樅云：「班固北征頌『寒不施襗』，班世習齊詩，此頌正用齊『襗』字。鄭易『澤』爲『襗』，亦據齊文也。廣雅釋器：『襗，長襦也。』釋名：『襦，禐也，言溫煖也。』襗是褻服，故以『近汙垢』言之。說文訓『襗』爲『袴』，別爲一說。陸孔並引以證鄭，未合。」王于興師，脩我矛戟，與子偕作。【疏】傳：「作，起也。」箋：「戟，車戟常也。」○孔疏：「考工記廬人：『常長丈六。』」

豈曰無衣！與子同裳。王于興師，脩我甲兵，與子偕行。【注】齊「偕」作「皆」。【疏】傳：「行，往也。」○「齊偕作皆」者，漢書趙充國辛慶忌傳贊：「山西天水安定北地處勢迫近羌胡，民俗修習戰備，高尚勇力鞍馬騎射，故秦詩曰：『王于興師，脩我甲兵，與子皆行。』其風聲氣俗自古而然。今之歌謠慷慨，風流猶存耳。」偕、皆古通作。陳喬樅云：「據班說，知齊詩不以『無衣』爲刺。皆，地理志引作『偕』，蓋後人順毛改之。」

無衣三章，章五句。

渭陽【疏】毛序：「康公念母也。康公之母，晉獻公之女也。文公遭麗姬之難，未反而秦姬卒，穆公納文公。康公時爲太子，贈送文公于渭之陽，念母之不見也，我見舅氏，如母存焉。及其即位，思而作是詩也。」○列女秦穆姬傳：「秦穆姬者，晉獻公之女，賢而有義。穆姬死，穆姬之弟重耳入秦，秦送之晉，是爲晉文公。太子罃思母之恩而送其舅氏也，作詩曰：『我送舅氏，至於渭陽。何以贈之？路車乘黃。』君子曰：慈母生孝子。」後漢書馬援傳注引韓詩曰：「秦康公送舅氏晉文公於渭之陽，念母之不見也，曰『我見舅氏，如母存焉。』」是魯傳韓序並與毛合，齊詩亦必同也，惟毛以爲康公即位後方作詩。案，贈送文公，乃康公爲太子時事，似不必即位後方作詩，魯韓不言，不從可也。

我送舅氏，曰至渭陽。【注】魯「曰至」作「至於」。【疏】傳：「母之昆弟曰舅。」箋：「渭，水名也。秦是時都雍，至渭陽者，蓋東行送舅氏於咸陽之地。」○「魯曰至作至於」者，列女秦穆姬傳引詩文。（見上。）咸陽在今陝西西安府長安縣，雍在今鳳翔府鳳翔縣西北，詩言至渭陽，未及渭水。孔疏云「雍在渭南，晉在秦東，行必渡渭」者，非也。水北曰陽。

何以贈之？路車乘黃。【疏】傳：「贈，送也。乘黃，四馬也。」○陳奐云：「時穆公尚在。坊記：『父母在，饋獻不及車馬。』此贈車馬何也？逸周書太子晉篇：『師曠請歸，王子贈之乘車四馬。』孔注：『禮，爲人子三賜不及車馬，此賜則白王然後行可知也。』然則康公亦白穆公而行與？」

我送舅氏，悠悠我思。何以贈之？瓊瑰玉佩。傳：「瓊瑰，石而次玉。」○「悠悠我思」，魯傳韓毛序「念父母不見」之意，皆從此生出，因念舅氏而念母，思慕至深，言不盡意。馬瑞辰云：「瓊瑰，蓋『璿瑰』之譌。說文：『瓊，赤玉也。』（段注謂「赤」當作「亦」。）『璿，美玉也。』二義不同。篆文『瓊』作『瓊』，『璿』作『璿』，形近易譌。說文『璿』字注引春秋傳『璿弁玉纓』，今左傳譌作『瓊弁』。證一。古『璿』或作『琁』，『璿』譌爲『瓊』，今本說文因誤以『琁』篆厠『瓊』下。據文選陶徵士誄『璿玉致美』字注引說文云：『琁亦璿字。』是知說文『琁』字本厠『璿』下，今誤厠『瓊』下。證二。『琁』又通『璇』，大荒西經『西王母之山有璇瑰瑤碧』，郭注：『璇瑰，亦玉名。』而文選江賦洛神賦李注，玉篇廣韻引山海經並作『瓊瑰』。大荒北經亦言『璿瑰瑤碧』，是知『璇瑰』皆『璿瑰』之異文，非『瓊瑰』也。證三。穆天子傳『枝斯璿瑰』，郭注：『璿瑰，玉名。』引左傳『贈我以璿瑰』，即成十七年左傳『聲伯夢或與己瓊瑰』也，是知左傳『瓊瑰』亦『璿瑰』之譌。證四。經傳『瓊弁』、『瓊瑰』字皆當爲『璿』，故知此詩『瓊瑰』亦『璿瑰』之譌。字林：『瑰，石珠也。』穆天子傳『春山之瑤有璿珠』，璿珠亦璿瑰之屬，璿爲美玉，不嫌與『玉佩』並言，猶書『璿璣玉衡』、左傳『璿弁玉纓』，不嫌璿、玉對舉也。傳云『石而次玉』者，蓋以對玉佩言宜爲美石耳。據莊子外篇『積石爲樹，名曰瓊枝』，是瓊爲玉、石通稱。毛作傳時，或已譌『璿』爲『瓊』，故以爲石而次玉，若璿爲美玉，古未有以爲石者也。」

渭陽二章，章四句。

權輿【疏】毛序：「刺康公也。忘先君之舊臣與賢者，有始而無終也。」○三家無異義。

於我乎夏屋渠渠，【注】魯說曰：「夏，大屋也。」引詩又曰：「渠渠，盛也，亦作蘧蘧。」韓詩曰：「殷商屋而夏門也。」傳曰：「周夏屋而商門。」今也每食無餘。【疏】傳：「夏，大也。」箋：「屋，具也。渠渠，猶勤勤也。言君始於我厚，設禮食大具以食我，其意勤勤然，今遇我薄，其食我纔足耳。」〇「夏大屋也」者，王逸楚詞招魂章句文，引詩此句。九章注：「夏，大殿也。」引詩同。淮南本經訓高注：「夏屋，大屋也。」王高皆習魯詩，知魯訓與毛同。「渠渠，盛也」者，廣雅釋詁文。張說皆本魯詩。「亦作蘧蘧」者，王延壽魯靈光殿賦云：「揭蘧蘧而騰湊。」李注引崔駰七依曰：「夏屋蘧蘧，高也，音渠。」案，「渠」、「蘧」字通，左氏春秋定十五年「齊侯次于渠蒢」，公羊作「蘧蒢」。西京賦「蘧藕」，薛綜注以「蘧」爲「芙渠」，是其明證。延壽逸子，當習魯詩，蓋魯詩有異文，亦作「蘧蘧」也。「殷商」至「門也」，通典五十五引韓詩文。下引傳曰云云。盧文弨云：「通典於『殷商屋』句引韓詩，則所引傳曰『周夏屋而商門』亦韓詩傳也。」陳喬樅云：「御覽百八十一居處部引崔凱曰：『禮，人君宮室之制，爲殷屋四夏也，卿大夫爲夏屋，隔半，以北爲正室，中半以南爲堂。』殷商古並通用，殷屋卽商屋也。是商屋、夏屋爲殷周宮室之異制，後人因以爲人君及卿大夫尊卑之等差。竊思殷屋之名，取義於中。中，正也。商從冏，章省聲，章亦正也。釋山曰：『上正章。』是其義已。考工記：『殷人重屋，堂修七尋，堂崇三尺，四阿重屋。』注云：『重屋，王宮正室，若大寢也。』御覽引桓譚新論曰：『商人謂路寢爲重屋。』商於虞夏稍文，加以重檐四阿，故取名四阿，若今四柱屋重屋複笮也。然則殷屋卽重屋，四夏卽四阿。夏者，厦字之叚借，以其正中爲室，四面有霤，重承壁材也。惟夏屋以近北爲正室，中半以南爲堂，其制與商屋殊。商門之制，亦爲重屋，古人宮室中爲大門，左右爲塾，塾皆有堂室。考工記『門堂三之二』，室三之一是也。門堂當南北之正中，其室亦當左右塾前後正中之處，故曰商門。周人夏屋，皆爲重簷，亦四面有霤，損益殷制而廣大之，規模益備，故曰夏屋，夏之爲言大也。後人定宮室之制，人君宮殿始有重屋四阿，卿大夫以下但爲南北簷，皆以近北爲正室，中半以南爲堂，如周人夏屋之制，故亦稱夏屋耳。夏門者，大門也。大門之爲夏門，猶高門之爲皋門、正門之爲應門也。漢有夏門，蓋沿古人之稱。李尤夏門銘曰：『夏門值孟位，月在亥。』其稱名之意，亦取義於大也。」于嗟乎，不承權輿！【注】魯「乎」作「胡」。【疏】傳：「承，繼也。權輿，始也。」○「魯乎作胡」者，釋詁：「權輿，始也。」郭注：「詩曰：『胡不承權輿。』」案，毛讀「于嗟乎」句，「不承權輿」句，此引詩「乎」作「胡」，以「胡不承權輿」爲句，蓋本舊注所引魯詩，故文異而句讀亦異也。馬瑞辰曰：「乎通作胡，猶論語『不使大臣怨乎不以』，三國志杜恕傳引作『怨何不以』也。『不』承『權輿』，上多一『胡』字，詞義更婉。」又云：「權輿，卽『虇蕍』之叚借。釋草：『葭華，蒹薕，菼薍，其萌虇蕍。芛蘲，華榮。』郭注讀『其萌虇』爲句，而以『蕍芛』連讀。據說文『蘉』下云：『灌蕍讀若萌』，則以『灌蕍』二字連讀。『蘉』卽『萌』也，『灌蕍』卽『虇蕍』也，亦卽『權輿』。虇蕍本蒹葭始生之稱，因而凡草之始生通曰權輿，大戴禮『孟春百草權輿』是也；因而人之始事亦曰『權輿』，此詩『胡不承權輿』是也。又逸周書同月解云『是謂日月權輿』，則日月之始通名『權輿』，皆以『權輿』二字連文。或謂造衡始權，造車始輿，未免望文生義矣。又案說文『芛』下云：『草之皇榮也。』讀亦與郭異，均當以許讀爲正。」黃山云：「儀禮燕食皆因堂階行禮，無餘，謂屋無餘地，故曰『不承權輿』。箋訓『屋』爲『具』，反泥。」

於我乎每食四簋，【疏】傳：「四簋，黍稷稻粱。」○馬瑞辰云：「古者簋盛黍稷，簠盛稻粱，傳知『四簋』爲黍稷稻粱者。玉藻『朔月四簋』，亦謂黍稷稻粱，故知詩『四簋』非專言黍稷耳。玉藻云『少牢五俎四簋』，是四簋爲公食大夫之禮；易言『二簋可用享』者，蓋士禮也。『簋』與『簠』對文異，散文通。詩云『每食四簋』，又曰『陳饋八簋』，蓋皆言『簋』以該『簠』。孔疏謂是平常燕食，器物不具，故稻粱在簋，失其義矣。」今也每食不飽。于嗟乎！不承權輿。

權輿二章，章五句。

秦國十篇，二十七章，百八十一句。

詩三家義集疏卷十

陳宛丘第十

【疏】乙巳占引詩推度災曰：「陳，天宿大角。」御覽十八引詩含神霧曰：「陳地處季春之位，土地平夷，無有山谷，律中姑洗，音中宮徵。」文選秋胡詩李注引詩緯曰：「陳，王者所起也。」笙賦引樂動聲儀曰：「樂者，移風易俗。所謂『聲俗』者，若□楚聲高、齊聲下也。所謂『事俗』者，若齊俗奢，陳俗利巫也。」漢書地理志：「陳本太昊之虛，周武王封舜後嬀滿於陳，是爲胡公，妻以元女大姬。婦人尊貴，好祭祀，用史巫，故其俗巫鬼。陳詩曰：『坎其擊鼓，宛丘之下。無冬無夏，值其鷺羽。』又曰：『東門之枌，宛丘之栩。子仲之子，婆娑其下。』此其風也。」漢書匡衡傳疏曰：「陳夫人好巫而民淫祀。」漢書人表「太姬武王女」，張晏曰：「太姬巫怪，好祭鬼神。陳人化之，國多淫祀。」以上皆齊說。漢志又云：「淮陽國陳，故國。」今河南陳州府治附郭淮寧縣，陳故都也。

詩國風

宛丘【疏】毛序：「刺幽公也。淫荒昏亂，游蕩無度焉。」○齊詩義微異。（見下）魯韓未聞。

子之湯兮，宛丘之上兮。【注】魯「湯」作「蕩」。魯說曰：宛中宛丘。又曰：丘上有丘爲宛丘。又曰：陳有宛丘。【疏】傳：「子，大夫也。湯，蕩也。四方高、中央下曰宛丘。」箋：「子者，斥幽公也。游蕩無所不爲。」○「魯湯作蕩」者，楚詞離騷王注：「蕩猶蕩蕩，無思慮貌也。詩曰：『子之蕩兮。』」陳喬樅云：「三家今文每以訓詁代正經，如芄蘭詩『能不我甲』，毛傳：『甲，狎也。』釋文引韓詩作『能不我狎』。大明詩『俔天之妹』，毛傳：『俔，磬也。』正義引韓詩作『磬天之妹』。是其顯證。」「宛中」至「宛丘」，釋丘文，魯說也。孔疏引李巡孫炎，皆云「四方高、中央下曰宛」。魯詩舊注與毛義同。郭注：「宛丘，謂中央隆峻，狀如負一丘。」別出一解，非也。爾雅釋文：「宛，郭音蘊。」韓詩外傳：「陳之富人鶮於輼丘之上。」蘊、輼音同，蓋卽此宛丘。水經渠水注：「宛丘在陳城南道東。王隱云漸欲平，今不知所在矣。」**洵有情兮，而無望兮。**【疏】傳：「洵，信也。」箋：「此君信有淫荒之情，其威儀無可觀望而則傚。」

坎其擊鼓，宛丘之下。無冬無夏，值其鷺羽。【疏】傳：「坎坎，擊鼓聲。值，持也。鷺鳥之羽，可以爲翳。」箋：「翳，舞者所持以指麾。」○匡衡傳注引張晏曰：「胡公夫人，武王之女大姬，無子，好祭祀鬼神，鼓舞而祀，故其詩曰：『坎其擊鼓，宛丘之下。無冬無夏，值其鷺羽。』」晏生漢魏之際，齊詩具存，晏注用齊詩，明齊毛文同。晏推本胡公夫人，仍以爲嗣君好祭祀，其序「刺公淫荒昏亂」，傳斥「大夫」，箋斥「幽公游蕩無所不爲」之語，皆未之及，知齊詩無此說也。地理志注：「鷺鳥之羽以爲翿，立之而舞，以事神也。無冬無夏，言其恒也。」陳喬樅云：「序言幽公游蕩無度，不云鼓舞以事神也。師古以值翿爲事神之舞，必舊注所據齊詩之說，而師古襲用其義耳。」孔疏引陸璣云：「鷺，水鳥也，好而潔白，故謂之白鳥。齊、魯之間謂之春鉏，遼東樂浪吳揚人皆謂之白鷺。青腳，高尺七八寸，尾如鷹尾，喙長三寸，頭上有毛十數枚，長尺餘，毵毵然與衆毛異好，欲取魚時則弭之。」說文舊作「值，措也」。段注：「措者，置也。非其義。依韻會所據，正作『持』。韻會雖譌爲『待』，然轉刻之失耳。」愚案：毛訓「值」爲「持」，係手執之。依說文「措置」義，係供張之，皆就舞者言，惟顏師古說「值」爲「立」，則自詩人目中見此羽翿冬夏建設，於「刺嗣君」之指爲合。

坎其擊缶，宛丘之道。【注】魯說曰：缶者，瓦器，所以盛漿，鼓之以節歌。【疏】傳：「盎，謂之缶。」○「缶者」至「節歌」，應劭風俗通義文，此魯說，引此詩二句，與毛文同。**無冬無夏，值其鷺翿。**【疏】傳：「翿，翳也。」○說文「翌」下云：「樂舞，以羽翢自翳其首，以祀星辰也。」「翿」之爲「翳」，蓋卽此義。黄山云：「說文羽部無『翢』，『翌』下注乃有之，卽『翳』之省文，而『翿』之本字。（翳，「殹」聲。殹、翿並「㠯」聲，與儔、壽聲異，隸寫掍之。）與周禮地官之『纛』同爲一字。釋言：『翿，纛也。』『纛，翳也。』郭注：『舞者所以自蔽翳。』正與『翌』下『以羽翿自翳其首』合。君子陽陽『左執翿』，傳：『翿，纛也，翳也。』胡承珙據說文「翳」引詩「左執翿」，「儔」亦訓「翳」，謂『纛』俗字，「翿」卽「儔」之或作，傳與釋言皆誤，當作「翳，翿也，翳也」，值其鷺翿，卽「值其鷺儔」，故傳直訓「翳」也，則「鷺翿」之翿，不成爲可執之羽物矣，亦誤。餘詳王風。

宛丘三章，章四句。

東門之枌【疏】毛序：「疾亂也。幽公淫荒，風化之所行，男女棄其舊業，亟會於道路，歌舞於市井爾。」○三家無異義。

東門之枌，宛丘之栩。【疏】傳：「枌，白楡也。栩，杼也。國之交會，男女之所聚。」○釋木：「楡，白枌。」郭注：「枌楡，先生葉，卻著莢，其皮色白。」漢有枌楡社，枌楡卽白楡。「栩杼」，釋木文，詳唐風鴇羽篇。宛丘蓋地近東門，陳國之城門也。子仲之子，婆娑其下。【注】魯說曰：婆娑，舞也。【疏】傳：「子仲，陳大夫氏。婆娑，舞也。」箋：「之子，男子也。」○子仲爲大夫氏，猶秦大夫子車氏也。「婆娑，舞也」者，釋訓文，魯說也，與毛同。孔疏引李巡曰：「婆娑，盤辟舞也。」孫炎曰：「舞者之容婆娑然。」王逸楚詞九懷注引詩「婆娑其下」，明魯毛文同。黃山云：「詩『婆娑其下』，與『市也婆娑』卽是一人，下章言『不績其麻』，則『子仲之子』亦猶『齊侯之子』、『蹶父之子』，明是女子子。箋因毛序云『男女棄其舊業』，遂以『之子』爲男子，非也。漢書地理志載：『大姬，婦人尊貴，好祭祀，用史巫。』匡衡疏：『陳夫人好巫。』張晏言：『大姬巫怪。』楚語：『男曰覡，女曰巫。』說文：『覡，能齋肅事神明也。』『巫，祝也，女能事無形，以舞降神者也。』是于嗟而祝，婆娑而舞，皆唯女巫降神爲然，男子齋肅而已。巫怪之事，以大姬尊貴而好之，故國中尊貴女子亦化之。此詩既無男棄舊業之辭，三家亦無兼刺男子之説，不容以『齋肅』兩字傅會成之也。」

穀旦于差，南方之原。【注】韓「差」作「嗟」。【疏】傳：「穀，善也。原，大夫氏。」箋：「旦，明。于，日。差，擇也。朝日善明，日相擇矣。以南方原氏之女可以爲上處。」〇「穀旦」，猶言良辰也。孔疏以爲「朝日善明，無陰雲風雨」是也。「于差」者，歌呼以事神之事也。「差作嗟」者，釋文引韓詩文。釋文又云：「王肅本『差』音『嗟』。」馬瑞辰云：「嗟，説文作『𧬈』，云『𧬈咨也』。又云：『于，於也，象气之舒于。』又『訏』字注：『一曰訏𧬈。』『嗟』又通作『䢋』，爾雅：『嗟，咨䢋也。』玉篇：『䢋，憂歎也。』古『吁』與『訏』多省作『于』，『嗟』與『𧬈』多省作『差』。易『大耋之嗟』，荀本作『差』是也。此詩『于差』卽『吁嗟』，與雲漢詩『先祖于摧』，箋讀爲『吁嗟』正同。周官『女巫旱暵則舞雩』，月令『大雩帝』，鄭注：『雩，吁嗟求雨之祭也。』又鄭志答林碩難曰：『董仲舒曰：雩，求雨之術，呼嗟之歌。』呼嗟，猶『吁嗟』也。古者巫之事神，必吁嗟以請。」春秋莊二十七年「季友如陳葬原仲」，是陳有大夫姓原氏。「上處」者，舞位之前頭，簡兮篇「在前上處」是也。

不績其麻，市也婆娑。【疏】箋：「績麻者，婦人之事也。疾其今不爲。」〇呂覽愛類篇高注引詩二句，明魯毛文同。潛夫論浮侈篇：「詩刺『不績其麻，市也婆娑。』又婦人不修中饋，休其蠶績，而起學巫祝，鼓舞事神，熒惑百姓。」此魯詩説，與齊同。潛夫論「市」作「女」，字之誤。後漢王符傳作「市」。陳喬樅云：「説文：『娑，舞也。从女，沙聲。詩曰：市也媻娑。』段注：『詩音義：「婆，步波反。」引説文作「媻」。爾雅音義但云：「娑，素何反。」不爲「婆」字作音，蓋陸所見爾雅作「娑娑」。魯頌傳曰：「犧尊有娑飾也。」鄭志張逸曰：「犧讀爲沙。沙，鳳皇也。不解鳳皇何以爲沙？」答曰：「刻畫鳳皇之象於尊，其形娑娑然。」案，今經傳「娑娑」一字皆改作「婆娑」，詩、爾雅卽以「媻娑」連文，恐尚非古也。』喬樅案：張衡思玄賦『修初服之娑娑兮』，漢人文筆尚多用『娑娑』字。」

穀旦于逝，越以鬷邁。【注】韓「鬷」作「稯」。【疏】傳：「逝，往。鬷，數。邁，行也。」箋：「越，於。鬷，總也。朝旦善明，曰往矣，謂之所會處也。於是以總行，欲男女合行。」〇馬瑞辰云：「于逝，猶『吁嗟』也。逝，噬古通用。（杕杜詩「噬肯適我」，韓作「逝」。）『噬』音近『舒』。（史記「陳筮」，卽戰國策之「田荼」。）釋名：『嗚，舒也。』說文『嗚』字注：『孔子曰：嗚盱呼也。』『于逝』猶『盱呼』，亦巫歌呼以事神耳。」陳奐云：「越，讀同粵，爾雅：『粵，于也。』采蘩、采蘋、擊鼓云『于以』，此云『越以』，皆合二字爲發語之詞。」「鬷」訓「數」，有「急聚」之義。「鬷邁」，猶言頻往會合耳。「韓鬷作稯」者，玉篇彳部：「稯，數也。詩曰：『越以稯邁。』」此韓詩也，與毛字異義同。視爾如荍，【注】魯說曰：荍，芘芣。貽我握椒。【疏】傳「荍，芘芣也。椒，芬香也。」箋：「男女交會而相說，曰我視女之顏色美如芘芣之華然，女乃遺我一握之椒，交博好也。此本淫亂之所由。」〇「荍，芘芣」者，釋草文，魯說也，與毛同。孔疏引舍人曰：「荍，一名蚍衃。」謝氏曰：「小草，多華少葉，葉又翹起。」陸疏云：「芘芣一名荆葵，似蕪菁，華紫綠色，可食，微苦。」馬瑞辰云：「椒，亦巫用以事神者。離騷：『巫咸將夕降兮，懷椒糈而要之。』王逸注：『椒，香物，所以降神。』是也。詩言『遺我』者，蓋事神畢，因相贈貽耳。」

東門之枌三章，章四句。

衡門【疏】毛序：「誘僖公也。愿而無立志，故作是詩以誘掖其君也。」箋：「誘，進也。掖，扶持也。」〇列女老萊子妻傳，老萊子卻楚王之聘，引此詩「衡門之下」四句以明志，「樂飢」作「療飢」。古文苑蔡邕述行賦曰：「甘衡門以寧神兮，詠都人以思歸。」此魯說。又焦君贊：「衡門之下，栖遟偃息。泌之洋洋，樂以忘飢。」又郭有道碑：「棲遟泌丘。」又汝南周巨勝碑：「洋洋泌丘，于以逍遥。」韓詩外傳二：「子夏讀書已畢。夫子問曰：『爾亦可言於書矣。』子夏對曰：『書之於事，昭昭乎若日月之光明，燎燎乎如星夜之錯行，上有堯舜之道。三王之義，弟子所受於夫子者，志之於心不敢忘。雖居蓬户之中，彈琴以詠先生之風，有人亦樂之，無人亦樂之，亦可發憤忘食矣。詩曰：『衡門之下，可以棲遲。泌之洋洋，可以療飢。』夫子造然變容曰：『嘻！吾子可以言詩已矣。』」此韓説也。漢書韋玄成傳：「宜優養元成，勿枉其志，使得自安衡門之下。」漢處士嚴發殘碑：「君有曾閔之行，西遲衡門。」山陽太守祝睦後碑：「色斯舉矣，殁身衡門。」武梁碑：「安衡門之陋，樂朝聞之義。」皆言賢者樂道忘飢，無誘進人君之意。卽爲君者感此詩以求賢，要是旁文，並非正義也。

衡門之下，可以棲遲。【疏】傳：「衡門，横木爲門，言淺陋也。棲遲，游息也。」箋：「賢者不以衡門之淺陋，則不游息於其下，以喻人君不可以國小，則不興治致政化。」○孔疏：「考工記玉人注：『衡，古文横，叚借字也。』門之深者有阿塾堂宇，此惟横木爲之，言其淺也。釋詁：『棲遲，息也。』舍人曰：『棲遲，行步之息也。』」藝文類聚引劉楨毛詩義問曰：「横一木而上無屋，謂之衡門。」馬瑞辰云：「棲、遲，疊韻字。説文：『屖，屖遲也。』玉篇：『屖，今作栖。』説文：『遲，籀文作遲。』是『屖遲』卽『棲遲』也。説文以『棲』爲『西』之或體，故嚴發碑作『西遲衡門』。焦君贊作『栖遲偃息』。説文：『遲，或从𡰥。』『𡰥』卽古『夷』字，故婁壽碑作『徲徲衡門』，孔彪碑亦曰『餘暇徲徲』。『遲』又作『迟』，李翊碑『棲迟不就』，『棲迟』亦『棲遲』也。隸釋繁陽令楊君碑『徲伲樂志』，『遲』又作『伲』。」愚案：班固敘傳：「栖遲於一丘，則天下不易其樂。」班用齊詩，是齊亦作「栖遲」。此賢人栖遲泌丘之上，居室不蔽風雨，横木爲門，若漢申屠蟠之因樹爲屋，簞食瓢飲，不改其樂，自道如此。易林咸之需：「八年多悔，耕石不富。衡門屢空，使士失意。」與此詩無涉。

泌之洋洋，可以樂飢。【注】魯韓「樂」作「療」。【疏】傳：「泌，泉水也。洋洋，廣大也。樂飢，可以樂道忘飢。」箋：「飢者，不足於食也。泌水之流洋洋然，飢者見之，可飲以瘵飢，以喻人君慤愿，任用賢臣，則政教成，亦猶是也。」○説文：「泌，俠流也。」文選魏都賦李注引作「水駃流也。」邶風「毖彼泉水」，傳：「泉水始出，毖然流也。」韓詩作「祕」，或作䀣、秘、泌。（注見泉水篇。）當以「泌」爲正，蓋泉水直流之貌，義當從「水」作「泌」。廣雅：「丘上有木爲秘丘。」「木」是「水」之誤。「秘」是「泌」之誤。（「丘上有木」乃其常，不當別作丘名，此必「水」譌作「木」，後人妄改「秘丘」耳。）蔡邕郭林宗碑「棲遲泌丘」，周巨勝碑「洋洋泌丘」，（俱引見上。）其云「洋洋泌丘」，自是釋「洋洋」爲水出泌丘之上，否則一丘之土，不得云「洋洋」也。張、蔡皆用魯詩，知「泌丘」出魯說。「魯韓樂作療」者，列女傳韓詩外傳引作「可以療飢」。（見上引。）說文「𤻲」下云：「治也。或作療。」此詩魯韓作「療」，用或體。釋文言鄭本作「𤻲」，用正文。毛本作「樂」，用省借也。

豈其食魚，必河之魴！豈其取妻，必齊之姜！【疏】箋：「此言何必河之魴然後可食，取其美口而已；何必大國之女然後可妻，亦取貞順而已，以喻君任臣何必聖人，亦取忠孝而已。齊，姜姓。」

豈其食魚，必河之鯉！豈其取妻，必宋之子！【疏】箋：「宋，子姓。」○易林復之咸云：「齊姜宋子，婚姻孔喜。」革之訟云：「臨河求鯉，燕婉笑弭。」雖取義各別，亦爲齊毛文同之證。

衡門三章，章四句。

東門之池【疏】毛序：「刺時也。疾其君之淫昏，而思賢女以配君子也。」○三家無異義。

東門之池，可以漚麻。【疏】傳：「興也。池，城池也。漚，柔也。」箋：「於池中柔麻，使可緝績作衣服。興者，喻賢女能柔順君子，成其德教。」○胡承珙云：「水經潁水注：『陳之東門內有池，池水東西七十步，南北八十許步，水至清潔而不耗竭，不生魚草，水中有故臺處，詩所謂「東門之池」也。』元和志：『陳州東門池，在州城東門內道南，詩陳風「東門之池，可以漚麻」，卽此也。』此後代遷徙，已非故迹。若云城池，當在城外也。」馬瑞辰云：「說文：『漬，漚也。』『漚，久漬也。』考工記鄭注：『漚，漸也。』此傳訓『柔』，當讀同生民詩『或簸或蹂』之『蹂』。箋：『蹂之言潤也。簸之又潤濕之。』廣雅『潤』、『漸』、『漚』並訓爲『漬』，是知『柔』亦『漬』也。箋云『於池中柔麻』，以『柔麻』卽『漚麻』。孔疏乃云『漚柔，謂漸漬使之柔韌』，非其恉矣。」彼美叔姬，可與晤歌。【疏】傳：「晤，遇也。」箋：「晤，猶對也。言叔姬賢女，君子宜與對歌，相切化也。」○釋文：「叔音淑。」是陸所據本作「叔」，今各本作「淑」。陳奐云：「全詩『淑』字，箋並訓『淑』爲『善』，唯此本無注，則經本作『叔』，宜據以訂正。今從之。叔字，姬姓。『彼美叔姬』，猶言『彼美孟姜』耳。」馬瑞辰云：「說文『寤』下云：『寐覺而有言曰寤。』『晤』與『寤』通。列女傳引詩『可與寤言』，是其證也。『寤』借作『晤』，猶邶風『寤辟有摽』，說文引詩亦引作『晤』耳。說文：『寤，覺也。』此詩『晤歌』、『晤語』、『晤言』，卽考槃詩『寤歌』、『寤言』，彼係獨處，此言與人，若如此詩傳、箋訓『遇』、訓『對』，則考槃上言『獨寐』，下不得言『寤歌』、『寤言』矣。」

東門之池，可以漚紵。彼美叔姬，可與晤語。【疏】孔疏：「陸云：『紵亦麻也。科生數十莖，宿根在地中，至春自生，不歲種也。荆揚之間一歲三收，今官園種之，歲再刈，刈便生，剥之以鐵若竹，挾之表，厚皮自脫，但得其裏韌如筋者，謂之徽紵。南越紵布，皆用此麻。』」楚詞九懷：「假寐兮愍斯，誰可與兮寤語。」以上引馬說推之，「寤語」卽「晤語」也，此用「可與寤語」，必三家文。

東門之池，可以漚菅。彼美叔姬，可與晤言。【疏】傳：「言，道也。」○孔疏：「釋草：『白華，野菅。』郭注：『茅屬。』白華箋云：『人刈白華於野，已漚之名之爲菅。』然則『菅』者已漚之名，未漚則但名爲『茅』也。陸疏云：『菅似茅而滑澤，無毛，根下五寸中有白粉者，柔韌宜爲索，漚乃尤善矣。』」韓詩外傳九載楚莊王使聘北郭先生，先生謀諸婦而去之，引詩「彼美叔姬，可與晤言」。列女魯黔婁妻傳，亦引詩「彼美叔姬，（誤作「孟姜」。）可與寤言」，明韓魯文與毛同。

東門之池三章，章四句。

東門之楊【疏】毛序：「刺時也。昏姻失時，男女多違，親迎女猶有不至者也。」○三家無異義。

東門之楊，其葉牂牂。【注】齊「牂」作「將」。【疏】傳：「興也。牂牂然盛貌，言男女失時，不逮秋冬。」箋：「楊葉牂牂，三月中也。興者，喻時晚也，失中春之月。」○「齊牂作將」者，易林革之大有：「南山之楊，其葉將將。」旅之兌同。禮內則「取豚若將」，注：「將當爲牂。」此牂、將通借之證。釋詁：「將，大也。」「牂」借字，「將」正字。**昏以爲期，明星煌煌。**【疏】傳：「期而不至也。」箋：「親迎之禮，以昏時。女留他色，不肯時行，乃至大星煌煌然。」○孔疏：「序言親迎而女猶有不至者，則是終竟不至，非夜深乃至也。」易林大畜之小畜：「配合相迎，利之四鄉。昏以爲期，明星煌煌。」益之謙同。據易林引詩二句，明齊毛文同。

東門之楊，其葉肺肺。昏以爲期，明星晢晢。【疏】傳：「肺肺，猶牂牂也。晢晢，猶煌煌也。」○馬瑞辰云：「說文：『𣎵，草木盛𣎵𣎵然。讀若輩。』此詩『其葉肺肺』，大雅『荏菽旆旆』，小雅『萑葦淠淠』，廣雅『芾芾，茂也』，『淠淠，茂也』，並當爲『𣎵𣎵』之叚借。」又云：「明星，謂啓明星，非泛言大星也。小雅『東有啓明，西有長庚』，傳云：『旦出謂明星爲啓明，日既入謂明星爲長庚。庚，續也。』史記天官書：『太白出東方，庳近日曰明星，高遠日曰大囂。』是啓明一名『明星』之證。明星煌煌，謂天且明而不至也。」廣雅：「晣晣，明也。」晢、晣同字。

東門之楊二章，章四句。

墓門【疏】毛序：「刺陳佗也。陳佗無良師傅，以至於不義，惡加於萬民焉。」箋：「不義者，謂弒君而自立。」○列女陳辯女傳：「辯女者，陳國採桑之女也。晉大夫解居甫使於宋，道過陳，遇採桑之女，止而戲之曰：『女爲我歌，我將舍女。』

采桑女乃爲之歌曰：『墓門有棘，斧以斯之。夫也不良，國人知之。知而不已，誰昔然矣。』大夫又曰：『爲我歌其二。』女曰：『墓門有楳，（當作「棘」，辨見下。）有鴞萃止。夫也不良，歌以訊止。訊予不顧，顛倒思予。』大夫曰：『其楳則有，其鴞安在？』女曰：『陳，小國也，攝乎大國之間，因之以飢饉，加之以師旅，其人且亡，而況鴞乎！』大夫乃服而釋之。君子謂辯女貞正而有詞，柔順而有守，詩曰：『既見君子，樂且有儀。』此之謂也。」楚詞天問「何繁鳥萃棘，而負子肆情」，王逸注：「晉大夫解居父聘吴，過陳之墓門，見婦人負其子，欲與之淫泆，肆其情欲。婦人則引詩刺之曰：『墓門有棘，有鴞萃止。』故曰繁鳥萃棘也，言墓門有棘，雖無人，棘上猶有鴞，女獨不媿也。」此皆魯説，雖有使宋、使吴，采桑、負子之殊，記載小歧，情事相合。齊、韓未聞。

墓門有棘，斧以斯之。【疏】傳：「興也。墓門，墓道之門。斯，析也。幽間希行，用生此棘薪，維斧可以開析之。」箋：「興者，喻陳佗由不覩賢師良傅之訓道，至陷於誅絶之罪。」○墓門，蓋陳國野曠之地，故有棘生之。左襄二十五年傳：鄭師入陳，陳侯扶其大子偃師奔墓，賈獲與其妻扶其母奔墓。當卽其地。傳以爲「幽閒希行」，情事宜然。或謂是陳之城門，則城門非可行淫泆之所也。棘，刺晉大夫。「斧以斯之」，有「斷決」之義，列女傳所謂「貞正有守」也。夫也不良，國人知之。【疏】傳：「夫，傅相也。」箋：「良，善也。陳佗之師傅不善，羣臣皆知之。言其罪惡著也。」○孔疏：「郊特牲云：『夫也者，以知帥人者也。』注：『夫之言丈夫也。』」此亦當同。言汝以奉使之人，肆情於所過之國，行此不善之事，則國之人皆知之矣。知而不已，誰昔然矣。【注】魯説曰：誰昔，昔也。【疏】傳：「昔，久也。」箋：「已，猶去也。誰昔，昔也。國人皆知其有罪惡而不誅退，終致禍難，自古昔之時常然。」○「誰昔昔也」者，釋訓文，魯説也。郭注：「誰，發語詞。」釋詁云：「疇，誰也。」故「誰昔」猶言「疇昔」是也。疇、誰一聲之轉。已，止也。國人知之而汝不知止，則是發乎情不能止乎禮義，自昔習爲不善之人皆然，鮮不後悔，前車可鑒也。

墓門有梅，有鴞萃止。【注】魯「梅」作「棘」。【疏】傳：「梅，柟也。鴞，惡聲之鳥也。萃，集也。」箋：「梅之樹善惡自有，徒以鴞集其上而鳴，人則惡之，性因惡矣，以喻陳佗之性本未必惡，師傅惡而陳佗從之而惡。」○「魯梅作棘」者，楚詞「繁鳥萃棘」，王注引「墓門有棘，有鴞萃止」，是魯不作「梅」，毛字誤也。列女傳作「楳」，亦後人順毛改之。馬瑞辰云：「『棘、梅二本，美惡大小不類，非詩取興之恉。梅古作某，玉篇：『古文某作槑。』槑、棘形似，棘蓋譌作槑，因之毛詩作『梅』，又作『楳』耳。」又云：「正義：『鴞，惡聲之鳥，一名鵩。與梟異。梟，一名鴟。』（元本脫「梟異」二字，依校勘記補。）瞻卬云『爲梟爲鴟』是也。俗説以爲鴞即「土梟」，非也。』案，鴞非即鴟梟，正義已辨之，至以鴞爲服，其説見史記及巴蜀異物志、荆州記，但考漢書賈誼傳，云『服似鴞』，則不以鴞即爲服。周官哲蔟氏『掌覆夭鳥之巢』，注：『夭鳥，惡鳴之鳥，若鴞、鵩。』賈疏：『鴞之與鵩，二鳥俱是夜爲惡鳴者也。』是亦分鴞、服爲二，鴞蓋似服而非即服也。天問『繁鳥萃棘』，王注引詩爲證。廣雅作『鷩』，云：『鷩鳥，鴞也。』則鴞即『繁』而非『服』矣。繁，通作蕃，北山經：『涿光之山，其鳥多蕃。』郭注：『或曰即鴞。』是也。鴞之言呼號也，繁之言繁囂也，蓋皆狀其惡聲，因以命名。至其形，説者不一，有謂似鳩者。正義引陸疏：『鴞大如班鳩，綠色。』西山經：『白於之山，其鳥多鴞。』郭注：『鴞似鳩而青色。』司馬彪莊子『鴞炙』注『小鳩可炙』是也。有謂似雞者。索隱引鄧展云：『似鵲而大。』又引『荆州巫縣有鳥如雌雞，其名爲鴞』是也。西山經：『黃山有鳥，其狀如鴞，名曰鸚鵡。』以鸚鵡爲似鴞，則與鴞似雌雞説亦相類。蓋鴞之類大小不同，要其爲惡聲則同也。」夫也不良，歌以訊之。訊予不顧，顛倒思予。【注】魯韓「訊」亦作「誶」，「之」作「止」。【疏】傳：「訊，告也。」箋：「歌，謂作此詩也。既作又使工歌之，是謂之告。予，我也。歌以告之，汝不顧念我言，至於破滅顛倒之急，乃思我之言。言其晚也。」○釋文：「訊，又作誶。音信。徐息悴反。告也。韓詩：『訊，諫也。』」諫，是「諫」之誤。校勘記云：「說文：『諫，數諫也。从言、从束。七賜反。』『諫，促也』。从言、从『約束』之『束』，音速。毛居正以爲从『束』，非是。小字本所附作『諫』，誤多一畫。」愚案：列女傳、離騷王注作「訊」，而玉篇言部引韓詩曰「歌以誶之」。誶，諫也。廣韻六至云：「誶，告也。」引詩「歌以誶止。」洪興祖楚詞補注亦作「歌以誶止」。王氏廣雅疏證云：「訊字古讀若『誶』，故經傳二字通用，或以訊爲誶之譌，非也。」胡承珙後箋辨之尤悉。「魯韓之作止」者，列女傳作「歌以訊止」，是據魯詩。廣韻楚詞補注同作「誶止」，當是韓詩文。此章以二「止」字相應爲語詞，猶上章以二「之」字相應爲語詞也。毛作「之」字，誤。「訊予」，猶言「予訊」。我告汝而猶不顧，及顛倒而思予。言亦無及矣，宜解大夫服而釋之也。

墓門二章，章六句。

防有鵲巢

防有鵲巢【疏】毛序：「憂讒賊也。宣公多信讒，君子憂懼焉。」○三家義未聞。

防有鵲巢，邛有旨苕。【疏】傳：「興也。防，邑也。邛，丘也。苕，草也。」箋：「防之有鵲巢，邛之有美苕，處勢自然。興者，喻宣公信多言之人，故致此讒人。」○馬瑞辰云：「『防』與『邛』對言，猶下章『中唐』與『邛』對言。邛爲丘名，則防宜讀如『隄防』之防，不得爲邑名。鵲巢宜於林木，今言『防有』，非其所應有也。不應有而以爲有，所以爲讒言也。詩之取興與采苓同義。至說文『邛』，地名，在濟陰。後漢郡國志引博物記云：『邛地在陳國陳縣北，防亭在焉。』此後人因詩傳會，不足取證。」又云：「釋草：『苕，陵苕。』詩苕之華正義引陸疏云：『苕，一名鼠尾，生下溼水中，七八月中華，紫似今紫草。華可染皁，煮以沐髮卽黑。』是苕生於下溼，今言『邛有』者，亦喻讒言之不可信。又古葦、芀多假作『苕』，豳風傳：『荼葦，苕也。』若以苕爲芀之叚借，尤非邛所應有。二章『邛有旨鷊』，亦當爲下溼所生之草，但經傳無可考耳。」誰侜予美？心焉忉忉。【注】韓「美」作「娓」，音「尾」，云：美也。【疏】傳：「侜，張誑也。」箋：「誰，誰讒人也。女衆讒人，誰侜張誑欺我所美之人乎？使我心忉忉然。所美，謂宣公也。」○釋文：「侜，説文云：『有廱蔽也。』忉，憂也。」孔疏：「臣之事君，欲君美好，故謂君爲所美之人。」「美作」至「美也」，釋文引韓詩文。馬瑞辰云：「説文：『美，甘也。』『媄，女美也。』是美好之字正作『媄』，今經典通用『美』。周官作『媺』，蓋古文『媺』從『微』省，微、尾古通用，故『媄』又借作『娓』，猶微生一作尾生也。」陳喬樅云：「娓，順也。」「順」亦與「美」義近。

中唐有甓，邛有旨鷊。【注】韓「鷊」作「虉」，魯齊作「鷊」。【疏】傳：「中，中庭也。唐，堂塗也。甓，瓴甋也。鷊，綬草也。」○馬瑞辰云：「爾雅：『廟中路謂之唐，堂塗謂之陳。』據逸周書作雒解『堤唐山廧』，孔晁注：『唐，中庭道也。』文選注引如淳曰：『唐，庭也。』是唐爲廟中路，又爲中庭道名，與堂塗名『陳』者異。傳既以中爲中庭，又以唐爲堂塗，是誤合唐、陳爲一也。考工記匠人『堂涂十有二分』，鄭注：『謂階前，若今令甓裓也。分其督旁之修，以一分爲峻也。』賈疏云：『名中央爲督，假令兩旁上下尺二寸，則取一寸於中，中央爲峻。』邵晉涵云：『蓋甃以瓴甋，中央稍高起也。』今案釋文，『裓』音『階』。『裓』與『陔』通，説文：『陔，階次也。』鄭注言階前而引『令甓裓』爲證，是知『裓』卽『陔』，謂陔前之道也。古惟内朝有堂，有堂斯有階，有階斯有甓。其外朝、治朝皆平地爲廷，無堂斯無階，無階斯無甓。詩言『中唐有甓』，正設爲似有實無之詞，以見讒言之不可信也。令適，卽『甓』之合聲，爾雅：『瓴甋謂之甓。』鄭注：『甋甎也。今江東呼瓴甓。』説文：『甓，令甓也。』又曰：『墼，令適也。』甓、適、墼三字同韻，故通用。廣雅：『瓴甋、甓，甋甎也。』通俗文：『狹長者謂之甋甎。』據吴語韋昭注：『員曰囷，方曰鹿。』則『甋甎』蓋甎之長方者耳。甓，又通作壁。尚書大傳周傳牧誓篇云：『不愛人者，及其骨餘。』鄭注：『骨餘，里落之壁。』『骨』爲『胥』之譌。説苑作『餘胥』。趙坦云：『或引尚書大傳作儲胥。』長安志圖漢瓦有曰『儲胥未央』，古人謂瓦爲『儲胥』。鄭注以爲『甓』者，甓卽甓也，甓爲磚，亦得爲瓦稱。」「韓鷊作虉，魯齊作鷏」者，玉篇艸部：「虉，小草，有雜色，似綬。詩曰：『卭有旨虉。』」與毛異，明韓詩作『虉』。說文「鷏」下云：「綬艸也。」引詩「卭有旨鷏」。蓋魯齊作「鷏」正字，「鷊」、「虉」皆叚借字也。

誰侜予美？心焉惕惕。【注】魯說曰：惕惕，愛也。韓說：以爲說人也。【疏】傳：「惕惕，猶忉忉也。」○衆經音義十三：「惕惕，疾也，懼也。」引詩「心焉惕惕」。此用毛說也。楚詞九章：「悼來者之愁愁。」說文惕、愁同字。「惕惕，愛也」者，釋訓文，此魯說。「以爲說人也」者，郭注引韓詩文。陳喬樅云：「郭不見魯詩，故引韓說『說人』之說以證明雅訓。」愚案：「愛」、「說」同義。說宣公之可與爲善，惟恐爲讒人所壅蔽，陷於不明。是「說人」卽「愛君」，魯韓非有異義。

防有鵲巢二章，章四句。

月出【疏】毛序：「刺好色也。在位不好德，而說美色焉。」○三家無異義。

月出皎兮，【疏】傳：「興也。皎，月光也。」箋：「興者，喻婦人有美色之白皙。」○說文：「皎，月之白也。从白，交聲。」詩曰：『月出皎兮。』」文選宋玉神女賦：「其少進也，皎若明月舒其光。」卽用詩義。謝莊月賦注引詩「月出皦兮」。王大車篇「有如皦日」，韓詩作「皎日」，是二文通借。佼人僚兮。舒窈糾兮，【疏】傳：「僚，好貌。舒，遲也。窈糾，舒之姿也。」○釋文：「佼，又作姣。古卯反。方言：『自關而東，河濟之間凡好謂之姣。』僚，本亦作嫽，同音了。」案，唐石經「佼」作「姣」。史記司馬相如傳索隱、衆經音義九皆引詩「姣人嫽兮」。胡承珙云：「荀子非相篇『古者桀紂長巨姣美』，字作『姣』；成相篇『君子由之佼以好』，又作『佼』，是二字本多通借。說文：『僚，好也。从人，尞聲。』此本義。『嫽，女字也。』與『僚』異義。方言：『好，青徐海岱之間曰釗，或謂之嫽。』蓋假『嫽』爲『僚』耳。」馬瑞辰云：「窈糾，猶窈窕，皆疊韻，與下『懮受』、『夭紹』同爲形容美好之詞，非舒遲之義。舒者，噬之叚音，噬通作逝，又作舍，杕杜詩『噬肯適我』，韓詩作『逝』，此噬、逝通用之證。春秋陳乞弒其君荼，公羊作『舍』，史記作『筮』，此荼、筮、舍通用之證。玉藻『荼前詘後直』，注：『讀如舒遲之舒。』史記年表『荊荼是懲』，卽詩『荊舒』，則又舒、荼同音之證。『舒』爲發聲字，猶『逝』爲語詞也。舒窈糾兮，言窈糾也。舒懮受兮，言懮受也。舒夭紹兮，言夭紹也。猶之日月詩『逝不古處』，言不古處也。碩鼠詩『逝將去女』，言將去女也。杕杜詩『噬肯適我』，言肯適我也。桑柔詩『逝不以濯』，言不以濯也。『逝』皆發聲，不爲義也。以舒、舍同音推之，因知孟子『舍皆取諸其宮中而用之』，舍亦發聲，言許子何不爲陶冶，皆取諸其宮中而用之也。（舊注「舍」爲「止」，或謂作「陶冶之處」，並失其義。）舍猶舒也。說文又曰：『余，語之舒也。』余从八、舍省聲，亦舍、舒同類之證。傳訓舒爲『舒遲』，因以窈糾、懮受、夭紹爲舒之姿，蓋失之矣。」胡承珙云：「史記司馬相如傳『青虬蚴蟉於東箱』，正義：『蚴蟉，行動之貌也。』又『驂赤螭青虬之蚴蟉蜿蜒』，蚴蟉、蚴蟉皆與『窈糾』同，卽洛神賦所謂『嬌若游龍』者也。」

勞心悄兮。【疏】傳：「悄，憂也。」箋：「思而不見則憂。」○馬瑞辰云：「淮南精神篇高注：『勞，憂也。』凡詩言勞心，皆憂心。『勞心悄兮』，猶言『憂心悄悄』也。」愚案：說文：「悄，憂也。」

月出皓兮，佼人懰兮。舒懮受兮，勞心慅兮。【疏】說文：「皓，日出貌。」釋詁：「皓，光也。」此言「皓兮」，借日以形月之光盛。釋文：「懰，好貌。」玉篇作「嬼」，云：「姣嬼也。」「懮受，舒遲之貌。」皆用詩義。廣韻集韻類篇並引詩「舒懮受兮」，「懮受」者，狀其心體之寬安也。巷伯詩「勞人草草」，爾雅作「慅慅」，單言之曰「慅」，是慅亦憂也。

月出照兮，佼人燎兮。舒夭紹兮，勞心慘兮。【疏】燎者，言其光明，與上「照」同意。胡承珙云：「文選西京賦：『要紹修態，麗服颺菁。』注：『要紹，謂嬋娟作姿容也。』南都賦：『致飾程蠱，要紹便娟。』『要紹』皆與『夭紹』同。」

馬瑞辰云：「陳第顧炎武戴震並云『慘』當作『懆』。吴棫云八分『喿』多寫作『參』，因此致誤。又或謂魏、晉間避曹氏諱，故『喿』多作『參』，孔廣森謂宵、豪爲侵、覃之陰聲，故『慘』轉爲『懆』。孔説是也。檀弓鄭注：『繰，讀如綃。』説文：『訬，讀若毚。』皆宵、豪及侵、覃音轉之證。説文：『懆，愁不安也。』爾雅廣雅並曰：『慘，憂也。』廣雅又曰：『慘，懆也。』是字之从『喿』、从『參』者，聲近而義亦同。釋詩者當曰『慘』讀若『懆』，轉其音不必易其字也。釋文於北山詩『或慘慘劬勞』，云『字亦作懆』；於白華詩『念子懆懆』，云『亦作慘慘』。至此詩及正月詩『憂心慘慘』、抑詩『我心慘慘』，釋文不曰『本作懆』，則古本皆作『慘』字，初無異本可知。張參五經文字云：『懆，千到反。見詩。』不著何篇，蓋仍指白華詩『念子懆懆』耳。或謂此詩『慘』字張參作『懆』，非。」

月出三章，章四句。

株林【疏】毛序：「刺靈公也。淫乎夏姬，驅馳而往，朝夕不休息焉。」箋：「夏姬，陳大夫妻，夏徵舒之母，鄭女也。徵舒字子南，夫字御叔。」○易林睽之萃：「繼體守藩，縱欲廢賢。君臣淫佚，夏氏失身。」又巽之蠱「平國不均，夏氏作亂。烏號竊發，靈公殞命。」臨之晉同。此齊説。綜此事始末，依左傳爲言。廢賢，謂殺洩冶。魯韓蓋無異義。

胡爲乎株林，從夏南兮。【疏】傳：「株林，夏氏邑也。夏南，夏徵舒也。」箋：「陳人責靈公：君何爲之株林，從夏氏子南之母爲淫泆之行。」○株者，其地不詳。後漢郡國志：「陳有株邑，蓋朱襄之地。」路史「朱襄氏都于朱」，注：「朱或作株。」是株爲邑名，故下章單稱「株」也。元和志：「宋州柘城縣，本陳之株邑，詩株林是也。」故柘城在寧陵縣南七十里，在陳之東北。至寰宇記夏亭城，在陳州西華縣西南三十里，城北五里有株林，卽夏氏邑，一名華亭。後人攷西華縣在陳州西八十里，夏亭在縣西南三十里。記又以柘城縣爲陳之株野，下邑縣云或以爲陳之株林。寰宇記後出之書，前無所承。陳州顯證，疑出附會。柘城諸地，林野分歧，尤乖考實。林者，說文：「邑外曰郊，郊外曰野，野外曰林。」魯頌傳同此。詩林野顯然分列。傳以株林爲邑名，非也。夏南者，夏氏，南字，徵舒名。左昭二十三年疏引世本云：「宣公生子夏，子夏生御叔，御叔生徵舒。」是夏氏陳公族也。胡，何也。詩設爲問答之詞，言何所爲而遊觀株林乎？曰從夏南遊耳。詩但云夏南，未言夏南母，語自含蓄，且留得下文一轉，此正風人立言之善，而箋乃釋「從夏南」爲「從夏氏子南之母」，亦非也。唐石經因箋遂作「從夏南姬」，大謬。正義本兩「南」下有「兮」字，定本無「兮」字，各本從定本刪兩「兮」字，非是，今依陳奐本增。

匪適株林，從夏南兮。【疏】箋：「匪，非也。言我非之株林，從夏氏子南之母爲淫泆之行，自之他耳。觝拒之詞。」○案，如箋說，則首章三句，非四句，與次章語意亦不相承接。後來釋此詩者，皆覺未安。今案，言適株林，則株林必有遊覽之樂；從夏南，則夏南當爲就見之臣。而株林無可觀，夏南非有見也。故國人又言曰：我知君非適株林，亦非從夏南也。諷刺意在言外。

駕我乘馬，說于株野。乘我乘駒，朝食于株。【疏】傳：「大夫乘駒。」箋：「我，國人。我，君也。君親乘（胡承珙云：「此乘字當依經作駕。」）君乘馬，乘君乘駒，變易車乘，以至株林。或說舍焉，或朝食焉。又責之也。馬六尺以下曰駒。」○臧鏞堂云：「釋文：『乘驕，音駒。沈云或作「駒」字，是後人改之。皇皇者華篇內同。』據此，知此詩及皇皇者華並作『驕』，其作『駒』者，後人所改。陸氏於此詩從沈作『驕』。於皇皇者華『維駒』作『駒』，『本亦作驕』。以『驕』爲亦作。正義並作『駒』，誤也。說文：『馬六尺爲驕。』引詩『我馬維驕』，則沈說確矣。鄭箋與說文合，尤可爲本作『驕』之證。（公羊隱元年傳注：「天子馬曰龍，高七尺以上。諸侯曰馬，高六尺以上。卿大夫士曰駒，高五尺以上。」與說文及毛傳畧同，當出古傳記。「駒」必「驕」之譌，徐疏引詩「皎皎白駒」，則唐詩本已誤矣。）又說文云：『馬二歲曰駒。』則知二詩作『駒』非也。

鄭云『馬六尺以下曰驕』，卽南有喬木之『五尺以上曰駒』也。然則喬木亦當作驕矣。」胡承珙云：「株乃夏氏邑，在株野之外。『駕我乘馬』者，謂靈公本以諸侯車騎出至株野，託言他適，乃舍之而乘大夫所乘之驕以至于株林，永夕永朝，淫蕩忘返。國語云『南冠已如夏氏』，是靈公當日實有易服微行之事，故箋云變易乘車也。」愚案：靈公初往夏氏，必託言遊株林，自株林至株野，乃稅其駕，然後微服入株邑，朝食於夏氏，此詩乃實賦其事也。

株林二章，章四句。

澤陂【疏】毛序：「刺時也。言靈公君臣淫於其國，男女相說，憂思感傷焉。」箋：「君臣淫於國，謂與孔寧儀行父也。感傷，謂涕泗滂沱。」〇三家無異義。

彼澤之陂，有蒲與荷。【注】魯「荷」作「茄」。【疏】傳：「興也。陂，澤障也。荷，芙蕖也。」箋：「蒲，柔滑之物。芙蕖之莖曰荷，生而佼大。興者，蒲以喻所說男之性，荷以喻所說女之容體也。正以陂中二物興者，喻淫風由同姓生。」〇孔疏：「澤障，謂澤畔障水之岸，以陂內有此二物，故舉陂畔言之。」「魯荷作茄」者，孔引爾雅樊光注文。陳喬樅云：「應劭風俗通義云：『詩云：「彼澤之陂，有蒲與荷。」傳曰：「水草交厝，名之爲澤。」澤者，言其潤澤萬物，以阜民用也。』應習魯詩，故引魯詩傳單稱『傳』，猶白虎通義用魯說，辟雍篇引『水圓如璧』云云，單稱『詩訓』；姓名篇引『文王十子』云云，單稱『詩傳』也。觀風俗通義此條下文引韓詩內傳，明著『韓詩』字，則上文引詩及傳之確爲魯詩無疑矣。魯『荷』作『茄』，與毛異，此『荷』字疑後人據毛改之。釋草：『荷，芙蕖。其莖茄。』樊光注：『詩曰：有蒲與茄。』淮南說山訓高注：『荷，水草夫渠，其莖曰茄。』與釋草合，蓋魯詩之訓如此。此詩鄭箋云『芙蕖之莖曰荷』，正義如爾雅，則『芙蕖之莖曰茄』。此言『荷』者，意欲取莖爲喻，亦以荷爲大名，故言荷耳。樊光注引詩作『蒲與茄』，然則詩本有作『茄』字者。喬樅案，鄭從三家詩文，自當作『茄』，不宜仍用『荷』字，『荷』當爲『茄』之誤。正義殊失鄭恉。又陸孔俱見韓詩，而俱不言字異，則韓與毛同。」

有美一人，傷如之何！【注】魯韓「傷」作「陽」。韓「如」作「若」。【疏】傳：「傷無禮也。」箋：「傷，思也。我思此美人，當如之何而得見之。」○孔疏：「毛於『傷如之何』下傳曰『傷無禮』，是君子傷此有美一人之無禮也。」箋易傳，以爲思美人不得見之而憂傷。陳奐云：「有美一人，謂有禮者也。言有美一人，見陳君臣淫說無禮之甚，而爲之感傷也。」三說並通。「魯傷作陽」者，釋詁：「陽，予也。」郭注：「魯詩云：『陽如之何。』今巴濮之人自呼爲阿陽。」馬瑞辰云：「易說卦：『兑，爲妾爲羊。』鄭本『羊』作『陽』，注：『此陽讀爲養。無家女行賃炊爨，今時有之，賤於妾也。』是爲『陽』讀同『廝養』之『養』，自稱『陽』者，謙詞也。」愚案：魯詩釋「陽」爲「予」，與毛義合。言此有美一人，我奈之何也。防有鵲巢篇稱其君曰「予美」，此詩言我所美之一人，其意同也。雖聽讒無禮，而我猶美之，親君之誼也。「韓傷作陽如作若」者。玉篇阜部引韓詩曰：「有美一人，陽若之何？陽，傷也。」訓「陽」爲「傷」，與箋及傳疏義合。思賢人不得見，無禮之甚，皆可傷之事也。

寤寐無爲，涕泗滂沱。【疏】傳：「自目曰涕，自鼻曰泗。」箋：「寤，覺也。」○案，寤寐，猶言不寐，詳關雎篇。君德淫昏，大亂將作，平居憂念，耿耿不寐，事權不屬，更無可爲，惟有涕泗滂沱而已。馬瑞辰云：「泗、洟古音同部，『涕泗』卽『涕洟』也。易鄭注：『自目曰涕，自鼻曰洟。』說文：『洟，鼻液也。』『泗』卽『洟』之借字。」胡承珙云：「爾雅：『呬，息也。』說文：『東夷謂息爲呬。』又曰：『息，喘也。从心、从自，自亦聲。』又：『自，鼻也。』據此，『泗』爲鼻液，與『呬』爲鼻息，音同義近。『滂沱』者，易離卦『出涕沱若』是也。」

彼澤之陂，有蒲與蕳。【注】魯「蕳」作「蓮」。【疏】傳：「蕳，蘭也。」箋：「蕳當作蓮。蓮，芙蕖實也。蓮以喻女之言信。」○釋文：「蕳，鄭改作蓮。」釋草：「荷，芙蕖，其實蓮。」邢疏：「詩陳風云：『有蒲與蓮。』」陳喬樅云：「御覽九百七十五引詩『有蒲與蓮』，與邢疏同。溱洧篇『方秉蕑兮』，釋文引韓詩曰：『蕑，蓮也。』焦氏循據御覽引韓詩，以『秉蕑』爲『執蘭』，與毛不異，謂釋文所引當是『有蒲與蕑』之注。陸元朗誤載於鄭風，然則韓詩於此章亦止訓『蕑』爲『蓮』，（「蕑」訓爲「蓮」者，蕑卽蘭也。蘭从「闌」聲，蓮从「連」聲，「闌」、「連」古同聲通用。伐檀詩「河水清且漣猗」，爾雅作「瀾」。說文：「瀾，或从連作漣。」是其明證。「蕑」本訓「蘭」，又以聲近叚借爲「蓮」字，「蘭」、「蓮」皆澤中之香草也。）字不作『蓮』也。鄭箋『茄』字既據魯詩改毛，則『蓮』字亦據魯詩可知矣。邢引詩語，蓋據爾雅舊注之文。御覽所採，亦魯詩之佚句散見於百家者也。」有美一人，碩大且卷。【疏】傳：「卷，好貌。」○釋文：「卷，本又作婘。」馬瑞辰云：「卷，卽『婘』之省借。婘，說文作『孉』，云：『孉，好也。』說文又云：『𢍏，讀若書卷之卷。』故知『孉』卽『婘』字。廣雅：『婘，好也。』玉篇：『婘，好貌。』」陳奐云：「齊風釋文云：『韓詩婘，好貌。』好，謂有好德也。」愚案：以齊風推之，韓詩此章「卷」字，必用正字作「婘」。依傳義，乃謂君德自來美好。依箋義，則謂思賢人之美好也。寤寐無爲，中心悁悁。【疏】傳：「悁悁，猶悒悒也。」○悁悁，蓋悲哀不舒之意。陳喬樅云：「文選李注引毛詩曰：『勞心悁悁。』『中』字疑『勞』之誤。」愚案：楚詞九歎：「勞心悁悁，涕滂沱兮。」張衡思玄賦：「悲離居之勞心兮，情悁悁而思歸。」衡用魯詩，疑魯作「勞心」，毛自作「中心」，而李注以毛爲誤字也。

彼澤之陂，有蒲菡萏。【疏】傳：「菡萏，荷華也。」箋：「華以喻女之顏色。」○釋草：「荷，芙蕖，其華菡萏。」說文：「菡蔄，夫容。華未發爲菡蔄，已發爲夫容。」萏乃蔄之省。有美一人，碩大且儼。【注】韓「儼」作「嬐」，說曰：嬐，重頤也。【疏】傳：「儼，矜莊貌。」○「儼作嬐，說曰嬐，重頤也」，御覽三百六十八引韓詩薛君文。說文「嬐」下引詩同。廣雅釋詁：「嬐，美也。」正釋韓詩「嬐」字。案，「儼」訓矜莊，非狀婦人之美。重頤，豐下，斯爲男子之貌。（今俗云「雙頰巴」，或以淮南「靨輔在頰」當之，非是。高注明釋「靨輔」爲「頰上窐」。宋蘇軾詩所謂「雙頰生微渦」也。）寤寐無爲，輾轉伏枕。【注】魯韓「輾」作「展」。【疏】「魯韓輾作展」者，文選卷二十九張茂先雜詩李注引韓詩二句文。淮南說山訓高注引詩曰：「輾轉伏枕，寤寐咏嘆。」蓋引此詩「寤寐無爲，展轉伏枕」，而後人轉寫顛倒錯誤也。

澤陂三章，章六句。

陳國十篇，二十六章，百二十四句。

詩三家義集疏卷十一

檜羔裘第十一

【疏】乙巳占引詩推度災曰：「檜，天宿招搖。」漢書地理志：「濟洛河潁之間，子男之國，虢會爲大，恃勢與險，崈侈貪冒。」以上齊說。陳喬樅云：「說文：『鄶，祝融之後，妘姓，所封潧、洧之間，鄭滅之。从邑，會聲。』又云：『會，合也。』方言注：『會，兩水合處也。』水經注：『潧水出鄶城西北雞絡塢下。洧水東南逕城南。』鄶地居溱、洧之間，二水合流，故以『會』名國，作『檜』者叚借字耳。」陳奂云：「大戴禮帝繫篇：陸終弟四子曰萊言，是爲云鄶人。云鄶人者，鄭氏也。水經注引世本作『求言』。案，云，古妘字。妘鄶人，檜國之上祖。鄶人者鄭氏，鄶鄭同地故也。其實鄶鄭同地而不同城。鄭譜正義云：左僖三十三年傳，稱『文夫人葬公子瑕于鄶城之下』，服注：『鄶城，故鄶國之墟。』杜注：『鄶國，在滎陽密縣東北。』新鄭在滎陽宛陵縣西南，是別有鄶城也。今河南開封府密縣東北有鄶城，是其地。朱右曾云：左傳言『先君桓公與商人皆出自周，庸次比耦，以艾殺此地，斬之蓬蒿藜藋，而共處之』。此與外傳所云寄孥虢鄶之事正合。商人與桓公之孥俱出自周，故推本桓公言之，非桓公時已滅虢鄶也。桓公寄孥，則武公當桓公之世已居鄶矣。寄孥在幽王九年，越二年而幽王滅。公羊傳云『先鄭伯有通於鄶夫人者』，外傳言『鄶由叔妘』，此鄭伯，正指武公，通乎鄶夫人，蓋在此二年中。幽王既滅，武公乃與晉文侯共立平王，卒滅虢、鄶。世家言『桓公之時，虢、鄶獻十邑』，十邑者，通虢鄶言之爲十邑，非虢鄶之國有是十邑也。」愚案：水經洧水篇稱竹書紀年：「晉文侯二年，王子多父伐鄶，克之，乃居鄭父之丘，是曰桓公。」然攷文侯二年爲周幽王三年，時桓公未爲司徒，未謀於史伯，豈遽已滅鄶而居之？紀年之不可信，此又其一端也。

羔裘【疏】毛序：「大夫以道去其君也。國小而迫，君不用道，好絜其衣服，逍遥遊燕，而不能自强於政治，故作是詩也。」箋：「以道去其君者，三諫不從，待放於郊，得玦乃去。」○王符潛夫論志姓氏篇：「會在河伊之間，其君驕貪嗇儉，滅爵損禄，羣臣卑讓，上下不缺。詩人憂之，故作羔裘，閔其痛悼也。」符用魯詩，此魯說也。齊韓無異義。

羔裘逍遥，狐裘以朝。【疏】傳：「羔裘以遊燕，狐裘以適朝。」箋：「諸侯之朝，服緇衣羔裘，大蜡而息，民則有黄衣狐裘。今以朝服燕，祭服朝，是其好絜衣服也。先言燕，後言朝，見君之志不能自强於政治。」○馬瑞辰云：「論語『狐貉之厚以居』，是燕居亦得服狐裘。如傳說，正見二者之相反，與箋意異。」愚案：楚詞九章王注：「逍遥，遊戲也。詩曰：『狐裘逍遥。』」（「羔」作「狐」，字誤。）可證魯毛文同。豈不爾思？勞心忉忉！【疏】傳：「國無政令，使我心勞。」箋：「爾，女也。三諫不從，待放而去，思君如是，心忉忉然。」

羔裘翱翔，狐裘在堂。【疏】傳：「堂，公堂也。」箋：「翱翔，猶逍遥也。」○陳奂云：「經言『朝』，傳云『適朝』。視朝，在路門外治朝之宁。聽朝，則在路門内燕朝之堂。碩人傳云『君聽朝於路寢』是也。首章『適朝』，二章『在堂』，其實一也。天子諸侯皆二朝，解者誤以爲皆三朝，今試明之：周禮宰夫『掌治朝』，小司寇、朝士『掌外朝』，其言朝位同，此『外朝』即『治朝』也。司士：『正朝儀之位。太僕前，王入内朝，皆退。』大僕：『王眡燕朝，則正位。』此『内朝』即『燕朝』也。槁人云『掌共外内朝宂食者之食』，然則天子朝唯有外、内二而已，諸侯與天子同禮。文王世子：『其朝於公，内朝，則東面北上，臣有貴者以齒；其在外朝，則以官，司士爲之。』公族朝於内，朝内親也，雖有貴者以齒，明父子也；外朝以官，體異姓也。魯語：『天子及諸侯，合民事於外朝，合神事於内朝。』文王世子之『外朝』，司士所掌，與周官司士正朝儀位爲治朝者同。魯語之『外朝』合民事，與周官宰夫掌諸臣萬民復逆爲治朝者同。又宣六年公羊傳：『靈公爲無道，使諸大夫皆内朝。趙盾已朝而出，與諸大夫立於朝。』何注：『從内朝出立於外朝。』蓋外朝有諸大夫位焉。從内朝出立外朝，卽從『燕朝』而出俟『治朝』也。然則諸侯朝亦惟外、内二而已。鄭司農朝士注云：『王有五門：外曰皋門，二曰雉門，三曰庫門，四曰應門，五曰路門。路門一曰畢門，外朝在路門外，内朝在路門内。』奐案：仲師說門朝之制，確不可易。緜傳：『王之郭門曰皋門，王之正門曰應門。』天子五門：其一曰皋門，爲郭門，亦爲外城門；二曰雉門，爲内城門。皋、雉二門，出入不禁，其無朝可知。庫、應、路三門皆宫門，庫門爲大門，應門爲中門，路門爲内門。庫門以内，亦出入不禁，其無朝又可知。應門，宫之正門，在庫路之中，故亦爲中門。朝君入應門，則應門以内始有朝。朝有外有内，以在路門之外内而名之也。天子外朝在應門内、路門外，内朝在路門内。諸侯庫、雉、路三門亦皆宫門，庫門爲大門，雉門爲中門，路門爲内門。諸侯外朝在雉門内、路門外，其内朝亦在路門内。仲師言天子二朝，而諸侯之二朝可據理推也。後鄭宰夫注云：『治朝在路門之外。』文王世子注云：『外朝，路寢門之外庭。』亦既以治、外爲一朝矣。乃小司寇注：『外朝，朝在雉門之外。』朝士注：『外朝在庫門之外，皋門之内。』蓋易先鄭五門皋、雉、庫、應、路爲皋、庫、雉、應、路，故一說外朝在雉門外，一說外朝在庫門外，鄭氏本無定解。朝士注又云：『周天子諸侯皆有三朝，外朝一、内朝二。内朝之在路門内者，或謂之燕朝。』然『内朝』卽『燕朝』，古無二『内朝』之名。玉藻『朝服以日視朝於内朝』，疑『内』乃『外』之誤，或因下文『聽政路寢』言之，要不得據一端以該羣經，謂此内朝卽治朝，而遂以爲有二内朝之說也。書大傳：『諸侯之宫三門、三朝，其外曰皋門，次曰應門，又次曰路門。其皋門内曰外朝，應門内曰内朝，路門内曰路寢之朝。』大傳言諸侯門制，與禮記不合而與緜箋同，言三朝與先鄭不合而與朝士注、玉藻注同，此鄭氏所據與？大傳，張生歐陽生多所增益。門制詳緜篇。」又云：「堂在路門内。燕朝，路寢庭也。堂，路寢堂也。公堂者，以公所聽政之堂而名之也。逸周書大匡篇『朝于大庭』，孔晁注：『大庭，公堂之庭。』與此傳『公堂』同。凡朝，君臣咸立於庭。說文：『廷，朝中也。』今通作『庭』，皆有門而不屋。路門左右塾，謂之門側之堂，不當中門。其當中門者，自庫門以至路門，惟路寢乃有堂耳。曾子問：『諸侯旅見天子，雨霑服失容則廢。』此路門外外朝無堂可證也。春官樂師『車亦如之』，注：『王如有車出之事，登車於大寢西階之前，反降於阼階之前。』大僕注：『大寢，路寢也。』登車於路寢階前，此路門內內朝無堂可證也。玉藻：『朝，辨色始入，君日出而視之，退適路寢聽政。使人視大夫，大夫退，然後適小寢。』釋服注：『小寢，燕寢也。』考工記：『外有九室，九卿朝焉。』注：『外，路門之表也。九室，如今朝堂諸曹治事處。』攷諸侯外朝，亦有官府治事處，大夫治事，當在外朝之室，君聽政，則在內朝之堂，視大夫朝罷而後從路寢反燕寢也。論語鄉黨，記孔子『入公門，過位，攝齊升堂。出，降一等，沒階，復其位』。曲禮『下卿位』，注：『卿位，卿之朝位也。』孔疏云：『卿位，路門之外，門東北面位。』引鄭注鄉黨：『過位，謂入門右北面君揖之位』。案，此位卽外朝之位，爲大夫治事之處。堂爲君聽政之處，諸臣復逆，必由外朝入內朝升堂，君與圖事而臣復退，俟於外朝之位也。升堂在過位之後，此惟路寢有堂，又可證也。」豈不爾思？我心憂傷！

羔裘如膏，日出有曜。豈不爾思？中心是悼！【疏】傳：「日出照曜，然後見其如膏。悼，動也。」箋：「悼，猶哀傷也。」〇周禮：大祝九㩟，『四曰振動』，杜子春云：『動，讀爲『哀慟』之慟。』

羔裘三章，章四句。

素冠【疏】毛序：「刺不能三年也。」箋：「喪禮，子爲父，父卒爲母，皆三年。時人恩薄禮廢，不能行也。」〇三家無異義。或引魏書李彪傳：「周室淩遲，喪禮稍亡，是以要絰卽戎，素冠作刺。」並舉列女杞梁妻傳引詩「我心傷悲，聊與子同歸」二句，以爲魯詩異義。不知「要絰」、「素冠」二事並引，文不相屬，非可以此溷入戎事。又列女傳引詩「與子同歸」，以妻殉夫死，斷章取義。此篇專刺短喪，大指明白，執禮匡時，所繫綦重，尤不當傅會曲説，淆亂正經也。

庶見素冠兮，棘人欒欒兮，【注】魯「欒」作「臠」，説曰：棘，羸瘠也。詩曰：「棘人臠臠兮。」【疏】傳：「庶，幸也。素冠，練冠也。棘，急也。欒欒，瘠貌。」箋：「喪禮，既祥祭而縞冠素紕。時人皆解緩，無三年之恩於其父母，而廢其喪禮，故覬幸一見素冠。急於哀慼之人，形貌欒欒然腴瘠也。」○「庶幸」，釋言文。素冠，三年之喪，初喪喪冠，小祥練冠，大祥縞冠，中月而禫綅冠，踰月吉祭乃玄冠，復平常。傳「練冠」，就小祥説；箋「縞冠」，就大祥説，要皆謂三年素冠。「欒作」至「臠兮」，淮南任地篇高注文，（今本「人」下有「之」字，無「兮」字，轉寫錯誤。）與毛訓異，魯説也。「臠臠」者。説文「臠」下云：「臞也。詩曰：『棘人臠臠。』」所引亦魯詩，作「臠」正字，毛作「欒」借字也。釋詁：「癵，病也。」舍人注：「癵，心憂憊之病也。」心憂而憊，故病羸瘠，亦魯説。説文有「臠」無「癵」，「癵」俗字。勞心慱慱兮。【疏】傳：「慱慱，憂勞也。」箋：「勞心者，憂不得見。」○釋訓：「慱慱，憂也。」勞心卽憂心，與月出篇同。説文無「慱」字，文選思玄賦李注引作「摶摶」。

庶見素衣兮，【疏】傳：「素冠，故素衣也。」箋：「除成喪者，其祭也朝服縞冠。朝服，緇衣素裳。然則此言素衣者，謂素裳也。」○陳奐云：「左昭三十一年傳：『季孫練冠麻衣。』檀弓：『主人深衣練冠，待于廟。』雜記：『筮史練冠長衣。』是練冠所配之衣，或麻衣、或深衣、或長衣，麻衣卽深衣。喪服記：『公子爲其母，練冠，麻衣縓緣。』注云：『此麻衣者，如小功布深衣，爲不制衰裳，變也。縓，淺絳也，一染謂之縓。練冠而麻衣，縓緣三年，練之受飾也。』引檀弓曰：『練，練衣黃裏縓緣。』閒傳：『期而小祥，練冠縓緣。又期而大祥，素縞麻衣。』注云：『喪服小記曰：「除成喪者，其祭也，朝服縞冠。」此素縞者，玉藻所云「縞冠素紕，既祥之冠」。麻衣十五升布，亦深衣也。謂之麻者，純用布，無采飾也。』然則小祥、大祥皆用麻衣，大祥之麻衣配縞冠，小祥之麻衣配練冠。傳意以此章『素衣』與上章『素冠』同時之服，素冠爲練冠，則素衣卽檀弓之『練衣』，練衣卽麻衣，衣冠皆爲三年練之衣服也。箋就既祥祭而言，素衣謂朝服緇衣素裳，但朝服麻衣色緇，三年麻衣色白。素者白也，不得以『緇』爲『素』明矣。又朝服無裳，鄭以『素衣』爲『素裳』，亦非是。」我心傷悲兮，聊與子同歸兮。【疏】傳：「願見有禮之人，與之同歸。」箋：「聊，猶且也。且與子同歸，欲之其家，觀其居處。」〇案，孔疏因箋釋「同歸」爲「同歸其家」，遂以傳爲「欲與共歸已家」解，似過泥。陳奐云「同歸於禮」，是已。孟子云「既盟之後，言歸於好」，亦句例也。列女杞梁妻傳哭夫殉死，引詩云：「我心傷悲，聊與子同歸。此之謂也。」斷章取義，非詩恉。無二「兮」字，乃省文，古書多此例，如「棘人欒欒兮」，說文引亦無「兮」字。

庶見素韠兮，我心蘊結兮，聊與子如一兮。【疏】傳：「子夏三年之喪畢，見於夫子，援琴而弦，衎衎而樂作，而曰：『先王制禮，不敢不及。』夫子曰：『君子也！』閔子騫三年之喪畢，見於夫子，援琴而弦，切切而哀作，而曰：『先王制禮，不敢過也。』夫子曰：『君子也！』子路曰：『敢問何謂也？』夫子曰：『子夏哀已盡，能引而致之於禮，故曰君子也。閔子騫哀未盡，能自割以禮，故曰君子也。夫三年之喪，賢者之所輕，不肖者之所勉。』」箋：「祥祭朝服素韠者，韠從裳色。聊與子如一，且欲與之居處，觀其行也。」〇孔疏：「喪服始終無韠。禮，大祥祭，朝服素韠。毛意亦以卒章思大祥之人也。」陳奐云：「韠象裳色，天子山火龍，諸侯火龍，卿大夫山，此畫繪之韠，以配袞鷩毳希之裳也。玄冕之服，天子朱韠，配朱裳；諸侯卿大夫赤韠，配赤裳；士爵弁韎韐，配纁裳也。玄端不與裳相應，故士玄端爵韠，裳則有玄黃襍之異。朝服如深衣，有韠而無裳。」蘊，校勘記：「唐石經初刻『薀』，後改。說文：『薀，積也。从艸，温聲。』孔疏釋文作『蘊』，卽『薀』

之俗字。」「聊與子如一」者，願與有禮之人用心如一。箋以爲「欲與之居處」，亦非。

無異義。

素冠三章，章三句。

隰有萇楚【疏】毛序：「疾恣也。國人疾其君之淫恣，而思無情慾者也。」箋：「恣，謂狡狎淫戲，不以禮也。」○三家

隰有萇楚，【注】魯說曰：萇楚，銚弋。**猗儺其枝。**【疏】傳：「興也。萇楚，銚弋也。猗儺，柔順也。」箋：「銚弋之性，始生正直，及其長大，則其枝猗儺而柔順，不妄尋蔓草木。興者，喻人少而端慤，其長大無情慾。」○「萇楚，銚弋」者，釋草文，魯說也。郭注：「今羊桃。」陸疏：「葉長而狹，華紫赤色，枝莖弱，過一尺，引蔓於草上。」猗儺，枝柔之狀，詳見次章。**夭之沃沃，樂子之無知。**【注】魯說曰：知，匹也。【疏】傳：「夭，少也。沃沃，壯佼也。」箋：「知，匹也。疾君之恣，故於人年少沃沃之時，樂其無妃匹之意。」○桃夭篇「夭」亦作「枖」，傳：「桃有華之盛者，夭夭其少壯也。」說文：「枖，木少盛貌。」此夭亦謂少而壯盛，以下云「沃沃」，故訓「沃沃」爲「壯佼」，單訓「夭」爲「少」也。沃沃，與氓篇「沃若」義同，謂佼好而有光華也。衆經音義十引蒼頡篇云：「樂，喜也。」「知，匹也」者，釋詁文。郭注引詩本爾雅魯詩說，箋說與同。馬瑞辰云：「墨子經上篇：『知，接也。』莊子庚桑楚篇注：『知者，接也。』荀子正名篇云：『知有所合謂之智。』凡相接、相合皆訓『匹』。廣雅：『接，合也。』知訓接、訓合，即得訓匹。又古者謂相交接爲『相知』，楚詞『樂莫樂兮新相知』，言新相交也。『交』與『合』義亦相近，芄蘭詩『能不我知』，知，正當訓『合』。『不我知』爲『不我合』，猶『不我甲』爲『不我狎』也。曲禮：『男女非有行媒，不相知名。』釋文作『不相知』，以『名』爲衍字。今案，『不相知』即『不相匹』也，皆『知』可訓『匹』之證。」陳啓源云：「爾雅『知匹』之詁，殆專爲此詩立訓，故箋用之。」愚案：鄭用三家，例不明出何詩，魯詩與爾雅同，顯詩在雅前，

故雅訓多本魯義，以此及「陽，予也」等文推之可知。

隰有萇楚，猗儺其華。夭之沃沃，樂子之無家。【注】魯「猗儺」作「旖旎」。詩曰：「旖旎其華。」【疏】箋：「無家，謂無夫婦室家之道。」○「旖旎」至「其華」，楚詞九辯王注文。劉向九歎惜賢篇：「結桂樹之旖旎兮。」章句引詩文同。王引之云：「萇楚之枝柔弱蔓生，傳箋並以『猗儺』爲『柔順』，但華、實不得云柔順，而亦云『猗儺』，則猗儺乃美盛之貌矣。小雅：『隰桑有阿，其葉有難。』傳曰：『阿然美貌，難然盛貌。』『阿難』與『猗儺』同字，又作『旖旎』。」王訓「盛貌」，與傳異，蓋本三家。胡承珙云：「猗儺，固可以『美盛』言，而亦有『柔順』之義。高唐賦：『東西施翼，猗狔豐沛。』此固近於美盛，若上林賦之『紛溶簝箾，猗狔從風。』（張揖曰：『旖旎，猶阿那也。』考工記先鄭注兩引皆作『倚移從風』。說文：『移，禾相倚移也。』此「倚移」亦與「柔順」義近。）南都賦：『阿那蓊茸，風靡雲披。』漢人詞賦多本詩騷，此皆狀草木之柔靡，不得以猗儺爲專指美盛。又司馬相如大人賦：『又徛⿰彳尼以招搖。』（張揖曰：『徛⿰彳尼，下垂貌。』）楊雄甘泉賦：『夫何旟旐郅偈之旖旎也。』王褒洞簫賦：『形旖旎以順吹兮，又奏歡娛；莫不憚漫衍凱，阿那腲腇者已。』（注云：『阿那腲腇，遲貌。』）舒此則並非草木，更不得泥於美盛之訓。蓋隰桑之阿難爲『美盛』，萇楚之猗儺爲『柔順』，言各有當也。至華實皆附於枝，枝既柔順，則華實亦必從風而靡，雖概稱猗儺不妨。」

隰有萇楚，猗儺其實。夭之沃沃，樂子之無室。

隰有萇楚三章，章四句。

匪風【疏】毛序：「思周道也。國小政亂，憂及禍難，而思周道焉。」○三家無異義。

匪風發兮，匪車偈兮。顧瞻周道，中心怛兮。【注】齊韓「偈」作「揭」。韓「怛」作「⿱制心」。【疏】傳：「發發飄風，非有道之風。偈偈疾驅，非有道之車。怛，傷也。下國之亂，周道滅也。」箋：「周道，周之政令也。迴首曰顧。」○「齊偈作揭」者，易林渙之乾：「猋風忽起，車馳揭揭。棄古追思，失其和節。憂心惙惙。」睽之大過需之小過同。颮、猋、猋、颮、飄五字通作「猋」，當爲「猋」之誤字。楚詞雲中君注：「猋，去疾貌。」釋文李注：「扶摇暴風，從下升上，故曰猋。」猋，上也。猋風忽起，故曰「發發」。揭揭，謂疾驅。二事皆失其和節，故因時之不古而追思之。「韓偈作揭，怛作𢘅」者，漢書王吉傳，吉治韓詩，上昌邑王疏曰：「古者師行三十里，吉行五十里。詩云：『匪風發兮，匪車揭兮。顧瞻周道，中心𢘅兮。』說曰：是非古之風也，發發者；是非古之車也，揭揭者。蓋傷之也。」所引詩說，卽韓詩內傳之說也。陳喬樅云：「偈，當爲『揭』之借字。白帖十一引此詩，正作『匪車揭兮』。說文：『揭，去也。』『去』與『疾驅』義近，故韓於伯兮詩傳訓『偈』爲『疾驅貌』。又漢書注云：『揭，高舉也。』『𢘅，古怛字。』說文無『𢘅』字，『怛』下云：『憯也。』重文「悬」下云：『怛，或从心，在旦下。』『憯』亦傷也，與毛傳訓『傷』合。」馬瑞辰云：「方言：『怛，痛也。』廣雅同。玉篇：『怛，傷也。』『𢘅，驚也。』並『丁割切』。是『𢘅』乃『怛』之同音借字。」愚案：韓詩外傳二云：「國無道則飄風厲疾，暴雨折木，陰陽錯氛，夏寒冬溫，春熱秋榮，日月無光，星辰錯行，民多疾病，國多不祥，羣生不壽，而五穀不登。當成周之時，陰陽調，寒暑平，羣生遂，萬物寧，故曰其風治、其樂連、其驅馬也舒，其民依依，其行遲遲，其意好好。詩曰：『匪風發兮，匪車揭兮。顧瞻周道，中心怛兮。』」外傳引詩仍作「怛」，不作「𢘅」，知韓詩「亦作」本與毛不異，其因無道思成周之時，釋詩「顧瞻」句與毛同義，齊韓古說如此，後人釋「匪」爲「彼」、「道」爲「路」者，皆未可從。

匪風飄兮，匪車嘌兮。顧瞻周道，中心弔兮。【疏】傳：「迴風爲飄。嘌嘌，無節度也。弔，傷也。」○王逸楚詞九歌注：「飄，風貌。詩曰：『匪風飄兮。』」明魯毛文同。離騷注：「飄風，無常之風。」說文：「嘌，疾也。从口，票聲。詩曰：『匪車嘌兮。』」

誰能亨魚？溉之釜鬵。【疏】傳：「溉，滌也。鬵，釜屬。亨魚煩則碎，治民煩則散，知亨魚則知治民矣。」箋：「誰能者，言人偶能割亨者。」○釋文：「溉，本又作摡。」說文：「溉，滌也。」引詩「摡之釜鬵」，即毛「又作」本。王逸楚詞九歎注：「鬵，釜也。詩曰：『溉之釜鬵。』」說苑善說篇亦引二句，明魯毛文同。儀禮特牲饋食禮鄭注：「亨，煮也。詩曰：『誰能亨魚？溉之釜鬵。』」明齊毛文同。釋器：「䰝謂之鬵。鬵，鉹也。」說文：「䰝，鬵屬。鬵，大釜也。」韻會引說文作「土釜」。又說文「䰛」下云：「秦名土鬴曰䰛，讀若過，即今所謂鍋矣。」孔疏引孫炎爾雅注，以「䰝」爲「甑」字，誤。疏又云：「人偶者，謂以人意尊偶之也。論語注：『人偶，同位人偶之詞。』禮注云：『人偶相與爲禮儀。』皆同也。亨魚小伎，誰或不能，而云『誰能』者，人偶此能割亨者，尊貴之，若言人皆未能，故云『誰能』也。」馬瑞辰云：「漢時以相敬相親皆爲『人偶』，大射儀『揖以耦』，注：『言以者，耦之事成於此，意相人偶也。』聘禮『每曲揖』，注：『每門輒揖者，以相人偶爲敬。』公食大夫禮『賓入三揖』，注：『相人偶。』此相敬謂之『人偶』也。中庸『仁者人也』，鄭注：『人也，讀如相人偶之人，以人意相存偶之言。』賈子匈奴篇『胡嬰兒得近侍側，胡貴人更進得佐酒前，上時人偶之』。此相親謂之『人偶』也。說文：『仁，親也。从人、二。會意。』『人二』即『相偶』也。說文又云：『偶，桐人也。』『桐人』即『相人』形近之譌。」校勘記云：「『尊偶』、『存偶』，與中庸正義之『相親偶』、表記正義之『相愛偶』、碩人正義之『苔偶』皆一也。」

誰將西歸？懷之好音。【注】魯「誰」作「孰」。【疏】傳：「周道在乎西。懷，歸也。」箋：「誰將者，亦言人偶能輔周道治民者也。檜在周之東，故言西歸。有能西仕於周者，我則懷之以好音，謂周之舊政令。」○孔疏：「於時檜在滎陽，周都豐鎬，周在於西，故言西也。西歸者，欲令人之輔周治民也。若能仕周，則當自知政令，詩人欲歸之以好音者，愛其人，欲贈之耳，非謂彼不知也。」「魯誰作孰」者，說苑善說篇言楚子晳因衛蘧伯玉之力以重於楚，引詩二句，「誰」作「孰」，義同文異。桑柔篇「誰能執熱」，墨子尙賢篇引作「孰能執熱」，蓋古書「誰」、「孰」通用，魯詩此篇自作「孰」也。

匪風三章，章四句。

檜國四篇，十二章，四十五句。

詩三家義集疏卷十二

曹蜉蝣第十二

【疏】乙巳占引詩推度災曰：「曹，天宿弧張。」藝文類聚三、御覽二十一引詩含神霧曰：「曹地處季夏之位，土地勁急，音中徵，其聲清以急。」（詩經類攷引「夏」誤「冬」，「勁急」作「勁險」。經義攷引「以急」作「以激」。）漢書地理志：「濟陰定陶，詩風曹國也。周武王弟叔振鐸所封。昔堯所游成陽，舜漁靁澤，湯止于亳，故其民猶有先王遺風，重厚多君子，好稼穡，惡衣食，以致畜臧。」以上皆齊說。風俗通山澤篇引韓詩內傳云：「舜漁雷澤，雷澤在濟陰成陽縣。」此似考證曹國地理之文，蓋韓詩序也。水經濟水注：「濟水逕定陶縣故城南。縣，故三鬷國也。湯追桀伐三鬷卽此。」是周之曹，夏之三鬷也。今山東曹州府定陶縣縣東有三鬷亭。

詩國風

蜉蝣【疏】毛序：「刺奢也。昭公國小而迫，無法以自守，好奢而任小人，將無所依焉。」〇漢書人表：「曹昭公班，釐公子，作詩。」此齊說。魯韓當同。

蜉蝣之羽，【注】魯說曰：「蜉蝣，渠略。」衣裳楚楚。【注】三家「楚」作「䵛」。【疏】傳：「興也。蜉蝣，渠略也，朝生夕死，猶有羽翼以自修飾。楚楚，鮮明貌。」箋：「興者，喻昭公之朝，其羣臣皆小人也。徒整飾其衣裳，不知國之將迫脅，君臣死亡無日，如渠略然。」〇「蜉蝣渠略」者，釋蟲文，魯說也。說文：「蟓，巨蟓，一曰浮游。」夏小正「浮游有殷」，明蜉蝣施虫乃後起字，不僅釋文所云「渠略」作「蟝蛒」爲俗也。淮南說林篇：「浮游不飲不食，三日而終。」又詮言篇：「浮游不過三日。」則朝生莫死，甚言之耳。馬瑞辰云：「爾雅郭注言：『蜉蝣，似蛣蜣。』方言郭注又云：『蜉蟓似天牛而小，有黑角。』

説文：『蟉，渠蟉，一曰天社。』廣雅：『天社，蜣蜋也。』『天牛』蓋『天社』之別名，云『似天牛而小』，則浮游蓋小於蛣蜣。今以目驗蛣蜣大僅六七分知。孔疏引陸疏云：『大如指，長三四寸。』『寸』當爲『分』字之譌。」「衣裳楚楚」，指羣臣言。首句言蜉蝣之羽，次句若以衣裳爲比，嫌於重複，至麻衣更不得以蜉蝣當之。郭注云「黃黑色」，不能謂之「如雪」也。「三家楚作𪓐」者，説文「𪓐」下云：「會五采鮮色也。詩曰：『衣裳𪓐𪓐。』」段注：「𪓐，正字；楚，借字。」心之憂矣，於我歸處。

【疏】箋：「歸，依歸。君當於何依歸乎？言有危亡之難，將無所就往。」○説文「処」下云：「止也，得几而止。从几、从夂。」「處」下云：「処或从虍聲。」歸處，猶依止也。言在朝之臣，其心不知憂國，不思國亡而身無所託也。我不敢自謂憂國，此心之憂在於我依止之地，不勝其顧慮耳，彼羣臣獨何心乎？

蜉蝣之翼，采采衣服。心之憂矣，於我歸息。【注】韓詩曰：「采采衣服。」韓説曰：采采，盛貌也。

【疏】傳：「采采，衆多也。息，止也。」○「采采」至「貌也」，文選鸚鵡賦李注引韓詩薛君注文，引經明韓毛文同。「盛貌」與「衆多」意同，言其羣臣競侈衣服，故韓曰「盛貌」，毛曰「衆多」也。

蜉蝣掘閲，麻衣如雪。【注】三家「掘」作「堀」。【疏】傳：「掘閲，容閲也。如雪，言鮮絜。」箋：「掘閲，掘地解閲，謂其始生時也。以解閲喻君臣朝夕變易衣服也。麻衣，深衣，諸侯之朝朝服，朝夕則深衣也。」○案，「閲」、「穴」字同。宋玉風賦「空穴來風」，莊子云「空閲來風」，是「閲」即「穴」也。郭注：「蜉蝣糞生糞土中。」陸疏：「夏日陰雨時地中出。」傳云「掘閲，容閲」者，言其物容身於閲，故掘閲而出也。箋云「掘地解閲」者，讀「閲」爲「脱」，其掘地出時，解脱而生，故以喻變衣服也。「三家掘作堀」者，説文「堀」下云：「突也。詩曰：『蜉蝣堀閲。』」此三家詩有作「堀」者，故許引文異。堀閲，亦是讀「閲」爲「脱」，言自土堀中解脱而出也。陳奐云：「麻衣，朝服也。凡布幅廣二尺二寸，八十縷爲升，朝服用十五升，緦則去朝服之半，二者精麤不同，用麻則一，故朝服與緦服皆得謂之麻衣。緦麻其色白，朝麻其色染緇，鄭風『緇衣』卽『麻衣』矣。禮記間傳：『又期而大祥，素縞麻衣。』喪服小記：『除成喪者，其祭也，朝服縞冠。』『素縞』卽『縞冠』，則『麻衣』卽『朝服』，此一證。逸周書大匡篇：『及期日，質明，王麻衣以朝日。』視朝之服，天子皮弁，諸侯朝服，王服朝服爲降等，則『麻衣』爲『朝服』，此又一證。論語子罕篇：『子曰：麻冕，禮也。』麻，亦『麻衣』也，古冕、弁得通，稱『麻冕』，麻衣而冕，與祭服『玄冕』，玄衣而冕同。祭服用絲，朝服用麻。朝服如深衣，衣裳不殊。諸侯朔視朝，用皮弁服，亦謂之朝服，皆以麻爲之。凡衣皆連下裳言，朝服無裳而有素韠，素韠白韋爲之，故以雪比白。」較孔疏義晰。首、次章言羣臣，三章兼君臣言之，其憂心更爲切至。儀禮喪服傳鄭注：「詩：『麻衣如雪。』」明齊毛文同。**心之憂矣，於我歸說。**【疏】箋：「說，猶舍息也。」○釋文：「說音稅，協韻如字。」禮表記：「國風曰：『心之憂矣，於我歸說。』」明齊毛文同。鄭注：「欲歸其所說忠信之人也。」用齊義如字，讀與箋異。

蜉蝣三章，章四句。

候人【疏】毛序：「刺近小人也。共公遠君子而好近小人焉。」○三家無異義。

彼候人兮，何戈與祋。【注】齊「何」作「荷」，「祋」作「綴」。【疏】傳：「候人，道路送迎賓客者。何，揭。祋，殳也。言賢者之官不過候人。」箋：「是謂遠君子也。」○序官：「候人，上士六人，下士十二人。」左宣十二年傳：「隨季對楚使曰：『豈敢辱候人。』」是侯國亦有候人也。「何揭」者，孔疏：「戈祋須人擔揭，故以『荷』爲『揭』也。盧人：『戈六尺有六寸，殳長尋有四寸。』戈、殳俱是短兵，相類故也。且『祋』字从『殳』，故知『祋』爲『殳』也。」「齊何作荷，祋作綴」者，禮樂記「行列綴兆」，鄭注：「綴，表也，所以表行列。詩云：『荷戈與綴。』」何、荷經典通用。禮釋文：「本又作何。」說文：「祋，荷殳也。」

从殳，示聲。或說城郭市里，高縣羊皮，有不當入而欲入者，暫下以驚牛馬曰祋，故从示、殳。」高縣羊皮，卽「綴表」之義，

故「祋」亦爲「綴」，文與毛異。禮正義謂鄭所見齊、魯、韓詩本不同也。韓詩唐時尚存，陸氏釋文於毛詩「祋」下不言韓詩

異字，則作「綴」者非韓詩也。樂記注是據齊詩之文。崔集注本亦作「綴」，言賢者官卑。彼其之子，三百赤芾。

【注】韓「其」作「已」，「芾」作「紱」。【疏】傳：「彼，彼曹朝也。芾，韠也。一命緼芾黝珩，再命赤芾黝珩，三命赤芾葱珩。大

夫以上，赤芾乘軒。」箋：「之子，是子也。佩赤芾者三百人。」○說文「市」下云：「韠也。」「市」卽古「芾」字，篆文作「韍」。

「一命」至「葱珩」，禮玉藻文。玉藻作「韍」。緼芾，赤黃之間色，所謂「韎」也。黝珩，玉藻作「幽珩」。周禮：「公侯伯之卿

三命，其大夫再命，其士一命。」曹伯爵，一命爲士，再命爲大夫，三命爲卿，故士服緼芾。卿與大夫服赤芾，又得乘軒也。

左僖二十八年傳：「晉文公『入曹，數之以其不用僖負羈，而乘軒者三百人也，且曰獻狀。』」杜注：「言其無德，居位者多，故責

其功狀。」此正共公時事，與此「三百」文同，引傳以證詩也。「韓其作已，芾作紱」者，後漢東平憲王傳李注：「赤紱，大夫之

服。詩曹風曰：『彼已之子，三百赤紱。』刺其無德居位者多也。」所引蓋據韓詩。

維鵜在梁，魯說曰：鵜，鴮鸅。不濡其翼。彼其之子，不稱其服。【疏】傳：「鵜，洿澤鳥也。梁，水中

之梁。鵜在梁，可謂不濡其翼乎？」箋：「鵜在梁當濡其翼，而不濡者，非其常也，以喻小人在朝，亦非其常。不稱者，言

德薄而服尊。」○「鵜鴮鸅」者，釋鳥文，魯說也。郭注：「今之鵜鶘也。好羣飛，沈水食魚，故名洿澤，俗呼之爲淘河。」陸

疏：「鵜，水鳥，形如鶚而極大，喙長尺餘，直而廣，口中正赤，頷下胡大如數升囊，若小澤中有魚，便羣共抒水，滿其胡而棄

之，令水竭盡，魚在陸地，乃共食之，故曰淘河。」說文「鵜」一作「鴺」。鵜乃貪惡之鳥，故以喻小人。鵜鳥在梁上，以不濡

翼爲能，小人在高位，以尊服爲美。然鵜决非不濡翼之鳥，之子亦非稱其服之人也。禮表記引詩：「維鵜在梁，不濡其翼。

彼記之子，不稱其服。」鄭注：「鶘胡，污澤也。污澤善居水泥之中，在魚梁以不濡污其翼爲才，如君子以稱其服爲有德。」愚案：鄭注禮在箋詩前，此蓋據齊詩爲説，但語意似未完。齊詩作「彼記」。又後漢明帝紀永平二年詔：「詩刺彼己。」（陳喬樅云：「據永平三年詔，有『應門失守，關雎刺世』之語，知明帝所習亦韓詩。」）文選曹植求自試表：「將挂風人彼己之譏。」漢帝、曹王皆用韓詩，故皆作「己」也。左僖二十四年傳鄭子臧以鷸冠見殺，君子歎其「服之不衷」，亦引此詩作「彼己」。

維鵜在梁，不濡其咮。彼其之子，不遂其媾。【注】韓「咮」作「噣」。【疏】傳：「咮，喙也。媾，厚也。」箋：「遂，猶久也。不久其厚，言終將薄於君也。」○「韓咮作噣」者，玉篇口部：「噣，喙也。詩曰：『不濡其噣。』」又曰：「噣，亦作咮。」今毛作「咮」，則「噣」乃韓之異文。言鵜之爲物當在污澤，今在梁上，則不能得魚，所處雖高，終爲濡其咮之鳥矣。彼其之子宜居卑賤，今在高位，可謂厚矣，然無德以居之，終不能久遂其媾厚也。胡承珙云：「媾、厚疊韻爲訓，衆經音義二十二引白虎通義云：『媾，厚也。重婚曰媾也。』故孔疏以『重昏媾者情必深厚』釋之。『遂猶久』者，比方爲訓，遂訓『成』，亦訓『申』，皆有『久』意，故曰『猶久』。國語：『晉公子如楚，成王以周禮饗之，九獻，庭實旅百。既饗，令尹子玉請殺晉公子，王不許。又請止狐偃，王曰：「不可，曹詩曰：『彼其之子，不遂其媾。』郵之也。夫郵而效之，郵又甚焉。效郵，非義也。」』（韋注：「媾，厚於其寵也。郵，過也。」）詳楚子引詩之意，蓋謂九獻庭實是厚也，而又殺之，是不終其厚。曹詩所云『不遂其媾』者，其過同矣，故其下云楚子厚幣以送公子於秦，是則所謂終其厚矣。」

薈兮蔚兮，南山朝隮。【注】韓説曰：薈，草盛貌。魯「薈」作「嬒」。【疏】傳：「薈、蔚，雲興貌。南山，曹南山也。隮，升雲也。」箋：「薈蔚之小雲，朝升於南山，不能爲大雨，以喻小人雖見任於君，終不能成其德教。」○案，「薈兮蔚兮」

者，言山雲如草莽也。易林履之恒：「潼滃薈蔚，膚寸來會。津液下降，流潦滂沛。」坤之恒略同，明齊詩亦釋「薈蔚」爲「雲興」，言其必有大雨也。鄭以薈蔚爲「小雲」，如易林言，則焦以爲「大雲」，既經所不言，故兩説並通，但津液不降，則流潦無期耳。「薈草盛貌」者，玉篇艸部引詩文，此韓説也。説文：「薈，艸多貌。」亦引此詩，卽本韓義。文選西都賦注引蒼頡篇云：「蔚，草木盛貌也。」此「薈蔚」本義，詩借以狀雲興之盛。「魯薈作嬒」者，説文「嬒」下云：「女黑色也。從女，會聲。詩曰：『嬒兮蔚兮。』」齊韓毛作「薈」，此作「嬒」者乃魯詩。文選魯靈光殿賦「蕙翠紫蔚」，李注：「蔚，文貌。雲興欲雨，黑紫不定，任舉一色以狀之，故或爲嬒，或爲蔚也。」「南山」者，一統志：「曹南山在曹州濟陰縣東二十里，詩『南山朝隮』是也。」御覽地部七引十道志云：「曹南山有汜水出焉。」隮，當爲「躋」，説文無「隮」字。荀爽易需卦注：「雲上升極，則降而爲雨，故詩曰：『朝躋于西，崇朝其雨。』」爽習齊詩者也。鄭用齊義箋毛，又因此詩是言小人，故有「不能爲大雨」之喻。陳奐謂：「南山，喻在尊位者。雲有盛多之義，南山之朝，升雲薈蔚然，謂居尊位者之盛多。」承上「三百赤芾」爲言，於義亦通。婉兮變兮，季女斯飢。【疏】傳：「婉，少貌。變，好貌。季，人之少子也。女，民之弱者。」箋：「天無大雨則歲不熟，而幼弱者飢，猶國之無政令，則下民困病矣。」○孔疏：「以季女爲少女幼子，故以『婉』爲『少貌』，『變』爲『好貌』。采蘋云『有齊季女』，謂大夫之妻。車舝『季女逝兮』，欲取以配王，皆不得有男在其間，故以季女爲少女。此言『斯飢』，當謂幼者並飢，非獨少女而已，故以季女爲人之少子、女子。皆本經爲訓，故不同也。伯仲叔季，則季處其少。女比於男，則男强女弱，不堪久飢，故詩言少女耳。」陳奐云：「案正義本傳文，當作『季人之少子女子』七字，定本云『季人之少子女民之弱者』，見定本以『季女』爲少弱之稱，義無分別，則傳亦不必分釋其義。且經言女，不言民也，古毛傳當從正義本，今正義本從定本而誤。」愚案：傳析「季女」爲二，誠所不安，箋泛言「幼弱者飢」、「下民困病」，亦與經「季女」未合。詳味詩義，季女，卽候人之女也。蓋詩人稔知此賢者沈抑下僚，身丁困阨，家有幼女，不免恒飢，故深歎之。而其時羣枉盈庭，國家昏亂，篇中皆刺其君之近小人，致君子未由自伸。作詩本意，止於首尾一見，不著迹象，斯爲立言之妙。

候人四章，章四句。

鳲鳩【疏】毛序：「刺不壹也。在位無君子，用心之不壹也。」〇三家無異義。陳喬樅云：「魯詩説尸鳩之義，詞無譏刺，與毛異解。」愚謂刺詩不在顯言，關雎鹿鳴皆其例也。

鳲鳩在桑，其子七兮。【注】齊説曰：鳲鳩七子，均而不殆。韓説曰：七子均養者，鳲鳩之仁也。淑人君子，其儀一兮。其儀一兮，心如結兮。【疏】傳：「興也。鳲鳩，秸鞠也。鳲鳩之養其子，朝從上下，莫從下上，平均如一，言執義一則用心固。」箋：「興者，喻人君之德當均一於下也，以刺今在位之人不如鳲鳩淑善。儀，義也。善人君子，其執義當如一也。」〇釋文：「鳲，本亦作尸。」愚案：方言以「鳲鳩」爲「戴勝」，高誘、郭璞又並以爲吾楚俗所謂「布穀」，説詳鵲巢篇。「鳲鳩」至「不殆」，易林夬之家人文。殆者，危而不安也。七子雖多，用心均平，則有安而無殆。「七子」至「仁也」，魏志曹植傳上疏文，植用韓詩，言慈鳥之養子，以均見仁也，故在上位之善人君子，亦當執其公義齊一，盡心養民，有如物之結而不解。漢書鮑宣傳上書曰：「陛下上爲皇天子，下爲黎庶父母，爲天牧養元元，視之當如一，合鳲鳩之詩。」正用風人平均養長之義。荀子勸學篇「行衢道者不至，事兩君者不容。目不兩視而明，耳不兩聽而聰。螣蛇無足而蜚，梧鼠五技而窮。詩曰：『尸鳩在桑，其子七兮。淑人君子，其儀一兮。其儀一兮，心如結兮。』故君子結於一也。」又成相篇：「治復一，修之吉，君子執之心如結。」此魯詩之説也。列女魏芒慈母傳：「慈母有三子，前妻之子有五人。五子親附慈母，雍雍若一。慈母以禮義之漸率導八子，咸爲魏大夫卿士，各成於禮義。君子謂慈母一心，詩云：『尸鳩在桑，其子七兮。淑人君子，其儀一兮。其儀一兮，心如結兮。』言心之均一也。尸鳩以一心養七子，君子以一儀養萬物，一心可以事百君，百心不可以事一君，（案，此二語魯詩傳文，見下引。）此之謂也。」說苑反質篇：「『尸鳩在桑，其子七兮。淑人君子，其儀一兮。』傳曰：「尸鳩之所以養七子者，一心也。君子所以理萬物者，一儀也。」所稱傳，卽魯詩傳。潛夫論交際篇亦引「淑人君子」四句。以上魯家說。淮南詮言訓：「賈多端則貧，工多技則窮，心不一也。有百技而無一道，雖得之弗能守，故詩曰：『淑人君子，其儀一也。其儀一也，心如結也。』君子其結於一乎？」引「兮」作「也」，蓋別一本，與荀子大旨略同，亦用魯義。大戴禮勸學篇：「詩云：『鳲鳩在桑，其子七兮。淑人君子，其儀一兮。其儀一兮，心如結兮。』君子其結於一也。」又緇衣篇引「淑人君子」二句，「兮」作「也」，與淮南同，可爲諸家有別本作「也」之證。易林乾之蒙：「鴶鵴鳲鳩，專一無尤。君子是則，長受嘉福。」又隨之小過：「慈鳥鳲鳩，執一無尤。寢門內治，君子悅喜。」以上齊說。韓詩外傳二云：「凡治氣養心之術，莫徑由禮，莫優得師，莫愼一好。好一則博，博則精，精則神，神則化，是以君子務結心乎一也。詩曰：『淑人君子，其儀一兮。其儀一兮，心如結兮。』」此韓家說。皆言君子當用心堅固不變，則事可成，不僅養民爲然。

鳲鳩在桑，其子在梅。【疏】傳：「飛在梅也。」○孔疏：「首章言生子之數，此『在梅』，及下『在棘』、『在榛』，言其所在之樹。見鳲鳩均一，養之得長大而處他木也。」淮南時則訓高注：「戴鵀，戴勝鳥也。詩曰『鳲鳩在桑，其子在梅』是也。」（今本「鳩」誤爲「鳴」。）據此，魯說以尸鳩爲「戴鵀」，餘已見前。馬瑞辰云：「梅，當爲『梅杏』之梅，以下『在棘』、『在榛』例之，知皆小樹，不得爲梅柟也。」淑人君子，其帶伊絲。其帶伊絲，其弁伊騏。【疏】傳：「騏，騏文也。弁，皮弁也。」箋：「其帶伊絲，謂大帶也。大帶用素絲，有雜色飾焉。騏當作璂，以玉爲之。言此帶弁者，刺不稱其服。」○孔疏：「玉藻說大帶之制云：天子素帶，朱裏終辟；諸侯素帶，終辟；大夫素帶，辟垂；士練帶，率下辟。是大夫以上大帶用素，故知『其帶伊絲』謂大帶用素絲，故言絲也。玉藻又云：『雜帶，君朱緑，大夫玄華，士緇辟。』是其有雜色飾焉。」玉藻注：「辟，讀如『裨冕』之裨，裨，謂以繒采飾其側。」皮弁配素帶，天子諸侯大夫同，通冕弁服皆用之，士用緇帶。傳「騏文」，釋文：「本作綦。」陳奂云：「小戎傳『騏，綦文』，謂白馬而有蒼色文。此傳『騏，綦文』，謂白鹿皮而有蒼色組以飾弁也。顧命『四人騏弁』，鄭注：『青黑曰騏。』正謂青黑爲弁飾之色。」騏，乃「綦」之借字。弁師云：「王之皮弁，會五采玉璂。」注：「會，縫中也。璂，讀爲薄借綦之綦。綦，結也。皮弁之縫中，每貫結五采十二以爲飾，謂之綦。」引此詩云：「其弁伊綦。」是詩本作「綦」。毛以青黑文言，故借「騏」爲「綦」。鄭以會玉言，故破「綦」爲「璂」也。黄山云：「古大帶卽鞶帶，亦卽紳帶，本以革爲之而拖以紳，故能佩物。鄭説内則『男鞶革，女鞶絲』，獨以鞶爲囊，致與『施鞶袠』之袠囊複，而於周易左傳白虎通説文之言『鞶帶』皆不合。然鄭注玉藻『素帶』，亦但云合素爲之，不云素絲，以其不能通於大夫素韠也。茲乃謂『伊絲』爲大帶用絲，則何解於『伊騏』之弁仍爲皮弁乎？蓋絲爲未成布帛之名，僅可用以飾帶，如玉藻『帶辟』之屬，猶騏文亦係言皮弁之飾也。小戎『我馬維騏』，傳云：『騏，騏文也。』證以説文『騏，馬文如博棋』，知爲『棋文』之誤，以小戎本言馬也，此傳『騏文』則借馬文以喻弁飾，又卽淇奧所謂『會弁如星』，有似博棋之文，而釋文之『綦文』則仍『棊文』之誤耳。鄭箋讀『騏』爲『璂』，説異而義實相成，必仍本於三家。孔疏以『綦色青黑』説小戎之『騏文』，正援顧命『騏弁』鄭注。此詩明爲騏弁而鄭箋乃不作『綦』，遂亦不敢改字，仍以馬文釋之，陳猶沿孔前疏之失，又遷其説，於『綦結』殆不可從。」愚按：黄説亦通。孔疏：「皮弁，是諸侯視朝之常服，又朝天子亦服之。作者美其德能養民，舉其常服，知是皮弁。」陳奂云：「諸侯視朝玄冠，朔視朝皮弁，在朝君臣同服，則朔視朝大夫亦服皮弁。序云『在位君子』，統君臣言也。」

鳲鳩在桑，其子在棘。淑人君子，其儀不忒。其儀不忒，正是四國。【疏】傳：「忒，疑也。正，長也。」箋：「執義不疑，則可爲四國之長，言任爲侯伯。」○釋詁：「貳，疑也。」王引之云：「貳乃貳之誤，古忒、貳通用也。」禮緇衣篇：「子曰：『爲上可望而知也，爲下可述而志也，則君不疑於其臣，而臣不惑於其君矣。尹吉曰：『惟尹躬及湯，咸有壹德。』詩云：『淑人君子，其儀不忒。』」鄭注：「君臣皆有壹德不貳，則無疑惑也。」以「不忒」爲「不疑」，與傳箋義合。大學引詩云：「『其儀不忒，正是四國。』其爲父子兄弟足法，而后民法之也。」又經解引詩云「淑人君子」四句，皆齊家說。荀子君子篇：「尚賢，使能，等貴賤，分親疏，序長幼五者，（依楊倞注補二字。）此先王之道也。故仁者，仁此者也；義者，分此者也；節者，死生此者也；忠者，惇慎此者也。兼此而能之，備矣，備而不矜，一自善也，謂之聖。」末引詩曰：「淑人君子，其儀不忒。其儀不忒，正是四國。此之謂也。」又富國篇：「人皆亂，我獨治；人皆危，我獨安；人皆失喪之，我按起而治之。故仁人之用國，非特將持其有而已也，又將兼人。」下引詩亦同。又議兵篇：「堯伐驩兜，舜伐有苗，禹伐共工，湯伐有夏，文王伐崇，武王伐紂，此四帝、兩王皆以仁義之兵行於天下也。故近者親其善，遠方慕其德，兵不血刃，遠邇來服，德盛如此，施及四極。詩曰：『淑人君子，其儀不忒。』此之謂也。」何休公羊昭十八年傳解詁引詩云：「『其儀不忒，正是四國。』四國，天下象也。」風俗通義四引詩云：「淑人君子，其儀不忒。其儀不忒，正是四國。傳曰：一心可以事百君，百心不可以事一君。」應習魯詩，所引傳卽魯傳，又列女衞姑定姜傳引詩「其儀不忒」二句，楚昭定姜傳引詩「淑人君子」二句，皆魯家說。除緇衣外餘多推演之詞。

鳲鳩在桑，其子在榛。淑人君子，正是國人。正是國人，胡不萬年！【疏】箋：「正，長也。能長人則人欲其壽考。」○馬瑞辰云：「說文：『榛，木也，一曰菆也。』衆經音義引說文：『榛，叢木也。』字林：『木，叢生也。』集韻：『叢，或作菆。』是『菆』卽『叢』字之或體。此詩上言『在棘』，則『在榛』宜訓叢木，不得讀爲『亲栗』之亲。」韓詩外傳二：「玉不作，不成器。人不學，不成行。家有千金之玉，不知治，猶之貧也。良工宰之，則富及子孫。君子學之，則爲國用。故動則安百姓，議則延民命。詩曰：『淑人君子，正是國人。正是國人，胡不萬年。』」又外傳九：「夫鳳凰之初起也，翺翔十步，藩籬之雀，喔咿而笑之。及其升於高，一詘一信，展而雲間，藩籬之雀超然自知不及遠矣。士褐衣緼著未嘗完也，糲藿之食未嘗飽也，世俗之士卽以爲羞耳。及其出則安百姓，議則延民命，世俗之士超然自知不及遠矣。詩曰：『正是國人，胡不萬年。』」此韓家說，亦推演之詞。

鳲鳩四章，章六句。

下泉【注】齊說曰：「下泉苞稂，十年無王。荀伯遇時，憂念周京。」【疏】毛序：「思治也。曹人疾共公侵刻下民，不得其所，憂而思明王賢伯也。」〇「下泉」至「周京」，易林蠱之歸妹文，賁之姤同，此齊說。何楷世本古義，以爲曹人美晉荀躒納敬王於成周而作此詩。左昭三十二年傳：「天王使告於晉：『天降禍於周，俾我兄弟並有亂心，以爲伯父憂。我一二親暱甥舅不遑啟處，于今十年，勤戍五年，余一人無日忘之。』」自春秋昭二十二年王子朝作亂，至三十二年城成周爲十年，與易林「十年無王」合。荀伯，卽荀躒也。美荀躒而詩列曹風者。昭二十五年，晉人爲黃父之會，謀王室，具戍人。二十七年，會扈，令戍周。三十二年，城成周。曹人蓋皆與焉，故曹人歌其事。愚案：何氏闡明齊說，深於詩義有裨，今從之。自文公定霸之後，曹之事晉甚恭，議戍必皆從役，而成周之城則曹人明書於經，故曹人在周者爲此詩。呂祖謙讀詩記曰：「匪風下泉，思周道之詩，獨作於檜曹何也？政出天子，則强不陵弱，各得其所；政出諸侯，則徵發之煩、供億之困、侵伐之暴，惟小國偏受其害，所以睠懷宗周爲獨切也。」愚案：呂記於此詩齊義尤爲切合。魯韓未聞。

洌彼下泉，浸彼苞稂。【疏】傳：「興也。洌，寒也。下泉，泉下流也。苞，本也。稂，童梁，非溉草，得水而病也。」箋：「興者，喻共公之施政教，徒困病其民。稂，當作涼。涼草，蕭蓍之屬。」〇案，「洌」當作「冽」，說文「冽」下云：「寒貌。故字從冰。」「洌」下云：「水清也。」引易「井洌寒泉食」，而不引詩，蓋以詩皆作「冽」，無作「洌」者，今本作「洌」非也。爾雅：「沃泉縣出。縣出，下出也。」李巡曰：「水泉從上溜下出。」孔疏：「下泉，謂泉下流，是爾雅之『沃泉』也。」何楷云：「昭二十三年，天王居於狄泉，卽此詩下泉。」愚案：杜注：「狄泉，洛陽城內大倉西南池水也，時在城外。」城成周乃繞之城內，亦曰翟泉。水經注：「穀水東流，入洛陽縣之南池，卽古翟泉也，在廣莫門道東，建春門路後，爲東宮池。」洛陽伽藍記：「太倉南有翟泉，周回三里，水猶澄清，洞底明淨，泉西有華林園，以泉在園東，因名蒼龍海。」「稂童粱」，釋草文，郭注：「莠類也。」陸璣疏：「禾秀爲穗而不成，崱嶷然謂之童粱，今人謂之宿田翁，或謂之守田也。」（孔疏引此，「守」亦誤「宿」。）說文「稂」，「蓈」之重文。「蓈」下云：「禾粟之采，（卽「穗」本文。）生而不成者謂之董蓈。」「采」下云：「禾成秀也。」知陸疏實根據於此。「蓈」、「粱」雙聲，「董蓈」卽「童粱」也。箋讀「稂」爲「涼」，云：「涼草，蕭蓍之屬。」孔疏：「釋草不見草名『涼』者，未知鄭何所據。」然鄭改毛，或亦本三家遺說也。黃山云：「段玉裁沿大田釋文誤字，謂說文『蓈』下之『采』、陸疏『禾秀』之『秀』，皆『莠』字，稂卽莠之未成者，非也。孟子『惡莠恐其亂苗也』，是在穀之始生曰苗時已名莠，不應爲穗時尚名稂。況魯語『馬餼不過稂莠』，韋注：『稂，童稂也。莠，似稷而無實。』既本無實，則不爲穗明矣。稂从禾，本禾屬，正文从艸，又卽與莠同爲艸屬。說文：『莠，禾粟下生。』固宜與禾粟不成者爲類，故爾雅郭注云『莠類』，非謂卽莠。此自禾粟失水變生者，故得水反病，若莠得水則更驕驕桀桀，未聞病水也。箋讀『稂』爲『涼』，李黼平疑爲『皇』，馬瑞辰疑爲『莨』，陳喬樅疑爲『蔏』，皆根據雅訓取合鄭箋音義。然陸疏『守田』卽稂，陳啟源胡承珙據釋文『稂』又音良，莨亦卽稂，蔏蔞又似未可單名蔏。且雅注皇生廢田，蔏蔞生下田，子虛賦『卑溼則生藏莨』，生田者不屬蕭蓍，非鄭改毛之指；生卑下者亦不當病水，尤非經指。近世皆呼編席之草爲涼草，其席曰涼草席，草質粗勁，非釋草之『鼠莞』，其長過禾黍而無臺，亦非釋草之『苻蘺』。子虛賦『其高燥則生葴菥苞荔』，顏注：『苞，藨也，卽今所用作席者。』曲禮『苞屨』，訓爲藨蒯之非，與今涼草合。藨蒯名苞，則爲有苞之草可知。孟康謂菥生涼州，而賦四者連舉，或皆涼州之草，故有涼草之名耳。此雖未必卽箋之涼草，在鄭當有所本，故特破字爲訓，若果爾雅所有，則言稂當作涼足矣，不待更申之曰『涼草，蕭蓍之屬』也。」愾我寤嘆，念彼周京。【注】魯「愾」作「慨」，魯說曰：慨，歎貌也。韓作「嘅」，韓說曰：嘅，滿也。【疏】傳：「慨，嘆息之意。寤，覺也。念周京者，思其先王之明者。」〇說文：「愾，大息也。从心，氣聲。詩曰：『愾我寤嘆。』」「魯愾作慨」者，王逸楚詞九嘆注：「慨，慨歎貌也。詩曰：『慨我寤歎。』」逸習魯詩，用魯說也。文選李注二十三、二十六兩引毛詩作「慨」，是毛亦有別本作「慨」。韓作「嘅」者，玉篇口部：「詩曰：『嘅我寤嘆。』」是韓詩作「嘅」。廣雅：「嘅，滿也。」卽韓說也。周京，乃周室所居之京師也。云「念彼」者，馬瑞辰云：「春秋昭二十二年，王子猛入于王城，公羊傳：『王城者何？西周也。』二十六年冬十月，天子入于成周，公羊傳：『成周者何？東周也。』孔氏廣森以爲稱成周不稱京師者，敬王新居東周，非故京師矣。此詩云『念彼』，蓋王新遷成周，追念故京師王室之詞。自是以後諸侯不復勤王，故列國風，詩亦終於此。」

洌彼下泉，浸彼苞蕭。愾我寤嘆，念彼京周。【疏】傳：「蕭，蒿也。」〇爾雅：「蕭，萩。」邢疏引陸璣義疏云：「今人所謂萩蒿也。或云牛尾蒿。」

洌彼下泉，浸彼苞蓍。愾我寤嘆，念彼京師。【疏】傳：「蓍，草也。」〇說文：「蓍，蒿屬。」公羊桓九年傳：「京師者何？天子之居也。京者何？大也。師者何？衆也。天子之居，必以大衆言之。」是說天子之都名爲京師也。

芃芃黍苗，陰雨膏之。四國有王，郇伯勞之。【疏】傳：「芃芃，美貌。郇伯，郇侯也。諸侯有事，二伯述職。」箋：「有王，謂朝聘於天子也。郇侯，文王之子，爲州伯，有治諸侯之功。」○孔疏：「僖二十四年左傳：『畢原酆郇，文之昭也。』知郇伯是文王之子，爲州伯。有治諸侯之功，謂爲牧下二伯，治其當州諸侯。易傳者，以經傳考之，武王成王之時，東西大伯唯有周公召公太公畢公爲之，無郇侯者，知爲牧下二伯也。」愚案：易林云「荀伯遇時，憂念周京」者，左傳：昭二十二年十月，荀躒與籍談帥師納王于王城。二十六年七月，知躒與趙鞅帥師納王。荀氏在晉爲名卿，納王之事，身著勤勞，詩美其遇王室危亂之時，能以周京爲憂念，故言：黍之苗芃芃然盛者，以陰雨能膏澤之；今四國尚知有王事者，以郇伯能勞來之也。左桓九年傳：荀侯伐曲沃。漢志臣瓚注：「汲郡古文：晉武公滅荀，以賜大夫原氏黯，今河東有荀城，古荀國。」水經注：「汾水又西，逕荀城，古荀國也。」又云：「涑水又西，逕郇城。詩云『郇伯勞之』，蓋其故國也。」是郇侯即荀侯，封國在冀州之境。若爲州伯，止治其當州諸侯，未必遠及兖州之曹，曹人何由思之？然則傳、箋二說皆在疑似之間，（竹書：「昭王六年，錫郇伯命。」正紀年乘間作僞處。）不若齊義之信而有徵也。經云「郇伯」而齊作「荀伯」者，或齊詩本作「荀」，或易林讀「郇」作「荀」，皆不可知，要之「郇」、「荀」一也。說文「郇」下云：「周武王子所封國，在晉地。从邑，旬聲。」新附「荀」下云：「草也。从艸，旬聲。」左傳「晉荀息」，潛夫論氏姓篇作「郇息」，此詩「郇伯」，周書王會篇作「荀伯」，與易林同。荀蓋本以國爲氏，荀躒，（說見前。）詩稱荀伯者，晉荀氏舊以「伯」稱。左成十六年傳「荀伯不復從」，謂荀林父也。後諸荀別爲知中行二氏，昭五年傳「中行伯、魏舒帥之」，謂荀吳與魏舒也。十五年傳「以文伯宴」，三十一年傳「季孫從知伯如乾侯」，皆即謂荀躒也。曹詩稱「伯」而仍繫以「荀」，如春秋之仍書曰荀吳荀躒。詩亡然後春秋作，其例宜同。攷昭三十二年，敬王之十年，已在曹聲公之五年，距共公且六世矣。

下泉四章，章四句。

曹國四篇，十五章，六十八句。

詩三家義集疏卷十三

豳七月第十三

【疏】漢書地理志：「右扶風栒邑，有豳鄉，詩豳國，公劉所都。」史記劉敬傳：「周之先自后稷，堯封之邰，積德累善，十有餘世。公劉避桀居豳。」又匈奴傳：「夏道衰而公劉失其稷官，變於西戎，邑於豳。」班世治齊詩，史公用魯詩，知齊魯詩說同也。戴震云：「鄭譜：『豳者，后稷之曾孫曰公劉者，自邰而出，所徙戎狄之地名。』據宋天聖本國語及史記，載祭公謀父諫穆王，皆曰『昔我先王世后稷』，（今本國語奪「王」字。）謂先王世爲后稷之官，非謂棄也。（韋注國語：「父子相繼曰世。」正以「世后稷」連讀。）史記周本紀：『后稷之興，在陶唐虞夏之際，皆有令德。后稷卒，子不窋立。』云『皆有令德』者，以不窋以前繼棄爲后稷者不一人，故以皆有令德統之也。不曰『棄卒』而曰『后稷卒』，謂最後爲后稷之官者卒也。鄭誤以不窋爲棄之子，故以公劉爲棄之曾孫耳。（曾孫，亦元孫以下之通稱，知鄭言「后稷之曾孫」，以后稷爲棄者。據鄭云，公劉以夏后太康時失其官。案，后稷棄當夏禹時，至太康甫七十餘年，中隔不窋及鞠二代，故知箋言后稷必謂棄耳。）國語言不窋失官，竄於戎狄之閒，今慶陽府安化縣有不窋城，城東三里有不窋冢。毛氏奇齡謂，公劉遷豳，應自不窋城遷，不應自邰遷也。」馬瑞辰云：「毛說非也。據匈奴傳云云推之，不窋失官以後，至子鞠時，必嘗復其稷官，復居於邰。至公劉又遭夏桀之亂，復失其官，乃自邰遷豳耳。（竹書紀年「少康三年復田稷」，此後人附會，惟誤以不窋爲棄子，失官在太康時，遂妄云少康時復官。）以公劉詩『涉渭爲亂』考之，水經注：『渭水又東，逕斄縣故城南，舊邰城也。』是邰在渭旁，非自邰遷，無由涉渭取材也。又公劉詩傳曰：『公劉居於邰，而遭夏人亂，迫逐公劉，公劉乃避中國之難，遂平西戎而遷其民邑於豳焉。』案，邰，今武功縣。豳，今邠州。豳在邰北百餘里，不窋城又在豳北二百餘里，使公劉自不窋城遷，是自外而遷於內，非所以避中國之難也。戴氏謂邰之封自公劉始復，與史記言公劉失官、毛傳言公劉避難皆不合。邰之復，蓋在公劉以前耳。自后稷棄至公劉，中有十餘世，則知公劉失官不在太康時矣。史記匈奴傳：『公劉失其稷官。其後三百有餘歲，戎狄攻太王亶父。』案亶父當殷武乙時，去夏桀正三百餘歲，是公劉與桀同時之證。國語韋注謂不窋失官在太康時，亦非。太康至桀二百六十餘年，公劉爲不窋孫，不能相距如此其遠。戴氏據史記言『孔甲淫亂，夏后德衰，諸侯畔之』，謂不窋失官當在孔甲時，蓋近之矣。」

詩國風

七月【疏】毛序：「陳王業也。周公遭變，故陳后稷先公風化之所由，致王業之艱難也。」箋：「周公遭變者，管蔡流言，辟居東都。」〇後漢王符傳潛夫論浮侈篇曰：「明王之養民也，愛之勞之，教之誨之，慎微妨萌，以斷其邪。七月之詩，大小教之，終而復始。由此觀之，民固不可恣也。」李注：「七月詩，豳風也。大謂耕桑之法，小謂索綯之類，自春及冬，終而復始也。」符習魯詩，其論魯義也。漢地理志曰：「昔后稷封斄，公劉處豳，太王徙郊，文王作酆，武王治鎬，其民有先王遺風，好稼穡，務本業，故豳詩言農桑衣食之本甚備。」

七月流火，九月授衣。【注】齊說曰：爲寒益至也。【疏】傳：「火，大火也。流，下也。九月霜始降，婦功成，可以授冬衣矣。」箋：「大火者，寒暑之候也。火星中而寒暑退，故將言寒，先著火所在。」〇東方心星，亦曰大火。流火，火下也。火向西下，暑退將寒之候也。陳奐云：「四月篇『六月徂暑』，傳云：『六月火星中，暑盛而往矣。』本月令及昭三年左傳文爲說。攷堯典：『日永星火，以正仲夏。』夏小正：『五月初昏，大火中。』與詩月令左傳皆不合。蓋火在唐虞夏以五月昏中，六月西流；周以六月昏中，七月西流，其候逐歲漸差。詩雖作於周初，然公劉在夏末，或已七月西流。春秋：『哀十二年冬十二月，螽。』左傳：『火伏而後蟄者畢，今火猶西流，司曆過也。』杜注：『火伏在今十月，猶西流，言未盡没，知是九月，曆官失一閏。』案，火伏在九月，春秋之季火伏在十月，九月猶西流，其候又差矣，此即後世歲差之法。」「授衣」者，馬瑞辰云：「周官典婦功：『掌婦式之法，以授嬪婦，及内人女功之事齎。』典絲：『頒絲於外内功，皆以物授之。』典枲：『以待時頒功而授齎。』凡言『授』者，皆授使爲之也。此詩『授衣』，亦授冬衣使爲之，蓋九月婦功成，絲麻之事已畢，始可爲衣，非謂九月冬衣已成，授衣之人也。」「爲寒益至也」者，禮月令鄭注文，引此詩二句，齊説也。又漢書律曆志引詩首句，明齊、毛文同。易雜卦傳：「益，盛之始也。」

一之日觱發，二之日栗烈。無衣無褐，何以卒歲？【注】韓「觱」作「畢」。韓説曰：「一之日畢發」，夏之十一月也。「二之日栗烈」，夏之十二月也。齊魯「觱發」作「滭冹」。【疏】傳：「一之日，十之餘也。一之日，周正月也。觱發，風寒也。二之日，殷正月也。栗烈，寒氣也。」箋：「褐，毛布也。卒，終也。此二正之月，人之貴者無衣，賤者無褐，將何以終歲乎？是故八月則當績也。」○孔疏：「一之日者，數從一起而終于十，更有餘月，還以一二紀之。」俞樾云：「一之日、二之日、三之日、四之日，以周正紀數也。四月、五月、六月、七月、八月、九月、十月，以夏正紀數也。公劉徙豳，當有夏中葉，（此因舊誤。）則其俗必循用夏正。周公作詩，陳后稷先公風化之所由，故即本豳人之俗以立言，篇名七月，其曰『七月流火，九月授衣』，皆夏正也。至夏正之十一月，在周爲正月，周公在周言周，故變其文曰『一之日』，以周正紀數，而又不與豳俗之用夏正者混而無别，正古人立言之善也。既曰『一之日』、『二之日』，則夏正之正月、二月不得謂之一月、二月，故從周正數之曰『三之日』、『四之日』。自是爲蠶月，蠶月者，夏之三月，以周正數之則五之日也。不言『五之日』者，以篇中有『五月』也；不言『三月』者，以篇中有『三之日』也。」皮嘉祐云：「此詩言『月』者，皆夏正。言一、二、三、四之日者，皆周正，改其名不改其實。逸周書周月篇云：『亦越我周，致伐于商，改正異械，以垂三統。至於敬授民時，巡守祭享，猶自夏焉。』是爲此篇之確證。」愚案：「觱」即「𧤻」之俗字，說文「𧤻」下云：「羌人所吹角屠𧤻，（桂馥云當作「篳篥」。）以驚馬也。从角，𩏂聲。𩏂，古文『誖』字。」毛用借字也。「一之」至「月也」，玉燭寶典仲冬、季冬引韓詩章句文。韓作「畢發」，亦借字。「齊魯作滭冹」者，說文「冹」下云：「一之日滭冹。」（「一」上脫「詩曰」二字。）「滭」下云：「滭冹，風寒也。」从發、从犮之字多通用，碩人篇「鱣鮪發發」，釋文作「鱍鱍」，說文作「鮁鮁」是也。寒盛曰「滭冹」，泉盛曰「畢沸」。（「滭」省作「畢」，與韓詩同。）火盛曰「熚炥」，同聲變字，皆自盛皃形容之。韓作「畢發」，則作「滭冹」者齊魯文也。據釋文引說文，「栗烈」作「颲颲」。案，說文並未引詩，仌部有凓、冽二字，當是正文。孟子滕文公篇趙注：「褐以毳織之，若今馬衣也。或曰，褐，枲衣也。一曰粗布衣也。」此「褐」當從「粗布衣」之訓。蔡邕九惟文用「無衣無褐」句，明魯毛文同。

三之日于耜，四之日舉趾。同我婦子，饁彼南畝，田畯至喜。【注】韓詩曰：「三之日于耜，四之日舉趾。」韓說曰：「三月之時，可豫取耒耜修繕之，至於四月，始可以舉足而耕也。」齊「趾」作「止」。【疏】傳：「三之日，夏正月也。豳土晚寒。于耜，始修耒耜也。四之日，周四月也，民無不舉足而耕矣。饁，饋也。田畯，田大夫也。」箋：「同，猶俱也。喜讀爲饎，饎，酒食也。耕者之婦子俱以饟來，至於南畝之中，其見田大夫，又爲設酒食焉。言勸其事，又愛其吏也。此章陳人以衣食爲急，餘章廣而成之。」〇「三之」至「耕也」者，御覽八百二十二、八百二十三引韓詩文，引經明韓毛文同。「于」訓「修」，與傳同。讀「于」爲「爲」也，與夏小正「農緯厥耒」同意。「齊趾作止」者，漢書食貨志：「春，令民畢出在壄，詩曰：『四之日舉止。同我婦子，饁彼南畝。』」是齊詩作「止」。「趾」、「止」今古文之異。禮月令「孟春命田舍東郊」，鄭注：「田，謂田畯，主農之官也。」呂覽高注，以「田」爲「農大夫」，高用魯詩，推知魯詩「田畯」之訓與傳同。釋訓：「饎，酒食也。」釋文引舍人本作「喜」，釋云：「古作饎。」據此，知魯詩本亦作「喜」而讀爲「饎」，故箋從魯義改毛也。

七月流火，九月授衣。【疏】箋：「將言女功之始，故又本於此。」春日載陽，有鳴倉庚。女執懿筐，遵彼微行，爰求柔桑。【疏】傳：「倉庚，離黃也。懿筐，深筐也。微行，牆下徑也。五畝之宅，樹之以桑。」箋：「載之言則也。陽，温也。温而倉庚又鳴，可蠶之候也。柔桑，穉桑也，蠶始生，宜穉桑。」○馬瑞辰云：「爾雅：『春爲青陽。』故詩言『春日載陽。』博物志：『蠶，陽物，喜燥惡濕。』詩言日之陽温，正可以生蠶時也，養蠶在三月，生蠶在二月。夏小正『二月有鳴倉庚』，與此詩『有鳴倉庚』合；『二月采蘩』，亦與此詩『采蘩祁祁』合；又『二月綏多士女』，與此詩『殆及公子同歸』，箋訓『歸』爲『嫁』合，則詩兩言『春日』，皆指二月無疑。正義以『春日』指蠶月，謂倉庚蠶月始鳴，誤矣。」張衡東京賦「春日載陽」，薛綜注：「陽，暖也。」陳喬樅云：「薛訓『陽』爲『暖』，當據魯故，鄭箋訓『温』，卽本魯詩爲解。」易林同人之大過亦引「春日載陽」，明齊、毛文同。倉庚，詳葛覃篇。說文云：「鳴則蠶生。」小爾雅及楚詞王逸注並云：「懿，深也。」懿筐蓋深而雖滿。采薇傳：「柔，始生也。」求柔桑以飼初出之蠶。

春日遲遲，采蘩祁祁。女心傷悲，殆及公子同歸。【注】魯說曰：遲遲，徐也。【疏】傳：「遲遲，舒緩也。蘩，白蒿也，所以生蠶。祁祁，衆多也。傷悲，感事苦也。春女悲，秋士悲，感其物化也。殆，始。及，與也。豳公子躬率其民，同時出、同時歸也。」箋：「春女感陽氣而思男，秋士感陰氣而思女，是其物化，所以悲也。悲則始有與公子同歸之志，欲嫁焉，女感事苦而生此志，是謂豳風。」○「遲遲徐也」者，釋訓文，蓋專爲此詩立訓，此魯義與毛異。春日既舒，則采蘩者亦遲久而積多，故皆釋爲「徐」也。何楷古義引徐光啟云：「蠶之未出者，䰞蘩沃之則易出，故傳云『所以生蠶』。」春女多悲，有觸斯感，此天機之自然，又仲春昏期，皆有失時之懼。荀子彊國篇楊注：「殆，庶幾也。」諸侯之女亦稱「公子」，見公羊莊元年傳。公子嫁不愆期，故冀幸庶幾與女公子同時得嫁也。傳言豳公之子身率其民同出同歸，男女不謀，情事未合，不若箋義爲長也。

七月流火，八月萑葦。【疏】傳：「薍爲萑，葭爲葦，豫畜萑葦，可以爲曲也。」箋：「將言女功，自始至成，故亦又本於此。」○孔疏：「二草，初生者爲菼，長大爲薍，成則名爲萑；初生爲葭，長大爲蘆，成則名爲葦。月令『具曲植筥筐』，注云：『曲，薄也。植，槌也。』薄用萑葦爲之。」案，「苗」消作「曲」，豫蓄之以供來春養蠶。蠶月條桑，取彼斧斨，以伐遠揚，猗彼女桑。【注】韓「條」作「挑」。魯說曰：「女桑，桋桑。」【疏】傳：「斨，方銎也。遠，枝遠也。揚，條揚也。角而束之曰猗。女桑，荑桑也。」箋：「條桑，枝落采其葉也。女桑，少枝長條，不枝落者，束而采之。」○「韓條作挑」者，玉篇手部：「挑，撥也。詩曰：『蠶月挑桑』，枝落之采其葉。」陳喬樅云：「此韓詩異文也。『條桑』無傳，鄭云『枝落之采其葉』，即用韓義申毛。」釋文引說文云：「銎，斧空也。」「空」即「孔」字。破斧傳：「隋銎曰斧，方銎曰斨。」條，小枝也。遠揚，長枝去人遠揚起者，則取隋銎之斧、方銎之斨以伐之。「女桑，桋桑」者，釋木文，魯說也。釋文「桋」或作「夷」，消字。傳作「荑」，借字。蓋草之初生者曰荑，木之初生者曰桋，毛釋女桑爲「荑桑」，知魯必用正字作「桋」，故釋木取魯說也。節南山傳：「猗，長也。」說文：「掎，偏引也。」諸家蓋讀「猗」爲「掎」，惟呂氏讀詩記引董逌曰：「齊詩：『掎彼女桑。』」出僞撰，今不取。傳「角而束之」，「角」即「捔」字。廣雅釋言：「捔，掎也。」疑亦此詩韓魯家說，故張揖取入雅訓。七月鳴鶪，八月載績。載玄載黃，我朱孔陽，爲公子裳。【疏】傳：「鶪，伯勞也。載績，絲事畢而麻事起矣。玄，黑而有赤也。朱，深纁也。陽，明也。祭服，玄衣纁裳。」箋：「伯勞鳴，將寒之候也。五月則鳴，豳地晚寒，鳥物之候從其氣焉。凡染者，春暴練，夏纁玄，秋染夏。爲公子裳，厚於其所貴者說也。」○「鳴鶪」，夏小正作「伯鷯」，方言謂爲「鶡旦」。爾雅郭注云：「似鶷鶡而大。」初學記引通俗文云：「白頭鳥謂之鶷鶡。」禽經注謂「形似鴝鵒」。鴝鵒喙黃，伯勞喙黑。御覽九百二十三引曹植惡鳥論曰：「詩云『七月鳴鵙』。七月，夏五月，鵙則伯勞也。伯勞以五月鳴，應陰氣之動。陽爲仁養，陰爲殘賊，伯勞蓋賊害鳥也，其聲鵙鵙，故以其音名云。」曹用韓詩，引七月句，明韓毛文同以七月當夏五月，誤也。釋鳥：「鵙，伯勞也。」孔疏引樊光注：「春秋傳：『少皞氏以鳥鳴官。伯趙氏，司至。』伯趙，鵙也，以夏至來，冬至去。」蔡邕月令章句云：「鵙，伯勞。伯勞伯趙，應時而鳴，爲陰候也。」趙岐孟子章句：「鴂，博勞也。詩云：『七月鳴鴂。』應陰氣而殺物者也。」「鵙」作「鴂」，蓋魯詩「亦作」本。呂覽仲夏紀注：「鵙，伯勞也。是月陰作於下，陽發於上，伯勞夏至後應陰而殺蛇，磔之於棘而鳴其上。」文選張衡思玄賦「鶗鴂鳴而不芳」，李注引服虔曰：「鶗鴂一名鵙。伯勞順陰而生，賊害之鳥也。」是魯家皆云伯勞以五月鳴，而詩文作「七月」，與韓同，故箋以爲豳地晚寒，候從其氣。孔疏以爲：「『載纘武功』，校一月，此校兩月；月令『季秋草木黃落』，此云『十月隕蘀』；月令『季秋令民，寒氣總至，其皆入室』，此云『曰爲改歲，入此室處』；月令『季秋天子嘗稻』，此云『十月穫稻』；月令『仲秋天子嘗麻』，此云『九月叔苴』；月令『季冬命取冰』，此云『三之日納于凌陰』。皆晚寒所致。」胡承珙云：「諸書云『五月鵙鳴』者，記其始鳴，詩則但言其鳴爲降寒之候，以起下文『載績』，故以七月、八月連言之，不必定指始鳴，蓋伯勞以夏至鳴，冬至去，五月以後皆其鳴時，其去化爲鼠。說文：『鼢，地行鼠，伯勞所化。』是也。」馬瑞辰云：「詩以鵙鳴誌將寒之候，或據其盛鳴之時言之。」二說最爲當理。「績」者，緝麻之名。孔疏：「玄黑而有赤，謂色有赤黑雜者。考工記鍾氏說染法云：『三入爲纁，五入爲緅，七入爲緇。』鄭注：『緅，今禮記作爵，言如爵頭色也。』凡玄色者，在緅緇之間，其六入者與。』謂三入赤，三入黑也。士冠禮注：『凡染絳，一入謂之縓，再入謂之赬，三入謂之纁，朱則四入矣。』故云：『朱，深纁也。』易下繫云：『黃帝堯舜垂衣裳，蓋取諸乾坤。』注云：乾爲天，坤爲地，天色玄，地色黃，故玄以爲衣、黃以爲裳。土託位於南方，南方故云用纁，是祭服用玄衣、纁裳之義。染色多矣，而特舉玄黃，故傳解其意由祭服尊故也。」染夏者，染五色謂之夏，其色以夏翟爲飾，夏翟毛羽五色皆備成章，染者擬以爲深淺之度，是以放而取名。陳奐云：「玄衣纁裳，就士而言，以見豳人亦自作服。經言『我朱孔陽，爲公子裳。』又以見豳公子朱裳，亦是祭服也。」

四月秀葽，【注】魯說曰：此味苦，苦葽也。韓說曰：葽草如出穗。**五月鳴蜩。八月其穫，十月隕蘀。**【疏】傳：「不榮而實曰秀葽。葽，草也。蜩，螗也。穫，禾可穫也。隕，墜。蘀，落也。」箋：「夏小正：『四月，王負秀。』葽其是乎？秀葽也，鳴蜩也，穫禾也，隕蘀也，四者皆物成而將寒之候。物成，自秀葽始。」〇「魯說此味苦，苦葽也」者，說文：「葽，草也。从艸，要聲。詩曰：『四月秀葽。』」劉向說云云。此乃引劉釋魯詩之文也。段注：「苦葽，當是漢人有此語，漢時目驗，今則不識。其味苦，應夏令也。」陳啓源云：「宋曹粹中詩說，據爾雅『葽繞，棘蒬』，郭注：『今遠志也。』又參以劉向『苦葽』之說，以爲卽今藥中小草。案，『苦葽』之訓甚古，今藥中小草味極苦濇，醫家以甘草煮之方可用，又有『葽繞』之稱，曹說信爲有本。」愚案：廣雅：「蕀苑，遠志也。」與郭注合。葽一名『葽繞』者，語音長短之異，短言之曰「葽」，長言之爲「葽繞」也。「葽草如出穗」者，玉燭寶典孟夏引韓詩章句文。皮嘉祐云：「戴氏震謂葽者幽莠也。戰國策云：『幽，莠之幼也，似禾。』夏小正：『四月秀幽。』幽、葽一聲之轉。穆天子傳：『珠澤之藪，爰有萑葦，茅蒲，茅萯，蒹葽。』郭注：『葽，莠屬。』引詩四月『秀葽』，則莠屬本有『葽』名。御覽引韋曜毛詩答問云：『甫田維莠，今之狗尾也。』說文繫傳引字書：『葽，狗尾草也。』程氏瑶田云：『禾一本一穗，莠一本或數莖，多至五六穗，穗多芒，類狗尾，俗呼狗尾草。』據此，是莠多穗，其穗之出亦如禾，故韓家謂葽草如出穗，雖未明指爲莠，而以莠之穗觀之，則訓葽爲莠甚明。」愚案：皮說亦通，惟莠似稷而無實，見韋昭國語注，陳啓源嘗目驗而信之，程瑶田雖不信韋說，然亦極辨葽之非莠。狗尾草所在皆有，人盡識之，是誠有實矣。程繪爲圖以之當莠，則莫不知其誤。韓詩謂「葽如出穗」，自仍指苦葽之形，非真出穗。小徐以狗尾草當之，亦誤也。

釋蟲：「蜩，蜋蜩，螗蜩。」舍人注：「皆蟬也。方語不同，三輔以西爲蜩，梁宋以東謂蜩爲蝘，楚地謂之蟪蛄。」孔疏引孫炎曰：「蜋，五色具。蜩，宮中小青蟬也。」方言：「蟬，楚謂之蜩。陳鄭之間謂之蜋蜩，宋衛之間謂之螗蜩。」與爾雅合。「唐蜩」卽「螗蜩」，音同字變也。夏小正之「良」卽「蜋蜩」，今俗謂之「伏良」者是也。如蟬而微小，鳴聲甚大而亮，不易捕捉，因謂爲「伏亮」。說文：「凡草木皮葉落陊地爲蘀。」引詩「十月隕蘀」。

一之日于貉，取彼狐貍，爲公子裘。【疏】傳：「于貉，謂取狐貍皮也。狐貉之厚以居。孟冬，天子始裘。」箋：「于貉，往搏貉以自爲裘也。狐貍以共尊者，言此者，時寒宜助女功。」○說文：「貉，北方豸種。从豸，各聲。」「貈，似狐，善睡獸。从豸，舟聲。論語曰：『狐貈之厚以居。』」今字通假作「貉」。「貈」與「裘」韻，作「貉」則詩失韻矣。說文：「貍，伏獸，似貙。」埤雅：「貍似貙而小，文采斑然，脊間有黑理一道。」

二之日其同，載纘武功，言私其豵，獻豜于公。【疏】傳：「纘，繼。功，事也。豕一歲曰豵，三歲曰豜。大獸公之，小獸私之。」箋：「其同者，君臣及民因習兵俱出田也。不用仲冬，亦豳地晚寒也。豕生三曰豵。」○馬瑞辰云：「同之言會合也，（廣雅：「集、合，同也。」）謂冬田大合衆也。周官惟田與追胥竭作，故曰『其同』。爾雅：『蒐，聚也。』冬田之言『同』，猶春田之言『蒐』也。下章『我稼既同』，傳亦訓『聚』。」「豕一歲曰豵」，騶虞傳同。箋以一歲不中殺，故易傳「豜」與「肩」同。鄭司農注大司馬職，引豳詩作「肩」，鄭傳毛詩，是豳風亦有作「肩」之本。韓詩章句「三歲曰肩」，知此亦當作「肩」也。孔疏：「大獸公之，小獸私之。大司馬職文彼云『小禽私之』，禽、獸得通，因經言獸也。」易林晉之歸妹「獻豜及豵，以樂成功」，用詩「言私其豵」二句，明齊毛文同。

五月斯螽動股，六月莎雞振羽，七月在野，八月在宇，九月在戶，十月蟋蟀入我牀下。【注】韓說曰：「宇，屋霤也。」【疏】傳：「斯螽，蚣蝑也。莎雞羽成而振訊之。」（釋文：「訊，本又作迅，同。」）箋：「自七月在野，至十月入我牀下，皆謂蟋蟀也。言此三物之如此，著將寒有漸，非卒來也。」○「斯螽」者，卽「螽斯」，詳具周南。動股，以兩股相切作聲。莎雞者。釋蟲：「翰，天雞。」樊光注：「謂小蟲黑身赤頭，一名莎雞。」李巡注：「一名酸雞。」（毛詩正義孫炎注同樊説，見文選注十二。莎、酸雙聲字。）名醫別録云：「樗雞生沙内川谷樗樹上。」陶注云：「形似寒螿而小。」蘇頌圖經云：「莎雞生樗木上，六月便出，飛而振羽，索索作聲，人或畜之樊中，但頭方腹大，翅羽外青内紅而身不黑，頭亦不赤，此殊不類，蓋別一種而同名也。今在樗木上者，人呼『紅娘子』，頭翅皆赤，乃如郭説，然不名『樗雞』，疑卽是此，蓋古今之稱不同耳。以生樗樹上名樗雞，又有生莎草間者，故名莎雞也。」愚案：此釋莎雞最確，若崔豹古今注、羅願爾雅翼混莎雞、絡緯、蟋蟀爲一物，誤甚。易林既濟之臨「莎雞振羽」，明齊毛文同。「宇，屋霤也」者，釋文引韓詩文。陳喬樅云：「説文：『宇，屋邊也。』又曰：『檐，屋邊聯也。』『梠，楣也。』『楣，秦名屋邊聯也，齊謂之檐，楚謂之梠。』又曰：『霤，屋水流也。』士喪禮鄭注：『宇，梠也。』釋名：『梠或謂之檐。』『霤，流也，水從屋上流下也。』霤，亦爲『溜』，左傳：『三進，及溜。』霤及屋梠之溜水處。然則宇也、霤也、梠也、檐也，異名而同實。」蟋蟀，詳具唐風。昔人以爲卽促織，不知促織者絡緯也，絡緯鳴如絡絲，吾楚俗呼「紡紗婆」，聞其聲似促人織也。攷淮南時則訓高注：「蟋蟀、蜻蛚，促織也。」詩曰：『七月在野。』」蓋自漢世已誤，今特正之。漢書食貨志引詩曰「十月蟋蟀入我牀下」，明齊毛文同。楚詞九辯「哀蟋蟀之宵征」，王逸注：「謂七月在野，八月在宇，九月在户，十月蟋蟀入我牀下。是其宵征也。」據此，明魯毛文同。

穹窒熏鼠，塞向墐户。【注】韓云：向，北向窗也。【疏】傳：「穹，窮。窒，塞也。向，北出牖也。墐，塗也。庶人蓽户。」箋：「爲此四者以備寒。」○胡承珙云：「『穹窒』，謂窮極室中之穴隙而塞之，以禦寒氣，所謂『風雨攸除』也。其穴有鼠者更熏而去之，所謂『鳥鼠攸去』也。」「北向窗也」者，釋文引韓詩文，與傳義合。説文亦云：「向，北出牖也。從宀、從口。詩曰：『塞向墐户。』」從口者，象中有户牖之形。（「㐭」下從「回」，象屋形中有户牖，是「口」爲象形也。）陳喬樅云：「士虞禮『啟牖鄉』，注：『鄉、牖一名。』明堂位『達鄉』，注：『鄉，牖屬。』『鄉』即『向』之叚借。說文：『牖，穿壁以木爲交窗也。』『窗』古文作『囪』，說文『囪』下云：『在牆曰牖，在屋曰囪。』重文『窗』，或從『穴』，俗又加『心』作『窻』耳。」孔疏：「儒行注：『華户，以荆竹織門。』以其荆竹通風，故泥之。」呂覽季秋紀高注引詩此二句，明魯毛文同。

嗟我婦子，曰爲改歲，入此室處。【注】齊「曰」作「聿」。【疏】箋：「曰爲改歲者，歲終而一之日觱發，二之日栗烈，當避寒氣而入所穹窒墐户之室而居之，至此而女功止。」○「曰爲改歲」者，言歲之將改，乃先時教戒之詞，非謂改歲然後入室也。「齊曰作聿」者，食貨志：「春令民畢出於壄，冬則畢入於邑，詩曰：（「十日」二句引見前。）『嗟我婦子，聿爲改歲』。入此室處所，以順陰陽、備寇賊、習禮文也。」是齊詩作「聿」，與毛異。陳喬樅云：「聿、曰皆詞，古多通用。毛詩角弓『見晛曰消』，魯、韓作『聿』。抑『曰喪厥國』，韓詩作『聿』。大明『曰嬪于京』，爾雅注作『聿』，是三家文多以『聿』爲『曰』也。」

六月食鬱及薁，【注】魯韓「薁」作「萑」。七月亨葵及菽，八月剝棗，十月穫稻。爲此春酒，以介眉壽。【注】魯說曰：古者穫稻而漬米麴，至春而爲酒。【疏】傳：「鬱，棣屬。薁，蘡薁也。剝，擊也。春酒，凍醪也。眉壽，豪眉也。」箋：「介，助也。既以鬱下及棗助男功，又穫稻而釀酒以助其養老之具，是謂豳雅。」○孔疏：「鬱，棣屬者，是唐棣之類屬也。劉楨毛詩義問云：『其樹高五六尺，實大如李，正赤食之甜。』本草云：『鬱，一名雀李，一名車下李，一名棣，生高山川谷或平田中，五月時實。』一名棣，則與棣相類，故云『棣屬』。」疏又云：「蘡薁者，亦是鬱類而小別。晉宫閣銘云：『華林園中，有車下李三百一十四株，薁李一株。』『車下李』即鬱。『薁李』即薁，二者相類而同時熟。」愚案：史記司馬相如傳「隱夫鬱棣」，漢書作「隱夫薁棣」，是「鬱」及「薁」同類微別，又同時熟，故相連言之。而史漢作「鬱」者，又可作「薁」也，毛傳以「薁」爲「蘡薁」，陸疏承之以爲「車鞅藤實」，遂紛紜莫定矣。參證胡承珙說，蓋卽唐棣、常棣二種，詳具何彼襛矣篇。「魯韓薁作蓷」者，釋草：「蓷，山韭。」邢昺疏：「韭生山中者名蓷。」韓詩云：『六月食鬱及蓷。』」說文：「蓷，草也。從艸，隺聲。詩曰：『食鬱及蓷。』」所引蓋魯詩文。許於「薁」下但云「嬰蓷也」，而不引經，獨於「蓷」下引之，是三家今文必皆作「蓷」，與毛異也。宋掌禹錫等本草、嘉祐蘇頌本草圖經皆引韓詩「食鬱及蓷」，訓以爾雅『蓷，山韭』。胡承珙以說文「蓷」下引詩不及「山韭」爲疑。陳喬樅云：「邢疏多襲舊注，以詩之『蓷』卽『山韭』，自是舍人、樊光等舊義。爾雅說多據魯詩，疑魯詩亦作『食蓷』，與韓詩同，胡說未免過泥。」惟「山韭」一物尚待詳攷。「亨葵及菽」者，陳奐云：「士虞記：『鉶芼，夏用葵。豆實葵菹。』亨葵以供鉶羹之滑，鄭注『云夏秋用生葵』是也。小宛傳：『菽，藿也。』藿爲菽之少者。七月菽時尚少，蓋亨其少者耳。」「剥」者，「扑」之雙聲借字。棗須擊取，杜甫詩「堂前撲棗任西鄰」是也。「古者」至「爲酒」，禮月令鄭注文，齊說也，引詩「十月」三句，明齊、毛文同。馬瑞辰云：「漢制以正月旦作酒，八月成，名酎酒。周制蓋以冬釀，經春始成，因名春酒。」愚案：鄭注云「至春而爲酒」，但先漬米麴爾，馬說非也。初學記二十七、御覽八百二十九引蔡邕明堂月令章句云：「十月穫稻，人君嘗其先熟，故在季秋九月熟者謂之半夏稻。」呂覽孟夏紀高注：「酎，春醞也。詩云：『爲此春酒，以介眉壽。』」明魯毛文同。蔡高皆魯家，所用魯義也。介，大也。酒所以養老也。七月食瓜，八月斷壺，九月叔苴，

采荼薪樗，食我農夫。【疏】傳：「壺，瓠也。叔，拾也。苴，麻子也。樗，惡木也。」箋：「瓜瓠之畜、麻實之糝、乾荼之菜、惡木之薪，亦所以助男養農夫之具。」〇左莊八年傳：「瓜時而往，曰及瓜而代。」服注：「瓜時，七月。」壺，瓠也。楚南人謂之「瓠瓜」，古食瓠葉，亦斷瓠爲菹。說文：「叔，拾也。汝南名收芋爲叔。」苴，麻實，可食。荼，月令之「苦菜」也。樗卽臭椿，但可爲薪，皆以給食農夫也。

九月築場圃，十月納禾稼，黍稷重穋，禾麻菽麥。【注】三家「重穋」作「種稑」。【疏】傳：「春夏爲圃，秋冬爲場。後熟曰重，先熟曰穋。」箋：「場、圃同地，自物生之時，耕治之以種菜茹，至物盡成熟，築堅以爲場。納，內也，治於場而內之囷倉也。」○禾稼，統詞。「重」者，種之消借。「三家重穋作種稑」。說文「種」下云：「先種後熟也。從禾，重聲。」「稑」下云：「疾孰也。從禾，坴聲。詩曰：『黍稷種稑。』」「穋」下云：「稑或从翏。」毛作「重穋」，則作「種稑」者三家文也。其「種埶」之字自作「穜」，從禾，童聲。「穜」、「種」二字久爲後人所亂。周官內宰職云：「上春，詔王后帥六宮之人，生種稑之種，而獻之於王先。」鄭注：「先種後熟謂之種，後種先熟謂之稑。」舍人職云：「以歲時縣種稑之種，以共王后之春獻種。」司稼職云：「掌巡邦野之稼，而辨種稑之種，周知其名，與其所宜地以爲法，而縣于邑閭。」程瑤田云：「北方農人皆知辨種之植稺者，分別藏之，以待時雨而播其種之所宜。（說文：「植，早種也。」「稺，幼禾也。」）雨應時則播植者，雨後時則播稺者。植者早種，稺者遲種也。稺之成也卑小，植之成也高大。至種稑之名無知之者，然其義未嘗不寓於分別稙稺及因時播種之中。余居武邑，其俗播種時嘗聞其略：稷稙者，清明前下種，其穫以秋分。稺者無正時，大率立夏後、夏至前皆其下種時也，其穫在立秋、白露之間。粱與稷相繼下種，稷先粱後，其稙者以清明爲正時，遲之或至穀雨，穫亦以秋分，或稍後於稷焉。稺者播穫與稷略同。又有一種，俗呼『二耬子』，耬，盛穀播種之器，形如斗，底中有孔，爲三股迆立，於前股空其中，上通於底孔，股端有鐵銳，其末如斗，兩旁施轅，設軛牛駕之行，行則股端鐵畫地，鐵上皆有小孔向後，一人在後扶其斗而搖之，穀種從底孔入三孔，復自小孔中漏出，恰入畫中，所謂耩也。耩，北方播種之名也。耩必以耬，故呼稙者爲『頭耬』，稍遲旬日稙者爲『二耬』，二耬非稺也，因別其名曰『二耬』。余曰此種之稑者也，蓋稙、稺容有同時穫者，二耬之穫必在稙者之先，此後種先熟者也，殆一物而有種、稑之別與？」馬瑞辰云：「禾有爲諸穀通稱者，聘禮及周官掌客皆言

『禾若干車』，通謂粟之有藁者，及此詩『十月納禾稼』是也。有專指一穀言者，呂氏春秋云：『禾黍稻麻菽麥，六者之實。』又曰：『今茲美禾，來茲美麥。』淮南子：『雒水宜禾。』又曰：『中央宜禾。』及此詩『禾麻菽麥』是也。據說文：『禾，嘉穀也。』『粟，嘉穀實也。』『米，粟實也。』『粱，米名也。』四者相承而言，是粱者粟之米也，粟者禾之實也，此詩以『禾』與『麻菽麥』並言者，禾卽粱也。戴侗六書故云：『北方多陸土，其穀多粱粟，故粱粟專以禾稱。』孔疏謂『更言禾字，以總諸禾』，非也。又案，粱爲今之小米，稷乃今之高粱，秦漢以來多誤以稷爲小米，辨詳程九穀考。」**嗟我農夫，我稼既同，上入執宮功。**【疏】傳：「入爲上，出爲下。」箋：「既同，言已聚也。可以上入都邑之宅，治宮中之事矣。於是時男之野功畢。」○案，宮、室元可通訓，入此室處，究不得爲上也。箋云都邑之事，農夫之室非都邑也。宋儒范氏董氏以爲官府之役，是亦事所當有，於經義、傳箋皆合，下文「于茅」、「索綯」，乃又計及野廬之事，所謂公事畢然後敢治私事。今從之。**晝爾于茅，宵爾索綯。亟其乘屋，其始播百穀。**【注】魯說曰：言教民晝取茅草，夜索以爲綯。綯，絞也。及爾閒暇，亟而乘蓋爾野外之屋，春事起爾將始播百穀矣。韓說曰：穀類非一，故言百也。【疏】傳：「宵，夜。綯，絞也。乘，升也。」箋：「爾，女也。女當晝日往取茅歸，夜作絞索以待時用。亟，急。乘，治也。十月定星將中，急當治野廬之屋。其始播百穀，謂祈來年百穀于公社。」○「言教」至「穀矣」。趙岐孟子引詩「晝爾于茅」四句章句文。王引之云：「索者，糾繩之名。綯卽繩也，『索綯』猶言糾繩，與『于茅』文正相對。趙云『索以爲綯也』，箋云『夜作絞索』，則是以索爲『繩索』之索。爾雅訓『綯』爲『絞』，而郭注云『糾絞繩索』，則是以絞爲『糾絞』之絞，胥失之矣。」「穀類」至「百也」，文選東都賦李注引韓詩章句文。陳奐曰：「始，歲始也。周十一月歲始，故於十月中豫籌之。」韓詩外傳八：「子貢曰：『賜欲休於耕田。』孔子曰：『詩云：「晝爾于茅，宵爾索綯。亟其乘屋，其始播百穀。」爲之若此，其不易也，若之何其休也。』」鹽鐵論散不足篇：「古者庶人春夏耕耘，秋冬收藏，昏晨力行，夜以繼日，詩云：『晝爾于茅，宵爾索綯。亟其乘屋，其始播百穀。』」以上韓齊詩說，明與毛文皆同。

二之日鑿冰沖沖，三之日納于凌陰，四之日其蚤，獻羔祭韭。【注】韓說曰：冰者，窮谷陰氣所聚，不洩則結，而爲伏陰。齊魯「蚤」作「早」。魯說曰：開冰室取冰，治鑑以祭廟，春薦韭卵。【疏】傳：「冰盛水腹，則命取冰於山林。沖沖，鑿冰之意。凌陰，冰室也。」箋：「古者日在北陸而藏冰，西陸朝覿而出之。祭司寒而藏之，獻羔而啓之。其出之也，朝之祿位，賓食喪祭，於是乎用之。月令：『仲春，天子乃獻羔，開冰，先薦寢廟。』周禮凌人之職：『夏，頒冰掌事。秋，刷。』上章備寒，故此章備暑，后稷先公，禮教備也。」○二之日，日體在北方之虛宿，是建丑之日也。「冰者」至「伏陰」，初學記引韓詩說文。陳喬樅云：「冰者，寒氣所聚。鑿冰，亦所以散固陰沍寒，深山窮谷之氣，故能調四氣之和，使冬無愆陽，夏無伏陰，人不夭札，否則凝聚不洩，結而爲伏陰矣。故先王重祭寒之禮，著斬冰之令，非獨藏以備暑已也。韓說於義尤精。」禮王制鄭注、呂覽季冬紀下仲春紀高注並引「二之日鑿冰沖沖，三之日納于凌陰」，是魯齊毛三家作「凌」。說文：「𠗲，仌出也。」（「出」是「室」之譌。）引詩曰「納于𠗲陰」，知韓詩作「𠗲」也。「齊魯蚤作早」者，禮王制鄭注引：「四之日其早，獻羔祭韭。」呂覽仲春紀高注同。說文：「早，晨也。从日，在甲上。」「早」正字，「蚤」借字。「獻羔祭韭」者，言出冰之事。「開冰」至「韭卵」，亦呂覽高注文。左昭四年傳云：「獻羔而啟之。」月令：「仲春，天子乃鮮羔開冰，先薦寢廟。」注：「鮮，當爲獻。」陳奐云：「左傳、月令皆不及『祭韭』者，文略也。」周禮禮記左傳取冰、藏冰，皆在十二月，詩十二月取冰，正月藏冰，二月開冰。正義引鄭志荅孫皓云：『豳土晚寒，故可夏正月納冰。夏二月仲春，太簇用事，陽氣出地始温，故禮應開冰，先薦寢廟。』又引服注左傳『西陸朝覿而出之』，謂二月，日在婁四度，春分之中奎，始辰見東方，蟄蟲出矣，故以是時出之，給賓客喪祭之用。鄭意本爾雅『西陸爲昂』，故依周禮『孟夏頒冰』爲說。」九月肅霜，十月滌場。朋酒斯饗，曰殺羔羊，躋彼公堂，稱彼兕觥，萬壽無疆！【注】齊「萬壽」作「受福」。【疏】傳：「肅，縮也。霜降而收縮萬物。滌場，功畢入也。兩樽曰朋。饗者，鄉人以狗，大夫加以羔羊。公堂，學校也。觥，所以誓衆也。疆，竟也。」箋：「十月民事男女俱畢，無飢寒之憂，國君閒於政事而饗羣臣。於饗而正齒位，故因時而誓焉。飲酒既樂，欲大壽無竟，是謂豳頌。」○霜降之後，萬物收斂，天地之氣爲之清肅也。在場者皆已入倉，洗滌淨矣。馬瑞辰云：「士冠禮士昏禮醴尊，皆側尊無玄酒，注：『側，猶特也。』其鄉射、大射、燕、鄉飲酒、特牲饋食、少牢饋食諸禮，設尊並兩壺者有玄酒，此詩『朋酒兩樽』，蓋兼玄酒言之。」又云：「案鄉飲酒，有鄉大夫無加用羔羊之禮，此當從箋，謂大飲之禮。日殺羔羊，與上『日爲改歲』，韓詩作『聿爲』，皆語詞也。孔疏以爲見大夫而發此言，故稱『日』，失之。」愚謂「斯饗」統詞，黨正職云：「國索鬼神而祭祀，以禮屬民，而飲酒於序，以正齒位。」注云：「正齒位者，爲民三時務農，將闕於禮，至此農隙而教之，尊長養老，見孝弟之道。」大飲則國君饗臣下，而皆必於學饗之，據經文「用羊」，知此「公堂」謂大學也。古之民且耕且學，八歲入小學，十五則升其俊異者入於大學，豳公國君，知序學之上，亦設國學也。「齊萬壽作受福」者。月令「孟冬大飲烝」，鄭注云：「十月農功畢，天子諸侯與其羣臣飲酒於大學，以正齒位，謂之大飲。詩云：『十月滌場，朋酒斯饗。日殺羔羊，躋彼公堂，稱彼兕觵，受福無疆。』是頌大飲之詩。」「觵」同毛「亦作」本，「受福」與毛異文，用齊詩也。「稱彼兕觥」者，「稱」乃「偁」之借字。爾雅：「偁，舉也。」孔疏「舉彼兕觥之爵」，正訓「稱」如「偁」。說文：「稱，揚也。」「揚」亦「舉」也。稱彼兕觥，猶禮言「揚觶」。說文「觵」下云：「兕牛角可以飲者，其狀觵觵，故謂之觵。」「觥」下云：「俗觵，從光。」孔疏：「兕觥，罰爵，此無過可罰而云『稱彼』，故知舉之以誓戒衆人，使羣臣知長幼之序，令不犯禮也。」箋訓「萬壽」爲「大壽」者。廣雅：「萬，大也。」

簡兮篇「方將萬舞」，韓詩：「萬舞，大舞也。」是「萬」自訓「大」，孔疏云「使得萬年之壽」，非也。又古器物銘「用蘄萬年」、「用蘄眉壽」、「萬年無疆」之類，皆自祝之詞，知所謂「萬壽無疆」者，亦頌禱常語，不爲異耳。鄭注禮時習齊詩，知大飲獻頌，不謂「受福無疆」，鄰於卑輕，爲非祝君之詞。後箋毛詩，亦不以「萬壽無疆」特加崇重，仍釋之爲「大壽無竟」，古人立言有體，不尚虛浮也。其以大飲易毛傳，惟求於義有當而已。至所謂豳雅豳頌者，周禮春官籥章：「中春，晝擊土鼓，歠豳詩，以逆暑。中秋夜迎寒，亦如之。凡國祈年于田祖，則歠豳雅，擊土鼓，以樂田畯。國祭蜡，則歠豳頌，擊土鼓，以息老物。」鄭注以七月之詩當之，箋詩卽用其說，而後人非之。胡承珙云：「詩疏謂周禮注以七月首章『流火』、『觱發』之類爲豳風，『于耜』、『舉趾』之類爲歠雅，其後章穫稻釀酒、躋堂稱觥之事爲豳頌，與詩箋小異。詩箋則謂『殆及公子同歸』以上爲歠風，『以介眉壽』以上爲豳雅，『萬壽無疆』以上爲豳頌。信如所言，則割裂穿鑿，誠爲無理。今反復禮注、詩箋，知所謂三分七月者，皆疏家之誤，而鄭未嘗有是也。鄭於周禮具有師承，必非無本。籥章首言『掌土鼓豳籥』，可見此一官專掌以籥歠。豳別無他詩，亦別無他器。（鄭注籥章，引明堂位曰：「土鼓蒯桴葦籥，伊耆氏之樂。」秋官伊耆氏注云：「伊耆，古王者號，始爲蜡以息老物。」蓋八蜡皆爲農事，此歠豳亦多爲農事，故爲伊耆氏之樂耳。）其所謂豳詩豳雅豳頌，舍七月一詩，更將誰屬？鄭注『歠豳詩云：『豳風七月也。歠之者，以籥爲之聲。七月言寒暑之事，迎氣歌其類也。此風也而言詩，詩總名也。』又曰：『豳雅，亦七月也。七月又有于耜舉趾、饁彼南畝之事，是亦歌其類。謂之雅者，以其言男女之正。』又云：『豳頌，亦七月也。七月又有穫稻作酒、躋彼公堂、稱彼兕觥、萬壽無疆之事，是亦歌其類也。謂之頌、以其言歲終人功之成。』細繹注意，蓋籥章於每祭皆歠七月全詩而其取義各異。取迎寒暑，則曰豳詩。取言耕作，則曰豳雅。故注云『謂之』者，言因此義而謂之雅，因彼義而謂之頌耳。又曰『歌其類』者，卽左傳『歌詩必類』之義。鄭撮舉詩詞，正指類以曉人，則凡篇中言鑿冰、肅霜類乎寒暑之氣者，皆謂之風；言婦子入室類乎男女之正者，皆謂之雅；其餘所不言者，以類推之而已，至箋詩於『殆及公子同歸』以下繫云『是謂豳風』，『以介眉壽』以下繫云『是謂豳雅』，『萬壽無疆』以下繫云『是謂豳頌』，『是謂』者，猶禮注云『謂之雅』、『謂之頌』也。蓋以七月全篇備風雅頌之義。籥章龡之以一時而供三用，如二南爲房中之樂而用之鄉人而爲鄉樂，用之邦國則爲燕樂，皆比類以取義，並非截然分首二章爲風，六章以上爲雅，八章以上爲頌也。孔疏不善讀箋、注，妄爲分別，致後人以三分七月之説歸咎鄭君。夫籥章所掌豳籥，明是總括之詞，在當日如何采詩入樂以成節奏，後人已不能知，又安能判某章爲風、某章爲雅、某章爲頌邪？惟明乎鄭氏『歌其類』之義，則知籥章止言龡豳，必不當求諸七月之外。籥章言豳詩者，正謂豳風，以其詩固風體也。其曰豳雅豳頌者，則又以詩入樂，各歌其類，合乎雅頌故也，此可見詩與樂各有取義，亦非於一時之中隨事而變其音節。且風詩義兼雅頌，猶雅詩亦兼風與頌，（大雅崧高云：「其風肆好」，又云「吉甫作頌」。大戴禮投壺篇：「凡雅二十六篇，其八篇可歌，歌鹿鳴狸首鵲巢采蘩采蘋伐檀白駒騶虞。」此惟鹿鳴白駒在小雅，狸首已亡，餘皆國風而謂之雅。又漢杜夔傳云：「舊雅四曲，一鹿鳴，二騶虞，三伐檀，四文王。」而伐檀騶虞皆風詩也。）則不可謂別有豳雅、豳頌而亡之矣。」

七月八章，章十一句。

鴟鴞【注】魯説曰：「武王崩，周公當國，管蔡武庚等率淮夷而反，周公乃奉成王命興師東伐，遂誅管叔，殺武庚，放蔡叔，寧淮夷東土，二年而畢定。周公歸報成王，乃爲詩貽王，命之曰鴟鴞。齊説曰：「鴟鴞破斧，沖人危殆。賴旦忠德，轉禍爲福，傾危復立。」又曰：「鶹鴂鴟鴞，治成遇災。綏德安家，周公勤勞。」【疏】毛序：「周公救亂也。成王未知周公之志，公乃爲詩以遺王，名之曰鴟鴞焉。」箋：「未知周公之志者，未知其欲攝政之意。」○「武王」至「鴟鴞」，史記魯世家文，明爲詩貽王在誅管蔡之後。「鴟鴞」至「復立」，易林坤之遯文，否之蠱隨之井革之歸妹同。（坤之遯、隨之井作「邦人」，案，作「沖人」義長。）「鴟鴞」至「勤勞」，大畜之蹇文。（噬嗑之漸略同。）史記用魯說，易林用齊說，是魯齊詩無異義，韓詩當同。黃山云：「周公大義滅親，又專行黜陟，非常之舉，朝廷所疑，故事定獻詩，藉明己意。以鴟鴞小鳥自比，引咎於己之謀王室者，本有未善，致貽朝廷憂，而心實無他也。武王崩，周公卽已攝政，責無旁貸，若如箋說，獻詩始欲攝政，不獨三家所無，亦非毛指矣。」

鴟鴞鴟鴞，既取我子，無毀我室！【注】魯說曰：鴟鴞，鸋鴂。韓說曰：夫爲人父者，必懷慈仁之養，以畜養其子也。又曰：鴟鴞鴟鴞，既取我子，無毀我室！鴟鴞，鸋鴂，鳥名也。鴟鴞，所以愛養其子者，適以病之。愛養其子者，謂堅固其窠巢。病之者，謂不知托於大樹茂枝，反敷之葦蕑，風至蕑折巢覆，有子則死，有卵則破，是其病也。【疏】傳：「興也。鴟鴞，鸋鴂也。無能毀我室者，攻堅之故也。寧亡二子，不可以毀我周室。」箋：「重言鴟鴞者，將述其意之所欲言，丁寧之也。室，猶巢也。鴟鴞言已取我子者，幸無毀我巢，我巢積日累功，作之甚苦，故愛惜之也。時周公竟武王之喪，欲攝政成周，道致太平之功，管叔蔡叔等流言，云公將不利於孺子。成王不知其意，而多罪其屬黨。興者，喻此諸臣乃世臣之子孫，其父祖以勤勞，有此官位土地，今若誅殺之，無絕其位、奪其土地。王意欲誚公，此之由然。」〇「鴟鴞，鸋鴂」者，釋鳥文，魯說也。孔疏引舍人曰：「鴟鴞，一名鸋鴂。」郭注「鴟類」，誤。「夫爲」至「子也」，文選洞簫賦李注文，與下語蓋連類之文。「鴟鴞」至「病也」，文選陳琳檄吳將校部曲李注引韓詩文。引經明韓毛文同。陳檄：「鸋鴂巢于葦苕，苕折子破，下愚之惑也。」注云：「苕與蕑同。」引荀子云：「南方鳥名蒙鳩，爲巢編之以髮，繫之葦苕，苕折卵破，巢非不牢，所繫之弱也。」是李以鴟鴞爲卽蒙鳩。陳喬樅云：「方言：『桑飛謂之工爵，自關而東謂之鸋鴂，自關而西謂之桑飛，或謂之懱爵。』荀子楊注亦云：『蒙鳩，鷦鷯也。蒙當爲篾。』引方言『桑飛或謂之篾雀』爲證。蔑、蒙一聲之轉，篾、蔑字異，音義並同。」藝文類聚九十二引詩義疏云：「鴟鴞，似黃雀而小，喙刺如錐，取茅爲窠，以麻紩之，縣著樹枝。幽州謂之鸋鴂，或曰巧婦，或曰女匠，關西謂之篾雀。詩曰『肇允彼桃蟲』，今鷦鷯是也。」是鴟鴞與桃蟲爲一鳥矣。又引說苑曰：「鷦鷯巢於葦之苕，大風至，苕折卵破者，其所託者使然也。」風俗通義四：「由鴟鴞之愛其子，適所以害之者。」是魯家說鴟鴞與韓同。愚案：以上魯韓遺說，皆謂流言反間已得行於沖人，懼將傾覆王室，故閔之而力征衛國，比於小鳥之堅固其巢也。在周公行周之政、用周之人，豈有私屬黨哉？箋說於它書無徵，不敢據信。

恩斯勤斯，鬻子之閔斯！【注】魯「恩」作「殷」。【疏】傳：「恩，愛。鬻，稚。閔，病也。稚子，成王也。」箋：「鴟鴞之意，殷勤於此稚子，當哀閔之。此取鴟鴞子者，言稚子也，以喻諸臣之先臣亦殷勤於此，成王亦宜哀閔之。」○「魯恩作殷」者，蔡邕胡公夫人哀讚云「殷斯勤斯」，蔡用魯詩，是魯作「殷」。箋云「殷勤於此稚子」，亦本魯詩。孔疏：「恩之言殷也。」馬瑞辰云：「釋言：『鞠，稚也。』『鞠』一作『毓』。毓卽『育』字。說文引書『教育子』，亦卽書之『孺子』也。二叔流言，言公將不利於孺子，故公自言恩勤於王室者，惟稚子是閔恤也。」

迨天之未陰雨，徹彼桑土，綢繆牖戶。今女下民，或敢侮予！【注】韓「土」作「杜」。魯說曰：「迨，及也。徹，取也。桑土，桑根也。言此鴟鴞小鳥，尚知及天之未陰雨而取桑根之皮以纏綿牖戶，人君能治國家，誰敢侮之？刺邠君曾不如此鳥。【疏】傳：「迨，及。徹，剝也。桑土，桑根也。」箋：「綢繆，猶纏綿也。此鴟鴞自說作巢至苦如是，以喻諸臣之先臣亦及文武未定天下，積日累功，以固定此官位與土地。我至苦矣，今女我巢下之民，寧有敢侮慢欲毀之者乎？意欲恚怒之，以喻諸臣之先臣固定此官位土地，亦不欲見其絕奪。」○「土作杜」者，釋文引韓詩文。「土」、「杜」通用字。䌛篇「自土」，齊詩作「自杜」。方言：「東齊謂根曰杜。」是「桑杜」即「桑根」。「迨及」至「此鳥」，趙岐孟子章句文。趙習魯詩也。箋釋「綢繆」爲「纏綿」，與趙合，蓋亦用魯訓。陳喬樅云：「趙以鴟鴞爲刺邠君，以小弁爲伯奇作。攷論衡，亦以小弁爲伯奇詩，論衡言關雎用魯說，則小弁亦魯說。趙說小弁用魯詩，則說鴟鴞亦魯詩也。周公詩貽成王而以爲刺邠君也，不敢斥言王，故託邠君以爲諷，猶唐人詩之託言漢家也。」愚案：據此，當日公詩貽王，疑有託名邠君之事，故趙用爲故實，否則此詩諷王，古今共曉，無趙獨不知之理。有備無患，民孰敢侮，詩猶言或以疑之者，見公周慎之深心也。時公雖誅武庚、寧淮夷，而殷餘未靖，奄國猶存，公憂懼未嘗稍釋，惟望王益加儆戒，勿予下民以可乘之隙，庶免再召外侮耳。

予手拮据，【注】韓說云：「口足爲事曰拮据。」予所捋荼，予所蓄租，【注】韓說云：「租，積也。」予口卒瘏，

【疏】傳：「拮据，撠挶也。荼，萑苕也。租，爲。瘏，病也。手病口病，故能免乎大鳥之難。」箋：「此言作之至苦，故能攻堅，人不得取其子。」○說文「据」下云：「戟挶也。」「挶」下云：「戟持也。」「戟」即「撠」之省。「据」、「戟」雙聲，「挶」、「据」疊韻，此皆從聲見義，極狀其勞。「口足爲事曰拮据」者，釋文引韓詩文。說文「据」下云：「手口並有所作也」。即本韓爲說。韓意「予」指鳥自名，故易「手」爲「足」以明之。芣苢傳：「捋，取也。」「荼」者，傳以爲「萑苕」。出其東門箋以爲「茅秀」。釋草之「蔈荂荼猋藨芀葦醜芀萑」之荼也，廣雅之「蘚茅穗茅」之荼也，其物相類，皆得「荼」名。「蓄租」者，與「捋荼」義正相承。「租」讀如「菹」。說文：「藉，祭藉也。」「菹，茅藉也。」引禮曰：「封諸侯土菹以白茅。」又通作「苴」。說文：「苴，履中草。」謂以草藉履。鳥之爲巢，必以萑苕茅秀爲藉，與藉履之以「苴」者正同，故以爲苴而蓄之，謂予所捋之荼、予所蓄之租也。傳：「租，爲也。」「爲」乃「蔿」形近之譌，「蔿」猶「藉」也，(「蔿」、「荐」通。說文：「荐，薦席也。」) 釋文本亦誤「蔿」作「爲」。

「租，積也」者，釋文引韓詩文。「租」、「積」雙聲字，積累所以爲薦藉，義亦相近。「租」之訓「積」，猶「荐」之訓「聚」也。（韋昭云：「荐，聚也。」）「卒瘏」者，馬瑞辰云：「與『拮据』相對成文。『卒』當讀爲『顇』，爾雅：『顇，病也。』字通作『悴』。劉向九歎『躬劬勞而瘏悴』，『卒瘏』猶『瘏悴』也。卒、瘏皆爲病，猶拮、据並爲勞也。傳又云『手病口病』，故能免乎大鳥之難」，乃通釋『予手拮据，予口卒瘏』二句。孔疏謂傳以『手病口病』解詩『卒瘏』爲『盡病』，誤矣。」曰予未有室家。【疏】傳：「謂我未有室家。」箋：「我作之至苦如是者，曰我未有室家之故。」○言予所以手口俱病者，以前此未有室家之故，以喻兵戈不息，未及營洛定鼎之事也。

予羽譙譙，予尾翛翛，【疏】傳：「譙譙，殺也。翛翛，敝也。」箋：「手口既病，羽尾又殺敝，言己勞苦甚。」○譙譙，釋文：「字或作燋，同。」案，「譙」當爲「燋」。說文：「燋，所以然持火也。」此本義。淮南氾論注：「燋，悴也。」此引伸義。「燋燋」正形容苦悴之狀。衆經音義六引三蒼，「燋悴」作「顦顇」，是「燋」與「顦」通。玉篇引楚詞，又作「顔色醮顇」。說文：「醮，面焦枯小也。」又云：「𤓯，火所傷也。焦或省。」「焦」本火傷之名，而燋、醮、顦等字因之。古文作「譙譙」者，借字也。唐石經、宋集韻、光堯石經，「翛」皆作「脩」。說文：「脩，脯也。」釋名：「脯又曰脩。脩，縮也，乾燥而縮也。」詩言尾之能縮相同，故曰「脩脩」。校勘記云：「此經相傳有作『翛』、作『脩』二本。」愚謂說文無「翛」，爾雅亦不爲「翛」作訓。莊子「翛然」本作「儵然」，則此詩作「翛」之本，當卽與「脩」形近而譌。予室翹翹，風雨所漂搖，予維音嘵嘵。【注】三家「搖」作「颻」，「音」下有「之」字。嘵，懼也。【疏】傳：「翹翹，危也。嘵嘵，懼也。」箋：「巢之翹翹而危，以其所託枝條弱也，以喻今我子孫不肖，故使我家道危也。風雨，喻成王也。音嘵嘵然，恐懼告愬之意。」○廣雅釋詁：「翹，舉也。」文選雜詩注：「翹，懸也。」葦苕輕舉，巢懸苕上，擬其狀曰「翹翹」，代爲危懼，故釋其義云「危」也。張衡東京賦「常翹翹以危懼」，衡用魯詩，知魯訓與毛同。釋訓：「翹翹，危也。」卽本詩訓。説文：「漂，浮，搖動也。」文選長楊賦「漂崑崙」，注：「漂，搖蕩之也。」是「漂」、「搖」二字意義相因，故蘀兮詩云「風其漂女」也。「三家搖作颻」者，尚書大傳鄭注引詩「風雨所漂颻」，出三家文。釋天：「扶搖謂之猋。」釋文引字林作「飆」。「飆」、「颻」同字。「音下有之字。嘵，懼也」者，説文云：「从口，堯聲。詩曰：『唯予音之嘵嘵。』」玉篇口部、廣韻三蕭引詩「予維音之嘵嘵」，並有「之」字，出三家文。「予唯」作「唯予」，説文之誤，玉篇廣韻卽本説文，當依二書乙正。「維」作「唯」，陳喬樅以爲魯詩。釋訓：「嘵嘵，懼也。」亦引詩魯毛同文之證。

鴟鴞四章，章五句。

東山【注】齊説曰：東山拯亂，處婦思夫。勞我君子，役無休止。又曰：東山辭家，處婦思夫。伊威盈室，長股羸户，歎我君子，役日未已。【疏】毛序：「周公東征也。周公東征，三年而歸。勞歸士，大夫美之，故作是詩也。一章言其完也，二章言其思也，三章言其室家之望女也，四章樂男女之得及時也。君子之於人，序其情而閔其勞，所以説之，説以使民，民忘其死，其唯東山乎？」○「東山」至「休止」，易林屯之升文。「東山」至「未已」，家人之頤文。皆齊説，魯韓無異義。案，尚書大傳：「周公攝政，一年救亂，二年克殷，三年踐奄。」大誥云「肆朕誕以爾東征」，一年救亂事也。史記魯世家：「管蔡武庚等果率淮夷而反，周公乃奉成王命，興師東伐，作大誥。遂誅管叔，殺武庚，放蔡叔，放殷餘民，寧淮夷東土，二年而畢定。」卽釋書「居東二年，罪人斯得」二句也。逸周書作雒解：「二年，又作師旅，臨衞攻殷。殷大震潰，王子禄父北奔，（史記云「殺武庚」，此云「禄父北奔」蓋追奔而殺之，所記異。）管叔經而卒，乃囚蔡叔于郭淩。凡所征熊盈族十有七國。」此二年克殷事也。墨子耕柱篇：「周公旦非關叔，辭三公，東處于商蓋。」「管」、「關」字通，「非」卽「罪」之省借。商蓋卽商奄」，（「奄」通作「弇」。爾雅：「弇，蓋也。」故「奄」亦作「蓋」。）「東處」即「居東」也。金縢「秋大熟」以下，乃亳姑逸文。東漢諸儒併金縢亳姑爲一談，遂有成王感雷雨而迎周公返國之説，不知經雖闕佚，史公從安國問，故參酌古文（班志云史記引金縢，多古文説。）著爲世家者，不可誣也。謂史記不可信，豈伏生親見先秦完書，所述大傳亦不可信乎？既雷雨啟金縢，史記大傳皆爲遷葬周公之事，則知無因雷雨迎周公之事，既周公非因雷雨迎歸，則知周公居東之非爲避居矣。東山詩「于今三年」，即踐奄而歸也。胡承珙云：「大傳：『奄君蒲姑謂祿父曰：「武王既死矣，今王尚幼矣，周公見疑矣，此百世之時也，請舉事。」然後祿父及三監叛也。』左昭九年傳：『蒲姑商奄，吾東土也。』又定四年傳：『因商奄之民。』説文：『𨛘，周公所誅𨛘國，在魯。』皇覽：『奄里在魯。』括地志：『兖州曲阜縣奄里，即奄國之地。』後漢郡國志以魯爲古奄國，是魯即奄也。趙岐孟子注云：『奄，東方國。』據此，可知孟子登東山而小魯，即詩之東山。弘明集引宗炳明佛論云：『孟子登蒙山而小魯。』閻氏四書釋地云：『或曰費縣西北蒙山，居魯四境之東，一名東山。』然則東征踐奄，已入魯境，東山當是師行所至之地，故曰『我徂東山』。詩爲周公勞歸士作，毛云大夫美之，殆非。以序代歸士述室家想望之情，大夫不能如此立言也。」

我徂東山，慆慆不歸。我來自東，零雨其濛。【注】三家「慆」作「滔」，亦作「悠」。魯「零」作「蘦」，齊韓作「霝」。魯「濛」作「蒙」。【疏】傳：「慆慆，言久也。濛，雨貌。」箋：「此四句者，序歸士之情也。我往之東山，既久勞矣，歸又道遇雨濛濛然，是尤苦也。」○「東山」者，魯之東山，其先爲奄之東山。孟子書「孔子登東山而小魯」，閻若璩四書釋地云：「費縣西北蒙山，在魯四境之東，一曰東山。」是東山即蒙山，亦即此詩之「東山」也。「慆作滔」者，御覽三十二引詩作「滔滔不歸」。説文「慆」下云：「説也。」「滔」下云：「水漫漫大貌。」詩江漢箋：「順流而下滔滔然，水久流不返，以喻人之久出不歸。」作「慆」借字，「滔」正字。楚詞七諫「年滔滔而日遠兮」，義亦爲久也。「亦作悠」者，魏武帝詩：「悲彼東山詩，悠悠使我哀。」魏文帝詩：「豈如東山詩，悠悠多憂傷。」是三家「滔」作「悠」之證。「滔」、「悠」古同聲通用。論語「滔滔者天下皆是也」，史記孔子世家及鄭本論語亦作「悠悠」，「悠悠」亦久也。「魯零作蘦，齊韓作霝」者。說文：「霝，雨零也。從雨、㗊，象零形。詩曰：『霝雨其濛。』」釋詁：「蘦，落也。」郭注：「蘦，見詩。」據此，「蘦」借字，「霝」正字。陳喬樅云：「許所偁詩，蓋毛氏也。今毛作『零雨』，非舊文。」愚案：說文引詩，三家爲多，偁引古文，特崇時尚，陳說非也。爾雅「蘦」是魯文，說文之「霝」，蓋齊、韓所載矣。「魯濛作蒙」者。王逸楚詞七諫注：「蒙蒙，盛貌。詩曰：『零雨其蒙。』」此魯借「蒙」爲「濛」。爾雅釋天引詩同，蓋據舊注之文，「蘦」作「零」，亦魯「又作」本。我東曰歸，我心西悲。制彼裳衣，勿士行枚。【疏】傳：「公族有辟，公親素服，不舉樂，爲之變，如其倫之喪。士，事。枚，微也。」箋：「我在東山，常曰歸也，我心則念西而悲。勿，猶無也。女制彼裳衣而來，謂兵服也。亦初無行陳銜枚之事，言前定也。春秋傳曰：善用兵者不陳。」○馬瑞辰云：「制彼裳衣者，制古『製』字，制其歸塗所服之衣也。『勿士行枚』者，喜今之不事戰陣，謂橫銜於口用枚也。箋正以行陳銜枚釋經『行枚』。胡承珙云：傳『枚，微也』，蓋訓『枚』爲『徽』，微、徽古字通用。周官銜枚氏鄭注：『銜枚，止言語囂讙也。』釋詁：『徽，止也。』枚以止言，故亦可訓『徽』。孔疏訓『微』爲『微細』，非。」黃山云：「說文：『微，隱行也。』『隱行』亦卽『微行』。毛讀『士』爲『事』，謂『勿事行微』，猶言『勿事微行』，蓋古文家皆以周公居東爲微行，辟地至此，乃不然幸之也。鄭訓『枚』爲『銜枚』，而讀『行』爲『行陳』，亦必據三家改毛，以三家謂居東卽東征，振旅而歸，故以勿銜枚爲幸也。」

蜎蜎者蠋，烝在桑野。【注】三家「蠋」作「蜀」。敦彼獨宿，亦在車下。【疏】傳：「蜎蜎，蠋貌。蠋，桑蟲也。烝，窴也。」箋：「蠋蜎蜎然特行，久處桑野，有似勞苦者。古者聲窴、填、塵同也。敦敦然獨宿於車下，此誠有勞苦之心。」○釋蟲：「蚅烏，蠋。」孔疏引樊光曰：「詩云：『蜎蜎者蠋。』」郭注：「大蟲如指，似蠶。」「三家蠋作蜀」者，爾雅釋文引說文虫部：「蜀，桑中蠶也。（今本作「葵中蠶也」。「葵」蓋「桑」之誤字。）詩曰：『蜎蜎者蜀。』」三家當用正字。段注：「今毛詩及爾雅左旁又加『虫』，非也。此桑中虫而言似蠶者，淮南子：『蠶與蜀相類，而愛憎異也。』」釋言：「烝，塵也。」孔疏引孫炎曰：「烝，物久之塵。」陳喬樅云：「傳訓『烝』爲『窴』，箋云『古聲窴、填、塵同』，此鄭依魯訓以通毛義也。」

我徂東山，慆慆不歸。我來自東，零雨其濛。果臝之實，亦施于宇。伊威在室，蠨蛸在戶。町畽鹿場，熠燿宵行。【注】韓說曰：宵行熠燿，以爲鬼火，或謂之燐。【疏】傳：「果臝，括樓也。伊威，委黍也。蠨蛸，長踦也。町畽，鹿迹也。熠燿，燐也。燐，熒火也。」箋：「此五物者，家無人則然，令人感思。」○釋草：「果臝之實括樓。」今藥中括樓仁也。孔疏引孫炎曰：「齊人謂之天瓜。」今以其根切作片，曰「天花粉」，亦卽「天瓜」之譌也。說文：「䓞蔞，果蓏也。」「蓏」變爲「臝」，猶「䓞蔞」變爲「括樓」耳。葛覃傳：「施，移也。」宇，霤也。詳七月。釋蟲：「伊威，委黍。」又曰：「蟠，鼠負也。」說文：「蛜威，委黍。委黍，鼠婦也。」又曰：「蟠，鼠婦也。」兩鼠婦相混，後人併爲一物。孔疏引陸疏云：「伊威，在壁根下、甕底土中，生似白魚者是也。」馬瑞辰云：「目驗之色，與白魚相似，長僅一二分，（郝懿行云：「長半寸許。」）形扁似鼈，多足，凡溼處皆有之。圖經本草所謂『濕生蟲』也。至本草之『地鼈』，名醫別錄云一名『土鼈』。蘇恭注：『狀似鼠婦，大者寸餘。』此與鼠婦相似而大小不同。」（郝云色黑。）又名「蟅蟲」，蓋卽爾雅說文之「蟠」，非「伊威」也。伊威，本草一作「蛜蝛」。別錄一名「蜲蟍」，除「伊」字外皆後起之字。宋蘇軾詩「臥聞風幔落蛜蝛」，此蟲未聞緣高善飛，疑誤。釋蟲：「蠨蛸，長踦。」郭注：「小鼅鼄長腳者，俗呼爲喜子。」說文：「蠨蛸，長股者。」陸疏云：「此蟲來著人衣，當有親客至，有喜。荆州河内人謂之『喜母』，幽州人謂之『親客』，亦如蜘蛛，爲羅網居之。」郝懿行云：「此蟲作網，但有縱理而無横文，如絡絲之狀。陶注本草蜘蛛赤斑名『絡新婦』，疑此是也，但所見皆黄色，無赤斑者，其腹幹甚瘦小。」埤雅引小爾雅云：「鹿之所息謂之場。」與後漢郡國志廣陵郡劉注「麋暖」同。町畽，鹿迹所在也。楚詞九思「鹿蹊兮躖躖」，其義正同，謂鹿所步處也。説文「町」下云：「田踐處曰町。」「疃」下云：「禽獸所踐處也。詩曰：『町疃鹿場。』」「畽」作「疃」，與釋文「亦作」本合。「熠燿」至「之燐」，陳思王螢火論引韓詩章句文。熠燿宵行，明韓、毛文同。傳「熒火」舊作「螢火」。孔疏引曹植此語，其下又云：「未爲得也，天陰沈數雨，在於秋日螢火夜飛之時也，故云『宵行』。然腐草木得溼而光，亦有明驗，衆説並爲螢火，近得實矣。然則毛以螢火爲燐，非也。」段玉裁云：「熒火，當謂鬼火之熒熒然者也。淺人誤以釋蟲之『熒火即炤』當之，又改其字從『虫』，其誤蓋始於陳思王也。」愚案：崔豹古今注：「螢火一名燐。」廣雅：「景天、螢火，燐也。」蓋鬼火有光熒熒然謂之燐，螢火有光熒熒然亦可謂之燐，二者不嫌同名，陳思誤疑耳。不可畏也，伊可懷也。【疏】箋：「伊當作緊，緊猶是也。懷，思也。室中久無人，故有此五物，是不足可畏，乃可爲憂思。」〇上箋及此皆言「五物」，實四物也，謂果臝、伊威、蠨蛸、熠燿也。又宇、室、户皆言家中，鹿場則在野外，非室中，「熠燿宵行」亦非室，久無人之故也。

我徂東山，慆慆不歸。我來自東，零雨其濛。鸛鳴于垤，婦歎于室。【注】韓詩曰：「鸛鳴于垤，婦歎于室。」韓説曰：「鸛，水鳥，巢居知風，穴居知雨。天將雨而蟻出壅土，鸛鳥見之長鳴而喜。洒埽穹窒，我征聿至。【疏】傳：「垤，蟻冢也。將陰雨則穴處先知之矣。鸛好水，長鳴而喜也。」箋：「鸛，水鳥也，將陰雨則鳴。行者於陰雨尤苦，婦念之則歎於室也。穹，窮。窒，塞。洒，灑。埽，拚也。穹窒鼠穴也。而我君子行役，述其日月，今且至矣。

言婦望也。」○陸疏：「鸛，鸛雀也，似鴻而大，長頸，赤喙，白身，赤尾翅。樹上作巢，大如車輪，卵如三升杯。泥其巢，一傍爲池，含水滿之，取魚置池中，稍稍以食其雛。」說文「雚」下云：「小爵也。（「小」是「水」之誤。）從雈，吅聲。詩曰：『雚鳴于垤。』」與釋文「又作」本合。「鸛鳴」至「而喜」，文選張茂先情詩李注引韓詩薛君章句文。「鸛鳴」二句，明韓毛文同。孔疏：「將欲陰雨，水泉上潤，穴處者先知之，故螘避溼而上冢。鸛是好水之鳥，知天將雨，故長鳴而喜也。婦念征夫行役之苦，則歎于室。」易林大過之損「處子歎室」用此經文，明齊毛文同。洒埽室中，又窮塞室中之孔穴，以待我征夫之至。有敦瓜苦，烝在栗薪。【注】韓「栗」作「漻」，云：「衆薪也。」【疏】傳：「敦，猶專專也。烝，衆也。言我心苦，事又苦也。」箋：「此又言婦人思其君子之居處，專專如瓜之繫綴焉。瓜之辨有苦者，以喻其心苦也。烝，塵。栗，析也。言君子又久見使析薪，於事尤苦也。古者聲栗、裂同也。」○「栗作漻云衆薪也」者，釋文引韓詩文，王應麟詩攷引作「聚薪也」，其義亦同。言思我君子專專然如瓜之苦，塵久在衆薪之中。以瓜自喻，薪喻衆人。玉篇艸部「漻」與「蓼」同。蓼，辛苦之菜也。若讀如本字，則謂以苦瓜而久在衆蓼薪之中，於義亦通。箋讀「栗」爲「析」，是爲已析之薪，乃云「見使析薪」，似未爲得公勞歸士，代其室家序想望君子之情。軍士職事尊卑各異，不必人人見使析薪，自以上下二句皆是喻意爲合。「烝」訓「久」，與下「三年」意貫，較傳義長。自我不見，于今三年。

我徂東山，慆慆不歸。我來自東，零雨其濛。倉庚于飛，熠燿其羽。【疏】箋：「首四句」「凡先著此四句者，皆爲序歸士之情。倉庚仲春而鳴，嫁取之候也。熠燿其羽，羽鮮明也。歸士始行之時，新合昏禮。今還，故極序其情以樂之。」○案，東山一篇，所記時物皆非春日，故以爲推言始昏之時物。孔疏申毛，以爲與嫁子衣服鮮明，毛無此意也。之子于歸，皇駁其馬。【注】魯「皇」作「騜」。【疏】傳：「黃白曰皇，騮白曰駁。」箋：「之子于歸，謂始嫁時也。皇駁其馬，車服盛也。」○「魯皇作騜」者。釋畜：「駵白駁。黃白騜。」舍人曰：「駵赤色名曰駁，黃白色名曰騜。」孔疏引孫炎曰：「詩云：『騜駁其馬。』」郭注引詩同，卽用舊注之文。毛用借字作「皇」，則作「騜」者魯詩也。**親結其縭，九十其儀。**【注】韓説曰：縭，帶也。【疏】傳：「縭，婦人之褘也，母戒女施衿結帨。九十其儀，言多儀也。」箋：「女嫁，父母既戒之，庶母又申之。九十其儀，喻丁寧之多。」○「縭帶也」者，文選思玄賦注引韓詩薛君章句文。馬瑞辰云：「説文：『褘，蔽厀也。』是褘爲蔽縭之名。爾雅：『衣蔽前謂之襜。』（郭注：「今之蔽厀。」）下卽繼以『婦人之褘謂之縭』，二語相承，蓋謂男子之蔽厀名『襜』，婦人之蔽厀名『縭』也。釋名：『韠，蔽也，所以蔽厀前也。婦人蔽厀亦如之。』是婦人有蔽厀之證。方言：『蔽厀，齊魯之郊謂之袡。』『袡』卽爾雅之『襜』。（爾雅釋文：「襜，本或作袡。方言作袡。」此「袡」卽「襜」之證。）蓋『襜』與『縭』對文則異，散文則通。雜記：『繭衣裳，與稅衣，纁袡爲一稱。』鄭注：『袡，婦人蔽厀。』是知士昏禮『女次純衣纁袡』，亦卽蔽袡，（鄭注訓「袡」爲「衣緣」，誤。）此昏禮女服蔽厀之證也。上古蔽前，蔽厀象之，示不忘古，其制於衣帶前以韋爲一幅巾。説文：『巿，从巾，象連帶之形。巿或作韍。』（方言：「蔽厀或謂之袚。」）又作『帗』。説文：『帗，一幅巾也。』據方言，蔽厀有『大巾』之名，釋名亦有『巨巾』之稱，蓋對佩巾爲巾之小者言也。佩巾名帨，蔽厀稱大巾、巨巾，故得同名爲帨。詩『無感我帨兮』，當指『縭』言之，以其爲嫁時夫所親結也。此詩『結縭』，謂其結蔽厀之帶，故韓説云『縭，帶也』，帶所以繫，故爾雅又曰：『縭，緌也。』緌亦繫也。士昏禮『施衿結帨』，衿、紟古通用。説文：『紟，衣系也。』漢書楊雄傳注引應劭曰：『衿，音衿系之衿。衿，帶也。』衣帶謂之衿，帨帶亦謂之衿，是知『施衿』卽施帶以結其帨也。爾雅郭注，以『縭』爲今之『香纓』。士昏禮鄭注以帨爲『佩巾』，孔疏以施衿爲內則之『衿纓』，皆失之。」陳喬樅云：「士昏禮『施衿結帨』，後漢馬融傳云『施衿結縭』，張華女史箴云『施衿結離』，（注：「離與縭古字通。」）則縭之爲帨審矣。褘之爲物，所以蔽前，以其象巾之形，故謂之帨；以其象帶之緌，故謂之縭耳。爾雅釋文：『縭，本或作褵。』玉篇衣部云：『褵，衣帶也。』」愚案：釋器：「婦人之褘謂之縭。縭，緌也。」孫炎注：「褘，帨巾也。」郭璞誤爲「香纓」，得馬陳二說以暢雅訓，韓、毛注義並通矣。孔疏：「數從一而至於十，則數之小成。舉九與十，言其多威儀也。」韓詩外傳二云：「嫁女之家，三夜不息燭，思相離也。取婦之家，三日不舉樂，思嗣親也。故昏禮不賀，人之序也。三月而廟見，稱來婦也。厥明見舅姑，降於西階，婦降自阼階，授之室也。憂思三日，三月不殺，孝子之情也。故禮者，因人情爲文。詩曰：『親結其縭，九十其儀。』言多儀也。」其新孔嘉，其舊如之何？【疏】傳：「言久長之道也。」箋：「嘉，善也。其新來時甚善，至今則久矣，不知其如何也。又極序其情樂而戲之。」○愚案：前此新昏既甚嘉矣，其久長之道又如之何？欲其同保家室，以樂太平。易序卦傳：「夫婦之道，不可以不久也，故受之以恆。」序云：「四章樂男女之得及時也。」謂及男女壯盛、天下漸定之時。

東山四章，章十二句。

破斧【疏】毛序：「美周公也。周大夫以惡四國焉。」箋：「惡四國者，惡其流言毀周公也。」○周公東征後，遂兼行黜陟之典，非僅如毛說管蔡商奄也，從三家爲正。（見下）

既破我斧，又缺我斨。【疏】傳：「隋銎曰斧。斧斨，民之用也。禮義，國家之用也。」箋：「四國流言既破毀我周公，又損傷我成王，以此二者爲大罪。」○釋文：「隋，徒禾反。又湯果反。孔形狹而長也。」說文：「斨，方銎斧也。詩曰：『又缺我斨。』」斧言「破」，斨言「缺」，互詞以喻四國破壞禮義，亂我周邦。箋以斧、斨分指周公成王。胡承珙云：「喻周公者不變，何以喻成王者屢變與？箋不如傳明矣。」周公東征，四國是皇。【注】魯說曰：「皇，正也。」又曰：「言東征黜陟，周公黜陟而天下皆王也。」齊說曰：「東行述職，征討不服。」【疏】傳：「四國，管蔡商奄也。」箋：「周公既反攝政，東征伐此四國，誅其君罪，正其民人而已。」○「皇正也」者，釋言文。郭注引詩「四國是皇」，釋「皇」爲「正」，明用魯義。『言東』至「正也」，白虎通巡狩篇文。謂三歲一閏，天道小備，五歲再閏，天道大備。故五年一巡狩，三年二伯述職，黜陟一年，物有始終，歲有所成，方伯行國，時有所生，諸侯行邑。傳曰周公入爲三公，出爲二伯，中分天下，出黜陟。詩曰：「周公東征，四國是皇。」言周公東征云云。何休公羊傳解詁：「此道黜陟之時也。」引詩「周公」二句，與白虎通合，明魯毛文同。法言先知篇：「昔在周公，征於東方，四國是正。」以上皆魯説。「東行」至「不服」。易林井之小畜文。公羊僖四年傳：「古者周公東征則西國怨，西征則東國怨。」公羊齊學，此説必齊詩義。後漢書班固奏記東平王蒼曰：「古者周公一舉則三方怨，曰『奚爲而後己』。」李注引孫卿子曰：「周公東征而西國怨，曰：『何獨不來也。』南征而北國怨，曰：『何獨後我也。』」以上皆齊説。愚案：言天下皆正，則非獨管蔡商奄，詩稱「四國」，猶鳲鳩篇「正是四國」之比，非有實指東行述職。齊魯説同。二舉三怨，即道黜陟，足見此詩並無別解，韓可知矣。孟子言「滅國者五十」，逸周書作雒解：「周公立相天子，三叔及殷東徐奄，及熊盈以畧。凡所征熊盈族十有七國，俘維九邑。俘殷獻民，遷于九畢。」是「四國」不專指管蔡商奄之明證。

哀我人斯，亦孔之將。【注】魯説曰：孔，甚也。【疏】傳：「將，大也。」箋：「此言周公之哀我民人，其德亦甚大也。」○馬瑞辰云：「哀，憐也，愛也。呂覽『人主何可以不務哀士』，高注：『哀，愛也。』中庸『仁者人也』，鄭注：『人也，讀如「相人偶」之人，以人意相存問之言。』表記『仁者人也』，注云：『人也，謂施以人恩也。』古者相親愛謂之『相人偶』。方言：『凡言相憐哀，九疑、湘潭之間謂之人兮。』『人斯』猶『人兮』也。哀我人斯，謂憐我而人偶之也，故詩言『亦孔之將』，與下章『嘉休』同義。廣雅：『將，美也。』傳訓『將』爲『大』，古『大』與『美』亦同義。」「孔甚也」者，王逸楚詞九章注文，引詩「亦孔之將」，明魯毛文同。

既破我斧，又缺我錡。【注】韓說曰：錡，木屬。【疏】傳：「鑿屬曰錡。」○陳奐云：「說文：『鑿，穿木也。』『錡，鉏鋤也。』穿木之器，其耑鉏御然，『鉏御』猶『齟齬』也。」「錡，木屬」者，釋文引韓詩文。胡承珙云：「器之以木爲者多矣，不得遂名『木屬』，疑『木』爲『𣏍』之誤。說文：『𣏍，兩刃臿也。』方言：『臿，宋魏之間謂之鏵。』𣏍、鏵古今字。說文又云：『㮕，𣏍臿也。从木、入，象形，眀聲。』『𣏍，从木、卄象形，宋魏曰𣏍也。或从金、亏作釫』。魯商瞿字子木，亦當爲『𣏍』之誤，或省借作木耳。」陳喬樅云：「詩召南傳：『釜有足曰錡。』郭璞方言注：『錡，三腳釜也。』釜之有足者名錡，鏵之有齒者亦名錡，然則錡之爲物蓋如臿而有三齒，與𣏍之有兩刃者相似，故韓詩以爲『𣏍屬』，而說文以『鉏鋤』爲訓也。今世所用鋤，猶有三齒、五齒者，蓋卽是物。或以爲今之鋸，非是。」周公東征，四國是吪。【注】魯「吪」作「訛」。【疏】傳：「吪，化也。」○「魯吪爲訛」者，釋言：「訛，化也。」郭注引詩「四國是訛」，明雅用魯詩。節南山箋：「訛，化也。」哀我人斯，亦孔之嘉。【疏】箋：「嘉，善也。」○大明傳：「嘉，美也。」

既破我斧，又缺我銶。【注】韓說曰：銶，鑿屬也。【疏】傳：「木屬曰銶。」○說文無「銶」字，「梂」下云：「一曰鑿首也。」段注：「許所據詩或字从木，無『梂鑿首』之訓，卽用韓詩說。鑿首，謂鑿柄也。」馬瑞辰云：「廣雅：『梂，柎也』。柎與弣同，弣亦柄也。管子書：『一車必有一斤，一鋸，一釭，一鑽，一鑿，一銶，一軻。』以銶、鑿並言，猶橿爲鉏柄，而鹽鐵論『鉏耰棘橿』，亦以橿、鉏並言也。釋文引一解云：『卽今之獨頭斧。』未詳何據。」陳喬樅云：「說文訓『梂』爲『鑿首』，蓋指鑿柄之耑而言。曲禮：『進戈者前其鐏，後其刃，進矛戟者前其鐓。』注云：『後刃，敬也。三兵鐏鐓雖在下，猶爲首也。銳底曰鐏，取其鐏地。平底曰鐓，取其鐓地也。』說文：『鐓，柲下銅鐏也。』『鐏，柲下銅也。』段注：『鐏地者，可入地。鐓地者，著地而已。』然則梂爲鑿首，以金爲之，故字亦從金也。至毛傳以爲『木屬』者，胡承珙云銶亦臿類，蓋起土之物。釋名：『臿，插也。掘地取土也。』大雅『捄之陑陑』，箋云：『捄，捊也。』說文：『捊，引取土也。』捄與銶皆從『求』得聲，所以取土者謂之『銶』，因而取土亦謂之『捄』。周官鄉師注引司馬法云：『輂一斧，一斤，一鑿，一梩，一鋤。』賈疏：『梩或解爲臿，或解爲鍬。』臿、鍬不殊，司馬法之『一梩』，或即管子之『一銶』，皆鍬臿之類與。」**周公東征，四國是遒。**【疏】傳：「遒，固也。」箋：「遒，斂也。」○孔疏：「遒訓爲聚，亦堅固之意。」陳奐云：「廣雅：『揫，固也。』古遒揫聲通，若長發『百祿是遒』，三家詩作『揫』之例。」揫，亦斂聚意也。**哀我人斯，亦孔之休。**【疏】傳：「休，美也。」

破斧三章，章六句。

伐柯【疏】毛序：「美周公也。周大夫刺朝廷之不知也。」箋：「成王既得雷雨大風之變，欲迎周公，而朝廷羣臣猶惑於管蔡之言，不知周公之聖德，疑於王迎之禮，是以刺之。」○案，王欲迎周公，則朝廷無異說矣，而箋云羣臣有疑惑者，是今古文說所無，三家說不可見，今以蘇氏說明之。（見下）

伐柯如何？匪斧不克。取妻如何？匪媒不得。【疏】傳：「柯，斧柄也。禮義者，亦治國之柄。媒，所以用禮也。治國不能用禮，則不安。」箋：「克，能也。伐柯之道，唯斧乃能之，此以類求其類也，以喻成王欲迎周公，當使賢者先往。媒者，能通二姓之言，定人室家之道，以喻王欲迎周公，當先使曉王與周公之意者又先往。」○案，周公能以禮義爲國，今成王欲治天下，當迎周公歸也。宋蘇軾詩傳曰：「伐柯而不用斧，取妻而不用媒，豈可得哉？今成王欲治國，棄周公而不召，亦不可得也。」最合經意，今從之。

伐柯伐柯，其則不遠。【疏】傳：「以其所顧乎上交乎下，以其所顧乎下事乎上，不遠求也。」箋：「則，法也。伐柯者必用柯，其大小長短近取法於柯，所謂不遠求也。王欲迎周公，使還其道，亦不遠人心，足以知之。」○周公用禮義之道，故東土得以速定，其法不遠，所謂前事者後事之師也，故得公歸朝而天下治矣。蔡邕太尉楊公碑「閑於伐柯」，又薦邊讓書「成伐柯不遠之則」，皆用魯經文。王符潛夫論明忠篇引「伐柯」二句，明魯毛文同。禮中庸引詩云：「『伐柯伐柯，其則不遠。』執柯以伐柯，睨而視之，猶以爲遠，故君子以人治人，改而止。」此齊說。韓詩外傳二云：「『原天命，治心術，理好惡，適情性，而治道畢矣。四者不求於外，不假於人，反諸己而存矣。詩曰：『伐柯伐柯，其則不遠』。」此韓說，明齊韓亦同，皆就治道申成詩義。

我覯之子，籩豆有踐。【疏】傳：「踐，行列貌。」箋：「覯，見也。之子，是子也，斥周公也。王欲迎周公，當以饗燕之饌行，至則歡樂以說之。」○「我覯之子」，與下篇句例同而義則各別，下篇言見公，已拜上公之服，未得公歸之命，此章言公之不可不歸，預想見王之見公，必行饗燕之禮也。玉篇引詩「籩豆有踐」，云：「踐，行也。」行讀如「杭」，與傳「行列」義合。

伐柯二章，章四句。

九罭【疏】毛序：「美周公也。周大夫刺朝廷之不知也。」○三家無異義。

九罭之魚，鱒魴。【注】魯說曰：「緵罟謂之九罭。九罭，魚罔也。韓詩曰：『九罭之魚，鱒魴。』九罭，取鰕芘也。」

【疏】傳：「興也。九罭，緵罟，小魚之網也。鱒魴，大魚也。」箋：「設九罭之罟乃後得鱒魴之魚，言取物各有器也。興者，喻王欲迎周公之來，當有其禮。」○「緵罟」至「罔也」，釋器文，魯說也。孔疏引孫炎曰：「九罭，謂魚之所入有九囊也。」緵、數一聲之轉，即孟子所謂「數罟」，趙岐注：「數罟，密網也。」釋魚「鮅，鱒魴」，樊光曰：「詩云：『九罭之魚，鱒魴。』」說文：「鱒，赤目魚。」今目驗，赤眼魚與鱅魚相似，故毛以鱒與魴同爲大魚也。張衡西京賦「布九罭，摷鯤鮞」，鯤鮞小魚，明以鱒魴爲大魚，衡用魯詩，知魯義與毛同。「九罭」至「芘也」，御覽八百三十四引韓詩文，明韓毛文同。「取鰕芘也」者，言以鰕之微細，亦不脫漏，極形其網密。玉篇艸部：「芘，蕃也。」與「魚網」義不合。「芘」當爲「比」，言細相比也。說文「笓」下云：「取蟣比也。」「取蟣比」與「取鰕比」意合。漢書匈奴傳「比疏一」，史記索隱引蒼頡篇：「靡者爲比，麄者爲梳。」比卽俗之枇也，故以狀取魚密網。孔疏：「鱒魴是大魚，處九罭之小網，非其宜，以興周公是聖人，處東方之小邑，亦非其宜。」我覯之子，袞衣繡裳。【注】韓「袞」作「綩」，云：「綩衣，纁衣也。」【疏】傳：「所以見周公也。袞衣，卷龍也。」箋：「王迎周公，當以上公之服往見之。」○覯，見也。之子，斥周公，時公拜王命，已得服上公之服。馬瑞辰云：「爾雅：『袞，黻也。』蓋釋此詩『袞衣繡裳』，猶終南詩『黼衣繡裳』也。訓袞爲黼，乃通言，言黼黻文章之事，故爾雅又曰：『黼黻，彰也。』黼衣猶云章服，非訓袞爲十二章之黼也。古者龍畫於衣，黼繡於裳，郭注爾雅，謂袞有黻衣，失之。又案，傳：『袞衣，卷龍也。』曲禮『袞衣』字皆叚借作『卷』，蓋袞从㕣聲，與卷同音，故傳借作『卷』，荀子又借作『裷』，今說文作从『公』聲，形近傳寫之誤。」淮南說林訓高注：「詩曰：『袞衣繡裳。』」明魯毛文同。「袞作綩，云綩衣，纁衣也」者，玉篇系部引韓詩文。皮嘉祐云：「陳奐曰：『士冠禮「爵弁服纁裳純衣」，純讀爲黗。說文：「黗，黑也。」純衣猶玄衣也。類篇：「綩，冠絭也，一曰纁色衣」。士纁裳，非天子諸侯之服，且古有纁裳，無纁衣。士昏禮「女次純衣纁袡」，是女子之衣，非男子之衣。禮曰不襲婦服，則男子不服纁袡可知。且『纁袡』鄭注謂以纁緣其衣，亦不得爲纁衣之證。韓詩所謂纁衣，疑亦卽純衣，熏與屯聲近得通。禹貢『杶幹栝柏』，釋文：『杶，本作櫄。』此熏、屯通用之證。韓詩作『綩衣』者。周禮染人注：『故書，纁作𥿻』。綩與𥿻皆从『宛』聲。韓詩之『綩』，當卽周禮故書之『𥿻』，𥿻與纁同，故韓以『綩衣』爲『纁衣』，實卽禮服之純衣也。」

鴻飛遵渚。【疏】傳：「鴻不宜循渚也。」箋：「鴻，大鳥也，不宜與鳧鷖之屬飛而循渚，以喻周公今與凡人處東都之邑，失其所也。」○段玉裁云：「說文『鴻』下云：『鴻鵠也。』鴻鵠卽黃鵠。黃鵠一舉，知山川之紆曲，再舉知天地之圜方，

（見楚詞借誓。）最爲大鳥。箋止云『鴻大鳥』，不言何鳥，學者多云雁之大者。夫鴻雁遵渚、遵陸乃其常耳，何以傳云『鴻不宜循渚』、『陸非鴻所宜止』？則鴻非大雁也，正謂一舉千里之大鳥，常集高山茂林之上，不當循小洲之渚、高平之陸也。經傳『鴻』字有謂『大雁』者，曲禮『前有車騎則載飛鴻』、易『鴻漸于磐』是也；有謂『黄鵠』者，此詩是也。單呼鵠，絫呼黄鵠、鴻鵠，黄言其色。（『鴻』之言『难』，言其大也。）小雅傳云『大曰鴻，小曰雁』，此因下言雁，決上言大雁，字當作『难』，假『鴻』爲之，而今人遂失鴻本義。」公歸無所，於女信處。【疏】傳：「周公未得禮也。再宿曰信。」箋：「信，誠也。時東都之人欲周公留不去，故曉之云：公西歸而無所居，則可就女誠處，是東都也。（豳譜孔疏：「於時實未爲都而云都，據後營洛言之耳。」）今公當歸復其位，不得留也。」○胡承珙云：「鴻不宜遵渚，謂公不宜居東也。不宜居則公應歸矣，而未有所也，故猶於東信處耳。『公歸』二字，略逗。無所，猶孟子云『無處』。於女，猶言『於東』，不必定與東人相爾汝也。」黄山云：「傳言『未得禮』，特振旅之禮命尚未逮耳，非箋所謂迎周公當有其禮。」

鴻飛遵陸，【注】韓説曰：「高平無水曰陸。」【疏】傳：「陸非鴻所宜止。」○「高平無水曰陸」者，玉篇阜部引韓詩文。釋名：「高平曰陸。陸，漉也，水流漉而去也。」流漉而去則無水，與韓合。公歸不復，於女信宿。【疏】傳：「宿，猶處也。」○胡承珙云：「孔疏引王肅訓『復』爲『反』，蓋用小雅『言歸斯復』。傳云：『復，反也。』但訓『反』則『公歸』二字亦須讀斷，謂公本應歸而不得所以反之道，乃與上『無所』一例，否則既曰歸，又曰不反，不可通矣。」易林損之蹇：「鴻飛在陸，公出不復，伯氏客宿。」漸之否、剥之升、中孚之同人同，師之震「伯氏」上多「仲氏任只」一句，皆不可曉。

是以有衮衣兮，無以我公歸兮，【疏】傳：「無與公歸之道也。」箋：「是，是東都也。東都之人欲周公之留爲君，故云是以有衮衣，謂成王所齎來衮衣，願其封周公於此，以衮衣命留之，無以公西歸。」○胡承珙云：「周公以道事君，使無所以迎之道而徒以其服，是以有此衮衣而終無與公歸之道，能無使我心悲乎？」愚案：周公既受上公之服，則王禮已加，召公歸，則振旅而歸耳。使必待王迎然後歸，不迎則不歸，以此爲與公歸之道，豈所以爲周公乎？胡説非是。「無以」，讀作「無與」，「以」、「與」古字通用，言「衮衣」不言「繡裳」者，省文以成句也。**無使我心悲兮！**【疏】箋：「周公西歸而東都之人心悲，思恩德之愛至深也。」○時鴟鴞已貽之後，舉國皆知周公忠誠，而王未命歸，東人獨於公極其依戀，故詩人代爲周公悲而望王之悔悟，無使我心傷悲也。

九罭四章，章三句。

狼跋【疏】毛序：「美周公也。周公攝政，遠則四國流言，近則王不知，周大夫美其不失其聖也。」箋：「不失其聖者，聞流言不惑，王不知不怨，終立其志，成周之王功致大平，復成王之位，又爲之大師，終始無愆，聖德著焉。」○三家無異義。

狼跋其胡，載疐其尾。【注】齊「疐」作「𨅝」，韓作「躓」。【疏】傳：「興也。跋，躐。疐，跲也。老狼有胡，進則躐其胡，退則跲其尾。進退有難，然而不失其猛。」箋：「興者，喻周公進則躐其胡，猶始欲攝政，四國流言，辟之而居東都也；退則跲其尾，謂後復成王之位而老，成王又留之。其如是，聖德無玷缺。」○説文「跋」下云：「蹎，跋也。」「䟺」下云：「步行獵跋也。」説文無「躐」字。集韻引作「躐」，玉篇：「䟺，躐跋也。」説文：「疐，礙不行也。从叀，引而止之也。」釋言：「跋，躐也。」「疐，跲也。」李巡曰：「跋，前行曰躐，跲卻頓曰疐也。」郭引此詩雅訓釋詩，可以推知魯毛二家並無異義、異字。「齊疐作𨅝」者，鹽鐵論鍼石篇：「狼跋其胡，載𨅝其尾。君子之路，行止之道，固狹耳。」桓寬用齊詩，據此，齊作「𨅝」。「韓作躓」者，説文「躓」下云：「跲也。詩曰：『載躓其尾。』」魯作「疐」，齊作「𨅝」，則作「躓」者韓詩文也。易林震之恒：「老狼白獵，長尾大胡，前顛後躓，无有利得，岐人悦喜。」「岐人」卽豳人也。詩列豳風，漢世説詩者每假豳以立言，如鴟鴞之詩以貽成王而以爲刺邠君，此詩「公孫碩膚」，解『公孫』爲豳公之孫也。豳風因周公陳七月之篇，周史挶立此名，鴟鴞東山緣公作而附著之，凡美周公者亦入焉。公在東土，周大夫美之，與豳岐何涉而稱成王爲豳公之孫？有以知其必不然矣。睽之需蹇之剥末句作「進退遇祟」，語句費解，疑有誤字。

公孫碩膚，赤舄几几。【注】三家「几几」作「掔掔」，亦作「己己」。【疏】傳：「公孫，成王也，豳公之孫也。碩，大。膚，美也。赤舄，人君之盛屨也。几几，絇貌。」箋：「公，周公也。孫，讀當如『公孫于齊』之孫，孫之言孫遁也。周公攝政七年致太平，復成王之位，孫遁辟此，成公之大美。欲老，成王又留之以爲大師，履赤舄几几然。」○上箋云：「興者，喻周公始欲攝政，四國流言，辟之而居東都也。」（都説見前。）胡承珙云：「此詩當指周公攝政，四國流言時事。蓋其時疑謗忽起，王室傾危，二叔不咸，沖人未悟，周公欲進不能，欲退不得，正跋前疐後之狀。」愚案：胡説是也。周公惟攝政故致流言，必不如箋作鴟鴞詩時始欲攝政也。當流言之起，成王疑公，蓋有二公所不能匡救者。公此時既已攝政，進而負扆，無以解於嚚子；退而弗治，無以告我先王。請命東行，內則遠嫌，外仍扞難，實處危疑恐懼之地。及四國果叛，連兵二年，罪人斯得，然後心迹大顯。袞衣既錫，旋亦召歸。豳人於公之歸，追紀德音，故以是詩美之耳。赤舄以金爲飾，謂之金舄。車攻箋：「金舄，黄朱色也。」韓奕以赤舄賜韓侯，此詩以赤舄美周公，是赤舄爲諸侯盛飾矣。「几几，絇貌」者，士冠禮注：「絇之言拘，以爲行戒，狀如刀衣鼻，在屨頭。」漢書王莽傳：「莽再拜，受袞冕句履。」孟康注：「今齊祀履句頭飾也，出履三寸。」廣雅：「几几，盛也。」詩蓋以狀盛服之貌。「一作掔掔」者。説文：「掔，固也。讀若詩『赤舄掔掔』。」蓋取金絇著屨掔固之貌。「亦作己己」者。己部又云：「讀若詩『赤舄己己』。」几、己同聲。陳奐云：「己，象萬物辟藏詘形，絇在屨頭，如刀衣鼻，自有詘形，故曰己己。」皆三家文也。

狼疐其尾，載跋其胡。公孫碩膚，德音不瑕。【疏】傳：「瑕，過也。」箋：「不瑕，言不可疵瑕也。」

狼跋二章，章四句。

豳國七篇，二十七章，二百三句。

十三經清人注疏

詩三家義集疏

下

〔清〕王先謙 撰
吳格 點校

詩三家義集疏卷十四

鹿鳴之什第十四【疏】陸德明曰：「『什』音『十』。『什』者，若五等之君，有詩各繫其國，舉周南即題關雎。至於王者施教，統有四海，歌詠之作，非止一人，篇數既多，故以十篇編爲一卷，名之爲『什』。」詩小雅【疏】史記司馬相如傳贊：「大雅言王公大人而德逮黎庶，小雅譏小己之得失，其流及上。所以言雖外殊，其合德一也。」張揖曰：「謂文王公劉在位，大人之德下及衆民者也。己，詩人自謂也。己小有得失，不得其所，作詩流言，以諷其上也。」又上林賦「揜羣雅」，張揖曰：「小雅之材七十四人，大雅之材三十一人，故曰『羣雅』也。」（閻若璩云：「小雅除笙詩七十四篇，大雅三十一篇，以篇數言也。」以上魯說，大小雅並言。）荀子大略篇：「小雅不以於汚上，自引而居下，疾今之政，以思往者，其言有文焉，其聲有哀焉。」淮南王離騷傳：「小雅怨悱而不亂。」服虔左傳注：「自鹿鳴至菁菁者莪，道文武、修小政、定大亂、致太平，是爲正小雅。」（陳喬樅云：「魯說以鹿鳴爲刺詩，而服虔又謂鹿鳴至菁菁者莪爲正小雅者。案，琴操言『大臣昭然獨見，故歌以感之。』又言『乃援琴以刺之。』所謂『刺之』者，謂陳古以刺今。云『歌以感之』者，即微言諷諫之義也。」）以上魯說。禮樂記：「恭儉而好禮者，宜歌小雅。」初學記二十一引詩推度災曰：「建四始五際，而八節通。」詩孔疏引詩汜歷樞曰：「大明在亥，水始也。四牡在寅，木始也。嘉魚在巳，火始也。鴻雁在申，金始也。」又曰：「卯酉之際爲革政，午亥之際爲革命。神在天門，出入候聽。卯，天保也。酉，祈父也。午，采芑也。亥，大明也。」孔疏云：「亥爲革命，一際也；亥又爲天門，出入候聽，二際也；卯爲陰陽交際，三際也；午爲陽謝陰興，四際也；酉爲陰盛陽微，五際也。」（「革政」舊訛「改正」，「神」訛「辰」，依郎顗傳正。）又後漢書郎顗傳李注引氾歷樞曰：「凡推其數，皆從亥之仲起，此天地所定位，陰陽氣周而復始，萬物死而復蘇，大統之始，故王命一節爲之十歲也。」漢書翼奉上封事曰：「易有陰陽，詩有五際，春秋有災異，皆列終始，推得失，攷天心，以言王道之安危。」孟康注曰：「詩內傳曰：『五際，卯、酉、午、戌、亥也。陰陽終始際會之歲，於此則有變改之政也。』」（臧鏞堂云：「孟引是齊詩內傳。」）又郎顗傳條便宜七事曰：「漢興以來三百三十九歲，於詩三基，高祖起亥仲二年，今在戌仲十年。詩氾歷樞曰：『卯酉爲革政，午亥爲革命。神在天門，出入候聽。』言神在戌亥，司候帝王興衰得失，厥善則昌，厥惡則亡。臣以爲戌仲已竟，來年入季。仲終季始，歷運變改，故可改元，所以順天道也。」李注曰：「『基』當作『期』，謂以三期之法推之也。」又引宋均注云：「神，陽氣，君象也。天門，戌亥之間，乾所據者。」（程易疇云：「河圖括地象：『西北爲天門。』楊炯少姨廟碑：『崑崙西北之地，天門也。』可與乾據天門之說相發明。又孟康引詩傳，於卯酉午亥外加戌，爲五際，又與『天門戌亥』之說合。」陳喬樅云：「詩正義引氾歷樞『辰在天門』而釋之曰：『亥又爲天門。』不可曉，當作『戌亥之間，又爲天門』，文義始足。詩三基之法，詳見齊詩翼氏學疏證。」）易林革之賁：「亥午相錯，敗亂緒業，民不得作。」又困之革：「申酉敗時，陰慝萌作。」又姤之歸妹：「將戌擊亥，陽藏不起。君子散亂，大上危殆。」又巽之比：「天門九重，深內難通。明登到暮，不見神公。」（此與詩緯及郎顗說合。）又噬嗑之坤：「甲戌己庚，隨時運行。不失常節，咸逢出生。各樂其類，達性任情。」（此與翼奉「五性六情」義同。）後漢張純傳引樂動聲儀曰：「以雅治人，風成於頌。」相如傳索隱引詩緯曰：「小雅譏己得失，及之於上也。」鹽鐵論詔聖篇：「王道衰而詩刺彰。」漢書禮樂志「周道始缺，怨刺之詩起。」（陳喬樅云：「怨刺之詩起，人表以爲在懿王時。」）以上齊說。

鹿鳴

【注】魯說曰：「仁義陵遲，鹿鳴刺焉。」又曰：「鹿鳴者，周大臣之所作也。王道衰，君志傾，留心聲色，内顧妃后，設酒食嘉肴，不能厚養賢者，盡禮極歡，形見於色。大臣昭然獨見，必知賢士幽隱，小人在位，周道陵遲，自以是始。故彈琴以風諫，（文選長笛賦李注引蔡邕琴操云：「鹿鳴者，周大臣之所作也。王道衰，大臣知賢者幽隱，故彈琴風諫。」乃節引之也。）歌以感之，庶幾可復。歌曰：『呦呦鹿鳴，食野之苹。我有嘉賓，鼓瑟吹笙。吹笙鼓簧，承筐是將。人之好我，示我周行。』此言禽獸得美甘之食，尚知相呼，傷時在位之人不能，乃援琴以刺之，故曰鹿鳴也。」【疏】毛序：「燕羣臣嘉賓也。既飲食之，又實幣帛筐篚，以將其厚意，然後忠臣嘉賓得盡其心矣。」箋：「飲之而有幣，酬幣也；食之而有幣，侑幣也。」〇禮學記：「宵雅肄三，官其始也。」注云：「『宵』之言『小』也。習小雅之三，謂鹿鳴四牡皇皇者華也。此皆君臣宴樂相勞苦之詩，爲始學者習之，所以勸之以官，取其上下相和厚。」儀禮鄉飲酒注云：「鹿鳴，君與臣下及四方之賓燕，講道修政之樂歌也。」鄭注禮時用齊詩，與毛義同。「仁義」至「刺焉」，史記十二諸侯年表文。「鹿鳴」至「鳴也」，御覽五百七十八引蔡邕琴操文。魯說最先以爲刺詩，乃相傳古訓，即「思初」之義也。淮南詮言訓「樂之失刺」，高注：「鄉飲酒之樂，歌鹿鳴。鹿鳴之作，君有酒肴，不召其臣，臣怨而刺上者。非也。」是雖用魯說而意以怨刺爲不然。潛夫論班祿篇「忽養賢而鹿鳴思」，與馬蔡說同。琴操用魯詩，明魯毛文同。後漢明帝紀永平十年：「召校官弟子作雅樂，奏鹿鳴，帝自御塤篪和之，以娛嘉賓。」魏志曹植疏：「遠慕鹿鳴君臣之宴。」明帝陳思皆習韓詩，知韓與齊毛義合。

呦呦鹿鳴，食野之苹。【注】魯說曰：「苹，藾蕭。」【疏】傳：「興也。苹，萍也。鹿得萍，呦呦然鳴而相呼，懇誠發乎中。以興嘉樂賓客，當有懇誠相招呼以成禮也。」箋：「苹，藾蕭。」〇「苹，藾蕭」，釋草文，魯說也。郭注：「今藾蒿也，初生亦可食。」陳喬樅云：「鄭訓『苹』爲『藾蕭』，是用魯訓改毛。」孔疏：「『箋易傳者，萍是水中之草，非鹿所食，故不從之。』

又引陸疏云：『蘋蒿，葉青白色，莖似箸而輕脆，始生香，可生食。』其義蓋本之三家。」愚案：管子地員篇：「其草宜苹蓨。」説文謂之「艾蒿」，以其色青白似艾也。陸賈新語道基篇：「鹿鳴以仁求其羣。」淮南泰族訓：「鹿鳴興於獸，而君子大之，取其見食而相呼也。」劉向楚詞七諫：「鹿鳴求其友」，王逸曰：「鹿得美草，口甘其味，則求其友而號其侶也。以言在位之臣不思賢念舊，曾且不若鳥獸也。」以上魯説。鄭駁五經異義曰：「此詩之意，言君有酒食，欲與羣臣嘉賓燕樂之，如鹿得苹草以爲美食，呦呦然鳴相呼，以款誠之意盡於此耳。」此齊説。孔疏云：「或以爲兩鹿相呼，喻兩臣相招，謂羣臣相呼以成君禮。斯不然矣。此詩主美君懇誠於臣，非美臣相於懇誠也。若君有酒食，臣自相呼，財非己費，何懇誠之有？據鄭解此詩之意，是君召臣明矣。」許君五經異義蓋據魯説，鄭用齊説駁之。但既是君宴羣臣，賢人旅進，榮君之賜，招呼成禮，理原一貫。如毛序云君宴羣臣，傳亦云賓客相招，齊詩言君與羣臣燕樂。（見上。）易林用齊詩，其升之乾云：「白鹿呦鳴，呼其老少。喜彼茂草，樂我君子。」師之比益之恒同。人之蹇明夷皆云：「鹿得美草，鳴呼其友。」則亦兩義相成也。

我有嘉賓，鼓瑟吹笙。吹笙鼓簧，承筐是將。【注】魯説曰：「笙長四寸，十三簧，像鳳之身也。正月之音。物生，故謂之笙。詩云：『我有嘉賓，鼓瑟吹笙。』」又曰：簧，笙中簧也。詩曰：「吹笙鼓簧，承筐是將。」韓説曰：承，受也。【疏】傳：「簧，笙也。吹笙而鼓簧矣。筐，篚屬，所以行幣帛也。」箋：「承，猶『奉』也。書曰：『厥篚玄黃。』」○「笙長」至「是將」，應劭風俗通義六聲音篇文。「笙長四寸，十三簧」者，釋樂：「大者謂之巢，小者謂之和。」郭注：「列管瓠中，施簧管端，大者十九簧，小者十三簧。」宋書樂志：「宮管在中央，三十六簧曰竽。宮管在左旁，十九簧曰笙。」北堂書鈔一百十引三禮圖：「笙有雅簧十三，上六下七也。」「象鳳之身也」者，説文「笙」下注同。初學記十六引作「象鳳之聲」，誤。「簫」下注云：「參差管樂，象鳳之翼。」五經析疑云：「黃鐘爲始，象法鳳皇。」潘岳笙賦：「基黃鐘以舉韻，望儀鳳以擢形。寫簧翼以插羽，摹鸑音以厲聲。」「正月之音。物生，故謂之笙」者，樂緯：「六律，黃鐘十一月，大簇正月，姑洗三月，蕤賓五月，夷則七月，無射九月；六呂，大呂十二月，夾鐘二月，仲呂四月，林鐘六月，南呂八月，應鐘十月。陽爲律，陰爲呂，總謂之十二月律。」白虎通禮樂篇：「笙者，太簇之氣，象萬物之生，故曰笙。」陳暘樂書：「笙，律中太簇，立春之音也。」書皋陶謨鄭注：「東方之樂謂之笙。笙，生也，東方生長之方，故名樂爲『笙』也。」釋名：「笙，生也，象物貫地而生也。」「簧，笙中簧也」者，說文「簧」下注同。王逸楚詞九嘆注：「笙中有舌曰簧。詩云：『吹笙鼓簧。』」張衡東京賦：「我有嘉賓。」又南都賦：「嘉賓是將。」應王張習魯詩，所用皆魯文也。鹽鐵論散不足篇用「鼓瑟吹笙」句，明齊毛文同。「承，受也」者，文選盧諶贈劉琨詩注引薛君章句文。陳喬樅云：「毛傳『承』訓『奉』，奉、受義亦相成。說文：『承，奉也，受也。』此兼采毛韓之訓。左成十六年傳『使行人執榼承飲』，注：『承，奉也。』襄二十五年傳『承飲而進獻』，注：『承飲，奉飲。』此皆與毛訓同。禮玉藻『士於大夫不承賀』，注：『承，猶受也。』齊策『而晚承魏之弊』，注：『承，受也。』此皆與韓訓同。又易歸妹『女承筐無實』，虞翻注：『自下受上曰承。』則詩之『承筐』，從韓訓『受』於義爲長。」

人之好我，示我周行。【疏】傳：「周，至。行，道也。」箋：「『示』當作『寘』。寘，置也。『周行』，周之列位也。好，猶善也。人有以德善我者，我則置之於周之列位。言己維賢是用。」○禮緇衣「詩云：『人之好我，示我周行。』」鄭注：「行，道也。言示我以忠信之道。」或以爲禮注據齊說，詩箋用魯訓。愚案：皆非也。班固世習齊詩，其東都賦辟雍詩云『於赫太上，示我漢行』，正襲用『示我周行』句義，是釋「周」爲「國」，釋「行」爲「道」，齊說如此。鄭釋「周」爲「忠信」，與齊說異。又箋讀「示」爲「寘」，釋「周行」爲「周之列位」，乃參用荀子解蔽篇卷耳詩「寘彼周行」句義，彼訓「周」爲「徧」，此釋「周」爲「國」亦不全同，皆下己意也。今就齊說推之，蓋言賢臣嘉賓之來，愛好我者皆示我以周邦應行之善道也。然則嘉賓之有益於人國大矣。

呦呦鹿鳴，食野之蒿。我有嘉賓，德音孔昭。視民不恌，君子是則是傚。我有旨酒，嘉賓式燕以敖。【注】三家「視」作「示」。魯「恌」作「偷」，韓作「佻」。魯「傚」作「效」，齊作「傚」，又作「詨」，亦作「效」。【疏】傳：「蒿，菣也。恌，愉也。是則是傚，言可法傚也。敖，遊也。」箋：「『德音』，先王道德之教也。孔，甚。昭，明也。視，古『示』字也。飲酒之禮，於旅也語。嘉賓之語先王德教甚明，可以示天下之民，使之不愉於禮義，是乃君子所法傚。言其賢也。」○孔疏引定本，「愉」作「偷」。釋文：「菣，去刃反。」釋草：「蒿，菣。」孔疏引孫炎曰：「荆楚之間謂蒿爲菣。」郭注：「今人呼爲青蒿，香中炙啖者爲菣。」陸疏：「蒿，青蒿也。荆豫之間，汝南汝陰皆曰菣也。」「三家視作示」者，儀禮鄉飲酒云：「『德音孔昭，示民不恌，君子是則是傚。我有旨酒，嘉賓式燕以敖。』」鄭注：「言己有旨酒，以召嘉賓，既來示我以善道，又樂嘉賓有孔昭之明德可則傚也。」陳喬樅云：「燕禮及大射儀注與此同。毛用古文，『示』作『視』。箋云『視，古示字』，知三家今文皆作『示民不恌』。孔疏：昭十年左傳引此詩，服虔云：『示民不愉薄也。』是服用三家今文作『示』之證。」「恌作佻」者，說文玉篇引詩，並作「示民不佻」。「亦作偷」者，張衡東京賦作「示民不偷」，張用魯，作「偷」，則說文玉篇所引作「佻」者，韓文也。「魯傚作效」者，蔡邕郭有道碑銘引「是則是效」，明魯作「效」。「齊作傚，又作詨，亦作效」者，鄉飲酒經文及鄭注皆作「傚」，儀禮注引作「詨」，漢書敍傳「是則是效」。蓋「亦作」本也。張衡司空陳公誄引「德音孔昭」，亦見蔡邕周巨勝碑銘，明魯毛文同。

呦呦鹿鳴，食野之芩。【注】韓說曰：芩，黃芩也。詩曰：「食野之芩。」【疏】傳：「芩，草也。」○「芩黃」至「之芩」，玉篇草部文，所引詩義蓋韓說。黃山云：「芩，不見於釋草。說文：『菳，黃菳也。』『芩，草也。詩曰：食野之芩。』『芩』下引詩與毛合。玉篇引詩訓『黃芩』，則爲說文之『菳』，雖急就篇廣雅均卽作『黃芩』，而在許書固有別也。神農本草：『黃芩，一名腐腸。』陶注云：『圓者名子芩，破者名宿芩。其腹中皆爛，故名腐腸。」名醫別録作『虛腸』。吳普本草：『一名內虛，二月生。赤黃葉，兩兩四四相值，莖空中，或方圓，高三四尺。四月華紫紅赤。五月實黑根黃。』孔疏引陸璣云：『莖如釵股，葉如竹蔓，生澤中下地鹹處，爲草貞實，牛馬亦喜食之。』段玉裁云：『如陸說，則非黃芩藥也。集韻類篇皆曰荂、蘞、芩三字同音，菜名，似蒜，生水中。字林齊民要術皆曰荂似蒜，生水中。此則別是一草。』山案：荂生水中，既有葉如蒜，必非蘋藻之屬。依水而生，蓋卽陸說『生澤中下地』者，正毛所謂『芩』，非別一物也。且詳陸所言『芩』，卽藥之『石蔛』，一名『金釵股』，亦可食。本草『蔛草一名蔛菜，一名蔛榮』可證也。本草綱目『金釵股』，李時珍曰：『石蔛狀似金釵，故名，今藥肆多生種者，人皆識之。莖如釵股，葉似蒜，差短，亦如竹葉，灌以水則榮。』鹿食之芩在野，則生下澤者不類，自以『黃芩』爲合。釋文：『芩，其今反。說文：蒿也。又其炎反。』『其炎』反，讀如『黚』。本草『黃芩』注又云：『芩，黚也。』『黚』乃黑黃之色也，此同音爲訓，正今藥之黃芩。釋文亦兩說俱存矣。『蒿』，卽毛之『芩』，因毛訓『草』太寬，故引說文訓『蒿』以申之。知說文注原本作『蒿』，後人順毛改之耳。段注疑本作蒿屬，殆不然。說文『菣』下、『蓬』下皆訓『蒿也』，卽蒿屬也。」

我有嘉賓，鼓瑟鼓琴。鼓瑟鼓琴，和樂且湛。

【疏】傳：「湛，樂之久。」○風俗通義六：「詩云：『我有嘉賓，鼓瑟鼓琴。』

雅琴者，樂之統也，與八音並行。然君子所常御者，琴最親密，不離於身。以爲琴之大小得中而聲音和，大聲不譁人而流漫，小聲不湮滅而不聞，適足以和人意氣、感人善心。故琴之爲言禁也，雅之爲言正也，言君子守正以自禁也。今琴長四尺五寸，法四時五行也。七絃者，法七星也。」

我有旨酒，以燕樂嘉賓之心。

【疏】傳：「燕，安也。夫不能致其樂，則不能得其志。不能得其志，則嘉賓不能竭其力。」○鹽鐵論刺復篇：「無鹿鳴之樂賢。」又曰：「殆非鹿鳴之所以樂賢也。」「樂賢」，卽指燕樂嘉賓而言。後漢鍾離意傳：「鹿鳴之詩必言宴樂者，以人神之心洽然後天氣和也。」說鹿鳴無刺詞，蓋用齊韓二家義。

鹿鳴三章，章八句。

四牡【疏】毛序：「勞使臣之來也。有功而見知，則說矣。」箋：「文王爲西伯之時，三分天下有其二，以服事殷，使臣以王事往來於其職。於其來也，陳其功苦以歌樂之。」○詩氾歷樞曰：「四牡在寅，木始也。」儀禮鄉飲酒鄭注：「四牡，君勞使臣之來樂歌也。勸苦王事，念及父母，懷歸傷悲，忠孝之至。以勞賓也。」燕禮注同。以上齊說。魯韓未聞。

四牡騑騑，周道倭遲。【注】齊「倭遲」作「郁夷」。韓詩曰：「周道威夷。」韓說曰：「威夷，險也。」【疏】傳：「騑騑，行不止之貌。周道，岐周之道也。倭遲，歷遠之貌。文王率諸侯，撫叛國，而朝聘乎紂。故周公作樂，以歌文王之道，爲後世法。」○『齊倭遲作郁夷』者，漢書地理志「右扶風郁夷」，班固引詩曰：「周道郁夷。」顏注：「小雅四牡之詩曰：『四牡騑騑，周道倭遲。』韓詩作『郁夷』，言使臣乘馬，行於此道。」陳喬樅云：「注『韓』是『齊』之誤。韓作『威夷』，不作『郁夷』，班引詩以證『郁夷』，此據齊詩文。如引齊詩『子之營兮』、『及自杜沮漆』可證，非用韓詩也。顏注蓋轉寫之誤。」愚案：匡謬正俗云：「遲音夷，亦云遲。」「陵遲」或言「陵夷」，「遲」卽「夷」也。縣名「郁夷」，蓋因道險之故，後漢省。地道記：「郁夷省併郿。」一統志：「故城今隴州西五十里。」易林旅之漸：「逶迤四牡，思歸念母。王事靡盬，不得安處。」渙之復同。焦用齊詩而作「逶迤」者，「郁」、「逶」雙聲，「逶」、「夷」疊韻。說文「逶」下云：「逶迆，衺去之貌。」衺曲者必險阻也。「周道」至「險也」者，文選西征賦注、金谷集詩注、秋胡詩注、陸倕石闕銘注引韓詩薛君章句文。文選孫綽天台山賦亦引韓詩曰：「道威夷者也。」顏延年北使洛詩注引誤作「倭遲」，嵇康琴賦注引誤作「倭夷」，詩釋文亦誤云韓詩作「倭夷」。廣雅：「倭夷，險也。」卽采薛說。「逶迤」、「威夷」並同聲字，齊韓詩義不異耳。禮少儀鄭注：「匪，讀如『四牡騑騑』。」明齊毛文同。

豈不懷

歸？王事靡盬，我心傷悲。【疏】傳：「盬，不堅固也。『思歸』者，私恩也。『靡盬』者，公義也。『傷悲』者，情思也。無私恩，非孝子也；無公義，非忠臣也。君子不以私害公，不以家事辭王事。」○案：「王」，謂殷王紂也。左襄四年傳：「文王帥殷之叛國以事紂。」使命頻煩，趨公奉職，周室之事，亦皆『王事』也。以公義爲重，故雖思歸而不歸。鄭鄉飲酒燕禮注皆云：「『采其勤苦王事，念將父母，懷歸傷悲，忠孝之至。」齊義如此。

四牡騑騑，嘽嘽駱馬。【注】三家「嘽」作「痑」。【疏】傳：「嘽嘽，喘息之貌。馬勞則喘息。白馬黑鬣曰駱。」○「三家嘽作痑」者，說文：「嘽，喘息也。从口，單聲。詩曰：『嘽嘽駱馬。』」「痑，馬病也。从疒，多聲。詩曰：『痑痑駱馬。』」毛作「嘽嘽」，則作「痑痑」者三家文也。廣雅：「痑痑，疲也。」正釋此詩之義。玉篇：「痑，吐安切。力極也。」引詩「痑痑駱馬」。亦爲『嘽嘽』，通作「痑」，與「和」、「桓」音通爲一類，猶漢書地理志「沛郡鄲」，孟康音「多」，周緤傳「鄲侯」，蘇林音「多」也。說文『撣』字注：「讀若『行遲驒驒』。」漢書敍傳顏注引詩「驒驒駱馬」，亦三家詩之異文。**豈不懷歸？王事靡盬，不遑啟處。**【注】魯「遑」作「偟」，說曰：偟，暇也。【疏】傳：「遑，暇。啟，跪。處，居也。臣受命，舍幣于禰乃行。」○胡承珙云：「『采薇出車皆作『不遑啟居』，采薇又有『不遑啟處』，是處、居義略同。」「啟，跪」，釋言文。左傳疏引李巡：「啟，小跪也。」釋名：「跪，危也。兩厀隱地，體危陧也。」「啟，起也，啟一舉體也。」此析言之，其實「啟」即是「跪」。「居」本當作「尻」。說文：「尻，處也。从尸，得几而止。」大約古人有危坐，如今之跪，詩所謂「啟」也；有安坐，乃說文之「尻」，詩所謂「處」也；若居，則今人之蹲。說文：「居，蹲也。」「蹲，踞也。」（「踞」當作「居」。）段注：「古人有坐有跪，有蹲有箕踞。跪與坐皆厀著於席，而跪聳其體，坐下其脽，詩所謂『啟處』。若蹲則足底著地而下其脽，聳其厀。若箕踞則脽著席而伸其脚於前，爲大不敬，三代所無。」此解分別甚晰。廣雅釋訓：「啟，踞也。」恐非其義。「魯遑作偟。偟，暇也」者，釋言：

偟，暇也。」郭注：「詩曰：『不偟啟處。』」陳喬樅云：「爾雅釋文：『偟音皇。「不遑」音皇，或作偟，通作皇。』是陸所見爾雅注引詩有依毛詩作『遑』者。然郭注所引詩本舊注之文，釋言正文既作『偟』字，則注所引當以或本作『偟』爲是。『偟』者魯詩之文，作『遑』者乃後人順毛改字耳。」韓詩外傳八：魏文侯問李克：「人有惡乎？」末引「不遑啟處」，此推演之詞，明韓毛文同。

翩翩者鵻，載飛載下，集于苞栩。【疏】傳：「鵻，夫不也。」箋：「夫不，鳥之慤謹者，人皆愛之，可以不勞，猶則飛則下，止於栩木。喻人雖無事，其可獲安乎？感厲之。」○廣雅：「翩翩，飛也。」釋鳥：「鵻其，夫不。」（「其」字衍，今爾雅作「隹其䳕鳺。」釋文「隹」如字，旁或加「鳥」，非與詩釋文毛「又作」本合，亦與繫傳引詩合，又與左昭十八年孔疏引詩及爾雅合。是此疏作「鵻」，後人順毛改之。今爾雅「鵻」作「隹」，據孔疏引正。）陸疏云：「鵻其，今小鳩也，一名鵓鳩。」又云：「斑鳩，項有繡文斑然。」「鶻鳩，一名斑鳩，似鵓鳩而大。鵓（今本作「鶉」，誤。）鳩灰色，無繡項，陰則屏逐其匹，晴則呼之，語曰『天將雨，鳩逐婦』是也。」胡承珙云：「此疏以『鵓鳩』爲『鵻』，是鳩之小者，即此詩之『夫不』。以『斑鳩』爲『鶻鳩』，是鳩之大者，即小宛之『鳴鳩』。」愚案：方言云：「大者謂之鳻鳩，小者謂之鵓鳩。或謂鶻鳩。梁宋之間謂之鷦。」「鷦」即「鵻」也。郭注：「鳻音班。」方言與陸微異。班鳩即鳻鳩，據陸說，與鵓鳩以有無繡項爲判。但逐婦之鵓鳩，吾楚通呼「班鳩」，不分大小也。說文「鵃鳩，鶻鵃也。」「鵻，祝鳩也。」不言大小。方言謂「鵓鳩」或謂「鶻鳩」，是鵓鳩又與鶻鳩無別矣。夫、鵓同音，俗呼「勃姑」，夫、勃音轉。楚俗呼鳩如「拘」，鵻、拘又雙聲字也。陳奐云：「左昭十七年傳：『祝鳩氏，司徒也。』杜注：『祝鳩，鷦鳩。鷦鳩孝，故爲司徒，主教民。』樊光亦云：『孝，故爲司徒。』案，詩言鵻集栩、杞，與養父母，故樊杜以『鵻鳩』爲孝，或本三家說。栩、杼詳鴇羽篇。」

王事靡盬，不遑將父。【疏】傳：「將，養也。」○王符潛夫論愛日篇：「詩云：『王事靡盬，不遑將父。』言在古閒暇而得孝養，今迫促不得養也。」陳喬樅云：「據符説，魯詩之義亦以四牡爲刺詩。遑，本當作『偟』，此後人轉寫改爲『遑』字也。」愚案：「閒暇得孝養」、「迫促不得養」，順文解釋，義本如此，似不能即據此爲刺詩。韓詩外傳七載齊宣王問田過：「君與父孰重？」末引此詩二句，乃推演之詞。明韓毛文同。

翩翩者鵻，載飛載止，集于苞杞。【疏】傳：「杞，枸檵也。」○案：「杞，枸檵」，釋木文。郭注：「今枸杞也。」廣雅：「⿰木苟乳，苦杞也。地筋，⿰木苟杞也。」「⿰木苟」與「枸」同。**王事靡盬，不遑將母。**

駕彼四駱，載驟駸駸。豈不懷歸？是用作歌，將母來諗。【疏】傳：「駸駸，驟貌。諗，念也。父兼尊親之道，母至親而尊不至。」箋：「諗，告也。君勞使臣，述序其情。女曰我豈不思歸乎？誠思歸也，故作此詩之歌，以養父母之志，來告於君也。人之思，恒思親者，再言『將母』，亦其情也。」○案，説文「驟」下云：「馬疾步也。」「駸」下云：「馬行疾也。詩曰：『載驟駸駸。』」此訓蓋出三家詩。釋言：「諗，念也。」讀與「念」同。王引之云：「『來，詞之『是』也。『將母來諗』，言我惟養母是念。箋訓爲『往來』之來，非。」

四牡五章，章五句。

皇皇者華【疏】毛序：「君遣使臣也。送之以禮樂，言遠而有光華也。」箋：「言臣出使能揚君之美，延其譽於四方，則爲不辱命也。」○鄉飲酒禮鄭注：「皇皇者華，君遣使臣之樂歌也。更是勞苦，自以爲不及，欲諮謀於賢知，而以自光明也。」燕禮注同。此齊説。魯韓未聞。

皇皇者華，于彼原隰。【注】魯「皇」作「䔊」。【疏】傳：「皇皇，猶煌煌也。高平曰原，下溼曰隰。忠臣奉使，能光君命，無遠無近，如華不以高下易其色。」箋：「無遠無近，維所之則然。」○「魯皇作䔊」者，釋言：「皇，華也。」邢疏：「樊光曰：『詩曰：皇皇者華。』孫炎曰：『皇皇，猶煌煌也。』」陳喬樅云：「『皇』字當作『葟』。據釋草音義云：『葟音皇，本亦作皇。』是後人改『葟』爲『皇』。樊光引詩當作『葟葟者華』，魯詩之文如此。孫炎云『葟葟』猶『煌煌』，此申明其義也。說文𠌶部『𩇕』下云：『華榮也。从𠌶，𡈼聲，讀若皇。爾雅曰：𩇕，華也。』『葟』下云：『𩇕或从艸、皇。』釋許引釋言文，尤爲明證。毛作『皇』，乃古文叚借。又邵氏晉涵、臧氏鏞堂並據郭注釋草，引此作『華，皇也。』釋文亦先『華』後『皇』，謂今本誤倒作『皇華』。郝氏懿行又以說文所引爾雅『𩇕華』乃釋草之文。喬樅謂數說皆非也。說文『𩇕』下云『華榮』，此據釋草爲訓。又引爾雅曰：『𩇕，華也。』此稱釋言文，判然甚明，如以此句爲引釋草，是與上文詞複，又奪去『榮』字，羼入『也』字，許之引經必不然矣。且詳樊光引詩之意，證『葟』非以證『華』，故孫炎復申『葟葟』之意。郭本倒作『華皇』，自係舛誤。陸據郭本爲音義，先『華』後『皇』，皆非，宜據說文正之。」

駪駪征夫，每懷靡及。

【注】魯「駪」作「侁」，韓作「莘」。【疏】傳：「『駪駪，衆多之貌。征夫，行人也。每，雖。懷，和也。』」箋：「『春秋外傳曰：『懷和爲每懷也』。『和』當爲『私』。衆行夫既受君命，當速行，每人懷其私相稽留，則於事將無所及。』」○「魯駪作侁」者，列女晉文齊姜傳云：「周詩曰：『莘莘征夫，每懷靡及。』夙夜征行，猶恐無及，況欲懷安，將何及矣。』」陳喬樅云：「列女傳引『駪駪』作『莘莘』，說苑奉使篇同。據王逸楚詞招魂注：『侁侁，往來行聲也。詩曰：侁侁征夫。』逸用魯詩，是魯詩文爲『侁侁』也。『莘莘』乃韓詩之文，見王應麟詩攷引韓詩外傳。說文引詩『莘莘』，亦本韓詩。三家韓最後亡，後人不曉『侁侁』爲魯詩，惟習見韓詩字作『莘莘』，又以國語所引與韓詩同，遂援以改列女傳說苑之『侁侁』。楚詞及注『侁侁』字，舊校云『侁』亦作『莘』，是後人改『侁』爲『莘』之左驗，幸所改未盡者，尚得據之以證列女傳說苑之譌。玉篇人部『侁』下云：『往來侁侁行聲。詩曰侁侁征夫也。』義與楚詞注合，皆本魯詩之訓。廣韻十九臻『侁』字引詩同，又本玉篇。今本楚詞章句作：『侁侁，往來聲

也。一作侁侁，行聲也。』據玉篇，則『往來』下當有『行』字爲是。」「韓作莘」者，詩攷引韓詩外傳七：「趙王使人於楚，鼓瑟而遣之，曰：『愼勿失吾言。』」使者借瑟爲喻，末引詩曰：「莘莘征夫，每懷靡及。」蓋傷自上而御下也，此推演之詞。陳喬樅云：「說文及晉語並引作『莘莘』，與詩考引韓詩同。今本外傳引詩作『征夫捷捷，每懷靡及』，則在大雅烝民矣。今本誤也，從詩攷訂正。」

我馬維駒，六轡如濡。載馳載驅，周爰咨諏。【疏】傳：「忠信爲周，訪問於善爲咨，咨事爲諏。」箋：「『如濡』，言鮮澤也。爰，於也。大夫出使，馳驅而行，見忠信之賢人，則於之訪問。求善道也。」○釋文：「駒，本亦作驕。」說文：「馬高六尺爲驕。从馬，喬聲。詩曰：『我馬維驕。』」株林詩「乘我乘駒」，釋文作「乘驕」，引沈重云：「或作『駒』字，後人改之。皇皇者華篇內同。」是沈所據此篇作「驕」也。

我馬維騏，六轡如絲。載馳載驅，周爰咨謀。【注】魯「謀」作「謨」。【疏】傳：「如絲，言調忍也。咨事之難易爲謀。」○陳奐云：「『易』字衍，左傳『咨難爲謀』，說文『慮難曰謀』，皆無『易』字。」「魯謀作謨」者，淮南修務訓：「詩云：『我馬唯騏，六轡如絲。載馳載驅，周爰咨謨。』以言人之有所務也。」高注：「詩小雅皇皇者華之篇，六轡四馬如絲，言調勻也。諮，難也。詩言當馳驅以忠信往諮難事，不自專己。咨之至，乃聖人之務也。」陳喬樅云：「毛詩『周爰咨謀』，釋文：『咨，本亦作諮。』『謀』引作『謨』者，謀、謨一聲之轉。釋詁：『謨，謀也。』書『謨明弼諧』，史記夏紀作『謀明輔和』。說苑貴德篇：『詩曰：「載馳載驅，周爰咨謀。」』據淮南書所引，魯詩當作『諮謨』，此作『咨謀』者，後人順毛改之。」

我馬維駱，六轡沃若。載馳載驅，周爰咨度。【疏】傳：「咨禮義所宜爲度。」○案，「若」，猶「然」也。氓傳云：「沃若，猶沃沃然。」

我馬維駰，六轡既均。載馳載驅，周爰咨詢。【疏】傳：「陰白雜毛曰駰。均，調也。親戚之謀爲詢。兼此五者，雖有中和，當自謂無所及，成於六德也。」箋：「中和，謂忠信也。五者，咨也、諏也、謀也、度也、詢也，雖得此於忠信之賢人，猶當云己將無所及於事，則成六德。言慎其事。」○案，傳箋據左傳魯語爲說。

皇皇者華五章，章四句。

常棣【注】韓序曰：「夫栘，燕兄弟也，閔管蔡之失道也。」【疏】毛序：「燕兄弟也。閔管蔡之失道，故作常棣焉。」箋：「周公弔二叔之不咸，而使兄弟之恩疏，召公爲作此詩，而歌之以親之。」○孔疏：「此解所以作常棣之意。咸，和也。言周公閔傷管蔡二叔之不和睦，而流言作亂，用兵誅之，致令兄弟之恩疏，恐天下見其如此，亦疏兄弟，故作此詩以燕兄弟，取其相親也。至厲王之時，棄其宗族，又使兄弟之恩疏，召穆公爲是之，故又重述此詩，而歌以親之。外傳云周文公之詩，曰『兄弟鬩於牆，外禦其侮』，則此詩自是成王之時周公所作以親兄弟也，召穆公重歌此詩。故鄭答趙商云：『凡賦詩者，或造篇，或誦古。』所云『誦古』指此。左傳：『王怒，將以狄伐鄭。富辰諫曰：「不可。臣聞太上以德輔民，其次親親，以相及也。昔周公弔二叔之不咸，故封建親戚，以蕃屏周。召穆公思周德之不類，故糾合宗族於成周，而作詩曰：常棣之華，鄂不韡韡。凡今之人，莫如兄弟。」』周之有懿德如是，猶曰『莫如兄弟』，故封建之。其懷柔天下也，猶懼有外侮，捍禦侮莫如親親，故以親屏周。召穆公亦云『周公弔二叔之不咸』，明本常棣是周公之辭，故杜預云『周公作詩，召公歌之』也。」「夫栘」至「道也」，呂祖謙讀詩記十七引韓詩序文。「夫栘」卽「常棣」也，韓序與毛序義同。藝文類聚八十九引詩曰：「夫栘，燕兄弟也。閔管蔡失道。『夫栘之華，蕚不煒煒。凡今之人，莫如兄弟。』」陳喬樅云：「類聚引詩直作『夫栘』，必韓詩也。讀詩記所引當卽據類聚本，而今本類聚不云韓詩序，蓋文脫耳。」漢書杜鄴傳：「鄴聞人情，恩深者其養謹，愛至者其求詳。夫戚而不見殊，孰能無怨？此棠棣角弓之詩所爲作也。」以棠棣與角弓並言，蓋周公之作此詩與召公之歌此詩，皆言兄弟宗族之不宜疏遠，與角弓意同，故鄭並引之也。

常棣之華，鄂不韡韡。【注】魯「常」作「棠」，「鄂」作「萼」。韓「常棣」作「夫栘」，「鄂」作「萼」，「韡」作「煒」。

【疏】傳：「興也。常棣，棣也。鄂，猶鄂鄂然，言外發也。韡韡，光明也。」箋：「承華者曰『鄂』。『不』當作『柎』。『柎』，鄂足也。鄂足得華之光明，則韡韡然盛。興者，喻弟以敬事兄，兄以榮覆弟，恩義之顯，亦韡韡然。古聲不、柎同。」○「魯常作棠」者，蔡邕姜伯淮碑：「有棠棣之華，萼韡之度。」邕習魯詩，知魯作「棠」，可以推知杜鄴傳之「棠棣」亦魯詩也。（引見上。）釋木作『棠棣，栘』，「常」乃「棠」之叚借字。「鄂作萼」者，姜伯淮碑作「萼」。（引見上。）又邕彈棊賦：「萼不韡韡。」說文：「韡，韡，盛也。詩曰：『萼不韡韡。』」知說文所引爲魯詩。「韓常棣作夫栘」者，讀詩記藝文類聚引韓詩文。（引見上。）釋文云：「毛傳『常棣，棣也』，本或作『常棣，栘。』」案，釋文以爲「常棣，栘」者是也。韓以「夫栘」代「常棣」，則常棣之爲「栘」無疑。秦風「山有苞棣」，傳云：「棣，唐棣也。」以「唐棣」釋「棣」，則必以「常棣」爲「栘」。說文：「栘，棠棣也。」「棣，白棣也。」玉篇亦云：「栘，棠棣也。」皆可證「栘」之爲「常棣」。惟爾雅云「唐棣，栘。常棣，棣。」蓋轉寫之譌。且文選甘泉賦注引爾雅正作「棠棣，栘」，則今本作「唐棣，栘」，或以聲同而誤。論語「唐棣之華」，何晏集解云：「唐棣，栘也。」然據春秋繁露竹林篇引論語，作「棠棣之華」，文選廣絕交論李注引同，則知論語本亦作「棠棣」，故何訓爲「栘」也。（孔安國論語解云：「唐棣，棣也。」是知孔作「唐棣」與何異，故以爲「棣」。）又何彼襛矣篇「唐棣之華」，毛傳：「唐棣，栘也。」經傳「唐棣」皆當爲「常棣」之譌，釋文轉據當時爾雅誤本，而以毛傳訓「栘」爲誤，失之。段玉裁謂「常」與「唐」同字，亦非。馬瑞辰云：「爾雅邢疏於『栘』下引陸疏云：『薁李也，一名雀梅，一名車下李。』藝文類聚引禮記義疏云：『夫栘，一名薁李。』今案，薁李實似櫻桃，有赤白二種。說文以『棣』爲『白棣』，則『夫移』爲『赤棣』可知，皆卽今郁李之類。郭注爾雅，直以『夫移』爲『白棣』，謂似今之白楊柳，失之。又案論語『唐棣』卽『棠棣』，而言『偏其反而』者，謂其華初開反背，終乃合并也。詩取以喻管蔡失道，亦取其始華反背爲興。〇「鄂作萼」者，（引見上。）鄭訓「鄂」爲「萼」，卽本韓詩。「韡韡作煒煒」者，（亦引見上。）說文：「煒，盛赤也。」衆經音義十八引：「煒，盛明貌也。」「韡韡」作「煒煒」，韓蓋用叚借字。

凡今之人，莫如兄弟。【疏】傳：「聞常棣之言爲今也。」箋：「『聞常棣之言』，始聞常棣華鄂之說也。如此則人之恩親無如兄弟之最厚。」〇案，周公以二叔不咸是既往之事，天下既定，宜篤親親之誼。故及今燕樂兄弟之時，序述常棣之言，使宗族共知此意也。

死喪之威，兄弟孔懷。【注】魯「兄」亦作「昆」。【疏】傳：「威，畏。懷，思也。」箋：「死喪，可畏怖之事。惟兄弟之親，甚相思念。」〇案，言死喪之可畏，於他人皆然，惟兄弟不以爲畏，且甚思念之。列女聶政姊傳：「君子謂聶政姊仁而有勇，不怯死以滅名。詩云：『死喪之威，兄弟孔懷。』言死可畏之事，惟兄弟甚相懷也。」明魯毛文同，事亦與經意合。「魯兄亦作昆」者，蔡邕童幼胡根碑用「昆弟孔懷」，「兄」作「昆」，蓋魯詩「亦作」本。

原隰裒矣，【注】魯「裒」作「捊」，云：「捊，聚也。」兄弟求矣。【疏】傳：「裒，聚也。『求矣』，言求兄弟也。」箋：「原也隰也，以與相聚居之故，故能定高下之名。猶兄弟相求，故能立榮顯之名。」〇「魯裒作捊，云捊，聚也」者，釋詁文，郭注：「詩曰：『原隰捊矣。』」明魯作『捊』。說文繫傳本手部『捊』下云：「引堅也。（堅，土積也。）从手，孚聲。詩曰：『原隰捊矣。』」玉篇引詩同。藝文類聚引詩作「裒」。爾雅釋文：「裒，古字作褒，本或作捊。」易謙卦釋文：「裒，鄭荀董蜀才作『捊』，毛作『裒』，通叚字。」愚案：「原隰」句承上「死喪」言。凡人之於兄弟，同氣相愛，不問幽明，生則求其人，死則求其穴，雖高原下隰，捊聚一邱，猶灑涕墓門，含悲永隔。卽或聞其野死，行邁呼天，如尹伯封之於伯奇，爲賦黍離之詩，列於王風，此正兄弟死喪相求之事也。

脊令在原，兄弟急難。【疏】傳：「脊令，雝渠也，飛則鳴，行則搖，不能自舍耳。『急難』，言兄弟之相救於急難。」箋：「雝渠，水鳥，而今在原，失其常處。則飛則鳴，求其類，天性也，猶兄弟之於急難。」○說文「鶺」下云：「石鳥。一名雝渠，一名精列。」「精列」、「脊令」，一聲之轉。上林賦：「煩鶩庸渠，箴疵鵁盧，羣浮乎其上。」「雝渠」又作「庸渠」，賦語足爲箋說「水鳥」之證。每有良朋，況也永歎。【注】魯說曰：「每有」，雖也。【疏】傳：「況，茲。永，長也。」箋：「每，雖也。良，善也。當急難之時，雖有善同門來，茲對之長歎而已。」○「每有，雖也」者，釋訓文，魯說也，郭注：「詩曰：『每有良朋。』辭之雖也。」玉篇：「詞兩設也。」其單文亦爲「雖」，故皇皇者華傳：「每，雖也。」釋文「況」作「兄」，非也。段玉裁云：「出車『況瘁』，箋云『茲益憔瘁』。戴氏云，『茲』今通用『滋』。說文：『茲，草木多益也。』『滋，益也。』詩之詞意，言不能如兄弟相救，空滋之長歎而已。國語韋注：『況，益也。』玉裁案，此與桑柔召旻傳及今文尚書『毋兄曰』、『則兄曰』正同作『兄』，是作『況』非。」胡承珙云：「古書中凡言而況，爲更進之詞。又『貺賜』之貺，古字止作『況』，皆茲、益義之引申也。此蓋本無其字，依聲託義字，或作『況』，又作『兄』，又作『皇』，不得定以何者爲是也。」

兄弟鬩于牆，外禦其務。【疏】傳：「鬩，很也。禦，禁。務，侮也。兄弟雖內鬩，而外禦侮也。」○馬瑞辰云：「釋言：『鬩，恨也。』郭注：『相怨恨。』據左昭二十四年傳正義引爾雅：『鬩，很也。』孫炎曰：『相很戾也。』李巡本作『恨』。爾雅釋文：『鬩，恨也。』孫炎作『很』。是知孫李本不同，郭注從李。今案，曲禮『很無求勝』，鄭注：『很，鬩也。』是狠、鬩二字互訓，當作『鬩』、『很』爲是。唐書高麗傳『今男生，兄弟鬩很』，義本此詩。說文：『鬩，恒訟也。』『訟，争也。』方言：『宋衞之間，凡怒而噎噫，謂之脅鬩。』俱與『很』義近，字以作『很』爲正。李巡本作『恨』，叚借字也。郭注釋爲『怨恨』，則非。」又云：「釋言：『務，侮也。』左僖二十四年傳及周語引詩，皆作『外禦其侮』。『務』即『侮』之叚借。『務』从『敄』聲，與『霧』从

『敄』聲正同，以『霚』讀近『蒙』證之，則『務』亦得讀若『蒙』，（爾雅「天氣下地」不應曰「雺」。說文、漢五行志作「霚」，洪範作「蒙」，鄭王本作「雺」。鄭注：「雺，音近雺。」今案，「雺」卽「霚」字之省，「敄」从「孜」聲，讀「蒙」，則「務」从「孜」聲，亦讀近「蒙」。）正與『戎』音協，同在東、冬部。蓋古字亦有數讀，『務』本在尤、幽部，轉讀得與『戎』韻也。」

每有良朋，烝也無戎。【疏】傳：「烝，填。戎，相也。」箋：「當急難之時，雖有善同門來久也，猶無相助己者。古聲填、窴、塵同。」○馬瑞辰云：「傳訓『烝』爲『填』，箋訓『烝』爲『久』，謂『古聲填、窴、塵同』者，據釋詁『塵，久也』、釋言『烝，塵也』爲說，謂傳『填』卽『塵』也。填、塵同聲，猶古田、陳同聲。孫炎曰：『烝，物久之塵。』據史記集解引韋昭曰：『陳，久也。』知『塵』卽『陳』之同聲叚借，非『塵埃』之塵。郭注爾雅，謂『人衆所以生塵埃』，失其義矣。」愚案：「戎，相」，釋言文。相，助也。以上三章皆就天性至情，兄弟宜相親厚之理開喻宗族，使皆知敦崇睦誼也。

喪亂既平，既安且寧。雖有兄弟，不如友生。【疏】傳：「兄弟尚恩怡怡然，朋友以義切切然。」箋：「平，猶正也。安寧之時，以禮義相琢磨，則友生急。」○陳奐云：「此言喪亂既平之後，兄弟不如朋友者，愈以見兄弟之當親。『既安且寧』，卽行燕兄弟、内相親之禮。以下三章皆是也。第五章爲承上起下之詞。」應劭風俗通義七引詩云：「雖有兄弟，不如友生。」應習魯詩，明魯毛文同。

儐爾籩豆，飲酒之飫。【注】韓「儐」作「賓」，「飫」作「醧」。韓說曰：「夫飲之禮，不脫屨而卽席者謂之禮，跣而升堂者謂之宴，能者飲，不能者已，謂之醧。【疏】傳：「儐，陳。飫，私也。不脫屨升堂謂之飫。」箋：「『私』者，圖非常之事，若議大疑於堂，則有飫禮焉。聽朝爲公。」○「儐作賓，飫作醧」者，文選魏都賦張載注引韓詩曰：「賓爾籩豆，飲酒之醧。」「儐作賓」者，「儐」、「賓」經典字義互通，不可枚舉。廣雅釋詁：「賓，列也。」「賓」之訓「列」，猶「儐」之訓「陳」矣。「飫作醧」者，馬瑞辰云：「角弓篇『如食宜饇』，傳：『饇，飽也。』據廣韻：『飫，飽也，猒也。』彼『饇』乃『飫』之借，此詩又借『飫』爲『醧』。以古音讀之，『醧』與『豆』、『具』、『孺』韻正協。作『飫』則聲入蕭宵部，毛蓋讀『飫』爲『醧』也。韓作『醧』正字，毛作『飫』借字。」「夫飲」至「之醧」，初學記十二引韓詩內傳文。「夫飲之禮」，文選班固東都賦注引薛君韓詩章句，亦作「飲酒之禮」，本內傳及薛君章句也。「不脫屨而即席者謂之禮」者，即毛傳「不脫屨升堂謂之飫」也。周語：「王公立飫則有房烝，親戚宴享則有肴烝。」又曰：「飫以顯物，燕則合好。」此是立飫之禮，較燕爲大。立飫以立爲禮，故不脫屨而即席也。毛既訓「飫」爲「私」，又云「不脫屨升堂者謂之飫」，溷二「飫」爲一，故段氏以爲「不脫」之「不」衍文。馬氏以爲毛廣異義，不云「一曰」，乃省文，鄭箋誤合爲一，故以「私」爲「圖非常之事」也。「跣而升堂謂之宴」者，東都賦注亦作「下跣而上坐者謂之宴」，即周語云「宴享則有肴蒸」、「燕則合好」是也。燕則坐，坐則必跣而升堂，所謂「燕私以飫飽爲度者」也。「燕私」，見楚茨湛露。脫屨升堂，惟燕私爲然。「能者飲，不能者已，謂之醧」者，魏都賦注引同。說文「䬼」下云：「燕食也。」引詩「飲酒之䬼」，用毛詩借字。又「醧」下云：「宴私飲也。」(「宴私」倒，依段注正。)用韓詩正字。「醧」又通作「醘」，廣韻「醘，能者飲，不能者止也。」胡承珙云：「宴、醧是一事，言『宴』而『醧』在其中。鄭箋牽於國語之文，而以『圖非常』、『議大疑』爲『飫』，是謂飫別於燕。孔疏因之，遂謂此詩飫燕雜陳，非也。」兄弟既具，和樂且孺。【疏】傳：「九族會曰和。孺，屬也。王與親戚燕，則尚毛。」箋：「九族，從己上至高祖，下及玄孫之親也。『屬』者，以昭穆相次序。」○釋言：「孺，屬也。」李巡曰：「孺，骨肉相親屬也。」黃山云：「皇侃論語『和爲貴』疏：『和即樂也。』趙岐孟子『地利不如人和』注：『人和，得民心之所和樂也。』詩言『和樂』，亦即兄弟怡怡和順而樂之義。（論語馬注：「怡怡，和順之貌。」）毛謂『九族會曰和』，蓋承上文『既具』爲說。然『具』之訓『俱』，猶『翕』之訓『合』，皆概言兄弟偕來，與上下文『兄弟』一也。鄭以上至高祖、下及元孫釋

『九族』，此古文之説，若今文家異姓有親屬者爲九族，與『閔管蔡』不合，可信其必無此説矣。」

妻子好合，如鼓瑟琴。兄弟既翕，和樂且湛。【注】齊説曰：琴瑟聲相應和也。翕，和也。耽，亦樂也。韓云：耽，樂之甚也。魯「湛」作「沈」。【疏】傳：「翕，和也。」箋：「『好合』，志意合也。『合』者，如鼓瑟琴之聲相應和也。王與族人燕，則宗婦内宗之屬，亦從后於房中。」○「琴瑟」至「樂也」，禮中庸鄭注文。中庸引詩四句，明齊毛文同，惟「湛」作「耽」。鹽鐵論取下篇引「妻子好合」四句，亦齊詩也。「琴瑟聲相應和也」者，姜宸英云：「禮明堂位有『大琴大瑟、中琴小瑟』。凡用大琴，必用大瑟配之；用中琴，必用小瑟配之。然後大者不陵，細者不抑，而五聲和。蓋取其相配以爲和也。又有雅琴、頌琴，則雅瑟、頌瑟實爲之配，亦取琴瑟相合之義。」「翕，合也」者，與毛傳同。「耽，亦樂也」者，亦上「和樂」之文。毛詩釋文：「湛，又作耽。」是毛亦有作「耽」之本也。「樂之甚也」者，釋文引韓詩文。陳喬樅云：「耽、湛，皆『媅』字之叚借。説文：『媅，樂也。』『媅』又作『妉』。釋詁：『妉，樂也。』華嚴經音義云：『聲類媅，作妉。』一切經音義四：『媅，古文妉同。』是也。『耽』字本義，説文訓『耳大垂』。『湛』字本義，説文訓『沒』，皆以音同叚借爲『媅樂』字。據韓詩云『樂之甚也』，則从『甚』作『媅』者爲正，『妉』字乃其或體耳。」韓詩外傳八：「子貢曰：『賜欲休於事兄弟。』孔子曰：『詩云：「妻子好合，如鼓瑟琴。兄弟既翕，和樂且耽。」爲之若此，其不易也，如之何其休也！』」引詩四句，明韓毛文同。「魯湛作沈」者，王逸楚詞招魂注：「詩曰：『和樂且沈。』」王用魯詩，故文與毛異。陳喬樅云：「宋玉招魂『娛酒不廢，沈日夜些』，王注引詩『和樂且沈』，所以證明『沈』字。今本楚詞注依毛詩改『沈』爲『湛』，失逸引詩之音矣。」

宜爾室家，樂爾妻帑。【注】齊説曰：古者謂子孫曰帑。此詩言和室家之道，自近者始。魯「帑」作「孥」。【疏】傳：「帑，子也。」箋：「族人和則得保樂其家中之大小。」○「古者」至「者始」，禮中庸鄭注文，此總上文爲説也。古謂子孫爲「帑」者，言子而孫在其中，左傳「秦伯歸其帑」，書曰「予則帑戮汝」，皆是也。禮記釋文云：「帑，本又作孥。」知齊詩亦作「孥」也。「言和室家之道，自近始」者，思齊篇所云「刑于寡妻，至于兄弟」也，此箋言「族人和則保樂其家」，又由和兄弟而推及兄弟之室家，妻子無不宜且樂，則合族之恩至矣。「魯帑作孥」者，趙岐孟子章句云：「孥，妻子也。」詩曰：『樂爾妻孥。』」趙用魯詩也。毛詩釋文：「帑，依字，吐蕩反。經典通爲『妻孥』字，今讀音『奴子』也。」與魯字異義同。**是究是圖，亶其然乎！**【疏】傳：「究，深圖謀。亶，信也。」箋：「女深謀之，信其如是。」○周公以管蔡被誅，致令兄弟恩疏，恐天下亦疏兄弟，先正朝廷，爲萬民法。故作是詩，欲人於此窮究之，於此圖謀之，信理道之必然，共親睦其宗族。所以召穆富辰於數百年後猶誦述此詩，爲後世法戒也。列女齊傷槐女傳引詩曰：「是究是圖，亶其然乎。」明魯毛文同。

常棣八章，章四句。

伐木【注】韓序曰：伐木廢，朋友之道缺。勞者歌其事，詩人伐木，自苦其事，故以爲文。魯說曰：周德始衰，伐木有「鳥鳴」之刺。【疏】毛序：「燕朋友故舊也。自天子至於庶人，未有不須友以成者。親親以睦，友賢不棄，不遺故舊，則民德歸厚矣。」○「伐木」至「爲文」，文選謝混遊西池詩注引韓詩序文。此文殘缺，不相通貫，言「伐木廢，朋友之道缺」者，此謂德衰道缺之後，故云「伐木廢」。若是舊序，不得破空卽云「伐木廢」也。「勞者」至「爲文」，蓋是後來賢人幽隱，溷迹伐木，故歌此詩，如穆公之誦棠棣，後人卽以爲其人之文也。棠棣，周公所作，賴有左傳富辰之言可以尋攷，否則專據鄭箋，必謂召公所作矣。「勞者歌其事」，文選閒居賦李注亦引作韓詩序，其上尚有「饑者歌食」句。初學記十五、御覽五百七十三並引韓詩曰「饑者歌食，勞者歌事」，以是知此文殘缺也。「周德」至「之刺」，蔡邕正交論文：「古之交者，其義敦以正，其誓信以固。逮夫周德始衰，頌聲既寢，伐木有『鳥鳴』之刺，谷風有『棄子』之怨，其所由來，政之失也。」蓋言君怠於政，不復求賢自輔，故有伐木、鳥鳴之刺。風俗通義窮通篇同，是魯韓說合。易林夬之震：「君明臣賢，鳴求其友。顯德之政，可以履事。」此齊說，直云明君求友之事，故可敷政顯德也。鄭箋云：「昔未居位在農之時，與友生於山巖伐木，爲勤苦之事。」孔疏：「此遠本文王幼少之時結友之事，言文王昔日未居位之時，與友生伐木山阪。」是鄭雖不能溯其由來，然必有所承也。孔又引史記太王曰：『我後世當有興者，其在昌乎？』則文王在太王之時，年已長大，是諸侯世子之子。太王初遷於岐，民稀國小，地又隘險，而多樹木，或當親自伐木，所以勸率下民，不可以禮論也。」愚案：文王未履位之時，親自伐木，容有其事。其志在求賢，不憚艱險，登山伐木，特其借端。迨後身爲國君，懷周行而陟崔嵬，求干城而畢罝罔，皆出自少年物色之人。昔日之朋友，已爲今日之故舊。此所爲宴飲作歌，或即此詩之本義與？

伐木丁丁，鳥鳴嚶嚶。【注】魯說曰：丁丁、嚶嚶，相切直也。【疏】傳：「興也。丁丁，伐木聲也。嚶嚶，驚懼也。」箋：「丁丁、嚶嚶，相切直也。言昔日未居位在農之時，與友生於山巖伐木，爲勤苦之事，猶以道德相切正也。嚶嚶，兩鳥聲也，其鳴之志，似於有友道然，故連言之。」〇「丁丁、嚶嚶，相切直也」者，釋訓文，魯說也，郭注：「丁丁，斫木聲。嚶嚶，兩鳥鳴。以喻朋友切磋相正。」蓋舊注述魯詩之說，郭承用之。鄭箋即用以改毛。

出自幽谷，遷于喬木。【疏】傳：「幽，深。喬，高也。」箋：「遷，徙也。謂鄉時之鳥出從深谷，今移處高木。」〇徐幹中論貴驗篇「小人尚明鑒，君子尚至言。至言也，非賢友則無取之，故君子必求賢友也。詩曰：『伐木丁丁，鳥鳴嚶嚶。出自幽谷，遷于喬木。』言朋友之義，務在直切，以升於善道也。」徐用魯詩，以「遷于喬木」，喻聞朋友直切之言則升於善道，比例甚精。據此，明魯毛文同。易林坤之比：「出自幽谷，飛上喬木。」同人之坎同，明用齊詩文。

嚶其鳴矣，求其友聲。【注】魯「嚶」作「鸎」。【疏】傳：「君子雖遷於高位，不可以忘其朋友。」箋：「『嚶其鳴矣』，遷處高木者。『求其友聲』，求其尚在深谷者。其相得則復鳴嚶嚶然。」○劉向楚詞七諫篇「飛鳥號其羣兮」，王注：「言飛鳥登高木，志意喜樂則和鳴，求其羣而呼其耦。詩曰：『嚶其鳴矣，求其友聲。』」明魯毛文同。「一作鷖」者。張衡東京賦：「雎鳩麗黃，關關嚶嚶。」又歸田賦：「王雎鼓翼，倉庚哀鳴。交頸頡頏，關關嚶嚶。」麗黃、倉庚，皆鷖也，是魯詩以「嚶嚶」屬鷖鳴。而「嚶其鳴矣」之「嚶」一作「鷖」，乃魯別本。文選張茂先詩「屬耳聽鷖鳴」，李注引詩作「鷖其鳴矣」。梁元帝言志賦曰「聞鷖鳴而求友」，梁昭明太子錦帶書姑洗二月啟：「啼鷖出谷，爭傳求友之聲。」皆承用魯家「一作」本耳。相彼鳥矣，猶求友聲。【注】韓説曰：鳥，微物也。矧伊人矣，不求友生！【疏】傳：「矧，況也。」箋：「相，視也。鳥尚知居高木呼其友，況是人乎？可不求之。」○「鳥，微物也」者，文選顔延年曲水詩李注、鸚鵡賦注引薛君韓詩章句文。王符潛夫論德化篇引：「相彼鳥矣，猶求友聲。」符用魯詩，明魯毛文同。魏志曹植疏：「下思伐木友生之義。」曹用韓詩文也。神之聽之，終和且平。【疏】箋：「以可否相增減曰和。平，齊等也。此言心誠求之，神若聽之，使得如志，則友終相與和而齊功也。」○淮南泰族訓、韓詩外傳九並引「神之聽之，終和且平」，班固答賓戲文引「神之聽之」句，明魯韓齊與毛文同。馬瑞辰云：「以經文求之，並無求通神明之意，且『神之』與『聽之』相對成文，不得言『神若聽之』也。釋詁：『神，慎也。』『慎，誠也。』『神之』，卽『慎之』也。荀子非相篇『寶之珍之，貴之神之』，楊注：『神之，謂不敢慢也。』又曰：『辨之明之，持之固之。』句法與此詩同。廣雅：『聽，從也。』『聽之』，謂能聽從其言也。小明詩亦無求神之義，而言『神之聽之』，義同此。蜀志郤正作釋譏云『蓋易著行止之戒，詩有靖恭之歎，乃神之聽之而道使之然也。』其所云『神之聽之』，亦當訓爲『慎之從之』，不以『神』爲『神明』。」「終」，猶「既」也。

伐木許許，釃酒有藇。【注】三家「許」作「所」，亦作「滸」。「藇」亦作「⿰酉與」。【疏】傳：「許許，柹貌。以筐曰釃，以藪曰湑。藇，美貌。」箋：「此言前者伐木許許之人，今則有酒而釃之。本其故也。」○孔疏：「言嚮時與文王伐木許許之人，文王有酒而飲之，本其昔日之事也。」「柭貌」者，「柹」卽「柭」之隸變。廣韻：「柭，斫木札也。」說文：「柭，削木朴也。」「朴，木皮也。」木皮曰「朴」，削木皮曰「朴」，亦曰「柭」，讀如「肝肺」之肺。說文：「釃，下酒也。」凡作酒者，以筐漉酒曰「釃」，「下」卽「漉」也，可以去麤取細。「三家許許作所所」者，說文「所」下云：「伐木聲。詩曰：『伐木所所。』」玉篇同。許、所字古通，凡「何所」言「何許」，「幾所」言「幾許」也。「亦作滸」者，後漢朱穆傳、顏氏家訓書證篇、初學記器物部引詩作「滸滸」。許、滸皆借字，以「所」爲正。玉篇草部云：「藇，酒之美也。詩云：『釃酒有藇。』亦作醧。」酉部云：「醧，美貌。亦作藇。」廣韻八語云：「醧，酒之美也。亦作藇。」卽本玉篇，是據三家之異文。「有藇」，猶「藇藇」也，故曰「美貌」。經文凡疊句雙字者，或變文作「有」，如此「有藇」及「庶士有朅」之類甚多。或以「美貌」當作「美也」者，非。又毛傳或去「有」字作訓，與「有洸有潰」之例不符。而後人從之，亦未合也。既有肥羜，以速諸父。【疏】傳：「羜，未成羊也。天子謂同姓諸侯、諸侯謂同姓大夫皆曰『父』，異姓則稱『舅』。國君友其賢臣，大夫士友其宗族之仁者。」箋：「速，召也。有酒有羜，今以召族人飲酒。」〇釋畜：「未成羊羜。」郭注：「今俗呼五月羊爲羜。」傳以經稱「諸父舅」，序云「燕朋友故舊」，則此父舅是文王之朋友也。禮，天子謂同姓諸侯、諸侯謂同姓大夫皆曰父，異姓則稱舅，故曰諸父、諸舅也。愚案：詩是周公所作，故依文王尊爲天子後稱之曰父舅。文王微時朋友，皆是後來內外大臣，故有父舅之名。而伐木求友之事，非周公亦無由知而述之也。寧適不來，微我弗顧。【疏】傳：「微，無也。」箋：「寧召之適自不來，無使言我不顧念也。」〇陳奐云：「寧，猶『胡』也。胡，何也。適，之也。何之不來，言必來也。式微傳：『微，無也。』『式微』之微訓『無』，『無』與『有』對文。『微我』之微訓『無』，『無』與『勿』同義。二傳訓同意別。『無我勿顧』者，勿弗顧我也，『無我有咎』者，勿有咎我也，皆幸其來之詞。『我』，王自謂也。通章七『我』字同。」於粲洒埽，陳饋八簋。【疏】傳：「粲，鮮明貌。圓曰簋，天子八簋。」箋：「粲然已灑攮矣，陳其黍稷矣。謂爲食禮。」○釋文：「攮，本又作拚，甫問反。」孔疏：「公食大夫禮：『上大夫八簋。』此天子云八簋者，據待族人設食之禮。上『肥羜』、『釃酒』爲燕禮，此是食禮，互陳之也。知是食禮者，燕禮主於飲酒，無飯食，此簋陳黍稷，是食禮可知。燕言『諸父』，食言『諸舅』，互文相通。」**既有肥牡，以速諸舅。寧適不來，微我有咎。**

【疏】傳：「咎，過也。」○易林訟之井：「大壯肥牡，惠我諸舅。内外和睦，不憂飢渴。」此用齊詩文。

伐木于阪，釃酒有衍。【疏】傳：「衍，美貌。」箋：「此言伐木于阪，亦本之也。」○案，「衍」之爲言「盈溢」也。酒旨且多，故云『美貌。』」**籩豆有踐，兄弟無遠。**【疏】箋：「踐，陳列貌。『兄弟』，父之黨、母之黨。」○陳氏奐以箋爲非，謂「兄弟爲九族之親，不爲異姓」。孔疏云：「此燕朋友故舊，非燕族人，據族人爲朋友者，互説耳。」愚案：當日偕文王伐木者，有同族兄弟在内。語其名位，不及父舅之尊；論其恩誼，亦在故舊之列。既有酒食，燕享亦當無遠也。**民之失德，乾餱以愆。**【疏】傳：「餱，食也。」箋：「失德，謂見謗訕也。民尚以乾餱之食獲愆過於人，況天子之饌反可以恨兄弟乎？故不當遠之。」○釋言：「餱，食也。」説文：「餱，乾食也。」依「乾餱」言，故云乾食爲餱也。詩意極言人當謹於細微，隨事可以見人情，防失德。漢高祖以其嫂戛羹之故，封兄子爲羹頡侯，斯亦「乾餱」之比矣。漢書宣帝紀詔曰：「酒食之會，所以行禮樂也。今或禁民不得具酒食相賀召，由是廢鄉黨之禮，令民無所樂，非所以導民也。詩不云乎：『民之失德，乾餱以愆。』」顔注：「言人無恩德，不相飲食，則闕乾餱之事，爲過惡也。」又薛宣上疏曰：「是故鄉黨闕於嘉賓之懽，九族忘其親親之恩，飲食周急之厚彌衰，送往勞來之禮不行。夫人道不通，則陰陽否隔，和氣不興，未必不由此也。詩云：『民之失德，乾餱以愆。』」陳喬樅云：「薛宣之詞與孝宣詔書合。宣，東海郯人，與后倉同邑，所習當是齊詩。孝宣受詩東海澓中翁，亦當爲齊學，故述此詩大旨相同。顔注與毛詩傳箋不同，蓋襲舊注之文。」據此，齊毛文同。**有酒湑我，無**

酒酤我。【疏】傳：「湑，莤之也。酤，一宿酒也。」箋：「酤，買也。此族人陳王之恩也。王有酒則泲莤之，王無酒酤買之，要欲厚於族人。」○「湑，莤之也」者，上章傳云「以藪曰湑」，「藪」是「籔」之誤字。說文段注：「筐，盛飯之器，籔，是漉淅之器。今人謂『籔』爲『淩箕』，漉酒較筐爲粗。」「莤」讀爲「縮」，束茅立之，祭前沃酒其上，酒滲下若神飲之，故謂之「縮」。甸師注：「縮酒，泲酒也。」鳧鷖箋：「湑，酒之泲者也。」陳奐云：「說文：『酤，一宿酒也。』『醴，酒一宿孰也。』此詩以酤、湑對文，猶行葦篇以酒、醴對文。韓詩以醴爲有汁滓者，酤與醴一酒也，然則有汁滓者謂之『酤』，滲去其汁滓者謂之『湑』。『一宿』，言易孰耳。『有酒湑我，無酒酤我』，此倒句也。我有酒則湑之，我無酒則酤之，言有酒則用滲去汁滓之酒，無酒則用有汁滓者也。汁滓之酒，禮非常設，故下文但云『飲此湑矣』，不更及酤也。」「酤，買也」者，漢書食貨志載王莽時羲和魯匡言：「酒者，天之美祿，帝王所以頤養天下，享祀祈福，扶衰養疾。百禮之會，非酒不行。故詩曰『無酒酤我』，而論語曰『酤酒不食』，二者非相反也。夫詩據承平之世，酒酤在官，和旨使人，可以相御也。論語孔子當周衰亂，酒酤在民，薄惡不誠，是以疑而弗食。」愚案：文王時必無榷酤之政，匡言豈足爲據。「酤買」之說，則三家詩義所有也，故箋用以改毛。坎坎鼓我，蹲蹲舞我。【注】魯「蹲」作「壿」，說曰：「坎坎、壿壿，喜也。」齊韓「坎」作「竷」。【疏】傳：「蹲蹲，舞貌。」箋：「爲我擊鼓坎坎然，爲我興舞蹲蹲然。謂以樂樂己。」○釋文：「蹲，本或作壿，同。」說文：「壿，士舞也。从士、尊。」釋訓：「坎坎、壿壿，喜也。」此魯說。鄭注皆鼓舞歡喜。蔡邕禮樂意：「漢樂四品。三曰黃門鼓吹，天子所以宴樂羣臣，詩所謂『坎坎鼓我，蹲蹲舞我』者也。」據此，魯毛文同。毛詩既有「或作」本，蔡意亦引作「蹲」，則不得以「壿壿」爲魯詩也。風俗通義六：漢「樂人侯調依琴作坎坎之樂，言其坎坎應節奏也。詩云『坎坎鼓我』，是其文也。」蓋「坎坎」者擊鼓之聲，與鼓之節奏相應，故釋文引說文「云舞曲也。」「坎」，古音讀若「空」，故「坎侯」亦曰「空侯」。「齊韓坎作竷」者，說文「竷」下云：「繇舞也。

(「繇」下衍「也」字，依段注訂正。)从文、从章。樂有章也。夅聲。詩曰：『竷竷鼓我。』」(依段注，從韻會訂舊本「舞」字之誤。)魯毛作「坎」，則作「竷」者齊韓文也。云「鼓我」、「舞我」者，亦是倒句，言我爲之擊鼓則坎坎然，我爲之興舞則蹲蹲然。**迨我暇矣，飲此湑矣。**【疏】箋：「迨，及也。此又述王意也。王曰及我今之閒暇，共飲此湑酒。欲其無不醉之意。」○案，詩言當日剏業未定，朋友故舊共任艱難，無暇燕樂，今幸及我國家閒暇之時，得共飲此湑酒。我文王之厚意，不遺故舊如此，諸臣孰不盡心以扶王室乎？

伐木三章，章十二句。【疏】陳啟源云：「此毛詩分爲六章，章六句。呂記朱傳從劉氏說分爲三章，章十二句。劉氏以三『伐木』爲章首，故分爲三章。其說良然，然此不自劉氏始也。案，凡傳箋下疏語統釋一章者，例置每章之末。此詩若從毛，當六句一疏，分爲六條。今乃總十二句爲一疏，作三次申述。又序下疏指『伐木許許』爲二章上二句，『伐木于阪』爲卒章上二句。又指『諸父』、『諸舅』爲二章，『兄弟無遠』爲卒章。是此詩三章，章十二句，孔疏已然，不始於劉氏也。但孔疏釋詩專遵毛鄭，何此詩分章忽有異同，又不明言其故？劉欲改毛公章句，當援孔疏爲說，而竟以己意斷之。朱呂亦止云從劉，俱若未見孔疏者。此皆不可解。」阮校勘記云：「案序下標起止，云『伐木六章，章六句』，正義又云『燕故舊』，即二章、卒章上二句是也；『燕朋友』，即二章『諸父』、『諸舅』，卒章『兄弟無遠』是也。與標起止不合，當是正義本自作三章、章十二句，經注本作六章、章六句者。其誤始於唐石經也，合併經注、正義時，又誤改標起止耳。」

天保【疏】毛序：「下報上也。君能下下以成其政，臣能歸美以報其上焉。」箋：「『下下』，謂鹿鳴至伐木，皆君所以下臣也。臣亦宜歸美於王，以崇君之尊而福禄之，以答其歌。」○三家無異義。詩氾歷樞曰：「卯酉之際爲革政。卯，天保也。」此齊說。

天保定爾，亦孔之固。【注】韓說曰：「言天之所以仁義禮智，保定人之甚固也。」魯說曰：「言天保佐王者，定其性命，甚堅固也。」【疏】傳：「固，堅也。」箋：「保，安。爾，女也。女，王也。天之安定女，亦甚堅固。」○「言天」至「之甚固也」，韓詩外傳六文：「子曰：『不知命，無以爲君子。』言天之所生，皆有仁義禮智順善之心。不知天之所以命生，則無仁義禮智順善之心。無仁義禮智順善之心，謂之小人。故曰『不知命，無以爲君子。』小雅曰：『天保定爾，亦孔之固。』言天之所以仁義禮智，保定人之甚固也。」「言天」至「甚堅固也，」潛夫論慎微篇文：「詩曰：『天保定爾，亦孔之固。俾爾亶厚，胡福不除？俾爾多益，以莫不庶。』此言也，言天保佐王者，定其性命，甚堅固也。使女性厚，何不治（此句字有脫誤。）而多益之，甚衆庶焉，（此下疑脫「罔」字。）不遵履五常，順養性命，以保南山之壽、松柏之茂也。」此文脫誤不可讀，今依陳喬樅略訂正之。俾爾單厚，何福不除？【注】魯「單」作「亶」，「何」作「胡」。【疏】傳：「俾，使。單，信也。或曰，單，厚也。除，開也。」箋：「單，盡也。天使女盡厚天下之民，何福而不開，皆開出以予之。」○馬瑞辰云：「除、余古通用。爾雅『四月爲余』，四月箋作『四月爲除』，是其證。余、予古今字，（見曲禮鄭注。）『余』通爲『予我』之予，即可通爲『賜予』之予。說文：『与，賜予也。与、與同。』『何福不除』，猶言『何福不予。』予，與也，授也。凡史記言『除吏』，漢書言『除官』，皆謂授官也。左傳言『天方授楚』，猶說苑善說篇言『天方開楚』也。『開』與『閉』對文，左傳：『秦饑，晉閉之糴。』古以『不與』爲『閉』，則知以『開』爲『與』，是言『開』即有『予』義，故箋言『開出以予之』，以申明傳義。」「魯單作亶」者，桑柔篇引釋詁：「亶，厚也。」某氏注：「詩曰：『俾爾亶厚。』」潛夫論引同，（見上。）風俗通義七亦引「俾爾亶厚。」皆據魯文。「何作胡」者。潛夫論引作「胡」，（見上。）魯全詩例同。俾爾多益，以莫不庶。【疏】傳：「庶，衆也。」箋：「莫，無也。使女每物益多，以是故無不衆也。」○孔疏：「又使汝天下每物皆多有所益，以是之故，無不衆多也。」

天保定爾，俾爾戩穀。罄無不宜，受天百禄。【疏】傳：「戩，福。穀，禄。罄，盡也。」箋：「天使女所福禄之人，謂羣臣也。其舉事盡得其宜，受天之多禄。」○釋詁：「戩，福也。」釋言：「穀，禄也。」皆魯說。言俾爾之福禄盡得其宜，即推之爾受於天之多禄，天降於爾之遠福，尚維日不足也。頌祝之詞，不以重複爲嫌，經似未言及羣臣。**降爾遐福，維日不足。**【疏】箋：「遐，遠也。天又下予女以廣遠之福，使天下溥蒙之汲汲如日，且不足也。」○案，此章承上「何福不除」言。

天保定爾，以莫不興。【疏】箋：「興，盛也。無不盛者，使萬物皆盛，草木暢茂，禽獸碩大。」○案，此章承上「以莫不庶」言。**如山如阜，如岡如陵。**【疏】傳：「言廣厚也。高平曰陸，大陸曰阜，大阜曰陵。」箋：「此言其福禄委積高大也。」○案，「高平」三句，皆釋地文。山岡爲一類，阜陵爲一類。風俗通義十：「詩云：『如山如阜。』阜者，茂也。言平地隆踊，不屬於山陵也。」又曰：「詩云：『如岡如陵。』陵有天性自然者。」應劭所引，當爲此詩魯說。北堂書鈔地部一引韓詩云：「積土高大曰阜。」文選長楊賦注引韓詩云：「四平曰陵。」當是此詩韓說。案，廣雅：「四隤曰陵。」隤，平隤也。四隤即四平，皆所謂大阜矣。**如川之方至，以莫不增。**【疏】箋：「『川之方至』，謂其水縱長之時也。萬物之收，皆增多也。」

吉蠲爲饎，是用孝享。【注】魯「蠲」作「圭」，「爲」作「惟」。魯說曰：饎，酒食也。齊「蠲」作「圭」。【疏】傳：「吉，善。蠲，絜也。饎，酒食也。享，獻也。」箋：「謂將祭祀也。」○「魯蠲作圭，爲作惟」者，釋文：「蠲，舊音圭。」蜡氏注：「蠲，讀如詩『吉圭惟饎』之圭。圭，潔也。」惠棟云：「呂覽『臨飲食必蠲絜』，高注：『蠲讀爲圭。』蓋三家詩作『吉圭惟饎』，故高讀從之。」陳喬樅云：「淮南時則訓『湛熺必潔』，高注：『湛熺必令圭潔。』孟子書『卿以下必有圭田』，趙岐注：『圭，潔也。』『圭潔』之意，卽本此篇魯訓，高、趙皆用魯詩者也。宮人注引詩與毛同，蓋後人轉寫改之。」「饎酒食也」者，釋訓文，魯說也。「齊作圭」者。儀禮士虞注引詩：「吉圭爲饎。」陳喬樅云：「鄭禮注所引多據齊、魯詩，此『爲』不作『惟』，蓋齊詩之文也。」「享獻」，釋詁文。祭先人，故曰「孝享」。

禴祠烝嘗，于公先王。【注】魯說曰：春祭曰祠，夏祭曰礿，秋祭曰嘗，冬祭曰烝。【疏】傳：「春曰祠，夏曰禴，秋曰嘗，冬曰烝。公，事也。」箋：「公，先公，謂后稷至諸盩。」○釋文：「諸盩，周太王父名。」「禴，本又作礿。」禮王制鄭注：「詩小雅曰：『礿祠烝嘗，于公先王。』此周四時祭宗廟之名。」明齊毛文同。「春祭」至「烝」，釋天文，魯說也，與毛同。孔疏引孫炎曰：「祠之言食。礿，新菜可汋。嘗，嘗新穀。烝，進品物也。」陳喬樅云：「釋詁既釋『祠烝嘗礿』爲祭名，而此復見者，彼釋四者爲凡祭之通名，此釋四者爲四時之祭名，專爲此詩作解。詩言『于公先王』，知四者皆爲宗廟之祭也。四時之祭，夏殷時禮，春礿夏禘秋嘗冬烝。周則四時祭之外更有禘，又有祫，與夏殷不同，見禮王制。據大宗伯文，則此四時祭名，周公所定也。郭注與孫炎文同，其襲用舊注，尤爲顯證。」愚案：春秋繁露云：「祠者，以正月始食韭也。礿者，以四月食麥也。嘗者，以七月嘗黍稷也。烝者，以十月進初稻也。」又云：「始生故曰祠，善其司也。夏約故曰礿，貴所初約也。先成故曰嘗，嘗言甘也。畢熟故曰烝，烝言衆也。」張衡南都賦：「糾宗綏族，禴祠蒸嘗。」又東京賦：「躬追養於廟祧，奉蒸嘗與禴祠。」明魯毛義異文同。「烝」作「蒸」，說文：「烝，火氣上行也。」「蒸，折麻中榦也。」「折麻中榦」有「衆」義，是「蒸」正字，「烝」借字。五經文字艸部云：「蒸，爾雅以爲祭名，其經典祭、烝多去『艸』，以此爲薪、蒸。」今觀漢人引詩多作「蒸」，則去「艸」非也。又易萃卦虞翻注引詩「禴祭蒸嘗」，「祠」作「祭」。陳喬樅謂是齊韓之異字。說文：「祭，祀也。」是又文異而義同。

君曰卜爾，【注】韓說曰：卜，報也。**萬壽無疆。**【疏】傳：「君，先君也。尸，所以象神。卜，予也。」箋：「『君曰卜爾』者，尸嘏主人，傳神辭也。」○馬瑞辰云：「倬彼甫田詩『秉畀炎火』，韓詩『秉』作『卜』，云：『卜，報也』。則此詩『卜爾』猶云『報爾。』」

神之弔矣，詒爾多福。民之質矣，日用飲食。【疏】傳：「弔，至。詒，遺也。質，成也。」箋：「神至者，宗廟致敬，鬼神著矣，此之謂也。成，平也。民事平，以禮飲食，相燕樂而已。」○「質，成」，釋詁文。陳奐云：「成，當讀『先成民而後致力於神』之成。用，以也。日以飲食，此民成之實也。飲食者，民之大欲所存。」馬瑞辰云：「廣雅：『常，質也。』此詩『質』卽爲『常』，謂民安其常，惟日用飲食。猶言耕田而食，鑿井而飲也。」羣黎百姓，徧爲爾德。【疏】傳：「百姓，百官族姓也。」箋：「黎，衆也。羣衆百姓，徧爲女之德言則而象之。」○馬瑞辰云：「爲，當讀如『式訛爾心』之訛。訛，化也。『徧爲爾德』，猶言徧化爾德也。『爲』與『化』古皆讀若『譌』，故爲、訛、化古並通用。堯典『平秩南訛』，史記五帝紀作『南爲梓材』。『厥亂爲民』，論衡效力篇引作『厥率化民』。是其證矣。」

如月之恒，如日之升。【疏】傳：「恒，弦。升，出也。言俱進也。」箋：「月上弦而就盈，日始出而就明。」○釋文：「恒，本亦作緪，同。」馬瑞辰云：「說文：『緪，大索也。一曰急也。』又曰：『縆，引急也。』王逸注九歌云：『緪，急張弦。』廣韻：『緪，急張。亦作縆。』是『緪』爲急張弦之貌，亦以狀月之上弦也。」愚案：張衡冢賦：「如日之升。」明魯毛文同。如南山之壽，不騫不崩。如松柏之茂，無不爾或承。【注】韓說曰：承，受也。【疏】傳：「騫，虧也。」箋：「『或』之言『有』也。如松柏之枝，常茂盛青青，相承無衰落也。」○「承，受也」者，文選盧諶詩注引韓詩章句文。陳喬樅云：「假樂詩言『受福無疆』，桑扈詩言『受福不那』，此詩承上章『貽爾多福』言之，以四者美頌多福，故言『無不爾或承。』猶第三章『以莫不增』，亦總『如山如阜，如岡如陵』二句言之。儀禮少牢饋食禮曰：『承致多福無疆，于女孝孫。』意亦猶是也。」

天保六章，章六句。

采薇【注】魯說曰：「懿王之時，王室遂衰，詩人作刺。」又曰：「古者師出不踰時者，爲怨思也。天道一時生、一時養人者，天之貴物也。踰時則內有怨女，外有曠夫。詩曰：『昔我往矣，楊柳依依。今我來思，雨雪霏霏。』」又曰：「家有采薇之思。」齊說曰：「周懿王時，王室遂衰，戎狄交侵，暴虐中國，中國被其苦，詩人始作疾而歌之曰：『靡室靡家，獫允之故。豈不日戒，獫允孔棘。』」又曰：「采薇出車，魚麗思初。上下促急，君子懷憂。」【疏】毛序：「遣戍役也。文王之時，西有昆夷之患，北有玁狁之難。以天子之命，命將率遣戍役，以守衛中國。故歌采薇以遣之，出車以勞還，杕杜以勤歸也。」箋：「文爲西伯服事殷之時也。昆夷，西戎也。天子，殷王也。戍，守也。西伯以殷王之命，命其屬爲將，率將戍役，禦西戎及北狄之難，歌采薇以遣之。『杕杜勤歸』者，以其勤勞之故，於其歸，歌杕杜以休息之。」○「懿王」至「作刺」，史記周本紀文，宋衷注：「時王室衰，始作詩也。」愚案：謂始作怨刺之詩。「古者」至「霏霏」，白虎通征伐篇文。「家有」至「之思」，蔡邕和熹鄧后謚議文，以此與「人懷殿吚之聲」對舉言之，是亦以采薇爲怨思之詩。皆魯說也。「周懿」至「孔棘」，漢書匈奴傳文。古今人表：「懿王，穆王子，詩作。」顏注：「政道既衰，怨刺之詩始作也。」「采薇」至「懷憂」，易林睽之小過文。其咸之渙云：「上下促急，君子免憂。」「免」字蓋「懷」之誤，此齊說也。韓詩大旨當同。案：采薇乃君子憂時之作，魯齊詩有明文。毛序立異，與下章出車杕杜稱爲遣戍、勞還、勤歸，意仿周公東山之篇，次於文王之世，可謂謬矣。

采薇采薇，薇亦作止。【疏】傳：「薇，菜。作，生也。」箋：「西伯將遣戍役，先與之期，以采薇之時。今薇生矣，先輩可以行也。重言『采薇』者，丁寧行期也。」○孔疏：「不待孟秋而仲春遣兵者，以患難既偪，不暇待秋故也。」**曰歸曰歸，歲亦莫止。靡室靡家，玁狁之故。不遑啟居，玁狁之故。**【疏】傳：「玁狁，北狄也。」箋：「莫，晚也。曰女何時歸乎？亦歲晚之時乃得歸也。又丁寧歸期，定其心也。北狄，今匈奴也。靡，無。遑，暇。啟，跪也。古者師出不踰時，今薇生而行，歲晚乃得歸。使女無室家、夫婦之道，不暇跪居者，有玁狁之難，故曉之也。」○釋文：「本或作獫允。」說文無「玁狁」字。史記匈奴傳：「唐虞以上有山戎玁狁葷粥，居于北蠻。」晉灼注：「堯時曰葷粥，周曰獫狁，秦曰匈奴。」漢書匈奴傳引「靡室靡家」二句，（見上。）明齊毛文同。

采薇采薇，薇亦柔止。曰歸曰歸，心亦憂止。憂心烈烈，載飢載渴。我戍未定，靡使歸聘。【疏】傳：「柔，始生也。聘，問也。」箋：「柔，謂脆脕之時。（釋文「脕」音「問」。）『憂止』者，憂其歸期將晚。烈烈，憂貌。則飢則渴，言其苦也。定，止也。我方守於北狄，未得止息，無所使歸問。言所以憂。」○孔疏：「言未得止定，無人使歸問家安否。」

采薇采薇，薇亦剛止。【疏】傳：「少而剛也。」箋：「剛，謂少堅忍時。」曰歸曰歸，歲亦陽止。王事靡盬，不遑啟處。憂心孔疚，我行不來。【注】魯「來」作「䅘」，說曰：「不䅘」，不來也。【疏】傳：「陽，歷陽月也。疚，病。來，至也。」箋：「十月爲陽時，坤用事，嫌於無陽，故以名此月爲陽。盬，不堅固也。處，猶居也。我，戍役自我也。來，猶『反』也，據家曰來。」○「來作䅘，曰不䅘，不來也」者，釋訓文，魯說也。釋文：「『不俟』宜从『來』，今本作『俟』字。」陳壽祺云：「說文來部『䅘』，稱詩曰『不䅘，不來』，即爾雅之文。重文『俟』云：『䅘或从彳。』今訛作『俟』。爾雅此訓即釋詩『我行不䅘』句。毛作『來』用本字，魯作『䅘』用借字。爾雅以『不來』釋『不䅘』，聲近爲訓。」陳喬樅云：「說文『詩曰』，是『爾雅曰』之誤，後人轉寫，因上『來』字引詩，並此亦誤書作『詩』耳。」黃山云：「說文『䅘』下云：『詩曰不䅘，不來。从來，矣聲。』『來』下云：『周所受瑞麥來麰。天所來也，故爲行來之來。』『矣』下云：『語已詞也。』是『來』爲『行來』，而『䅘』爲『已來』，『不⿰來矣』猶『不歸』。說文『歸』从『止』，止亦已也。因未歸來，知未行來，故曰『不⿰來矣，不來』。蓋魯詩說僅此四字，雅訓增『也』以合其書例耳。許書引經本多截句爲訓，又並所引經注而被以經名，亦西漢經師家法如此。如『達』下引詩曰『挑兮達』，止三字；『詁』下引詩曰『詁訓』，亦止二字，皆截句也。『閏』下引周禮曰『閏月王居門中終月也』；『牼』下引春秋傳曰『宋司馬牼字牛』，皆以注爲經也。此引『詩曰不⿰來矣，不來』，明卽引魯詩傳文。陳喬樅謂『詩』是『爾雅』之誤，則兩字不應誤成一字，且不應又脫一『也』字，殆不然矣。」

彼爾維何？維常之華。【注】三家「爾」作「薾」。【疏】傳：「爾，華盛貌。常，常棣也。」箋：「此言彼爾者乃常棣之華，以興將率車馬服飾之盛。」〇「三家爾作薾」者，說文「薾」下云：「華盛貌。詩曰：『彼薾維何。』」是三家作「薾」，與毛異。馬瑞辰云：「說文『爾』下注：『麗爾，猶靡麗也。』三蒼解詁云：『爾，華繁也。』『爾』古讀如『彌』，與『靡』音同，又讀近『旖旎』之旎，皆盛貌。後人借爲『爾汝』之稱，而『爾』之本義晦矣。」**彼路斯何？君子之車。**【疏】箋：「斯，此也。君子，謂將率。」〇陳奐云：「汾沮洳傳：『路，車也。』『路』謂乘車，下文乃言兵車耳。或者軍帥自乘乘車，餘師旅乘戎車。」胡承珙云：「『爾』爲華盛之貌，非卽華名，則『路』當爲車大之貌，非卽車名可知。釋詁：『路，大也。』書疏引舍人注：『路，車之大也。』此言詩路車之大則可，若實以爲車名，與『彼爾』之文不相稱矣。」馬瑞辰云：「『斯』，爲語詞。『斯何』，猶『爲何』也。」**戎車既駕，四牡業業。**【疏】傳：「業業然，壯也。」〇案，烝民『四牡業業』，傳：「業業，言高大也。」「壯」卽「高大」之意。**豈敢定居，一月三捷。**【疏】傳：「捷，勝也。」箋：「定，止也。將率之志，往至所征之地，不敢止而居處自安也。往則庶乎一月之中三有勝功，謂侵也、伐也、戰也。」〇馬瑞辰云：「古者言數之多，每曰『三』與『九』。蓋『九』者數之究，『三』者數之成，不必數之果皆三九也。是故百囊罟而曰『九罭』，楚詞九歌、九辨皆十一章而並曰『九』，此以九爲紀也。

易『王三錫命』、『晝日三接』、『終朝三褫之』，論語『令尹子文三仕三已』，『柳下惠三黜』、『季文子三思』、『泰伯三以天下讓』，此以三爲紀也。此詩『一月三捷』，特冀其屢有戰功，亦『三錫』、『三接』之類。釋文：『三，息暫反。』是也。箋以侵、伐、戰三者當之，鑿矣。」

駕彼四牡，四牡騤騤。君子所依，小人所腓。【注】魯「腓」作「芘」，齊作「芘」。【疏】傳：「騤騤，彊也。腓，辟也。」箋：「『腓』當作『芘』。此言戎車者將率之所依乘，戍役之所芘倚。」○「魯腓作芘」者，陳喬樅云：「釋言：『庇，蔭也。』舍人曰：『庇，蔽也。』（左文十七年傳正義。）孫炎曰：『庇，覆之蔭也。』（衆經音義九。）芘、庇字通。詩桑柔箋『人庇陰其下者』，釋文云：『本亦作芘蔭。』雲漢箋『我無所庇陰處』，釋文云：『本亦作芘蔭。』是字通之驗。釋言『庇蔭』之訓，正釋此詩『芘』字。魯文作『芘』，箋蓋據以改毛。」「齊作芘」者，陳喬樅云：「稽古編云，『腓』亦作『芘』。班固幽通賦『安慆慆而不芘』，文選注引曹大家訓『芘』作『避』。漢書注云鄧展亦訓『避』，義與毛合。喬樅謂，班家學是治齊詩者，『芘』字當是齊詩異文。」案，張衡南都賦「駟飛龍兮騤騤」，衡蓋用魯詩文。

四牡翼翼，象弭魚服。【疏】傳：「翼翼，閑也。象弭，弓反末也，所以解紒也。魚服，魚皮也。」（陳奐云：「『末』下『也』字、『魚』下『服』字當衍。」）箋：「弭，弓反末彆者，以象骨爲之，以助御者解轡紒宜滑也。服，矢服也。」○馬瑞辰云：「古者『弓末』通名『弭』，弓之無緣者亦名爲『弭』。釋名：『弓，其末曰簫，言簫捎也。又謂之弭，以骨爲之，滑弭弭也。』禮稱『獻弓者執弭』，此弓末通名『弭』也。爾雅：『弓有緣者謂之弓，無緣者謂之弭。』左傳：『左執鞭弭。』此以弭爲弓名也。李巡孫炎說各不同。左傳疏引李巡曰：『骨飾兩頭曰弓。』不以骨飾兩頭曰『弭』。儀禮疏引孫炎曰：『緣，謂繳束而漆之。弭，謂不以繳束骨飾兩頭者也。』當從孫說。既夕禮『有弭飾焉』，鄭注：『弓無緣者謂之弭，弭以象角爲飾。』孫說蓋本於鄭。爾雅郭注：『緣者繳纏之，卽今宛轉也。』今案，象弭特以象牙爲飾，弓之有緣者繳束而漆之，其弭不露，故謂之『弓』；無緣者其弭外見，故謂之『弭』。説文：『弭，弓無緣可以解轡紛者。』今傳作『解紒』。釋文：『紒，本或作紛。』以説文證之，作『紛』者是。説文：『彆，弓戾也。』」豈不曰戒，玁狁孔棘。【注】齊「曰」作「日」。【疏】箋：「戒，警敕軍事也。孔，甚。棘，急也。言君子小人豈不曰相警戒乎？誠曰相警戒也。玁狁之難甚急，豫述其苦以勸之。」○「齊曰作日」者，漢書匈奴傳文。（二句引見上。）陳喬樅云：「詩釋文曰：『戒音越。又人栗反。』校勘記云唐石經初刻作『曰』，後改曰作『日』，非也。箋云：『豈不曰相警戒乎？誠曰相警戒也。』鄭意是『曰』。喬樅謂，毛本或作『日』，三家實作『日』。漢書顏注云：『豈不日日相警戒乎？』以『日日』釋『日』字，是其顯證也。」

昔我往矣，楊柳依依。今我來思，雨雪霏霏。行道遲遲，載渴載飢。我心傷悲，莫知我哀。【注】韓説曰：「昔，始也。依依，盛貌。」齊「飢」作「饑」，「知」作「之」。【疏】傳：「楊柳，蒲柳也。霏霏，甚也。遲遲，長遠也。君子能盡人之情，故人忘其死。」箋：「我來戍止，而謂始反時也。上三章言戍役，次二章言將率之行。故此章重序其往反之時，極言其苦以説之。行反在於道路，猶飢渴，言至苦也。」○「楊柳，蒲柳也」者，楊柳一名「楊」。爾雅「楊，蒲柳」是也。王風孔疏引義疏云：「蒲柳有兩種：皮正青者曰小楊，其一種皮紅者曰大楊。其葉皆廣長似柳葉，可以爲箭幹，故左傳云『董澤之蒲』也。」「思」，詞也。「昔，始也」者，釋文引韓詩文。廣雅釋訓：「昔，始也。」即本韓義。「依依，盛貌」者，文選潘安仁金谷集作詩注。謝玄暉休沐重還道中詩注引韓詩曰：「昔我往矣，楊柳依依」，及薛君章句文。車舝篇「依彼平林」，傳：「依，木茂貌。」重言之曰「依依」。韓訓「盛貌」，茂、盛義同。王逸楚詞章句云：「據時所見，自哀傷也，猶詩云『昔我往矣，楊柳依依』也。」廣雅：「霏霏，雪也。」始見楊柳而往，及雨雪而來，此遣戍北狄之詞也。白虎通征伐篇引「昔我」四句，（引見上。）明魯韓與毛文同。「齊飢作饑，知作之」者，鹽鐵論備胡篇云：「古者天子封畿千里，繇役五百里，音聲相聞，疾病相恤。無過時之師，無踰時之役。今戍邊郡者，殊絶遼遠，身在胡越。老母垂泣，室婦悲恨。推其饑渴，念其寒苦。詩云：『昔我往矣，楊柳依依。今我來思，雨雪霏霏。行道遲遲，載渴載饑。我心傷悲，莫之我哀。』」說文「飢」下云：「餓也。」「穀不孰爲饑」，此當作「飢」，作「饑」者齊詩通叚字。「知」作「之」，於義亦通。

采薇六章，章八句。

出車【注】魯說曰：周宣王命南仲吉甫攘獫狁，威蠻荊。又曰：玁狁攘而吉甫宴。齊說曰：懿王曾孫宣王，興師命將以征伐之，詩人美大其功，曰：「薄伐獫允，至于太原。」「出車彭彭」，「城彼朔方。」是時四夷賓服，稱爲中興。【疏】毛序：「出車，勞還率也。」箋：「遣將率及戍役，同歌同時，欲其同心也。反而勞之，異歌異日，尊殊卑也。禮記曰：『賜君子小人不同日。』此其義也。」○「懿王」至「中興」，漢書匈奴傳文。古今人表以怨刺詩，爲懿王時，又以南仲與召虎方叔張中列第三等，次周宣王世。皆齊說。「周宣」至「蠻荊」，蔡邕諫伐鮮卑議文。「玁狁」至「甫宴」，蔡邕釋誨文。又史記衞將軍傳載益封衞青詔書，亦並舉六月出車二詩，皆以爲宣王時事，與漢書合，是魯說與齊同。易林睽之小過、咸之渙皆有「采薇出車」之文，謂以采薇之時出戎車，非指出車詩篇也。韓詩大指當同齊魯。

我出我車，于彼牧矣。自天子所，謂我來矣。【注】魯「車」作「輿」。【疏】傳：「出車，就馬於牧地。」箋：「上『我』，我殷王也；下『我』，將率自謂也。西伯以天子之命，出我戎車於所牧之地，將使我出征伐。自，從也。有人從王所來，謂我來矣。謂以王命召己，將使爲將率也。先出戎車，乃召將率。將率，尊也。」○「魯車作輿」者，荀子大略篇「天子召諸侯，諸侯輦輿就馬，禮也。詩曰：『我出我輿，于彼牧矣。自天子所，謂我來矣。』」史記匈奴傳「車」亦作「輿」。（見下。）車、輿古通作字，蓋魯作「出輿」也，亦詳秦黃鳥篇。召彼僕夫，謂之載矣。王事多難，維其棘矣。【疏】傳：「僕夫，御夫也。」箋：「棘，急也。王命召己，己即召御夫，使裝載物而往。王之事多難，其召我必急，欲疾趨之。此序其忠敬也。」

我出我車，于彼郊矣。設此旐矣，建彼旄矣。彼旟旐斯，胡不旆旆。憂心悄悄，僕夫況瘁。【疏】傳：「龜蛇曰旐。旄，干旄。鳥隼曰旟。旆旆，旒垂貌。」箋：「設旐者，屬之於干旄而建之戎車，將率既受命，行乃乘焉。牧地在遠郊。況，茲也。將率既受命行而憂，臨事而懼也。御夫則茲益憔悴，憂其馬之政。」○易林大過之損云：「過時歷月，役夫憔悴。」蓋齊作「悴」，與箋合。釋文：「瘁，本亦作萃。依注作『悴』，音同。」

王命南仲，往城于方。出車彭彭，旂旐央央。【注】齊「仲」作「中」。魯「車」作「輿」。【疏】傳：「王，殷王也。南仲，文王之屬。方，朔方，近玁狁之國也。彭彭，四馬貌。交龍爲旂。央央，鮮明也。」箋：「王使南仲爲將率，築城于朔方爲軍壘，以禦北狄之難。」○「齊仲作中」者，人表作「南中」，列上之下，次周宣王世。魯說亦有南仲，宣王時爲將，詳見常武。文王時並無其人，此毛妄説也。六月篇云：「玁狁匪茹，整居焦穫。侵鎬及方，至于涇陽。」蓋玁狁居涇東之焦穫，偪近周京，縱兵四出，蹂躪方鎬涇陽之地。合此詩及六月采芑二篇觀之，當日周廷命將，以方叔統重兵阨駐涇西，屏蔽京邑，相機進擊；吉甫自涇陽進兵鎬地，南仲築城于方。玁狁見首尾受敵，遂大奔竄。於是吉甫追至大原，南仲移兵西戎，克獲而歸。兵事可考見者如此。「魯車作輿」者，陳喬樅云：「史記匈奴傳：周襄王時，『戎狄居于陸渾，東至于衞，侵盜暴虐，中國疾之，故詩人歌之曰：「戎狄是膺」，「薄伐獫狁，至于太原」，「出輿彭彭，城彼朔方。」』王應麟詩攷遂以出輿爲襄王之詩，非也。漢書匈奴傳，自李陵降匈奴以前，皆録史記之文，惟狐鹿姑單于以下，張晏以爲劉向褚先生所録，班彪又撰而次之。漢書既采録史記，不應彼此互異。又史記所引『戎狄是膺』，乃魯頌閟宮之詩，何得與雅詩之出輿六月合爲一事？此其舛錯顯然者。則史記此節蓋編簡爛脱，僅存引詩數語，後人掇拾遺文，次於『戎狄是膺』之下，遂致牴牾。宜援據漢書，爲之補正。」愚案：魯詩作「輿」，故史記與荀子文同，而衛將軍傳仍作「出車彭彭」，蓋出後人妄改。阮元云：「易『舍車而徒』，鄭注作『輿』。大有『大車以載』，蜀才本作『輿』，此以『輿』爲『車』之證。論語『夫執輿者爲誰』，漢石經作『車』。孟子『十二月輿梁成』，甫田詩疏作『車』。『以其乘輿』，御覽作『車剥』。『君子得輿』，董遇作『車』。此以『車』爲『輿』之證。」**天子命我，城彼朔方。赫赫南仲，玁狁于襄。**【注】齊魯「襄」作「攘」。【疏】傳：「朔方，北方也。赫赫，盛貌。襄，除也。」箋：「此『我』，我戍役也。戍役築壘，而美其將率自此出征也。」○楊雄趙充國頌「天子命我」，明魯毛文同。鹽鐵論繇役篇：「戎狄猾夏，中國不寧，周宣王尹吉甫式遏寇虐。詩云：『薄伐獫狁，至于太原。』『出車彭彭，城彼朔方。』自古明王不能無征伐而服不義，不能無城壘而禦强暴也。」漢書衛青傳：「詩不云乎？『薄伐玁狁，至于太原。』『出車彭彭，城彼朔方。』」顔注：「詩人美出車而征，因築城以攘獫允也。」此魯齊家連引二詩申明築城之義。「齊魯襄作攘」者，漢書敍傳：「於惟帝典，戎夷猾夏；周宣攘之，亦列風雅。」潛夫論救邊篇：「是故鬼方之伐，非好武也；獫允于攘，非貪土也。以振民育德，安邊宇也。」後漢馬融傳疏云：「玁狁侵周，周宣王立中興之功，是以赫赫南仲，載在周詩。」馬治毛詩，亦從三家義也。

昔我往矣，黍稷方華；今我來思，雨雪載塗。王事多難，不遑啟居。豈不懷歸，畏此簡書。【疏】傳：「塗，凍釋也。簡書，戒命也。鄰國有急，以簡書相告，則奔命救之。」箋：「黍稷方華，朔方之地六月時也。以此時始出壘征伐玁狁，因伐西戎。至春凍始釋而來反，其間非有休息。」○案：「黍稷方華」，始城方也。「雨雪載塗」，始伐戎也。易林復之蠱「雨雪載塗」，明齊毛文同。說文：「簡，牒也。」凡鄰國有急難之事，則書之於簡，謂之「簡書」。管仲以狄伐邢，請齊侯救之，曰：『詩云：「豈不懷歸，畏此簡書。」簡書，同惡相恤之謂也，請救邢以從簡書。』見左閔元年傳。

嘤嘤草蟲，趯趯阜螽。未見君子，憂心忡忡；既見君子，我心則降。赫赫南仲，薄伐西戎。【疏】箋：「草蟲鳴，阜螽躍而從之，天性也。喻近西戎之諸侯聞南仲既征玁狁，將伐西戎之命，則跳躍而鄉望之，如阜螽之聞草蟲鳴焉。草蟲鳴，晚秋之時也，此以其時所見而興之。『君子』，斥南仲也。降，下也。」○案，六月詩「至于涇陽」，涇陽北方獫狁，西卽西戎，所謂一舉而平二患也。鹽鐵論論誹篇引「未見君子」四句，列女傳齊威虞姬傳、韓詩外傳七各引「既見君子」二句，後漢東平王蒼傳明帝報書引「未見君子」四句，明齊魯韓文與毛同。潛夫論邊議篇云：「詩美薄伐。」齊家用此經文。

春日遲遲，卉木萋萋；倉庚喈喈，采蘩祁祁。執訊獲醜，薄言還歸。赫赫南仲，玁狁于夷。【疏】傳：「卉，草也。訊，辭也。夷，平也。」箋：「訊，言。醜，衆也。伐西戎，以凍釋時反朔方之壘，息戍役。至此時而歸京師，稱美時物，以及其事，喜而詳之也。執其可言，問所獲之衆以歸者，當獻之也。『平』者，平之於王也。此時亦伐西戎，獨言平玁狁者，玁狁大，故以爲始、以爲終。」○說文：「卉，艸之緫名也。」禮王制鄭注：「訊馘，所生獲斷耳者。」詩曰：『執訊獲醜。』」漢書衛青傳「執訊獲醜」，明齊毛文同。馬瑞辰云：「隸釋有『執訊獲首』之語，蓋本三家詩，以『醜』爲『首』之叚借。」愚案：此或魯韓文也。

出車六章，章八句。

杕杜【疏】毛序：「勞還役也。」箋：「役，戍役也。」○鹽鐵論繇役篇：「古者無過年之繇，無踰時之役。今近者數千里，遠者過萬里，歷二期不還，父母愁憂，妻子詠歎。憤懣之恨，發動于心，慕積之思，痛于骨髓，此杕杜采薇之詩所爲作也。」據鹽鐵論，是齊詩之說以杕杜及采薇同爲刺詩，與毛序異。魯韓當與齊同。

有杕之杜，有晥其實。王事靡盬，繼嗣我日。日月陽止，女心傷止，征夫遑止。【疏】傳：「興也。晥，實貌。杕杜猶得其時蕃滋，役夫勞苦，不得盡其天性。」箋：「嗣，續也。王事無不堅固，我行役續嗣其日。言常勞苦，無休息。十月爲陽。遑，暇也。婦人思望其君子，陽月之時，已憂傷矣。征夫如今已閒暇，且歸也而尚不得歸，故序其男女之情以說之。陽月而思望之者，以初時云歲亦莫止。」○西京雜記載董仲舒雨雹對云：「十月陰雖用事，而陰不孤立，此月純陰，嫌于無陽，故謂之陽月，詩人所謂『日月陽止』者。」董習齊詩，此齊說也。

有杕之杜，其葉萋萋。王事靡盬，我心傷悲。卉木萋止，女心悲止，征夫歸止。【疏】傳：「室家踰時則思。」箋：「傷悲者，念其君子於今勞苦。」

陟彼北山，言采其杞。王事靡盬，憂我父母。檀車幝幝，四牡痯痯，征夫不遠。【注】韓「幝」作「⿰糹羕」。【疏】傳：「檀車，役車也。幝幝，敝貌。痯痯，罷貌。」箋：「杞，非常菜也，而升北山采之，託有事以望君子。『不遠』者，言其來，喻路近。」○案：「我」，征婦自我，言征夫之父母常爲憂念。「幝作⿰糹羕」者，釋文引韓詩文，云：「幝，尺善反。⿰糹羕音同。」說文「幝」下云：「車敝貌。」「⿰糹羕」下云：「偏緩也。」廣雅：「⿰糹羕⿰糹羕，緩也。」卽韓義。段玉裁云：「說文古本當是『幝，巾敝貌。』故從『巾』。詩以爲『車敝』，其引申之義也。釋文蓋引說文『巾敝也，从巾、單。』今本『巾』訛『車』，殊失陸意。」馬瑞辰云：「說文訓『⿰糹羕』爲『偏緩』，義本韓詩，又云：『繟，帶緩也。』幝、繟、⿰糹羕古音義同。物敝則緩，義正相通。」爾雅：「綰綰，病也。」黃山云：「說文：『㡀，敗衣也。从巾，象衣敗之象。』『衣敗』卽『巾敗』。說文如常、裳，帬、裠，幝、褌，帙、袠，从『巾』之字，皆通作从『衣』。是『巾敝貌』，卽从巾之『㡀』。段注改『幝』爲『巾敝貌』，非也。左襄三十一年傳『巾車脂韡』，吳都賦『吳王乃巾玉路』，陶淵明文『或巾柴車』，周禮春官『巾車掌公車之政令』，鄭注：『巾猶衣也。』賈疏：『謂以衣飾其車。』說文：『巾，佩巾也。』玉篇：『巾，本以拭物，後人著之於頭。』明巾可拭，亦可著，飾車兼二義，故掌車者以巾名，此巾可說車之證。『幝』从『巾』，『單』聲。單，大也，亦盡也。巾敝盡則車敝之貌呈，『幝幝』敝之甚也。敝、罷同音字。罷則緩，故敝亦爲緩。馬更以『帶緩』之『繟』通幝、緩之閒，可謂精能矣。」

匪載匪來，憂心孔疚。期逝不至，而多爲恤。【注】魯「期」作「胡」，齊「逝」作「誓」。【疏】傳：「逝，往。恤，憂也。遠行不必如期，室家之情，以期望之。」箋：「匪，非。疚，病也。君子至期不裝載，意不爲來，我念之憂心甚病。」○「魯期作胡」者，呂覽初學篇高注文，引詩曰：「胡逝不至，而多爲恤。」知魯作「胡」也。言胡以久往不來，而使我多爲憂也。「齊逝作誓」者，易林益之鼎云：「期誓不至，室人銜恤。」言家書之到，約期設誓，以爲必至而竟不至，使我多爲憂也。

卜筮偕止，會言近止，征夫邇止。【疏】傳：「卜之筮之，會人占之。邇，近也。」箋：「偕，俱。會，合也。或卜之，或筮之，俱占之，合言於繇爲近，征夫如今近耳。」○孔廣森云：「會，合之字皆从『亼』。說文：『亼，三合也。』禮，旅占必三人。『會』有『三』義，故云『會人占之』。若但以爲卜與筮、會，於文似便，於訓未精。」

杕杜四章，章七句。

魚麗【注】齊說曰：采薇出車，魚麗思初。上下促急，君子懷憂。【疏】毛序：「美萬物盛多，能備禮也。文武以天保以上治內，采薇以下治外，始於憂勤，終於逸樂，故美萬物盛多，可以告於神明矣。」箋：「內，謂諸夏也。外，謂夷狄也。『告於神明』者，於祭祀而歌之。」○「魚麗」至「懷憂」，易林睽之小過文。當采薇出車之時，上下促急，故君子憂時而作是詩。「思初」，猶言「思古」也。此齊說。儀禮鄉飲酒鄭注：「魚麗，言太平年豐，物多也。物多酒旨，所以優賢也。」亦齊說。

魯韓當同。

魚麗于罶，鱨鯊。【疏】傳：「麗，歷也。罶，曲梁也。寡婦之笱也。鱨，楊也。鯊，鮀也。太平而後微物衆多，取之有時，用之有道，則物莫不多矣。古者不風不暴，不行火，草木不折不芟。斧斤入山林，豺祭獸然後殺，獺祭魚然後漁，鷹隼擊然後罻羅設。是以天子不合圍，諸侯不掩羣，大夫不麛不卵，士不隱塞，庶人不數罟。罟必四寸，然後入澤梁。故山不童，澤不竭，鳥獸魚鼈皆得其所然。」〇大司寇注：「麗，附也。」釋器：「寡婦之笱謂之罶。」孫炎曰：「罶，曲梁。其功易，故謂之寡婦之笱。」言當水曲處爲梁，以曲竹爲笱，承梁之孔，使魚入而不得出，若附於罶然。說文：「鱨，揚也。」段注：「揚，各本從『木』者誤。小徐繫傳本作『揚』。」林朝儀蟲異賦注：「鱨，今黃鱨魚也，性浮而喜飛躍，故一名揚。」陸疏：「鱨一名揚，今黃頰魚，似燕頭魚身，形厚而長大，頰骨正黃，魚之大而有力解飛者。徐州人謂之揚黃頰，通語也。今江東呼黃鱨魚，亦名黃揚魚，魚尾微黃，大者長尺七八寸許。」陳啟源云：「孟詵食療本草有黃顙魚，亦名黃鱨魚，又名黃頰魚。無鱗而色黃，羣游作聲軋軋，故又名鉠軋，又名黃軋。其名『黃揚』，以其色黃而性揚也。」孔疏引舍人云：「鯊，石鮀也。」說文：「鯊，魚名。出樂浪番國。」寰宇記：「漳州出鯊魚皮。」未知即一魚否。君子有酒，旨且多。【疏】箋：「酒美而此魚又多也。」〇馬瑞辰云：「『旨且多』，『多且旨』，『旨且有』，自專指酒言之。下章『物其多矣』，又承上章而推及衆物，序所云『美萬物盛多』也。箋以此屬魚，非。」

魚麗于罶，魴鱧。【疏】傳：「鱧，鯇也。」〇釋魚：「鱧，鯇。」舍人曰：「鱧名鮀。」郭注：「鱧，鮦。」馬瑞辰云：「鯇、鯶古今字，即今俗稱鯶子魚。郭云『鮦』，今烏魚也。」說文「鱧」下云：「鱯也。」「鰥」下云：「鱧也。」「鱯」下云：「魚名。」玉篇：「鱯，似鮎而大。」君子有酒，多且旨。【疏】箋：「酒多而此魚又美也。」

魚麗于罶，鰋鯉。【疏】傳：「鰋，鮎也。」○說文「鮀」下云：「鮎也。」「鮎」下云：「鰻也。」「鰻」下云：「鮀也。」「鰋」下云：「鰻或从匽。」竊疑上章「鯊」當別一魚。君子有酒，旨且有。【疏】箋：「酒美而此魚又有。」

物其多矣，維其嘉矣。【疏】箋：「魚既多又善。」○案，「物」，卽「萬物盛多」之物。

物其旨矣，維其偕矣。【注】魯「旨」作「指」，「維」作「唯」，下同。【疏】箋：「魚既美，又齊等。」○「魯旨作指，維作唯」者，荀子大略篇：「『物其指矣，唯其偕矣。』不時宜，不敬交，不驩欣，雖指非禮也。」楊倞注：「指，與『旨』同。」據此，則上三「旨」字魯皆作「指」。賓筵篇「飲酒孔嘉」，又言「飲酒孔偕」，是「偕」、「嘉」同義，皆謂「善」也。

物其有矣，維其時矣。【疏】箋：「魚既有，又得其時。」○說苑辨物篇：「詩曰：『物其有矣，唯其時矣。』物之所以有而不絕者，以其動之時也。」荀子不苟篇引二句同。說苑解「有」爲「常有」，「時」爲「用之以時」，於經恉最合。

魚麗六章，三章章四句，三章章二句。

南陔，孝子相戒以養也。白華，孝子之潔白也。華黍，時和歲豐，宜黍稷也。有其義而亡其辭。愚案：此三篇已見卷首，三家不入。

鹿鳴之什十篇，五十五章，三百一十五句。

詩三家義集疏卷十五

南有嘉魚之什第十五　詩小雅

南有嘉魚【疏】毛序：「樂與賢也。太平之君子至誠，樂與賢者共之也。」箋：「樂得賢者，與共立於朝，相燕樂也。」○儀禮鄉飲酒鄭注：「南有嘉魚，言太平君子有酒，樂與賢者共之也。能以禮下賢者，賢者纍蔓而歸之，與之燕樂也。」此齊說，義與毛同。詩氾歷樞曰：「嘉魚在己，火始也。」亦齊說。魯韓無聞。

南有嘉魚，烝然罩罩。【注】韓「罩」作「淖」。【疏】傳：「江漢之間，魚所產也。罩罩，篧也。」箋：「烝，塵也。『塵然』，猶言『久如』也。言南方水中有善魚，人將久如而俱罩之、遲之也。喻天下有賢者，在位之人將久如而並求致之於朝，亦遲之也。『遲之』者，謂至誠也。」○釋器：「篧謂之罩。」李巡曰：「篧，編細竹以爲罩，捕魚也。」孫炎曰：「今楚罩也。」陳喬樅云：「淮南說林訓：『釣者靜之，罧者扣舟。罩者抑之，罣者舉之。爲之異，得魚一也。』郝氏懿行云：『今魚罩以竹爲之，漁人以手抑按于水中以取魚，故淮南云「罩者抑之」。「抑」卽「按」也。』」愚案：烝，衆也。罩非一，故云「罩罩」。說文：「籱，罩魚者。」省作「籗」，今作「篧」者非。「韓罩作淖」者，廣雅：「淖淖，衆也。」正釋此詩之義。魯作「罩」，與毛同，則廣雅「淖淖」之異文當出韓詩。說文「鯙」下云：「『烝然鯙鯙』，从魚，卓聲。」或亦三家異字也。易林困之晉「南有嘉魚，駕黃取鱈。魴鯉瀰瀰，利來無憂。」（離之中孚「鱈」作「遊」，「鯉」作「鱮」，「瀰瀰」作「詡詡」。睽之泰同。「駕黃」二字疑有誤。「利來無憂」者，謂利賢者之來，與之宴樂，故無憂也。）**君子有酒，嘉賓式燕以樂。**【注】魯「燕」作「讌」。【疏】

箋：「君子，斥時在位者也。式，用也。用酒與賢者燕飲而樂也。」○「魯燕作讌」者，列女魯季敬姜傳引詩曰：「『我有旨酒，嘉賓式讌以樂。』言尊賢也。」陳喬樅云：「此所引『我有旨酒』，乃『君子有酒』之誤。鹿鳴詩『我有旨酒，嘉賓式燕以敖』，句法相同，因而致誤耳。毛言『與賢』，劉言『尊賢』，魯義與毛同，惟『燕』作『讌』異。鄭注言『與之燕樂』，字作『燕』，知齊毛文同。」

南有嘉魚，烝然汕汕。君子有酒，嘉賓式燕以衎。【注】魯說曰：「樔」謂之「汕」。齊韓「汕」作「⿰氵進」。韓「燕」作「宴」。【疏】傳：「汕汕，樔也。衎，樂也。」箋：「『樔』者，今之撩罟也。」○孔疏引孫炎曰：「今之撩罟。」案，孫說同鄭。「樔謂之汕」者，釋器文，魯說也。李巡曰：「汕，以薄汕魚也。」御覽八百三十四引舍人曰：「以薄罩魚曰罩。」邵晉涵云：「壅草澤畔，蓄魚其中，名爲罩也。」說文：「汕，魚游水皃。詩曰：『烝然汕汕。』」廣雅：「⿰氵進⿰氵進，衆也。」廣韻「汕」、「⿰氵進」二字並「所簡切」。「⿰氵進⿰氵進」又「汕汕」之異文，蓋本齊韓。說文：「衎，行喜皃。」「韓燕作宴」者，玉篇：「衎，樂也。詩曰：『嘉賓式宴以衎。』」玉篇所引蓋出韓詩，「燕」作「宴」，與毛異。

南有樛木，甘瓠纍之。君子有酒，嘉賓式燕綏之。【疏】傳：「與也。纍，蔓也。」箋：「君子下其臣，故賢者歸往也。綏，安也，與嘉賓燕飲而安之。燕禮曰：『賓以我安。』」○據鄉飲酒鄭注「賢者纍蔓而歸之」，是齊詩以甘瓠纍蔓樛木，與賢者纍蔓君子，說與毛同。

翩翩者鵻，烝然來思。君子有酒，嘉賓式燕又思。【疏】傳：「鵻，壹宿之鳥。」箋：「『壹宿』者，壹意於其所宿之木也。喻賢者有專壹之意於我，我將久如而來遲之也。又，復也。以其壹意，欲復與燕，加厚之。」○馬瑞辰云：「『又』，即今之『右』字。古『右』與『侑』、『宥』通用。大祝『以享右祭祀』，注：『右，讀爲侑。』彤弓毛傳：『右，勸也。』『勸』即

『侑』也。大司樂『王三宥』，注：『宥猶勸也。』『宥』亦『侑』之借也，此詩又當即『侑』之借，猶『侑』可通作『右』與『宥』耳。」

南有嘉魚四章，章四句。

南山有臺

【疏】毛序：「樂得賢也。得賢則能爲邦家立太平之基矣。」箋：「人君得賢，則其德廣大堅固，如南山之有基趾。」○儀禮鄉飲酒鄭注：「南山有臺，言太平之治，以賢者爲本。愛友賢者，爲邦家之基。民之父母既欲其身之壽考，又欲其民德之長也。」齊義與毛大同。魯韓未聞。

南山有臺，北山有萊。【疏】傳：「興也。臺，夫須也。萊，草也。」箋：「興者，山之有草木以自覆，蓋成其高大，喻人君有賢臣以自尊顯。」○陸疏云：「舊說：夫須，莎草也，可爲蓑笠。」都人士傳「臺，所以禦雨」是也。胡承珙云：「無羊傳：『蓑所以備雨，笠所以禦暑。』則臺止可爲蓑，不可爲笠，止以禦雨，非以禦暑可知。陳啟源以郭氏雅注、陸氏詩疏皆承鄭箋『臺皮』爲『笠』之誤，是也。其又引爾雅『薃侯莎』與『夫須』爲一草，則因本草別録謂『莎一名夫須』，御覽引廣志云『莎可以爲雨衣』而誤。不知『薃侯莎』即夏小正之『緹縞』，羅願以爲其根即『香附子』者爲是，與『臺』不相涉。臺不妨亦有『莎』名，究不得以『夫須』爲『薃侯』也。」陸疏：「萊，草名，其葉可食。今兗州人蒸以爲茹，謂之萊蒸。」馬瑞辰云：「萊、釐、藜三字古同聲通用。爾雅：『釐，蔓華。』說文：『萊，蔓華。』『萊』即『釐』，猶『來牟』一作『釐牟』。齊民要術引詩義疏曰：『萊，藜也。』玉篇廣韻並云：『萊，藜草也。』是『萊』即『藜』也。萊草多生荒地，後遂言萊以概諸草，故周禮言『萊田』，詩亦言『汙萊』，孔疏乃云『非有別草名萊』，由不知『萊』即『釐』與『藜』耳。」樂只君子，邦家之基。樂只君子，萬壽無期。【疏】傳：「基，本也。」箋：「『只』之言『是』也。人君既得賢者，置之於位，又尊敬以禮樂樂之，則能爲國家之本，得壽考之福。」○左襄二十四年傳：「子産曰：『夫令名，德之輿也。德，國家之基也。有基無壞，毋亦是務乎！有德則樂，樂則能久。詩云：「樂旨君子，邦家之基。」有令德也夫！』」又昭十三年傳：「同盟于平丘。子產爭承。自日中以爭，至于昏，晉人許之。仲尼謂『子產於是行也，足以爲國基矣。詩曰：「樂旨君子，邦家之基。」子產，君子之求樂者也。』」案，兩引詩皆作「旨」，「旨」與「只」皆語詞。「求樂」，謂以固其邦家爲樂。「無期」，猶言「無竟」。易林復之賁：「使君壽考，南山多福。」言使君子多壽，與鄭注「欲其身之壽考」同義，齊說也。

南山有桑，北山有楊。樂只君子，邦家之光。樂只君子，萬壽無疆。【疏】箋：「光，明也。政教明，有榮曜。」○唐開成石經「只」皆作「旨」。丁晏云衡方碑「樂旨君子，口口無疆」，亦用此篇之文。旨、只聲同叚借。

南山有杞，北山有李。樂只君子，民之父母。【注】魯「樂只」作「凱悌」。樂只君子，德音不已。【疏】箋：「已，止也。不止者，言長見稱頌也。」○釋文：「杞音起。草木疏：其樹如樗，一名狗骨。」禮大學引詩云：「『樂只君子，民之父母。』民之所好好之，民之所惡惡之，此之謂『民之父母』。」齊詩訓義極精。「魯樂只作凱悌」者，白虎通號篇：「凱悌君子，民之父母。」說苑政理篇同，皆魯說也。愷、凱、豈，經傳通作。凱悌，樂易也。德心寬厚，能順民情，故可以爲民之父母。鄭禮注云「又欲其民德之長」，謂此章「德音不已」是也。

南山有栲，北山有杻。樂只君子，遐不眉壽。樂只君子，德音是茂。【疏】傳：「栲，山樗。杻，檍也。眉壽，秀眉也。」箋：「遐，遠也。遠不眉壽者，言其近眉壽也。茂，盛也。」○「栲」、「杻」，已見山有樞篇。釋詞云：「遐，何也。遐不，何不也。」愚案：旱麓詩「遐不作人」，潛夫論德化篇引作「胡不作人」。隰桑詩「遐不謂矣」，禮表記引作「瑕不謂矣」，鄭注：「瑕之言胡也。」是三家訓「遐」爲「胡」，鄭非不知，及箋毛詩，遂不恤曲爲遷就。近儒糾正，驚爲新得，不知實古義也。陳奐云：「七月傳『眉壽，豪壽也。』義與此同。方言：『眉，老也。東齊曰眉。』或三家詩有謂『眉』爲『老』

者。」愚案：箋訓「茂」爲「盛」，謂名德較前更進。

南山有枸，北山有楰。樂只君子，遐不黃耇。樂只君子，保艾爾後。【疏】傳：「枸，枳枸。楰，鼠梓。黃，黃髮也。耇，老。艾，養。保，安也。」〇陸疏云：「枸，山木，其狀如櫨，一名枸榾。高大如白楊，所在山中皆有，理白可爲函板，枝柯不直。子著枝端，大如指，長數寸，噉之甘美如飴，八九月熟，江南特美。今官園種之，謂之木蜜。」明堂位注作「枳椇」。釋木：「楰，鼠梓。」郭注：「楸屬也。今江東有虎梓。」鼠、虎音轉。陸疏云：「其樹葉木理如楸，山楸之異者，今人謂之苦楸。」郝氏懿行云：「今一種楸，大葉如桐葉而黑，山中人謂之櫝楸，即虎梓也。」艾、乂古通用。「保乂」，猶康誥云「用保乂民」也。依傳，似經文當作「艾保」。

南山有臺五章，章六句。

由庚，萬物得由其道也。崇丘，萬物得極其高大也。由儀，萬物之生各得其宜也。有其義而亡其辭。

愚案：此三篇亦見卷首，三家不入。

蓼蕭【疏】毛序：「澤及四海也。」箋：「九夷八狄七戎六蠻謂之四海。國在九州之外，雖有大者，爵不過子。虞書曰：『州十有二師，外薄四海，咸建五長。』」〇三家無異義。

蓼彼蕭斯，零露湑兮。【疏】傳：「興也。蓼，長大貌。蕭，蒿也。湑湑然，蕭上露貌。」箋：「興者，蕭，香物之微者，喻四海之諸侯，亦國君之賤者；露者，天所以潤萬物，喻王者恩澤，不爲遠國則不及也。」〇蓼莪傳：「蓼蓼，長大貌。」此「蓼」義同。「蕭」，合馨香以供祭祀之用，諸侯有與助祭祀之禮，故詩以「蓼蕭」起興。「零」者，「霝」之借字。「湑」，盛貌，露在物之狀。既見君子，我心寫兮。【疏】傳：「輸寫其心也。」箋：「『既見君子』者，遠國之君朝見於天子也。

『我心寫』者，舒其精意，無留恨也。」○「我」，諸侯自我。謂既見天子，我則盡輸其歸嚮之誠也。列女趙佛肸母傳引詩云：「既見君子，我心寫兮。」明魯毛文同。

燕笑語兮，是以有譽處兮。【疏】箋：「天子與之燕而笑語，則遠國之君各得其所，是以稱揚德美，使聲譽常處天子。」○陳奐云：「朱集傳引蘇氏曰：『譽、豫通。凡詩之「譽」，皆「樂」也。』蘇氏之說是也。爾雅：『豫，樂也。』『豫，安也。』則『譽處』，安處也。呂覽孝行篇注：『譽，樂也。』南有嘉魚篇：『嘉賓式燕以樂。』車舝篇：『式燕且譽。』六月篇：『吉甫燕喜。』韓奕曰：『韓姞燕譽。』射義引詩『則燕則譽』，而釋之曰：『則安則譽。』是『譽』皆『安樂』之意也。」愚案：詩言天子與之燕而笑語，則遠國諸侯是以咸有喜樂而居處兮。「燕」當從箋訓，陳氏奐釋爲「安」，與下句意複。左昭十二年傳，宋華定來聘，公賦蓼蕭，叔孫昭子以爲「宴語之不懷」，卽指此章「燕笑語兮」也。釋「燕」爲「宴飲」，古義本如此。

蓼彼蕭斯，零露瀼瀼。既見君子，爲龍爲光。其德不爽，壽考不忘。【疏】傳：「瀼瀼，露蕃貌。龍，寵也。爽，差也。」箋：「『爲寵爲光』，言天子恩澤光耀被及己也。」○案：「蕃」亦「盛」也。「龍」，古「寵」字。左傳「寵光之不宜」，謂受魯君之寵光，以魯君比詩之「君子」也。易林恒之蹇云：「蓼蕭露瀼，君子龍光。鳴鸞噰噰，福祿來同。」晉之大有同，正用齊詩文。晉之蠱云「壽考不忘」，明齊毛文同。

蓼彼蕭斯，零露泥泥。既見君子，孔燕豈弟。宜兄宜弟，令德壽豈。【疏】傳：「泥泥，霑濡也。豈，樂。弟，易也。爲兄亦宜，爲弟亦宜。」箋：「孔，甚。燕，安也。」○言既朝見君子，我心皆甚安而樂易，君子之爲人，於同姓兄弟諸侯無不咸宜，故令德遠聞而有壽樂之福也。沔水傳：「兄弟，同姓臣也。」四海遠國，未必有同姓兄弟往封，此言君子接待同姓無不相宜，故遠人慕德而稱願之。昭子謂華定「令德之不知」，指此。杜注言「賓有令德，可以壽樂」，蓋誤。

蓼彼蕭斯，零露濃濃。既見君子，鞗革沖沖。和鸞雝雝，【注】魯説曰：和，設軾者也。鸞，設衡者也。韓説曰：鸞在衡，和在軾。前升車則馬動，馬動則鸞鳴，鸞鳴則和應。萬福攸同。【疏】傳：「濃濃，厚貌。鞗，轡也。革，轡首也。沖沖，垂飾貌。在軾曰和，在鑣曰鸞。」箋：「此説天子之車飾者。諸侯燕見天子，天子必乘車迎于門，是以云然。攸，所也。」○釋器：「轡首謂之革。」郭注：「轡，靶勒。見詩。」謂此。段玉裁云：「説文無『鞗』字，有『鋚』字：『鋚，鐵也。一曰轡首銅也。从金，攸聲。』石鼓詩『田車既安』之下有『鋚勒』字。焦山周鼎有『攸勒』字。博古圖周宰辟父敦銘三皆有『攸勒』字，疑詩經文『鞗革』皆『鋚勒』之譌。『鋚勒』，猶唐人所云『金勒』。古鐘鼎『鋚』省作『攸』，後人不知爲『鋚』字之省，輒製『攸』下从『革』之字。『革』者，『勒』字之省。轡首謂之『勒』，勒馬頭絡銜，所以繫轡，故曰『轡首。』」陳喬樅云：「載見詩『鞗革有鶬』，鄭箋以『鶬』爲『金飾貌』，與説文云『鋚，轡首銅也』訓合。『革』爲轡首，以皮爲之。『鋚』爲轡首飾，以金爲之。孔疏謂鞗以皮爲之，誤。」「和」、「鸞」均言「鈴」。賈子新書容經云：「古者聖王居有法則，動有文章。登車則馬行，馬行則鸞鳴，鸞鳴而和應。聲曰和，和則敬，故詩曰：『和鸞噰噰，萬福攸同。』言動以紀度，則萬福之所聚也。」續漢輿服志劉昭注引白虎通車旂篇云：（本書此篇佚，惟見藝文類聚七十一、御覽七百七十二。）「車所以有和鸞者何？以正威儀，節行舒疾也。鸞者在衡，和者在軾。馬動則鸞鳴，鸞鳴則和應其聲。鳴曰和敬，舒則不鳴，疾則失音，明得其和也。故詩云：『和鸞雝雝，萬福攸同。』魯訓曰：『和，設軾者也。鸞，設衡者也。』」又續漢五行志劉注引謝承書陳宣曰：（宣字子興，沛國蕭人，博學明魯詩。）「王者承天統地，動有法度，車則和鸞，出則佩玉，動靜應天。」張衡東京賦云：「珮以制容，鑾以節塗。行不變玉，駕不亂步。」薛综注：「珮爲行容，鑾爲車節，行合容則玉聲應，馬步齊則和鑾響。」並謂君子之禮法。」皆魯家說也。「鸞在」至「和應」，禮經解注引韓詩內傳文。又呂氏讀詩記十八引韓詩曰：「在軾曰和，在軛曰鸞。」軛在衡下，衡木縛軛，「在軛」卽「在衡」也。陳喬樅云：「周禮大馭注：『鸞和皆以金爲鈴。』大戴禮保傅篇：『在衡爲鸞，在軾爲和。馬動而鸞鳴，鸞鳴而和應。』毛詩傳曰：『在軾曰和，在鑣曰鸞。』許氏異義載此二說。謹案云：『經無明文，且殷周或異。』白虎通引魯訓。禮注引韓傳。鄭注大馭及玉藻，皆同此說。秦風駟鐵『輶車鸞鑣』，箋云：『置鸞於鑣，異於乘車。』周禮疏謂鄭以田車鸞在鑣，乘車在衡，然蓼蕭之『和鸞雝雝』，亦乘車也。毛傳云『在鑣曰鸞』，箋不易之者，正義謂駟鐵已明之，從可知也。商頌之『八鸞鶬鶬』，亦乘車也。箋又云：『鸞在鑣，四馬則八鸞。』正義謂以經無正文，且殷周或異也。今攷車制：『軾』者，車前橫木也，（漢書李廣傳注引服虔。）高三尺三寸，圍七寸三分寸之一。（攷工記注。）『衡』者，轅前橫木，縛軛者也。（莊子馬蹄釋文。）衡下有兩軛，以叉馬頸。（左襄十四年傳正義引服虔。）左桓二年傳正義曰：『案攷工記「輪崇，車廣，衡長，參如一。」則衡之所容惟兩服馬耳。（見攷工記輿人注。賈疏云：「以驂馬別有軥鬲，故衡惟容服也。」）詩詞每言八鸞，當謂馬有二鸞。鸞若在衡，衡惟兩馬，安得置八鸞？以此知鸞必在鑣。』說文金部『鑾』下云：『人君乘車，四馬鑣，八鸞鈴，象鸞鳥之聲和則敬也。』許氏異義亦引詩云『八鸞鎗鎗』，則一馬兩鸞也。又云『輶車鸞鑣』，知非衡也。（續漢輿服志注引「許慎曰」云云，不言出異義，今以文義定之。）然尚存兩疑，於說文則定爲鸞在鑣矣。若和之所設，諸家皆云在軾，惟韓詩云在軾前，軾前則近衡矣。服虔杜預解左傳『錫鸞和鈴』，以爲鸞在鑣則和在衡。（服說見史記禮書集解。）正義謂鸞既在鑣，則和當在衡。此兼用韓毛之說也。」愚案：同一金鈴而有曰「和」、曰「鸞」之異，明以在衡、在軾別爲二名，古訓相承，原有目驗。魯韓既合，齊說必同。徒以毛傳「鸞鑣」之訓曲成「鑣」義，是許鄭所不能定者，後人以臆斷之得，毋甚武乎？去古已遥，姑從蓋闕，餘詳駟鐵篇。天子以此車服，屈尊禮，接諸侯，遠人戴德，宜爲萬福之所同歸。昭子謂華定「同福之不受」，言其不答此詩也。易林「鳴鸞噰噰，福祿來同」，用齊詩文。雝、噰、雍字同，已見何彼穠矣篇。白虎通作「雍雍」，是魯齊詩與毛異文。新書作「噰噰」，蓋魯家「亦作」本也。

蓼蕭四章，章六句。

湛露【疏】毛序：「天子燕諸侯也。」箋：「燕，謂與之燕飲酒也。諸侯朝覲會同，天子與之燕，所以示慈惠。」○易林屯之鼎云：「湛露之歡，三爵畢恩。」訟之恒同人之離同。又訟之既濟云：「白雉羣雊，慕德貢朝。湛露之恩，使我得歡。」是天子燕諸侯之説，三家與毛同也。左文四年傳「諸侯朝正于王，王宴樂之，於是乎賦湛露。」尤爲天子燕諸侯之確證。

湛湛露斯，匪陽不晞。【疏】傳：「興也。湛湛，露茂盛貌。陽，日也。晞，乾也。露雖湛湛然，見陽則乾。」箋：「興者，露之在物湛湛然，使物柯葉低垂，喻諸侯受燕爵，其儀有似醉之貌，諸侯旅酬之則猶然；唯天子賜爵則貌變，肅敬承命，有似露見日而晞也。」○王逸楚詞九章注：「湛湛，厚也。詩曰：『湛湛露斯。』」「厚」與「茂盛」義近。又九歌注：「晞，乾也。詩曰：『匪陽不晞。』」明魯毛文義並同。厭厭夜飲，不醉無歸。【注】魯「厭」作「懕」，韓作「愔」。【疏】傳：「厭厭，安也。夜飲，燕私也。宗子將有事，則族人皆侍。不醉而出，是不親也；醉而不出，是渫宗也。」箋：「天子宴諸侯之禮亡，此假宗子與族人燕爲説爾。族人，猶羣臣也，其醉不出，不醉出，猶諸侯之儀也。飲酒至夜，猶云『不醉無歸』，此天子於諸侯之義。燕飲之禮，宵則兩階及庭門皆設大燭焉。」○「魯厭作懕」者，釋訓：「懕懕，安也。」説文：「懕，安也。从心，厭聲。詩曰：『懕懕夜飲。』」是魯本字，毛借字。張衡南都賦：「客賦醉言歸，主稱露未晞。」衡魯家詩，用魯文也。「韓作愔愔」者，文選魏都賦李注引韓詩曰「愔愔夜飲」，薛君曰：「愔愔，和悦之貌也。」文選琴賦注引同。釋文引韓作「愔愔」，與選注合。三倉云：「愔愔，性和也。」聲類云：「愔，和靜貌。」魏都賦「愔愔醧燕」，即本韓詩。凡毛詩作「厭」者，魯韓字多从「音」，如「厭浥行露」作「湆浥行露」，「厭厭其苗」作「稽稽其苗」，「厭厭良人」作「愔愔良人」，及此皆是。

湛湛露斯，在彼豐草。厭厭夜飲，在宗在考。【疏】傳：「豐，茂也。夜飲必於宗室。」箋：「豐草，喻同姓諸侯也。『載』之言『則』也。考，成也。夜飲之禮，在宗室同姓諸侯則成之，於庶姓其讓之則止。昔者陳敬仲飲桓公酒而樂，桓公命以火繼之，敬仲曰：『臣卜其晝，未卜其夜。』於是乃止。此之謂『不成』也。」〇胡承珙云：「經言『宗』者，如左傳『肸之宗十一族』及『宗不余辟』之類。釋言：『茂，豐也。』故『豐』亦訓『茂』。『在』者，於也。『在宗』，猶言於同姓也。於其人，非於其地。言必於同姓乃有夜飲之禮，正以明異姓則否耳。」

湛湛露斯，在彼杞棘。顯允君子，莫不令德。【疏】箋：「杞也、棘也異類，喻庶姓諸侯也。令，善也。無不善其德，言飲酒不至於醉。」〇胡承珙云：「凡木叢生，被露獨厚，杞、棘並有『苞』稱，故以並言。」案，四牡「苞杞」傳，卽「枸檵」也。

其桐其椅，其實離離。豈弟君子，莫不令儀。【注】韓詩曰：「其桐其椅，其實離離。」韓說曰：「離離，長貌。」【疏】傳：「離離，垂也。」箋：「桐也、椅也，同類而異名，喻二王之後也。『其實離離』，喻其薦俎禮物多於諸侯也。飲酒不至於醉，徒善其威儀而已，謂陔節也。」〇「其桐」至「長貌」，初學記二十八引韓詩章句文，引經明韓毛文同。陳喬樅云：「『離離』，毛訓『垂』，與『長』義相成。實長則垂，故其貌離離然也。」箋說「離離」爲「俎實」，非。張衡西京賦「朱實離離」，用魯詩文。又南都賦「接歡宴於日夜，終愷樂之令儀」，用魯詩「莫不令儀」文。

湛露四章，章四句。

彤弓【疏】毛序：「天子錫有功諸侯也。」箋：「諸侯敵王所愾而獻其功，王饗禮之，於是賜彤弓一、彤矢百、玈弓矢千。凡諸侯，賜弓矢然後專征伐。」○三家無異義。

彤弓弨兮，受言藏之。【疏】傳：「彤弓，朱弓也。以講德習射。弨，弛貌。言，我也。」箋：「『言』者，謂王策命也。王賜朱弓，必策其功以命之。受出藏之，乃反入也。」○荀子大略篇：「天子雕弓，諸侯彤弓，大夫黑弓，禮也。」陳喬樅云：「公羊定四年傳何休注：『天子雕弓，諸侯彤弓，大夫嬰弓，士盧弓。』所言與荀子略同。釋文：『嬰弓，見司馬法。』案，北山經『燕山多嬰石』，注：『石似玉，有符采嬰帶，所謂燕石也。』『嬰弓』之嬰蓋同。天子諸侯皆彤弓矢，天子弓有雕飾，故曰『雕弓』。大夫、士皆盧弓矢，大夫弓亦有文飾，故曰『嬰弓』也。」荀爲魯詩之祖，何亦用魯詩，皆魯説也。孔疏：歌敍王意，故箋易傳。案，「言」，我，王自我也。受策出入，反敍諸侯意矣，非是。**我有嘉賓，中心貺之。鐘鼓既設，**【注】韓詩曰：「鐘鼓既設。」設，陳也。**一朝饗之。**【疏】傳：「貺，賜也。」箋：「『貺』者，欲加恩惠也。王意殷勤於賓，故歌序之。大飲賓曰饗。『一朝』，猶早朝。」○馬瑞辰云：「説文無『貺』字。『況，寒水也。』釋詁：『況，賜也』。魯語『況使臣以大禮』，『況』即『貺』也。是況、貺通作。廣韻：『況，善也』。『中心貺之』，正謂『中心善之』，猶覲禮云『予一人嘉之』，『嘉』亦『善』也。『貺之』，與下『好之』、『善之』同義。箋云『貺者，欲加恩惠』，蓋亦訓『貺』爲『善』耳。」「鐘鼓既設。設，陳也」者，玉篇言部引韓詩文，明韓毛文同。皮嘉祐曰：「禮月令『整設于門外』，注：『設，陳也』。廣雅釋詁同。説文：『設，施陳也。』是『設』本訓『陳』，韓用古訓解之。」何楷云：「饗禮見大行人，其牲則體薦，體薦則房烝，亦有飯食。舂人云『凡饗食共其食米』，是饗禮兼燕與食矣。但燕或於寢，而饗則於朝，立成不坐，設几不倚，爵盈不飲，獻如其命數而止，不必時久，故一朝可以成禮。然亦見王者勤於待賓，賞不踰時如此。」胡承珙云：「天子饗禮雖亡，然大饗用鐘鼓，見大司樂樂師大師小師眂瞭鐘師鼓師鎛師典庸器者，皆有其文。魯語『金奏肆夏繁遏渠，天子所以享元侯也。』詩但言樂盛，即知禮隆。」孔疏：

燕或至夜，饗則禮成而罷，故以『一朝』言。」

彤弓弨兮，受言載之。我有嘉賓，中心喜之。鐘鼓既設，一朝右之。【疏】傳：「載之，載以歸也。喜，樂也。右，勸也。」箋：「『載之』，出載之車也。『右之』者，主人獻之，賓受爵，奠于薦右，既祭俎，乃席末坐卒爵之謂也。」○胡承珙云：「上言『鐘鼓既設』，則右、醻明是饗時之事。楚茨傳：『侑，勸也』。與此正同，是『右』爲『侑』之叚借。『右之』、『醻之』，當主侑幣、酬幣爲義。」詳見下章。

彤弓弨兮，受言櫜之。我有嘉賓，中心好之。鐘鼓既設，一朝醻之。【疏】傳：「櫜，韜也。好，説也。醻，報也。」箋：「飲酒之禮，主人獻賓，賓酢主人，主人又飲而酌賓，謂之醻。醻，猶『厚』也、『勸』也。」○何楷云：「禮，於饗有侑賓勸飽之幣，上章言『右』是也。於飲有酬賓送酒之幣，此章言『醻』是也。饗爲飲禮，兼言『右』、『醻』者，以饗亦兼食故也。公食大夫禮：『賓三飯之後，公授宰夫束帛以侑。』注：『謂君以爲食賓殷勤之意未至，復發幣以勸之，欲其深安賓也。』又聘禮云：『若不親食，使大夫致之以侑幣。』注：『謂君有疾病及他故，必致之者，不廢其禮。』又曰：『致饗以酬幣，亦如之。』然則不親饗以酬幣致之，明親饗有酬幣矣。侑幣，公食大夫禮用束帛，其酬幣則無文。聘禮注又引禮器曰：『琥璜爵』，蓋天子酬諸侯也。』必疑琥璜爲天子酬諸侯之幣，以琥璜非爵名而云爵，明以送酒也。食禮無爵可送，則琥璜饗酬所用也。謂饗禮酬賓，以琥璜將幣耳。小行人：『合六幣，琥以繡，璜以黼。』則天子酬諸侯以繡黼而琥璜將之。」胡承珙云：「何説甚是，然尚牽合於食禮之『侑』。左莊十八年傳：『虢公晉侯朝王。王饗醴，命之宥。』（杜注：「王之覲羣臣，則行饗禮。先置醴酒，示不忘古。飲燕則命以幣物。宥，助也，所以助勸敬之意，言備設。」）皆賜玉五瑴，馬三匹。僖二十五年：『晉侯朝王。王饗醴，命之宥。』（注：「既行饗禮而設醴酒，又加之以幣帛，以助懽也。」）僖二十八年：『晉侯獻楚俘于王。王饗醴，命晉侯宥。』（注：「既饗，又命晉侯助以束帛，以將厚意。」）是則饗禮本有侑幣，王禮或更有玉與馬，不必以兼食禮之故。至酬幣，既見於儀禮。春秋時秦后子享晉侯，『歸取酬幣，終事八反』；晉侯享范獻子，『展莊叔執幣』，皆饗有酬幣之證。郊特牲：『大饗君三重席而酢。三獻之介，君專席而酢。』有酢必有酬，此所以用酬幣也。儀禮覲禮『饗禮乃歸』，注云：『禮，謂食燕也。王或不親，以其禮幣致之。略言饗禮，互文也。』疏云：『以此文爲互，則饗、食、燕皆有酬幣侑幣，是以掌客職三饗、三食、三燕云云，即云「若弗酌，則以幣致之。」』此節注疏最爲明晰。饗禮既有侑、酬，則此詩『右之』、『醻之』即饗時之侑幣酬幣，不必牽及於食、燕矣。」

彤弓三章，章六句。

菁菁者莪【疏】毛序：「樂育材也。君子長育人材，則天下喜樂之矣。」箋：「『樂育材』者，歌樂人君，教學國人，秀士、選士、俊士、造士、進士，養之以漸至於官之。」○徐幹中論藝紀篇：「先王之欲人之爲君子也，故立保氏掌教六藝：一曰五禮，二曰六樂，三曰五射，四曰五御，五曰六書，六曰九數。教六儀：一曰祭祀之容，二曰賓客之容，三曰朝廷之容，四曰喪紀之容，五曰軍旅之容，六曰車馬之容。大胥掌學士之版，春入學，舍菜合萬舞；秋，班學合聲。諷誦講習，不解於時，故詩曰：『菁菁者莪，在彼中阿。既見君子，樂且有儀。』美育人材，其猶人之於藝乎。既修其質，且加其文。文質著然後體全，體全然後可登乎清廟，而可羞乎王公。故君子非仁不立，非義不行，非藝不治，非容不莊，四者無愆而聖賢之器就矣。」徐用魯詩，所說詩義乃魯訓也。古者育材之法備於此矣。齊韓無異義。

菁菁者莪，在彼中阿。【注】韓詩曰：「蓁蓁者莪。」韓說曰：「蓁蓁，盛貌也。」【疏】傳：「興也。菁菁，盛貌。莪，蘿蒿也。中阿，阿中也。大陵曰阿。君子能長育人材，如阿之長莪菁菁然。」箋：「長育之者，既教學之，又不征役也。」○

「蓁蓁」至「盛貌」，文選東都賦李注引韓詩薛君文。馬瑞辰云：「集韻一先：『葏，草貌。「葏葏者莪」，李舟說。』案，說文：『菁，韭華也。』『蓁，草盛貌。』『葏，草貌。』則訓盛貌當以『蓁』爲正字。毛詩作『菁菁』，集韻引作『葏葏』，皆借字。」陳喬樅云：「桃夭詩『其葉蓁蓁』，傳云：『至盛貌。』義與韓合。王逸楚詞招魂注：『蓁蓁，積聚之貌。』『積聚』亦與『盛』義同。」釋草：「莪，蘿。」孔疏引舍人曰：「莪，一名蘿。」郭注：「今莪蒿也。」陸疏：「莪，蒿也，一名蘿蒿也，生澤田漸洳之處，葉似邪蒿而細，科生。三月中莖可生食，又可蒸，香美味頗似蔞蒿。」「大陵謂之阿」，亦釋地文，據經文，莪非獨澤田有矣。

既見君子，樂且有儀。【疏】箋：「既見君子者，官爵之而得見也。見則心既喜樂，又以禮儀見接。」○案，「君子」，謂在上者。左文三年傳：「公如晉。晉侯饗公，賦菁菁者莪。莊叔以公降拜。曰：『小國受命於大國，敢不愼儀？君貺之以大禮，何樂如之？抑小國之樂，大國之惠也。』」陳奐云：「莊叔釋詩『樂』，即經之『樂』。『愼儀』，即經之『有儀』。『貺之以大禮』，所謂『錫我百朋』也。」愚案：學士見君子，所樂非在得官。（孔疏云：「此樂者，爲得官而樂也。」）君子於人無不以禮儀相接，亦非所以詠嘆也。據莊叔言「愼儀」，又言「何樂如之」，「樂」、「儀」，皆屬己言。徐幹論育材之道，教以六藝、六儀，又云「既修其質，且加其文」，「且加其文」者，且有儀也，則可樂之事，當在修質，教以六藝，即修質之事。衆材入學，春秋講誦，習說羣樂，皆見君子後事也。序言「天下喜樂」，與此無涉。列女齊宿瘤女傳引詩曰：「菁菁者莪，在彼中阿。既見君子，樂且有儀。」又陳國辯女傳引詩曰「既見君子」二句，合之中論所引，明魯毛文同。

菁菁者莪，在彼中沚。既見君子，我心則喜。【疏】傳：「中沚，沚中也。喜，樂也。」○列女齊鍾離春傳引詩云：「既見君子，我心則喜。」明魯毛文同。

菁菁者莪，在彼中陵。既見君子，錫我百朋。【疏】傳：「中陵，陵中也。」箋：「古者貨貝，五貝爲朋。

『賜我百朋』，得祿多，言得意也。」○陳奐云：「淮南道應篇『散宜生得大貝百朋以獻紂』，高注：『五貝爲一朋，百朋，五百貝。』說文：『貝，海介蟲也。古者貨貝而寶龜，周而有泉，至秦，廢貝行錢。』是古用貝爲貨，周兼用泉布而貝不廢。漢書食貨志：『大貝四寸八分以上。壯貝三寸六分以上。幺貝二寸四分以上。小貝寸二分以上，二枚爲一朋，不盈寸二分。漏度不得爲朋。是爲貝貨五品。』貝不盈六分不得爲貨，此新莽制。」

汎汎楊舟，載沈載浮。既見君子，我心則休。【疏】傳：「楊木爲舟，載沈亦沈，（陳奐依正義訂作「亦浮」，是。）載浮亦浮。」箋：「舟者沈物亦載，浮物亦載，喻人君用士，文亦用，武亦用，於人之材無所廢。『休』者，休休然。」○釋文：「休，美也。」淮南說林訓：「舟能沈能浮，愚者不加足。」高注：「舟船能載浮物，愚者不敢加足，畏其沈。詩曰『汎汎楊舟，載沈載浮』是也。」愚案：據高注，明魯毛文同。孔疏云：「『載飛載止』及『載震載育』之類，傳箋皆以『載』爲『則』，然則此載亦爲則，言『則載沈物』、『則載浮物』也。」案，「載」爲「則」，又於「則」下加「載」字，古訓皆不如此。

菁菁者莪四章，章四句。

六月【注】齊說曰：「宣王興師命將，征伐玁允，詩人美大其功。魯說曰：「周室既衰，四夷並侵，玁允最彊，至宣王而伐之，詩人美而頌之曰：「薄伐玁狁，至于太原。」又曰：「嘽嘽推推，如霆如雷。顯允方叔，征伐玁狁，荆蠻來威。故稱中興。」又曰：周宣王命南仲吉甫攘玁狁，威蠻荆。【疏】毛序：「宣王北伐也。」箋：「六月，言周室微而復興，美宣王之北伐也。」○「宣王」至「其功」，漢書匈奴傳文。「周室」至「中興」，漢書韋玄成傳引劉歆議文。「周室」至「蠻荆」，蔡邕諫伐鮮卑議文。據此，齊魯與毛同，韓蓋無異義。

六月棲棲，戎車既飭。四牡騤騤，載是常服。【疏】傳：「棲棲，簡閱貌。飭，正也。日月爲常，服，戎服也。」箋：「記『六月』者，盛夏出兵，明其急也。『戎車』，革輅之等也，其等有五。戎車之常服，韋弁服也。」〇馬瑞辰云：「棲、栖古同字，義與論語『栖栖』同，謂行不止也。廣雅：『徲徲，往來也。』『徲徲』即『棲棲』，謂往來不止之皃。『徲徲』通作『棲棲』，猶『瓠犀』通作『瓠棲』，皆音近借字耳。」采薇傳：「騤騤，彊也。」易林益之井：「六月騤騤，各欲有望。專征未壯，候待旦明。」蹇之小過同，惟「專征」作「後來」，焦用齊詩文。陳喬樅云：『未壯』，皆『束裝』之譌，出車詩『召彼僕夫，謂之載矣』，箋言『召御夫使裝載物而往』，是謂『載』爲『裝』也。太玄玄錯云『裝候時』，與易林『束裝候時』語意正同。」馬瑞辰云：「『常服』，箋說是。左閔二年傳梁餘子養曰：『帥師者，有常服矣。』杜注：『韋弁服，軍之常也。』兵事以韋弁服爲常服，猶殷士以黼冔助祭，亦曰常服也。若傳以日月爲常，則於文王詩『常服黼冔』不可通矣。」

玁狁孔熾，我是用急。王于出征，以匡王國。

【注】齊「急」作「戒」。【疏】傳：「熾，盛也。」箋：「此序吉甫之意也。北狄來侵甚熾，故王以是急遣我。于，曰。匡，正也。王曰今女出征玁狁，以正王國之封畿。」〇「齊急作戒」者，鹽鐵論繇役篇：「詩云：『玁允孔熾，我是用戒。』故守禦征伐，所由來久矣。」是齊文與毛異。盧文弨云：「『戒』，當作『悈』。釋言：『悈，急也。』郝懿行云：『悈者，心之急也。』『戒』即『悈』字之省。謝靈運述征賦云：『宣王用棘於玁狁。』是六朝本有作『我是用棘』者。『棘』即『急』也，亦本三家詩。」「王于出征，以匡王國」者，王引之云：「爾雅：『于，曰也。』『曰』，古讀『聿』字，本作『欥』，或作『曰』，或作『聿』。『王于興師』，王聿興師也。『王于出征』，王聿出征也。聿、曰古字通，故爾雅訓『于』爲『曰』。箋每以爾雅之『于』、『曰』爲論語『子曰』之曰，失其指矣。」馬瑞辰云：「『于』訓爲『曰』。曰，詞也。箋讀爲發聲之曰，失之。據詩云『以匡王國』、『以佐天子』，則知王不親征。『王于出征』，猶秦詩『王于興師』，不得謂王自興師也。王肅述毛，以前四章爲宣王親征，謬也。匡，助也。『以匡王國』，猶云『以佐天子』。『匡』又爲『救』。左成十八年傳『匡乏困，救災患』，杜注：『匡亦救也。』救、助義亦

相通。廣雅：『救，助也』。是其證。」

比物四驪，閑之維則。【疏】傳：「物，毛物也。則，法也。言先教戰，然後用師。」○孔疏：「夏官校人云：『凡大祭祀，朝覲會同，毛馬而頒之。凡軍事，物馬而頒之。』注：『毛馬，齊其色。物馬，齊其力。』『比物』者，比同力之物。戎車齊力尚强，不取同色。而四驪者雖以齊力爲主，亦不厭其同色。無同色者，乃取異毛耳。『閑之』，是先閑習，故知先教戰而後用師也。」維此六月，既成我服。我服既成，于三十里。王于出征，以佐天子。【疏】傳：「師行三十里。出征以佐其爲天子也。」箋：「王既成我戎服，將遣之，戒之曰：日行三十里，可以舍息。又曰：令女出征伐，以佐我天子之事，禦北狄也。」○孔疏：「諸軍法皆以三十里爲限，漢書律曆志計武王之行，亦准此也。」

四牡修廣，其大有顒。薄伐玁狁，以奏膚功。有嚴有翼，共武之服。共武之服，以定王國。【疏】傳：「修，長。廣，大也。顒，大貌。奏，爲。膚，大。公，功也。嚴，威嚴也。翼，敬也。」箋：「服，事也。言今師之羣帥有威嚴者，有恭敬者，而共典是兵事。言文武之人備定安也。」○說文：「顒，大頭也。」陳奐云：「『其大有顒』，猶言『有顒其大』，與『有蕡其實』、『有晥其實』句法同，特倒詞以合韻。」馬瑞辰云：「釋文：『共，王徐音恭。』軍事以敬爲主，左傳所謂『不共是懼』也。『共武之服』，即言敬武之事，正承上『有嚴有翼』言之。嚴、翼皆『恭』也。」

玁狁匪茹，整居焦穫。【注】魯「穫」作「護」。侵鎬及方，至于涇陽。【疏】傳：「焦穫，周地接于玁狁者。」箋：「匪，非。茹，度也。鎬也，方也，皆北方地名。言玁狁之來侵，非其所當度爲也，乃自整齊而處周之焦穫，來侵至涇水之北。言其大恣也。」○易林未濟之睽云：「玁狁匪度，治兵焦穫。伐鎬及方，與周爭疆。元戎其駕，以安我王。」「匪度」，毛作「匪茹」。箋云「度也」，即用齊義申毛，言其不自量度，敢與上國爭彊也。「整」即「治」也，故焦氏以爲「治兵」。

「魯穫作護」者，釋地：「周有焦護。」是釋此詩。毛作「穫」，則作「護」者，魯詩也。郭注：「今扶風池陽縣瓠中是也。」水經瀘水注：「瀘水東注鄭渠。渠首上承涇水於中山西邸瓠口，所謂瓠中也。」漢池陽縣屬馮翊，晉屬扶風郡，今陝西西安府涇陽縣西北有焦穫澤，即此「焦穫」，在渭北、涇東。漢書西域傳：「自周衰，戎狄錯居涇渭之北。」史記匈奴傳：「犬戎殺幽王，遂取周之焦穫，而居于涇陽之間，侵暴中國。」蓋宣王時玁狁之整居焦穫，乃暫時逼處，一經驅逐，仍即遠竄。至幽王以後，犬戎遂據焦穫而有之矣。「侵鎬」，王肅以爲鎬京。王基駮之云：「下章『來歸自鎬，我行永久』，故劉向曰『千里之鎬，猶以爲遠。』」王駮是也，其地未聞。「方」者，出車篇「王命南仲，往城于方」是也。蓋玁狁駐兵於涇東，游騎蔓延，徧于涇北，特未敢踰涇水而南耳。「涇陽」者，涇水之北。秦有涇陽君，漢立涇陽縣，今甘肅平涼府平涼縣西四十里故城即其地也。據史記「取焦穫而居涇渭間」，是焦穫非遠方，爲南仲所城。鎬則劉向以爲「千里」，是鎬方非近。孔疏云：「鎬方雖在『焦穫』之下，不必先焦穫乃侵鎬方。」其說是也。

織文鳥章，白茷央央。【注】魯作「帛旆英英。」【疏】傳：「鳥章，錯革鳥爲章也。白旆，繼旐者也。央央，鮮明貌。」箋：「織，徽識也。鳥章，鳥隼之文章，將帥以下，衣皆著焉。」〇「織文」者，段玉裁云：「毛無傳，蓋讀與禹貢『厥篚織文』同。鳥章、帛旆，皆織帛爲之。箋易爲『徽識』，則其字作『識』。周禮注、左傳注、說文皆作『徽識』。」胡承珙云：「『徽識』者，爲旗則大，在衣則小，鄭特推廣言之，非以『織文』二句專指在衣之徽識也。」「鳥章」者，釋天：「錯革鳥曰旟。」孫炎曰：「錯，置也。革，急也。畫急疾之鳥於縿。」郭注：「以革爲之，置於旐端。」「白茷央央」者，今本「茷」作「旆」。釋文云：「白茷，本又作『旆』。繼旐曰茷，左傳『蒨茷』是也。一曰，『旆』與『茷』古今字。」孔疏本同，是陸孔皆作「白茷」。「魯作帛旆英英」者，公羊宣十二年疏引釋天云：「旌旂，緇，廣充幅、長尋曰旐，繼旐曰旆。」孫氏云：「緇，黑繒也。帛續旐末，亦長尋，詩曰『帛旆英英』是也。」所引即孫炎爾雅注文。毛作「白茷央央」，則作「帛旆英英」者魯文也。陳喬樅云：「公羊注：『繼旐如燕尾，曰旆。』釋名：『雜帛爲旆，以雜色綴其邊爲燕尾，將帥所建，象物雜也。』據孫說，旐用黑繒爲之，其繼旐之旆，則以絳帛續之爲燕尾。緇絳相雜，故云『雜帛爲旆』。絳得專帛名者，周之正色，時王所尚也。此詩正義云：『言白旆者，謂絳帛猶通帛曰旃，亦是絳也。』說與前儒合。惟出其東門正義及周禮司常疏引此詩，皆以『白旆』爲白色，此賈孔誤解，疑六月正義乃襲劉光伯述義語，故得不誤耳。『央』，釋文：『音英，或於良反。』知舊讀以『央』爲『英』之假借，故音從『英』。『或讀』失之矣。」元戎十乘，以先啟行。【注】韓詩曰：「元戎十乘，以先啟行。」韓說曰：「元戎，大戎，謂兵車也。車有大戎十乘，謂車縵輪，馬被甲，衡軛之上，畫有劍戟，名曰陷陣之車，所以冒突先啟敵家之行伍也。【疏】傳：「元，大也。夏后氏曰鉤車，先正也。殷曰寅車，先疾也。周曰元戎，先良也。」箋：「鉤，鉤般，行曲直有正也。寅，進也。二者及元戎皆可以先前啟突敵陳之前行，其制之同異未聞。」○陳奐釋傳云：「『鉤車』以下，御覽六十五引古司馬兵法同。古司馬法：兵車一乘，甲士十人。然則甲士二五爲一乘，十乘百人，即甲士百人。諸侯有大功，賜以虎賁百人，得專征伐者謂此也。吉甫帥師，元戎十乘。左昭十三年傳劉獻公曰：『天子之老，請帥王賦，「元戎十乘，以先啟行」，正本此詩。』」「詩曰」至「伍也。」史記三王世家集解引詩曰「元戎十乘，以先啟行」，及韓嬰章句文。「元戎」二句，本韓詩，明韓毛文同。所謂韓嬰章句，即薛君章句也。馬瑞辰云：「韓言車制較詳。言『所以冒突先啟敵家之行伍』者，左宣十二年傳孫叔曰：『進之！寧我薄人，無人薄我。詩云「元戎十乘，以先啟行」，先人也。軍志曰「先人有奪人之心」，薄之也。』是『以先啟行』即是『薄人』，故鄭訓爲『啟突敵陣之前行』，不爲自開其行列。左傳正義服虔引司馬法謀師篇云：『大前驅，啟乘車、大晨倅車屬焉。』所云『大前驅』，即元戎也。『啟乘車』與『大晨倅車』，皆爲所屬。則是『元戎』居啟行之先，與韓鄭以『啟行』爲『突啟敵陣』者義異。」或本魯齊詩說。班固燕然山銘「元戎輕武」，用齊詩文。

戎車既安，如輊如軒。四牡既佶，既佶且閑。【疏】傳：「輊，摯。佶，正也。」箋：「戎車之安，從後視之如『摯』，從前視之如『軒』，然後適調也。佶，壯健之貌。」○惠棟云：「『摯』當作『蟄』。淮南子高注：『蟄音至。从車，不从手。』」段玉裁云：「『軒輊』，即『軒輖』也。既夕禮鄭注：『輖，蟄也。』說文：『輖，重也，謂車重也。』士喪禮『軒輖中』，鄭：『輖，蟄也。』摯、蟄、輊同字，輖雙聲，許書有輖、摯而已。『摯』者，依聲託事字也。軒言車輕，輖言車重，引申爲凡物之輕重。」據此，淮南从「車」誤也。胡承珙云：「淮南人間訓：『道者置之前而不蟄，錯之後而不軒。』後漢馬援傳：『居前不能令人輊，居後不能令人軒。』皆謂平均調適，無所輕重低昂之意。凡車，輊前者必軒後，（軒，起也。前重則後輕，故後有軒勢。若後重則前輕，其前仰起亦可曰軒。集韻分「前頓曰輊，後頓曰軒」，非是。）然後從後視之，不見有輊狀，則前必過於輕，從前視之不見有軒狀，則後必過於重，故曰『如輊如軒』，非真有輊軒而不啻，其輊軒則一低一昂，自然調適。箋語善於形容。」又云：「說文：『佶，正也。』引詩『既佶且閑』。詩上二句言車之善，下二句言馬之善。車以平均調適爲善，馬以整齊馴習爲善。『佶』者整齊，『閑』者馴習，不必如箋說『壯健』也。」張衡東京賦「既佶且閑」，明魯毛文同。薄伐玁狁，至于大原。【疏】傳：「言逐出之而已。」○案，漢書匈奴傳：「周宣王時，獫狁內侵，至于涇陽，命將征之，盡境而還。其視戎狄之侵，譬猶蟁蟲之螫，毆之而已，故天下稱明。」與傳義合。漢書敘傳：「薄伐獫狁。」鹽鐵論繇役篇：「周宣王尹吉甫式遏寇虐，詩云：『薄伐獫狁，至于太原。』」明齊毛文同。漢書韋玄成傳載劉歆引詩曰：「薄伐獫狁，至于太原。」明魯毛文同。顧炎武云：「朱子集傳以爲今太原陽曲縣，即詩之太原。案古之言『太原』者多矣，若此詩，則當先求涇陽所在，而後太原可得而明也。漢書地理志安定郡有涇陽縣，幵頭山在西，禹貢涇水所出。後漢靈帝紀『段熲破先零羌於涇陽』，注：『涇陽屬安定，在原州。』郡縣志：『原州平涼縣，本漢涇陽縣地，今縣西四十里涇陽故城是也。』然則太原當即今之平涼，而後魏立爲原州，亦是取古太原之名爾。計周人之禦玁狁，必在涇原之間。若晉陽之太原在大河之東，距周京千五百里，豈有寇從西來，兵從東出者乎？故曰『天子命我，城彼朔方。』而國語『宣王料民于太原』，亦以其近邊爲禦戎之備，必不料之於晉國也。」胡渭云：「漢安定郡治高平縣，後廢。元魏改置，曰平高。唐爲原州治，後徙治平涼縣西，去故州一百六十里，故州卽元開城縣，今固原州也。小爾雅：『高平謂之大原。』則大原當在州界，非平涼縣，縣乃古涇陽，在固原之東。玁狁侵及涇陽，而薄伐之以至於大原，蓋自平涼逐之出塞，至固原而止，不窮逐也。」陳奐云：「方輿紀要：陝西平涼府鎭原縣，在府北百三十里，縣西二里有高平故城。固原州在府西北百十里，鎭原爲唐之原州治，固原屬原州界西之中。疑古大原當在鎭原，平涼卽涇陽地。從涇陽直北，追至鎭原，不更向西北矣。史記匈奴傳『武王伐紂，放逐戎夷涇、洛之北』，當亦不甚相遠也。」案，當時吉甫直出涇陽，遂破玁狁。楊雄并州牧箴所云「宣王命將，攘之涇北」也。（藝文類聚引。）清鎬地而至大原，追逐千數百里，終宣王之世，邊境無事，功亦偉矣。文武吉甫，萬邦爲憲。【疏】傳：「吉甫，尹吉甫也，有文有武。憲，法也。」箋：「吉甫，此時大將也。」○案，崧高「作誦」，是其文也。「薄伐玁狁」，是其武也。漢書人表尹吉甫列上下第三等，次周宣王世。「憲，法」，釋詁文。

吉甫燕喜，既多受祉。來歸自鎬，我行永久。飲御諸友，炰鱉膾鯉。【疏】傳：「祉，福也。御，進也。」箋：「吉甫既伐玁狁而歸，天子以燕禮樂之，則歡喜矣，又多受賞賜也。御，侍也。王以吉甫遠從鎬地來，又日月長久，今飲之酒，使其諸友恩舊者侍之，又加其珍美之饌，所以極勸之也。」○漢書陳湯傳：「劉向曰：『吉甫之歸，周厚賜之，其詩曰：『吉甫燕喜，既多受祉。來歸自鎬，我行永久。』千里之鎬，猶以爲遠，況萬里之外，其勤至矣！』」向引魯詩，明魯毛文同。易林豫之萃云：「飲御諸友，所求大得。」小畜之大過同。賁之頤云：「炰鱉膾鯉。」明齊毛文同。胡承珙云：「大射儀『羞庶羞』，注：『有炰鱉膾鯉』者。天子諸侯之射，先行燕禮，此詩所言，其即燕禮之庶羞與？」愚案：詩上明言「燕喜」，胡以爲庶羞之禮，是也。王夫之云：「禮，與卿燕則大夫爲賓，與大夫燕亦大夫爲賓。鄭注不以所與燕者爲賓，燕主序歡心，賓主敬也。公父文伯飲南宮敬叔，露堵父爲客，此之謂也。君燕卿大夫，膳夫爲主而別命賓，則君與所燕者皆尊安矣。天子之大夫稱字，張仲，大夫也。燕吉甫而命仲爲賓，此與卿燕大夫爲賓之禮也。」

侯誰在矣？張仲孝友。【注】魯說曰：張仲孝友。善父母爲孝，善兄弟爲友。【疏】傳：「侯，維也。張仲，賢臣也。善父母爲孝，善兄弟爲友。使文武之臣征伐，與孝友之臣處内。」箋：「張仲，吉甫之友，其性孝友。」○「張仲」至「爲友」，釋訓文，魯說也。漢書人表張仲列上下第三等，次周宣王世，「仲」作「中」，蓋齊詩「亦作」本。易林離之坎云：「六月采芑，征伐無道。張仲方叔，克勝飲酒。」又小過之未濟云：「六月采芑，征伐無道。張仲季叔，孝友飲酒。」馬瑞辰云：「歐陽集古録、薛氏鐘鼎款識並載有張仲簠銘五十一字，其文曰『用饗大正歆，王賓饌具，召飤張仲，受無疆福。諸友飤具飽，張仲畀壽。』簠銘言『諸友』，與詩『飲御諸友』合，簠蓋因此時得與燕飲作也。易林云：『張仲季叔，孝友飲酒。』蓋以詩言諸友，當時叔季皆在，詩特言張仲以該叔季也。」此皆齊說。蔡邕爲陳留縣上孝子狀：「張仲孝友，侯在左右。周宣之興，實始于此。」又張玄祠堂碑：「其先張仲者，實以孝友爲名臣，左右王室。」潛夫論志姓氏篇：「詩頌宣王，張仲孝友。」後漢書楊賜對書曰：「内親張仲，外任山甫。」此言張仲佐宣王處内，皆魯說。

六月六章，章八句。

采芑【疏】毛序：「宣王南征也。」○三家無異義。詩汜歷樞曰：「午采芑也。」此齊說。

薄言采芑，于彼新田，于此菑畝。【注】魯說曰：田一歲曰菑，二歲曰新田。【疏】傳：「興也。芑，菜也。田一歲曰菑，二歲曰新田，三歲曰畬。宣王能新美天下之士，然後用之。」箋：「興者，新美之喻和治其家、養育其身也。士，軍士也。」○孔疏引陸疏：「芑似苦菜，莖青白色，摘其葉，白汁出，肥可生食，亦可烝爲茹。青州人謂之芑。西河雁門芑尤美，胡人戀之不出塞是也。」馬瑞辰云：「據齊民要術引詩義疏，云『蘧似苦菜，青州謂之芑。』說文：『蘧，菜也。』是知孔疏引兩『芑』字皆『蘧』之譌。蘧、芑聲之轉，故蘧謂之芑也。芑卽苦菜，而陸云『似苦菜』者。宋嘉祐本草謂：『苦苣野生者名稨苣，今人家常食爲白苣。』是苦菜有二種，陸蓋以芑爲家中種者，以苦菜爲野苦苣，今北人呼『蘧蕒菜』，故云『蘧似苦菜』也。據詩下文，則芑種於田，不爲野苣明矣。」「田一」至「新田」，釋地文，魯說也。孔疏引孫炎曰：「菑音災，始災殺其草木也。新田，新成柔田也。」郭注：「今江東呼初耕地反草爲菑。」是魯毛不異。禮坊記鄭注：「二歲曰畬，三歲曰新田。」禮注多據齊詩說，蓋齊魯師說所傳異詞，故不同耳。**方叔涖止，其車三千，師干之試。**【疏】傳：「方叔，卿士也，受命而爲將也。涖，臨。師，衆。干，扞。試，用也。」箋：「方叔臨視此戎車三千乘，其士卒皆有佐師扞敵之用爾。司馬法：『兵車一乘，甲士三人，步卒七十二人。』宣王承亂，羨卒盡起。」○漢書人表方叔列上下第三等，次周宣王世。此齊說。揚雄趙充國頌：「昔周之宣，有方有虎，詩人歌功，乃列于雅。」此魯說。說文：「𨽾，臨也。」涖、𨽾聲近，俗作「莅」。陳奐云：「箋據司馬法，一乘七十五人，正義因謂天子六軍千乘，三千乘十八軍。金氏鶚云：『天子六軍，七萬五千人耳，今用十八軍，二十二萬五千人，自古未有如此之多。司馬法本有二說，鄭詩箋及論語注引司馬法：「兵車一乘，甲士三人，步卒七十二人。」而小司徒注又引司馬法：「革車一乘，士十人，徒二十人。」鄭不詳其所以異，賈疏及春秋孔疏皆以七十五人爲畿內采地法。不知王者軍制，自畿內達之天下，安得有異？且士卒出於鄉遂，非出於采地也。江氏永謂「七十五人」者，邱甸之本法；「三十人」者，調發之通制。此說得之。然其解周官，亦謂戰車七十五人，則亦誤也。車乘士卒，經典有明文，周官：「五伍爲兩，兩者車一乘也。」是明言二十五人爲一乘矣。蓋兵車一乘，甲士十人，步卒十五人，甲士二伍，步卒三伍，士卒不相襍。凡用兵，選其强壯有勇者爲甲士，又選其尤者使居車上，左人持弓矢主射，右人持矛主擊刺，中人主御，是謂甲首。左傳言「獲其甲首三百」，甲首者，甲士之首也。三百人則車百乘也，餘甲士七人，蓋在車之左右，步卒十五人，蓋在車之後也。調發之制，一乘三十人，而戰止用二十五人，蓋用步卒五人將重車也。杜牧孫子注云：「炊家子十人固守，衣裝五人，廐養五人，樵汲五人。」此將重車二十五人也。每一乘兵車所出之卒，除五人將重車，是兵車五乘，重車一乘也。五乘凡一百五十人，馬二十匹，其糗糧芻茭，宜以大車載之矣。重車在兵車之後，將重車者，大抵老弱之人，皆步卒而非甲士，故不用以戰，行則將重車，止則爲炊爨樵汲等事也。江氏謂四兩爲卒，以一兩之人將重車，抑又誤矣。伍兩卒旅皆戰士，將重車者非戰士也。以一兩之人將重車，則無以成卒，又何以成旅師與軍乎？惟以二十五人爲一乘，按之諸書皆合。方叔南征，車三千乘，每乘二十五人，三千乘得七萬五千人，是王六軍之制也。」案，金説確不可易。又歷引左傳「帥車三十乘，甲士三千人」、孟子「革車三百兩，虎賁三千人」與管子「一乘四馬，白徒三十人奉車兩」，並與司馬法「一乘三十人」合，可謂信而有徵矣。「師衆」，釋詁文。「干，扞」、「試，用」，釋言文。「師干之試」，言軍士之衆，足爲扞禦之用也。」

方叔率止，乘其四騏，四騏翼翼。路車有奭，簟茀魚服，鉤膺鞗革。【疏】傳：「奭，赤貌。鉤膺，樊纓也。」箋：「『率』者，率此戎車士卒而行也。翼翼，壯健貌。『茀』之言『蔽』也，車之蔽飾象席文也。魚服，矢服也。鞗革，轡首垂也。」○馬瑞辰云：「説文『𧗿』下云：『將𧗿也。』『將』下云：『帥也。』『帥』亦當作『𧗿』。毛作『率』者，『𧗿』之省借，韓詩多借作『帥』。説文『䢦』下云：『先道也。』音義與『𧗿』同。後假『率』爲之，又借作『帥』。若『率』之本義，自爲捕鳥畢；『帥』之本義，自爲佩巾耳。」采薇傳云：「翼翼，閑也。」「奭」讀爲「赫」，「有奭」即「有赫」，猶言「赫赫」也。孔疏：「瞻彼洛矣云『韎韐有奭』，彼茅蒐染爲奭，故知『赤貌』也。」陳奐云：「載驅『簟茀朱鞹』，傳：『鞹，革也。』諸侯之路車，有朱革之質而羽飾。』是路車有赤飾也。載驅傳又云：『簟，方文席也，車之蔽曰茀。』繕人：『凡乘車，充其籠箙。』說文：『籠，笭也。』『笭，車笭也。』車笭卽茀。矢箙繫於笭，故曰『籠箙』，是卽詩之『魚服』歟？」「鉤膺」者，陳奐云：「『樊』者，『緐』之借字。說文：『緐，馬髦飾也。』漢之羽葆幢，以犛牛尾爲之，如斗，在乘輿左。騑馬頭上馬纓，飾狀相似，是謂『緐纓』。亦與旄竿析羽注旄首相似，故左哀二十三年傳言薦夫人馬稱『旌緐』。蔡邕獨斷云：『緐纓在馬膺前，如索帬。』方言：『帬，陳魏之間謂之帔，自關而東或謂之襬。』蔡以漢索帬比況緐纓，皆謂下垂緐多之狀。晉語『亡人之所懷挾纓纕』，韋注：『纓，馬纓也。』蓋以當時夷吾出亡，未立爲君，故馬皆有纓而無緐。左成二年傳：『衞仲叔于奚請緐纓以朝。』新書審微篇：『緐纓者，君之駕飾也。』是緐纓爲尊者之馬飾，馬有緐纓，猶人有緌纓。緌與纓異材，賤者止有冠纓，尊者以緌爲飾。人之纓結頷下，馬之纓結胸前。纓卽馬帶，以革爲之，緐下垂，其上有鉤金以爲飾。先鄭賈馬蔡許說『樊纓』大略相同。惟鄭康成讀『樊』如『鞶帶』之鞶，謂今馬大帶也；『纓』，今馬鞅。與古說異。『肇革』，詳蓼蕭篇。」

薄言采芑，于彼新田，于此中鄉。方叔涖止，其車三千，旂旐央央。【疏】傳：「鄉，所也。」箋：「中鄉，美地名。交龍爲旂，龜蛇爲旐。此言軍衆將帥之車皆備。」○馬瑞辰云：「『鄉』與『黨』對文則異，散文則通。玉藻鄭注：『鄉，黨之細者。』淮南道應訓『北息乎沈墨之鄉，西窮冥冥之黨。』是鄉猶黨也。左傳服注、公羊何注、國語韋注、釋名並曰：『黨，所也。』黨爲所，則鄉亦爲所矣。孟子『出入無時，莫知其鄉』，卽『莫知其所』也。廣雅『所，鄙凥也。』古者公田爲居，廬舍在內，還廬舍種桑麻雜菜，疆畔則種瓜果，小雅所云『中田有廬，疆場有瓜』也。『中鄉』，當指『中田有廬』言之，傳訓『鄉』爲『所』，亦以『所』爲『凥』也。」方叔率止，約軝錯衡，八鸞瑲瑲。【疏】傳：「軝，長轂之軝也，朱而約之。錯衡，文衡也。瑲瑲，聲也。」○「約軝」者，戎車長轂，小戎謂之「暢轂」。「朱而約之」，朱其飾也。考工記輪人言置轂之制：「五分其轂之長，去一以爲賢，去三以爲軹。容轂必直，陳篆必正，施膠必厚，施筋必數，幬必負幹。既摩，革色青白，謂之轂之善。」鄭注：「篆，轂約也。」說文「軝」下云：「長轂之軝也。」引詩。或作「𨊻」。段注：「大車轂長尺五寸，田車、兵車、乘車轂長三尺二寸。五分三尺二寸之長：一爲賢，得六寸四分；三爲軹，得尺九寸二分；虛其一者，留以置輻也。考工記之『軹』，卽詩之『軝』，軹，同音假借字。取此尺九寸二分者，以革約之而朱其革，詩所謂『約軝』也。『容』，如『製甲必先爲容』之容，先爲容轂之笵，盛轂於中，以治之飾之。『陳篆』者，刻畫其文，而以革縷若絲嵌約之，而後施膠施筋，而後幬之以渾革，而九桼之而摩之。革色青白，而後朱畫之。容轂以下，渾轂所同也。幬而朱之，軝所獨也，本是幬而朱之，毛云『朱而約之』，許云『以朱約之』者，既朱則似先朱其革，其意一也。」陳奐云：『錯衡』，謂衡上束文也。說文：『鑾，車衡三束也。曲轅鑾縛，直轅𨏥縛。从革，爨聲，讀如論語「鑽燧」之鑽，或作䡴。』案，曲轅卽曲輈，曲轅車衡，其約束之革，是曰鑾。錯、鑾聲相近。『三束』者，衡之文也。或謂以金飾衡者，誤以錯衡爲金厄耳。」釋文：「瑲，本作鎗。」「瑲瑲」，鑾聲。

服其命服，朱芾斯皇，有瑲葱珩。

【注】魯「芾」作「紼」。韓齊魯「珩」作「衡」。【疏】傳：「朱芾，黃朱芾也。皇，猶煌煌也。瑲珩，聲也。葱，蒼也。三命葱珩，言周室之强，車服之美也。言其强美，斯劣矣。」箋：「『命服』者，命爲將，受王命之服也。天子之服，韋弁服、朱衣裳也。」○「命服」者，上公之服，朱芾、葱珩皆是。張衡綬笥銘「服其命服」，明魯毛文同。斯干箋：「天子純朱，諸侯黃朱。」嫌於偪尊，故知此「朱」是「黃朱」也。「煌煌」，言其明也。「有瑲」，猶瑲瑲。「三命赤韍葱珩」，禮玉藻文。「魯芾作紼」者，白虎通紼冕篇：「紼者蔽也，行以蔽前者爾，有事因以列尊卑、彰有德也。天子朱紼，諸侯赤紼。詩云：『朱紼斯皇，室家君王。』又云：『赤紼金舄，會同有繹。』又云：『赤紼在股。』皆謂諸侯也。書曰『黼黻衣黃

朱紱』，亦謂諸侯也。竝見衣服之制，故遠別之，謂黄朱亦赤矣。大夫葱衡，別於君矣。天子、大夫朱紱葱衡，士靺韐。朱赤者，盛色也，是以聖人法之，用爲紱服，百王不易也。」陳喬樅云：「易乾鑿度：『天子、三公、九卿朱紱，諸侯赤紱。朱紱者，賜大夫之服也。』鄭注：『朱、赤雖同，而有深淺之別。』説與此合。然則諸侯惟得用赤紱，入爲王臣，始加賜朱紱。天子、三公、九卿，皆服朱紱葱衡。方叔爲宣王卿士，故詩言『朱紱斯皇，有瑲葱衡』也。」「韓齊魯珩作衡」者，玉府注引詩傳曰：「佩玉上有葱衡，下有雙璜，衡牙蠙珠，以納其間。」賈疏謂是韓詩，唐時韓詩尚存，其言可信。又晉語注引詩傳曰：「上有葱珩，下有雙璜。」（丁晏云明本舊本引國語注「珩」作「絎」，譌，今改正。）所引不知何詩傳也。大戴禮保傅篇：「下車以佩玉爲度，上有葱衡，下有雙璜，衡牙玭珠，以納其間，琚瑀以雜之。」蔡邕月令章句云：「佩上有葱衡，下有雙璜，琚瑀以雜之，衡牙蠙珠以納其間。」是齊魯家皆以衡璜衡牙爲佩玉之大名，中又有琚瑀雜貫之。賈疏云：「衡，横也。謂葱玉爲横梁，下以組懸於衡之兩頭，兩組之末，皆有半璧曰璜，故曰雙璜。又以一組懸於衡之中央，於末著衡牙，使前後觸牙，故曰衡牙。案，琚瑀所置，當於懸衡牙組之中央，又以二組穿琚瑀之内，角衺係衡之兩頭，組末係於璜。納其間者，組繩有五，皆穿於其間也。」

鴥彼飛隼，其飛戾天，亦集爰止。方叔涖止，其車三千，師干之試。方叔率止，鉦人伐鼓，陳師鞠旅。【疏】傳：「戾，至也。伐，擊也。鉦以静之，鼓以動之。鞠，告也。」箋：「隼，急疾之鳥也，飛乃至天，喻士卒勁勇，能深攻入敵也。爰，於也。亦集於其所止，喻士卒須命乃行也。『其車三千』，三稱此者，重師也。鉦也鼓也，各有人焉。言『鉦人伐鼓』，互言爾。二千五百人爲師，五百人爲旅，此言將戰之日，陳列其師旅誓告之也。陳師告旅，亦互言之。」○案，説文「鞠」下云：「蹋，鞠也。」「鞫」下云：「窮理辠人也。」鞫、鞠經典通作。陳喬樅云：「張衡東京賦『陳師鞠旅』，衡習魯詩，是魯亦作『鞠』。御覽三百三十八引詩『陳師鞠旅』，字作『鞠』，蓋齊韓異文。」

顯允方叔，伐鼓淵淵，振旅闐闐。【注】魯說曰：「振旅闐闐，出爲治兵，尚威武也。入爲振旅，反尊卑也。」韓「闐」作「嗔」，齊作「軥」。【疏】傳：「淵淵，鼓聲也。入曰振旅，復長幼也。」箋：「『伐鼓淵淵』，謂戰時進士衆也。至戰止將歸，又振旅伐鼓闐闐然。振，猶『止』也。旅，衆也。春秋傳曰：『出曰治兵，入曰振旅，其禮一也。』」〇「顯允方叔」，猶言明信之方叔，謂其號令明而賞罰信也。「淵淵」，猶「鼘鼘」。「振旅」至「卑也」，釋天文，魯說也。陳奐云：「爾雅釋詩，兼及治兵，則『振旅』爲習戰。周制，春秋二時教民，三年數軍實，皆有治兵振旅習戰之事。春秋莊『八年春王正月，師次于郎，以俟陳人、蔡人。甲午，治兵。』公羊傳：『出曰祠兵，入曰振旅，其禮一也，皆習戰也。』『祠』者，『治』之借字。穀梁傳：『出曰治兵，習戰也。入曰振旅，習戰也。』晉語：『治兵振旅，鳴鐘鼓以至于宋。』此行師習戰皆有治兵振旅，並與詩言『振旅』同。箋謂『戰止將歸』，失經恉矣。」爾雅郭注：「闐闐，羣行聲。」陳喬樅以爲襲舊注魯詩說。說文：「闐，盛貌。」「盛」與「羣行」義近。「韓作嗔嗔」者，說文「嗔」下云：「盛气也。从口，真聲。詩曰：『振旅嗔嗔。』」玉篇口部：「盛聲也。」引詩同。此韓說也。「齊作軥」者，左思魏都賦「振旅軥軥」，必是齊詩之異文。文選李注引倉頡篇曰：「軥軥，衆車聲也。呼萌切。今爲『軥』字，音田。」

蠢爾蠻荆，大邦爲讐！方叔元老，克壯其猶。【注】魯說曰：蠢，不遜也。韓說曰：元，長也。韓「猶」作「猷」，魯「猶」亦作「猷」。【疏】傳：「蠢，動也。蠻荆，（案，當原作「荆蠻」。）荆州之蠻也。元，大也。五官之長，出於諸侯，曰天子之老。壯，大。猶，道也。」箋：「『大邦』，列國之大也。猶，謀也。謀，兵謀也。」〇案，此章兩「蠻荆」皆「荆蠻」誤倒，三家可證。傳釋爲「荆州之蠻」，孔疏亦有「荆蠻内侵」之語，知毛詩原亦作「荆蠻」。揚雄揚州箴「蠢蠢荆蠻」，本魯經文。漢書賈捐之傳：「詩云：『蠢爾蠻荆，大邦爲讐。』言聖人起則後服，中國衰則先畔，動爲國家難，自古而患之矣。」捐之爲賈誼曾孫，誼孫嘉尚承家學，捐之所習當亦魯詩，觀顏注釋爲「南荊之蠻」，知原引必作「荊蠻」。通典兵四及御覽兵部五十八引漢書，皆作「蠢爾荊蠻」，則今傳作「蠻荊」，乃襲毛本之誤。「蠢，不遜也」者，釋訓文。郭注：「蠢動爲惡，不謙遜也。」即魯家此詩之訓。王逸九歎注：「蠢蠢，無禮義貌。詩曰：『蠢爾蠻荊。』」無禮義則不遜，與雅訓合。「荊蠻」亦誤倒。後魏肅宗詔、文選吳都賦李注引詩皆作「蠢爾荊蠻」，蓋本韓詩。「元，長也」者，玉篇一部引韓詩文。易乾卦文言：「元者，善之長也。」故韓說以「元」爲「長」。後漢章帝紀「爲國元老」，李注：「元，長也。詩曰：『方叔元老。』」即據韓詩爲解。玉篇士部：「壯，大也。詩曰：『克壯其猷。』」是據韓詩之文。「魯猶亦作猷」者，鹽鐵論未通篇「五十以上，血脈益剛，曰艾壯。詩曰：『方叔元老，克壯其猶。』故商師若荼，周師若鳥。」明齊詩作「猶」，與毛同。蔡邕胡公碑「方叔克壯其猷」，是魯詩亦作「猷」也。

方叔率止，執訊獲醜。戎車嘽嘽，嘽嘽焞焞，如霆如雷。顯允方叔，征伐玁狁，蠻荊來威。

【注】魯「焞」作「推」。【疏】傳：「嘽嘽，衆也。焞焞，盛也。」箋：「方叔率其士衆，執將可言問所獲敵人之衆以還歸也。言戎車既衆盛，其威又如雷霆。言雖久在外，無罷勞也。方叔先與吉甫征伐玁狁，今將往伐蠻荊，皆使來服於宣王之威。美其功之多也。」○案，王逸楚詞九歌注：「訊，問也。詩云：『執訊獲醜。』」明魯毛文同。漢書韋玄成傳載劉歆議引詩：「嘽嘽推推，如霆如雷。顯允方叔，征伐玁狁，荊蠻來威。」亦魯文。又陳湯傳載劉向亦引此詩五句，而「推推」作「焞焞」，「荊蠻」亦倒作「蠻荊」，與今毛本全同。向歆遞傳魯詩，不應有異。觀湯傳顏注「令荊士之蠻，畏威而來」，與玄成傳注「南荊之蠻，亦畏威而來服」，皆原作「荊蠻」釋之，湯傳之誤可見。陳喬樅曰：「段玉裁以漢書『推』字爲『軘』字之誤。玉篇：『軘，車盛貌。』廣韻：『軘軘，車盛貌。』『推推』即『軘軘』也。魯字與毛異，向必作『推推』，其作『焞焞』，亦俗人順毛所改。」愚案：楚爲荊蠻，見晉語；南有荊蠻，見鄭語。近儒引證尚多，但毛誤已久，故誤者皆襲之耳。

采芑四章，章十二句。

車攻【疏】毛序：「宣王復古也。宣王能内修政事，外攘夷狄，復文武之境土，修車馬，備器械，復會諸侯於東都，因田獵而選車徒焉。」箋：「東都，王城也。」○易林履之夬云：「吉日車攻，田弋獲禽。宣王飲酒，以告嘉功。」鼎之隨同，惟「宣王」句作「反行飲至」。班固東都賦「嘉車攻」，用此經文，皆齊詩說。魯韓無異義。

我車既攻，我馬既同。四牡龐龐，駕言徂東。【疏】傳：「攻，堅。同，齊也。宗廟齊豪，尚純也。戎事齊力，尚强也。田獵齊足，尚疾也。龐龐，充實也。東，雒邑也。」○案：「宗廟齊豪，戎事齊力，田獵齊足」，釋畜文。尚純、尚强、尚疾，傳增解之。孔疏引舍人曰：「田獵取牲於苑囿之中，追飛逐走，取其疾而已。」玉篇馬部：「驡驡，充實貌。」顧書所載多韓詩，此云「充實貌」，與傳云「充實」義合，知必韓詩異文同訓也。雒在鎬東，成王作邑於雒，謂之王城，大會諸侯。宣王中興，復往會焉，故云「徂東」也。

田車既好，四牡孔阜。東有甫草，【注】三家「甫」作「圃」。駕言行狩。【疏】傳：「甫，大也。田者，大芟草以爲防，或舍其中，褐纏旃以爲門，裘纏質以爲槸，間容握，驅而入，轚則不得入，左者之左，右者之右，然後焚而射焉。天子發，然後諸侯發，諸侯發，然後大夫士發。天子發，抗大綏；諸侯發，抗小綏。獻禽於其下，故戰不出頃，田不出防，不逐奔走，古之道也。」箋：「『甫草』者，甫田之草也。鄭有甫田。」○「魯甫作圃」者，御覽一百九十六引白虎通云：『圃，天子百里，大國四十里，次國三十里，小國二十里。苑圃在東方，所以然者何？苑圃，養萬物者也。東方，物所以生也。詩曰：『東有圃草』」，周禮閽人疏、廣韻同。王逸楚詞九歎注：「圃，野也。詩曰：『東有圃草。』」皆魯詩也。「齊作圃」者，班固東都賦：「豐圃草以毓獸。」班用齊詩，是齊作「圃」。後漢馬融傳注引韓詩曰：「東有圃草，駕言行狩。」薛君曰：

「圃，博也，有博大茂草也。」文選東都賦李注引薛說同，是韓作「圃」也。水經渠水注云：「渠水歷中牟縣之圃田澤，澤多麻黃草，故述征記曰：踐縣境，便睹斯卉，窮則知踰界。詩所謂『東有圃草』也。」元和志：「圃田一名原圃，東西五十里，南北二十六里，西限長城，東極官渡，上承鄭州管城縣曹家陂。」宣王時無鄭國，此尚在王畿之內也。御覽八百三十一資產部引韓內傳云：「春曰畋，夏曰獀，秋曰獮，冬曰狩。天子抗大綏，諸侯抗小綏，羣小獻禽於其下，天子親射之旂門，夫田獵因以講道習武簡兵也。」案，「天子抗大綏」以下皆言冬狩之事。「旂門」，旃門也，亦見爾雅注、周禮大司馬、穀梁昭八年傳。易林解之否：「鳴鸞四牡，駕出行狩。」用齊經文。

之子于苗，選徒囂囂。建旐設旄，搏獸于敖。【注】魯「獸」作「狩」。【疏】傳：「之子，有司也。夏獵曰苗。囂囂，聲也。維數車徒者爲有聲也。敖，地名。」箋：「于，曰也。獸，田獵搏獸也。敖，鄭地，今近滎陽。」○釋天：「夏獵爲苗。」周禮左傳穀梁傳並云「夏苗」，惟公羊傳以爲無夏田說異。「選徒」者，「選」讀爲「算」，說詳邶柏舟篇。說文：「算，數也。」大司徒「撰車徒」，鄭注：「撰讀曰算。算車徒，謂數擇之也。」「囂囂」者，馬瑞辰云：「釋言：『聑，閑也。』郭注：『聑然，閑暇貌。』此『聑聑』，亦閑暇貌也。」「搏獸于敖」，「搏」乃「薄」之誤。薄，詞也。臧玉林段玉裁皆云「獸」當作「狩」。箋上「獸」字亦當作「狩」。胡承珙云：「此經疑本作『薄獸于敖』，猶豳風言『一之日于貉』也。彼箋云：『于貉，往搏貉以自爲裘也。』『往』訓『于』，『搏貉』訓『貉』，故此箋以『搏獸』訓『獸』。然則經當作『薄獸』，箋當作『獸，田獵搏獸也。』若經作『狩』，而箋云『狩，田獵搏獸也』，則上文已有『駕言行狩』，何不於次章箋之？釋文『搏獸音博』，此爲鄭箋作音，非是經文作『搏』。正義釋經云『往搏取禽獸於敖地』，則經文已誤『薄』爲『搏』矣。鄭所見毛詩自作『獸』，不作『狩』也。」馬瑞辰云：「毛詩作『薄獸』，即『薄狩』之叚借。箋云『田獵搏獸』者，亦以經言『薄獸』非『禽獸』之獸，故以『田獵搏獸』釋之耳。」「魯獸作狩」者，張衡東京賦『薄狩于敖』，薛綜曰：「敖，鄭地，今之河南滎陽也。謂周王狩也。詩曰：『建旐設旄，薄獸于敖。』」衡所習者魯詩，故作「狩」，薛所注者毛詩，故作「獸」也。水經濟水注、後漢安帝紀注、班固傳注引詩作「薄狩于敖」，所引蓋皆三家詩。「于敖」者，續漢郡國志：「河南滎陽縣有敖亭。」劉昭補注：「周宣王狩于敖。」左宣十二年傳：「『晉師在敖鄗之間。』」即此。胡承珙云：「敖鄗，圃田，地本相近。周語『杜伯射王于鄗』，韋注引周春秋『宣王會諸侯田於囿，杜伯自道左』云云，『囿』當作『圃』。墨子明鬼篇略同，而云『宣王合諸侯田於圃』，蓋圃即圃田，鄗即敖鄗。韋以鄗爲鄗京，誤矣。」

駕彼四牡，四牡奕奕。赤芾金舄，會同有繹。【注】韓說曰：奕奕，盛貌。齊作「驛驛」。魯「芾」作「紼」。【疏】傳：「言諸侯來會也。諸侯赤芾金舄。舄，達屨也。（衍一「舄」字。）時見曰會，殷見曰同。繹，陳也。」箋：「金舄，黃朱色也。」○「奕奕盛貌」者，文選謝惠連秋懷詩注引薛君章句文。蔡邕胡廣黃瓊頌「奕奕四牡」，用魯經文。陳喬樅云：「『奕奕』，毛詩傳、箋皆無訓釋，正義以爲『四牡之馬，奕奕然閑習』也。韓以諸侯皆來會，故以『盛』言之。說文：『驛驛，馬行疾而徐也。』引詩『四牡驛驛』。『行疾而徐』，亦閑習之貌。」馬瑞辰云：「『驛』與『奕』古聲近，蓋即此詩『奕奕』之異文。」案，韓魯毛作「奕奕」，則作「驛驛」者齊文也。天子朱芾，諸侯赤芾。「魯芾作紼」者，白虎通紼冕篇引詩：「赤紼金舄，會同有繹。」詳見采芑篇。采芑傳解「芾」云：「黃朱芾也。」蓋以賜上公服之。此「金舄」亦黃朱色而以金爲飾，則達於天子，故曰「達屨」。晏子春秋上篇：「景公爲履，黃金之綦。」又晏子對曰：「古者人君大帶，重半鈞。舄履倍重，不欲輕也。」孟子「豈謂一鉤金」，趙注：「謂一帶鉤之金。」周禮鄭注：「今東萊稱或以大半兩爲鈞。」此「大帶重半鈞」者，當是一帶鉤之金重三分兩之一；「舄履倍重」者，當是兩舄之金重一鈞，爲大半兩，此古人金舄之制也。「時見曰會，殷見曰同」，大宗伯文，其禮各別，此連言之。「有繹」，猶「繹繹」也。文選甘泉賦注引韓詩章句云：「繹繹，盛貌。」

決拾既佽，弓矢既調。【注】魯「佽」作「次」。【疏】傳：「決，鉤弦也。拾，遂也。佽，利也。」箋：「佽，謂手指相佽比也。調，謂弓强弱與矢輕重相得。」○「魯佽作次」者，張衡東京賦「決拾既次」，薛綜曰：「決，以象骨著右手巨指，所以鉤弦也。拾，韝捍，著左臂也。」周官繕人鄭司農注：「抉者，所以縱弦也。拾者，所以引弦也。詩云：『抉拾既次。』詩家說或謂抉謂『引弦彄』也，拾謂『韝扞』也。」先鄭兼傳毛詩，而解詁所引詩「決」作「抉」，與毛「或作」本同，「佽」作「次」，乃用魯詩，是注周官時尚用三家也。又儀禮鄉射鄭注：「決，猶闓也，以象骨爲之，著右大擘指，以鉤弦闓體也。遂，射韝也，以韋爲之，所以遂弦者也，其非射時則謂之拾。拾，斂也，所以蔽膚斂衣也。」士喪禮鄭注：「決，猶闓也，挾弓以橫執弦。詩云：『決拾既佽。』」此齊說。玉篇手部：「詩曰：『決拾既佽。』拾，所以引弦也。」此韓說。射夫既同，助我舉柴。【注】魯「柴」作「胔」，齊韓「柴」作「⿱此𠦒」。【疏】傳：「柴，積也。」箋：「『既同』，已射同，復將射之位也。雖不中必助中者，舉積禽也。」○孔疏：「此文承諸侯之下，『射夫』即諸侯也。夫，男子之總名。」「魯柴作胔」者，張衡西京賦「收禽舉胔」，即用魯詩。薛綜注：「胔，死禽獸將腐之名也。」說文：「⿱此𠦒，積也。詩曰：『助我舉⿱此𠦒。』」玉篇同，蓋出齊韓詩。馬瑞辰云：「石鼓詩有『射夫寫矢，具奪舉⿱此𠦒』，與此詩義同。說文無『胔』有『骴』，云：『鳥獸殘骨曰骴。』引明堂月令曰：『掩骼埋骴。』蔡邕月令章句作『埋胔』。是知『胔』即『骴』之或體。」

四黃既駕，兩驂不猗。不失其馳，舍矢如破。【疏】傳：「『四黃』二句，言御者之良也。『不失』二句，言習於射御法也。」箋：「御者之良，得舒疾之中。射者之工，矢發則中，如椎破物也。」○「不猗」者，陳奐云：「『猗』，當作『倚』。釋文猗、倚二字音義迥別，具詳各篇。此詩釋文：『猗，於寄反。』則釋文本作『倚』字可證。『不倚』，無偏倚也。」孟子滕文公篇引「不失其馳」二句，趙岐章句云：「言御者不失其馳驅之法，則射者必中之。順毛而入，順毛而出，一發貫臧，應矢而死者，如破矣。此君子之射也。」趙習魯詩，此用魯說。

蕭蕭馬鳴，悠悠旆旌。徒御不警。【注】魯說曰：「徒御不警」，輦者也。大庖不盈。【疏】傳：「『蕭蕭』二句，言不讙譁也。徒，輦也。御，御馬也。不警，警也。不盈，盈也。一曰乾豆，二曰賓客，三曰充君之庖。故自左膘而射之，達於右腢，爲上殺；射右耳本，次之；射左髀，達於右䯚，爲下殺。面傷不獻，踐毛不獻，不成禽不獻。禽雖多，擇取三十焉，其餘以與大夫士，以習射於澤宮。田雖得禽，射不中，不得取禽；田雖不得禽，射中，則得取禽。古者以辭讓取，不以勇力取。」箋：「不警，警也。不盈，盈也。反其言美之也。『射右耳本』，『射』當爲『達』。『三十』者，每禽三十也。」○「不警」，各本作「不驚」，依孔疏訂正。「徒御」至「輦者也」，釋訓文，魯說也。郭注：「步挽輦車。」陳喬樅云：「此以『輦者』釋詩『徒御』。御猶駕也，漢書注：『駕人以行曰輦。』以其徒步而挽車，故曰『徒御』。魯義蓋如此。毛訓『徒』爲『輦』，『御』爲『御馬』，與雅訓異。」張衡西京賦「徒御悅」，用魯經文。

之子于征，有聞無聲。【疏】傳：「有善聞而無諠譁之聲。」箋：「晉人伐鄭，陳成子救之，舍於柳舒之上，去穀七里，穀人不知，可謂『有聞無聲』。」○「之子」，即「于苗」之有司，聿從王行歸也。號令嚴肅，有嘉聞而無讙聲，可想君臣平日講習之善。允矣君子，展也大成。【疏】箋：「允，信。展，誠也。『大成』，謂致太平也。」○案，此「君子」美宣王，則上「之子」非宣王明矣。後漢桓帝紀梁太后詔曰：「展也大成，則所望矣。」后通韓詩，望帝能致太平，與箋說合。禮緇衣引「允矣君子，展也大成」二句，明齊毛文同。

車攻八章，章四句。

吉日【疏】毛序：「美宣王田也。能慎微接下，無不自盡以奉其上焉。」○左昭三年傳：「鄭伯如楚，子產相。楚子享之，賦吉日。既享，子産乃具田備。」此吉日爲出田之證。車攻由會諸侯而田獵，吉日則專美田事也，一在東都，一在西周。三家無異義。

吉日維戊，既伯既禱。【注】魯說曰：「既伯既禱」，馬祭也。【疏】傳：「維戊，順類乘牡也。伯，馬祖也。重物愼微，將用馬力，必先爲之禱其祖。禱，禱獲也。」箋：「戊，剛日也，故乘牡爲順類也。」○班固東都賦「采吉日」，用齊經文。「既伯既禱，馬祭也」者，釋天文，魯說也。郭注：「伯，祭馬祖也。將用馬力，必將祭其先。」甸師「禂牲禂馬」，杜子春云：「禂，禱也，爲馬禱無疾，爲田禱多獲禽牲。詩云：『既伯既禱。』」說文「禱」下云：「告事求福也。从示，壽聲。」「禂」下云：「禱牲，馬祭也。从示，周聲。詩曰：『既禡既禂。』」重文「騳」下云：「或从馬，壽省聲。」毛詩之「禱」，蓋卽「騳」之借字，故杜直引「既禱」以說甸師之「禂」也。段注說文，據小徐本「騳」作「騳」，引詩四字亦爲小徐繫傳語，謂大徐解字本誤入正文，並以詩無此語爲疑。陳喬樅云：「小徐所引自是三家異文，如通論中引詩『亦孔之惡』，『僾』作『惡』。『鶴鳴九皋』，無『于』字。『布政優優』，『敷』作『布』。繫傳中引詩『求民之瘼』，『莫』作『瘼』。『滭沸濫泉』，『觱』作『滭』，『檻』作『濫』。皆與毛異。南唐書稱鍇讀書博記，『所校讐尤審諦。江南藏書之多爲天下冠，鍇力居多』，故三家詩遺文佚句，鍇多能稱述之也。『伯』得與『禡』通者。大司馬『有司表貉』，先鄭讀『貉』爲『禡』。甸祝『掌表貉之祝號』，杜子春讀『貉』爲『百』。書『亦或爲禡』，肆師『祭表貉則爲位』，鄭注『貉』讀爲『百』。古『禡』字借『貉』爲之音，讀如『百』，可爲伯、禡音近通借之證。」愚案：陳通『伯』、『禡』之讀，甚精確，其申小徐，雖足爲段氏解惑，惟「騳」既「从馬，壽省聲」，則从「馬」、「𩣡」者爲誤，「𩣡」乃「𠷎」字，非「壽」省也。王應麟之博雅，必非不見繫傳者，其詩考仍據「既禡既禂」爲許君所引詩文，則小徐本之見於注文，亦正如段氏之疑詩無此語而移改之耳。是其誤在小徐，若大徐奉敕修書，當不至併小徐之說亦誤爲許君正文也。田車既好，四牡孔阜。升彼大阜，從其羣醜。【疏】箋：「醜，衆也。田而升大阜，從禽獸之羣衆也。」○還傳：「從，逐也。」

吉日庚午，既差我馬。【疏】傳：「外事以剛日。差，擇也。」○漢書翼奉傳奉上封事曰：「知下之術，在於六情十二律而已。北方之情好也，好行貪狼，申子主之。東方之情怒也，怒行陰賊，亥卯主之。貪狼必待陰賊而後動，陰賊必待貪狼而後用，二陰並行，是以王者忌子卯也。禮經避之，春秋諱焉。南方之情惡也，惡行廉貞，寅午主之。西方之情喜也，喜行寬大，巳酉主之。二陽並行，是以王者吉午酉也。詩曰：『吉日庚午。』上方之情樂也，樂行姦邪，辰未主之。下方之情哀也，哀行公正，戌丑主之。辰未屬陰，戌丑屬陽，萬物各以其類應。」又曰：「師法用辰不用日。」馬瑞辰云：「『日』謂十干，『辰』謂十二支。十干五剛五柔，甲丙戊庚壬五奇爲剛日，乙丁己辛癸五偶爲柔日也。十二支六陰六陽，申子亥卯辰未爲六陰，寅午巳酉戌丑爲六陽也。毛言『外事用剛日』，則以庚爲吉。翼言『王者吉午酉』，又言『用辰不用日』，則以午爲吉。奉治齊詩，此齊毛師說之不同也。檀弓杜蕢曰：『子卯不樂。』左昭九年傳：『辰在子卯，謂之疾日。』『疾日』，與『吉日』正相反，以子卯陰類爲疾日，則以午酉陽類爲吉日。翼奉云二陽、二陰並行，是必子卯互刑、午酉相合之日方爲疾日、吉日，非凡遇子卯皆疾、遇午酉皆吉也。蓋五行有刑德，行在東方子刑卯，行在北方卯刑子，子卯互刑，是以爲忌。以是推之，午酉並行，方爲吉日。火盛於午，金盛於酉，庚爲金，與酉同氣，則卽酉之類也，故翼引詩『吉日庚午』以爲午、酉二陽並行之證。則奉雖『用辰不用日』，未始不兼取日與辰相配耳。」陳喬樅云：「應劭風俗通義六引詩『吉日庚午』，謂漢家盛於午，故以午祖也。是亦『用辰不用日』。應劭用魯詩，然則魯說亦與齊同矣。」獸之所同，麀鹿麌麌。【疏】傳：「鹿牝曰麀。麌麌，衆多也。」箋：「同，猶聚也。麕牡曰麌。麌復麌，言多也。」○張衡東京賦「獸之所同」，西京賦「麀鹿麌麌」，明魯毛文同。薛綜曰：「同，聚也。言禽獸皆已合聚。」又曰：「鹿牝曰麀。麌麌，形貌也。」孔疏引釋獸：「麕，牡麌牝麜。」郭注：「詩曰：『麀鹿麌麌。』」釋文引說文，「麌」作「噳」，云：「麋鹿羣口相聚也。」與毛傳同。鄭箋改毛，以「麌」爲「麕牡」，與爾雅合，是據魯詩之訓，故郭用舊注同之。釋獸：「鹿，牡麚牝麀。麕，牡麌牝麜。」魯義以爲獸之所同，其類非一，既有牝鹿，又多牡麕也。漆沮之從，天子之所。【疏】傳：「漆沮之水，麀鹿所生也。從漆沮驅禽而致天子之所。」○案，漆水有二，詳見緜詩。詩言麀麌之生，皆在漆沮水旁。從，逐也。言自漆沮水旁驅逐此獸，而致之天子之所也。此田在岐周，與東都無涉。

瞻彼中原，其祁孔有。【疏】傳：「祁，大也。」箋：「『祁』，當作『麎』。麎，麋牝也，中原之野甚有之。」○「瞻彼中原」者，卽天子之所，上文所云「大阜」也。孔疏引釋獸：「麋，牡麔牝麎。」某氏曰：「詩云：『瞻彼中原，其麎孔有。』」鄭箋改讀與某氏引詩合，是據魯詩易傳之證。言此獸中原多有，不勞遠致也。儦儦俟俟，或羣或友。【注】韓詩曰：「駓駓俟俟，或羣或友。」韓說曰：「趨曰䮆，行曰騃。」【疏】傳：「趨則儦儦，行則俟俟。獸三曰羣，二曰友。」○「駓駓」至「或友」，後漢馬融傳李注引韓詩文。「趨曰䮆，行曰騃」，文選西京賦李注引薛君韓詩章句文。據此，則後漢注作「俟俟」者，轉寫之誤也。玉篇馬部云：「䮆䮆，字同駓駓，走貌。」楚詞招魂「逐人䮆䮆些」，王逸注：「駓駓，走貌也。言其走捷疾。」張衡西京賦「羣獸䮆騃」，薛綜曰：「皆鳥獸之形貌也。」衡用魯詩，據此，魯詩文與韓同。廣韻：「䮆騃，獸形貌。」卽本此文。說文：「俟，大也。从人，矣聲。詩曰：『伾伾俟俟。』」與魯韓及毛文皆異，蓋本齊詩。悉率左右，以燕天子。【疏】傳：「驅禽之左右，以安待天子。」箋：「率，循也。悉驅禽順其左右之宜，以安待王之射也。」○張衡東京賦「悉率百禽」，用魯經文。薛綜曰：「悉，盡也。率，斂也。」愚案：驅而斂之，以之左之右，薛訓「率」爲「斂」，較箋訓「循」爲長。

既張我弓，既挾我矢。發彼小豝，殪此大兕。以御賓客，且以酌醴。【注】韓説曰：「醴，甜而不泲也。」【疏】傳：「殪，壹發而死，言能中微而制大也。饗醴，天子之飲酒也。」箋：「豕牡曰豝。『御賓客』者，給賓客之御也。賓客，謂諸侯也。酌醴，酌而飲羣臣，以爲俎實也。」○「發」、「殪」互詞。「豝」，詳騶虞篇。六月傳：「御，進也。」「醴，甜而不泲也」者，文選南都賦注引薛君文。陳喬樅云：「酒正『二曰醴齊』，注：『醴，猶體也，成而汁相滓將，如今恬酒矣。』呂覽重己篇高注：『醴者，以蘗與黍相體，不以麴也，濁而甜耳。』釋名：『醴，禮也。釀之一宿而成禮，有酒味而已也。』漢書楚元王傳『常爲穆生設醴』，注：『醴，甘酒也。』蓋醴謂酒之不泲者。酒正五齊，自醴以上尤濁，其用之祭祀，必以茅泲之然後可酌，故司尊彝曰『醴齊縮酌』，包泛齊而言也。自盎以下差清，但以清酒泲之而不用茅，故司尊彝曰『盎齊涚酌』，該緹齊、沈齊而言也。醴又入於六飲者，以其甜於餘齊，且不泲之，故與漿酏爲類耳。」張衡西京賦「酒車酌醴」，用魯經文。

吉日四章，章六句。

南有嘉魚之什十篇，四十六章，二百七十二句。

詩三家義集疏卷十六

鴻鴈之什第十六　詩小雅

鴻鴈

【疏】毛序：「美宣王也。萬民離散，不安其居，而能勞來還定安集之，至于矜寡，無不得其所焉。」箋：「宣王承厲王衰亂之敝而起，興復先王之道，以安集衆民爲始也。書曰：『天將有立父母，民之有政有居。』宣王之爲是務。」〇三家無異義。詩氾歷樞曰：「鴻鴈在申，金始也。」此齊說。

鴻鴈于飛，肅肅其羽。之子于征，劬勞于野。【注】魯說曰：劬亦勞也。韓詩曰：劬，數也。【疏】傳：「興也。大曰鴻，小曰鴈。肅肅，羽聲也。『之子』，侯伯卿士也。劬勞，病苦也。」箋：「鴻鴈知辟陰陽寒暑。興者，喻民知去無道、就有道。侯伯卿士，謂諸侯之伯與天子卿士也。是時民既離散，邦國有壞滅者，侯伯久不述職，王使廢於存省，諸侯於是始復之，故美焉。」〇「鴻鴈于飛」者，陳奐云：「說文鳥部：『鴻，鴻鵠也。』『鴈，鵝也。』詩九罭之鴻謂『鴻鵠』，匏有苦葉之鴈謂『鵝』，其正字作『鴻』、作『鴈』。隹部：『雁，鳥也。』『琟，鳥肥大琟琟也。』或作『鳿』。此鴻鴈乃野鳥，其正字當作『鳿雁』。說文所云『雁鳥』，卽今之野鵝，鳿其大者也。」案，陳說明晰。「劬亦勞也」者，王逸楚詞九嘆注文，引詩云「劬勞于野」，明魯毛文同。「劬，數也」者，釋文引韓詩文。衆經音義二十三引同。陳喬樅云：「『劬』得爲『數』者，『勞』與『勤』同義。釋詁：『劬，勞病也。』『勤，勞也。』『數』亦『勤』之意，數勞則病苦，故韓詩以『劬』爲『數』，毛傳以『劬勞』爲『病苦』也。廣雅釋詁：『劬，數也。』卽本韓義。」爰及矜人，哀此鰥寡。【注】魯說曰：矜，苦也。齊說曰：「爰及矜人，哀此鰥寡」，上惠下也。【疏】傳：「矜，憐也。老無妻曰鰥，偏喪曰寡。」箋：「爰，曰也。王之意，不徒使此爲諸侯之事，與安集萬民而已。王曰當及此可憐之人，謂貧窮者欲令賙餼之，鰥寡則哀之，其孤獨者收斂之，使有所依附。」○「矜，苦也」者，釋言文，魯說也，正爲此詩「矜人」立訓。「矜人」，即呂覽貴因篇所云「苦民」，總謂鰥寡孤獨可哀憐之人，不言「孤獨」者，文不備也。「爰及」至「下也」，漢書蕭望之傳望之議曰：「古者藏於民，不足則取，有餘則予。詩曰：『爰及矜人，哀此鰥寡。』上惠下也。又曰：『雨我公田，遂及我私。』下急上也。」蕭習齊詩，明齊毛文同。「爰及」者，言惠必及於此四者之窮民。宣王能行文王之政，以成中興之美也。

鴻鴈于飛，集于中澤。之子于垣，百堵皆作。【注】韓說曰：八尺爲板，五板爲堵，五堵爲雉。板廣二尺，積高五板爲一丈。五堵爲雉，雉長四丈。【疏】傳：「中澤，澤中也。一丈爲板，五板爲堵。」箋：「鴻鴈之性，安居澤中，今飛又集于澤中，猶民去其居而離散，今見還定安集。侯伯卿士又於壞滅之國徵民起屋舍，築牆壁，百堵同時而起。言趨事也。春秋傳曰：『五板爲堵，五堵爲雉。』雉長三丈，則板六尺。」○「八尺」至「四丈」，左隱元年傳孔疏引許慎五經異義韓詩說文，視此疏所引爲備也。毛傳「一丈爲板，五板爲堵」，鄭據春秋傳，以「板六尺」易之。異義言戴禮同韓，又言「古周禮及左氏說：一丈爲板，板廣二尺。五板爲堵，一堵之牆，長丈高丈。三堵爲雉，一雉之牆，長三丈，高一丈。」其言「一丈爲板」，於毛合，則毛固據古春秋左氏說矣。今左隱元年傳「都城過百雉」，杜注：「方丈曰堵，三堵曰雉。一雉之牆長三丈，高一丈。」雖未言板數，以「五板爲堵」推之，亦以丈爲板，仍即古說。又公羊定十二年傳：「五板而堵，五堵而雉，百雉而城。」則板與堵之數，經皆未著，無可推定，而何注以「八尺爲板」，反於韓合，與毛鄭皆異。孔謂鄭「春秋傳」爲指公羊，非也。據鄭駁異義，言：「古之雉制，書傳各不得其詳。今以左氏說，鄭伯之城方五里，積千五百步也。大都三國之一，則五百步也。五百步爲百雉，則知雉五步。五步爲度，長三丈，則雉長三丈也。雉之度量，於是定可知矣。」可知者，謂一雉三丈五堵。絫高一丈，仍長六尺，則可知板六尺，是鄭亦本春秋左傳爲說也。毛、鄭皆古文學，左傳正春秋古文，而其說有二，故傳箋各主其一。公羊乃今文學，故何注獨與韓同耳。綜諸說觀之，板廣皆二尺，雉高皆一丈，堵皆五板，城皆百雉。而韓詩及何休公羊說（詳公羊解詁。）則皆五堵爲雉，雉長四丈，板長八尺。古周禮、左氏說則三堵爲雉，雉長三丈，板長一丈。毛不言雉，準以一丈爲板，知亦同之。鄭「五堵爲雉」，與前說同；「雉長三丈」，與後說同；「板六尺」，則與二說皆異。陳啟源云：「鄭引公羊傳以破毛傳，又據左傳『都城百雉』爲說，於義較優。」胡承珙云：「古人以板爲横數，堵爲直數。何注公羊云『八尺曰板，堵凡四十尺』，此誤以板爲長數。孔謂其取韓詩傳，其實所據韓詩惟『八尺曰板』之文，所云『堵四十尺』，乃自用春秋緯說，與韓絕異，知不足信也。孔引王愆期公羊『五堵』注云：『諸儒皆以爲雉長三丈，堵長一丈，疑五誤當爲三。』此正與古周禮、左氏合，勝何注多矣。毛雖不明雉數，亦必以三丈爲雉可知。然則韓詩『雉長四丈』之說，亦不足信也。古尺一丈，祇當今六尺有奇。鄭駁異義，不用古周禮、左氏說，其注考工，亦云『雉長三丈、高一丈』，是皆謂一丈爲板，並無板長六尺之說。」陳喬樅云：「何休解詁『八尺曰板，堵凡四十尺。雉二百尺。百雉二萬尺。凡周十一里三十三步二尺，公侯之制。禮，天子千雉，蓋受百雉之城十，伯七十雉，子男五十雉。』徐疏：『古者六尺爲步，三百步爲里，計一里有千八百尺，十里即有萬八千尺。更以一里三十三步二尺爲二千尺，通前後爲二萬尺，故云二萬尺，凡周十一里三十三步二尺也。』據此，公羊說雉制與韓詩合。何氏據春秋緯，以公侯百雉、二萬尺爲三千三百三十三步二尺推之，與鄭駁異義言五百步爲百雉不同。」愚案：稽古以鄭義爲優，特沿孔疏之說；胡承珙謂何、韓皆不足信，鄭箋說亦非意在申毛。然板廣二尺以直言，曰一丈、曰八尺、曰六尺以横言，即是以長數言也。牆當先横接，乃可直絫，「百堵皆作」，非堵自爲堵，即非板自爲板，此不足以破何也。毛與古周禮、左氏説板長一丈，堵五板仍長一丈，以三乘一，則一三如三，故一雉爲三堵而長三丈。鄭箋板長六尺，堵五板仍長六尺，以五乘六，則五六得三，故一雉爲五堵，亦長三丈。韓詩、何解詁板長八尺，堵五板仍長八尺，以五乘八，則五八得四，故一雉爲五堵而長四丈。皆積數之自然，不妨並存。鄭注考工，仍言「雉長三丈、高一丈」，並不與箋歧。王愆期疑「五堵」之五爲三，乃以古文説今文，實欲並廢「八尺爲板」之説，謬也。胡乃謂其勝何，此不足以傲鄭，尤不足以破韓也。陳喬樅推公羊之制，謂如徐疏之説，可合韓詩；如推何所據春秋緯之説，則與鄭駁異義所言者不同，是誠然矣。然徐疏所言步里，自本公羊舊説，不必更以緯説爲疑。陳立謂如鄭説則百雉之城不及二里，未免過隘。毛板説雖與鄭殊，亦雉長三丈，則其隘同矣。雉長三丈者爲過隘，則韓詩之雉長四丈者固宜勝之。魯齊不著，當同韓也。

雖則劬勞，其究安宅。【疏】傳：「究，窮也。」箋：「此勸萬民之辭。女今雖病勞，終有安居。」○陳奐云：「宣承厲王之變，萬民離散，遷徙無常，十月之交所謂『徹我牆屋，田卒汙萊』也。侯伯卿士爲之坏垣牆、補城郭，正勞來安集之事。箋謂『壞滅之國徵民起屋舍，築牆壁』，則是勞民役，非安民居矣。」胡承珙云，此章「劬勞」屬流民言，與首尾異。非是。

鴻鴈于飛，哀鳴嗸嗸。維此哲人，謂我劬勞。【疏】傳：「未得所安集，則嗸嗸然。」箋：「此之子所未至者。此『哲人』，謂知王之意及之子之事者。我，之子自我也。」維彼愚人，謂我宣驕。傳：「宣，示也。」箋：「謂我役作衆民爲驕奢。」○王引之云：「『宣驕』與『劬勞』相對爲文，劬亦勞也，宣亦驕也。左昭二十九年傳『廣而不宣』，『宣』與『廣』義相因。易林需之萃曰『大口宣舌』，大有之蠱曰『大口宣脣』；又小畜之噬嗑『方喙廣口』，井之恒作『方喙宣口』。是『宣』爲『侈大』之意。『宣驕』，猶言驕侈，非謂宣示其驕也。箋義爲長。」

鴻鴈三章，章六句。

庭燎

【疏】毛序：「美宣王也。因以箴之。」箋：「諸侯將朝，宣王以夜未央之時問夜早晚。美者，美其能自勤以政事。『因以箴』者，王有雞人之官，凡國事爲期，則告之以時。王不正其官，而問夜早晚。」○易林頤之損：「庭燎夜明，追古傷今。（剥之大有作「追嗣日光」。）陽弱不制，陰雄坐戾。」此齊說。陳喬樅云：「列女傳：宣王嘗夜卧晏起，后夫人不出房。姜后脱簪珥待罪于永巷，使其傅母通言于王曰：『妾之不才，至使君王失禮而晏朝，以見君王樂色而忘德也，敢請婢子之罪。』宣王曰：『寡人不德，實自生過，非夫人之罪。』遂復姜后而勤于政事，早朝晏退，卒成中興之名。宣王中年怠政，而庭燎詩作，脱簪之諫，當在此際。宣王感悟，能復勵精圖治，所以爲中興賢主也。」愚案：陳氏引列女傳姜后事以證易林之說，是魯齊說合。所謂『陰雄坐戾』者，殆卽不出房之后夫人。宣王能納諫改過，所以爲賢，而庭燎之詩亦不爲徒作矣。韓說未聞。

夜如何其？夜未央。庭燎之光。君子至止，鸞聲將將。【疏】傳：「央，旦也。（「旦」當作「且」，阮校勘記已正。）庭燎，大燭。君子，謂諸侯也。將將，鸞鑣聲也。」箋：「此宣王以諸侯將朝，夜起曰：『夜如何其？』問早晚之詞。『夜未央』，猶言夜未渠央也。而於庭設大燭，使諸侯早來朝，聞鸞聲將將然。」○胡承珙云：「鄭風『士曰既且』，釋文：『且音徂，往也。』詳此傳訓『央』爲『且』，亦當音『徂』。凡歲月日時，過去者皆謂之『往』。『夜未央』者，言夜未往也。」陳喬樅云：「楚詞離騷云『時亦猶其未央』，王注：『央，盡也。』九歌云『爛昭昭兮未央』，王注：『央，已也。』廣雅釋訓：『央，盡也。』『央，已也』。訓與王同，皆本魯詩之義。毛傳『旦』字卽『且』形近之譌。陸音『子徐反』，則讀與『渠』近。且、渠古通。史記孔子世家『雍渠』，孟子書作『癰疽』，韓非子作『雍鉏』。『渠』又通作『遽』，魏都賦：『其夜未遽，庭燎晰晰。』王楙曰：『夜未渠央，「『渠』當呼『遽』，謂夜未遽盡也。』其說得之。」馬瑞辰云：「燕禮：『甸人執大燭於庭，閽人爲大燭於門外。』注：『庭大燭，爲位廣也。』『閽人』句唐石經無『大』字，無者是也。庭位廣，故特用大燭，足見其餘皆不用。今燭以葦爲心，灌以脂膏，古燭止用樵薪，或以麻稭爲之。說文：『蒸，析麻中幹也。』司烜『共墳燭庭燎』，故書『墳』爲『蕡』，當从鄭司農說，以『蕡燭』爲『麻燭』。」「君子」，謂諸侯者。胡承珙云：「閽人：『大祭祀喪紀之事，設門燎。』賓客亦如之。』則庭燎惟諸侯來朝乃設之，而常朝不用也。今案諸書言賓至設燎，尚未必定是諸侯。末章『言觀其旂』，與覲禮『侯氏載龍旂弧韣』者合，故知『君子』是諸侯也。」

夜如何其？夜未艾。庭燎晣晣。君子至止，鸞聲噦噦。【注】魯「晣」作「哲」，「鸞」作「鑾」。齊韓「噦」作「鉞」。【疏】傳：「艾，久也。晣晣，明也。噦噦，徐行有節也。」箋：「芟末曰艾，以言夜先雞鳴時。」○馬瑞辰云：「『未艾』，猶未央也。傳訓『艾』爲『久』，正與說文訓『央』爲『久』同義。箋『芟末曰艾』，亦取艾割將盡之義。左傳昭元年傳『國未艾也』，哀二年傳『憂未艾也』，杜注並訓爲『絕』。小爾雅：『艾，止也。』艾之訓『絕』、又訓『止』，猶央之爲『盡』、又爲『已』耳。」「晣作哲，鸞作鑾」者，張衡東京賦「庭燎哲哲」，又云「鑾聲噦噦」，衡習魯詩，是魯文如此。釋文：毛「晣，本又作哲。」與魯合。而「鸞」無異作本。采菽泮水皆作「鸞聲」，是作「鑾」爲今文專字矣。「齊韓噦作鉞」者，說文：「鉞，車鑾聲也。詩曰：『鑾聲鉞鉞。』」魯作「噦」，與毛同，則作「鉞」者當爲齊韓，餘詳魯頌泮水篇。

夜如何其？夜鄉晨。庭燎有煇。君子至止，言觀其旂。【疏】傳：「煇，光也。」箋：「晨，明也。上二章聞鸞聲爾，今夜鄉明，我見其旂，是朝之時也。朝禮，別色始入。」○陳奐云：「言，語詞。箋訓『我』，失之。」

庭燎三章，章五句。

沔水【疏】毛序：「規宣王也。」箋：「『規』者，正圓之器也。規主仁恩也，以恩親正君曰規。春秋傳曰：『近臣盡規。』」愚案，通篇意指，非對王之詞。三家未聞。

沔彼流水，朝宗于海。【疏】傳：「興也。沔，水流滿也。水猶有所朝宗。」箋：「興者，水流而入海，小就大也，喻諸侯朝天子亦猶是也。諸侯春見天子曰朝，夏見曰宗。」○馬瑞辰云：「沔、衍聲相近。說文：『衍，水朝宗于海皃也。』廣韻引字統曰：『沔，水朝宗于海，故从水、行。』『沔』蓋『衍』之叚借。二章傳『其流湯湯』：『言放縱無所入也。』孔疏引定本作『放衍無所入』，正沔、衍同義之證。說文：『淖，水朝宗于海也。』『淖』即『潮』字，是古說『朝宗于海』謂海潮上迎，來受尊禮。」鄭注尚書「江漢朝宗于海」，則言納水趨海，若周禮春朝夏宗，與此箋同義，皆可通。鴥彼飛隼，載飛載止。【疏】箋：「『載』之言『則』也。言隼欲飛則飛，欲止則止，喻諸侯之自驕恣，欲朝不朝自由，無所在心也。」○陳奐云：「海之朝宗，隼之飛止，兩喻皆與諸侯朝天子。首章言朝，次章言不朝。」愚案：如陳說是。言隼已飛而仍止，飛者遭厲王之亂，止者因宣王之興也。嗟我兄弟，邦人諸友，莫肯念亂，誰無父母！【疏】傳：「邦人諸友，謂諸侯也。兄弟，同姓臣也。京師者，諸侯之父母也。」箋：「我，我王也。莫，無也。我同姓、異姓之諸侯，女自恣不朝無肯念此，於禮法爲亂者。女誰無父母乎？言皆生於父母也。臣之道，資於事父以事君。」○潛夫論釋難篇「且夫一國盡亂，無有安身。詩云：『莫肯念亂，誰無父母？』言皆將爲害，然有親者憂將深也。」言亂之既生，有父母者其憂更深，誰無父母，坐視亂兆而不肯一留念乎？言人盡放恣，大亂必成。王符用魯詩，是魯義如此。其愛日篇亦引此二句，患公卿苟先私計而後公義，謂其不肯憂國，則又與毛義合。

沔彼流水，其流湯湯。【疏】傳：「言放縱無所入也。」箋：「『湯湯』，波流盛貌，喻諸侯奢僭，既不朝天子，復不事侯伯。」○揚雄荆州牧箴：「其流湯湯。」明魯毛文同。鴥彼飛隼，載飛載揚。【疏】傳：「言無所定止也。」箋：「『則飛則揚』，喻諸侯出兵，妄相侵伐。」○淮南精神篇高注：「飛揚，不從軌度也。」正與此詩「載飛載揚」義合。念彼不不蹟，載起載行。心之憂矣，不可弭忘。【疏】傳：「不蹟，不循道也。弭，止也。」箋：「彼，彼諸侯也。諸侯不循法度，妄興師出兵，我念之憂不能忘也。」○「蹟」者，「迹」之或字。釋訓：「不蹟，（「也」字誤衍。）不道也。」知魯詩同訓。「載起載行」，與「載飛載揚」相對爲文，正指諸侯跋扈之實。周語賈逵注：「弭，忘也。」是「忘」與「弭」同義。

鴥彼飛隼，率彼中陵。民之訛言，寧莫之懲。【注】韓説曰：「譌言，諠言也。」【疏】傳：「懲，止也。」箋：「率，循也。隼之性，待鳥雀而食，飛循陵阜者，是其常也，喻諸侯之守職順法度者，亦是其常也。訛，僞也，言時不令，小人好詐僞爲交易之言，使見怨咎，安然無禁止。」○孔疏：「詐僞交易之言者，謂以善言爲惡，以惡言爲善，交而换易其詞，鬬亂二家，使相怨咎也。」説文無「訛」字，引詩作「譌言」。「寧」，猶「胡」也。言民之譌言，胡不禁止之也。「譌言，諠言也」者，玉篇言部引韓詩文。皮嘉祐云：「箋云：『譌，僞也。』韓訓『譌』爲『諠』，『諠』亦有『僞』義。説文：『諠，詐也。』廣雅釋詁：『諠，欺也。』欺、詐皆僞也。廣雅釋言：『譌，譁也。』左成十六年傳注：『諠，譁也。』是譌、諠二字轉訓並通。」我友敬矣，讒言其興。【注】韓説曰：「讒言緣間而起。」【疏】傳：「疾王不能察讒也。」箋：「我，我天子也。友，謂諸侯也。言諸侯有敬其職、順法度者，讒人猶興其言以毁惡之，王與侯伯不當察之。」○馬瑞辰云：「上四句言王不能察讒，下二句勉諸侯以戒慎。敬者，戒也，士昏禮：『戒女曰：必敬必戒。』敬亦戒也。説文：『警，言之戒也。』又曰：『儆，戒也。』釋名：『敬，警也。』言苟不知戒，則讒言之興無已。箋謂能敬其職，讒人猶興其言，失其義矣。」「讒言緣間而起」者，文選范蔚宗宦者傳論李注引韓詩，王應麟詩考以爲此詩内傳文。（今本汲古閣文選「韓」誤作「地」。）又韓詩外傳七傳曰：「鳥之美羽句喙者，鳥畏之。魚之侈口垂腴者，魚畏之。人之利口贍詞者，人畏之。是以君子避三端：避文士之筆端，避武士之鋒端，避辯士之舌端。詩曰：『我友敬矣，讒言其興。』」此推衍之詞。

沔水三章，二章章八句，一章六句。

鶴鳴

鶴鳴 【疏】毛序：「誨宣王也。」箋：「誨，教也，教宣王求賢人之未仕者。」○後漢楊震傳「野無鶴鳴之士」，楊賜傳「速徵鶴鳴之士」，皆指隱士言，二楊皆魯説。易林師之艮：「鶴鳴九皋，避世隱居。抱道守貞，竟不隨時。」无妄之解：「鶴鳴九皋，處子失時。」處子卽處士，詩言賢者隱居，此齊説。韓詩蓋同。

鶴鳴于九皋，聲聞于野。【注】韓説云：九皋，九折之澤。魯説曰：澤曲曰皋。【疏】傳：「興也。皋，澤也。言身隱而名著也。」箋：「皋，澤中水溢出所爲坎，自外數至九，喻深遠也。鶴在中鳴焉，而野聞其鳴聲。興者，喻賢者雖隱居，人咸知之。」○陸疏：「鶴鳴聞八九里。」「九皋，九折之澤」者，釋文引韓詩文。廣韻二引同。「澤曲曰皋」者，王逸楚詞離騷注文。引詩云「鶴鳴于九皋」，明魯毛文同。論衡藝增篇亦云「鶴鳴九折之澤。」二王皆治魯詩，釋「皋」爲「澤曲」，以「九皋」爲「九折」，折亦曲也，曲至於九，以言其深遠也，與韓同義。楊雄太玄經首次五「鳴鶴升自深澤」，蔡邕焦君贊「鶴鳴九皋」，楊蔡並用魯詩。古書引詩，「九」上或無「于」字，徐鍇説文繫傳通論中亦然，蓋有二本。**魚潛在淵，或在于渚。**【疏】傳：「良魚在淵，小魚在渚。」箋：「此言魚之性寒則逃於淵，温則見於渚，喻賢者世亂則隱，治平則出，在時君也。」○孔疏：「此文止有一魚，復云『或在』，是魚在二處，以魚之出没，喻賢者之進退，於理爲密；且教王求賢，止須言賢之來否，不當橫陳小人，故易傳也。」愚案：疏説精當。

樂彼之園，爰有樹檀，其下維蘀。【疏】傳：「何樂於彼園之觀乎？蘀，落也。尚有樹檀而下其蘀。」箋：「之，往。爰，曰也。言所以之彼園而觀者，人曰有樹檀，檀下有蘀，此猶朝廷之尚賢者，而下小人是以往也。」○案，檀宜樹者，蘀宜下者。「彼園」，猶國也。朝廷清明如此，故可樂。它山之石，可以爲錯。【注】魯「錯」作「厝」。【疏】傳：「錯，石也，可以琢玉。舉賢用滯，則可以治國。」箋：「它山，喻異國。」○「魯錯作厝」者，淮南說林訓高注：「礛，諸治玉之石，詩云『他山之石，可以爲厝』是也。」修務訓注引詩同。說文「厝」下云：「厲石也。詩曰：『他山之石，可以爲厝。』」陳喬樅云：「釋文云『錯』，說文作『厝』，今據淮南注引詩作『厝』，知說文所引是魯文，非偁毛也。衆經音義九引詩亦作『厝』。漢書地理志『五方雜厝』，顏注引晉灼曰：『厝，古錯字。』易小過注『無所錯足』，釋文：『錯，本又作厝。』皆以音同通叚。」愚案：「他山」與「彼園」相應，箋謂「喻異國」，是也。

鶴鳴于九皋，聲聞于天。【疏】箋：「天，高遠也。」○論衡藝增篇：「詩云：『鶴鳴九皋，聲聞于天。』言鶴鳴九折之澤，聲猶聞于天，以喻君子修德窮僻，名猶達于朝廷也。」荀子儒效篇：「君子隱而顯，微而明，辭讓而勝。詩云：『鶴鳴于九皋，聲聞于天。』此之謂也。」史記滑稽傳東方朔答客難云：「詩曰：『鶴鳴九皋，聲聞于天。』苟能修身，何患不榮。」荀王東方皆謂君子德修于身，名聞于遠，申明魯義，其意相同。（史記東方傳爲褚少孫所補，少孫亦治魯詩。）張衡思玄賦：「遇九皋之介鳥兮，怨素意之不逞。游塵外以瞥天兮，據冥翳以哀鳴。」應劭風俗通義六：「詩曰：『鶴鳴九皋，聲聞于天。』」王逸楚詞九章注：「鶴鳴九皋，聞于天也。」蔡邕集蔡朗碑：「鶴鳴聞天。」此皆魯經文也。韓詩外傳七：「孔子困於蔡陳之間，答子路以須時，末引詩曰：『鶴鳴于九皋，聲聞于天。』」此推衍之詞，明韓毛文同。魚在于渚，或潛在淵。【疏】箋：「時寒則魚去渚，逃於淵。」○愚案：見邦無道則隱。樂彼之園，爰有樹檀，其下維穀。它山之石，可以攻玉。【疏】傳：「穀，惡木也。攻，錯也。」○易林明夷卦：「他山之錯，與璆爲仇。」歸妹之頤同。此齊詩以石攻玉說也。愚案：詩全篇比喻，與匏有苦葉同體。

鶴鳴二章，章九句。

祈父 【疏】毛序：「刺宣王也。」箋：「刺其用祈父，不得其人也。官非其人則職廢。祈父之職，掌六軍之事，有九伐之法。祈、圻、畿同。」〇詩氾歷樞曰：「酉祈父也。」易林謙之歸妹：「爪牙之士，怨毒祈父。轉憂與己，傷不及母。」以養不及母爲可傷也，並齊說。「爪牙之士」，謂爪牙之屬也，祈父掌祿士，故其屬士怨之，與下「爪士」解異。魯韓見下。

祈父，【注】魯一作「頎甫」。【疏】傳：「祈父，司馬也，職掌封圻之兵甲。」箋：「此司馬也，時人以其職號之，故曰『祈父』。書曰『若疇圻父』，謂司馬。司馬掌祿士，故司士屬焉。又有司右，主勇力之士。」〇「魯作頎甫」者，王符潛夫論班祿篇：「班祿頗而頎甫刺。」陳喬樅云：「今本作『班祿頗而傾甫賴』，顧氏廣圻以『傾甫』爲『頎父』之誤，卽詩『祈父』也。今案，隸釋載高陽令楊著碑『頎甫班爵』，宋洪适云：『詩以「圻父」作「祈父」，此云「頎甫」，蓋又借用。』案碑語正用此詩，知三家今文作『頎甫』，顧說甚確。頎、傾形近致誤。『賴』字亦當作『刺』爲是，今訂正之。」愚案：據易林，（見上。）玉篇（見下。）作「祈父」，是齊韓並作「祈父」。王用魯詩，知惟魯作「頎甫」，用叚借字也。**予王之爪牙。**【注】韓「予」作「維」。**胡轉予于恤，靡所止居？**【疏】傳：「恤，憂也。宣王之末，司馬職廢，姜戎爲敗。」箋：「予，我。轉，移也。此勇力之士責司馬之詞也。我乃王之爪牙，爪牙之士，當爲王閑守之衞，女何移我於憂，使我無所止居乎？謂見使從軍，與姜戎戰於千畝而敗之時也。六軍之士出自六鄉，法不取於王之爪牙之士。」〇「韓予作維」者，玉篇牙部：「牙，壯齒也。詩曰：『祈父，維王之爪牙。』」「予」作「維」，此據韓詩異文也。陳奐云：「維，爲也，與毛字異義同。我王之爪牙，斥祈父也。」愚案：漢書陳湯傳：「戰克之將，國之爪牙，不可不重。」辛慶忌傳：「右將軍慶忌宜在爪牙官，以備不虞。」馮奉世傳：「奉世居爪牙官前後十年，爲折衝宿將。」敍傳「爪牙信布」，謂韓信、英布也。是惟尊官大將方稱「爪牙」之職，武士卑官，不得以之自命。箋讀非，韓義是也。左襄十六年傳：「穆叔見中行獻子，賦圻父。獻子曰：『偃知罪矣，敢不從執事以同恤社稷，而使魯及此！』」杜注：「詩人責祈父爲王爪牙，不修其職。」此注尤晰，穆叔賦詩，卽以「祈父」斥獻子，皆謂大臣。箋用齊義也。

祈父，予王之爪士。胡轉予于恤，靡所底止？【疏】傳：「士，事也。底，至也。」○陳奐云：「『爪事』，謂祈父職掌我王爪牙之事也。說文：『底，柔石也。從厂，氐聲。』或作『砥』。『至』乃引申義。『底』與『底』音義均別，此篇之『底』，與小旻之『伊于胡底』同，作『底』者誤。爾雅：『底，止也。』郭注：『底，義見詩傳。』」

祈父，亶不聰！胡轉予于恤，有母之尸饔？【注】韓「饔」作「雍」。【疏】傳：「亶，誠也。尸，陳也。孰食曰饔。」箋：「己從軍而母爲父。陳饌飲食之具，自傷不得供養也。」○「亶，誠」，釋詁文，責祈父聽之不聰也。「饔」與「飧」同，說文：「饔，孰食也。」隸變作「饔」。孔疏：「許氏異義引此詩曰『有母之尸饔』，謂陳饔以祭，志養不及親。」（謂志於養，不及親存。或欲改「志」爲「恐」者，非。）「韓饔作雍」者，外傳七曾子曰：「往而不可還者親也，至而不可加者年也。是故孝子欲養而親不待也，木欲直而時不待也。是故椎牛而祭墓，不如雞豚之逮親存。」下卽引詩曰：「有母之尸雍。」「雍」古「饔」字，韓許說合，與齊詩「傷不及母」義同，古訓如此。黃山云：「詩三言『胡轉予于恤』，卽蓼莪『出則銜恤』之『恤』。蓋方居母憂而迫使服戎，故作詩以寫怨也。」禮曾子問篇子夏問：「三年之喪卒哭，金革之事無辟也者，禮與？」孔子曰：「記曰，君子不奪人之親，亦不可奪喪也。」又問：「金革之事無辟也者，非與？」孔子曰：「吾聞諸老聃，昔者魯公伯禽有爲爲之也。」鄭注：「伯禽封於魯，徐戎作難，卒哭而征之。」疏據史記，時周公猶在，此云「卒哭」者，爲母喪也。子夏見周代行金革無辟之事，故問。是母喪禦戎，周代沿習，雖已卒哭致事，不能辟役。而惟怨祈父之不聰，妨其饔祭。尸，主也，言己爲主祭之長子也。於義亦通。

祈父三章，章四句。

白駒

白駒【注】魯説曰：「白駒者，失朋友之所作也。其友賢居任也，衰亂之世君無道，不可匡輔，依違成風，諫不見受。國士咏而思之，援琴而長歌。」韓説曰：「彼朋友之離別，猶求思乎白駒。」【疏】毛序：「大夫刺宣王也。」箋：「刺其不能留賢也。」○「白駒」至「長歌」，蔡邕琴操文，魯説也。賢友居任而去，蓋有甚不得已者。范甯穀梁傳注序云：「君子之路塞，則白駒之詩賦。」説與琴操合。「彼朋」至「白駒」，藝文類聚二十一引曹植釋思賦文，韓説也。陳喬樅云：「文選王粲贈士孫文始詩云：『白駒遠志，古人所箴。允矣君子，不遐厥心。既往既來，無密爾音。』曹攄思友人詩云：『思賢咏白駒。』皆用韓義。」毛之説詩，每以詩先後限斷時代，其説多不可從。宣末失政，尚非衰亂，毛特以詩寘於此，斷爲一王之詩耳。其爲賢人遠引，朋友離思，固無可疑，而必謂刺王不能留，則詩外之意也。齊説未聞。

皎皎白駒，食我場苗。縶之維之，以永今朝。【疏】傳：「宣王之末，不能用賢，賢者有乘白駒而去者。縶，絆。維，繫也。」箋：「永，久也。願此去者乘其白駒而來，食我場中之苗，我則絆之繫之，以永今朝。愛之欲留之。」○楚詞九歌王注：「縶，絆也。詩曰：『縶之維之。』」據此，魯義與毛同。所謂伊人，於焉逍遥。【疏】箋：「伊，當作『繄』。繄，猶『是』也。所謂是乘白駒而去之賢人，今於何遊息乎？思之甚也。」○「於焉」者，玉篇：「焉，是也。」言於是逍遥也。蔡邕汝南周巨勝碑：「于以逍遥」。或魯詩有作「以」之本。

皎皎白駒，食我場藿。縶之維之，以永今夕。所謂伊人，於焉嘉客。【疏】傳：「藿，猶苗也。夕，猶朝也。」○陳奐云：「藿猶苗，承上章言也。禾初生曰苗，因之穀蔬初生皆曰苗。場、圃同地，場即圃也。場圃毓草木，場有苗，非禾也。尗之少者曰藿，因之凡草木之幼少者皆曰藿。傳不謂藿爲尗，猶不謂苗爲禾也。夕猶朝，亦承上章言也。」愚案：在朝則皆王人，去則客之。

皎皎白駒，賁然來思。【疏】傳：「賁，飾也。」箋：「願其來而得見之。易卦曰：『山下有火賁。』賁，黄白色也。」○馬瑞辰云：「京房易傳：『五色不成謂之賁，文采雜也。』上言白駒，下不得言雜色。正義：『蓋謂其衣服之飾。』非詩義也。釋文：『賁，徐音奔。』賁、奔古通用，詩鶉之奔奔，表記、吕覽引詩俱作『賁賁』是也。弓人鄭注：『奔，猶疾也。』賁然』，蓋狀馬來疾行之皃。」爾公爾侯，逸豫無期。愼爾優遊，勉爾遁思。【疏】傳：「爾公爾侯邪，何爲逸樂無期以反也。愼，誠也。」箋：「誠女優遊，使待時也。勉女遁思，度己終不得見。自訣之詞。」○案，言爾是公侯，則任大貴重，與國同體，慮逸豫之無期耳。今官位不高，誠爾優遊待時，猶之可也；若爾有速遁之思，則願勉抑之。

皎皎白駒，在彼空谷。【注】韓齊「空」作「穹」。韓說曰：穹谷，深谷也。【疏】傳：「空，大也。」○王符潛夫論本政篇云：「詩傷『皎皎白駒，在彼空谷。』『巧言如流，俾躬處休。』蓋言衰世之士，志彌潔者身彌賤，佞彌巧者官彌尊也。」明魯詩作「空谷」，與毛同。「韓空作穹，曰穹谷，深谷也」者，文選班固西都賦李注、陸機苦寒行詩注引韓詩薛君章句文。惠棟云：「韗人：『爲臯陶，穹者三之一。』鄭司農曰：『穹，讀爲「志無空邪」之空』。是古『穹』與『空』同。」陳喬樅云：「毛傳：『空，大也。』雖訓與韓異，而皆以『空』爲『穹』。釋詁『穹，大也』可證。節南山詩『不宜空我師』，傳訓『空』爲『窮』。案，說文：『穹，窮也。』是『空窮』之訓，亦以空爲穹之借字。」「齊作穹」者。西都賦『幽林穹谷』，李注引韓詩爲證，然班用齊詩，此語當本齊文，故知齊作「穹谷」也。生芻一束，其人如玉。【疏】箋：「此戒之也。女行所舍，主人之餼雖薄，要就賢人，其德如玉然。」○「生芻一束」，言欲以秣其駒。「其人如玉」，敬其德如玉也。易林坤之巽：「白駒生芻，猗猗盛姝。」用齊經文。後漢郭林宗傳載林宗有母憂，徐穉來弔，置生芻一束於廬前而去。林宗引此詩二句，言「吾無德以堪之」，可以推見詩義。**毋金玉爾音，而有遐心。**【疏】箋：「毋愛女聲音，而有遠我之心。以恩責之也。」○「金玉」者，珍重愛惜之意，恐其別去之後不通音問，王粲所謂「無密爾音。」密，猶「秘」也。「遐心」，卽「遁思」。

白駒四章，章六句。

黃鳥

【注】齊說曰：黃鳥來集，既嫁不答。念我父母，思復邦國。【疏】毛序：「刺宣王也。」箋：「刺其以陰禮教親而不至，聯兄弟之不固。」○「黃鳥」至「邦國」，易林乾之坎文。陳喬樅云：「據焦氏所言詩義，蓋女適異國而不見答，故欲復其邦族，與毛異。但在下者夫婦相棄，亦上之人禮教不至有以致之。竹竿詩不答於夫，出遊寫憂而已，望其機之轉也。此則直云『不我肯穀』、『不可與處』，乃不答之甚者。曰『復我邦族』，是自異國來嫁，蓋畿內小國也。」

黃鳥黃鳥，無集于穀，無啄我粟！此邦之人，不我肯穀。【疏】傳：「興也。黃鳥，宜集木啄粟者。穀，善也。」箋：「興者，喻天下室家不以其道而相去，是失其性，不肯以善道與我。」○馬瑞辰云：「廣雅：『穀，養也。』小弁詩『民莫不穀』，甫田詩『以穀我士女』，箋並云：『穀，養也。』此詩『穀』亦當訓『養』，猶我行其野篇『亦不我畜』，畜亦養也。」**言旋言歸，復我邦族。**【疏】傳：「宣王之末，天下室家離散，妃匹相去，有不以禮者。」箋：「言，我。復，反也。」○蔡邕述行賦「言旋言復」，又曰「復邦族以自綏」，皆用魯經文。

黃鳥黃鳥，無集于桑，無啄我粱！此邦之人，不可與明。言旋言歸，復我諸兄。【疏】傳：「不可與明夫婦之道。婦人有歸宗之義。」箋：「明，當爲盟。盟，信也。宗，謂宗子也。」○陳奐云：「儀禮喪服不杖期節，女子子適人者，爲昆弟之爲父後者，傳：『爲昆弟之爲父後者，何以亦期也？婦人雖在外，必有歸宗，曰小宗，故服期也。』注云：『歸宗者，父雖卒，猶自歸宗。其爲父後服重者，不自絶於其族類也。曰小宗者，言是乃小宗也。小宗明非一也，小宗有四。』案此謂婦人雖外成他家，有歸小宗之義，故爲昆弟之爲父後者服期也。又齊衰節，婦人爲宗子宗子之母妻，傳：『何以服齊衰三月也？尊祖也，尊祖故敬宗。敬宗者，尊祖之義也。』注云：『婦人女子在室及嫁歸宗者也。宗子繼別之後，百世不遷，所謂大宗也。』案，此謂婦人適人，有出必歸宗，不自絶於宗子，故爲大宗之子服齊衰也。釋親宗族節：『男子謂女子先生爲姊，後生爲妹，父之姊妹爲姑，王父之姊妹爲王姑，曾祖王父之姊妹爲曾祖王姑，高祖王父之姊妹爲高祖王姑，父之從父姊妹爲從祖姑，王父之從祖姊妹爲族祖姑。』案，此謂女子適人而姑姊妹不絶九族之親，明有歸宗也。其姊妹與宗同父，同父宗者也。與宗同王父，同祖宗者也。與宗同曾祖王父，同曾祖宗者也。與宗同高祖王父，同高祖宗者也。婦人歸宗，父母在則歸婦室，父母既歿則歸於諸父昆弟，謂之小宗。小宗既絶，則或歸於諸大宗之家，猶之將嫁之女，祖廟既毀，則必教於大宗之室。」

黃鳥黃鳥，無集于栩，無啄我黍！此邦之人，不可與處。言旋言歸，復我諸父。【疏】傳：「處，居也。諸父，猶諸兄也。」○陳奐云：「小宗四，大宗一。五宗之昆，諸兄也。五宗之父，諸父也。故傳云『諸父猶諸兄也。』鄭駁五經異義云：『婦人歸宗。女子雖適人，字猶繫姓。』明不與父兄爲異族。」

黃鳥三章，章七句。

我行其野【注】齊説曰：「黃鳥採蓄，既嫁不答。念吾父兄，思復邦國。【疏】毛序：「刺宣王也。」箋：「刺其不正嫁娶之數，而有荒政，多淫昏之俗。」○「黃鳥」至「邦國」，易林巽之豫文。陳喬樅云：「毛詩『言採其蓫』，釋文：『蓫，本亦作蓄。』據焦氏言『黃鳥採蓄』，是齊文作『蓄』，似我行其野與黃鳥爲一時事，故並舉之，如六月采芑吉日車攻之例。」毛序義異。

述一人之事，毛鄭則總一國而爲詞也。

我行其野，蔽芾其樗。昏姻之故，言就爾居。爾不我畜，復我邦家。【疏】傳：「樗，惡木也。畜，養也。」箋：「樗之蔽芾始生，謂仲春之時，嫁取之月。婦之父、壻之父相謂「昏姻」。言，我也。我乃以此二父之命，故我就爾居，我豈其無禮來乎？責之也。宣王之末，男女失道以求外昏，棄其舊姻而相怨。」○孔疏引王肅，以爲「惡木」喻「惡夫」。胡承珙云：「方就其居，何得遽謂之惡？至『爾不我畜』，乃可爲惡耳。不應首二句卽以惡木斥惡人。」愚案：箋謂仲春樗生，是也，但此女行野之所見非嘉木，所采亦非嘉卉，言外意自含蓄不盡。

我行其野，言采其蓫。【注】齊韓「蓫」作「蓄」。昏姻之故，言就爾宿。爾不我畜，言歸斯復。【疏】傳：「蓫，惡菜也。復，反也。」箋：「蓫，牛蘈也，亦仲春時生，可采也。」○「齊韓蓫作蓄」者，齊詩見上。曹植七啟云「霜蓄露葵」，曹用韓詩也。陸疏：「蓫，今人謂之羊蹄。」名醫別録云：「羊蹄一名蓄。」陶隱居注：「今人呼爲秃菜，卽是『蓄』音之誤。」引詩云「言采其蓄」。陸疏「羊蹄」，定本作「牛蘈」。釋草：「藬，牛蘈。」郭注：「高尺許，方莖，葉長而鋭。有穗，穗間有華，華紫縹色，可淋以爲飲。」則毛云「惡菜」亦非。

我行其野，言采其葍。不思舊姻，求爾新特。【注】魯「思」作「惟」，「姻」作「因」。【疏】傳：「葍，惡菜也。新特，外昏也。」箋：「葍，蕌也，亦仲春時生，可采也。壻之父曰姻。我采蕌之時，以禮來嫁女，女不思女老父之命而棄我，而求女新外昏特來之女。責之也。不以禮嫁，必無肯媵之。」○釋草：「葍，蕌。」郭注：「大葉白華，根如指，正白可啖。」又云：「葍，藑茅。」郭注：「葍華有赤者爲藑。藑、葍一種耳，亦猶蔆苕華黃、白異名。」齊民要術云：「一種莖赤有臭氣，卽爾雅之『葍，藑茅』，毛傳所云『惡菜』也。一種莖葉細而香，卽爾雅之『葍，蕌』，郭注所云『根白可啖』也。」「魯思作惟，姻作因」者，白虎通嫁娶篇「婚者，昏時行禮，故曰婚。姻者，婦人因夫而成，故曰姻。詩曰『不惟舊因』，謂夫也。」陳喬樅云：「魯毛文異而義同。釋詁：『惟，思也。』論語『因不失其親』，南史王元規云『姻不失親』，是其證也。」愚案：婦因夫而成，故曰「姻」，禮經所云「合二姓之好」也，不思此義之重而別求外昏，故曰「不惟舊因。」**成不以富，亦祇以異。**【疏】傳：「祇，適也。」箋：「女不以禮爲室家成事，不足以得富也，女亦適以此自異於人道。言可惡也。」○陳奐云：「成，卽『誠』之借字，論語引此以證愛惡之惑，與詩義略同。說文衣部無『祇』，疑唐以前無從『衣』之『祇』字。易坎釋文云：『祇，詞也。』『富』猶『賄』也，卽氓詩之『以我賄遷』也。『異』猶『貣』也，卽氓詩之『士貣其行』也。言誠不以外昏之有財賄，亦祇以舊姻之有貣行，爲可惡也。」愚案：周室中葉，卽有棄舊姻求新特之事。降及漢世，婚禮大壞，見於詩篇者甚多，女子重前夫，男兒愛後婦，其殆「亦祇以異」之嗣音與？

我行其野三章，章六句。

斯干【注】魯說曰：周德既衰而奢侈，宣王賢而中興，更爲儉宮室、小寢廟。詩人美之，斯干之詩是也。上章道宮室之如制，下章言子孫之衆多也。又曰：昔周王德衰而斯干作，應運變通，自古有之。【疏】毛序：「宣王考室也。」箋：「考，成也。德行國富，人民殷衆而皆佼好，骨肉和親。宣王於是築宮廟，羣寢既成而釁之，歌斯干之詩以落之，此之謂成室。宗廟成，則又祭先祖。」○「周德」至「多也」，漢書劉向傳向疏文。楊雄將作大匠箴：「詩咏宣王，由儉改奢。」張衡東京賦：「改奢卽儉，則合美乎斯干。」薛綜注：「斯干，謂宣王儉宮室之詩也。」以上美宣儉也。「昔周」至「有之」，蔡邕宗廟祝嘏詞文，皆魯說也。陳喬樅云：「蔡文上言遷都舊京，而卽引斯干之詩以證之，是魯說謂宣王中興，有遷都之事也。」姚鼐云：「周之都嘗數遷，文王居豐，武王居鎬，穆王居鄭，懿王居廢丘。宣王遭厲王之禍，宜更擇都邑、建宮室。以斯干詩及『王餞于郿』度之，蓋宣王都南山之北、渭水之南、雍郿間也。太史公云雍旁有吳陽武畤，雍東有好畤，晚周嘗郊焉，事不誣也。故宣王鼓出於陳倉。方周未東遷之時，而周人士之詩已作。『王在在鎬』，魚藻詩人以傷今而思古焉。則未知其在鄭與？在犬丘與？抑宣王之世與？」又漢書翼奉傳云：「奉以宮室苑囿，奢泰難供，乃上疏言宜東徙成周，遷都正本，『亡復繕治宮館不急之費，歲可餘一年之畜。必有五年之蓄，然後大行考室之禮。』注引斯干之詩爲證。奉齊詩學也，言遷都儉宮室，與劉楊張蔡說合，然則此詩魯齊同義矣。韓說當同。

秩秩斯干，【注】魯說曰：「秩秩，清也。」幽幽南山。如竹苞矣，如松茂矣。兄及弟矣，式相好矣，無相猶矣。【疏】傳：「興也。秩秩，流行也。干，澗也。幽幽，深遠也。苞，本也。猶，道也。」箋：「興者，喻宣王之德如澗水之源，秩秩流出，無極已也。國以饒富，民取足焉，如於深山。言時民殷衆，如竹之本生矣，其佼好又如松柏之暢茂矣。猶，當作『瘉』。瘉，病也。言時人骨肉用是相愛好，無相詬病也。」○「秩秩清也」者，釋訓文，蓋專爲此詩立訓，狀澗水之清也，毛作傳所未及采。「干」卽「澗」之借字，「考槃在澗」，韓詩「澗」作「干」。馬瑞辰云：「猶、猷古通用。方言：『猷，詐也。』廣雅：『猶，欺也。』詩蓋謂兄弟相愛以誠，無相欺詐，卽左傳『爾無我虞，我無爾詐』也。」

似續妣祖，築室百堵，西南其户。爰居爰處，爰笑爰語。【疏】傳：「似，嗣也。西鄉户、南鄉户也。」箋：「似，讀如『巳午』之巳。『巳續妣祖』者，謂巳成其宮廟也。妣，先妣姜嫄也。祖，先祖也。此『築室』者，謂築燕寢也。『百堵』，百堵一時起也。天子之寢有左右房，『西其户』者，異於一房者之室户也。又云『南其户』者，宗廟及路寢制如明堂，每室四户，是室一南户爾。爰，於也。於是居，於是處，於是笑，於是語。言諸寢之中，皆可安樂。」○張衡東京賦「西南其户」，明魯毛文同。約之閣閣，椓之橐橐。【注】魯「閣」作「格」，「橐」作「櫜」。【疏】傳：「約，束也。閣閣，猶

『歷歷』也。橐橐，用力也。」箋：「約，謂縮板也。椓，謂擣土也。」○案：「約」、「縮」皆謂以繩纏束之。「魯閣作格」者，考工記匠人注引詩曰：『約之格格。』釋訓：「格格，舉也。」正釋此詩，魯說也。舉板而束之然後堅，故訓「格格」爲「舉」也。說文：「輅，生革可以爲縷束也。」或據此以爲當作「輅輅」，其說亦通，但「格格」自訓「舉」，無勞改字也。「椓謂擣土」者。孔疏：「取壤土投之板中，擣使平均，然後椓之也。『擣』者，以手平物之名，故字從『手』。」玉篇：「椓，擊也。詩曰：『椓之橐橐。』」顧用韓詩，是韓作「橐橐」與毛同。廣雅：「櫜櫜，聲也。」作「櫜」是用魯詩，「橐」即「櫜」之省借。「椓之櫜櫜」，猶「椓之丁丁」，皆謂其聲耳。

風雨攸除，鳥鼠攸去，君子攸芋。【注】魯「芋」作「宇」。【疏】傳：「芋，大也。」箋：「『芋』當作『幠』。幠，覆也。寢廟既成，其牆屋弘殺，則風雨之所除也；其堅致，則鳥鼠之所去也；其堂室相稱，則君子之所覆蓋。」○「魯芋作宇」者，案，陳喬樅云：「楊雄將作大匠箴：『牆以禦風，宇以蔽日，寒暑攸除，鳥鼠攸去。』」「芋」作「宇」，蓋魯詩。大司徒「美宮室」，注：「謂約椓攻堅，風雨攸除，各有攸宇。」「芋」作「宇」，當亦用魯說。「宇」之言「覆」也，魯作「宇」正字，毛作「芋」，借字。

如跂斯翼，【注】韓「跂」作「企」。【疏】傳：「如人之跂竦翼爾。」○孔疏：「如人跂足，竦此臂翼然。」韓跂作企」者，玉篇人部：「企，舉踵也。詩云：『如企斯翼。』」毛詩釋文云：「跂，音企。」此引作「企」者，韓詩之異字。跂、企音義並同。

如矢斯棘，如鳥斯革，【注】韓「棘」作「朸」，云：「朸，隅也。」「革」作「⿰革羽」，云：「⿰革羽，翅也。」【疏】傳：「棘，棱廉也。革，翼也。」箋：「棘，戟也，如人挾弓矢戟其肘，如鳥夏暑希革張其翼時。」○「韓棘作朸，云朸，隅也」者，釋文文。玉篇木部：「韓詩云：『如矢斯朸。』朸，木理也。」說文「朸」下云：「木之理也。从木，力聲。」段注：「詩『如矢斯棘』，韓作『朸』，毛曰『棘，棱廉也』，韓曰『朸，隅也』。學者多不解。及觀抑詩『惟德之隅』，傳：『隅，廉也。』箋申之曰：『如宮室之制，內有繩直則外有廉隅。』然後知斯干詩謂如矢之正直而外有廉隅也。」陳喬樅云：「韓『朸』正字，毛『棘』借字。如矢之直，則得其理而廉隅整飭矣。毛韓詞異而意一也。」馬瑞辰云：「『棘』之通『朸』，猶馬勒通作『𩋾』。水經注：『棘門謂之力門也。』」「韓革作𩊚，云𩊚，翅也」者，亦釋文文。陳喬樅云：「詩考引作『𩊚』，今本或作『勒』，乃『𩊚』字之譌耳。說文『𩊚』下云：『翅也。』正用韓詩。廣雅釋器云：『𩊚，翼也。』即本韓詩之文，而訓從毛傳。毛詩作『革』，乃以『革』爲『𩊚』之省借，故訓爲『翼』，翼即翅也。韓毛小異而訓義同。釋文云『革如字』，非也。」如翬斯飛，君子攸躋。【疏】傳：「躋，升也。」箋「伊洛而南，素質五色皆備成章曰翬。此章四『如』者，皆謂廉隅之正、形貌之顯也。『翬』者，鳥之奇異者也，故以成之焉。此章主於宗廟，君子所升祭祀之時。」○馬瑞辰云：「爾雅又云：『鷹隼醜其飛也翬。』說文：『翬，大飛也。』此詩應取翬爲『大飛』之義，以狀簷阿之勢，猶今之飛檐也。」陳喬樅云：「詩上言『如跂』、『如矢』、『如鳥』，此言『如翬』，四『如』字皆以物象取譬，當以翬雉之義爲長。朱子集傳以爲『華采而軒翔』，其說得之。」

殖殖其庭，有覺其楹。噲噲其正，噦噦其冥，君子攸寧。【疏】傳：「殖殖，言平正也。『有覺』，言高大也。正，長也。冥，幼也。」箋：「覺，直也。噲噲，猶『快快』也。正，晝也。噦噦，猶『煟煟』也。冥，夜也。言居之晝日則快快然，夜則煟煟然，皆寬明之貌。此章主於寢，君子所安燕息之時。」○案，釋言：「冥，窈也。」本或作「幼」，即「窈」之省借，後遂誤爲「長幼」之幼，致生曲說。陳奐云：「噲噲、噦噦，義未聞。箋蓋用三家義。劉向說『上章』、『下章』，上章謂前五章，下章謂後四章，此亦三家說。」

下莞上簟，乃安斯寢。乃寢乃興，乃占我夢。吉夢維何，維熊維羆，維虺維蛇。【疏】傳「言善之應人也。」箋：「莞，小蒲之席也。竹葦曰簟。寢既成，乃鋪席與羣臣安燕，爲歡以落之。興，夙興也。有善夢，則占之。熊羆之獸，虺蛇之蟲，此四者，夢之吉祥也。」○玉篇草部：「莞，似藺而圓，可爲席。詩曰：『下莞上簟。』」此韓說，與箋訓異。漢書藝文志「衆占非一而夢爲大，故周有其官，詩載熊羆虺蛇、衆魚旐旟之夢，明著大人之占，以考吉凶。」此齊說也。潛夫論敍録「詩稱吉夢。」用魯經文。

大人占之，維熊維羆，男子之祥；維虺維蛇，女子之祥。【注】魯「維」作「惟。」【疏】箋：「大人占之，謂以聖人占夢之法占之也。熊羆在山，陽之祥也，故爲生男。虺蛇穴處，陰之祥也，故爲生女。」○「魯維作惟」者，潛夫論夢別篇「凡夢有象，詩云：『惟熊惟羆，男子之祥。惟虺惟蛇，女子之祥。』此謂象之夢也。」後漢楊賜傳賜上封事，引詩「惟虺惟蛇」二語，作「惟。」漢書五行志下引詩曰：「維虺維蛇，女子之祥。」志述劉向云云，則此所引乃魯詩之文，亦當作「惟」，「維」字誤也。

乃生男子，【注】韓說曰：男子生，以桑弧蓬矢，六射天地四方，明當有事天地四方也。載寢之牀，載衣之裳，載弄之璋。【疏】傳：「半珪曰璋。裳，下之飾也。璋，臣之職也。」箋：「男子生而卧於牀，尊之也。裳，晝日衣也。衣以裳者，明當主於外事也。玩以璋者，欲其比德焉。玉以璋者，明成之有漸。」○「男子」至「方也」，文選二十九棗據雜詩注引韓詩內傳文，此詩預言之擬議之詞也。「璋臣之職也」者，孔疏引王肅云：「羣臣之從王行禮者奉璋。又棫樸曰『奉璋峩峩，髦士攸宜』是也。」其泣喤喤，朱芾斯皇，【注】魯「芾」作「紱」。室家君王。【疏】箋：「皇，猶『煌煌』也。『芾』者，天子純朱，諸侯黃朱。『室家』，一家之內。宣王將生之子，或且爲諸侯，或且爲天子，皆將佩朱芾煌煌然。」○「魯芾作紱」者，白虎通紱冕篇：「天子朱紱，諸侯赤紱。詩云：『朱紱斯皇，室家君王。』」詳具采芑詩「朱芾斯皇」下。愚案：諸侯赤芾而箋云「諸侯黃朱」者，諸侯入爲天子三公九卿，亦得賜朱芾，惟是黃朱，與天子纯朱有別故也。

乃生女子，載寢之地，載衣之裼，【注】韓「裼」作「禘」。韓說曰：禘，示之方也。載弄之瓦。【疏】傳：

「裼，褓也。瓦，紡塼也。」箋：「卧於地，卑之也。褓，夜衣也。明當主於内事。坊塼，習其一所有事也。」○班昭女誡曰：「古者生女三日，卧之牀下，弄之瓦磚，而齊告焉。卧之牀下，明其卑弱，主下人也。弄之瓦磚，明其習勞，主執勤也。齊告先君，明當主繼祭祀也。」此齊説也。「韓裼作禘」者，釋文文。「禘示之方也」者，孔疏引侯包云『示之方也』，陳喬樅云：「禘，説文作『褅』，引詩曰『載衣之褅。』許引卽韓詩也。『禘』者『褅』之省文耳。正義引侯包韓詩翼要文。明褓制方，令女子方正事人之義。釋文云：『齊人名小兒被爲禘。』玉篇：『褅，褓也。』『褓，小兒衣也。』又云：『緥褓，負兒衣也。織縷爲之，廣八寸，長二尺，以負小兒於背上也。』則禘之製蓋方而長也。」無非無儀，唯酒食是議，無父母詒罹！

【疏】傳：「婦人質無威儀也。罹，憂也。」箋：「儀，善也。婦人無所專於家事，有非非婦人也，有善亦非婦人也。婦人之事，惟議酒食爾，無遺父母之憂。」○列女傳孟母曰：「夫婦人之禮，精五飰，羃酒漿，養舅姑，縫衣裳而已矣。故有閨門之修，而無境外之志。詩曰：『無非無儀，惟酒食是議。』以言婦人無擅制之義，有三從之道也。」馬瑞辰云：「説文：『非，違也。』从飛下翅，取其相背。廣雅釋言亦曰：『非，違也。』『無非』卽『無違』，此士昏禮記所云『父送女，命之曰夙夜無違命，母曰夙夜無違宮事』也。箋以『非』對『善』言，訓爲『惡』，失之。説文：『儀，度也。』『儀』通作『義』。左襄三十年傳『君子謂宋共姬「女而不婦。女待人，婦義事也。」』王氏引之曰：『義，讀爲儀。儀，度也。言婦當度事而行，不必待人也。』『儀』又通作『議』。左昭六年傳『昔先王議事以制。』讀爲儀。儀，度也。制，斷也，謂度事之輕重以爲斷制也。今案，婦人，從人者也，不自度事以專制，故曰『無儀』，卽易家人爻詞所謂『無攸遂』也。公羊傳：『遂者，主事也。』婦人無義事，猶公羊言大夫無遂事也。左傳言『婦義事』者，處變之權，詩言『無儀』者，處常之道。孟母引詩此句而釋之曰：『言婦人無擅制之義，而有三從之道也。』『三從』釋詩『無非』，『無擅制』正釋詩『無儀』。三家詩必有訓『非』爲『違』、『儀』爲『度』者，爲列女傳所本。婦有婦容，毛傳謂『無威儀』，固非。婦人以孝敬爲先，卽善也，箋以『無儀』爲『無善』，亦非。」

斯干九章，四章章七句，五章章五句。

無羊【疏】毛序：「宣王考牧也。」箋：「厲王之時，牧人之職廢，宣王始興而復之，至此而成，謂復先王牛羊之數。」〇三家無異義。

誰謂爾無羊？三百維羣。誰謂爾無牛？九十其犉。【疏】傳：「黃牛黑脣曰犉。」箋：「爾，女也。女，宣王也。宣王復古之牧法，汲汲於其數，故歌此詩以解之也。誰謂女無羊？今乃三百頭爲一羣，誰謂女無牛？今乃犉者九十頭。言其多矣，足如古也。」〇釋畜：「牛七尺爲犉。」郭注：「詩曰：『九十其犉。』」案，郭用舊注之文，此魯義也。陳喬樅云：「釋畜牛屬又曰：『黑脣犉。』某氏注：『黃牛黑脣曰犉。』蓋『犉』名兼二義，毛傳與某氏說同。但詩下章明言『三十惟物』，毛云『異毛色者三十也，』若以『九十其犉』爲專指黑脣而言，則與『三十惟物』句不合，當主『牛七尺曰犉』於義爲長。」愚案：邢疏引尸子說『六畜』云：「大牛爲犉，七尺。」此義最古。禮用羊者多，羊以多貴，故曰『三百維羣。』天子無故不殺牛，牛以肥貴，曰一元大武，曰博碩肥腯，則『九十其犉』已見物力之豐足，故雅訓用魯說，專主『七尺』言，以下兼有『三十惟物』句也。毛訓通謂『黃牛黑脣』，與此經不合，故舍人用之而邢疏不采。說文主毛，乃獨取之，然不能以之釋此經也。

爾羊來思，其角濈濈。爾牛來思，其耳濕濕。【疏】傳：「聚其角而息濈濈然，呞而動其耳濕濕然。」箋：「言此者，美畜產得其所。」〇馬瑞辰云：「濈，釋文亦作『戢』。爾雅：『戢，聚也。』周南傳：『戢戢，會聚也。』故傳以爲聚角貌。」

或降于阿，或飲于池，或寢或訛。【注】韓『訛』作『譌』，云：『譌，覺也。』【疏】傳：「訛，動也。」箋：「言此者，美其無所驚畏也。」〇玉篇口部引詩：「或寢或吪。吪，動也。」是正字當作『吪』。『韓作譌，云譌，覺也』者，釋文引韓詩文。

「譌」，古「訛」字。陳喬樅云：「衆經音義十二云：『訛，古文蔿、譌、吪三形同。』蓋皆以聲近通用。書堯典『平秩南訛』，史記五帝紀作『便程南譌。』釋詁：『訛，動也。』釋文云『訛』字又作『吪』，亦作『譌』。是其證也。」

爾牧來思，何蓑何笠，或負其餱。三十維物，爾牲則具。【疏】傳：「何，揭也。蓑，所以備雨。笠，所以禦暑。異毛色者三十也。」箋：「言此者，美牧人寒暑飲食有備。牛羊之色異者三十，則女之祭祀，索則有之。」〇說文「衰」下云：「艸雨衣，秦謂之萆。」「萆」下云：「雨衣，一曰衰衣。」衰从「艸」，後人加之也。孔疏：「經言『三十維物』，則別色之物皆有。『三十』，謂黑赤黄白黑毛色別異者各三十也。祭祀之物，當用五方之色。」犬人鄭司農注：「物，色也。」

爾牧來思，以薪以蒸，以雌以雄。【疏】箋：「此言牧人有餘力則取薪蒸，搏禽獸，以來歸也。麤曰薪，細曰蒸。」〇淮南主術訓高注：「大者曰薪，小者曰蒸。」明魯義與箋說同。

爾羊來思，矜矜兢兢，不騫不崩。麾之以肱，畢來既升。【疏】傳：「矜矜兢兢，以言堅彊也。騫，虧也。崩，羣疾也。肱，臂也。升，升入牢也。」箋：「此言擾馴從人意也。」〇「不騫不崩」者，馬瑞辰云：「說文：『騫，馬腹縶也。』史記仲尼弟子列傳，閔損字子騫。蓋『騫』本馬腹縶陷之稱，引伸通爲『虧損』之稱，故此詩及魯頌皆言『不虧不崩。』說文：『虧，气損也。』損曰虧，亦可曰騫。故漢書鼂錯傳：『外無騫污之名。』」胡承珙云：「騫，謂羊不肥。崩，謂羊有疾。齊民要術：『羊有疾，輒相污。』又云：『羊有疥者，間別之，不別相染污，或能合羣致死。』」「麾之以肱，畢來既升」者，馬瑞辰云：「列子：『百羊而羣使，五尺童子荷箠而隨之，欲東而東，欲西而西。』即此詩二句之謂。『升』，對上章『或降于阿，或飲于池』言，蓋謂升於高處，非入牢之謂也。」

牧人乃夢，衆維魚矣，旐維旟矣。大人占之：衆維魚矣，實維豐年；旐維旟矣，室家溱溱。【注】魯「維」作「惟」，「溱」作「蓁」。【疏】傳：「陰陽和，則魚衆多矣。溱溱，衆也。旐旟，所以聚衆也。」箋：「牧人乃夢見人衆相與捕魚，又夢見旐與旟。占夢之官得而獻之於宣王，將以占國事也。魚者，庶人之所以養也，今人衆相與捕魚，則是歲熟相供養之祥也。易中孚卦曰：『豚魚吉。』溱溱，子孫衆多也。」○「牧人」者，周官牧人之職，詳具孔疏。「魯維作惟，溱作蓁」者，潛夫論夢列篇：「詩云：『衆惟魚矣，實惟豐年；旐惟旟矣，室家蓁蓁。』此謂象之夢也。」此魯說。「溱溱」、「蓁蓁」，皆借以形容其衆多也。漢書敘傳注引應劭音義云：「周宣王牧人夢衆魚與旟旐之祥而中興。」應亦用魯詩也。漢書藝文志：「詩載衆魚旐旟之夢，明著大人之占，以考吉凶。」此齊說。馬瑞辰云：「衆，卽『蝝』也，乃『螽』或體字。春秋『有螽』，公羊皆作『蝝』。文二年『雨蝝于宋』，何休解詁曰：『蝝，猶衆也。』此詩『衆』又爲『蝝』之省借。蝝，蝗也。蝗多爲魚子所化，魚子旱荒則爲蝗，豐年水大則爲魚，卽蝗亦化爲魚。埤雅云：『陂澤中魚子落處，逢旱日暴，率變飛蝗；若雨水充濡，悉化爲魚。』是其證也。此詩牧人夢蝝蝗化爲魚，故爲豐年之兆。『衆惟魚矣』與『旐惟旟矣』，二句相對成文。爾雅：『維，侯也。』『侯，乃也。』此詩二『維』字皆當訓『乃』。蝝乃魚矣，謂蝝化魚。旐乃旟矣，亦謂旐易以旟，蓋旟本以繼旐者也。說文：『旟，錯革鳥於上，所以進士衆。』旟有『衆』義，故爲『室家溱溱』之兆。丁氏希曾亦云『衆』乃『蝝』字之省，引見盧文弨鍾山札記。」

無羊四章，章八句。

鴻鴈之什十篇，三十二章，二百三十句。

詩三家義集疏卷十七

節之什第十七【疏】案，毛詩「節」下有「南山」二字，今依三家文删。詩小雅

節【注】齊説曰：「周室之衰，其卿大夫緩於誼而急於利，亡推讓之風而有爭田之訟，故詩人疾而刺之曰：「節彼南山，惟石巖巖。赫赫師尹，民具爾瞻。」爾好誼則民鄉仁而俗善，爾好利則民好邪而俗敗。【疏】毛序：「節南山，家父刺幽王也。」箋：「家父，字，周大夫也。」○「周室」至「俗敗」，漢書董仲舒對策文，下云：「由是觀之，天子大夫者，下民之所視效，遠方之所四面而内望也。近者視而放之，遠者望而效之，豈可以居賢人之位而爲庶人之行哉！夫皇皇求財利常恐乏匱者，庶人之意也；皇皇求仁義常恐不能化民者，大夫之意也。居君子之位而爲庶人之行，其患禍必至也。」案，董以節爲刺周大夫爭田之詩，此齊説。師尹不善之事多端，而以爭田興訟，好利至此，鄙孰甚焉，故舉以爲言也。三家皆止以「節」標目，大戴禮引「式夷式已」二句，盧辯注云：「此小雅節之四章。」盧蓋據三家文也。左昭二年傳「季武子賦節之卒章」，亦止稱「節」，惟毛連「南山」爲文耳。

節彼南山，【注】韓説曰：「節，視也。維石巖巖。【注】齊「維」作「惟」。赫赫師尹，民具爾瞻。憂心如惔，【注】韓「惔」作「炎」。」不敢戲談。【疏】傳：「興也。節，高峻貌。巖巖，積石貌。赫赫，顯盛貌。師，大師，周之三公也。尹，尹氏，爲大師。具，俱。瞻，視。惔，燔也。」箋：「興者，喻三公之位，人所尊嚴。此言尹氏女居三公之位，天下之民俱視女之所爲，皆憂心如火灼爛之矣。又畏女之威，不敢相戲而談語。疾其貪暴，脅下以刑辟也。」○「節，視也」

者，釋文引韓詩文。陳喬樅云：「韓訓『節』爲『視』者，節有『省』義，『省節』爲省，『省視』亦爲省，故節得訓『視』。下云『師尹具瞻』，故韓以『節』爲『視』，與下文相應也。」「齊維作惟」者，禮大學：「詩云：『節彼南山，惟石巖巖。赫赫師尹，民具爾瞻。』」鄭注：「巖巖，喻師尹之高嚴也。師尹，天子之大臣爲政者。在下之民俱視所行而則之，可不慎其德乎？」繁露山川頌云：「且積土成山，無損也；成其高，無害也；成其大，無虧也。小其上，泰其下，久長安，後世無有去就，儼然獨處，惟山之意。詩云：『節彼南山，惟石巖巖。赫赫師尹，民具爾瞻。』此之謂也。」據此及董策，（引見上。）齊作「惟」。山川頌言「成其高大」，蓋亦以「節」爲「高大」之貌，與毛傳同。又禮緇衣、漢書成紀詔、（伏理以齊詩授成帝，見後漢伏湛傳。）漢書敘傳亦引「赫赫師尹」二句，明齊毛文同。後漢郎顗傳顗拜章曰：「三公上應台階，下同元首。『節彼南山』，詠自周詩。」述齊義亦同。「惔作炎」者，釋文引韓詩文，又云：「字書作『焱』，說文作『灭』，才廉反，小爇也。」案，說文「惔」下云：「憂也。」引詩「憂心如惔」。段注謂說文引詩釋「惔」从「炎」之義，當作「憂心如炎」，雲漢詩「如惔如焚」，亦「如炎」之誤。說文「炎」下云：「火光上也。」「羙」下云：「小爇也。詩曰：『憂心如羙。』」段注：「節詩古本毛作『如羙』，故傳云『羙，燔也。』」今各本「如羙」誤作「灭。」鹽鐵論散不足篇引詩人傷而作詩云：「憂心如惔，不敢戲談。」明齊毛文同。

國既卒斬，何用不監？【注】韓說曰：監，領也。【疏】傳：「卒，盡。斬，斷。監，視也。」箋：「天下之諸侯日相侵伐，其國已盡絕滅，女何用爲職，不監察之？」○「監，領也」者，釋文引韓詩文。胡承珙云：「『監』者，臨也。華嚴經音義引國語賈注云：『臨，治也。』領亦治也，禮樂記、仲尼燕居注並云『領』猶『治』。韓訓『監』爲『領』，猶訓『監』爲『臨』，義取『理治』也。」陳奐云：「用，以也。言國祚已盡滅斷絕。」愚案：陳說是。言國祚已盡滅斷絕，彼尹氏何以不起而臨治之。潛夫論愛日篇：「詩云：『國既卒斬，何用不監？』傷三公據人尊位，食人重禄，而曾不肯察民之盡瘁也。」又賢難篇：「夫宵小朋黨而固位，讒妬羣吠齧賢，爲禍敗也豈希！三代之以覆，列國之以滅，後人猶不能革。此萬官所以屢失守，而天命數靡常者也。詩云：『國既卒斬，何用不監？』嗚呼，時君俗主，不此察也。」此魯說，言命之靡常，民之盡瘁，無言及天下諸侯意。「國既卒斬」，猶書祖伊所云「天既訖我殷命也」，不必如箋說。

節彼南山，有實其猗。赫赫師尹，不平謂何？天方薦瘥，【注】三家「瘥」作「嗟。」喪亂弘多。民言無嘉，憯莫懲嗟。【疏】傳：「實，滿。猗，長也。薦，重。瘥，病。弘，大也。憯，曾也。」箋：「猗，倚也。言南山既能高峻，又以草木平滿其旁倚之畎谷，使之齊均也。責三公之不平均，不如山之爲也。『謂何』，猶『云何』也。天氣方今又重以疫病，長幼相亂，而死喪甚大多也。懲，止也。天下之民皆以災害相弔唁，無一嘉慶之言，曾無以恩德止之者，嗟乎奈何。」○說文：「瘥，瘉也。」無「疫」義。「三家瘥作嗟」者，說文：「嗟，殘薉田也。（段注據集韻類篇補「薉」字。）詩云：『天方薦嗟。』」本三家文。言天降凶荒，人民流散，田蕪不治，故云「天方薦嗟」，與董說「争田」事無涉，義較毛作「瘥」爲長。「憯，曾」，釋言文。陳奐云：「憯，當作『朁』。民勞『憯不畏明』，說文引作『朁』，云『曾也』。『曾』者，詞之舒也。朁、曾皆從『曰』會意。釋詞云：『朁莫懲嗟，朁莫懲也，言天降喪亂如此，而在位者曾莫知所懲也。嗟，末句語助耳，訓爲歎詞反贅。十月之交曰「胡朁莫懲」，下無「嗟」字可證。』案，『民言無嘉，憯莫懲嗟』，與沔水『民之訛言，寧莫之懲』，文義亦同。」

尹氏大師，維周之氐，【注】魯「氏」作「底。」秉國之均，【注】齊「均」作「鈞。」四方是維，天子是毗，俾民不迷。【注】魯「毗」作「埤」，「俾」作「卑。」不弔昊天，不宜空我師。【疏】傳：「氐，本。均，平。毗，厚也。弔，至。空，窮也。」箋：「氐，當作『桎鎋』之桎。毗，輔也。言尹氏作大師之官，爲周之桎鎋，持國政之平，維制四方，上輔天子，下教化天下，使民無迷惑之憂。言任至重。至，猶『善』也。不善乎昊天，愬之也。不宜使此人居尊官，困窮我之衆民也。」○馬瑞辰云：「說文：『氏，至也，本也。从氏，下著一。一，地也。』氏星一名『天根』，亦取『根本』之義。又云：『楮，柱氏也，古用木，今以石。』案，柱氏卽今之石磉。磉在柱下，而柱可立木，必有根而本始建。大臣之爲國根本，亦猶是也。」「魯氏作底」者，潛夫論志氏姓篇：「尹吉甫相宣王，著大功績，詩云『尹氏大師，維周之底』也。」陳喬樅云：「魯詩以此尹氏爲尹吉甫，論其氏族，溯其祖考，是此詩陳古刺今，傷師尹之不善其職也。穀梁隱二年注『氏羌之別種』，釋文：『氏，本作底。』此氏、底通叚之證。」「齊均作鈞」者，漢書律曆志：「鈞者，均也。陽施其氣，陰化其物，皆得其成就平均也。詩云：『尹氏大師，秉國之鈞，四方是維，天子是毗，俾民不迷。』」是齊「均」作「鈞」。陳喬樅云：「史記周本紀引書『其罪惟均』，作『惟鈞』。魏大饗碑『夏啟均臺之饗』，『鈞』作『均』。皆其證。」「魯毗作庳，俾作卑」者，荀子宥坐篇：「詩曰：『尹氏大師，維周之氏，（據此，上文作「底」者，魯之別本。）秉國之均，天子是庳，卑民不迷。』是以威厲而不試，刑錯而不用。」「庳」者，「毗」之叚借。「卑」者，「俾」之叚借，「俾」作「卑」，與詩釋文同也。說苑政理篇：「詩曰『俾民不迷』，昔者君子導其百姓不使迷，是以威厲而不試，刑措而不用也。」劉用魯說，與荀子合。「俾民」不作「卑」，乃魯「亦作」本也。韓詩外傳三引孔子曰：「詩曰『俾民不迷』，是以威厲而刑措不用。」此荀、劉所本，與魯義大同。蔡邕東鼎銘「毗於天子」，用魯經文。「不弔昊天」者。馬瑞辰云：「漢書五行志載左哀十六年傳『昊天不弔』，應劭注：『昊天不善于魯。』鄭衆周禮大祝注引左傳，作『昊天不淑』，淑亦善也。書大誥『弗弔天，降割于我家』，多士『弗弔昊天，大降喪于殷』，君奭『弗弔天，降喪于殷』，逸周書祭公解『不弔天，降疾病』，王引之云『弗弔天』、『弗弔昊天』，皆當連讀，猶此詩『不弔昊天』，其說是也。下章『昊天不傭』、『昊天不惠』，均與『不弔昊天』同義。」蔡邕焦君贊太守胡君碑崔君夫人誄皆云「昊天不弔」，用魯經文。

弗躬弗親，庶民弗信。弗問弗仕，勿罔君子。式夷式已，無小人殆。瑣瑣姻亞，魯說曰：

瑣瑣，小也。則無膴仕。【疏】傳：「庶民之言不可信，勿罔上而行也。式，用。夷，平也。用平則已，無以小人之言至於危殆也。瑣瑣，小貌。兩壻相謂曰『亞』。膴，厚也。」箋：「仕，察也。『勿』，當作『末』。此言王之政，不躬而親之，則恩澤不信於衆民矣；不問而察之，則下民末罔其上矣。殆，近也。爲政當用平正之人，用能紀理其事者，無小人近。壻之父曰姻。瑣瑣昏姻妻黨之小人，無厚任用之，置之大位，重其禄也。」○案，以下刺王之詞，言爲政必躬親之。淮南繆稱訓：「君子見善則病其身焉，身苟正，懷遠易矣。詩云：『弗躬弗親，庶民弗信。』」呂覽孟春紀高注亦引詩二句。說苑反質篇齊桓公謂管仲曰：「羣臣衣服輿馬甚汰，吾欲禁之，可乎？」管仲曰：「詩云：『不躬不親，庶民不信。』君欲禁之，胡不自親乎？」「弗」作「不」，蓋魯詩「亦作」本。古本考文「庶民弗信，」「弗」亦作「不」。「仕，察」，釋詁文。弗問弗察，則下人末罔其上矣。馬瑞辰云：「勿、末古通用。禮文王世子『末有原』，鄭注：『末，猶勿也。』故箋訓『勿』爲『末』。然以『末罔』二字連讀，義終未洽。釋詞以『勿』爲語詞，『勿罔』卽『罔』，猶之『不顯』卽『顯』，『不承』卽『承』，其說是也。」又云：「兩『式』字與下章『式月斯生』，皆語詞。傳、箋訓爲『用』，非也。」胡承珙云：「大戴禮衛將軍文子篇子貢曰：『學以深，厲以斷，送迎必敬，上友下交，銀手如斷，是卜商之行也。』孔子曰：『詩云：「式夷式已，無小人殆。」而商也，其可謂不險也。』」『險』，卽危殆不險，謂子夏交友必慎，不因小人以致危殆也。」愚案：「夷」者平情，謂察吏必審。「已」者剛斷，謂不可必去。故得不以小人致危殆。「瑣瑣小也」者，釋訓文，魯說也。孔疏引舍人曰：「計謀褊淺之貌。」旄丘「瑣兮」，「瑣」訓「小」，是單文亦然也。陳奐云：「都人士箋：『尹氏姞氏，周室昏姻之舊姓也。』彼疏引此尹氏以證。雖彼箋所言非經義，而尹氏爲周室昏姻，要必有徵。此詩刺幽王，而經言尹氏爲政不平，欲王躬親，則所謂『姻亞，』當卽指尹氏。」

昊天不傭，【注】韓「傭」作「庸」，云：「庸，易也。」降此鞠訩。昊天不惠，降此大戾。君子如屆，俾民心闋。君子如夷，惡怒是違。【疏】傳：「傭，均。鞫，盈。訩，訟也。屆，極。闋，息。夷，易。違，去也。」箋：「盈，猶多也。戾，乖也。昊天乎，師氏爲政不均，乃下此多訟之俗。又爲不和順之行，乃下此乖争之化。病時民傚爲之，愬之於天。屆，至也。君子斥在位者：如行至誠之道，則民鞫訩之心息，如行平易之政，則民乖争之情去。言民之失由於上，可反復也。」○「傭，均」，釋言文。「傭作庸，云庸，易也」者，釋文引韓詩文。「庸，」「傭」之省。「易」者，平易也。晉書元帝紀引詩「昊天不融」，蓋本齊魯詩。「融」亦「傭」之同音借字。直言「昊天不平」、「昊天不順」，不斥尹氏也。鞫、鞠古通作。「如屆」者，言王不至行政之處，不視朝也，上章「弗躬弗親」，即其義。君子如至而躬親其政，則庶民弗信之心息矣。「如夷」者，君子如平其政，則庶民惡怒之心去矣。

不弔昊天，亂靡有定。式月斯生，俾民不寧。憂心如酲，誰秉國成。不自爲政，【注】齊「誰」下有「能」字，「政」作「正。」卒勞百姓。【疏】傳：「病酒曰酲。成，平也。」箋：「弔，至也。至，猶善也。定，止，式，用也。不善乎昊天，天下之亂無肯止之者。用月此生，言月月益甚也，使民不得安。我今憂之如病酒之酲矣，觀此君臣，誰能持國之平乎？言無有也。卒，終也。昊天不自出政教，則終窮苦百姓。欲使昊天出圖書，有所授命，民乃得安。」○式，語詞也。言不善之昊天，亂無有止，而月且斯生，使民不得安。馬瑞辰云：「玉篇：『酲，一日醉未覺也。』説文作『一日醉而覺，』『而』下脱『未』字。正義據誤本解之。晏子春秋内篇諫上，云景公飲酒，酲三日而後發。晏子見曰：『君病酒乎？』又曰：『今一日飲酒，而三日寢之。』『三日寢』即上文『酲三日』也，則酲正醉而未覺之稱，從玉篇是。」曹植應詔詩「憂心如酲」，用韓經文。釋詁：「成，平也。」成、平互相訓，上章「秉國之均」，均亦平也，與「秉國成」同義，即執國政也。「萃」者，「瘁」之借字。國之大臣皆有爲政之責，何以不自爲政，坐視敗壞，使百姓至於瘁勞乎？此兼責朝臣。「齊誰下有能字，政作正」者，禮緇衣引詩云：「誰能秉國成，不自爲正，卒勞百姓。」鄭注：「傷今無此人也。成，邦之八成也。誰能秉行之，不自以所爲者正，盡勞來百姓，憂念之者與？疾時大臣專功爭美。」陳喬樅云：「周官八成，有以版圖聽人訟地者。齊家以是詩爲刺大夫緩義急利，爭田成訟，故傷今之無人，莫能秉國成而治之也。」潛夫論敍錄「卒勞百姓」，用魯經文。

駕彼四牡，四牡項領。我瞻四方，蹙蹙靡所騁。【注】魯說曰：蹙蹙，逑鞫也。韓說曰：騁，馳也。

【疏】傳：「項，大也。騁，極也。」箋：「『四牡』者，人君所乘駕。今但養大其領，不肯爲用，喻大臣自恣，王不能使也。蹙蹙，縮小之貌。我視四方土地，日見侵削於夷狄，蹙蹙然雖欲馳騁，無所之也。」○新序雜事五：「夫處勢不便，豈可以量功校能哉？詩不云乎：『駕彼四牡，四牡項領。』夫久駕而長不得行，項領不亦宜乎？」潛夫論三式篇：「人情莫不以己爲賢而效其能者，周公之戒，不使大臣怨乎不以。詩云：『駕彼四牡，四牡項領。』」汪繼培注：「此引詩以明大臣怨乎不以，則以四牡項領而不得騁，喻賢者有才而不得試。」中論爵祿篇：『君子不患道德之不建，而患時世之不遇。詩曰：「駕彼四牡，四牡項領。我瞻四方，蹙蹙靡所騁。」傷道之不遇也。』此魯說。易林噬嗑之歸妹、未濟之明夷、履之剝、否之屯並云：「名成德就，項領不試。」此齊說。又隸釋堂邑令費鳳碑：「棲遲歷稔，項領滯畜。」抱朴子嘉遁篇：「空谷有項領之駿者，孫陽之恥也。」勸學篇：「項領之駿騁，迹於千里。」博喻篇：「兩絆而項領，則騏騄與蹇驢同矣。」皆用三家文，明古義如此，謂賢者之棲遲無所也。馬瑞辰云：「說文：『𨾅，鳥肥大𨾅𨾅然也。』傳蓋以『項』爲『𨾅』之叚借，故訓爲『大』。」然三家之說皆如此，則不自毛始。蓋馬項負軛，不行蹙縮癰瘇，有如重項，失其駿也。箋以爲喻「大臣自恣」，失之。「蹙蹙，逑鞫也」者，釋訓文。釋言：「慄，慼也。」王引之云：「慼，當爲『蹙』。」儀禮古文，『縮』字皆作『蹙』。『栗』與『蹙』皆局縮不申之義，故此箋訓『蹙蹙』爲『縮小』。詩小明、召旻傳並云：『蹙，迫也。』釋訓：『速速、蹙蹙，惟逑鞫也。』『逑』者，『逎』之叚借，說文、廣雅並云：『逎，迫也。』『迷鞫』，義爲窮迫，『蹙蹙』蓋逼迫之皃，故爾雅以『迷鞫』釋之。」「騁，馳也」者，文選登樓賦注引薛君韓詩章句文。射雉賦注、左思詠史詩注引同。「馳」作「施」，形近致誤。

方茂爾惡，相爾矛矣。既夷既懌，如相醻矣。【疏】傳：「茂，勉也。懌，服也。」箋：「相，視也。方争訟自勉於惡之時，則視女矛矣。言欲戰鬬相殺傷矣。夷，說也。言大臣之乖争，本無大讐，其已相和順而說懌，則如賓主飲酒相醻酢也。」○「茂」，盛也。其相惡盛時，幾欲持矛相刺。及事平而怨釋，則如賓主相酬酢。總之争利而已，謂小人之情態無常。此卽指争田興訟而言。

昊天不平，【注】韓說曰：萬人顒顒，仰天告訴。我王不寧。不懲其心，覆怨其正。【疏】傳：「正，長也。」箋：「昊天乎，師尹爲政不平，使我王不得安寧。女不懲止女之邪心，而反怨憎其正也。」○「萬人」至「告愬」，文選任昉百辟勸進牋注暨沈約齊安陸昭王碑文注引薛君韓詩章句文。荀子正名篇楊注：「顒顒，體貌敬順也。」陳喬樅云：「箋釋『不弔昊天，不宜空我師』云：『不善乎昊天，愬之也。』此詩屢言『昊天』，如『昊天不庸』、『昊天不惠』，又『不弔昊天，亂靡有定』，及此『昊天不平』，皆呼天而愬之詞。章句云云，蓋卽釋此詩也。」愚案：詩言昊天不平，使我王不得安，王不懲止其邪心，而反怨諫正者，是末如何也。

家父作誦，【注】三家「家」作「嘉」。以究王訩。式訛爾心，以畜萬邦。【疏】傳：「家父，大夫也。」箋：「究，窮也。大夫家父作此詩而爲王誦也，以窮極王之政所以致多訟之本意。訛，化。畜，養也。」○「三家家作嘉」者，蔡邕朱公叔謚議：「周有仲山甫伯陽父嘉父，優老之稱也。」是魯詩作「嘉父」。漢書人表，嘉父與譚大夫寺人孟子並列中上。士冠禮「伯某甫」，鄭注：「周大夫有嘉甫，甫或作父。」是齊詩作「嘉父」，知韓同也。說文：「誦，諷也。」「訩」下云：「說也。从言，匈聲。」「訩」下云：「或省。」易林大過之坎：「坐争立訟，紛紛訩訩。」詩言王所言、所行紛訩不定，故作此詩以窮究王訩亂之説，而終望王化其心以畜養萬邦也。陸賈新語術事篇：「詩云：『式訛爾心，以蓄萬邦。』言一心化天下而（缺二字。）國治，此之謂也。」陳喬樅云：「魯詩學出荀卿，卿仕楚，陸賈亦楚人，其説詩當本荀卿。蓋魯詩『畜』或作『蓄』。」

節十章，六章章八句，四章章四句。

正月【疏】毛序：「大夫刺幽王也。」○三家無異義。

正月繁霜，我心憂傷。民之訛言，亦孔之將。【疏】傳：「正月，夏之四月。繁，多也。將，大也。」箋：「夏之四月，建巳之月，純陽用事而霜多，急恆寒若之異，傷害萬物，故心爲之憂傷。訛，僞也。人以僞言相陷入，使王行酷暴之刑，致此災異，故言亦甚大也。」○淮南泰族訓：「逆天暴物，則日月薄蝕，五星失行，四時干乖，晝冥宵光，山崩水涸，冬雷夏霜。詩曰：『正月繁霜，我心憂傷。』天之於人，有以相通也。」漢書劉向傳向上封事曰：「霜降失節，不以其時，其詩曰：『正月繁霜，我心憂傷。民之訛言，亦孔之將。』言民以是爲非，甚衆大也，此皆不和，賢不肖易位之所致也。」白虎通災變篇：「天所以有災變何？所以譴告人君覺悟其行，欲令悔過修德，深思慮也。『霜』之爲言『亡』也，陽以散亡。」王逸楚詞九章注：「孔，甚也。詩曰：『亦孔之將。』」皆魯説也。漢書五行志引五行傳曰：「聽之不聰，是謂不謀，厥咎急，厥罰恆寒，厥極貧。」馬瑞辰云：「訛言孔將，是聽不聰也。念國爲虐，是急虐也。民今無禄，是極貧也。而正月繁霜，箋以爲恆寒之異，信乎天人相感，其理不爽。」陳喬樅云：「漢志，夏侯始昌善推五行傳，與齊詩同一師法。劉向五行傳論，即夏侯所推傳，向集而論之。翼奉傳言奉事后蒼治齊詩，爲始昌再傳弟子，其言齊詩『五際』，皆推本五行以著天人之應。箋蓋用齊説也。」易林晉之蹇「正月繁霜」，用齊經文。念我獨兮，憂心京京。哀我小心，癙憂以痒。【疏】傳：「京京，憂不去也。癙、痒，皆病也。」箋：「念我獨兮者，言我獨憂此政也。」○釋訓：「京京，憂也。」後漢質帝紀梁太后詔曰：「憂心京京。」后習韓詩，所用是韓經文。釋詁：「癙、痒，病也。」舍人曰：「皆心憂憊之病也。」孫炎曰：「癙者，畏之病也。」陳喬樅云：「爾雅釋文：『癙，詩作鼠。』案，『鼠』即『癙』之叚借，毛古文作『鼠』，三家今文作『癙』。今毛詩云『癙憂以痒』，此改從三家今文，非毛舊也。雨無正篇『鼠思泣血』，尚作『鼠』字可證。」

父母生我，胡俾我瘉。不自我先，不自我後。好言自口，莠言自口。憂心愈愈，【注】魯「愈」作「瘐」，說曰：「瘐瘐，病也。」是以有侮。【疏】傳：「父母，謂文武也。我，我天下。瘉，病也。莠，醜也。愈愈，憂懼也。」箋：「自，從也。天使父母生我，何故不長遂我，而使我遭此暴虐之政而病。此何不出我之前，居我之後。窮苦之情，苟欲免身。自，從也。此疾訛言之人：善言從女口出，惡言亦從女口出，女口一耳，善也、惡也同出其中。謂其可賤。我心憂政如是，是與訛言者殊塗，故用是見侵侮也。」○「魯愈作瘐，瘐瘐，病也」者，釋訓文。毛作「愈愈」，用叚借字，則作「瘐瘐」者，魯詩也。

憂心惸惸，念我無祿。民之無辜，并其臣僕。哀我人斯，于何從祿。瞻烏爰止，于誰之屋。【疏】傳：「惸惸，憂意也。古者有罪不入於刑，則役之圜土，以爲臣僕。富人之屋，烏所集也。」箋：「『無祿』者，言不得天祿，自傷值今生也。辜，罪也。人之尊卑有十等，僕第九，臺第十。言王既刑殺無罪，并及其家之賤者，不止於所罪而已。書曰：『越茲麗刑并制。』斯，此。于，於也。哀乎今我民人見遇如此，當於何從得天祿，免於是難。視烏集於富人之室，以言今民亦當求明君而歸之。」○「惸」，當作「㥌」。釋詁：「㥌㥌，憂也。」漢書郭太傳，陳蕃竇武爲閹人所害，林宗哭之，既而歎曰：「人之云亡，邦國殄瘁。瞻烏爰止，不知于誰之屋耳。」李注：「言不知王業當何所歸。」郭鄭同時，郭之解詩與箋意合，義本三家，特箋參用傳意耳。

瞻彼中林，侯薪侯蒸。民今方殆，視天夢夢。【注】魯說曰：「夢夢，亂也。」韓說云：「惡貌也。」齊「夢」作「芒」。既克有定，靡人弗勝。有皇上帝，伊誰云憎。【疏】傳：「中林，林中也。薪蒸，言似而非。王者爲亂夢夢然。勝，乘也。皇，君也。」箋：「侯，維也。林中大木之處，而維有薪蒸爾，喻朝廷宜有賢者，而但聚小人。方，且也。民今且危亡，視王者所爲反夢夢然而亂，無統理安人之意。王既能有所定，尚復事之小者爾。無人而不勝，言凡人所定，皆勝王也。伊，讀當爲『緊』。緊，猶『是』也。有君上帝者，以情告天也。使王暴虐如是，是憎惡誰乎？欲天指害其所憎而已。」○韓詩外傳七載晏子對齊景公，末引詩曰：「『瞻彼中林，侯薪侯蒸。』言朝廷皆小人也。」韓說乃箋所本。「夢夢亂也」者，釋訓文，魯說也。孫炎曰：「夢夢，昏昏之亂也。」說文：「夢，不明也。」「不明」即「昏」義。「惡貌也」者，釋文引韓詩文。昏亂不明，即惡貌也。「齊夢作芒」者。文選陸機歎逝賦：「咨余今之方殆，何視天之芒芒。」即用此詩。李注：「芒芒，猶夢夢也。」淮南俶真訓：「其道芒芒昧昧然。」是「芒芒」之義與「夢夢」同。魯、韓同毛，則作「芒芒」者齊文也。黃山云：「十月之交傳：『騰，乘也。』箋：『百川沸出相乘陵者，由貴小人也。』此傳訓『勝』爲『乘』，即此義，故王述之申傳云：『王既有所定，皆乘陵人之事，言暴虐也。』傳又云：『皇，君也。』乃王自謂君如帝天，誰敢言憎怨乎？正傳所謂『爲亂夢夢然』也。箋乃云『欲天指害其所憎』，失之。」

謂山蓋卑，爲岡爲陵。民之訛言，寧莫之懲。【疏】傳：「在位非君子，乃小人也。」箋：「此喻爲君子賢者之道，人尚謂之卑，況爲凡庸小人之行。謂小人在位，曾無欲止衆民之爲僞言相陷害也。」○馬瑞辰云：「釋山：『山脊岡。』釋地：『大陵曰阜。』釋名：『岡，亢也，在上之言也。陵，隆也，體高隆也。』天保詩『如岡如陵』，明以岡陵喻高。詩意謂訛言以山爲卑，而其實爲高岡高陵。懲，當讀『無徵不信』之徵，謂訛言如此顯然，乃莫之徵驗，以刺君聽不聰。」愚案：馬說較晰，但「懲」字不必改「徵」。言訛言顯然，曾不懲止，此訛言所以益肆也。**召彼故老，訊之占夢。具曰予聖，誰知烏之雌雄。**【疏】傳：「故老，元老。訊，問也。君臣俱自謂聖也。」箋：「君臣在朝，侮慢元老，召之不問政事，但問占夢。不尚道德，而信徵祥之甚。時君臣賢愚適同，如烏雌雄相似，誰能別異之乎？」○漢書藝文志：「或者不稽諸躬，而忌訞之見，是以詩刺『召彼故老，訊之占夢』，傷其舍本而憂末，不能勝凶咎也。」此齊說，與箋意合。

謂天蓋高，不敢不局。【注】韓魯「局」作「跼」。**謂地蓋厚，不敢不蹐。維號斯言，有倫有脊。哀今之人，胡爲虺蜴？**【注】魯「維」作「惟」。齊「蹐」作「趚」，「脊」作「迹」，「蜴」作「蜥」。【疏】傳：「局，曲也。蹐，累足也。倫，道。脊，理也。蜴，螈也。」箋：「『局蹐』者，天高而有雷霆，地厚而有陷淪也。此民疾苦王政上下皆可畏怖之言也。維民號呼而發此言，皆有道理。所以至然者，非徒苟妄爲誣辭。虺蜴之性，見人則走，哀哉今之人，何爲如是？傷時政也。」○「韓局作跼」者，曹植卞太后誄「跼天蹐地」，用韓經文。「魯局作跼」者，說苑敬慎篇孔子論詩，至正月之六章，懼然曰：「不逢時之君子，豈不殆哉！從上依世則廢道，違上離俗則危身，故賢者不遇時，常恐不終焉。詩曰：『謂天蓋高，不敢不跼。謂地蓋厚，不敢不蹐。』此之謂也。」此魯說，「局」作「跼」，與釋文毛「又作」本同。薛綜西京賦注：「跼，傴僂也。」後漢李固傳「居非命之世，天高而不敢跼，地厚而不敢蹐。」(「敢」下疑脫兩「不」字，或「不敢」作「敢不」。)意與說苑合。張衡西京賦：「豈徒跼高天，蹐厚地而已哉。」蔡邕釋誨：「天高地厚，而跼蹐之。」皆用魯經文。「魯維作惟」者，列女楚野辨女傳引詩：「惟號斯言，有倫有脊。」說文「蹐」下云：「小步也。詩曰：『不敢不蹐。』」「趚」下云：「側行也。詩曰：『謂地蓋厚，不敢不趚。』」陳喬樅云：「蹐、趚古通用，故詩兩作。說文肉部以『㾌』爲古文『膌』字，其明證也。魯韓皆作『蹐』，則作『趚』者當是齊詩。」「齊蜴作蜥」者，荀悦漢紀王商論：「是以離世深藏，以天之高而不敢舉首，以地之厚而不敢投足。詩云：『謂天蓋高，不敢不跼。謂地蓋厚，不敢不蹐。哀今之人，胡爲虺蜴？』以六合之大，匹夫之微，而一身無所容焉，豈不哀哉！」愚案：荀悦云「不敢投足」，即説文訓「趚」爲「側行步」之義。悦用齊詩，所引「蹐」當作「趚」，今漢紀仍作「蹐」，蓋後人順毛改之。「蜥」作「蜴」，亦後人誤改。鹽鐵論周秦篇：「詩云：『謂天蓋高，（易林坤之師亦用此句。）不敢不局。謂地蓋厚，不敢不蹐。哀今之人，胡爲虺蜥？』」恒用齊詩，惟「蜥」字未改。説文「虺」下引詩曰「胡爲虺蜥」，亦據齊文耳。「齊脊作迹」者，繁露深察名號篇：「是非之正，取之逆順，逆順之正，取之名號，名號之正，取之天地。謞而效天地者爲號，鳴而命者爲名，名號異聲而同本，皆號名而達天意者也。事各順於名，名各順於天，天人之際，合而爲一，同而通理，動而相益，順而相受，謂之德道。詩曰：『惟號斯言，有倫有迹。』此之謂也。」陳喬樅云：「董子以『號』爲『名號』，與箋説異，據此推知齊詩之義，蓋局趚於訛言之相誣陷嫉時，是非倒置，邪説亂正，故陳此義以爲刺也。説文：『倫，一曰道也。』玉篇：『迹，理也。』故董云惟名號之言，有道有理，不可不深察也。」「胡爲虺蜴」者，後漢左雄傳雄上疏曰：「詩云：『哀今之人，胡爲虺蜴？』言人畏吏如虺蜴也。」陳喬樅云：「爾雅以『虺』爲『蝮』，虺、蜴皆有毒，能傷害人，故畏之。雄此説本齊詩之訓，尋鹽鐵論周秦篇引詩語意亦同。」

瞻彼阪田，有菀其特。天之扤我，如不我克。彼求我則，如不我得。執我仇仇，亦不我力。【疏】傳：「言朝廷曾無傑臣。扤，動也。仇仇，猶『謷謷』也。」箋：「阪田崎嶇墝埆之處，而有菀然茂特之苗，喻賢者在閒辟隱居之時。我，我特苗也。天以風雨動摇我，如將不勝我，謂其迅疾也。『彼』，彼王也。王之始徵求我，如恐不得我。言其禮命之繁多。王既得我，執留我，其禮待我謷謷然，亦不問我在位之功力。言其有貪賢之名，無用賢之實。」

○案，釋訓：「仇仇、敖敖，傲也。」（敖、警同。釋文引舍人本作「仇仇、警警，毀也。」）郭注以爲「傲慢賢者」。禮緇衣：「詩云：『彼求我則，如不我得。執我仇仇，亦不我力。』」鄭注：「言君始求我，如恐不得。既得我持我，仇仇然不堅固，亦不力用我，是不親信我也。」廣雅釋言：「执执，緩也。」王念孫云：「集韻：『执执，緩持也。』『执执』通作『仇仇』，緇衣注言『持我仇仇然不堅固』，卽此『緩持』之意，與廣雅同義，蓋本於三家也。」陳喬樅云：「『彼求我則，如不我得』，言求我之急也。『執我仇仇，亦不我力』，言用我之緩也。三復詩詞，緩於用賢之說爲切，而傲賢之義爲疏矣。」（「則」字句末語詞，箋但云「王之徵求我」，不釋「則」字，集傳始以「法則」釋之，非詩意。）

心之憂矣，如或結之。今茲之正，胡然厲矣。燎之方揚，寧或滅之。赫赫宗周，褒姒烕之。【注】齊「揚」作「陽」，「寧」作「能」。魯「烕」作「滅」。【疏】傳：「厲，惡也。滅之，（從陳奐補。）滅之以水也。宗周，鎬京也。褒，國也。姒，姓也。烕，滅也。有褒國之女，幽王惑焉，而以爲后。詩人知其必滅周也。」箋：「茲，此。正，長也。心憂如有結之者，憂今此之君臣何一然爲惡如是。火田爲燎。燎之方盛之時，炎熾熛怒，寧有能滅息之者？言無有也。以無有喻有之者爲甚也。」○「齊揚作陽，寧作能」者，漢書谷永傳永對曰：「三代所以隕社稷，喪宗廟者，皆由婦人。詩云：『燎之方陽，能或滅之。赫赫宗周，褒姒烕之。』」王應麟詩攷引如此，今漢書仍作「寧」，知後人所改也。漢書敘傳：「炎炎燎火，亦允不陽。」張晏曰：「天子盛威，若燎火之陽，今委政王氏，不炎熾矣。」據二文，知齊詩「揚」作「陽」，同聲借字也。五行志引「褒姒烕之」，亦出齊文。「魯烕作滅」者，列女周褒姒傳「褒姒者，童妾之女，周幽王之后也」云云，末引詩曰：「赫赫宗周，褒姒滅之。」楚詞天問章句言褒姒事同，蓋本魯詩。呂覽疑似篇高注亦引詩「赫赫宗周，褒姒滅之」，知魯「烕」作「滅」，與釋文毛「或作」本同。烕、滅古今字之異也。

終其永懷，又窘陰雨。其車既載，乃棄爾輔。載輸爾載，將伯助予。【疏】傳：「窘，困也。大車重載，又棄其輔。將，請。伯，長也。」箋：「窘，仍也。終王之所行，其長可憂傷矣。又將仍憂於陰雨。『陰雨』，喻君有泥陷之難。以車之載物，喻王之任國事也。『棄輔』，喻遠賢也。輸，墮也。棄女車輔，則墮女之載，乃請長者見助，以言國危而求賢者已晚矣。」○案：「終」，猶「既」也。言王之行事既其長可憂傷，又仍窘於陰雨。猶言又重之以陰雨，謂大亂作也。班固漢書敘傳：「敢行稱亂，窘世薦亡。」謂淮南父子兩世相仍，再亡其國。箋訓「窘」爲「仍」，蓋即用齊義易毛也。釋詁「郡」、「仍」並訓爲「乃」。邵晉涵正義云「郡」通作「窘」，引箋爲證。揚雄法言孝至篇「郡勞王師」，王引之謂即「仍勞王師」，是窘、郡音訓互通，魯詩當與齊同。（説本陳喬樅，微有改易。）陳奐云：「輔者，揜輿之版。大東傳：『箱，大車之箱也。』方言：『箱謂之棐。』爾雅：『棐，輔也。』『棐』與『棐』通，箱取『輔相』之義，則輔即箱矣。大車揜版置諸兩旁，可以任載。今大車既重載矣，而又棄其兩旁之版，則所載必墮，此其顯喻也。左僖五年傳，宮之奇設輔車相依、脣亡齒寒兩喻。呂覽權勳篇：『虞之與虢也，若車之有輔也。車依輔，輔亦依車，虞虢之勢是也。先人有言曰：脣亡而齒寒。』韓子十過篇、淮南人間篇並有此文。然則車之有輔，猶齒之有脣，最相切近。人之兩頰曰『口輔』，亦曰『牙車』，其命名即取車輔之義。自來解者，不識『輔』爲何物。正義謂輔是可解脱之物，以今人縛杖於輻爲比況之詞，若是則棄輔未即墮載，恐於經義無當也。」「載輸爾載」者，易林泰之同人：「多載重負，捐棄于野。」齊義是也。「伯，長」，釋詁文。

無棄爾輔，員于爾輻。屢顧爾僕，不輸爾載。終踰絶險，曾是不意。【疏】傳：「員，益也。」箋：「屢，數也。僕，將車者也。顧，猶視也，念也。女不棄車之輔，數顧女僕，終用是踰度陷絶之險，女曾不以是爲意乎？以商事喻治國也。」○「輻」亦作「輹」。易大壯九四「壯于大輿之輹」，釋文：「本又作輻。」壯，大也。大其輻，即益其輻，所謂

「員爾輻」也。然卽輔輻足恃，而將車之僕又當屢顧念之，則可以不輸爾載，雖絶險終必踰之，譬之世亂雖棘，終克有濟也，曾是不以爲意，可乎？黃山云：「毛、鄭不爲『輔』作訓，必當時所共知。釋詁：『輔，俌也。』說文：『俌，輔也。』俌從『人』，猶僕從人，本以人爲輔。大車載物，以僕御車，必以俌輔行而護持其車，蓋古法自如此。車行恃輪輻，老子『三十輻共一轂，當其無有車之用』，所謂無之以爲用者也。載重踰險，下有折輻之患，卽上有輸載之虞，爲之輔者或挽或推，所以助其車。兵車有車右，右，助也。輔，俌也，亦助也。箋言『棄女車輔，乃請長者見助』，猶言棄女車右耳。上章棄輔而呼將伯，伯人也。本章不棄而屢顧僕，僕亦人也，則『輔』同爲『人』可知。孔疏謂車不聞有輔，是車內確無名輔之件矣，故疑如今人縛杖於輻，爲可解脫之物，乃從釋木『輔，小木』生義。近儒或易爲『伏兔』，或易爲『車箱』，二者皆附車而成，不能解脫者也。且棄伏兔車先不可行，棄車箱物先不能載，其義視孔又短矣。」

魚在于沼，亦匪克樂。潛雖伏矣，亦孔之炤。【注】齊「炤」作「昭」。憂心慘慘，念國之爲虐。

【疏】傳：「沼，池也。慘慘，猶戚戚也。」箋：「池魚之所樂而非能樂，其潛伏於淵，又不足以逃，甚炤炤易見，以喻時賢者在朝廷，道不行無所樂，退而窮處又無所止也。」○案，箋喩最晰，卽節篇「我瞻四方，蹙蹙靡所騁」意。「齊炤作昭」者，禮中庸引詩云：「潛雖伏矣，亦孔之昭。」言伏處而人見之甚明，意各有屬。鹽鐵論誅秦篇：「詩云：『憂心慘慘，念國之爲虐。』」明齊毛文同。漢書武帝紀引此二句，亦三家文。

彼有旨酒，又有嘉殽。洽比其鄰，昏姻孔云。念我獨兮，憂心慇慇。【疏】傳：「言禮物備也。洽，合。鄰，近。云，旋也。是言王者不能親親以及遠，慇慇然痛也。」箋：「彼，彼尹氏大師也。『云』，猶『友』也。言尹氏富，與兄弟相親友爲朋黨也。此賢者孤特自傷也。」○案，詩言小人朋黨，飲食宴樂，合和鄰近，周旋昏姻，惟我孤特自傷，憂心慇慇然痛也。易林咸之无妄、睽之家人並引「婚姻孔云」，齊「昏」皆作「婚」。

佌佌彼有屋，【注】魯説曰：佌佌，小也。齊韓「佌」作「⿰亻囟」。蔌蔌方有穀。【注】魯作「速速方穀」。民今之無禄，天夭是椓。【注】魯作「天夭是加」。哿矣富人，哀此惸獨。【注】魯「惸」作「煢」。【疏】傳：「佌佌，小也。蔌蔌，陋也。君夭之，在位椓之。哿，可。獨，單也。」箋：「穀，禄也。此言小人富而窶陋將貴也。民於今而無禄者，天以薦瘥夭殺之，是王者之政又復椓破之。言遇害甚也。此言王政如是，富人已可，惸獨將困也。」○「佌佌，小也」者，釋訓文。是魯與毛同。「齊韓作⿰亻囟」者，説文：「⿰亻囟，小皃。从人，囟聲。詩曰：『⿰亻囟⿰亻囟彼有屋。』」與魯異，當爲齊韓文也。「蔌」當爲「遬」。説文「速」，籀文作「遬」。此詩「遬遬」，三家作「速速」。釋訓：「蹙蹙、速速，惟逑鞫也。」「逑鞫」義爲「窮迫」。釋文：「方穀，本或作『方有穀』，非也。」是經本無「有」字。「魯作速速方穀」者，後漢蔡邕傳釋誨云「速速方轂，天夭是加。」王應麟詩攷云：「邕傳注載韓詩，作『速速方轂』，謂小人乘寵，方轂而行。『方』猶『並』也。」盧文弨云：「章懷先引毛詩『速速方穀』，及傳箋云云，然後云韓詩亦同，謂與毛鄭之説同作『穀』也。下云：『此作「轂」者，蓋謂小人乘寵，方轂而行。』乃章懷釋邕之文，故用『此』字、『蓋』字。王氏乃以爲韓詩之説，誤矣。」愚案：「速速方轂」者，言小人窮迫驟貴，方轂而行。邕用魯詩，此魯作「轂」也。郝懿行云：「蹙蹙，縮小之貌。與『遬遬』皆爲狹小之意，故釋以『逑鞫』，於義亦通。」「天夭是加」者，疑魯詩本無「椓」字，「哿」析「加」、「可」爲二字，「加」字上屬爲義，下作「可以富人」，故蔡文用詩作「天夭是加」也。馬瑞辰云：「説文：『誣，加言也。』是加與誣、譖義同。言民今貧而無禄者，雖天夭盛美，不免受譖於人也。天、夭形近易譌，毛詩本譌作『天』，遂誤以『君』釋之耳。」「魯惸作煢」者，孟子書引「哿矣富人，哀此煢獨。」趙岐章句云：「哿，可也。詩人言居今之世，可矣富人，但憐憫此煢獨羸弱者耳。」王逸楚詞離騷注：「煢，孤也。詩曰：『哀此煢獨。』」趙、王皆用魯詩，是魯作「煢」。楊雄元后誄「哀此嫈獨」，雄亦用魯詩，以「煢」字不便施之元后，故便文易字。

正月十三章，八章章八句，五章章六句。

十月之交【疏】毛序：「大夫刺幽王也。」箋：「當爲刺厲王。作詁訓傳時移其篇第，因改之耳。節刺師尹不平，亂靡有定。此篇譏皇父擅恣，日月告凶。正月惡褒姒滅周，此篇疾豔妻煽方處。又幽王時司徒乃鄭桓公友，非此篇之所云番也，是以知然。」○詩譜：「問曰：小雅之臣何以獨無刺厲王？曰：有焉，十月之交、雨無正、小旻、小宛之詩是也。」此詩爲周幽王時十月辛卯朔日有食之，鄭箋用緯說，改爲周厲王時日食。阮元云：「大衍術日蝕議曰：小雅十月之交，梁虞劆以術推之，在幽王六年。開元術定交分四萬三千四百二十九入食限。授時術議曰：幽王六年十月辛卯朔，泛交十四日五千七百九分入食限。蓋自來推步家未有不與緯說異者。本朝時憲書密合天行，爲往古所無，今遵後編法，推幽王六年十月朔，正得入交，言厲王時者斷難執以爭矣。」阮說詳揅經室集。馬瑞辰云：「唐傅仁均及一行並推算幽王六年乙丑歲建酉之月辰時日食。國語：『幽王二年，西周三川皆震。』又曰：『是歲三川竭，岐山崩。』與此詩『百川沸騰，山冢崒崩』合，仍從毛詩刺幽王爲是。」愚案：漢書梅福傳「數御十月之歌」，是「十月之交」三家亦有止作「十月」者。毛詩正義本詩末作「十月八章」四字，唐石經同，今諸本皆增「之交」二字矣。三家義當與毛同。

十月之交，朔月辛卯，日有食之，亦孔之醜。彼月而微，此日而微。今此下民，亦孔之哀。

【疏】傳：「之交，日月之交會。醜，惡也。月，臣道。日，君道。」箋：「周之十月，夏之八月也。八月朔日，日月交會而日食。陰侵陽，臣侵君之象。日辰之義，日爲君，辰爲臣。辛，金也。卯，木也。又以卯侵辛，故甚惡也。微，謂不明也。彼月則有微，今此日反微，非其常，爲異尤大也。君臣失道，災害將起，故下民亦甚可哀。」○案，漢書劉向傳，向上封事曰：「當是之時，日月薄蝕而無光，其詩曰：『朔月辛卯，日有蝕之，亦孔之醜。彼月而微，此日而微。今此下民，亦孔之哀』。」漢書元帝紀永光四年詔引「今此下民」二句，後漢章帝紀建初五年詔引「亦孔之醜」句，皆明魯毛文同。孔疏引詩推度災曰：「十月之交，氣之相交。周十月，夏之八月。及其食也，君弱臣强，故天垂象以見徵。辛者，正秋之王氣。卯者，正春之臣位。日爲君，辰爲臣。八月之日交，卯食辛矣。辛之爲君幼弱而不明，卯之爲臣秉權而爲政。故辛之言新，陰氣盛而陽微，主其君幼弱而任卯臣也。」漢書翼奉傳奉上封事曰：「臣奉竊學齊詩，聞五際之要，十月之交篇，知日蝕地震之效，昭然可明。」後漢馬嚴傳嚴上封事曰：「日者，衆陽之長。食者，陰侵之徵。」（嚴，援兄子。援習齊詩，嚴承家學，當亦齊詩。）郎顗傳顗上封事曰：「日者，太陽，以象人君。政變於下，日變於天，清濁之占，隨政抑揚。天之見異，事無虚作。」丁鴻傳鴻上封事曰：「臣聞日者陽精，守實不虧，君之象也。月者陰精，盈虧有常，臣之表也。故日食者臣乘君，陰陵陽。月滿不虧，下驕盈也。昔周室衰季，皇甫之屬專權於外，黨類彊盛，侵奪主勢，則日月薄食，故詩曰：『十月之交，朔月辛卯，日有食之，亦孔之醜』。變不虚生，各以類應，人道悖于下，效驗見于天。」皆齊說。

日月告凶，【注】魯「告」作「鞠」。**不用其行。四國無政，不用其良。**【疏】箋：「告凶，告天下以凶亡之徵也。行，道度也。不用之者，謂相干犯也。四方之國無政治者，由天子不用善人也。」○「魯告作鞠」者，劉向封事又引詩：「曰日月鞠凶，不用其行。四國無政，不用其良。」古告、鞠通，故魯作「鞠」。後漢章帝紀元和三年詔：「今四國無政，不用其良。」用魯經文。左雄傳雄疏曰：「詩云：『四國無政，不用其良』。」明齊毛文同。荀悦漢紀六引詩云：「日月告凶，不用其行。四國無政，曷用其良。」荀用齊詩，「曷」蓋誤字。韓詩外傳五言「君者民之源也」云云，末引詩曰：「『四國無政，不用其良』。不用其良臣而不亡者，未之有也。」**彼月而食，則維其常。此日而食，于何不臧。**【注】魯「食」作「蝕」。」

齊「維」作「惟」。」齊說曰：月食非常也，比之日食猶常也，日食則不臧矣。韓說曰：于何，猶奈何也。【疏】箋：「臧，善也。」○「魯食作蝕」者，史記天官書：「月蝕常也，日蝕爲不臧也。」說苑政理篇：「詩所謂『彼日而蝕，于何不臧』者。」史記集解：「劉向以爲日月蝕及星逆行非太平之常，自周衰以來人事亂，故天文應之遂變耳。」及上引「日月薄蝕」、「日有蝕之」，明魯作「蝕」。」食、蝕，今古文之異也。「月食」至「臧矣」，漢書天文志引詩傳文。上引詩云「彼月而食，則惟其常。此日而食，于何不臧。」「維」作「惟」。」陳喬樅云：「此所引齊詩傳也。」（司馬彪續漢志言馬續述天文志。續，馬嚴子，馬援父子並習齊詩，續當亦傳其家學。）「于何猶奈何也」者，玉篇于部引韓詩文。皮嘉祐云：「于何，猶『如何』。于，猶『如』也。易『介于石』，即『介如石』也。如，又通『奈』。晉語『奈吾君何』，奈何，如何也。韓詩乃詁訓通叚之證。」

爗爗震電，不寧不令。【疏】傳：「爗爗，震電貌。震，雷也。」箋：「雷電過常，天下不安，政教不善之徵。」○王逸楚詞遠遊注：「靁爗，電貌。詩曰：『爗爗震電』。」此魯說。初學記二十、御覽六百三十五引詩含神霧曰：「爗爗震電，不寧不令。此應刑政之大暴，故震雷驚人，使天下不安。」漢書李尋傳尋對曰：「詩所謂『爗爗震電，不寧不令』，其咎在於皇甫卿士之屬。」此齊說。百川沸騰，【注】韓「騰」作「滕」。山冢崒崩。高岸爲谷，深谷爲陵。哀今之人，胡憯莫懲。【疏】傳：「沸，出。騰，乘也。山頂曰冢。『高岸』二句，言易位也。」箋：「『崒』者，崔嵬。百川沸出相乘陵者，由貴小人也。山頂崔嵬者崩，君道壞也。『易位』者，君子居下，小人處上之謂也。憯，曾。懲，止也。變異如此，禍亂方至，哀哉今在位之人，何曾無以道德止之。」○荀子君子篇「以族論罪，以世舉賢，雖欲無亂，得乎哉？詩曰：『百川沸騰，山冢崒崩。高岸爲谷，深谷爲陵。哀今之人，胡憯莫懲』。此之謂也。」孔疏引詩推度災曰：「百川沸騰，衆陰進。山冢崒崩，人無仰。高岸爲谷，賢者退。深谷爲陵，小臨大。」李尋傳尋對曰：「五行以水爲本，其星元武（漢書谷永傳亦引此句。）

婺女，天地所紀，終始所生。水爲準平，王道公正修明，則百川理，落脈通；偏黨失綱，則涌溢爲敗。今川水漂涌，與雨水並爲民害，此詩所謂『百川沸騰』者也，其咎在于皇甫卿士之屬。惟陛下留意詩人之言，少抑外親大臣。」易林晉之困：「高岸爲谷，陽失其室。」又明夷之比：「深谷爲陵，衰者復興。」此齊説。「韓騰作滕」者，玉篇水部：「詩曰：『百川沸滕』，水上涌也。」玉篇所引據韓詩，知韓作「滕」也。「胡憯莫懲」，解見節篇。

皇父卿士，番維司徒，【注】齊「番」作「皮」，韓作「繁」。家伯維宰，仲允膳夫。【注】齊「仲允」作「中術」。聚子内史，【注】齊「聚」作「掫」。蹶維趣馬，【注】齊「蹶」作「蹷」。楀維師氏，【注】齊「楀」作「萬」，魯作「踽」。豔妻煽方處。【注】魯「豔」作「閻」，「煽」作「扇」。齊「豔」作「剡」。韓「煽」作「偏」，「處」作「熾」。【疏】傳：「豔妻，褒姒。美色曰豔。煽，熾也。」箋：「皇父家伯仲允，皆字。番聚蹶楀，皆氏。厲王淫於色，七子皆用后嬖寵方熾之時並處位，言妻黨盛，女謁行之甚也。敵夫曰妻。司徒之職，掌天下土地之圖、人民之數，冢宰掌建邦之六典，皆卿也。膳夫，上士也，掌王之飲食膳羞。内史，中大夫也，掌爵禄廢置、殺生予奪之法。趣馬，中士也，掌王馬之政。師氏，亦中大夫也，掌司朝得失之事。六人之中，雖官有尊卑，權寵相連，朋黨於朝，是以疾焉。皇父則爲之端首，兼擅羣職，故但目以『卿士』云。」○漢書五行志劉歆以爲「於詩十月之交，則著卿士、司徒，下至趣馬、師氏，咸非其才。明小人乘君子，陰侵陽之象也。」潛夫論本政篇：「否泰消息，陰陽不並，觀其所聚，而興衰之端可見也。稷禹皐陶聚而致雍熙，皇父蹶踽聚而致災異。」此魯説。漢書人表以皇父卿士司徒皮太宰家伯膳夫中術内史掫子趣馬蹷師氏萬並列下下，在幽王褒姒之後。此齊説。皇父卿士，箋言「兼擅」者，孔疏云：「於六卿之外更爲之都官，總統六官之事，兼擅爲名，故謂之『卿士』。」胡承珙云：「周禮六卿分職，三公不過兼官，都官之制，非經所有。經典言『卿士』者甚多，大率六卿中執政者是也。左傳：『鄭武公莊公爲平王卿士。』杜注：「王卿之執政者」。是也。此章首言『皇父卿士』，下二章又專稱『皇父』，則此『卿士』當是六卿之長。」「番維司徒」者，陳奐云：「鄭語：『幽王八年，鄭桓公友爲司徒』。詩作於幽王六年，爲司徒者番也。」「齊作皮」者，地理志「魯國蕃縣，」應劭曰：「蕃音皮。」是「蕃」有「皮」音，故亦作「皮」。」儀禮既夕云「設披」，注言今文皆爲「藩」。」鄉射禮「皮樹中」，注言今文「皮樹」爲「繁豎」。」「韓作繁」者，釋文文。漢書百官表「繁延壽」，注「繁」作「婆」。是古皮、繁同音，故又作「繁」也。「家伯維宰」者，家，氏姓，春秋桓十五年「天王使家父來聘」，是其證。「家伯」或作「冢伯」者，譌也。孔疏：「宰對司徒、內史等六官，是列職之事，五者皆是一官之長，宰不當獨爲太宰之佐，以此知『家伯維宰』是冢宰也。」易林萃之蒙：「家伯爲政，病我下土。」又漸之井：「家伯妄施，亂其在官。」此齊義。言「家伯爲政」，足見「宰」爲太宰，非宰夫矣。周官：「膳夫上士二人。」「齊作中術」者，陳喬樅云：「『術』與『述』同，古又通作『允』，亦通作『聿』。詩文王『聿修厥德』，傳：『聿，述也』。漢書東平王宇傳作『述修厥德。』詩大雅『聿懷多福』，箋亦云『聿，述也』。繁露郊祭篇作『允懷多福』，皆術、允古通之證。」周官：「內史中大夫一人。」「齊棸作掫」者，同音叚借字。周官：「趣馬下士皁一人，徒四人。」書立政篇有「趣馬蹶」，蓋宣王時蹶父之後，以字爲氏。「齊蹶作橛」者，漢書五行志注引詩「橛維趣馬」，人表作「蹶」，乃字誤。周官：「師氏中大夫一人。」集韻引詩作「㨔維師氏。」據唐石經，初刻從「手」，後改從「木」，則「㨔」乃「楀」之變字。「齊楀作萬」者，顏注「萬」讀曰「㨔」。漢書游俠傳有長安萬章，急就篇有萬段卿。「魯作踽」者，潛夫論本政篇作「踽」(見上。)是魯作「踽」。「豔妻」，傳以爲卽褒姒。方言：「豔，美也。」「魯豔作閻，偏作扇」者，漢書谷永傳：「昔褒姒用國，宗周以喪。閻妻驕扇，日以不臧。」又云：「抑褒閻之亂外戚。」班倢伃傳云：「哀褒閻之爲郵。」是褒姒閻妻確爲二人。顏注：「閻，嬖寵之族也。」魯詩小雅十月之交篇曰：『閻妻扇方處』。」顏不見魯詩，當是漢魏諸家舊注引述魯詩之說，而顏襲用之也。」「齊作剡」者，中候擿雒戒云：「剡者配姬以放賢，山崩水潰納小人，家伯罔主異載震。」孔疏以皇父家伯仲允蓋與后同姓剡。中候又云：「昌受符，厲倡嬖，期十之世，權在相。」自光武信讖，舉世風靡，說者遂以剡爲厲王后。故左雄傳雄上疏云：「幽厲昏亂，不自爲政，褒剡用權，七子黨進。」（以剡配褒，以厲配幽，今作「褒豔」者，乃後人妄改。）自康成用讖注經，中候更成鐵案，而此詩分屬厲王矣。案，閻、剡音隨字變，齊魯不同，學者各據所聞爲說，其非褒姒甚明。幽王之好內嬖，必不止一褒姒，詩人隨時紀實，亦猶漢成初年許班之貴，舉其寵盛者而已。幽王十一年，戎滅西周，其得褒姒，史記在三年。此詩作於六年，當時申后之眷已衰，而褒姒之嬖未甚，三夫人之內，必更有剡姓擅寵者。天子八十一御，妻則在妃嬪之末，皆得名妻，不必如箋「敵夫」之說也。至八年而鄭桓公友代爲司徒，可知剡氏已替，姒氏益張，遂有奪后之事。說詩者先褒後剡，正以褒爲后耳。「韓煽作偏，處作熾」者，說文：「偏，熾盛也。詩曰：『豔妻偏方熾』。」與齊魯不同，蓋韓詩如此。

抑此皇父，【注】韓詩曰：抑，意也。豈曰不時。胡爲我作，不即我謀？徹我牆屋，田卒汙萊。【注】韓詩曰：汙，穢也。曰予不戕，禮則然矣。【疏】傳：「時，是也。下則汙，高則萊。」箋：「『抑』之言『噫』。噫是皇父，疾而呼之。女豈曰我所爲不是乎？言其不自知惡也。女何爲役作我，不先就與我謀，使我得遷徙，乃反徹毀我牆屋，令我不得趨農，田卒爲汙萊乎？此皇父所築邑人之怨詞。戕，殘也。言皇父既不自知不是，反云我不殘敗女田業。禮，下供上役，其道當然。言文過也。」○「抑意也」者，釋文引韓詩文。宋綿初云：「戴侗六書故：論語『抑與』之與，漢石經作『意與』之與。大戴禮武王問師尚父曰：『黃帝顓頊之道存乎？意亦忽不可得見與』？後漢書隗囂問班彪曰：『抑者縱橫之事復起於今乎？』抑、意一聲之轉。」「豈曰不時」者。馬瑞辰云：「時，謂使民以時。下言『田卒汙萊』，是奪民時之證。皇父不自以爲不時也。民之力作爲『作』，使民力作亦爲『作』。箋云『役作我』，正以『役』釋『作』。廣雅：『役，使也。』（「役」

卽古「役」字。）胡爲我役，卽『胡爲我使』也。孔疏云『汝何爲使我役作築邑之日』，於『役作』上增『使我』二字以釋之，失箋指矣。」韓詩外傳七載司城子罕相宋事，末引詩曰：「胡爲我作，不卽我謀。」明韓毛文同。「卒」，盡也。田不治則下者汙而水穢，高者萊而草穢。「汙，穢也」者，玉篇水部引韓詩文。皮嘉祐云：「左文六年傳疏：『洿者，穢之別名』。衆經音義引字林：『汙，穢也』。汙、污、洿字同。」

皇父孔聖，作都于向。擇三有事，亶侯多藏。不憖遺一老，俾守我王。【注】韓詩云：憖，閭也。魯「守」作「屏。」**擇有車馬，以居徂向。**【疏】傳：「皇父甚自謂聖。向，邑也。『擇三有事』，有司國之三卿，信維貪淫多藏之人也。」箋：「專權足己，自比聖人，作都立三卿，皆取聚斂之臣。言不知厭也。禮，畿內諸侯二卿。『憖』者，心不欲自彊之詞也。言盡將舊在位之人與之皆去，無留衞王，又擇民之富有車馬者以往居于向也。」○向者，周東都畿內有二：一爲左傳隱十一年桓王與鄭之邑，寰宇記：「向城在孟州河陽縣二十五里，杜注所云『軹縣向上』，今河南懷慶府濟源縣西南有向城者也。」一爲襄十一年諸侯伐鄭師于向，杜注：「向城在長社東北。」水經渠水注：「沙水首受洧水於長社縣東，東北逕向岡西，卽鄭之向鄉也。長明溝又東，逕向城北，城側有向岡，左傳『諸侯師於向』者也。」方輿紀要云：「在開封府尉氏縣西南五十里。」愚案：濟源之向，周初爲蘇子邑，桓王與鄭，尚繫之蘇忿生，其前不得別封他人，則皇父所邑當爲尉氏之向。「三有事」者，陳啟源云：「傳云『有同國之三卿』，『司』是誤文。王制鄭注：『小國亦三卿』。白虎通封公侯篇引王度記曰：『子男三卿』。皇父作都，卽是列國，此箋作『二卿』，『三』之誤文也。」「憖，閭也」者，釋文引韓詩文。說文「猌」又讀若「銀」。憖从「猌」聲，故字與「銀」通。左昭十一年經「厥憖」，公羊經作「屈銀」，是其證也。銀、閭同音，故韓訓作「閭。」說文：「閭，和說而諍也。」玉篇：「閭，和敬貌。」與說文訓「憖」爲「謹敬」義合。言皇父不能謹敬事君，商留舊人，以衛我王也。「魯守作屏」者，蔡邕陳太邱碑：「天不憖遺一老，俾屏我王。」又焦君贊：「不遺一老，屏此四國。」蔡用魯經文，「守」皆作「屏」。「以居徂向」者，馬瑞辰云：「『居』者，語詞。『以居徂向』，猶云以徂向也。猶之『爾居徒幾何』即言『爾徒幾何』也，『我居圉卒荒』即言『我圉卒荒』也。箋訓『居徂』爲『往居』，失之。」

黽勉從事，不敢告勞。無罪無辜，讒口囂囂。【注】魯「黽勉」作「密勿」。魯韓「囂」作「嗸」，魯又作「嗸敖」。魯說曰：嗸嗸，毀也。下民之孽，匪降自天。噂沓背憎，【注】三家「噂」作「僔」。職競由人。【疏】傳：「噂，猶噂噂。沓，猶沓沓。職，主也。」箋：「詩人賢者見時如是，自勉以從王事，雖勞不敢自謂勞。畏刑罰也。囂囂，衆多貌。時人非有辜罪，其被讒口，見椓譖囂囂然。孽，妖孽，謂相爲災害也。下民有此，言非從天墮也。噂噂沓沓，相對談語，背則相憎逐，爲此者由主人也。」○「魯黽勉作密勿，囂作嗸」者，漢書劉向傳向上封事曰：「君子獨處守正，不撓衆枉，勉彊以從王事，則反見憎毒讒愬，故其詩曰：『密勿從事，不敢告勞。無罪無辜，讒口嗸嗸』！」密、黽雙聲字。勿，即「勉」也。說文：「勿，州里所建旗象，其柄有三游，所以趣民，故遽稱勿勿。」是「勿」有「勉」義，故得通假。向云「勉强」，正以「黽勉」說「密勿」。「又作嗸敖。嗸嗸，毀也」者，釋訓：「敖敖，傲也。」釋文引舍人本作：「嗸嗸，毀也，云衆口毀人之貌。」即「囂囂」傳義。潛夫論賢難篇：「詩云：『無罪無辜，讒口敖敖』。『彼人之心，于何其臻』。由此觀之，妬媚之攻擊也，亦誠工矣；聖人之居世也，亦誠危矣。」此皆魯詩本也。「韓作嗸嗸」者，釋文引韓詩文。「噂」者，說文：「聚語也。」引詩「僔沓背憎。」「三家作僔」者，說文：「僔，聚也。」引詩「僔沓背憎。」此三家文，與左僖十五年傳引同。說文：「沓，語多沓沓也。」是「僔沓」即聚語也。聚則笑語，背則相憎，小人之情狀。其主競逐爲此態者，由人爲之，非天降之孽也。易林解之節：「下民多孽，君失其常。」又乾之臨：「疾慼無辜，背憎爲仇。」蒙之革謙之復恒之艮同，俱用齊經文。

悠悠我里，【注】魯「悠」作「攸」。韓「里」作「𤸎」。亦孔之痗。四方有羨，我獨居憂。民莫不逸，我獨不敢休。天命不徹，【注】魯說曰：「不徹，不道也。」我不敢傚我友自逸。【疏】傳：「悠悠，憂也。里，病也。痗，病也。羨，餘也。徹，道也。親屬之臣，心不能已。」箋：「里，居也。悠悠乎我居今之世，亦甚困病。四方之人，盡有饒餘，我獨居此而憂。逸，逸豫也。『不道』者，言王不循天之政教。」○「魯悠作攸」者，釋訓：「攸攸、嘒嘒，罹禍毒也。」樊光曰：「詩云：『攸攸我里』。」陳喬樅云：「『攸』字即『悠』之省，今本爾雅作『儵』，與樊本異。毛意以『里』爲『𤸎』之叚字，鄭用魯義，故與毛異。」是陳氏以雅訓「攸攸」爲「憂」，與毛釋「悠悠」同。「里」，讀如字，與鄭義同也。以「里」爲所居之地，與下「我獨居憂」句意不複。「韓里作𤸎」者，玉篇疒部：「𤸎，病也。詩云：『悠悠我𤸎』。」玉篇所引是韓詩，與毛訓義同。「不徹，不道也」者，釋訓文，魯說也。陳奐云：「天命不道，言天之令不循道而行，遂有日食震電之變。我不敢傚我友自逸，親屬之臣，心不能已，故不敢傚友之逸豫，所謂『敬天之怒，無敢戲豫』也。」

十月之交八章，章八句。

雨無正

【疏】毛序：「大夫刺幽王也。雨自上下者也，衆多如雨，而非所以爲政也。」箋：「亦當爲刺厲王。王之所下教令甚多而無正也。」○雨無正，集傳載劉安世見韓詩，作「雨無極」，序作：「正大夫刺幽王也。」篇首多「雨無其極，傷我稼穡」二句。呂東萊讀詩記載董氏引韓詩，則作「雨無政」，序亦作「正大夫刺幽王也。」並引章句曰：「無，衆也。」案，詩曰「正大夫離居，莫知我勩」，是兼刺正大夫之詞，非正大夫刺幽王也。劉董之說未足據信。易林乾之臨云：「南山昊天，刺政閔身。」蒙之革謙之復恒之艮同。陳喬樅云：「據此說，知齊家即以昊天爲篇名，取首句『浩浩昊天』之語。焦氏以南山昊天二詩對舉，南山即指『節彼南山』之詩。下句『刺政閔身』，『刺政』承南山言，謂『赫赫師尹，不平謂何』也；『閔身』承昊天言，謂『若此無罪，薰胥以鋪』也。愚案：陳説甚新，但節南山篇名，三家作節，毛作節南山，無以「南山」名篇者。焦氏以「南山」、「昊天」相對，究係文言以爲篇名，竊所未安，姑從蓋闕。三家詩義當與箋同。

浩浩昊天，不駿其德。降喪饑饉，斬伐四國。【疏】傳：「駿，長也。穀不熟曰饑，蔬不熟曰饉。」箋：「此言王不能繼長昊天之德，致使昊天下此死喪饑饉之災，而天下諸侯於是更相侵伐。」○案，詩每借「天」以刺王，箋謂「王不能繼長昊天之德」，非也。呂覽下賢篇高注：「鵠，讀『浩浩昊天』之浩。」據此，魯、毛文同。新序雜事五云：「夫政之不平，而吏苛乃甚於虎狼矣。詩曰：『降喪饑饉，斬伐四國。』夫政不平也，乃斬伐四國，而況一人乎？」言饑饉之災自天降之以喪我民也，王又不平其政，以斬伐我四國，則饑饉之災亦王召而降之也。魯詩訓義，無「諸侯侵伐」意。昊天疾威，弗慮弗圖。【注】魯「弗」作「不」。舍彼有罪，既伏其辜。若此無罪，淪胥以鋪。【注】韓「淪」作「勳」，「鋪」作「痡」。魯、齊「淪」作「薰」。【疏】傳：「舍，除。淪，率也。」箋：「慮、圖，皆謀也。王既不駿昊天之德，今昊天又疾其政以刑罰威恐天下，而不慮不圖。胥相鋪徧也。言王使此無罪者見牽率相引而徧得罪也。」○「昊」，或作「旻」。孔疏：「上有『昊天』，明此亦『昊天』，定本皆作『昊天』，俗本作『旻天』誤也。」漢書敍傳顔注引此，亦作「昊天」。玩箋語兩「昊天」，知古本作「昊」也。「魯弗作不」者，楊雄豫州牧箴「不慮不圖」，用魯詩文。敍傳注引詩「不慮不圖」，箋語亦同，知三家作「不」也。「韓淪作勳，鋪作痡。魯齊淪作薰」者，後漢蔡邕傳「下獲熏胥之辜」，李注引詩小雅曰：「『若此無罪，勳胥以痡。』勳，帥也。胥，相也。痡，病也。言此無罪之人而使有罪者相帥而病之，是其大甚。見韓詩。」漢書敍傳「薰胥以刑」，顔注引晉灼曰：「齊魯韓詩作『薰』。薰，帥也。胥，相也。從人得罪相坐之刑也。」今據李注，韓別作「勳」，晉云然者，蓋「亦作」本。熏、薰、勳古通用，故蔡用魯詩，字亦作「熏」。易艮卦「利薰心」，釋文引荀本作「勳」。釋訓：「炎炎，薰也。」釋文本作

「熏」，云亦作「薰」，皆其證。漢書楚元王傳注應劭引詩「論胥以鋪」，應用魯詩，當作「薰胥」，疑後人順毛改字，譌「淪」爲「論」。鹽鐵論申韓篇：「詩云：『舍彼有罪，既伏其辜。若此無罪，淪胥以鋪』。痛傷無罪而累也。」「淪」字亦後人所改。

周宗既滅，靡所止戾。正大夫離居，莫知我勩。三事大夫，莫肯夙夜。邦君諸侯，莫肯朝夕。庶曰式臧，覆出爲惡。【疏】傳：「戾，定也。勩，勞也。覆，反也。」箋：「周宗，鎬京也。是時諸侯不朝王，民不堪命，王流于彘，無所安定也。正，長也。長官之大夫，於王流于彘而皆散處，無復知我民之見罷勞也。王流在外，三公及諸侯隨王而行者皆無君臣之禮，不肯晨夜朝暮省王也。人見王之失所，庶幾其自改悔而用善人，反出教令復爲惡也。」○「周宗」，當爲「宗周」，傳寫誤倒。左昭十六年傳引詩正作「宗周既滅」，是詩本作「宗周」之證。鄭箋詩時所見毛詩尚作「宗周」，故解作「鎬京」，與「赫赫宗周」同，今箋作「周宗」者，後人因經誤作「周宗」而併改之也。孔疏謂宗周、周宗「文雖異而義同」，誤矣。國人作亂，厲王出奔，故云「宗周既滅，靡所止戾」也。馬瑞辰云：「大宰『建其正』，鄭注謂冢宰、司徒、宗伯、司馬、司寇、司空。左襄二十五年傳『自六正五吏』，杜注：『六正，三軍之六卿』。晉僭立六卿爲六正，則天子六卿本名『六正』可知。古以三公司天、地、人爲三事。白虎通引別名記曰：『司徒典民，司空主地，司馬順天』。是『三事』爲『三公』之義。周書立政：『任人，準夫、牧作三事』。某氏傳：『常任準人及牧治爲天、地、人之三事』。蓋官職雖多，天、地、人三事足以統之。」周語：「夙夜，敬也。」後漢章帝紀詔曰：「『三事大夫，莫肯夙夜』。小雅之所傷也。」帝學魯詩，明魯毛文同。左傳：「朝夕獻善，敗于寡君。」又曰：「子革夕，子我夕。」皆以朝夕見君爲「朝夕」。「莫肯」，承上文「離居」言，且畏其暴也。潛夫論救邊篇：「詩云：『庶曰式臧，覆出爲惡』。」明魯毛文同。言王流彘之後，靡有悛心也。

如何昊天，辟言不信。如彼行邁，則靡所臻。凡百君子，各敬爾身。胡不相畏，不畏于天。【疏】傳：「辟，法也。」箋：「如何乎昊天，痛而愬之也。爲陳法度之言，不信之也。我之言不見信，如行而無所至也。凡百君子，謂衆在位者。各敬慎女之身，正君臣之禮，何爲上下不相畏乎？上下不相畏，是不畏于天。」○蔡邕集蔡朗碑：「如何昊天。」明魯毛文同。詩謂王法言不信而已，不必專爲我言。「凡百君子」，承上文「三事大夫」等言之。既隨王行，因亂離而廢君臣之禮，不敬王即不敬身也，不畏王即不畏天也。

戎成不退，飢成不遂。曾我暬御，憯憯日瘁。【疏】傳：「戎，兵。遂，安也。暬，御。侍，御也。瘁，病也。」箋：「兵成而不退，謂王見流于彘，無御止之者。飢成而不安，謂王在彘乏於飲食之蓄，無輸粟歸餼者。此二者曾但侍御左右小臣憯憯憂之，大臣無念之者。」○國人仇王戎興於內，故成而不退。楚語韋注：「暬，近也。」「飢成不遂」，惟侍御左右之臣以爲憂病。獨夫情狀，可以概見。後漢蔡邕傳釋誨云：「暬御之族，天隆其祐，主豐其禄。」亦用魯詩文。凡百君子，莫肯用訊。聽言則答，譖言則退。【注】魯「訊」作「誶」，「答」作「對」。【疏】傳：「以言進退人也。」箋：「訊，告也。衆在位者無肯用此相告語者，言不憂王之事也。答，猶『距』也。有可聽用之言，則共以詞距而違之。有譖毀之言，則共爲排退之。羣臣並爲不忠，惡直醜正。」○釋文：「用訊，徐音息悴反。告也。」戴震云：「今本『訊』乃『誶』之譌。訊問，誶告，義各不同。陳風墓門『歌以訊之』，釋文云本又作『誶』，與此同，當作『誶』爲是。」「魯作誶」者，陳喬樅云：「陳風『歌以誶止』、『誶予不顧』，列女傳及楚詞章句所引魯詩皆作『誶』，此詩箋正云『誶，告也』，則魯詩作『誶』無疑。」新序雜事五：「齊宣王謂閭丘邛曰：『子有善言，何見寡人之晚也。』邛對曰：『讒人在側，是以見晚也。詩曰：「聽言則對，譖言則退。」庸得進乎？』」漢書賈山傳「退誹謗之人，殺直諫之士，是以道諛媮合苟容。天下已潰，莫之告也。詩曰：『聽言則對，譖言則退。』」「答」皆作「對」，雙聲變轉，此魯詩文。傳釋此詩云：「以言進退人也。」蕩傳：「對，遂也。」禮月令「遂賢良」，

注：「遂，進也。」易大壯：「不能退，不能遂。」虞注：「遂，進也。」爾雅：「對，遂也。」郭注引詩「對揚王休」。「對揚」，謂進揚聽言者順從之言。　謂王聞順從之言則用而進之，聞讒譖之言則斥而退之，導諛受譖，此所以「莫肯用誶」也。

哀哉不能言，匪舌是出。維躬是瘁，哿矣能言。巧言如流，俾躬處休。【疏】傳：「哀賢人不得言，不得出是舌也。哿，可也。可矣世所謂能言也。巧言從俗，如水轉流。」箋：「瘁，病也。不能言，言之拙也。言非可出於舌，其身旋見困病。巧，猶善也。謂以事類風切剴微之言，如水之流忽然而過，故不悖逆，使身居安休休然。亂世之言，順說爲上。」○案，詩言哀哉此不能言之賢者，其趣事非恃舌之出話也，維以其身盡瘁於王事而已。若哿矣能言之小人，但聞其言之巧如流水然滔滔不絕，常使其身處於安閒之地，於事無裨也。是以君子務實。潛夫論本政篇：「詩傷『巧言如流，俾躬處休』，蓋言衰世之士，佞彌巧者官彌尊也。」此魯說。

維曰于仕，孔棘且殆。云不可使，得罪于天子。亦云可使，怨及朋友。【疏】傳：「于，往也。」箋：「棘，急也。『不可使』者，不正不從也。『可使』者，雖不正從也。居今衰亂之世，云往仕乎，甚急迮且危，急迮且危，以此二者也。」○馬瑞辰云：「釋詁：『使，從也』。故箋以『從』釋『使』。二『云』字皆臣答君之詞。『云不可使』，謂若事之不正者，卽云不可從，此左傳所云『君所謂可而有否焉，臣獻其否以成其可』也。『亦云可使』，謂事雖不正，因君從之，亦云可使，此左傳所云『君之所可，據亦曰可』也。正義不知箋以『從』訓『使』，乃曰：『不從上命，則天子云我不可使。我若阿諛順旨，亦既天子云此人可使』。謂『可使』與『不可使』皆君論臣之意，殊失箋恉。」愚案：馬說是。「可使」、「不可使」，卽今諺云此事使得、使不得也。

謂爾遷于王都，曰予未有室家。鼠思泣血，無言不疾。昔爾出居，誰從作爾室。【疏】傳：

「賢者不肯遷于王都也。無聲曰泣血，無所言而不見疾也。遭亂世，義不得去，思其友而不肯反者也。」箋：「王流于彘，正大夫離居，同姓之臣從王，思其友而呼之，謂曰女今可遷居王都。謂彘也。其友辭之云：我未有室家於王都可居也。鼠，憂也。既辭之以無室家，爲其意恨。又患不能距止之，故云我憂思泣血，欲遷王都見女，今我無一言而不道疾者。言已方困於病，故未能也。往始離居之時，誰隨爲女作室，女猶自作之爾，今反以無室家距我。恨之詞。」○案，詩言我謂我友：爾何不遷於王之新都？則答以無室家可居，且憂思泣血無言，不以疾爲解。曾不思昔爾出宗周而離居於他處之時，誰相從爲爾作室乎？其友，蓋正大夫之等。

雨無正七章，二章章十句，二章章八句，三章章六句。

小旻【疏】毛序：「大夫刺幽王也。」箋：「所刺列於十月之交雨無正爲小，故曰小旻，亦當爲刺厲王。」○三家詩義未詳。」

旻天疾威，敷于下土。謀猶回遹，【注】齊「遹」作「穴」。韓作「⿰馬欠」，云：僻也。又作「泬」。何日斯沮。【注】韓說曰：沮，止也，壞也。謀臧不從，不臧覆用。我視謀猶，亦孔之邛。【疏】傳：「敷，布也。回，邪。遹，辟。沮，壞也。邛，病也。」箋：「旻天之德疾王者以刑罰威恐萬民，其政教乃布於下土。言天下遍知。猶，道。沮，止也。今王謀爲政之道，回辟不循旻天之德，已甚矣，心猶不悛，何日此惡將止。臧，善也。謀之善者不從，其不善者反用之，我視王謀爲政之道，亦甚病天下。」○列女傳不疑母傳：「詩云：『昊天疾威，敷于下土。』言天道好生，疾威虐之行于下土也。」「昊」乃「旻」之譌，二字形近，故雨無正「昊天疾威」，亦譌作「旻」。劉向用魯詩，義與箋說合，知鄭亦用魯義也。「齊遹作穴」者，文選幽通賦「畔回穴其若兹兮」，曹大家注：「回，邪也。穴，僻也。」古「遹」讀如「穴」，「回穴」即「回遹」也。是齊詩文如此。「韓遹作欥，云僻也」者，釋文引韓詩文，云義同詩「欥彼晨風」。」「又作泬」者，文選西征賦「事回泬而好還」，李注引韓詩曰：「謀猷回泬。」薛君章句曰：「回泬，邪僻也。」（「邪」上脫「泬」字，依文義補。）此韓詩「亦作」本。至幽通賦注亦引韓詩曰「謀猷回穴」，或韓詩亦有作「穴」之本，與齊同，不得以爲李誤也。「沮，止也，壞也」者，史記劉敬傳索隱引韓詩傳文。案，「止」義與箋合，「壞」義與傳合。漢書陳湯傳注亦云：「沮，止也，壞也。」或作「止壞」，漢書食貨志注：「沮，止壞之。」周勃傳：「沮，止壞之意也。」

潝潝訿訿，【注】韓「潝」作「翕」。韓說曰：「翕翕訿訿，不善之貌也。」魯作「翕」，又作「歙」，「訿」亦作「呰」。亦孔之哀。謀之其臧，則具是違，謀之不臧，則具是依。我視謀猶，伊于胡底。【疏】傳：「潝潝然患其上，訿訿然思不稱乎上。」箋：「臣不事君，亂之階也，甚可哀也。于，往。底，至也。謀之善者俱背違之，其不善者依就之，我視今君臣之謀道，往行之將何至乎？言必至於亂。」○「韓潝作翕，曰翕翕訿訿，不善之貌也」者，玉篇言部引韓詩文。「魯作翕」者，釋訓云：「翕翕訿訿，莫供職也。」此訓作「翕」。「又作歙」者，漢書劉向上封事曰：「衆小在位而從邪議，歙歙相是而背君子，故其詩曰：『歙歙訿訿，亦孔之哀。謀之其臧，則具是違；謀之不臧，則具是依』。」劉以「歙歙」爲「相是」之義，言其背正黨邪，翕然同聲，不顧是非也。衆經音義云：「吸，古文歙、噏二形。」是歙、噏字同。「訿一作呰」者。荀子修身篇：「小人致亂，而惡人之非己也；致不肖，而欲人之賢己也。諂諛者親，諫諍者疏，修正爲笑，至忠爲賊，雖欲無滅亡，得乎哉？詩云：『噏噏呰呰，亦孔之哀。謀之其臧，則具是違；謀之不臧，則具是依。』此之謂也。」荀爲魯詩之祖，此亦魯說。呰、訿字同，召旻「皋皋訿訿」，傳：「訿，窳不供事也。」說文：「呰，窳也。」「窳，嬾也。」是「呰」與「訿」同。史記貨殖傳注：「呰，病也。」漢書地理志注：「呰，弱也。」「訿訿」者，呰窳病弱，隨人晝諾，不以職事爲意也。此輩在朝，故謀臧具違，不臧具依，所謀之道，將何所至乎？言必亂也。

我龜既厭，不我告猶。謀夫孔多，是用不集。【注】韓「集」作「就」。發言盈庭，誰敢執其咎。如匪行邁謀，是用不得于道。【疏】傳：「猶，道也。集，就也。謀人之國，國危則死之，古人道也。」箋：「猶，圖也。卜筮數而瀆龜，龜靈厭之，不復告其所圖之吉凶。言雖得兆，占繇不中。謀事者衆而非賢者，是非相奪，莫適可從，故所爲不成。謀事者衆，訩訩滿庭，而無敢決當是非，事若不成，誰云己當其咎責者。言小人争知而讓過。匪，非也。君臣之謀事如此，與不行而坐圖遠近，是於道路無進於跬步，何以異乎？」○禮緇衣引詩云：「我龜既厭，不我告猶。」明齊毛文同。漢書藝文志：「龜厭不告，詩以爲刺。」用齊經文。潛夫論卜列篇：「詩曰：『我龜既厭，不我告猶。』」淮南覽冥訓高注引詩同，明魯毛文同。「韓集作就」者，韓詩外傳六載船人盍胥對晉平公，末引詩曰：「謀夫孔多，是用不就。」集、就雙聲字，故韓「集」爲「就」。王應麟詩攷引外傳作「不就」，而今本作「不集」，後人據毛詩妄改。藝文類聚九十引外傳作「蓋胥」。文選李注四引外傳，亦作「蓋胥」。左襄八年傳子駟引詩：「如匪行邁謀，是用不得于道。」杜注：「匪，彼也。行邁謀，謀於路人也。不得於道，衆無適從也。」諸家以杜解爲長。

哀哉爲猶，匪先民是程，匪大猶是經，維邇言是聽，維邇言是争。如彼築室于道謀，是用不潰于成。【疏】傳：「古曰在昔，昔曰先民。程，法。經，常。猶，道。邇，近也。争爲近言。潰，遂也。」箋：「哀哉今之君臣，謀事不用古人之法，不循大道之常，而徒聽順近言之同者，争近言之異者。言見動輒則泥陷，不至於遠也。如當路築室，得人而與之謀所爲，路人之意不同，故不得遂成也。」○鹽鐵論復古篇云：「詩云：『哀哉爲猶，匪先民是程，匪大猶是經，維邇言是聽。』此詩人刺不通於王道而善爲權利者。」桓用齊詩，引詩四句，明齊、毛文同。不法先民循大猶，是不通王道。聽邇言，卽務權利也。爲政不明大體，逐淺近之權利以爲經濟在，是不知其爲邇言也。所聽在是，所争亦在是矣。班固幽通賦「迺先民之所程」，用齊經文。呂覽不二篇高注：「詩曰：『如彼築室于道謀，是用不潰于成。』」明魯毛文同。

國雖靡止，或聖或否。民雖靡膴，【注】韓「膴」作「腜。」韓説曰：「靡腜，猶無幾何。或哲或謀。【注】齊詩「哲」作「悊」。或肅或艾，如彼泉流，無淪胥以敗。【疏】傳：「靡止，言小也。人有通聖者，有不能者，亦有明哲者，有聰謀者。艾，治也。有恭肅者，有治理者。」箋：「靡，無。止，禮。膴，法也。言天下諸侯今雖無禮，其心性猶有通聖者，有賢者。民雖無法，其心性猶有知者，有謀者，有肅者，有艾者。王何不擇焉置之於位，而任之爲治乎？書曰：『睿作聖，明作哲，聰作謀，恭作肅，從作乂』。詩人之意，欲王敬用五事，以明天道，故云然。淪，率也。王之爲政者如原泉之流行則清，無相牽率爲惡，以自濁敗。」○案，傳以「靡止」爲「小」，則「止」宜訓「大。」馬瑞辰云：「抑篇『淑慎爾止』，傳：『止，至也。』爾雅：『晊，大也。』釋文：『晊，本又作至。』易『至哉坤元』，猶言『大哉乾元』也。止、至同義，『至』爲大，則『止』亦爲大。『國雖靡止』，言國雖不大也。故傳云『人有通聖者，有不能通聖者』，箋云『有通聖者，有賢者』。此詩所言『聖否』，與論語『賢者識其大者，不賢者識其小者』，文法相類。彼對賢者言之，故識小爲不賢者，此對聖言之，故『或否』猶爲賢者耳。」「膴作腜，靡腜猶無幾何」者，釋文引韓詩文。上文「靡止」，「止」訓「大」，則「靡腜」之腜宜訓「盛多」。胡承珙云：「緜詩『周原膴膴』，文選魏都賦注引韓詩，『膴』亦作「腜」。左僖二十八年傳『原田每每』，亦與『腜』同。『𣫭』之義爲草盛上出，是膴、腜、每皆盛多之義。」愚案：王肅讀「膴」爲「幠」，云：「無大有人言少也。」讀與韓異而訓義同。詩言尚有哲謀肅乂之人可以輔治也。「齊哲作悊」者，漢書敍傳：「或悊或謀。」「哲」作「悊」，齊詩文。「無淪胥以敗」，言無令相率入於危亡，而無益於國事也。列女傳二：「詩云：『如彼泉流，無淪胥以敗。』」明魯毛文同。

不敢暴虎，不敢馮河。【注】魯說曰：「暴虎，徒搏也。馮河，徒涉也。」人知其一，莫知其他。戰戰兢兢，如臨深淵，如履薄冰。【疏】傳：「馮，陵也。徒涉曰馮河，徒搏曰暴虎。一，非也。他，不敬。小人之危殆也。戰戰，恐也。兢兢，戒也。『如臨深淵』，恐隊也。『如履薄冰』，恐陷也。」箋：「人皆知暴虎馮河立至之害，而無知當畏慎小人能危亡也。」○案，「暴虎」二句，釋訓文，魯說也。「馮」者，「淜」之叚音。說文：「無舟渡河也。」荀子臣道篇：「仁者必敬人，凡人非賢，則是不肖也。人賢而不敬，則是禽獸也；人不肖而不敬，則是狎虎也。禽獸則亂，狎虎則危，災及其身。詩曰：『不敢暴虎，不敢馮河，人知其一，莫知其他。戰戰兢兢，如臨深淵，如履薄冰。』此之謂也。」呂覽安死篇高注：「無兵搏虎曰暴，無舟渡河曰馮，喻小人而爲政，不可以不敬，不敬之則危，猶暴虎馮河之必死也。『人知其一，莫知其他』。一，非也。人皆知小人之爲非，不知不敬小人之危殆。」淮南本經訓高注：「人皆知暴虎馮河，立至害也。故曰，知其一而不知當畏脅小人危亡也，故曰『莫知其佗』。」皆魯說，並言「宜畏慎小人」，此最古義。後漢郅惲傳：「暴虎馮河，未至之戒。」用韓經文。鹽鐵論詔聖篇引詩曰：「『不敢暴虎，不敢馮河。』爲其無益。」以比刑法峻則民不犯，雖係齊家言，然是斷章取義。說苑引零句尤多，不具錄。

小旻六章，三章章八句，三章章七句。

小宛

小宛【疏】毛序：「大夫刺幽王也。」箋：「亦當爲刺厲王。」○三家詩義未詳。晉語：「秦伯宴公子重耳，秦伯賦鳩飛。」韋注：「鳩飛，小雅小宛之首章，曰：『宛彼鳴鳩，翰飛戾天。我心憂傷，念昔先人。明發不寐，有懷二人。』言己念晉先君及穆姬不寐，以思安集晉之君臣也。」左昭元年傳「趙孟賦小宛之二章」，又稱「小宛」，不稱「鳩飛」，蓋當時篇有二名故也。

宛彼鳴鳩，翰飛戾天。【注】韓「戾」作「厲」，云：厲，附也。我心憂傷，念昔先人。【注】齊「昔」作「彼」。明發不寐，有懷二人。【疏】傳：「興也。宛，小貌。鳴鳩，鶻鵰。翰，高。戾，至也。行小人之道，責高明之功，終不可得。先人，文武也。明發，發夕至明。」○馬瑞辰云：「釋鳥：『鶌鳩，鶻鵃』。郭注：『似山鵲而小，短尾。』淮南許注：『屈，短也』。屈與屈通，說文：『屈，無尾也』。玉篇：『屈，短尾也』。鶌鳩蓋以短屈得名，宛、屈義同。說文：『宛，屈草自覆也。』宛，蓋鶌鳩短尾之貌，短、小義近，故傳以『宛』爲『小貌』。考工記函人：『眡其鑽空，欲其惌也』。鄭司農注：『惌，小孔貌』。惌、宛義同。陸疏：『鳴鳩，班鳩也』。班鳩蓋非今俗所稱班鳩，或鶌鳩一名班鳩耳。呂覽季春紀『鳴鳩拂其羽』，高注：『鳴鳩，班鳩也，是月拂擊其羽，直刺上飛，數十丈乃復者是也。』淮南時則訓高注亦云：『鳴鳩，奮迅其羽，直刺飛入雲中。』是鳴鳩實能高飛，詩蓋以鳴鳩短尾，似難高舉，而翰飛可以戾天，以興人主當勉於爲善。傳謂以鳴鳩不可戾天爲興，非詩義也。」愚案：馬說精當。由高注「鳴鳩」推之，魯詩當云小鳥奮翼高飛，亦能至天，必無不可戾天之喻，如毛所云也。楊雄逐貧賦「翰飛戾天」，用魯經文。「韓戾作厲，云厲，附也」者，文選西都賦李注引韓詩曰：「翰飛厲天。」薛君章句曰：「厲，附也。」「厲」正字，「戾」借字。「厲附也」者，鳥飛極高，自下視之，如與天相附麗。附、傅字通，菀柳篇「有鳥高飛，亦傅于天」，義亦同也。廣雅釋詁：「厲，近也。」呂覽上農篇注：「厲，摩也。」近天、摩天，皆與「附天」義合。「念昔先人」者，王不能勇於爲善，行文武之道，故我心念先人文武而憂傷也。「齊昔作彼」者，繁露楚莊王篇：「詩云：『宛彼鳴鳩，翰飛戾天。我心憂傷，念彼先人。明發不寐，有懷二人。』人皆有此心也。」董用齊詩，是齊作「彼」。禮祭義：「詩云：『明發不寐，有懷二人。』」鄭注：「明發不寐，謂夜至旦也。二人，謂父母。」陳喬樅云：「祭義下云：『文王之詩也。』孔疏以爲詩人陳文王之德以刺，亦得爲文王之詩。案：毛傳訓『先人』爲文武，則『明發不寐』二語，卽陳文王之德。禮記云『文王之詩』，猶云詩言謂文王也。」愚案：詩言文，卽以該武，以『明發不寐』二語爲陳文王之德，說亦可通。文王爲子止孝，雞鳴問寢，是「不寐」、「有懷」之證。王逸楚詞招魂注：「發，旦也。詩云：『明發不寐。』」載驅篇「齊子發夕」，「發」卽訓「旦」，言旦夕皆在，與此詩「明發」義同。「明發不寐」者，猶言達旦不寐也。禮鄭注：「明發不寐，謂夜至旦。」訓同，傳衍一「發」字。

人之齊聖，飲酒溫克。彼昏不知，壹醉日富。【注】魯「壹」作「一」。各敬爾儀，天命不又。

【疏】傳：「齊，正。克，勝也。醉而日富矣。又，復也。」箋：「中正通知之人，飲酒雖醉，猶能溫藉自持以勝。童昏無知之人，飲酒一醉，自謂日益富，夸淫自恣，以財驕人。今女君臣各敬愼威儀，天命所去，不復來也。」〇王引之云：「爾雅齊、速俱訓爲『疾』。書大傳『多聞而齊給』，鄭注：『齊，疾也。』荀子修身篇『齊明而不竭，聖人也』，非十二子篇『聰明聖知，不以窮人。齊給速通，不以先人。』然則『速通』謂之『齊』，『大通』謂之『聖』。」禮內則「柔色以溫之」鄭注：「溫，藉也。」正義言子事父母，當和柔顏色，承藉父母，若藻承藉玉然。禮器：「故禮有擯詔，樂有相步，溫之至也。」鄭注：「皆爲溫藉重禮也。」正義：「溫，謂承藉。凡玉以物縕裹承藉，君子亦有威儀以自承藉。」釋文：「溫，紆運反。」是「溫藉」卽「蘊藉」也。詩言飲酒雖醉，能以溫藉自勝，故曰「溫克」也。論語孔注：「富，盛也。」昏蒙之人，他無所知，知壹醉而已，且日益加盛，安望其勉於爲善。「魯壹作一」者，列女傳八：「詩云：『彼昏不知，一醉日富。』」是魯作「一」，箋云「一醉」，正用魯詩之文。「各」者，並王君臣俱戒之。新序雜事五：「詩曰：『各敬爾儀，天命不又。』」明魯毛文同。

中原有菽，庶民采之。螟蛉有子，蜾蠃負之。【注】三家「蜾」作「蝸」。教誨爾子，式穀似之。

【疏】傳：「中原，原中也。菽，藿也。力采者則得之。螟蛉，桑蟲也。蜾蠃，蒲盧也。負，持也。」箋：「藿生原中，非有主也，以喻王位無常家也，勸於德者則得之。蒲盧取桑蟲之子負持而去，煦嫗養之，以成其子，喻有萬民不能治，則能治者將得之。式，用。穀，善也。今有教誨女之萬民用善道者，亦似蒲盧。言將得而子也。」○「中原」者，謂原田之中。「菽」者，衆豆之總名，後以小豆名「荅」，遂專名「菽」爲大豆。「藿」者，豆之葉也，采者不禁。易林小畜之大過「中原有菽」，用齊經文。「螟蛉有子，蜾蠃負之」者。釋蟲：「螟蛉，桑蟲。」御覽五百四十五引舍人曰：「螟蛉，桑上小青蟲也，似步屈。」郭注：「俗謂之桑蟃，亦曰戎女。」又曰：「果蠃，蒲盧。」郭注：「即細腰蜂也，俗呼爲蠮螉。」楊雄法言學行篇：「螟蛉之子，殪而逢蜾蠃，祝之曰，似我似我。久則肖之矣。」此魯說。禮中庸鄭注：「蒲盧，蜾蠃，謂土蜂也。詩曰：『螟蛉有子，蜾蠃負之。』螟蛉，桑蟲也，蒲盧取桑蟲之子去而變化之，以成爲己子。」此齊說。凡物之渾沌無知而微有知者，謂之「冥靈」，然無定字，莊子書名木爲「冥靈」，詩名蟲曰「螟蛉」，聲同字變也。說文一作「螟蠕」，蛉、蠕同音通用。齊侯鎛鐘鼎銘「霝命難老」，即「令命」也。廣雅：「霝，令也。」是霝、令相通之證。「三家蜾作蟜」者，說文「蟜」下云：「蟜蠃，蒲盧，細腰土蠭也。天地之性，細腰純雄無雌。詩曰：『螟蛉有子，蟜蠃負之』。」「蜾」下云：「蟜或从果。」據上文，魯、齊皆作「蜾」，則作「蟜」者蓋韓詩文也。土蠭所負不止桑蟲，曾於春夏間目驗，或窗櫺，或筆管，此蟲累土成圓孔，長約半寸許，取花樹上青蟲，或灰白色蠅虎，及長脚綠蜘蛛如高粱子大者，皆寘其中。對孔作聲，煦嫗良久，以土封其頂，自累土負子封頂，每來必作聲，約近十日，乃去不復來。其後蟲出，遂成細腰蠭矣。「似」，當讀如「嗣續」之嗣。列女楚子發母傳：「教誨爾子，式穀似之。」此用魯文，明與毛同。

題彼脊令，【注】魯「題」作「相」，「脊令」作「鶺鴒。」載飛載鳴。我日斯邁，而月斯征。夙興夜寐，毋忝爾所生。【注】三家「毋」作「無。」【疏】傳：「題，視也。脊令不能自舍，君子有取節爾。忝，辱也。」箋：「『題』之爲言『視睇』也。『載』之言『則』也。則飛則鳴，翼也口也，不有止息。我，我王也。邁、征，皆行也。王日此行，謂日視朝也。而月此行，謂月視朔也。先王制此禮，使君與羣臣議政事，日有所決，月有所行，亦無時止息。」○「魯題作相，脊令作鶺鴒」者，釋鳥：「鶺鴒，雝渠。」郭注：「飛則鳴，行則搖。」漢書東方朔傳答客難曰：「王所以日夜孳孳，敏行而不敢怠也，譬若鶺鴒，飛且鳴矣。」中論貴驗篇：「詩曰：『相彼脊令，載飛載鳴。我日斯邁，而月斯征。』遷善不懈之謂也。」陳喬樅云：「中論說詩與東方生語，皆述魯義。『脊令』，當作『鶺鴒』，魯詩之文然也。『題』，魯作『相』，『相』亦『視』也。」潛夫論讚學篇：「詩云：『題彼鶺鴒，載飛載鳴。我日斯邁，而月斯征。夙興夜寐，無忝爾所生』。是以君子終日乾乾進德修業者，非直爲傳己而已也，蓋乃思述祖考之令問而以顯父母也。」王亦用魯詩，仍作「題彼鶺鴒」，疑後人順毛所改耳。「三家毋作無」者，據上引魯詩作「無」。大戴禮立孝篇：「詩云：『夙興夜寐，無忝爾所生。』」韓詩外傳八引詩「我日斯邁」四句，皆作「無」。又曹植魏德論謳用「載飛載鳴」，明魯齊韓「毋」皆作「無」，它文與毛同也。

交交桑扈，率場啄粟。哀我填寡，【注】韓「填」作「疹」，疹，苦也。宜岸宜獄。【注】韓「岸」作「犴」，云：鄉亭之繫曰犴，朝廷曰獄。握粟出卜，自何能穀。【疏】傳：「交交，小貌。桑扈，竊脂也。言上爲亂政而求下之治，終不可得也。填，盡。岸，訟也。」箋：「竊脂肉食，今無肉而循場啄粟，失其天性，不能以自活，仍得曰宜。自，從。穀，生也。可哀哉我窮盡寡財之人，仍有獄訟之事，無可以自救，但持粟行卜，求其勝負，從何能得生。」○釋鳥：「桑扈，竊脂。」郭注：「俗呼青雀，觜曲，食肉，喜盜膏脂食之，因以名云。」淮南說林訓：「馬不食脂，桑扈不啄粟，非云廉也。」高注：「桑扈，青雀，一名竊脂。」謂竊脂爲肉食，是魯說如此，而箋從之。以不啄粟之鳥而今循場啄粟，乃無所得食而亂其常也。易林同人之未濟：「桑扈竊脂，啄粟不宜。亂政無常，使我孔明。」齊詩說與魯同。「填作疹。疹，苦也」者，釋文引韓詩文。胡承珙云：

「古从『真』、从『㐱』之字互相叚借，毛訓『填』爲『盡』，蓋以『填』爲『殄』之借字。瞻卬詩『邦國殄瘁』，傳云：『殄，盡也。』」「韓作疹」者，「疹」，乃籀文「胗」字。胗，脣瘍也。非其義。韓蓋以「疹」爲「瘨」之借字。説文：「瘨，病也。」雲漢、召旻箋並云：「瘨，病也。」雲漢釋文：「瘨，韓詩亦作疹。」陳喬樅云：「古以病、苦互訓。呂覽權勳篇、貴卒篇注並云：『苦，病也』。廣雅釋詁：『病，苦也。』『苦，窮也』。然則韓詩『疹苦』之訓，其義當爲窮苦，猶毛詩『填盡』之訓，其義亦爲窮盡。故箋云『可哀哉我窮盡寡財之人，仍有獄訟之事，無可以自救』也。」「宜犴」至「曰獄」，釋文引韓詩文。初學記二十引同。説文：「豻，胡地野狗。从豸，干聲。或从犬，作犴。詩曰：『宜犴宜獄。』」豻、犴字通作。周官射人注：「豻，讀如『宜豻宜獄』之豻。」漢書刑法志「犴獄不平」，顏注引服虔云：「鄉亭之獄曰豻。」荀子宥坐篇「獄犴不治」，楊倞注引詩「宜犴宜獄」。御覽六百四十三引應劭風俗通云「宜犴宜獄，犴，司空也。周官，凡萬民有罪離于法者，役諸司空，令平易道路也。」是犴者訟繫之地，有罪令服此役也，獄則讞成而入，故韓以「鄉亭」、「朝廷」分屬之。「握粟出卜，自何能穀」者。鹽鐵論五刑篇：「法令衆，人不知所辟。此斷獄所以滋衆，而民犯禁也。詩云：『宜犴宜獄，握粟出卜，自何能穀』。刺刑政繁也。故治民之道，務篤其教而已。」淮南覽冥訓高注亦引詩「握粟出卜」二句，明齊魯文與毛同。管子云：「守龜不兆，握粟而筮者屢中。」説文：「貞，卜問也。从卜、貝。以爲贄。」繫傳引詩：「『握粟出卜』，謂古者求卜，必用貝握粟，其至微者也。」則粟所以酬卜。莊子人間世：「鼓筴播精，足以食卜人。」史記日者傳：「夫卜而有不審，不見奪糈。」皆酬卜之粟也。黃山云：「詩言『出卜』，自係貞卜於人。言『握粟』，自係爲贄甚薄。所望者奢而所持少，正由窮盡寡財，不能盡善也。管子『握粟而筮』，卽用詩語。惠棟引此，以爲如求兆於豬肩羊膊，雖得吉卜，安能爲善。可謂得詩指矣。馬瑞辰乃以爲非詩義，則詩胡不云『以粟』而必言『握粟』乎？」

温温恭人，如集于木。惴惴小心，如臨于谷。戰戰兢兢，如履薄冰。【疏】傳：「温温，和柔貌。如集木，恐隊也。如臨谷，恐隕也。」箋：「衰亂之世，賢人君子雖無罪猶恐懼。」○韓詩外傳七載孫叔敖對狐丘丈人，引「温温恭人」四句；又載孔子言明王有三懼，引「温温恭人」六句，明韓毛文同。惟錯入「如臨深淵」句，當爲衍文。文選幽通賦：「蓋惴惴之臨深兮，乃二雅之所祗。」用齊經文。

小宛六章，章六句。

小弁【注】魯説曰：小弁，小雅之篇，伯奇之詩也。伯奇仁人，而父虐之，故作小弁之詩。又曰：履霜操者，尹吉甫之子伯奇所作也。吉甫娶後妻，生子曰伯邦，乃譖伯奇於吉甫，放之於野。伯奇清朝履霜，自傷無罪見逐，乃援琴而鼓之。宣王出遊，吉甫從之，伯奇乃作歌以言，感之於宣王，王聞之曰：此孝子之辭也。吉甫乃求伯奇於野而感悟，遂射殺後妻。齊説曰：讒邪交亂，貞良被害，自古而然。故伯奇放流，孟子宮刑，申生雉經，屈原赴湘。小弁之詩作，離騷之詞興。又曰：尹氏伯奇，父子生離。無罪被辜，長舌所爲。【疏】毛序：「刺幽王也。太子之傅作焉。」○「小弁」至「之詩」，趙岐孟子章句文。「公孫丑問曰：『高子曰：小弁，小人之詩也。』孟子曰：『何以言之？』曰：『怨。』曰：『固哉！高叟之爲詩也。小弁之怨，親親也。親親，仁也。』曰：『凱風何以不怨？』曰：『凱風，親之過小者也。小弁，親之過大者也。親之過大而不怨，是愈疏也。親之過小而怨，是不可磯也。愈疏，不孝也。不可磯，亦不孝也。』」「履霜」至「後妻」，蔡邕琴操文。文選舞賦李注引略同。御覽五百八十八琴部引楊雄琴清英云：「尹吉甫子伯奇至孝，後母譖之，自投江中，衣苔帶藻，忽夢見水仙賜其美藥，唯念養親，揚聲悲歌，船人聞而學之。吉甫聞船人之聲疑，思伯奇，作子安之操。」愚案：伯奇逐後，于野投江，蓋傳聞不一。履霜操是求之於野，子安操則求之於江，莫知所終也。後漢黄瓊傳：「伯奇至賢，終於放流。」李注引説苑曰：「王國子前母子伯奇，後母子伯封。欲立其子爲太子，（「欲立」上當有「後妻」二字。）説王曰：『伯奇好妾。』王不信。其母曰：『令伯奇於後園，妾過其旁，王上臺視之，即可知。』伯奇入園，後母陰取蜂十數置單衣中，過伯奇邊曰：『蜂螫我！』伯奇就衣中取蜂殺之。王遥見之，乃逐伯奇」也。漢書馮奉世傳贊注，引説苑略同。愚案：尹吉甫爲周名臣，不聞封國所在，説苑稱「王」、稱「太子」，未知其審據。琴操後母子爲伯邦，説苑則欲立者爲伯封。王風黍離篇，三家以爲伯封求兄之作，而又載別説亂之，皆當闕疑。此魯説。「讒邪」至「詞興」，漢書馮奉世傳贊文。陳喬樅云：「『小弁』句承伯奇言，『離騷』句承屈原言，蓋舉首尾以包中二人，否則文法偏枯矣。據此，班亦以小弁爲伯奇作，班用齊詩也。」漢書武五子傳壺關三老茂上書曰：「孝己被謗，伯奇放流，骨肉至親，父子相疑，何也？積毀之所生也。」「尹氏」至「所爲」，易林訟之大有文。中孚之井家人之謙同。又豐之鼎云：「讒言亂國，覆是爲非。伯奇流離，恭子憂哀。」巽之觀同，亦齊説。韓詩未聞。

弁彼鸒斯，歸飛提提。魯説曰：鸒，卑居。民莫不穀，我獨于罹。何辜于天，我罪伊何？心之憂矣，云如之何。【疏】傳：「興也。弁，樂也。鸒，卑居。卑居，雅烏也。提提，羣貌。」幽王取申女，生太子宜咎。又説褒姒，生子伯服，立以爲后，而放宜咎，將殺之。舜之怨慕，日號泣于旻天、于父母。」箋：「樂乎彼雅烏，出食在野甚飽，羣飛而歸提提然。興者，喻凡人之父子兄弟出入宮庭，相與飲食，亦提提然樂，傷今太子獨不。穀，養。于，曰。罹，憂也。天下之人無不父子相養者，我太子獨不然，曰以憂也。」○説文：「昪，喜樂也。」段注引此詩，「弁」即「昪」之叚借。「鸒，卑居」者，釋鳥文，魯説也。孔疏：「此鳥名『鸒』而云『斯』者，語辭。傳或有『斯』者，衍字，定本無『斯』。」釋文前出「鸒斯」，後：「一云，斯，語辭。」並當以後説爲正。疏引爾雅，蓋亦無「斯」，今本有「斯」者誤也。傳又云「卑居，雅烏也」者，説文：

「鸒，卑居也。」鸒、鷽一字。又云：「雅，楚烏也。一名鷽，一名卑居，秦謂之雅。」「雅」即「鴉」也。爾雅郭注：「雅烏小而多羣，腹下白，江東亦呼爲卑烏。」可悟「居」即「烏」音之變轉。水經瀔水注引犍爲舍人，以爲「壁居」，「壁」即「卑」音之變轉。馬融說以爲「賈烏」，「賈」又「雅」音之變轉，非異名也。小爾雅云：「小而腹下白，不反哺者謂之雅烏。」法言學行篇：「頻頻之黨，甚於鸒斯。」「黨」即「羣」也，「提」作「頻」，與「羅」不協。疑本作「題彼脊令」之題，而讀如「提」，「題題」猶「題彼」耳。左思魏都賦「翍翍精衞」，李注：「翍翍，飛貌也。」說文：「翍，翼也。」或作「翄。」廣韻：「翍翍，飛貌。」翍、翄同字，是「提提」即「翄翄」之借字矣。伯奇言雅烏得食，羣飛而樂，天下之民，亦莫不得生聚爲樂，唯我一人失所而憂，我有何辜于天，橫被寃枉，我罪果伊何乎？心之憂矣，如之何而後得順於親也。趙岐孟子章句云：「詩曰『何辜于天』，親親而悲怨之詞也。」明魯毛文同。

踧踧周道，鞫爲茂草。我心憂傷，惄焉如擣。【注】韓「擣」作「疛」，云：疛，心疾也。假寐永歎，維憂用老。【注】韓「假」作「寤」，「維」作「唯」，魯作「惟」。心之憂矣，疢如疾首。【疏】傳：「踧踧，平易也。周道，周室之通道。鞫，窮也。惄，思也。擣，心疾也。」箋：「此喻幽王信褒姒之讒，亂其德政，使不通於四方。不脫冠衣而寐曰假寐。疢，猶病也。」○「鞫」，讀同「鞠」。詩言顧瞻周道，本平易也，今途窮而不通，乃爲茂草所鄣塞。楚詞東方朔七諫：「何周道之平易兮，然蕪穢而險戲。」喻意正同。蔡邕述行賦：「周道鞫爲茂草兮，哀正路之日荒。」用魯經文。「惄，思」，釋詁文。「擣作疛，云疛，心疾也」者，釋文引韓詩文。盧文弨云：「呂覽盡數篇『氣鬱處腸，則爲張爲疛』。高注：『疛，跳動也。』與『擣』義相近。」胡承珙云：「說文『疛』雖訓『腹痛』，然心、腹義本可通。玉篇『疛，心腹疾也』。引呂覽云『身盡疛腫』，是『疛』不專訓腹疾，毛殆以『擣』爲『疛』借，故直訓『心疾』與？」陳喬樅云：「廣雅：『疛，病也』。玉篇：『疛，心腹疾也』。『㾖，同上。又，病也』。廣韻『疛，心腹病也』。『⿸疒壽，上同』。是『疛』與『⿸疒壽』同字。」「假，寐」者，王逸楚詞九懷注：「不脱冠帶而卧曰假寐。詩曰：『假寐永歎。』」王用魯詩，明魯、毛文同，王注卽箋説所本。「韓假作寤，維作唯，魯作惟」者，後漢質帝紀梁太后詔曰：「寤寐永歎，重懷慘結。」李注：「寤，覺也。寐，卧也。詩曰：『寤寐永歎，唯憂用老。』」梁太后治韓詩，此詔卽用韓語，李注所引亦韓文，故「寤」字、「唯」字與毛不同。論衡書虚篇「伯奇放流，首髮早白。詩曰：『惟憂用老。』」此詩之爲伯奇作，信而有徵矣。王充用魯詩，「維」作「惟」。説文：「疢，熱病也。从疒、从火。」詩蓋借爲「煩熱」之義。後漢桓帝紀梁太后詔曰「疢如疾首」，明韓毛文同。漢書中山靖王勝傳對帝傷讒言，末引詩云：「我心憂傷，惄焉如擣。假寐永歎，唯憂用老。心之憂矣，疢如疾首。」靖王當景、武閒，此對蓋用魯詩。顔注：「擣，築也。言我心中憂思，如被擣築。」陳喬樅云：「『擣築』之訓，蓋舊注據魯詩爲説，而小顔襲用之。」

維桑與梓，必恭敬止。靡瞻匪父，靡依匪母。不屬于毛，不離本誤「罹」，据唐石經正。**于裏。天之生我，我辰安在。**【疏】傳：「父之所樹，已尚不敢不恭敬。毛在外，陽以言父。裏在內，陰以言母。辰，時也。」箋：「此言人無不瞻仰其父取法則者，無不依恃其母以長大者。今我獨不得父皮膚之氣乎？獨不處母之胞胎乎？何曾無恩於我，我生所值之辰安所在乎？謂六物之吉凶。」○穀梁傳「古者公田爲居」，范注：「損其廬舍，家作一園，以種五菜。外種楸桑，以備養生送死。」舊五代史王建立曰：「桑以養生，梓以送死。」此桑梓必恭之義也。其父祖所樹，子孫見之，則追念而加敬。何況我之父母，乃我所瞻仰而依附者焉，有不恭敬乎？張衡南都賦：「永世克孝，懷桑梓焉。真人南巡，覩舊里焉。」此用魯經文。桑梓必在里居，後遂稱桑梓爲故里耳。詩又言豈不附屬於我父之毛乎？不離麗於生母之裏乎？何爲如此無恩之甚也。「我辰安在」者。馬瑞辰云：「左傳：『日月之會是謂辰。』大宗伯疏：『辰，卽二十八星也。』蓋日月所會於二十八宿各有所值之辰，故日月所會爲辰，二十八宿亦爲辰。人生時月宿所值星吉則人亦吉，星凶則人亦凶。韓昌黎詩云：「我生之辰，月宿南斗。牛奮其角，箕張其口。」義本此詩。辰，當指月宿所值之星而言，非兼言六物也。」黃山云：「桑柔篇『我生不辰，逢天僤怒』，與此篇『天之生我，我辰安在』，義正相發。箋於桑柔亦訓『辰，時也』。即本此傳說。而此又別爲『六物吉凶』之說言『我吉安在』可也，豈可言『我凶安在』乎？馬瑞辰駁之宜矣。然日月之會是謂辰，引申即爲『時會』之義。公羊『大火爲大辰』，楚辭『夕宿辰陽』，皆訓『辰』爲『時』，毛說必與今文相合，若必泥爲生人時月宿所值，則桑柔之『不辰』，將爲無所值矣，此箋之所以仍訓『辰』爲『時』，而馬氏遂窮不爲說也。昌黎『我生之辰』，亦言我之時耳，非定指月宿所值之星也。」

菀彼柳斯，鳴蜩嘒嘒。【注】韓說曰：嘒嘒，小聲也。有漼者淵，萑葦淠淠。【注】魯「萑」作「莞」，韓作「藋」。魯說曰：淠淠，茂也。譬彼舟流，不知所屆。注魯「屆」作「艐」。」心之憂矣，不遑假寐。【疏】傳：「蜩，蟬也。嘒嘒，聲也。漼，深貌。淠淠，衆也。」箋：「柳木茂盛則多蟬，淵深而旁生萑葦。言大者之旁，無所不容。屆，至也。言今大子不爲王及后所容，而見放逐，狀如舟之流行無制之者，不知終所至也。遑，暇也。」○「嘒嘒，小聲也」者，玉篇口部引詩文。毛傳云「聲也」。玉篇云「小聲」，是韓訓。說文亦云：「嘒，小聲也。」皆即用韓義。曹植蟬賦：「詩詠鳴蜩，聲嘒嘒兮。」亦韓經文也。「魯萑作莞」者，說苑雜言篇：「詩云：『菀彼柳斯，鳴蜩嘒嘒。有漼者淵，莞葦淠淠』。言大者之旁，無所不容。」「萑」作「莞」，通用字。儀禮公食大夫禮記「加萑席」，鄭注：「今文『萑』皆爲『莞』。」是也。「韓作藋」者，韓詩外傳七載楚莊王飲酒絕纓事，末引詩曰：「『有漼者淵，萑葦淠淠』。言大者無不容也。」「萑」作「藋」，字同。箋說「言大者之旁無不容」，即本魯韓舊義。「淠淠，茂也」者，廣雅釋訓文，與毛訓異，即本魯故。「魯屆作艐」者，釋詁：「艐，至也。」釋文引孫炎曰：「『艘，古『屆』字。」陳喬樅云：「『艘字從『舟』，卽此詩『譬彼舟流，不知所艘』之艘。說文：『艘，舟著沙不行也』。方言：『艘，至也』。又曰：『艘，宋語也，古雅之別語也』。郭注：『雅，謂風雅。』毛作『屆』，魯作『艘』，故孫炎謂『艘』古『屆』字。」愚案：伯奇放逐，無所適歸，故云「譬彼舟流，不知所屆。」

鹿斯之奔，維足伎伎。雉之朝雊，尚求其雌。譬彼壞木，【注】魯「壞」作「瘣」。**疾用無枝。心之憂矣，寧莫之知。**【疏】傳：「伎伎，舒貌。謂鹿之奔走，其足伎伎然舒也。壞，瘣也，謂傷病也。」箋：「雊，雉鳴也。尚，猶也。鹿之奔走，其勢宜疾，而足伎伎然舒，留其羣也。雉之鳴，猶知求其雌。今大子之放，棄其妃匹不得與之去，又鳥獸之不如。太子放逐而不得生子，由內傷病之木，內有疾，故無枝也。寧，猶『曾』也。」○釋文：「伎，本亦作跂。」白帖引詩「維足跂跂」，卽毛「亦作」本也。（以「維」不作「惟」之故。）淮南原道訓高注：「跂跂，行也。」是魯必作「跂跂」。說文：「䞘，一曰行皃。」玉篇：「䞘䞘，鹿走也。又曰行貌。」顧用韓詩，是韓必作「䞘䞘」。徐璈云：「伎伎，卽奔皃。」馬瑞辰云：「徐說是也。伎，又通作『歧』。字林：『歧歧，飛行貌』。是『伎伎』乃速行。爾雅：『鹿其迹速。』說文：『速，疾也。』夏小正『鹿人從』，大戴傳：『鹿之養也，離羣而善之。』離、麗通。『善之』卽『善走』也。說文：『麗，旅行也。』鹿之性，見食急則必旅行，皆鹿羣萃善行之證。詩言『維足伎伎』，蓋言鹿善從其羣，見前有鹿則飛行以奔之，與雉求其雌，取興正同。傳訓爲『舒貌』，非。」淮南時則訓高注、呂覽季冬紀高注兩引詩「雉之朝鴝，尚求其雌」，明魯毛文同。禮月令鄭注亦引詩二句，明齊毛文同。「魯壞作瘣」者，釋木：「瘣木，苻婁。」釋文引樊光曰：「詩云：『譬彼瘣木，疾用無枝』。『苻婁』者，尫傴內病，磈磊無枝也。」此爾雅用魯詩經文之證。說文：「瘣，病也。詩云：『譬彼瘣木。』一曰，腫旁出也。」中論藝紀篇：「木無枝葉，則不能豐其根幹，故謂之瘣。」毛作「壞」，「瘣」之叚借。伯奇言鹿、雉尚有羣侶，己病自內發，無人相助，猶傷病之木，無枝葉相扶，故雖心憂而曾無知我者，徒自傷耳。

相彼投兔，尚或先之。行有死人，尚或墐之。【注】齊韓「墐」作「殣」。君子秉心，維其忍之。心之憂矣，涕既隕之。【疏】傳：「墐，路冢也。隕，隊也。」箋：「相，視。投，掩。行，道也。視彼人將掩兔，尚有先驅走之者；道中有死人，尚有覆掩之成其墐者。言此所不知，其心不忍。『君子』斥幽王也。秉，執也。言王之執心，不如彼二人。」○列女魏乳母傳「夫慈，故能愛，乳狗搏虎，伏雞搏狸，恩出於中心也。詩曰：『行有死人，尚或墐之。』」趙岐孟子章句云：「凱風言『莫慰母心』，母心不悅，知親之過小也。小弁曰『行有死人，尚或墐之』，而曾不閔已，知親之過大也。」是魯作「墐」，與毛同。「齊韓墐作殣」者，說文：「殣，道中死人，人所覆也。詩曰：『尚或殣之。』」所引當是齊韓文。左傳「道殣相望」，正用「殣」字。漢書馮奉世傳贊引詩曰：「心之憂矣，涕既隕之。」用齊經文。

君子信讒，如或醻之。君子不惠，不舒究之。伐木掎矣，析薪杝矣，舍彼有罪，予之佗矣。【疏】傳：「伐木者掎其巔，析薪者隨其理。佗，加也。」箋：「醻，旅醻也。如醻之者，謂受而行之。惠，愛。究，謀也。王不愛大子，故聞讒言則放之。『不舒』，謀也。掎其巔者，不欲妄踣之。杝，謂觀其理也。必隨其理者，不欲妄挫折之。以言今王之遇大子，不如伐木析薪也。予，我也。舍褏姒讒言之罪，而妄加我大子。」○言吉甫之信讒，如有人以酒相醻，得即飲之。由不愛伯奇之故，聞讒即逐，不復舒緩察究之。譬伐木者必以繩曳其顛，析薪者必順其理，今橫見枉害，乃伐木析薪之不如乎？然循此自明，則彼將有罪，故寧舍之而自他道，所以爲仁孝也。申生曰：「君實不察，其非我辭，姬必有罪。」伯奇之用心，正與之同。舊說以爲刺父不治，是視申生爲不若矣。上篇「舍彼有罪」，既伏其辜，伏辜之罪，罪已著者也，此未著者也。曰「予之佗矣」，明舍者在己，非爲刺之。蓋事本易明，而終不忍自明耳。

莫高匪山，莫浚匪泉。君子無易由言，耳屬于垣。無逝我梁，無發我笱。我躬不閱，遑恤我後。【疏】傳：「浚，深也。念父，孝也。（下全引孟子「高子曰小弁小人之詩也」至「五十而慕」。）箋：「山高矣，人登其巔。泉深矣，人入其淵。以言人無所不至，雖逃避之，猶有默存者焉。由，用也。王無輕用讒人之言，人將有屬耳於壁而聽之者。知王有所受之，知王心不正也。逝，之也。之人梁，發人笱，此必有盜魚之罪，以言褒姒淫色，來嬖於王，盜我大子母子之寵。『念父孝也』，大子念王將受讒言不止，我死之後，懼復有被讒者，無如之何，故自決云：我身尚不能自容，何暇乃憂我死之後也。」〇胡承珙云：「詩言無高而非山，無浚而非泉，山高泉深，莫能窮測也。以喻人心之險猶山川。君子苟輕易其言，耳屬者必將迎合風旨，而交構其間矣。」馬瑞辰云：「釋詁：『繇，於也。』繇、由古通。抑詩『無易由言』，箋：『由，於也。』此詩『無易由言』，當與同義，戒君子無易於言也。」韓詩外傳五：「孔子侍坐於季孫，季孫之宰通曰：『君使人假馬，其與之乎？』孔子曰：『吾聞君取於臣謂之取，不曰假。』季孫悟，告宰通曰：『今以往，君有取謂之取，無曰假。』孔子正假馬之名，而君臣之義定矣。詩曰：『君子無易由言。』名正也。」據外傳，知韓毛文同。一言「正名」，知言不可不慎也，可證箋說訓「由」爲「用」之誤。「無逝」四句，義已具前谷風。特此詩伯奇念父之深，憂家之亂，我躬危苦，尚寘不言，較谷風用情，更婉而篤矣。黄山曰：「祖毛者皆謂此篇必爲刺幽王，而後可當『親之過大』。然公孫丑舉凱風爲比，則小弁本事必應與凱風同類。彼僅不悦其子，此則徑逐其子，故孟子以爲『親之過大』，論其過之大，非謂其事之大也。且幽王因廢申后而及太子，其事固以廢后爲主。得寵忘舊，不關信讒。太子辭宮廟而出奔，亦不當取喻桑梓。趙岐章句定爲伯奇自作，無可疑矣。」

小弁八章，章八句。

巧言【疏】毛序：「刺幽王也。大夫傷於讒，故作是詩也。」○易林隨之夬云：「辯變白黑，巧言亂國。大人失福，君子迷惑。」此齊説。魯韓無聞。

悠悠昊天，曰父母且。無罪無辜，亂如此幠。昊天已威，予慎無罪。昊天大幠，予慎無辜。【疏】傳：「幠，大也。威，畏。慎，誠也。」箋：「悠悠，思也。幠，敖也。我憂思乎昊天，愬王也。始者言其且爲民之父母，今乃刑殺無罪無辜之人，爲亂如此，甚敖慢無法度也。已、泰，皆言『甚』也。昊天乎，王甚可畏，王甚敖慢，我誠無罪而罪我。」○「且」，語餘聲，與「其樂只且」、「匪我思且」之且同。箋訓爲「且況」之且，非。釋文：「且，徐七餘反。覩箋意，宜七也反。」亦疑其誤。詩言思天，即刺王也。曰王乃民之父母，且民本無罪辜，而刑政之亂如此其大矣。列女王章妻傳：「詩曰：『昊天已威，予慎無罪。』言王爲威虐之政，則無罪而遘咎也。」是此二句魯毛文同。魯釋「威」作「威虐」，與毛訓「畏」爲「愬王於天」異。「幠，大」，釋詁文。「大幠」，承上「亂」言。釋文：「大音泰。本或作泰。」箋即作「泰」。新序節士篇引詩，作「太幠」。韓詩外傳四、外傳七三引，皆作「太幠」。説文：「幠，愛也。」是「幠」魯韓皆借字，亦與毛異。

亂之初生，僭始既涵。【注】三家「僭」作「譖」，「涵」作「減」，云：「少也。」亂之又生，君子信讒。君子如怒，亂庶遄沮。君子如祉，亂庶遄已。【疏】傳：「僭，數。涵，容也。遄，疾。沮，止也。祉，福也。」箋：「僭，不信也。既，盡。涵，同也。王之初生亂萌，羣臣之言不信與信，盡同之不別也。『君子』，斥在位者也。在位者信讒人之言，是復亂之所生。君子見讒人，如怒責之，則此亂庶幾可疾止也。『福』者，福賢者，謂爵禄之也，如此則亂亦庶幾可疾止也。」○「三家僭作譖」者，衆經音義五引詩，作「譖始既涵」。毛作「僭」，蓋以爲「譖」之借字。説文：「譖，愬也。」言譖愬之始，王盡涵容之。「涵作減，云少也」者，釋文引韓詩文。胡承珙云：「謂亂萌初起，僭端尚少也。」陳喬樅云：「禮月令『水泉涵竭』，呂覽仲冬紀作『減竭』。漢書石奮傳『九卿咸宣』，服虔音『減損』之減，史記酷吏傳作『減宣』。蓋古音讀『減』如『咸』，故與『涵』通用。」愚案：涵、咸固可通，然與「減少」義不合。蓋王初聽言，人未能必王之信，不敢多言，故始雖譖愬，既亦減少。及見王信讒，則紛然並進，而亂成矣。當時情事蓋如此。廣雅釋詁三：「減，少也。」即本韓詩訓義。下「君子」，仍屬王說。君子如當讒譖之始，怒責言者，則亂可以疾沮，抑或降福於爲所言者之賢人，則亂亦可疾止。乃始則聽，終則信，讒人得志矣。潛夫論衰制篇：「詩云：『君子如怒，亂庶遄沮。君子如祉，亂庶遄已。』是故君子之有喜怒也，善以止亂也。故有以誅止殺，以刑禦殘。」此魯說訓「祉」爲「喜」。左宣十七年傳范武子曰：「吾聞之，喜怒以類者鮮，易者實多。詩曰：『君子如怒，亂庶遄沮。君子如祉，亂庶遄已。』言君子之喜怒，以已亂也。」與魯說正同。魯語「慶其喜而弔其憂」，韋注：「喜，猶福也。」是「福」亦「喜」也。莊子讓王篇「時祀謹敬而不祈喜」，「祈喜」即「祈福」也。

君子屢盟，亂是用長。君子信盜，【注】韓說曰：盜，讒也。亂是用暴。盜言孔甘，亂是用餤。匪其止共，維王之邛。【疏】傳：「凡國有疑，會同則用盟而相要也。盜，逃也。餤，進也。」箋：「屢，數也。盟之所以數者，由世衰亂，多相背違。時見曰會，殷見曰同。非此時而盟，謂之數。盜，謂小人也。春秋傳：『賤者窮諸盜。』邛，病也。小人好爲讒佞，既不共其職事，又爲王作病。」○傳引周官司盟，「屢」當作「婁」。潛夫論交際篇：「君子屢盟，亂是用長。大人之道，周而不比。微言相感，掩若同符，又焉用盟。」列女殷紂妲己、楚考李后二傳，引「君子信盜」六句，明魯毛文同。說苑政理篇：「詩云：『匪其止共，惟王之邛。』此傷姦臣蔽主以爲亂者也。」此魯說。「盜讒也」者，玉篇次部引韓詩文。上云「君子信讒」，今直云「信盜」，易「讒」言「盜」，恐讀詩者於此致疑，故申言之曰「盜，讒也」。讒人變亂國，是幷人主刑賞之柄而盜之，故直謂之「盜」也。禮表記：「小雅曰：『盜言孔甘，亂是用餤。』」鄭注：「盜，賊也。孔，甚也。餤，進也。」

禮緇衣：「小雅曰：『匪其止共，惟王之邛。』」鄭注：「匪，非也。邛，勞也。言臣不止於恭敬，其職惟使王之勞。此臣使君勞之詩也。」愚案：詩釋文：「共，本又作恭。」此與毛「又作」本同。「止」，讀如「爲人臣止於敬」之止。訓「邛」爲「勞」，此齊說。韓詩外傳四兩引詩曰：「匪其止共，惟王之邛。」釋云：「言不恭其職事而病其主也。」此箋說所本。三家「維」皆作「惟」。」

奕奕寢廟，君子作之。秩秩大猷，聖人莫之。躍躍毚兔，遇犬獲之。【注】三家「秩秩」作「𢧢𢧢」。魯「莫」作「漠」。齊作「謨」，「猷」作「繇」。他人有心，予忖度之。【注】齊韓「躍」作「趯」。【疏】傳：「奕奕，大貌。秩秩，進知也。莫，謀也。毚兔，狡兔也。」箋：「此四事者，言各有所能也。因己能忖度讒人之心，故列道之爾。猷，道也。大道，治國之禮法。『遇犬』，犬之馴者，謂田犬也。」○戴震云：「國家宗廟宮室故在，皆君子之爲也。典章法度具存，皆聖人所定也。彼讒人者有心破壞之，我安得不忖度其故。忖度之則情狀得，譬如狡兔之躍，遇犬則獲矣。」「三家秩秩作𢧢𢧢」者，說文：「𢧢，大也。从大，戢聲，讀若詩『𢧢𢧢大猷』。」此三家文也。「秩」，蓋「𢧢」之叚借。「魯莫作漠」者，釋詁：「漠，謨也。」舍人注：「漠，心之謀也。」陳喬樅云：「詩釋文：『莫，又作漠。一本作謨。』然則三家今文有作『漠』者。洪範五行傳：『思心曰睿，睿作聖。』詩言『聖人漠之』，故爾雅注以『心之謀』爲訓」。愚案：釋文所引，自是毛詩「又作」本，與三家文同。陳說欲以釋文所引溷爲三家文，未敢附和。「齊猷作繇，莫作謨」者，班固幽通賦「謨先聖之大繇兮」，文選注曹大家曰：「謨，謀也。繇，道也。言人當謨先聖人之道。」漢書顏注：「詩小雅巧言之篇曰：『秩秩大繇，聖人謨之。』」陳喬樅云：「文選李注：『毛詩「匪大猷」，是經或作「繇」字誤。』案顏注引巧言詩爲證，正作『大繇』，此據舊說所引齊詩之文。班用巧言之篇，非用小緍也。李說非。繇、猷字與『猶』同。猶、繇古通。禮檀弓『咏斯猶』，注：『猶，當爲搖。秦人猶、繇聲相近。』釋詁：『繇，喜也。』注引禮記，曰：『詠斯猶，即繇也。古今字耳』。釋詁漠、謨同訓爲『謀』。後漢文苑傳注引詩，亦作『聖人謨之』。」

繁露玉杯篇：「詩曰：『他人有心，予忖度之。』此言物莫無鄰，察視其外，可以見其內也。」明齊毛文同。韓詩外傳四載齊桓與管仲謀伐莒，末引詩曰：「他人有心，予忖度之。」明韓毛文同。「齊韓躍作趯」者，易林謙之益云：「狡兔趯趯，良犬逐咋。」未濟之師同。是齊作「趯趯」。史記春申君傳集解引韓詩章句曰：「趯趯，往來貌。獲，得也。言趯趯之毚兔，謂狡兔數往來，逃匿其蹟，有時遇犬得之。」是韓作「趯趯」。戰國策：白起與韓魏共伐楚，楚使黄歇説秦昭王曰：「王妬楚之不毀也，而忘毀楚之强韓魏也。」又曰：「楚國援也，鄰國敵也。詩曰：『他人有心，予忖度之。躍躍毚兔，遇犬獲之。』」高誘注：「他人有毀害之心，已忖度之。躍躍，跳走也。毚，狡也。喻狡兔騰躍，以爲難得也，或時遇犬獲之。喻讒人如毀傷人，遇明君則治汝罪也。」史記取國策文入春申傳，引詩「躍躍」誤「趯趯」，「他人有心」二句又誤倒在下。新序善謀篇引詩，又沿史記而誤倒，惟作「躍躍」尚不誤耳。説文：「趯，躍也。」字異義同。史記新序俱用魯詩，每與齊韓異，然因引此章四句誤倒，遂疑魯詩句前後亦與齊韓毛異，則非。説三家經文者，不可不知也。

荏染柔木，君子樹之。往來行言，心焉數之。蛇蛇碩言，【注】魯「蛇蛇」一作「虵虵」。**出自口矣。巧言如簧，顏之厚矣。**【疏】傳：「荏染，柔意也。柔木，椅桐梓漆也。蛇蛇，淺意也。」箋：「此言君子樹善木，如人心思數善言而出之。善言者往亦可行，來亦可行，於彼亦可，於己亦可，是之謂『行』也。碩，大也。大言者，言不顧其行，徒從口出，非由心也。顏之厚者，出言虛僞，而不知慙於人。」○胡承珙云：「説文：『栠，弱皃。从木，任聲。』毛詩借『荏』爲之。染，即『冄』字之借。説文：『冄，毛冄冄也。』徐鍇云：『冄冄，弱也。又通作姌。』説文：『姌，弱皃。』廣雅釋訓：『栠栠、姌姌，弱也。』」愚案：據廣雅，魯韓詩「荏染」當有作「栠姌」者。「柔木」，非泛言柔弱之木，故傳以「椅桐梓漆」實之，而箋以「柔木」爲「善木」也。説文：「尌，立也。」廣雅：「樹，立也。」「樹」即「尌」之借字。馬瑞辰云：「釋詁：『行，言也。』郭注：「今江東通謂語爲行。』是行、言二字平列而同義，猶云『語言』耳。箋以往來皆可行爲『行言』，非。」愚案：箋以立木喻立言，樹木必由我心擇而取之，行言亦必由我心審而出之，非可苟也。潛夫論交際篇：「詩傷『蛇蛇碩言，出自口矣，巧言如簧，顔之厚矣。』」此魯毛同字之證。「一作虵虵」者，吕覽重己篇高注：「虵，讀如詩『虵虵碩言』之虵。」魯詩「又作」本也。說文从「它」之字隸寫多誤爲从「也」，以篆文它、也形近而掍，前已辨之。「虵」卽「蛇」之俗體，「蛇蛇」又「詑詑」之借字。說文「詑」下云：「沇州謂欺曰詑。」玉篇：「訑，詭言也。」「訑」亦卽「詑」之俗體。「詑詑碩言」，正謂大言欺人，毛訓「淺意」，於義未确。易林師之乾：「一簧兩舌，佞言諂語。」（坤之夬下句作「妄言謀訣」，字誤。）用齊經文。

彼何人斯，居河之麋。【注】魯「麋」作「湄」。無拳無勇，職爲亂階。既微且尰，【注】魯說曰：「既微且尰」，骭瘍爲微，腫足爲尰。齊韓「尰」作「瘇」。爾勇伊何。爲猶將多，爾居徒幾何。【疏】傳：「水草交謂之麋。拳，力也。骭瘍爲微，腫足爲尰。」箋：「『何人』者，斥讒人也，賤而惡之，故曰『何人』。言無力勇者，謂易誅除也。職，主也。此人主爲亂作階，言亂由之來也。此人居下溼之地，故生微腫之疾，人憎惡之，故言女勇伊何，何所能也。猶，謀。將，大也。女作讒佞之謀大多，女所與居之衆幾何人，素能然乎？」○班固漢書敘傳「彼何人斯」，明齊毛文同。「魯麋作湄」者，釋水：「水草交爲湄。」郭注：「詩曰：『居河之湄』。」所引據蓄注魯詩文。「湄」，正字。毛作「麋」，借字。齊語桓公問曰：「於子之鄉，有拳勇股肱之力秀出於衆者。」韋注：「大勇爲拳。」古書或作「捲」、「攟」字，同。漢書朱博傳龔勝議、及潛夫論三式篇皆引「職爲亂階」，明魯毛文同。（勝治魯詩。）「既微」至「爲尰」，釋訓文，魯說也。引經明魯毛文同。淮南俶真訓高注：「骭，自厀以下，脛以上也。」廣韻引三蒼云：「㿗，足上創。」「㿗」俗字，義與小雅合。衆經音義引通俗文曰：「腫足曰瘇。」「齊韓尰作瘇」者，說文：「瘇，脛氣足腫。」引詩曰「既微且瘇」，蓋齊韓文。「爲猶將多」者，廣雅：「猶，欺也。」猶、猷古通。方言:「猷,詐也。」「將多」,猶「孔多」。馬瑞辰云:「居,語助,讀與『日居月諸』、『以居徂向』、『上帝居歆』同。箋訓『居處』之居,非。」陳奐云:「徒,猶『直』也。定之方中傳以『直』訓『徒』,此以『徒』爲『直』。『爾居徒幾何』,猶言『爾直幾何』也。」

巧言六章,章八句。

何人斯【疏】毛序:「蘇公刺暴公也。暴公爲卿士,而譖蘇公焉,故蘇公作是詩而絕之。」箋:「暴也,蘇也,皆畿內國名。」○淮南精神訓:「延陵季子不受吳國,而訟閒田者慙矣。」高注:「訟閒田者,虞芮及暴桓公蘇信公是也。」陳喬樅云:「據高注,知魯詩之說是以暴公與蘇公因爭閒田搆訟,而蘇公作此詩以刺之也。」愚案:暴蘇搆釁,起於爭田,至暴之譖蘇,則必隙末之後,因事陷之,曲全在暴,非因爭田搆訟而作此詩也。二人皆王朝卿士,其爭田興訟,曲直固不可知,然亦輕朝廷而羞當世之士矣。大抵西周末造,朝臣競利營私,風氣日下,以尹氏太師而有與人爭田之訟,其他更無論矣。是以移易風俗,必自上始。

彼何人斯,其心孔艱。胡逝我梁,不入我門?伊誰云從,維暴之云。【疏】傳:「云,言也。」箋:「孔,甚。艱,難。逝,之也。梁,魚梁也,在蘇國之門外。彼何人乎,謂與暴公俱見於王者也。其持心甚難知,言其性堅固,似不妄也。暴公譖己之時,女與之乎?今過我國,何故近之我梁而不入見我乎?疑其與之而未察,斥其姓名爲太切,故言『何人』。譖我者,是言從誰生乎?乃暴公之所言也。由己情而本之,以解『何人』意。」○「人」,卽下章「二人從行」之一人。明知其人而言「彼何人」者,深惡之。詩主刺暴,詩中暴止一見,專責此人,據文其意可知也。「孔艱」者,謂其心深而甚難察,胡爲至我國門外魚梁之上,不入我之國門乎?所從者誰?惟從暴之言耳。王夫之云:「春秋:公子遂壬午及趙盾盟于衡雍。乙酉，及雒戎盟于暴。相去三日，就盟兩地，暴與衡雍相近可知。衡雍，在今懷慶府。蘇者，蘇忿生之國，今懷慶府温縣。蘇暴二國，境土犬牙相入，故嫌忌而相謗。」胡承珙云：「路史：『暴，辛公采地，鄭邑也，一云隧。』（「隧」上脱一「暴」字。左成十七年傳云，楚侵鄭及暴隧，是暴一名「暴隧」，春秋時鄭地也。）其地在今懷慶府原武縣境，與温接壤。」

二人從行，誰爲此禍？胡逝我梁，不入唁我？始者不如今，云不我可。【疏】箋：「『二人』者，謂暴公與其侶也。女相隨而行見王，誰作我是禍乎？時蘇公以得譴讓也。女即不爲，何故近之我梁而不入弔唁我乎？女始者於我甚厚，不如今日也。今日云我所行有何不可者乎？何更於己薄也。」〇「此禍」者，蓋蘇被譖得罪，卒致失國。左傳所云桓王與鄭以蘇忿生之田者，即司寇蘇公之世業也。詩言爲此禍者誰也？爾若無愧，胡以聞我受譴，至我梁而不入弔唁我乎？爾始於我厚，不似今日之疏，聞人云爾，不以我爲可者，何也。

彼何人斯，胡逝我陳？【注】韓説曰：「堂塗左右曰陳。」**我聞其聲，不見其身。**【注】魯「身」作「人」。**不愧于人，不畏于天。**【疏】傳：「陳，堂塗也。」箋：「『堂塗』者，公館之堂塗也。女即不爲，何故近之我館庭，使我得聞女之音聲，不得覩女之身乎？女今不入唁我，何所愧畏乎？皆疑之未察之辭。」〇「堂塗左右曰陳」者，玉篇阜部引韓詩文。皮嘉祐云：「釋宫：『堂塗謂之陳。』孔疏引孫炎曰：『堂塗，堂下至門之徑也。』今爾雅作『堂途』。郝懿行曰：鄉飲酒禮注：『三揖者，將進揖、當陳揖、當碑揖。』陳在堂下，因有『下陳』之名。晏子諫上篇云：『辟拂三千，謝于下陳。』蓋言屏退之，謝於堂下而去也。古者狗馬之屬，以爲庭實，故曰『充下陳』。婢妾卑賤，與庭實同，故亦曰『充下陳』。俱本爾雅也。『堂塗』，考工記匠人作『堂涂』，鄭注引爾雅，亦作『堂涂』。涂，借字。途，或體字。」陳奐曰：「匠人『堂涂十有二分』，鄭注：『謂階前，若今令甓裓也。分其督旁之修，以二分爲峻也。』賈疏：『漢時名堂涂爲令甓裓。令甓，今之塼也。裓，則塼道也。名中央爲督。假令兩旁上下尺二寸，則取二寸於中央爲峻。』焦循曰：『裓卽「陔」，陔，階次也。蓋室南有堂，堂下有階，東西階及門之涂以甓甃之，是謂之『堂涂』，亦謂之『陳』。『陳』者，『敶』之借字。說文：『敶，列也。』謂敶列於東西也。』釋名：「陳，堂塗也，謂賓主相迎陳列之處也。」「塗」乃堂下本名，謂之「陳」者，塗之別名也。韓云「塗左右曰陳」，「左右」與「東西」無二義也。箋云「公館之堂塗」者，正義：「禮有公館、私館。公館者，公家築爲別館以舍客也。上云『不入我門』，則不得入所居之宮，以館者所以舍客，故雖不見主，得至其陳。」胡承珙云：「凡通問皆可謂之『聲』，聞其聲不見其身者，蓋通問而不請見也。」「魯身作人」者，列女衛靈夫人傳引詩云：「我聞其聲，不見其人。」詩又云，爾行蹤如此詭秘，不愧於人之指目乎？不畏於天之監察乎？所以深責之也。禮表記：「小雅曰：『不愧于人，不畏于天。』」鄭注：「言人有所行，當慚愧于天人也。」明齊毛文同。

彼何人斯，其爲飄風。胡不自北，胡不自南？胡逝我梁，祇攪我心。【疏】傳：「飄風，暴起之風。攪，亂也。」箋：「祇，適也。何人乎，女行來而去，疾如飄風，不欲入見我，何不乃從我國之南，不則乃從我國之北。何近之我梁，適亂我之心，使我疑女。」○胡承珙云：「匪風傳用爾雅『迴風爲飄』文，此但云『暴起之風』者，惟狀其去來之疾，不取『迴旋』。此詩前四章三言『逝梁』，一言『逝陳』，則正義所云『數過其門而不入』者是也。」

爾之安行，亦不遑舍。爾之亟行，遑脂爾車。壹者之來，云何其盱？【疏】箋：「遑，暇。亟，疾。盱，病也。女可安行乎？則何不暇舍息乎？女當疾行乎？則又何暇脂女車乎？極其情，求其意，終不得一者之來見我，於女何病乎？」○馬瑞辰云：「脂音支，卽『支』字之叚借。『支』與『榰』通。爾雅：『榰，柱也。』楚詞王逸注：『軔，榰車木也。』玉篇：『軝，礙車輪木節。』南山詩箋：『氐，當爲「桎鎋」之桎。』釋文：『桎，礙也。』軝所以支車使止，『脂爾車』，卽榰爾車，亦以軝支而止也。詩蓋言爾之緩行，且不遑舍息，爾之急行，豈暇榰爾車以止之。『遑』，正言『不遑』也。舊訓『脂車』爲『膏車』，失其義矣。膏車所以行，非所以止也。」黃山云：「左襄三十一年傳：『巾車脂轄，隸人、牧、圉各瞻其事。』是諸侯賓至主國，當命主車之官爲脂其車，非賓自脂也。詩言爾之安行時，亦不肯止舍，以待我之牢禮。爾之亟行時，我卽欲脂爾車轄，以助爾行，而尚何及？故曰『遑脂爾車』，正怪其盱也。孔疏謂『言汝安舒，不見汝閒暇舍息；言汝急疾，又見汝閒暇脂車』，夫脂車爲時幾何，既不舍息，何名『閒暇』？此依箋爲說，非『云何其盱』之恉。」愚案：上章三「逝梁」、一「逝陳」，此章又分「安行」、「亟行」，是何人過蘇國者非一次，故詩云望其「壹者之來」，亦何病於女乎？

爾還而入，我心易也。【注】韓「易」作「施」，云：「善也。」還而不入，否難知也。壹者之來，俾我祇也。【疏】傳：「易，說也。祇，病也。」箋：「還，行反也。否，不通也。祇，安也。女行反入見我，我則解說也。反又不入見我，則我與女情不通。女與於譖我與否，復難知也。一者之來見我，我則知之，是使我心安也。」○行去而不入猶曰事亟，還則無可解矣。「易作施，云善也」者，釋文引韓詩文。馬瑞辰云：「易、施古音不同部而義近。皇矣詩『施于孫子』，箋：『施，猶易也。』易繫詞上『辭有險易』，京房注：『易，善也。』凡相善卽相說，韓毛義正相成。書盤庚『不惕予一人』，白虎通引作『不施予一人』，亦易、施通用之類。」愚案：何人以從暴譖蘇，內愧而不肯來見，詩人既知其從行，又知其不入，而仍望其來者，意切而詞婉也。箋以爲「疑之未察」，蓋非。刺「何人」，卽是刺暴，而以爲不直斥暴譖者，亦非也。

伯氏吹壎，仲氏吹篪，及爾如貫，諒不我知。出此三物，以詛爾斯。【疏】傳：「土曰壎，竹曰篪。三物，豕犬雞也。民不相信則盟詛之，君以豕，臣以犬，民以雞。」箋：「『伯仲』，喻兄弟也。我與女恩如兄弟，其相應和如壎篪。以言俱爲王臣，宜相親愛及與諒信也。我與女俱爲王臣，其相比次如物之在繩索之貫也，今女心誠信而我不知，且共出此三物以詛女之此事。爲其情之難知，己又不欲長怨，故設之以此言。」○漢書律曆志：「土曰壎。」小師字作「塤」。釋樂云：「大塤謂之嘂。」孫炎曰：「音大如叫呼也。」郭注：「塤，燒土爲之，大如鵝子，銳上平底，形如稱錘，六孔，小者如雞子。」釋樂又云：「大篪謂之沂。」孫炎曰：「篪聲悲。沂，悲也。」郭注：「篪，以竹爲之，長尺四寸，圍三寸。一孔上出一寸三分，名翹。（邢疏引「寸」上無「一」字。孔詩疏引「一寸」二字，作「徑」一字，「三分」下無「名翹」二字。）橫吹之小者尺二寸。廣雅云八孔。」小師注，鄭司農云「七孔」。蓋不數其上出者。又周官疏引禮圖，言「九孔」，風俗通義言「十孔」。傳聞異也。孔疏：「世本云：『暴辛公作塤，蘇成公作篪。』譙周古史考云：『古有塤篪，周幽王時暴辛公善塤，蘇成公善篪。記者因以爲作，謬矣。』世本之謬，信如周言，其云蘇公暴公所善，亦未知所出。蘇暴並公卿，不當自善於樂之小器以相親也。」愚案：詩言同爲王臣，班聯比次，如物在繩之相貫，親切極矣。我之信諒，爾猶不我知乎？故欲出三物以詛之。毛傳所言三物，分三等。左隱十一年傳：「鄭伯使卒出豭，行出犬、雞，以詛射潁考叔者。」此一時用三物。禮曲禮「涖牲曰盟」，賈疏載異義韓詩云：「天子諸侯以牛豕，大夫以犬，庶人以雞。」此於三物外增牛，合盟、詛言之也。

爲鬼爲蜮，則不可得。【注】韓說曰：「短狐，水神也。」有靦面目，【注】魯說曰：「靦，姡也。」視人罔極。作此好歌，以極反側。【疏】傳：「蜮，短狐也。靦，姡也。反側，不正直也。」箋：「使女爲鬼爲蜮也，則女誠不可得見也。姡然有面目，女乃人也，人相視無有極時，終必與女相見。好，猶善也。反側，輾轉也。作八章之歌，求女之情，女之情反側，極於是也。」○「短狐，水神也」者，御覽九百五十引韓詩內傳文。「內」誤作「外」，即釋此詩「爲鬼爲蜮」之文，又奪「短」上「蜮」字。（九百九獸部引韓詩外傳曰：「狐，水神也。」亦因原書併「短」字奪去，輯書者遂誤載入獸部。）「狐」乃「弧」

字之叚借也。御覽引元中記曰：「水狐者，視其形蟲也，其氣乃鬼也。長三四寸，其色黑，廣寸許，背上有甲，厚三分許。其頭有物向前，如角狀，見人則氣射，人去二三步卽射。人中十人，六七人死。」説文：「蜮，短狐也。似鼈，三足，以氣射人。」段注：「『狐』當作『弧』。」春秋經作「蟚」，穀梁莊十八年傳云：「蟚，射人者也。」注：「一名短狐。」左釋文：「狐作弧，一名射景。」詩義疏云：「人在岸上，景見水中，投人景則殺之，故曰射景。」一名「射工」，左、穀梁釋文並云：「蜮，本草謂之射工，亦名水弩。」漢書五行志「劉向以爲蜮生南越。亂氣所生，故聖人名之曰蜮。蜮猶惑也，在水旁，能射人，射人有處，其甚者至死。南方謂之短狐，近射妖，死亡之象也。劉歆以爲蜮盛暑所生，非自越來也。」顏注：「卽射工也，亦呼水弩。」五行志「狐」亦作「弧」，此物以其能射害人，故受「弧」名。以居水中，故人又以爲「水神」也。文選東京賦李注引漢舊儀曰：「魅，鬼也。」魅、蜮蓋通作字。又引漢舊儀曰：「昔顓頊氏有三子，一居水中，爲魍魎蟚鬼。」是蜮亦鬼類，故與鬼並言也。荀子儒效篇、正名篇並引詩「爲鬼爲蜮」六句。王逸楚詞大招注：「蜮，短狐也。詩云：『爲鬼爲蜮。』」明魯毛文同。「靦，姡也」者，釋言文，魯説也。釋文引孫炎曰：「靦，人面姡然。」孔疏引説文：「靦，面見人。」（今本「人」作「也」。）「姡，面靦也。」（今本「靦」誤「醜」。）越語范蠡曰：「余雖靦然而人面哉，吾猶禽獸也。」韋注：「靦，面目之貌。」足正後人據誤本説文以「姡」爲「面醜」、「面慚」之非。極，窮也。

何人斯八章，章六句。

巷伯【疏】毛序：「刺幽王也。寺人傷於讒，故作是詩也。」箋：「巷伯，奄官。寺人，内小臣也。奄官上士四人，掌王后之命，於宮中爲近，故謂之『巷伯』，與寺人之官相近。讒人譖寺人，寺人又傷其將及巷伯，故以名篇。」○黄山云：「後漢孔融傳『寃如巷伯』，李注引毛萇注：『巷伯，内小臣也。掌王后之命於宮中，故謂之巷伯。伯被讒將刑，寺人孟子傷而作詩，以刺幽王也。』與傳言孟子將踐刑而作詩異。箋說又異二毛，其釋篇名，謂由『寺人傷讒言將及巷伯』，既非事實，尤涉不經。班固習齊詩，司馬遷傳贊言『小雅巷伯之倫』，顏注亦云：『巷伯，奄官也，遇讒而作詩。』馮奉世傳贊又言『孟子宮刑』，張晏注亦云：『孟子被讒見宮刑，作巷伯之詩。』後漢宦者傳李注，前引毛序、毛萇注，後又云『巷職即寺人之職』，與毛注異，不知所出。然使巷伯即寺人，則說『巷伯』者可云即寺人官名，說寺人孟子者可云即巷伯。而經師訖無此說，則亦難定。惟準之齊說，知此篇古無正解，不妨并存也。」

萋兮斐兮，成是貝錦。【注】韓「萋」作「緀」。彼譖人者，亦已大甚。【疏】傳：「興也。萋、斐，文章相錯也。貝錦，錦文也。」箋：「『錦文』者，文如餘泉、餘蚳之貝文也。興者，喻讒人集作己過以成於罪，猶女工之集采色以成錦文。『大甚』者，謂使己得重罪也。」○說文：「萋，草盛。」非「錦文」義。說苑立節篇：「詩曰：『萋兮斐兮，成是貝錦。彼譖人者，亦已大甚。』」是魯作「萋」，與毛同。「韓作緀」者，說文：「緀，帛文貌。詩曰：『緀兮斐兮，成是貝錦。』」未載何家經文。玉篇糸部「緀」下引韓詩曰：「文貌也。」（「緀」訛作「萋」，今從說文引詩訂正。）後檢唐卷子本玉篇，引韓詩實作「緀」，知許用韓文也。陳喬樅云：「文選陸機文賦李注引薛君韓詩章句曰：『靡，好也。』王應麟詩考屬之烈文篇『無封靡於爾邦』，其義未當。據曹植魏德論，以『荆人風靡』與『交益影從』對文，是讀『靡』爲『披靡』之靡，則義不得訓『好』。曹習韓詩者也。竊意『靡好』之訓，即釋巷伯詩『緀斐』之義。韓詩內傳『斐』字當訓爲『靡』，故薛君章句申釋之曰『靡，好也。』方言二云：『東齊言布帛之細者曰綾，秦晉曰靡。』郭注：『靡，細好也。』其義亦當本之韓詩。」「貝錦」者，禹貢謂之「織貝」。陸疏：「貝，水介蟲，古者貨貝是也。餘蚳，黃爲質，白爲文。餘泉，白爲質，黃爲文。又有紫貝，其白質如玉，紫點爲文，皆行列相當。」正義：「言非徒譖讓小辜，乃至極刑重罪，是爲『大甚』。」

哆兮侈兮，【注】魯「哆」作「誃。」成是南箕。彼譖人者，誰適與謀。【疏】傳：「哆，大貌。南箕，箕星也。『侈』之言是必有因也，斯人自謂辟嫌之不審也。昔者顏叔子獨處于室，鄰之釐婦又獨處于室，夜暴風雨至而室壞。婦人趨而至，顏叔子納之，而使執燭，放乎旦而蒸盡，縮屋而繼之，自以爲辟嫌之不審矣。若其審者，宜若魯人然。魯人有男子獨處于室，鄰之釐婦又獨處于室，夜暴風雨至而室壞，婦人趨而託之，男子閉戶而不納。婦人自牖與之言曰：『子何爲而不納我乎？』男子曰：『吾聞之也，男子不六十不閒居，今子幼，吾亦幼，不可以納子。』婦人曰：『子何不若柳下惠然？嫗不逮門之女，國人不稱其亂。』男子曰：『柳下惠固可，吾固不可，吾將以吾不可，學柳下惠之可？』孔子曰：『欲學柳下惠者，未有似於是也。』」箋：「箕星哆然，踵狹而舌廣，今讒人之因寺人之近嫌而成。言其罪猶因箕星之哆而侈大之。適，往也。誰往就女謀乎？怪其言多且巧。」○說文：「哆，張口也。」「魯哆作誃」者，釋言：「誃，離也。」郭注：「見詩。」陳喬樅云：「邢疏引此詩『哆兮侈兮』，以誃、哆音義同。今據郭注明言『見詩』，當是舊說據魯詩之文引『誃兮侈兮』爲證，故郭云然。說文：『誃，離別也。讀若論語「跢足」之跢。』今論語『跢』字作『啟。』啟，開也。『離』亦有『開』義，張口猶開口，故誃、哆訓義相通。」史記天官書索隱引詩氾歷樞曰：「箕爲天口，主出氣。」陳喬樅云：「天官書：『箕爲敖客，曰口舌。』索隱：「宋均曰：『敖，調弄也。箕以簸揚，調弄爲象。』故詩曰：『哆兮侈兮，成是南箕。』」孔疏：「箕四星，二爲踵，二爲舌。踵之二星已哆然而大，舌又益大。踵狹，對舌爲狹耳。『侈』者，因物而大之名。禮於衣袂半而益一謂之『侈袂』，星因物益大而名之爲『侈』也。」

緝緝翩翩，謀欲譖人。【注】韓「翩」作「繽」，云：「緝緝繽繽，往來皃也。」齊魯「緝」作「咠」。慎爾言也，【注】韓「也」作「矣」。謂爾不信。【疏】傳：「緝緝，口舌聲。翩翩，往來貌。」箋：「慎，誠也。女誠心而後言，王將謂女不信而不受。欲其誠者，惡其不誠也。」○「翩作」至「皃也」，玉篇糸部「緝」下云：「韓詩曰：『緝緝繽繽，謀欲譖言。』緝緝，往來皃也。」又糸部「繽」下云：「韓詩曰：『緝緝繽繽，謀欲譖言。』繽繽，往來皃也。」皮嘉祐云：「『緝緝繽繽』，韓皆以爲『往來貌』者，行葦篇『授几有緝御』，箋：『緝，猶續也。』往來相續，故曰『緝緝』。『繽繽』既訓『往來』，『緝緝』自當同訓。漢書揚雄傳『繽紛往來』，是繽繽之訓往來，尤爲有據。韓詩兩訓，較毛義爲優。」「齊魯緝作咠」者，說文「咠」下云：「咠語也。」引詩作「咠咠翩翩」，與韓毛異，蓋齊魯文。說文「聶」下云：「附耳私小語也。」與傳「口舌聲」之義合。毛作「緝緝」，乃「咠咠」之叚借。「韓也作矣」者，韓詩外傳三言：「受命之士正衣冠而立，儼然人望而信之。其次，聞其言而信之。其次，見其行而信之。既見行而衆皆不信，斯下矣。詩曰：『愼爾言矣，謂爾不信。』」是韓「也」作「矣」。

捷捷幡幡，【注】三家「捷」作「唼」，亦作「倢」。謀欲譖言。豈不爾受，既其女遷。【疏】傳：「捷捷，猶緝緝也。幡幡，猶翩翩也。遷，去也。」箋：「『遷』之言『訕』也。王倉卒豈得不受女言乎？已則亦將復訕誹女。」○「捷捷作唼唼」者，漢書揚雄傳反離騷云：「靈修既信椒蘭之唼佞兮。」蘇林注：「唼，音詩『唼唼幡幡』之唼。」「亦作倢倢」者，衆經音義十六引詩作「倢倢幡幡」。皆三家文。「豈不爾受，既其女遷」者，言倉卒間豈不受爾之譖言而憎惡他人，既而知女言不誠，亦將遷憎惡他人之心轉而憎惡女矣。

驕人好好，勞人草草。【注】魯「好」作「旭」，「草」作「慅」。蒼天蒼天，視彼驕人，矜此勞人。【疏】傳：「好好，喜也。草草，勞心也。」箋：「『好好』者，喜讒言之人也。『草草』者，憂將妄得罪也。」○驕、憍同字。「魯好作旭」者，釋訓：「旭旭，憍也。」卽「好好」之異文。馬瑞辰云：「女曰雞鳴詩『旭日始旦』，釋文引說文『旭』，讀若『好』，此旭、好同音之證。又『好』古通『⿰丑攵』，从『丑』聲，與『旭』从『九』聲同，二字並『許九切』，故通用。」「草作慅」者，釋訓：「慅慅，勞也。」

邢疏引詩「勞人草草」，是「慅」即「草」之異文。又廣雅云：「慅慅，憂也。」曹憲音「草」。「勞人」，即憂人也。呼天，即訴王也，欲其視察彼驕人，而矜憫此勞人。

彼譖人者，誰適與謀？取彼譖人，【注】齊韓「譖」作「讒」。投畀豺虎。豺虎不食，投畀有北。有北不受，投畀有昊。【疏】傳：「投，棄也。北方寒涼而不毛。昊，昊天也。」箋：「付與昊天，制其罪也。」○「彼譖人者」，三家皆與上同作「譖」。下「取彼譖人」，無「者」字，直呼爲「譖人」而已。或作「讒人」，其義同也。「齊韓作讒」者，禮緇衣鄭注：「巷伯六章曰：『取彼讒人，投畀豺虎。豺虎不食，投畀有北。有北不受，投畀有昊。』此其惡惡欲其死亡之甚也。」荀悅漢紀亦引詩云：「『取彼讒人，投畀豺虎。』疾之深也。」此齊作「讒」之證。後漢馬援傳朱勃上疏曰：「詩云：『取彼讒人，投畀豺虎。豺虎不食，投畀有北。有北不受，投畀有昊。』此言欲令上天而平其惡。」李注引續漢書曰：「勃能說韓詩。」此韓作「讒」之證。漢書武五子傳壺關三老茂上書曰：「詩云：『取彼譖人，投畀豺虎。』」又說苑建本篇：「詩云：『投畀豺虎。豺虎不食，投畀有北。有北不受，投畀有昊。』」二書合之，此章魯經文皆全，獨作「譖」與毛同也。

楊園之道，猗于畝丘。寺人孟子，作爲此詩。凡百君子，敬而聽之。【疏】傳：「楊園，園名。猗，加也。畝丘，丘名。寺人而曰孟子者，罪已定矣，而將踐刑，作此詩也。」箋：「欲之楊園之道，當先歷畝丘，以言此讒人欲譖大臣，故從近小者始。寺人，王之正內五人。作，起也。孟子起而爲此詩，欲使衆在位者慎而知之。既言『寺人』，復自著『孟子』者，自傷將去此官也。」○釋丘：「如畝，畝丘。」郭注：「丘有壟界如田畝。」邢疏引李巡曰：「謂丘如田丘曰畝丘也。」孫炎曰：「方百步。」孔疏：「楊園亦園名，於時王都之側蓋有此園丘，詩人見之而爲詞也。」漢書古今人表「寺人孟子」列中之上，張晏注：「寺人孟子，違於大雅，以保其身，既被宮刑，怨刺而作。」馮奉世傳贊「孟子宮刑」，張晏注：「寺人孟子，賢者，被讒見宮刑，作巷伯之詩也。」

巷伯七章，四章章四句，一章五句，一章八句，一章六句。

節之什十篇，七十九章，五百五十二句。

詩三家義集疏卷十八

谷風之什第十八　詩小雅

谷風毛序：「刺幽王也。天下俗薄，朋友道絕焉。」○潛夫論交際篇：「夫處卑下之位，懷北門之殷憂，內見謫於妻子，外蒙譏於士夫。嘉會不從禮，餞御不逮衆，貨財不足以合好，力勢不足以杖急。懽忻久，交情好，曠而不接，則人無故自廢疏矣。漸疏，則賤者愈自嫌而日引，貴人逾務黨而忘之矣。夫以逾疏之賤，伏於下流，而望日忘之貴，此谷風所爲內摧傷也。」據此，可推知魯詩谷風篇說。齊韓無異義。

習習谷風，維風及雨。將恐將懼，【注】韓詩曰：「將恐將懼。」韓說曰：將，辭也。維予與女。將安將樂，女轉棄予。【疏】傳：「興也。風雨相感，朋友相須，言朋友趨利，窮達相棄。」箋：「習習，和調之貌。東風謂之谷風。興者，風而有雨，則潤澤行，喻朋友同志則恩愛成。將，且也。恐、懼，喻遭厄難勤苦之事也。當此之時，獨我與女爾。謂同其憂務。朋友無大故，則不相遺棄。今女以志達而安樂，棄恩忘舊，薄之甚。」○「東風謂之谷風」，見邶鄘衞谷風詩。「將恐」至「辭也」，文選任昉策秀才文注引韓詩薛君章句文，引經明韓毛文同。楊雄甘泉賦注引同。蔡邕集正交論云：「古之交者，其義敦以正，其誓信以固。逮夫周德始衰，頌聲既寢，伐木有『鳥鳴』之刺，谷風有『棄予』之怨。其所由來，政之缺也。」後漢書朱穆崇厚論云：「虛華盛而忠信微，刻薄稠而純篤稀，斯蓋谷風有『棄予』之嘆，伐木有『鳥鳴』之悲。」皆用魯經文。

習習谷風，維風及頹。將恐將懼，寘予于懷。將安將樂，棄予如遺。【注】魯「予」作「我」。

【疏】傳：「頹，風之焚輪者也。風薄相扶而上，喻朋友相須而成。」箋：「寘，置也。置我於懷，言至親己也。『如遺』者，如人行道遺忘物，忽然不省存也。」〇釋天：「焚輪謂之頹。」孔疏引李巡曰：「焚輪暴風，從上來降，謂之頹。頹，下也。」孫炎曰：「迴風從上下曰頹。」趙坦云：「焚，當讀爲『鄭伯之車僨于濟』之僨。左襄二十四年傳『象有齒以焚其身。』釋文引服虔云：『焚，讀曰僨。僨，僵也。』風之大者足以翻車，故曰『焚輪』。『焚』一作『棼』，皆叚借字。」胡承珙云：「焚，輪疊韻。文選海賦『渭濆淪而滀漯』，注：「濆淪，相糾貌。」又封禪文『紛綸葳蕤』，注引張揖云：『紛綸，亂貌。』皆疊韻形容字。頹風曰『焚輪』者，謂其回旋糾亂之狀，猶『濆淪』、『紛綸』也。」陳喬樅云：「釋文：『焚，本作棼。』『棼』亦『亂』也。左傳『猶治絲而棼之也』，義與『紛』同，亦足爲『棼輪』訓作『糾亂』之證。」愚案：傳言「風薄相扶而上」，似與雅注釋「頹風」爲「從上下」者相反。孔疏解爲「二風并力，相扶而上。」夫谷風東風，乘陽上達，理之正也。惟以風薄爲頹風，力薄則頹固是，暴風迴風也，其力正厚，安得言「薄」？故自陳啟源以下辨論紛起，皆謂「薄」當爲「迫」，此亦定義也。蓋谷風本和而柔能克剛，頹風暴下迴旋而來，迫於上升之風，則仍迴旋而上，此卽輕氣升物、紙鳶騰空之理。若頹風亦爲自下而上之風，則無待相扶，亦不得言「迫」矣。「焚輪」與「扶搖」，皆風之名詞。「焚」喻其暴，「輪」喻其迴，合言之卽紛綸棼亂之狀。稽古編謂焚取「火炎上」，固泥；卽趙氏以輪爲「翻車」，亦可存而不論也。「魯予作我」者。新序雜事五引詩曰：「將安將樂，棄我如遺。」陳喬樅云：「文選郭泰機答傅咸詩注引同。又釋言疏引亦然。」蓋魯詩作「我」。韓詩外傳七載宋玉見楚襄王，末引詩「將安將樂」二句，明韓毛文同。魏志曹植疏「谷風有『棄予』之歎」，用韓經文。

習習谷風，維山崔嵬。【注】韓「崔嵬」作「岑原」。無草不死，無木不萎。【注】魯「維」作「惟」，「無」

皆作「何」。忘我大德，思我小怨。【疏】傳：「崔嵬，山巔也。雖盛夏萬物茂壯，草木無有不死葉萎枝者。」箋：「此言東風生長之風也，山巔之上草木猶及之，然而盛夏養萬物之時，草木枝葉猶有萎槁者。以喻朋友雖以恩相養，亦安能不時有小訟乎？『大德』，切瑳以道，相成之謂也。」○「韓崔嵬作岑原」者，玉篇山部引韓詩曰：「岑原，山巔也。」案，方言十二：「岑，高也，大也。」廣雅釋詁訓同。說文原作「邍」，云：「高平之野，人所登。」與皇矣傳「高平曰原」合。大司徒：「五曰原隰，其植物宜叢物。」爾雅釋地：「可食者曰原。」則岑原爲山巔可植草木處，猶孟子「岑樓」，趙注訓爲「山之銳嶺者也」。毛作「崔嵬」，而爾雅釋山訓爲「石山戴土。」卷耳傳誤爲「土山戴石」。戴石之山不能毓草木，故此傳易前說爲「山巔」，與韓同，知魯、齊亦同矣。說文：「崔，大高也。」「嵬，高不平也。」「崔」義雖同「岑」，而「嵬」義乃適與「原」反。魯詩「嵬」作「巍」。說文：「高也。」楚辭初放「高山崔巍兮」，王注：「高貌。」是特泛言山巔之高。毛訓「山巔」，亦讀「嵬」爲「巍」。要以韓義爲備矣。說文「萎」下云：「食牛也。」「婑」下云：「病也。」詩作「萎」，「婑」之通借字。中論修本篇：「『習習谷風，惟山崔巍。何木不死，何草不萎。』言盛陽布德之月，草木猶有枯落而與時謬者，況人事之報德乎？」「草」、「木」字蓋轉寫誤倒。此魯說，與毛義合。楊雄逐貧賦引「忘我大德，思我小怨」，明魯毛文同。禮檀弓鄭注：「萎，病也。詩云：『無木不萎。』」鄭正讀「萎」爲「婑」，引詩明齊毛文同。

谷風三章，章六句。

蓼莪【疏】毛序：「刺幽王也。民人勞苦，孝子不得終養爾。」箋：「不得終養者，二親病亡之時，時在役所，不得見也。」○釋訓：「哀哀、悽悽，懷報德也。」郭注：「悲苦征役，思所生也。」爾雅正釋此詩之旨，是魯說以「蓼莪」爲困于征役，不得終養而作。後漢陳寵傳寵子忠疏云：「父母於子，同氣異息，一體而分，三年乃免於懷。先聖緣人情而著其節，制服二十五月。是以春秋臣有大喪，君三年不呼其門。閔子雖要絰服事，以赴公難，退而致位，以究私恩，故稱『君使之非也，臣行之禮也。』周室陵遲，禮制不序，蓼莪之人作詩自傷，曰：『瓶之罄矣，惟罍之恥。』言己不得終竟子道者，亦上之恥也。」陳喬樅云：「忠於春秋稱公羊說，亦齊學也。此據齊詩之說，與大戴禮用兵篇引詩義同。」（見下。）是齊說與毛合，韓詩當同。

蓼蓼者莪，匪莪伊蒿。哀哀父母，生我劬勞。【疏】傳：「興也。蓼蓼，長大貌。」箋：「莪已蓼蓼長大，我視之以爲非莪，反謂之蒿。興者，喻憂思。雖在役中，心不精識其事。『哀哀』者，恨不得終養父母，報其生長己之苦。」○蓼蕭傳：「蓼，長大貌。」重言之則曰「蓼蓼」。又菁菁者莪傳：「莪，蘿蒿也。」釋草：「莪，蘿。」舍人云：「莪，一名蘿。」郭注：「今莪蒿也。」陸璣云：「莪，蒿也，一名蘿蒿。三月中莖可生食，又可蒸，香美，味頗似蔞蒿。」蓋蒿類衆多，此莪秋老，亦有「蒿」名，始生香美可食，謂之莪，成蒿則不可食矣。今見長大者，以爲是莪，不知非莪，乃是蒿也。故箋以爲憂思則心不精識。

蓼蓼者莪，匪莪伊蔚。哀哀父母，生我勞瘁。【疏】傳：「蔚，牡菣也。」箋：「瘁，病也。」○釋草：「蔚，牡菣。」舍人云：「蔚，一名牡菣。」郭注：「無子者。」陸璣云：「三月始生，七月華，華似胡麻華而紫赤。八月爲角，角似小豆角而長。一名馬新蒿。」孔疏引同。郭云「無子」，而陸云「有角」，蓋空角無實，故以「牡」名。莪三月尚可食，老則同蒿而莫辨矣。蔚則七月華似胡麻，雖不可食，宜若成實可期。及終無子，則望全空。詩人自傷不得養父母，義更進而意更深也。

缾之罄矣，【注】三家「缾」作「瓶」，「罄」作「窒」。維罍之恥。鮮民之生，不如死之久矣。【注】齊「生」下有「矣」字。無父何怙？無母何恃？【注】韓說曰：怙，賴也。恃，負也。出則銜恤，入則靡至。【疏】

傳：「缾小而罍大。罄，盡也。鮮，寡也。」箋：「缾小而盡，罍大而盈。言爲罍恥者，刺王不使富分貧、衆恤寡。此言供養日寡矣，而我尚不得終養，恨之言也。恤，憂。靡，無也。孝子之心，怙恃父母依依然，以爲不可斯須無也，出門則思之而憂，旋入門又不見，如入無所至。」〇説文「缾」下云：「甖也。」或作「瓶」。「甖」下云：「汲缾也。」「罄」下云：「器中空也。詩曰：『缾之罄矣。』」「窒」下云：「空也。詩曰：『瓶之窒矣。』」毛作「罄」，作「窒」者三家文也。釋器：「罍，器也。小罍謂之坎。」郭注：「罍形似壺大者受一斛，一斛者十斗也。」（聘禮記：「十斗曰斛。」）三禮圖云：「罍大一斛，其所容甚多，瀉酒於缾，以供斟酌。」此缾小罍大之證。左昭二十四年傳鄭子太叔對范獻子曰：「今王室實蠢蠢焉，吾小國懼矣。然大國之憂也，吾儕何知焉？吾子其早圖之！詩曰：『缾之罄矣，惟罍之恥。』王室之不寧，晉之恥也。」此引缾喻己小國，罍喻晉大國，雖是斷章，亦取缾小罍大之義。缾小而盡，以喻己不得養父母。罍大而恥，以喻上之人征役不息。使人民有不得終養者，爲上之恥也。陳忠疏引詩二句意同，已見上。箋謂「不使富分貧、衆恤寡」，則恥在富與衆，不在上，非詩恉。「齊生下有矣字」者，大戴禮用兵篇：「詩云：『鮮民之生矣，不如死之久矣。』」盧辯曰：「小雅蓼莪之三章也，亦困于兵革之詩也。」明齊詩多一「矣」字。胡承珙云：「以無怙恃，故謂之『鮮民』，言其薄德而寡怙也。」「怙賴」至「負也」，釋文引韓詩文。衆經音義一引同。馬瑞辰云：「釋言：『怙，恃也。』説文：『怙，恃也。』『恃，賴也。』是『怙』與『恃』散文通，對文異。唐風以『陟岵』興望父，卽取『可怙』之義。釋名『岵，怙也』是矣。恃、負互訓。説文：『負，恃也。』漢書高帝紀『嘗從王媪武負貰酒』，如注：『俗謂老大母爲負。』顔注：『劉向列女傳：「魏曲沃負者，魏大夫如耳之母也。」此則古語謂老母爲「負」耳。』謂母爲『負』，蓋取『可恃』之義。」

父兮生我，母兮鞠我，拊我畜我，【注】三家「拊」作「撫」。長我育我，顧我復我，出入腹我。欲報之德，昊天罔極。【注】魯「昊」作「皞」。【疏】傳：「鞠，養。腹，厚也。」箋：「『父兮生我』者，本其氣也。畜，起也。育，覆育也。顧，旋視也。復，反覆也。腹，懷抱也。之，猶『是』也。言欲報父母是德，昊天乎我心無極。」○「三家拊作撫」者，後漢梁竦傳「撫我畜我」，蓋三家文。韓詩外傳七言爲人父之道，末引「父兮生我」六句，作「拊我」，與毛同。然則作「撫」者齊、魯文也。說文：「慉，起也。」箋蓋讀「畜」爲「慉」。「腹，厚」，釋詁文。馬瑞辰云：「『腹』與『複』通。說文：『複，重衣貌。』重衣亦『厚』之義。詩歷言拊、畜、長、育、顧、復，而終以『出入腹我』，蓋言『出入』，則已舉在內、在外無所不該，故以『腹我』括之，見其無所不愛厚也。」黄山云：「初學記十七引詩『出入復我』，『腹』作『復』，疑三家異文。禮月令『水澤腹堅』，吕覽作『水澤復』，高注：『復，或作複。』是腹、複、復互通。作『復』，與上『復我』同文異解。」「魯昊作皞」者，漢書鄭崇傳哀帝詔云：「欲報之德，皞天罔極。」帝從韋玄成韋賞受魯詩，此詔所稱詩詞當是魯文。顏注：「『皞』字與『昊』同。」曹植責躬詩「昊天罔極」，曹習韓詩，明韓毛文同。魏志植疏「終懷蓼莪『罔極』之哀」，用韓經文。

南山烈烈，飄風發發。民莫不穀，我獨何害。【疏】傳：「烈烈然至難也。發發，疾貌。」箋：「民人自苦見役，視南山則烈烈然，飄風發發然，寒且疾也。穀，養也。言民皆得養其父母，我獨何故覩此寒苦之害。」○胡承珙云：「傳云『至難』者，義當如《行路難》、《蜀道難》之『難』，以『烈烈』爲險阻之狀。玉篇廣韻：『巁，巍也。』集韻類篇：『巁，力櫱切。山高貌。古有巁山氏。』禮祭法注：『厲山氏，炎帝也，起于厲山。或曰烈山氏。』然則『烈烈』爲山之高峻，故傳以爲『至難。』」三家無異文，則「烈烈」當同訓也。漢書王吉傳吉疏云：「是非古之風也，發發者。」又曰：「冬則爲風寒之所匽薄。」顏注：「發發，飄風貌。『匽』與『偃』同，言遇疾風則偃靡也。」吉用韓詩，鄭云「發發然寒且疾」，當卽本韓說申毛。

南山律律，飄風弗弗。民莫不穀，我獨不卒。【疏】傳：「律律，猶烈烈也。弗弗，猶發發也。」箋：「卒，終也。我獨不得終養父母，重自哀傷也。」○「律律」，王安石以爲「山之崒嵂。」說文無「嵂」字。玉篇有「硉」字，云：「硉矹危石。」文選七發「上擊下律」，注云：「律，當爲『硉』。」是律、硉同字，故傳云「律律猶烈烈也。」楚辭怨思「飄風蓬埃拂拂兮」，王注：「拂拂，塵埃貌。」文選顏延年應詔讌曲水詩「滯瑕難拂」，李注：「拂，亦作『弗』，古字通。」是「弗弗」卽「拂拂」矣。

蓼莪六章，四章章四句，二章章八句。

大東【疏】毛序：「刺亂也。東國困於役而傷於財，譚大夫作是詩以告病焉。」箋：「譚國在東，故其大夫尤苦征役之事也。魯莊公十年，齊師滅譚。」○潛夫論班祿篇：「賦斂重而譚告通。」陳喬樅云：「『譚』，本皆誤作『譯』，莫知其爲指此詩矣。顧廣圻據毛詩序『譚大夫作此以告病』，證『譯』字卽『譚』之譌。其說是也。」愚案：「譚告通」者，蓋魯詩原有此文，言譚大夫告東國之病苦，具詩上達於周廷也。後漢楊震傳震疏云：「大東不興於今。」震習魯詩，是魯篇名亦作「大東」。易林復之兌：「賦斂重數，政爲民賊。杼軸空虛，去其家室。」否之豐、晉之復同，焦用齊詩經文，與毛序義合。漢書古今人表「譚大夫」次厲王世，然則非幽王詩也。

有饛簋飧，有捄棘匕。周道如砥，其直如矢。君子所履，小人所視。睠言顧之，潸焉出涕。【疏】傳：「饛，滿簋貌。飧，熟食，謂黍稷也。捄，長貌。匕，所以載鼎實。棘，赤心也。如砥，貢賦平均也。如矢，賞罰不偏也。睠，反顧也。潸，涕下貌。」箋：「『飧』者，客始至，主人所致之禮也。凡飧饔餼，以其爵等爲之牢禮之數陳。興者，喻古者天子施予之恩，於天下厚。天子之恩厚，君子皆法傚而履行之，其如砥矢之平，小人又皆視之、共之無怨。言，我也。此二事者在乎前世，過而去矣，我從今顧視之，爲之出涕。傷今不如古。」○說文：「饛，盛器滿貌。」方言、廣雅並曰：「朦，豐也。」義亦與「饛」近。馬瑞辰云：「詩蓋以饔飧之滿，與古者邦國之富，不若今之杼柚其空也，不必如箋以爲致飧之禮。」又云：「匕，所以載牲體，亦以取黍稷。少牢饋食禮：『雍人所摡者牲體之匕，廩人所摡者黍稷之匕。』『棘匕』，承上『簋飧』言。王氏念孫以爲『黍稷之匕』，是也。說文：『匕，所以比取飯。一名柶。』士冠禮鄭注『柶，狀如匕，以角爲之。』是以角爲之名『柶』，以木爲之名『匕』。雜記：『匕用桑，長三尺。』『棘匕』對『桑匕』言，古者喪用桑匕，吉用棘匕，皆取聲近爲義。桑言『喪』，則棘爲『吉』，非必如傳之『赤心』爲喻也。」說文：「厎，柔石也。」重文作「砥」。孟子引詩「周道如厎」四句，趙注：「厎，平。矢，直。視，比也。周道平直，君子履直道，小人比而則之。」趙用魯詩也。愚案：詩言昔者邦國殷富，王道平直，君子率履，小人遵守。世教陵遲，民多踰犯。今顧念之，惟傷懷出涕而已。魯義如此。鹽鐵論刑德篇：「詩云：『周道如砥，其直如矢。』言其易也。『君子所履，小人所視。』言其明也。故德明而易從，法約而易行。法者緣人情而制，非設罪以陷人也。」韓詩外傳三：「詩曰：『周道如砥，其直如矢，』言其易也。『君子所履，小人所視，』言其明也。『睠焉顧之，潸焉出涕，』哀其不聞禮教而就刑誅也。」言賦斂困窮，民不知急公奉上之義，踰越禮教，終陷刑罪，故睠顧而出涕。齊韓所說與魯義合。荀子宥坐篇引詩，「睠言」作「眷焉」，「潸焉」作「潸然」，亦魯異文。

小東大東，杼柚其空。糾糾葛屨，可以履霜。佻佻公子，【注】魯「佻」作「苕」，韓作「嬥」，云：往來貌。行彼周行。既往既來，使我心疚。【疏】傳：「空，盡也。佻佻，獨行貌。公子，譚公子也。」箋：「小也、大也，謂賦斂之多少也。小亦於東，大亦於東。言其政偏，失砥矢之道也。譚無他貨，惟絲麻耳，今盡杼柚不作也。葛屨，夏屨也。周行，周之列位也。言時財貨盡，雖公子衣屨不能順時，乃夏之葛屨，今以履霜送轉餫，因見使行周之列位者而發幣焉。言雖困乏，猶不得止。既，盡。疚，病也。言譚人自虛竭餫送而往，周人則空盡受之，曾無反幣復禮之惠，是使我心傷病也。」○惠周惕云：「『小東大東』，言東國之遠近也。魯頌『遂荒大東』，箋：『大東，極東也。』大司徒：『以土圭之法正日景，日東則景夕，多風。』鄭注：『謂大東近日也。』皆以『大東』爲『極東』。遠言『大』，則近言『小』可知矣。譚爲東國，因其國而及其鄰封，故言『小東大東』。」馬瑞辰云：「釋文：『杼，說文云盛緯器。』『柚，本又作軸。』案，說文：『杼，機持緯者。』釋文引作『盛緯器』，蓋誤。玉篇：『梭，織梭也。亦作梭。』御覽引通俗文：『所以行緯謂之梭。』說文無梭、梭字。『杼』卽『梭』也。說文：『縢，機持經者。』段注：『縢卽軸也，謂之軸者，如車軸也。』『縢』通作『勝』。淮南子曰：『後世爲之機杼勝複，以便其用。』又曰：『黼黻之美，在于杼柚。』作『柚』者叚借字也。」易林「杼柚空虛」，（引見上。）陳忠疏「杼柚將空」，並用齊經文。「糾糾」，義具魏風。「魯作佻佻」者，釋訓：「佻佻、契契，（見下。）愈遐急也。」是魯與毛同。「愈遐急也」者，明爲大東作訓，是「佻佻」本義，狀其遠行急切之意。「一作苕苕」者，王逸引詩作「苕苕公子。」（詳下。）「佻」本音「苕」，文選魏都賦注引爾雅郭注云：「佻音葦苕。」蓋以音近通借，乃魯「亦作」本。「韓作嬥嬥，往來貌」者，釋文引韓詩文。廣韻二十九「篠嬥」下引同。韓訓「往來貌」者，蓋以「嬥嬥」爲「趯趯」之借字。廣雅：「嬥嬥，好也。」說文：「嬥，直好皃。」此「嬥嬥」本訓，蓋出齊詩，字同而義異也。楚詞九歎「征夫勞於周行兮」，王逸注：「行，道也。詩云：『苕苕公子，行彼周道。』」陳喬樅云：「『周行』作『周道』，『道』與『疚』亦韻。臧鏞堂云：逸訓『行』爲『道』而引詩以證之，字當本作『行』。其說亦通。」愚案：此詩訓「周行」爲「周道」，詞義俱順，魯詩實勝箋說。馬瑞辰云：「『既往既來』，謂數數往來，疲於道路，並無厚往空來之義。箋說非。」

有冽氿泉，無浸穫薪。契契寤歎，哀我憚人。薪是穫薪，尚可載也。哀我憚人，亦可息也。

【疏】傳：「冽，寒意也。側出曰氿泉。穫，艾也。契契，憂苦也。憚，勞也。載，載乎意也。」箋：「穫，落木名也。既伐而析之以爲薪，不欲使氿泉浸之，浸之則將濕腐不中用也。今譚大夫契契憂苦而寤歎，哀其民人之勞苦者，亦不欲使周之賦斂小東、大東極盡之，極盡之則將困病。亦，猶『是』也。『薪是穫薪』者，析是穫薪也。尚，庶幾也。庶幾析是穫薪，可載而歸蓄之，以爲家用。哀我勞人，亦可休息養之，以待國事。」○釋文：「穫，鄭木名也，字則宜作『木』旁。」釋木：「檴，落。」某氏注：「可作杯圈，皮韌，繞物不解。」邢疏卽引此箋作「檴」爲證，雅訓本魯詩文，是箋乃據魯改毛。陳喬樅云：「陸疏：『今梛榆也，其葉如榆，其皮堅韌，剝之長數尺，可爲絙索，又可爲甑帶，其材可爲杯器。』與某氏爾雅注合，皆本魯訓也。」王逸楚詞九歎注：「契契，憂貌也。詩云：『契契寤歎。』」陳喬樅云：「楚詞『契』字，舊校云一作『挈』。案，廣雅釋訓：『絜絜，憂也。』曹憲音『絜』爲『挈』。臧鏞堂云：『曹音『挈』字，疑與正文互易。『絜』本作『契』，蓋毛作『契』，三家作『挈』。廣雅據三家本作『挈』。挈，憂也，與逸注合。今楚詞及注『契』，契字是後人所改，有舊校可證也。」釋詁：「癉，勞也。」郭注：「詩曰：『哀我癉人。』」是魯作「癉」，用本字。毛作「憚」，用借字。毛釋文字亦作「癉」，是毛「又作」本，與魯同。釋木：「采薪，卽薪。」陸釋文引樊光注：「詩云：『薪是檴薪。』荆州曰柞木，采木。時人不曉薪意，言薪謂身，卽薪伐之也。」

東人之子，職勞不來。西人之子，粲粲衣服。舟人之子，熊羆是裘。私人之子，百僚是試。【疏】傳：「東人，譚人也。來，勤也。西人，京師人也。粲粲，鮮盛貌。舟人，舟楫之人。『熊羆是裘』，言富也。私人，私家人也。是試，用於百官也。」箋：「職，主也。東人勞苦，而不見謂勤，京師人衣服鮮絜而逸豫。言王政偏甚也。自此章以下，言周道衰。其不言政偏，則言衆官廢職，如是而已。『舟』，當作『周』。『裘』，當作『求』。聲相近故也。周人之子，謂周世臣之子孫，退在賤官，使搏熊羆，在冥氏、穴氏之職。『私人』云云，言周衰，羣小得志。」○案，東人非獨譚人，大東、小東皆有之。據雅訓「佻佻、契契，愈遐急也」，是譚國在遠東，故作詩者以「大東」名篇。

或以其酒，不以其漿。鞙鞙佩璲，【注】魯「鞙」作「琄」，齊、韓作「絹」，「佩」作「珮」。不以其長。維天

有漢，監亦有光。跂彼織女，終日七襄。【注】韓説曰：襄，反也。【疏】傳：「或醉於酒，或不得漿。鞙鞙，玉貌。璲，瑞也。漢，天河也。有光而無所明。跂，隅貌。襄，反也。」箋：「『佩璲』者，以瑞玉爲佩。佩之鞙鞙然，居其官職，非其才之所長也，徒美其佩而無其德。刺其素食。監，視也。喻王闔置官司，而無督察之實。襄，駕也。駕，謂更其肆也。從旦至莫七辰，辰一移，因謂之『七襄。』」〇案，韓詩外傳七載陳饒對宋燕語，末引詩曰：「或以其酒，不以其漿。」與毛義同。「鞙作琄」者。釋訓：「臯臯、琄琄，刺素食也。」孔疏引某氏曰：「琄琄，無德而佩，空食祿也。」是魯作「琄琄」，與毛「或作」本同。集韻四十一迥：「琄，佩玉貌。」言「琄琄」而係璲之組自見，故詩以「長」言之。云「不以其長」，而無德而佩之，刺意隱然言外，箋説正本雅訓。又御覽六百九十一引詩「絹絹珮璲」，「鞙」作「絹」，「佩」作「珮」，疑齊韓異文。或云，「或以其酒」四句，承上起下。言東人貢賦入周，或以酒往，而視之不以爲其漿。佩璲琄琄然，而不以爲其長。承上文「不來」意，言羣小驕貴，不解恤下，惟王如天，略無所察，故下皆以天爲喻。「漢」者，天河也，亦曰「雲漢」。監，視也。光，謂如水光。天河不辨有星，故毛云「有光而無所明。」孔疏：「説文：『歧，頃也。』字從『匕』。孫毓云：『織女三星，跂然如隅。』然則三星鼎足而成三角，望之跂然，故云『隅貌。』」開元占經引詩氾歷樞云：「織女內正紀綱。」此齊説。春秋合誠圖曰：「織女，天女也，成衣立紀，故齊制成文，繡應天道。」「韓説曰襄反也」者，文選顏延之夏夜呈從兄詩李注引薛君文，與毛傳同。上引韓詩曰：「跂彼織女，終日七襄，雖則七襄，不成報章。」明韓毛文同。孔疏謂：「終一日歷七辰，至夜而回反。」胡承珙云：「經言日，並不及夜，況移七襄而至夜，亦不得謂之『回反』。蓋『反』即『更』也，呂覽察微篇、知度篇高注，並以『反』爲『更』，此傳言『反』者，亦謂從旦至莫，七更其次。箋言『更其肆』者，申傳非易傳也。爾雅：『襄，除也。』斯干傳：『除，去也。』『除去』者，『變更』之義，故韓毛皆以『襄』爲『反』。」御覽八百二十五載王逸機賦云「終日七襄」，明魯毛文同。

雖則七襄，不成報章。睆彼牽牛，不以服箱。【注】三家「不」下有「可」字。東有啟明，【注】三家「啟」作「启」。西有長庚。【注】韓詩曰：「太白晨出東方爲启明，昏見西方爲長庚。」有捄天畢，載施之行。【疏】傳：「不能反報成章也。睆，明星貌。河鼓謂之牽牛。服，牝服也。箱，大車之箱也。日旦出謂明星爲啟明，日既入謂明星爲長庚。庚，續也。捄，畢貌。畢，所以掩兔也。何嘗見其可用乎？」箋：「織女有織名，爾駕則有西無東，不如人織，相反報成文章以用也。牽牛不可用於牝服之箱。啟明、長庚皆有助日之名，而無實光也。祭器有畢者，所以助載鼎實，今天畢則施於行列而已。」○傳云「反報」，猶「反復」也。易林小過之比：「天女踞牀，不成文章。」大畜之益「踞」作「推」。焦用齊經文。「河鼓謂之牽牛」者，釋天文。今爾雅「河」作「何」。釋文音「胡可切」。胡承珙云：「郭注：『今荆州人呼牽牛星爲擔鼓。擔者，荷也。』鼓星在天漢之旁，故名『河鼓』，牽牛在鼓星之下，故謂之『何鼓』。」天官書：「牽牛爲犧牲。其北河鼓。河鼓大星，上將；左右，左右將。」明河鼓與牽牛異。郝懿行云：「牽牛三星，牛六星，天官誤以牛星爲牽牛，故以何鼓、牽牛爲二星。牟廷相云：牛宿其狀如牛，何鼓在牛頭上，則是牽牛人也。何鼓中星最明，故詩曰『睆彼牽牛』。」「三家不下多可字」者，文選思元賦李注引詩：「睆彼牽牛，不可以服箱。」與下文「不可以簸揚」、「不可以挹酒漿」句法一例。毛詩無「可」字，有者三家文。馬瑞辰云：「考工記：『大車，牝服二柯，又三分柯之二。』先鄭注：『牝服，謂車箱服，讀爲負。』說文：『箱，大車牝服也。』皆以『牝服』與『箱』爲一。後鄭云：『牝服長八尺謂較也。』蓋以牝服爲左右較，而以箱爲大車之輿，其義當與毛傳同，故此箋申毛云『不可用於牝服之箱』。然以經文求之，『服』當作虛字解，不得以爲『牝服』。『服』之言『負』也，車箱以負器物謂之『服』，牛以負車箱亦謂之『服』。思元賦『羈要褭以服箱』，李注：『服，駕也。箱，車也。』蓋取驥服鹽車之義，而服、箱之字則本之於詩。又古詩『牽牛不負軛』，亦本此詩爲說。自軛牛頸處言之則曰『負軛』，自牛負車言之則曰『服箱』，『服』與『負』一也。淮南説山訓：『剥牛皮鞟以爲鼓，正三軍之衆，爲牛計者，不若服於軛也。』『服於軛』卽『負軛』也，則知『服箱』猶云『負箱』耳。」「三家啟作启」者。説文：「啟，教也。」「启，開也。」釋天：「明星謂之启明。」是魯作「启」，韓亦作「启」。（見下。）大戴禮四代篇：「詩云：『東有開明。』」疑景帝諱，改「启」爲「開」。「太白」至「長庚」，史記天官書索隱引韓詩文。何氏古義云：「廣雅：『太白謂之長庚。』知長庚與啟明是一星，特從來解説，東西不明，似每日東西兩見。夫東西非同時，當晨見東方，去夕見之期甚遠，及夕見西方，去晨見之期甚遠，啟明、長庚，因東西見而異其名耳。」胡承珙云：「太白名長庚，不止見廣雅。鄒陽上梁孝王書曰：『衞先生爲秦畫長平之策，太白食昴。』張衡週天大象賦曰：『衞生設策，長庚入昴。』此太白爲長庚之證，又在張揖前。若何氏疑太白不能一日東西兩見，則又不然。新法表異云：『金星或合太陽而不伏，水星或離太陽而不見。所以然者，金緯甚大，凡逆行，緯在北七度餘，而合太陽於壽星、大火二宮，則雖與日合，其光不伏。一日晨夕兩見者，皆坐此，故水緯僅四度餘。設令緯向是南合太陽於壽星，嗣後雖離四度，夕猶不見也。合太陽於降婁後，雖離四度，晨猶不見也。』此二則用渾儀一測便見，非舊法所能知也。」「有捄天畢，在施之行」者，孔疏云：「祭器、掩兔之畢，俱象畢星爲之。必易傳者，孫毓云：『祭器之畢，狀如畢星，名象所出也。「畢弋」之畢，又取象焉，而因施網於其上。』雖可兩通，箋義爲長。」胡承珙云：「此説非也。史記天官書：『畢曰罕車，爲邊兵，主弋獵。』後漢蘇竟傳：『畢爲天網，主網羅無道之君。』是天官家言皆謂『畢』爲田器。證一。説文：『畢，田网也。』又『率』下云：『捕鳥畢也。』是畢之制字，亦止有『田器』一義。證二。盧令序：『襄公好田獵畢弋。』鴛鴦詩『畢之羅之』，傳云：『畢掩而羅之。』是序及詩言『畢』者皆爲田具。祭器之畢，不見於詩。證三。漸漸之石篇『月離于畢』，傳：『畢，噣也。』此用爾雅『濁謂之畢』文。史記律書：『濁者，觸也，言萬物皆觸死也。』索隱引孫炎云：『掩兔之畢，或呼爲濁。』郭注本之。是田器濁、畢兩名，皆取星象。

若謂祭器取象在先，則祭器之畢更無『濁』名。證四。易繫詞『佃漁始于包犧』，茹毛飲血之時，未必即有祭器，自應以田獵之畢取象在先，而助載鼎實者爲後。證五。且本經下句明言『載施之行』，兔罝云『施于中逵』、『施于中林』，若非畢罼，何得言『施』？證六。然則箋義雖可通，究當以傳爲正也。」

維南有箕，不可以簸揚。維北有斗，不可以挹酒漿。維南有箕，載翕其舌。【注】韓「翕」作「吸」。維北有斗，西柄之揭。【疏】傳：「挹，斞也。翕，合也。」箋：「翕，猶引也。引舌者，謂上星相近。」○說文：「簸，揚米去糠也。」韓詩外傳四引詩：「『惟南有箕，不可以簸揚。惟北有斗，不可以挹酒漿。』言有其位無其事也。」「韓翕作吸」者，玉篇口部：「詩云：『惟南有箕，載吸其舌。』吸，引也。」顧用韓詩，此韓文也。陳奐云：「禮曲禮『以箕自鄉而扱之』，注：『扱，讀曰吸，謂收糞時也。』少儀『執箕膺擖』，注：『膺，親也。擖，舌也。持箕將去糞者，以舌自鄉。』蓋三家詩作『吸』，訓『引』，引舌內鄉，似箕形。」愚案：箋說即用韓義改毛。引舌內鄉，象吸之形，兼取「箕斂」之義也。下四句與上四句雖同言箕、斗，自分兩義。上刺虛位，下刺斂民也。玉篇斗部：「枓，有柄，形如北斗星，用以斟酌也。詩云：『唯北有斗。』亦飲水器也。」陳喬樅云：「此篇『唯北有斗』四句，毛傳均無訓釋，玉篇所說『枓形』云云，引詩爲證，蓋亦據韓說也。」馬瑞辰云：「說文：『枓，勺也。』『勺，所以挹取也。』詩作『斗』者，皆『枓』之借字。正義：『箕斗並在南方之時，箕在南而斗在北，故云南箕北斗。』集傳兼采南斗、北斗二說。案，孔疏以爲『南斗』是也。爾雅：『析木之津，箕斗之間，漢津也。』郭注：『箕，龍尾。斗，南斗。』是凡箕、斗連言者皆爲南斗。王氏念孫云：南斗之柄常向西，而高於魁，故經言『西柄之揭』，若北斗之柄固不常西，即指西亦不得云『揭』。其說是也。」

大東七章，章八句。

四月【疏】毛序：「大夫刺幽王也。在位貪殘，下國構禍，怨亂並興焉。」○此篇爲大夫行役過時，不得歸祭，怨思而作。中論之說與左氏同。（詳下。）故首章即以「先祖」爲言，與下篇北山勞於從事，不得養父母，首章即言「父母」，詩旨正爲一類。毛序泛以爲「在位貪殘，下國構禍」，未得其要。

四月維夏，六月徂暑。先祖匪人，胡寧忍予？【疏】傳：「徂，往也。六月，火星中，暑盛而往矣。」箋：「徂，猶『始』也。四月立夏矣，至六月乃始盛暑，與人爲惡亦有漸，非一朝一夕。匪，非也。寧，猶『曾』也。我先祖非人乎？人則當知患難，何爲曾使我當此亂世乎？」○中論譴交篇：「古者行役過時不反，猶作詩怨刺，故四月之篇稱『先祖匪人，胡甯忍予？』」徐用魯詩，是魯詩以爲行役過時不反而作。左文三年傳杜注：「四月之詩，行役踰時，思歸祭祀。」說與中論合，是此詩古無異義。蓋四月不反，已爲過時，又歷秋至冬，故作詩以刺。因言四月立夏，六月暑盛，又將往矣，不能歸而祭祀，故思先祖也。陳奐云：「匪，彼也。彼，猶『其』也。胡、寧，皆『何』也。『先祖匪人，胡寧忍予』，言先祖其人何忍予而降禍亂也，與雲漢『父母先祖，胡寧忍予』，文義正同。」王夫之云：「『匪人』者，猶匪他人也。頍弁之詩曰：『兄弟匪他』，義同此。自我而外，不與己親者，或謂之『他』，或謂之『人』，皆疏遠不相及之詞，猶『父母生我，胡俾我瘉』也。」愚案：「寧」，如陳說。「匪人」，當如王說。祖先之於己身，默相佑助，有息息相通之理。己不能歸而祭祀，故思先祖。先祖居享祭之時，亦必念我，故言先祖匪猶他人，胡忍予之不歸也。文義大順，讀者泥於箋訓，故以爲悖慢之言。

秋日淒淒，百卉具腓。亂離瘼矣，【注】韓「具」作「俱」，「瘼矣」作「斯莫」，魯作「斯瘼」。爰其適歸。【疏】傳：「淒淒，涼風也。卉，草也。腓，病也。離，憂。瘼，病。適，之也。」箋：「具，猶『皆』也。涼風用事而衆草皆病，與貪殘之政行而萬民困病。爰，曰也。今政亂國，將有憂病者矣。曰此禍其所之歸乎？言憂病之禍，必自之歸爲亂。」○左宣十二年傳引詩「亂離瘼矣」，左傳、毛詩皆古文也。「韓具作俱，瘼矣作斯莫」者，文選謝靈運九日送孔令詩李注引韓詩曰：「秋日淒淒，百卉俱腓。」薛君曰：「腓，變也。（詩釋文止引韓詩云「變也」一句。）言俱變而黄也。」潘安仁關中詩李注引韓詩曰：「亂離斯莫，爰其適歸。」薛君曰：「莫，散也。」（文選任昉爲范尚書讓吏部表注引韓詩，與毛同。）馬瑞辰云：「莫，讀如『散漠』之漠。說文：『漠，北方流沙也。』『沙，水散石也。』是沙漠義取漠散。」「魯作斯瘼」者，說苑政理篇：「詩不云乎：『亂離斯瘼，爰其適歸。』此傷離散以爲亂者也。」仲長統昌言法誡篇曰：「亂離斯瘼，怨氣并作。」趙壹刺世疾邪賦曰：「原斯瘼之攸興，實執政之匪賢。」皆用魯詩。然韓魯「爰」字並無作「奚」之本，惟家語作「奚其適歸」，僞書未敢據證。常璩華陽國志引「亂離瘼矣，奚其適歸」，任昉表「亂離斯瘼，欲以安歸」，似亦用作「奚」之本，但皆在晉以下，僞書大行之時矣。

冬日烈烈，【注】魯「烈烈」作「栗栗」。飄風發發。民莫不穀，我獨何害？【疏】箋：「烈烈，猶『栗烈』也。發發，疾貌。言王爲酷虐慘毒之政，如冬日之烈烈矣，其亟急行於天下，如飄風之疾也。穀，養也。民莫不得養其父母者，我獨何故睹此寒苦之害。」○「魯烈烈作栗栗」者，蔡邕九惟文用「冬日栗栗」句。烈、栗一聲之轉，故「烈」魯作「栗」。「冬」以紀時，與夏、秋同，不必如箋說。

山有嘉卉，侯栗侯梅。【注】三家「侯」作「維」。廢爲殘賊，【注】魯說曰：「廢，大也。」莫知其尤。【疏】傳：「廢，忕也。」箋：「嘉，善。侯，維也。山有美善之草，生於梅栗之下，人取其實蹂踐而害之，令不得蕃茂。喻上多賦斂，富人財盡，而弱民與受困窮。尤，過也。言在位者貪殘，爲民之害，無自知其行之過者。言忕於惡。」○「三家侯作維」者，白帖九十九引詩曰：「山有嘉卉，維栗維梅。」黄山云：「蕩之『侯作侯祝』，正月之『侯薪侯蒸』，皆卽爲作祝、爲薪蒸，則『維栗維梅』亦指嘉卉爲栗梅。文選思玄賦李注：『卉，草木凡名也。』是栗梅亦可以『卉』名之，不必如箋說『嘉草生梅栗下』矣。

栗薦豆籩，梅和鼎實，皆祭先所資，故詩及之。」「廢大也」者，釋詁文，魯說也。郭注：「詩曰：『廢爲殘賊。』」爾雅「廢，大」之詁，專釋此詩。列子楊朱篇「廢虐之主」，張湛注：「廢，大也。」列女漢霍夫人傳：「詩云：『廢爲殘賊，莫知其尤。』言其怢於惡，不知其爲過也。」「怢於惡」，謂習慣爲惡，與傳說同，皆用魯義。韓詩外傳七言「不知爲政者，使情厭性」云云，末引詩曰：「廢爲殘賊，莫知其尤。」明韓毛文同。

相彼泉水，載清載濁。我日構禍，曷云能穀。【注】韓詩曰：「曷云能穀」，云，辭也。【疏】傳：「構，成。曷，逮也。」箋：「相，視也。我視彼泉水之流，一則清，一則濁，刺諸侯並爲惡，曾無一善。構，猶『合集』也。『曷』之言『何』也。穀，善也。言諸侯日作禍亂之行，何者可謂能善。」○泉水本清，受染則濁，喻行役構禍，不能自絜也。馬瑞辰云：「爾雅說文並曰：『遘，遇也。』『構』者，『遘』之叚借，『構禍』，猶云『遇禍』，集傳訓爲『遭禍』，得之。」「曷云」至「辭也」，玉篇云部引韓詩文。引經明韓毛文同。皮嘉祐云：「文選傅咸詩注引周南卷耳『云何吁矣』，章句同。」

滔滔江漢，南國之紀。盡瘁以仕，寧莫我有。【疏】傳：「滔滔，大水貌。其神足以綱紀一方。」箋：「江也，漢也，南國之大水，紀理衆川，使不雝滯。喻吴楚之君能長理旁側小國，使得其所。瘁，病。仕，事也。今王盡病其封畿之內以兵役之事，使羣臣有土地曾無自保有者，皆懼於危亡也。吴楚舊名貪殘，今周之政乃反不如。」○案，詩人行役至江漢合流之地，即水興懷，言江漢爲南國之綱紀，王朝反不能爲天下之綱紀也。馬瑞辰云：「有，讀如『相親有』之有。『寧莫我有』，猶王風葛藟篇『亦莫我有』也。左昭二十年傳『是不有寡君也』，杜注：『有，相親有也。』詩人傷己之盡力勞病以事國，而不見親有於上耳。」

匪鶉匪鳶，翰飛戾天。匪鱣匪鮪，潛逃于淵。【疏】傳：「鶉，鵰也。鵰鳶，貪殘之鳥也。大魚能逃處淵。」箋：「翰，高。戾，至。鱣，鯉也。言鶉鳶之高飛，鯉鮪之處淵，性自然也。非鶉鳶能高飛，非鯉鮪能處淵，皆驚駭辟害爾，喻民性安土重遷，今而逃走，亦畏亂政故。」〇陳奐云：「匪，彼也。傳云『鶉鳶，貪殘之鳥也』者，以喻貪殘之人，處於高位。『大魚』上疑奪『鱣鮪』二字。云鱣鮪大魚，能逃處淵者，以喻今民不能逃避禍害，是大魚之不如矣。」黃山云：「簡書驅迫，登高臨深，故有戾天、逃淵之感。鳶飛戾天，魚躍于淵，是其恆性，舉鶉以配鳶，舉鱣鮪以概魚耳。何草不黃篇曰：『匪兕匪虎，率彼曠野。』孔子在厄，以之自比，正同此指。他詩如『匪載匪來』、『匪教匪誨』，『匪』皆不訓『彼』。陳主申毛以抑鄭，其說未確。」馬瑞辰云：「釋文：『鶉，徒丸反。字或作鷻。』『鳶，以專反。鴟也。』說文：『鶉，鵰也。』『鵰，鶉也。』正義引說文：『鶉，鵰也。從敦而爲聲，字異於鶉也。』今案說文『隹』字注，一曰『鶉』字，『隹』卽『隼』也，『鶉』卽『鵰』也，是『鶉』古或借作『鶉』之證。至『䧿鶉』之鶉，說文自作『䧿』耳。又說文『鷻』字別引詩『匪鷻匪鳶』，『鳶』當卽今『鶚』字，五各反，與『鳶』異。據正義引蒼頡解詁云：『鳶，鴟也。』又引說文：『鳶，鷙鳥也。』則經文原作『鳶』字。王氏引之云：『鳶』字見於小雅、大雅、周官射鳥氏、曲禮、中庸、爾雅釋鳥、蒼頡篇，不應說文不載，蓋說文有此字而傳寫者脫之也。其『鷻』字注引詩『匪鷻匪鳶』，當作『匪鷻匪鳶』，蓋本作『鳶』字，因下『鳶』字篆文相連，寫者遂誤爲『鳶』耳。今案，王說是也。說文『鳶』字、『鳶』字蓋同訓爲『鷙鳥』，傳寫者誤刪其一。段玉裁乃欲據說文誤本，改經文之『鳶』爲『鳶』，失之。」愚案：說文「鳶」，徐鉉疑从「崔」省，故爲「與專切」，此與下『天』、『淵』爲韻，若徑从「弋」，卽隹部之『隿』，音義俱非。「鳶」卽「鳶」，段未失也。

山有蕨薇，隰有杞桋。君子作歌，維以告哀。【注】魯「維」作「唯」。【疏】傳：「杞，枸檵也。桋，赤楝也。」箋：「此言草木生各得其所，人反不得其所，傷之也。『告哀』，言勞病而愬之。」〇蕨薇、杞桋，草木之微者。嘉卉殘賊，山隰所有僅此，喻其窮也。「桋，赤楝」，釋木文。郭注：「好叢生山中。」蓋山隰皆有。「魯維作唯」者。蔡邕袁滿來墓碑「唯以告哀」，是魯作「唯」。易林大有之賁：「作此哀詩，以告孔憂。」用齊經文。

四月八章，章四句。

北山【疏】毛序：「大夫刺幽王也。役使不均，己勞於從事，而不得養其父母焉。」○後漢楊賜傳賜疏云：「勞逸無別，善惡同流，北山之詩所爲作。」此魯說。齊韓蓋同。

陟彼北山，言采其杞。偕偕士子，朝夕從事。王事靡盬，憂我父母。【疏】傳：「偕偕，强壯貌。士子，有王事者也。」箋：「言，我也。登山而采杞，非可食之物，喻己行役不得其事。『朝夕從事』，言不得休止。靡，無也。盬，不堅固也。王事無不堅固，故我當盡力勤勞。於役久不得歸，父母思己而憂。」○易林夬之解：「登高望家，役事未休。王事靡盬，不得逍遙。」鼎之困同。此齊詩義。「登高望家」，說詩首二句也。采杞，適然之事耳。「偕偕」，傳訓「强壯貌」，「强」當爲「彊」。說文：「彊，弓有力也。」「偕，彊也。」引詩「偕偕士子」。「士」讀爲「事」，「士子」，從事王朝之子也。王事靡盬，義當盡力，特久役不歸，使我父母憂思耳。

溥天之下，【注】三家「溥」作「普」。**莫非王土。率土之濱，莫非王臣。大夫不均，我從事獨賢。**【疏】傳：「溥，大。率，循。濱，涯也。賢，勞也。」箋：「此言王之土地廣矣，王之臣又衆矣，何求而不得，何使而不行。王不均大夫之使，而專以我有賢才之故，獨使我從事於役。自苦之辭。」○「三家溥作普」者，韓詩外傳一引詩：「普天之下，莫非王土。」後漢桓帝紀梁太后詔：「普天率土，遐邇洽同。」是韓作「普」。班固明堂詩「普天率土，各目其職。」是齊作「普」。荀子君子篇、新書匈奴篇、史記司馬相如難蜀父老文、白虎通封公侯篇、喪服篇皆引詩：「普天之下，莫非王土。率土之濱，莫非王臣。」是魯作「普」。惟白虎通及漢書王莽傳引詩「濱」作「賓」，蓋是魯詩「亦作」本。趙岐孟子章句九注云：「普，偏。率，循也。偏天下循士之濱，莫有非王者之臣。」今王不均大夫之使，乃使從王事獨勞乎？故孟子引詩，云：「此莫非王事，我獨賢勞也。」訓「賢」爲「勞」，正傳所本。鹽鐵論地廣篇：「詩云：『莫非王事，而我獨勞。』刺不均也。」是齊義相同。箋云「專以我有賢才之故」云云，人無自命爲賢才者，若王以爲獨賢，則已受知大用矣，而猶「不已于行」、「靡事不爲」乎？

四牡彭彭，王事傍傍。嘉我未老，鮮我方將。旅力方剛，經營四方。【疏】傳：「彭彭然不得息，傍傍然不得已。將，壯也。旅，衆也。」箋：「嘉、鮮，皆善也。王善我年未老乎？善我方壯乎？何獨久使我也。王謂此事衆之氣力方盛乎？何乃勞苦使之經營四方。」○馬瑞辰云：「彭、旁雙聲，古通用。説文：『騯，馬盛也。』引詩『四牡騯騯』，即詩『四牡彭彭』之異文。廣雅：『彭彭、旁旁，盛也。』説文『傍』字訓『近』，此詩『傍傍』即『旁旁』之借字。」又云：「方言：『蹋膂力也。東齊曰蹋，宋魯曰膂。』戴震疏證曰：『膂，通作「旅」，詩「旅力方剛」是也。』廣雅：『膂，力也。』王念孫疏證曰：『大雅桑柔云「靡有旅力」，秦誓曰「旅力既愆」，周語云「四軍之衆，旅力方剛」，義並與「膂」同。膂、力一聲之轉，今人猶呼「力」爲「膂力」，古之遺語也。』今案方言又曰：『膂，儋也。甌吴之外鄙謂之膂。』郭注：『儋者用膂力，因名云。』是力謂之膂，擔者用力亦謂之膂。古者行人奔走，多以『負擔』爲喻，左傳『弛于負擔』是也。詩下言『經營四方』，則『旅力』正當從方言『儋也』之訓。傳訓爲『衆』，失之。」

或燕燕居息，或盡瘁事國，【注】魯「燕燕」作「宴宴」，「瘁」作「顇」。或息偃在牀，或不已于行。【疏】傳：「燕燕，安息貌。盡力勞病，以從國事。」箋：「『不已』，猶『不止』也。」○「魯燕燕作宴宴，瘁作顇」者，漢書五行志劉歆説詩曰：「或宴宴居息，或盡顇事國。」陳喬樅云：「歆述士文伯引詩語，與今左傳異，知其從魯詩之文也。」

或不知叫號，或慘慘劬勞，或棲遲偃仰，或王事鞅掌。【疏】傳：「叫，呼。號，召也。鞅掌，失容也。」

箋：「鞅，猶『何』也。掌，謂『捧之』也。負何捧持以趨走，言促遽也。」○孔疏：「『不知叫號』者，居家用逸，不知上有徵發呼召。」潛夫論邊議篇：「詩痛『或不知叫號，或慘慘劬勞。』」明魯毛文同。後漢郎顗傳拜章曰：「棲遲偃仰，寢疾自逸。」用齊經文，刪一「或」字。馬瑞辰云：「鞅、掌二字疊韻，即『秧穰』之類。說文：『秧，禾若秧穰也。』集韻：『禾下葉多也。』禾之葉多曰『秧穰』，人之事多曰『鞅掌』，其義一也。傳言『失容』者，亦狀事多之皃。」胡承珙云：「莊子庚桑楚篇：『擁腫之與居，鞅掌之爲使。』釋文引崔云：『鞅掌，不仁意。』案，『不仁』猶言『手足不仁』，不仁則手容不能恭，足容不能重，即是『失容』之意。」

或湛樂飲酒，或慘慘畏咎，或出入風議，或靡事不爲。【疏】箋：「咎，猶『罪過』也。風，猶『放』也。」○馬瑞辰云：「說文：『酖，樂酒也。』又：『媅，樂也。』二字音義並同。此詩『湛樂』及抑詩『荒湛于酒』，皆『酖』字之叚借。氓篇『士之耽兮』、『女之耽兮』，及常棣詩『和樂且湛』、賓之初筵詩『子孫其湛』，釋詁『妉，樂也』，皆『媅』字之叚借。」「風議」，即「放議」。放議，猶「放言」也。

北山六章，三章章六句，三章章四句。

無將大車【疏】毛序：「大夫悔將小人也。」箋：「周大夫悔將小人。幽王之時，小人衆多，賢者與之從事，反見譖，自悔與小人竝。」○易林井之大有云：「大輿多塵，小人傷賢。皇父司徒，使君失家。」陳喬樅云：「據易林『皇父司徒』云云，則齊詩之說或以此爲刺厲王時也。」愚案：十月之交篇「皇父卿士」，仍當在幽王時，箋以爲厲王，非也，陳沿箋說之誤。魯韓未聞。

無將大車，祇自塵兮。無思百憂，祇自疧兮。【疏】傳：「大車，小人之所將也。疧，病也。」箋：「將，猶

『扶進』也。祇，適也。鄙事者賤者之所爲也，君子爲之，不堪其勞，以喻大夫而進舉小人，適自作憂累，故悔之。『百憂』者，衆小事之憂也。進舉小人，使得居位，不任其職，愆負及己，故以衆小事爲憂，適自病也。」○孔疏：「冬官『車人爲車』，有『大車』，鄭云：『大車，平地任載之車。』其車駕牛，故酒誥曰『肇牽車牛，遠服賈用。』是小人之所將也。」小人扶進大車而塵及己，君子扶進小人而病及己，故以爲喻。「疷」，當依唐石經作「疧」。釋詁：「疧，病也。」説文：「疧，病也。从疒，氏聲。」後漢張衡傳載衡思玄賦「思百憂以自疢」，疹、疢字同。馬瑞辰云：「古音『脂』與『真』互轉，支、真亦互轉。『疧』當讀如『疹』，故與『塵』韻，猶説文『趁』讀若『塵』也。三家蓋有作『疹』者。」陳喬樅云：「張用魯詩，『疢』字是據魯文。」李注引詩『祇自重兮』爲證，非也。」

無將大車，維塵冥冥。無思百憂，不出于熲。【疏】傳：「熲，光也。」箋：「『冥冥』者，蔽人目明，令無所見也。猶進舉小人，蔽傷己之功德也。思衆小事以爲憂，使人蔽闇，不得出於光明之道。」○荀子大略篇「君人者不可以不慎取臣，匹夫者不可以不慎取友。取友善人，不可不慎，是德之基也。詩曰：『無將大車，維塵冥冥。』言無與小人處也。」韓詩外傳七：「魏文侯之時，子質仕而獲罪焉，去而北游，謂簡主曰：『從今以後，吾不復樹德於人矣。』簡主曰：『何以也？』質曰：『吾所樹堂上之士半，吾所樹朝廷之大夫半，吾所樹邊境之人亦半。今堂上之士惡我於君，朝廷之大夫恐我以法，邊境之人劫我以兵，是以不復樹德於人也。』簡主曰：『噫！子之言過矣。夫春樹桃李，夏得陰其下，秋得食其實。春樹蒺藜，夏不可採其葉，秋得其刺焉。由此觀之，在所樹也。今子所樹，非其人也，故君子先擇而後種焉。詩曰：無將大車，惟塵冥冥。』」據此，魯韓詩義並與序合。「熲，光」，釋詁文。

無將大車，維塵雝兮。無思百憂，祇自重兮。【疏】箋：「雝，猶『蔽』也。重，猶『累』也。」○釋文「雝」

字又作「壍」。

無將大車三章，章四句。

小明【疏】毛序：「大夫悔仕於亂世也。」箋：「名篇曰『小明』者，言幽王日小其明，損其政事，以至於亂。」○三家無異義。

明明上天，照臨下土。我征徂西，至于艽野。二月初吉，載離寒暑。心之憂矣，其毒大苦。念彼共人，【注】齊「共」作「恭」。涕零如雨。豈不懷歸？畏此罪罟。【疏】傳：「艽野，遠荒之地。初吉，朔日也。罟，網也。」箋：「『明明上天』，喻王者當光明如日之中也。『照臨下土』，喻王者當察理天下之事。據時幽王不能然，故舉以刺之。征，行。徂，往也。我行往之西方，至於遠荒之地，乃以二月朔日始行，至今則更夏暑冬寒矣，尚未得歸。詩人，牧伯之大夫，使述其方之事，遭亂世勞苦而悔仕，憂之甚，心中如有藥毒也。『共人』，靖共爾位，以待賢者之君。懷，思也。我誠思歸，畏此刑罪羅網，我故不敢歸爾。」○言王如天於下土之事，當無不照察。說文：「艽，遠荒也。从艸，九聲。」引詩「至于艽野」。其地不著，故但以「遠荒」言之。溯二月上旬吉日啟行之時至於今，已離歷寒暑。我心甚憂，如毒藥之苦。我念彼靖共職位之賢人，可爲師法，惟以古道自勉，經歷艱難，不覺涕零如雨。非不懷歸，亦畏此罪罟，不能歸也。「齊共作恭」者，鹽鐵論執務篇：「古者行役不踰時，春行秋反，秋往春來，寒暑未變，衣服不易，固已還矣。今則繇役極遠，寒苦之地，危難之處，今茲往而來歲還，故一人行而鄉曲悵，一人死而萬人悲。詩云：『念彼恭人，涕零如雨。豈不懷歸？畏此罪罟。』」此齊說。「共」與「恭」同也。

昔我往矣，日月方除。曷云其還，歲聿云莫。念我獨兮，我事孔庶。心之憂矣，憚我不暇。念彼共人，睠睠懷顧。【注】魯韓作「眷眷懷顧」。豈不懷歸？畏此譴怒。【疏】傳：「除，除陳生新也。憚，勞也。」箋：「四月爲除。昔我往至於艽野以四月，自謂其時將卽歸，何言其還，乃至歲晚尚不得歸。孔，甚。庶，衆也。我事獨甚衆，勞我不暇。皆言王政不均，臣事不同也。『睠睠』，有往仕之志也。」○「方除」，毛、鄭異義，說皆可通。「魯作眷眷」者，王逸楚詞九歎注：「眷眷，顧貌。詩曰：『眷眷懷顧。』」「韓作眷眷」者，文選登樓賦注、思元賦注、陸雲答張士然詩注、謝惠連西陵遇風詩注、王粲從軍詩注（「顧」誤作「歸」。）引韓詩曰「眷眷懷顧」。說文有「眷」無「睠」。詩言我事孔庶，本欲不顧而歸，然念彼共人，又爲之眷眷而反顧焉，且懼歸而獲譴也。

昔我往矣，日月方奧。曷云其還，政事愈蹙。歲聿云莫，采蕭穫菽。心之憂矣，自詒伊戚。念彼共人，興言出宿。豈不懷歸？畏此反覆。【疏】傳：「奧，煖也。蹙，促也。戚，憂也。」箋：「愈，猶『益』也。何言其還，乃至於政事更益促急，歲晚乃至采蕭穫菽，尚不得歸。詒，遺也。我冒亂世而仕，自遺此憂。悔仕之辭。興，起也。夜臥起宿於外，憂不能宿於內也。『反覆』，謂不以正罪見罪。」○詩借「奧」爲「燠」。陳奐云：「伊，維也。雄雉箋：『伊，當作繄。繄，猶是也。』孔疏：『箋以宣二年左傳「自詒繄慼」，小明云「自詒伊戚」，爲義既同，故此及蒹葭東山白駒各以「伊」爲「繄」。小明不易者，以「伊慼」之文與左傳正同爲「繄」可知。』案，據此則孔所見左傳作『繄』，與此詩作『伊』義同矣。」「興言出宿」者，思慮展轉，不能安寢也。

嗟爾君子，無恆安處。靖共爾位，【注】魯「共」一作「恭」，齊「共」作「恭」。韓「靖共」作「靜恭」。正直是與。神之聽之，式穀以女。【疏】傳：「靖，謀也。正直爲正，能正人之曲曰直。」箋：「恆，常也。嗟女君子，謂其友未仕者也。人之居無常安之處，謂當安安而能遷。孔子曰：『鳥則擇木。』共，具。式，用。穀，善也。有明君謀具女之爵位，其志在於與正直之人爲治。神明若祐而聽之，其用善人則必用女。是使聽天任命，不汲汲求仕之辭。言『女位』者，位無常主，賢人則是。」○「嗟爾君子」，斥王也，不指在位之大夫，亦非望未仕之君子。言君子當勤於政，毋苟自安處，靖恭天位，惟正直之人與之爲治，神明祐聽之，必用天禄與女矣。特其詞意甚隱耳。「魯共一作恭」者，中論法象篇言君子謙讓莊敬，四者備而福禄從之，引詩「靖共爾位，正直是與。神之聽之，式穀以女。」是魯亦訓「穀」爲「禄」。漢書淮陽王欽傳元帝璽書曰：「詩不云乎：『靖恭爾位，正直是與。』」「齊靖共作靖恭」者。禮表記：「小雅曰：『靖恭爾位，正直是與。神之聽之，式穀以女。』」鄭注：「靖，治也。爾，女也。式，用也。穀，禄也。言敬治女位之職，正直之人，乃與爲倫友。神聽女之所爲，用禄與女。」「韓靖共作靖恭」者，韓詩外傳四「韶用干戚」云云，末引詩曰：「靖恭爾位，正直是與。（誤作「好是正直」。）神之聽之，式穀以女。」

嗟爾君子，無恆安息。靖共爾位，【注】齊「無恆」一作「毋常」，「靖共」作「靖恭」，一作「靜共」。韓「靖共」作「靜恭」，亦作「靖恭」。好是正直。神之聽之，介爾景福。【疏】傳：「息，猶『處』也。介、景，皆大也。」箋：「好，猶『與』也。介，助也。神明聽之，則將助女以大福。謂遭是明君，道施行也。」○荀子勸學篇：「詩曰：『嗟爾君子，無恆安息。靖共爾位，好是正直。神之聽之，介爾景福。』」説苑貴德篇引詩「靖共爾位」四句，與荀子同，明魯、毛文同。「齊無恆一作毋常，靖共作靖恭，一作靜共」者，大戴禮勸學篇：「詩曰：『嗟爾君子，無恆安息。靖共爾位，好是正直。神之聽之，介爾景福。』」禮緇衣：「詩云：『靖恭爾位，好是正直。』」繁露祭義篇：「詩曰：『嗟爾君子，毋常安息。靜共爾位，好是正直。神之聽之，介爾景福。』」「無」作「毋」，「靖」作「靜」，古通用。「恆作常」者，墨子非儒篇「陳恆」作「陳常」，知「常」亦通「恆」。陳喬樅以爲漢避諱改，未確。「韓靖共作靜恭，一作靖恭」者，韓詩外傳四載齊桓公伐山戎，末引詩曰：「靜恭爾位，好是正直。（誤作「正直是與」。）神之聽之，介爾景福。」外傳七載衛獻公出走反國，末引詩曰：「靖恭爾位，好是正直。」

小明五章，三章章十二句，二章章六句。

鼓鍾【疏】毛序：「刺幽王也。」○孔疏：「鄭於中候握河紀注云：『昭王時，鼓鍾之詩所爲作者。』鄭時未見毛詩，依三家爲説也。」馬瑞辰云：「鄭君先通韓詩，以鼓鍾爲昭王詩，蓋韓詩之説。故王應麟詩攷以孔疏所引列入韓詩。」陳喬樅云：「中候多齊説，如擿雒戒言『剡者配姬以放賢』，是其明證。他若契握言元鳥翔水遺卵，娀簡拾吞，生契封商；稷起言蒼耀稷生，感迹昌，皆與詩緯合。鼓鍾之詩，鄭據齊詩爲説也。」

鼓鍾將將，淮水湯湯。憂心且傷。淑人君子，懷允不忘。【疏】傳：「幽王用樂不與德比，會諸侯于淮上，鼓其淫樂以示諸侯，賢者爲之憂傷。」箋：「爲之憂傷者，嘉樂不野合，犧象不出門，今乃於淮水之上作先王之樂，失禮尤甚。淑，善。懷，至也。古者善人君子其用禮樂，各得其宜，至信不可忘。」○説文：「鎗，鍾聲也。」重言之曰「鎗鎗」。「將將」，同音借字。風俗通義十：「淮出南陽平氏桐柏大復山，東南入海。詩云：『淮水湯湯』」明魯毛文同。南陽，漢郡，今之南陽府。昭王南巡，蓋將由此入漢也。王會諸侯於淮上，而奏先王之樂，失禮之甚，聞者傷之。漢書循吏傳贊用「淑人君子」，明齊毛文同。王引之釋詞云：「允，語詞。」

鼓鍾喈喈，淮水湝湝。憂心且悲。淑人君子，其德不回。【疏】傳：「喈喈，猶將將。湝湝，猶湯湯。悲，猶傷也。回，邪也。」○太玄：「鍾鼓喈喈」，范望注：「喈喈，和聲也。」説文：「喈，鳥鳴聲。」「龤，樂和龤也」。此「喈」即「龤」之叚借。又：「湝，水流湝湝也。」列女蓋將之妻傳引詩曰：「淑人君子，其德不回。」明魯毛文同。

鼓鍾伐鼛，淮有三洲。憂心且妯。【注】韓作「憂心且陶」，陶，暢也。**淑人君子，其德不猶。**【疏】

傳：「鼛，大鼓也。三洲，淮上地。妯，動也。猶，若也。」箋：「『妯』之言『悼』也。猶，當作『瘉』。瘉，病也。」○淮南主術訓「鼛鼓而食」，高注：「鼛鼓，王者之食樂也。詩曰：『鼓鍾伐鼛。』」陳喬樅云：「荀子正論『天子者代睪而食，雍而徹乎五祀。』『代睪』，當爲『伐皋』。鼛、皋古字通用。『雍而徹乎五祀』者，謂徹於竈也。膳夫職：『王卒食，以樂徹于造。』主術訓又云：『奏雍而徹，已反而祭竈。』蓋徹饌而設之於竈，若祭然。造、竈古字通用。專言之則曰『竈』，連類言之則曰『五祀』。據此，『鼓鍾伐鼛』，王者之食樂。魯詩之說卽本荀子。」「淮有三洲」者，朱右曾云：「水經注：『淮水又東，爲安豐津，淮東有洲，俗號關洲，蓋津關所在，故斯洲納厥稱焉。』通校全淮，惟此有洲，在今霍邱縣北。」陳奐云：「縣東北十五里有大業陂，周二十餘里，人呼水門塘，相傳古名鎭淮洲，陷爲陂。淮水自霍邱縣東流經正陽鎭，合潁水。淮洲陷爲陂，當在潁水入淮之處，左傳所稱『潁尾』也。」愚案：大水中洲坍漲不常，淮水三洲最古，據朱陳二說，二洲一已爲陂，另一洲更無可考，古南江併於中江，亦其比也。「憂心且陶，陶，暢也」者，衆經音義十二、後漢書注八十一、文選注三十四引韓詩文。陳喬樅云：「廣雅釋言：『陶，憂也。』正合韓訓。說文云：『暢，不生也。』玉篇同。禮月令曰：『地氣且泄，是謂發天地之房，諸蟄則死，民必疾疫，又隨以喪，命之曰暢月。』『暢月』云者，當卽以『不生』爲義，與訓作『暢達』相反。則『暢』之本義與『鬱』近，古人以『鬱陶』連文，訓爲『憂思』，『陶』猶『鬱』也，知韓詩以『陶』訓『暢』，『暢』亦有『憂鬱』義矣。王氏念孫曰：『凡一字兩訓而反復旁通者，如「亂」之爲「治」，「故」之爲「今」，「擾」之爲「安」，「臭」之爲「香」，不可悉數。』爾雅：『鬱、陶、繇，喜也。』又云：『繇，憂也。』『繇』字卽有憂、喜二義，『鬱陶』亦猶是也。故喜氣未暢曰『鬱陶』，檀弓疏引何氏云『鬱陶，懷喜未暢意』是也。憂思憤盈，亦曰『鬱陶』，楚詞九辨『豈不鬱陶而思君兮』，王注『憤念蓄積，盈胷臆也』；孟子書『象曰：鬱陶思君爾』，史記五帝紀『我思君正鬱陶』是也。暑氣蘊隆，亦謂之『鬱陶』，摯虞思游賦『戚溽暑之鬱陶兮』，夏侯湛大暑賦『乃鬱陶以興熱』

是也。事雖不同而同爲『鬱積』之義，故命名亦同。閻若璩謂憂、喜不同名，廣雅誤訓『陶』爲『憂』，其說非也。」說文引詩「憂心且怞」，蓋齊魯詩文。愚案：說文：「怞，朗也。」朗、暢同意，皆憂之達於外者。毛作「妯」，訓「動」，「暢」與「動」義亦相成，是即依韓訓作「暢達」說之，非不可矣。

鼓鍾欽欽，鼓瑟鼓琴。笙磬同音，以雅以南，以籥不僭。【注】韓說曰：「王者舞六代之樂，舞四夷之樂，大德廣之所及。又曰：南夷之樂曰南。四夷之樂，惟南可以和於雅者，以其人聲音及籥不僭差也。【疏】傳：「欽欽，言使人樂進也。笙磬，東方之樂也。同音，四縣皆同也。『以雅以南』，爲雅爲南也。舞四夷之樂，大德廣所及也。東夷之樂曰『昧』，南夷之樂曰『南』，西夷之樂曰『朱離』，北夷之樂曰『禁』。以爲籥舞若是，爲和而不僭矣。」箋：「『同音』者，謂堂上、堂下八音克諧。雅，萬舞也。萬也、南也、籥也，三舞不僭，言進退之旅也。周樂尚武，故謂萬舞爲雅。雅，正也。籥舞，文樂也。」○廣雅：「欽欽，聲也。」此魯韓義。「鼓瑟鼓琴」，瑟琴在堂上也，歌詩以弦之。箋以「上下」釋「同音」者，笙管在下，鐘磬在上。傳言「四縣皆同」，即上與下同也。以三舞釋雅、南、籥者，傳明言爲雅、爲南、爲籥舞，是爲三舞也。「王者」至「所及」，文選魏都賦李注引韓詩內傳文。「南夷」至「差也」，後漢陳禪傳李注引薛君文。是韓說以「雅」統六代之樂，以「南」表四夷之樂。說文：「樂，五聲八音之總名。」六代四夷雖言舞，仍以聲音爲節奏，故以南和於雅爲「不僭」。籥者，南籥。「不僭」，承上「同音」言。則傳箋以舞說「不僭」，孔疏謂四夷之樂專爲舞，皆非矣。春官大胥「以六樂之會正舞位」，鄭注：「大同六樂之節奏，正其位，使相應也。」賈疏：「六樂，即六代之樂。」鞮鞻氏「掌四夷之樂，與其聲歌」，鄭注：「四夷之樂，東方曰韎，南方曰任，西方曰株離，北方曰禁。詩云『以雅以南』是也。言『與其聲歌』，則云『樂』者主於舞。」賈疏：「四夷樂名，出孝經鉤命訣。」所引助時生、養、殺、藏之說，與白虎通引樂元語「東夷之樂持矛舞，助時生；南夷之樂持羽舞，助時養；西方之樂持戟舞，助時煞；北夷之樂持干舞，助時藏」合。白虎通又云：「受命而六樂樂，先王之樂，明有法也。與四夷之樂，明德廣及之也。」又云：「合歡之樂儛於堂，四夷之樂陳於右。」又云：「一說東方持矛，南方歌，西方戚，北方擊金。」鄭注禮時用齊詩，其言六代四夷之樂與韓合，則齊說同韓。云「樂主於舞」者，鄭以別於六樂之專言節奏也。云「南方曰任」者，白虎通：「南夷之樂曰南，『南』之爲言『任』也，任養萬物。」蓋就舞言曰「任」，就歌言曰「南」。方其舞則執籥秉翟，及其歌則歙籥合聲。南夷歌而東仍持矛，西乃舞戚，北則擊金以輔之，故「一說」與前異。而薛君惟南「聲音及籥不僭差」之說愈明矣。鄭雖以「任」釋舞，而仍以「南」爲其聲歌，故引詩「以南」證之。其文王世子注云：「南，南夷之樂也。詩曰：『以雅以南，以籥不僭。』」亦其證。東都賦云：「四夷間奏，德廣所及，僸侏兜雅，罔不具集。」白虎通「南夷之樂曰南」，舊本亦作「曰兜」，兜、南一聲之轉。言「間奏」，是明主聲樂矣。陳禪傳又載陳忠劾奏禪曰：「古者合歡之樂舞於堂，四夷之樂陳於門，故詩云：『以雅以南，韎任朱離。』」南、任并舉，亦歌舞并言。班賦「德廣」之詞，忠奏「合歡」二語，均見白虎通，明齊說一貫也。蔡邕獨斷云：「王者必作四夷之樂，以合天下之歡心，祭神明和而歌之，以管籥爲之聲。」此即本鞮鞻氏「祭祀則歙而歌之」，鄭注云：「吹之以管籥爲之聲。」蔡學魯詩，則魯說亦同齊韓，皆以聲歌合雅也。齊家以堂上之樂合歡指六代，蔡指四夷者，概言之均以合歡也。禮注引詩，明齊毛文同。風俗通義亦引詩「以籥不僭」，云：「籥者，樂器，竹管，三孔，所以和衆聲也。」明魯毛文同。

鼓鍾四章，章五句。

楚茨【疏】毛序：「刺幽王也。政煩賦重，田萊多荒，饑饉降喪，民卒流亡，祭祀不饗，故君子思古焉。」箋：「田萊多荒，茨棘不除也。饑饉，倉庾不盈也。降喪，神不與福助也。」○王逸楚詞離騷注：「薋，蒺藜也。詩曰：『楚楚者薋。』」是魯作「楚薋」。禮玉藻鄭注采齊，當爲「楚薺」之薺，是齊作「楚薺」。韓蓋與毛同。

楚楚者茨，言抽其棘。自昔何爲，我蓺黍稷。我黍與與，我稷翼翼，我倉既盈，我庾維億，以爲酒食，以享以祀，以妥以侑，以介景福。【疏】傳：「楚楚，茨棘貌。抽，除也。露積曰庾。萬萬曰億。妥，安坐也。侑，勸也。」箋：「茨，蒺藜也。伐除蒺藜與棘，自古之人，何乃勤苦爲此事乎？我將樹黍稷焉。言古者先王之政，以農爲本。茨言『楚楚』，棘言『抽』，互辭也。黍與與，稷翼翼，蕃廡貌。陰陽和，風雨時，則萬物成；萬物成，則倉庾充滿矣。倉言『盈』，庾言『億』，亦互辭，喻多也。十萬曰億。享，獻。介，助。景，大也。以黍稷爲酒食，獻之以祀先祖，既又迎尸，使處神坐而食之。爲其嫌不飽，祝以主人之辭勸之，所以助孝子受大福也。」○「茨，蒺藜」，釋草文。郭注，「布地蔓生，細葉，子有三角刺。」說文「茨」下云：「以茅葦蓋屋。」「薺」下云：「蒺藜也。」玉篇：「薋，蒺藜也。」說文訓「草多貌」，是齊正字，魯毛借字。馬瑞辰云：「『棘』，古作『朿』。釋草：『朿，刺。』方言：『凡草木刺人，北燕朝鮮之間謂之朿。』又曰，『自關而西謂之刺，江湘之間謂之棘。』說文：『朿，莿也。』『莿，朿也。』棘爲草名，又爲凡草刺人之通稱。『楚楚者茨，言抽其棘』，『棘』即茨上之棘，猶之『翹翹錯薪，言刈其楚』，『楚』即薪中之楚也。故傳云『楚楚，茨棘貌』，正以明茨、棘爲一。箋分茨、棘爲二，失之。」楊雄并州牧箴「自昔何爲」，明魯毛文同。說文：「旟旟，衆也。从㫃，與聲。」是「與與」有「衆」義。廣雅：「翼翼，盛也。」張衡南都賦：「菽麥稷黍，翼翼與與。」用魯經文。說文：「倉，穀藏也。」「庾，倉無屋者。」胡廣漢官解詁：「在邑曰倉，在野曰庾。」是「庾」本在野積穀之稱，蓋若今之「囤」也。馬瑞辰云：「億，說文作『意』，云：『意，滿也。一曰十萬曰意。』是『億』之本義訓『滿』，與『盈』同義。王氏引之曰：『易林言「倉盈庾億」，乾之師比之師坤之恆同。「億」亦「盈」也，語之轉耳。此「億」字但取「盈滿」之義，非紀其數，與「萬億及秭」之億不同。』其說是也。」

濟濟蹌蹌，絜爾牛羊，以往烝嘗。或剝或亨，或肆或將，祝祭于祊。【注】魯「祊」作「閍」。齊韓「祊」作「鬃」。祀事孔明，先祖是皇。神保是饗，孝孫有慶，報以介福，萬壽無疆。【疏】傳：「濟濟蹌蹌，言有容也。亨，飪之也。肆，陳。將，齊也。或陳于互，或齊其肉。祊，門內也。皇，大。保，安也。」箋：「『有容』，言威儀敬慎也。冬祭曰烝，秋祭曰嘗。祭祀之禮，各有其事，有解剝其肉者，有煮熟之者，有肆其骨體於俎者，或奉持而進之者。孔，甚也。明，猶『備』也、『絜』也。孝子不知神之所在，故使祝博求之平生門內之旁，待賓客之處，祀禮於是甚明。皇，暀也。先祖以孝子祀禮甚明之故，精氣歸暀之，其鬼神又安而饗其祭祀。慶，賜也。疆，竟界也。」○「魯祊作閍」者，禮器正義引釋宮：「廟門謂之閍。」郊特牲正義引同，皆與詩疏引爾雅文異。又詩疏引李巡注：「閍，故廟中門名也。」孫炎注：「詩云『祝祭于祊』，謂廟門也。」與左襄二十四年傳疏引亦同。陳喬樅云：「毛詩作『祊』，詩左傳正義引爾雅李孫舊注亦作『祊』，此順詩經改字也。爾雅經文作『閍』，是用魯文。李、孫注亦當同。今本爾雅作『閍』，謂之『門』。郝氏懿行曰：禮郊特牲：『廟門曰祊。』正義以爲釋宮文。禮器正義亦引釋宮：『廟門謂之閍。』參以李、孫二注，並以『廟門』釋『閍』，疑爾雅古本當作『廟門謂之閍』，賴有注、疏可證。惟左傳正義引爾雅與今本同，或出後人所改耳。」「齊韓祊作鬃」者，說文「鬃」下云：「門內祭先祖所以徬皇。詩曰：『祝祭于鬃。』」「祊」下云：「『鬃或體。』」據春秋正義魯詩作「閍」，則作「鬃」者齊、韓文也。陳奐云：「凡祭宗廟之禮，廟主藏於室中，于其祭也，祝以詔告之，所謂『直祭祝于主』也。廟門之內，皆祖宗神靈所馮依焉。孝子不知神之所在，于其祭也，祝以博求之，所謂『索祭祝于祊』也。是祊祭當在事戶前。至繹祭，主未納室，故無詔室之祭，亦必無索神之祭。鄭注禮以『祊』爲『繹』，宜於廟門外。箋詩又以『門內』爲大門內，非廟門內。鄭箋常自用其禮注，孔疏曲護，解廟門外爲繹祭之『祊』，廟門內爲正祭之『祊』，則詩之『祊』與禮郊特牲、禮器之『祊』爲二祭矣。焦循宮室圖云：『繹祭之名，見於諸經者，絕不與祊混，祊皆正祭索神之名。所云爲祊於外而出於祊者，皆對室中言，非門外也。』焦說是已。」蔡邕司空臨晉侯楊公碑「祀事孔明」，明魯、毛文同。「孝孫有慶」三句，祝爲尸致福於主人之詞。

執爨踖踖，爲俎孔碩。或燔或炙，君婦莫莫。爲豆孔庶，爲賓爲客。獻醻交錯，禮儀卒度。【注】韓「儀」作「義」。笑語卒獲，神保是格。報以介福，萬壽攸酢。【疏】傳：「爨，饔爨、廩爨也。踖踖，言爨竈有容也。燔，取膟膋。炙，炙肉也。莫莫，言清靜而敬至也。豆，謂內羞、庶羞也，繹而賓尸及賓客。東西爲交，邪行爲錯。度，法度也。獲，得時也。格，來。酢，報也。」箋：「燔，燔肉也。炙，肝炙也。皆從獻之俎也，其爲之於爨，必取肉也、肝也肥碩美者。君婦，謂后也。凡適妻稱君婦，事舅姑之稱也。庶，胗也。祭祀之禮，后夫人主共籩豆，必取肉物肥胗美者也。始主人酌賓爲獻，賓既酌主人，主人又自飲酌賓曰醻，至旅而爵交錯以遍。卒，盡也。古者於旅也語。」○胡承珙云：「釋訓：『踖踖，敏也。』說文：『踖，長脛行也。从足，昔聲。一曰踧踖。』爾雅本釋此詩之『踖踖』，合之說文『長脛』者，敏於行。『執爨踖踖』，以『敏』爲本義。至一曰『踧踖』，乃論語馬注所謂『恭敬貌』者，與詩義別。」王逸楚詞九歎注：「爨，炊竈也。詩云：『執爨踖踖。』」明魯毛文同。馬瑞辰云：「釋訓：『慔慔，勉也。』疑此詩『莫莫』之異文，當本三家。說文：『慔，勉也。』亦敬謹之意，與傳『敬至』義合。」又云：「『交』者，『迻』之省借。說文：『迻，會也。』『錯』者，『逪』之叚借。說文：『逪，交逪也。』特牲饋食禮『衆賓及衆兄弟交錯以辯』，鄭注：『交錯，猶言東西。』蓋渾言則交錯爲東西行，析言則東西正相值爲『迻』，東西邪行爲『逪』。旅酬行禮，皆一迻一逪也。」呂覽慎行篇高注：「酬，報也。詩曰：『獻酬交錯。』」明魯毛文同。張衡南都賦「獻酬既交」，用魯經文。班固東都賦「獻酬交錯」，明齊、毛文同。「韓儀作義」者，韓詩外傳四三引詩：「禮儀卒度，笑語卒獲。」今本皆與毛同，係後人妄改。王應麟詩攷引作「義」。肆師「治其禮儀」，注：「故書『儀』爲『義』，鄭司農云『義』讀爲『儀』。左傳「郲儀父」，漢書鄒陽傳作「義父」。說文云：「義者，己之威儀也。」故經傳多以「義」爲「儀」。荀子修身篇：「人無禮則不生事，無禮則不成國家，無禮則不寧。詩曰：『禮儀卒度，笑語卒獲。』此之謂也。」禮論引詩同。禮坊記：「詩云：『禮儀卒度，笑語卒獲。』」鄭注：「卒，盡也。獲，得也。言在廟中者不失其禮儀，皆歡喜得其節也。」明魯齊並與毛同。陳奐云：「此章及明日繹祭，祭畢而饗燕賓客，由饗燕而推本於神報介福，則祀事至此畢矣。下三章又複敍祭祀始末，以明思古之情。」

我孔熯矣，式禮莫愆。工祝致告，徂賚孝孫。苾芬孝祀，【注】韓詩曰：「馥芬孝祀。」韓說曰：「馥，香貌也。」神嗜飲食。卜爾百福，如幾如式。既齊既稷，既匡既敕。永錫爾極，時萬時億。【疏】傳：「熯，敬也。善其事曰工。賚，予也。幾，期。式，法也。稷，疾。敕，固也。」箋：「我，我孝孫也。式，法。莫，無。愆，過。徂，往也。孝孫甚敬矣，於禮法無過者，祝以此故致神意，告主人使受嘏，既而以嘏之物往予主人。卜，予也。苾苾芬芬，有馨香矣。女之以孝敬享祀也，神乃歆嗜女之飲食，今予女之百福，其來如有期矣，多少如有法矣。此皆嘏詞之意。齊，減取也。『稷』之言『即』也。永，長。極，中也。嘏之禮，祝徧取黍稷牢肉魚，擩于醢以授尸，孝孫前就尸受之，天子使宰夫受之以筐，祝則釋嘏詞以敕之。又曰：長賜女以中和之福，是萬是億。言多無數。」○馬瑞辰云：「少牢饋食禮『皇尸命工祝』，鄭注：『工，官也。』書皋陶謨『百工』即『百官』。『工祝』，正對『皇尸』爲君尸言之，猶書言『官占』。傳言『善其事曰工』，非。」潛夫論敘錄「詩有工祝」，用魯經文。「馥芬」至「貌也」，文選蘇武古詩注引韓詩及薛君文。衆經音義十四引韓詩同，惟無「薛君曰」三字。馬瑞辰云：「釋詁：『享，孝也。』享訓爲孝，故『享祀』亦謂之『孝祀』。論語『而致孝乎鬼神』，猶言『致享乎鬼神也。』箋謂『以孝敬享祀』，非。」

禮儀既備，鐘鼓既戒。孝孫徂位，工祝致告。神具醉止，皇尸載起。鼓鐘送尸，神保聿歸。諸宰君婦，廢徹不遲。諸父兄弟，備言燕私。【疏】傳：「致告，告利成也。皇，大也。燕而盡其私恩。」箋：「『鐘鼓既戒』，戒諸在廟中者，以祭禮畢，孝孫往位堂下西面位也。祝於是致孝孫之意，告尸以利成。具，皆也。皇，君也。『載』之言『則』也。尸，節神者也。神醉而尸謖送尸而神歸，尸出入，奏肆夏。尸稱君，尊之也。神安歸者，歸於天也。廢，去也。尸出而可徹，諸宰徹去諸饌，君婦籩豆而已。『不遲』，以疾爲敬也。祭祀畢，歸賓客之俎，同姓則留與之燕，所以尊賓客、親骨肉也。」○白虎通祭祀篇：「祭所以有尸者何？鬼神聽之無聲，視之無形，升自阼階，仰視榱桷，俯視几筵，其器存，其人亡，虛無寂寞，思慕哀傷，無所寫泄。故坐尸而食之，毀損其饌，欣然若親之飽。尸醉，若神之醉矣。詩云：『神具醉止，皇尸載起。』」此魯說。魏志文帝紀曹植誄「神具醉止」，明韓毛文同。

樂具入奏，以綏後祿。爾殽既將，莫怨具慶。既醉既飽，小大稽首。神嗜飲食，使君壽考。孔惠孔時，維其盡之。子子孫孫，勿替引之。【疏】傳：「綏，安也。安然後受福祿也。將，行也。替，廢。引，長也。」箋：「燕而祭時之樂復皆入奏，以安後日之福祿，骨肉歡而君之福祿安。女之殽羞已行，同姓之臣無有怨者，而皆慶君，是其歡也。『小大』，猶『長幼』也。同姓之臣燕已醉飽，皆再拜稽首，曰：神乃歆嗜君之飲食，使君壽且考。此其慶詞。惠，順也。甚順於禮，甚得其時，維君德能盡之，願子孫勿廢而長行之。」○易林臨之蒙：「神嗜飲食，使君壽考。」明齊毛文同。釋訓：「子子孫孫，引無極也。」舍人注：「子孫長行美道，引無極也。」此魯說。蔡邕九祝詞：「子子孫孫，勿替引之。」明魯、毛文同。韓詩外傳三傳曰：「喪祭之禮廢，則臣子之恩薄。臣子之恩薄，則背死忘生者衆。小雅曰：『子子孫孫，勿替引之。』言祭禮重也。」

楚茨六章，章十二句。

信南山

【疏】毛序：「刺幽王也。不能修成王之業，疆理天下，以奉禹功，故君子思古焉。」○三家義未聞。

信彼南山，維禹甸之。畇畇原隰，曾孫田之。我疆我理，南東其畝。

【注】韓「甸」作「敶」。

【疏】傳：「甸，治也。畇畇，墾辟貌。曾孫，成王也。疆，畫經界也。理，分地理也。或南或東。」箋：「信乎彼南山之野，禹治而丘甸之，今原隰墾辟，則又成王之所佃。言成王乃遠修禹之功，今王反不修其業乎？六十四井爲甸，甸方八里，居一成之中，成方十里，出兵車一乘，以爲賦法。」○「韓甸作敶」者，周官稍人「邱乘」，注：「乘，讀與『維禹敶之』之敶同。」賈疏云：「毛詩『維禹甸之』，不言『敶』者。鄭君先通韓詩，此據韓詩而言。」胡承珙云：「毛訓『甸』爲『治』者，『甸』讀爲『田』。說文：『田，敶也。』釋地李巡注：『田，軙也。謂軙列種穀之處。』夫軙列種穀，固有『治』義矣。韓字雖作『敶』，亦當同毛訓『治』。爾雅：『神，治也。』邵晉涵謂『神』爲『敶』之轉。又說文：『敶，理也。』『理』卽爲『治』，亦以聲近義同也。小司徒鄭注：『甸之言乘也。』『乘』亦可訓『治』，豳風『亟其乘屋』，箋云『乘，治』是也。此箋必申以『邱甸』者，以下文疆理南畝皆所以奉禹功，故又本『甸治』之意推而言之。賈疏謂鄭注韓詩爲說，『敶』是『軍陳』，故訓爲『乘』，殆未必然。」「畇畇原隰」者，『畇』，釋文云本亦作『畃』。小爾雅、廣雅並曰：『旬，治也。』『畇』卽『旬』也。『畇』亦『均』也，夏小正『農率均田』，『均田』卽馬瑞辰云：「均人注：『旬，均也。讀如「營營原隰」之營。』玉篇：『營，均也。』『營』與『畇』音近而義同，作『營』者蓋韓詩。『除田』，『除』卽『治』也。釋訓：『畇畇，田也。』正取『曾孫田之』爲訓。說文有『均』無『畇』。郝懿行謂『畇』卽『均』之或體。」「疆」者，謂定其大界。「理」者，細分其地脈也。「南東其畝」者。左成二年傳晉郤克伐齊，使齊之封內盡東其畝，賓媚人曰：「先王疆理天下，物土之宜，而布其利。今吾子疆理諸侯，而曰『盡東其畝』而已，唯吾子戎車是利，無顧土宜。」杜注：「晉之伐齊，循壟東行易。」蓋南東必因地勢，齊在晉東，故晉使東畝，爲不顧土宜也。又呂覽簡選篇「晉文公東衞之畝」，高注：「使衞耕者皆東畝，以遂晉兵也。」程瑶田云：「釋『阡陌』者皆言『南北曰阡，東西曰陌』。惟風俗通具二義，曰：『南北曰阡，東西曰陌；河東以東西爲阡，南北爲陌。』天下之川皆東流，故川横則澮縱，洫又横，溝又縱，遂又横。遂横者其畛必縱，而畝陳於東。是故東畝者，天下之大勢也。遂上有徑，當百畝之間，故謂之陌。其徑東西行，故曰『東西曰陌』也。遂上之徑東西行，則溝上之畛必南北行，畛當于畝之間，故謂之阡，而曰『南北曰阡』也。此阡陌之通義，出於東畝。東畝者，天下之大勢也。然亦有南畝者，河東之川獨南流，河爲川之最大者，而或南流，則其畝必南陳而爲南畝矣。南畝畛横，則遂縱，徑亦縱，而爲南北行，豈不南北爲陌乎？溝横，畛亦横，而爲東西行，豈不東西爲阡乎？由是洫又縱，澮又横，而川則縱而南流矣。河東之川，天下之大川也，而獨南流，故特舉之，以爲『東西爲阡，南北爲陌』之例。河至大伾又北流，則畫畝與河東川之南流者同爲南畝。而晉人欲使齊盡東其畝，此賓媚人所以有『無顧土宜』之斥也。『阡陌』之名，從遂人百畝千畝，百夫千夫生義。而匠人之『阡陌』，則因乎遂人而名之，義不係乎畝與夫之千百。命名之事，惟變所適，亦自然之勢也。」陳奐云：「詩言畝有南東，則阡陌亦必南東，程説足以證三代定畝之至意。天下之川，東西流者畝必東，南北流者畝必南，其大較也。河東之川南流，豳岐豐鎬在大河之西，其川與河東之川同是南流，其畝必南陳，故七月甫田大田載芟良耜等篇皆云『南畝』。此篇言疆理天下，故云『南東畝』也。」

上天同雲，【注】韓説曰：雪雲曰同雲。雨雪雰雰。【注】三家「雰」作「紛」。益之以霢霂。既優既渥，既霑既足，生我百穀。【疏】傳：「雰雰，雪貌。豐年之冬，必有積雪。小雨曰霢霂。」箋：「成王之時，陰陽和，風雨時，冬有積雪，春而益之以小雨，潤澤則饒洽。」〇「雪雲曰同雲」者，藝文類聚二、御覽十二引韓詩外傳文。又云：「凡草木花多五出，雪花獨六出者，陰極之數。雪花曰霙。」又云：「自上而下曰雨雪。」（初學記二、歲華紀麗一之四。）陳喬樅云：「初學記：『同雲，謂陰雲竟天，同爲一色。』又埤雅引詩『上天同雲』而釋之曰：『冬爲上天，煥則雲暘而異，寒則雲陰而同。』故韓詩以『雪雲』爲『同雲』也。」「三家雰作紛」者，白帖二兩引詩「雨雪紛紛」，與毛異。說文「雰」卽「氛」字，云「祥也」，與「雪」無涉。蔡邕九惟文「上天同雲」，明魯毛文同。釋天：「小雨謂之霢霂。」說文「霢」下訓義同。徐鍇引詩「潤之以霢霂」，「益」作「潤」，蓋韓詩異字。又「優」下云：「澤多也。」引詩「既優既渥」，亦據三家文。毛作「優」，同音通叚。「霑」下云：「雨𩂣也。」「渥」下云：「霑也。」「浞」下云：「濡也。」「足」，亦「浞」之借字。

疆埸翼翼，黍稷彧彧。曾孫之穡，以爲酒食。畀我尸賓，壽考萬年。【疏】傳：「埸，畔也。翼翼，讓畔也。彧彧，茂盛貌。」箋：「斂稅曰穡。畀，予也。成王以黍稷之稅爲酒食，至祭祀齊戒，則以賜尸與賓。尊尸與賓，所以敬神也。敬神，則得壽考萬年。」

中田有廬，疆埸有瓜。【注】韓「疆」作「壃」。是剝是菹，獻之皇祖。曾孫壽考，受天之祜。【疏】傳：「剝瓜爲菹也。」箋：「中田，田中也。農人作廬焉，以便其田事，於畔上種瓜。瓜成又入其稅，天子剝削淹漬以爲菹。貴四時之異物。皇，君。祜，福也。獻瓜菹於先祖者，順孝子之心也，孝子則獲福。」〇呂覽孟春紀高注：「詩曰：『中田有廬，疆埸有瓜。』無休廢也。」引經明魯毛文同。「疆作壃」者，韓詩外傳四：「古者八家而井田，方里爲一井。廣三百步，長三百步爲一里，其田九百畝。廣一步，長百步爲一畝。廣百步，長百步爲百畝。八家爲鄰，家得百畝。餘夫各得二十五畝。家爲公田十畝，餘二十畝爲廬舍，各得二畝半。八家相保，出入更守，是以其民和親而相好。詩曰：『中田有廬，疆場有瓜。』」「疆」作「壃」，見詩考。今本仍作「疆」，乃誤改。史記晉世家「出壃乃免」，與「疆」同也。又周禮載師賈疏、衆經音義十三引皆作「畺」。說文：「畺，界也。」重文「疆」，從土、彊。疆從「土」，則「壃」卽「疆」之省文。陳喬樅云：「此與穀梁傳及漢書食貨志合。穀梁魯詩同一師傳，班固漢志皆用齊詩，是三家義同。穀梁傳曰：『古者什一藉而不稅。三百步爲里，名曰井田。井田者九百畝，公田居一。私田稼不善則非吏，公田稼不善則非民。』又曰：『古者公田爲居，井竈蔥韭盡取焉。』食貨志曰：『井方一里，是爲九夫。八家共之，各受私田百畝，公田十畝，是爲八百八十晦，餘二十畝以爲廬舍。出入相友，守望相助，民是以和睦，而教化齊同，力役生產，可得而平也。其家衆男爲餘夫，亦以口受田如此。民年二十受田，六十歸田。種穀必雜五種，以備災害。田中不得有樹，用妨五穀。還廬樹桑，菜茹有畦，瓜瓠果蓏，殖於疆易。在壄曰廬，在邑曰里。於里有序，而鄉有庠。春令民畢出在壄，冬則畢入於邑，所以順陰陽，備寇賊，習禮文也。』穀梁傳言『古者公田爲居』云云，食貨志言『公田餘二十畝』云云，正此詩所謂『中田有廬，疆場有瓜』也。公羊傳曰：『古者什一而藉。什一者，天下之中正也。』何休注：『聖人制井田之法，而口分之。一夫一婦，受田百畝，以養父母妻子。五口爲一家，公田十畝，卽所謂什一而稅也。廬舍二畝半，凡爲田一頃十二畝半，八家而九頃，共爲一井，故曰井田，廬舍在內，貴人也。公田次之，重公也。私田在外，賤私也。多於五口，名曰餘夫，以率受田二十五畝。在田曰廬，在邑曰里。五穀畢入，民皆居宅，男女同巷，相從夜績，至於夜中。女功一月得四十五日，作從十月，盡正月止。男女有所怨恨，相從而歌，饑者歌其食，勞者歌其事。男年六十，女年五十者，官衣食之，使之民間求詩，鄉移於邑，邑移於國，國以聞於天子。故王者不出牖户而知天下所苦，不下堂而知四方。』說亦與食貨志同。公羊爲齊學，邵公用魯詩，其所述多齊魯詩義。范甯穀梁注卽用邵公語，他如趙岐之注孟子、宋均之注樂緯，咸同此說，其義甚古，不可易也。詩孔疏乃以諸儒爲失，其說非是。」馬瑞辰曰：「説文：『廬，寄也。秋冬去，春夏居。』古者井田之制，私田在外，公田在中，廬又在公田之中，故曰『中田有廬。』詩正義拘孟子『九一而助』之説，謂鄭以爲助則九而助一，貢則十一而貢一，通率而什中取一，因謂古無公田二十畝爲廬舍之説。案孟子所云皆『什一』者，正謂十一分而取其一。詩正義以什一使自賦，謂什一而貢一，是也。而以九一爲九而助一，則非。『九一而助』，舉其大數，實則除去廬舍二十畝，爲八百八十畝，八家各得田一百二十畝，只稅其十畝，正爲什一而稅其一，此孟子所謂『其實皆什一』也。攷工記匠人賈疏以爲『什外取一』，亦什一而取一之義。先儒或以『什一』爲什而取一，則與經文『其實皆什一』爲不合矣。」易林小過之漸：「中田有廬，疆場有瓜。進獻皇祖，曾孫壽考。」用齊經文。

祭以清酒，從以騂牡。享于祖考，執其鸞刀。以啟其毛，取其血膋。【疏】傳：「周尚赤也。鸞刀，刀有鸞者。言割中節也。」箋：「清，謂玄酒也。酒，鬱鬯，五齊三酒也。祭之禮，先以鬱鬯降神，然後迎牲。『享于祖考』，納亨時。毛以告純也。膋，脂膏也。血以告殺，膋以升臭，合之黍稷，實之於蕭，合馨香也。」○「從」，獻也。孔疏：「從，是相亞之詞。」御覽五百二十四引詩「享以祖考」，「于」作「以」，連上爲三「以」，與下三「其」字應，蓋本三家文。公羊宣十二年何注：「鸞刀，宗廟割切之刀，環有和，鋒有鸞也。」禮郊特牲云：「割刀之用，而鸞刀之貴，貴其義也，聲和而後斷也。」張衡東京賦：「執鸞刀以祖割。」用魯經文。「鸞」，考文本作「鑾」。説文「鑾」从「金」、从「鸞」省，訓爲「鸞鈴，象鸞鳥聲和」，與公羊説「鸞刀」義正合。「膋」，説文引詩作「膫」，云「牛腸脂也」。「膋」即「膫」之重文。毛作「膋」，知三家作「膫」。郊特牲「膟膋」，鄭訓「腸間脂也」。祭義「膟膋」，鄭又訓「血與腸間脂也」。初無定説。而祭義釋文引字林，「膋」是「牛腸間脂也」，與説文合，是説文義爲确矣。

是烝是享，苾苾芬芬。【注】魯「苾」作「馥」。祀事孔明，先祖是皇。報以介福，萬壽無疆。

【疏】傳：「烝，進也。」箋：「既有牲物而進獻之，苾苾芬芬然香，祀禮於是則甚明也。『皇』之言『暀』也，先祖之靈歸暀是孝孫，而報之以福。」○「魯苾作馥」者，蔡邕司空臨晉侯楊公碑「馥馥芬芬」，是用魯詩。何晏景福殿賦亦云「馥馥芬芬」。廣雅釋訓：「馥馥、芬芬，香也。」皆據魯文。邕碑「祀事孔明」，明魯毛文同。

信南山六章，章六句。

谷風之什十篇，五十四章，三百五十六句。

詩三家義集疏卷十九

甫田之什第十九　詩小雅

甫田【疏】毛序：「刺幽王也。君子傷今而思古焉。」箋：「刺者，刺其倉廩空虛，政煩賦重，農人失職。」〇三家義未聞。

倬彼甫田，歲取十千。【注】韓「倬」作「菿」。**我取其陳，食我農人，自古有年。今適南畝，或耘或耔，黍稷薿薿。**【注】齊「耘」作「芸」，「耔」作「芓」，「薿」作「儗」。**攸介攸止，烝我髦士。**【疏】傳：「倬，明貌。『甫田』，謂天下田也。『十千』，言多也。尊者食新，農夫食陳。耘，除草也。耔，雝本也。烝，進。髦，俊也。治田得穀，俊士以進。」箋：「『甫』之言『丈夫』也。明乎彼大古之時，以丈夫稅田也。『歲取十千』，於井田之法，則一成之數也。九夫爲井，井稅一夫，其田百畝。井十爲通，通稅十夫，其田千畝。通十爲成，成方十里，成稅百夫，其田萬畝。欲見其數，從井通起，故言『十千』。上地穀畝一鍾。倉廩有餘，民得賒貰取食之，所以紓官之蓄滯，亦使民愛存新穀，自古者豐年之法如此。『今』者，今成王之法也。使農人之南畝，治其禾稼，功至力盡，則薿薿然而茂盛。於古言稅法，今言治田，互辭。介，舍也。禮，使民鋤作耘耔，閒暇則於廬舍及所止息之處，以道藝相講肄，以進其爲俊士之行。」〇玉篇草部：「菿，都角切。韓詩『菿彼圃田』，毛作『倬』，又音『到』。」詩釋文：「倬，韓詩作『箌』，云：『箌，卓也。』」釋詁：「箌，大也。」邢疏：「韓詩云：『箌彼圃田。』」陳喬樅云：「此釋文訛『菿』爲『箌』也。」盧文弨曰：「徐鯤謂說文無『箌』字，惟玉篇竹部有之，云：『捕具也。』又作『罩』，是『箌』即『罩』之異文。廣韻三十七號：『箌，大也。』又四覺『菿』字注引說文云：『草大也。』今本說文作『草木倒』，『木倒』乃『大也』二字之譌。據此，則韓詩本作『菿』字可知。釋詁郭注：『箌義未聞。』郭璞豈不見韓詩，使韓果作『箌』字，何云『未聞』耶？然其誤自陸德明始而邢昺因之。」「齊耘作芸，耔作芓，薿作儗」者，漢書食貨志：「后稷始甽田，以二耜爲耦，廣尺、深尺曰甽，長終畝。一畝三甽，一夫三百甽，而播種于甽中。苗生葉其上，稍耨隴草，因隤其土，以附苗根。故其詩曰：『或芸或芓，黍稷儗儗。』芸，除草也。芓，附根也。言苗稍壯，每耨輒附根，比盛暑，隴盡而根深，能風與旱，故儗儗而盛也。」甸師鄭注：「耨，芸芓也。」即用齊詩說。揚雄逐貧賦「或耘或耔」，明魯毛文同。文選魏都賦李注引韓詩章句：「介，界也。」胡承珙云：「箋以『介』爲『舍』，廬舍必於界上，是鄭義本韓。」陳奐云：「介，大也。止，猶息也。言長大其黍稷，休息其民人也，與二章云『以介我稷黍』、『以穀我士女』文義同。」黃山云：「甫田之詩，託諷農民農人。其稱『我』者，皆自我也，與豳風『食我農夫』當同。」「取其陳」者，以自食。待其新者，備歲取之常供爾。方薿薿而期其介止。介，當如陳說。止，至也，至於得穀也。生民傳訓「攸止」爲「福祿所止」，即此義。田畯，以農夫之俊者爲之。釋言：「髦，俊也。」又曰：「髦，士官也。」田畯，農夫也。」則似專爲此詩立訓。三章「田畯」之畯，釋文：「本又作俊。」是傳之以「俊」訓「髦」，即以髦士爲田畯之官。農人獻新，田畯致之，故傳「治田得穀，髦士以進」連言，是爲一事矣。箋以爲「進其俊士之行」，非詩恉。言治田得穀，明就農人言，非就王言也。

以我齊明，與我犧羊，以社以方。我田既臧，農夫之慶。琴瑟擊鼓，以御田祖，以祈甘雨，以介我稷黍，以穀我士女。【疏】傳：「器實曰齊。在器曰盛。社，后土也。方，迎四方氣於郊也。田祖，先嗇也。穀，善也。」箋：「以絜齊豐盛，與我純色之羊，秋祭社與四方。爲五穀成熟，報其功也。臧，善也。我田事已善，則慶賜農夫。謂大蜡之時，勞農以休息之也。年不順成，則八蜡不通。御，迎。介，助。穀，養也。設樂以迎祭先嗇，謂郊後始耕也。以求甘雨，佑助我禾稼，我當以養士女也。周禮曰：『凡國祈年于田祖，吹豳雅，擊土鼓，以樂田畯。』」〇「齊明」，猶「明齊」，卽左傳「絜齊」也。續漢禮儀志補注引蔡邕禮樂志：「社稷樂，詩所謂『琴瑟擊鼓，以御田祖』者也。」風俗通義八：「周禮說：『二十五家置一社，但爲田祖報求。』詩曰：『乃立冢土。』又曰：『以御田祖，以祈甘雨。』」據蔡說，魯「御」作「迎」，風俗通作「御」，蓋後人據毛改之。漢書郊祀志引詩曰：「以御田祖，以祈甘雨。」明齊毛文同。黃山云：「詩言『田臧』，未言稼同，言『祈』未言『報』。田臧者，特無螟螣蟊賊之害爾。箋輒以五穀成熟報功爲說，非也。首章『或芸或芓，黍稷儗儗』，齊說以爲苗稍壯，則尚未秀實明矣。三章『禾易長畝，終善且有』，祝其終有，則尚未收穫明矣。『如茨如梁』，詠在末章，必無於次章言報功之理。箋援古文之說，謂『秋祭社與四方』。既秋祭矣，又以爲八蜡，蜡則冬祭也，尤無定說。蓋『以社』者，蔡邕所謂春藉田祈社稷也。『以方』者，亦邕所謂春夏祈穀於上帝也。『御田祖』者，班固所謂享先農也。『祈甘雨』者，皇甫謐所謂時雩旱禱也。皆春夏王者重農所有事，詩歷言之，不必如箋說。」

曾孫來止，以其婦子，饁彼南畝，田畯至喜。攘其左右，嘗其旨否。禾易長畝，終善且有。曾孫不怒，農夫克敏。【疏】傳：「易，治也。長畝，竟畝也。敏，疾也。」箋：「『曾孫』，謂成王也。『攘』，讀當爲『饟』。饁，饟饋也。『田畯』，司嗇，今之嗇夫也。『喜』，讀爲『饎』。饎，酒食也。成王來止，謂出觀農事也，親與后、世子行，使知稼穡之艱難也。爲農人之在南畝者，設饋以勸之，司嗇至則又加之以酒食，饟其左右從行者。成王親爲嘗其饋之美否，示親之也。禾治而竟畝，成王則無所責怒，謂此農夫能自敏也。」〇胡承珙云：「曹氏云：『攘，卻也。』謂田畯之官御除其左右之從者，親嘗其饁之旨否。言其上下相親之甚也。」黃山云：「『曾孫』，爲農人親暱其君之稱。上章社方御祈，美王之勸農。此章述王之愛農也。言王來田間，見婦子饋饟，御左右而試嘗其食之旨否，亦示親暱爾，故曰『曾孫不怒』，謂不怒婦子之無知，正喜農夫之克敏也。然則『攘』義當如胡說，『嘗』則不當屬之田畯。『田畯』連上三句，數見他篇，亦不必相牽爲說也。」

曾孫之稼，如茨如梁。曾孫之庾，如坻如京。乃求千斯倉，乃求萬斯箱。黍稷稻粱，農夫之慶。報以介福，萬壽無疆。【疏】傳：「茨，積也。梁，車梁也。京，高丘也。」箋：「稼，禾也，謂有藁者也。茨，屋蓋也。上古之稅法，近者納穗，遠者納粟米。庾，露積穀也。坻，水中之高地也。成王見禾穀之稅，委積之多，於是求千倉以處之，萬車以載之。是言年收踰前也。慶，賜也。年豐則勞賜農夫益厚，既有黍稷，加以稻粱。『報』者，爲之求福助於八蜡之神，萬壽無疆竟也。」○黃山云：「『曾孫之稼』四句，幸公田之獲多。『乃求千斯倉』四句，祈私田之大有。『報』者，神報王之勸農愛農，而畀以福壽，二句皆頌王之詞爾。此篇箋說多不倫，王肅孫毓重疑之。如此章以納穗、納粟、遠近爲說，成王巡田，所至本有近無遠也。又以求倉、箱屬成王，則穗粟仍非自民納之，而司稼庾倉之官爲虛設矣。何其無定說也。」

甫田四章，章十句。

大田【疏】毛序：「刺幽王也。言矜寡不能自存焉。」箋：「幽王之時，政煩賦重，而不務農事，蟲災害穀，風雨不時，萬民饑饉，矜寡無所取活，故時臣思古以刺之。」○三家義未聞。

大田多稼，既種既戒，既備乃事。以我覃耜，【注】魯「覃」作「剡」。俶載南畝。播厥百穀，既庭且碩，曾孫是若。【疏】傳：「覃，利也。庭，直也。」箋：「大田，謂地肥美可墾耕，多爲稼，可以授民者也。將稼者必先相地之宜而擇其種。季冬，命民出五種，計耦耕事，修耒耜，具田器，此之謂『戒』。是既備矣，至孟春土長冒橛，陳根可拔而事之。『俶』，讀爲『熾』。『載』，讀爲『菑栗』之菑。時至，民以其利耜熾菑，發所受之地，趨農急也。田一歲曰菑。碩，大。若，順也。民既熾菑，則種其衆穀。衆穀生，盡條直茂大。成王於是則止力役以順民事，不奪其時。」○「魯覃作剡」者，釋詁：「剡，利也。」郭注：「詩曰：『以我剡耜。』」陳喬樅云：「郭注是據舊注魯詩之文。張衡東京賦『介御間以剡耜』，衡習魯詩，可互證也。淮南氾論訓『古者剡耜而耕』，字亦作『剡』，皆從魯文。毛作『覃』，叚借字。」陳奐云：「箋讀『載俶』爲『熾菑』，非也。菑，一歲休耕之田，不得播穀。」王逸楚詞九章注：「播，種也。詩曰：『播厥百穀。』」明魯毛文同。箋訓「播厥百穀」爲「種其衆穀」，亦於魯説合。

既方既皁，既堅既好，不稂不莠。去其螟螣，及其蟊賊，無害我田穉！田祖有神，秉畀炎火。【注】韓「秉」作「卜」，「卜，報也。【疏】傳：「實未堅者曰皁。稂，童粱也。莠，似苗也。食心曰螟，食葉曰螣，食根曰蟊，食節曰賊。炎火，盛陽也。」箋：「方，房也，謂孚甲始生而未合時也。盡生房矣，盡成實矣，盡堅熟矣，盡齊好矣，而無稂莠。擇種之善，民力之專，時氣之和所致之。四蟲者恆害我田中之穉禾，故明君以正己而去之。螟螣之屬，盛陽氣嬴則生之。今明君爲政，田祖之神不受此害，持之付與炎火，使自消亡。」○馬瑞辰云：「説文：『螟，蟲食穀心者。吏冥冥犯法卽生螟。』二徐本『心』誤作『葉』。藝文類聚開元占經引説文作『食穀心』，段從之，是也。釋文：『螣，或作蟘。説文作蟘。』『蟘』，二徐本作『蟘』，云：『蟲食苗葉者，吏乞貸則生蟘。』『蟘』，當從釋文引作『蟘』。蟘本字，螣借字。『蟘』，又借作『蜮』。呂覽任地篇『又無螟蜮』，注：『蜮或作螣。』後漢明帝紀亦云『去其螟蜮』。春秋莊十八年『秋有蜮』，當讀爲『螟蜮』之蜮。劉向服虔並以爲『短弧』，非。『蟊』者，『蟊』之借。説文：『蟊，食草根者。从蟲，弔象形。吏抵冒取民財則生。』

『蟊』，或作『蝥』，古文作『蛑』。古務、牟同聲，或作『蝥』者，猶『務光』一作『牟光』也。其字亦省作『牟』，漢書景帝詔『侵牟萬民』，李奇曰『牟，食苗根蟲』是也。『賊』，玉篇作『蠈』，蓋後人增益之字，古止作『賊』。」易林坤之革：「螟蟲爲賊，害我五穀。」用齊經文。說文有「螟」、「貣」、「蟊」而無「賊」，齊家蓋亦以三者皆爲賊，非有四也。「秉作卜，卜，報也」者，釋文引韓詩文。段玉裁云：「『卜畀』，猶俗言『付與』也。」爾雅：「卜，予也。」胡承珙云：「白虎通蓍龜云：『卜，赴也。』小爾雅：『赴，疾也。』禮少儀、喪服小記注並云『報』讀爲『赴疾』之赴，是訓『卜』爲『報』，猶訓『卜』爲『赴』。『卜畀炎火』者，謂亟取而畀之炎火也。」

有渰萋萋，興雨祁祁。【注】齊「渰」作「黤」，魯作「晻」，韓作「弇」。齊「萋」作「凄」。三家「興雨」作「興雲」。雨我公田，遂及我私。彼有不穫穉，此有不斂穧。彼有遺秉，此有滯穗，伊寡婦之利。【疏】傳：「渰，雲興貌。萋萋，雲行貌。祁祁，徐也。秉，把也。」箋：「古者陰陽和，風雨時，其來祁祁然而不暴疾。其民之心，先公後私，令天主雨於公田，因及私田爾。此言民怙君德，蒙其餘惠。成王之時，百穀既多，種同齊孰，收刈促遽，力皆不足，而有不穫不斂、遺秉滯穗，故聽矜寡取之以爲利。」○「齊渰作黤」者，漢書食貨志：「先王制土處民富而教之，故民皆勸功樂業，先公而後私。其詩曰：『有黤凄凄，興雨祁祁。雨我公田，遂及我私。』」詩釋文云：「有渰，漢書作『黤』。」王應麟詩攷作「渰」，與今本同，已非善本矣。盧文弨云：「顏氏家訓始謂『興雲』當作『興雨』，陸釋文從之。趙明誠金石録載無極山碑，有曰『興雲祁祁，雨我公田，遂及我私』，乃知漢以前本皆作『興雲』。顏氏但以班固靈臺詩『祁祁甘雨』爲證，豈諸書皆可廢乎？」愚案：盧說是也。自顏氏誤改，而桓寬鹽鐵論水旱篇所引之「有渰萋萋」二句，後漢左雄傳所引之「有渰凄凄」四句，用齊詩者皆改爲「興雨」矣。「魯作晻」者，呂覽務本篇：「詩云：『有晻凄凄，興雲祁祁。雨我公田，遂及我私。』」

高注：「詩小雅大田之三章也。晻，陰雲也。陰陽和，時雨祁祁然不暴疾也。古者井田十一而稅，公田在中，私田在外，民有禮讓之心，故願先公田而及私也。」案，所引魯詩也。韓詩外傳八引小雅曰：「『有渰凄凄，興雲祁祁』。以是知太平之無飄風暴雨明矣。」陳喬樅云：「詩攷引外傳作『有弇』，今已爲後人改作『渰』。御覽八百七十二引作『黭』。」「三家萋作凄，興雨作興雲」者，引已見上。段玉裁云：「古人止言『降雨』、『下雨』，無言『興雨』者。『興雲祁祁，雨我公田』，猶白華詩之『英英白雲，露彼菅茅』，語意相似。」漢書蕭望之傳議曰：「詩云：『雨我公田，遂及我私。』下急上也。」此齊說也。趙岐孟子章句云：「太平時民悅其上，願欲天之先雨公田，遂以次及我私田也。」此魯說也。馬瑞辰云：「『穉』有二義，閟宮詩傳：『先種曰稙，後種曰穉。』說文：『穉，幼禾也。』繫傳本下有『晚種後熟者』五字。是禾之幼者曰穉，禾之晚種者亦曰穉。此詩『無害我田穉』，謂幼禾也。『彼有不穫穉』，謂晚種後熟者也。」禮坊記：「詩云：『彼有遺秉，此有不斂穧，伊寡婦之利。』」鄭注：「言穫者之遺餘，捃拾所以爲利。」聘禮鄭注：「秉，謂刈禾盈手之秉也。筥，穧名也。」繁露制度篇孔子曰：「君子不盡利以遺民。詩云：『彼有遺秉，此有不斂穧，伊寡婦之利。』」馬瑞辰云：「說文：『穧，穫刈也。一曰撮也。』『撮』卽聚把之稱，是穫禾謂之穧，聚禾成把亦謂之穧。此詩『不斂穧』，當從說文『撮也』之訓。釋文以『穧穫』當之，非。聘禮記『四秉曰筥』，鄭注：『筥，穧名也，今淶易之閒刈稻聚把，有名爲筥者。』是『穧』卽『筥』之別名。」愚案：穉、穗皆禾名，秉、穧皆禾秉名。「秉」與「穧」相對成文，則「穗」當與「穉」二句相屬，蓋齊與毛異。

曾孫來止，以其婦子，饁彼南畝，田畯至喜。來方禋祀，以其騂黑，與其黍稷，以享以祀，以介景福。【疏】傳：「騂，牛也。黑，羊豕也。」箋：「喜，讀爲『饎』。饎，酒食也。成王出觀農事，饋食耕者，以勸之也。司嗇至，則又加之以酒食，勞倦之爾。成王之來，則又禋祀四方之神，祈報焉。陽祀用騂牲，陰祀用黝牲。」○案，禮曲禮鄭注：「祭四方，謂祭五官之神于四郊也。句芒在東，祝融后土在南，蓐收在西，玄冥在北。詩云：『來方禋祀。』『方祀』者，各祭其方之官而已。」黄山云：「此篇託諷，與甫田同。『甫田』爲天下民田，則『大田』當爲藉田。帝藉之收於神倉，以供天地宗廟百神之祀，故末章『來方禋祀』、『以享以祀』並言之，亦非如箋説之專爲『祈報』也。此『來』字，如『聿追來孝』之來，當訓爲『勤』。『方』者，方祀。『禋』者，禋祀。『祀』者，祀神。『享』者，享鬼。故牲有騂黑陰陽之別。牧人鄭注：『陽祀南郊宗廟，陰祀北郊上帝。』而方祀尚在其外，足知所包者廣。曲禮引詩『來方禋祀』，特就詩中『方祀』一事爲證耳。禋祀之昊天上帝，非方祀所敢用。祀者大事，抑非可因觀農事來行之。箋乃曰『成王之來，則又禋祀四方之神，祈報焉』，悖矣。鄭注禮多用齊説，知五官四郊卽齊家此詩『方』字之説也。韓詩外傳三：『人事倫則順於鬼神，順於鬼神則降福孔偕。詩曰：「以享以祀，以介景福。」』是韓説亦非指祈報矣。」愚案：以上引詩，明齊韓毛文同。

大田四章，二章章八句，二章章九句。

瞻彼洛矣【疏】毛序：「刺幽王也。思古明王能爵命諸侯，賞善罰惡焉。」○三家義見下。

瞻彼洛矣，【注】魯説曰：「洛出獵山東南，流入渭。」維水泱泱。君子至止，福禄如茨。韎韐有奭，【注】魯「奭」作「絶」。以作六師。【疏】傳：「興也。洛，宗周溉浸水也。泱泱，深廣貌。『韎韐』者，茅蒐染韋也，一入曰韎韐，所以代韠也。天子六軍。」箋：「瞻，視也。我視彼洛水，灌溉以時，其澤浸潤，以成嘉穀。興者，喻古明王恩澤加於天下，爵命賞賜，以成賢者。『君子至止』者，謂來受爵命者也。爵命爲福，賞賜爲禄。茨，屋蓋也。如屋蓋，喻多也。此諸侯世子也，除三年之喪，服士服而來，未遇爵命之時。時有征伐之事，天子以其賢，任爲軍將，使代卿士將六軍而出。韎者，茅蒐染也。茅蒐，韎聲也。韎韐，祭服之韠，合韋爲之，其服爵弁服紂衣纁裳也。」○案，「洛出獵山東南，流入渭」

者，淮南墬形訓「洛出獵山」，高注：「獵山在北地西北夷中，洛東南流入渭。詩『瞻彼洛矣，維水泱泱』是也。」此高用魯說也。漢地理志：「北地郡歸德。洛水出北蠻夷中，入河。」（二字衍。）「左馮翊褱德。禹貢洛水東南入渭。」漢歸德縣，今甘肅慶陽府安化、合水二縣地，爲洛水出源處。王引之云：「毛傳原文當作『韎染韋也』。今本『韎』下有『者茅蒐』三字，此涉鄭箋『韎者茅蒐染』而誤衍也。蓋毛以染韋一入之色爲韎，而不以茅蒐爲韎，故曰：『韎，染韋也，一入曰韎。』鄭以『韎』爲『茅蒐』之合聲，則以茅蒐爲韎，而不以一入爲韎，故曰『韎者，茅蒐染。茅蒐，韎聲也。』若毛以茅蒐爲韎，則與『一入曰韎』之文自相違戾。且毛既云『韎者茅蒐染韋』，則鄭不須更云『韎者茅蒐染』矣。孔陸所見已是誤本，故不言鄭與毛異耳。」「魯奭作絶」者，白虎通爵篇：「世子上受爵命，衣士服何？謙不敢自專也，故詩曰：『韎韐有絶。』謂世子始行也。」陳喬樅云：「白虎通以此詩首章爲世子始行，衣士服而上受爵命，本於魯詩之說。鄭箋三章俱就世子言，與白虎通合，亦據魯詩爲解也。又孔疏引鄭駁異義云：『韎，草名，齊魯之間言韎韐，聲如茅蒐，字當作韎。陳留人謂之蒨。』是箋以『茅蒐』爲『韎韐』聲，皆用魯訓。」愚案：「奭」，魯作「絶」，絶、奭並訓「赤」，音義相通。世子除喪，士服來朝，既見天子而受福祿，已爵命之矣。適有征伐而任軍將，則服韎韐以奮起六師，言其賢而材也。

瞻彼洛矣，維水泱泱。君子至止，鞞琫有珌。君子萬年，保其家室。【疏】傳：「鞞，容刀鞞也。琫，上飾。珌，下飾也。天子玉琫而珧珌，諸侯璗琫而璆珌，大夫鐐琫而鏐珌，士珕琫而珕珌。」箋：「此人世子之賢者也，既受爵命賞賜，而加賜容刀有飾，顯其能制斷。德如是則能長安其家室親。家室親安之尤難，安則無篡殺之禍也。」○胡承珙云：「公劉傳：『下曰鞞，上曰琫。』並不言飾，可見鞞爲刀室，琫珌所以飾鞞。左傳『藻率鞞鞛』，『鞛』即『琫』也，（集韻：「琫」或作「鞛」。）此亦『鞞琫』連文而不及『珌』，與公劉同。杜注乃云：『鞞，刀削上飾。鞛，佩刀下飾。』宜劉炫規其過也。正義：『傳因琫珌歷道尊卑，不知出何書。』說文：『琫，佩刀上飾也。天子以玉，諸侯以金。』『珌，佩刀下飾。天子以玉』。段注：『毛傳「天子以珧」，說文：「珧，蜃甲。天子玉琫而珧珌。」此當作天子以珧，諸侯以玉。』又說文：『珕，蜃屬。禮：佩刀，士珕琫而珧珌。』『璗，金之美者，與玉同色。禮：佩刀，諸侯璗琫而璆珌。』段云：『天子玉琫珧珌，備物也。諸侯璗琫璆珌，讓於天子也。璆，美玉也。天子玉上，諸侯玉下，故曰讓於天子也。大夫鐐琫鏐珌，銀上金下也。士珕琫珧珌。珧有玉珧之稱，貴於珕。自諸侯至士皆下美於上，惟天子上美於下。』案，說文與傳互異。天子蓋琫珌異物，若諸侯璗琫鏐珌，黃金爲璗，其美者爲鏐，是諸侯琫珌同以金爲之，所以別於天子也。王莽傳『瑒琫瑒珌』，『瑒』與『璗』同，亦上下皆用金之證。（孟康云：「瑒，玉名。」非是。）大夫皆以鐐爲之，士皆以珕爲之。說文：『諸侯璆珌，士珧珌。』恐是傳寫之誤。」公羊莊四年何休解詁：「詩云：『君子萬年。』」明魯毛文同。

瞻彼洛矣，維水泱泱。君子至止，福祿既同。君子萬年，保其家邦。【疏】箋：「此人世子之能繼世位者也，其爵命賞賜，盡與其先君受命者同而已，無所加也。」

瞻彼洛矣三章，章六句。

裳裳者華

裳裳者華【疏】毛序：「刺幽王也。古之仕者世祿，小人在位，則讒諂並進，棄賢者之類，絕功臣之世焉。」箋：「古者，古昔明王時也。小人，斥今幽王也。」〇三家無異義。

裳裳者華，【注】魯韓「裳」作「常」。其葉湑兮。我覯之子，我心寫兮。我心寫兮，是以有譽處兮。【疏】傳：「興也。裳裳，猶堂堂也。湑，盛貌。」箋：「興者，華堂堂於上，喻君也；葉湑然於下，喻臣也。明王賢臣，以德相承而治道興，則讒諂遠矣。覯，見也。『之子』，是子也，謂古之明王也。言我得見古之明王，則我心所憂寫而去矣。

我心所憂既寫，則是君臣相與聲譽常處也。『憂』者，憂讒諂並進。」○「魯韓裳作常」者，廣雅釋訓：「常常，盛也。」是此詩「裳裳」之異文。說文「常」或作「裳」。廣雅所引魯韓詩，蓋作「常常」。「湑」，猶「湑湑」也。言賢者功臣世澤之盛，如此華葉之茂也。「之子」，指世祿者。言我見之子，則我心爲之輸寫也。我心爲之輸寫兮，是以衆口交推，常安樂而處之兮。「譽處」，義與蓼蕭篇同，不作「聲譽」解。

裳裳者華，芸其黃矣。我覯之子，維其有章矣。維其有章矣，是以有慶矣。【疏】傳：「芸，黃盛也。」箋：「華芸然而黃，興明王德之盛也。不言葉，微見無賢臣也。章，禮文也。言我得見古之明王，雖無賢臣，猶能使其政有禮文法度。政有禮文法度，是則我有慶賜之榮也。」○馬瑞辰云：「『芸』者，『𧴩』之借字。說文：『𧴩，物數紛𧴩亂也。』今作『紛紜』，𧴩謂多則盛也。」不言葉，畧也。言我覯世祿之子，維其有章服之美矣。維其有章服之美，是則由明王篤念賢者功臣之後，加之慶賜矣。

裳裳者華，或黃或白。我覯之子，乘其四駱。乘其四駱，六轡沃若。【疏】傳：「言世祿也。」箋：「華或有黃者，或有白者，興明王之德時有駁而不純。我得見明王德之駁者，雖無慶譽，猶能免於讒諂之害，守我先人之祿位，乘其四駱之馬，六轡沃若然。」○「或黃或白」，言雜色俱極其盛，非有所貶抑也。我覯世祿之子，得乘四駱之馬，其六轡潤澤而沃然，我則居此世爲可幸也。蔡邕集胡廣黃瓊頌「沃若六轡」，用魯經文。

左之左之，君子宜之。右之右之，君子有之。維其有之，是以似之。【注】魯「維」作「唯」。

【疏】傳：「左，陽道，朝祀之事。右，陰道，喪戎之事。似，嗣也。」箋：「『君子』，斥其先人也。多才多藝，有禮於朝，有功於國。維我先人有是二德，故先王使之世祿，子孫嗣之。今遇讒諂並進，而見棄絕也。」○說苑修文篇：「詩曰：『左之左之，君子宜之。右之右之，君子有之。』傳曰：『君子無所不宜也。』是故韠冕厲戒立於廟堂之上，有司執事無不敬者。斬衰裳苴絰杖立於喪次，賓客弔唁無不哀者。被甲纓胄立於桴鼓之間，士卒莫不勇者。故仁足以懷百姓，勇足以安危國，信足以結諸侯，强足以拒患難，威足以率三軍。故曰爲左亦宜，爲右亦宜。爲君子無不宜者，此之謂也。」陳喬樅以說苑所引詩傳卽魯詩傳之文，與荀子不苟篇引詩，「言君子能以義屈伸變應」，韓詩外傳言「周公事文武成三王，三變以應時」諸說合。「君子」，卽謂世祿之子。言明王能厚愛賢者，功成之後，其後人自能嗣美而克副上之任使矣。「魯維作唯」者，新序雜事一：「唯善，故能舉其類，詩曰：『唯其有之，是以似之。』」「維」作「唯」。潛夫論邊議篇引詩：「維其有之，是以似之。」案，三家皆不作「維」，此魯文當作「唯」，或作「惟」，後人妄改也。

裳裳者華四章，章六句。

桑扈【疏】毛序：「刺幽王也。君臣上下，動無禮文焉。」箋：「動無禮文，舉事而不用先王禮法威儀也。」〇三家義未聞。

交交桑扈，有鶯其羽。君子樂胥，受天之祜。【注】魯說曰胥者，相也。【疏】傳：「興也。鶯然有文章。胥，皆也。」箋：「交交，猶佼佼，飛往來貌。桑扈，竊脂也。興者，竊脂飛而往來，有文章，人觀視而愛之，喻君臣以禮法威儀升降於朝廷，則天下亦觀視而仰樂之。胥，有才知之名也。祜，福也。王者樂臣下有才知文章，則賢人在位，庶官不曠，政和而民安，天予之以福祿。」〇此詩以桑扈之往來有文，興君臣之威儀升降，故不如小宛傳以「交交」爲「小貌」。「扈」與「鳸」通，卽布穀也，短言曰「扈」，長言曰「布穀」。「有鶯」，猶「鶯鶯」也。鶯鶯，形容羽領文章之美。文選射雉賦徐爰注：「鸎，文章貌也。詩云：『有鸎其羽。』」與白帖九十五引同，「鶯」作「鸎」。白帖九十四引詩仍作「鶯」，云：「鶯，文彩也。」蓋鶯、鸎通用。說文無「鸎」字。鳥部：「鶯，鳥也。」引詩「有鶯其羽。」段注：「今說文必淺人所改。」謂不當訓「鳥也。」「胥，相也」者，新書禮篇：「詩曰：『君子樂胥，受天之祜。』『胥』者，相也。祜，大福也。夫憂民之憂者，民必憂其憂。樂民之樂者，民亦樂其樂。與士民若此者，受天之福矣。」此魯說。司馬相如上林賦「樂樂胥」，楊雄長楊賦「肴樂胥」，又曰：「受神人之祜福。」皆用魯經文。班固靈臺詩「於皇樂胥」，用齊經文。

交交桑扈，有鶯其領。君子樂胥，萬邦之屏。【疏】傳：「領，頸也。屏，蔽也。」箋：「王者之德，樂賢知在位，則能爲天下蔽捍四表患難矣。蔽捍之者，謂蠻夷率服，不侵畔。」〇玉篇頁部引詩傳云：「領，頸也。」此當是韓傳，與毛同。文選射雉賦：「鶯綺翼而經撾，灼繡頸而袞背。」鶯羽，「鶯綺翼」也；鶯領，「灼繡頸」也，卽運化此詩語。衆經音義二十引倉頡云：「屏，牆也。」

之屏之翰，百辟爲憲。不戢不難，受福不那。【疏】傳：「翰，榦。憲，法也。戢，聚也。『不戢』，戢也。『不難』，難也。那，多也。不多，多也。」箋：「辟，君也。王者之德，外能捍蔽四表之患難，內能立功立事，爲之楨榦，則百辟卿士莫不修職而法象之。王者位至尊，天所予也，然而不自斂以先王之法，不自難以亡國之戒，則其受福祿亦不多也。」〇胡承珙云：「正義標傳文『翰榦』當引『楨翰榦』，今本『楨』下脫『翰』字，惟呂記引正義『楨、翰，榦也』不誤。又正義引舍人注：『榦，所以當牆兩邊。』『榦』當作『翰』。左（莊二十九、宣十一、成二年）傳正義引皆作『翰』。」又：「顏氏家訓書證篇引詩傳曰：『不戢，戢也。不儺，儺也。不多，多也。』據此，詩『難』字本作『儺』，傳當讀如『猗儺』之儺。隰有萇楚傳云：『猗儺，柔順貌。』則此『不戢』者，言民皆聚而歸之。『不儺』者，言民皆柔而順之。民既歸順，故受福多耳。」愚案：說文「鱋」下云：「讀若詩『受福不儺。』」是三家作「儺」，毛借以通訓也。

兕觥其觩，旨酒思柔。彼交匪敖，【注】齊「彼交」作「匪儌」。萬福來求。【疏】箋：「兕觥，罰爵也。古之王者與羣臣燕飲，上下無失禮者，其罰爵徒觩然陳設而已。其飲美酒，思得柔順中和，與共其樂。言不憮敖自淫恣也。『彼』，彼賢者也。賢者居處恭，執事敬，與人交必以禮，則萬福之禄就而求之。謂登用爵命，加以慶賜。」○韓詩曰：「觥容五升，所以爲罰爵也。」説詳卷耳篇。「觥」爲罰爵，後漢猶存其制，見郅惲傳。漢書五行志：「詩曰：『兕觥其觩，旨酒思柔。匪儌匪敖，萬福來求。』」張晏曰：「觥，罰爵也。飲酒和柔，無失禮可罰，罰爵徒觩然而已。」應劭曰：「言在位者不傲訐、不倨傲也。」師古曰：「儌，謂儌倖也。萬福，言其多也。謂飲酒者不儌倖、不傲慢，則福禄就而求之也。」臧琳云：「『交』，爲『絞』之省，絞、儌古通，當從應説。」盧文弨云：「左成十四年傳引詩『彼交匪傲』，襄二十七年傳作『匪交匪敖』。『匪』亦有『彼』義，襄八年傳引詩『如匪行邁謀』，杜注：『匪，彼也。』漢志據齊詩，故文與毛異。」馬瑞辰云：「王氏引之曰：『求，讀與「逑」同。逑，聚，謂福禄來聚。』其説是也。逑、鳩古同義。釋詁：『鳩，聚也。』堯典『方鳩僝功』，説文引作『旁逑僝功』，云：『逑，斂聚也。』『逑』音又同『勼』，説文：『勼，聚也。』『萬福來求』，猶鳧鷖詩『福禄來崇』、瞻彼洛矣詩『福禄既同』、長發詩『百禄是遒』。崇、同、遒，皆『聚』也。故趙孟曰：『匪交匪敖，福將焉往。』箋云『就而求之』，失其義矣。」愚案：「就而求之」，顏注同箋，是齊義本如此。

桑扈四章，章四句。

鴛鴦

鴛鴦【疏】毛序：「刺幽王也。思古明王交於萬物有道，自奉養有節焉。」箋：「交於萬物有道，謂順其性，取之以時，不暴夭也。」○三家義未聞。

鴛鴦于飛，畢之羅之。君子萬年，福禄宜之。【疏】傳：「興也。鴛鴦匹鳥，太平之時，交於萬物有道。取之以時，於其飛乃畢掩而羅之。」箋：「匹鳥，言其止則相耦，飛則爲雙，性馴耦也。此交萬物之實也，而言興者，廣其義也。獺祭魚而後漁，豺祭獸而後田，此亦皆其將縱散時也。『君子』，謂明王也。交於萬物，其德如是，則宜壽考受福祿也。」○呂覽季春紀高注：「罼，掩網也。詩曰：『鴛鴦于飛，罼之羅之。』」又淮南時則訓高注：「畢羅，鳥罟也。詩曰：『鴛鴦于飛，畢之羅之。』」兩引文異，明所據魯詩有兩本，其實一字也。馬瑞辰云：「聖人弋不射宿。說文：『宿，止也。』不射宿，謂不射止鳥，非夜宿之謂。古者射飛鳥，不射止鳥。說文：『雉，繳射飛鳥也。』畢羅之掩鳥，蓋亦於其飛，不於其止。故詩以此見古明王之交於萬物有道，非謂能飛卽畢羅之也。孔疏謂『於其能飛乃畢掩之而羅取之』，似非詩義。」易林隨之遯「君子萬年」，用齊經文。黃山云：「鴛鴦，水鳥之微者。既於人物無害，又不足以供庖厨，太平明王，何用特殺？蓋當鷹隼搏擊則水鳥驚飛，鷙鳥隱形則栖梁自得。用畢羅者，亦視其飛止以爲張弛，非卽以畢羅取鴛鴦，故毛專指詩爲興也。是鴛鴦之于飛，一如黃鳥、倉庚之于飛耳。鄭以豺、獺比方，疑爲事實非也。孔疏之誤，不足辨矣。」

鴛鴦在梁，戢其左翼。【注】韓說曰：戢，捷也。捷其噣於左也。君子萬年，宜其遐福。【疏】傳：「言休息也。」箋：「梁，石絕水之梁。戢，斂也。鴛鴦休息於梁，明王之時，人不驚駭，斂其左翼，以右翼掩之，自若無恐懼。遐，遠也，遠猶久也。」○「戢捷」至「左也」，釋文引韓詩文。陳喬樅云：「王褒四子講德論云：『飛鳥翕翼。』『翕』與『斂』義同。王用魯詩，與箋說合。韓訓『戢』爲『捷』者，廣雅釋詁云：『戢，插也。』插、捷古字通用。士冠禮『捷柶興』，釋文云：『捷，本作插。』禮樂記注：『搢，猶捷也。』釋文亦云『捷，本作插』，是其證也。毛奇齡續詩傳曰：『凡禽鳥止息，無論長頸短喙，必捷其噣於左翼。』引攷工記廬人注『矜，所捷也。捷，卽插也』爲證其說，良允。玉海載詩釋文引韓詩，作『捷其噣』。『捷』卽『捷』字之譌，陳啟源從之，誤矣。」

乘馬在廄，摧之秣之。君子萬年，福祿艾之。【疏】傳：「摧，挫也。秣，粟也。艾，養也。」箋：「摧，今『莝』字也。古者明王所乘之馬繫於廄，無事則委之以莝，有事乃予之穀。言愛國用也，以興於其身亦猶然。齊而後三舉設盛饌，恆日則減焉。此之謂有節也。明王愛國用，自奉養之節如此，故宜久爲福祿所養也。」○釋文：「莝，采臥反。韓詩云：『委也』。委，紆僞反。猶食也。」王應麟詩攷謂韓「摧」作「莝」，是也。箋言「委之以莝」，亦用韓義。說文：「莝，斬芻也。」「委」亦「餧」之省借，「餧」猶「飼」也。

乘馬在廄，秣之摧之。君子萬年，福祿綏之。【疏】箋：「綏，安也。」

鴛鴦四章，章四句。

頍弁【疏】毛序：「諸公刺幽王也。暴戾無親，不能燕樂同姓，親睦九族，孤危將亡，故作是詩也。」箋：「戾，虐也。暴虐，謂其政教如雨雪也。」○三家義未聞。

有頍者弁，實維伊何？爾酒既旨，爾殽既嘉。豈伊異人，兄弟匪他。蔦與女蘿，施于松柏。未見君子，憂心奕奕；既見君子，庶幾說懌。【疏】傳：「興也。頍，弁貌。弁，皮弁也。蔦，寄生也。女蘿，菟絲、松蘿也。喻諸公非自有尊，託王之尊。奕奕然無所薄也。」箋：「實，猶『是』也，言幽王服是皮弁之冠，是維何爲乎？言其宜以宴而弗爲也。禮，天子諸侯朝服以宴。天子之朝，皮弁以日視朝。旨、嘉，皆美也。女酒已美矣，女殽已美矣，何以不用與族人宴也？言其知具其禮而弗爲也。此言王當所與宴者，豈有異人疏遠者乎？皆兄弟與王。『無他』，言至親。又刺其弗爲也。『託王之尊』者，王明則榮，王衰則微，刺王不親九族，孤特自恃，不知己之將危亡也。『君子』，斥幽王也。」幽王久不與諸公宴，諸公未得見幽王之時，懼其將危亡，己無所依怙，故憂其心奕奕然。故言我若已得見幽王諫正之，則庶幾其變改，意解懌也。」○儀禮士冠禮「緇布冠缺項」，鄭注：「缺，讀如『有頍者弁』之頍。緇布冠無笄者，著頍圍髮際，結項中，隅爲四綴，以固冠也。項中有縕，亦由固頍爲之耳。今未冠笄者著幘，頍象之所生也。滕薛名蔮爲頍。」陳喬樅云：「鄭說本之齊詩，與毛異。」續漢志：「古者有冠無幘，其戴也，加首有頍，所以安幘，故詩曰『有頍者弁』，此之謂也。」仍本鄭說。陳奐云：「左昭九年傳『王使詹桓伯辭於晉，曰：我在伯父，猶衣服之有冠冕。』穀梁僖八年傳曰：『弁冕雖舊，必加於首；周室雖衰，必先諸侯。』然則王者之在上位，猶皮弁之在人首，故以爲喻。」實勝古說。說文：「蔦，寄生也。」釋草：「女蘿，兔絲。」呂覽精通篇高注引淮南記曰：「下有茯苓，上有兔絲，一名女蘿。詩曰：『蔦與女蘿，施于松上。』」明魯毛文同。正義引陸疏云：「今菟絲蔓連草上，非松蘿。松蘿自蔓松上，與菟絲殊異。」然詩明言女蘿施松上，不能以今證易也。隸釋載費鳳別碑云「樢與女蘿」，字从木作「樢」，亦三家之異，係說文或體。釋木「寓木宛童」，即此「樢」矣。釋訓：「奕奕，憂也。」即本魯詩義。

有頍者弁，實維何期？爾酒既旨，爾殽既時。豈伊異人，兄弟具來。蔦與女蘿，施于松上。未見君子，憂心怲怲；既見君子，庶幾有臧。【疏】傳：「時，善也。怲怲，憂盛滿也。臧，善也。」箋：「『何期』，猶『伊何』也。期，辭也。具，猶『皆』也。」○釋訓：「怲怲，變也。」亦魯詩義。

有頍者弁，實維在首。爾酒既旨，爾殽既阜。豈伊異人，兄弟甥舅。如彼雨雪，先集維霰。【注】魯「霰」作「䨘」。韓說曰「先集維霰」，霰，霙也。死喪無日，無幾相見。樂酒今夕，【注】魯「夕」作「昔」。君子維宴。【疏】傳：「霰，暴雪也。」箋：「阜，猶多也。謂吾舅者，吾謂之甥。將大雨雪，始必微溫。雪自上下，遇溫氣而摶，謂之霰，久而寒勝，則大雪矣。喻幽王之不親九族亦有漸，自微至甚，如先霰後大雪。王政既衰，我無所依怙，死亡無有日數，能復幾何與王相見也，且今夕喜樂此酒，此乃王之宴禮也。刺幽王將喪亡，哀之也。」○陳奐云：「此言宴同姓而必及甥舅者，禮文王世子篇云：『公若與族燕，則異姓爲賓。』」「魯霰作霓」者，釋天：「雨霓爲霄雪。」郭注：「詩曰：『如彼雨雪，先集維霓。』霓，水雪雜下者，謂之消雪。」郭所引據舊注魯詩之文也。「先集」至「霙也」，御覽十二、宋書符瑞志、文選謝惠連雪賦李注引韓詩薛君章句文。「先集維霰」，明韓毛文同。馬瑞辰云：「薛以『霰』爲『霙』，霙猶花也。今俗以雪之先下而小者爲雪花，卽韓詩所謂『霙』也。或以雪花六出當之，則誤以霰爲大雪矣。」韓詩外傳四言：「明王能愛其所愛，闇王必危其所愛。小雅曰：『死喪無日，無幾相見。』危其所愛之謂也。」據此，知韓、毛文同。「魯夕作昔」者，王逸楚詞大招注：「昔，夜也。詩云：『樂酒今昔。』言可以終夜自娛樂也。」據此，知魯詩「夕」作「昔」。

頍弁三章，章十二句。

車舝【疏】毛序：「大夫刺幽王也。褒姒嫉妬，無道並進，讒巧敗國，德澤不加於民。周人思得賢女以配君子，故作是詩也。」○左昭二十五年傳「叔孫昭子賦車轄」，「舝」亦作「轄」。說文「舝」入舛部，云：「軸耑鍵也，兩穿相背。从舛，㒶省聲。㒶，古文偰字。」「轄」入車部，云：「車聲也。从車，害聲。一曰，轄，鍵也。」係通借字，以「舝」爲正。三家義未聞。

間關車之舝兮，思孌季女逝兮。匪飢匪渴，德音來括。【注】韓說曰：括，約束也。**雖無好友，式燕且喜。**【疏】傳：「興也。間關，設舝也。孌，美貌。季女，謂『有齊季女』也。括，會也。」箋：「逝，往也。大夫嫉褒姒之爲惡，故嚴車設其舝，思得孌然美好之少女有齊莊之德者，往迎之以配幽王，代褒姒也。既幼而美，又齊莊，庶其當王意。時讒巧敗國，下民離散，故大夫汲汲欲迎季女。行道雖飢不飢，雖渴不渴，覬得之而來，使我王更修德教，合會離散之人。式，用也。我得德音而來，雖無同好之賢友，我猶用是燕飲相慶且喜。」○「間關」者，阮福云：「後漢荀彧傳論：『荀君乃越河冀，間關以從曹氏。』李注：『間關，猶展轉也。』車之設舝則流轉如意，亦猶人之周流四方動而不息，故注謂『間關猶展轉』也。『間關』言貌，而不言聲。宋儒以爲設舝聲，失之。」「括，約束也」者，文選劉琨答盧諶詩注，陸機辨亡論注引薛君韓詩章句文。馬瑞辰云：「韓釋『括』爲『約束』，言以德音來相約束，與下章『令德來教』同意。說文：『括，絜也』。『栝，檃也。』均與『約束』義同。」愚案：「雖無好友」，謂意見不同。

依彼平林，有集爲鷮。辰彼碩女，【注】魯「辰」作「展」。令德來教。式燕且譽，好爾無射。

【疏】傳：「依，茂木貌。平林，林木之在平地者也。鷮，雉也。辰，時也。」箋：「平林之木茂，則耿介之鳥往集焉。喻王若有茂美之德，則其時賢女來配之，與相訓告，改修德教。爾，女，女王也。射，厭也。我於碩女來教，則用是燕飲酒，且稱王之聲譽，我愛好王無有厭也。」○陸疏云：「鷮，微小於翟，走而且鳴，其尾長，肉甚美。」「魯辰作展」者，列女漢楊夫人傳引詩：「展彼碩女，令德來教。」是據魯詩之文。郝懿行妻王氏注：「展，信也。碩，大也。言信彼大賢之女，以善德來教也。」愚案：「碩女」，謂大德之女。「譽」，安也。詳蓼蕭篇。詩人目覩褒姒亂政，興此無聊之思，然卽使有之，亦終歸於無益。史記殷本紀：「九侯有好女，入之紂。九侯女不憙淫，紂怒，殺之，而醢九侯。」其已事也。

雖無旨酒，式飲庶幾。雖無嘉殽，式食庶幾。雖無德與女，式歌且舞。【疏】箋：「諸大夫覬得賢女以配王，於是酒雖不美猶用之燕飲，殽雖不美猶食之人。皆庶幾於王之變改，得輔佐之。雖無其德，我與女用是歌舞相樂。喜之至也。」○陳奐云：「周家歷世有賢聖之配，今幽王立褒姒爲后，大臣知其有滅周之禍。故篇中語氣，言不必若大姜大任大姒之賢聖，第思得德音令德之女，以配我君子，已有歌舞喜樂之盛，雖無旨酒嘉殽，亦足以解渴飢。此深惡王之黜申后而立褒姒也。左昭二十六年傳晏子曰：『陳氏雖無大德，而有施於民。豆區釜鍾之數，其取之公也薄，其施之民也厚。公厚斂焉，陳氏厚施焉，民歸之矣。詩曰：「雖無德與女，式歌且舞。」案，此斷章取義。詩人本以『女』與褒姒相比，晏子引之，以爲公與陳氏相較，而用意實同。『雖無德』，解作雖無大德，則詩意本然也。」後漢章帝紀元和二年詔：「詩不云乎：『雖無德與女，式歌且舞。』」明魯毛文同。

陟彼高岡，析其柞薪。析其柞薪，其葉湑兮。鮮我覯爾，我心寫兮。【疏】箋：「陟，登也。登高岡者，必析其木以爲薪。析其木以爲薪者，爲其葉茂盛，蔽岡之高也。此喻賢女得在王后之位，則必辟除嫉妬之女，亦爲其蔽君之明。鮮，善。覯，見也。善乎我得見女如是，則我心中之憂除去也。」

高山仰止，景行行止。四牡騑騑，六轡如琴。覯爾新昏，以慰我心。【注】韓「慰」作「慍」，慍，恚也。【疏】傳：「景，大也。慰，安也。」箋：「景，明也。諸大夫以爲賢女既進，則王亦庶幾古人有高德者則慕仰之，有明行者則而行之。其御羣臣，使之有禮，如御四馬騑騑然，持其教令，使之調均，亦如六轡緩急有和也。我得見女之新昏如是，則以慰除我心之憂也。『新昏』，謂季女也。」○此章與義廣博，箋說是也。史記孔子世家贊：「詩有之：『高山仰止，景行行止。』雖不能至，然心鄉往之。」史記三王世家：「詩曰：『高山仰止，景行嚮之。』」兩引文皆如此。褚少孫習魯詩，疑所引魯詩「亦作」本。詩釋文：「仰止，本或作『仰之』。」蓋兩「止」字皆有作「之」者。禮表記：「小雅曰：『高山仰止，景行行止。』」鄭注：「仰，高。勸行者，仁之次也。景，明也。有明行者，謂古聖賢也。」禮釋文：「仰止，本或作『仰之』。行止，作『行之。』」韓詩外傳七載南假子過程本子事，引詩：「高山仰止，景行行止。」明韓毛文同。此四句推及賢女輔王進德，能如是則我心慰安也。馬瑞辰云：「王肅申毛，云：『慰，怨也。』此非毛傳之舊。說文：『䛄，慰也。』玉篇：『䛄，慰也。亦作婉。』『䛄』即『婉』之或體。『䛄』者，順也。䛄可訓慰，慰亦可訓䛄，毛傳蓋本作『慰，䛄也。』後人少識『䛄』，因譌而爲『怨』，王肅遂以『怨恨』釋之耳。」「慰作愠。愠，恚也」者，釋文引韓詩文。今韓詩不可得見，就釋文所引推之，蓋末章末二句已露正意，如王肅所云「新昏謂褒姒」，故言「以愠我心」耳。

車舝五章，章六句。

青蠅【疏】毛序：「大夫刺幽王也。」○易林豫之困：「青蠅集藩，君子信讒。害賢傷忠，患生婦人。」據此，齊詩爲幽王信褒姒之讒而害忠賢也。困學紀聞云：「袁孝政釋劉子曰：魏武公信讒，詩刺之曰：『營營青蠅，止于藩。』此小雅也。謂之魏詩可乎？」案，「魏」當「衞」之誤。三家詩以此合下篇皆衞武公所作。何楷說同。愚案：衞武公王朝卿士，詩又爲幽王信讒而刺之，所以列於小雅。若武公信讒而他人刺之，其詩當入衞風矣，卽此可證明其誤。魯韓未聞。

營營青蠅，【注】三家「營」作「謍」。止于樊。【注】齊「樊」作「藩」，魯作「藩」，亦作「蕃」，韓作「楙」。豈弟君子，無信讒言。【疏】傳：「興也。營營，往來貌。樊，藩也。」箋：「興者，蠅之爲蟲，汙白使黑，汙黑使白，喻佞人變亂善惡也。言『止于藩』，欲外之令遠物也。『豈弟』，樂易也。」○「三家營作謍」者，說文引詩「營」作「謍」，云：「小聲也。」此出三家。「齊樊作藩」者，易林作「青蠅集藩。」（見上。）漢書武五子傳壺關三老茂引詩「止于藩」，而昌邑王傳龔遂引詩作「至于藩」，既與茂引不同。又此詩三章皆作「止」，不當此獨爲「至」，疑或誤文，雖古書未敢據依。「魯作藩亦作蕃」者。論衡商蟲篇：「詩云：『營營青蠅，止于藩。愷悌君子，無信讒言。』讒言傷善，青蠅汙白，同一禍敗，詩以爲興。昌邑王夢西階下有積蠅矢，明旦召問郎中龔遂，遂對曰：『蠅者，讒人之象也。夫矢積於階下，王將用讒人之言也。』由此言之，蠅之爲蟲，應人君用讒。」史記滑稽傳：「詩云：『營營青蠅，止于蕃。』」滑稽傳褚少孫所補，少孫用魯詩，字作「蕃」，蓋魯「亦作」本。「韓作楙」者，說文引詩作「止於楙」，「楙」卽「樊」之省，韓文也。「君子」，斥幽王。

營營青蠅，止于棘。讒人罔極，【注】魯「人」作「言」。交亂四國。【疏】箋：「極，猶『已』也。」○「魯人作言」者，新語輔政篇、史記滑稽傳、論衡言毒篇引，「讒人」並作「讒言」，明魯作「讒言罔極。」漢書敍傳「充躬罔極，交亂宏大」，用齊經文。

營營青蠅，止于榛。讒人罔極，構我二人。【注】韓説曰：「構，亂也。」【疏】傳：「榛，所以爲藩也。」箋：「構，合也。合，猶交亂也。」○「構，亂也」者，釋文引韓詩文。孔疏：「構者，構合兩端，令二人彼此相嫌，交更惑亂也。」後漢寇榮傳「青蠅之人所共搆會」，「搆」與「構」字異義同，「搆會」猶「構合」也。榮以行葦爲公劉詩，與列女傳潛夫論合，是亦習魯詩者，知此詩魯訓與韓同也。

青蠅三章，章四句。

賓之初筵【疏】毛序：「衞武公刺時也。幽王荒廢，媟近小人，飲酒無度，天下化之。君臣上下沈湎淫液，武公既入而作是詩也。」箋：「淫液者，飲食時情態也。武公入者，入爲王卿士。」○後漢孔融傳李注引韓詩曰：「衞武公飲酒悔過也。」朱子集傳引作韓詩序。易林大壯之家人：「舉觴飲酒，未得至口。側弁醉詾，拔劍斫怒。武公作悔。」齊義與韓説同。案，武公入相在平王世，幽王已往，抑詩已云「追刺」，不應又作此篇。齊韓以爲「悔過」，當從之。

賓之初筵，左右秩秩。【注】韓説曰：「言賓客初就筵之時，賓主秩秩然俱謹敬也。」籩豆有楚，殽核維旅。【注】齊魯「核」作「覈」。魯「維」作「惟」。酒既和旨，飲酒孔偕。鍾鼓既設，舉醻逸逸。大侯既抗，弓矢斯張。射夫既同，獻爾發功。【注】齊説曰：「大射之禮也。」發彼有的，以祈爾爵。【疏】傳：「秩秩然肅敬也。楚，列貌。殽，豆實也。核，加籩也。旅，陳也。逸逸，往來次序也。大侯，君侯也。抗，舉也。有燕射之禮。

的』質也。祈，求也。」箋：「筵，席也。左右，謂折旋揖讓也。秩秩，知也。先王將祭，必射以擇士。大射之禮，賓初入門，登堂卽席，其趨翔威儀甚審知。言不失禮也。射禮有三：有大射，有賓射，有燕射。豆實，葅醢也。籩實，有桃梅之屬。凡非穀而食之曰『殽』。『和旨』，猶調美也。孔，甚也。王之酒已調美，衆賓之飲酒又威儀齊一，言主人敬其事而衆賓肅愼。鍾鼓於是言既設者，將射故縣也。『舉』者，舉鵠而棲之於侯也。周禮梓人：『張皮侯而棲鵠。』天子諸侯之射，皆張三侯，故君侯謂之大侯，大侯張而弓矢亦張節也。將祭而射謂之大射，下章言『烝衎烈祖』，其非祭與？『射夫』，衆射者也。獻，猶『奏』也。既比衆耦乃誘射，射者乃登射，各奏其發矢中的之功。發，發矢也。射者與其耦拾發，發矢之時，各心競云：我以此求爵女。爵，射爵也。射之禮，勝者飲不勝，所以養病也。故論語曰：『下而飲，其爭也君子。』」○陳奐云：「燕禮：『司宮筵，賓于户西東上，無加席也。射人告具。小臣設公席于阼階上，西鄉設加席。』是主席在東，而賓筵在西。『左右』，猶『東西』也。」「言賓」至「敬也」。後漢孔融傳李注引韓詩文。「齊魯核作殽，魯維作惟」者，文選班固典引「肴覈仁義之林藪」，蔡邕注：「肴覈，食也。肉曰肴，骨曰覈。詩曰：『肴猶惟旅。』」班用齊詩，蔡邕魯詩，是齊魯「核」俱作「覈」，魯「維」作「惟」也。「大射之禮也」者。漢書吾邱壽王傳壽王曰：「大射之禮，自天子降及庶人，三代之道也。詩云：『大侯既抗，弓矢斯張。射夫既同，獻爾發功。』言貴中也。」陳喬樅云：「壽王從董仲舒受春秋，則稱詩亦當爲齊學。此詩毛傳云『有燕射之禮』，鄭箋則云『將祭而射謂之大射』，下章言『烝衎烈祖』，其非祭與？今據壽王說，明以此詩爲大射之禮，知鄭箋所云蓋從齊義。」說苑修文篇：「射者必心平體正，持弓矢審固，然後射者能以中。詩云：『大侯既抗，弓矢斯張。射夫既同，獻爾發功。』此之謂也。」據此，魯毛文同。禮射義：「詩云：『發彼有的，以祈爾爵。』祈，求也，求中以辭爵也。酒者所以養老也，所以養病也。求中以辭爵者，辭養也。」以「祈」爲求中辭爵，此義最古。引詩合上壽王傳所引，明齊毛文同。鄭

注：「發，猶射也。的，謂所射之識也。言射的必欲中之者，以求不飲女爵也。『爾』，或爲『有』。」案，禮文明言「求中以辭爵」，是求射中，注以「爾爵」不屬射，更以「求不飲女爵」説之，蓋本齊詩，其以「爵」爲「女爵」則同。箋毛乃云「我以此求爵女」，並引「下而飲」爲證，是謂以我爵飲汝酒，即「爾」或爲「有」之義矣。知三家「爾」有作「有」者。

籥舞笙鼓，樂既和奏。烝衎烈祖，以洽百禮。百禮既至，有壬有林。錫爾純嘏，子孫其湛。其湛曰樂，各奏爾能。賓載手仇，室人入又。酌彼康爵，以奏爾時。【疏】傳：「秉籥而舞，與笙鼓相應。壬，大。林，君也。嘏，大也。手，取也。室人，主人也。主人請射於賓，賓許諾，自取其匹而射，主人亦入于次，又射以耦賓也。酒所以安體也。時，中者也。」箋：「籥，管也。殷人先求諸陽，故祭祀先奏樂，滌蕩其聲也。烝，進。衎，樂。烈，美。洽，合也。奏樂和，必進樂其先祖，於是又合見天下諸侯所獻之禮。壬，任也，謂卿大夫也。諸侯所獻之禮既陳於庭，有卿大夫，又有國君。言天下徧至，得萬國之歡心。純，大也。嘏，謂尸與主人以福也。湛，樂也。王受神之福於尸，則王之子孫皆喜樂也。子孫各奏爾能者，謂既湛之後，各酌獻尸，尸酢而卒爵也。士之祭禮，上嗣舉奠，因而酌尸。天子則有子孫獻尸之禮，文王世子曰『其登餕獻受爵，則以上嗣』是也。『仇』，讀爲『㪺』。室人有室中之事者，謂佐食也。又，復也。賓手挹酒，室人復酌爲加爵。康，虚也。時，謂心所尊者也。加爵之間，賓與兄弟交錯相醻。卒爵者，酌之以其所尊，亦交錯而已，又無次也。」○馬瑞辰云：「壬、林，承上『百禮』言。『有壬』，狀其禮之大；『有林』，狀其禮之多。爾雅『林』、『蒸』並訓爲『君』，又訓爲『衆』，其義一也。『君』即『羣』也。『賓載手仇，室人入又』者，傳、箋異義。據下文『以奏爾時』，『時』謂『中』者，則從傳謂『賓自取匹以射』，其義爲允。」胡承珙云：「大射儀：『燕畢徹俎，説屨安坐之後，若命曰：復射、司射、命射唯欲。』注云：『欲者則射，不欲者則止。可否之事，從人心也。』蓋前此之射皆司射請射，有司比耦，此云『命射唯欲』，則可自取其耦，不必與正射同。又天子諸侯燕禮、射禮，以膳夫、宰夫爲主人。前此正射，君與賓爲耦，此時或君不欲射，主人膳宰之屬故可請射於賓，亦入於次，又射以耦賓也。」此說可補孔疏之疏略。

賓之初筵，温温其恭。其未醉止，威儀反反。【注】韓「反」作「昄」，云：善貌。曰既醉止，威儀幡幡。舍其坐遷，屢舞僊僊。其未醉止，威儀抑抑。曰既醉止，威儀怭怭。【注】三家「怭」作「佖」。是曰既醉，不知其秩。【疏】傳：「反反，言重慎也。幡幡，失威儀也。遷，徙。屢，數也。僊僊然。抑抑，慎密也。怭怭，媟嫚也。秩，常也。」箋：「此復言『初筵』者，既祭，王與族人燕之筵也。王與族人燕，以異姓爲賓。『温温』，柔和也。此言賓初卽筵之時，能自勅戒以禮，至於旅酬，而小人之態出。言王既不得君子以爲賓，又不得有恒之人，所以敗亂天下，率如此也。」○反作昄，訓善貌者，釋文引韓詩文。陳喬樅云：「『反反』，卽『昄昄』之省借。釋詁：『昄，大也。』玉篇：『昄，大也，善也。』玉篇『昄善』之訓，卽本韓詩。」馬瑞辰云：「毛訓『重慎』，亦善貌也。執競詩『威儀反反』，毛傳：『反反，難也。』義與此傳『重慎』相成，故詩疏亦以『重難』釋之。」又云：「古者飲酒之禮，取觶、奠觶皆坐。又凡禮盛者，坐卒爵，其餘則皆立飲。又有升降興拜、復席復位諸禮，皆可以『遷』統之。『舍其坐遷』，謂舍其當坐、當遷之禮耳。若如正義『舍其本坐，遷嚮他處』，則是讀『舍其坐』爲句，『遷』字另爲句。否則易經文爲『舍坐而遷』，其義始明，非詩義也。」「威儀怭怭」，釋文引說文，「怭」作「佖」：「媟嫚也。」今說文「佖」下引詩，訓「威儀也」。段注：「當作『威儀媟嫚也。』」黄山云：「揚雄羽獵賦『駢衍佖路』，文選李注引晉灼曰：『佖，滿也。』滿爲充滿，是自以爲有威儀，卽矜張自滿之貌，與『抑抑』正相反，故下云『不知其秩』，猶言不知其職分耳。毛訓『媟嫚』，則與上文『幡幡』訓『失威儀』複，釋文緣毛傳而訛也。或謂本引傳文爲『媟嫚』二字出音，非引說文訓也，說文作『佖』，本三家。」

賓既醉止，載號載呶。亂我籩豆，屢舞僛僛。是曰既醉，不知其郵。側弁之俄，屢舞傞傞。既醉而出，並受其福。醉而不出，是謂伐德。飲酒孔嘉，維其令儀。【疏】傳：「號呶，號呼讙呶也。僛僛，舞不能自正也。傞傞，不止也。」箋：「郵，過。側，傾也。俄，傾貌。此更言賓既醉而異章者，著爲無筭爵以後也。出，猶去也。孔，甚。令，善也。賓醉則出，與主人俱有美譽。醉至若此，是誅伐其德也。飲酒而誠得嘉賓，則於禮有善威儀，武公見王之失禮，故以此言箴之。」○後漢孔融傳李注引韓詩曰：「『賓既醉止，載號載呶。』不知其爲惡也。」楊雄光禄勳箴：「載號載呶。」明魯毛文同。「僛，醉舞貌」者，玉篇人部：「僛，醉舞貌。詩云：『屢舞僛僛。』」案，此與毛訓異，又出玉篇，亦是韓詩之訓。易林井之師「側弁醉客」，用齊經文。「三家傞作㛂」者，說文「㛂」字注引詩「婁舞㛂㛂」，此出三家。段玉裁云：「古『此』聲、『差』聲最近，邶鄘衛風『玼兮玼兮』，或作『瑳兮瑳兮』。」正與「傞」通作「㛂」相類。說苑反質篇：「詩曰：『側弁之俄』，言失德也。『屢舞傞傞』，言失容也。『既醉以酒，既飽以德』；『既醉而出，並受其福』，賓主之禮也。『醉而不出，是謂伐德』，賓主之罪也。」所引明魯毛文同。馬瑞辰云：「說文廣雅並云：『伐，敗也。』『伐德』，猶言『敗德』。箋訓爲『誅伐』，失之。」又說文「俄」下引詩「仄弁之俄」。「側」作「仄」，古字通用。釋水：「穴出，仄出也。」釋文：「仄，本作側。」史記平準書「鑄鍾官赤側」，漢書食貨志作「鑄鍾官赤仄」。皆其證。漢書五行志及諸傳亦皆以「仄」代「側」，是說文所引卽齊詩之「或作」本。

凡此飲酒，或醉或否。既立之監，或佐之史。彼醉不臧，不醉反恥。式勿從謂，無俾大怠。匪言勿言，匪由勿語。由醉之言，俾出童羖。三爵不識，矧敢多又。【疏】傳：「立酒之監，佐酒之史。羖羊，不童也。」箋：「『凡此』者，凡此時天下之人也。飲酒於有醉者，有不醉者，則立監使視之，又助以史，使督酒，欲令皆醉也。彼醉則已不善，人所非惡，反復取未醉者恥罰之。言此者，疾之也。式，讀曰『慝』。勿，猶『無』也。俾，使。由，從也。武公見時人多説醉者之狀，或以取怨致讎，故爲設禁。醉者有過惡，女無就而謂之也。當防護之，無使顛仆，至於怠慢也。其所陳説，非所當説，無爲人説之也，亦無從而行之也，亦無以語人也，皆爲其聞之將恚怒也。女從行醉者之言，使女出無角之羖羊。脅以無然之物，使戒深也。羖羊之性，牝牡有角。矧，況。又，復也。當言我於此醉者，飲三爵之不知，況能知其多復飲乎？三爵者，獻也，酬也，酢也。』○鄉射禮鄭注：『爵備樂畢，將留賓以事，爲有懈倦失禮，立司正以監之，察儀法也。詩云：『既立之監，或佐之史。』』陳喬樅云：『此引齊詩也。記注之義，於詩意爲合。』馬瑞辰云：『戰國策淳于髡説齊威王曰：『賜酒大王之前，執法在旁，御史在後。』『御史』，卽詩所謂『或佐之史』也。古者飲酒皆立之監，以防失禮。惟老者有乞言之典，更佐以史，少者則否，故云『或佐之史』。監以察儀，史以記言，下文云『式勿從謂，無俾大怠』，察儀之事也。『匪言勿言，匪由勿語』，乞言於老者而勉以愼言之詞也。』又云：『『式』，當讀『式微式微』之式，彼箋云『式，發聲』是也。『式勿從謂』，卽『勿從謂』也。釋詁：『謂，勤也。』『勤』爲『勤勞』之勤，亦爲『相勸勉』之勸。『勿從謂』者，勿從而勸勸之，使更飲也，故卽繼之以『無俾大怠』耳。』又云：『『俾出童羖』者。釋畜：『夏羊牡羭牝羖。』當爲『牡羖牝羭』之譌。説文宋本、小徐本並曰『夏羊牡曰羖』，廣韻集韻及類篇韻會引説文同，是知今大徐本作『牝』爲傳寫之譌。證一。説文：『夏羊牝曰羭。』列子天瑞篇：『老羭之爲猨。』張湛注亦以『羭』爲『牝羊』，則知羖必牡羊矣。證二。三蒼：『羖，夏羊羖攊也，亦羯也。』説文：『羯，羊羖犗也。』去勢曰犗，必牡羊乃可稱犗。證三。戴侗六書故、周伯琦六書正譌並曰：『羖，牡羊也。』證四。廣雅：『吳羊牡一歲曰𦍩䍩。』玉篇廣韻並以『𦍩』爲『羖』之俗。案，今俗稱牛之牡者爲『牯』，與牡羊之稱『羖羊』取義正同。證五。説文：『羝，牡羊也。』廣雅：『吳羊牡三歲曰羝。』易釋文引張璠注：『羝羊，羖羊也。』以『羖』釋『羝』，羝爲牡，則羖亦牡可知。證六。以今證古，吴羊即今綿羊，惟牡者有角，牝者多無角。夏羊即今山羊，牝牡皆有角，牝間有角小者，牡則未有無角者。大雅抑之詩曰『彼童而角』，是無角者而言其有角。此詩『俾出童羖』，又是有角者而欲其無角。二者相參，足見詩人寓言之妙。傳『羖羊不童』，蓋以羖爲夏羊之牡者。至箋以『羖』爲牝牡通稱，蓋據漢末稱夏羊爲羖，即爾雅郭注所云，今人便以『牂羖』名白黑羊也，然與爾雅説文訓異矣。」又云：「禮，飲獻酢酬之外，又有旅酬，不止三爵。惟臣侍君小燕，則以三爵爲度。玉藻：『君子之飲酒也，受一爵而色洒如也，二爵而言言斯，禮已，三爵而油油，以退。』孔疏：『言侍君小燕之禮。』引春秋傳曰：『臣侍君，燕過三爵，非禮也。』又易林曰：『湛露之歡，三爵畢恩。』公羊何休注：『禮，飲酒不過三爵。』皆指平時侍燕而言，即此詩所謂『三爵』也。」

賓之初筵五章，章十四句。

甫田之什十篇，三十九章，二百九十六句。

詩三家義集疏卷二十

詩小雅

魚藻之什第二十

魚藻【疏】：「刺幽王也。言萬物失其性，王居鎬京，將不能以自樂，故君子思古之武王焉。」箋：「『萬物失其性』者，王政教衰，陰陽不和，羣生不得其所也。『將不能以自樂』，言必自是有危亡之禍。」○三家無異義。

魚在在藻，有頒其首。【注】韓説云：「頒，衆貌。」魯「頒」作「賁」。王在在鎬，豈樂飲酒。【注】魯「豈」作「愷」。【疏】傳：「頒，大首貌。魚以依蒲藻爲得其性。」箋：「藻，水草也。魚之依水草，猶人之依明王也。明王之時，魚何所處乎？處於藻。既得其性則肥充，其首頒然。此時人物，皆得其所正。言魚者，以潛逃之類，信其著見。『豈』，亦『樂』也。天下平安，萬物得其性。武王何所處乎？處於鎬京，樂八音之樂，與羣臣飲酒而已。今幽王惑於褒姒，萬物失其性，方有危亡之禍，而亦豈樂飲酒於鎬京，而無悛心，故以此刺焉。」○「頒，衆貌」者，釋文引韓詩文。馬瑞辰云：「説文『寡』字注云：『頒，分也。』韓訓『頒』爲『衆』，蓋讀『頒』如『紛紜』之紛。以義推之，二章『有莘其尾』，韓『莘』當讀『㚐』。説文：『㚐㚐，衆多貌。』又説文：『㚐，盛貌。讀若詩「莘莘征夫」。』亦衆盛貌。文選高唐賦『縰縰莘莘』，注引詩：『有莘其尾。』毛萇曰：『莘，衆多也。』案，毛傳云：『莘，長貌。』胡承珙謂此李善之誤以韓爲毛，其説是也。」玉篇四頒下引詩云：「有頒其首。頒，大首貌。一云，衆也。」此兼采毛、韓二義。「魯頒作賁」者，釋詁：「賁，大也。」尚書疏引樊光注，引詩云：「有賁其首。」説文：「頒，大頭也。」引詩「有頒其首」，義與毛同。然則「頒」爲正體，「賁」乃借字也。班固東都賦「發蘋藻以潛魚」，李注：「詩小雅曰：『魚在在藻。』」班所用齊經文。「魯豈作愷」者，張衡南都賦：「接歡宴於日夜，終愷樂之令儀。」張用魯詩，作「愷」，豈、愷古今字之異。

魚在在藻，有莘其尾。王在在鎬，飲酒樂豈。【疏】傳：「莘，長貌。」

魚在在藻，依于其蒲。王在在鎬，有那其居。【疏】箋：「那，安貌。天下平安，王無四方之虞，故其居處那然安也。」○陳奐云：「桑扈、那傳並云：『那，多也。』『多』者，盛大之詞。」

魚藻三章，章四句。

采菽【疏】毛序：「刺幽王也。侮慢諸侯，諸侯來朝，不能錫命以禮數，徵會之而無信義。君子見微而思古焉。」箋：「幽王徵會諸侯，爲合義兵征討有罪，既往而無之，是於義事不信也。君子見其如此，知其後必見攻伐，將無救也。」○案，魯家以爲王賜諸侯命服之詩。（見下。）齊韓未聞。「菽」，釋文：「本亦作叔。」案，左昭十七年傳晉語引詩，皆作「采叔」，假借字。「菽」非古，豆名作「尗」。

采菽采菽，筐之筥之。君子來朝，何錫予之？雖無予之，路車乘馬。又何予之？【注】魯韓「予」作「與」。玄衮及黼。【疏】傳：「興也。菽，所以芼大牢而待君子也。羊則苦，豕則薇。『君子』，謂諸侯也。玄衮，卷龍也。白與黑謂之黼。」箋：「菽，大豆也。采之者，采其葉以爲藿。三牲牛羊豕，芼以藿。王饗賓客有牛俎，乃用鉶羹，故使采之。賜諸侯以車馬，言『雖無予之』，尚以爲薄。及，與也。玄衮，玄衣而畫以卷龍也。黼，黼黻，謂絺衣也。諸公之服自衮冕而下，侯伯自鷩冕而下，子男自毳冕而下。王之賜，維用有文章者。」○「魯韓予作與」者，白虎通攷黜篇：「九錫，皆隨其德可行而賜，能安民者賜車馬，能富民者賜衣服。以其進退有節，行步有度，賜之車馬，以代其步；言成文章，行成法則，賜之衣服，以表其德。詩曰：『君子來朝，何錫與之？雖無與之，路車乘馬。又何與之？玄衮及黼。』」是魯詩作「與」。後漢東平憲王傳明帝手詔曰：「『瞻望永懷，實勞我心。』誦及采菽，以增歎息。」明帝習韓詩。李注：「采菽，詩小雅之章也。其詩曰：『采菽采菽，筐之筥之。君子來朝，何錫與之？』」是李引韓詩作「與」。惟儀禮覲禮鄭注：「路，謂車也。凡君所乘車曰路。路下四，謂乘馬也。詩云：『君子來朝，何錫予之？雖無予之，路車乘馬。又何予之？玄衮及黼。』」明齊詩作「予」，與毛同。陳喬樅云：「韋昭晉語注以此詩爲王賜諸侯命服之樂，與白虎通說合。」

觱沸檻泉，【注】魯韓「檻」作「濫」。韓「觱」亦作「滭」。言采其芹。君子來朝，言觀其旂。其旂淠淠，鸞聲嘒嘒。載驂載駟，君子所屆。【疏】傳：「觱沸，泉出貌。檻泉，正出也。淠淠，動也。嘒嘒，中節也。」箋：「言，我也。芹，菜也，可以爲菹，亦所用待君子也。我使采其水中芹者，尚絜清也。周禮：『芹菹雁醢。』屆，極也。諸侯來朝，王使人迎之，因觀其衣服車乘之威儀。所以爲敬，且省禍福也。諸侯將朝于王，則驂乘乘四馬而往，此之服飾，君子法制之極也。言其尊而王今不尊也。」○「觱」，義具七月篇。「魯檻作濫」者。釋水：「濫泉正出。正出，涌出也。」是魯當作「濫」。說文：「濫，氾也。」引詩「觱沸濫泉」，蓋卽魯詩。「韓觱作滭，檻作濫」者，玉篇角部：「觱沸濫泉。」又云：「觱，或作『滭』，泉水出皃。」是韓作「觱」，亦作「滭」，「檻」作「濫」。「嘒嘒」，庭燎、泮水篇均作「噦噦」。庭燎傳訓爲「徐行中節」，與此傳合，是毛詩「嘒」卽「噦」也。說文「鉞」下引詩作「鉞」，「鉞」蓋本三家文，說詳後泮水篇。馬瑞辰云：「『君子』，謂諸侯。『驂駟』，亦指諸侯之車。謂諸侯將朝於王，乘此驂駟以往也。釋文云：『箋一讀「諸侯將朝」絕句，無「于」字，以「王」字下屬。』孔疏亦謂驂駟『明王所乘以往』，殊失箋指。『君子所屆』，晏子春秋內篇諫上引詩作『君子所誡』，是知『屆』爲『誡』之叚借。『誡』之言『戒』，謂此驂駟皆君子之所夙戒，以見其車之有度也。箋謂『法制之極』，亦非。」

赤芾在股，【注】魯「芾」作「紼」。邪幅在下。彼交匪紓，【注】魯「彼」作「匪」。天子所予。樂只君子，天子命之。樂只君子，福禄申之。【疏】傳：「諸侯赤芾。邪幅，幅偪也，偪，所以自偪束也。紓，緩也。申，重也。」箋：「芾，大古蔽膝之象也。冕服謂之芾，其他服謂之韠，以韋爲之。其制上廣一尺，下廣二尺，長三尺，其頸五寸，肩革帶博二寸。脛本曰股。邪幅，如今行縢也。偪束其脛，自足至膝，故曰『在下』。彼與人交接，自偪束如此，則非有解怠紓緩之心，天子以是故賜予之。『只』之言『是』也。古者天子賜諸侯也，以禮樂樂之，乃後命予之也。天子賜之，神則以福禄申重之，所謂人謀、鬼謀也。刺今王不然。」○「魯芾作紼」者，白虎通紼冕篇：「天子朱紼，諸侯赤紼。詩曰『赤紼在股』，謂諸侯也。」說文：「幅，布帛廣也。」布帛廣施諸纏足謂之「邪幅」，邪幅謂之「偪」，取「偪束」之義，又謂之「徽」。說文：「徽，衺幅也。」「魯彼作匪」者，荀子勸學篇引詩，作「匪交匪紓」，荀子云：「禮恭，而後可與言道之方。辭順，而後可與言道之理。色從，而後可與言道之致。故未可與言而言謂之傲，可與言而不言謂之隱，不觀氣色而言謂之瞽。故君子不傲、不隱、不瞽，謹慎其身。詩曰：『匪交匪紓，天子所予。』此之謂也。」案，「交」，古「絞」字。交、傲一義，所云「未可與言而言謂之傲」也。「紓」訓「緩」，謂怠緩也，所云「可與言而不言謂之隱」也。不交傲，不怠緩，則禮恭辭順色從矣。君子如此，宜爲天子所賜予。韓詩外傳四說與荀略同，而末引詩曰：「『彼交匪紓，天子所與』。言必交吾志，然後予也。」引詩仍作「彼交」。「交」義亦同「交接」，蓋即箋說所本矣。詳此詩今、古文皆有兩作，故左襄二十七年傳引桑扈詩「匪交匪敖」，「彼」作「匪」，成十四年傳引仍作「彼」。左傳本古文，與魯韓「彼」、「匪」二文相類。

維柞之枝，其葉蓬蓬。樂只君子，殿天子之邦。樂只君子，萬福攸同。平平左右，亦是率從。【注】韓「平」作「便」，云：「閑雅之貌。」【疏】傳：「蓬蓬，盛貌。殿，鎮也。平平，辯治也。」箋：「此興也。柞之幹猶先祖也，枝猶子孫也，其葉蓬蓬，喻賢才也，正以柞爲輿者。柞之葉新將生，故乃落於地，以喻繼世以德，相承者明也。率，循也。諸侯之有賢才之德，能辯治其連屬之國，使得其所，則連屬之國亦循順之。」○易林復之家人：「萬福攸同，可以安處。」大畜之大壯同，用齊經文。荀子儒效篇：「明主譎德而序位，所以爲不亂也。忠臣誠能然後敢受職，所以爲不窮也。分不亂於上，能不窮於下，治辯之極也。詩曰：『平平左右，亦是率從。』言上下之交不相亂也。」「平作便，云閑雅之貌」者，釋文引韓詩文。陳喬樅云：「左傳引作『便蕃左右』，平、便、辯皆以音近通轉。」正義：「堯典『平章百姓』，書傳作『辯章』，則平、辯義通而古今之異耳。服虔云：『平平，辯治不絕之貌。』則『平平』是貌狀也。」韓訓「便便」爲「閑雅貌」者，「辯治」有整暇之意，故爲閑雅貌也。陳奐云：「爾雅：『便便，辯也。』書大傳：『予辯下土，使民平平。』荀子書多用『辯治』。左傳引詩作『便蕃』，『便』與『辯』同，言辯別也。『蕃』與『緐』同，言緐亂也。辯別緐亂謂之『便蕃』，治辯謂之『平平』，文異而義同也。韓云『便便閑雅之貌』，蓋亦治辯之極之義。思文傳：『率，用也。』左傳作『帥從』，謂諸侯之順從也。『亦』，發聲。左傳引此詩而釋之云：『夫樂以安德，義以處之，禮以行之，信以守之，仁以厲之，而後可以殿邦國、同福祿、來遠人，所謂樂也。』」

汎汎楊舟，紼纚維之。【注】魯「纚」作「縭」。韓說曰：纚，筰也。一曰：繫也。樂只君子，天子葵之。樂只君子，福祿膍之。【注】韓「膍」作「肶」，云：厚也。優哉游哉，【注】韓「游」作「柔」。亦是戾矣。【疏】傳：「紼，繂也。纚，緌也。明王能維持諸侯也。葵，揆也。膍，厚也。戾，至也。」箋：「楊木之舟浮於水上汎汎然，東西無所定，舟人以紼繫其緌以制行之，猶諸侯之治民，御之以禮法。戾，止也。諸侯有盛德者，亦優游自安。止於是，言思不出其位。」○王逸楚詞九歎注：「楊，木名也。詩云：『汎汎楊舟。』」明魯毛文同。「魯纚作縭」者，釋水：「汎汎楊舟，紼縭維之。紼，䌊也。縭，綏也。」孔疏引李巡注：「紼竹爲索，所以維持舟者。」孫炎注：「紼，大索也。舟止繫之於樹木，戾竹爲大索。」「纚，筰也」者，釋文引韓詩文。「纚，繫也」者，文選顏延之宋元皇后哀策文注引韓詩文。陳喬樅云：「說文：『筰，筊也。』『筊，竹索也』。釋名：『引舟者爲筰。筰，作也。作，起也。起舟使動行也。』玉篇：『筰，竹索也，引舟竹筊也。』爾雅郭注：『䌊，索也。綏，繫也。』雖雅韓所釋不同，要皆維舟之索。筰以繫舟使止，亦以引舟使行，今行舟者猶然，故韓訓兼二義也。」「葵，揆」，釋言文。郭注引詩曰：「天子葵之。」此舊注魯詩文，明魯毛文同。「膍，厚」，釋詁文。「膍作肶云厚也」者，釋文引韓詩文。陳喬樅云：「說文：『膍，或從比，作肶。』玉篇：『肶，字同膍。』『膍』本訓『膍胵』，又得訓『厚』者，此與『腹』字同意，皆引申叚借之義也。說文：『腹，厚也。』『腹』與『複』通。月令『水澤腹堅』，注：『腹，厚也。』釋文：『腹，本又作複。』『膍』與『肶』通。肶，厚也，見節詩毛傳，是其證。」「韓游作柔」者，韓詩外傳四「子爲親隱，義不得正。君誅不義，仁不得愛。雖違仁害義，法在其中矣。詩云：『優哉柔哉，亦是戾矣。』」陳喬樅云：「案，此引詩『優哉游哉』，『游』當作『柔』，據卷八引定之。」蔡邕集汝南周巨勝碑銘用「優哉游哉」，明魯毛文同。

采菽五章，章八句。

角弓【疏】毛序：「父兄刺幽王也。不親九族而好讒佞，骨肉相怨，故作是詩也。」○魯說以此詩爲幽厲之際。（見下引。）齊韓義未聞。

騂騂角弓，翩其反矣。兄弟昏姻，無胥遠矣。【疏】傳：「興也。騂騂，調利也。不善紲檠巧用，則翩然而反。」箋：「興者，喻王與九族不以恩禮御待之，則使之多怨也。胥，相也。骨肉之親，當相親信，無相疏遠。相疏遠則以親親之望，易以成怨。」○「騂騂」，說文引作「觲觲」，云：「用角，低卬便也。」陳奐云：「凡角長二尺有五寸，角之中當弓之淵，其輔弓之檠，短長與弓淵相埒。考工記弓人言居角之過長者，以終紲爲比也，弛則伏諸檠，張則去檠拂弓淵，然後用之。大射儀：「小射正授弓。大射正以袂順左右隈，上再下一。」此卽調利用弓之法。『翩』者，『偏』之叚借。『善』蓋『繕』之省。紲，亦『檠』也。巧，猶『調利』也。弛不納諸弓檠，用又不㲃摩弓淵，其必偏然而反。說苑建本篇：『烏號之弓，雖良，不得排檠，不能自任。』卽其義也。」胡承珙云：「此詩主言兄弟而連及昏姻，並宜『無遠』。何楷以爲幽王寵任昏姻，疏遠同姓。十月之交言皇父七子，皆褒姒姻黨。正月又言『昏姻孔云』。漢書谷永上書云：『抑褒閻之亂，息白華之怨，後宮親屬，饒之以財，勿與政事，以遠皇父之類，損妻黨之權。』皆可與此相證。『無胥遠矣』，言王者之視兄弟，不必與昏姻大相懸絕也。以經證經，較孔疏爲切。」

爾之遠矣，民胥然矣。爾之教矣，民胥傚矣。【注】魯『胥』作『斯』，『傚』作『效』。【疏】箋：「爾，女，女幽王也。胥，皆也。言王女不親骨肉，則天下之人皆如之。見女之教令無善無惡，所尚者天下之人皆學之。言上之化下，不可不慎。」○「魯胥作斯，傚作效」者，潛夫論班祿篇：「詩云：『爾之教矣，民斯效矣。』」白虎通三教篇：「教者，效也，上爲之，下效之。民有朴質，不教不成。故詩云：『爾之教矣，欲民斯效。』」此便文改字，非有歧異。蔡邕集陳仲弓碑「民胥效矣」，獨作「胥」，蓋後人順毛改之。

此令兄弟，綽綽有裕。不令兄弟，交相爲瘉。【疏】傳：「綽綽，寬也。裕，饒。瘉，病也。」箋：「令，善也。」○禮坊記：「詩云：『此令兄弟，綽綽有裕。不令兄弟，交相爲瘉。』」鄭注：「令，善也。綽綽，寬裕貌。交，猶『更』也。瘉，病也。」明齊毛文同。

民之無良，相怨一方。【注】韓說曰：良，善也。言王者所爲無有善者，各相與於一方而怨之。受爵不讓，至于已斯亡。【疏】傳：「爵祿不以相讓，故怨禍及之。比周而黨愈少，鄙爭而名愈辱，求安而身愈危。」箋：「良，善也。民之意不獲，當反責之於身，思彼所以然者而恕之。無善心之人，則徒居一處怨恚之。斯，此也。」○毛傳「比周」數語，本荀子儒效篇引詩。漢書劉向上封事曰：「幽厲之際，朝廷不和，轉相非怨，詩人刺之曰：『民之無良，相怨一方。』」（說苑後漢書引詩，「氏」作「人」，蓋避唐諱。）禮坊記：「詩云：『民之無良，相怨一方。』受爵不讓，至于已斯亡。」明魯齊毛文同。易林升之需：「商子無良，相怨一方。引鬭交争，咎以自當。」陳喬樅云：「據易林言『商子無良』云云，則詩所謂『受爵不讓，以至于亡』者，蓋指商子言也。」「良善」至「怨之」，後漢章帝紀李注引韓詩文。又韓詩外傳四載管仲對齊桓公曰：「詩曰：『民之無良，相怨一方。』民皆居一方而怨其上，不亡者未之有也。」與後漢紀注所引韓詩說同。

老馬反爲駒，不顧其後。如食宜饇，【注】韓「宜」作「儀」，我也。如酌孔取。【疏】傳：「已老矣，而孩童慢之。饇，飽也。」箋：「此喻幽王見老人反侮慢之，遇之如幼稚，不自顧念後至年老，人之遇己亦將然。王如食老者則宜令之飽，如飲老者則當孔取。『孔取』，謂度其所勝多少。凡器之孔，其量大小不同，老者氣力弱，故取義焉。王有族食、族燕之禮。」○宗族有老人，王所宜敬者。今王不講敬老之禮，如老馬而反視爲駒，欲任之以勞，不顧其後之勝任與否，非所以優老也。易林家人之小過「老馬爲駒」，用齊經文。「宜作儀，我也」者，釋文引韓詩文。儀、宜古字通訓。「儀」爲「我」，言如食則我令飽，如酌則多其取，養老之正禮不可闕也。常棣「飲酒之飫」，韓作「饇」，此又以「饇」爲「飫」。說文「䬸」下引詩「飲酒之䬸」，而繫傳本即引詩「如食宜䬸」。「䬸」乃「飫」之本字，知此「饇」亦有作「飫」者，總謂其宜飽耳。老者雖不宜多飲，而勸酌必令甚取。馬瑞辰云：「釋言：『孔，甚也。』酒正：『凡饗耆老孤子，皆共其酒，無酌數。』此詩言飲老者甚其所取，即『無酌數』之義。箋謂如『器之孔』，非。」

毋教猱升木，如塗塗附。君子有徽猷，小人與屬。【疏】傳：「猱，猨屬。塗，泥。附，著也。徽，美也。」箋：「毋，禁辭。猱之性善登木，若教使其爲之必也。附，木桴也。塗之性善著，若以塗附其著亦必也。以喻人之心皆有仁義，教之則進猷道也。君子有美道以得聲譽，則小人亦樂與之而自連屬焉。今無良之人相怨，王不教之。」〇教人進於仁義，不當以「猱升」、「塗附」爲比。詩言君子以身作則，教當得中。凡人氣質高伉者，不斂而抑之，則愈長其陵上之心，是猱升木而更教其升也。氣質卑陋者，不作而新之，無以去其汙染之習，如塗著物而更附以塗也。故二者必皆毋之。君子有美道以教人，小人自樂從而附屬之耳。

雨雪瀌瀌，【注】魯韓「瀌」作「麃」。見晛曰消。【注】魯韓作「曣晛聿消」。莫肯下遺，【注】魯「遺」作「隧」，韓作「隤」。韓說曰：隤，猶遠也。式居婁驕。【疏】傳：「晛，日氣也。」箋：「雨雪之盛瀌瀌然，至日將出，其氣始見，人則皆稱曰：雪今消釋矣。喻小人雖多，王若欲興善政，則天下聞之莫不曰：小人今誅滅矣。其所以然者，人心皆樂善，王不啟教之。莫，無也。『遺』，讀曰『隨』。式，用也。婁，斂也。今王不以善政啟小人之心，則無肯謙虛，以禮相卑下，先人而後己，用此自居處斂其驕慢之過者。」〇「瀌瀌」，荀子非相篇、漢書劉向傳、韓詩外傳四引詩，並作「麃麃」。陳奐云：「碩人：『鑣鑣，盛皃。』載驅：『儦儦，衆皃。』並以『麃』聲得義，則此『麃麃』爲雨雪衆盛也。」「見晛曰消」，荀子作「宴然聿消」，釋文引韓詩作「曣晛聿消」，劉向傳作「𣊻晛聿消」。段玉裁云：「『宴然』即『曣㬳』。廣雅釋詁：『曣㬳，煗也。』玉篇廣韻皆云『晛』、『曣』二形同。今本劉向傳引詩『見晛聿消』，顏注：『見，無雲也。晛，日氣也。言雨雪之盛麃麃然，至於無雲，日氣始出，而雨雪皆消釋矣。』案，『見』字不得訓爲『無雲』。說文：『𣊻，姓無雲也。』『晛，日見也。』劉說同許，必原本作『𣊻』。顏所見不誤，後人妄改作『見』耳。韓詩『曣晛日出也』，與說文『晛日出也』合。釋文引作『曣見』，誤。詩攷作『曣晛』，是也。陳喬樅云：「文選羽獵賦『天清日宴』，李善引許慎淮南注云：『宴，無雲之處也。』『宴』與『晏』同，宴、燕古文通用。晛、曣二形又同。荀子『宴然』，又『曣曣』之叚借。劉向『曣晛』，即『曣曣』之異文也。」愚案：「曰」，箋解爲「稱曰」，失之。「下遺」，荀子作「下隧」。陳奐云：「古遺、隧音同。說文：『旞，或作𣄻。』此其例。北門傳：『遺，加也。』此『遺』字亦當訓『加』。婁，數也。『莫肯下遺，式居婁驕』，言小人之行，不肯卑下加於人，唯數數驕慢，好自用也。」「韓作隤，說曰隤，猶遠也」者，文選陸機歎逝賦注引薛君韓詩章句文。「莫肯下隤」者，謂莫肯卑下以自遠也。

雨雪浮浮，見晛曰流。如蠻如髦，我是用憂。【疏】傳：「浮浮，猶瀌瀌也。流，流而去也。蠻，南蠻也。髦，夷髦也。」箋：「今小人之行如夷狄，而王不能變化之，我用是爲大憂也。髦，西夷別名，武王伐紂，其等有八國從焉。」〇韓詩外傳四三引「如蠻如髦，我是用憂」二句，明韓毛文同。黃山云：「箋以『蠻髦』爲『小人之行如夷狄』，屬民言。胡承珙據蘇傳云『王之視王族如蠻髦之不相及』，謂視骨肉如夷狄，勝箋說，則屬王言。案，論語：『夷狄之有君，不如諸夏之亡也。』邢疏：『夷狄雖有君，而無禮義。』與公羊襄七年傳何注引論語說同。此詩所陳，皆重在禮義教化，是『如蠻如髦』，斥當時國無禮義相維，有如夷狄，通上下言之也。『髦』，書坶誓作『髳』。柏舟『髧彼兩髦』，說文作『紞彼兩髳』，『髳』即『髮』之重文，云漢令有『髳長』，此相通之證，義同後漢西羌傳『豪酋』之豪，故段注即以『豪酋』釋『髳長』。『髦』又通『眊』，與『蠻』皆無知之名。」

角弓八章，章四句。

菀柳【疏】毛序：「刺幽王也。暴虐無親而刑罰不中，諸侯皆不欲朝，言王者之不可朝事也。」〇三家無異義。

有菀者柳，不尚息焉。上帝甚蹈，無自暱焉。【注】韓「蹈」作「陶」，陶，變也。俾予靖之，後予極焉。【疏】傳：「與也。菀，木茂也。蹈，動。暱，近也。靖，治。極，至也。」箋：「尚，庶幾也。有菀然枝葉茂盛之柳，行路之人豈有不庶幾欲就之止息乎？與者，喻王者盛德，則天下皆庶幾願往朝焉，憂今不然。『蹈』，讀曰『悼』。上帝乎者，愬之也。今幽王暴虐，不可以朝事，甚使我心中悼病，是以不從而近之。釋己所以不朝之意。靖，謀。俾，使。極，誅也。假使我朝王，王留我使我謀政事，王信讒不察功考績，後反誅放我。是言王刑罰不中，不可朝事也。」〇案，王逸楚詞九歎注：「菀，盛貌。詩云：『有菀者柳。』」明魯、毛文同。「蹈作陶曰陶變也」者。玉篇阜部、衆經音義五引韓詩文。皮嘉祐云：玉篇『甚』譌作『具心』，今據毛詩訂正作『甚陶』，即毛詩之『甚蹈』。外傳作『甚慆』，『慆』與『蹈』形近，與『陶』聲近，故三字通作。衆經音義作『上帝其陶』，阮元云，當是『上帝甚陶』，『其』字誤也。『駟介陶陶』，傳：『陶陶，驅馳之貌。』釋文：『音徒報反。』廣雅釋訓：『蹈，蹈行也。』陶、蹈二字音義並近。馬瑞辰曰：『變』、『動』同義。『蹈』從『舀』聲，『舀』古聲如『由』。『陶』讀如『皋繇』之繇，聲亦與『由』同，故通用。『蹈』通作『陶』，猶鼓鐘詩『憂心且妯』，韓詩作『且陶』；江漢詩『江漢滔滔』，風俗通山澤篇引作『江漢陶陶』；楚詞九章『滔滔孟夏』，史記屈原傳作『陶陶孟夏』也。禮記：『人喜則斯陶。』淮南本經訓：『樂斯動，動斯蹈。』『蹈』亦『陶』也。廣雅：『陶，化也。』淮南本經訓：『言陰陽之陶化。』『萬物陶化，猶變化也。』『蹈』又通『慆』，韓詩外傳引詩下章作『上帝甚慆』，其上引孫子賦云：『以盲爲明，以聾爲聰，以是爲非，以吉爲凶。嗚呼上天，曷維其同。』則『慆』亦變亂是非之意。楚策又引詩：『上天甚神，無自瘵也。』王念孫云：『神』者，『慆』字之壞，蓋傳寫之誤，不似陶、蹈、慆古同聲得通用，其義與毛傳訓『動』同也。『動』者，言其喜怒變動無常。下詩云：『俾予靖之，後予極焉。』言王始用之以爲治，後且極放誅責之，正以王之喜怒無常，證明『上帝甚蹈』之専。檜詩『中心是悼』，毛傳：『悼，動也。』箋讀爲『悼』，亦得訓『動』，與『蹈』同義。若訓爲『悼病』，則失之矣。陳奐曰：傳『蹈動』，『蹈』卽『悼妯』之叚借，『蹈』與『妯』聲近。

鼓鍾『憂心且妯』，傳：「『妯，動也。』『妯』謂之動。『蹈』亦謂之動。『蹈』又與『悼』聲近。檜『中心是悼』，傳：『悼動』。『悼』謂之動，『蹈』亦謂之動，傳云『動』者，猶『亂』也。衆經音義引詩，訓『變動』，與『變』義甚近。案，此三說皆是也。陳喬樅乃云：『韓『蹈』作『慆』，明見外傳，則作『陶』者必非韓詩。衆經音義『陶』下但引詩云：『上帝甚陶，陶，變也。』不言爲韓詩，當是齊、魯詩之異文異義見於他書者，而玄應采之以證『陶現』之爲『變現』耳。馬據鼓鍾詩『妯』字韓作『陶』，故以意定之。然江漢詩『滔滔』，風俗通引作『陶陶』，應劭用魯詩者，安知『上帝甚陶』非魯詩之異文邪？嘉祐謂解三家詩者皆以『上帝甚陶』爲韓詩，迄無異說。陳氏援風俗通之單文，遂謂應習魯詩，此亦魯詩異文，未免過拘。且其魯詩遺說考已據荀卿遺春申君書引詩曰『上天甚神』，定爲魯詩，何得又作『陶』？雖外傳所引卽楚策孫卿事，然彼引詩作『上天』、作『瘵也』，此引自作『上帝』、作『瘵焉』，是入韓說，卽舉韓詩家法，必不自亂，而『慆』亦爲韓明矣。且『慆』、『陶』可通，『陶』、『神』二字音義均不近，卽屬異本，何由得通？古本亦無音義全不相通而可通用者。外傳雖作『慆』，他本何必盡同。齊魯既有異文，不得謂韓詩遂無異文，此陳氏武斷之處。唐卷子本玉篇晚出，爲前人所未見，作『陶』之異文，惟衆經音義引之，未能取信於人，故或據爲韓詩，或疑非韓詩，今得此確證，可以深信不疑。因陳考非是而辨明之。」馬瑞辰云：「廣雅釋詁：『暱，病也。』訓『暱』爲『病』，與下章『無自瘵焉』，傳訓『病』同義，較毛傳爲善。王念孫謂其義本三家詩，是也。」又云：「釋言：『極，誅也。』箋以『極』爲『殛』之假借，與次章『邁』之爲『行』讀同。左傳『將行子南』同義，故又云『後反誅放我』。」

有菀者柳，不尚愒焉。上帝甚蹈，無自瘵焉。【注】魯「帝」作「天」，「蹈」作「神」，「焉」作「也」。俾予靖之，後予邁焉。【疏】傳：「愒，息也。瘵，病也。」箋：「瘵，接也。邁，行也，行亦放也。」春秋傳曰：「予將行之。」○「魯帝作天，蹈作神，焉作也」者，楚策載孫子爲書謝春申君引詩文，說已詳上。

有鳥高飛，亦傅于天。彼人之心，于何其臻？曷予靖之？居以凶矜。【疏】傳：「曷，害。矜，危也。」箋：「傅、臻，皆『至』也。『彼人』，斥幽王也。鳥之高飛，極至於天耳。幽王之心，於何所至乎？言其轉側無常，人不知其所屆。王何爲使我謀之，隨而罪我，居我以凶危之地？謂四裔也。」○馬瑞辰云：「方言：『厲，今也。』戴震曰：『今』當爲『矜』。『厲』與『矜』同義，厲爲『危』，故矜亦爲『危』。廣雅：『矜，厲危也。』」潛夫論賢難篇：「詩云：『彼人之心，于何其臻？』」明魯毛文同。

菀柳三章，章六句。

都人士【疏】毛序：「周人刺衣服無常也。古者長民，衣服不貳，從容有常，以齊其民，則民德歸壹。傷今不復見古人也。」箋：「服，謂冠弁衣裳也。『古者』，明王時也。『長民』，謂凡在民上倡率者也。變易無常謂之貳。『從容』，謂休燕也。休燕猶有常，則朝夕明矣。『壹』者，專也，同也。」○說詳首章下。

彼都人士，狐裘黃黃。其容不改，出言有章。行歸于周，萬民所望。【疏】傳：「彼，彼明王也。周，忠信也。」箋：「城郭之域曰都。古明王時，都人之有士行者，冬則衣狐裘黃黃然，取溫裕而已，其動作容貌既有常，吐口言語又有法度文章。疾今奢淫，不自責以過差。于，於也。都人之士所以要歸於忠信，其餘萬民寡識者，咸瞻望而法傚之。又疾今不然。」○此詩毛氏五章，三家皆止四章。孔疏云：「左襄十四年傳引此詩『行歸于周，萬民所望』二句，服虔曰：『逸詩也。都人士首章有之。』禮緇衣鄭注云：『毛詩有之，三家則亡。』今韓詩實無此首章。」細味全詩，二、三、四、五章「士」、「女」對文，此章單言「士」，並不及「女」，其詞不類。且首章言「出言有章」，言「行歸于周，萬民所望」，後四章無一語照應，其義亦不類。是明明逸詩孤章，毛以首二句相類，强裝篇首，襯其取緇衣文作序，亦無謂甚矣。左傳如「翹翹車乘，狐裘蒙茸」，本有引逸詩之例。漢書儒林傳「客歌驪駒，主人歌客毋庸歸」，王式謂「聞之於師」，是魯家亦本有傳逸詩之例。賈誼新書等齊篇引詩云：「彼都人士，狐裘黃黃。行歸于周，萬民之望。」賈時毛詩未行，所引字句亦小異，是漢初卽傳此詩。蔡邕述行賦「詠都人以思歸」，是以爲思歸彼都之詩，不解「周」爲「忠信」，則亦非用毛詩也。毛詩自有，三家自無，今述三家，此章仍當棄而不取。

彼都人士，臺笠緇撮。彼君子女，綢直如髮。我不見兮，我心不說。【疏】傳：「臺，所以禦暑。笠，所以禦雨也。緇撮，緇布冠也。密直如髮也。」箋：「臺，夫須也。都人之士以臺皮爲笠，緇布爲冠。古明王之時，儉且節也。『彼君子女』者，謂都人之家女也，其情性密緻，操行正直，如髮之本末，無隆殺也。疾時皆奢淫，我不復見今士女之然者，心思之而憂也。」○「臺笠」者，汪龍云：「南山有臺疏及文選謝玄暉臥病詩注引此傳云：『臺，所以御雨。』又無羊傳：『衰，所以備雨。笠，所以御暑。』則傳本『臺爲御雨，笠爲御暑』，今本暑、雨字乃後人轉寫誤倒。笠本以御暑，而亦可御雨，故良耜傳曰：『笠，所以禦暑雨。』」陳奐云：「南山有臺傳：『臺，夫須。』臺皮可以爲衰，因之禦雨之物卽謂之『臺』。此傳『臺御雨』，無羊傳『衰備雨』，則『臺』卽『衰』矣。臺與笠明是二物，箋云『以臺皮爲笠』，與『緇撮』對語，則合爲一物。禮郊特牲：『大羅氏，天子之掌鳥獸者也。諸侯貢屬焉。草笠而至，尊野服也。』鄭注：『諸侯於蜡，使使者戴草笠貢鳥獸也。詩曰：「彼都人士，臺笠緇撮。」』鄭或本三家詩。」（愚案：當本齊義。）又云：「士冠禮：『緇布冠缺項青組，纓屬于缺。緇纚廣終幅，長六尺。』鄭注：『缺，讀如「有頍者弁」之頍，緇布冠無笄者著頍，圍髮際，結項中，隅爲四綴，以固冠也。項中有緇，亦由固頍爲之耳。今未冠笄者著卷幘，頍象之所生也。滕薛名蔮爲頍。屬，猶著。纚，今之幘梁也。終，充也。纚一幅長六尺，足以韜髮而結之矣。』喪服注：『首絰，象緇布冠之缺項。』案，此缺項之制也。缺在項，故謂之『缺項』。詩之

『撮』卽儀禮之『缺』，『缺』爲固冠之物，『撮』亦固冠之義。莊子寓言篇：『向也括撮，而今也被髮。』道藏本陳景元音義有『撮』字，各本奪。『撮』，卽詩之『撮』也。人間世篇『會撮指天』，崔譔云：『會撮，項椎也。』司馬彪云：『會撮，髻也。古者髻在項中，脊曲頭低，故髻指天也。』大宗師篇『句贅指天』，李頤云：『句贅，項椎也。其形似贅，言其上向也。』故『會髮』卽『括髮』，其固緇布冠之物謂之『缺』，亦謂之『撮』。缺從『夬』聲，撮從『最』聲，古音正同。『撮』者本字，『缺』者借字。儀禮『缺項』之『缺』，當讀如『緇撮』之『撮』。緇布冠爲三加之始冠，諸侯有繢緌，諸侯以下無繢緌，以緇布冠爲常服，其猶大古冠布之遺與？馬瑞辰云：「說文：『䯾，髮多也。』詩作『綢』，爲叚借字。以四章『卷髮如蠆』、五章『髮則有旟』，皆極言髮美，則知『綢直如髮』亦謂髮美。『如髮』，猶云『乃髮』，『乃』猶『其』也，卽謂『綢直其髮』耳。傳箋讀『譬如』之如，失其義矣。」列女齊孝孟姬傳：「詩云：『彼君子女，綢直如髮。』」明魯毛文同。班固西都賦：「都人士女，殊異乎五方。」「士女」並提，用齊經文。

彼都人士，充耳琇實。彼君子女，謂之尹吉。我不見兮，我心苑結。【疏】傳：「琇，美石也。尹，正也。」箋：「言以美石爲瑱，瑱，塞耳。『吉』，讀爲『姞』。尹氏、姞氏，周室昏姻之舊姓也。人見都人之家女，咸謂之尹氏、姞氏之女。言有禮法。苑，猶屈也、積也。」○「琇」當作「璓」，義具淇奧篇。「實」，充耳之貌。「謂之尹吉」者，馬瑞辰云：「箋說是也。國語晉胥臣曰：『黃帝之子得姓者十四人，爲十二姓，姞其一也。』潛夫論志氏姓曰：『姞氏之別，有闞尹蔡光魯雍斷密須氏。』是尹卽姞氏之別，尹吉並稱，猶申呂齊許並言也。說文：『姞，黃帝之後，伯鯈姓也。』后稷妃家吉，卽姞之省。左傳石癸曰：『姞，吉人也。』漢書人表云：『姞人棄妃。』直以『姞人』爲姓名。唐宰相世系表云：『吉氏出自姞姓。』皆『吉』卽爲『姞』之證。『姞』通『郅』，路史國名紀：『郅，黃帝之宗，見詩。』引風俗通云：『郅，殷時侯國。一作吉。』」

彼都人士，垂帶而厲。【注】齊「而」作「如」。魯「而」作「若」。彼君子女，卷髮如蠆。我不見兮，言從之邁。【疏】傳：「厲，帶之垂者。」箋：「『而』，亦『如』也。『而厲』，如鞶厲也，鞶必垂厲以爲飾。『厲』字當作『裂』。蠆，螫蟲也，尾末揵然，似婦人髮末曲上卷然。『言』，亦『我』也。邁，行也。我今不見士女此飾，心思之，欲從之行。言已憂悶，欲自殺求從古人。」〇案，「齊而作如」者，禮內則鄭注云：「鞶，小囊盛帨巾者，男用韋，女用繒，有飾緣之。」則是「鞶裂」與？詩云『垂帶如厲』」，說文：「裂，繒餘也。」帶以繒爲之，垂其餘以爲飾，故詩言「如裂」耳。「魯而作若」者，淮南氾論訓高注：「博帶，大帶。詩云：『垂帶若厲。』」言帶之垂爲大帶也。「而」與「如」、「若」並聲近通用。左桓二年傳「鞶厲」，杜注：「厲，大帶之垂者。」廣雅：「厲，帶也。」蓋對文則「厲」爲「垂帶」之名，散文則「厲」亦「帶」也。

匪伊垂之，帶則有餘，匪伊卷之，髮則有旟。我不見兮，云何盱矣。【疏】傳：「旟，揚也。」箋：「伊，辭也。此言士非故垂此帶也，帶於禮自當有餘也。女非故卷此髮也，髮於禮自當有旟也。旟，枝旟揚起也。盱，病也。思之甚，云何乎我今已病也。」〇案，「匪伊垂之」四句，說者頗多，然箋義自長。

都人士五章，章六句。

采綠【疏】毛序：「刺怨曠也。幽王之時，多怨曠者也。」箋：「怨曠者，君子行役過時之所由也。而刺之者，譏其不但憂思而已，欲從君子於外，非禮也。」〇三家義未聞。

終朝采綠，【注】魯「綠」作「菉」。不盈一匊。予髮曲局，薄言歸沐。【疏】傳：「興也。自旦及食時爲終朝。兩手曰匊。局，卷也。婦人夫不在則不容飾。」箋：「綠，王芻也，易得之菜也，終朝采之而不滿手，怨曠之深，憂思不專於事。言，我也。禮，婦人在夫家，笄象笄。今曲卷其髮，憂思之甚也。有云君子將歸者，我則沐以待之。」〇案，「魯

「緑作菉」者，王逸楚詞離騷注：「菉，王芻也。」詩曰：『終朝采菉。』」明魯作「菉」，毛作『緑』，借字。

終朝采藍，不盈一襜。五日爲期，六日不詹。【疏】傳：「衣蔽前謂之襜。詹，至也。婦人五日一御。」箋：「藍，染草也。婦人過於時，乃怨曠。『五日』、『六日』者，五月之日，六月之日也。期至五月而歸，今六月猶不至，是以憂思。」○後漢劉瑜傳上書曰：「天地之性，陰陽正紀，隔絶其道，則水旱爲并。詩云：『五日爲期，六日不詹。』怨曠作歌，仲尼所録。」陳喬樅云：「范書言『瑜少通經學，尤善圖讖、天文、曆算之術』，其所習詩當爲齊學。攷周官九嬪注云：『凡羣妃御見之法，月與后妃，其象也。孔子云：日者天之明，月者地之理。陰契制，故月上屬爲天。使婦從夫。放月紀。』鄭引孔子云云，出孝經援神契文。緯書多用齊詩，瑜所謂『天地之性，陰陽正紀』，即援神契『天明地理』及『陰契制』之義，説本齊詩無疑也。內則鄭注云：『五日一御，諸侯制也。諸侯娶九女，姪娣兩兩而御，則三日也；次兩媵，則四日也；次夫人專夜，則五日也。天子十五日乃一御。』然據王度記云『天子、諸侯一娶九女』，則五日之御，亦可通乎天子。內則所言『妾未五十，必與五日之御』，承上文『夫婦之禮，唯及七十，同藏無間』。此則據妾而言，並非專指諸侯之制，疑又當通乎大夫以下也，故傳云『婦人五日一御』。王肅以爲『大夫以下之制』。」

之子于狩，言韔其弓。之子于釣，言綸之繩。【疏】箋：「『之子』，是子也，謂其君子也。于，往也。綸，釣繳也。君子往狩與？我當從之爲之韔弓；其往釣與？我當從之爲之繩繳。今怨曠，自恨初行時不然。」○陳奐云：「釋草『綸』，郭注：『今有秩嗇夫所帶糾青絲綸。』是『綸』爲『糾合』之稱。『綸之繩』，與『韔其弓』對文。」

其釣維何？維魴及鱮。維魴及鱮，薄言觀者。【注】韓「觀」作「覩」。【疏】箋：「觀，多也。此美其君子之有技藝也。釣必得魴鱮，魴鱮是云其多者耳。其衆雜魚，乃衆多矣。」○「觀作覩」者，釋文引韓詩文。陳喬樅云：「釋詁：「覼，多也。」郭注引詩「薄言觀者」。箋說正本雅訓。「覼」義亦得訓「多」。說文「覼」爲古文「睹」字。覼「从見、者聲」，者「從白、𣈣聲」。「𣈣」，古文「旅」。「旅」有「衆」義，故都「从邑、者聲」，義訓爲「聚」；諸「从言、者聲」，義訓爲「衆」。然則「覼」亦有「衆」義，故與「覼」之訓「多」者同也。」

采綠四章，章四句。

黍苗【注】三家說曰：「召伯述職，勞來諸侯也。」【疏】毛序：「刺幽王也。不能膏潤天下，卿士不能行召伯之職焉。」箋：「陳宣王之德、召伯之功，以刺幽王及其羣臣廢此恩澤事業也。」○國語韋注：「黍苗，道召伯述職，勞來諸侯也。」左傳襄十九年杜注：「黍苗，美召伯勞來諸侯。」其義蓋本三家，與毛序異。

芃芃黍苗，陰雨膏之。悠悠南行，召伯勞之。【疏】傳：「興也。芃芃，長大貌。悠悠，行貌。」箋：「興者，喻天下之民如黍苗然，宣王能以恩澤育養之，亦如天之有陰雨之潤。宣王之時，使召伯營謝邑，以定申伯之國，將徒役南行，衆多悠悠然，召伯則能勞來勸說以先之。」○陳奐云：「申伯封謝，則悠悠然南行。能建國親侯，即『膏潤天下』意也。勞，勸也。『召伯勞之』，卿士述職也。箋以『悠悠』爲徒役衆多然，將徒役而往營謝，未免擾動兵衆，不中時務。嵩高詩但言『因是謝人，以作爾庸』也。」

我任我輦，我車我牛。我行既集，蓋云歸哉。【疏】傳：「任者，輦者，車者，牛者。」箋：「集，猶『成』也。蓋，猶『皆』也。營謝轉餫之役，有負任者，有輓輦者，有將車者，有牽傍牛者。其爲南行之事既成，召伯則皆告之云：可歸哉。刺今王使民行役，曾無休止時。」○馬瑞辰云：「呂覽舉難篇：『甯戚將任車以至齊。』淮南道應篇：『甯越爲商旅將任車。』高注：『任，載也。』引詩『我任我輦』。是高以詩『我任』即爲『任車』。淮南又曰『甯越飯牛車下』，則所云『任車』即牛車耳。案，鄉師注：『輂人輓行，所以載任器。』則『輂』亦得曰『任』。下始言『我車我牛』，車、牛爲一，則上言『我任我輂』即謂以輂載任器，亦爲一事而分言之，不得如箋訓爲『負任』，亦不得如高以爲『任車』也。釋訓：『徒御不驚，輂者也。』『徒御』二字當連讀，謂徒步而御車者。此詩『我徒我御』亦一事而分言之，『徒御』即上之『輂』，正不必如傳箋之過爲區別耳。鄉師注引司馬法曰：『夏后氏謂輂曰余車，殷曰胡奴車，周曰輜輂。輂一斧、一斤、一鑿、一梩、一鋤，周輂加二板二築。』此謂輂載一人所需物也。又曰：『夏后氏二十人而輂，殷十八人而輂，周十五人而輂。』此謂一輂載二十人，若十八人、十五人所需也。周每人加二板二築，故僅容十五人所需。賈疏謂『說輓人多少』，失之。說文：『扶，竝行也。从二夫。』『輂，輓車也。从扶，在車前引之。』易林曰：『二人輂車，徙去其家。』是皆輂用二人引車之證。淮南說山篇：『引車者二，六而後之。』據上云『物固有衆而不若少』者，當讀『引車者二』句，所謂『少』也；『六而後之』句，謂六人自後推之，所謂『衆』也。即左傳所謂『或輓之，或推之』也。高注：『轅三人，兩轅六人。故謂二六。一說十二人。』皆非也。」「歸」者，歸謝，崧高云「申伯還南，謝于誠歸」也。爾雅：「曷，盍也。」「曷」謂之「盍」，「盍」又謂之「曷」，「蓋」亦謂之「曷」。荀子富國篇言「仁人在上」云云，末引詩云：「我任我輂，我車我牛。我行既集，蓋云歸哉。」明魯毛文同。

我徒我御，我師我旅。我行既集，蓋云歸處。【疏】傳：「徒行者，御車者，師者，旅者。」箋：「步行曰徒。召伯營謝邑，以兵衆行，其士卒有步行者，有御兵車者。五百人爲旅，五旅爲師。春秋傳曰：諸侯之制，君行師從，卿行旅從。」○王引之云：「經傳言『師旅』者有二義：一爲士卒之名，小司徒『五卒爲旅，五旅爲師』是也；一爲羣有司之名，宰夫『掌百官府之徵令，辨其八職，一曰正，掌官灋以治要；二曰師，掌官成以治凡；三曰司，掌官灋以治目；四曰旅，掌官常以治數』是也。左襄十年傳『官之師旅，不勝其富』，十四年『今官之師旅無乃實有所闕，以攜諸侯』，晉語『陽有夏商之嗣典，有周室之師旅，樊仲之官守焉』，皆謂掌官成、官常者。『官之師旅』，猶言羣有司也。『周室之師旅』，卽官守也。蓋樊仲之官守所守者，嗣典也，其官則師旅也。三句一貫，故下文但曰『其非官守』也。其大小之差，則旅卑於師，師又卑於正，故八職師、旅在正之下。成十八年傳『師不陵正，旅不偪師』，言小不加大也。襄二十五年傳『百官之正長師旅』，先正長而後師旅也。楚語『天子之貴也，唯其以公侯爲官正，而以伯子男爲師旅』，言公侯之統伯子男，猶官正之統師旅。乃杜注『師不陵正，旅不偪帥』，曰『師，二千五百人之帥也；旅，五百人之帥也』，注『官之師旅』曰『師旅之長』，注『百官之正長師旅』曰『師旅，小將帥也』，韋注『伯子男爲師旅』曰『帥師旅也』，皆不知師旅爲羣有司之名，而誤以爲帥師旅者。夫帥師旅者，豈得遂謂之『師旅』乎？至韋注『周室之師旅』曰『周室之師衆』，則又誤以爲人衆之名矣。」陳奐云：「此箋解『師旅』之誤，與杜韋同。此是申伯人謝，不必盛言兵衆。崧高傳以『徒御』爲『虎賁』。又『王命傅御，遷其私人』，傳：『御，治事之官也。私人，家臣也。』傅御、私人，亦卽在徒御師旅之中，則此『師旅』非兵衆可知。鄭箋以徒御師旅皆謂召伯之士卒，與毛傳不同義。二千五百人爲師，則傳不得稱之曰『師者』矣。五百人爲旅，則傳不得稱之曰『旅者』矣。孔疏依箋申傳，失之。」案，陳說區别傳、箋，至爲明析，其駁「將徒役而往營謝」，尤中肯綮。

肅肅謝功，召伯營之。烈烈征師，召伯成之。【疏】傳：「謝，邑也。」箋：「肅肅，嚴正之貌。營，治也。烈烈，威武貌。征，行也。美召伯治謝邑，則使之嚴正。將師旅行，則有威武也。」〇陳奐云：「小星傳：『肅肅，疾貌。』『烈烈』，讀如『如火烈烈』。征，行也。師，衆也。」愚案：韓奕「溥彼韓城，燕師所完」，傳：「師，衆也。」箋：「衆民之所築。」此章「師」義正同。述職勞來諸侯，非尚威武之事，崧高言「召伯是營」，亦不及師旅，此箋實沿上章「師旅」之誤。惟「征」當訓「征召」，周禮「卿大夫皆征之」，先鄭注：「『征之』者，給公上事也。」

原隰既平，泉流既清。召伯有成，王心則寧。【疏】傳：「土治曰平，水治曰清。」箋：「召伯營謝邑，相其原隰之宜，通其水泉之利。此功既成，宣王之心則安也。」又刺今王臣無成功而亦心安。」〇此以喻治之有本，不專爲營謝言也。說苑建本篇：「夫本不正者末必倚，始不盛者終必衰。詩云：『原隰既平，泉流既清。』本立而道生，是故君子貴建本而重立始。」「召伯有成」者，考績述職，告其成功，王心於是喜悦而安寧也。

黍苗五章，章四句。

隰桑【疏】毛序：「刺幽王也。小人在位，君子在野，思見君子，盡心以事之。」〇三家義未聞。

隰桑有阿，其葉有難。既見君子，其樂如何？【疏】：「興也。阿然美貌，難然盛貌，有以利人也。」箋：「隰中之桑，枝條阿阿然長美，其葉又茂盛，可以庇蔭人。興者，喻時賢人君子不用而野處，有覆養之德也。正以隰桑與者，反求此義，則原上之桑枝葉不能然，以刺時小人在位，無德於民。思在野之君子，而得見其在位喜樂無度。」〇陳奐云：「『阿』之爲言『猗』也。淇奧傳：『猗猗，美盛也。』難、儺古通。『難』之爲言『那』也。釋文：『難，乃多反。』其讀同『那』。桑扈『那』，傳：『那，多也。』萇楚曰『猗儺』，那曰『猗那』，音義皆同也。」案，「有阿」，即「阿阿」也，故箋讀爲「阿阿」。「阿阿」字亦變爲「猗猗」，見淇奧傳。經中凡絫字多參用「有」字，與絫字無異。

隰桑有阿，其葉有沃。既見君子，云何不樂！【疏】傳：「沃，柔也。」〇案，「有沃」與「沃沃」同，亦與「沃若」同。

隰桑有阿，其葉有幽。既見君子，德音孔膠。【疏】傳：「幽，黑色也。膠，固也。」箋：「君子在位，民附仰之，其教令之行，甚堅固也。」〇馬瑞辰云：「幽、葽一聲之轉，豳詩『四月秀葽』，夏小正作『莠幽』。漢書郊祀志房中歌曰

『豐草葽』，孟康注：『葽，盛貌。』此詩『有幽』，與上章『有難』、『有沃』同義，正當讀『葽』訓『盛』。『膠』，讀爲『僇』之省借，方言：『僇，盛也。陳宋之間曰僇。』廣雅：『僇，盛也。』『孔膠』，猶言『甚盛』耳。」列女周宣姜后傳引詩曰：「隰桑有阿，其葉有幽。既見君子，德音孔膠。」明魯毛文同。韓詩外傳四引詩曰：「既見君子，德音孔膠。」明韓毛文同。

心乎愛矣，遐不謂矣！中心藏之，何日忘之！【疏】箋：「遐，遠；謂，勤；藏，善也。我心愛此君子，君子雖遠在野，豈能不勤思之乎！宜思之也。我心善此君子，又誠不能忘也！」孔子曰：「愛之能勿勞乎！忠焉能勿誨乎？」〇禮表記引詩云：「心乎愛矣，瑕不謂矣！中心藏之，何日忘之！」鄭注：「『瑕』之言『胡』也。『謂』，猶『告』也。」「瑕不」、「遐不」，皆可訓「胡」。鄭注禮時卽用齊詩義解，特箋詩又別爲解耳。各本「藏」从「艸」，皆後來所加，古止作「臧」，釋文本尚未改。古文孝經引詩，「中心」作「忠心」，序所謂「盡心以事之」也。新序雜事五：「詩曰：『中心藏之，何日忘之！』」明魯毛文同。韓詩外傳四兩引詩曰：「中心藏之，何日忘之！」明韓毛文同。

隰桑四章，章四句。

白華【疏】毛序：「周人刺幽后也。幽王取申女以爲后，又得褒姒而黜申后，故下國化之，以妾爲妻，以孽代宗，而王弗能治。周人爲之作是詩也。」箋：「申，姜姓之國也。褒姒，褒人所入之女，姒，其字也，是謂幽后。孽，支庶也。宗，適子也。王不能治，已不正故也。」〇漢書班倢伃傳：「緑衣兮白華，自古兮有之。」班氏家學齊詩，所舉齊義，明與毛同。魯韓當無異義。

白華菅兮，白茅束兮。之子之遠，俾我獨兮。【疏】傳：「興也。白華，野菅也。已漚爲菅。」箋：「白華於野，已漚名之爲菅。菅柔忍中用矣，而更取白茅收束之，茅比於白華爲脆。興者，喻王取於申，申后禮儀備任妃后之事，而更納褒姒，褒姒爲孽，將至滅國。『之子』，斥幽王也。俾，使也。王之遠外我，不復答耦我，意欲使我獨也。老而無子曰獨。後褒姒譖申后之子，宜咎奔申。」〇「白華，野菅」，釋草文，言白華已漚而爲菅，更得白茅以相纏束，則端成潔白，夫婦之道正矣。至褒姒獻納，後宮止備妾媵，詩人不得以白茅之束比況之，次章更以菅、茅相提並論也。

英英白雲，【注】韓「英」作「泱」。露彼菅茅。天步艱難，之子不猶。【注】韓説曰：天行艱難於我身，不我可也。【疏】傳：「英英，白雲貌。露亦有雲，言天地之氣，無微不著，無不覆養。步，行。猶，可也。」箋：「白雲下露，養彼可以爲菅之茅，使與白華之菅相亂易，猶天下妖氣生褒姒，使申后見黜。猶，圖也。天行此艱難之妖久矣，王不圖其變之所由爾。昔夏之衰，有二龍之妖，卜藏其漦。周厲王發而觀之，化爲玄黿，童女遇之，當宣王時而生女，懼而棄之。後褒人有獻而入之幽王，幽王嬖之，是謂褒姒。」〇「英作泱」者，釋文引韓詩文。陳喬樅云：「説文：『泱，滃也。』『滃，雲氣起也。』文選潘安仁射雉賦『天泱泱以垂雲』，即用韓詩，徐爰注：『泱音英。』李善注引毛詩『英英白雲』，毛萇曰：『英英，白雲貌。』『泱』與『央』古字通。六月篇『白旆央央』，公羊宣十二年疏引孫氏説作『帛旆英英』是已。」馬瑞辰云：「『露』，猶『覆』也，連言之則曰『覆露』。晉語：『是先王覆露子也。』淮南時則訓：『包裹覆露，無不囊懷。』繁露基義篇：『天爲君而覆露之。』漢書鼂錯傳：『今陛下配天象地，覆露萬民。』嚴助傳：『陛下垂德惠以覆露之。』皆覆、露同義之證。此詩『露彼菅茅』，猶言『覆彼菅茅』，與下章『浸彼稻田』同義。歐陽本義、黃氏日鈔皆以『露』爲『覆露』，是也。」「天行」至「可也」，正義引韓詩侯苞翼要文。舉足謂之步，故訓「步」爲「行」。中谷有蓷傳：「艱，亦難也。」「猶，可」，釋言文。申女身爲王后，又生太子，自宜永享榮華。而天行艱難之運於國家，后身適當之，遂至廢黜，不啻行之於我身，因而之子不以我爲可也。王肅云：「天行艱難，使下國化之，以倡爲不可故也。」雖本序爲説，然與上章不類，故孔取侯説。蔡邕庾侯碑「廓天步之艱難」，用魯經文。

滮池北流，【注】三家「滮」作「淲」，「池」作「沱」。浸彼稻田。嘯歌傷懷，念彼碩人。【疏】傳：「滮，流貌。」箋：「池水之澤，浸潤稻田，使之生殖，喻王無恩意於申后，滮池之不如也。豐鎬之間水北流。碩，大也。妖大之人，謂褒姒也。申后見黜，褒姒之所爲，故憂傷而念之。」○水經渭水注：「鎬水又北流，西北注，與滮池水合。水出鄗池西，而北流入於鎬。毛詩曰：『滮，流浪也。』而世傳以爲水名矣。」注：「浪，蓋『貌』字傳寫之誤。」括地志：「滮池，今按其池，周十五步。」「三家滮作淲，池作沱」者，說文：「淲，水流貌。从水，彪省聲。詩曰：『淲沱北流。』」與毛異字，明出三家。言池水尚有浸潤生殖之澤，今后身黜退，滮池之不如也。張衡南都賦「浸彼稻田」，用魯經文。「碩人」，當從王肅孫毓指申后，與衞風「碩人」指莊姜同。陳奐以爲篇中五「我」字皆指申后，此「碩人」指申后，則「我心」之「我」無屬。不知「實勞我心」與「俾我」、「視我」不同，「勞心」，即此章之「傷懷」，所謂「我」者，詩人自我也。

樵彼桑薪，卬烘于煁。維彼碩人，實勞我心。【疏】傳：「卬，我。烘，燎也。煁，烓竈也。桑薪，宜以養人者也。」箋：「人之樵取彼桑薪，宜以炊饔饎之爨，以養食人。『桑薪』，薪之善者也，我反以燎於烓竈，用炤事物而已。喻王始以禮取申后，申后禮儀備，今反黜之，使爲卑賤之事，亦猶是。」○說文云：「烓，行竈也。」詩人每以「薪」喻婚姻，桑又女功最貴之木也，以桑而樵之爲薪，乃徒供行竈烘燎之用，其貴賤顛倒甚矣。

鼓鍾于宮，聲聞于外。念子懆懆，視我邁邁。【注】韓「邁」作「𢘊」，云：意不說好也。【疏】傳：「有諸宮中，必形見於外。邁邁，不說也。」箋：「王失禮於外，而下國聞知而化之。王弗能治，如鳴鼓鍾於宮中，而欲外人不聞，亦不可止。此言申后之忠於王也，念之懆懆然，欲諫正之，王反不說於其所言。」○段玉裁云：「箋云『鳴鼓鍾』，謂鼓與鍾二物也。靈臺『於論鼓鍾』，鄭云：『鼓與鍾也。』此詩正同。疏云『鼓擊其鍾』，誤。」黃山云：「此箋文有誤，孔不誤也。釋樂：『徒鼓鍾謂之修。』鼓鍾篇『鍾鼓』三句，韓詩皆作『鼓鍾』，與『鼓瑟』、『鼓琴』相應。此『鼓鍾』爲『擊鍾』之例。鍾必擊而後有聲，否則鍾鼓雖在宮，不能聞於外也。孔疏：『有人鼓擊其鍾於宮內』，此自釋傳『有諸宮中』之文。而下不言鄭異者，必今箋『鳴鼓鍾』乃『鳴擊鍾』之訛，孔正據之以『擊』釋毛耳。靈臺『於論鼓鍾』，『論』本卽言其節奏，已晐『鳴擊』義。且上『賁鼓維鏞』，『鼓鍾』亦本並列，此非言樂，不必兼鼓。鼓以鼓衆，亦非箋『欲外人不聞不可止』之義。段說蓋非。」韓詩外傳四：「偈詐不可長，虛空不可守，朽木不可雕，情亡不可久。詩曰：『鼓鍾于宮，聲聞于外。』言有中者必能見外也。」韓釋詩與毛鄭同。說文：「懆，愁不安也。从心，喿聲。詩曰：『念子懆懆。』」釋文云：「亦作『慘慘』。」「邁邁作忕忕云意不說好也」者，釋文引韓詩文。說文亦作「忕忕」，云「恨怒也」。「恨怒」，宜從釋文引作「很怒」。「很怒」卽「不說好」意，毛訓「邁邁」爲「不說」，是以「邁邁」爲「忕忕」之叚借。

有鶖在梁，有鶴在林。維彼碩人，實勞我心。【疏】傳：「鶖，禿鶖也。」箋：「鶖也，鶴也，皆以魚爲美食者也。鶖之性貪惡，而今在梁；鶴絜白，而反在林。興王養褒姒而餒申后，近惡而遠善。」○說文：「鵚，禿鵚也。」或作「鶖」，王逸楚詞大招注：「鶖鶬，禿鶬也。詩云：『有鶖在梁。』」明魯毛文同。

鴛鴦在梁，戢其左翼。之子無良，二三其德。【疏】箋：「戢，斂也。斂左翼者，謂右掩左也。鳥之雌雄不可別者，以翼右掩左雄，左掩右雌，陰陽相下之義也。夫婦之道，亦以禮義相下，以成家道。良，善也。王無答耦己之善意，而變移其心志，令我怨曠。」○馬瑞辰云：「詩義蓋與鴛鴦篇同。以鴛鴦匹鳥，得其所止，能不貳其耦，以與幽王二三其德，爲匹鳥之不若也。不當如箋專指雄者言。」韓詩外傳四「所謂庸人者」云云，末引詩曰：「之子無良，二三其德。」明韓毛文同。

有扁斯石，履之卑兮。之子之遠，俾我疧兮。【疏】傳：「扁扁，乘石貌。王乘車履石。疧，病也。」箋：「王后出入之禮與王同，其行登車，亦履石。申后始時亦然，今見黜而卑賤。王之遠外我，欲使我困病。」○隸僕「王行則洗乘石」，鄭司農曰：「所登上車之石也。」淮南齊俗訓、文選李注引尸子，並云：「周公踐東宮，履乘石。」淮南高注：「人君升車有乘石。」説皆與毛傳合，蓋以乘石爲王所履，與后之爲王所棄耳。胡承珙曰：「『履之卑兮』，『卑』字當屬石言。何楷古義云：『履之卑兮』，是倒文，言乘石卑下，猶得蒙王踐履。其説是也。」至於后亦履石，經傳無徵，箋特以義推而言之，與傳義殊。士昏禮「婦人以几」，賈疏云：「王后則履石。」特本詩箋以意推之，亦非有確證也。正義合傳箋爲一，失之。

白華八章，章四句。

緜蠻【疏】毛序：「微臣刺亂也。大臣不用仁心，遺忘微賤，不肯飲食教載之，故作是詩也。」箋：「微臣，謂士也。古者卿大夫出行，士爲末介。士之禄薄，或困乏於資財，則當賙贍之。幽王之時國亂，禮廢恩薄，大不念小，尊不恤賤，故本其亂而刺之。」○潛夫論班禄篇：「行人定（疑當作「困」。）而緜蠻諷。」與毛序意同。齊韓當無異義。齊詩篇名作綿蠻，説見下。

緜蠻黄鳥，【注】韓詩曰：「緜蠻黄鳥。」韓説曰：緜蠻，文貌。止于丘阿。道之云遠，我勞如何！飲之食之，教之誨之，命彼後車，謂之載之。【疏】傳：「興也。緜蠻，小鳥貌。丘阿，曲阿也。鳥止於阿，人止於仁。」箋：「『止』，謂飛行所止託也。興者，小鳥知止於丘之曲阿靜安之處而託息焉，喻小臣擇卿大夫有仁厚之德者而依屬焉。在國依屬於卿大夫之仁者，至於爲末介從而行。道路遠矣，我罷勞則卿大夫之恩宜如何乎？渴則予之飲，飢則予之食，事未至則豫教之，臨事則誨之，車敗則命後車載之。『後車』，倅車也。」○「韓詩」至「文貌」，文選何晏景福殿賦李注、王融曲水詩序李注引韓詩薛君注文。「緜蠻黃鳥」，明韓毛文同。馬瑞辰云：「緜、蠻二字雙聲，說文：『緜，聯微也。』廣雅：『緜，小也。』緜有『小』義，故傳以爲『小鳥貌』。韓以『緜蠻』爲『文貌』者，案，釋詁：『覭髳，茀離也。』『緜蠻』即『覭髳』之轉，蓋文采縟密之貌，故韓以爲『文貌』，當從韓爲允。黃鳥本小鳥，詩喻微臣，其義已顯，不必更以『緜蠻』爲『小貌』耳。」張衡集怨篇「我勞如何」，明魯毛文同。繁露仁義法篇引詩云：「飲之食之，教之誨之。」明齊毛文同。

緜蠻黃鳥，止于丘隅。豈敢憚行，畏不能趨。飲之食之，教之誨之，命彼後車，謂之載之。【疏】箋：「丘隅，丘角也。憚，難也。我罷勞，車又敗，豈敢難徒行乎？畏不能及時疾至也。」○禮大學引詩云：「『緡蠻黃鳥，止于丘隅。』子曰於止，知其所止，可以人而不如鳥乎？」緜、緡通作字。韓詩外傳四載「客有見周公者」云云，末引詩云：「豈敢憚行，畏不能趨。」明韓毛文同。

緜蠻黃鳥，止于丘側。豈敢憚行，畏不能極。飲之食之，教之誨之，命彼後車，謂之載之。【疏】箋：「丘側，丘旁也。極，至也。」

緜蠻三章，章八句。

瓠葉【疏】毛序：「大夫刺幽王也。上棄禮而不能行，雖有牲牢饔餼，不肯用也。故思古之人，不以微薄廢禮焉。」箋：「牛羊豕爲牲，繫養者曰牢，熟曰饔，腥曰餼，生曰牽。『不肯用』者，自養厚而薄於賓客。」○三家義未聞。

幡幡瓠葉，采之亨之。君子有酒，酌言嘗之。【疏】傳：「『幡幡』，瓠葉貌，庶人之菜也。」箋：「亨，熟也。熟瓠葉者，以爲飲酒之菹也。此『君子』，謂庶人之有賢行者也。其農功畢，乃爲酒漿，以合朋友習禮講道藝也。酒既成，先與父兄室人亨瓠葉而飲之，所以急和親親也。飲酒而曰『嘗』者，以其爲之主於賓客，賓客則加之以羞。易兌象曰：君子以朋友講習。」〇詩人因時王惜物廢禮，故言雖瓠葉、兔首之微薄，亦可以合羣習禮。後漢劉昆傳：「王莽世，教授弟子恆五百餘人。每春秋饗射，備列典儀，以素木瓠葉爲俎豆，桑弧蒿矢，以射兔首。」（東觀漢記「素木」下有「刳」字，李注云：「瓠葉爲俎實。」誤也。）此不過備列典儀之一事，取瓠葉、兔首以寓詩意耳。「嘗」者，主人未獻於賓，先自嘗之也。陳奐云：「行葦箋云『有醇厚之酒醴，以大斗酌而嘗之而美，故以告黃耇之人』，是主人固有先嘗之禮矣。」

有兔斯首，炮之燔之。君子有酒，酌言獻之。【疏】傳：「毛曰炮，加火曰燔。獻，奏也。」箋：「斯，白也。今俗語『斯白』之字作『鮮』，齊魯之間聲近『斯』。有兔白首者，兔之小者也。『炮之燔之』者，將以爲飲酒之羞也。飲酒之禮，既奏酒於賓，乃薦羞。每酌言言者，禮不下庶人，庶人依士禮，立賓主爲酌名。」〇胡承珙云：「左昭元年傳趙孟賦瓠葉，穆叔知其欲一獻，則此詩是一獻之禮。禮有『獻』、有『酢』、有『酬』，而後一獻之禮終，與詩中所言正合。古者士禮一獻，士冠禮注雖云一獻之禮有『薦』，（薦脯醢也。）有『俎』，（俎牲體也。）其牲未聞。然既夕注云『士腊用兔』，詩三章皆言『兔首』，又焉知非士禮，而必以爲庶人之禮乎？」

有兔斯首，燔之炙之。君子有酒，酌言酢之。【疏】傳：「炕火曰炙。酢，報也。」箋：「『報』者，賓既卒爵洗而酌主人也。凡治兔之宜，鮮者毛炮之，柔者炙之，乾者燔之。」〇說文：「醋，客酌主人也。从酉，昔聲。」今經典皆以「酢」爲「醋」。

有兔斯首，燔之炮之。君子有酒，酌言醻之。【疏】傳：「醻，道飲也。」箋：「主人既卒酢爵，又酌自飲，卒爵，復酌進賓，猶今俗之勸酒。」〇說文：「醻，獻醻，主人進客也。」或作「酬」。

瓠葉四章，章四句。

漸漸之石【疏】毛序：「下國刺幽王也。戎狄叛之，荆舒不至，乃命將率東征。役久病於外，故作是詩也。」箋：「荆，謂楚也。舒，舒鳩、舒鄝、舒庸之屬。役，謂士卒也。」○三家義未聞。

漸漸之石，維其高矣。山川悠遠，維其勞矣。武人東征，不皇朝矣。【疏】傳：「漸漸，山石高峻。」箋：「山石漸漸然高峻，不可登而上，喻戎狄衆强而無禮義，不可得而伐也。『山川』者，荆舒之國所處也。其道里長遠，邦域又勞勞廣闊，言不可卒服。『武人』，謂將率也。皇，王也。將卒受王命東行而征伐，役人罷病，必不能正荆舒，使之朝於王。」○言石之字，從「水」作「漸」，自是叚借。釋文作「嶃嶃」，廣雅釋訓亦云：「嶄嶄，高也。」嶃、嶄字同。是毛詩「亦作」本與魯韓詩皆有作「嶃嶃」者。繫傳引詩「磛磛之石」，不見於説文，疑出後起，今則通作「巉巉」矣。箋云「勞勞廣闊」，讀「勞」爲「遼」。劉向九歎「山修遠其遼遼兮」，王逸注：「遼遼，遠貌。」即用此詩。劉王同本魯詩，知鄭改讀亦用魯也。孔疏義引王肅云：「皇，暇也。」何草不黄篇：「哀我征夫，朝夕不暇。」一日之計，朝尤便於興事，朝亦不皇，則征行之苦可想。

漸漸之石，維其卒矣。山川悠遠，曷其没矣。武人東征，不皇出矣。【疏】傳：「卒，竟。没，盡也。」箋：「『卒』者，崔嵬也，謂山巔之末也。曷，何也。廣闊之處，何時其可盡服。不能正之，令出使聘問於王。」○馬瑞辰云：「『卒』即『崒』之省借，説文：『崒，危高也。』十月之交篇『山冢崒崩』，釋文：『崒，本亦作卒。』是崒、卒古通用之證。」胡承珙云：「山川長遠，何時可盡，入險而不暇出險，軍行死地，勞困可知。」

有豕白蹢，烝涉波矣。月離于畢，俾滂沱矣。【注】魯「離」作「麗」，「俾」作「比」。武人東征，不皇他矣。【疏】傳：「豕，豬也。蹢，蹄也。將久雨，則豕進涉水波。畢，噣也。月離陰星則雨。」箋：「烝，衆也。豕之性能水，又唐突難禁制。四蹄皆白曰駭，則白蹄其尤躁疾者。今離其繒牧之處，與衆豕涉入水之波漣矣。喻荆舒之人勇悍捷敏，其君猶白蹄之豕也，乃率民去禮義之安而居亂亡之危。賤之，故比方於豕。將有大雨徵，氣先見於天，以言荆舒之叛，萌漸亦由王出也。豕既涉波，今又雨使之滂沱，疾王甚也。不能正之，令其守職，不干王命。」○「魯離作麗，俾作比」者，論衡説日篇引詩：「月麗于畢，俾滂沱矣。」「離」作「麗」，「而」作「俾」，與毛同。高誘呂覽孟秋紀注引詩，亦皆作「麗」。論衡明雩篇引詩：「月離于畢，比滂沱矣。」「俾」作「比」，「而」作「離」，又與毛同。蓋魯詩麗、離，比、俾通作。陳喬樅云：「離、麗古通。周易：『離王公也。』釋文云：『鄭作麗。』戰國策『高漸離』，論衡書虛篇亦作『麗』。俾、比聲近，大雅『克順克比』，禮樂記作『克俾』，史記樂書同，是其證。」陳奐云：「詩言東征，借雨以況勞苦之情，東山篇：『我徂東山，慆慆不歸。我來自東，零雨其濛。』亦此意也。『離』，讀與『麗』同。盧令箋：『畢，噣也。』彼正義引釋天：『噣謂之畢。』李巡云：『噣，陰氣獨起，陽氣必止，故曰畢。畢，止也。』史記律書『北至于濁。濁者，觸也，言萬物皆觸死也，故曰濁。』索隱引爾雅：『濁謂之畢。』今郭本作『濁』，李本作『噣』，噣、濁義皆與『觸』同也。小星傳『五噣爲柳星』，此當依史記作『濁』，讀爲『觸』爲正字。仲尼弟子列傳集解引毛傳：『畢，濁也。』釋文：『本亦作濁。』此古本傳作『濁』之證。孫、郭爾雅注並云『掩兔之畢或呼爲濁，因以名星。』其字亦皆作『濁』也。傳云『月離陰星則雨』者，正義云：『以月爲畢所離而雨，是陰雨之星，故謂之陰星。』是也。畢，西方宿，實沈之次也。書洪範：『月之從星，則以風雨。』江聲集疏云：『漢書天文志云：『西方爲雨。雨，少陰之位也。月失中道，移而西入畢，則多雨。』依鄭誼，雨爲木氣，畢西方金宿，金克木。木爲妃，畢好其妃，故多雨也。志又云：『月失節度而妄行，出陽道則旱風，出陰道則陰雨。』是亦一説。東北、東南皆陽道，西則陰道。毛傳云『月離陰星則雨』，與志言『出陰道』相似。『滂沱』，詩考引史記作『滂池』。說文：『滂，沛也。』初學記引說文：『池者，陂也。』大雨沛然下垂，積水成陂，是爲『滂池』。」愚案：說文：「陂，阪也。一曰沱也。」此卽初學記所本。許書無从「也」之「池」，卽「沱潛」之「沱」字，本文初無「陂也」之訓。此文「滂沱」，自與陳風「涕泗滂沱」同義。「沱」作「池」，或又作「沲」，皆隸寫之誤，不必訓爲「陂」。陳啟源曰：「顧氏英白云：『月入畢中則多雨，舊以陰陽爲說，非也。天街在畢之陰，七政中道也，焉得謂離其陰則水乎？畢宿在天街之陽，月入之卽雨，焉得謂由其陽得旱乎？』予驗之皆然。家語以爲有若不知，未敢信也。又言：『月之離畢，未有不在其陰者，但必相傅著方雨，遠之則否。』然則離陰、離陽必非孔子之言。史遷世掌天官，列傳載有若事，獨刪此語，蓋知其誤。」胡承珙云：「論衡明雩篇：『房星四表三道，日月之行，出入三道。日出北道，離畢之陰，希有不雨。由此言之，北道，畢星之所在也。』此亦以離畢爲月出北道，與毛傳合，是自漢以來已有此說。家語載孔子云：『昔者月離其陰，故雨；昨莫月離其陽，故不雨。』專指畢之陰陽，宜顧氏以爲後人妄託也。」

漸漸之石三章，章六句。

苕之華【疏】毛序：「大夫閔時也。幽王之時，西戎、東夷交侵中國，師旅並起，因之以饑饉。君子閔周室之將亡，傷己逢之，故作是詩也。」箋：「『師旅並起』者，諸侯或出師，或出旅，以助王距戎與夷也。大夫將師出，見戎、夷之侵周而閔之，今當其難，自傷近危亡。」○三家義未聞。

苕之華，芸其黃矣。心之憂矣，維其傷矣。【疏】傳：「興也。苕，陵苕也，將落則黃。」箋：「陵苕之華，紫赤而繁。興者，陵苕之幹，喻如京師也，其華猶諸夏也，故或謂『諸夏』爲『諸華』。華衰則黃，猶諸侯之師旅罷病將敗，則京師孤弱。『傷』者，謂國日見侵削。」○釋草：「苕，陵苕。」又云：「黃華蔈，白華茇。」舍人注：「別華色之異名也。」史記趙世家「顏若苕之華」，集解引綦毋邃云：「陵苕之華，其色紫」，蘇頌本草圖經云：「紫葳，陵霄花也。初作藤，蔓生依大木，歲久延引至顛，而有花，其花黃赤，夏中乃盛。」陶隱居蘇恭引郭云「陵霄」。案，今爾雅注無「陵霄」之說，郭說乃云「陵時」。本草云：「今紫葳無『陵時』之名，而鼠尾草有之。」陸疏：「苕，一名陵時，一名鼠尾，似王芻。生下溼水中，七八月中華，似今紫草。」陳奐目驗，藤本，依古柏蔓生，五六月花盛，黃色，卽陵霄花，以爲卽爾雅之「黃華蔈」，而不見紫色。則所云「苕之華」，似仍以陸疏「陵時似紫草生水中」者爲合。古書歧出，證驗未周，不經目覩，不敢臆斷也。

苕之華，其葉青青。知我如此，不如無生。【疏】傳：「華落葉青青然。」箋：「京師以諸夏爲障蔽，今陵苕之華衰而葉見青青然，喻諸侯微弱而王之臣當出見也。我，我王也。知王之爲政如此，則己之生不如不生也。自傷逢今世之難，憂閔之甚。」○唐杕杜傳：「菁菁，葉盛也。」叚借字作「青青」。潛夫論交際篇引詩云：「知我如此，不如無生。」明魯毛文同。

牂羊墳首，【注】齊「墳」作「羵」。三星在罶。人可以食，鮮可以飽。【疏】傳：「牂羊，牝羊也。墳，大也。罶，曲梁也，寡婦之笱也。『牂羊墳首』，言無是道也。『三星在罶』，言不可久也。治日少而亂日多。」箋：「『無是道』者，喻周已衰，求其復興不可得也。『不可久』者，喻周將亡，如心星之光耀見於魚笱之中，其去須臾也。今者士卒人人於晏早皆可以食矣，時饑饉，軍興乏少，無可以飽之者。」○孔疏云：「釋畜：『羊牡羒，牝牂。』故知牂羊，牝羊也。」乃讀「墳」爲「羒」。胡承珙云：「王夫之詩稗疏云：『吳羊牝牂，夏羊牝羖。吳羊縣羊，夏羊山羊也。吳羊頭小角短，山羊頭大角長。』此說分別甚明，是則吳羊之頭本小，而禽獸之體，牝更小於牡，故傳以牂羊無大首之道，不必改『墳』爲『羒』也。」「齊墳作羵」者，易林中孚之訟云：「牂羊羵首，君子不飽。年饑孔荒，士民危殆。」是齊詩作「羵首」。史記李斯傳注亦作「羵」。李富孫云：「『羵』乃『頒』之誤，蓋『羵』乃土之怪。說文『頒』訓『大頭也』。」「君子」，謂戍役勞苦之將率士卒可知。

苕之華三章，章四句。

何草不黃【疏】毛序：「下國刺幽王也。四夷交侵，中國背叛，用兵不息，視民如禽獸。君子憂之，故作是詩也。」

○三家無異義。

何草不黃？何日不行？何人不將，經營四方？【疏】傳：「言萬民無不從役。」箋：「用兵不息，軍旅自歲始草生而出。至歲晚矣，何草而不黃乎？言草皆黃也。於是之間，將率何日不行乎？言常行。勞苦之甚。」

何草不玄？何人不矜？哀我征夫，獨爲匪民？【疏】箋：「玄，赤黑色。始春之時，草牙孽者，將生必玄。於此時也，兵猶復行。無妻曰矜。從役者皆過時不得歸，故謂之『矜』。『征夫』，從役者也。古者師出不踰時，所以厚民之性也。今則草玄至於黃，黃至於玄，此豈非民乎？」○胡承珙云：「釋天：『九月爲玄。』孫炎曰：『物衰而色玄也。』詩曰：『何草不玄？』與『始春』之言不同者，爾雅所言月名，皆不以草色。李巡曰：『九月萬物畢盡，陰氣侵寒，其色皆黑。』是陰而氣寒之黑，不由草玄色。」承珙案：易林蒙之蒙云：『何草不黃？至末盡玄。室家分離，悲愁于心。』則焦氏明以草玄爲物衰之候，非春初始生之謂。以經文先『黃』次『玄』，是經歷秋冬，已足見踰時之久，不必又及明年春生而玄也。愚案：據焦說，知齊訓如此，孫蓋用魯說。

匪兕匪虎，率彼曠野。哀我征夫，朝夕不暇。【疏】傳：「兕、虎，野獸也。曠，空也。」箋：「兕、虎，比戰士也。」○馬瑞辰云：「匪、彼古通用。『匪兕匪虎』，猶言『彼兕彼虎』也。兕虎野獸，固宜其率彼曠野，以興征夫之不宜疲於征役也。傳箋不解『匪』字，孔疏訓『匪』爲『非』，失之。」史記孔子世家：「詩云：『匪兕匪虎，率彼曠野。』」明魯、毛文同。

黃山云：「孔子世家引詩，下云：『吾道非耶？吾何爲至於此？』明謂非兕虎，不當在野，疏說不誤矣。且『率彼曠野』，明有『彼』字，不當又以『匪』代『彼』，馬說未确。」

有芃者狐，率彼幽草。有棧之車，行彼周道。【疏】傳：「芃，小獸貌。棧車，役車也。」箋：「狐草行草止，故以比棧車輦者。」○周語「野無奧草」，賈逵本作「冥草」。說文：「冥，幽也。」馬瑞辰云：「淮南原道訓『禽獸有芃』，注：『芃，蓐也。』說文：『蓐，一曰蔟也。』『芃，草盛皃。』芃本衆草叢蔟之貌，狐毛之叢雜似之，故曰『有芃者狐』。」又曰：「古者編木爲『棚』，通謂之『棧』，三倉『棚，棧閣也』、通俗文『板閣曰棧』是也。編木爲棚板謂之『棧』，說文『簀，牀棧也』是也。編木爲馬圈亦謂之『棧』，莊子『編之以皁棧』是也。棧車，據說文：『棧，棚也。一曰，竹木之車曰棧。』蓋『棧』本『棚』之通名，編竹木爲車，有似於棚，因謂之『棧車』。至此詩『有棧之車』，與『有芃者狐』，皆形容之詞。據說文：『嶘，尤高也。从山，棧聲。』則棧當爲車高之貌。孔疏謂『有棧』是車狀，非士所乘之棧名，是也。」

何草不黃四章，章四句。

魚藻之什十四篇，六十二章，三百二句。

詩三家義集疏卷二十一

文王之什第二十一　詩大雅

陸曰：「自此以下至卷阿十八篇，是文王武王成王周公之正大雅。據盛隆之時，而推序天命，上述祖考之美，皆國之大事，故爲正大雅焉。文王至靈臺八篇，是文王之大雅。下武至文王有聲二篇，是武王之大雅。」

文王【疏】毛序：「文王受命作周也。」箋：「受天命而王天下，制立周邦。」○史記周本紀：「詩人道西伯，蓋受命之年稱王。」司馬遷用魯詩，知「受命稱王」，魯說如此。趙岐孟子章句五：「詩言周雖后稷以來舊爲諸侯，其受天命，維文王新復修治禮義以致之耳。」岐亦治魯詩者。繁露郊祭篇：「文王受天命而王天下，先郊乃敢行事，而興師伐崇。」（引見棫樸詩。）是齊說如此。韓說當同。孔子言「三分有二以服事殷」，後人因聖言，率以受命稱王爲不然，或又以「受命」爲受紂命。不知詩人明言受天命，未嘗言受紂命。商之末造，紂惡日甚，民心歸周，其勢已成，雖文王聖德謙沖，無所於讓。未受命之前，已建周南之國，既受命之後，又建召南之國，召公位爲諸侯，此事實之可考見者。殷邦可滅，不一加兵，故孔子以爲「服事」耳。

文王在上，於昭于天。周雖舊邦，其命維新。有周不顯，帝命不時。文王陟降，在帝左右。【疏】傳：「在上，在民上也。於，歎辭。昭，見也。其命維新，乃新在文王也。有周，周也。不顯，顯也。顯，光也。不時，時也。時，是也。言文王升接天，下接人也。」箋：「文王初爲西伯，有功於民，其德著見於天，故天命之以爲王，使君天下也。崩，謚曰文。大王聿來胥宇，而國於周，王迹起矣，而未有天命，至文王而受命。言『新』者，美之也。周之德不光明乎？光明矣；天命之不是乎？又是矣。在，察也。文王能觀知天意，順其所爲，從而行之。」○淮南繆稱訓引詩曰：「周雖舊邦，其命維新。」明魯毛文同。禮大學引詩曰：「周雖舊邦，其命維新。」明齊毛文同。

亹亹文王，令聞不已。陳錫哉周，【注】魯韓「哉」作「載」。韓說曰：陳，見也。**侯文王孫子。文王孫子，本支百世。凡周之士，不顯亦世。**【疏】傳：「亹亹，勉也。哉，載。侯，維也。本，本宗也。支，支子也。不世顯德乎？『士』者，世祿也。」箋：「令，善。哉，始。侯，君也。勉勉乎不倦，文王之勤用明德也，其善聲聞日見稱歌，無止時也。乃由能敷恩惠之施，以受命造始周國，故天下君之。其子孫適爲天子，庶爲諸侯，皆百世。『凡周之士』，謂其臣有光明之德者，亦得世世在位。重其功也。」○『亹亹文王』者，王逸楚詞九辯注：「亹亹，進貌。詩云：『亹亹文王。』」文選吳都賦注引韓詩云：「亹亹，水流進貌。」是韓於此詩「亹亹」亦必訓「進貌」矣。「魯韓哉作載。韓云陳，見也」者，史記周本紀：「大雅曰：『陳錫載周。』」唐固注：「言文王布錫施利，以載成周道也。」玉篇阜部引韓詩曰：「『陳錫載周』。陳，見也。」案，說文：「見，視也。」禮王制「命太師陳詩」，注：「采其詩而視之。」易「見龍在田」，注：「見，示也。」齊語「相陳以功」，注：「陳，亦示也。」是「陳」與「視」、「示」通，即與「見」通矣。戴震云：「古字『載』與『栽』通，『栽』猶『殖』也。言文王能布大利於天下，以豐殖周國。國語說之曰：『故能載周，以至於今』是也。」馬瑞辰云：「陳，說文：『从𨸏、从木，申聲。』古文作『𨻞』，亦从『申』。『陳錫』，卽『申錫』之叚借。漢書韋元成傳載匡衡上書云：『子孫本支，陳錫無疆。』義本齊詩而言。『陳錫無疆』，與商頌烈祖『申錫無疆』正同，是知『陳錫』卽『申錫』也。申，重也。重錫，言錫之多。左傳引詩曰：『陳錫哉周。能施也。』未解『陳』字，箋及杜注訓『陳』爲『敷布』，失之。」漢書王子侯表序：「文王孫子，本支百世。」明齊毛文同。顧炎武釋「不」爲「丕」，汪中讀「亦」爲「奕」。馬瑞辰云：「魏書禮志引詩作『不顯奕世』，後漢袁術傳注引作『不顯奕代』，（蓋避唐諱改。）執金吾武榮碑『亦世載德』，楊震碑『亦世繼民』，綏民校尉熊君碑『亦世載德』，李翕西狹頌『亦世賴福』，中常侍樊安碑『亦世載德』，樊毅修華嶽廟碑『亦世克昌』，先生郭輔碑『休矣亦世』，『亦世』即『奕世』也。然則大雅之『不顯亦世』，即『丕顯奕世』耳。亦、奕古通用，（釋詁：『奕，大也。』噫嘻詩『亦服爾耕』，豐年詩『亦有高廩』，箋並云：『大也。』是『亦』即爲『奕』之證。）三家詩蓋有作『奕世』者，爲魏書、漢碑、後漢書注所本。」

世之不顯，厥猶翼翼。思皇多士，生此王國。王國克生，維周之楨。濟濟多士，文王以寧。【疏】傳：「翼翼，恭敬。思，辭也。皇，天。楨，幹也。濟濟，多威儀也。」箋：「猶，謀。思，願也。周之臣既世世光明，其爲君之謀事忠敬翼翼然。又願天多生賢人於此邦，此邦能生之，則是我周邦幹事之臣。」〇史記周本紀：「文王禮下賢者，日中不暇食以待士，士以此多歸之。伯夷、叔齊在孤竹，聞西伯善養老，盍往歸之。大顛、閎夭、散宜生、鬻子、辛甲大夫之徒皆往歸之。」繁露郊祭篇：「傳曰：『周國子多賢，蕃殖至于駢孕，男者四四產而得八男，皆君子俊雄也。此周之所以興周國也。』」列女梁夫人嫕傳引詩：「世之不顯，厥猶翼翼。思皇多士，生此王國。」東方朔非有先生論引詩：「王國克生，維周之楨。濟濟多士，文王以寧。」明魯毛文同。其引「濟濟多士」二句者甚多，並不引證。漢書李尋傳引「濟濟多士，文王以寧」，明齊毛文同。韓詩外傳八、外傳十共五引「濟濟多士，文王以寧」，明韓毛文同。

穆穆文王，於緝熙敬止。假哉天命，有商孫子。商之孫子，其麗不億。上帝既命，侯于周服。【疏】傳：「穆穆，美也。緝熙，光明也。假，固也。麗，數也。盛德不可爲衆也。」箋：「穆穆乎文王有天子之容，於美乎又能敬其光明之德，堅固哉天爲此命之使臣有殷之子孫。于，於也。商之孫子，其數不徒億，多言之也。至天已命文王之後，乃爲君於周之九服之中。言衆之不如德也。」○漢書劉向傳引孔子讀此詩而釋之曰：「大哉天命！」則「假」宜從爾雅訓「大」，魯説如此。馬瑞辰云：「『麗』者，『𢿣』之省借。方言說文並曰：『𢿣，數也。』『不』，爲語詞，『不億』即億，猶云子孫千億耳。箋以爲『不徒億』，失之。」禮緇衣、大學並引詩云：「穆穆文王，於緝熙敬止。」明齊毛文同。

侯服于周，天命靡常。殷士膚敏，祼將于京。厥作祼將，常服黼冔。王之藎臣，無念爾祖。【疏】傳：「則見天命之無常也。殷士，殷侯也。膚，美。敏，疾也。祼，灌鬯也，周人尚臭。將，行。京，大也。黼，白與黑也。冔，冠冕也，夏后氏曰收，周曰冕。藎，進也。無念，念也。」箋：「『無常』者，善則就之，惡則去之。殷之臣壯美而敏，來助周祭，其助祭自服殷之服，明文王以德，不以彊。今王之進用臣，當念女祖爲之法。王，斥成王。」○劉向傳又云：「孔子論詩，至於『殷士膚敏，祼將于京』，喟然而歎。蓋傷微子之事周，而痛殷之亡也。」白虎通三正篇：「詩曰：『厥作祼將，常服黼冔。』言微子服殷之冠，助祭于周也。」趙岐孟子章句七：「殷之美士，執祼鬯之禮，將事于京師，若微子者。膚，大也。敏，達也。」以『殷士』爲微子，皆據魯詩之説。蔡邕獨斷云：「冕冠，殷曰冔，以三十升漆布，廣八寸，長尺二寸，加爵冕其上，黑而微白，前大後小，有收以持笄。詩曰：『常服黼冔。』」

無念爾祖，聿修厥德。【注】魯「無」作「毋」，「聿」作「述」。永言配命，自求多福。殷之未喪師，克配上帝。宜鑒于殷，駿命不易。【注】齊「宜」作「儀」，「駿」作「峻」。【疏】傳：「聿，述。永，長。言，我也。我長配天命而行，爾庶國亦當自求多福。」「殷之未喪師」，帝乙已上也。駿，大也。」箋：「長，猶常也。王既述修祖德，常言當配天命而行，則福祿自來。師，衆也。殷自紂父之前未喪天下之時，皆能配天而行，故不亡也。宜以殷王賢愚爲鏡，天之大命，不可改易。」○「魯無作毋，聿作述」者，漢書東平王宇傳元帝敕諭云：「詩不云乎？『毋念爾祖，述修厥德。』永言配命，自求多福。』」陳喬樅云：「漢書儒林王式傳：山陽張長安事式，爲博士，由是魯詩有張氏學。張生兄子游卿爲諫大夫，以詩授元帝。是元帝習魯詩，此引魯異文也。」潛夫論德化篇引「宜鑒于殷」，明魯毛文同。漢書匡衡傳衡疏引詩：「無念爾祖，聿修厥德。」禮禮器鄭注引詩「自求多福」，皆齊詩。「齊宜作儀，駿作峻」者，禮大學引詩：「殷之未喪師，克配上帝。儀鑒于殷，峻命不易。」與漢書翼奉傳所引字不同，蓋齊詩「亦作」本。

命之不易，無遏爾躬。【注】韓曰：遏，病也。宣昭義問，有虞殷自天。上天之載，無聲無臭。儀刑文王，【注】魯「載」作「縡」，「刑」作「形」。萬邦作孚。【注】齊「邦」作「國」。【疏】傳：「遏，止。義，善。虞，度也。載，事。形，法。孚，信也。」箋：「宜，偏。有，又也。天之大命，已不可改易矣，當使子孫長行之，無終女身則止。偏明以禮義，問老成人，又度殷所以順天之事而施行之。天之道難知也，耳不聞聲音，鼻不聞香臭。儀法文王之事，則天下咸信而順之。」○「遏，病也」者，釋文引韓詩文。黃山云：「韓詩外傳一：『學而不能行之，謂之病。』說文：『遏，微止也。从辵，曷聲。』『辵，乍行乍止也。』是『遏』之訓『止』，卽身之不行，故謂之『病』。此韓本義。」「魯載作縡，刑作形」者，漢書揚雄傳甘泉賦「上天之縡」，顏注：「縡，讀與『載』同。」廣雅釋詁：「縡，事也。」正釋魯詩「縡」字。案，此魯詩「又作」本。潛夫論德化篇「『上天之載，無聲無臭。儀形文王，萬邦作孚。』此姬氏所以崇美於前，而致刑措於後。」「載」與毛同。「刑」作「形」，同音通叚。禮緇衣：「儀刑文王，萬國作孚。」明齊「邦」作「國」。漢書刑法志仍作「萬邦作孚」，乃後人順毛所改，顏注云「則萬國皆信順也」，知正文作「國」。韓詩外傳五引詩：「上天之載，無聲無臭。」明韓毛文同。

文王七章，章八句。

大明【疏】毛序：「文王有明德，故天復命武王也。」箋：「二聖相承，其明德日以廣大，故曰大明。」○馬瑞辰云：「大明，蓋對小雅有小明篇而言。逸周書世俘解：「『籥人奏武王，入進萬，獻明明三終。』孔晁注：『明明，詩篇名。』當卽此詩，是此篇又以明明名篇，卽取首句爲篇名耳。」詩汜歷樞曰：「午亥之際爲革命。亥，大明也。」又曰：「大明在亥，水始也。」此齊說。

明明在下，赫赫在上。天難忱斯，【注】魯齊「忱」作「諶」，韓作「訦」。不易維王。天位殷適，使不挾四方。【疏】傳：「明明，察也。文王之德明明於下，故赫赫然著見於天。忱，信也。紂居天位，而殷之正適也。挾，達也。」箋：「『明明』者，文王武王施明德于天下，其徵應炤晳見於天。謂三辰效驗。天之意難信矣，不可改易者天子也。今紂居天位，而又殷之正適，以其爲惡，乃棄絶之，使教令不行於四方，四方共叛之。是天命無常，維德是予耳。言此者，厚美周也。」○「魯齊忱作諶，韓作訦」者，潛夫論卜列篇引詩「天難諶斯」，繁露天地陰陽篇同，是魯齊詩並作「諶」。詩攷引韓詩外傳十作「訦」，與毛詩之「忱」，皆訓「信」。韓詩外傳云：「紂之爲主，勞民力。冤酷之令，加於百姓；憯悽之惡，施於大臣。羣臣不信，百姓疾怨。故天下叛而願爲文王臣，紂自取之也。夫貴爲天子，富有天下，及周師至而令不行乎左右，悲夫！當是之時，索爲匹夫，不可得也。詩曰：『天謂殷適，使不俠四方。』」挾、俠字通。「謂」，蓋「位」之誤。

摯仲氏任，自彼殷商，來嫁于周，曰嬪于京。【注】魯「聿」作「曰」。乃及王季，維德之行。【疏】傳：「摯，國。任，姓。仲，中女也。嬪，婦。京，大也。王季，太王之子、文王之父也。」箋：「京，周國之地，小別名也。及，與也。摯國中女曰太任，從殷商之畿内嫁爲婦於周之京，配王季而與之共行仁義之德，同志意也。」○摯，國名。周語「摯疇之國由太任」，韋注：「摯疇二國，奚仲仲虺之後，太任之家。」路史：「今蔡之平輿有摯亭。」案，平輿故城在今河南汝寧府城東，是摯實殷畿内國，故云「自彼殷商。」「任，姓」者，晉語司空季子曰：「黄帝之子，得姓者十四人，姬酉祁己滕箴任荀僖佶儇依是也。」廣韻：「黄帝二十五子，十二人各以德爲姓，第一爲任氏。」是任出黄帝之證。傳以「中女」釋「仲氏」者，燕燕「仲氏任只」，傳：「仲，戴嬀字。」然則「仲」爲大任字矣。稱「摯仲任」者，女子後姓，所以别於男子先氏，卽春秋「紀季姜」之比也。釋親：「嬪，婦也。」「魯曰作聿」者，郭注引詩曰：「聿嬪于京。」蓋據舊注魯詩之文。

大任有身，生此文王。【注】三家「身」作「娠」。**維此文王，**【注】齊「維」作「惟」，亦作「唯」。**小心翼翼，昭事上帝，聿懷多福。**【注】齊「聿」作「允」。**厥德不回，以受方國。**【疏】傳：「大任，仲任也。身，重也。回，違也。」箋：「重，謂懷孕也。『小心翼翼』，恭慎貌。昭，明。聿，述。懷，思也。『方國』，四方來附者。此言文王之有德，亦由父母也。」○「三家身作娠」者，衆經音義兩引詩，並作「大任有娠」，是三家作「娠」。御覽八十四引詩含神霧曰：「大任夢長人感己，生文王。」此齊説也。馬瑞辰云：「廣雅釋詁：『方，大也。』晉語：『今晉國之方。』韋注：『方，大也。』爾雅：『方邱，胡邱。』方、胡皆大也。『方國』猶言大國，箋訓爲『四方』，失之。」「齊維作惟，亦作唯，聿作允」者，禮表記引詩云：「惟此文王，小心翼翼。昭事上帝，聿懷多福。厥德不回，以受方國。」「維」作「惟」，餘與毛文同。繁露郊祭篇引詩：「唯此文王，小心翼翼。昭事上帝，允懷多福。」「聿」、「允」一聲之轉，故字不同。此齊「又作」本。

天監在下，有命既集。文王初載，天作之合。在洽之陽，在渭之涘。【疏】傳：「集，就。載，識。合，配也。洽，水也。渭，水也。涘，厓也。」箋：「天監視善惡於下，其命將有所依就，則豫福助之。於文王生適有所識，則爲之生配於氣勢之處，使必有賢才，謂生大姒。」○釋文：「馮翊有郃陽縣。應劭云，在郃水之陽。」馬瑞辰云：「説文引詩，亦作『郃』。括地志：『郃陽故城在同州河西縣南三里，古莘國在縣南二十里。』元和志：『夏陽縣古有莘國，漢郃陽縣之地。乾元三年改爲夏陽縣，縣南有莘城，卽古莘國，文王妃大姒卽此國之女。』是莘在郃陽之證。漢郃陽縣蓋因詩『在郃之陽』而立名。『郃』古省作『合』，魏世家：「文侯時，『西攻秦，築雒陰合陽。』字作『合』。段氏玉裁云：『合者，水名，毛詩本作「在合之陽」，秦漢間乃製「郃」字耳。今詩作「洽」者，後人意加水旁，所引詩作「郃」，後人所改。』」案，許引詩卽在「郃」下，不得謂「郃」是後人所改，三家皆今文，則「郃」正今文字耳。陳奐云：「水經河水注：『河水又逕郃陽城東，城北有瀵水，南距二水各數里。其水東逕其城內，東入于河。又於城南側中有瀵水，東南出城，注于河。城南又有瀵水東流注于河，水卽郃水也，縣取名焉。』案，善長以瀵水當合水，魏仍漢縣，此非詩之『合陽』。蓋水以北爲陽，合陽，合水之北。漢高帝爲劉仲築城于郃陽縣之東北，爲郃陽侯，漢初稱或不誤矣。渭，亦莘國之水名。莘國東濱大河，在合水北，亦在渭水北，故下文云『親迎于渭』也。」禮中庸鄭注：「栽，讀如『文王初載』之載。」明齊毛文同。張衡西京賦「在渭之涘」，明魯毛文同。「初載」，應訓「初年」，詳下。

文王嘉止，大邦有子。大邦有子，俔天之妹。【注】韓「俔」作「磬」。韓說曰：磬，譬也。文定厥祥，親迎于渭。造舟爲梁，不顯其光。【疏】傳：「嘉，美也。俔，磬也。〔文定厥祥〕言大姒之有文德也。祥，善也。言賢聖之配也。言受命之宜，王基乃始於是也。天子造舟，諸侯維舟，大夫方舟，士特舟。造舟，然後可以顯其光輝。」箋：「文王聞大姒之賢，則美之曰：大邦有子，女可以爲妃。乃求昏。既使問名，還則卜之，又知大姒之賢，尊之如天之有女弟。問名之後，卜而得吉，則文王以禮定其吉祥。謂使納幣也。賢女配聖人得其宜，故備禮也。迎大姒而更爲梁者，欲其昭著，示後世敬昏禮也。不明乎，其禮之有光輝。美之也。天子造舟，周制也，殷時未有等制。」○「俔作磬。磬，譬也」者，釋文引韓詩文。陳喬樅云：「孔疏：『如今俗語譬諭物，云「磬作」然也。』段玉裁曰：『說文：「俔，諭也。」此以今語釋古語。「俔」者古語，「磬」者今語，是以毛作「俔」，韓作「磬」，如十七篇之有古、今文。許不依傳云「磬」而云「諭」者，

「磬」非正字，以六書言之，乃「俔」之叚借耳。磬、罄古通，爾雅：「罄，盡也。」猶言竟是天之妹也。』又曰：『俔，說文：「一曰聞見也。」『聞」當作「閒」。釋言：「閒，俔也。」正許所本。上訓用毛、韓說，此訓用爾雅說，爾雅亦釋詩也。「閒」音「諫」，若言不可多見而閒見也。』胡承珙曰：『傳以「磬」釋「俔」，箋以「如」申毛，孔疏解以「磬作」，是唐時猶有此語，其訓詁由來久矣。段注說文，謂毛以「磬」釋「俔」，是以今語釋古語，此說是也。其云「磬」猶言「竟是」，又云「俔」是「閒見」，盧氏文弨又從「聞見」爲義，說皆非是。後漢胡廣傳「俔天必有異表」，若云「竟是」，曰「聞見」，曰「聞見」，則必連「之妹」二字方成文義，不得以「俔天」二字單言。惟訓「如」，則「如天」二字本可斷讀。君子偕老傳「尊之如天」是也。』郝氏懿行曰：『爾雅釋詩，當「俔」在「閒」上，今本誤倒耳。說文云：「俔，譬諭也。一曰閒見。」即本韓詩爾雅爲訓。「閒」者，釋詁云「代也」。「閒見」，猶言不常見也。凡譬況之詞，必取非常所見，故云「罕譬而諭。」方言謂之「代語」，說文謂之「閒見」，其義一也。』列女周室三母傳引詩：「大邦有子，俔天之妹。文定厥祥，親迎于渭。造舟爲梁，不顯其光。」明魯毛文同。

有命自天，命此文王，于周于京，纘女維莘，長子維行，篤生武王。保右命爾，燮伐大商。

【疏】傳：「纘，繼也。莘，大姒國也。長子，長女也。維行，大任之德焉。篤，厚。右，助。燮，和也。」箋：「天爲將命文王君天下于周京之地，故亦爲作合，使繼大任之女事于莘國，莘國之長女大姒則配文王。雖德之行，天降氣于大姒，厚生聖子武王。安而助之，又遂命之爾，使協和伐殷之事。協和伐殷之事，謂合位三五也。」〇風俗通義一：「詩說『有命自天，命此文王。』」白虎通號篇：「詩曰：『命此文王，于周于京。』此改號爲周，易邑爲京也。」皆魯毛文同。「纘女維莘，長子維行」者。陳奐云：「先儒論文王娶大姒，生武王，年代莫攷，大抵依大戴記，稱文王九十七乃終，武王九十三而終。然以此數推之，文王十五生武王，當武王卽位已有八十二歲。武王卽位十有三年，方始克殷。管子小問篇云：『武王伐殷，克之，七年而崩。』漢書律歷志，亦云克殷後七歲而崩。唯逸周書明堂篇作六年，則知武王九十三之說既不足信，卽文王十五而生之說亦無足據，蓋大小戴記間采襍說耳。近儒舉尚書逸周書語爲說，確有根據。尚書無逸篇：『周公告成王曰：文王受命唯中身，厥享國五十年。』此文王享國之年數也。又逸周書度邑篇：『武王克殷，告叔旦曰：唯天不享于殷，發之未生，至于今六十年。』此武王克殷之年數也。武王克殷年近六十，其在位已十有三年，此外四十七年，皆在文王享國數內。武王之生，應在文王卽位之三四年中。然則文王之取太姒，在文王卽位後，書有明文，或可據此數而推知也。奐竊謂古者天子諸侯皆有不再娶之文，然又有卽位取元妃之禮。文二年冬左傳云：『襄仲如齊納幣，禮也。凡君卽位，好舅甥，修昏姻，取元妃以奉粢盛，孝也。孝，禮之始也。』是『禮』也，周公之禮，亦文王之禮也。此篇言大姒之來歸周京，已在天命文王之既集，玩詩詞正與尚書『受命中身』語合。韓奕篇，美韓侯之入覲宣王也，亦云『韓侯迎止，于蹶之里』，此亦行卽位親迎之禮，與春秋古左氏說合。明鄒忠胤意大姒爲文王繼妃，以解經『纘女維莘』句，以文王卽位後取大姒。準諸事理，似乎有據，姑記於此。」愚案：「文王初載」，毛訓「載」爲「識」，已滋疑竇，若解「纘女」爲「繼妃」，則與文王卽位初年合，可以釋「載」爲「年」。一也；「長子維行」，毛訓「長女」，但武王之先有伯邑考，雖曰早死，此亦文王大姒之長子，不應竟置不論，若卽以「長子」指伯邑考，「維行」解如箋說「維德之行」，然後接詠武王，文義大順。二也。經義、史年一一吻合，事在不疑，可質後世矣。易林臨之旅：「篤生武王。」明齊毛文同。

殷商之旅，其會如林。【注】齊、韓「會」作「旝」。矢于牧野，維予侯興。「上帝臨女，無貳爾心！」【注】齊「無」亦作「毋」，「貳」亦作「二」。【疏】傳：「旅，衆也。如林，言衆而不爲用也。矢，陳。興，起也，言天下之望周也。（上帝二句）言無敢懷貳心也。」箋：「殷盛合其兵衆，陳於商郊之牧野，而天乃予諸侯有德者，當起爲天子。言天去紂，周師勝也。臨，視也。女，女武王也。天護視女，伐紂必克，無有疑心。」○「齊韓會作旝」者，說文：「旝，建大木，置石其上，發以機，以追敵也。詩曰：『其旝如林。』」馬融廣成頌「旃旝摻其如林」，本此。據下魯作「會」，此爲齊韓文。風俗通義十：「詩云：『殷商之旅，其會如林。』林，樹木之所聚生也。」呂覽務本篇高注：「言天臨命武王，伐紂必克之，不敢有疑也。」此皆魯說。繁露天道無貳篇：「一而不二者，天之行也。人孰無善，善不一，故不足以立身；治孰無常，常不一，故不足以致功。詩云：『上帝臨女，無貳爾心。』知天道者之言也。」陳喬樅云：「貢禹傳引詩，作『上帝臨女，無貳爾心』。『毋』與『無』，『貳』與『二』，古通用字。」案：「無」之爲「毋」，「貳」之爲「二」，皆齊「又作」本。

牧野洋洋，檀車煌煌，駟騵彭彭。【注】齊「駟」亦作「四」。維師尚父，時維鷹揚。涼彼武王，肆伐大商，【注】韓「涼」作「亮」。韓說曰：亮，相也。魯「涼」作「亮」，「肆」作「襲」。會朝清明。【注】韓作「會朝滯明」，滯，清也。【疏】傳：「洋洋，廣也。煌煌，明也。駵馬白腹曰騵，言上周下殷也。師，大師也。尚父，可尚可父。鷹揚，如鷹之飛揚也。涼，佐也。肆，疾也。會，甲也。不崇朝而天下清明。」箋：「言其戰地寬廣，明不用權詐也。兵車鮮明，馬又强，則暇且整。尚父，吕望也，尊稱焉。鷹，鷙鳥也。佐武王者，爲之上將。肆，故今也。會，合也。以天期已至，兵甲之强，師率之武，故今伐殷，合兵以清明。書牧誓曰：『時甲子昧爽，武王朝至于商郊牧野乃誓。』」○楊雄太僕箴：「紂作不令，武王征殷。檀車孔夏，四騵孔昕。」陳喬樅云：「雄言『檀車孔夏』，知魯詩文『煌煌』但作『皇皇』，訓『大』，故以『孔夏』言之。淮南主術訓高注：『黃馬白腹曰騵。詩曰：駟騵彭彭。』是高引魯文與毛同，此作『四』，蓋『駟』之省文。」愚案：此作「四」者，乃魯之「又作」本。詩孔疏引劉向別録：「師之、尚之、父之，故曰師尚父。」楚詞天問：「蒼鳥羣飛，孰使萃之？」王逸章句：「蒼鳥，鷹也。萃，集也。言武王伐紂，將帥勇猛，如鷹羣飛，孰使武王集聚之者乎？詩曰：『惟師尚父，時惟鷹揚』

也。」以上魯說。「涼作亮，云相也」者，釋文引韓詩文。陳喬樅云：「釋詁『亮』、『相』並訓爲『導』。『相』又訓『勴』，『亮』又訓『右』，勴、右義皆爲『助』。導引佐佑，皆所以爲贊助也。書『維時亮天工』，史記五帝紀作『惟時相天事』，是以『亮』爲『相』，『相』卽『佐佑』之義也。亮與諒、涼音同通用，詩釋文：『涼，本亦作諒。』」「魯涼作亮，肆作襲」者，風俗通義一引詩云：「亮彼武王，襲伐大商。」陳喬樅云：「據此，魯作『亮』，與韓同。漢書王莽傳亦作『亮彼武王』，是三家同毛。『肆伐大商』，傳：『肆，疾也。』『襲』者，公羊何注以爲『輕行疾至』，則亦與『肆』義同矣。」「會朝瀞明。瀞，清也」者，玉篇水部引韓詩文。皮嘉祐云：「毛作『清』，當爲『瀞』之省，『瀞』又省作『淨』、作『靜』。說文：『瀞，無垢薉也。從水，靜聲。』淮南本經訓『太清之始也』，注：『清，淨也。』是清、瀞、靜、淨四字音義本通。」愚案：韓詩外傳三載武王伐紂到邢邱，末引詩曰「牧野洋洋」全章，仍作「會朝清明」，則作「瀞」者乃韓之「又作」本。

大明八章，四章章六句，四章章八句。

緜【疏】毛序：「文王之興，本由太王也。」○初學記文部引詩含神霧曰：「集微揆著，上統元皇，下序四始，羅列五際。」宋均曰：「集微揆著，若緜緜瓜瓞。人之初生揆其始，是必將至著有天下也。」此齊說。蔡邕琴操：「岐山操者，周太王之所作也。太王居豳，狄人攻之，仁恩惻隱，不忍流血，選練珍寶犬馬皮幣束帛與之。狄侵不止，問其所欲得土地也。太王曰：『土地者，所以養萬民也，吾將委國而去矣，二三子亦何患無君！』遂杖策而出，踰乎梁而邑乎岐山。自傷德劣，不能化夷狄，爲之所侵，喟然歎息，援琴而鼓之云：『戎狄侵兮土地移，遷邦邑兮適於岐，烝民不憂兮誰者知，嗟嗟奈何予命遺斯。』」此魯說。

緜緜瓜瓞。【注】韓詩曰：「緜緜瓜瓞。」韓說曰：瓞，小瓜也。魯說曰：瓞，瓝，其紹瓞。**民之初生，自土沮**

漆。【注】齊「土」作「杜」。古公亶父，陶復陶穴，【注】三家「復」作「覆」。未有家室。【疏】傳：「興也。緜緜，不絕貌。瓜，紹也。瓞，瓝也。民，周民也。自，用。土，居也。沮，水。漆，水也。古公，豳公也。古，言『久』也。亶父字，或殷以名，言質也。古公處豳，狄人侵之，事之以皮幣，不得免焉；事之以犬馬，不得免焉；事之以珠玉，不得免焉。乃屬其耆老而告之曰：『狄人之所欲，吾土地。吾聞之，君子不以其所養人者害人，二三子何患無君！』去之，踰梁山，邑乎岐山之下。豳人曰：『仁人之君，不可失也。』從之如歸市，陶其土而復之，陶其壤而穴之。室内曰家。未有寢廟，亦未敢有家室。」箋：「瓜之本實，繼先歲之瓜必小，狀似瓝，故謂之瓞，緜緜然若將無長大時。興者，喻后稷乃帝嚳之胄，封於邰，其後公劉失職，遷于豳，居沮漆之地，歷世亦緜緜然，至太王而德益盛，得其民心而生王業，故本周之興云于沮漆也。古公據文王，本其祖也。諸侯之臣稱君曰公。『復』者，復於土上，鑿地曰穴，皆如陶然，本其在豳時也。傳自『古公處豳』而下，爲二章發。」〇「緜緜」至「瓜也」，文選潘岳懷縣詩李注引薛君文，引經明韓毛文同。「瓞瓝其紹瓞」者，釋草文，魯說也。孔疏引孫炎曰：「詩云：『緜緜瓜瓞。』瓞，小瓜子名。瓝其本子小，紹先歲之瓜曰瓞。」說文「瓞」下云：「瓝也。」「瓝」下云：「小瓜也。」「瓞」或作「𤬪」，「𤬪」卽「瓝」也。毛云「緜緜，不絕貌。瓜，紹也」者。焦循云：「以瓜之相紹，明不絕，不以『紹』釋『瓜』也。東山傳：『蜎蜎，蠋貌，桑蟲也。』文法正同。」「齊土作杜」者，漢書地理志「右扶風杜陽」，班自注：「杜水南入渭。詩曰：『自杜。』」顏注：「大雅緜之詩曰：『人之初生，自杜漆沮。』(誤倒。)齊作『自杜』，言公劉避狄而來居杜與沮漆之地。」(「公劉」係「太王」之誤。)案，「土」、「杜」古音同通用，毛詩「桑土」，韓詩作「桑杜」是也。漢漆縣，今邠州治。杜陽縣，今麟游縣西北。漆、杜並以水名縣。酈漆水注云：「孔安國曰：漆沮一水名矣，亦曰洛水也。」(書傳今作「二水名」。)又沮水注云：「濁水至白渠與澤泉合，俗謂之漆水，又謂之爲漆沮水。」又寰宇記載逸洛水云：「洛水又東，沮水入焉，故洛水亦名漆沮水。」據此，是漆沮二水所在皆可以沮漆通稱。其實此詩漆自入渭，沮自入洛，稱云「自杜沮漆」，卽沮漆二水通稱之先導矣。「三家復作寝」者，説文「寝」下引詩云：「陶寝陶穴。」玉篇引詩同。案，説文：「覆，覂也。一曰蓋也。」「覂，反覆也。」傳言「陶其土而復之」，箋云「復於土上」，皆卽借「復」爲「覆」。孔疏引説文云：「覆，地室也。」（段玉裁據正義，作「覆於地也」四字。阮校已著爲誤本，以「於地」二字不可得義也。）所引乃説文「寝」下注，是孔又借「覆」爲「寝」，用三家也。又引九章算術云：「穿地四，爲壤五，爲土三。」壤是息土之名。覆者地上爲之，取土於地，復築而堅之，故以土言。穴者鑿地爲之，土無所用，直去其息土而已，故以壤言。」雖主申毛，正足明「寝」爲「地室」之義。蓋地載萬物，土生萬物，土言地下，地言地上。説文：「穴，土室也。」（凡引作「土屋」。）此自穴土爲室，無論旁穿、正穿皆「穴」也。「寝」爲地室，室自作於地上，箋言「復於土上」，未晰。段玉裁謂「直穿爲穴，旁穿爲復」，亦非。

古公亶父，來朝走馬。【注】韓「走」作「趣」。率西水滸，至于岐下。爰及姜女，聿來胥宇。

【疏】傳：「率，循也。滸，水厓也。姜女，大姜也。胥，相。宇，居也。」箋：「『來朝走馬』，言其辟惡早且疾也。『循西水厓』，沮漆水側也。爰，於。及，與。聿，自也。於是與其妃大姜自來相可居者，著大姜之賢知也。」○漢書人表上中：「太王亶父，公祖子。姜女，太王妃。」此齊説。新序雜事三引詩曰：「『古公亶父，來朝走馬。率西水滸，至于岐下。爰及姜女，聿來胥宇。』大王愛厥妃，出入必與之偕。」據引詩，明魯毛文同。「韓走作趣」者，玉篇走部：「趣，遽也。詩曰：『來朝趣馬。』言早且疾也。」知韓「走」作「趣」。陳喬樅云：「鄭意以『走馬』爲『趣』之叚借，故不煩改字，直訓爲『疾』。」

周原膴膴，【注】韓「膴」作「腜」。菫荼如飴。爰始爰謀，爰契我龜，【注】齊「契」作「挈」。曰止曰時，築室于茲。【疏】傳：「周原，沮漆之間也。膴膴，美也。菫，菜也。荼，苦菜也。契，開也。」箋：「廣平曰原。周之原地，在岐山之南。膴膴然肥美，其所生菜雖有性苦者，皆甘如飴也。此地將可居，故於是始與豳人之從已者謀，謀從又於是契灼其龜而卜之，卜之則又從矣。時，是。茲，此也。卜從則曰可止居，於是可作室家於此。定民心也。」○「韓膴作腜」者，文選魏都賦「腜腜坰野」，張載注：「腜腜，美也。詩云：『周原腜腜，堇荼如飴。』」李注引爲韓詩，則張注「腜腜美也」，即韓詩之義。毛詩釋文云：「膴膴，美也。韓詩同。」謂韓詩說同，非謂字同也。廣雅釋訓：「腜腜，肥也。」或本魯訓。肥、美一也。「堇荼如飴」者，特牲饋食禮鄭注：「苦，苦荼也。荁，堇屬。詩云：『周原膴膴，堇荼如飴。』」明齊、毛文同。馬瑞辰云：「堇有三，爾雅：『齧，苦堇。』一也；又：『芨，堇草。』二也；廣雅：『堇，藋也。』三也。『芨堇』之堇，郭注以爲『烏頭』，一名『奚毒』，非可食之菜。『堇藋』之堇，本草以爲似藜，一名『拜』，一名『蔏藋』，非苦荼之類。惟『齧苦堇』，郭注：『今堇葵也，葉如柳，子如米，汋食之滑。』與傳言『堇菜』合。說文：『堇，草也，根如薺，葉似細柳，蒸食之甘。』而爾雅言『苦堇』者，古人語反，猶甘草一名『大苦』也。詩人蓋取『苦堇』之名與『苦荼』同類，遂並稱之。正義以爲『烏頭』，釋文以爲『藋』，並失之。荼有四，釋木：『檟，苦荼。』一也；釋草『荼，苦菜』。二也；『蒤，委葉』。三也；『蔈荂，荼』。四也。出其東門詩『有女如荼』，此荼之名『蔈荂』者，即茅秀也。良耜詩『以薅荼蓼』，此荼之名『委葉』者，即田草也。谷風詩『誰謂荼苦』，此詩『堇荼如飴』，則爾雅所謂『苦菜』，今北方所謂『苣蕒菜』，一名『苦苣』者也。至釋木『檟，苦荼』，乃『茗』也，陶宏景疑『苦菜』即『茗』，誤矣。」「齊契作挈」者，班固幽通賦「且算祀於挈龜」，顏注：「挈，刻也。詩大雅緜之篇曰：『爰挈我龜。』言刻開之，灼而卜之。」陳喬樅云：「毛詩釋文：『契，本又作挈。』顏注亦襲舊說，用齊詩之訓。廣雅釋言：『契，刻也。』淮南齊俗篇『越人契臂出血』，高注：『契刻臂出血。』是『契』又與『栔』通。毛訓『契』爲『開』，當亦謂刻開其龜。正義引卜師『開龜』注云：『開，謂出其占書也。』恐非。」張衡東京賦「曰止曰時」，明魯毛文同。

迺慰迺止，迺左迺右，迺疆迺理，迺宣迺畝。自西徂東，周爰執事。【疏】傳：「慰，安。爰，於也。」箋：「時耕曰宣。徂，往也。民心定乃安隱其居，乃左右而處之，乃疆理其經界，乃時耕其田畝。於是從西方而往東之人，皆於周執事，競出力也。豳與周原不能爲西東，據至時從水滸言也。」○馬瑞辰云：「方言：『慰，居也。江淮青徐之間曰慰。』廣雅亦曰：『慰，尻也。』『居』即『止』也。呂覽愼大篇『胼胝不居』，高注：『居，止也。』『安』與『居』義本相成，爾雅：『安，止也。』『迺慰迺止』，猶言『爰居爰處』，皆複語耳。『迺畝』與『迺宣』對言，不得合爲一。梓材：『若稽田，既勤敷菑。』傳曰：『已勞力布發之。』即此詩『迺宣』也。又曰：『爲厥疆畎。』傳曰：『爲其疆畔畎壟。』即此詩『迺畝』也。上言『疆理』者，定其大界，此又別其畎壟。箋以『時耕其田畝』兼釋詩『迺畝』，失之。」

迺召司空，迺召司徒，俾立室家。其繩則直，縮版以載，作廟翼翼。【注】齊「版」作「板」。韓說曰：「鬼神所居曰廟。」【疏】傳：「言不失繩直也。乘謂之縮。君子將營宮室，宗廟爲先，廄庫爲次，居室爲後。」箋：「俾，使也。司空、司徒，卿官也。司空掌營國邑，司徒掌徒役之事，故召之。始立室家之位處，繩者營其廣輪方制之正也。既正，則以索縮其築版，上下相承而起，廟成則嚴顯翼翼然。『乘』，聲之誤，當爲『繩』也。」○案，張衡東京賦「其繩則直」，明魯毛文同。「齊版作板」者，禮檀弓鄭注：「板蓋廣二尺，長六尺。詩云：『縮板以載。』」馬瑞辰云：「『載』當讀爲『栽』。說文：『栽，築牆長版也。』引春秋傳『楚圍蔡里而栽』。左莊二十九年傳『水昏正而栽』，杜注：『於是樹版而興作。』

中庸『栽者培之』，鄭注讀『文王初載』之載。今人名草木之植曰栽，築牆立版亦曰栽，知『載』即『栽』也。栽，謂樹立其築牆長版也。箋訓載爲『承載』之載，失之。」「鬼神所居曰廟」者，衆經音義十四引韓詩。

捄之陾陾，度之薨薨，【注】韓說曰：「度，填也。」築之登登，削屢馮馮。百堵皆興，鼛鼓弗勝。

【疏】傳：「捄，虆也。陾陾，衆也。度，居也。言百姓之勸勉也。登登，用力也。削牆鍛屢之聲馮馮然。皆，俱也。鼛，大鼓也，長一丈二尺。或鼛或鼓，言勸事樂功也。」箋：「捄，捊也。度，猶投也。築牆者捊聚壤土，盛之以虆，而投諸版中。五版爲堵。興，起也。百堵同時起，鼛鼓不能止之使休息也。（此語誤。）凡大鼓之側有小鼓，謂之應鼙、朔鼙。周禮曰：『以鼛鼓鼓役事。』」○馬瑞辰云：「說文：『捄，盛土於梩中也。』虆、梩同類。（孟子釋文：『虆，土籠也。梩，土轝也。』）『陾陾』，說文玉篇引作『陑陑』，字亦作『隭』。今詩作『陾』者，蓋『隭』字之譌。而、乃一聲之轉，故『陑陑』又作『仍仍』。廣雅：『仍仍，衆也。』即『陑陑』之異文。」愚案：說文『捄』下、『陾』下引詩本皆作『陾陾』，陾从『自』，『耎』聲。耎从『大』，『而』聲。是从『耎』可通从『而』矣。段玉裁援玉篇，改『捄』下引詩爲『陑陑』，即馬所本，然『陾』下引詩，段仍未改也。玉篇引作『陑』，當爲韓詩異文。許書有『陾』無『陑』、『隭』，亦無『需』。六朝唐人凡从『耎』之字輒寫作『需』，蓋『大』之篆文爲『而』，遂以致誤甚。且孺、儒从『需』之字亦作『需』，則『隭』自係『陾』之俗字。惟『陑』早見，書湯誓序『升自陑』，固亦相承之古字，本地名借作『陾』耳。『度，填也』者，釋文引韓詩文。馬瑞辰云：「箋云『度猶投也』，與韓詩訓『填』義近，取土而後填之，既填而後築之，正見詩言有序。『度』與『坡』通。廣雅：『坡，塞也。』塞、填義近。傳訓『度』爲『居』，失之。」「削屢馮馮」者，馬瑞辰云：「古有『婁』無『屢』，屢即婁之俗，當讀同『傴僂』之僂。古以曲爲『傴』，問喪注『傴，背曲也』是也。以高出爲『僂』，蓋背曲則脊骨必隆起，因名『傴僂』，通俗文『曲脊謂之傴僂』是也。『傴僂』亦名『句僂』，說文『痀，曲脊也』、莊子達生篇『句僂丈人承蜩』是也。車蓋之中高旁下者，謂之『枸簍』，方言『車枸簍』是也。龜背之中高而兩旁下者，亦謂之『僂句』，左傳『臧氏寶龜僂句』是也。木之瓬傴瘻腫者，謂之『苻婁』，見爾雅。頸腫曰『瘻』，見說文。邱壠之堆高者曰『培塿』，見方言注。又集韻引埤蒼：『婁，山巔也』。孟子趙注岑樓，『山之銳嶺』。『婁』與『樓』皆從『婁』會意，婁、隆雙聲，故婁之義爲隆高。竊謂『削婁』卽削去其牆土之隆高者，使之平且堅也，惟其隆高，故宜『削』耳。至傳云『削牆鍛屢之聲』，焦循謂『以鍛斂之使入』，則以削、屢二字平列，段玉裁訓『屢』爲『空』，似並失之。」

迺立臯門，臯門有伉。迺立應門，應門將將。【注】魯「將」作「鏘」。**迺立冢土，戎醜攸行。**【疏】傳：「王之郭門曰臯門。伉，高貌。王之正門曰應門。將將，嚴正也。美大王作郭門以致臯門，作正門以致應門焉。冢，大。戎，大。醜，衆也。冢土，大社也。起大事、動大衆，必先有事乎社而後出，謂之宜。美大王之社，遂爲大社也。」箋：「諸侯之宮，外門曰臯門，朝門曰應門，內有路門。天子之宮加以庫雉。大社者，出大衆，將所告而行也。春秋傳曰：『蜃宜社之肉。』」○「臯作高」者，玉篇門部引詩云：「高門有閌。」此韓詩也。「伉作閌，云盛貌」者，釋文引韓詩文。陳喬樅云：「韓釋爲『盛貌』者。毛作『臯門』，臯之言高也，故以『伉』爲『高貌』。韓作『高門』，則高義已顯，故以『閌』爲『盛貌』。魯詩文與韓同，見張衡西京賦云：『高門有閌。』注引毛詩曰『臯門有伉』，云『伉』與『閌』同。魏都賦注及藝文類聚六十三引『高門有閌』，作毛詩，誤也。」「魯將作鏘」者，張衡七辯云：「應門鏘鏘。」又東京賦：「立應門之鏘鏘。」是魯文「將將」作「鏘鏘」。班固西都賦「激神嶽之嶈嶈」，李注引毛詩曰：「應門嶈嶈。」案，毛不作「嶈」，班用齊詩，蓋齊作「嶈嶈」耳。釋天引詩：「乃立冢土，戎醜攸行。」此魯文也。漢書郊祀志：「乃立冢土。」此齊文也。

肆不殄厥慍，亦不隕厥問。柞棫拔矣，行道兌矣，混夷駾矣，維其喙矣。【注】三家「駾」作「突」，「喙」作「呬」。【疏】傳：「肆，故今也。慍，恚。隕，墜也。兌，成蹊也。駾，突。喙，困也。」箋：「小聘曰問。柞，櫟也。棫，白桵也。文王見太王立冢土，有用大衆之義，故不絕去其恚惡惡人之心，亦不廢其聘問鄰國之禮。今以柞棫生柯葉之時，使大夫將師旅出聘問，其行道士衆兑然，不有征伐之意。混夷，夷狄國也，見文王之使者將士衆過己國，則惶怖驚走，奔突入此柞棫之中而逃，甚困劇也。是之謂『一年伐混夷』。太王辟狄，文王伐混夷，成道興國，其志一也。」○案，「肆，故今也」，釋詁文。上章言大王事，此下叙文王，故以「肆」字爲承接之詞，猶言自昔至今也。周家所愠者，夷狄也，自大王以來，至今百餘年，未能殄滅之，而夷狄亦不能得志於我，以隕我國家之聲問。「柞棫拔矣」，與皇矣詩「柞棫斯拔」同義。釋詁：「拔，盡也。」蓋即此詩之三家訓。塞塗之樹既盡，故行道皆兑然而成蹊。「三家駾作突」者，文選魯靈光殿賦張載注：「突，唐突也。詩曰：『昆夷突矣。』」是三家有作「突」者，故毛即以「突」詁「駾」，言混夷昔日之奔突也。説文：「駾，馬行疾來貌也。」引詩「昆夷駾矣」。馬瑞辰云：「疾突，爲奔騰之貌。疾而進者爲『疾突』，退而奔者亦爲『疾突』，故箋以『驚走奔突』釋之。」愚謂「疾突」可言於進時，不可言於退時，故知指混夷昔日言。「喙」者，晉語「余病喙矣」，韋注：「喙，短氣貌。」廣雅：「喙，極也。」「極」即「困」也。方言廣雅並曰：「喙，息也。」廣韻：「㾀，困極也。」引詩「昆夷㾀矣。」是「喙」亦作「㾀」。説文：「東夷謂息曰呬。詩曰：『犬夷呬矣。』」此約舉詩詞，猶「東方昌矣」之類。尚書大傳：「文王受命四年，伐犬夷。」鄭注：「犬夷，混夷也。」知三家有作「犬夷」者。喙、呬，方音之轉。方言：「𩞄、喙、呬，息也。自關而西，秦、晉之間或曰喙，或曰𩞄，東齊曰呬。」知説文「東夷」爲「東齊」之誤，而「呬」字乃齊詩異文也。周至文王時聲威甚盛，混夷遁逃困劇，不必即指伐昆夷事。

虞芮質厥成，【注】齊説曰：「虞侯、芮侯，訟田質於文王者。」文王蹶厥生。予曰有疏附，【注】魯曰：「皆」作「聿」。齊「疏」作「胥」。予曰有先後，予曰有奔奏，【注】齊「奏」作「輳」。魯「奏」作「走」。予曰有禦侮。

【疏】傳：「質，成也。成，平也。蹶，動也。虞芮之君相與爭田，久而不平，乃相謂曰：『西伯仁人也，盍往質焉？』乃相與朝周。入其境，則耕者讓畔，行者讓路。入其邑，男女異路，斑白不提挈。入其朝，士讓爲大夫，大夫讓爲卿。二國之君感而相謂曰：『我等小人，不可以履君子之庭！』乃相讓，以其所爭田爲閒田而退。天下聞之而歸者，四十餘國。率下親上曰疏附，相道前後曰先後，喻德宣譽曰奔奏，武臣折衝曰禦侮。」箋：「虞芮之質平，而文王動其緜緜民初生之道。謂廣其德而王業大。予，我也，詩人自我也。文王之德所以至然者，我念之曰：此亦由有疏附、先後、奔奏、禦侮之臣力也。疏附，使疏者親也。奔奏，使人歸趨之。」○漢書人表中中，虞侯芮侯系文王世。顏注：「二國訟田，質於文王者。」此齊說。虞芮在河東，周姬姓國，商末虞芮無攷。書大傳云：「文王受命一年，斷虞芮之訟。」馬瑞辰云：「生、性古通用。『蹶厥生』，謂文王有以感動其性也。又說文：『生，進也。』『蹶，僵也，讀亦若橛。』『橛，一曰門梱也。』梱橛爲門中所豎短木，所以止門，是『橛』有『止』義。『蹶』之言『橛』，『蹶厥生』即止厥訟者之進，正傳所云『二國之君感而相讓，以其所爭田爲閒田而退』者也，較讀『生』爲『性』義尤直捷。」「魯曰作聿，奏作走」者，王逸楚詞章句一：「奔走先後，四輔之職也。詩曰：『予聿有奔走，予聿有先後。』」此魯說。「齊疏作胥，奏作輳」者，大傳云：「周文王胥附奔輳，先後禦侮，謂之四鄰，以免於羑里之害。」又云：「文王以閎夭太公望南宮括散宜生爲四友。」詩疏引書君奭鄭注：「詩傳有疏附奔走先後禦侮之人，而曰文王有四臣以受命。」陳喬樅云：「鄭注尚書所稱『詩傳』，當爲齊詩傳，以尚書師說本皆齊學也。詩疏引鄭注同毛，與大傳文異者，此孔順毛詩經文改之，非鄭注之舊也。」

緜九章，章六句。

棫樸【注】齊說曰：「天子每將興師，必先郊祭以告天，乃敢征伐，行子之道也。文王受天命而王天下，先郊，乃敢行事，而興師伐崇。其詩曰：『芃芃棫樸，薪之槱之。濟濟辟王，左右趣之。濟濟辟王，左右奉璋。奉璋峩峩，髦士攸宜。』此郊辭也。其下曰：「淠彼涇舟，烝徒楫之。周王于邁，六師及之。」此伐辭也。其下曰：「文王受命，有此武功。既伐于崇，作邑于豐。」以此辭者，見文王受命則郊，郊乃伐崇。【疏】毛序：「文王能官人也。」○『天子』至『伐崇』，春秋繁露郊祭篇文，此齊說以爲文王郊祭伐崇之事。四祭篇又云：「已受命而王必先祭天，乃行王事，文王之伐崇是也。詩云：『濟濟辟王，左右奉璋。奉璋峩峩，髦士攸宜。』此文王之郊也。其下之辭曰：『淠彼涇舟，烝徒楫之。周王于邁，六師及之。』此文王之伐崇也。上言『奉璋』，下言『伐崇』，以見文王之先郊而後伐也。」與郊祭篇語意全同。

芃芃棫樸，薪之槱之。濟濟辟王，左右趣之。【疏】傳：「興也。芃芃，木盛貌。棫，白桵也。樸，枹木也。槱，積也。山木茂盛，萬民得而薪之。賢人衆多，國家得用蕃興。趣，趨也。」箋：「白桵相樸屬而生者，枝條芃芃然，豫斫以爲薪，至祭皇天上帝及三辰，則聚積以燎之。辟，君也。君王，謂文王也。文王臨祭祀，其容濟濟然敬，左右之諸臣皆促疾於事，謂相助積薪。」○案，箋說卽用齊義也。馬瑞辰云：「古者燔柴以祭天神。說文：『禷，以事類祭天神。』周官小宗伯鄭注：『類者，依其正禮而爲之。』則類祭上帝，依乎郊祀，是亦用燔柴也。王制：『天子將出征，類乎上帝。』則首章『薪之槱之』，蓋將出征類乎上帝之事。或以文王未嘗郊天，而周官『以槱燎祀司中、司命、風師、雨師』，畢也。星占，畢主邊兵，故出師必祀焉。武王伐紂，上祭於畢，則此詩『薪槱』蓋文王上祭於畢之禮。」愚案：文王受命，自合祭天，齊說可證。武王祭畢，馬融云：「畢，文王墓地。」司馬貞誤爲「畢星」，文王亦未祭畢，後說非。

濟濟辟王，左右奉璋。奉璋峩峩，髦士攸宜。【疏】傳：「半圭曰璋。峩峩，盛壯也。髦，俊也。」箋：「璋，璋瓚也。祭祀之禮，王祼以圭瓚，諸臣助之，亞祼以璋瓚。士，卿士也。奉璋之儀峩峩然，故今俊士之所宜。」○馬瑞辰云：「九獻之禮，夫人執璋瓚以亞祼，惟祭統云『大宗伯執璋瓚亞祼』，鄭注：『容夫人，故有攝焉』。則代后奉璋瓚者，非常禮也。繁露言『奉璋峩峩，髦士攸宜』，此文王之郊也。然周官小宰注云：『天地大神，至尊不裸』。亦不得言郊祀之禮，裸以璋瓚。今案周官典瑞：『牙璋以起軍旅，以治兵守。』白虎通云：『璋以發兵何？璋半圭，位在南方，陽極而陰始。起兵亦陰也，故以發兵也。』是璋古用以發兵。此詩下章言『六師及之』，則上言『奉璋』當是發兵之事，故傳惟言『半圭曰璋』，不以爲祭祀所用之璋瓚耳。」愚案：奉璋郊祀，董子已有明文，不得執偏詞以疑古說。公羊定八年傳何休解詁云：「璋者，所以郊事天。詩云『奉璋峩峩，髦士攸宜』是也。」何用魯詩，齊魯說同，足爲明證。釋訓：「峩峩，祭也。」是魯義以「峩峩」爲祭。孔疏引舍人注：「峩峩，奉璋之貌。」

淠彼涇舟，烝徒楫之。周王于邁，六師及之。【疏】傳：「淠，舟行貌。楫，櫂也。天子六軍。」箋：「烝，衆也。淠淠然涇水中之舟順流而行者，乃衆徒船人以楫櫂之故也，興衆臣之賢者行君政令。于，往。邁，行。及，與也。周王往行，謂出兵征伐也。二千五百人爲師，今王興師行者，殷末之制，未有周禮。周禮，五師爲軍，軍萬二千五百人。」○玉篇：「淠，水聲也。」言軍舟浮涇而行，衆徒鼓楫，水聲淠淠然也。白虎通三軍篇：「詩云：『周王于邁，六師及之。』師二千五百人，師爲一軍，六師一萬五千人也。」陳喬樅云：「御覽二百九十八引白虎通作『五師爲軍，二千五百人爲師，萬二千五百人爲軍，三軍三萬七千五百人也。』與今本文異。盧文弨校定，以今本爲誤，據御覽文訂正。喬樅案：白虎通下文引傳曰：『一人必死，十人不能當；百人必死，千人不能當；千人必死，萬人不能當；萬人必死，横行天下。雖有萬人，猶謙讓自以爲不足，故復加五千人。』與上文『六師一萬五千人』，其數正合，不得以今本爲誤也。御覽所引當别爲一條。今世傳白虎通本中多脱佚，固非完書，竊意『五師爲軍』云云，是解此詩『六師』之義，故不同耳。公羊隱五年傳何休解詁云：『二千五百人爲師，禮，天子六師，方伯二師，諸侯一師。』『天子六師』之說，亦與白虎通合。」「及之」者，王行至速，而六師之治行者，或者自後及之。極言文王志在伐罪弔民，大仁大勇，與左傳「楚子伐宋，屨及于絰，皇劍及于寢門之外，車及于蒲胥之市」三句「及」字同義。上引齊詩三章與毛文同，惟「楫」作「檝」，衆經音十九楫、檝同，明非異字。

倬彼雲漢，爲章于天。周王壽考，遐不作人。【疏】傳：「倬，大也。雲漢，天河也。遐，遠也，遠不作人也。」箋：「雲漢之在天，其爲文章，譬猶天子爲法度于天下。『周王』，文王也，文王是時九十餘矣，故云『壽考』。『遠不作人』者，其政變化紂之惡俗，近如新作人也。」○案，遐、瑕同聲，「遐不」猶「瑕不」，即「胡不」也。「遐不作人」，與「胡不萬年」同意，言周王在位日久，年已壽考，德教涵育，作養人材衆多，左右王業，衆皆仰之如雲漢之在天也。

追琢其章，【注】魯「追」作「雕」。金玉其相。勉勉我王，【注】魯韓「勉」作「亹」。綱紀四方。【疏】傳：「追，彫也。金曰彫，玉曰琢。相，質也。」箋：「周禮，追師掌『追衡笄』，則『追』亦治玉也。相，視也，猶觀視也。追琢玉使成文章，喻文王爲政，先以心研精，合於禮義，然後施之，萬民視而觀之，其好而樂之，如覩金玉然。言其政可樂也。『我王』，謂文王也。以罔罟喻爲政，張之爲綱，理之爲紀。」○「魯追作彫，勉作亹」者，荀子富國篇：「詩曰：『彫琢其章，金玉其相。亹亹我王，綱紀四方。』」說苑修文篇引詩全同，云：「言文質美也。」趙岐孟子章句二：「彫琢，治飾玉也。詩曰：『彫琢其章』。」雕、彫同字，皆魯文也。釋器：「玉謂之雕，金謂之鏤，玉謂之琢。雕謂之琢。鏤，鋑也。」是刻金不爲雕，而雕、琢皆治玉之稱。「雕琢其章」者，皆魯訓，言其文美也。「金玉其相」者，據魯訓，言其質美也。皆贊美文王之詞也。玉篇辵部：「追，治玉名也。詩曰：『追琢其璋』。」此韓詩之文。「追琢」亦主治玉，然不得獨言治璋，此玉篇誤字。「韓勉作亹」者，韓詩外傳五：「夫五色雖明，有時而渝。豐交之木，有時而落。物有成衰，不得自若。故三王之道，周則復始，窮則反本，非務變而已，將以正惡扶微，絀繆論非。」末引詩曰：「亹亹文王，綱紀四方。」亦作「亹亹」，義與「勉勉」同。言世變無端，賴有聖王匡正之，故以文王之交質俱美，而又亹亹不倦，將盡四方而綱紀之，不僅伐崇而已。

棫樸五章，章四句。

旱麓【疏】毛序：「受祖也。周之先祖世修后稷公劉之業，大王王季申以百福干禄焉。」○三家無異義。

瞻彼旱麓，榛楛濟濟。豈弟君子，干禄豈弟。【疏】傳：「旱，山名也。麓，山足也。濟濟，衆多也。干，求也。言陰陽和，山藪殖，故君子得以干禄樂易。」箋：「旱山之足，林木茂盛者，得山雲雨之潤澤也。喻周邦之民獨豐樂者，被其君德教。『君子』，謂大王王季。以有樂易之德施於民，故其求禄亦得樂易。」○案，王應麟詩地理考引漢書地理志：「漢中郡南鄭縣旱山，沱水所出，東北入漢。」一統志：「旱山在漢中府城西南六十五里。」蓋即詩之「旱麓」也。胡承珙云：「郡國志劉昭注引華陽志云：『有池水從旱山來』。水經沔水注：『南鄭縣，漢水右合池水，水出旱山。』案，池水即班之沱水也，沔水東過魏興安陽縣南，涔水出自旱山，北注之，涔水篇云：『涔水出漢中南鄭縣東南旱山，北至安陽縣南，入於沔。』是旱山所出，有沱水涔水。或疑旱山去豐鎬稍遠，然岐山在今鳳翔府，漢中之北，即鳳翔之南，況此詩本詠文王，其土宇已擴，不得謂旱山非境内也。」風俗通義云：「麓，林屬於山者也。麓者，山足也。詩云：『瞻彼旱麓』。」明魯毛文同。周語韋注：「王者之德，被及榛楛。陰陽調，草木盛，故君子以求禄，其心樂易矣。」

瑟彼玉瓚，【注】三家「瑟」作「卹」。黃流在中。豈弟君子，福禄攸降。【疏】傳：「玉瓚，圭瓚也。黃金，所以飾流鬯也。九命然後錫以秬鬯圭瓚。」箋：「瑟，絜鮮貌。黃流，秬鬯也。圭瓚之狀，以圭爲柄，黃金爲勺，青金爲外，朱中央矣。殷王帝乙之時，王季爲西伯，以功德受此賜。攸，所。降，下也。」○馬瑞辰云：「釋文：『瑟，本又作璱。』說文：『璱，玉英華相帶如瑟絃。』引詩『璱彼玉瓚』。又『瑮』字注引逸論語曰：『玉粲之璱兮，其瑮猛也。』又『璠』字注引孔子曰：

『美哉璠璵，遠而望之，奐若也；近而視之，瑟若也。』是『璱』本從『玉』，『瑟』聲，兼從『玉』會意，作『璱』者，正字；作『瑟』者，省借字也。」「三家瑟作卹」者，典瑞注引詩「卹彼玉瓚」，又作「邲」。羣經音辨云：「卹，玉采也。」蓋三家有作「卹」者。瑟、卹古音同部，故通用。

鳶飛戾天，魚躍于淵。【注】韓詩曰：「鳶飛戾天，魚躍于淵。」韓說云：魚喜樂則踊躍于淵中。豈弟君子，遐不作人？【注】魯「遐」作「胡」。【疏】傳：「言上下察也。」箋：「鳶，鴟之類，鳥之貪惡者也，飛而至天，喻惡人遠去，不爲民害也。魚跳躍于淵中，喻民喜得所。遐，遠也，言大王王季之德近於變化，使如新作人。」〇案，禮中庸引詩云：「鳶飛戾天，魚躍于淵。」鄭注：「言聖人之德，至于天則鳶飛戾天，至于地則魚躍于淵，是其明著于天地也。」此言道被飛潛，萬物得所之象，與箋詩義異。「魚喜」至「淵中」，文選王褒四子講德論李注引薛君文，引經明韓、毛文同。「魯遐作胡」者，潛夫論德化篇：「國有傷聽之政，則民多病身；有傷賢之政，則賢多夭。夫形體、骨幹，爲堅彊也，然猶隨政變易，況乎心氣精微，可不養哉！詩云：『鳶飛戾天，魚躍于淵。愷悌君子，胡不作人？』君子修其樂易之德，上及飛鳥，下及淵魚，罔不懽忻悅豫，又況士庶而不仁者乎！」「遐不」作「胡不」，足證傳箋隨文解釋之非。

清酒既載，【注】韓說曰：載，設也。騂牡既備，以享以祀，以介景福。【疏】傳：「言年豐畜碩也，言祀所以得福也。」箋：「『既載』，謂已在尊中也。祭祀之事，先爲清酒，其次擇牲，故舉二者。介，助。景，大也。」〇白虎通三正篇：「詩曰：『清酒既載，騂牡既備。』言文王之牲用騂，周尚赤也。」此引魯詩，明魯毛文同。「載設也」者，文選西征賦李注引薛君韓詩章句文。馬瑞辰云：「『載』與『𩞁』音同。說文：『𩞁，設也，飪也。从凡、食，才聲，讀若載』。此詩『載』即『𩞁』字之同音叚借，故韓訓『設』。商頌烈祖詩『既載清酤』，義同。廣雅亦云：『𩞁，設也』。石鼓文『載』皆作『𩞁』。士昏禮：『從設，北面載。』『載』亦『設』也。」

瑟彼柞棫，民所燎矣。豈弟君子，神所勞矣。【疏】傳：「瑟，衆貌」。箋：「柞棫之所以茂盛者，乃人熂燎除其旁草，養治之使無害也。勞，勞來，猶言佑助。」○馬瑞辰云：「棫樸箋：『豫斫以爲薪，至祭皇天上帝及三辰，則聚積以燎之。』此詩釋文云：『燎，說文作「尞」，一云祡祭天也。』是知『民所燎矣』當謂取爲燔柴之用，箋云『除其旁草』，非也。又案爾雅：『棫，白桵。』郭注：『桵，小木，叢生有刺。』與柞爲櫟樹無刺者别。通志引陸璣疏，云三蒼說『棫』即『柞』，非也。」楊雄長楊賦「故真神之所勞也」，用魯經文。

莫莫葛藟，施于條枚。【注】韓「施」作「延」。豈弟君子，【注】齊「豈」作「凱」，韓「豈」作「愷」，「弟」作「悌」。求福不回。【疏】傳：「莫莫，施貌。」箋：「葛也藟也，延蔓於木之枚本而茂盛，喻子孫依緣先人之功而起。『不回』者，不違先祖之道。」○呂覽知分篇高注：「莫莫，葛藟之貌，延蔓於條枚之上，得其性也。樂易之君子，求福不以邪道，順于天性，以正直受大福。」說苑修文篇：「詩云：『莫莫葛藟，施于條枚。豈弟君子，求福不回。』鬼神且不回，而況于人乎？」此亦訓「回」爲『違』。以上皆魯義。禮表記：「詩云：『莫莫葛藟，施于條枚。凱弟君子，求福不回』。」鄭注：「凱，樂也。弟，易也。言樂易之君子，其求福修德以俟之，不爲回邪之行，要之如葛藟之延蔓于條枚，是其性也。」此齊義。「韓施作延」者。韓詩外傳二載晏子語，末引詩曰：「莫莫葛藟，延于條枚。愷悌君子，求福不回。」呂覽知分篇、後漢黄琬傳注引詩，亦並作「延」。「齊豈作凱，韓作愷。韓弟作悌」者，引並見上。

旱麓六章，章四句。

思齊【疏】毛序：「文王所以聖也。」箋：「言非但天性，德有所由成。」○三家無異義。

思齊大任，文王之母，思媚周姜，京室之婦。大姒嗣徽音，則百斯男。【疏】傳：「齊，莊。媚，愛也。周姜，大姜也。京室，王室也。大姒，文王之妃也。大姒十子，衆妾則宜百子也。」箋：「京，周地名也。常思莊敬者，大任也，乃爲文王之母，又常思愛大姜之配大王之禮，故能爲京室之婦。言其德行純備，故生聖子也。大姜言周，大任言京，見其謙恭自卑小也。徽，美也。嗣大任之美音，謂續行其善教令。」○陳奐云：「『思齊大任』，猶言『有齊季女』，思、有皆語詞。列女傳母儀篇：『大任之性，端壹誠莊。』與傳訓『齊莊』同。大任，仲任也，摯國之女，王季之妃，文王之母也。」說文：「媚，說也。」「說」卽「悅」字。「娓，順也，讀若媚。」二字義訓相通，「媚周姜」，猶言「順周姜」，承事效法，特爲大姜所愛悅，故能爲京室之婦。大王居周原，故大姜稱「周姜」也。大姒，莘國姒姓之女，能繼大任之美音。列女周室三母傳：「大姒教誨十子，自少及長，未嘗見邪僻之事。及其長，文王繼而教之，卒成武王周公之德。君子謂大姒仁明而有德，詩曰：『大姒嗣徽音，則百斯男。』此之謂也。」白虎通姓名篇：「文王十子，詩傳曰伯邑考武王發周公旦管叔鮮蔡叔度曹叔振鐸成叔處霍叔武康叔封南季載。所以或上其叔季何也？管蔡曹霍成康南皆采也，故置叔季上。伯邑考何以獨無乎？蓋以爲大夫者，不是采地也。」餘詳螽斯篇，此魯說。易林頤之節：「文王四乳，仁愛篤厚。子畜十男，無有夭折。」此齊說。皆云文王有十男，其說「則百斯男」，殆與毛同。後漢順烈梁皇后紀「螽斯則百福之所由興也」，用韓經文。

惠于宗公，神罔時怨，神罔時恫。刑于寡妻，【注】韓說云：刑，正也。至于兄弟，以御于家邦。【疏】傳：「宗公，宗神也。恫，痛也。刑，法也。寡妻，適妻也。御，迎也。」箋：「惠，順也。宗公，大臣也。文王爲政，咨於大臣，順而行之，故能當於神明。神明無是怨恚其所行者，無是痛傷其所爲者，其將無有凶禍。『寡妻』，寡有之妻，言賢也。御，治也。文王以禮法接待其妻，至于宗族，以此又能爲政治于家邦也。書曰：『乃寡兄勖』。又曰：『越乃御事』。」○

馬瑞辰云：「宗、尊雙聲。『宗公』，卽『先公』也。言其久則曰『古公』，言其尊則曰『宗公』。『時』與『所』，古同義通用，詳王氏經義述聞。『神罔時怨』，猶言『神罔所怨』也。『神罔時恫』，猶言『神罔所恫』也。」愚案：馬說是也。文王之興，實由大王，故行政惟思順於古公之心，則神無所怨恫也。古公而稱『宗公』者，以太伯仲雍遠封在吳，與王季皆以古公爲宗，故以「宗公」稱之。蔡邕胡夫人神誥「神罔時怨」，又曰「神罔時恫」，明魯毛文同。「刑，正也」者，釋文引韓詩文。陳喬樅云：「孟子引詩『刑于寡妻』，趙岐注亦訓『刑』爲『正』，趙用魯詩，是韓魯義同。毛訓『刑』爲『法』，法、正古相通假。論語『齊桓公正而不譎』，漢書鄒陽傳作『法而不譎』。史記賈生傳『法制度』，猶『正制度』也。是『正』與『法』同義。廣雅：『刑，治也。』『法』與『正』皆所以爲治也。」刑寡妻，至兄弟，以御家邦，卽身修、家齊、國治之道也。

雝雝在宮，肅肅在廟。不顯亦臨，無射亦保。【疏】傳：「雝雝，和也。肅肅，敬也。以顯臨之，保安無猒也。」箋：「宮，謂辟廱宮也。羣臣助文王養老則尚和，助祭于廟則尚敬。言得禮之宜。臨，視也。保，猶居也。文王之在辟廱也，有賢才之質而不明者，亦得觀于禮；于六藝無射才者，亦得居于位。言養善，使之積小致高大。」〇馬瑞辰云：「『臨』者，『臨視』之義。『保』者，『保守』之義。言文王無時不警惕也。」愚案：『不顯』者，隱微幽獨之處，人皆樂於自便，文王戒愼必恭，亦如有臨之在上者焉。釋詁：「射，厭也。」文王之對臣民，皆無有厭斁之者，而文王亦維兢兢以自保守，不敢泰然安居也。

肆戎疾不殄，烈假不瑕。【疏】傳：「肆，故今也。戎，大也。故今大疾害人者，不絕之而自絕也。烈，業。假，大也。」箋：「烈、假，皆病也。瑕，已也。文王於辟廱德如此，故大疾害人者，不絕之而自絕；爲癘疫之行者，不已之而自已。言化之深也。」〇馬瑞辰云：「詩兩『不』字，皆句中助詞。『肆戎疾不殄』，卽言『戎疾殄』也。『烈假不瑕』，卽言厲蠱之疾已也。厲，說文作『癘』，云：『惡疾也。』公羊傳作『痢』，何注：『痢者，民疾疫也。』『烈』卽『癘』之叚借。

『假』當爲『蠱』，蠱、假亦一聲之轉。隸釋載漢唐公房碑，作『厲蠱不遐』，蓋本三家詩。是知箋訓『厲假』爲『病』，亦本三家詩也。」愚案：傳釋「疾」爲「疾害」，與下句無別。今案詩蓋言文王德化入人至深，凡大爲人所疾惡者已殄絕矣。「厲蠱」，喻惡疾害人。漢碑作「不遐」，瑕、遐同音通用。言凡如惡病害人者，已遐遠矣。釋地：「四極，云九夷、八狄、七戎、六蠻。」郭注：「九夷在東，七戎在西。」李巡本作「六戎在西」，數不同，而在西者稱「戎」不異。太王時混夷病周，文王時稱串夷，皇矣篇鄭注：「串夷，西戎國名。」蓋雖有「夷」稱，其實「戎」也，爲周患苦，有若疾然，故曰「戎疾」。緜篇「肆不殄厥慍」，即此詩之「肆戎疾不殄」也。文王之大業，不足爲其患害，無能瑕疵文王者，猶狼跋篇之「德音不瑕」也。

不聞亦式，不諫亦入。【疏】傳：「言性與天合也。」箋：「式，用也。文王之祀於宗廟，有仁義之行而不聞達者，亦用之助祭；有孝悌之行而不能諫爭者，亦得入。言其使人器之不求備也。」○王引之云：「兩『不』字、兩『亦』字皆語詞。式，用也。入，納也。言聞善言則用之，進諫則納之。左宣二年傳曰：『諫而不入，則莫之繼也。』是納諫爲『入』也。」今案，王說是。**肆成人有德，小子有造。古之人無斁，譽髦斯士。**【疏】傳：「造，爲也。古之人，無厭於有名譽之俊士。」箋：「『成人』，謂大夫士也。『小子』，其子弟也。文王在於宗廟德如此，故大夫士皆有德，子弟皆有所造成。『古之人』，謂聖王明君也。口無擇言，身無擇行，以身化其臣下，故令此士皆有名譽於天下，成其俊乂之美也。」○言古之人教士無厭斁，故能使斯士皆成爲譽髦也。詩贊美文王，而言先聖王皆如此，所以天下向風。稱「古之人」者，周之學制剏自公劉，見泂酌篇，至文王時又拓其規模，久道化成，故能人才蔚起如此。說苑建本篇：「成人有德，小子有造，大學之教也。」陳喬樅云：「疑魯詩本經無『肆』字。」

思齊四章，章六句。故言五章，二章章六句，三章章四句。

皇矣【疏】毛序：「美周也。天監代殷，莫若周，周世世修德，莫若文王。」箋：「監，視也。天視四方可以代殷王天下者，維有周耳。世世修行道德，維有文王盛耳。」○三家無異義，惟據魯齊之説，皆直言此詩爲陳文王之德。左昭二十八年傳引詩，（均詳下。）亦以「近文德」爲言，不言「美周」，是三家相承古説當與此序略別矣。

皇矣上帝，臨下有赫。監觀四方，求民之莫。【注】魯齊「莫」作「瘼」。**維此二國，其政不獲。維彼四國，**【注】魯「維」作「惟」，下全同。**爰究爰度。上帝耆之，**【注】韓曰：「耆，惡也。」**憎其式廓。乃眷西顧，此維與宅。**【注】魯「眷」一作「睠」，「與」一作「予」，「宅」一作「度」。【疏】傳：「皇，大。莫，定也。二國，殷夏也。彼，彼有道也。四國，四方也。究，謀。度，居也。耆，惡也。廓，大也。憎其用大位，行大政。顧，顧西土也。宅，居也。」箋：「臨，視也。大矣天之視天下，赫然甚明，以殷紂之暴亂，乃監察天下之衆國，求民之定。謂所歸就也。『二國』，謂今殷紂及崇侯也。正，長。獲，得也。『四國』，謂密也、阮也、徂也、共也。『度』，亦『謀』也。殷崇之君，其行暴亂，不得於天心，密阮徂共之君於是又助之謀。言同於惡也。耆，老也。天須假此二國，養之至老，猶不變改，憎其所用爲惡者。浸，大也。乃眷然運視西顧，見文王之德，而與之居。言天意常在文王所。」○潛夫論班祿篇「詩云：『皇矣上帝，臨下以赫。鑒觀四方，求民之瘼。惟此二國，其政不獲。惟彼四國，爰究爰度。上帝指之，憎其式廓。乃睠西顧，此惟與宅。』蓋此言也，言夏殷二國之政不得，乃用奢夸廓大，上帝憎之，更求民之瘼，聖人與天下四國究度而使居之也。」王符述魯詩，所用魯文也。「有赫」作「以赫」。「有赫」，猶『赫赫』也。作「以」者，雙聲致誤，非異文。「魯莫作瘼」者，班祿篇作「瘼」。蔡邕和熹鄧后謚議「求人之瘼」，亦魯文。「齊作瘼」者，後漢班彪王命論引詩云：「皇矣上帝，臨下有赫。鑒觀四方，求民之莫。」班家學齊詩，「莫」當爲「瘼」。文選齊安陸昭王碑文「慮深求瘼」，李注云：「漢書引詩而爲此。」「瘼」，今本漢書作「莫」，明後人依毛改之。「魯維作惟下全同」者。班祿篇作「惟」，魯文「惟」皆如此。又「耆之」作「指之」，「指」字無義，疑亦誤文。「韓詩曰耆，惡也」者，釋文引在周頌武篇「耆定爾功」下。馬瑞辰云：「此當爲皇矣詩『上帝耆之』章句，蓋韓毛同義，釋文誤引入武篇，亦猶『蕑，蓮也』，本韓詩溱洧篇之章句，而釋文誤引入溱洧章也。若以『耆定爾功』爲『惡定其功』，則不詞矣。」「魯眷一作睠」者，班祿篇作「睠」，淮南氾論訓引詩仍作「眷」。論衡初稟篇云：「詩曰：『乃眷西顧，此惟予度』。天無頭面，眷顧如何？人有顧睨，以人儆天，事易見，故曰『眷顧』。」「魯與一作予，宅一作度」者，班祿篇引「此惟與宅」，宋本作「與度」。攷漢書韋賢傳「先后茲度」，臣瓚注：「古文宅、度同。」論衡初稟篇作「此惟予度。」（見上。）又漢書郊祀志：「詩曰：『迺眷西顧，此維予宅。』」言天以文王之都爲居也。」此則眷、睠，與、予，宅、度字以通用不定。

作之屏之，其菑其翳。【注】魯說曰：立死菑，蔽者翳。韓「翳」作「殪」，說曰：菑，反草也。殪，因也，因高填下也。修之平之，其灌其栵。啟之辟之，其檉其椐。攘之剔之，其檿其柘。帝遷明德，串夷載路。天立厥配，【注】魯「配」作「妃」。受命既固。【疏】傳：「木立死曰菑，自斃爲翳。灌，叢生也。栵，栭也。檉，河柳也。椐，樻也。檿，山桑也。遷，徙就文王之德也。串，習。夷，常。路，大也。配，媲也。」箋：「天既顧文王，四方之民則大歸往之。岐周之地險隘多樹木，乃競刊除而自居處。言樂就有德之甚。『串夷』，即混夷，西戎國名也。路，瘠也。天意去殷之惡，就周之德，文王則侵伐混夷以應之。天既顧文王，又爲之生賢妃，謂大姒也。其受命之道已堅固也。」○釋木：「木自斃柛，立死菑，蔽者翳。」郭注引詩「其菑其翳。」「菑」亦作「椔」，「蔽」亦作「斃」，「斃」又作「弊」，通借字。爾雅先總釋自死之木，下乃以菑、翳之一立、一踣者相對爲文，「翳」者，已踣而枝幹蔽地也。作，起也。屏，除也。皆謂拔去之。爾雅魯詩之學，魯義當如此。「菑，反草也。殪，因也，因高填下也」者，釋文引韓詩文。陳喬樅云：「韓意四方之民歸往岐周，闢草萊，刊樹木而自居處。草之蕪穢者必先芟夷之，故首言『其菑』，謂反草而菑殺之也。木之顛仆者亦先除去之，故次言『其殪』也。爾雅：『木自斃柛。』說文『柛』字作『槙』，云：『仆木也。』『槙』，取『顛仆』之義。人殪則仆，木斃則顛，故韓以『殪』爲『因高填下』。『填』卽『顛』之叚借耳。」馬瑞辰云：「『殪』亦『仆』也。後漢光武紀注：『殪，仆也。』翳、殪雙聲，翳卽殪之借字，故釋名曰：『殪，翳也，就隱翳也』。與爾雅『蔽者翳』同義。」似較訓「殪」爲「因」尤勝。「其灌其栵」者。陳喬樅云：「此亦分別而言：木之叢生者爲灌，則修而削之；木之既髡復生者爲栵，則平而治之。釋詁：『烈，枿餘也。』方言：『陳、鄭之間曰枿，晉、衞之間曰烈，秦晉之間曰肄。』說文：『𣡌，伐木餘也。』字或作『櫱』。『栵』與『烈』通，是栵爲木之餘櫱矣。以上四者，皆開山通道之首事也。下文云云，乃闢地定居之事。檉、椐，易生之木，故其地則啟之闢之；檿、柘，有用之材，故其樹則攘而剔之。如是者土地既廣，樹木亦茂，故下章卽繼以『柞棫斯拔，松柏斯兌』也。」愚案：緜篇「柞棫拔矣，行道兌矣」，卽上數句之事；「昆夷駾矣，維其喙矣」，卽「串夷載路」之事。文王功德既盛，混夷畏威遠遁，困於行路也。「魯配作妃」者，釋詁：「妃，媲也。」詩疏引某氏注詩云：「天立厥妃。」知魯作「妃」。

帝省其山，柞棫斯拔，松柏斯兌。帝作邦作對，自太伯王季。維此王季，因心則友，則友其兄，則篤其慶，載錫之光。受祿無喪，奄有四方。【疏】傳：「兌，易直也。對，配也。從大伯之見王季也。因，親也。善兄弟曰友。慶，善。光，大也。喪，亡。奄，大也。」箋：「省，善也。天既顧文王，乃和其國之風雨，使其山樹木茂盛。言非徒養其民人而已。作，爲也。天爲邦，謂興周國也。作配，謂爲生明君也。是乃自大伯王季時則然矣，大伯讓於王季，而文王起。篤，厚。載，始也。王季之心親親，而又善於宗族，又尤善於兄，大伯乃厚明其功美，始使之顯著也。大伯以讓爲功美，王季乃能厚明之，使傳世稱之，亦其德也。王季以有因心則友之德，故世世受福祿，至於覆有天下。」○馬瑞辰云：「『省，善』，義本釋詁。然下文『柞棫斯拔，松柏斯兌』，乃人之拔去叢木以待松柏之易直，實人事，非天時也。說文：『省，視也。』又曰：『相，省視也。』『帝省其山』，當謂帝省視其山，不得以爲『善』也。」韓詩外傳十：「太王亶甫有子曰太伯仲雍季歷。歷有子曰昌。太王賢昌而欲季爲後也，太伯去之吳。大王將死，謂曰：『我死，汝往讓兩兄，彼卽不來，汝有義而安。』太王薨，季之吳告伯仲，伯仲從季而歸。羣臣欲伯之立季，季又讓。伯謂仲曰：『今羣臣欲我立季，季又讓，何以處之？』仲曰：『刑有所謂矣，（句有誤。）要於扶微者。可以立。』季遂立而養（字有誤。）文王，文王果受命而王。孔子曰：『太王獨見，王季獨知，伯見父志，季知父心。故太王太伯王季，可謂見始知終而能承志矣。』詩曰：『自太伯王季。惟此王季，因心則友。則友其兄，則篤其慶，載錫之光。受祿無喪，奄有四方。』此之謂也。太伯反吳，吳以爲君。」詩言天之興周邦、立明君，自太伯王季之相讓始。

維此王季，【注】三家「王季」作「文王」。**帝度其心，貊其德音。**【注】韓「貊」作「莫」，云：「莫，定也。」**其德克明，克明克類，克長克君。王此大邦，克順克比。比于文王，**【注】齊「比」作「俾」，魯「比」亦作「俾」。**其德靡悔。既受帝祉，施于孫子。**【疏】傳：「心能制義曰度。貊，靜也。德正應和曰貊。照臨四方曰明。類，善也。勤施无私曰類，教誨不倦曰長，賞慶刑威曰君，慈和徧服曰順，擇善而從曰比，經緯天地曰文。」箋：「王，君也。王季稱王，追王也。靡，無也。王季之德比于文王，無有所悔也。必比于文王者，德以聖人爲匹。帝，天也。祉，福也。施，猶易也、延也。」○「三家王季作文王」者，徐幹中論務本篇云：「詩陳文王之德，曰『惟此文王』。」幹用魯詩，是魯作「文王」。禮樂記引詩「莫其德音」十句，鄭注：「言文王之德皆能如此。」是齊作「文王」。孔疏云：「今韓詩亦作『文王』。」是三家皆作「文王」之證。左昭二十八年傳引詩，作「維此文王」。傳作「王季」，王肅申毛改「文王」，鄭箋仍作「王季」，是毛本如此，不必爲掩護也。「貊作莫。云莫，定也」者，釋文引韓詩文。孔疏云：「左傳樂記同。釋詁：『貊、莫，定也。』郭注：『皆靜定也』。義俱爲『定』，聲又相近，讀非一師，故字異也。」案，今本爾雅作「貉、嘆，定也。」據釋文：「貉，本又作貊。嘆，本亦作莫。」是孔疏所引卽釋文所云「又作」本也。説文：「嘆，㖡嘆也。」玉篇：「嘆，靜也。」「莫」蓋「嘆」之省借字。陳喬樅云：「文選西征賦注引韓詩薛君章句曰：『寂，無聲之貌也。寞，靜也。』『寂寞』與『㖡嘆』同，疑韓嬰內傳釋『莫』爲『寂寞』，而薛君章句又申釋其義也。爾雅爲魯詩之學，疑魯文作『嘆』。説文『㖡嘆』之訓，卽本魯説。魯韓雖文異而義同也。」「克順克比」，言文王之德能使民順比也。「比于文王」，言民之親比于文王也。「齊比作俾」者，樂記作「克順克俾」。爾雅：「俾，從也。」言文王動合衆心，不爲人所恨悔。「魯比亦作俾」者。史記樂書引詩作「克順克俾」，與中論引作「克比」不同，蓋魯「亦作」本。

帝謂文王，「無然畔援，【注】齊作「畔換」。韓説曰：畔援，武强也。一作「伴換」。無然歆羨，【注】韓説曰：羨，願也。誕先登于岸。」密人不恭，【注】魯「恭」作「共」。敢距大邦，侵阮徂共。王赫斯怒，爰整其旅，以按徂旅，以篤于周祜，以對于天下。【疏】傳：「無是畔道，无是援取，无是貪羨。岸，高位也。國有密須氏，侵阮，遂往侵共。旅，師。按，止也。旅，地名也。對，遂也。」箋：「畔援，猶拔扈也。誕，大。登，成。岸，訟也。天語文王曰：女无如是拔扈者妄出兵也，无如是貪羨者侵人土地也。欲廣大德美者，當先平獄訟，正曲直也。阮也，徂也，共也，三國犯周，而文王伐之，密須之人乃敢距其義兵。違正道，是不直也。赫，怒意。斯，盡也。五百人爲旅。對，答也。文王赫然與其羣臣盡怒，曰整其軍旅而出，以卻止徂國之兵衆，以厚周當王之福，以答天下鄉周之望。」〇「齊作畔換」者，漢書敍傳「項氏畔換」，是用齊詩字作「畔換」。孟康曰：「畔，反也。換，易也。」陳喬樅云：「孟注蓋本齊訓。」「畔援，武強也」者，釋文引韓詩文。玉篇人部：「詩曰：『無然伴換。』伴換，猶跋扈也。」陳喬樅云：「箋釋『畔援』爲『拔扈』，此從魯訓以改毛義。玉篇所引與箋說合，而文作『伴換』，當亦據魯。」愚案：玉篇所引皆云韓義，以顧野王止見韓詩也，而釋文又引韓詩作「伴換」，蓋「亦作」本。「羨，願也」者，文選孫綽登天台山賦李注引薛君韓詩章句文。陳喬樅云：「廣雅釋詁：『羨，欲也。』韓訓『羨』爲『願』，願即欲意。淮南說林訓『臨河而羨魚』，高注亦云：『羨，願也』。」漢書敘傳「事雖歆羨」，用齊經文。漢書地理志：「安定郡陰密。詩密人國。」是班亦據齊詩。今甘肅涇州靈臺縣西五十里有陰密故城，即古密須國地。「魯恭作共」者，呂覽用民篇：「密須之民，自縛其主而與文王。」高注引詩云：『密人不共，敢距大邦。』是高用魯詩作「共」。「侵阮徂共」者，鄭注：「徂共皆國名。」孔疏引王肅云，無阮徂共三國。孔晁云：「周有阮徂共三國，見於何書？」張融云：「晁豈能具數此時諸侯，而責徂、共非國也。魯義以阮徂共皆爲國名，是則出於舊說，非鄭之刱造。」新序雜事三引詩曰：「王赫斯怒，爰整其旅，以按徂旅，以篤周祜，以對于天下。」「篤」下無「于」字，與孟子引同。陳喬樅云：「新序引孟子書文如此，今孟子梁惠王篇引詩，作『以遏徂莒』，文與新序殊，知新序是從魯詩本文也。趙注：『以遏止往伐莒者。』以莒爲國名，與魯說異，蓋順孟子本文爲解。疑從西京博士師說，或據程曾孟子章句舊說也。」馬瑞辰云：「韓非子云：『文王伐盂，克莒，舉酆，三舉事而紂惡之。』彼言文王伐莒，與詩言文王遏往莒者異義。或謂即此詩遏莒之證，非也。」

依其在京，侵自阮疆。陟我高岡。「無矢我陵，我陵我阿，【注】韓詩曰：「無矢我陵。」韓說曰：四平曰陵，曲京曰阿。無飲我泉，我泉我池。度其鮮原，居岐之陽，在渭之將，萬邦之方，下民之王。【疏】傳：「京，大阜也。矢，陳也。小山別大山曰鮮。將，側也。方，則也。」箋：「京，周地名。陟，登也。矢，猶『當』也。大陵曰阿。文王但發其依居京地之衆，以往侵阮國之疆，登其山脊而望阮之兵。兵無敢當其陵及阿者，又無敢飲食於其泉及池水者。小出兵而令驚怖如此，此以德攻，不以衆也。陵、泉重言者，美之也。每言『我』者，據後得而有之而言。度，謀。鮮，善也。方，猶『鄉』也。文王見侵阮而兵不見敵，知己德盛而威行，可以遷居定天下之心。乃始謀居善原廣平之地，亦在岐山之南，居渭水之側，爲萬國之所鄉，作下民之君。後竟徙都於豐。」○王引之云：「依，盛貌。『依其』者，形容之詞。『依』之言『殷』，殷，盛也，言文王之兵盛依然其在京地也。」「侵自阮疆」者，戴震云：「疑『侵』當作『寖兵』之寖，息兵也。字形相似，又因上文『侵阮』致譌。」馬瑞辰云：「戴說是也。古文多省借，『寖』卽可假借作『侵』，非譌字。『依其在京』，是已還兵於周。則『寖自阮疆』，是追述其息兵於阮疆之始。毛傳以侵阮者爲密須，則周人伐密所以救阮，不得言『侵阮』也。」「無矢」至「曰陵」，文選長楊賦注引薛君韓詩章句文，引經明韓毛文同。陳喬樅云：「說文：『陵，大阜也。』釋名：『大阜曰陵。陵，隆也，體隆高也。』廣雅釋邱云：『四隤曰陵。』廣雅之訓，與薛君章句同，卽用韓義。陵之爲象，中央隆高，而四面隤陁以漸而平，故『陵遲』亦曰『陵夷』，言其勢漸頹替如邱陵之漸平也。」「曲京曰阿」者，衆經音義一、文選西都賦注引韓詩傳文。釋邱：「絶高謂之京也。」「度其鮮原」者，孔疏：「周書稱『文王在程，作程寤程典』，皇甫謐云『文王徙宅於程』，蓋謂此也。知此非豐者，以此居岐之陽，豐則岐之東南三百里耳。」陳奐云：「孟子離婁篇『文王卒於畢郢』，『郢』卽『程』字。畢，終南山之道名，周人出師所必由。鮮原，疑卽畢原矣。」是言程在畢原，卽孟子所言之『畢郢』，疏故以『程』當「鮮原」也。

帝謂文王，「予懷明德，不大聲以色，不長夏以革，不識不知，【注】魯「不」一作「弗」。**順帝之則。」帝謂文王，「詢爾仇方，同爾兄弟，**【注】齊「兄弟」作「弟兄」。**以爾鉤援，與爾臨衝，**【注】韓「臨衝」作「隆衝」。**以伐崇墉」。**【疏】傳：「懷，歸也。不大聲見於色。革，更也。不以長大有所更。仇，匹也。鉤，鉤梯也，所以鉤引上城者。臨，臨車也。衝，衝車也。墉，城也。」箋：「夏，諸夏也。天之言云：我歸人君，有光明之德，而不虛廣言語，以外作容貌，不長諸夏以變更王法者，其爲人不識古，不知今，順天之法而行之者。此言天之道尚誠實，貴性自然。詢，謀也。怨耦曰仇。『仇方』，謂旁國諸侯爲暴亂大惡者。女當謀征討之，以和協女兄弟之國，率與之往。親親則多，志齊心壹也。當此之時，崇侯虎倡紂爲无道，罪尤大也。」○「不大聲以色，不長夏以革」者。馬瑞辰云：「以、與古通用。『聲以色』，猶云『聲與色』也。『夏以革』，猶云『夏與革』也。中庸引此詩而釋之曰：『聲色之於以化民末也。』以聲、色對擧，是其證矣。汪氏德鉞曰：『「不大聲以色」者，不道之以政也。聲，謂發號施令；色，謂象魏懸書之類。「不長夏以革」者，不齊之以刑也。夏，謂夏楚扑作，教刑也；革，謂鞭革鞭作，官刑也。』其說得之。」「不識不知」者，馬瑞辰云：「呂覽本生篇：『若此人者，不言而信，不謀而當，不慮而得。』高注引詩『不識不知』爲證。淮南原道訓：『故聖人不以人滑天，不以欲亂情，不謀而當，不言而信，不慮而得，不爲而成。』又修務訓：『性命可悅，不待學問而合於道者，堯舜文王也。』高注並引詩『不識不知，順帝之則』，是知詩言『不識不知』，正謂生而知之，無待於識古知今也。」愚案：即高此注，可以推見魯義如此。「魯不一作弗」者，賈子君道篇、淮南詮言訓作「弗識弗知」，與荀子修身篇及淮南原道訓、修務訓、呂覽孟春紀三高注作「不識不知」者異，明魯詩有二本。繁露煖燠篇、韓詩外傳五引詩：「不識不知，順帝之則。」明齊韓與毛同。「齊兄弟作弟兄」者，後漢伏湛傳作「同爾弟兄」，湛疏云：「文王受命而征伐五國，必先詢之同姓，然後謀之羣臣。」其下即引詩曰：「詢爾仇方，同爾弟兄。」湛治齊詩，解「詢爾仇方」爲「謀之羣臣」，是齊義。孔疏訓「仇」爲「匹」，云「當詢謀於女匹己之臣」，與齊說合。「臨衝作隆衝」者，釋文引韓詩文。宋綿初云：「隆、臨一聲之轉。後漢殤帝諱隆，改『隆』爲『臨』，隆慮縣更名臨慮，聲近通用。」段氏詩經小學云：「『隆衝』，言陷陣之車隆然高大也。毛以『臨衝』爲二，非。」馬瑞辰云：「墨子備城篇言攻城十二法，首列『臨鉤衝梯』，是臨、衝二者不同之證。韓作「隆衝」，亦作『衝隆』，淮南兵略訓『故攻不待衝隆、雲梯而城拔』是也，當以傳訓二車爲確。」陳喬樅云：「鹽鐵論亦云『衝隆不足爲強』，如以『隆』訓『高』，不作車名，則『衝隆』二字爲不詞矣。班固敘傳『衝輣閑閑』，此卽以『輣』當詩之『臨』。後漢光武紀『衝輣撞城』，李注引許愼曰：『輣，樓車也』。今本說文『樓車』作『兵車』。淮南云『隆衝以攻高』，蓋樓車高足以臨敵城而攻之，故亦名『臨車』。孔疏謂：『臨者在上臨下之名，衝者從旁衝突之稱。兵書有作臨車、衝車之法。』其說是也。」

臨衝閑閑，崇墉言言，執訊連連，攸馘安安。是類是禡，是致是附，四方以無侮。臨衝茀茀，崇墉仡仡。【注】韓說曰：仡仡，摇也。是伐是肆，是絶是忽，四方以無拂。【疏】傳：「閑閑，動摇也。言言，高大也。連連，徐也。攸，所也。馘，獲也。不服者，殺而獻其左耳曰馘。於內曰類，於野曰禡。致，致其社稷羣神。附，附其先祖，爲之立後。尊其尊而親其親。茀茀，彊盛也。仡仡，猶言言也。肆，疾也。忽，滅也。」箋：「『言言』，猶『孽孽』。將，壞貌。訊，言也。執所生得者而言問之，及獻所馘，皆徐徐以禮爲之，不尚促速也。類也、禡也，師祭也。『無侮』者，文王伐崇而無復敢侮慢周者。伐，謂擊刺之。肆，犯突也。春秋傳曰：『使勇而無剛者肆之。』拂，猶『佹』也，言無復佹戾文王者。」○廣雅釋訓：「閑閑，盛也。」是此詩三家義與毛異。左僖十九年傳：「文王聞崇德亂而伐之，軍三旬而不降。退修教而復伐之，因壘而降。」「三旬不降」，必有拒者，故不能無訊馘也。釋天：「是類是禡，師祭也。」淮南本經訓「類其社」，高注：「祭社曰類，以事類祭之也。詩云：『是類是禡。』」此「類」屬祭社言，故與「禡」皆在所征之地，魯說如此。馬瑞辰云：「祭祀未有專名『致』者。祔，祭先祖卒哭之祭，其子孫自爲之，亦非師祭也。『致』者，致其人民土地。說文：『致，送詣也。』送而付之曰『致』，已克而不取之謂也。左襄二十五年傳，鄭入陳，『祝祓社』，卽詩之『是類』也。又曰：

『司徒致民，司馬致節，司空致地』。卽詩之『是致』也。附，讀如『拊循』之拊，亦通作『撫』。左隱十一年傳曰：『吾子其奉許叔以撫柔此民也。』卽詩之是『附』也。說苑：『文王伐崇，令毋殺人，毋壞室，毋填井，毋伐樹木，毋動六畜。』何楷謂卽此詩『是致是附』，其說是也。」「仡仡搖也」者，釋文引韓詩文。隆、衝皆攻城之具，故釋「仡仡」爲「動搖貌」。又說文：「圪，牆高也。詩曰：『崇墉圪圪』。」文選魯靈光殿賦張載注：「屹，猶『孽』也，高大貌。詩曰：『崇墉屹屹』。」「圪圪」、「屹屹」乃齊魯詩之異文。

皇矣八章，章十二句。

靈臺【疏】毛序：「民始附也。文王受命，而民樂其有靈德，以及鳥獸昆蟲焉。」箋：「民者，冥也，其見仁道遲，故於是乃附也。天子有靈臺者，所以觀祲象，察氣之妖祥也。文王受命而作邑于豐，立靈臺。春秋傳曰：『公旣視朔，遂登觀臺以望，而書雲物，爲備故也。』」○陳奐云：「正義引左氏說：『天子靈臺，在太廟之中。諸侯有觀臺，亦在廟中，皆所以望嘉祥也。』禮記盧注，月令蔡論，春秋穎子嚴釋例，及左傳賈服注，皆同左氏說。書大傳：『王引舟，入水，觀臺惡，武王伐紂。』時稱『觀臺』也，此諸侯稱觀臺之證。管子桓公問篇：『武王有靈臺之復，而賢者進。』武王定天下後稱『靈臺』也，此天子稱靈臺之證。然凡此靈臺，非卽詩之『靈臺』。詩言文王作臺耳，以其有神靈之德，故謂之『靈臺』。是靈臺之號始於文王，後遂以爲天子望氣之臺，在文王時未有等差。且臺、沼、囿同處，則文王之靈臺，實卽諸侯之囿臺，當在郊。諸儒每據天子靈臺在路寢明堂中者，以說文王之『靈臺』，則掍而同之也。焦循學圖云：僖十五年左傳『秦伯舍晉侯於靈臺，大夫請以入』，杜注云：『在京兆鄠縣，周之故臺。』則此靈臺卽文王之『靈臺』也。三輔黃圖云：『靈囿在長安西北四十二里，靈臺在長安西北四十里。』長安志云：『豐水出長安縣西南五十五里。』是豐邑在長安之西也。黃圖以漢長安縣言，今長安故城，在西安府之西北十三里。水經：「渭水會豐水後，越鎬水洨水而東，逕長安城北。是長安在豐邑之東也。公羊說云，『在國之東南二十五里』，（詳下。）即長安西北四十里也。地理志『文王作豐』，顏注：『今長安西北界靈臺鄉豐水上。』靈臺在郊，斷斷然矣。」三家無異義。

經始靈臺，經之營之。庶民攻之，不日成之。經始勿亟，庶民子來。【疏】傳：「神之精明者稱靈，四方而高曰臺。經，度之也。攻，作也。不日有成也。」箋：「文王應天命，度始靈臺之基趾，營表其位，衆民則築作，不設期日而成之。言說文王之德，勸其事，忘己勞也。觀臺而曰『靈』者，文王化行，似神之精明，故以名焉。亟，急也。度始靈臺之基趾，非有急成之意，衆民各以子成父事而來攻之。」○新書君道篇：「文王志之所在，意之所欲，百姓不愛其死，不憚其勞，從之如集。詩曰：『經始靈臺，經之營之。庶民攻之，不日成之。經始勿亟，庶民子來。』文王有志爲臺，今近境之民聞之者，裹糧而至，問業而作之，日日以衆，故弗趨而疾，弗期而成。命其臺曰『靈臺』，命其囿曰『靈囿』，謂其沼曰『靈沼』，愛敬之至也。」說苑修文篇：「積恩爲愛，積愛爲仁，積仁爲靈。靈臺之所以爲靈者，積仁也。神靈者，天地之本，而爲萬物之始也。是故文王始接民以仁，而天下莫不仁焉，文德之至也，德不至則不能文。」白虎通靈臺篇：「天子所以有靈臺者何？所以考天人之心，察陰陽之會，揆星辰之證驗，爲萬物獲福无方之元。詩云：『經始靈臺。』」新序雜事五：「周文王作靈臺及爲池沼，掘得死人之骨，吏以聞于文王。文王曰：『更葬之。』吏曰：『此無主矣。』文王曰：『有天下者，天下之主；有一國者，一國之主也。寡人固其主，又安求主？』遂令吏以衣棺更葬之，天下聞之，皆曰：『文王賢矣，澤及枯骨，而況于人乎！』或得寶以危國，文王得巧骨以喻其意，而天下歸心焉。」趙岐孟子章句一：「詩云：『經始靈臺，經之營之。庶民攻之，不日成之。經始勿亟，庶民子來。』詩大雅靈臺之篇，言文王始初經營規度此臺，衆民並來。始作之而不與之相期日限，自來成之，文王不督促使之亟急。衆民自來赴，若子來爲父使之也。」以上皆魯說，引詩明魯毛文同。詩氾歷樞曰：「靈臺，候天意也。經營靈臺，天下附也。」御覽五百引許氏五經異義公羊說：「天子三臺，諸侯二。天子有靈臺以觀天文，有時臺以觀四時施化，有囿臺以觀鳥獸魚鼈。諸侯當有時臺、囿臺，諸侯卑，不得觀天文，無靈臺。皆在國之東南二十五里。東南少陽用事，萬物著見。二十五里者，古行五十里，朝行暮反也。」公羊莊三十一年傳何休解詁：「禮，天子有靈臺以候天地，諸侯有時臺以候四時。」徐彦疏：「文王受命後乃築靈臺也。」詩含神霧曰：「作邑于豐，起靈臺。」易林夬之頤：「二至靈臺，文所止遊。雲物備具，長樂無憂。」又升之節：「靈臺觀賞，膠鼓作仁。」班固東都賦：「登靈臺，考休徵。」又靈臺詩：「乃經靈臺，靈臺既崇，帝勤時登，爰考休徵。」鹽鐵論未通篇：「夫牧民之道，除其所疾，適其所安，安而不擾，使而不勞。故取而民不厭，役而民不苦。靈臺之詩，非或使之，民自爲之，若斯則君何不足之有乎？」士喪禮鄭注：「營，猶度也。詩云：『經之營之。』」以上皆齊說。張衡東京賦：「經始勿亟，成之不日。」用魯經文。

王在靈囿，麀鹿攸伏。麀鹿濯濯，白鳥翯翯。【注】三家說曰：濯濯，肥也。魯「翯」作「皜」，一作「鶴」。

王在靈沼，於牣魚躍。【注】韓說曰：文王聖德，上及飛鳥，下及魚鼈。【疏】傳：「囿，所以域養禽獸也。天子百里，諸侯四十里。靈囿，言靈道行於囿也。麀，牝也。濯濯，娛遊也。翯翯，肥澤也。沼，池也。靈沼，言靈道行於沼也。牣，滿也。」箋：「攸，所也。文王親至靈囿，視牝鹿所遊伏之處。言愛物也。鳥獸肥盛喜樂，言得其所。靈沼之水，魚盈滿其中，皆跳躍。亦言得其所。」○「濯濯，肥也」者，廣雅釋訓文。馬瑞辰云：「蓋本三家詩。據說文『嬥，直好皃。』廣雅釋訓亦云：『嬥嬥，好也。』『濯濯』當卽『嬥嬥』之叚借。」「翯作皜，一作鶴」者，新書君道篇：「詩曰：『王在靈囿，麀鹿攸伏。麀鹿濯濯，白鳥皜皜。王在靈沼，於牣魚躍。』文王之澤下被禽獸，及於魚鼈，故禽獸魚鼈攸若攸樂，而況士民乎？」又禮篇引詩六句，説亦略同。「翯」皆作「皜」。趙岐章句：「『王在靈囿，麀鹿攸伏。麀鹿濯濯，白鳥鶴鶴。王在靈沼，於牣魚躍。』言文王在囿中，麀鹿懷姙，安其所而伏，不驚動也。獸肥飽則濯濯，鳥肥飽則鶴鶴而澤好而已。文王在池沼，魚乃跳躍喜樂，言其德及鳥獸魚鼈也。」「翯」一作「鶴」，是魯家兩作皆與毛異。馬瑞辰云：「説文：『翯，鳥白肥澤皃。』音義與『皠』近。説文：『皠，鳥之白也。』何晏景福殿賦：『皠皠白鳥。』趙作『鶴鶴』，順孟子本文，新書作『皜皜』，並同聲叚借字。」愚案：趙云「獸肥飽則濯濯」，是魯詩訓「濯濯」爲「肥」。箋言「鳥獸肥盛」，亦本齊韓易毛，足爲廣雅訓出三家詩之證。新書「牣」皆作「仞」，孟子今本作「牣」，而孫氏音義據丁公著本亦作「仞」，知魯家本借「仞」爲「牣」，今本乃宋人所易也。吕覽重已篇高注：「畜禽獸所，大曰苑，小曰囿。詩曰：『王在靈囿。』」淮南本經訓高注：「有牆曰苑，無牆曰囿，所以畜禽獸也。」二注義互相備，皆本魯訓。王逸楚詞九歎章句：「沼，池也。詩云：『王在靈沼。』」明魯毛訓同。東京賦「鳩諸靈囿」，楊雄上林苑令箴「麀鹿攸伏」，皆用魯經文。班固西都賦「誼合乎靈囿」，又「神池靈沼，往往而在」，皆用齊經文。「文王」至「魚鼈」，文選曲水詩李注引薛君韓詩章句文。

虡業維樅，賁鼓維鏞。於論鼓鍾，於樂辟廱。【疏】傳：「植者曰虡，橫者曰栒。業，大版也。樅，崇牙也。賁，大鼓也。鏞，大鐘也。論，思也。水旋丘如璧曰辟廱，以節觀者。」箋：「『論』之言『倫』也。虡也、栒也，所以懸鍾鼓也。設大版於上，刻畫以爲飾。文王立靈臺而知民之歸附，作靈囿、靈沼而知鳥獸之得其所。以爲音聲之道與政通，故合樂以詳之。於得其倫理乎？鼓與鍾也。於喜樂乎？諸在辟廱中者。言感於中和之至。」○白虎通辟雍篇：「天子立辟雍何？辟雍，所以行禮樂、宣德化也。『辟』者，璧也，象璧圓以法天也。『雍』者，壅之以水，象教化流行也。『辟』之爲言『積』也，積天下之道德；『雍』之爲言『壅』也，壅天下之儀則，故謂之『辟雍』也。」陳喬樅云：「蔡邕明堂月令云：『取其四面周水，圓如璧，則曰辟雍。水環四周，言王者動作法天地，德廣及四海，方此水也。』與白虎通義同，皆用魯說。」班固東都賦：「辟雍海流，道德之富。」辟雍詩：「迺流辟雍，辟雍湯湯。」此本齊詩。正義引異義韓詩說曰：「辟雍者，天子之學，圓如璧，壅之以水。示圓言『辟』，取有德。不言『辟水』，言『辟廱』，取其廱和也。所以教天下春射秋饗，尊事三老五更。在南方七里之郊，立明堂其中。五經之文所藏處，蓋以茅葦，取其絜清也。」戴震云：「辟廱，於經無明文，漢初說禮者始援大雅魯頌立說，謂天子曰『辟雍』，諸侯曰『頖宮』。如誠學校重典，不應周禮不一及之，而但言成均、瞽宗。孟子陳三代之學，亦不涉乎此，他國且不聞有所謂『泮宮』者。此詩靈臺、靈囿、靈沼，與『辟廱』連稱，抑亦文王之離宮乎？閒燕則遊止肄業於此，不必以爲大學，於詩詞前後尤協矣。」胡承珙云：「案詩疏引鄭駁異義，謂三靈、辟雍同處在郊，則辟雍亦爲游觀之所。然文王有聲言『鎬京辟雍』，卽繼之以『東西南北，無思不服』。箋云：『武王於鎬京行辟廱之禮，自四方來觀者，皆感化其德，心無不歸服者。』然則此詩言作樂，傳言『水旋丘如璧，以節觀者』，是辟雍在文王時已爲合樂行禮之地，但其時未嘗定爲天子之大學。至武王有天下及周公制禮以後始別，諸侯爲泮宮，不得同於天子，而辟雍行禮之事愈備。如韓詩說：『教天下春射秋饗，尊事三老五更。』鄭氏據王制『天子出征執有罪，反，釋奠於學，以訊馘告』，合之魯頌『在泮獻囚』，知辟廱同義。卽如古器銘宰辟父敦『王在辟宮冊周』，龐敦『王在雝位格廟冊龐』，是辟雝又有冊命之事。凡皆周公彌文之制，如推其原始，卽歸之文王之善道，亦無不可。總之三靈自爲游觀之所，辟廱自爲禮樂之地。同處者，第言其相近，黃圖所載可據。至辟廱，卽周頌之『西廱』，彼傳云：『廱，澤也。』澤，卽『王立于澤』之澤，郊祭聽誓於此，則辟廱在郊可知。謂之『西廱』，則在西郊又可知。文王時猶從殷制，鄭注鄉射禮，謂周之大學在國，然則武王之鎬京辟雍，殆立於國中與？」

於論鼓鍾，於樂辟廱。鼉鼓逢逢，矇瞍奏公。【注】魯「逢」作「韸」。「公」作「工」，亦作「功」。【疏】傳：

「鼉，魚屬。逢逢，和也。有眸子而無見曰矇，無眸子曰瞍。公，事也。」箋：「凡聲，使瞽矇爲之。」○「魯逢作韸」者，呂覽季夏紀高注：「鼉皮可作鼓。詩曰：『鼉鼓韸韸。』」諭大篇高注引同，知魯作「韸」。淮南時則注引詩云：「鼉鼓洋洋。」「洋」蓋「韸」之譌。盧文弨云：「詩釋文『逢』字『作韼，徐音豐。』字書無『韼』字。集韻『韸』本作『逢』，或作『韼』，又音『豐』。豈此字與？」臧鏞堂云：「衆經音義八引郭璞山海經注，亦作『鼉鼓韸韸』，益見『洋』爲『韸』譌字。」愚案：盧臧說是，惟阮刻本「逢」字作「韸」，不作「韼」，不知盧臧所見因何致誤，蓋別本也。「魯公作工，亦作功」者，楚詞九章王逸章句：「矇，盲者也。詩曰：『矇瞍奏工。』」呂覽達鬱篇高注：「目不見曰矇。詩曰：『矇瞍奏功。』」是魯「公」作「工」，亦作「功」。陳喬樅云：「古工、功同字。肆師『凡師不功』，注：『故書功爲工。』樊安碑『以功德加位』，『功』作『公』。陳球碑『公子完適齊爲公正』，『工』作『公』，皆通假字。」愚案：此篇毛作五章，章四句，而新書兩引，皆『經始靈臺』六句爲章，『王在靈囿』六句爲章，是魯作四章。齊韓當同，今從之。

靈臺五章，章四句。魯說四章，二章章六句，二章章四句。

下武【疏】毛序：「繼文也。武王有聖德，復受天命，能昭先人之功焉。」箋：「繼文者，繼文王之王業而成之。昭，明也。」○三家無異義。

下武維周，世有哲王。三后在天，王配于京。【疏】傳：「武，繼也。三后，大王王季文王也。王，武王也。」箋：「下，猶後也。哲，知也。後人能繼先祖者，維有周家最大，世世益有明知之王。謂大王王季文王稍就盛也。此三后既没登遐，精氣在天矣，武王又能配行其道於京。謂鎬京也。」○風俗通義二引詩云：「三后在天。」明魯毛文同。

王配于京，世德作求。永言配命，成王之孚。【疏】箋：「作，爲。求，終也。武王配行三后之道於鎬京者，以其世世積德，庶爲終成其大功。永，長。言，我也。命，猶教令也。孚，信也。此爲武王言也，今長我之配行三后之教令者，欲成我周家王道之信也。王德之道成於信，論語曰：『民無信不立。』」○陳奐云：「『求』，讀爲『逑』。逑，匹也。匹，亦配也。『永言配命』，言武王長配天命也。」

成王之孚，下土之式。永言孝思，孝思維則。【注】魯「維」作「惟」。【疏】傳：「式，法也。則，則其先人也。」箋：「王道尚信，則天下以爲法，勤行之。長我孝心之所思，所思者，其維則三后之所行。子孫以順祖考爲孝。」○禮緇衣：「大雅：『成王之孚，下土之式。』」鄭注：「孚，信也。式，法也。」此齊訓。「魯維作惟」者，趙岐孟子章句九：「詩曰：『永言孝思，孝思惟則。』詩大雅下武之篇，周武王所以長言孝思，欲以爲天下法則。」此魯訓。蔡邕陳留太守胡公碑「孝思惟則」，明魯毛文同，「維」作「惟」。韓詩外傳五：「上不知順孝，則民不知返本。君不知敬長，則民不知貴親。禘祭不敬，山川失時，則民無畏矣。不教而誅，則民不識勸也。故君子修身及孝，則民不倍矣。敬孝達乎下，則民知慈愛矣。好惡喻乎百姓，則下應其上如影響矣。是則兼制天下，定海內，臣萬姓之要法也，明王聖主之所不能須臾而舍也。詩曰：『成王之孚，下土之式。永言孝思，孝思維則。』」明韓毛文同。

媚兹一人，應侯順德。【注】魯「順」作「愼」。**永言孝思，昭哉嗣服。**【疏】傳：「一人，天子也。應，當。侯，維也。」箋：「媚，愛。兹，此也。可愛乎武王，能當此順德。謂能成其祖考之功也。易曰：『君子以順德，積小以高大。』服，事也。明哉武王之嗣行祖考之事。謂伐紂定天下。」○「魯順作愼」者，荀子仲尼篇言臣下事君，引詩曰：「媚兹一人，應侯愼德。永言孝思，昭哉嗣服。」淮南繆稱訓云：「是故得一人，所以得百人也。」其下引詩云：「『媚兹一人，應侯愼德。』愼德大矣，一人小矣，能善小，斯能善大矣。」陳奐云：「此釋經『一人』爲得一賢人，與古説殊，當出三家詩義。」愚案：荀謂臣下媚茲一人，當各慎其德，正見武王孝思之長。言「嗣服」者，克繩其祖也，與傳、箋義不同。淮南說稍異，然以爲臣下慎德一也。此皆魯義。大戴禮衞將軍文子篇：「詩云：『媚茲一人，應侯順德。永言孝思，孝思維則。』故國一逢有德之君，世受顯命，不失厥名，以御于天子以申之。」陳喬樅云：「引詩當本作『昭哉嗣服』，觀下文云『世受顯命，不失厥名』，正申明『昭哉嗣服』之詞。然則作『孝思維則』者，乃後人傳寫之誤耳。」愚案：此齊說，「順德」亦屬臣下說。漢書敘傳：「媚茲一人，日旰忘食。」指張湯言，亦齊義可知。孔疏申傳箋之失。

昭茲來許，繩其祖武。【注】三家「茲」作「哉」，「許」作「御」，「繩」作「慎」。於萬斯年，受天之祜。【疏】傳：「許，進。繩，戒。武，迹也。」箋：「茲，此。來，勤也。武王能明此勤行，進於善道，戒慎其祖考所踐履之迹。美其終成之。祜，福也。天下樂仰武王之德，欲其壽考之言也。」○「三家茲作哉，許作御，繩作慎」者，續漢書祭祀志引謝沈書，作「昭哉來御，慎其祖武」。馬瑞辰云：「許、御聲義同，故通用，猶公羊文九年傳『許夷狄者，不一而足』，左隱二年注引，『許』作『禦』也。廣雅許、御並訓『進』，又曰：『服，進行也。』『來許』，猶云『後進』。『昭哉來許』，猶上章『昭哉嗣服』也。」愚案：下章「不遐有佐」，韓釋詩與毛同。陳奐云：「韓以爲成王，則上文云『昭哉嗣服』、『昭茲來許』亦必指成王之世。蓋詩自作於周公，故三家釋詩每及成王也。」據此，則「來許」、「繩祖」指成王無疑。繩、慎聲轉義通。

受天之祜，四方來賀。於萬斯年，不遐有佐。【疏】傳：「遠夷來佐也。」箋：「武王受此萬年之壽。『不遠有佐』，言其輔佐之臣亦宜蒙其餘福也。書曰：『公其以予萬億年。』亦君臣同福祿也。」○孔疏云：「書敘言武王既勝殷，西旅獻獒，巢伯來朝，肅慎來賀。是遠夷來佐之事。」韓詩外傳五：「成王三年，越裳氏重九譯而至，獻白雉於周公。周公乃敬求其所以來。詩曰：『於萬斯年，不遐有佐。』」明韓毛義同。

下武六章，章四句。

文王有聲【疏】毛序：「繼伐也。武王能廣文王之聲，卒其伐功也。」箋：「繼伐者，文王伐崇而武王伐紂。」○三家無異義。

文王有聲，遹駿有聲，遹求厥寧，遹觀厥成。文王烝哉！【注】三家「遹」作「欥」。韓說曰：烝，美也。【疏】傳：「烝，君也。」箋：「遹，述。駿，大。求，終。觀，多也。文王有令聞之聲者，乃述行有令聞之聲之道所致也。所述者，謂大王王季也。又述行終其安民之道，又述行多其成民之德。言周德之世益盛。『君哉』者，言其誠得人君之道。」○「三家遹作欥」者，說文「欥」下云：「詮詞也。詩：『欥求厥寧。』」陳喬樅云：「廣雅釋詁：『欥，詞也。』漢書班固幽通賦『欥中龢爲庶幾兮』，顏注：『欥，古聿字。』據此，是『欥』爲正字，省作『曰』，同聲叚借用『聿』與『遹』。釋文『遹』下不言韓詩字異，則文與毛同可知。班用齊詩，是說文所引即據齊詩。『詮詞』者，承上文所發端，詮而釋之也。淮南詮言訓高注：『詮，就也。』亦謂就其言而解之也。」馬瑞辰云：「爾雅：『坎、律，銓也。』『坎』當即『欥』字形近之譌，『律』即『聿』也，『銓』即『詮』也，皆叚借字耳。」「烝，美也」者，釋文引韓詩文。陳喬樅云：「傳訓『烝』爲『君』，君哉，亦美之詞也，訓義並通。」愚案：詩言文王有令聞之聲，非僅德被一方，實乃大有聲而澤及天下也。在文王之意，祇求庶民之安，至武王伐紂勝殷，始觀厥成功，維清篇所謂「迄用有成」也。文王之德美矣君哉，禮表記鄭注：「君哉，武王美之也。」文義大同。

文王受命，有此武功。既伐于崇，作邑于豐。文王烝哉！【疏】箋：「『武功』，謂伐四國及崇之功也。『作邑』者，徙都于豐，以應天命。」○史記齊太公世家：「周西伯政平，及斷虞芮之訟，而詩人稱西伯受命曰文王。伐崇密須大夷，大作豐邑。」白虎通聖人篇：「詩曰：『文王受命。』非聖不能受命。」以上魯說。風俗通義一引詩說：「文王受命，有此武功。」明魯毛文同。繁露楚莊王篇：「制爲應天改之樂，爲應人作之。彼之所受命者，必民之所同樂也，是故作樂者必反天下之所始樂於己以爲本。文王之時，民樂其興師征伐也，故武武者伐也。詩云：『文王受命，有此武功。既伐於崇，作邑于豐。』樂之風也。周人德已洽天下，反本以爲樂，謂之大武，言民所始樂者武也。云爾故凡樂者，作之於終而名之以始，重本之義也。」又郊祭篇：「文王受天命而王天下，先郊，乃敢行事而興師伐崇，其詩曰：『文王受命，有此武功。既伐于崇，作邑于豐。』」鹽鐵論復古篇：「『文王受命伐崇，作邑于豐。』武王繼之，載尸以行，破商擒紂，遂成王業。故志大者遺小，用權者離俗。」以上齊說。說文：「酆，文王所都，在京兆杜陵西南。」左昭四年傳：「康有酆宮之朝。」括地志云：「酆縣東三十五里有文王酆宮。」陳奂曰：「案漢杜陵故城，在今陝西西安府東南，而酆乃在杜陵之西南，其西漢鄠縣地。今西安府鄠縣東五里有古酆城，灃水又在酆城東。酆宮在鄠縣東三十五里，疑即文王之辟雍也，去酆城三十里，在近郊內。」愚案：白虎通云「文王受命，非聖不能受命」，足證所受之命，非受紂命爲西伯之謂矣。

築城伊淢，【注】魯、韓「淢」作「洫」。魯云「城池」，韓云「深池」。作豐伊匹。匪棘其欲，遹追來孝。【注】齊「棘」作「革」，「欲」作「猶」，「遹」作「聿」。王后烝哉！【疏】傳：「淢，成溝也。匹，配也。后，君也。」箋：「方十里曰成。淢，其溝也，廣、深各八尺。棘，急。來，勤也。文王受命而猶不自足，築豐邑之城，大小適與成偶，大於諸侯，小於天子之制。此非以急成從己之欲，欲廣都邑，乃述追王季勤孝之行，進其業也。變謚言『王后』者，非其盛事，不以義謚。」○「魯韓淢作洫，魯云城池」者，張衡西京賦「經城洫」，薛綜注：「洫，城池也。」衡治魯詩，明魯「淢」作「洫」。「洫，云深池」者，釋文引韓詩文。陳壽祺云：「門部『閾』重文『𨵵』，云：『古文閾从洫。』韓詩『淢』作『洫』，此其例也。」陳喬樅云：「馬瑞辰以毛傳『成溝』爲『城溝』之譌，非也。『洫』本成閒之溝名，毛假『淢』爲『洫』，故傳以『成溝』釋之，明築城鑿池，即仿成溝之制。馬執天子城方九里之數，以鄭言文王城方十里爲誤，近於固矣。」黃山云：「李富孫據論語『而盡力乎溝洫』，夏本紀作『致費於溝淢』，及河渠書『洫』一作『淢』，爲『淢』與『洫』通之證，說固有據。釋文既言字又作『洫，』似毛本亦有作『洫』者，不專爲韓詩言也。然說文：『洫，成閒溝也。』『淢，疾流也。』禮禮運：『城郭溝池以爲固。』溝卽是池，自當以『洫』爲正字，『淢』爲借字。段玉裁亦云從韓詩，則字義聲韻皆合，足知今文實勝古文。陸孔釋毛，皆以『淢』爲正字，誤矣。陳壽祺乃亦以韓詩作『洫』爲通叚之例，其誤正同。」「齊棘作革，欲作猶，遹作聿」者，禮禮器：「詩云：『匪革其猶，聿追來孝。』」鄭注：「革，急也。猶，道也。聿，述也。言文王之改作者，非必欲行己之道，乃追述先祖之業，來居此爲孝。」陳喬樅云：「革、棘、亟古通用。『猶』，古亦通『欲』。小行人『猶犯令者爲一書』，大戴禮作『欲』，是其證也。遹、聿古今字，後漢李固傳亦作『聿追來孝。』」

王公伊濯，【注】韓說曰：濯，美也。維豐之垣。四方攸同，王后維翰。王后烝哉！【疏】傳：「濯，大。翰，幹也。」箋：「公，事也。文王述行大王王季之王業，其事益大，作邑于豐城之既成，又垣之立宮室，乃爲天下所同心而歸之。王后爲之幹者，正其政教，定其法度。」〇『濯美也』者，釋文引韓詩文。陳喬樅云：「韓以『濯』爲『美』者，美字從『大』，亦兼有『大』義也。」

豐水東注，維禹之績。四方攸同，皇王維辟。皇王烝哉！【疏】傳：「績，業。皇，大也。」箋：「績，功。辟，君也。昔堯時洪水，而豐水亦汎濫爲害，禹治之使入渭，東注于河，禹之功也。文王武王今得作邑於其旁地，爲天下所同心而歸，大王爲之君，乃由禹之功，故引美之。豐邑在豐水之西，鎬京在豐水之東。變『王后』言『大王』者，武王之事又益大。」〇馬瑞辰云：「『績』，當爲『蹟』之叚借。九州皆經禹治，因稱『禹迹』，左襄四四年傳：『茫茫禹迹，畫爲九州』是也。左哀元年傳『復禹之績』，釋文：『績，本一作迹。』此績、迹通用之證。此詩『維禹之績』，及商頌『設都于禹之績』，

『績』皆當讀爲『迹』。説文：『迹，步處也。』或作『蹟』。傳箋並失之。」

鎬京辟廱，自西自東，【注】韓「西東」作「東西」。自南自北，無思不服。皇王烝哉！【疏】傳：「武王作邑於鎬京。」箋：「自，由也。武王於鎬京行辟廱之禮，自四方來觀者，皆感化其德，心無不歸服者。」○後漢郡國志：「京兆尹長安，鎬在上林苑中。」孟康云：「長安西南有鎬池。」引古史考：「武王遷鎬，長安豐亭鎬池也。」水經渭水注：「鎬水上承鎬池於昆明池北，周武王之所都也。自漢武帝穿昆明池於是地，基構淪褫，今無可究。」陳奐云：「周時渭南豐水猶大，鎬京之水，西承豐水，則引豐水爲池，是謂之『鎬池』，又謂之『鎬陂』，又別之爲『鎬水』，皆豐水別流也。證以説苑所引詩，此『鎬京辟雍』即周立四郊之小學矣。」説苑修文篇：「聖王修禮文，設庠序，陳鍾鼓，天子辟雍，諸侯頖宮，所以行德化也。詩云：『鎬京辟雍，自西自東，自南自北，無思不服。』此之謂也。」蔡邕明堂月令論：孝經曰：「孝悌之至，通于神明，光于四海，無所不通。」詩云：『自西自東，自南自北，無思不服。』言行孝者則曰明堂，行悌者則曰大學，故孝經合以爲一義，而稱鎬京之詩以明之。」趙岐孟子章句三：「詩大雅文王有聲之篇言，從四方來者，無思不服武王之德。」以上魯説。大戴禮曾子大孝篇：「詩云：『自西自東，自南自北，無思不服。』」禮祭義引詩文同。鹽鐵論繇役篇：「文王底德而懷四夷。詩云：『鎬京辟雍，自西自東，自南自北，無思不服。』武王之伐殷也，執黄鉞，誓牧之野，天下之士，莫不願爲之用。」以上齊説。「韓西東作東西」者，韓詩外傳四：「詩曰：『自東自西，自南自北，無思不服。』如是則近者歌謳之，遠者赴趨之，幽閒辟陋之國，莫不趨使而安樂之，若赤子之歸慈母者，何也？仁刑（同形。）義立，教誠愛深，禮樂交通故也。」首句「東」、「西」互易，卷五兩引詩亦然，是韓詩『西東』作「東西」。

考卜維王，宅是鎬京。維龜正之，【注】齊「維」作「惟」，「宅」作「度」。**武王成之。武王烝哉！**【疏】

箋：「考，猶稽也。宅，居也。稽疑之法，必契灼龜而卜之。武王卜居是鎬京之地，龜則正之，謂得吉兆，武王遂居之。修三后之德，以伐紂定天下，成龜兆之占，功莫大於此。」○「齊維作惟宅作度」者。禮坊記：「詩云：『考卜惟王，度是鎬京。惟龜正之，武王成之。』」鄭注：「度，謀也。鎬京，鎬宮也。言武王卜而謀居此鎬邑，龜則吉兆正之，武王築成之。」愚案：尚書古文作「宅」者，今文皆作「度」。皇矣「此惟與宅」，論衡初稟篇引作「度」，亦今、古文之別也。

豐水有芑，武王豈不仕！詒厥孫謀，以燕翼子。【注】魯「詒」作「貽」。齊「仕」一作「事」，「燕」一作「宴」。**武王烝哉！**【疏】傳：「芑，草也。仕，事。燕，安。翼，敬也。」箋云：「詒，猶傳也。孫，順也。豐水猶以其潤澤生草，武王豈不以其功業爲事乎？以之爲事，故傳其所以順天下之謀，以安其敬事之子孫。謂使行之也。書曰：『厥考翼，其肯曰我有後，弗弃基。』上言『皇王』而變言『武王』者。皇，大也。始大其業，至武王伐紂成之，故言『武王』也。」○「魯詒作貽」者，列女陳嬰母傳引詩曰：「貽厥孫謀，以燕翼子。」明魯毛文同。惟「詒」作「貽」。禮表記：「詩曰：『豐水有芑，武王豈不仕！詒厥孫謀，以燕翼子。武王烝哉！』」鄭注：「芑，枸檵也。『仕』之言『事』也。詒，遺也。燕，安也。烝，君也。言武王豈不念天下之事乎？如豐水之有芑矣，乃遺其後世之子孫以善謀，而安翼其子也。君哉武王，美之也。」此齊毛文同。「仕一作事，燕一作宴」者，晏子春秋內篇諫下引詩，作「武王豈不事，詒厥孫謀，以宴翼子。」「仕」者，「事」之叚借。燕、宴古通用。後漢班彪傳引，亦作「宴」。宴，安也。左文三年傳引詩「以燕翼子」，杜注：「翼，成也。」表記疏申鄭說云：「翼，助也。謂以王業保安翼助其子孫。」「翼助」即「翼成」之義。班彪傳彪上言曰：「昔成王之爲孺子，出則周公召公太史佚，入則太顛閎天南宮括散宜生，左右前後，禮無違者。故成王一日即位，天下曠然太平。詩云：『詒厥孫謀，以宴翼子。』言武王之謀遺子孫也。」愚案：據班彪傳所引，知晏子引詩「仕」作「事」，「燕」作「宴」，確是齊詩「一作」本。班固典引云：「亦以寵靈文武，貽燕後昆。」彪傳云云，可爲「孫」讀如字之證。即典引之「貽燕後昆」，亦以「後昆」代「子孫」也。韓詩外傳四：「文王立國七十一，姬姓獨居五十二。周之子孫，苟不狂惑，莫不爲天子顯諸侯。夫是之謂能愛其所愛矣，故惟明王能愛其所愛。大雅曰：『貽厥孫謀，以燕翼子。』」此所推及尤遠。

文王有聲八章，章五句。

文王之什十篇，六十六章，四百一十四句。

詩三家義集疏卷二十二

生民之什第二十二　詩大雅

生民【疏】毛序：「尊祖也。后稷生於姜嫄，文武之功起於后稷，故推以配天焉。」○史記周本紀：「后稷母有邰氏女，曰姜原。爲帝嚳元妃。姜原出野，見巨人迹，心忻然悦，欲踐之，踐之而身動如孕者。居期而生子，以爲不祥，弃之隘巷，馬牛過者皆避不踐。徙置之林中，適會山林多人，遷之。而弃渠中冰上，飛鳥以翼覆薦之。姜原以爲神，遂收養長之。初欲弃之，因名曰弃。弃爲兒時，屹如巨人之志。其游戲，好種樹麻菽，麻菽美。及爲成人，遂好耕農，相地之宜，宜穀者稼穡焉。民皆法則之。帝堯聞之，舉弃爲農師，天下得其利，有功。封弃於邰，號曰后稷，别爲姬氏。」索隱：「詩大雅生民篇所云，是其事也。」愚案：史遷所載皆本魯詩，其爲帝嚳妃，乃雜采它傳記。齊韓蓋同。

厥初生民，時維姜嫄。【注】魯「維」作「惟」。韓「嫄」作「原」，説曰：「姜，姓；原，字。」【疏】傳：「生民，本后稷也。姜，姓也。后稷之母，配高辛氏帝焉。」箋：「厥，其。初，始。時，是也。言周之始祖其生之者，是姜嫄也。姜姓者，炎帝之後，有女名嫄，當堯之時，爲高辛氏之世妃，本后稷之初生，故謂之生民。」○史記三代世表：「張夫子問褚先生曰：『詩言契后稷皆無父而生，今案諸傳記咸言有父，父皆黄帝子也，得無與詩謬乎？』褚先生曰：『不然，詩言契生于卵，后稷人迹，欲見其有天命精誠之意耳。鬼神不能自成，須人而生，奈何無父而生乎！一言有父，一言無父，信以傳信，疑以傳疑，故兩言之。詩傳曰：湯之先爲契，無父而生。契母與姊妹浴于玄邱水，有燕銜卵墮之，契母得，故含之，誤吞之，即生契。

契生而賢，堯立爲司徒，姓之曰子氏。子者茲，茲，益大也。詩人美而頌之曰：「殷社芒芒，天命元鳥，降而生商。」商者質，殷號也。文王之先爲后稷，稷亦無父而生。后稷母爲姜嫄，出見大人跡而履踐之，知於身，卽生后稷。姜嫄以爲無父，賤而弃之道中，牛羊避不踐。抱之山中，山者養之。又捐之大澤，鳥覆席食之。姜嫄怪之，於是知其天子，乃取長之。堯知其賢才，立以爲大農，姓之曰姬氏。姬者，本也。詩人美而頌之曰：「厥初生民。」深修益成，而道后稷之始也。」陳喬樅云：「漢書儒林傳：沛褚少孫事王式，爲博士。魯詩有褚氏之學，世表後所引詩傳乃魯詩傳。又儒林傳山陽張長安幼君先事式論石渠，至淮陽中尉，其兄子卽以詩授元帝之張游卿也。世表張夫子，其幼君與？」愚案：孔疏引許氏五經異義詩齊魯韓說，聖人皆無父感天而生，褚雖引詩傳而意駁之。毛謂姜嫄配高辛氏帝，本未明著爲帝嚳，鄭疑帝嚳不當與堯並在天子之位，（見孔疏引鄭志。）易爲「高辛氏之世妃」，亦不能定爲何世，要皆以姜嫄有夫，后稷卽有父也。然觀褚引詩傳，堯已躬立棄爲大農，與周本紀堯擧棄爲農師合，則以弟臣兄，不害同爲帝嚳之子，原無帝嚳與堯並在位之嫌。姜嫄雖帝嚳妃，棄雖帝嚳子而棄之，生實感神迹，不由其父，則三家謂「聖人無父」，正以始生之靈蹟已暴於天下，特存其真，不爲過也。「魯維作惟」者，王逸楚詞章句序：「詩厥初生民，時惟姜嫄。」明魯作「惟」。「姜姓原字」者，史記周本紀注引韓詩章句文。嫄、原字通作。

生民如何？克禋克祀，以弗無子。【注】三家「弗」作「祓」。【疏】傳：「禋，敬。弗，去也。去無子，求有子，古者必立郊禖焉。玄鳥至之日，以太牢祠于郊禖，天子親往，后妃率九嬪御，乃禮天子所御。帶以弓韣，授以弓矢，于郊禖之前。」箋：「克，能也。『弗』之言『祓』也。姜嫄之生后稷如何乎？乃禋祀上帝於郊禖，以祓除其無子之疾，而得其福也。『能』者，言齊肅當神明意也。二王之後，得用天子之禮。」○「三家弗作祓」者，御覽五百二十九載鄭記王權引生民詩，作「克禋克祀，以祓無子。」陳喬樅云：「此三家之今文，毛詩『弗』字乃『祓』之假借。」愚案：「以祓無子」，當卽周禮女巫祓除所由昉。鄭風溱洧篇，韓詩以爲上巳祓除，亦此類也。鄭箋以「祓」釋「弗」，正據三家改毛。生民本於姜嫄，周又特爲立廟。棄生不由其父，與契無異。但詩言「以祓無子」，固婦之事，非女之事明矣，故史記本紀、漢書人表、吳越春秋及大戴世本諸書，皆仍著姜嫄爲帝嚳妃生棄，其說亦必出於三家。母既爲帝嚳妃，則棄終爲帝嚳子，故禮祭法仍有「周人禘嚳而郊稷」之文也，而劉向列女傳乃不著姜嫄之夫，張華遂謂爲思女不夫而孕，可謂傎矣。說文：「禋，潔祀也。一曰，精意以享爲禋。」「祀，祭無已也。」「祓，除惡祭也。」「潔祀」，蓋卽續漢書「三月上巳，宮人皆洗濯祓除，爲大絜」之義。「克禋克祀」，亦卽大絜後之祭祀，巫所掌宮人皆得自行之。毛傳必援秦令說詩，又改「高禖」爲「郊禖」，謂姜嫄從帝郊見於天，以便其改「履帝武」爲踐高辛帝之迹，斯則創解不經矣。鄭既不信「帝」爲高辛之帝，猶據從祀高禖爲說。率九嬪以從帝祭，嚴事也，乃獨往履大神迹耶？

履帝武敏，【注】魯說曰：「履帝武敏」，武，迹也。敏，拇也。**歆攸介攸止，載震載夙，載生載育，時維后稷。**【疏】傳：「履，踐也。帝，高辛氏之帝也。武，迹。敏，疾也。從於帝而見於天，將事齊敏也。歆，饗。介，大也。止，福祿所止也。震，動。夙，早。育，長也。后稷播百穀以利民。」箋：「帝，上帝也。敏，拇也介，左右也。『夙』之言『肅』也。祀郊禖之時，時則有大神之迹，姜嫄履之，足不能滿履其拇指之處，心體歆歆然，其左右所止住，如有人道感己者也，於是遂有身，而肅戒不復御。後則生子而養，長名之曰弃，舜臣堯而舉之，是爲后稷。」

○「履帝」至「拇也」，釋訓文。爾雅釋文云：「敏，舍人本作『畝』，舍人注：『古者姜嫄履天帝之迹於畎畝之中，而生后稷。』」孔疏引孫炎注：「拇，迹，大指處。」王逸楚詞章句一：「武，迹也。詩曰：『履帝武敏歆。』」是魯讀又於「歆」字斷句。白虎通姓名篇：「周姓姬氏，祖以履大人迹生也。」此皆魯說。繁露三代改制質文篇：「后稷母姜嫄，履天之迹而生后稷，后稷長於郃土，播田五穀。」此齊說。愚案：聖人之生，宜有異迹，詩本周公所作，述其祖事神異，不以爲非，毛何所嫌疑而矯枉過正如此？爾雅之不用毛詩，此尤其明證也。

誕彌厥月，【注】韓說曰：「誕，信也。」先生如達。【疏】傳：「誕，大。彌，終。達，生也。姜嫄之子，先生者也。」箋：「達，羊子也。大矣后稷之在其母，終人道十月而生。生如達之生，言易也。」○「誕，信也」者，文選陸雲大將軍讌會詩李注引韓詩文。陳喬樅云：「說文：『誕，詞誕也。』『誕』訓『大言』，故又引伸爲『虛詐』之義。廣雅釋詁：『誕，信也。』此用韓詩義。『誕』既訓『詐』，又得訓『信』，猶以『亂』爲『治』、『徂』爲『存』，皆詁訓之義有反覆旁通，美惡不嫌同名也。」

不坼不副，無菑無害。【疏】傳：「言易也。凡人在母，母則病，生則坼副，菑害其母，横逆人道。」○論衡奇怪篇：「詩曰：『不坼不副，是生后稷。』說者又曰：禹、卨逆生，闓母背而出。后稷順生，不坼不副。不感動母體，故曰『不坼不副』。如實論之，彼詩言『不坼不副』，言其『不感動母體』，可也；言其『闓母背而出』，妄也。」陶元淳云：「兒在母腹，胞衣裹之，生時衣先破，兒體手足少舒，故生之難。惟羊子之生，胞仍完具，墮地而後母爲破之，故其生易。后稷生時，蓋藏於胞中，形體未露，如羊子之生，故言『如達』。」馬瑞辰云：「陶說是。『不坼不副』，謂其胞衣不坼裂也。」

以赫厥靈，上帝不寧。不康禋祀，居然生子。【疏】傳：「赫，顯也。不寧，寧也。不康，康也。」箋：「康、寧，皆安也。姜嫄以赫然顯著之徵，其有神靈審矣，此乃天帝之氣也，心猶不安之。又不安徒以禋祀而無人道，居默然自生子，懼時人不信也。」○陳奐云：「『不』，皆發聲。居，猶『其』也。然，猶『是』也。此承上章，言姜嫄克禋祀上帝，而上帝亦將安樂其禋祀。其然生子，謂生后稷也。」黃山云：「此申述生子之非常理，以著下章『誕寘』之由也。箋易傳，於『不寧』、『不康』皆釋爲『不安』，亦必本之三家。但謂『禋祀』卽前之『克禋克祀』，則以前文既爲禋祀上帝，不得數擧，遂爲『又不安』之說，致辭窮而意轉窒。今案列女傳，言姜嫄履巨人迹，『歸而有娠，浸以益大，心怪惡之，卜筮禋祀，以求無子，終生子，以爲不祥而棄之』云云，正此詩四句之義。蓋姜嫄因赫然有娠，顯示以靈怪之徵，意上帝以己踐其迹不安而降之罰，故曰『以赫厥靈，上帝不寧』也。己意亦因之不安而禋祀以求解，本求無子而終生子，故曰『不康禋祀，居然生子』也。前之潔祀，求祓無子之疾；後之潔祀，求獲無子之庇。至居然生子，以爲不祥而棄之。三家之說大同，傳箋乃謂故棄之以顯其異，斯不然矣。」

誕寘之隘巷，牛羊腓字之。誕寘之平林，會伐平林。誕寘之寒冰，鳥覆翼之。鳥乃去矣，后稷呱矣。實覃實訏，厥聲載路。【疏】傳：「誕，大。寘，置。腓，辟。字，愛也。天生后稷，異之於人，欲以顯其靈也。帝不順天，是不明也，故承天意而異之於天下。牛羊而辟人者，理也。置之平林，又爲人所收取之。大鳥來，一翼覆之，一翼藉之。人而收取之，又其理也。故置之於寒冰。於是知有天異，往取之矣，后稷呱呱然而泣。覃，長。訏，大。路，大也。」箋：「天異之，故姜嫄置后稷於牛羊之徑，亦所以異之。『實』之言『是』也。覃，謂始能坐也。訏，謂張口嗚呼也。是時聲音則已大矣。」○史記引已見上。論衡吉驗篇：「后稷之時，履大人跡，或言衣帝嚳之服，坐息帝嚳之處，妊身。怪而弃之隘巷，牛馬不敢踐之。寘之冰上，鳥以翼覆之，慶集其身。母知其神怪，乃收養之。長大佐堯，位至司馬。夫后稷不當弃，故牛馬不踐，鳥以羽翼覆愛其身。」楚詞天問：「稷惟元子，帝何篤之？投之於冰上，鳥何燠之？」王逸章句曰：「帝，謂天帝也。言后稷之母姜嫄出，見大人迹，怪而履之，遂有娠而生后稷。姜嫄以后稷無父而生，弃之於冰上，有鳥以翼覆薦温之，以爲神，乃取而養之。詩曰：『誕寘之寒冰，鳥覆翼之。』」以上魯說。趙煜吴越春秋一：「后稷其母，邰氏之女姜嫄，爲帝嚳元妃。年少未孕，出游於野。見大人迹而觀之，中心歡然，喜其形像，因履而踐之，身動意若爲人所感。後妊娠，恐被淫佚之禍，遂祭祀以求謂無子。履天帝之跡，天猶令有之。姜嫄怪而棄于阨狹之巷，牛馬過者，辟易而避之；復棄於林中，適會伐木之人多；復置於澤中冰上，衆鳥以羽覆之。后稷遂得不死。姜嫄以爲神，收而養之，長因名棄。」趙從杜撫受韓詩，見後漢儒林傳。曹植仲雍哀辭曰：「昔后稷之在寒冰，鬭穀之在楚澤，咸依鳥馮虎，而無風塵之災。」以上韓說。愚案：周本紀云：「適會山林多人，遷之。而棄渠中冰上。」吴越春秋言「會伐木之人多，復置于澤中冰上」，最得經旨，傳言「置之平林，爲人所收取」，誤也。

誕實匍匐，克岐克嶷，【注】魯「嶷」作「啜」。**以就口食。**【疏】傳：「岐，知意也。嶷，識也。」箋：「能匍匐則岐岐然意有所知也，其貌嶷嶷然有所識別也，以此至於能就衆人口自食。謂六七歲時。」〇「魯嶷作啜」者，釋文：「嶷，説文作『啜』。」説文「啜」下云：「小兒有知也。从口，疑聲。詩曰：『克岐克啜』。」陳喬樅云：「淮南原道訓『扶摇抮抱羊角而上』，高注：『抱，讀詩「克岐克嶷」之嶷。』又本經訓『菱杼紾抱』，高注：『抱，讀「岐啜」之啜。』據此，是『岐啜』之啜魯詩正作『口』旁，疑與説文所引詩合。原道訓注作『嶷』，此後人順毛改之，非高注之舊文也。」馬瑞辰云：「『就』之言『求』也。釋詁求、就並訓爲『終』，是就、求同義之證。論語『就有道而正焉』，卽求有道而正之也。『以就口食』，猶易頤『自求口食』、春秋元命苞所云『岐頤自求』也。正義釋箋，謂能就人之口取食，失之。」**蓺之荏菽，荏菽旆旆，禾役穟穟，**【注】韓「荏」作「戎」。三家「役」作「穎」。**麻麥幪幪，瓜瓞唪唪。**【注】三家「唪」作「菶」。【疏】傳：「荏菽，戎菽也。旆旆然長也。役，列也。穟穟，苗美好也。幪幪然茂盛也。唪唪然多實也。」箋：「蓺，樹也。戎菽，大豆也。就口食之時，則有種殖之志，言天性也。」〇上文所引史記，言后稷「其游戲，好種樹麻菽，麻菽美」，此詩是也。吴越春秋：「后稷爲兒時，好種樹禾麥桑麻五穀，相五土之宜，青赤黄黑，陵水高下，粢稷黍禾蕖麥豆稻，各得其理。堯遭洪水，人民泛濫，逐高而居。堯聘棄，使教民山居，隨地造區，研營種之術。三年餘行，人無飢乏之色。乃拜棄爲農師，封之台，號爲后稷，姓姬氏。」此韓説。「韓荏作戎」者，太宰賈疏：「生民詩云：『蓺之戎菽。』戎菽，大豆，后稷之所殖。」陳喬樅云：「賈疏所引直作『戎菽』，當爲韓詩之異文。釋詁戎、壬並訓爲『大』，壬、任古通，戎、荏一聲之轉。」「三家役作穎」者，說文「穎」下云：「禾采也。从禾，頃聲。詩曰：『禾穎穟穟』。」「穟」下云：「禾采之貌。从禾，遂聲。詩曰：『禾穎穟穟』。」兩引詩皆作「穎」。段注：「古音支、清二部互轉，『役』在支部，即『穎』之入聲，蓋爲叚借字。許此句用三家詩，若『如鳥斯翶』爲正字，毛作『革』爲叚借字也。」「三家唪作菶」者，馬瑞辰云：「『唪唪』，即『菶菶』之叚借。說文：『玤，讀若詩曰「瓜瓞菶菶」。』又『唪』：『讀若詩「瓜瓞菶菶」。』皆用本字。本三家詩。菶菶，猶旆旆、幪幪，皆盛貌也。說文：『菶，草盛。』通俗文：『草盛曰菶。』瓜盛與草盛同義，故亦曰『菶菶』。廣雅芾芾、菶菶、幪幪並訓爲『茂』，其義亦本三家詩。」「芾芾」，即「旆旆」也。

誕后稷之穡，有相之道。茀厥豐草，【注】韓「茀」作「拂」，說曰：拂，弗也。種之黃茂。實方實苞，實種實褎，實發實秀，實堅實好，實穎實栗，即有邰家室。【注】魯韓「邰」作「台」，齊作「斄」。【疏】傳：「相，助也。茀，治也。黃，嘉穀也。茂，美也。方，極畝也。苞，本也。種，雜種也。褎，長也。發，盡發也。不榮而實曰秀。穎，垂穎也。栗，其實栗栗然。邰，姜嫄之國也。堯見天因邰而生后稷，故國后稷於邰，命使事天以顯神，順天命耳。」箋：「大矣后稷之掌稼穡，有見助之道。謂若神助之力也。豐，苞，亦茂也。方，齊等也。種，生不雜也。褎，枝葉長也。發，發管時也。栗，成就也。后稷教民除治茂草，使種黍稷，黍稷生則茂好，孰則大成，以此成功。堯改封於邰，就其成國之家室，無變更也。」○「茀作拂。拂，弗也」者，釋文引韓詩文。釋詁：「弗，治也。」郭注：「見詩、書。」邢疏即引此詩，云「弗」、「茀」音義同。是魯詩本作「弗」，訓「治」，毛借義，韓借字也。廣雅釋詁：「拂，除也，拔也。」治草非僅拔除，故韓亦不用本義。呂覽任地篇高注：「詩云：『實發實秀，實堅實好』。」又辨士篇注：「詩云：『實穎實栗，有邰家室』。」明魯毛文同，惟無「即」字。說文、史記周本紀索隱、水經渭水注引，亦無「即」字。白虎通京師篇：「后稷封於台，公劉去台之邠。詩云：

『即有台家室。』又云：『篤公劉，于邠斯觀。』周家五遷，其義一也，皆欲成其道也。」陳喬樅云：「今本白虎通『有台』仍同毛詩作『邰』，據王氏詩攷引作『台』，知宋時本尚未譌也。吳越春秋云：『后稷其母，有台氏之女。』則魯韓詩本作『台』字，諸所引作『邰』者，皆後人傳寫爲加『邑』旁耳。」漢書地理志：「右扶風斄，周后稷所封。」顏注：「斄，讀與『邰』同。」是齊作「斄」。

誕降嘉種，維秬維秠，維穈維芑。【注】三家「種」作「穀」，「維」作「惟」。魯「穈」作「虋」，說曰：虋，赤苗。芑，白苗。秬，黑黍。秠，一稃二米。恒之秬秠，是獲是畝。恒之穈芑，是任是負。以歸肇祀。【疏】傳：「天降嘉種。秬，黑黍也。秠，一稃二米也。穈，赤苗也。芑，白苗也。恒，徧。肇，始也。始歸郊祀也。」箋：「天應堯之顯后稷，故爲之下嘉種。任，猶抱也。肇，郊之神位也。后稷以天爲己下此四穀之故，則徧種之，成熟則穫而畝計之，抱負以歸於郊祀天。得祀天者，二王之後也。」○「三家至作惟」者，說文「秠」下引詩，作「誕降嘉穀，惟秬惟秠。」「虋赤」至「二米」，釋草文。郭注：「詩曰：『惟秬惟秠』。」陳喬樅云：「毛詩『虋』字作『穈』，與爾雅異，知此爲魯詩之文。盧文弨曰：『毛詩釋文「穈」，爾雅作「虋」。郭：「亡偉反。赤粱粟也」。』案，爾雅釋文作『亡津反』。『偉』字疑誤。虋、亹古通。」

誕我祀如何？或舂或揄，【注】三家「揄」作「舀」。或簸或蹂。釋之叟叟，烝之浮浮。【注】魯「釋」作「淅」，「叟」作「溞」，「浮」作「烰」。【疏】傳：「揄，抒臼也。或簸糠者，或蹂米者。釋，淅米也。叟叟，聲也。浮浮，氣也。」箋：「『蹂』之言『潤』也。大矣我后稷之祀天如何乎？美而將說其事也。舂而抒出之，簸之又潤濕之，將復舂之，趣於鑿也。釋之烝之，以爲酒及簠簋之實。」○說文「舀」下云：「舀，抒臼也。从爪，臼聲。詩曰：『或簸或舀。』抭，或从手、穴。𦥷，或从臼、穴。」陳喬樅云：「『揄』者，『舀』之叚借字。『有司徹』，鄭注引詩『或舂或抗』。周官『女舂抭』，注引詩同。鄭注禮多用齊詩。說文『舀』下兼收『抗』、『𦥺』二形，即三家之異文。作『抗』者爲齊詩，則『舀』與『抗』其魯韓之詩，與『或舂』許引作『或簸』，蓋傳寫之誤。」魯釋作淅，叟作溞，浮作烰」者，釋訓：「溞溞，釋也。」「烰烰，烝也。」孔疏引樊光注：「詩云：『淅之溞溞，烝之烰烰』。」孫炎注：「溞溞，淅之聲。烰烰，炊之氣。」陳喬樅云：「爾雅正義：『溞，郭蘇刀反。詩云：淅之溞溞。』據此，知爾雅舊注引詩如此，故釋文載其說。毛作『釋之叟叟』，並古文叚借字。烰，毛作『浮』，釋文云爾雅說文並作『烰』，烝也。』『浮』亦『烰』之叚借，說文引與爾雅文同，從魯詩也。」載謀載惟，取蕭祭脂，取羝以軷，載燔載烈，以興嗣歲。【疏】傳：「嘗之日，涖卜來歲之芟。獮之日，涖卜來歲之戒。社之日，涖卜來歲之稼。所以興來而繼往也。穀熟而謀，陳祭而卜矣。取蕭合黍稷，臭達牆屋，先奠而後爇蕭，合馨香也。羝羊，牡羊也。軷，道祭也。傅火曰燔，貫之加於火曰烈。興來歲、繼往歲也。」箋：「惟，思也。『烈』之言『爛』也。后稷既爲郊祀之酒及其米，則諏謀其日，思念其禮。至其時，取蕭草與祭牲之脂，爇之於行神之位。馨香既聞，取羝羊之體以祭神，又燔烈其肉爲尸羞焉。自此而往郊。嗣歲，今新歲也。以先歲之物齊敬犯軷而祀天者，將求新歲之豐年也。孟春之月令曰：乃擇元日，祈穀于上帝。」

○禮郊特牲鄭注：「蕭，薌蒿也，染以脂，合黍稷燒之。詩曰：『取蕭祭脂。』」此齊詩，文義與毛同。

卬盛于豆，于豆于登。其香始升，上帝居歆。胡臭亶時，后稷肇祀，【注】齊「肇」作「兆」。庶無罪悔，以迄于今。【疏】傳：「卬，我也。木曰豆，瓦曰登。豆，薦菹醢也。登，大羹也。迄，至也。」箋：「『胡』之言『何』也。亶，誠也。我后稷盛菹醢之屬，當于豆者，于登者，其馨香始上行，上帝則安而歆享之，何芳臭之誠得其時乎。美之也。祀天用瓦豆，陶器質也。庶，衆也。后稷肇祀上帝於郊，而天下衆民咸得其所，無有罪過也。子孫蒙其福，以至於今，故推以配天焉。」○釋器：「木豆謂之豆，瓦豆謂之登。」此魯義也。「卬盛」句，統言之。「齊肇作兆」者，禮表記：「詩云：

『后稷兆祀，庶無罪悔，以迄于今』。」鄭注：「兆，郊之祭處也。迄，至也。言祀后稷于郊以配天，庶以其無罪悔乎？福祿傳世，以至于今。」此用齊說。陳喬樅云：「上文『以歸肇祀』，鄭讀『肇』爲『兆』，是據齊詩易毛。商頌『肇域彼四海』，箋云『肇』當作『兆』。此不言者，文略耳。小宗伯『兆五帝于四郊』，注云：『兆，爲壇之營域。』說文作『垗』，段注：『今周禮作「兆」，許作「垗」，蓋故書、今書之不同也。』又尚書大傳『兆十有二州』，古文堯典作『肇』，此古文假借之證。禮郊特牲正義引韓詩說曰：『三王各正其郊。』案，毛詩釋文不言韓氏字異，然據表記、商頌箋，讀『肇』爲『兆』，知三家今文『肇』皆作『兆』。」馬瑞辰云：「廣雅釋詁：『胡，大也。』『時，善也。』『胡臭』，謂芳臭之大，猶士冠禮『永受胡福』，謂大福也；載芟詩『胡考』，猶云大考也。釋邱：『方邱，胡邱。』『方』與『胡』皆大也。『胡臭亶時』，與士冠禮『嘉薦亶時』句法相似，『亶時』猶云『誠善』也。箋說失之。」

生民八章，四章章十句，四章章八句。

行葦【疏】毛序：「忠厚也。周家忠厚，仁及草木，故能內睦九族，外尊事黃耇，養老乞言，以成其福祿焉。」箋：「九族，自己上至高祖，下至玄孫之親也。黃，黃髮也。耇，凍梨也。乞言，從求善言可以爲政者，敦史受之。」○案，列女晉弓工妻傳「弓工妻謁於平公曰：『君聞昔者公劉之行，羊牛踐葭葦，惻然爲民痛之，恩及草木，仁著於天下。』」潛夫論德化篇：「詩云：『敦彼行葦，牛羊勿踐履。方苞方體，惟葉柅柅。』公劉厚德，恩及草木，牛羊六畜。仁不忍踐履生草，則又況於民萌而有不化者乎？」又邊議篇：「公劉仁德，廣被行葦，況含血之人，己同類乎？」以上魯說。班彪北征賦：「慕公劉之遺德，及行葦之不傷。」此齊說。吳越春秋：「公劉慈仁，行不履生草，運車以避葭葦。」此韓說。明三家同以此爲公劉之詩。後漢寇榮傳：「公劉敦行葦，世稱其仁。」蜀志彭羕傳：「體公劉之德，行勿踐之惠。」據諸說，足證漢人舊義大同，蓋公劉舉射饗之禮，出行有此故事，詩人美之，因以名篇。毛序删之，特以示異於衆。

敦彼行葦，牛羊勿踐履。方苞方體，維葉泥泥。【注】魯「維」作「惟」，「泥」作「柅」，韓作「苨」。【疏】傳：「敦，聚貌。行，道也。葉初生泥泥。」箋：「苞，茂也。體，成形也。敦敦然道傍之葦，牧牛羊者毋使蹴履折傷之。草物方茂盛，以其終將爲人用，故周之先王爲此愛之，況於人乎？」○馬瑞辰云：「葦，叢生之物，故以『敦』爲『聚貌』，讀如『團聚』之團。敦、團聲相近。『敦彼』，形容之詞，猶『依彼』、『鬱彼』之比，故傳以『敦敦然』釋之。敦敦，猶團團也。」愚案：馬說是。寇榮云「敦行葦」，（引見上。）『敦』之言『厚』也，仁及草木，故曰厚於行葦。此望文而爲之說，亦備一解。「魯維作惟，泥作柅」者，陳喬樅云：「今文作『惟葉柅柅』，石經魯詩可證。『柅柅』，潛夫論作『梶梶』。盧氏文弨以『梶』字是『柅』字之譌，良確。」「韓作苨者。」詩釋文云：「張揖作『苨苨』，云，草盛也。」愚案：廣雅釋訓：「苨苨，茂也。」釋文即本此。張兼采魯韓義，魯作『柅柅』，明『苨苨』是韓之異文。

戚戚兄弟，莫遠具爾。或肆之筵，或授之几。【疏】傳：「戚戚，内相親也。肆，陳也。或陳設筵者，或授几者。」箋：「莫，無也。具，猶『俱』也。爾，謂進之也。王與族人燕，兄弟之親，無遠無近，俱揖而進之，年稚者爲設筵而已，老者加之以几。」○曹植求通親親表「常有戚戚具爾之心」，用韓經文，明與毛同。

肆筵設席，授几有緝御。或獻或酢，洗爵奠斝。【疏】傳：「設席，重席也。緝御，踧踖之容也。斝，爵也。夏曰醆，殷曰斝，周曰爵。」箋：「緝，猶『續』也。御，侍也。兄弟之老者，既爲設重席授几，又有相續代而侍者，謂敦史也。進酒於客曰『獻』，客答之曰『酢』，主人又洗爵醻客，客受而奠之，不舉也。用殷爵者，尊兄弟也。」○楚詞招魂王逸章句：「筵，席也。詩曰：『肆筵設席。』」（「席」誤「機」。陳喬樅據下文改。）此魯說。禮明堂位鄭注：「斝，畫禾稼也。詩曰：

『洗爵奠斝』。」此齊說。

醓醢以薦，或燔或炙。嘉殽脾臄，【注】韓說云：臄，口上阿也。或歌或咢。【疏】傳：「以肉曰醓醢。臄，函也。歌者，比於琴瑟也。徒擊鼓曰咢。」箋：「薦之禮，韭菹則醓醢也。燔用肉，炙用肝。以脾函爲加，故謂之嘉。」○孔疏引釋器云：「肉謂之醢。」李巡曰：「以肉作醬曰醢。」天官醢人注：「醓，肉汁也。」蓋用肉爲「醢」，特有多汁，故以「醓」爲名。其無汁者，自以所用之肉，魚雁之屬爲之名也。又云，醢所以擩菹，禮籩豆偶有醢，必有菹，故云「韭菹則醓醢」。「韓說云：臄，口上阿也」者。玉篇肉部：「臄，口上阿也。詩曰：『嘉肴脾臄。』」「肴」不作「殽」，又與毛「臄，函也」義異，知野王所引據韓詩也。詩釋文亦引通俗文「口上曰臄，口下曰函」，所以糾正毛傳，與玉篇訓合。釋文又云：「毛云『徒歌曰咢』。爾雅云『徒擊鼓謂之咢，徒歌謂之謠』。」亦主糾毛。孔疏謂王肅述毛，作「徒擊鼓」，今定本集注作「徒歌」者誤。案，肅祖毛，多陰正其誤，如皇矣篇毛作「維此王季」，肅述毛，亦據左傳改「王季」爲「文王」，是其證。此傳釋文、定本集注皆作「徒歌」，知亦傳說本異，而肅陰據釋樂文改之，孔遂因而從之耳。今釋樂「徒擊鼓謂之咢」，孫炎云：「聲驚咢也。」此自魯訓如此，郭注引詩「或歌」可也，亦魯詩文。

敦弓既堅，四鍭既鈞，舍矢既均，序賓以賢。【疏】傳：「敦弓，畫弓也，天子敦弓。鍭矢參亭，已均中蓺。序賓以賢，言賓客次序皆賢。孔子射於矍相之圃，觀者如堵牆。射至於司馬，使子路執弓矢出延射曰：『奔軍之將，亡國之大夫，與爲人後者不入，其餘皆入。』蓋去者半，入者半。又使公罔之裘序點揚觶而語，公罔之裘揚觶而語曰：『幼壯孝弟，耆耋好禮，不從流俗，修身以俟死者，不在此位。』蓋去者半，處者半。序點又揚觶而語曰：『好學不倦，好禮不變，耋勤稱道不亂者，不在此位也。』蓋僅有存焉。」箋：「『舍』之言『釋』也。蓺，質也。周之先王將養老，先與羣臣行射禮，以擇其可與者以爲賓。『序賓以賢』，謂以射中多少爲次第。」○列女晉弓工妻傳：「射之道，左手如拒，右手如附枝，右手發之，左手不知。詩曰：『敦弓既堅，舍矢既鈞。』言射有法也。」案，此魯說。據文義，當弓、矢並引，節去「四鍭」句。「均」作「鈞」，以聲同誤也。箋以「牛羊勿踐」爲周先王愛物之仁，蓋因毛序不指公劉，故渾言之。此「養老」亦主周先王說，是鄭意仍指公劉，下言「曾孫」，乃因傳意而推及成王耳。

敦弓既句，【注】魯作「彫弓既彀」。**既挾四鍭。四鍭如樹，序賓以不侮。**【疏】傳：「天子之弓，合九而成規。〔如樹〕，言皆中也。〔不侮〕，言其皆有賢才也。」箋：「射禮，搢三挾一个，言已挾四鍭，則已徧釋之。『不侮』者，敬也。其人敬於禮，則射多中。」○「魯作彫弓既彀」者，孔疏云：「說文：『彀，張弓也。』二京賦曰『彫弓既彀』，『彀』與『句』字雖異，音義同。」愚案：今說文：「彀，張弩也。」東京賦「彫弓斯彀」，文皆稍異。張衡治魯詩，亦用魯文也。「敦」作「彫」，與列女傳引「敦弓既堅」異。陳喬樅云：「廣韻：『弴弓，天子弓也。』又作『敦』。毛古文，借用『敦』字。三家今文，皆當作『弴』與『彫』。然則列女傳『敦』字，殆後人順毛改之耳。」馬瑞辰云：「彫弓蓋以五采畫之，故又曰『繡弓』。考工記：『五采備謂之繡。』春秋定八年公羊傳『弓繡質』是也。」

曾孫維主，酒醴維醹，酌以大斗，以祈黃耇。【疏】傳：「曾孫，成王也。醹，厚也。大斗，長三尺也。祈，報也。」箋：「祈，告也。今我成王承先王之法度，爲主人，亦既序賓矣，有醇厚之酒醴，以大斗酌而嘗之而美，故以告黃耇之人，徵而養之也。飲酒之禮曰：告於先生君子可也。」○三家以此篇爲公劉之詩。「篤公劉」，箋：「公劉，后稷之曾孫。」釋文：「斗，又作『枓』。都口反。徐又音『主』。」「三尺」，謂大斗之柄也。馬瑞辰云：「『斗』與『枓』異物。說文：『斗，十升也』。『枓，勺也』。『勺，所以挹取也。』此詩『大斗』及小雅『維北有斗』，皆『枓』之省借。考工記：『梓人爲飲器，勺一升。』正義引漢禮器制度：『勺五升，徑六寸，長三尺。』蓋專指『大斗』言之。」

黃耇台背，【注】魯「台」作「鮐」，說曰：鮐背，耇老壽也。以引以翼。壽考維祺，以介景福。【疏】傳：「台背，大老也。引，長。翼，敬也。祺，吉也。」箋：「『台』之言『鮐』也，大老則背有鮐文。既告老人，及其來也，以禮引之，以禮翼之。在前曰『引』，在旁曰『翼』。介，助也。養老人而得吉，所以助大福也。」○張衡南都賦「鮐背之叟」，明魯「台」作「鮐」。『鮐背，耇老壽也』者，釋詁文。孔疏引舍人曰：「鮐背，老人氣衰，皮膚消瘦，背若鮐魚也。」左僖二十二年疏引云：「耇，覯也。血氣精華觀竭，言色赤黑如狗矣。」孫炎曰：「黃耇，面凍梨色，如浮垢，老人壽徵也。」孔疏又引釋名云：「九十曰鮐背。」皆當本三家詩訓。

行葦八章，章四句。故言七章，二章章六句，五章章四句。

既醉【疏】毛序：「大平也。醉酒飽德，人有士君子之行焉。」箋：「成王祭宗廟，旅醻下徧羣臣，至于無筭爵，故云醉焉。乃見十倫之義，志意充滿，是謂之飽德。」○三家無異義。

既醉以酒，既飽以德。君子萬年，介爾景福。【疏】傳：「『既』者，盡其禮，終其事。」箋：「禮，謂旅醻之屬事，謂惠施先後及歸俎之類。『君子』，斥成王也。介，助。景，大也。成王女有萬年之壽，天又助女以大福。謂五福也。」○說苑修文篇：「凡人之有患禍者，生於淫泆暴慢。淫泆暴慢之本，生於飲酒。故古者慎重飲酒之禮，使耳聽雅音，目視正儀，足行正容，心論正道。故終日飲酒而無過失，近者數日，遠者數月，皆又有德焉以益善。詩云：『既醉以酒，既飽以德。』此之謂也。」此魯說。禮坊記：「詩云：『既醉以酒，既飽以德』。」鄭注：「言君子饗燕，非專爲酒肴，亦以觀威儀，講德美。」此齊說。

既醉以酒，爾殽既將。君子萬年，介爾昭明。【疏】傳：「將，行也。」箋：「爾，女也。殽，謂牲體也。成王之爲羣臣俎實，以尊卑差次行之。昭，光也。」○馬瑞辰云：「古但云『行酒』，不云『行殽』。廣雅釋詁：『將，美也。』將、臧聲相近，破斧詩『亦孔之將』，王引之言猶『亦孔之臧』，是也。竊謂『爾殽既將』，『將』亦爲『美』，猶言『爾殽既嘉』耳。」黃山云：「楚茨『爾殽既將』，傳亦訓『將』爲『行』，馬已本此說易之。案，楚茨次章『或肆或將』，傳訓『將』爲『齊』，本釋言文，郭注：『謂分齊也。』王肅云：『分齊其肉所當用也。』馬易爲『劑量其水火』，此非郭『分齊』之義，當以王說爲長。末章『爾殽既將，莫怨具慶』，亦卽分齊其殽羞，俾惠偏及，故具慶而無怨者。傳必改訓爲『行』，反於『具慶』不應。此章詩句正同楚茨，箋云『爲羣臣俎實，以尊卑差次行之』，名爲申毛，實仍用『分齊』之義也。」

昭明有融，高朗令終。令終有俶，公尸嘉告。【疏】傳：「融，長。朗，明也。始於饗燕，終於享祀。俶，始也。公尸天子以卿，言諸侯也。」箋：「有，又。令，善也。天既助女以光明之道，又使之長有高明之譽，而以善名終，是其長也。俶，猶『厚』也。既始有善令，終又厚之公尸，以善言告之，謂嘏辭也。諸侯有功德者，入爲天子卿大夫，故云公尸，公，君也。」○張衡東京賦「昭明有融」，衡治魯詩，此魯文也。薛綜注：「融，長也。」馬瑞辰云：「『融』者『續』也。『昭明有融』，與左傳『明而未融』語相反，『有』當從箋訓『又』，言既已昭明，而又融融不絕，極言其明之長且盛也。」左昭五年傳疏引樊光爾雅釋言注：「詩曰：『高朗令終』。」蔡邕文烈侯楊君碑「可謂高朗令終」，引魯經，並與毛同。

其告維何？籩豆靜嘉。朋友攸攝，攝以威儀。【疏】傳：「恒豆之菹，水草之和也，其醢陸產之物也。加豆，陸產也，其醢水物也。籩豆之薦，水土之品也。不敢用常褻味，而貴多品，所以交於神明者，言道之徧至也。攝以威儀，言相攝佐者以威儀也。」箋：「公尸所以善言告之是何故乎？乃用籩豆之物，絜清而美，政平氣和所致故也。『朋友』，謂羣臣同志好者也。言成王之臣皆有仁孝士君子之行，其所以相攝佐威儀之事。」○禮緇衣：「詩云：『朋友攸攝，攝以威儀』。」鄭注：「攸，所也。言朋友以禮義相攝。」此齊説也。

威儀孔時，君子有孝子。孝子不匱，永錫爾類。【疏】傳：「匱，竭。類，善也。」箋：「孔，甚也。言成王之臣威儀甚得其宜，皆君子之人有孝子之行。永，長也。孝子之行非有竭極之時，長以與女之族類。謂廣之以教道天下也。春秋傳曰：『潁考叔純孝也，施及莊公。』」○馬瑞辰云：「上章『攝以威儀』謂羣臣，此章『威儀孔時』當謂成王。臣下既佐以威儀，則上之威儀得羣臣之佐，亦甚善也。首章及五、六章『君子』皆指成王，則此章『君子有孝子』亦指成王。『有』者『又』也，言君子又爲孝子也。箋指羣臣，失之。」禮坊記：「詩云：『孝子不匱』。」鄭注：「匱，乏也。孝子無乏止之時。」此齊説。楚詞九章王逸章句：「類，法也。詩曰：『永錫爾類』。」陳喬樅云：「方言：『類，法也。』訓與此同，皆本魯詩。」愚案：魯訓「類」爲「法」，與毛訓「善」異而意同。箋釋爲「與女族類」，與左傳合，義更宏大。韓詩外傳八：「孔子燕居，子貢攝齊而前曰：『弟子事夫子有年矣，才竭而智罷，振於學問，不能復進，請一休焉。』孔子曰：『賜也，欲焉休乎？』曰：『賜欲休於事君。』孔子曰：『詩云：「夙夜匪懈，以事一人。」爲之若此，其不易也，若之何其休也？』曰：『賜休於事父。』孔子曰：『詩云：「孝子不匱，永錫爾類。」爲之若此，其不易也，如之何其休也？』」推聖人之意，亦是廣及族類，故云「爲之不易」。箋蓋用韓義易毛也。

其類維何？室家之壼。君子萬年，永錫祚胤。【疏】傳：「壼，廣也。胤，嗣也。」箋：「『壼』之言『梱』也。其與女之族類云何乎？室家先以相梱致己，乃及於天下。永，長也。成王女有萬年之壽，天又長予女福祚，至于子孫。」○馬瑞辰云：「壼、梱以同聲爲義，大射儀：『既拾取矢，梱之』，鄭注：『梱，齊等之也。』廣雅曰：『壼，束也』。束，亦所以齊之也。『室家之壼』，猶言『室家之齊』耳。『捆緻』有相親之義，但訓爲『捆緻』，言其相親，不若訓爲『捆齊』，言其齊治。箋說『室家』云云，即大學所云『家齊而后國治，國治而后天下平』也。至周語引此詩而說之曰：『壼也者，廣裕民人之謂也。』方言：『裕、猷，道也。』道民亦謂之『裕』。康誥『乃由裕民』，『乃裕民』，曰皆道民也。廣裕人民，猶云廣道民人也。說文：『壼，宮中道。从囗，象宮垣道上之形。』蓋言象宮中道之周帀而整齊也。『壼』爲宮中道名，因借以喻道民之道。又因壼从『囗』，有周帀之象，周帀則廣，故言廣裕人民。『道』與『齊』義相成，道，治也，齊亦治也。」

其胤維何？天被爾祿。君子萬年，景命有僕。【疏】傳：「福，祿也。僕，附也。」箋：「天予女福祚至于子孫云何乎？天覆被女以祿位，使錄臨天下。成王女既有萬年之壽，天之大命又附著於女。謂使爲政教也。」○馬瑞辰云：「釋木：『樸，枹者。』郭注：『樸屬叢生者爲枹。』釋文：『樸，又作僕。』是僕、樸古通用。考工記『凡察車之道，欲其樸屬而微至』。鄭注：『樸屬，猶附著堅固貌也。』正與『僕』訓爲『附』同義。下文『女士』、『孫子』，皆歷敘其附著之衆。孔疏訓『僕』爲『僕御』之僕，昧古人叚借之義矣。」

其僕維何？釐爾女士。釐爾女士，【注】魯『女士』作『士女』。從以孫子。【疏】傳：「釐，予也。」箋：「天之大命附著於女云何乎？予女以女而有士行者。謂生淑媛，使爲之妃。從，隨也。天既予女以女而有士行者，又使生賢知之子孫以隨之。謂傳世也。」○列女塗山氏傳：「塗山氏既生啟，獨明教訓而致其化焉。及啟長，化其德而從其訓，卒致令名。君子謂，塗山彊於教誨。詩云：『釐爾士女，從以孫子。』此之謂也。」陳喬樅云：「此作『士女』，蓋魯文與毛異。」馬瑞辰云：「『釐』與『賚』雙聲，『釐』即『賚』之叚借，故訓爲『予』。列女傳引作『士女』，謂女而士行，猶都人士詩言『彼君子女』，謂女而君子者也。箋『女而有士行者』，正釋經文。『士女』，今毛詩作『女士』者，後人順箋文而誤。」愚案：馬說是。「士女」，實字在下，虛字在上，故釋爲「女而有士行」。「君子女」，即其明證。若作「女士」，則實字反在上，古人無此屬文之法，當從魯詩正作「士女」爲是。

既醉八章，章四句。

鳧鷖【疏】毛序：「守成也。大平之君子，能持盈守成，神祇祖考安樂之也。」箋：「『君子』，斥成王也。言君子者，大平之時則皆然，非獨成王也。」○三家無異義。

鳧鷖在涇，公尸來燕來寧。爾酒既清，爾殽既馨。公尸燕飲，福祿來成。【疏】傳：「鳧，水鳥也。鷖，鳧屬。太平則萬物衆多。馨，香之遠聞也。」箋：「涇，水名也。水鳥而居水中，猶人爲公尸之在宗廟也，故以喻焉。祭祀既畢，明日又設禮而與尸燕。成王之時，尸來燕也，其心安，不以己實臣之故自嫌。言此者，美成王事尸之禮備。『爾』者，女成王也。女酒殽清美，以與公尸燕樂飲酒之故，祖考以福祿來成女。」○易林大有之離「鳧鷖遊涇，君子以寧。復德不愆，福祿來成。」（夬之蒙同，惟「復德」作「履德」異。）陳喬樅云：「箋『祭祀祭畢，明日又設禮而與尸燕』，是以『公尸燕飲』爲繹而賓尸。攷爾雅：『繹，又祭也。周曰繹，商曰肜，夏曰復胙。』此云『復德』，即『復胙』之義。」箋：「涇，水名。」段氏玉裁謂亦「水中」之誤，以涇、沙、渚、潨、亹一例。爾雅：「直波爲徑。」釋名作「涇」。涇、徑字同，謂大水中流，徑直孤往之波，故云「涇，水中」也。

鳧鷖在沙，公尸來燕來宜。爾酒既多，爾殽既嘉。公尸燕飲，福祿來爲。【疏】傳：「沙，水旁也。宜，宜其事也。〔爾酒二句〕，言酒品齊多，而殽備美。〔來爲〕，厚爲孝子也。」箋：「水鳥以居水中爲常，今出在水旁，喻祭四方百物之尸也，其來燕也，心自以爲宜，亦不以己實臣自嫌也。爲，猶『助』也，助成王也。」○馬瑞辰云：「沙儀

『謂之社稷之役』，鄭注：『役，爲也。』正義：『爲，謂助爲也。』論語『夫子爲衞君乎？夫子不爲也』。並以『爲』爲『助』。陳奐云：「『孝子』，對『公尸』之稱。『永錫爾類』，『永錫祚胤』，皆所謂『厚爲孝子』也。」

鳧鷖在渚，公尸來燕來處。爾酒既湑，爾殽伊脯。公尸燕飲，福祿來下。【疏】傳：「渚，沚也。處，止也。」箋：「水中之有渚，猶平地之有丘也，喻祭天地之尸也，以配至尊之故，其來燕，似若止得其處。湑，酒之沛者也。天地之尸尊，事尊不以褻味，沛酒脯而已。」○易林噬嗑之中孚：「瑤英朱草，仁政得道。鳧鷖在渚，福祿來下。」又同人之剝：「文山紫芝，雍梁朱草。長生和氣，王以爲寶。公尸侑食，福祿來處。」又蠱之渙：「紫芝朱草，生長和氣。公尸侑食，福祿來下。」陳喬樅云：「此詩『公尸』，箋以首章爲祭宗廟，次章祭四方萬物，三章祭天地，四章祭山川社稷，末章祭七祀。宋儒譏其臆說。然據毛序，以『神祇』與『祖考』並舉，斷非專指宗廟而言。正義申毛，以五章皆屬宗廟，非也。鄭於詩兼通三家，以五章分配宗廟、天地、社稷及四方羣祀，必非無據。馬瑞辰以爲古者祭天地社稷雖皆有尸，然不聞有賓尸之禮，繹而賓尸，惟於宗廟見之，決此詩爲宗廟繹祭。余謂馬說未審。周頌絲衣序云：『繹，賓尸也。高子曰：靈星之尸也。』正以序言『賓尸』，不明爲何祭之尸，故特著此語。續漢志云：『祠后稷而謂之靈星者，以后稷又配食星也。』古今注：『元和三年，初爲郡國立稷及祠社靈星禮器。』是古者靈星之祀與社稷爲類，祭靈星有繹賓尸之禮，則祭天地、社稷及方祀、羣祀之皆有賓尸，亦足以明矣。易林有『瑤英朱草，仁政得道』之文，蓋以王者德至天地，天下太平，符瑞並臻。則三章之爲祭天地，此亦其確證也。」

鳧鷖在潨，公尸來燕來宗。既燕于宗，福祿攸降。公尸燕飲，福祿來崇。【疏】傳：「潨，水會也。宗，尊也。崇，重也。」箋：「潨，水外之高者也，有瘞埋之象，喻祭社稷山川之尸，其來燕也，有尊主人之意。既，盡也。宗，社宗也。羣臣下及民，盡有祭社之禮而燕飲焉，爲福禄所下也。今王祭社，又以尸燕，福禄之來，乃重厚也。天子以下，其社神同，故云然。」○馬瑞辰云：「説文：『小水入大水曰潨。』義與傳合。廣雅：『潨，厓也。』『厓，方也。』『厓』與『涯』同，『方』與『旁』同，以『潨』爲『厓』，蓋本三家詩，箋所云『水外之高者』也。」

鳧鷖在亹，公尸來止熏熏。【注】魯作「公尸來燕醺醺」。旨酒欣欣，燔炙芬芬。公尸燕飲，無有後艱。【疏】傳：「亹，山絶水也。熏熏，和説也。欣欣然樂也。芬芬，香也。『無有後艱』，言不敢多祈也。」箋：「『亹』之言『門』也，燕七祀之尸，於門戶之外，故以喻焉。其來也，不敢當王之燕禮，故變言『來止熏熏』，坐不安之意。艱，難也。小神之尸卑，用美酒，有燔炙，可用褻味也。又不能致福禄，但令王自今無有後艱而已。」○胡承珙云：「山絶水者，謂山橫跨水中，水流其罅，故箋云『亹』之言『門』，非斷絶水勢之謂。漢書地理志『金城郡浩亹』，顏注：『亹者，水流夾山岸，深若門也。』大雅曰：『鳧鷖在亹。』亦其義也。』今案，此『亹』字當如『亹亹文王』之亹，亦『釁』之俗字。『釁』本有『罅隙』義，故山絶水中，水流其隙曰『亹』。讀如『門』者，卽『虋』讀若『璊』之比。」馬瑞辰云：「亹，釁之變體。从『爨』省，从『酉』，『分』聲，與『門』音近，故訓爲『門』。凡物之有間隙者，皆得謂之『璺』。方言：『器破而未離，謂之璺。』廣雅：『璺，裂也。』『璺』亦『亹』也。亹有『門』音，門、眉雙聲，又轉爲『眉』，故古鐘鼎文『眉壽』多借作『釁』，亦作『亹』，竊疑『亹』卽『湄』之叚借。秦風『在河之湄』，傳：『湄，水隒也。』廣雅：『隒，厓也。』讀『亹』爲『湄』，正與上章沙、渚、潨同在水旁之地，猶衞風『淇厲』，『淇側』，秦風『水湄』、『水涘』，字異而義同也。」陳壽祺云：「文選吳都賦『清流亹亹』，李注引韓詩曰：『亹亹，流進貌。』説者以爲卽此詩章句。但吳都賦『亹』與『水』韻，則音不讀如『門』。此詩讀『亹』音若『美』，則與下文熏、欣、芬、艱不協，非此詩章句也，當爲『亹亹文王』之訓。」陳喬樅云：「『浩亹』顏注，必漢儒應、服等音義，據三家詩訓爲解，而顏注襲用之，故引詩大雅，不明其爲誰家。漢時三家並列學官，學者肄業及之，非有異文異義，固不煩詞費耳。」説文：「醺，醉也。詩曰：『公尸來燕醺醺。』」段注：「今詩作『來止熏熏』，上四章皆云『來燕』，則作『燕』宜也。」陳喬樅云：「許以『醉』釋『醺』，則『醺』爲『醉』意。張衡東京賦『具醉薰薰』，會詩意而言也。」愚案：張學魯詩，明説文所引是魯文。醺、薰異字，張用叚借也。熏、薰、醺三字古通。説文：「熏，火煙上出也。」「薰，香草也。」然釋訓：「炎炎，熏也。」釋文：「本或作薰。」「醺」之爲「薰」，即其比也。蓋亦出魯「或作」本。趙岐孟子章句十二「膊炙者爲燔。詩曰：『燔炙芬芬。』」張衡東京賦：「燔炙芬芬。」明魯毛文同。

鳧鷖五章，章六句。

假樂【疏】毛序：「嘉成王也。」〇論衡藝增篇：「詩言『子孫千億』，美周宣王之德能慎天地，天地祚之，子孫衆多，至於千億。」是魯詩與毛序「嘉成王」不同。齊、韓未聞。「假樂」，左傳及中庸引詩，並作「嘉樂」，釋文、正義皆以爲齊、魯、韓與毛不同。趙岐孟子章句云「大雅嘉樂之篇」，正作「嘉」字。又隸釋載綏民校尉熊君碑，亦作「嘉樂」。然則三家今文皆作「嘉」，正字，毛借字。

假樂君子，顯顯令德。【注】齊「假」作「嘉」，「顯」作「憲」。**宜民宜人，受禄于天。保右命之，**【注】齊「右」作「佑」。**自天申之。**【疏】傳：「假，嘉也。『宜民宜人』，宜安民、宜官人也。申，重也。」箋：「顯，先也。天嘉樂成王，有光光之善德，安民官人，皆得其宜，以受福禄於天。成王之官人也，羣臣保右而舉之，乃後命用之，又用天意申敕之，如舜之敕伯禹伯夷之屬。」〇「齊假作嘉，顯作憲，右作佑」者，禮中庸：「詩曰：『嘉樂君子，顯顯令德。宜民宜人，受禄于天。保佑命之，自天申之。』」鄭注：「憲憲，興盛之貌。保，安也。佑，助也。」此齊説。漢書董仲舒傳對策曰：「詩云：『宜民宜人，受禄于天。』爲政而宜于民者，固當受禄于天。」又刑法志：「詩云：『宜民宜人，受禄于天。』書曰：『立功立事，可以永年。』言爲政而宜于民，功成事立，則受天祿而永年命，所謂一人有慶，萬民賴之者。」亦皆齊說。蔡邕集上始加元服與羣臣上壽表：「宜民宜人，受祿于天。」九祝詞亦引「受祿于天」。皆用魯經文。

干祿百福，子孫千億。穆穆皇皇，【注】齊「皇」作「煌」。宜君宜王。不愆不忘，【注】齊「愆」作「騫」。率由舊章。【疏】傳：「宜君王天下也。」箋：「干，求也。十萬曰億。天子穆穆，諸侯皇皇。成王行顯顯之令德，求祿得百福，其子孫亦勤行而求之，得祿千億。故或爲諸侯，或爲天子。言皆相勗之道。愆，過。率，循也。成王之令德不過誤，不遺失，循用舊典之文章。謂周公之禮法。」○後漢郎顗傳顗拜章曰：「天自降福，子孫千億。」易林比之泰：「長生無極，子孫千億。」皆以「千億」屬子孫說，與論衡藝增篇說同。（引見前。）彼文以詩爲美宣王，而自后稷始受邰封，訖於宣王，合外族内屬，血脈所連，要不能千億，故儒增篇又云：「百與千，數之大者也。實欲言十則言百，百則言千也。詩曰：『子孫千億。』」此子孫可言「千億」之義也。漢書哀紀，謝立爲皇太子書：「宜蒙福祐子孫千億之報。」哀帝從韋元成、韋賞受魯詩，是齊魯說皆不與箋同。「齊皇作煌」者，班固明堂詩「穆穆煌煌」，是齊詩「皇」作「煌」，與毛異。「齊愆作騫」者，繁露郊語篇：「詩云：『不騫不忘，率由舊章。』『舊章』者，先聖人之故文章也。『率由』，各有修從之也。」陳喬樅云：「文選劉越石扶風歌李注：『騫』與『愆』通。列子黃帝篇釋文：『愆，本又作騫。』是「愆」、「騫」通用之證。」淮南詮言訓、新序雜事五、趙岐孟子章句七、風俗通義三引詩作「愆」，說苑建本篇引「愆」作「僁」。陳喬樅云：「衆經音義：『愆，古文𡩟、迴二形，籀文作僁，今作愆，同。』」愚案：作「僁」者，魯「亦作」本。韓詩外傳五引詩，與毛同。

威儀抑抑，德音秩秩。無怨無惡，率由羣匹。【注】齊「羣」作「仇」。受福無疆，四方之綱。【疏】傳：「抑抑，美也。秩秩，有常也。」箋：「抑抑，密也。秩秩，清也。成王立朝之威儀，致密無所失，教令又清明，天下皆樂仰之，無有怨惡。循用羣臣之賢者，其行能匹耦己之心。」○說苑修文篇：「凡從外入者，莫深於聲音，變人最極，故聖人因而成之，以德曰樂，樂者德之風。詩曰：『威儀抑抑，德音秩秩。』謂禮樂也。故君子以禮正外，以樂正內。」此魯說。列女傳二引詩「威儀抑抑」二句，亦魯經文。「齊羣作仇」者，繁露楚莊王篇「百物皆有合偶，偶之合之，仇之匹之，善矣。詩云：『威儀抑抑，德音秩秩。無怨無惡，率由仇匹。』此之謂也。」是齊「羣」作「仇」，與毛異。漢書禮樂志「受福無疆」，用齊經文。

之綱之紀，燕及朋友。【注】韓說曰：「師臣者帝，友臣者王，臣臣者霸，魯臣者亡。」**百辟卿士，媚于天子。不解于位，民之攸墍。**【注】魯「墍」作「呬」。【疏】傳：「朋友，羣臣也。墍，息也。」箋：「成王能爲天下之綱紀，謂立法度以理治之也。其燕飲常與羣臣，非徒樂族人而已。『百辟』，畿內諸侯也。『卿士』，卿之有事也。媚，愛也。成王以恩意及羣臣，羣臣故皆愛之，不解於其職位，民之所以休息，由此也。」○「師臣」至「者亡」，唐會要七引韓詩內傳文。陳喬樅云：「『魯臣』，盧氏文弨以爲與『虜』同。史記伍子胥傳：『遂滅鄒，（句。）魯之君以歸。』鄒即邾也，下當云『魯其君』，『之』字誤也。此亦魯、虜通用之證。『友』下或有『受』字，衍文。」愚案：文選贈五官中郎將詩「小臣信頑鹵」，「魯」作「鹵」。張孟陽七哀詩「珍寶見剽虜」，李注引漢書注：「虜與鹵同。」是魯、鹵、虜三字互通也。「魯墍作呬」者，孔疏：「釋詁：『呬，息也。』某氏注：『詩云：「民之攸呬。」』郭注：『今東齊呼息爲呬。』『墍』與『呬』，古今字。」段玉裁云：「『墍』者，『呬』字之叚借，非古今字。」漢書五行志引詩曰：「不解于位，民之攸墍。」明齊毛文同。

假樂四章，章六句。

公劉【疏】毛序：「召康公戒成王也。成王將涖政，戒以民事，美公劉之厚於民，而獻是詩也。」箋：「公劉者，后稷之曾孫也。夏之始衰，見迫逐，遷于豳而有居民之道。成王始幼少，周公居攝政，反歸之。成王將涖政，召公與周公相成王，爲左右。召公懼成王尚幼稚，不留意於治民之事，故作詩美公劉以深戒之也。」○史記周本紀：「公劉雖在戎狄之間，復修后稷之業，務耕種，行地宜。自漆沮渡渭，取材用，行者有資，居者有蓄積，民賴其慶。百姓懷之，多徙而保歸焉。周道之興自此始，故詩人歌樂思其德。」索隱：「卽詩大雅篇『篤公劉』是也。」此魯說。易林家人之臨：「節情省欲，賦斂有度。家給人足，公劉以富。」此齊說。吴越春秋一：「公劉避夏桀於戎狄，變易風俗，民化其政。」吴越春秋五：「昔公劉去邰，而德彰於夏。」此齊說。據魯說，詩專美公劉，不關戒成王，亦不言召公作。齊韓當同。

篤公劉，匪居匪康，迺埸迺疆，迺積迺倉，迺裹餱糧，于橐于囊，思輯用光。弓矢斯張，干戈戚揚，爰方啓行。【疏】傳：「篤，厚也。公劉居于邰，而遭夏人亂，迫逐公劉。公劉乃辟中國之難，遂平西戎而遷其民，邑於豳焉。『迺埸迺疆』，言修其疆埸也。『迺積迺倉』，言民事時和，國有積倉也。小曰橐，大曰囊。『思輯用光』，言民相與和睦，以顯於時也。戚，斧也。揚，鉞也。張其弓矢，秉其干戈戚揚，以方開道路，去之豳。蓋諸侯之從者，十有八國焉。」箋：「厚乎公劉之爲君也，不以所居爲居，不以所安爲安。邰國乃有疆埸也，乃有積委及倉也。安安而能遷，積而能散，爲夏人迫逐己之故，不忍鬬其民，乃裹糧食於囊橐之中，棄其餘而去。思在和其民人，用光大其道，爲今子孫之基。干，盾也。戈，句孑戟也。爰，曰也。公劉之去邰，整其師旅，設其兵器，告其士卒，曰爲女方開道而行。明己之遷非爲迫逐之故，乃欲全民也。」○趙岐孟子章句二：「詩大雅公劉之篇也。乃積穀於倉，乃裹盛乾食之糧於橐囊也。思安民，故用有寵光也。戚，斧。揚，鉞也。又以武備之日，方啓行道路。」鹽鐵論取下篇：「公劉好貨，居者有積，行者有囊。」愚案：邰之民亦有老病而不能行者，則以積倉與之，故孟子云：『居者有積倉，行者有裹糧也，然後可以爰方啓行。』趙、桓皆本孟子爲説，與鄭異。陳喬樅云：「高誘戰國策注：『無底曰囊，有底曰橐。』與説文訓同。史記陸賈傳索隱引埤蒼作『有底曰囊，無底曰橐。』衆經音義亦云：『橐，囊之無底者。』並與此異。高用魯詩，埤倉及倉頡篇所據或本齊詩，故説互易。又索隱引詩傳曰：『大曰橐，小曰囊。』義與傳相反。索隱所引蓋出韓詩傳也。」楚詞離騷王逸章句引詩曰：「乃裹餱糧。」明魯毛文同。易林大壯之明夷「弓矢斯張」，用齊經文。

篤公劉，于胥斯原。既庶既繁，既順迺宣，而無永歎。陟則在巘，復降在原。何以舟之？維玉及瑤，鞞琫容刀。【疏】傳：「胥，相。宣，徧也。民無長歎，猶文王之無悔也。巘，小山別於大山也。舟，帶也。瑤，言有美德也。下曰鞞，上曰琫，言德有度數也。『容刀』，言有武事也。」箋：「于，於也。廣平曰原。厚乎公劉之於相此原地以居民。民既衆矣，既多矣，既順其事矣，又乃使之時耕，民皆安今之居，而無長歎，思其舊時也。陟，升。降，下也。公劉之相此原地也，由原而升巘，復下在原。言反覆之，重居民也。民亦愛公劉之如是，故進玉瑤容刀之佩。」○馬瑞辰云：「『宣』之言『通』也、『暢』也。言民心既順其情，乃宣暢也，故下即言『而無永歎』矣。詩五章乃言授田之事，不得訓『宣』爲『時耕』也。」又云：「瑤爲美石。孔疏謂瑤是玉之別名，失之。瞻彼洛矣詩『鞞琫有珌』，傳：『天子玉琫而珧珌。』『珧珌』之珌當作『鞞』，『珧』即『瑤』之叚借。此詩『維玉及瑤』連下『鞞琫容刀』言之，謂以玉飾琫，以瑤飾鞞，即彼傳所謂『天子玉琫而珧珌』也。蓋公劉始以玉瑤爲鞞琫，後遂尊爲天子之服，猶皋門、應門之制，本自太王也。孔疏分『玉瑤』與『鞞琫』爲二，亦誤。」愚案：舟，周古通。容刀身所佩，喻公劉周行上下，惟一身任其勞。

篤公劉，逝彼百泉，瞻彼溥原。迺陟南岡，乃覯于京。京師之野，于時處處，于時廬旅，于時言言，于時語語。【疏】傳：「溥，大。覯，見也。是京乃大衆所宜居之也。廬，寄也。直言曰言，論難曰語。」

箋：「逝，往。瞻，視。溥，廣也。山脊曰岡。絶高爲之京。厚乎公劉之相此原地也，往之彼百泉之間，視其廣原可居之處，乃升其南山之脊，乃見其可居者於京。謂可營立都邑之處。于，於。時，是也。京地乃衆民所宜居之野也，於是處其所當處者，廬舍其賓旅，言其所當言，語其所當語。謂安民館客，施教令也。」○黄山云：「言語以通情愫，詩謂民安其所，賓至如歸，歡然相親，樂其情話，視『而無永歎』又進也。箋以爲『施教令』，殆非。」

篤公劉，于京斯依。蹌蹌濟濟，俾筵俾几，既登乃依。乃造其曹，【注】三家「造」作『告』。執豕于牢，酌之用匏。食之飲之，君之宗之。【疏】傳：「賓已登席坐矣，乃依几矣。曹，羣也。『執豕于牢』，新國則殺禮也。『酌之用匏』，儉且質也。爲之君，爲之大宗也。」箋：「『蹌蹌濟濟』，士大夫之威儀也。俾，使也。厚乎公劉之居於此京，依而築宮室。其既成也，與羣臣士大夫飲酒以落之。羣臣則相使爲公劉設几筵，使之升坐。公劉既登堂，負扆而立。羣臣乃適其牧羣，搏豕於牢中，以爲飲酒之殽，酌酒以匏爲爵。言忠敬也。宗，尊也。公劉雖去邰國來遷，羣臣從而君之尊之，猶在邰也。」○馬瑞辰云：「何楷、錢澄之並以『于京斯依』四句爲宗廟始成之禮，是也。禮：『君子將營宮室，宗廟爲先。』公劉依京築室，宜莫先於宗廟。大戴禮諸侯遷廟禮曰：『至於新廟，筵於户牖間。』又曰：『祝奠幣於几東。』正與『俾筵俾几』合。祭統曰：『鋪筵設同几，爲依神也。』與詩『既登乃依』合。箋讀『依』爲『扆』，失之。」「三家造作告」者。衆經音義九引詩「乃告其曹」，與毛異，乃三家文。馬瑞辰云：「大祝：『掌六祈。二曰造。』杜子春謂『造祭於祖也』。『造』者，『祰』之叚借。說文：『祰，告祭也。』蓋凡告祭通曰造也。『造』亦通作『告』。阮氏積古齋鐘鼎款識載有衛公孫吕之告戈，『告』即『造』也。三家之『告』，亦『造』之省字耳。『曹』者，『䄡』之省借。藝文類聚引說文：『祭豕先曰䄡。』（今本說文脱去。）廣雅：『䄡，祭也。』玉篇：『䄡，豕祭也。』廣韻：『䄡，祭豕先。』據下云『執豕于牢』，知詩『乃造其曹』，謂將用豕而先告祭于家先，猶將差馬而先祭馬祖也。」

篤公劉，既溥既長，既景迺岡，相其陰陽。觀其流泉，其軍三單。度其隰原，徹田爲糧，度其夕陽，豳居允荒。【疏】傳：「『既景乃岡』，考於日景，參之高岡。『三單』，相襲也。徹，治也。山西曰夕陽。荒，大也。」箋：「厚乎公劉之居豳也，既廣其地之東西，又長其南北，既以日景定其經界於山之脊，觀相其陰陽寒煖所宜，流泉浸潤所及，皆爲利民富國。邰，后稷上公之封。大國之制三軍，以其餘卒爲羨。今公劉遷於豳，民始從之，丁夫適滿三軍之數。『單』者，無羨卒也。度其隰與原田之多少，徹之使出稅，以爲國用。什一而稅謂之徹。魯哀公曰：『二吾猶不足，如之何其徹也？』允，信也。『夕陽』者，豳之所處也。度其廣輪，豳之所處信寬大也。」○胡承珙云：「『單』，一也，獨也。『三單』者，即周禮『凡起徒役，無過家一人』之謂，蓋止用正卒爲軍，不及其羨，故曰『單，相襲』，猶言『相代』。三單之中，尚有更休疊上之法，其不盡民力如此，此公劉之所以爲厚也。且此語雖爲制軍之數，古者寓兵于農，制軍所以爲授田，故上承『相陰陽』、『觀流泉』，而下與『度其隰原』、『徹田爲糧』相次，可知非在道禦寇之謂。即箋云『丁夫滿三軍之數』，亦謂依此數而每夫各授百畝以治田也。」

篤公劉，于豳斯館。【注】魯「館」作「觀」。涉渭爲亂，取厲取鍛。止基迺理，爰衆爰有。夾其皇澗，遡其過澗。止旅乃密，芮鞫之卽。【注】魯齊韓「鞫」作「阮」，又作「坃」、「沅」。【疏】傳：「館，舍也。正絕流曰亂。鍛石也。皇，澗名也。遡，鄉也。過，澗名也。密，安也。芮，水厓也。鞫，究也。」箋：「鍛石所以爲鍛質也。厚乎公劉，於豳地作此宮室，乃使人渡渭水，爲舟絕流而南，取鍛厲斧斤之石，可以利器，用伐取材木給築事也。爰，曰也。『止基』，作宮室之功止。而後疆理其田野，校其夫家人數，日益多矣，器物有足矣，皆布居澗水之旁。『芮』之言『內』

也，水之內曰隩，水之外曰鞫。公劉居豳，既安軍旅之役止，士卒乃安，亦就澗水之內外而居，修田事也。」○「魯館作觀」者。白虎通京師篇：「后稷始封於邰，公劉去邰之邠。詩云：『即有邰家室。』又曰：『篤公劉，于邠斯觀。』周家五遷，其意一也，皆欲成其道也。」（說文「豳」即「邠」之重文，非異字。）「館」、「觀」通用字。陳喬樅云：「禮雜記『公館復』，釋文：『館，本作觀。』左傳『築王姬之館於外』，白虎通嫁娶篇引作『觀』。漢書元后傳『春幸繭館』，顏注引漢宮閣疏云：『上林有繭觀』。班婕妤傳『柘館』，列女傳作『柘觀』，是館、觀古通之證。」陳奐云：「說文：『厲，旱石。』『碫，碫石。』厲碫者，𨺹礱之石也。古者天子廟桷，必加密石焉，諸侯則𨺹之礱之。『取厲碫』者，爲營宗廟也。邰在渭北，涉渭而取厲碫，則渭南亦在邰境，此公劉新遷於豳，而於故都取足材用焉。」「魯齊韓鞫作阮，又作坈、氿」者，釋丘：「厓內爲隩，外爲隈。」釋文本「隈」作「鞫」，與李巡注合。釋文云：「鞫，如字。字林作『坈』，云：『厓外也。』」邢疏：「隈，當作『鞫』，傳寫誤也。又作『坈』，（原誤「坑」，據阮校正。）音義同。隩、隈一事，今分爲內外，故知誤。」案，「隈」从「自」，則釋丘本文斷爲『阮』字之誤，原不作「鞫」。此魯作「阮」，又作「坈」之證。漢書地理志「右扶風汧」，本注：「詩『芮阮』，（原訛爲「阬」，又誤爲「阬」，據官本及段說正。）雍州川也。」此齊作「阮」之證。顏注：「『阮』與『鞫』同。韓詩作『芮阮』。」此韓亦作「阮」之證。夏官職方鄭注引詩，作「汭坈之即。」毛本、監本「坈」均作「氿」。鄭先通韓詩，注禮則用齊詩，此齊、韓又作「坈」、「氿」之證。廣雅釋丘：「坈，隈也。」沿爾雅誤文立訓，不關詩義。玉篇：「水外曰坈。阮，古岸也。氿，水紋也。」此以「坈」爲正字。「水外曰坈」，當本韓詩，是知韓「阮」有作「坈」者。廣韻諸訓同玉篇。玉篇：「氿，一曰水厓外。」是毛、監本鄭注作「氿」必有所本。集韻：「阮，水厓外也。或作『坈』。又作『氿』。」詩鄭箋：「水外曰鞫。」義亦同，以「阮」爲正字，「坈」、「氿」爲或體，尤與爾雅誤文、漢志本注字皆从「自」者合。段玉裁云：「鞫、阮、坈，皆爲『九六』反。阮从『自』，『尻』聲。尻从『尸』，『九』聲。九之入聲得『九六』反，俗訛爲『阬』，則不通。」陳奐云：「傳訓『鞫』爲『究』。『究』之爲言『曲』也。說文：『氿，水厓枯土也。』『究』即『氿』之段借，『氿』即『阬』、『坈』之異文。」然則「泦」亦即「氿」之或體明矣。班注說芮水引詩，是以「芮」爲水名。鄭注禮亦以爲水名，足知仍用齊說。字作「汭」者，順職方「涇汭」本文以通訓，非異字也。胡渭云：「涇水東南流，至邠州長武縣。芮水自平涼府靈臺縣界流涇縣南，而東注于涇。公劉所居故豳城，正在二水相會内曲之處也。」

公劉六，章章十句。

洞酌【疏】毛序：「召康公戒成王也。言皇天親有德，饗有道也。」○藝文類聚職官部二楊雄博士箴云：「公劉挹行潦而濁亂斯清，官操其業，士執其經。」陳喬樅云：「此以洞酌爲公劉之詩，魯說與毛異指。」鹽鐵論和親篇：「政有不從之教，而世無不可化之民。詩云：『酌彼行潦，挹彼注茲。』故公劉處戎狄，戎狄化之；大王去豳，豳民隨之；周公修德，而越裳氏來。」陳喬樅云：「此與楊雄箴意合，是三家說同。」韓詩外傳六：「詩曰：『愷悌君子，民之父母。』君子爲民父母何如？曰：君子者，貌恭而行肆，身儉而施博，故不肖者不能逮也。殖盡於己，而區略於人，故可盡身而事也。篤愛而不奪，厚施而不伐。見人有善，欣然樂之。見人不善，惕然掩之，有其過而兼包之。授衣以最，授食以多。法下易由，事寡易爲。是以中立而爲人父母也。築城而居之，别田而養之，立學以教之。使人知親尊。親尊，故父服斬縗三年。爲君亦服斬縗三年，爲民父母之謂也。」愚案：三家以詩爲公劉作。蓋以戎狄濁亂之區而公劉居之，譬如行潦可謂濁矣，公劉挹而注之，則濁者不濁，清者自清。由公劉居豳之後，别田而養，立學以教，法度簡易，人民相安，故親之如父母。及大王居豳，而從如歸市，亦公劉之遺澤有以致之也。其詳則不可得而聞矣。據楊箴「官操其業，士習其經」之語，是周之學制權輿於公劉，故并有行葦習射養老之典。

泂酌彼行潦，挹彼注茲，可以餴饎。豈弟君子，民之父母。【注】魯韓「豈弟」作「愷悌」，齊或作「凱弟」。【疏】傳：「泂，遠也。行潦，流潦也。餴，餾也。饎，酒食也。樂以强教之，易以説安之。民皆有父之尊，有母之親。」箋：「流潦，水之薄者也。遠酌取之，投大器之中，又挹之注之於此小器，而可以沃酒食之餴者。以有忠信之德，齊絜之誠以薦之故也。春秋傳曰：『人不易物，惟德繄物。』」〇胡承珙云：「孔疏：『釋言：『饙，餾稔也。』孫炎曰：『蒸之曰饙，勻之曰餾。』郭注：『今呼餈飯爲饙，饙均熟曰餾。』説文：『饙，一蒸米也。』『餾，飯氣流也。』然則蒸米謂之『饙』。饙必餾而熟之，故言『饙餾』，非訓『饙』爲『餾』。』説文云：『餴，滫飯也。』段注：『滫，當依爾雅音義引作「修」。』倉頡篇作『餈』。餈之言深也。水部曰：「深，浂汏也。」此謂以水澆熱飯，古語云餈飯。』承珙案：字書：『餴，一蒸米也。』説文以『餴』爲『滫飯』者，即今人蒸飯熱時，以水淋之謂『撥饙』，此俗語之近古者。傳『餴，餾也』，當作『餴，餴餾也』。説文『餾，飯氣流也』，即謂撥饙之時，飯氣流布耳。是『饙』、『餾』本一事，故爾雅並以『稔』釋之。傳以『饙餾』連言，亦謂行潦之水可以沃飯使熟而爲酒食耳。」「魯韓豈弟作愷悌」者，荀子禮論、賈子君道篇、白虎通義號篇、説苑政理篇引「豈弟君子」二句，並作「愷悌」。後漢章帝紀建初元年詔云：「愷悌君子，大雅所嘆。」章帝亦學魯詩者。韓詩外傳六引「豈弟」作「愷悌」。（見上引。）外傳八兩引同，皆其證。「齊豈弟作凱弟」者，禮孔子閒居引「凱弟君子」二句，作「凱弟」，鄭注：「凱弟，樂易也。」表記引詩同。釋文：「凱，本又作愷。弟，本又作悌。」大戴禮衛將軍文子篇引作「愷悌」，漢書刑法志引作「愷弟」，皆齊詩「又作」本。

泂酌彼行潦，挹彼注茲，可以濯罍。豈弟君子，民之攸歸。【疏】傳：「濯，滌也。罍，祭器。」

泂酌彼行潦，挹彼注茲，可以濯溉。豈弟君子，民之攸塈。【疏】傳：「溉，清也。」箋：「塈，息也。」

〇陳奂云：「溉，當依釋文作『摡』。上言『濯罍』爲滌祭器，此言『濯摡』，則所包者廣。」據特牲少牢饋食禮，器之宜摡者甚多，故末章於罍外廣言之。愚案：本詩釋文，「溉」無作「摡」之說。匪風「溉之釜鬵」，釋文：「溉，本又作摡。」亦毛「或作」本。惟據說文，則「摡」爲正字。

泂酌三章，章五句。

卷阿【疏】毛序：「召康公戒成王也。言求賢用吉士也。」箋：「吉，猶善也。」○汲冢紀年：「成王三十三年，遊于卷阿，召康公從。」僞書不足信。黃山云：「毛序於公劉泂酌皆增『戒成王』之說，此篇亦然，三家固無此言也。夫采詩列於大雅，自足垂鑒後王，不必其詩皆爲戒王而作。此詩據易林齊說，（詳下。）爲召公避暑曲阿，鳳皇來集，因而作詩。蓋當時奉命巡方，偶然游息，推原瑞應之至，歸美於王能用賢，故其詩得列於大雅耳。周公垂戒毋佚，成王必不般游。毛說殆近於誣矣。」

有卷者阿，飄風自南。豈弟君子，來游來歌，以矢其音。【疏】傳：「興也。卷，曲也。飄風，迴風也。惡人被德化而消，猶飄風之入曲阿也。矢，陳也。」箋：「大陵曰阿，有大陵卷然而曲，迴風從長養之方來入之。興者，喻王當屈體以待賢者，賢者則猥來就之，如飄風之入曲阿然。其來也爲長養民，王能待賢者如是，則樂易之君子來就王游，而歌以陳出其聲音。言其將以樂王也，感王之善心也。」○列女趙津女娟傳引詩云：「來游來歌，以矢其音。」明魯毛文同。韓詩外傳六載孔子和歌解圍，引詩「來游來歌」，明韓毛文同。

伴奐爾游矣，優游爾休矣。豈弟君子，俾爾彌爾性，似先公遒矣。【注】魯「似」作「嗣」，「遒」作「酋」，「公」下多「爾」字。【疏】傳：「伴奐，廣大有文章也。彌，終也。似，嗣也。遒，終也。」箋：「伴奐，自縱弛之意也。賢者既來，王以才官秩之，各任其職，女則得伴奐而優游，自休息也。孔子曰：『無爲而治者，其舜也與？恭己正南面而已。』

言任賢，故逸也。俾，使也。樂易之君子來在位，乃使女終女之性命，無困病之憂，嗣先君之功而終成之。」○「魯『似』作『嗣』，『遒』作『酋』。公下多『爾』字」者，釋詁：「酋，終也。」郭注：「詩曰：『嗣先公爾酋矣。』」阮校勘記云：「孔疏：『「遒，終」，釋詁文。彼「遒」作「酋」，音義同也。』是其本作『遒』字。郭注引『嗣先公爾酋矣』，或出於三家，毛鄭詩非有『爾』字也。」陳喬樅云：「毛詩『似先公遒矣』，此注所引字句俱異，知本舊注魯詩之文也。」馬瑞辰曰：「『彌』，『镾』之叚借。段玉裁曰，葢用弓部之『镾』而又省『玉』也。說文：『镾，久長也。』惟久長，是以能終。」胡承珙曰：「『終』者，盡也。『彌其性』，即盡其性也。」

爾土宇昄章，亦孔之厚矣。豈弟君子，俾爾彌爾性，百神爾主矣。【疏】傳：「昄，大也。」箋：「『土宇』，謂居民以土地屋宅也。孔，甚也。女得賢者與之爲治，使居宅民大得其法則，王恩惠亦甚厚矣，勸之使然。使女爲百神主，謂羣神受饗而佐之。」

爾受命長矣，茀祿爾康矣。豈弟君子，俾爾彌爾性，純嘏爾常矣。【疏】傳：「茀，小也。嘏，大也。」箋：「茀，福。康，安也。女得賢者與之承順天地，則受久長之命，福祿又安，女純大也。予福曰嘏，使女大受神之福以爲常。」○釋詁：「祓，福也。」郭注：「詩曰：『祓祿康矣。』」陳喬樅云：「此引詩『茀』作『祓』，與毛異。箋：『茀，福也。』即用魯訓改毛。方言：『福祿謂之祓戩。』戴震疏證以『茀』與『祓』爲古通用字。」

有馮有翼，有孝有德，以引以翼。豈弟君子，四方爲則。【疏】傳：「有馮有翼，道可馮依以爲輔翼也。引，長。翼，敬也。」箋：「馮，馮几也。翼，助也。『有孝』，斥成王也。『有德』，謂羣臣也。王之祭祀，擇賢者以爲尸尊之，豫撰几，擇佐食。廟中有孝子，有羣臣，尸之入也，使祝贊道之，扶翼之。尸至，設几佐合食助之。尸者神象，故事之如祖考。則，法也。王之臣有是樂易之君子，則天下莫不放傚以爲法。」○列女齊義母傳引詩曰：「愷悌君子，四方爲則。」

韓詩外傳八亦引詩曰：「愷悌君子，四方爲則。」明魯韓「豈弟」作「愷悌」，餘與毛同。愚案：漢武帝稱三輔曰京兆尹左馮翊右扶風，「馮翊」即用詩「有馮有翼」句。武帝時惟用魯詩，蓋魯詩「翼」作「翊」。上「豈弟君子」既皆爲斥王，不應此獨指臣下。且覩下「顒顒卬卬」，魯說爲指君德，則此及下章「豈弟君子」不與上異解，箋說盡誤。

顒顒卬卬，如珪如璋，【注】魯說曰：「顒顒卬卬，君之德也。」令聞令望。豈弟君子，四方爲綱。

【疏】傳：「顒顒，温貌。卬卬，盛貌。」箋：「令，善也。王有賢臣，與之以禮義相切瑳，體貌則顒顒然敬順，志氣則卬卬然高朗，如玉之珪璋也，人聞之則有善聲譽，人望之則有善威儀，德行相副。『綱』者，能張衆目。」○「顒顒卬卬，君之德也」者，釋訓文。蔡邕集與羣臣上壽表引詩「顒顒卬卬，如珪如璋」二句，皆屬君說，益證上「愷悌君子」爲誤解。徐幹中論修本篇：「詩云：『顒顒卬卬，如珪如璋，令聞令望。愷悌君子，四方爲綱。』舉珪璋以喻其德，貴不變也。」明魯毛文同，惟「豈弟」作「愷悌」。荀子正名篇引詩五句，全與毛同，疑誤。漢書敘傳「如珪如璋」，明齊毛文同。

鳳皇于飛，翽翽其羽，亦集爰止。藹藹王多吉士。【注】魯說曰：藹藹，止也。維君子使，媚于天子。【疏】傳：「鳳皇，靈鳥，仁瑞也。雄曰鳳，雌曰皇。翽翽，衆多也。藹藹，猶濟濟也。」箋：「翽翽，羽聲也。亦，亦衆鳥也。爰，于也。鳳皇往飛翽翽然，亦與衆鳥集於所止。衆鳥慕鳳皇而來，喻賢者所在，羣士皆慕而往仕也。因時鳳鳥至，因以喻焉。媚，愛也。王之朝多善士藹藹然，君子在上位者率化之，使之親愛天子，奉職盡力。」○說苑奉使篇引詩「鳳皇于飛」六句，又引「惟君子使」二句，「維」作「惟」，「翽」作「噦」，蓋叚借字，餘與毛同。「藹藹，止也」者，釋訓文，與「濟濟」同訓，郭注：「皆賢士盛多之容止。」據傳文，魯毛義同。王逸楚詞九歎章句：「藹藹，盛多貌也。詩曰：『藹藹王多吉士。』」此亦魯說。韓詩外傳八引「鳳皇于飛」二句，一引六句，明韓毛文同。

鳳皇于飛，翽翽其羽，亦傅于天。藹藹王多吉人。維君子命，媚于庶人。【疏】箋：「傅，猶戾也。命，猶使也。善士親愛庶人，謂撫擾之，令不失職。」

鳳皇鳴矣，于彼高岡。梧桐生矣，于彼朝陽。菶菶萋萋，雝雝喈喈。【注】魯齊「雝」作「噰」。魯說曰：「藹藹萋萋」，臣盡力也。「噰噰喈喈」，民協服也。【疏】傳：「梧桐，柔木也。山東曰朝陽。梧桐不生山岡，太平而後生朝陽。梧桐盛也，鳳皇鳴也。臣竭其力，則地極其化。天下和洽，則鳳皇樂德。」箋：「鳳皇鳴于山脊之上者，居高視下，觀可集止，喻賢者待禮乃行，翔而後集。梧桐生者，猶明君出也。生於朝陽者，被溫仁之氣，亦君德也。鳳皇之性，非梧桐不棲，非竹實不食。『菶菶萋萋』，喻君德盛也。『雝雝喈喈』，喻民臣和協。」○「藹藹」至「服也」，釋訓文。上已釋「藹藹」，此又併「萋萋」釋之，言『菶菶萋萋』與『藹藹』意同也。不言「菶菶」者，省文。「雝作噰」，魯異文。箋云「梧桐生猶明君出」，以生於朝陽爲喻君德，與魯義異。孔疏引舍人曰：「藹藹，賢士之貌。萋萋，梧桐之貌。」孫炎曰：「言衆臣竭力，則地極其化，梧桐盛也。」郭注亦云：「梧桐茂，賢士衆，地極化，臣竭忠。鳳皇應德鳴相和，百姓懷附興頌歌。」皆以爲譬況臣民之詞。論衡講瑞篇：「案禮記瑞命篇：『雄曰鳳，雌曰皇，雄鳴曰卽卽，雌鳴曰足足。』詩云：『梧桐生矣，於彼高岡。鳳皇鳴矣，於彼朝陽。菶菶萋萋，噰噰喈喈。』瑞命與詩，俱言鳳皇之鳴，瑞命言『卽卽』、『足足』，詩云『噰噰』、『喈喈』，此聲異也。」案，說苑辨物篇引詩與毛同，論衡所引，或記憶之誤，偶倒其文。易林覯之謙：「高岡鳳皇，朝陽梧桐。噰噰喈喈，菶菶萋萋。陳辭不多，以告孔嘉。」又大過之需：「大樹之子，百條共母。當夏六月，枝葉盛茂。鸞皇以庇，召伯避暑。翩翩偃仰，甚得其所。」揆之困同。此齊說，明齊毛文同。「雝」亦引作「噰」。文選七命李注引韓詩外傳曰：「鳳皐曰上翔，集鳴曰歸昌。」是鳳鳴之聲，不特「卽卽足足」與「噰噰喈喈」異也。

君子之車，既庶且多。君子之馬，既閑且馳。矢詩不多，維以遂歌。【疏】傳：「上能錫以車馬，行中節，馳中法也。『不多』，多也。明王使公卿獻詩，以陳其志，遂爲工師之歌焉。」箋：「庶，衆。閑，習也。今賢者在位，王錫其車衆多矣，其馬又習於威儀能馳矣。大夫有乘馬，有貳車。矢，陳也。我陳作此詩，不復多也，欲今遂爲樂歌。王日聽之，則不損今之成功也。」○尚書序「皋陶矢厥謨」，與此陳詩以告上意同，此魯義也。據齊說「陳辭不多，以告孔嘉」，意重「遂歌」，言陳辭不欲煩多，惟王使工師歌之，永爲告戒，則孔嘉也。魯韓蓋同。

卷阿十章，六章章五句，四章章六句。

民勞【疏】毛序：「召穆公刺厲王也。」箋：「厲王，成王七世孫也。時賦斂重數，繇役繁多，人民勞苦，輕爲奸宄，强陵弱，衆暴寡，作寇害。故穆公以刺之。」○釋文：「從此至桑柔五篇，是厲王變大雅。」三家無異義。

民亦勞止，汔可小康！【注】魯「汔」作「迄」。惠此中國，以綏四方。無縱詭隨，以謹無良。式遏寇虐，憯不畏明。【注】魯「憯」亦作「慘」，齊韓作「朁」。柔遠能邇，以定我王。【疏】傳：「汔，危也。中國，京師也。四方，諸夏也。詭隨，詭人之善，隨人之惡者。『以謹無良』，慎小以懲大也。憯，曾也。柔，安也。」箋：「汔，幾也。康、綏，皆安也。惠，愛也。今周民罷勞矣，王幾可以小安之乎？愛京師之人，以安天下。『京師』者，諸夏之根本。謹，猶慎也。良，善。式，用。遏，止也。王爲政，無聽於詭人之善不肯行、而隨人之惡者，以此敕慎無善之人。又用此止爲寇虐、曾不畏敬明白之刑罪者。疾時有之。能，猶『伽』也。邇，近也。安遠方之國，順伽其近者，當以此定我周家爲王之功。言『我』者，同姓親也。」○說文：「汔，水涸也。或曰泣下。从水，乞聲。詩曰：『汔可小康。』」涸不得水，泣不得志，則猶幸少有所得。毛訓「危」，鄭訓「幾」，皆「險殆」意，亦卽「冀近」意也。「魯汔作迄」者，漢書元帝紀永光四年詔：「詩不云乎：『民亦勞止，迄可小康！惠此中國，以綏四方。』」元帝學魯詩，此魯文。魏志辛毗傳同。說文無「迄」字，新附有之，云：「至也。」至可小康，於文不順，此以汔、迄聲同叚借也。荀子致仕篇：「川淵深而魚鼈歸之，山林茂而禽獸歸之，刑政平而百姓歸之，禮義備而君子歸之。禮及身而行修，義及國而政明，令行禁止，王者之事畢矣。詩云：『惠此中國，以綏四方。』此之謂也。」淮南泰族訓：「聖主在上位，廓然無形，寂然無聲。官府若無事，朝廷若無人。無隱人，無軼（同「佚」。）民，無勞役，無冤刑。四海之內，莫不仰上之德，象主之指。夷狄之國，重譯而至。非戶辯而家說之也，推其誠心施之天下而已矣。詩曰：『惠此中國，以綏四方。』內順而外寧矣。」此皆魯說。鹽鐵論論勇篇：「詩云：『惠此中國，以綏四方。』故義之服無義，疾於原馬良弓；德之召遠，疾於馳傳重譯。」後漢班超傳上書，亦引詩「民亦勞止」四句，皆齊說。廣雅釋訓：「詭隨，小惡也。」此魯韓說也。王引之云：「二字疊韻，不得分訓。『詭隨』，即無良之人，亦無大惡、小惡之分。詭隨謂譎詐謾欺之人。詭，古讀若『戈』。（淮南說林訓：『水雖平，必有波。衡雖正，必有差。尺寸雖齊，必有詭。』）隨，讀若『譎』。譎音『土禾』反，字或作『詑』，又作『訑』。『隨』其叚借字也。方言：『虔儇，慧也。秦謂之謾，晉謂之懇，宋楚之間謂之倢，楚或謂之譎。自關而東，趙魏之間謂之黠，或謂之鬼。』說文：『沇州謂欺曰詑。』楚詞九章：『或訑謾而不疑。』燕策：『寡人甚不喜訑者言。』並字異而義同。」馬瑞辰云：「王說是也。玄應書引三倉：『詭，譎也。』廣雅釋詁：『詭，欺也。』『詭』通作『恑』。廣雅釋言：『詭，恑也。』又省作『危』。莊子漁父篇曰：『苦心勞形，以危其真。』釋文：『危，本作譌。』『詭』、『僞』亦聲近，『僞』即『譌』也，『譌』即『訛』也。『譎』通作『詑』，又通作『牠』。廣雅：詑、忚並曰『欺也』。又借作『他』。淮南說山篇：『媒但者非學謾他。』（今本「他」誤「也」，此從廣雅疏證引。）又通作『訑』。玄應書引纂文曰『兗州人以相欺人爲訑人。』皆『詭隨』爲譎詐謾欺之證。至謂詩『詭隨』即無良之人，無大惡、小惡之分，則非。」胡承珙云：「後漢陳忠傳：『臣聞輕者重之端，小者大之源，故堤潰蟻孔，氣洩鍼芒。是以明者慎微，智者識機。書曰：「小不可不殺。」詩云：「無縱詭隨，以謹無良。」所以崇本絕末，鉤深之慮也。』此詩每章皆言『詭隨』而但曰『無縱』，可知其爲小惡。下文曰『謹』，曰『式遏』，明其惡漸大矣。左昭二十年傳引詩，作『毋從詭隨』，唐石經春秋傳字亦作『從』，故箋亦但曰『無聽』。後儒釋爲『縱舍』之縱，誤矣。」潛夫論述赦篇：「夫有罪而備辜，寃結而信理，天之正也，而王之法也，故曰：『無縱詭隨，以謹無良。』（「無」原本訛「是」。）若枉善人，以惠奸惡，此謂斂怨以爲德。」蔡邕司空文烈侯楊公碑『式遏寇虐』，用魯經文。說苑君道篇：「牧者，所以辟四門，明四目，達四聰也，是以近者親之，遠者安之。詩曰：『柔遠能邇，以定我王。』此之謂矣。」新序雜事四、呂覽音律篇高注並引此詩二句，明魯毛文同。「魯亦作慘」者，釋言：「慘，曾也。」釋文：「本或作憯。」「齊韓憯作朁」者，說文：「朁，曾也。从曰，兓聲。詩曰：『朁不畏明。』」與毛作「憯」異。節南山十月之交雲漢毛皆作「憯」，明作「朁」者齊韓詩。陳奐云：「明，猶『法』也。不畏明法，即是寇虐，言爲政者用以遏止之。左傳釋詩云：『糾之以猛也。』」

民亦勞止，汔可小休！惠此中國，以爲民逑。無縱詭隨，以謹惛怓。【注】三家「惛怓」作「讙嘵」。式遏寇虐，無俾民憂。無棄爾勞，以爲王休。【疏】傳：「休，定也。逑，合也。惛怓，大亂也。休，美也。」箋：「休，止息也。合，聚也。『惛怓』，猶讙譁也，謂好爭訟者也。俾，使也。勞，猶功也。無廢女始時勤政事之功，以爲女王之美。述其始時者，誘掖之也。」○「三家惛怓作讙嘵」者，大司馬「卒長執鐃」，鄭注：「鐃，讀如『讙嘵』之嘵。」賈疏從毛詩，云「以謹讙嘵」。案，毛作「惛怓」，釋文無異作本。鄭注禮時未見毛詩，讀如「讙嘵」，自據三家文。賈知鄭讀出詩，特誤記爲毛耳。箋：「惛怓，猶讙譁也。」據釋文本，「譁」作「譊」，「譊」與「嘵」同，蓋仍本三家爲說。說文「怓」下引詩：「以讙惛怓。」馬瑞辰云：「毛『惛』即『怋』之訛。」

民亦勞止，汔可小息！惠此京師，以綏四國。無縱詭隨，以謹罔極。式遏寇虐，無俾作慝。敬慎威儀，以敬有德。【疏】傳：「息，止也。慝，惡也。以近有德，求近德也。」箋：「罔，無。極，中也。無中所行，不得中正。」○胡承珙云：「左昭二年傳叔弓聘于晉，晉侯使郊勞，辭致館，又辭叔向，曰：『子叔子知禮哉！吾聞之曰：忠信，禮之器也；卑讓，禮之宗也。辭不忘國，忠信也；先國後己，卑讓也。詩曰：「敬慎威儀，以敬有德。」夫子近德矣。』『近德』者，即進於德之謂，傳本左氏說。」「有」，爲語助之詞。

民亦勞止，汔可小愒！惠此中國，俾民憂泄。無縱詭隨，以謹醜厲。式遏寇虐，無俾正敗。戎雖小子，而式弘大。【疏】傳：「愒，息。泄，去也。醜，衆。厲，危也。戎，大也。」箋：「泄，猶出也，發也。厲，惡也。春秋傳曰：『其父爲厲。』敗，壞也。無使先王之正道壞。戎，猶女也。式，用也。弘，猶廣也。今王女雖小子自遇，而女用事於天下甚廣大也。易曰：『君子出其言善，則千里之外應之，況其邇者乎？出其言不善，則千里之外違之，況其邇者乎？』是以此戒之。」○馬瑞辰云：「醜、厲二字同義，『醜』亦『惡』也。古美醜，好醜多對言，傳訓『醜』爲『衆』，失之。」

民亦勞止，汔可小安！惠此中國，國無有殘。無縱詭隨，以謹繾綣。式遏寇虐，無俾正反。王欲玉女，是用大諫。【疏】傳：「賊義曰殘。繾綣，反覆也。」箋：「王愛此京師之人，則天下邦國之君不爲殘酷。『玉』者，君子比德焉。王乎我欲令女如玉然，故作是詩，用大諫正女。此穆公至忠之言。」○馬瑞辰云：「錢大昭曰：『繾綣』當作『緊綣』。楚詞九思云：『心緊綣兮傷懷。』王逸章句：『緊綣，糾繚也，一作繾綣。』說文：『緊，纏絲急也。』『綣，纏臂繩也。』今案，『緊』字『糾忍』切，从臤、絲省，別作『絙』。玉篇引春秋成公四年『鄭伯絙卒』，有『古千』一切，則从『臤』得聲，與『繾』音近，故『繾綣』即『緊綣』之別體。左昭二十五年傳『繾綣從公』，杜注：『繾綣，不離散也。』與『反覆』義正相成。廣雅釋詁：『繾綣，摶也。』『摶』義與『不離散』義相近。」胡承珙云：「荀子成相篇『精神相反』，楊倞注：『謂反覆不離散。』然則傳訓『反覆』，正與『不離散』義通也。」馬瑞辰又云：「說文『金玉』之玉無一點，其加一點者，解云：『朽玉也。从王，有點。讀若「畜牧」之畜。』阮元曰：詩『王欲玉女』，『玉』字專是加點之玉。玉、畜、好，古音皆同部相叚借。『玉女』者，畜女也。『畜女』者，好女也。召穆公言，王乎我正惟欲畜女好女，不得不用大諫。詩之『玉女』，與孟子引詩曰『畜君何尤，畜君者，好君也』無異。『玉』即『畜』字之叚借。其說是也。因思禮記『請君之玉女』，『玉女』亦當讀『畜』，即『好女』，猶云『淑女』也。洪範『維辟玉食』，『玉食』猶言珍食，玉亦好也。此箋解爲『金玉』之玉，失之。」

民勞五章，章十句。

板【疏】毛序：「凡伯刺厲王也。」箋：「凡伯，周同姓，周公之胤也，入爲王卿士。」○後漢李固傳傳對策云：「竊聞長水司馬武宣、開陽城門候羊迪等，無他功德，初拜便真。此雖小失，而漸壞舊章。先聖法度，所宜堅守，政教一跌，百年不復。詩云：『上帝板板，下民卒癉。』刺周王變祖法度，故使下民將盡病也。」李注：「詩大雅凡伯刺周厲王反先王之道，下人盡病也。」華陽國志：「固父郃師事魯恭，習魯詩。」固當傳其家學，所引即魯詩序說。不言凡伯作，或略「厲王」作「周王」，猶蕩篇「傷周室大壞」之義。毛序首句多本舊說，李注言「凡伯刺厲王」，亦有「反先王之道，下人盡病」，與魯說合，皆與毛序泛言「凡伯刺厲王」者異，蓋本韓詩序說。齊說當同。

上帝板板，【注】魯「板」亦作「版」。下民卒癉。【注】齊「癉」作「⿸疒亶」，「卒」作「瘁」。出語不然，爲猶不遠。靡聖管管，【注】三家說曰：管管，欲也。不實于亶。猶之未遠，是用大諫。【疏】傳：「板板，反也。上帝，以稱王者也。癉，病也。話，善言也。猶，道也。管管，無所依繫。亶，誠也。猶，圖也。」箋：「猶，謀也。王爲政，反先王與天之道，天下之民盡病。其出善言而不行之也。此爲謀不能遠圖，不知禍之將至。王無聖人之法度，管管然以心自恣，不能用實於誠信之言，言行相違也。王之謀不能圖遠，用是故我大諫王也。」○「魯板亦作版」者，釋訓：「版版，僻也。」不作「板」，此魯文。郭注：「邪僻。」邢疏引李巡云：「失道之僻也。」說文：「僻，从旁牽也。」从旁牽引，所以偏衺。經典「僻」與「辟」通。賈子道術篇：「襲常緣道謂之道，反道爲辟。」後漢董卓傳李注、文選辨命論李注皆作「版版」，是知古多作「版」，不獨魯文。「亦作板」者，李固傳引詩作「板板」。（詳上。）楊賜傳：「不念板蕩之作，虺蜴之誡。」賜亦學魯詩，知魯亦作「板」也。「齊癉作𤺺。韓卒作瘁」者，禮緇衣：「詩云：『上帝板板，下民卒𤺺。』」鄭注：「上帝，喻君也。板板，辟也。卒，盡也。𤺺，病也。此君使民惑之詩。」此齊亦作「板」。「癉」作「𤺺」者，叚借字。韓詩外傳五：「登高而臨深，遠見之樂，臺榭不若邱山所見高也。平原廣望，博觀之樂，沼池不如川澤所見博也。勞心苦思，從欲極好，靡財傷精，毀名損壽，悲夫傷哉！窮君之反於是道而愁百姓。詩曰：『上帝板板，下民瘁癉。』」此韓亦作「板」。「卒」作「瘁」者，瘁、癉皆病也。「卒」是「悴」之省借。說文：「悴，憂也。讀與瘁同。」「管管，欲也」者，廣雅釋訓：「管管，浴也。」「浴」於義不可通，據下文「眊眊，思也」，乃「欲」之叚借，即箋「以心自恣」意也。說與毛異，當出三家。箋蓋即本三家義以易傳。黃山云：「『靡聖』，謂心無忌憚，不信有聖人，非無聖人也，故箋訓『管管』爲『以心自恣』。廣雅『管管，欲也』者，如漢書汲黯傳『吾欲』云云之欲，是亦爲『自恣』之意矣。傳謂『無所依繫』，則爲無聖人可依據，非詩恉。箋本易傳，孔疏混而一之，誤也。」列女楚江乙母傳引詩：「猶之未遠，是用大諫。」明魯毛文同。左成八年傳引詩：「猶之未遠，是用大簡。」「諫」作「簡」，叚借字。

天之方難，無然憲憲。天之方蹶，無然泄泄。【注】魯「泄」亦作「洩」，齊韓作「呭」。　辭之輯矣，民之洽矣。辭之懌矣，民之莫矣。【疏】傳：「憲憲，猶欣欣也。蹶，動也。泄泄，猶沓沓也。輯，和。洽，合。懌，悦。莫，定也。」箋：「天，斥王也。王方欲艱難天下之民，又方變更先王之道臣乎？女無憲憲然，無沓沓然，爲之制法度，達其意，以成其惡。辭，辭氣，謂政教也。王者政教和説順於民，則民心合定。此戒語時之大臣。」○「魯泄亦作呭，齊韓作詍」者，孟子引詩作「泄泄」，釋訓：「憲憲、泄泄，制法則也。」（此依邵晉涵據釋文正本。舊本「泄」作「洩」，説文無「洩」字，阮校云沿唐諱之舊。）均魯文，與毛同。玉篇引孟子作「呭呭，猶『沓沓』也。」爾雅釋文亦云：「泄泄，或作呭。」是魯亦作「呭」。説文：「呭，多言也。」「詍，多言也。」並引此詩。「呭」爲魯文，則「詍」爲齊韓文矣。説文：「泄，水名。」呭、詍正字，泄借字。孟子「泄泄，猶『沓沓』也」，又申之曰：「言則非先王之道。」釋訓「制法則也」，郭注：「佐興虐政，設教令也。」邢疏引孫炎説同。荀子解蔽篇：「辨利非以言是，則謂之詍。」均與「多言」合。新序雜事三引詩曰：「辭之集矣，民之洽矣。辭之懌矣，民之莫矣。」蔡邕督對元式引詩，「輯」亦作「集」，列女齊女徐吾傳「洽」作「協」，説苑善説篇「懌」作「繹」，惟列女齊太倉女傳下二句引詩與今本同，皆魯文異字。朱彬云：「懌，讀爲『殬』。説文：『殬，敗也。』『殬』借作『懌』，猶『殬』借作『斁』與『擇』也。『莫』讀爲『瘼』，訓『病』。四語兼善惡言，詞和則民合，詞病則民病。」義駁傳箋爲允。説苑善説篇：「子貢曰：『出言陳辭，身之得失，國之安危也。』」引詩「懌」作「繹矣」。「民之莫矣」，正兼詞之美惡言之。

我雖異事，及爾同寮。我卽爾謀，聽我囂囂。【注】魯「囂」作「敖」。我言維服，勿以爲笑！先民有言，詢于芻蕘。【疏】傳：「寮，官也。囂囂，猶謷謷也。芻蕘，薪采者。」箋：「及，與。卽，就也。我雖與爾職事異者，乃與女同官，俱爲卿士。我就女而謀，欲忠告以善道，女反聽我言謷謷然，不肯受服事也。我所言乃今之急事，女無笑之。古之賢者有言，有疑事當與薪采者謀之。匹夫匹婦，或知及之，況於我乎？」○「魯囂作敖」者，釋訓：「敖敖，傲也。」釋文：「敖，本又作謷，又作聱。同。」郭注：「傲慢賢者。」正釋此詩之訓，是魯文如此。潛夫論明忠篇引詩云：「我雖異事，及爾同僚。我即爾謀，聽我敖敖。」此魯作「敖敖」之證。馬瑞辰云：「『服』者，『艮』之叚借。說文：『艮，治也。』『我言維服』，猶云我言維治。治對亂言，猶左傳以『治命』對『亂命』言也。箋訓『服』爲『事』，云『我言維事』則不辭，故以『乃今之急事』增成其義，非詩意也。」列女衞姑定姜傳引詩云：「我言維服。」荀子大略篇：「天下、國有賢人，世有俊士。迷者不問路，溺者不問遂，亡人好獨。詩曰：『我言維服，勿用爲笑。先民有言，詢于芻蕘。』言博問也。」說苑尊賢篇：「泰山不讓壞石，江海不逆小流，所以成大也。詩曰：『先民有言，詢于芻蕘。』言博謀也。」潛夫論明闇篇：「國之所以治者，君明也；其所以亂者，君闇也。君之所以明者，兼聽也；所以闇者，偏信也。是故人君通心兼聽，則聖日廣矣；庸說偏信，則過日甚矣。詩云：『先民有言，詢于芻蕘。』」列女齊管妾倩傳引詩同，皆魯說。禮坊記：「詩云：『先民有言，詢于芻蕘。』」鄭注：「先民，謂上古之君也。詢，謀也。芻蕘，謂下民之事也。言古之人君將有政教，必謀及之於庶民乃施之。」鹽鐵論刺議篇：「多見者博，多聞者知，距諫者塞，專己者孤。故謀及天下者無失策，舉及下者無頓功。詩云：『詢于芻蕘。』」皆齊說。韓詩外傳五兩引詩「先民有言，詢于芻蕘」。以上三家說詩，明與毛文義並同。

天之方虐，無然謔謔。老夫灌灌，小子蹻蹻。【注】魯「灌」亦作「懽」，「蹻」作「獢」。匪我言耄，爾用憂謔。多將熇熇，【注】魯「熇」作「塙」。不可救藥。【疏】傳：「謔謔然喜樂。灌灌，猶款款也。蹻蹻，驕貌。八十曰耄。熇熇然熾盛也。」箋：「今王方爲酷虐之政，女無謔謔然以讒慝助之。老夫諫女款款然，自謂也。女反蹻蹻然如小子，不聽我言將行也。今我言非老耄有失誤，乃告女用可憂之事，而女反如戲謔，多行熇熇慘毒之惡，誰能止其禍。」○釋訓：「謔謔、謞謞，崇讒慝也。」孔疏引舍人曰：「皆盛烈貌。」孫炎曰：「厲王暴虐，大臣謔謔然喜，謞謞然盛，以興讒慝也。」讙讙非喜，而云喜樂者，王方暴虐，甚可憂懼，而以戲謔出之，故曰「讙讙然喜」，直以爲用憂謔也。非我言耄，多失誤也。「魯灌或作懽蹻作獢」者。釋訓又云：「懽懽，憂無告也。」郭注：「賢者憂懼，無所訴也。」說文「懽」下引爾雅，與今文合。爾雅釋文出「灌」字，云：「本或作『懽』。」孔疏引爾雅作「灌」，又與釋文本合。（孔疏：「釋訓解其言『灌灌』之意耳，非魯詩爲說，仍作「灌灌」，而「蹻蹻」則作「獢獢」，是魯「灌」、「懽」通作，「蹻」作「獢」也。尚書五行傳鄭注：「怵攸，謂若『老夫嚾嚾，小子蟜蟜。』」「灌」作「嚾」，「蹻」作「蟜」，說五行義當本齊詩，「嚾」卽「懽」之通叚。魯頌「獢獢虎臣」，釋文本作「蟜」，云：「又作『獢』，亦作『蹻』。」是三字古皆通作。韓詩外傳十楚邱先生章引詩「老夫灌灌」，此韓毛同文。玉篇：「悹悹，憂無告也。」「悺」同上說。卽本之釋訓文。阮元據說文「悹，憂也」，與玉篇訓合，謂釋訓之「懽」本作「悹」。又廣韻「悹」下引詩傳：「悹悹，無所依。」李富孫亦定爲此章「灌灌」之異文。陳喬樅以音列廣韻二十四緩，引詩傳又與本篇首章毛傳同，定爲「管管」之異文。愚案：「無所依」，本卽「憂無告」之義，說文訓「悹」爲「憂」，廣韻所引詩傳必同此指。毛以「無依繫」說「靡聖管管」，本非確詁，廣韻乃孫愐等所采輯，或因詩傳此訓適與毛說「管管」合，誤入緩韻，實則「悹」爲「古玩」切，愐所作唐韻亦然，不當列上聲也。玉篇在廣韻之前，說與爾雅說文並符，知『悹』卽『懽』之異文，李說爲長。釋訓之「懽」，說文既明定爲爾雅之字，則玉篇廣韻所列皆卽韓詩「灌」之「或作」字。蓋孫據韓傳，而李以魯訓通讀也。釋訓「熇熇」作「謞謞」，明魯文如此。釋文：「謞，本亦作熇。」說文：「熇，火熱也。」詩云：『多將熇熇。』」「熇」正字，「謞」借字也。說苑辨物篇「亂君之治，不可藥而息也。詩曰：『多將熇熇。不可救藥』，甚之之辭也。」列女晉伯宗妻傳引詩文同。皆用「亦作」本。韓詩外傳三兩引「多將熇熇，不可救藥。」明韓毛文同。

天之方懠，無爲夸毗。威儀卒迷，善人載尸。民之方殿屎，【注】魯「屎」亦作「吚」。則莫我敢葵。喪亂蔑資，曾莫惠我師。【疏】傳：「懠，怒也。夸毗，體柔人也。殿屎，呻吟也。蔑，無。資，財也。」箋：「王方行酷虐之威怒，女無夸毗以形體順從之，君臣之威儀盡迷亂，賢人君子則如尸矣不復言語。時厲王虐而弭謗。葵，揆也。民方愁苦而呻吟，則忽然有揆度知其然者。其遭喪禍，又素以賦斂空虛，無財貨以共，其事窮困如此，又曾不肯惠施以賙贍衆民。言無恩也。」○釋言：「懠，怒也。」郭注引詩：「天之方懠。」釋訓：「夸毗，體柔也。」郭注：「屈己卑身以柔順人也。」與孔疏引李巡說「屈己卑身，求得於人曰體柔」義同。釋文引字書，「夸毗」作「舿䠋」。廣韻作「舿舭」。俱別體。徐幹中論亡國篇：「君子者行不媮合，立不易方，不以天下枉道，不以樂生害仁，安可以祿誘哉？雖强執搏之而不獲己，亦杜口佯愚，苟免不暇。國之安危，將何賴焉？詩云：『威儀卒迷，善人載尸。』此之謂也。」徐擧魯詩，明魯、毛文同。「魯屎亦作吚」者。釋訓「殿屎，呻也」。郭注：「呻吟之聲。」孔疏引孫炎說同。據此，魯毛文同。蔡邕和熹鄧后諡議「人懷殿吚之聲」，明魯亦作「吚」。「吚」正字，「屎」借字。說文「唸」下云：「吚也。」引詩「民之方唸吚」。「吚」下云：「唸吚，呻也。」亦於雅訓合。五經文字「吚」亦作「咿」，皆三家詩之異字者，蓋齊韓文也。爾雅釋文或作「欿㕧」，又作「㦎脲」，並俗字。說苑政理篇：『相亂蔑資，曾莫惠我師。』此傷奢侈不節以爲亂者也。」孫志祖云：「相，當爲『喪』字之誤，或魯家異文。」

天之牖民，如壎如篪，如璋如圭，如取如攜。攜無曰益，牖民孔易。【注】三家「牖」作「誘」。民之多辟，無自立辟。【疏】傳：「牖，道也。『如壎如篪』，言相和也。『如璋如圭』，言相合也。『如取如攜』，言必從也。辟，法也。」箋：「王之道民以禮義，則民和合而從之，如此易易也。女攜掣民東與？西與？民皆從女所爲，無曰是何益，爲道民在己，甚易也。民之行多爲邪辟者，乃女君臣之過，無自謂所建爲法也。」○胡承珙云：「孔疏：『半圭爲璋，合二瑋則成圭，故云相合。』而於上『壎篪』不詳何以相和。樂器相和者多，何以獨言壎篪？張萱疑耀云：『閱古今樂律諸書，知七音各自爲五聲，如宮磬鳴而徵磬和。獨壎、篪則二器共爲一音。壎爲宮而篪之徵和，壎爲角而篪之羽和，此所以言相和也。』」馬瑞辰云：「『攜無曰益』，攜猶取也。取民之道以治民，非於民有所增益，卽中庸『以人治人』也。故下卽云『牖民孔易』。箋以『益』爲『何益』，失之。」史記樂書：「爲人君者，謹其所好惡而已矣。君好之則臣爲之，上行之則民從之。詩曰『誘民孔易』，此之謂也。」風俗通義六亦引詩云：「天之誘民。」禮樂記：「詩云：『誘民孔易。』」鄭注：「誘，進也。孔，甚也。」韓詩外傳五：「故聖王之教其民也，必因其情而節之以禮，必從其欲而制之以義。義簡而備，禮易而法，去情不遠，故民之從命也速。孔子知道之易行，曰詩云『誘民孔易』，非虛辭也。」（今外傳本「誘」作「牖」，此從王氏詩攷引。）史遷、應劭學魯詩，齊學詩禮同源，與韓詩皆作「誘民」，是則「誘」正字，「牖」借字。後漢張衡傳東京賦：「姬周之末，政由多僻。」又思玄賦：「覽蒸民之多僻兮，畏立辟以危身。」玉篇人部「僻」下引詩曰：「『民之多僻。』僻，邪也。」魯韓詩如此，齊文當同。段玉裁云：「傳『辟，法也』之上，不言『辟，僻也』。蓋漢時毛詩本上作『僻』，下作『辟』，故箋云『多爲邪僻』。各書徵引皆上『僻』下『辟』，釋文亦然。自唐石經二字皆作『辟』，而朱子并下『辟』字釋爲『邪』矣。」愚案：陸孔均不言毛有異字，是本自作「多辟」，與左宣九年傳昭二十八年傳引詩文同。「僻」、「辟」兩作，惟三家今文然也。

价人維藩，【注】魯「价」作「介」，「維」作「惟」。大師維垣，大邦維屏，大宗維翰，懷德維寧，宗子維城。無俾城壞，無獨斯畏。【疏】傳：「价，善也。藩，屏也。垣，牆也。王者天下之大宗。翰，幹也。懷，和也。」箋：「价，甲也。被甲之人，謂卿士掌軍事者。『大師』，三公也。『大邦』，成國諸侯也。『大宗』，王之同姓世適子也。王當用公卿諸侯及宗室之貴者，爲藩屏垣幹，爲輔弼，無疏遠之。斯，離也。和女德，無行酷虐之政，以安女國，以是爲宗子之城，使免於難。遂行酷虐，則禍及宗子，是謂『城壞』。城壞則乖離，而女獨居而畏矣。『宗子』，謂王之適子。」〇「魯价作介，維作惟」者，釋詁：「介，善也。」郭注：「詩曰：『介人惟藩。』」荀子君道篇：「君人者愛民而安，好士而榮，兩者無一焉而亡。詩曰：『介人惟藩，大師惟垣。』此之謂也。」馬瑞辰云：「爾雅：『介，大也。』又：『介，善也。』方言說文並曰：『乔，大也。』『介人』爲『善人』，卽爲『大人』，與下文『大師』、『大邦』、『大宗』爲一類。若如箋說『被甲之人』，則不類矣。『大師』，宜謂大衆。『大師惟垣』，猶云衆志成城也。箋讀『大』如『泰』，以『大師』爲『三公』，誤矣。」愚案：荀子引詩以證好士愛民之說，是魯家最初確詁。彊國篇引詩說同，與爾雅引詩作「介」文合。「惟」舊作「維」。臧鏞堂云：「案，當作『惟』。」愚案：魯皆作「惟」，閒有傳寫誤「維」者，今正。漢書諸侯王表：「昔周監二代，三聖制法，立爵五等，封國八百，同姓五十有餘。周公康叔建於魯衞，各數百里；太公於齊，亦五侯九伯之地。詩載其志曰：『介人惟藩，大師惟垣。大邦惟屏，大宗惟翰。懷德惟寧，宗子惟城。毋俾城壞，毋獨斯畏。』所以親親賢賢，襃表功德，關諸盛衰，深根固本，爲不可拔者也。」易林頤之漸：「姬奭姜望，爲武守邦。藩屏燕齊，周室以彊，子孫億昌。」班焦皆學齊詩，「价」作「介」，與毛異。易林「爲武守邦，子孫億昌」，卽詩「大邦維屏，大宗維翰」意，與箋說同也。

敬天之怒，無敢戲豫。敬天之渝，無敢馳驅。昊天曰明，及爾出王。昊天曰旦，及爾游衍。【疏】傳：「戲豫，逸豫也。馳驅，自恣也。王，往。旦，明。游，行。衍，溢也。」箋：「渝，變也。及，與也。昊天在上，人仰之皆謂之明。常與女出入往來，游溢相從，視女所行善惡，可不慎乎？」〇後漢蔡邕傳答詔問災異曰：「『畏天之怒，不敢戲豫。』天戒誠不可戲也。」是魯詩「敬」作「畏」，「無」作「不」。郎顗傳條對亦曰：「詩云：『敬天之怒，不敢戲豫。』」丁鴻傳上封事引詩同。顗學齊詩，鴻不知何詩，「無」皆作「不」。楊秉傳引詩：「敬天之威，不敢驅馳。」「渝」作「威」，「馳驅」作「驅馳」，皆三家異文。

板八章，章八句。

生民之什十篇，六十五章，四百三十三句。

詩三家義集疏卷二十三

詩大雅

蕩之什第二十三

蕩【疏】毛序：「召穆公傷周室大壞也。厲王無道，天下蕩蕩，無綱紀文章，故作是詩也。」○三家無異義。

蕩蕩上帝，【注】魯「蕩」作「盪」。下民之辟。疾威上帝，其命多辟。天生烝民，其命匪諶。【注】韓「諶」作「訦」。靡不有初，鮮克有終。【疏】傳：「上帝，以託君王也。辟，君也。疾，病人矣。威，罪人矣。諶，誠也。」箋：「蕩蕩，法度廢壞之貌。厲王乃以此居人上，爲天下之君。言其無可則象之甚。疾病人者，重賦斂也。威罪人者，峻刑法也。其政教又多邪辟，不由舊章。烝，衆。鮮，寡。克，能也。天之生此衆民，其教道之非當以誠信使之忠厚乎？今則不然，民始皆庶幾於善道，後更化於惡俗。」○「魯蕩作盪」者，釋訓：「盪盪，僻也。」是魯作「盪盪」。邢疏引李巡云：「盪盪者，弗思之僻也。」本魯訓，與箋異。說苑至公篇：「公生明，偏生暗，端慤生達，詐僞生塞，神聖生誠，夸誕生惑。此六者，君子之所慎而禹桀所以分也。詩曰：『疾威上帝，其命多僻。』言不公也。」此亦魯說。惟其「不公」，是以命多邪僻，而疾與威因之俱至。「韓諶作訦」者，外傳五云：「繭之性爲絲，弗得女工燔以沸湯，抽其統理，不成爲絲。卵之性爲雛，不得良雞覆伏孚育，積日累久，不成爲雛。夫人性善，非得明王聖主扶攜，內之以道，則不成君子。詩曰：『天生烝民，（「民」或作「明」。）其命匪訦。靡不有初，鮮克有終。』言惟明王聖主然後使之然也。」今本作「諶」，此據王氏詩攷引。馬瑞辰云：「命，當讀如『天命之謂性』之命，謂天命之初本善，而其後鮮終。以本善者歸之天，以終善者責之君，正合詩義。朱子集傳云：『降命之初，無有不善，而人少能以善道自終。』義本韓詩。箋以『命』爲人君之教命，失之。」說苑敬愼篇曾子曰：「官怠於宦成，病加於少愈，禍生於懈惰，孝衰於妻子。察此四者，愼終如始。詩云：『靡不有初，鮮克有終。』」白虎通諡篇：「詩云：『靡不有初，鮮克有終。』言人行終始，不能若一，故據其終始，從可知也。」新序善謀篇「詩曰：『靡不有初，鮮克有終。』言始之昜，終之難也。」漢書賈山傳引詩同。大戴禮衞將軍文子篇、又韓詩外傳八、外傳十俱引詩下二句，與外傳五引同，是三家文義同。

文王曰咨，咨汝殷商！曾是彊禦，【注】魯齊「禦」作「圉」。**曾是掊克，曾是在位，曾是在服。**

天降滔德，女興是力。【疏】傳：「咨，嗟也。彊禦，彊梁。禦，善也。掊克，自伐而好勝人也。服，服政事也。天，君。慆，慢也。」箋：「厲王弭謗，穆公朝廷之臣，不敢斥言王之惡，故上陳文王咨嗟殷紂，以切刺之。女曾任用是惡人，使之處位執職事也。厲王施倨慢之化，女羣臣又相與而力爲之。言競於惡。」○馬瑞辰云：「孔疏：『咨，是歎辭，故言「嗟」以類之，非訓「咨」爲「嗟」也。』案，說文『咨』下云：『謀事曰咨。』又：『嗞，嗟也』，『嗟』者，『𧪘』之或體。言部『𧪘』下云：『咨也。』段本改作『嗞也』，與『嗞』爲互訓。是訓『嗟』之字當作『嗞』。釋詁：『嗟，咨蹉也。』釋文：『蹉，本或作𨀛。』引字林曰：『皆古嗟字。』案，爾雅嗟、咨同訓者，亦以『咨』爲『嗞』之借字。『嗞』借作『咨』，猶爾雅訓『咨』爲『此』，即以『咨』爲『茲』之借字也。秦策曰：『嗟嗞乎！』詩綢繆毛傳曰：『子兮者，嗟茲也。』古人每以『嗟嗞』連言，爾雅『嗟咨』即『嗟嗞』也，作『茲』者亦省借耳。孔疏不知『咨』爲『嗞』之叚借，遂謂傳非訓『嗟』爲『咨』矣。」「魯齊禦作圉」者，楚詞離騷「澆身被服强圉兮」，王逸章句云：「强圉，多力也。」漢書敍傳：「曾是强圉，掊克爲雄。」王學魯詩，班學齊詩，「禦」皆作「圉」。韓詩當同。王念孫云：「禦，亦强也，字或作圉。」逸周書諡法篇：「威德剛武曰圉。」繁露必仁且智篇：「其强足以覆過，其禦足以犯詐。」是「禦」與

「强」同義。左昭元年傳「彊禦已甚」，十二年傳「吾軍帥彊禦」，非彊梁禦善之謂也。揚雄司空箴：「班祿遺賢，掊克充朝。」潛夫論敍錄：「曾是掊克，何官能治。」用魯經文。

文王曰咨，咨女殷商！而秉義類，彊禦多懟，流言以對，寇攘式內。侯作侯祝，靡屆靡究。

【疏】傳：「對，遂也。作祝，詛也。屆，極。究，窮也。」箋：「『義』之言『宜』也。類，善。式，用也。女執事之臣宜用善人，反任彊禦衆懟爲惡者，皆流言謗毀賢者。王若問之，則又以對寇盜攘竊爲姦宄者，而王信之，使用事於內。侯，維也。王與羣臣乖爭而相疑，日祝詛求其凶咎無極已。」○「寇攘式內」，與召旻「蟊賊內訌」義同。列女趙靈吳女傳引詩曰：「『流言以對，寇攘式內』，言不善之從內出也。」明魯毛文同詁，二句義與箋合。釋文：「作，本或作詛。」孔疏：「『作』，卽古『詛』字。詛與祝別，故各言『侯』。」案，詛、祝本無別，「作」之卽「詛」，於古無徵。焦循馬瑞辰雖引釋名「助」訓「乍」，呂覽高注「苴」音同「酢」，說文「殂」之古文卽从「歺」、从「作」，疑音訓可通而義不相類。故李黼平臧琳段玉裁李富孫胡承珙陳奐諸家皆斥陸孔爲誤，謂毛傳「作祝詛也」，本四字爲句，卽訓「作」爲「作祝詛」，而「侯作侯祝」例如「是剝是菹」、「爰始爰謀」、「乃宣乃畝」、「克禋克祀」，初不分作、祝爲兩事。是則釋文「或作」原屬俗本，孔疏亦沿之爲說也。黃山云：「毛傳例不改字，箋凡改字必詳其說，此皆不言，自無以『作』爲『詛』之事。然諸家謂毛傳四字爲句，亦尚未確。蓋『詛』必『作祝』，春官詛祝『作盟詛之載辭』，是其證。而大祝『掌六祝之辭』，作六辭以通上下親疏遠近』，則『作祝』固非僅用於『詛』。小祝、甸祝亦皆掌祝禮。禮運『作其祝號，元酒以祭』，明『作祝』爲祭也。毛以詩言『侯作侯祝』尚係統辭，故以『詛也』釋『作祝』耳。」

文王曰咨，咨女殷商！女炰烋于中國，斂怨以爲德。不明爾德，時無背無側。爾德不明，以無陪無卿。【注】齊「德」、「側」二韻倒在下，「側」作「仄」。韓「時」作「以」，「背」作「倍」。【疏】傳：「炰烋，猶彭亨也。背無臣，側無人也。『無陪無卿』，無陪貳、無卿士也。」箋：「『炰烋』，自矜氣健之貌。斂，聚。羣不逞作怨之人，謂之有德而任用之。『無臣無人』，謂賢者不用。」○說文無「炰」字。胡承珙云：「文選魏都賦『吞滅咆烋』，劉淵林注：『咆烋，猶咆哮也，自矜健之貌。詩曰：咆烋于中國。』據此，知詩『炰烋』爲『咆哮』之借。說文：『咆，嗥也。』『哮，豕驚聲也。』『咆哮』者，嗥鳴作健之意。劉注即用鄭箋。」愚案：釋文不言毛「炰烋」有「或作」本，魏都賦「炰」作「咆」，與毛異字，當本韓詩。說文繫傳「咆」下引詩「咆哮于中國」，上無「女」字，與劉注引同，文與毛異，亦必韓詩。劉云「炰烋猶咆哮」，明韓本「烋」、「哮」通作，箋即據韓改毛，非劉用鄭說也。漢書五行志引傳云：「詩云：『爾德不明，以亡陪亡卿。不明爾德，以亡背亡仄。』言上不明，暗昧蔽惑，則不能知善惡，親近習，長同類，亡功者受賞，有罪者不殺，百官廢亂也。」陳喬樅云：「夏侯始昌善推五行傳，志所載傳，皆本始昌，始昌傳齊詩，則此齊說。」顏注：「言不別善惡，有逆背傾仄者，有堪爲卿大夫者，皆不知之也。」以「無背無仄」爲不知惡人，以「無陪無卿」爲不知善人，與經言「不明」義相貫，較毛鄭說爲善。晉書五行志引詩，與漢志同。「韓時作以，背作倍」者，韓詩外傳五、外傳八、外傳十三引「不明爾德」四句，仍與毛同，詩攷引「時」作「以」，「背」作「倍」，今本妄改同毛。

文王曰咨，咨女殷商！天不湎爾以酒，不義從式。既愆爾止，靡明靡晦，式號式呼，【注】齊「呼」作「謼」。俾晝作夜。【疏】傳：「義，宜也。『俾晝作夜』，使晝爲夜也。」箋：「式，法也。天不同女顏色以酒，有沈湎於酒者，是乃過也，不宜從而法行之。愆，過也。女既過湛湎矣，又不爲明晦，無有止息也。醉則號呼相傚，用晝日作夜，不視政事。」○初學記二十六引韓詩曰：「齊顏色、均衆寡謂之沈，閉門不出者謂之湎。」文選魏都賦李注引薛君曰：「均衆謂之流，閉門不出客謂之湎。」本詩釋文亦引韓詩曰：「飲酒不出客曰湎。」馬瑞辰云：「『天不湎爾以酒』，猶云天不淫爾以酒。淮南要略訓高注『沈湎，淫酒也』是也。箋訓『湎』爲『同色』，未免迂曲。」愚案：初學記引韓說「沈湎」之文，薛君說獨遺「齊顏色」，箋乃單取「顏色」爲說，蓋以「湎」从「面」，於顏色爲合，而韓之本說則屬「沈」，遂兼兩字說之，其源亦出於韓。高注則本魯訓耳。「齊呼作謼」者，漢書敍傳：「班伯曰：式號式謼，大雅所以流連也。」伯受齊詩於師丹，知此爲齊文。

文王曰咨，咨女殷商！如蜩如螗，如沸如羹。小大近喪，人尚乎由行。內奰于中國，覃及鬼方。

【疏】傳：「蜩，蟬也。螗，蝘也。〔人尚乎由行〕，言居人上，欲用行是道也。奰，怒也，不醉而怒曰奰。鬼方，遠方也。」箋：「飲酒號呼之聲，如蜩螗之鳴。其笑語沓沓，又如湯之沸、羹之方熟。殷紂之時，君臣失道如此，且喪亡矣，時人化之甚，尚欲從而行之，不知其非。此言時人忕於惡，雖有不醉，猶好怒也。」○漢書五行志：「詩云：『如蜩如螗，如沸如羹。』言上號令不順，民心虛譁憒亂，則不能治海內。」顏注：「謂政無文理，虛言噂沓，如蜩螗之鳴，湯之沸涫，羹之將熟也。」案，漢志所言，齊詩義也。釋蟲：「蜩，蜋蜩，螗蜩。」以「蜩」爲諸蟬之總名，分別五方之語。「蜋蜩」郭注：「夏小正傳曰：『蜋蜩者，五彩具。』」方言：「蟬，楚謂之蜩，陳鄭之間謂之蜋蜩。」初學記引孫炎曰：「蜋，五色具。蜩，宮中小青蟬也。」「螗蜩」郭注：「夏小正傳曰：『螗蜩者蝘，俗呼爲胡蟬，江南謂之螗蛦，音夷。』」邢疏引舍人曰：『三輔以西爲蜩，梁宋以東謂蜩爲蝘。」郝懿行云：「案，今螗蜩小於馬蜩，背青綠色，頭有花冠，喜鳴，其聲清圓，若云『鳥友鳥友』，與胡蛦之聲相轉。蛦、蝘又聲相轉也。」「蜋蜩」二字別有說，詳豳風。馬瑞辰云：「詩意謂時人悲歎之聲如蜩螗之鳴，憂亂之心如沸羹之熟。淮南王招隱曰：『歲暮兮不自聊，蟪蛄鳴兮啾啾。』劉向七諫曰：『身被疾而不問兮，心沸熱其如湯。』正取此詩之義，箋說失之。『沸』者，「灩」之省借。說文：『灩，涫也。』『涫，灩也。』『涫』今俗作『滾』。」又云：「說文：『奰，壯大也。从三大、三目，二目爲䀠，三目爲奰，益大也，讀若易虙羲氏。詩曰：不醉而怒謂之奰。』所引『詩』即詩傳。今作『㚅』者，『奰』之省。凡『壯健』，義與『怒』近。廣雅：『怒，健也。』故『奰』爲『壯大』義，又爲『怒』。魏都賦『姦回內贔』，劉淵林注引詩作『內贔』，『贔』又『奰』之俗也。正義引張衡西京賦：『巨靈奰屭，以流河曲。』方言：『臏，盛也。』郭注：『臏泗，克壯也。』『臏泗』與『㚅屭』同，淮南墬形篇『食木者多力而奰』，高注：『奰，讀「內奰于中國」之奰，聲近鼻。』是其證也。又怒則氣滿，故『⿸疒奰』从『奰』聲。說文：『⿸疒奰，滿也。』」愚案：爾雅魯訓也。招隱七諫皆用魯經文。說文「㚅」作「奰」，與毛異字，與墬形篇及高注引詩正同，亦本魯。又引詩說並微異毛，當爲毛出於魯。馬謂即引毛傳，蓋誤。西京賦字亦出於魯，宜同。說文魏都賦及劉注引詩作「贔」，當爲韓詩之異字，故皆與毛異。「鬼方」，詳見殷武。

文王曰咨，咨女殷商！匪上帝不時，殷不用舊。雖無老成人，尚有典刑。曾是莫聽，大命以傾。【疏】箋：「此言紂之亂非其生不得其時，乃不用先王之故法之所致。『老成人』，謂若伊尹伊陟臣扈之屬。雖無此臣，猶有常事故法可案用也。莫，無也。朝廷君臣皆任喜怒，曾無用典刑治事者，以至誅滅。」〇馬瑞辰云：「廣雅：『時，善也。』『匪上帝不時』，猶云非上帝不善耳。箋云『非其生不得其時』，失之。」荀子非十二子篇引詩「雖無老成人」四句，明魯、毛文同。風俗通義五詩云：「『雖無老成人，尚有典刑』。國之大綱也，可不申敕小懲而大戒哉。」說苑臣術篇：「諫諍輔弼之人，社稷之臣也，明君之所尊禮，而闇君以爲己賊。故明君之所賞，闇君之所殺也。明君好問，闇君好獨。明君尚賢使能而享其功，闇君畏賢妬能而滅其業。罰其忠而賞其賊夫，是謂至闇，桀紂之所以亡也。詩云：『曾是莫聽，大命以傾。』」新序善謀篇、列女楚武鄧曼傳引同。漢書外戚傳成帝報許后曰：「詩云：『雖無老成人，尚有典刑。曾是莫聽，大命以傾。』」成帝從伏理受齊詩，明齊毛文同。鹽鐵論遵道篇引詩「雖無老成人」二句，亦據齊詩爲說。

文王曰咨，咨女殷商！人亦有言，顛沛之揭，枝葉未有害，本實先撥。【注】魯「撥」作「敗」。殷鑒不遠，魯「鑒」作「監」。在夏后之世。【疏】傳：「顛，仆。沛，拔也。揭，見根貌。」箋：「揭，蹶貌。撥，猶絕也。言大木揭然將蹶，枝葉未有折傷，其根本實先絕，乃相隨俱顛拔。喻紂之官職雖俱存，紂誅亦皆死。此言殷之明鏡不遠也，近在夏后之世，謂湯誅桀也。後武王誅紂，今之王者何以不用爲戒。」○「魯撥作敗」者，列女齊東郭姜傳引詩曰：「枝葉未有害，本實先敗。」是魯作「敗」。韓詩外傳五引詩：「枝葉未有害，本實先撥。」明韓毛文同。「魯鑒作監」者，潛夫論思賢篇：「『殷監不遠，在夏后之世。』夫與死人同病者，不可生也；與亡國同行者，不可存也。豈虛言哉！」趙岐孟子章句七：「言殷之所監視，在夏后之世耳。以前代善惡爲明鏡也，欲使周亦鑒於殷之所以亡也。」是魯作「監」。鹽鐵論結和篇：「語曰：『前車覆，後車戒。』『殷鑒不遠，在夏后之世矣。』」漢書傳贊：「梅福之辭，合於大雅。雖無老成，尚有典刑。殷鑒不遠，夏后所聞。」此齊說。韓詩外傳五：「夫明鏡者，所以照形也。往古者，所以知今也。夫知惡往古之所以爲亡，而不襲蹈其所以安存者，則無以異乎御行而求逮於前人也。鄙語曰：『不知爲吏，視已成事。』或曰：『前車覆而後車不誡，是以後車覆也。』故夏之所以亡者而殷爲之，殷之所以亡者而周爲之。故殷可以鑒於夏，而周可以鑒於殷。詩曰：『殷鑒不遠，在夏后之世。』」齊韓仍作「鑒」，與毛同。箋以「明鏡不遠」申毛，即本魯韓說。

蕩八章，章八句。

抑【注】韓說曰：「衛武公刺王室，亦以自戒。」計年九十有五，猶使人日誦是詩而不離於其側。【疏】毛序：「衛武公刺厲王，亦以自警也。」箋：「自警者，『如彼泉流，無淪胥以亡』。」○「衛武」至「其側」，孔疏引韓詩翼要文，本楚語爲說而小異。陳氏奂據史記年表，武公以宣王十六年爲衛侯，至平王十三年卒，則厲王乃追刺也。申論虛道篇：「昔衛武公年過九十，猶夙夜不怠，思聞訓道，命其羣臣曰：『無謂我老耄而舍我，必朝夕交戒。』又作抑詩以自儆也。衞人思其德，爲賦淇奧，且曰睿聖。」淮南繆稱訓：「衞武侯謂其臣曰：『小子無謂我老而羸，我有過必謁之。』」高注：「武侯蓋年九十五矣。」此皆魯說。愚案：楚語「衞武公作懿以自儆」，韋昭云：「昭謂：懿，詩大雅抑之篇也。『抑』讀曰『懿』。」「抑」與「懿」不相通借，蓋取聲近字爲訓。

抑抑威儀，維德之隅。人亦有言，靡哲不愚。【注】魯「靡」作「無」。**庶人之愚，亦職維疾。哲人之愚，亦維斯戾。**【疏】傳：「抑抑，密也。隅，廉也。『靡哲不愚』，國有道則知，國無道則愚。職，主。戾，罪也。」箋：「人密審於威儀抑抑然，是其德必嚴正也。古之賢者道行心平，可外占而知內，如宮室之制，內有繩直則外有廉隅。今王政暴虐，賢者皆佯愚不爲容貌，如不肖然。庶，衆也。衆人性無知，以愚爲主。言是其常也。賢者而爲愚，畏懼於罪也。」○漢書馮奉世傳贊：「詩稱『抑抑威儀，惟德之隅』。」陳喬樅云：「『抑抑威儀』句，又見班固辟雍詩。『惟德之隅』句，又見漢書敍傳。」皆齊文，是齊與毛同。「魯靡作無」者，淮南人閒訓「人能由昭昭於冥冥，則幾於道矣。詩曰：『人亦有言，無哲不愚。』此之謂也。」是魯作「無」。韓詩外傳六：「比干諫而死。箕子曰：『知不用而言，愚也。殺身以彰君之惡，不忠也。二者不可，然且爲之，不祥莫大焉。』遂被髮佯狂而去。君子聞之曰：『勞矣箕子，盡其精神，竭其忠愛，見比干之事免其身，仁知之至。』詩曰：『人亦有言，靡哲不愚。』」明韓毛文同。

無競維人，四方其訓之。【注】魯「維」作「惟」，亦作「伊」。**有覺德行，**【注】齊「覺」作「梏」。**四國訓之。訏謨定命，遠猶辰告。敬慎威儀，維民之則。**【注】三家「維」作「惟」。【疏】傳：「無競，競也。訓，教。覺，直也。訏，大。謨，謀。猶，道。辰，時也。」箋：「競，彊也。人君爲政，無彊於得賢人，得賢人則天下教化於其俗。有大德行，則天下順從其政。言在上所以倡道。猶，圖也。大謀定命，謂正月始和，布政于邦國都鄙也。爲天下遠圖庶事，而以歲時告施之。則，法也。」○「魯維作惟，亦作伊」者，吕覽求人篇高注：「詩大雅抑之二章：『無競惟人，四方其訓之。』無競，競也。國之强，惟在得人。」此「維」作「惟」。蔡邕集陳留太守胡公碑：「可謂無競，伊人温恭，淑慎者也。」司空臨晉侯楊公碑祖德頌引詩並同。釋詁：「伊，維也。」此魯「亦作」本。楚詞九歎王逸章句：「覺，較也。詩曰：『有覺德行。』」新序雜事五：「桓公所以九合諸侯，一匡天下者，遇士如是也。詩曰：『有覺得行，四國順之。』桓公其以之矣。」列女魯公姑姊傳亦引詩二句，明魯毛文同。韓詩外傳五引詩：「有覺德行，四國順之。」外傳六載齊桓公事，亦引詩二句，明韓毛文同。「齊覺亦作梏」者，春秋繁露郊祭篇：「詩『有覺德行，四國順之』。覺者，著也。王者有明著之德行於世，則四方莫不響應風行，善於彼矣。」此齊作「覺」，與毛同。禮緇衣：「詩云：『有梏德行，四國順之。』」鄭注：「梏，大也，直也。」是齊亦作「梏」。馬瑞辰云：「爾雅：『梏，直也。』廣雅：『覺，大也。』『覺』與『梏』雙聲。爾雅釋文：『梏，郭音角。』卽讀同『覺』。釋名：『上敕下曰告。告，覺也，使覺悟知己意。』以覺、告同音爲義，故通用。梏，卽『覺』之叚借也。」黄山云：「釋詁：『梏，較，直也。』王逸章句：『覺，較也。』亦以『直』爲義。爾雅不爲『覺』作訓，經典『梏』之有『直』義者，亦惟『有梏德行』，是釋詁卽爲此詩出訓。知魯齊本皆以『梏』爲正字，『覺』爲借字。『告』之義爲牛觸人，以木較牛兩角而梏之。所以告人，便覺寤也，故从『告』之字得有『較』、『直』義，並可與『覺』通訓。大射儀『見鵠於參』，鄭注：『鵠之言較，較，直也。』賓之初筵鄭箋釋文：『鵠者，覺也，直也。』卽其證。說文『帝嚳』之嚳从告、學省聲。覺从『見』，亦『學』省聲。然管子侈靡篇、史記世表、封禪書及武梁祠畫像題名均作『帝告』，則『告』固可以義兼聲，不必从『學』省。魯齊『覺』作『梏』，正同此例。韓亦當然。說文：『德，升也。从彳，悳聲。』『悳，外得於人，内得於己也。从直、从心。』皆『多則』切。德行。以『悳』爲正字，从『直』本其義。『梏』以

『直』爲訓，故亦當爲詩正字。『大直』者，直之極，故齊家兼兩字爲訓。箋獨言『大德』，失之。」韓詩外傳六賞勉罰偷章引詩曰：「訏謨定命，遠猷辰告。敬慎威儀，惟民之則。」陳喬樅云：「韓『遠猶』作『遠猷』。書盤庚『女分猷念以相從』，漢石經作『猶』。詩小星『寔命不猶』，陟岵『猶來無棄』，爾雅注引作『猷』。常武『王猶允塞』，韓詩外傳作『猷』。皆猶、猷字同之證。說文段注：『今人分「謀猷」字「犬」在右；語助字「犬」在左。經典絕無此例。』」列女秦穆公姬傳：「詩云：『敬慎威儀，惟民之則。』若夫墮其威儀，恍其瞻視，忽其詞令，而望民之則我者，未之有也。莫之則者，則慢之者至也。」陳喬樅云：「徐幹引詩，『敬慎』作『敬爾』，當緣下文『敬爾威儀』句致誤。」漢書匡衡傳衡疏云：「孔子曰：『德義可尊，容止可觀，進退可度，以臨其民，是以其民畏而愛之，則而象之。』大雅云：『敬慎威儀，惟民之則。』」五行志中上引詩同。是三家經文與毛皆同，惟『維』作『惟』。

其在于今，興迷亂于政。顚覆厥德，荒湛于酒。【注】魯齊「湛」作「沈」，韓作「愖」。**女雖湛樂從，弗念厥紹。罔敷求先王，克共明刑。**【注】魯韓「共」作「拱」。【疏】傳：「紹，繼；共，執；刑，法也。」箋：「『于今』，謂今厲王也。興，猶尊尚也。王尊尚小人迷亂於政事者，以傾敗其功德，荒廢其政事，又湛樂於酒。言愛小人之甚。罔，無也。女君臣雖好樂嗜酒而相從，不當念繼女之後人，將傚女所爲。無廣索先王之道，與能執法度之人乎？切責之也。」○「魯齊湛作沈，韓作愖」者，漢書五行志谷永對引詩：「顚覆厥德，荒沈于酒。」韓詩外傳十載齊桓公置酒事，引詩「荒愖于酒。」韓作「愖」，則作「沈」者魯、齊文也。馬瑞辰云：「『荒湛』者，管子云：『從樂而不反者謂之荒。』荒亦樂酒無厭之意，不必如箋云『荒廢其政事』也。愖、沈與湛，皆『酖』之叚借。說文：『酖，樂酒也。』」陳奐云：「釋詁：『雖，維也。』古雖、維聲通。書無逸云：『惟耽樂之從。』文義正與此同。」「共作拱」者，釋詁：「拱，執也。」此魯說。玉篇手部「拱」引詩「克拱明刑」，亦云「執也」。此韓說。「共」皆作「拱」，訓「執」，明魯韓與毛字異義同。

肆皇天弗尚，如彼泉流，無淪胥以亡。夙興夜寐，洒埽庭內，【注】韓「洒」作「灑」。維民之章。脩爾車馬，弓矢戎兵，用戒戎作，用逷蠻方。【注】魯「車」作「輿」，「戎兵」作「戈兵」，「戎作」作「作則」，「逷」作「逖」。【疏】傳：「淪，率也。洒，灑。章，表也。逷，遠也。」箋：「肆，故今也。胥，皆也。王爲政如是，故今皇天不高尚之，所謂仍下災異也。王自絕於天，如泉水之流，稍就虛竭。無見率引爲惡，皆與之以亡。戒羣臣不中行者，將并誅之。章，文章法度也。厲王之時，不恤政事，故戒羣臣掌事者以此也。逷，當作『剔』。剔，治也。『蠻方』，蠻畿之外也。此時中國微弱，故復戒將率之臣以治軍實。女當用此備兵事之起，用此治九州之外不服者。」○馬瑞辰云：「爾雅：『尚，右也。』『右』通作『祐』。祐，助也。『弗尚』卽『弗右』，箋訓爲『高尚』，失之。」「韓洒作灑」者，外傳六載子路治蒲事，引詩曰：「夙興夜寐，灑埽庭內。」衆經音義八引通俗文云：「以水掩塵曰灑。」説文：「灑，汎也。从水，麗聲。」「汎，灑也。从水，凡聲。」「洒，滌也。从水，西聲。古文爲『灑埽』字。」是二字因今、古文異，知魯齊與韓同。「魯車」至「作逖」者，潛夫論勸將篇云：「既作五兵，又爲之憲以厲正之。」引詩：「修爾輿馬，弓矢戈兵，用戒作則，用逖蠻方。」愚案：王符學魯詩，此用魯說。車、輿字本通作，詳見黃鳥出車。「弓矢」句皆言軍械，則「戎兵」之戎亦以作「戈」爲長。「用戒作則」者，卽所謂「爲之憲以厲正之」也。「逖」者，驅之使遠。毛訓「逷」爲「遠」，本釋詁魯說。説文「逷」亦卽「逖」之古文，不爲異字。鄭讀「逷」爲「剔」，蓋齊、韓文「逷」有作「剔」者。因據易傳左僖二十八年傳「糾逖王慝」，漢都鄉正街彈碑作「糾剔王忒」。後漢王渙傳「糾剔姦盜」，李注亦云「逖」與「剔」通。則固與「逷」同通矣。

質爾人民，【注】齊「質」作「誥」，魯韓作「告」。謹爾侯度，用戒不虞。慎爾出話，敬爾威儀，無不柔嘉。白圭之玷，尚可磨也；斯言之玷，不可爲也。【注】韓「玷」作「㓠」。【疏】傳：「質，成也。不虞，非度也。話，善言也。玷，缺也。」箋：「侯，君也。此時萬民失職，亦不肯趨公事，故又戒鄉邑之大夫及邦國之君：平女萬民之事，愼女爲君之法度，用備不億度而至之事。言謂教令也。柔，安。嘉，善也。斯，此也。玉之缺尚可磨鑢而平，人君政教一失，誰能反覆之。」○「齊質作誥」者，鹽鐵論世務篇：「事不豫辨，不可以應卒。內無備，不可以禦敵。詩云：『誥爾人民，謹爾侯度，用戒不虞。』故有文事，必有武備。」「魯韓質作告」者，説苑修文篇：「古者必有命民，命民能敬長憐孤，取舍好讓。居事力者，命於其君，命然後得乘飾輿駢馬。未得命者不得乘，乘者皆有罰。故其民雖有餘財侈物，而無仁義功德，則無所用其餘財侈物。故其民皆興仁義而賤財利。賤財利則不争，不争則强不淩弱，衆不暴寡，是唐虞所以具象刑，而民莫敢犯法，亂斯止矣。詩云：『告爾民人，謹爾侯度，用戒不虞。』此之謂也。」韓詩外傳六説古者命民，引詩同作「告」。詩攷引外傳同。今本作「質」，誤。馬瑞辰云：「『質』與『誥』不相通，『誥』當爲『詰』之譌。質、折雙聲，質、詰疊韻，古並通用。士冠禮『質明行事』，説文引作『哲明行事』。『哲』从『折』聲，是『質』通『折』之證也。古文『哲』从三『吉』作『嚞』，或省作『喆』，又通作『詰』。小爾雅：『詰朝，明旦也。』『詰』即『哲』之叚借，亦與『質』同，故爲『明日』。此『質』通『詰』之證也。三家詩蓋作『詰爾民人』，後以形近譌爲『誥』，又省作『告』耳。釋言：『誥、誓，謹也。』大司寇『詰四方』，鄭注：『詰，謹也。』是知爾雅『誥』亦『詰』字形之譌，與詩『詰』譌爲『誥』同。漢書刑法志『以刑邦國詰四方』，顏注：『詰字或作誥，誥，謹也。』蓋後人據誤本爾雅改之。詩『詰爾民人』，與下句『謹爾侯度』同義。『詰』亦『謹』也。」黃山云：「説文：『詰，問也。』『誥，告也。』『告』與『誥』音義並通。齊作『誥』，魯、韓作『告』，一也。尚書有『誥』、有『誓』，大傳『帝告』作『告』，『大誥』仍作『誥』，即其證。荀子大略篇『誥誓不及五帝』，『誥』與『誓』同爲以言誡約人，故釋言云：『誥、誓，謹也。』郭注：『皆所以約勤謹戒衆。』是也。雅文既誥、誓連舉，『誥』必非『詰』之誤，『謹』亦必非『問』之說明矣。易象下傳『后以施命誥四方』，鄭據古文『誥』作『詰謹』之訓，遂移於『詰』。而於大司寇之『詰四方』，亦遂以『謹』說『詰』。馬瑞辰據鄭注孤義，欲盡改經史各字就之，過矣。三家字既異毛，無反求合毛字音義之理。誥、告與質同爲句首字，抑非論韻之字，毛以『成』訓『質』，箋以『平』說『成』，皆與『謹』義無關。馬釋傳箋，必欲强三家就毛，無乃不知量。修文與外傳重在命民，卽命誥也。鹽鐵論重在內備，卽謹度也。以魯、韓之作『告』證齊之作『誥』，尤必不誤，何得改『詰』。『質』之通『詰』，『質』亦『問』也。馬如以清問下民爲說作『詰』，或可以『謹』爲說，則從鄭禮注，不若從釋言文又明矣。況誥、告、質古皆讀用正齒音，同在第七音第一部，本爲同母。十月之交『日月告凶』，漢書劉向傳引詩，『告』作『鞫』，禮文王世子『則告刑於甸人』，鄭注亦讀『告』爲『鞫』聲，又本於『質』近。『詰問』與『鞫問』皆以窮究罪狀爲義，亦正互通。方言：『布穀，自關東西梁、楚之間謂之結誥。』『布穀』爲雙聲字，『結誥』亦取雙聲，則『質誥』可同爲雙聲。太史公自序以『酒材是告』與上『叔封始邑』爲韻，『告』卽『酒誥』之誥。告、邑爲疊韻字，則誥、質可同爲疊韻，又豈必不可通乎？特三家本無事求通於毛，仍可不論耳。」愚案：黄說主申三家，亦不可廢。齊作『誥』，正字；魯韓作『告』，借字。又「人民」，三家引詩皆作「民人」，亦古今之別也。說苑君道篇「人君不直其行，不敬其言者，未有能保帝王之號，垂顯令之名者也。詩曰：『慎爾出話，敬爾威儀，無不柔嘉。』此之謂也。」禮緇衣亦引詩『慎爾出話』二句，明魯齊與毛文同。史記晉世家引詩：『白圭之玷，尚可磨也；斯言之玷，不可爲也。』此魯詩，惟「尚」作「猶」異。禮緇衣引「白圭之玷」四句，明齊毛文同。說文引詩「白圭之刮」，當爲韓文。

無易由言，無曰苟矣！莫捫朕舌，言不可逝矣！無言不讎，【注】魯「讎」亦作「醻」、「酬」，韓作「酬」。無德不報。惠于朋友，庶民小子。子孫繩繩，萬民靡不承。【疏】傳：「莫，無。捫，持也。讎，用也。」箋：「由，於。逝，往也。女無輕易於教令，無曰苟且如是。今人無持我舌者，而自聽恣也。教令一往行於下，其過誤可得而已之乎？惠，順也。教令之出如賣物，物善則其售賈貴，物惡則其售賈賤。德加於民，民則以義報之。王又當施訓道於諸侯，下及庶民之子弟。繩繩，戒也。王之子孫敬戒行王之教令，天下之民不承順之乎？言承順也。」○新序雜事五引詩曰：「『無易由言，無曰苟矣。』可不慎乎？」説苑善説篇亦引二句。韓詩外傳五、外傳六皆引詩「無易由言」二句。鹽鐵論散不足篇引「無易由言」一句，明三家與毛文同。馬瑞辰讀「苟」爲「茍」，云：「説文：『茍，自急敕也。从羊省，从包省，从口。口，猶慎言也。』段注：『當作芊省，从勹、口。勹、口，猶慎言也。』『無曰茍矣』，無曰已能慎言也。」説新而義亦通，但與諸家不合。禮表記引詩云：「無言不讎，無德不報。」是齊與毛同。「魯讎作醻、酬」者，荀子富國篇、致仕篇兩引，皆作「讎」。列女周主忠妾傳「夫名無細而不聞，行無隱而不彰。詩云：『無言不醻，無德不報。』此之謂也。」蔡邕集太尉橋公廟碑「無言不酬」，張衡思元賦「無言而不酬兮」，是魯亦作「醻」、「酬」。（「酬」與「醻」同。）「韓作酬」者，外傳十載晏子使楚事，引詩二句，「讎」作「酬」。（據詩攷引，今本同毛。）後漢明帝紀永平二年詔，亦引作「酬」，據八年詔「昔應門失守，關雎刺世」，知帝習韓詩。韓詩外傳六服人之心章引詩曰：「惠于朋友，庶民小子。子孫承承，萬民靡不承。」據詩攷所引如此，今外傳同毛。馬瑞辰云：「韓作『承承』，蓋取子孫似續相承之義，『繩』與『慎』音近義通。下武篇『繩其祖武』，後漢祭祀志注引作『慎其祖武』，故爾雅毛傳並以『繩繩』爲『戒』。」又：「『萬民靡不承』，箋云：『天下之民不承順之乎？言承順之也。』據箋説，則鄭所見經文作『萬民不承』，無『靡』字。據釋文云：『一本靡作是。』『不』爲語詞，猶云『萬民是承』也。」

視爾友君子，輯柔爾顏，不遐有愆。相在爾室，尚不愧于屋漏。無曰不顯，莫予云覯！神之格思，不可度思，矧可射思。【疏】傳：「輯，和也。西北隅謂之屋漏。覯，見也。格，至也。」箋：「柔，安。遐，遠也。今視女之諸侯及卿大夫，皆脇肩諂笑以和安女顏色，是於正道不遠有罪過乎？言其近也。相，助。顯，明也。諸侯卿大夫助祭，在女宗廟之室，尚無肅敬之心，不慙媿於屋漏。有神見人之爲也。女無謂是幽昧不明，無見我者，神見女矣。屋，小帳也。漏，隱也。禮，祭於奧，既畢，改設饌於西北隅而厞隱之處。此祭之末也。矧，況。射，厭也。神之來至去止，不可度知，況可於祭末而有厭倦乎？」〇陳奐云：「『友君子』，卽上章所云『朋友』也。」愚案：「不遐」與「遐不」義同，猶言「不無」也。詩云今王出而見賓，與諸侯卿大夫相接，必和柔女之顏色，不可有暴慢之容，又時時檢制，不無稍有愆過，爲友君子所指摘乎？王入而承祭，必先齋潔其心，視在爾之室中，不慙愧於屋漏，毋曰闇昧不明而以爲莫我見也。神之來至，不可度知，矧可當事而有厭倦乎？釋宮：「西北隅謂之屋漏。」孔疏引孫炎解「屋漏」云：「當室之白，日光所漏入。」御覽百八十八引舍人曰：「古者徹屋西北厞，以炊浴汲者，訖而復之，古謂之屋漏也。」釋名：「禮，每有親死者，輒撤屋之西北隅，薪以爨竈煮沐，供諸喪用。時若値雨則漏，遂以名之也。」陳奐云：「喪大記：『甸人取所徹廟之西北厞，薪用爨之。』疏云：『謂正寢爲廟，神之也。』此卽劉與舍人所本，但喪大記謂新死者撤正寢西北厞隱之處，非卽廟室之西北隅，不得掍而爲一。且劉以『雨漏』作解，尤爲迂遠。孔疏謂，『漏，隱』，釋言文。今爾雅作『陋』，『漏』卽『陋』之叚借。釋名：『帷，屋也，以帛依板施之，形如屋。』『屋』卽『幄』之叚借。鄭箋之意，蓋以詩之『屋』卽儀禮之『席』也，詩之『漏』卽儀禮之『厞』也。士虞疏云：『厞用席，謂以席爲障使之隱。』箋說爲長。」愚案：禮中庸引詩，說之云：「君子之所不可及者，其唯人之所不見乎？」是以「屋漏」爲人所不見之地，陳說是也。又引詩曰：「神之格思，不可度思，矧可射思。」言舉動皆有神鑒察之也。黃山云：「說文雨部『霤』、『屚』連文，義取同意：『霤，屋水流也。从雨，留聲。』『屚，屋穿水下也。从雨，在尸下。尸者，屋也。』水部：『漏，以銅受水刻節，晝夜百刻。从水，屚聲。』是『漏』爲刻漏、屋漏之漏，本以『屚』爲正字矣。雨水穿屋下爲『扉』，故日光穿中霤至室内亦爲『扉』，卽所謂『當室之白』也。鄭説月令『中霤』猶『室中』也。土主中央而神在室，古者複穴，是以名『室』爲『霤』。孔疏：『古者複穴，皆開其上取明，故雨霤之，因名室爲中霤，本取日光之明，因雨霤之名霤，故室中日光所入處亦得名扉。』『不愧屋扉』，卽言不愧於神明。神不可知，以天明之，猶言不愧於天，天亦不可知，以日明之。板之詩曰：『昊天曰旦』、『昊天曰明』是也。日循東南行，旦明則光在西北室之西北隅，正天神照察處，而在室内，有屋覆之，則仍不顯。又設帳爲扉以棲神，則尤不顯。説文：『屋，居也。从尸，尸所主也。』『尸』卽神之尸，是屋之本義以棲神爲主。『徹扉以炊浴』，準以檀弓『掘中霤而浴浴』，亦卽在室中，自無並徹其上屋之理。古者喪不祭，故扉可徹。諸説本可互通。詩以『爾室』言，自指近地。鄭中庸注：『言君子雖隱居，不失其君子之德容。在室獨居，猶不愧於屋扉。』明非就廟言，蓋本齊詩，箋毛改爲『助祭』，反覺其窒。陳氏中箋『屋扉』義甚備，泥『爾室』爲『廟室』，亦非。」列女晉羊叔姬傳引詩：「無曰不顯，莫予云覯。」淮南泰族訓言「鬼神視之無形，聽之無聲」，亦引詩「神之格思」三句，明齊魯經文與毛同。

辟爾爲德，俾臧俾嘉。淑慎爾止，不愆于儀。不僭不賊，鮮不爲則。投我以桃，報之以李。彼童而角，實虹小子。【疏】傳：「女爲善，則民爲善矣。止，至也。爲人君止於仁，爲人臣止於敬，爲人子止於孝，爲人父止於慈，與國人交止於信。僭，差也。童，羊之無角者也。而角，自用也。虹，潰也。」箋：「辟，法也。止，容止也。當審法度女之施德，使之爲民臣所善所美。又當善慎女之容止，不可過差於威儀。女所行不信，不殘賊者少矣，其不爲人所法。此言善往則善來，人無行而不得其報也。投，猶擲也。童羊，譬皇后也。『而角』者，喻與政事有所害也。此人實潰亂小子之政禮。天子未除喪稱『小子』。」○鄭注王制祭統：「辟，明也。」「辟爾爲德」，猶言明爾德。箋訓「法」，非。列女宋恭伯姬傳引詩：「淑慎爾止，不愆于儀。」禮緇衣：「詩云：『淑慎爾止，不諐于儀。』」鄭注：「淑，善也。諐，過也。

言善慎女之容止，不可過於禮之威儀也。」「愆」本又作「諐」。說文：「愆，過也。从心，衍聲。籀文作諐。」釋文：「諐，本亦作僭。」是陸所見本作「諐」，下「我諐」同。孔疏與陸「亦作」同。阮氏元以經本作「諐」，爲「僭」之借字，是也。荀子臣道篇：「忠信以爲質，端慤以爲統，禮義以爲文，倫類以爲理，喘而言，臑而動，而一可以爲法則。詩曰：『不僭不賊，鮮不爲則。』此之謂也。」列女代趙夫人傳引詩同。韓詩外傳六仁者必敬其人章亦引詩『不僭不賊』二句，明魯韓與毛同。鹽鐵論和親篇：「詩云：『投我以桃，報之以李。』未聞善往而有惡來者。」易林巽之節云：「嬰兒孩子，未有知識。彼童而角，亂我政事。」損之大畜同。此兩引皆齊詩，「嬰兒孩子」，蓋謂少年新進之徒，知箋以『童羊』喻『皇后』，非齊義也。釋言：「虹，潰也。」此魯義。郭注：「謂潰敗。」

荏染柔木，言緡之絲。温温恭人，維德之基。其維哲人，告之話言，順德之行。其維愚人，覆謂我僭，民各有心。【疏】傳：「緡，被也。温温，寬柔也。話言，古之善言也。」箋：「柔忍之木荏染然，人則被之弦以爲弓。寬柔之人温温然，則能爲德之基止。言內有其性，乃可以有爲德也。覆，猶『反』也。僭，不信也。語賢智之人以善言，則順行之；告愚人，反謂我不信。『民各有心』，二者意不同。」○荀子君道篇、不苟篇、非十二子篇、說苑修文篇、列女晉趙衰妻傳引：「温温恭人，惟德之基。」禮表記亦引詩二句。新序雜事四引詩「其惟哲人，告之話言，順德之行」三句，明魯齊經文與毛同，惟「維」作「惟」。釋文：「話，說文作『詁』，云：『詁，故言也。』」段注說文：「經當作『告之詁言。』」案，左襄二年傳亦引詩「告之話言」，是古文本作「話言」，與新序引魯詩合。陸據說文「話」作「詁」。今說文「詁」下云：「訓故言也。詩曰詁訓。」「話」下云：「合會善言也。傳曰『告之話言』。」臧琳、胡承珙、陳奐皆謂今說文經後人竄易，毛本作「詁言」，皆據傳以「古之善言」爲訓，與上「慎爾出話」傳有別耳。不知毛說詩多采左傳。左文六年傳『古之王者知命之不長』下云：「『著之話言』，杜注亦云『爲作善言遺戒』。」毛以「古之善言」解「話言」，明卽本此，則毛詩不作「詁言」亦其證。釋文不見毛有「或作」本，無可疑也。說文「話」下引傳「告之話言」，亦明卽「著之話言」，傳寫者涉詩，誤「著」爲「告」，又無可疑也。至「詁」下引「詩曰詁訓」，惠棟謂卽烝民之「古訓是式」。案，烝民「古訓」，魯作「故訓」，則齊韓宜亦有作「詁訓」者，釋文何以引說文，並據爲「詁言」之詁？蓋以「詁訓」二字釋「詁」，本齊韓傳說之通訓，許引經說，輒被以本經之名，亦其通例。陸知許所本，故直斷說文「話」作「詁」。魯既同毛作「話」，則說文所據爲齊韓之本，尤無可疑。

於乎小子，【注】魯韓「於乎」作「嗚呼」。未知臧否！匪手攜之，言示之事。匪面命之，言提其耳。借曰未知，亦既抱子。【注】齊「借」作「籍」。民之靡盈，誰夙知而莫成？【疏】傳：「借，假也。莫，晚也。」箋：「臧，善也。於乎，傷王不知善否，我非但以手攜掣之，親示之以其事之是非，我非但對面語之，親提撕其耳。此言以教道之，孰不可啟覺。假令人云王尚幼少，未有所知，亦以抱子長大矣，不幼少也。萬民之意皆持不滿於王，誰早有所知而反晚成與？言王之無成，本無知故也。」〇「韓於乎作嗚呼」者，文選潘岳寡婦賦李注引韓詩外傳曰：「嗚，歎聲也。」陸機赴洛道中詩李注引薛君章句曰：「嗚，歎辭也。」陳喬樅云：「『外』疑『內』之譌。說文：『烏，孝烏也。象形。孔子曰：烏，盱，呼也。取其助氣，故以爲烏呼。』顏師古匡謬正俗曰：尚書今文悉爲『於戲』字，古文悉爲『烏呼』字，詩皆云『於乎』，中古以來文籍皆爲『烏呼』字。案經傳無作『嗚呼』者，唐石經誤爲『嗚』字，十之一耳。韓詩『嗚』字，當作『烏』爲正。」愚案：王逸楚詞章句序云：「詩人怨主刺上，曰『嗚呼小子，未知臧否。匪面命之，言提其耳。』風諫之語，于斯爲切。然仲尼論之，以爲大雅。」是魯亦作「嗚呼」也。桂馥云：「訏當爲『吁』。」生民篇「實覃實訏」，箋：「吁，謂張口嗚呼。」「訏」卽「吁」也。論衡道虛篇：「黃帝既上天，百姓皆抱其弓吁號，故後世名其弓曰烏號。」愚案：「於」亦「烏」之篆省，短言於長言。「烏呼」二字，究屬一字。胡承珙云：「『提耳』者，謂附耳而剖析之。穀梁僖二年傳注：『明達之人，言則舉綱領要，不言提其耳，則愚者不悟。』此亦以『提耳』爲言之詳也。」「齊借作籍」者，漢書霍光傳：「詩云：『籍曰未知，亦既抱子。』」是齊「借」作「籍」。籍，「藉」之叚借字也。

昊天孔昭，我生靡樂。視爾夢夢，我心慘慘。【注】魯「慘」作「懆」。魯説曰：「懆懆，愠也。」**誨爾諄諄，聽我藐藐。**【注】齊「諄」作「忳」，「藐」作「眊」。魯韓「藐」作「邈」。**匪用爲教，覆用爲虐。借曰未知，亦聿既耄。**【疏】傳：「夢夢，亂也。慘慘，憂不樂也。藐藐然不入也。耄，老也。」箋：「孔，甚。昭，明也。昊天乎乃甚明，察我生無可樂也。視王之意夢夢然，我心之憂悶慘慘然。愬其自恣，不用忠臣。我教告王口語諄諄然，王聽聆之藐藐然。忽略不用我所言爲政令，反謂之有妨害於事，不受忠言。」○釋訓：「夢夢，亂也。」孔疏引孫炎曰：「昏昏之亂也。」「魯慘作懆」者，釋訓：「懆懆，愠也。」釋文孔疏本作「慘慘」。惟張參五經文字作「我心懆懆」，與爾雅同，是魯文如此。説文：「懆，愁不安也。」「懆懆」義同。「齊諄作忳，藐作眊」者，禮中庸鄭注：「肫，讀如『誨爾忳忳』之忳。」是鄭所見齊詩文「諄」作「忳」。釋文：「毛『諄』又作『訰』。」亦於齊近。鴻範五行傳鄭注作「誨爾純純，聽我眊眊」，傳五行者亦齊詩。「藐」作「眊」，「純」當爲「忳」之誤文。「魯韓藐作邈」者，釋訓：「邈邈，悶也。」郭注：「煩悶。」説文：「悶，懣也。」「懣，煩也。」義與郭注合。聽而煩悶，即不樂聽受之皃。此魯訓。廣雅釋訓：「邈邈，遠也。」誨者在近而聽者若遠，乃迂闊所言之皃。當爲韓説。淮南修務訓高注：「詩云：『誨爾諄諄，聽我邈邈。』」正用魯韓訓。中論虚道篇「是己之非遂初之繆，至於身危國亡，可痛矣夫！詩曰：『誨爾諄諄，聽之藐藐。匪用爲教，覆用爲虐。』」徐學魯詩，所引蓋魯「又作」本。「聽我」作「聽之」，疑傳寫之誤。胡承珙云：「『亦聿既耄』，承上『聽我藐藐』言之，若云借曰我未有知，則亦聿既耄，更事多矣。如此，『既耄』二字方有著。」黄山云：「胡説非也。上章『借曰』二句屬王言，此改屬我言，於文義爲乖矣。聿，亦『曰』也。『亦曰既耄』者，言止合云我已惛耄耳。上『抱子』實言之，故云亦既此既耄。設言之，故云『亦聿』，正謂非悼非耄，不能辭咎。避上句『曰』字，故變文爲『聿』也。」

於乎小子，告爾舊止！聽用我謀，庶無大悔。天方艱難，曰喪厥國。【注】韓「曰」作「聿」。取譬不遠，昊天不忒。【注】魯「譬」作「辟」。回遹其德，俾民大棘。【疏】箋：「舊，久也。止，辭也。庶，幸。悔，恨也。天以王爲惡如是，故出艱難之事。謂下災異，生兵寇，將以滅亡。今我爲王取譬，喻不及遠也，維近耳。王當如昊天之德有常，不差忒也。王反爲無常，維邪其行，爲貪暴，使民之財匱盡而大困急。」〇「韓曰作聿」者，陸釋文、孔疏引韓詩並同，聿、曰古通用字，説詳桃夭篇。「魯譬作辟」者，列女齊靈仲子傳引詩：「聽用我謀，庶無大悔。」與毛文同。周郊婦人傳引詩：「取辟不遠，昊天不忒。」「譬」作「辟」，與毛異。

抑十二章，三章章八句，九章章十句。

桑柔

【注】魯説曰：昔周厲王好專利，芮良夫諫而不入，退賦桑柔之詩以諷。言是大風也，必將有遂；是貪人也，必將敗其類。王又不悟。故遂流于彘。【疏】毛序：「芮伯刺厲王也。」箋：「芮伯，畿内諸侯王卿士也，字良夫。」〇「昔周」至「于彘」，潛夫論遏利篇文，魯説也。史記周本紀：「厲王卽位三十年，好利，近榮夷公。芮良夫諫。厲王不聽，卒以榮公爲卿士，用事。王行暴虐侈傲。三十四年，王益嚴，國人莫敢言，道路以目。三年，乃相與畔，襲厲王。王出奔彘。」此詩之作，在榮公爲卿士後，去流彘之年，當亦不甚相遠。

菀彼桑柔，其下侯旬，捋采其劉。【注】魯「旬」作「洵」。魯説曰：洵，均也。劉，暴樂也。瘼此下民，不殄心憂。倉兄塡兮，倬彼昊天，寧不我矜！【疏】傳：「興也。菀，茂貌。旬，言陰均也。劉，爆爍而希也。瘼，病也。倉，喪也。兄，滋也。塡，久也。昊天，斥王者也。」箋：「桑之柔濡，其葉菀然茂盛，謂蠶始生時也。人庇蔭其下者，均得其所。及已捋采之，則葉爆爍而疏，人息其下，則病於爆爍。興者，喻民當被王之恩惠，羣臣恣放，損王之德。殄，絕也。民心之憂無絕已，喪亡之道滋久長。倬，明大貌。昊天乃倬然明大，而不矜哀下民。怨愬之言。」○「洵，均也」者，釋言文。郭注：「謂調均。」邢疏引李巡曰：「洵，徧之均也。」下引毛詩「其下侯旬」，仍作「旬」。「劉暴樂也」者，釋詁文，郭注：「謂樹木葉缺落，蔭疏暴樂。見詩。」邢疏引舍人曰：「木枝葉稀疏不均爲爆樂。」下引毛傳，仍作「爆爍而希」。愚案：周禮均人「公旬」，鄭注：「旬，均也。讀如『畇畇原隰』之畇。易『坤爲均』，今亦有作『旬』者。」此與毛傳訓「旬」爲「均」同爲古文之說。鄭注禮時未見毛詩，故徵引不及，而此詩齊韓亦必同魯作「洵」，從可知矣。說文：「洵，過水中也。」「均，平徧也。」言「水中」則四面水皆「平徧」，故引申即爲「均」。「均」以土喻，「洵」以水喻，其取義亦同。凡詩之「洵」，皆當訓『均』。箋於靜女宛邱皆訓爲「信」，然羔裘「洵直且侯」，毛仍從魯訓「均」，鄭亦不能易也。「暴樂」，單言之亦可曰「暴」。公羊宣六年傳『是活我於暴桑下者也』，「暴桑」即桑之暴樂者，足證釋詁今文正字，毛作「爆爍」通叚字。郭注『見詩』，當指魯詩。黃山云：「侯，維也。『維旬』止是言桑葉平徧時，則已暴樂而葉稀，又捋而采之，則盡矣，以興王之病民無已也。舍人說但言『葉稀不均』，自屬正解。郭說『葉落蔭疏』，亦重在葉。箋言葉茂爲蠶始生，就蠶言葉，當亦本之三家，接言『人庇蔭其下』，則兼顧毛義也。至謂『捋采之則人病於爆爍』，是采之而後稀，非缺落而稀矣。又謂人病即因失此蔭，是比而非興矣，似亦非毛義。且桑葉本以養蠶，蠶時而采，無損於桑，至葉缺落，蠶事久畢，非采之時，故以捋采爲非，與馬貿禁原蠶同意。如箋說，將不采以飼蠶，長留以蔭人乎？抑人不采，終不爆爍乎？知其義之短已。」釋文：「兄，本亦作況。」馬瑞辰云：「倉、兄疊韻，即滄、況之省借。說文：『滄，寒也。』『況，寒水也。』繫傳：『滄況，寒涼貌。』」孔疏引釋言云：「烝，塵也。」古塵、填字同，故「填」得爲「久」。

四牡騤騤，旟旐有翩。亂生不夷，靡國不泯。民靡有黎，具禍以燼。於乎有哀，國步斯頻！【注】三家「頻」作「矉」。【疏】傳：「騤騤，不息也。鳥隼曰旟，龜蛇曰旐。翩翩在路不息也。夷，平。泯，滅也。黎，齊也。步，行。頻，急也。」箋：「軍旅久出征伐，而亂日生不平，無國而不見殘滅也。言王之用兵不得其所，適長寇虐。黎，不齊也。具，猶俱也。災餘曰燼。言時民無有不齊被兵寇之害者，俱遇此禍以爲燼者。言害所及廣。頻，猶比也。哀哉國家之政，行此禍害比比然。」〇王引之云：「厲王時征伐甚少，不得云無國不見泯滅。泯，亂也，承上『亂生不夷』，故云『靡國不亂』耳。」黎，老，耆老也。黎、耆古通。尚書「西伯戡黎」，大傳「黎」作「耆」，是其證也。馬瑞辰云：「『民靡有黎』，謂老者轉死溝壑。雲漢篇：『周餘黎民，靡有孑遺。』黎民亦老民也。曹植詩『不見舊耆老』，正取詩『民靡有黎』之意。」「三家頻作矉」者。說文：「矉，張目也。詩云：『國步斯矉。』」此本三家詩。馬瑞辰云：「說文：『頻，水厓也。人所賓附。頻蹙不前而止。』頻、賓古同音通用，『頻』義又近『顰』。說文：『顰，涉水。』『顰，蹙也。』詩云國步之難，猶頻爲水涯盡處，頻蹙不前，故傳訓『頻』爲『急』，『急』猶『蹙』也。」

國步滅資，天不我將。靡所止疑，云徂何往？君子實維，秉心無競。誰生厲階，至今爲梗？【疏】傳：「疑，定也。競，彊。厲，惡。梗，病也。」箋：「蔑，猶『輕』也。將，猶『養』也。徂，行也。國家爲政行此，輕蔑民之資用，是天不養我也。我從兵役無有止息時，今復云行，當何之往也？『君子』，謂諸侯及卿大夫也。其執心不彊於善，而好以力爭。誰始生此禍者，乃至今日相梗不止。」〇馬瑞辰云：「『疑』者，『𠤕』字之叚借。說文：『𠤕，未定也。』段注：

『未，衍字。』是也。士昏禮、鄉飲酒禮鄭注皆云：『疑，止立自定之貌。』釋言：『疑，戾也。』『戾，止也。』皆卽說文之『𠤕』。詩云『靡所止疑』，與下章『靡所定處』同義。」黄山云：「段氏輕改說文此條，尤爲無理，馬氏據之，非也。詩『靡所止疑』，及儀禮各篇『疑立』之文，爾雅釋言『疑休』之訓，經文本皆作『疑』，段則謂皆當作『𠤕』。說文：『𠤕，未定也。从匕，吳聲。吳，古文矢字。』『匕，變也。』（今『變匕』之『匕』作『化』，皆借字。）易繫傳『變動不居』，不居卽未定，𠤕从『匕』，故訓亦爲『未定』。此字本不見經典，且與毛傳訓『疑』爲『定』適得其反，段則謂『未』爲衍字，遂改𠤕『未定』之義爲『定』。『𠤕』何以有『定』義？則曰變而後定。將『元』之从『一』，訓『始』，可改訓終『二』之指事，爲高可改爲低乎？無理一。說文：『疑，惑也。从子、止，吳聲。』（「吳」原作「匕」、「矢」二字，誤。）徐鍇曰：『止，不通也。吳，古「矢」字。子，幼子多惑也。』疑既从『止』，明有『定』義。其訓爲『惑』，事疑惑則不行，故說文『疑』聲之字，如『凝』之卽『冰』，『譺』與『儗』之皆訓『騃』，『礙』之訓『止』，皆有『定止』義。釋言：『疑，戾也。』郭注：『戾，止也。』『疑』者亦『止』，卽其證矣。段乃强从『匕』之字爲『定』，誣从『止』訓『定』之字爲譌。無理二。古『疑』本通『凝』。易『陰始疑也』之疑，釋文荀、虞、姚皆作『凝』。禮中庸『至道不凝焉』之凝，釋文又作『疑』。廣雅釋詁及書臯陶謨『庶績其凝』，馬注皆云：『凝，定也。』荀子解蔽篇『求可以知物之理而無所疑止』之作『疑』，王制篇『好假道人而無所凝止也』，又作『凝』，似皆卽本魯詩『靡所止疑』爲說。楊注亦云：『凝，定也。』說文『凝』卽『冰』，冰訓『水堅』，亦卽水定、水止之義可悟。諸經『疑』字之訓爲『定止』者，實借爲『凝』。鄭鄉射禮注：『疑，止也，有矜莊之色。』公食大夫禮注：『疑，正立也，自定之貌。』士昏禮注：『疑，正立自定之貌。』止曰矜莊，定曰正立，明卽以『疑』爲『凝』之凝。段乃並改鄭注『正立』爲『止立』，以就其說。無理三。從段作『𠤕』，必徧改羣經字書文注，而義仍不确，不若不改之爲長。」愚案：段說久爲後來說經者所崇信，然詩攷引齊詩正作「止凝」，則「疑」卽是「凝」，不必改字明矣。廣雅：

「梗，病也。」此魯韓義，與毛同。後漢段熲傳引詩：「至今爲鯁。」鯁，魚骨刺也，疑亦本三家詩。

憂心慇慇，【注】魯「慇」作「隱」。念我土宇。我生不辰，逢天僤怒。自西徂東，靡所定處。多我覯痻，孔棘我圉。【疏】傳：「宇，居。僤，厚也。圉，垂也。」箋：「辰，時也。此士卒從軍久，勞苦自傷之言。痻，病也。圉，當作『禦』。多矣我之遇困病，甚急矣我之禦寇之事。」○「魯慇作隱」者，釋訓：「殷殷，憂也。」字作「殷」。王逸楚詞遠遊章句：「隱隱，憂也。詩曰：『憂心殷殷。』」舊校云：「一作隱隱。」陳喬樅云：「詩釋文『慇慇』下云：『樊光「於謹」反。爾雅云：憂也。』爾雅釋文：『殷，樊光「於謹」反。』郝氏懿行云：此即『隱』字之音。臧鏞堂云：爾雅是魯詩之學，樊光本必作『隱隱，憂也。』引詩云：『憂心隱隱。』王逸楚詞注亦與爾雅同，今本『殷殷』，皆後人據毛詩改之。舊校可證也。」黃山云：「詩於用韻之字，可即韻而得音義之範圍，北門『憂心殷殷』，本當作『慇』，與下『莫知我艱』爲韻。說文：『慇，痛也。』即此字。毛作『殷』，釋文又作『慇』，又音『隱』。作『慇』是矣，音『隱』則非。此詩『憂心殷殷』，本當作『隱』，與下『宇』、『怒』亦爲韻。『殷』即『隱』之通叚，故柏舟『如有隱憂』，韓『隱』本作『殷』。書大傳『以孝子之隱乎』，鄭注：『隱字或爲殷。』周語『勤恤民隱』，劉熊碑引作『勤恤民殷』。文選閒居賦『隱隱乎』，李注：『亦作殷殷，音義同。』皆可互證。蓋『殷』之字从反身爲依，本有『隱』義。惟毛作从『心』之『慇』，則古無通者矣。」易林大過之泰『我生不辰』，明齊毛文同。

爲謀爲毖，亂況斯削。告爾憂恤，誨爾序爵。誰能執熱，逝不以濯？其何能淑，載胥及溺！【疏】傳：「毖，慎也。濯，所以救熱也。禮，亦所以救亂也。」箋：「女爲軍旅之謀，爲重慎兵事也，而亂滋甚於此，日見侵削。言其所任非賢。恤，亦憂也。逝，猶去也。我語女以憂天下之憂，教女以次序賢能之爵，其爲之當如手持熱物之用濯。謂治國之道，當用賢者。淑，善。胥，相。及，與也。女若云此於政事何能善乎？則女君臣皆相與陷溺於禍難。」

○趙岐孟子章句七：「是猶執熱而不以濯也。詩云：『誰能執熱，逝不以濯？』詩大雅桑柔之篇，言誰能持熱，而不以水濯其手。」此魯說也。段玉裁云：「尋詩意，『執熱』言觸熱苦熱。『濯』訓『滌』，沐以濯髮，浴以濯身，洗以濯足，皆得云『濯』。詩謂誰能苦熱，而不澡浴以潔其體，以求涼快者乎？凡爲熱水所湯者，不可以冷水浸激。前人注皆云『濯其手』，由泥於『執』字耳。」愚案：以「執熱」爲苦熱，杜詩中屢用之。韓昌黎答張籍書云：「若執熱者之濯清風也。」此皆段說所本。左襄三十一年傳衞北宮文子引詩，釋之云：「禮之於政，如熱之有濯也。濯以救熱，何患之有？」墨子尚賢中篇：「爵位不高，則民不敬也。蓄祿不厚，則民不信也。政令不斷，則民不畏也。故古聖王高予之爵，重予之祿，任之以事，斷予之令，夫豈爲其臣賜哉，欲其事之成也。詩曰：『告女憂卹，誨女予鬱。孰能執熱，鮮不用濯？』則此語古者國君諸侯之不可以不執善承嗣輔佐也，譬之猶執熱之有濯也，將休其手焉？」王念孫雜志云：「鬱，爲『爵』之譌。兩『爾』字皆作『女』，『序』作『予』，『誰』作『孰』，『逝』作『鮮』，『以』作『用』，所見詩有異文也。『善』上『執』字衍。」是解經『濯』爲『濯手』，其義最古。唐人新解，未足以易之也。又章句七：「詩云：『其何能淑，載胥及溺。』淑，善也。載，辭也。胥，相也。刺時君臣何能爲善乎？但相與爲沈溺之道也。」韓詩外傳四、外傳六並引詩「其何能淑，載胥及溺。」明魯韓經文與毛同。

如彼遡風，亦孔之僾。民有肅心，荓云不逮。好是稼穡，力民代食。稼穡維寶，代食維好。

【疏】傳：「遡，鄉。僾，唈。荓，使也。『力民代食』，無功者食天祿也。」箋：「肅，進。逮，及也。今王之爲政，見之使人唈然如鄉疾風，不能息也。王爲政，民有盡於善道之心，當任用之，反卻退之，使不及門。但好任用是居家吝嗇於聚斂作力之人，令代賢者，處位食祿。明王之法，能治人者食於人，不能治人者食人。禮記曰：『與其有聚斂之臣，寧有盜臣。』聚斂之臣害民，盜臣害財。』此言王不尚賢，但貴吝嗇之人與愛代食者而已。」○釋言：「僾，唈也。」郭云：「嗚唈，短氣。」皆見詩。」是「如彼」二句喻王政所及，民皆如彼鄉疾風者，爲之唈然短氣。釋詁：「肅，進也。」又：「俾、拼、抨，使也。」郭注：「皆謂使令。見詩。」爾雅不爲「荓」字作訓。釋文：「荓，或作拼。」蓋三家詩自作「拼」、「抨」，不作「荓」也。以上鄭箋皆卽據魯義。王念孫云：「傳箋不解『云』字。廣雅釋詁：『云，有也。』『荓云不逮』，卽使有不逮是也。古以仕進爲行，論語『用之則行』是也。廣雅釋詁：『進，行也。』民有進心，卽有欲行其道之心。使有不逮，卽使有不行耳，不必如箋所云『使不及門』也。」箋說「稼穡」爲「居家吝嗇」。釋文：「家，王申毛，音『駕』，謂耕稼也。鄭作『家』，謂居家也。穡，本亦作嗇。尋鄭『家嗇』二字本皆無『禾』，下『稼穡卒痒』始从『禾』。」案，下章「稼穡卒痒」，鄭亦从「禾」，此章直解作「家嗇」，未合。韓詩外傳十晉平公之時篇引詩「稼穡維寶，代食維好」二句，仍作「稼穡」，是毛本之作「家嗇」，字或省缺，不當有別義。韓文可證。魯、齊當同。詩言有土此有財，稼穡本王之所好也，王好是稼穡，勤民爲資而使人代食之。朝廷處位所食之禄，皆自勤民來也。是稼穡信維寶矣，食天禄者亦必果好，庶足以對吾民耳。漢書食貨志「力農數耘」，注：「力，謂勤作之也。」孟子「禄足以代其耕也」，注：「士不得耕，以禄代耕也。」禮仲尼燕居注：「好，善也。」左襄二十八年傳疏：「好，卽善之意也。」

天降喪亂，滅我立王。降此蟊賊，稼穡卒痒。哀恫中國，具贅卒荒。靡有旅力，以念穹蒼。【疏】傳：「贅，屬。荒，虚也。穹蒼，蒼天。」箋：「滅，盡也。蟲食苗根曰蟊，食節曰賊。耕種曰稼，收斂曰穡。卒，盡。痒，病也。天下喪亂國家之災，以窮盡我王所恃而立者。謂蟲孽爲害，五穀盡病。恫，痛也。哀痛乎中國之人，皆見係屬於兵役，家家空虚。朝廷曾無有同力諫諍，念天所爲下此災。」〇韓詩外傳八梁山崩篇、外傳十魏文侯問里克篇並引詩：「天降喪亂，滅我立王。」明韓毛文同。楊雄大司農箴：「府藏單虚，廩積靡倉。陵遲衰微，姬卒以痒。」用魯經文。易林同人之節：「螟蟲爲賊，害我稼穡。盡禾殫生，秋無所得。」用齊經文。韓詩外傳六「民勞思佚，治暴思仁，刑危思安，國亂思天。詩曰：『靡有旅力，以念穹蒼。』」亦韓毛文同。釋天：「穹蒼，蒼天也。」郭注：「天形穹隆，其色蒼蒼，因名。」邢疏引李巡曰：「古時人質，仰視天形穹隆而高，其色蒼蒼然，故曰穹蒼。」魯毛義同，齊韓當不異。

維此惠君，民人所瞻。秉心宣猶，考慎其相。維彼不順，自獨俾臧。【注】魯「俾」作「卑」。自有肺腸，俾民卒狂。【疏】傳：「相，質也。」箋：「惠，順。宣，徧。猶，謀。慎，誠。相，助也。維至德順民之君，爲百姓所瞻仰者，乃執正心舉事，徧謀於衆，又考誠其輔相之行，然後用之。言擇賢之審。臧，善也。彼不施順道之君，自多足獨謂賢。言其所任之臣皆善人也。不復考慎，自有肺腸行其心中之所欲，乃使民盡迷惑如狂，是又不宣猶。」○「不順」，與「惠君」對舉，「不順」即「不惠」也。「自獨俾臧」，自獨以所使者爲臧也。民視君爲效法，不善而以爲善，是使民惑矣。禮祭統鄭注：「惟此惠君，民人所瞻。」明齊毛文同。「魯俾作卑」者，呂覽知度篇高注：「自智謂人愚，自巧謂人拙。詩云：『惟此不順，自獨卑臧。自有肺腸，俾民卒狂。』愚拙者之謂也。」淮南氾論訓高注亦云：「訾毀人行，自獨卑臧。」皆以「卑」爲「俾」，是魯作「卑」。「俾」正字，「卑」借字。

瞻彼中林，甡甡其鹿。朋友已譖，不胥以穀。人亦有言，進退維谷。【疏】傳：「甡甡，衆多也。谷，窮也。」箋：「譖，不信也。胥，相也。以，猶與也。穀，善也。視彼林中，其鹿相輩耦行，甡甡然衆多。今朝廷羣臣皆相欺，皆不相與以善道，言其鹿之不如。〔進退維谷〕，前無明君，卻迫罪役，故窮也。」○說文：「甡，衆生並立之皃。」重言之則衆多曰「甡甡」。文選班固幽通賦曹大家注：「大雅曰：『人亦有言，進退惟谷。』此敬慎之戒也。」韓詩外傳六載齊家石他死田常事，外傳十載楚申鳴死白公事，並引「人亦有言，進退維谷」二句。阮元云：「『谷』乃『穀』之叚借字，本字爲『穀』。

釋天：「東風謂之谷風。」郭注：「谷之言穀。」書堯典「昧谷」，周禮縫人注作「柳穀」。）『進退維穀』，穀，善也。此乃古語，詩人用之。近在『不胥以穀』之下，嫌於二『穀』相並爲韻，卽改一叚借之『谷』字，此詩人義同字變之例也。晏子春秋叔向問晏子曰：『齊國之德衰矣，今子何若？』晏子對曰：『嬰聞事明君者竭心力以没其身，行不逮則退，不以誣持祿。事惰君者優游其身以没其世，力不能則去，不以諛持危。且嬰聞君子之事君也，進不失忠，退不失行。不苟合以隱忠，可謂不失忠；不持利以傷廉，可謂不失行。』叔向曰：『善哉！詩有之曰：「進退維谷」，其此之謂與？』此與外傳言石他『進盟以免父母，退伏劍以死其君』，引詩『進退維谷』同義，皆謂處兩難善全之事而處之皆善也。歎其善，非嗟其窮也。且叔向曰『善哉』，『善』字卽明訓『谷』字也。」愚案：阮說是矣。胡承珙駁之，以爲石申二事是謂進退兩窮，未可謂進退皆善。夫二人事處極難，但求全義，不必全身，此卽聖人殺身成仁之旨，其終同歸於善。凡事至窮時皆必求善道以處之，曹大家所謂「敬愼之戒」，亦不外此。晏子古說，無可疑難。韓傳二事並足證合，是釋「谷」爲「善」，於義允協。經訓當引之愈深，不應疏之使淺，致乖古人立言之意也。

維此聖人，瞻言百里。維彼愚人，覆狂以喜。匪言不能，胡斯畏忌？【注】魯「斯」亦作「此」。

【疏】傳：「瞻言百里，遠慮也。」箋：「聖人所視而言者百里，言見事遠而王不用。有愚闇之人，爲王言其事，淺且近耳，王反迷惑信用之而喜。『胡』之言『何』也。賢者見此事之是非，非不能分別皁白，言之於王也，然不言之何也？此提懼犯顏得罪罰。」〇韓詩外傳五：「不出户而知天下，不窺牖而見天道。詩曰：『惟此聖人，瞻言百里。』」外傳十引同。胡承珙云：「箋以『瞻言』之言爲言語，今案，『瞻言』之言，但爲語助。據韓詩云云，亦不以『瞻言』爲所視而言也。」「魯斯亦作此」者，徐幹中論虛道篇：「忠言之不出，以未有嗜之者也。詩曰：『匪言不能，胡斯畏忌。』」明魯毛文同。漢書賈山傳山至言，論秦不納諫，亦引詩「匪言不能，胡此畏忌」。賈山上書當文帝時，所用魯詩，「斯」字作「此」，蓋魯「亦作」本。

維此良人，弗求弗迪。維彼忍心，是顧是復。民之貪亂，寧爲荼毒？【疏】傳：「迪，進也。」箋：「良，善也。國有善人，王不求索，不進用之。有忍爲惡之心者，王反顧念而重復之。言其忽賢者而愛小人。貪，猶『欲』也。天下之民苦王之政，欲其亂亡，故安爲苦毒之行，相侵暴。慍恚云之然。」○荀子儒效篇「凡人莫不欲安榮而惡危辱，故唯君子爲能得其所好，小人則日徼其所惡。詩曰：『維此良人，弗求弗迪。維彼忍心，是顧是復。民之貪亂，寧爲荼毒？』此之謂也。」禮坊記：「詩云：『民之貪亂，寧爲荼毒？』」鄭注：「言民之貪爲亂者，安其荼毒之行。惡之也。」明魯齊與毛同。

大風有隧，【注】魯「大」作「泰」。有空大谷。維此良人，作爲式穀。維彼不順，征以中垢。【疏】傳：「隧，道也。中垢，言闇冥也。」箋：「西風謂之大風。大風之行，有所從而來，必從大空谷之中。喻賢愚之所行，各由其性。作，起。式，用。征，行也。賢者在朝則用其善道，不順之人則行闇冥。受性於天，不可變也。」○「魯大作泰」者，釋天：「西風謂之泰風。」郭注：「詩曰：『泰風有隧。』」此用舊注魯詩文。御覽九、初學記一引詩亦作「泰」。詩釋文：「大，毛如字，鄭音泰。」箋用魯詩改毛。惟潛夫論班祿篇、遏利篇兩引「大風」，（詳下。）皆據魯詩，「泰」仍同毛作「大」。古書多叚「大」爲「泰」，師讀固自不同也。韓詩外傳五「以明扶明則昇于天，以明扶闇則歸其人。兩瞽相扶，不傷牆木，不陷井穽，則其幸也。詩曰：『惟彼不順，往以中垢。』闇行也。」陳喬樅云：「參之箋說，『往』疑『征』之譌。」愚案：陳說是也。「中垢」言闇冥，與牆有茨「中冓」音義皆同。

大風有隧，【注】韓「隧」作「隊」，魯亦作「遂」。貪人敗類。聽言則對，誦言如醉。匪用其良，覆俾我悖。【疏】傳：「類，善也。覆，反也。」箋：「類，等夷也。對，答也。貪惡之人，見道德之言則應答之，見誦詩書之言則冥臥如醉。居上位而行此，人或效之。居上位而不用善，反使我爲悖逆之行。是形其敗類之驗。」○「韓隧作隊，魯亦作遂」者，韓詩外傳五：「福生於無爲，而患生於多欲。知足，然後富從之。德宜君人，然後貴從之。故貴爵而賤德者，雖爲天子，不尊矣。貪物而不知止者，雖有天下，不富矣。夫土地之生不益，山澤之出有盡，懷不富之心而求不益之物，挾百倍之欲而求有盡之財，是桀紂之所以失其位也。詩曰：『大風有隊，貪人敗類。』」據此，韓「隧」作「隊」。潛夫論班祿篇「咸氣加而化上風，患害切而迫飢寒，此滅紂所以不能詰其盜者也。詩曰：『大風有隧，貪人敗類。』」明魯、毛文同。又遏利篇言是大風也，必將有遂是貪人也，必將敗其類。亦用魯詩，「隧」作「遂」，是魯亦作「遂」。隊、遂皆與「隧」同聲而義不異。列女晉羊叔姬傳、漢書宣元六王傳贊均引詩「貪人敗類」。韓詩外傳六引詩：「聽言則對，誦言如醉。」明三家皆與毛文同。

嗟爾朋友，予豈不知而作！如彼飛蟲，時亦弋獲。既之陰女，反予來赫。【疏】傳：「赫，炙也。」箋：「『嗟爾朋友』者，親而切磋之也。而，猶『女』也。我豈不知女所行者惡與？直知之。女所行如是，猶鳥飛好自恣東西南北，時亦爲弋射者所得。言放縱久無所拘制，則將遇伺女之間者得誅女也。之，往也。口距人謂之『赫』。我恐女見弋獲，既往覆陰女。謂啟告之以患難也。女反赫我，出言悖怒，不受忠告。」

民之罔極，職涼善背。爲民不利，如云不克。民之回遹，職競用力。【疏】傳：「涼，薄也。」箋：「職，主。諒，信也。民之行失其忠者，主由爲政者信用小人，工相欺違。克，勝也。爲政者害民，如恐不得其勝。言至酷也。競，逐也。言民之行維邪者，主由爲政者逐用彊力相尚故也。言民愁困，用生多端。」○陳啟源云：「末二章三言民俗之敗，皆歸咎於執政之人。上欺違，則民心罔中矣；上尚力而不尚德，則民行邪僻矣；上爲寇盜之行，則民心不能安定矣。此詩刺王而兼及朝臣，故篇末縷陳之。」漢書五行志「盡涼陰之哀」注顏：「涼，信也。」是「涼」本與「諒」通訓，箋卽本齊義易毛。下「涼曰」同作「諒」，誤也。

民之未戾，職盜爲寇。涼曰不可，覆背善詈。雖曰匪予，既作爾歌！【疏】傳：「戾，定也。」箋：「爲政者主作盜賊爲寇害，令民心動搖不安定也。善，猶『大』也。我諫止之以信，言女所行者不可。反背我而大詈，言距己諫之甚。予，我也。女雖觝距己言，此政非我所爲，我已作女所行之歌，女當受之而改悔。」

桑柔十六章，八章章八句，八章章六句。

雲漢【注】韓詩曰：「對彼雲漢。」韓說曰：「宣王遭旱仰天也。」【疏】毛序：「仍叔美宣王也。宣王承厲王之烈，內有撥亂之志，遇烖而懼，側身修行，欲銷去之。天下喜於王化復行，百姓見憂，故作是詩也。」箋：「仍叔，周大夫也。春秋魯桓公五年：『夏，天王使仍叔之子來聘。』烈，餘也。」○「對彼」至「天也」，鈔本北堂書鈔天部引韓詩及注文，所云「宣王遭旱仰天」，與毛序同，特未言仍叔作詩耳。合之繁露「宣王憂旱」云云，（詳下。）是齊詩與韓合。魯詩當無異義。

倬彼雲漢，昭回于天。【疏】傳：「回，轉也。」箋：「雲漢，謂天河也。昭，光也。倬然天河水氣也，精光轉運于天。時旱渴雨，故宣王夜仰視天河，望其候焉。」○韓詩作「對彼雲漢」。（引見上。）王念孫云：「『對』當爲『菿』，菿、倬古字通。小雅甫田篇『倬彼甫田』，釋文云：『倬，韓詩作菿，卓也。』是毛『倬』字，韓皆作『菿』，則『對』爲『菿』之譌無疑。俗書『⿰丵刂』字或作『對』，見漢孔廟置守廟百石孔龢碑及干祿字書。『菿』字或作『⿰丵刂』。『菿』之爲『⿰丵刂』，猶『荊』之爲『荆』，二形相似，世人多見『對』，少見『⿰丵刂』，故『⿰丵刂』譌爲『對』矣」。互詳甫田篇。王曰於乎！何辜今之人？天降喪亂，饑饉薦臻。【注】齊「於乎」作「嗚呼」,「薦」作「荐」。靡神不舉,靡愛斯牲。圭璧既卒,寧莫我聽?【注】韓說曰:「天子奉玉升柴,加於牲上。【疏】傳:「薦,重。臻,至也。」箋:「辜,罪也。王憂旱而嗟歎,云何罪與今時天下之人,天仍下旱災亡亂之道,饑饉之害復重至也。靡、莫,皆『無』也。言王爲旱之故,求於羣神,無不祭也。無所愛於三牲,禮神之圭璧又已盡矣,曾無聽聆我之精誠,而興雲雨。」○「齊於乎作嗚呼,薦作荐」者,春秋繁露郊祀篇:「周宣王時,天下大旱,歲惡甚,王憂之。」引此章十句,與毛文同,惟「於乎」作「嗚呼」,「薦」作「荐」。「天子」至「牲上」,禮郊特牲疏引韓詩內傳文。陳喬樅云:「此詩二章言:『不殄禋祀,自郊徂宮。』此章『圭璧既卒』,承上『靡愛斯牲』,當兼燔柴之玉言之。箋僅釋圭璧爲禮神之玉,其義未備。」荀悅漢紀六:「消灾復異,則有周宣雲漢,寧莫我聽。」用齊經文。

旱既太甚,蘊隆蟲蟲。【注】韓「蘊」作「鬱」,「蟲」作「烔」。魯「蟲」作「爞」。【疏】傳:「蘊蘊而暑,隆隆而雷,蟲蟲而熱。」箋:「隆隆而雷,非雨雷也,雷聲尚殷殷然。」○「蘊作鬱,蟲作烔」者,釋文引韓詩文。馬瑞辰云:「釋文:『蘊,本又作煴。』說文有『薀』無『蘊』,云:『薀,積也。』『蘊』即『薀』之俗字。薀、温、煴古同聲,薀、鬱雙聲,故通用。釋言:『鬱,氣也。』李巡曰:『鬱,盛氣也。』荀子富國篇『使夏不宛暍』,楊倞注:『宛,讀爲鬱,暑氣也。』是『薀』又通作『宛』。宛、鬱亦雙聲。『蘊隆』,謂暑氣鬱積而隆盛也。」「蟲作烔」者,衆經音義四引埤蒼:「烔烔,熱貌也。」廣韻:「烔,熱氣烔烔。」「烔」與「蟲」皆「徒冬」反,故通用。「爞」通作「烔」,猶說文「蝕」從「蟲」省聲,讀若「同」也。陳喬樅云:「『鬱』,本訓火氣,左定二年傳『鬱攸從之』,杜注:『鬱攸,火氣也。』詩以火氣之熏比旱氣之熏,故云『鬱隆烔烔。』」華嚴經音義下引韓詩傳曰:「烔,謂燒草傅火盛也。」「傅火」與「燒」字意複,當是「傳火」之譌,此「烔」字本義也。字林訓「烔」爲「熱氣烔烔」,即本韓詩。釋名:「熱,爇也,如火所燒爇也。」是「熱氣」即爇火之氣。玉篇:「爞,熏也。」集韻:「爞,本作烔。」則「爞」乃「烔」之或體。「魯蟲作爞」

者，釋訓「爞爞，薰也。」郭注：「旱熱薰炙人。」毛詩「蟲蟲」，卽「爞爞」之省。不殄禋祀，自郊徂宮。上下奠瘞，靡神不宗。后稷不克，上帝不臨。耗斁下土，【注】韓說曰：耗，惡也。寧丁我躬？【疏】傳：「上祭天，下祭地，奠其禮，瘞其物。宗，尊也。國有凶荒，則索鬼神而祭之。丁，當也。」箋：「宮，宗廟也。爲旱故絜祀不絕，從郊而至宗廟。奠瘞天地之神，無不齊肅而尊敬之。言徧至也。克，當作『刻』。刻，識也。斁，敗也。奠瘞羣臣，（疑『神』。）而不得雨，是我先祖后稷不識知我之所困與？天不視我之精誠與？猶以旱耗敗天下爲害，曾使當我之身有此乎？先后稷，後上帝，亦從宮之郊。」○繁露郊祀篇又引此章十句，與毛文同，惟『斁』作『射』，下又云：「宣王自以爲不能乎后稷，不中乎上帝，故有此災。有此災，愈恐懼而謹事天。」馬瑞辰云：「劉台拱曰：『宮，卽王宮祭日之類，周禮所謂壇壝宮。』其說是也。祭廟、祭郊不同日，下云『后稷不克』者，謂郊天以后稷配，非祭宗廟也。箋說失之。」陳喬樅云：「論衡須頌篇云：『成湯遭旱，周宣亦然。然而成湯加「成」，宣王言「宣」。无妄之災，不能虧政。』據董子引詩『饑饉荐臻』。釋言：『荐，再也。』釋天又曰：『仍饑爲荐。』毛傳作『薦』，訓爲『重』。釋詁：『臻，仍乃也。』仍、乃古通用，訓『臻』爲『乃』，卽訓『臻』爲『仍』也。『薦臻』，猶今言『頻仍』耳。六章曰『胡寧瘨我以旱』，釋文引韓詩作『疹』，云『重也』。皇甫謐言，宣王元年大旱，二年不雨，至六年乃雨。謐言無據，然遭旱非止一年，則三家說同。齊說云『不能乎后稷，不中乎上帝』，皆爲自責之詞，於義尤協。」黃山云：「據繁露說『不克』、『不臨』，詩皆倒文見義，以『能』訓『克』，以『中』訓『臨』。『中』讀如『仲』，與『臨』皆以『適』通訓，猶云『不當』也，與箋義迥別。」愚案：說苑君道篇：「詩曰：『上下奠瘞，靡神不宗。』言疾旱也。」此魯說。「耗，惡也」者，釋文引韓詩文。後漢竇后紀「問息耗」，李注引薛君章句曰：「耗，惡。息耗。猶言善惡也。」「耗」卽「秏」之俗。玉篇禾部云：「秏，敗也。」引詩「秏斁下土」。毛「耗」無訓，傳云：「斁，敗也。」蓋以「斁」爲「殬」之借字，則「耗」義當訓「惡」，與韓同。馬瑞辰云：「後漢順帝紀詔『靡神不禜』，三家詩蓋有作『禜』者。」

旱既太甚，則不可推。兢兢業業，如霆如雷。周餘黎民，靡有孑遺。昊天上帝，則不我遺。胡不相畏，先祖于摧？【疏】傳：「推，去也。兢兢，恐也。業業，危也。無孑然遺失也。摧，至也。」箋：「黎，衆也。旱既不可移去，天下困於饑饉，皆心動意懼，兢兢然，業業然，狀如有雷霆近發於上。周之衆民多有死亡者矣，今其餘無有孑遺者。言又餓病也。摧，當作『嗺』。嗺，嗟也。天將遂旱餓殺我與？先祖何不助我恐懼，使天雨也。先祖之神于嗟乎，告困之辭。」○趙岐孟子章句：「『周餘黎民，靡有孑遺。』志在憂旱災民，無孑然遺脫、不遭旱災者，非無民也。」論衡治期篇：「詩道周宣遭大旱矣。詩曰：『周餘黎民，靡有孑遺。』言無有可遺一人不被害者。災害之甚者也。」又藝增篇：「詩云：『周餘黎民，靡有孑遺。』是謂周宣之時遭大旱之災也。詩人傷旱之甚，民被其害，言無有孑遺一人不愁痛者。夫旱甚，則有之矣；言無有孑遺一人，增之也。周之民遭大旱之災，貧羸無蓄積，扣心思雨。若其富人，穀食饒足，廩囷不空，口腹不飢，何愁之有？而言『靡有孑遺』，增益其文，欲言旱甚也。」以上皆魯說。漢書高惠文功臣表：「靡有孑遺，耗矣。」用齊經文。孟子說「孑遺」爲「遺民」，以「遺存」爲義，魯齊說同。毛訓「遺」爲「遺失」，是謂天盡殺之，不失一人，義雖相成，實故爲異說。馬瑞辰云：「『則不我遺』，遺，當讀如『問遺』之遺。廣雅釋詁：『問，遺也。』若如正義訓爲『留遺』，則與『孑遺』語相複矣。」

旱既太甚，則不可沮。赫赫炎炎，云我無所。大命近止，靡瞻靡顧。羣公先正，則不我助。父母先祖，胡寧忍予？【疏】傳：「沮，止也。赫赫，旱氣也。炎炎，熱氣也。大命近止，民近死亡也。先正，百辟卿士也。先祖，文武爲民父母也。」箋：「旱既不可卻止，熱氣大甚，人皆不堪。言我無所芘蔭處，衆民之命，近將死亡，天曾無所視，無所顧於此國中而哀閔之？百辟卿士，雩祀所及者，今曾無肯助我憂旱。先祖文武，又何爲施忍於我，不使天雨？」○漢書敍傳：「赫赫炎炎。」易林乾之睽：「陽旱炎炎，傷害禾穀。穡人無食，耕夫歎息。」明齊毛文同。後漢質帝紀梁太后詔曰：「自春涉夏，大旱炎赫。」后通韓詩，用韓經文。

旱既太甚，滌滌山川。【注】三家「滌」作「蔋」。旱魃爲虐，如惔如焚。【注】三家「惔」作「炎」。我心憚暑，【注】韓說曰：憚，苦也。憂心如熏。羣公先正，則不我聞。昊天上帝，寧俾我遯？【疏】傳：「滌滌，旱氣也。山無木，川無水。魃，旱神也。惔，燎之也。憚，勞。熏，灼也。」箋：「憚，猶『長』也。旱既害於山川矣，其氣生魃而害益甚，草木焦枯，如見焚燎然。王心又畏難此熱氣，如灼爛於火。言熱氣至極。『不我聞』者，忽然不聽我之所言也。天曾將使我心遯遯慙愧於天下，以無德也。」○「三家滌作蔋」者，說文：「蔋，草旱盡也。从艸，俶聲。詩曰：『蔋蔋山川。』」玉篇艸部「蔋」亦引詩「蔋蔋山川」，云：「蔋蔋，旱氣也。本亦作滌。」廣韻：「蔋，艸木旱死也。」集韻：「蔋，或作藡。」說文字本从「俶」，自玉篇傳寫誤从「淑」，廣韻集韻皆沿其誤。玉篇云「亦作滌」，本借毛字通讀。集韻又誤增「艸」，則更不經。皆當據說文、毛詩訂正。毛作「滌」，則作「蔋」者三家也。黃山云：「說文茲、蔋連文，『茲』訓『艸木多益』，『絲』省聲；『蔋』訓『艸旱盡也』，『俶』聲。段玉裁所謂反對成文者是矣。『絲』从二『系』，故其義爲『益』、爲『多』。『俶』，善也，一曰始也。道貴隱而惡顯，故『臧』之字即爲『藏』。物自無而之有，故『元』之字通於『无』。艸木初生爲『屮』，引申卽爲『屯難』之屯。故『蔋』以『俶』爲聲而得『旱盡』之義，亦卽釋詁『鮮』爲『善』，『落』爲『始』之恉。蔋、俶本一音伸縮之轉，从『尗』之字有『宋』，从『叔』之字有『惄』，亦不獨『踧踧周道』之踧，與『蔋』得同有『徒歷』音也。史記魯仲連傳、文選子虛賦皆以『俶』爲『倜儻』之倜，卽以同音通叚，尤『俶』有『徒歷』音之證。段說文注反疑从『俶』音義不類。當以『藡』爲正字，謂从『滌』，如艸木盪滌無有。然滌，洒也；盪，滌器也，亦無『盡』義，且果如段說，毛有本字，不必加『艸』。『麀鹿濯濯』之濯，毛訓『娛游』，趙岐訓『肥飽』，『娛』與『肥』皆美善意，孟子卽用爲若彼『濯濯』之濯。段說淺率，於字義、經訓蓋兩失之。」易林革之豐「旱魃爲虐」，明齊毛文同。又小畜之中孚「魃爲災虐」，用齊經文。玉篇引文字指歸曰：「女妭禿無髮，所居之處天不雨。」山海經大荒北經：「係昆之山，有人衣青衣，名曰黃帝女妭。黃帝攻蚩尤冀州，蚩尤請風伯雨師，縱大風雨。黃帝乃下天女曰妭，雨止，遂殺蚩尤。妭不得上，所居不雨。」「妭」卽「魃」字之叚借。張衡客難曰：「女魃北而應龍翔。」義本山海經，其說最古。御覽引韋昭詩答問曰：「旱魃眼在頭上。」與神異經言「魃目在頂上」合。「三家惔作炎」者，後漢章帝紀建初五年詔：「今時復旱，如炎如焚。」李注引韓詩曰：「旱魃爲虐，如炎如焚。」知三家今文皆作「炎」字。說文：「炎，火光上也。」「憚，苦也」者，釋文引韓詩文。陳喬樅云：「傳云：『憚，勞。』箋云：『憚，猶畏也。』勞、苦義近，『畏』亦『苦』之意也。」馬瑞辰云：「遯，當讀『屯難』之屯。遯、屯古同聲，遯、困亦同聲。廣雅釋詁：『困，逃也。』『遯』義爲『逃』，亦爲『困』。遺人疏引書傳云：『居而無食謂之困。』寧、乃一聲之轉，『寧俾我遯』，猶云乃使我困也。箋說失之。」

旱既太甚，黽勉畏去。【注】魯「黽勉」作「密勿」。**胡寧瘨我以旱，**【注】韓「瘨」作「疹」，云：疹，重也。**憯不知其故？祈年孔夙，方社不莫。昊天上帝，則不我虞。敬恭明神，宜無悔怒。**【疏】傳：「悔，恨也。」箋：「瘨，病也。黽勉，急禱請也。欲使所尤畏者去，所尤畏者魃也。天何曾病我以旱，曾不知爲政所失而致此害。虞，度也。我祈豐年甚早，祭四方與社又不晚，天曾不度知我心。肅事明神如是，明神宜不恨怒於我，我何由當遭此旱也。」○「魯黽勉作密勿」者，後漢蔡邕傳邕上封事曰：「宣王遭旱，密勿祇畏。」陳喬樅云：「據此，知毛詩『黽勉畏去』，魯作『密勿畏去』，與十月之交『黽勉從事』，劉向引作『密勿從事』文同。」馬瑞辰云：「廣雅釋詁：『畏，惡也。』卽苦此旱而惡去之也。箋說失之。」「瘆，重也」者，釋文引韓詩文。陳喬樅云：「釋言：『胗，重也。』『瘆』與『胗』音同義通。瘆，籀文『胗』字。衆經音義引三蒼云：『胗，腫也。』『腫』與『重』音義亦同。」愚案：說文瘨，「真」聲。胗、瘆皆「㐱」聲，真、㐱一聲之轉。胗訓「脣瘍」，「瘍」亦病，則「瘆」與「瘨」義仍合。張衡東京賦「爰敬恭於明神」，用魯經文。「明神」之神，釋文本作「祀」，云：「或作明神。」李富孫云：「文選陸機答張士然詩、江淹雜詩李注並引作『明祀』，後漢章帝紀、黃瓊傳並有『敬恭明祀』之文。孔龢碑、樊毅華山亭碑、白石神君碑亦同作『明祀』，當是三家本。」據此，神、祀古今文均兩作。魯作「明神」，則作「明祀」者當爲齊韓也。

旱既太甚，散無友紀。鞫哉庶正，疚哉冢宰，趣馬師氏，膳夫左右，靡人不周，無不能止。瞻仰昊天，云如何里？【疏】傳：「歲凶，年穀不登，則趣馬不秣，師氏弛其兵，馳道不除，祭事不縣，膳夫徹膳，左右布而不修，大夫不食粱，士飲酒不樂。周，救也。無不能止，言無止不能也。」箋：「人君以羣臣爲友。『散無其紀』者，凶年祿餼不足，又無賞賜也。鞫，窮也。庶正，衆官之長也。疚，病也。『窮哉』、『病哉』者，念此諸臣勤於事而困於食，以此言勞倦也。『周』，當作『賙』。王以諸臣困於食，人人賙給之，權救其急，後日乏無不能豫止。里，憂也。王愁悶於不雨，但仰天曰，當如我之憂何。」○胡承珙云：「正義申鄭：『言上文言王之於臣祿餼不足，則此言當爲王救羣臣，不宜爲羣臣救人，故易傳。』今案，春秋時列國有災，卿大夫尚有能出所蓄以賑窮民者，如楚子文、宋公子鮑之類。則宣王之時，羣臣以祿食之餘，賙給百姓，固其宜矣。若謂臣困於食而王給之，則是給其祿餼，不當言『周』。且周官荒政十二，無賑給羣臣之條。庶政，冢宰位高祿厚，此而待賑，民當若何？況救荒當先及小民，不應但賙給有位也。」釋文：「里，如字，憂也。本亦作『𤸎』，爾雅作『悝』，並同。」

瞻卬昊天，有嘒其星。【注】三家「嘒」作「䜋」，「星」作「聲」。大夫君子，昭假無贏。大命近止，無棄爾成。何求爲我，以戾庶正？瞻卬昊天，曷惠其寧？【疏】傳：「嘒，衆星貌。假，至也。戾，定也。」箋：「假，升也。王仰天，見衆星順天而行嘒嘒然，意感，故謂其卿大夫曰：天之光耀升行不休，無自贏緩之時，今衆民之命近將死亡，勉之助我，無棄女之成功者。若其在職復無幾，何以勸之也。使女無棄成功者何？但求爲我身乎？乃欲以安定衆官之長，憂其職事。曷，何也。王仰天曰：當何時順我之求，使我心安乎？渴雨之至也，得雨則心安。」○「三家嘒作䜋，星作聲」者，說文：「䜋，聲也。从言，歲聲。詩曰：『有䜋其聲。』」段注：「如史所云『赤氣亘天，砰隱有聲』之類，蓋即此詩之異文。」愚案：天不旱亦有星，且係夜覩，非晝所覩。「有䜋其聲」，蓋災異之一端，故特言之。此出三家詩。嘒、䜋，星、聲音俱相近，諸家傳授字異，遂各據所聞釋之。馬瑞辰云：「說文廣雅並曰：『盈，緩也。』箋訓『贏』爲『緩』，義與『盈』同。但以文義求之，蓋勉羣臣敬恭祀典之意，言誠能昭假於天，其感應之理未有贏差者。」願無棄成功，助我求雨，冀天終惠我以安寧也。

雲漢八章，章十句。

崧高【疏】毛序：「尹吉甫美宣王也。天下復平，能建國親諸侯，褒賞申伯焉。」箋：「尹吉甫、申伯，皆周之卿士也。尹，官氏。申，國名。」○此詩及下章皆有詩人自名。三家無異義。

崧高維嶽，駿極于天。【注】三家「崧」作「嵩」，「駿」作「峻」。維嶽降神，生甫及申。維申及甫，維周之翰。四國于蕃，【注】韓「蕃」作「藩」。四方于宣。【疏】傳：「崧，高貌。山大而高曰崧。嶽，四嶽也。東嶽岱，南嶽衡，西嶽華，北嶽恒。堯之時，姜氏爲四伯，掌四嶽之祀，述諸侯之職於周，則有甫、有申、有齊、有許也。駿，大。極，至也。嶽降神靈和氣，以生申、甫之大功。翰，榦也。」箋：「降，下也。四嶽，卿士之官，掌四時者也，因主方嶽巡守之事，在堯時姜姓爲之，德當嶽神之意而福興，其子孫歷虞夏商，世有國土，周之甫也、申也、齊也、許也，皆其苗胄。申，申伯也。甫，甫侯也。皆有賢知，入爲周之楨榦之臣。四國有難，則往扞禦之，爲之藩屏。四方恩澤不至，則往宣暢之。甫侯相穆王，訓夏贖刑。美此俱出四嶽，故連言之。」○「三家崧作嵩，駿作峻。韓蕃作藩」者，禮孔子閒居：「其在詩曰：『嵩高維嶽，峻極于天。惟嶽降神，生甫及申。惟申及甫，惟周之翰，四國于蕃，四方于宣。』此文武之德也。」鄭注：「峻，高大也。翰，幹也。言周道將興，五嶽爲之生賢輔佐，仲山甫及申伯爲周之幹臣，天下之蕃衞，宣德于四方，以成其王功。此宣王詩也。」何休公羊莊四年解詁引詩：「嵩高惟嶽，峻極于天。」易林大壯之兑：「嵩高岱宗，峻直且神。」是齊「崧」作「嵩」，「駿」作「峻」。爾雅釋山：「山大而高崧。」釋文：「崧，本作嵩。」郭注：「今中嶽嵩高山，蓋依此立名。」邢疏引李巡云：「高大曰嵩。」（孔疏引李郭説作「嵩」，皆順毛改字。）李郭二説皆據爲「嵩」。釋文又云，足證經文本作「嵩」。楊雄河東賦：「瞰帝唐之嵩高兮。」漢書雄傳顔注：「嵩亦高也。『嵩高』者，謂唯天爲大，唯堯則之也。」應劭風俗通義十：「中央曰嵩高。詩云：『嵩高惟嶽，峻極于天。』」是魯「崧」作「嵩」，「駿」作「峻」。王應麟詩攷據韓詩外傳五引詩云：「嵩高維嶽，峻極于天。維嶽降神，生甫及申。維申及甫，維周之翰。四國于蕃，四方于宣。』此文武之德也。」是韓「崧」作「嵩」，「駿」作「峻」，「蕃」又獨作「藩」。文選游天台山賦李注、初學記五、藝文類聚七、白帖五、御覽三十九及八百八十一引詩首二句，皆作「嵩」、「峻」。毛據釋文無異本，則諸書所引亦皆韓詩。今外傳五「嵩」仍作「崧」，此如爾雅之「崧」，皆後人順毛改字。其餘三家説有作「崧」者，（趙岐孟子注、蔡邕楊公碑之類。）即誤字矣。韋昭國語注：「『嵩』字古通用『崇』字。」説文：「崇，嵬高也。」正與「嵩高」義合，别無「嵩」、「崧」字。新附補「嵩」，云：「中岳嵩山也。从山、从高，亦从松。」仍引韋注，通用「崇」字。崇，隸寫或爲「密」。漢書武帝改「嵩高」爲「密高」，以「密」本卽「嵩」也。後漢靈帝紀復「崇高」爲「嵩高」，則已離之矣。」說文：「嶽，東岱，南靃，（同「霍」。）西華，北恆，中太室，王者巡狩所至。」重文卽「岳」。諸家嶽、岳不同，今古異也。釋山首列五嶽之名，末復云：「泰山爲東嶽，華山爲西嶽，霍山爲南嶽，恆山爲北嶽，嵩高爲中嶽。」「嵩高」郭注：「太室山也。」是許言五嶽與雅訓合。毛傳以嶽爲堯時四岳，復舉四山以實之，又變霍言衡，以與衆異，鄭箋遷就其說，孔疏更强爲之辭。然閒居引詩，言「此文武之德」，鄭注云：「五嶽爲生賢輔佐。」外傳亦推本文武。夫申甫爲周輔佐，周備五嶽，自應統舉。德應由於文武，不必乞靈於堯時之山。證以爾雅說文，知三家有同義也。「嵩高」，本概言山之崇高，太室乃依以立名，郭注明言之。然就山說詩，五嶽自可任舉，齊主泰岱，易林卽就岱宗言「嵩高」。太室既被此名，說詩尤切，故應氏因說中嶽，亦引詩以見義。獨鼎臣新附字說竟以「嵩」爲中岳專名，不復知有嵩高之詩，斯大謬矣。陳喬樅云：「孔疏謂箋以甫爲甫侯，而孔子閒居引此詩，注以甫爲仲山甫，外傳稱樊仲山甫，則是樊國之君，必不得與申伯同爲嶽神所生。注禮之時，未詳詩意故耳。喬樅謂疏說非也。後漢張衡傳應閒曰：『申伯樊仲，實榦周邦。』亦以甫爲仲山甫，與鄭記注合。張述魯詩，鄭述齊詩，是魯齊說同。蔡邕薦董卓表云：『是故申伯山甫，列於大雅。』蔡亦述魯詩者，並以申甫爲申伯仲山甫。又司空楊公碑云：『昔在申呂，匡佐周宣，崧高作誦，大雅揚言。』『申呂』卽此詩之申伯山甫也。張衡司徒呂公誄云：『四嶽在虞，傅士佐禹。克厭天心，姓姜氏呂。登是南邦，以家以處。降及于周，穆侯作輔。登受八命，衮職靡傾。』據此，則樊仲山甫亦係出呂，同爲四嶽之裔，故詩言『惟嶽降神，生甫及申』也。孔疏以仲山甫是樊國之君，必不得與申伯同爲嶽神所生，何疏於考據邪？困學紀聞謂，『仲山甫』猶儀禮所謂『伯某甫』。『甫』與『父』同，若以仲山甫爲『甫』，則尹吉甫程伯休父亦可言『甫』矣。伯厚妄用駮難，其說愈失之。」愚案：陳氏引應閒「申伯樊仲」證齊義同於魯家，引呂誄「衮職靡傾」證樊仲亦出四岳，此二條最足破孔疏之固。惟三家既以「嶽」爲五嶽，則毛傳四岳之後本不關詩恉，係屬添設。況孔疏既謂姜姓於四岳之中爲其一，則非姜姓者尚有其三。既謂樊係國名，又何不可，姓姜姓呂，似亦不足辨也。至呂誄言姜呂而遠溯四嶽，說本齊太公世家。

亹亹申伯，王纘之事，于邑于謝，【注】韓「纘」作「踐」，云：「任也。」魯「纘」作「薦」，「謝」作「序」。南國是式。王命召伯，定申伯之宅。登是南邦，世執其功。【疏】傳：「謝，周之南國也。召伯，召公也。登，成也。功，事也。」箋：「亹亹，勉也。纘，繼。于，往。于，於。法，式也。亹亹然勉於德不倦之臣有申伯，以賢入爲王之卿士，佐王有功。王又欲使繼其故諸侯之事，往作邑於謝。南方之國皆統理施其法度，時改大其邑，使爲侯伯，故云然。之，往也。申伯忠臣，不欲離王室，故王使召公定其宅，令往居謝，成法度於南邦，世世持其政事，傳子孫也。」○「韓纘作踐，云任也」者，釋文引韓詩文。陳喬樅云：「禮中庸『踐其位』，鄭注：『踐，或作纘。』此踐、纘古通之證。韓訓『踐』爲『任』者，謂王任用之，使經理南國之事也。」「魯纘作薦，謝作序」者，潛夫論志氏姓篇：「四嶽伯夷，爲堯典禮，折民惟刑，以封申呂。裔或封于申城，在南陽宛北序山之下。故詩曰：『亹亹申伯，王薦之事。于邑于序，南國爲式。』」陳喬樅云：「地理志：『南陽郡宛，故申伯國有屈申城。』與潛夫論說合。又三式篇：『周宣王時，輔相大臣，以德佐治，亦獲有國。故尹吉甫作封頌二篇，其詩曰：「亹亹申伯，王纘之事。于邑于謝，南國是式。」又曰：「四牡彭彭，八鸞鏘鏘。王命仲山甫，城彼東方。」此言申伯仲山甫文德致昇平，而王封以樂土，賜以盛服也。』案，三式篇引詩，字仍與毛同，此後人據毛改之，非王氏舊本也。」愚案：纘、踐、薦皆音近通假。「謝」與「序」，亦雙聲轉變。

王命申伯，式是南邦。因是謝人，以作爾庸。王命召伯，徹申伯土田。王命傅御，遷其私人。【疏】傳：「庸，城也。徹，治也。御，治事之官也。私人，家臣也。」箋：「庸，功也。召公既定申伯之居，王乃親命之，使爲法度於南邦。今因是故謝邑之人而爲國，以起女之功勞。言尤章顯也。『治』者，正其井牧，定其賦稅。『傅御』者，二王治事，謂冢宰也。」○陳奂云：「書牧誓篇：『我友邦冢君，御事，司徒，司馬，司空。』指治事三卿。至大誥酒誥梓材召誥雒誥等篇言『御事』，皆爲諸侯治事之臣。此傳以『治事之官』釋經文之『御』，正與書義合。臣工『嗟嗟臣工』、『嗟嗟保介』，傳：『工，官也。』凡大國三卿，命於天子，皆有職司於王室，故天子得以敕之、命之。『傅御』，猶『保介』也。諸侯之上大夫卿，亦兼孤，故春秋陽處父爲太傅，士會將中軍爲太傅。箋以『傅御』謂『冢宰』，正義用箋申傳，失之。『私人』，卽傅御之私人。傅御爲諸侯之臣，故傳以『私人』爲『家臣』矣。禮玉藻『大夫私事，使私人，擯則稱名』。鄭注：『士臣於大夫曰私人。』儀禮士相見注：『家臣稱私。』『有司徹』，注：『私人家臣，己所自謁除也。』大夫言私人，明不純臣也。』此言私人爲大夫家臣之證。」

申伯之功，召伯是營。有俶其城，寢廟既成。既成藐藐，王錫申伯。四牡蹻蹻，鉤膺濯濯。【疏】傳：「俶，作也。藐藐，美貌。蹻蹻，壯貌。鉤膺，樊纓也。濯濯，光明也。」箋：「申伯居謝之事，召公營其位而作城郭及寢廟，定其人神所處。召公營位，築之已成，以形貌告於王，王乃賜申伯，爲將遣之。」○馬瑞辰云：「說文：『俶，善也。』『有俶』，爲城繕修之貌。」黃山云：「馬以『繕』通『善』，然說文：『繕，補也。』舊壞者可言『繕』，新營之城不得言『繕』明矣。釋詁：『俶，始也。』說文：『俶，善也。一曰始也。』『有俶其城』，猶云始有其城。詩云謝舊無城，營之始有，言『有』則城已成可知。『俶』對『既』言，『既』猶『終』也，相應爲辭。」愚案：上言『召伯是營』，則此不必更訓『俶』爲『作』。下文『藐藐』專指寢廟，承『寢廟既成』言也。釋詁：『藐藐，美也。』說文作『懇』。『鉤膺』，詳采芑篇。

王遣申伯，路車乘馬，我圖爾居，莫如南土，錫爾介圭，【注】魯「介」作「玠」。以作爾寶。往辺王舅，南土是保。【疏】傳：「乘馬，四馬也。寶，瑞也。辺，已也。申伯，宣王之舅也。」箋：「王以正禮遣申伯之國，故復有車馬之賜。因告之曰：我謀女之所處，無如南土之最善。圭長尺二寸謂之介。非諸侯之圭，故以爲寶。諸侯之瑞圭，自九寸而下。辺，辭也，聲如『彼記之子』之記。保，守也，安也。」○「魯介作玠」者，釋器：「珪大尺二寸謂之玠。」郭注：「詩曰：『錫爾玠珪。』」此魯說。「玠圭」，大圭，惟天子得有之，故經云「以作爾寶」。箋亦云「非諸侯之圭，故以爲寶」，惟申伯膺此特賜，俾之世守。韓奕篇「以其介圭，入覲于王」，則諸侯之命圭亦因緣稱之，與申伯所錫不同也。爾雅釋器以明禮制，字作「玠」，餘省作「介」。張衡述魯詩，其應閒云：「服衮而朝，介圭作瑞。」亦作「介」是也。「辺」，舊作「近」。黃山云：「此篇首、二、四、五、六章，第七句皆韻。『往近王舅』，『舅』字即與本章馬、土、寶、保上下爲韻。用韻之句，則有倒文，如六章『謝于誠歸』、七章『不顯申伯』皆是。『往近王舅』，亦當解作『王舅往近』。周語引書曰：『民可近也，亦不可上也。』韋注：『民可以思意近。』說文：『近，附也。』謂『親附』之也。華嚴經音義下引顧野王云：『近，所以爲親也。』皆『近』訓『親附』之證。王勉申伯往謝，親附其人民鄰國，以保守是土，故接云『南土是保』也。毛鄭皆順說之，故傳訓『近』爲『己』。『近』之古文作『𣥂』，上从『止』，則本有『己』義。己、止同部，故音亦可轉爲『己』。古已、己即一字，記、忌字从『己』，亦得通叚，故箋即讀『近』爲『彼記』之記。釋文遵傳箋作音，乃其通例。孔疏又申明『近』得轉『記』，由其聲近。皆即借『近』爲『己』，通『己』於『記』。唐石經以下各本，於『近』字亦從無異作。自宋毛居正撰六經正誤，始以『近』爲『辺』之誤。段阮以下，紛然據以改經。然說文『辺』在丌部『丌』訓『薦物』之丌。『辺』訓『遒人以木鐸記詩言』。徐鍇釋之云：『遒人行而求之，故从辵、丌。薦而進之於上也。』此即今『記載』之記。而『記』之本字說文訓爲『疏』，疏者昔所已言，非億不明，則專爲『記憶』之記。『彼記』之記，其本字既仍爲『己』，不可通於『⿺辶丌』明矣。是改『近』爲『⿺辶丌』，同出於借，固不如不改爲長。況說文『⿺辶丌』未引經，爾雅、廣雅皆不爲『⿺辶丌』作訓，又何從定爲此詩之本字乎？」愚案：縣之詩曰：「予曰有疏附。」訓「近」爲「附」，倒文見義，於說亦得。毛訓「近」爲「已」，「已」即「矣」字。「往矣王舅」，亦即倒文。箋讀爲「記」，作「彼記」，「記」下無「之」字，則不詞。以「⿺辶丌」通「記」，固非也。釋文孔疏均不改字，箋「彼記」之記，孔疏本原作『彼己』之己，故直謂箋爲申傳。宋本箋作「記」，涉釋文「音記」而誤。毛居正又沿作「記」而誤。顧炎武唐韻正已駁之矣。惟段玉裁說「往己王舅」，謂「⿺辶丌」从「丌」，「丌」即古「其」字，其、已、忌、記、丌、⿺辶丌同部通假。說亦不可廢。陳奐疏本已據改，今仍從之。

申伯信邁，王餞于郿。申伯還南，謝于誠歸。王命召伯，徹申伯土疆，以峙其粻，式遄其行。【疏】魯說曰：粻，糧也。

傳：「郿，地名。」箋：「邁，行也。申伯之意，不欲離王室，王告語之，復重於是，意解而信行。餞，送行飲酒也。時王蓋省岐周，故于郿。云『還南』者，北就王命于岐周而還反也。『謝于誠歸』，誠歸于謝。粻，糧。式，用。遄，速也。王使召公治申伯土界之所至。『峙其糧』者，令廬市有止宿之委積。用是速申伯之行。」○釋文：「以時，如字，本又作峙。」是陸所見本作「以時其粻」。馬瑞辰云：「說文：『庤，儲置屋下也。』『偫，待也。』『儲，偫也。』二字音義同，詩『庤乃錢鎛』，考工記總目注引作『偫乃錢鎛』，是其證。繫傳本無『庤』，疑『庤』即『偫』之或體。周語韋注：『偫，具也。』釋詁：『峙，具也。』說文以『峙』爲『峙踷』字，此詩釋文本作『時』及『峙』，正義引俗本作『時』，皆當爲『偫』字之叚借。說文無『峙』字，今正義及釋文本作『峙』者，皆『峙』字之流變。玉篇廣韻云『庤』或作『時』。衆經音義一又云：『古文峙，今作時。同。』」「粻，糧也」，釋言文，魯說也。郭注：「今江東通言粻。」說文有「糧」無「粻」，云：「糧，穀也。」惟「餱」字注引周書曰：「峙乃餱粻。」今書作「糗糧」。禮王制「五十異粻」，箋注並云：「粻，糧也。」雜記「載粻」，鄭注：「粻，米糧也。」

申伯番番，既入于謝，【注】魯「謝」亦作「徐」。徒御嘽嘽。周邦咸喜，戎有良翰。不顯申伯，王之元舅，文武是憲。【疏】傳：「番番，勇武貌。諸侯有大功，則賜虎賁徒御。嘽嘽，徒行者、御車者嘽嘽喜樂也。『不顯申伯』，顯矣申伯也。『文武是憲』，言有文有武也。」箋：「申伯之貌，有威武番番然，其入謝國，車徒之行嘽嘽安舒。言得禮也。禮，入國不馳。周，遍也。戎，猶『女』也。翰，幹也。申伯入謝，遍邦內皆喜曰：女乎有善君也。相慶之言。憲，表也。言爲文武之表式。」○「魯謝作徐」者，楚詞七諫王注：「徐，周宣之舅申伯所封也。詩曰：『申伯番番，既入於徐。』」陳喬樅云：「潛夫論引詩，『謝』作『序』。（見上引。）此又作『徐』。序、謝古音通轉，孟子書『序者射也』可證。禮記射義『序點』，注云：『序點，或爲徐點。』是『序』與『徐』古通。王述魯詩，本或不同，各據所見也。」韓詩外傳八云：「若申伯仲山甫，可謂救世矣。昔者周德大衰，道廢於厲，申伯仲山甫相宣王，撥亂世反之正，天下略正，宗廟復興。申伯仲山甫乃並順天下，匡救邪失，喻教德，舉遺士，海內翕然向風，故百姓淳然詠宣王之德。詩曰：『周邦咸喜，我有良翰。』又曰：『邦國若否』云云。如是可謂救世矣。」案，據此，韓與魯齊同以甫爲仲山甫，與毛指甫爲甫侯異。愚謂若是甫侯，吉甫引與申伯同稱，決無全不表章之理。惟其甫屬樊仲，封頌各贈一人，故此詩首章申甫並言，而其功績專於下章明之。立言之體，固如是也。若如毛說，稱頌申伯而推一無可稱述之達官配之，當亦爲申伯所不許矣。黃山云：「箋以甫爲卽相穆王訓夏贖刑之甫侯。無論甫侯作刑，由於諸侯不睦，左氏以爲叔世亂政，史家亦不以爲君臣之盛，不當以申伯並提。且中隔恭懿孝夷厲五王，相距太遠。由泥定俱出四嶽，遂强相牽合耳。」

申伯之德，柔惠且直。揉此萬邦，聞于四國。吉甫作誦，其詩孔碩，其風肆好，以贈申伯。【疏】傳：「吉甫，尹吉甫也。作是工師之誦也。肆，長也。贈，增也。」箋：「揉，順也。『四國』，猶言四方也。碩，大也。吉甫爲此誦也，言其詩之意甚美大風切，申伯又使之長行善道。以此贈申伯者，送之令以爲樂。」○釋文：「揉，本亦作柔。」馬瑞辰云：「民勞篇『柔遠能邇』，傳：『柔，安也。』『安』與『順』義近，故『揉』亦省作『柔』。說文：『柔，木曲直也。』『煣，屈申木也。』凡經傳中作『揉』者，皆卽說文『煣』字之異體。」

崧高八章，章八句。

烝民【疏】毛序：「尹吉甫美宣王也。任賢使能，周室中興焉。」○三家無異義。

天生烝民，有物有則。民之秉彝，好是懿德。【注】韓「烝」作「蒸」。魯「彝」作「夷」。**天監有周，昭假于下。保茲天子，生仲山甫。**【疏】傳：「烝，衆。物，事。則，法。彝，常。懿，美也。仲山甫，樊侯也。」箋：「秉，執也。天之生衆民，其性有物象，謂五行仁義禮智信也；其情有所法，謂喜怒哀樂好惡也。然而民所執持有常道，莫不好有美德之人。監，視。假，至也。天視周王之政教，其光明乃至于下。謂及衆民也。天安愛此天子宣王，故生樊侯仲山甫使佐之，言天亦好是懿德也。書曰：天聽明自我民聽明。」○「韓烝作蒸」者，韓詩外傳六：「大雅曰：『天生蒸民，有物有則。民之秉彝，好是懿德。』言民之秉德以則天，不知所以則天，又焉得爲君子乎？」「烝」作「蒸」，通用字。白虎通姓名篇：「姓者生也，人秉天氣所以生也。詩曰：『天生烝民。』」潛夫論相列篇：「詩所謂『天生烝民，有物有則』。」明魯毛文同。「魯彝作夷」者，潛夫論德化篇：「詩云：『民之秉夷，好是懿德。』故民有心也，猶爲種之有園也。遭和氣，則秀茂而成實；遭水旱，則枯槁而生孽。民蒙善化，則有士君子之心；被惡政，則人有懷姦惡之慮。」趙岐孟子章句十一：「詩言『天生烝民，有物有則。』有所法則，人法天也。『民之秉夷』，夷，常也，常好美德。」陳喬樅云：「魯作『夷』，與毛作『彝』異。書洪範『是彝是訓』，史記宋世家引作『是夷是訓』。明堂位『夏后氏以鷄夷』，鄭注：『夷，讀爲彝。』周禮司尊彝司農注，卽引作

『鷄夷』。古夷、彝二字多以音同通用。」續漢郡國志：「河內郡修武，故南陽，秦始皇更名。有南陽城，陽樊攢茅田。」服虔曰：「樊仲山之所居，故名陽樊。」後漢樊宏傳：「其先周仲山甫封於樊，因而氏焉。」

仲山甫之德，柔嘉維則。令儀令色，小心翼翼，古訓是式，【注】魯「古」作「故」。威儀是力。天子是若，明命使賦。【疏】傳：「古，故。訓，道。若，順。賦，布也。」箋：「嘉，美。令，善也。善威儀，善顏色，容貌翼翼然恭敬。『故訓』，先王之遺典也。式，法也。力，猶勤也。勤威儀者，恪居官次，不解于位也。是順從行其所爲也，顯明王之政教，使羣臣施布之。」○「魯古作故」者，列女宋鮑宗女傳引詩云：「令儀令色，小心翼翼，故訓是式，威儀是力。」是魯「古」作「故」，箋「故訓，先王之遺典」，卽用魯義。陳奐云：「『故』字又作『詁』。抑傳云：『詁言，古之善言也。』古、故、詁三字同。周語樊穆仲說魯侯曰：『賦事行利，必問於遺訓，而咨於故實。』然則仲山甫能法古訓者矣。」愚案：抑傳毛本作「話言」，作「詁言」者係釋文所據説文之説，當出齊韓。説文「詁」下引詩曰「詁訓」，惠氏亦謂卽此詩文。

王命仲山甫，式是百辟，纘戎祖考，王躬是保。出納王命，王之喉舌。賦政于外，四方爰發。【疏】傳：「戎，大也。喉舌，冢宰也。」箋：「戎，猶『女』也。躬，身也。王曰，女施行法度於是百君，繼女先祖、先父始見命者之功德。王身是安，使盡心力於王室。出王命者，王口所自言，承而施之也。納王命者，時之所宜，復於王也。其行之也，皆奉順其意，如王口喉舌親所言也。以布政於畿外，天下諸侯於是莫不發應。」○蔡邕司空房楨碑用「式是百辟」句，揚雄尚書箴用「王之喉舌」句，蔡邕胡公碑、橋公碑用「賦政于外」句。明魯毛文同。

肅肅王命，【注】齊「肅」作「赫」。仲山甫將之。邦國若否，仲山甫明之。既明且哲，以保其身。夙夜匪解，以事一人。【注】魯韓「解」作「懈」。【疏】傳：「將，行也。」箋：「肅肅，敬也。言王之政教甚嚴敬也，仲山甫則能奉行之。若，順也。順否，猶臧否，謂善惡也。夙，早。夜，莫。匪，非也。『一人』，斥天子。」○「齊肅作赫」者，後漢郎顗傳顗上書曰：「詩云：『赫赫王命，仲山甫將之。邦國若否，仲山甫明之。』宣王是賴，以致雍熙。」「肅肅」作「赫赫」，齊異文也。漢書刑法志「有司無仲山甫將明之材」，正用齊經文。韓詩外傳六王者必立牧章引詩：「邦國若否，仲山甫明之。」明韓毛文同。列女曹僖氏妻傳引詩：「既明且哲，以保其身。」淮南主術訓高注：「詩云：『仲山甫既明且哲，以保其身。』」呂覽知化篇引詩同。此魯、毛文同。禮中庸：「詩曰：『既明且哲，以保其身。』」鄭注：「保，安也。」漢書司馬遷傳贊「夫惟大雅『既明且哲，以保其身』，難矣哉。」此齊毛文同。韓詩外傳八人之所以好富貴安榮章引詩曰：「既明且哲，以保其身。」此韓毛文同。「魯韓解作懈」者，説苑立節篇：「詩云：『夙夜匪懈，以事一人。』」韓詩外傳八吳人伐楚章亦引詩：「夙夜匪懈，以事一人。」（上並引「邦國若否」四句。）齊崔杼弑莊公章孔子燕居章引二句同。明魯、韓與毛文同。「懈」字異。漢書董仲舒對策引詩「夙夜匪解」，荀悦漢紀二十八引詩云：「『夙夜匪解，以事一人。』一人者，謂天子也。」明齊毛文同。

人亦有言，柔則茹之，剛則吐之。維仲山甫，柔亦不茹，剛亦不吐。不侮矜寡，不畏彊禦。【疏】箋：「柔，猶濡毳也。剛，堅强也。剛柔之在口，或茹之，或吐之，喻人之於敵强弱。」○新序雜事四引詩云：「柔亦不茹，剛亦不吐。不侮鰥寡，不畏彊禦。」明魯、毛文同。秦策高注引作「不辟彊禦，不侮鰥寡」。「畏」作「辟」，猶「矜」作「鰥」，蓋魯詩別本。公羊莊十二年傳：「仇牧可謂不畏彊禦矣。」春秋繁露精華篇：「此亦春秋之不畏彊禦也。」大戴禮衛將軍文子篇：「不畏彊禦，不侮矜寡。」明齊毛文同。惟大戴及高注引詩均以「不侮矜寡」爲下句，疑亦師讀之異。韓詩外傳六君子崇人之德章引詩「柔亦不茹」四句，楚莊王伐鄭章引「柔亦不茹」二句，外傳八遜而直章引同。宋萬與莊公戰章引

「惟仲山甫」三句，「維」作「惟」。外傳六衞靈公晝寢而起章引詩「不侮矜寡」二句。明韓毛文同。

人亦有言，德輶如毛，民鮮克舉之。我儀圖之，維仲山甫舉之，愛莫助之。衮職有闕，維仲山甫補之。

【疏】傳：「儀，宜也。愛，隱也。有衮冕者，君之上服也。仲山甫補之，善補過也。」箋：「輶，輕。儀，匹也。人之言云，德甚輕，然而衆人寡能獨舉之以行者。言政事易耳，而人不能行者，無其志也。我與倫匹圖之，而未能爲也。我，吉甫自我也。愛，惜也。仲山甫獨能舉此德而行之，惜乎莫能助之者。多仲山甫之德，歸功言耳。『衮職』者，不敢斥王之言也。王之職有闕輒能補之者，仲山甫也。」○春秋繁露玉英篇「匹夫之反道以除咎尚難，人主之反道以除咎甚易。詩云『德輶如毛』，言其易也。」禮表記：「大雅『德輶如毛，民鮮克舉之。我儀圖之，惟仲山甫舉之，愛莫助之。』」鄭注：「輶，輕也。鮮，罕也。儀，匹也。圖，謀也。愛，猶惜也。言德之輕如毛耳，人皆以爲重，罕能舉行之者。作此詩者，周宣王之大臣也，言我之匹謀之仲山甫則能舉行之。美之也。惜乎時人無能助之者，言賢者少。」案，鄭述齊詩，亦云舉德之賢人少，無能爲仲山甫之助者，與箋意同。荀子彊國篇、潛夫論交際篇並引魯詩「德輶如毛，民鮮克舉之。」韓詩外傳五德也者包天地之美章引韓詩曰：「德輶如毛，民鮮克舉之。」黄氏日鈔云：「方博士解王制『三公一命衮，若有加則賜也』云：衮雖三公可服，非有加則不賜。詩言衮者人臣之極，常闕之而不補，惟仲山甫獨賜而得之。是當時所闕而今則補之也。」何氏古義曰：「後漢書蔡茂在廣陵，夢大殿，極上有三穗禾，茂跳取之，得其中穗，輒復失之。以問主簿郭賀。賀曰：『大殿者，宮府之形象也。極而有禾，人臣之上祿也。取中穗，是中台之位也。於字禾、失爲秩，雖曰失之，乃所以得祿秩也。衮職有闕，君其補之。』旬日而茂徵焉。此引詩解異，然『補』爲『完衣』之義，蒙上『衮衣』言，從左傳『補過』之說，於義爲允。」胡承珙云：「左傳晉靈公不君，士季引此詩而釋之曰：『能補過也。君能補過，衮不廢矣。』此解爲傳箋所本。後漢楊賜傳：『故司空賜五登衮職。』法真傳：『顧聖朝就加衮職。』蓋漢人多以衮職爲三公之稱。然此詩自當指王家語，成王冠頌曰：『令月吉日，王始加元服，去王幼志，服衮職。』是亦謂王爲衮職也。」

仲山甫出祖，四牡業業，征夫捷捷，每懷靡及。【注】韓「捷」作「倢」。四牡彭彭，八鸞鏘鏘。王命仲山甫，城彼東方。【疏】傳：「言述職也。業業，言高大也。捷捷，言樂事也。東方，齊也。古者諸侯之居逼隘，則王者遷其邑而定其居，蓋去薄姑而遷於臨菑也。」箋：「『祖』者，將行犯軷之祭也。懷私爲『每懷』。仲山甫犯軷而將行，車馬業業然動，衆行夫捷捷然至，仲山甫則戒之曰：既受君命，當速行，每人懷其私而相稽留，將無所及於事。『彭彭』，行貌。『鏘鏘』，鳴聲。以此車馬，命仲山甫使行。言其盛也。」○「韓捷作倢」者，玉篇人部：「詩云：『征夫倢倢。』倢倢，樂也。」陳喬樅云：「玉篇又云：『倢，本亦作捷。』又案巷伯篇『捷捷幡幡』，衆經音義十六引作『倢倢幡幡』。據詩釋文云『捷』如字，則毛詩他本無作『倢倢』者，知玄應所引亦皆爲韓詩之文，可與此篇互相證也。」潛夫論三式篇引詩「四牡彭彭」四句，（詳見崧高篇。）明魯毛文同。

四牡騤騤，八鸞喈喈。仲山甫徂齊，式遄其歸。吉甫作誦，穆如清風。仲山甫永懷，以慰其心。【疏】傳：「騤騤，猶彭彭也。喈喈，猶鏘鏘也。遄，疾也。言周之望仲山甫也。清微之風，化養萬物者也。」箋：「望之，故欲其用是疾歸。穆，和也。吉甫作此工歌之誦，其調和人之性，如清風之養萬物然。仲山甫述職，多所思而勞，故述其美以慰安其心。」○漢書杜欽傳欽說王鳳曰：「昔仲山甫異姓之臣，無親於宣，就封於齊，猶歎息永懷，宿夜徘徊，不忍遠去。」顏注引鄧展曰：「詩言仲山甫銜命往治齊城郭，而韓詩以爲封於齊，此誤耳。」晉灼曰：「韓詩誤而欽引之，阿附權貴，求容媚也。」此韓說以爲封齊。王符潛夫論三式篇：「周宣王時，輔相大臣，以德佐治，亦獲有國。故尹吉甫作封頌二篇。言申伯仲山甫，文德致昇平，王封以樂土，賜以盛服。」符學魯詩，此魯説以爲封齊。齊説無攷，今文之學當同。洪适隸釋載漢孟郁修堯廟碑：「仲氏祖統所出，本繼於姬周之遺苗。天生仲山甫，翼佐中興，宣平功遂，受封於齊。周道衰微，失爵亡邦，後嗣乖散，各相土擇居，因氏仲焉。」郁所學不知何家也。（釋詁：「肅，齊。遄，速疾也。」郭注：「詩曰：仲山甫徂齊。」説者以此「齊」爲訓「疾」。陳喬樅云：「郭注蓋連下文『式遄其歸』，如引『伐柯伐柯，其則不遠』、『如彼雨雪，先集維霰』之類，是證『遄』字訓『疾』之義，傳寫者脱下句耳。」）王氏詩總聞曰：「史記：齊本封營邱，至胡公始徙薄姑。獻公殺胡公，而徙臨菑，則夷王時也。再世而厲公暴虐，胡公子入齊，與齊人攻殺厲公。胡公子亦死。齊人乃立厲公子赤，是爲文公，誅殺厲公者七十人。事在宣王之世。築城之命，疑在斯時，蓋出定齊亂也。置君戮叛之事，疑出山甫方略，史失紀耳。」愚案：仲山甫本以輔佐大臣奉天子命徂齊，蓋爲定亂而就封坐鎮，亦事所有。三家古説皆有師傳，其籍既亡，斷章隻義，彌可寶貴。若但以其與毛不符而貿焉置之，是欲廣見聞而自蔽其耳目矣。黄山云：「毛傳以仲山甫爲樊侯，孔疏：『據杜預説，經傳不見畿内之國稱侯男者，天子不以此爵賜畿内也。傳言樊侯，不知何所案據。』今觀周語稱樊仲山甫樊穆仲，晉語稱樊仲，皆不曰『侯』。（張衡吕誄『樊侯作輔』，此『侯』當是『仲』之訛。齊世家亦通無『穆侯』之謚。）夫周召分封，三家猶以爲降稱二伯，春秋書法亦惟曰伯、曰子，安得有侯？毛説無稽，雖孔亦不能爲之諱矣。（馬瑞辰據周本紀正義引毛萇曰：『仲山甫，樊穆仲也。』謂張守節所見毛傳不作『樊侯』，此誤以小毛注爲傳。）樊本蘇忿生田之一，又名陽樊，明係采邑。孔於崧高篇據爲國名者，謂畿内小國，非指侯服之國也。至仲山甫之所出，何楷等據爲周之同姓。馬瑞辰歷舉左傳史記漢書諸證駁去之，是矣。至謂諸家言出於齊，亦本韓詩封齊之誤，則不過因毛詩不以『申甫』之甫爲仲山甫，不欲從之，非其實也。案，元于欽齊乘，明言仲山甫太公之後。潛夫論志氏姓，亦謂仲山爲慶姓。齊之慶氏爲齊同姓，史傳可證合。以張衡司徒呂公誄言呂而推及『衮職廱傾』，其爲齊族蓋無可疑。正因本出於齊，故宣王卽俾定齊亂。魯說以此詩爲封頌之一，則固確爲封齊，與崧高封謝一例矣，不獨韓詩以爲封也。惟『于邑于謝』，所封亦止一邑。續漢志謝城在南陽棘陽縣東北，前漢志申國在南陽宛縣。似謝舊亦申疆，則仲山甫之封齊，當卽取齊地以封之，令鎭壓齊亂，後遂爲慶氏所由起，不必卽以之代齊也。左隱十一年傳，平王取鄭鄔、劉、蔿、邘四邑之田而易之，鄭不聞拒也。僖四年傳，齊桓公與鄭申伯以虎牢，鄭亦不能拒也。侯伯承王命，尚得專諸侯之地，取以與人。西周王命尚行齊地，固宣王所得主。仲謚曰『穆』，則其不終爲齊侯固可知矣。」蔡邕答對元氏詩：「穆如清風。」王褒講德論：「吉甫歎宣王穆如清風，列于大雅。」皆用魯詩，與毛文同。褒云「吉甫歎宣王」，是魯詩序義與毛亦同也。

烝民八章，章八句。

韓奕【疏】毛序：「尹吉甫美宣王也。能錫命諸侯。」箋：「梁山於韓國之山最高大，爲國之鎭，所望祀焉，故美大其貌奕奕然，謂之韓奕也。梁山今左馮翊夏陽西北。韓，姬姓之國也，後爲晉所滅，故大夫韓氏以爲邑名焉。幽王九年，王室始騷。鄭桓公問於史伯曰：『周衰，其孰興乎？』對曰：『武實昭文之功，文之祚盡，武其嗣乎！武王之子，應韓，不在，其晉乎！』」○三家無異義。

奕奕梁山，維禹甸之。有倬其道。【注】韓「倬」作「晫」，云：明也。韓侯受命。王親命之，纘戎祖考，無廢朕命！夙夜匪解，虔共爾位！朕命不易。榦不庭方，【注】韓說曰：榦，正也。以佐戎辟。【疏】傳：「奕奕，大也。甸，治也。禹治梁山，除水災。宣王平大亂，命諸侯。『有倬其道』，有倬然之道者也。『受命』，受命爲侯伯也。戎，大。虔，固。共，執也。庭，直也。」箋：「梁山之野，堯時俱遭洪水，禹甸之者，決除其災，使成平田，貢賦於天子。周有厲王之亂，天下失職，今有倬然者明復禹之功者，韓侯受王命爲侯伯。戎，猶『女』也。朕，我也。古之『恭』字或作『共』。我之所命者，勿改易不行，當爲不直違失法度之方，作楨榦而正之，以佐助女君。女君，王自謂也。」○陳奐云：「書禹貢：『壺口治梁及岐。』漢書地理志：『左馮翊夏陽，故少梁。禹貢梁山在西北，龍門山在北。』案，梁山在今陝西同州府韓城縣西北，卽漢縣夏陽地，梁與龍門俱在河西，二山比近。禹隨山道河，自東而西，由壺口而龍門，由梁而岐。梁山治，周都鎬京之北土盡成沃野。小雅：『信彼南山，維禹甸之。』終南山在鎬京之南，渭南之山既治，渭南之原隰亦得墾辟成耕。兩詩立言義同。梁山在王畿東北交界處，又爲韓侯歸國之所經。故尹吉甫美宣王錫命韓侯，章首卽以禹治梁山、除水災，比況宣王平大亂、命諸侯，與信南山以禹比曾孫成王者意正同也。鄭據漢志梁山在夏陽西北，誤以梁山爲韓國之山，韓侯爲晉所滅之韓。近儒能辨韓爲近燕之韓，復據水經灅水注『水逕良鄉縣之北界，歷梁山南』，爲此詩『奕奕梁山』之證，則又誤梁山爲近燕矣。梁自夏陽之梁山，韓自北國之韓侯，解者膠泥一處，齟齬難通。」「倬作晫，云明也」者，釋文引韓詩文。陳喬樅云：「毛詩作『倬』，乃『晫』之通叚。小雅『倬彼甫田』，韓作『菿』。釋詁：『菿，大也。』廣雅：『晫，明也。』『菿』訓『大』，『晫』訓『明』，各有本義。而『倬』訓爲『大貌』，則兼二義也。『晫』與『旳』音近義同。聘禮『匹馬卓上』，注云：『卓，猶旳也。』是又以『卓』爲『晫』之省借字。」「韓侯受命」者。韓詩內傳曰：「諸侯世子，三年喪畢，上受爵命於天子，（白虎通上。）乃歸卽位何？明爵天子有也，臣無自爵之義。（禮正義。）所以名之爲世子何？言欲其世世不絕也。」（白虎通上。）陳喬樅云：「文選左思詠史詩李注引韓詩內傳曰：『所以爲世子何？言世世不絕。』卽此傳之文。」陳奐云：「周禮『九命作伯』，在外州者稱侯伯，在王官者稱二伯，其數則皆九命而侯伯統於天子八州八伯。韓侯爲侯伯，蓋作幽州伯也。」愚案：前說韓侯以世子受爵命，「韓侯受命」爲侯伯，探下「榦不庭方」而言，或韓侯以世子來見受爵命，天子嘉悅，因而命爲侯伯，其說亦通。廣韻十九侯韓詩外傳曰：「周宣王大司馬韓侯子有賢德。」所稱「韓侯子有賢德」者，當卽此傳以世子入覲嗣爲韓侯者也。詩義可與瞻彼洛矣篇參看。「幹，正也」者，文選西京賦李注引薛君韓詩章句文。陳喬樅云：「箋言『作楨幹而正之』，是亦以『幹』爲『正』，與韓同。釋詁：『楨，翰。』『儀，幹也。』『楨翰』或作『楨幹』，楨、幹皆『正』也。廣雅釋詁：『幹，正也。』易幹父之蠱虞翻注：『幹，正也。』詩言『幹不庭方』，庭，直也，謂正其不直違失法度之方也。」陳奐云：「方，四方也。『榦不庭方』，言四方有不直者則正之。侯伯得專征伐也。」

四牡奕奕，孔脩且張。韓侯入覲，以其介圭，入覲于王。王錫韓侯，【注】魯、齊「錫」作「賜」。**淑旂綏章，簟茀錯衡，玄衮赤舄，鉤膺鏤錫，鞹鞃淺幭，鞗革金厄。**【疏】傳：「脩，長。張，大。覲，見也。淑，善也。交龍爲旂。綏，大綏也。錯衡，文衡也。鏤錫，有金鏤其錫也。鞹，革也。鞃，軾中也。淺，虎皮淺毛也。幭，覆式也。厄，烏蠋也。」箋：「諸侯秋見天子曰覲。韓侯乘長大之四牡奕奕然，以時覲於宣王。覲於宣王而奉享禮，貢國所出之寶。善其尊宣王以常職來也。書曰：『黑水西河，其貢璆琳琅玕。』此覲乃受命，先言『受命』者，顯其美也。王爲韓侯以常職來朝享之故，故多錫以厚之。善旂，旂之善色者也。『綏』，所引以登車，有采章也。『簟茀』，漆簟以爲車蔽，今之藩也。『鉤膺』，樊纓也。眉上曰錫，刻金飾之，今當盧也。『鞗革』，謂轡也，以金爲小環，往往纏搤之。」○天子之圭，大尺二寸，謂之玠圭。其諸侯命圭，亦通稱「介圭」也。此介圭既其先世所執，韓侯以世子入覲，奉嗣爵之命，亦得執之以覲於王，而王復賜以多物也。「魯齊錫作賜」者，北堂書鈔三十引韓詩曰：「諸侯有德，天子錫之。」是韓作「錫」，與毛同。履人鄭注引詩曰：「王賜韓侯。」禮注兼采三家，韓既同毛，則是魯齊「錫」作「賜」，其義同也。「淑旂」，旂也。「綏章」，旐也。出車采芑並言「旂旐央央」，傳：「央央，鮮明皃。」卽箋所謂「善色」矣。公羊宣十二年傳注：「加文章曰旂。」釋文：「綏，本又作緌。」禮明堂位「夏后氏之綏」，鄭注：「綏，當爲緌，讀如『冠蕤』之蕤。」是「緌」爲正字矣。今字通作「綏」，「綏章」連文，與六月「帛茷」連文同義。「茷」與「旆」同，章、帛皆謂「縿」也。以旆繼帛曰「帛旆」，以綏繫於縿末，如爲文章，是曰「綏章」。「簟茀」，詳載驅篇。「錯衡」，詳采芑篇。「玄袞」，詳采叔篇。屨人鄭注：「元舄赤舄。舄有三等，赤舄爲上。冕服之舄，則諸侯與王同。」亦魯齊義也。「齊韓錫作鐊」者，張衡東京賦：「鉤膺玉瓖。」又曰：「金鍐鏤鍚。」張習魯詩，所用魯文也。作「鍚」，文與毛同。說文：「鍚，馬頭飾也。詩曰：『鉤膺鏤鍚。』」「鍚」是「鐊」之省，魯既同毛，則作「鐊」者蓋齊韓文。陳奐云：「孔疏引說文云：『鞟，革也。』『獸皮治去其毛曰革。』『鞟』與『鞹』同。既夕禮疏引毛傳：『鞃，式中。』與『幭，覆式』一例，今字通作『軾』。說文：『鞃，車軾也。詩曰：「鞹鞃淺幭。」讀若穹。』韻會作『車軾中靶』。奐謂『靶』當作『鞔』，『鞔』即今之『幫』字。『穹』與『鞔』，聲義皆相近。釋名：『鞃，因與下輿相聯著也。』『鞹鞃』者，以革幫車式中，所謂『鞃』也。小戎作『茵』。又小戎傳云『文，虎皮』，此傳釋『淺』爲『虎皮淺毛』，是『淺』與『文』同物也。釋文：『幭，本作篾。』曲禮『素篾』，注：『或爲幦。』說文引作『大幦』，皆字異義同。先儒謂之『覆笭』，而此云『覆式』者，蓋以『幭』爲式上所覆之皮，與『笭』當車前者異物。禮玉藻：『禮不盛，服不充，故大裘不裼，乘路車不式。』『不式』者，無覆式也。路車無覆式，則非路車有覆式可知。傳意以此『淺幭』非路車之制，故不以爲『覆笭』之幦，而以『覆式』之皮言之，解者直以『式』爲『笭』，誤矣。覆式曰『幭』，『幦』者，借稱耳。」愚案：月令「其蟲倮」，鄭注云：「虎豹之屬恒淺毛。」釋獸：「虎竊毛謂之虦貓。」郭注：「竊，淺也。」說文亦云：「竊，淺也。」故以此詩之「淺」爲虎皮淺毛。馬瑞辰乃謂鹿毛最淺，虎豹毛深，不得名「淺」，欲以鹿皮釋之，引巾車職「藻車鹿淺幦」、玉藻「大夫士齊車鹿幦」爲證。然必非天子錫命侯伯之物，且雅訓、禮注「虎淺」俱有明文，似不必於此致疑也。「鞗革」，詳蓼蕭篇。「金厄」，即「金軶」之省。馬瑞辰云：「說文：『軶，轅耑也。』小爾雅：『衡，軛也。』軶上者謂之烏啄。」胡承珙曰：「『軶上』疑『軶下』之譌。釋名：『槅，枙也，所以枙牛頸也。馬曰烏啄，叉馬頸似烏開口向下啄物時也。』啄、噣古通用。傳云『烏噣』，即小爾雅、釋名所云『烏啄』。噣，釋文引沈音『畫』，是也。孔疏本譌作『烏蠋』，遂引爾雅『蚅，烏蠋』釋之，誤矣。又案，『衡』爲橫木，所以橫於輈前，軶則以厄牛馬之頸，烏啄又爲軶下兩邊叉馬頸者，一名『軥』。說文：『軥，軶下曲者。』左傳服注：『軥，車軶兩邊叉馬頸者。』是也。是『衡』與『軶』異物，『軶』與『烏啄』又異物，而小爾雅以『衡』爲『軶』，毛傳以『厄』爲『烏噣』者，皆以相近，遂移其名耳。『金厄』，謂於厄末爲金飾。荀子禮論『絲末彌龍，所以養威也。』楊倞注：『彌，如字。又讀爲弭。弭，末也，謂金飾衡軶之末，爲龍首也。』續漢輿服志『龍首銜軶』，即詩所云『金厄』耳。箋謂『以金爲小環』，亦誤。」黄山云：「衡爲轅端橫木，軶即就衡之兩耑爲之，故考工記曰：『橫任者，五分其長，以其一爲之圍。』鄭注：『橫任，謂兩軶之間也。』是中間爲『衡』、兩耑爲『軶』矣。軶淺不能叉馬頸，故又於軶之兩邊設軥，即所謂『烏啄』。左襄十四年傳『射兩軥而還』，服注：『車軶兩邊叉馬頸者。』是烏啄雖向下，仍著於軶上，即謂著於衡上亦可也。分之爲三，合之則仍以衡爲主，小爾雅是以併言之。『金飾衡軶之末』，亦併言之矣。末，即衡兩耑，於兩耑爲龍首也。若節節爲之，必不牢，固安能制馬乎？」

韓侯出祖，出宿于屠。顯父餞之，清酒百壺。其殽維何？炰鼈鮮魚。其蔌維何？維筍及蒲。其贈維何？乘馬路車。籩豆有且，侯氏燕胥。【疏】傳：「屠，地名也。顯父，有顯德者也。蔌，菜殽也。筍，竹也。蒲，蒲蒻也。」箋：「祖，將去而犯軷也。既覲而反國，必祖者，尊其所往，去則如始行焉。祖於國外畢，乃出宿。示行，不留於是也。顯父，周之公卿也。餞送之，故有酒。『炰鼈』，以火熟之也。『鮮魚』，中膾者也。『筍』，竹萌也。『蒲』，深蒲也。贈，送也。王既使顯父餞之，又使送以車馬，所以贈厚意也。人君之車曰路車，所駕之馬曰乘馬。

且，多貌。胥，皆也。諸侯在京師未去者，於顯父餞之時，皆來相與燕。其籩豆且然，榮其多也。」○風俗通義八：「案禮傳，共工之子曰修，好遠遊，舟車所至，足跡所達，無不窮覽，故記以爲祖神。祖者，徂也。詩云：『韓侯出祖，清酒百壺。』是其事也。」明魯、毛文同。陳奐云：「屠，地名無攷。説文：『左馮翊郃陽縣有鄌亭，一作屠陽亭。』許不引詩，鄌亭非卽屠地。傳云顯父有顯德，逸周書成開、本典篇並有『顯父登德』之文，傳所本也。泉水傳：『祖而舍軷，飲酒於其側曰餞，重始有事於道也。』出祖、飲餞，雖是兩事，總在一時。祖而舍軷，行者之事，飲酒乃送行者之事，卽此『清酒百壺』是也。」黄山云：「此篇顯父蹶父同辭，傳訓蹶父爲『卿士』，而於顯父則曰『有顯德者也』。蹶父卽韓姞之父，詩明言之矣。顯父詩雖不詳，然訓爲『有顯德者』，是二字並非定名，實大不倫。箋訓『周之公卿』，孔疏本『公卿』作『卿士』，覩箋説『侯氏燕胥』，謂『諸侯在京師未去者，於顯父餞之時，皆來相與燕』，則指顯父爲餞送之主，明謂是周卿士之一，與傳訓蹶父同作公卿，誤也。如傳説，本謂公卿有顯德者皆來餞，疏失傳意，亦説爲一人，是以不言箋易傳耳。胡承珙主傳説，乃謂『清酒百壺』，餞者必非一人。夫百壺不過概言酒多，喻餞送之盛，爲『侯氏燕胥』作照，胡豈謂人持一壺乎？陳奐引逸周書，謂爲傳所本，而不敢究其説，亦私毛也。據逸周書成開篇五典，一言父典祭，二顯父登德，三正父登過，四譏父登失，其五則闕。五者皆官名。盧文弨以『言父』爲宗伯，『顯父』爲司徒，『正父』爲司馬，『譏父』爲師氏、保氏，闕者爲司空。本典篇：『顯父登德，德降則信，信則民寧。』其文卽同成開篇，是『顯父』實爲一官，非所謂『有顯德者』矣。若竟就官論，既非毛恉，仍與蹶父歧，不如從箋作『卿士』爲愈也。」「蔌」與「殽」對文，謂菜茹也。「筍」與「蒲」，皆萌生而未出地者，淮安人取以供客，味極鮮美。御覽八百五十九引鄭易注作「其餗惟何」。「餗」、「蔌」古通。「維」作「惟」，蓋本齊詩。説文無「蔌」。「餗」卽「鬻」之重文。「鬻」下云：「鼎實。惟葦及蒲。」段注：「此有脱。當云：『詩曰：其鬻惟何？惟葦及蒲。』」是「筍」許亦作「葦」，皆齊韓異字。說文：「葦，大葭也。」釋草：「葭、蘆、菼、薍，其萌蘿。」郭注：「葭、蘆，葦也。今江東呼蘆筍爲蘿。」案，「蘆筍」即今之茭菜，俗亦呼「茭蓏」。

韓侯取妻，汾王之甥，蹶父之子。韓侯迎止，于蹶之里。百兩彭彭，八鸞鏘鏘，不顯其光。諸娣從之，【注】魯「諸」作「姪」。祁祁如雲。韓侯顧之，爛其盈門。【疏】傳：「汾，大也。蹶父，卿士也。里，邑也。祁祁，徐靚也。如雲，言衆多也。諸侯一取九女，二國媵之。諸娣，衆妾也。顧之，曲顧道義也。」箋：「汾王，厲王也。厲王流于彘，彘在汾水之上，故時人因以號之，猶言莒郊公黎比公也。姊妹之子爲甥。王之甥、卿士之子，言尊貴也。『于蹶之里』，蹶父之里。『百兩』，百乘。不顯，顯也。光，猶榮也，氣有榮光也。媵者必娣姪從之，獨言『娣』者，舉其貴者。『爛爛』，粲然鮮明且衆多之貌。」○漢書人表韓侯蹶父次周宣王，列上之下。齊說也。云「韓侯迎止」者，足證諸侯親迎，至宣王時禮尚不廢。「魯諸作姪」者，白虎通嫁娶篇「天子諸侯一娶九女者，重國廣繼嗣也。春秋公羊傳曰：諸侯娶一國，則二國往媵之，以姪娣從。謂之姪者，兄之子也。娣者，女弟也。必一娶何？爲其棄德嗜色，故一娶而已，人君無再娶之義也。備姪娣從者，爲其必不相妒也。一人有子，三人共之，若己生之也。不娶而娣何？博異氣也。娶三國女何？廣異類也，恐一國血氣相似，俱無子也。姪娣年雖少，猶從適人者，明人君無再娶之義也。還待年於父母之國，未任答君子也。詩云：『姪娣從之，祁祁如雲。韓侯顧之，爛其盈門。』」是魯詩作「姪娣」。士昏禮鄭注：「從者，謂姪娣。詩：『諸娣從之，祁祁如雲。』」是齊詩仍作「諸娣」，與毛同。

蹶父孔武，靡國不到。爲韓姞相攸，莫如韓樂。孔樂韓土，川澤訏訏，魴鱮甫甫，【注】齊「甫」作「詡」。麀鹿噳噳，有熊有羆，有貓有虎。慶既令居，韓姞燕譽。【疏】傳：「姞，蹶父姓也。訏訏，大也。甫甫然大也。噳噳然衆也。貓似虎，淺毛者也。」箋：「相，視。攸，所也。蹶父甚武健，爲王使於天下，國國皆至，爲其女韓侯夫人姞氏視其所居，韓國最樂。甚樂矣韓之國土也，川澤寬大，衆魚禽獸備有。言饒富也。慶，善也。蹶父既善韓之國土，使韓姞嫁焉而居之。韓姞則安之盡其婦道，有顯譽。」○易林井之需：「大夫祈父，无地不涉。爲吾相土，莫如韓樂。可以居止，長安富有。」同人之需同。陳喬樅云：「易林言『大夫祈父』者，蓋蹶父爲司馬之官。書稱司馬亦曰『圻父』。圻、祈古通。詩『祈父予王之爪牙』，毛傳：『祈父，司馬也。』司馬掌甲兵征伐之事，故言『孔武』。」愚案：易林齊說，「无地不涉」，即詩之「靡國不到」也。「齊甫作詡」者，離之中孚云：「魴鱮詡詡，利來無憂。」「詡」、「甫」同音通用。廣雅釋訓云：「詡詡，大也。」即用齊義。說文：「吁，驚語也。」詩「吁」亦作「于」。方言：「芋，大也。訏，大也。」注：「芋，猶訏也。」說文「芋」下云：「大葉實根駭人，故謂之芋也。」抑傳云：「訏，大也。」韓土川澤之大，見之驚人，故以「訏訏」狀之而訓爲「大」也。御覽引詩：「川澤滸滸。」「詡」、「滸」雙聲通用，蓋亦三家異文。左成九年傳：「季文子如宋致女，復命，公享之。賦韓奕之五章。」取「慶居」、「燕譽」之義也。譽、豫通，言安樂也，詳蓼蕭篇。

溥彼韓城，燕師所完。以先祖受命，因時百蠻。王錫韓侯，其追其貊，奄受北國，因以其伯。實墉實壑，實畝實藉。獻其貔皮，赤豹黃羆。【疏】傳：「師，衆也。韓侯之先祖，武王之子也。『因時百蠻』，長是蠻服之百國也。追、貊，戎狄國也。奄，撫也。『實墉實壑』，言高其城，深其壑也。貔，猛獸也。追、貊之國來貢，而侯伯總領之。」箋：「溥，大。燕，安也。大矣彼韓國之城，乃古平安時衆民之所築完。韓侯先祖有功德者，受先王之命，封爲韓侯，居韓城爲侯伯，其州界外接蠻服，因見使時節百蠻貢獻之往來。後君微弱，用失其業。今王以韓侯先祖之事如是，而韓侯賢，故於入覲，使復其先祖之舊職，賜之蠻服追貊之戎狄，令撫柔其所受王畿北面之國，因以其先祖侯伯之事盡予之。皆美其爲人子孫，能興復先祖之功。其後追也、貊也爲玁狁所偪，稍稍東遷。『實』當作『寔』，趙魏之東，『實』、『寔』同聲。寔，是也。藉，稅也。韓侯之先祖微弱，所伯之國多滅絶，今復舊職，興滅國，繼絶世，故築治是城，濬修是壑，井牧是田畝，收斂是賦稅，使如故常。」○潛夫論志氏姓篇：「昔周宣王亦有韓侯，其國也近燕。故詩曰：『溥彼韓城，燕師所完。』」又五德志篇：「韓，武之穆也。」是武穆之韓近燕，魯說如此。箋訓「燕」爲「安」，非也。水經注聖水篇：「聖水東逕方城縣故城，又東南逕韓城東。」今固安縣有方城村，卽是漢縣，韓侯城近在其地，與河東姬姓爲晉所滅之韓確爲二地，箋合爲一，誤也。追，未聞。貊，在遼東，漢魏之間，見於史志，其後無考。當韓侯總領時，尚是北方中較著之戎狄大國。詩言此者，見宣王能用賢臣，而韓侯之世濟其美，爲無忝光榮也。

韓奕六章，章十二句。

江漢【疏】毛序：「尹吉甫美宣王也。能興衰撥亂，命召公平淮夷。」箋：「召公，召穆公也，名虎。」○三家無異義。

江漢浮浮，【注】魯「浮」作「陶」。武夫滔滔。【注】韓說曰：「武夫滔滔，衆至大也。」匪安匪遊，淮夷來求。既出我車，既設我旟。匪安匪舒，淮夷來鋪。【疏】傳：「浮浮，衆彊貌。滔滔，廣大貌。淮夷，東國，在淮浦而夷行也。鋪，病也。」箋：「匪，非也。江漢之水合而東流浮浮然，宣王於是水上命將率，遣士衆，使循流而下滔滔然。其順王命而行，非敢斯須自安也，非敢斯須遊止也。主爲來求淮夷所處，據至其境，故言『來』。車，戎車也。鳥隼曰旟。兵至境而期戰地，其自出戎車建旟，又不自安、不舒行者，主爲來伐討淮夷也。據至戰地，故又言『來』。」○「魯浮作陶」者，風俗通義十「江出蜀郡湔流西徼外崏山，入海。詩云：『江漢陶陶。』」陳喬樅云：「『陶陶』，當訓爲盛長貌。楚詞懷沙篇『陶陶孟夏兮』，注：『陶陶，盛陽皃。』又哀歲篇『冬夜兮陶陶』，注：『陶陶，長皃。』詩言『江漢陶陶』，謂其流盛而長也。

『陶』與下句『滔』韻。」「武夫」至「大也」，孔疏引侯苞韓詩翼要文。引經明韓毛文同。孔云：「下云『武夫洸洸』，與此『滔滔』相類。傳以『洸洸』爲『武貌』，則此言『滔滔，廣大』者，亦謂武夫之多大，故侯苞云『衆至大也』。」馬瑞辰云：「左文十二年傳趙穿曰：『裹糧坐甲，固敵是求。』宣十二年傳趙同曰：『率師以來，惟敵是求。』並與詩『來求』義相同。」方言廣雅並云：「鋪，止也。」是『鋪』謂止其地。

江漢湯湯，武夫洸洸。【注】魯「洸」作「僙」，齊作「潢」，韓作「趪」。**經營四方，告成于王。四方既平，王國庶定。時靡有爭，王心載寧。**【疏】傳：「洸洸，武貌。」箋：「召公既受命伐淮夷，服之，復經營四方之叛國，從而伐之，克勝則使傳遽告功於王。庶，幸。時，是也。『載』之言『則』也。召公忠臣，順於王命，此述其志也。」○「魯洸作僙，齊作潢，韓作趪」者，釋訓：「洸洸、赳赳，武也。」釋文：「樊光本『洸洸』作『僙僙』。」是作「洸」乃順毛所改，此魯作「僙」。郝懿行云：「聲借之字，古無正體，即『僙』亦或體。」是也。鹽鐵論繇役篇：「詩云：『武夫潢潢，經營四方。』故飭四境，所以安中國也。」桓習齊詩，是齊作「潢」。又玉篇走部：「趪趪，武貌。」郝云「趪趪」與「赳赳」字俱从「走」，玉篇似近之。玉篇所據爲韓詩，是韓作「趪」。樂記「横以立武」，「横」古音與「光」同，其字亦通。「黄」从「芺」聲，「芺」古「光」字也，故从「黄」之字或變从「光」。說文「兕觵」之觵，俗文作「觥」。釋言「桄充」亦作「横充」。皆其證。法言孝至篇：「武義璜璜，兵征四方。」疑「僙僙」轉寫之誤。

江漢之滸，王命召虎，式辟四方，【注】韓詩曰：「式辟四方。」韓說曰：辟，除也。**徹我疆土。匪疚匪棘，王國來極。于疆于理，至于南海。**【疏】傳：「召虎，召穆公也。」箋：「滸，水涯也。式，法。疚，病。棘，急。極，中也。王於江漢之水上命召公，使以王法征伐，開辟四方，治我疆界於天下。非可以兵病害之也，非可以兵急操切之也。使來於王國，受政教之中正而已。齊桓公經陳鄭之間，及伐北戎，則違此言者。于，往也。于，於也。（上「于」釋「于疆」句，下「于」釋「至于」句。阮校以「于於」爲衍，誤。）召公於有叛戾之國，則往正其境界，修其分理。周行四方，至於南海，而功大成，事終也。」○揚雄揚州牧箴「江漢之滸」，高誘吕覽適威篇注：「虎，宣王臣。詩曰：『王命召虎，式辟四方，徹我疆土。』」明魯毛文同。「式辟」至「除也」，衆經音義十三引韓詩文。文選司馬相如上林賦李注引，作薛君韓詩章句。「式辟四方」，謂以王法開除四方之叛戾者。

王命召虎，來旬來宣。文武受命，召公維翰。無曰予小子，召公是似。肇敏戎公，用錫爾祉。【疏】傳：「旬，遍也。召公，召康公也。似，嗣。肇，謀。敏，疾。戎，大。公，事也。」箋：「來，勤也。旬，當作『營』。宣，偏也。召康公名奭，召虎之始祖也。王命召虎，女勤勞於經營四方，勤勞於遍疆理衆國，昔文王武王受命，召康公爲之楨榦之臣，以正天下。爲虎之勤勞，故述其祖之功以勸之。戎，猶『女』也。女無自減損，曰我小子耳，女之所爲，乃嗣女先祖召康公之功。今謀女之事乃有敏德，我用是故，將賜女福慶也。王爲虎之志大謙，故進之云爾。」○馬瑞辰云：「『旬』通作『徇』。廣雅：『徇，巡也。』白虎通：『巡者，徇也。』又云：『三年，二伯出述職。』古者以二伯出述職，代天子巡視邦國。『來旬來宣』，正其事也。鴻雁傳：『宣，示也。』是『來旬』爲巡視之偏，『來宣』爲宣布之遍，故爾雅同訓爲『徧』。『來』，亦語詞之『是』，猶云『是旬是宣』。箋訓爲『勤』，失之。」白虎通王者不臣篇：「子得爲父臣者，不遺善之義也。詩云：『文武受命，召公維翰。』召公，文王子也。」愚案：史記燕世家云召公周同姓。是魯詩家不以爲文王子。論衡氣壽篇云：「邵公，周公之兄也，至康王時尚爲太保，出入百有餘歲矣。」王充以召公爲文王子，與白虎通合，蓋魯家別解。陳奐云：「『似』訓『嗣』，『嗣』猶『繼』也。韓詩外傳云：『傳曰：予小子，使爾繼邵公之後。受命者必以其祖命之。』韓意釋詩『予小子』爲宣王自謂言耳。無以予小子之故，不足上繼文武，惟爾祖召公之是嗣也。召伯之教明於南國，穆公能疆理南海，卽是繼康公之事。」「『肇，長也』者，釋文引韓詩文。陳喬樅云：「商頌元鳥上言『正域彼四海』，下云『肇域彼四海』，則『肇』猶『正』也。胡承珙曰：『韓以『肇』訓『長』，承上『召公是似』而言，謂祖孫相繼，長有此功。但『肇』之爲『長』，不見所出。喬樅謂齊語『轉本肇末』，注：『肇，正也。』正與『長』同義。釋詁：『正，長也。』斯干篇『噲噲其正』，傳：『正，長也。』『肇』之爲『長』，亦訓詁展轉相通之義也。」

釐爾圭瓚，秬鬯一卣。告于文人，錫山土田。于周受命，自召祖命。虎拜稽首，天子萬年！【疏】傳：「釐，賜也。秬，黑黍也。鬯，香草也。築煮合而鬱之曰鬯。卣，器也。九命錫圭瓚秬鬯。『文人』，文德之人。諸侯有大功德，賜之名山土田附庸。」箋：「秬鬯，黑黍酒也，謂之『鬯』者，芬香條鬯也。王賜召虎以鬯酒一罇，使以祭其宗廟，告其先祖諸有德美見記者。周，岐周也。自，用也。宣王欲尊顯召虎，故如岐周，使虎受山川土田之賜命，用其祖召康公受封之禮。岐周，周之所起，爲其先祖之靈，故就之。『拜稽首』者，受王命策書也。臣受恩，無可以報謝者，稱言使君壽考而已。」○白虎通攷黜篇：「王制曰：『賜圭瓚然後爲暢，未賜者資暢於天子。』秬者，黑黍，一稃二米。鬯者，以百草之香鬱金合而釀之，成爲鬯。玉瓚者，器名也，所以灌鬯之器也，以圭飾其柄。灌鬯，貴玉器也。」韓詩外傳八：「傳曰：諸侯之有德，天子錫之。一錫車馬，二錫衣服，三錫虎賁，四錫樂器，五錫納陛，六錫朱户，七錫弓矢，八錫鈇鉞，九錫秬鬯。詩曰：『釐爾圭瓚，秬鬯一卣。』」引詩明韓毛文同。

虎拜稽首，對揚王休，作召公考，天子萬壽！明明天子，令聞不已。矢其文德，洽此四國。【注】齊「矢」作「弛」，「洽」作「協」。【疏】傳：「對，遂。考，成。矢，施也。」箋：「對，答。休，美。作，爲也。虎既拜而答王策命之時，稱揚王之德美，君臣之言宜相成也。王命召虎用召祖命，故虎對王，亦爲召康公受王命之時對成王命之辭，謂如其所言也。如其所言者，『天子萬壽』以下是也。」○孔疏釋云：「對成王命之辭，謂對王命舊事成辭。」胡承珙云：「以『成』爲『成辭』，未免迂曲。嚴粲曰：『成』者『毀』之對，謂不毀墜康公之功。范家相曰：此章言報君之事，召虎何以報上，惟答揚王之休命，作召公已成之事業，是乃報上之實。事業既成，惟祝天子壽考萬年，以享其成，此忠臣孝子之心也。『明明天子』以下，則因以進戒耳。二說文義較明順。」韓詩外傳五：「三代之王也，必先其令名。詩曰：『明明天子，令聞不已。矢其文德，洽此四國。』此文王之德也。」曹植責躬詩，亦引詩「明明天子」，明韓毛文同。王念孫云：「明、勉一聲之轉，故古多謂『勉』爲『明』，重言之則曰『明明』。爾雅：『亹亹，勉也。』禮器鄭注：『亹亹，猶勉勉也。』亹亹、勉勉、明明，亦一聲之轉。『明明天子，令聞不已』，猶言『亹亹文王，令聞不已』也。」「齊矢作弛，洽作協」者，傳：「矢，弛也。」本釋詁。各本作「施」，宋本作「弛」。禮孔子閒居、繁露竹林皆引詩：「弛其文德，協此四國。」是齊詩如此。「弛」者，寬緩之意，以文德柔四國之民，則四國皆有順心。既以武功定之，卽以文德柔之，此一張一弛之義也。「洽」讀爲「協」，洽、協聲同。

江漢六章，章八句。

常武【疏】毛序：「召穆公美宣王也。有常德以立武事，因以爲戒然。」箋：「『戒』者，王舒保作，匪紹匪遊，徐方繹騷。」○三家無異義。

赫赫明明，王命卿士。南仲大祖，大師皇父。整我六師，以脩我戎。既敬既戒，惠此南國。【疏】傳：「赫赫然盛也，明明然察也。王命南仲於大祖，皇父爲大師。」箋：「南仲，文王時武臣也。顯著乎，昭察乎，宣王之命卿士爲大將也，乃用其以南仲爲大祖者，今大師皇父是也，使之整齊六軍之衆，治其兵甲之事。命將必本其祖者，因有世功，於是尤顯。『大師』者，公兼官也。『敬』之言『警』也。警戒六軍之衆，以惠淮浦之旁國。謂赦以無暴掠爲之害也。每軍各有將，中軍之將，尊也。」○釋文：「赫，火百反，字又作爀。」蓋『赫』字兼有『郝』音，讀爲「合」，即與「壑」同。淮南原道訓高注：「壑，讀『赫赫明明』之赫。」高意即以「合」音爲「赫」之正讀。據此，亦知魯、毛文同。古人錫命必於廟，白虎通爵篇：「封諸侯於廟者，示不自專也，明法度皆祖之制也。詩云：『王命卿士，南仲大祖。』」又引禮祭統：「古者人君爵有德於大祖。」潛夫論敍錄「蠻夷猾夏，古今所患。宣王中興，南仲征邊。」史記亦言南仲翊宣王時。皆魯說也。漢書人表有「南中」，次周宣王世，列上下，即南仲。此齊說也。如文王時更有南仲，馬、班豈容知而不載，明出毛傳臆說，別無憑證，衆所不信。鄭邠皇父以南仲爲大祖之解，欲以成文王時別有南仲之曲說，而不知無益於毛，自取排擊也。皇父並命，亦在大祖之廟，故以「大祖」之文處其中，句例多如此。南仲爲將，皇父監軍，王肅所說情事或然。夏官注「既儆既戒」，與毛作「敬」異。陳喬樅云：「箋：『敬之言警也。』『警』與『儆』義同，蓋三家今文並作『儆』字。」楊雄趙充國頌：「整我六師。」用魯經文。

王謂尹氏，命程伯休父，左右陳行。戒我師旅，率彼淮浦，省此徐土。不留不處，三事就緒。【疏】傳：「尹氏，掌命卿士。程伯休父，始命爲大司馬。浦，涯也。誅其君，弔其民，爲之立三有事之臣。」箋：「尹氏，天子世大夫也。率，循也。王使大夫尹氏策命程伯休父於軍將行治兵之時，使其士衆左右陳列而勑戒之，使循彼淮浦之旁，省視徐國之土地叛逆者。軍禮，司馬掌其誓戒。緒，業也。王又使軍將豫告淮浦徐土之民，云不久處於是也，女三農之事皆就其業。爲其驚怖，先以言安之。」○孔疏：「此時『尹氏』，當是尹吉甫也。下至春秋之世，天子大夫每有尹氏見於經傳。」馬瑞辰以爲：「據竹書紀年，幽王元年，王錫大師尹氏皇父命。則皇父實爲尹氏，即二章所云『王謂尹氏』也。」

陳奂云：「尹氏爲掌命卿士之官，猶師氏、保氏、旅賁氏、虎賁氏，官皆稱氏。書大誥：『肆予告我友邦君，越尹氏，庶士，御事。義爾邦君，越爾多士，尹氏御事。』孔疏云：『尹氏』卽官也。逸周書和寤、武寤篇『尹氏八士』，卽周禮序官大史、小史、中士八人也。左傳尹氏以官爲族，而與尹氏爲大史者不同，解之者概以尹氏爲周族大夫，失之。」愚案：陳說較合。孔疏以爲吉甫，固未必然，馬氏據竹書「大師尹氏皇父」之文以駁箋「南仲」說，誤。竹書安可據耶？史記太史公自序：「重黎氏世序天地。其在周，程伯休父其後也。當周宣王時，失其官守而爲司馬氏。」潛夫論志氏姓篇：「重黎氏世序天地，別其分主，以歷三代，而封於程。其在周，爲宣王大司馬。詩云：『王謂尹氏，命程伯休父。』」此魯說。漢書人表程伯休父次宣王世，列上下。此齊說。據魯說，休父爲司馬，在宣王世，其失官守亦在宣王世。程，國。伯，爵。休父，名也。續漢郡國志，雒陽有上程聚，古程伯休父之國。韋昭以爲失天地之官，疑非。若失天地之官而尚爲司馬，不得卽以司馬命氏也。休父是名，如魯季孫行父、晉荀林父之比。胡承珙云：「周禮止言『三農』，不言『三事』。以『三事』爲官稱，則詩書皆有明文。立政三事，農事就緒，已在其中，從傳義爲合。」

赫赫業業，有嚴天子。王舒保作，匪紹匪遊，徐方繹騷。震驚徐方，如雷如霆，徐方震驚。【疏】傳：「赫赫然盛也，業業然動也。嚴然而威。舒，徐也。保，安也。『匪紹匪遊』，不敢繼以敖遊也。繹，陳。騷，動也。」箋：「作，行也。紹，緩也。『繹』當作『驛』。王之軍行，其貌赫赫、業業然，有尊嚴於天子之威。謂聞見者莫不憚之。王舒安，謂軍行三十里，亦非解緩也，亦非敖遊也。徐國傳遽之驛見之，知王兵必克，馳走以相恐動。震，動也。驛，馳走。相恐懼以驚動徐國，如雷霆之恐怖人然，徐國則驚動而將服罪。」○馬瑞辰云：「括地志：『泗州徐城縣，今徐城鎮在臨淮鎮北三十里，有故徐城，號大徐城，周十一里，中有偃王廟，故徐國也。』元和志：『周穆王時，徐王偃好行仁義，東夷歸之者四十餘國。穆王發楚師，大破之，殺偃王，其子北徙彭城原東山下，山在下邳縣界。』續漢志『下邳國』云：『徐本國。』宣王伐徐，在穆王克徐以後，即下邳縣界之徐也。下文『濯征徐國』，孔疏言此徐當在徐州之地，未必即春秋徐子之國。失之。」漢書敍傳：「王師雷起，霆擊朔野。」用齊經文。胡承珙云：「王師將至徐方，必有陳兵守隘之處，見王師而畏懼，故有擾動之意，王於是因其擾動而震驚之以如雷如霆之威，而徐方遂不勝其震驚耳。」

王奮厥武，如震如怒。進厥虎臣，闞如虓虎，鋪敦淮濆。仍執醜虜，截彼淮浦，王師之所。【注】韓「鋪」作「敷」，云：大也。「敦」云「迫」。齊「鋪敦」亦作「敦彼」。【疏】傳：「虎之自怒虓然。濆，涯。仍，就。虜，服也。截，治也。」箋：「進，前也。『敦』當作『屯』。醜，衆也。王奮揚其威武，而震雷其聲，而勃怒其色，前其虎臣之將，闞然如虎之怒，陳屯其兵於淮水大防之上以臨敵，就執其衆之降服者也。治淮之旁國，有罪者就王師而斷之。」〇漢書敍傳「虎臣之俊」，用齊經文。蔡邕集太尉橋公碑：「威壯虓虎。」班固賓戲：「七雄虓闞。」是魯齊皆作「虓」，所用經文與毛同。服虔通俗文曰：「虎聲謂之哮。」文選七啟：「哮闞之獸」，李注：「哮，與『虓』同。」風俗通義二：「詩美南仲，闞如哮虎。」應劭習魯詩，當是魯「亦作」本。「鋪作」至「云迫」，釋文引韓詩文。陳啟源云：「大迫淮濆，與『濯征徐國』文義相類。」陳喬樅云：「韓釋『敷』爲『大』者，吕覽求人篇高注以『搏木』爲『大木』，足證此『敷』字亦有『大』義也。」愚案：說文：「敷，㰱也。从攴，尃聲。」「尃，布也。从寸，甫聲。」是「尃」即「敷布」之本字。釋詁：「甫，溥，均，大也。」則「尃」亦有「大」義明矣。溥、敷、博，均「尃」聲，又可互證也。「敷」訓「㰱」，經典引申訓「布」、訓「陳」。陳布則其象爲大，與「肆」訓「陳」，即訓「大」例同。後漢馮緄傳詔策緄曰：「詩不云乎：『進厥虎臣，闞如虓虎。敷敦淮濆，仍執醜虜。』」李注：「布兵敦逼淮水之涯，因執得醜虜。」逼、迫義同。「鋪」雖作「敷」而不釋爲「大」，不與韓合。「鋪敦作敦彼」者。說文「濆」下引詩「敦彼淮濆」。

「彼」爲語詞，則「敦」兼「屯」、「迫」二義，疑亦齊詩之異文。

王旅嘽嘽，【注】齊「旅」作「師」，「嘽」作「驒」。如飛如翰，如江如漢，如山之苞，如川之流。緜緜翼翼，【注】韓「緜」作「民」。不測不克，濯征徐國。【疏】傳：「嘽嘽然盛也。疾如飛，摯如翰。苞，本也。緜緜，靚也。翼翼，敬也。濯，大也。」箋：「嘽嘽，閒暇有餘力之貌。其行疾自發舉，如鳥之飛也。翰，其中豪俊也。江漢，以喻盛大也。山本，以喻不可驚動也。川流，以喻不可禦也。王兵安靚且皆敬，其勢不可測度，不可攻勝，既服淮浦矣，今又以大征徐國。言必勝也。」○「齊旅作師，嘽作驒」者，漢書敘傳「王師驒驒」，鄭氏曰：「驒驒，盛也。」陳喬樅云：「此卽『王旅嘽嘽』之異文。顏注詆鄭爲非，轉引四牡『驒驒駱馬』爲解，誤矣。」黃山云：「顏注駁鄭，引四牡驒驒爲喘息之貌。說文：『嘽，喘息也。』引詩『嘽嘽駱馬』，是四牡正以『嘽』爲本字，此傳訓『嘽』爲『盛』，乃借字矣。惟顏駁鄭說而不改字，知齊詩兩『嘽』皆作『驒』。」「韓緜作民」者，釋文云：「緜如字，韓詩作『民民』，同。」謂其訓「民民」爲「靚」也。韓詩外傳八齊景公謂子貢曰：「先生何師？」章末引詩曰：「綿綿翼翼，不測不克。」陳喬樅云：「今外傳同毛詩作『緜』，誤，當據釋文訂正。馬瑞辰云：緜、緡雙聲通用，故詩『緜蠻黃鳥』一作『緡蠻』。韓『綿綿』作『民民』，亦以雙聲叚借。至傳訓『緜緜』爲『靚』者，『靚』卽『静』字，『静』卽『密』也。（釋詁：『密，静也。』）『緜蠻』雙聲字，故訓爲『静』，猶言『密』也。文選洛神賦注：『緜緜，密意也。』與毛同義。喬樅案，漢書賈誼傳『澹乎若深淵之靚』，注：『靚，與静同。』又外戚傳『神眇眇兮密靚處』，以『密』與『靚』連言，足證『靚』之本有『密』義矣。」

王猶允塞，徐方既來。【注】齊「來」作「倈」。徐方既同，天子之功。四方既平，徐方來庭。徐方不回，王曰還歸。【疏】傳：「猶，謀也。〔來庭〕，來王庭也。」箋：「猶，尚。允，信也。王重兵，兵雖臨之，尚守信自實滿。兵未陳而徐國已來告服，所謂善戰者不陳。回，猶違也。『還歸』，振旅也。」○「齊來作倈」者，漢書景武昭宣元成功臣表：「詩云：『徐方既倈。』許其慕諸夏也。」顏注：「倈，古『來』字。」漢書嚴助傳：「詩云：『王猶允塞，徐方既來。』言王道甚大，而遠方懷之也。」新序雜事四：「夫不降席而匡天下者，求之已也。孔子曰：『其身正，不令而行；其身不正，雖令不從。』先王之所以拱揖指揮而四海賓者，誠德之至，已形於外。故詩：『王猶允塞，徐方既來。』此之謂也。」言王道誠信充實，遠人自服。古書「猶」字，「犬」旁不分左右。然魯、韓經文皆作「猷」，不作「猶」，與箋訓「猶」爲「尚」義異。荀子君道篇、議兵篇並引「王猷允塞」二句，非相篇引「徐方既同，天子之功」，皆此意。以上魯說。韓詩外傳六事强暴之國難章、勇士一呼而三軍避章、趙簡子薨而未葬章並引「王猷允塞」二句，明魯韓文與毛同。漢書敍傳：「龍荒幕朔，莫不來庭」用齊經文。

常武六章，章八句。

瞻卬【疏】毛序：「凡伯刺幽王大壞也。」箋：「凡伯，天子大夫也。春秋魯隱公七年：『冬，天王使凡伯來聘。』」○三家無異義。

瞻卬昊天，則不我惠。孔填不寧，降此大厲。邦靡有定，士民其瘵。蟊賊蟊疾，靡有夷屆。罪罟不收，靡有夷瘳。【疏】傳：「昊天，斥王也。填，久。厲，惡也。瘵，病。夷，常也。『罪罟』，設罪以爲罟。瘳，愈也。」箋：「惠，愛也。仰視幽王爲政，則不愛我下民，甚久矣天下不安，王乃下此大惡，以敗亂之。屆，極也。天下騷擾，邦國無有安定者，士卒與民皆勞病。其爲殘酷痛病於民，如蟊賊之害禾稼然，爲之無常，亦無止息時。施刑罪以羅網天下，而不收斂爲之，亦無常無止息時。此自王所下大惡。」○孔疏：「『蟊賊』者，害禾稼之蟲。『蟊疾』，是害禾稼之狀。言王之害民如蝨之害稼，故比之也。」易林離之萃：「苛政日作，螟食華葉。割下啖上，民被其賊。」以蝨比苛政，與詩意同，此齊家說。

人有土田，女反有之。人有民人，女覆奪之。此宜無罪，女反收之。彼宜有罪，女覆說之。【疏】傳：「收，拘收也。說，赦也。」箋：「此言王削黜諸侯及卿大夫無罪者。覆，猶反也。」○後漢劉瑜傳瑜曰：「人無罪而覆入之。」是「女反收之」，三家詩當作「女覆入之」，其義同也。王符傳云：「天下本以民不能相治，故爲立王者以統治之，在於奉天威命，共行賞罰，故詩刺『彼宜有罪，女反脱之』。」潛夫論述赦篇同。「覆」卽「反」也，上四句「反」、「覆」互易，知下四句「反」、「覆」亦當互易。觀符傳「女反脱之」，則上二句「反收之爲覆入」，確爲引三家詩無疑。

哲夫成城，哲婦傾城。懿厥哲婦，爲梟爲鴟。婦有長舌，維厲之階。【注】魯「哲」或作「悊」，「維」作「惟」。亂匪降自天，生自婦人。匪教匪誨，時維婦寺。【疏】傳：「哲，知也。寺，近也。」箋：「哲，謂多謀慮也。城，猶國也。丈夫陽也，陽動，故多謀慮則成國。婦人陰也，陰靜，故多謀慮乃亂國。懿，有所痛傷之聲也。厥，其也。其，幽王也。梟，鴟聲之鳥，喻褒姒之言無善。長舌，喻多言語。是王降大厲之階。階，所由上下也。今王之有此亂政，非從天而下，但從婦人出耳。又非有人教王爲亂語，王爲惡者，是惟近愛婦人，用其言故也。」○懿、抑聲近通借，抑詩，國語讀爲「懿」是也。「魯哲或作悊，維作惟」者，釋言：「哲，智也。」此魯說，文義同毛。列女夏桀末喜傳引詩：「懿厥悊婦，爲梟爲鴟。」晉獻驪姬傳引：「婦有長舌，惟厲之階。」魯桓文姜傳引：「亂匪降自天，生自婦人。」齊靈聲姬傳引：「匪教匪誨，時惟婦寺。」皆魯經文，此「哲」作「悊」，「維」作「惟」。又漢書谷永傳永疏引「懿厥悊婦，爲梟爲鴟」、「匪降自天，生自婦人」四語，亦用魯詩，「哲」作「悊」，「匪」上奪「亂」字。顏注有「言此禍亂」，其明證也。説文：「哲，知也。从口，折聲。悊，或从心。」是哲、悊仍一字。「梟鴟」者，陳奐云：「說文：『梟，不孝鳥也。』『雖，鵻也。』籀文作『鴟』。凡鴟類甚多，說文：『舊，雖舊。』字或作『鵂』，此卽爾雅『怪鴟』也。文選演連珠李注引淮南子主術篇云：『鴟夜撮蚤，察分毫末，晝出瞋目，而不見三山。』高誘曰：『鴟鵂謂之老菟。』史記賈誼傳『鸞鳳伏竄兮，鴟梟翱翔』是也。」

鞫人忮忒，譖始竟背。豈曰不極，伊胡爲慝？【注】三家「忮」作「伎」。韓「慝」作「嫟」，云：悅也。如賈三倍，君子是識。婦無公事，休其蠶織。【疏】傳：「忮，害。忒，變也。休，息也。婦人無與外政，雖王后猶以蠶織爲事。古者天子爲藉千畝，冕而朱紘，躬秉耒。諸侯爲藉百畝，冕而青紘，躬秉耒。以事天地山川社稷先古，敬之至也。天子諸侯必有公桑蠶室，近川而爲之，築宮仞有三尺，棘牆而外閉之。及大昕之朝，君皮弁素積，卜三公之夫人、世婦之吉者。使入蠶于蠶室，奉種浴于川，桑于公桑，風戾以食之。歲既單矣，世婦卒蠶，奉繭以示于君，遂獻繭于夫人。夫人曰：此所以爲君服與！遂副褘而受之，少牢以禮之。及良日，后夫人繅三盆手，遂布于三宮夫人、世婦之吉者使繅，遂朱綠之，玄黃之，以爲黼黻文章。服既成矣，君服之以祀先王先公，敬之至也。」箋：「鞫，窮也。譖，不信也。竟，猶終也。胡，何。慝，惡也。婦人之長舌者，多謀慮，好窮屈人之語，忮害轉化，其言無常，始於不信，終於背違人。豈謂其是不得中乎，反云維我言何用爲惡不信也。識，知也。賈物而有三倍之利者，小人所宜知也，君子反知之，非其宜也。今婦人休其蠶桑織紝之職，而與朝廷之事，其爲非宜，亦猶是也。孔子曰：君子喻於義，小人喻於利。」〇「三家忮作伎」者，說文：「伎，與也。詩曰：『鞫人伎忒』。」「鞫」卽「鞫」之重文，「伎忒」，謂窮人之言，與爲變更。文義異毛，當本三家。「韓慝作嫟」，云悅也」者，文選宋玉神女賦「澹淸靜其愔嫟」，李注引韓詩曰：「嫟，悅也。」陳壽祺云：「宋本『嫟』作『嫟』，當是『伊胡爲嫟』之注。」陳喬樅云：「王褒洞簫賦『淸靜厭瘱』，『厭瘱』與『愔嫟』同，並當訓爲『和悅』。漢書外戚傳『婉瘱有節操』，張華女史箴『婉嫕淑慎』，李注引漢書亦作『婉嫕』，並引服虔注曰：『嫕，音「翳桑」之翳。』又引列女傳曹大家注曰：『婉，柔和也。嫕，深邃也。』是『瘱』字亦作『嫕』。『瘱』與『嫕』形似，或卽以爲『瘱』字耳。繹韓詩之意，以長舌之婦始則譖訴，終則背違，此其忮害豈曰不極至乎？胡爲悅之，惟婦言是用？義較明順，不似箋之費周折也。」愚案：陳說是。「君子」，謂居上位之人，卽指幽王。言以商賈之事而君子親之，刺其不問政事，惟營財利也。蠶織之務而哲婦置之，刺其罔知婦德，干預朝政也。列女魯季敬姜傳引詩曰：「『婦無公事，休其蠶織。』言婦人以蠶織爲公事者也，休之非禮也。」此魯說。

天何以刺？何神不富？舍爾介狄？【注】三家『狄』作『逖』。維予胥忌，不弔不祥，威儀不類。人之云亡，邦國殄瘁！【疏】傳：「刺，責。富，福。狄，遠。忌，怨也。類，善。殄，盡。瘁，病也。」箋：「介，甲也。王之爲政既無過惡，天何以責王見變異乎？神何以不福王而有災害也？王不念此而改修德，乃舍女被甲夷狄來侵犯中國者，反與我相怨。謂其疾怨羣臣叛違也。弔，至也。王之爲政，德不至於天矣，不能致徵祥於神矣，威儀又不善於朝廷矣。賢人皆言奔亡，則天下邦國將盡困窮。」○天之降責，乃有變異，而日食星隕山崩川竭者何？神之降福，乃無災害，而水旱蟲螟霜雹疫癘者何？王遘此凶災，不思修德，反舍爾大者、遠者不務，而惟我國之賢者是忌乎？「三家狄作逖」者，說文：「逖，遠也。」集韻引說文，有「詩曰：『舍爾介逖。』」王氏詩攷因之明許正字，毛借字。王肅云：「舍爾大道遠慮，反與我賢者怨乎？」義與此合也。惟其不善，更致不祥，王傲惰不修威儀，望之不似人君，方以爲有恃無恐也。不知賢人既亡，邦國亦從茲殄瘁矣，王何以爲國乎？左文六年、襄二十六年傳并引詩云：「『人之云亡，邦國殄瘁。』無善人之謂。」是也。韓詩外傳六：「易曰：『困於石章。』」引詩說同，明韓毛文同。漢書王莽傳引「邦國殄頓」，「瘁」作「頓」，亦三家異字。

天之降罔，維其優矣。人之云亡，心之憂矣！天之降罔，維其幾矣。人之云亡，心之悲矣！【疏】傳：「優，渥也。幾，危也。」箋：「優，寬也。天下羅罔，以取有罪，亦甚寬。謂但以災異譴告之，不指加罰於其身，疾王爲惡之甚。賢者奔亡，則人心無不憂。幾，近也。言災異譴告，離人身近，愚者不能覺。」○天之降罔，甚優寬也，尚未裁及王身。而賢人云亡，則國是無與挽回，可憂孰甚。天之降罔，甚幾危也。或冀王之改悔。而賢人云亡，則國勢將終不振，我悲更深。此及上章「天」字皆言天，不斥主。

觱沸檻泉，維其深矣。心之憂矣，寧自今矣！【注】魯「今」作「全」。不自我先，不自我後。藐藐昊天，無不克鞏。無忝皇祖，式救爾後！【注】魯「皇」作「爾」，「後」作「訛」。【疏】傳：「藐藐，大貌。鞏，固也。」箋：「檻泉正出，涌出也，觱沸其貌。涌泉之源，所由者深，喻己憂所從來久也。惡政不先己，不後己，怪何故正當之。藐藐，美也。王者有美德藐藐然，無不能自堅固於其位者。微箴之也。式，用也。後，謂子孫也。」○彼觱沸然正出之檻泉，其來源固甚深矣。我此心之憂，一如泉源之深，固不始自今矣。「魯今作全」者，列女嚴延年母傳引詩云：「心之憂矣，寧自全矣。」以本詩之義推之，言遘此惡政，不能不出於諷諫，甯肯專爲自全地乎？但惡政之興，何以不在我先，何以不在我後，適於我身遇之也。我王果有君人之德藐藐然，可以比美昊天，無不能鞏固爾位之理。今縱不爲一身計，亦當思無辱皇祖，用救爾後世子孫耳。「魯皇作爾，後作訛」者，列女晉范氏母傳引詩曰：「無忝爾祖，式救爾訛。」「訛」、「譌」字通。釋詁注：「世以妖言爲訛。」當日「檿弧箕服，實亡周國」之訛言徧於一國，褒姒事實無不知之，故祝其修德禳災，無辱爾祖，以挽救前此亡國之訛言也。韓詩外傳六孟子說齊宣王章引詩：「不自我先，不自我後。」明韓毛文同。

瞻卬七章，三章章十句，四章章八句。

召旻【疏】毛序：「凡伯刺幽王大壞也。旻，閔也，閔天下無如召公之臣也。」箋：「旻，病也。」〇三家無異義。

旻天疾威，天篤降喪。瘨我饑饉，民卒流亡。我居圉卒荒！【注】韓「圉」作「御」。【疏】傳：「圉，垂也。」箋：「天，斥王也。疾，猶急也。瘨，病也。病乎幽王之爲政也，急行暴虐之法，厚下喪亂之教。謂重賦稅也。病國中以饑饉，令民盡流移荒虛也，國中至邊竟以此故盡空虛。」〇「瘨我饑饉」，與雲漢篇「瘨我以旱」句義同。韓詩外傳六感有三術章引詩「旻天疾威」四句，明韓毛文同。「韓圉作御」者，外傳八：「一穀不升謂之歉，二穀不升謂之饑，三穀不升謂之饉，四穀不升謂之荒，五穀不升謂之大侵。大侵之禮，君食不兼味，臺榭不飾，道路不除，百官補而不制，鬼神禱而不祠，此大侵之禮也。詩曰：『我居御卒荒。』此之謂也。」言大荒之年，所居所御，盡爲之變。與毛訓義全異。

天降罪罟，蟊賊內訌。昏椓靡共，潰潰回遹，實靖夷我邦！【疏】傳：「訌，潰也。椓，夭椓也。靖，謀。夷，平也。」箋：「訌，争訟相陷入之言也。王施刑罪以羅罔天下，衆爲殘酷之人，雖外以害人，又自內争相讒惡。『昏椓』，皆奄人也。昏，其官名也。椓，椓毁陰者也。王遠賢者而近任刑奄之人，無肯共其職事者，皆潰潰然惟邪是行，皆謀夷滅王之國。」〇陳奐云：「文選文賦注引韓詩薛君章句云：『靡，好也。』疑卽此詩『靡共』之義，或以爲烈文『封靡』義者，非。」愚案：如陳說，韓義當釋爲昏椓之人自謂好共職事，而憒亂邪僻，實謀夷滅我國也。說文：「憒，亂也。」「潰」與「憒」同。說文「襘」下引爾雅「襘襘襀襀」，段注引潛夫論云：「個個潰潰，蓋用爾雅文。」是「潰」又通作「襀」。

臯臯訿訿，【注】魯「臯」作「浩」。曾不知其玷。兢兢業業，孔塡不寧，我位孔貶。【疏】傳：「臯臯，頑不知道也。訿訿，窳不供事也。貶，隊也。」箋：「玷，缺也。王政已大壞，小人在位，曾不知大道之缺。兢兢，戒也。業業，危也。天下之人戒懼危怖，甚久矣其不安也，我王之位又甚隊矣。言見侵侮，政教不行，後犬戎伐之，而國與諸侯無異。」○「魯皋作浩」者，釋訓：「皋皋、琄琄，刺素食也。」又曰：「翕翕、訿訿，莫供職也。」爾雅釋文：「皋，樊本作浩。」皋、浩古通。左定四年經「盟于皋鼬」，公羊作「浩油」，是其證。樊本在先，魯詩當本作「浩浩」。皆無德食禄意也。小旻「訿訿」，傳以爲「不思稱其上」。荀子修身篇亦作「呰呰」，字異義同。皆曠職不善意。

如彼歲旱，草不潰茂，如彼棲苴。【注】齊「潰」作「彙」。三家「苴」作「柤」。我相此邦，無不潰止。【疏】傳：「潰，遂也。苴，水中浮草也。」箋：「『潰茂』之潰，當作『彙』。彙，茂貌。王無恩惠於天下，天下之人如旱歲之草，皆枯槁無潤澤，如樹上之棲苴。潰，亂也。無不亂者，言皆亂也。春秋傳曰：『國亂曰潰，邑亂曰叛。』」○「齊潰作彙」者，韓詩外傳五如歲之旱章引詩曰：「如彼歲旱，草不潰茂。」據外傳所引，韓與毛同。李黼平云：「說文：『僓，一曰長貌。』長、遂義近，『潰』當讀爲『僓』。」陳喬樅云：「班固幽通賦『枝葉彙而靈茂』，班述齊詩，賦語卽本齊義。箋用齊改毛，故與班所據文同。蕭該漢書音義引服虔曰：『彙，音近卉。』玉篇：『彙，胡貴反。』『潰』與『彙』，蓋以音近叚借。」「三家苴作柤」者，傳以苴爲「水中浮草」，箋云「樹上棲苴」，孔疏云：「苴是草之枯槁逐水流者，棲息於水上也。箋以棲者居在木上之名，謂水上爲棲，理亦不愜，故以爲『如樹上之棲苴』。苴是草木之枯槁者，故在樹未落及已落爲水漂，皆稱苴也。」陳喬樅云：「衆經音義二十五引詩云：『如彼棲柤。』與毛字異，蓋據韓詩之文。玄應又引通俗文云：『刈餘曰柤。』知苴、柤二字古通。箋云『如樹上棲苴』，亦據三家改毛也。」愚案：通俗文又云「柤」卽「查」字，亦與「槎」通用，此另爲一義，說者遂謂柤、苴皆卽槎，以槎於浮水意近，欲借通傳說。然「刈餘曰柤」，刈卽刈艸，仍是艸經刈割殘損之貌，所謂「不潰茂」也。楚詞九章「艸苴比而不芳」，王注：「生曰艸，枯曰苴。」疑卽本此詩魯訓。「枯」與「刈餘」說異而義相類，皆不作水中樹上說。蓋「棲」當說如「餘糧棲畝」之棲也。以「棲柤」專爲韓義，說亦不確，要當出三家詩。

維昔之富不如時，維今之疚不如茲。彼疏斯粺，胡不自替？職兄斯引。【疏】傳：「往者富仁賢，今也富讒佞。〔維今之疚〕，今則病賢也。彼宜食疏，今反食精粺。替，廢。兄，茲也。引，長也。」箋：「富，福也。時，今時也。茲，此也。『此』者，此古昔明王。疏，麤也，謂糲米也。職，主也。彼賢者祿薄食麤，而此昏椓之黨反食精粺。女小人耳，何不自廢退，使賢者得進，乃茲復主長此爲亂之事乎？責之也。米之率，糲十，粺九，鑿八，侍御七。」○詩言昔日之富，家給人足，不如今時之困窮。今日之疚仁賢疏退，不如此時之尤甚。彼宜食疏糲之小人，反在此食精粺，何不早自廢退，免致妨賢病國，反主爲滋亂之事，使其引而日長乎？

池之竭矣，不云自頻。【注】魯「頻」作「濱」。泉之竭矣，不云自中。溥斯害矣，職兄斯弘。不裁我躬！【疏】傳：「頻，厓也。泉水從中以益者也。」箋：「『頻』當作『濱』。厓，猶『外』也。自，由也。池水之益，由外灌焉。今池竭，人不言由外無益者與？言由之也。喻王猶池也，政之亂，由外無賢臣益之。泉者，中水生則益深，水不生則竭。喻王猶泉也，政之亂，又由內無賢妃益之。溥，猶『遍』也。今時遍有此內外之害矣，乃茲復主大此爲亂之事，是不裁王之身乎？責王也。裁，謂見誅伐。」○說文：「瀕，人所賓附，瀕蹙不前而止。从頁、从涉。」正字當作「瀕」，箋云當作「濱」，乃用魯改毛也。列女漢趙姊娣續傳：「君子謂，昭儀之凶嬖，與褒姒同行；成帝之惑亂，與周幽王同風。詩云：『池之竭矣，不云自濱。泉之竭矣，不云自中。』成帝之時，舅氏擅外，趙氏守內，其自竭極，蓋亦池泉之勢也。」箋分外、內言，與列女傳同義，蓋本魯說爲訓。言此害徧矣，猶主之使滋亂益大，不顧裁我躬乎？其後犬戎內侵，驪山蒙難，斯言驗矣。

昔先王受命，有如召公，日辟國百里。今也日蹙國百里。於乎哀哉，維今之人，不尚有舊！【疏】傳：「辟，開。蹙，促也。」箋：「先王受命，謂文王武王時也。召公，召康公也。言『有如』者，時賢臣多，非獨召公也。今，今幽王臣。『哀哉』，哀其不高尚賢者，尊任有舊德之臣，將以喪亡其國。」○毛傳說二南與三家異，故言召公辟國事以爲非實。今網羅舊籍，推而跡之，尚可攷見大略。文王稱王後命召公爲召南牧伯，辟漢世南郡南陽郡地，（說詳召南。）故有「日辟國百里」之詩。云「昔先王受命」者，即謂文王受命稱王事也。蓋岐周開國，肇建二南，乃一時權立之制。迨武王滅紂，南國是疆，已非二南舊時封域。歷秦逮漢，踰越千年，在孔子時已有「不爲二南，其猶牆面」之言，矧祖龍滅學，申公傳詩，書缺有間，聽覩茫昧，衆家雜出，莫相是非。故雖以魯學正傳，而蘭臺惟許其最近，河間偏好而古文，尤畏其名尊也。「日蹙國百里」者，蓋幽王時戎夷偪迫，畿疆日削之故，皆無人謀國所致，故言今人不尚有舊德，可求乎？何王不一置念，視若與己無涉也，其可哀孰甚邪。

召旻七章，四章章五句，三章章七句。

蕩之什十一篇，九十二章，七百六十九句。

詩三家義集疏卷二十四

清廟第二十四

詩周頌

【疏】史記平準書贊：「詩述殷周之際，安寧則長。」又敘傳：「湯武之隆，詩人歌之。」論衡須頌篇：「周頌三十一，殷頌五，魯頌四。凡頌四十篇，詩人所以嘉上也。」蔡邕獨斷：「宗廟所歌詩之別名三十一章，皆天子之禮樂也。」以上魯說。漢書禮樂志：「自夏以往，其流不可聞已，殷頌猶有存者。周詩既備，而其器用張陳，周官具焉。其威儀足以充目，音聲足以動耳，詩語足以感心。故聞其音而德和，省其詩而志正，論其數而法立。是以薦之郊廟則鬼神饗，作之朝廷則羣臣和，立之學官則萬民協。聽者無不虛己竦神，說而承流，是以海內徧知上德，被服其風，光輝日新，化上遷善，而不知所以然，至於萬物不夭，天地順而嘉應降。」以上齊說。

清廟【注】魯說曰：「周公詠文王之德而作清廟，建爲頌首。」又曰：「清廟，一章八句，洛邑既成，諸侯朝見，宗祀文王之所歌也。」又曰：「清廟之詩，言交神之禮無不清靜。」齊說曰：「頌言成也，一章成篇，宜列德，故登歌清廟一章也。」【疏】毛序：「祀文王也。周公既成洛邑，朝諸侯，率以祀文王焉。」箋：「『清廟』者，祭有清明之德者之宮也，謂祭文王也。天德清明，文王象焉，故祭之而歌此詩也。『廟』之言『貌』也，死者精神不可得而見，但以生時之居立宮室，象貌爲之耳。成洛邑，居攝五年時。」○「周公」至「頌首」，漢書王褒傳四子講德論文，此言作頌專詠文王也。「清廟」至「歌也」，蔡邕獨斷文。陳喬樅云：「此卽魯詩周頌之序也。後三十章同。」「清廟」至「清静」，漢書韋元成傳疏文。賈逵左傳注：「肅然清静，謂之清廟。」杜預云：「清廟，肅然清靜之稱也。」皆本韋爲說。「頌言」至「章也」，續漢祭祀志劉注引東觀書東平王蒼議稱詩傳文。陳喬樅云：「所引詩傳，疑齊詩傳也，故其說與鄭禮注合。」案，禮仲尼燕居「升歌清廟」，鄭注：「清廟，頌文王之德。」卽所謂「列德」已。

於穆清廟，肅雝顯相。【疏】傳：「於，歎辭也。穆，美。肅，敬。雝，和。相，助也。」箋：「顯，光也，見也。於乎美哉，周公之祭清廟也，其禮儀敬且和，又諸侯有光明著見之德者來助祭。」○尚書大傳皋繇謨篇：「清廟升歌者，歌先人之功烈德澤也，故欲其清也。其歌之呼也，曰：『於穆清廟，肅雝顯相。』『於』者，歎之也。『穆』者，敬之也。『清』者，欲其在位者偏聞之也。故周公升歌文王之功烈德澤，苟在廟中嘗見文王者，愀然如復見文王。」鄭注：「烈，業也。呼，出聲也。『肅雝顯相』，四海敬和，明德來助祭。」又洛誥篇：「『廟』者，『貌』也，以其貌言之也。宮室中度，衣服中制，犧牲中辟，殺者中死，割者中理。搙弁者爲文，鼗竈者有容，椓杙者有數，太廟之中，繽乎其猶模繡也。天下諸侯之悉來進受命於周而退見文武之尸者，千七百七十三諸侯，皆莫不磬折玉音，金聲玉色，然後周公與升歌而弦文武。諸侯在廟中者，伋然淵其志，和其情，愀然若復見文武之身，然後曰：『嗟子乎，此蓋吾先君文武之風也。夫及執俎抗鼎執刀執匕者負廧而歌，憤於其情，發於中而樂節文，故周人追祖文王而宗武王也。」愚案：清廟頌文王之德，伏傳所言與詩合，王褒講德論及禮仲尼燕居鄭注皆本此爲說。洛邑既成，禋于文王武王，此爲諸侯朝見助祭之始，故奏此詩以祭，則祖文而宗武本是一事。胡承洪謂漢初言清廟者，不當有既成洛邑，兼祭文武之說，大誤。蔡邕明堂論：「成王命魯公世世禘祀周公於太廟，以天子之禮，升歌清廟，下管象武，所以異魯於天下也。取周清廟之歌歌於魯太廟，明魯之太廟猶周之清廟也。」是此樂不獨兼祀武王，並賜周公，特言詩則專頌文王耳。或以詩之「不顯不承」，卽書之「丕顯丕承」，據爲兼頌武王，微有未合。士虞禮鄭注：『顯相』，助祭者也。顯，明也。相，助也。詩云：『於穆清廟，肅雍顯相。』」愚案：箋詩說「顯相」同。「肅雍」二字，鄭大傳注本卽指美助祭諸侯，箋詩忽改屬周公。詩爲公作，無自贊之理，仍以大傳注說爲是。陳喬樅云：「水經河水篇注據伏生墓碑，言伏生撰尚書五經大傳，是伏生兼通五經。伏生齊人，於詩當治齊學。後漢儒林傳，伏理治齊詩。理卽伏生八世孫，師事匡衡，別自名家。要自伏生後所治詩無非齊學，不自伏理始也。」濟濟多士，秉文之德，對越在天。【疏】傳：「執文德之人也。」箋：「對，配。越，於也。濟濟之衆士，皆執行文王之德，文王精神已在天矣，猶配順其素如生存。」○孔疏：「濟濟之衆士，謂朝廷之臣也。文王在天而云多士能配者，正謂順其素先之行，如其生存之時焉。文王既有是德，多士今猶行之，是與之相配也。」漢書劉向傳向上封事曰：「周文開基西郊，雜遝衆賢，罔不肅和，崇推讓之風，以銷分爭之訟。文王既沒，周公思慕，歌詠文王之德，其詩曰：『於穆清廟，肅雝顯相，濟濟多士，秉文之德。』當此之時，武王周公繼政，朝臣和於內，萬國驩於外，故盡得其歡心，以事其先祖。」案，向用魯義，「朝臣和於內」，謂多士；「萬國驩於外」，謂諸侯；其「先祖」，卽謂文王也。駿奔走在廟，不顯不承，無射於人斯。【注】齊「駿」作「逡」，「射」作「斁」。【疏】傳：「駿，長也。顯於天矣，見承於人矣，不見厭於人矣。」箋：「駿，大也。諸侯與衆士於周公祭文王，俱奔走而來在廟中，是不光明文王之德與？言其光明之也。是不承順文王志意與？言其承順之也。此文王之德，人無厭之。」○「齊駿作逡」者，禮大傳「執豆籩逡奔走」，鄭注：「逡，疾也。疾奔走，言勸事也。周頌曰：『逡奔走在廟。』」據此，齊作「逡」。陳喬樅云：「逡、駿古通。釋詁：『駿，速也。』速、疾同義。」「射作斁」者，大傳：「詩云：『不顯不承，無斁於人斯。』」據此，齊作「斁」。鄭注：「斁，厭也。言文王之德不顯乎？不承成先人之業乎？言其顯且承之，人樂之無厭也。」與箋指助祭者言義異。胡承珙云：「詩頌文王，是美文王之德，下篇卽云『於乎不顯，文王之德之純』，則以『不顯不承』爲美文王者於義爲優也。」

清廟一章，八句。

維天之命【注】魯說曰：維天之命一章八句，告太平於文王之所歌也。【疏】毛序：「太平告文王也。」箋：「『告太平』者，居攝五年之末也。文王受命，不卒而崩。今天下太平，故承其意而告之，明六年制禮作樂。」〇「維天」至「歌也」，蔡邕獨斷文，魯說也。齊韓當同。「維」，魯作「惟」，後人順毛改「維」，下章同。

維天之命，【注】韓「維」作「惟」，說曰：惟，念也。**於穆不已。**【疏】傳：「孟仲子曰：大哉天命之無極，而美周之禮也。」箋：「命，猶『道』也。天之道，於乎美哉！動而不已，行而不止。」〇「惟，念也」者，文選歐陽堅石詩李注引薛君韓詩章句文。愚案：釋文引韓詩云：「維，念也。」此順毛詩之文而誤也。韓全詩無作「維」者。**於乎不顯，文王之德之純！**【疏】傳：「純，大。」箋：「純，亦不已也。於乎，不光明與？文王之施德教之無倦已，美其與天同功也。」〇禮中庸：「詩曰：『維天之命，於穆不已。』蓋曰天之所以爲天也。『於乎不顯，文王之德之純。』蓋曰文王之所以爲文也，純，亦不已。」此齊說，箋語正用齊義也。楚詞招魂王逸注：「詩云：『不顯文王。』不顯，顯也。」此魯說，「於乎」歎辭，斷句，「不顯文王」爲一句，「之德之純」爲一句，讀異而義不異也。**假以溢我，我其收之。駿惠我文王，**【注】韓「假」作「誐」，「溢」作「謐」。【疏】傳：「假，嘉。溢，慎。收，聚也。」箋：「溢，盈溢之言也。以嘉美之道饒衍與我，我其聚斂之以制法度，以大順我文王之意。謂爲周禮六官之職也。書曰：『考朕昭子刑，乃單文祖德。』」〇釋詁：「溢，慎也。」孔疏引舍人曰：「溢，行之慎。」某氏曰：「詩云『假以溢我』，慎也。」此魯說，字與毛同。釋文不載韓異文，明韓亦與毛同。「齊假作誐溢作謐」者。說文：「誐，嘉善也。詩云：『誐以謐我。』」乃齊文也。段注：「謐，徐鉉本作『溢』，此後人用毛改竄也。」廣韻引說文作『謐』。

誐、謐皆本字，假、溢皆借字。左襄二十七年傳引作『何以恤我』。『何』者，『誐』之聲誤。『恤』與『謐』同部，堯典『惟刑之謐哉』，古文亦作『恤』。」馬瑞辰云：「『恤』當爲『侐』之叚借，說文：『侐，静也。』正與『溢』訓『慎』、『謐』訓『静』者同義。『慎』與『静』古亦同義，廣雅：『静，安也。』『静我』即『安我』，猶詩言『綏我眉壽』，『綏』亦『安』也。『誐以謐我』，謂善以綏我也。」陳喬樅云：「今文尚書與齊詩並傳自夏侯始昌，同一師承，今文尚書『恤』作『謐』，尤足證說文所引『誐以謐我』爲齊詩之文無疑。」愚案：「善以安我」，即是言天下大平。「我其收之」，言我更收聚善道以制法度。孔疏：「周公自是聖人，作法出於己意，但以歸功文王，故言收文王之德而爲之。文王本意欲得制作，但以時未可爲，是意有所恨。今既太平，作之，是大順我文王之本意也。」**曾孫篤之。**【疏】傳：「成王能厚行之也。」箋：「曾，猶『重』也。自孫之子而下，事先祖皆稱『曾孫』，是言曾孫欲使後王皆厚行之，非維今也。」○馬瑞辰云：「『曾孫』，從箋通指『後王』爲允。『篤』者，『管』之叚借。說文：『管，厚也。从亯，竹聲，讀若篤。』孔廣森曰：『竹聲』，古蓋讀如『呪』。故『篤』與『收』爲韻。」

維天之命一章，八句。

維清【注】魯說曰：「維清一章五句，奏象武之所歌也。」齊說曰：「武王受命作象樂，繼文以奉天。」【疏】毛序：「奏象舞也。」箋：「象舞，象用兵時刺伐之舞，武王制焉。」○「維清」至「歌也」，蔡邕獨斷文，魯說也。白虎通禮樂篇：「武王曰象者，（「王」字衍。）象太平而作樂，示已太平也。周室中制象樂何？殷紂爲惡日久，其惡最甚，斮涉刳胎，殘賊天下。武王起兵，前歌後儛，克殷之後，民人大喜，故中作所以節喜盛。」此亦魯說。漢書司馬相如傳「韶濩武象之樂」，張揖注：「象，周公樂也。南人服象，爲虐於夷，成王命周公以兵退之，至於海南，乃爲三象樂也。」張說本呂覽古樂篇，高誘亦云：「三象，周公所作樂名。」愚案：此又象樂別解，張高所說，無妨周有此樂，然非象武，象武即武也。孔疏引明堂位注：「『象，謂周頌武也。』謂武詩爲象，明大武之樂亦爲象矣。」明與周公「三象」無涉。箋云「武王制焉」，亦與大武無涉也。文王始征伐，故以武功歸文王，克紂後爲此樂，故云「迄用有成」也。「武王」至「奉天」，繁露質文篇文，此齊說，與魯同。韓無異義。

維清緝熙，文王之典。【疏】傳：「典，法也。」箋：「緝熙，光明也。天下之所以無敗亂之政而清明者，乃文王有征伐之法故也。文王受命，七年五伐也。」○書大傳云：「文王一年質虞、芮，二年伐邗，三年伐密須，四年伐畎夷。紂乃囚之羑里，五年之初，散宜生等獻寶而釋文王，文王出則克耆。六年伐崇，則稱王。」伏湛述齊詩，說文王受命而征伐五國，是其事也。故武王克紂而推本文王，言維今日之清静而光明者，皆用文王之法故也。箋說卽用齊義。班固封燕然山銘「維清緝熙」，明齊毛文同。肇禋，【疏】傳：「肇，始。禋，祀也。」箋：「文王受命，始祭天而枝伐也。周禮：『以禋祀祀昊天上帝。』」○尚書中候我應曰「枝伐弱勢」，注：「伐紂之枝黨以弱其勢，若崇侯之屬。」我應又云：「伐崇謝告」，注：「謝百姓，且告天主爲崇也。」緯學亦本齊詩。陳啟源云：「維清篇鄭釋最明，而後儒莫用者，因枝伐祭天之說出緯書也。文王之伐崇類祭，見皇矣篇，類祭之爲祭上帝，見尚書禮記，則以『肇禋』爲文王始祭天，非無稽之談也。」愚案：繁露郊祭篇：「文王受天命而王天下，先郊，乃敢行事而興師伐崇。」引棫樸「薪槱」爲當日郊辭，此亦肇禋征伐之確據。董習齊詩，知齊義如此。迄用有成，維周之禎。【注】三家「禎」作「祺」。【疏】傳：「迄，至。禎，祥也。」箋：「文王造此征伐之法，至今用之而有成功，謂伐紂克勝也。征伐之法，乃周家得天下之吉祥。」○釋文：「祺音其。爾雅同。徐云本又作『禎』，與崔本同。」正義：「『祺，祥』，釋言文。舍人曰：『祺，福之祥。』某氏云：『詩云：維周之祺。』定本、集注『祺』字作『禎』。」臧鏞堂云：「爾雅：『祺，祥也。』『祺，吉也。』釋文：『祺音其。下同。』是爾雅無作『禎』者，當從正義釋文本，方與雅訓合。唐石經作『禎』，故今本多作『禎』，蓋卽唐之定本據崔靈恩集注也。」段玉裁云：「作『禎』者，恐是改易取韻。」胡承珙云：「崔所據者毛詩，徐邈所云作『禎』之本，亦當是毛詩也。爾雅某氏注引詩，『如妃媲也』，引『天立厥妃』；『亶，厚也』，引『俾爾亶厚』：『呬，息也』，引『民之攸呬』之類，多出三家。此詩蓋三家作『祺』，毛自作『禎』耳。」蔡邕胡夫人神誥「故能迄用有成」，用魯經文。

維清一章，五句。

烈文【注】魯說曰：「烈文一章十三句，成王即政，諸侯助祭之所歌也。」韓說曰：「烈文，成王初即洛邑，諸侯助祭之樂歌也。」【疏】毛序：「成王即政，諸侯助祭也。」箋：「新王即政，必以朝享之禮祭於祖考，告嗣位也。」○「烈文」至「歌也」，蔡邕獨斷文，魯說也。「烈文」至「樂歌也」，孔疏引服虔左傳注文，韓說也。齊義當同。

烈文辟公，錫茲祉福。惠我無疆，子孫保之。【疏】傳：「烈，光也。文王錫之。」箋：「惠，愛也。光文百辟卿士及天下諸侯者，天錫之以此祉福也，又長愛之無有期竟，子孫得傳世安而居之。謂文王武王以純德受命定天位。」○白虎通瑞贄篇：「王者始立，諸侯皆見何？當受法稟正教也。周頌曰：『烈文辟公，錫茲祉福。』言武王伐紂定天下，諸侯來會聚於京師，受法度也，遠近莫不至。受命之君，天之所興，四方莫敢違，夷狄咸率服故也。」案，詩爲成王即政所歌，魯韓說與毛同。白虎通亦魯說，推言武王受命者，成王即位，溯武王之舊典而作詩。言我武王定殷之後，汝等有光華文章之辟公來爲我周之藩屏，此祉福乃武王錫之；又惠愛我無有疆限，令女子孫常保安之，此武王之德也。傳以「錫」屬「文」，箋以「錫」屬「天」，皆遠詩恉。漢書宣帝紀「錫茲祉福」，帝習齊詩，明齊毛文同。無封靡于爾邦，維王其崇之。念茲戎功，繼序其皇之。【疏】傳：「封，大也。靡，累也。崇，立也。戎，大。皇，美也。」箋：「崇，厚也。皇，君也。無大累於女國，謂諸侯治國，無罪惡也。王其厚之，增其爵士也。念此大功，勤事不廢，謂卿大夫能守其職，得繼世在位，以其次序其君之者。謂有大功，王則出而封之。」○白虎通誅伐篇：「詩云：『毋封靡于爾邦，惟王其崇之。』此言追誅大罪也，或盜天子土地自立爲諸侯，絶之而已。」以「封靡」爲「大罪」，與毛訓「大累」同。詩言但無大罪當誅絶者，維王其益厚之。「毋」當爲「無」，蓋通借字。孔疏引王肅云：「序，繼也。思繼續先人之大功而美之。」案，詩言先人有大功者當念此，益繼續而美之。**無競維人，四方其訓之。不顯維德，百辟其刑之。於乎，前王不忘！**【疏】傳：「競，彊。訓，道也。『前王』，武王也。」箋：「無彊乎，惟得賢人也，得賢人則國家彊矣，故天下諸侯順其所爲也。不勤明其德乎，勤明之也，故卿大夫法其所爲也。於乎，先王文王武王其於此道，人稱誦之不忘。」○「訓」、「順」古通，箋「訓」讀爲「順」，言無彊惟在得賢，得賢則四方皆順之矣。禮中庸：「詩曰：『不顯維德，百辟其刑之。』」鄭注：「不顯，言顯也。辟，君也。此頌也，言不顯乎，文王之德，百君盡刑之，諸侯法之也。」案，此又曉諭諸侯以上法文王之德。齊義如此。列女傳一：「詩云：『不顯惟德，百辟其刑之。』」明魯毛文同。禮大學：「詩云：『於乎，前王不忘！』」明齊毛文同。詩於是又總之曰：於乎，既有武王之錫福宜保，又有文王之顯德可刑，爾諸侯惟有於前王念念不忘耳。

烈文一章，十三句。

天作

【注】魯説曰：「天作，祀先王先公之所歌也。」【疏】毛序：「祀先王先公也。」箋：「『先王』，謂大王已下。『先公』，諸盩至不窋。」○「天作」至「歌也」，蔡邕獨斷文，魯説也。齊韓當同。

天作高山，大王荒之。【疏】傳：「作，生。荒，大也。天生萬物於高山，大王行道，能大天之所作也。」箋：「『高山』，謂岐山也。書曰：『道岍及岐，至于荆山。』天生此高山，使興雲雨以利萬物。大王自豳遷焉，則能尊大之廣其德澤，居之一年成邑，二年成都，三年五倍其初。」○陳喬樅云：「尚書大傳云：『大王去豳，邑岐山，周民奔而從之者三千乘，止而成千户之邑。』即此頌所言『天作高山，大王荒之』是也。箋蓋亦據齊詩之說。」晉語鄭叔詹曰：「在周頌曰：『天作高山，大王荒之。』荒，大之也。大天所作，可謂親有天矣。」即傳義所本。

彼作矣，文王康之。彼徂矣，岐有夷之行。

【注】韓下「矣」作「者」。韓說曰：徂，往也。夷，易也。行，道也。言百姓歸文王者，皆曰岐有易道，可歸往矣。易道，謂仁義之道而易行，故岐道險阻而人不難。

【疏】傳：「夷，易也。」箋：「彼，彼萬民也。徂，往。行，道也。彼萬民居岐邦者，皆築作宮室，以爲常居，文王則能安之。後之往者，又以岐邦之君有佼易之道故也。易曰『乾以易知，坤以簡能。易則易知，簡則易從。易知則有親，易從則有功。有親則可久，有功則可大。可久則賢人之德，可大則賢人之業。』以此訂大王文王之道，卓爾與天地合其德。」○荀子王制篇：「天之所覆，地之所載，莫不盡其美，致其用，上以飾賢良，下以養百姓而安樂之，夫是之謂大神。詩曰：『天作高山，大王荒之。彼作矣，文王康之。』此之謂也。」天論篇引詩同。荀言天地所生而能盡美致用，使人盡安樂之，是爲「大神」，引詩「天作」四句以證明之，是魯詩說此四句之義亦必如此。箋謂「大王、文王之道與天地合德」，義亦同也。「韓矣作者」者，後漢西南夷傳朱輔疏曰：「詩云：『彼徂者岐，有夷之行。』傳曰：『岐道雖僻，而人不遠。』詩人誦詠，以爲符驗。」據此，「徂矣」作「徂者」，所引傳即韓傳也。「岐道雖僻而人不遠」，即「岐道險阻而人不難」，特字有改易耳。「徂往」至「不難」，西南夷傳李注引薛君注文。陳喬樅云：「王應麟詩攷據沈括筆談引後漢朱浮傳，作『彼岨者岐』。盧氏文弨曰：此沈之誤也。朱子集傳遂以岐山爲『險僻』，其實韓詩自作『徂』字，訓爲『往』也，所云『岐道阻險而人不難』，自爲『有夷之行』發義。王氏謂集傳『彼徂者岐』從韓詩，非也，乃沿沈誤耳。臧氏鏞堂曰：『朱浮』乃『朱輔』之誤。據外傳三明云『岐有夷之行』，足證沈說之非。宋氏緜初曰：詩以『彼徂者』爲句，『岐有夷之行』爲句，箋云『後之往者，又以岐邦之君有佼易之道故也』，是箋亦與韓合，非讀『彼徂者岐』爲句也。」楊雄河東賦「易豳岐之夷平」，明魯經文。子孫保之。【注】魯一本「孫」下多「其」字。【疏】蔡邕祖德頌：「詩言『子孫保之』。」邕用魯經文，與諸家同。「一本孫下多其字」者，說苑君道篇：「詩云：『岐有夷之行，子孫其保之。』」蓋魯「亦作」本。韓詩外傳三：「昔者舜甑盆無膻，而下不以餘獲罪。飯乎土簋，啜乎土型，而農不以力獲罪。麑衣而盭（趙懷玉云：「疑作『盩』，音『周』。盩有曲義。又疑是『盭』，與『戾』同。」晏子春秋諫下篇：「古嘗有紩衣攣領而王天下者。」「戾」、「盭」與「攣」義同。）領，而女不以巧獲罪。法下易由，事寡易爲功，而民不以政獲罪。故大道多容，大德多下，聖人寡爲，故用物常壯也。傳曰：易簡而天下之理得矣。忠易爲禮，誠易爲辭，賢人易爲民，工巧易爲材。詩曰：『岐有夷之行，子孫保之。』」

天作一章，七句。

昊天有成命【注】魯說曰：「昊天有成命一章七句，郊祀天地之所歌也。」【疏】毛序：「郊祀天地也。」○「昊天」至「歌也」，蔡邕獨斷文，魯說也。漢書郊祀志丞相衡奏言：「帝王之事，莫大乎承天之序；承天之序，莫重於郊祀，故聖王盡心極慮以建其制。祭天於南郊，就陽之義也；瘞地於北郊，卽陰之象也。天之於天子也，因其所都而各饗焉。昔者周文武郊於豐鄗，成王郊於雒邑。由此觀之，天隨王者所居而饗之，可見也。」又博士師丹等議，以爲：「郊處各在聖王所都之南北。周公加牲，告徙新邑，定郊禮於雒。天地以王者爲主，故聖王制祭天地之禮必於國郊。宜於長安定南北郊，爲萬世基。」愚案：衡丹奏議並言「成王郊祀天地於雒邑」，當卽據齊詩此篇爲說。韓義蓋同。

昊天有成命，二后受之。成王不敢康，夙夜基命宥密。【注】齊「基」一作「其」。魯「密」作「謐」。【疏】傳：「二后，文武也。基，始。命，信。宥，寬。密，寧也。」箋：「『昊天』，天大號也。『有成命』者，言周自后稷之生而已有王命也。文王武王受其業，施行道德，成此王功，不敢自安逸，早夜始信天命，不敢解倦，行寬仁安靜之政，以定天下。

寬仁，所以止苛刻也。安靜，所以息暴亂也。」○「齊基一作其」者，禮孔子閒居「夙夜其命宥密」，鄭注：「『其』讀爲『基』，基，謀也。密，靜也。言君夙夜謀爲政教以安民，則民樂之。」此齊「一作」本也。鹽鐵論未通篇：「周公抱成王聽天下，恩塞海內，澤被四表，矧惟南面，含仁包德，靡不得其所。詩云：『夙夜基命宥密。』」桓寬亦治齊詩，仍作「基命」。「成王」，卽指其身，不以爲「成王功」。「魯密作謐」者，新書禮容篇：「夫昊天有成命，頌之盛德也，其詩曰：『昊天有成命，二后受之。成王不敢康，夙夜基命宥謐。』」賈時惟有魯詩，知魯「密」作「謐」。又云：「謐者，寧也，億也。命者，制令也。基者，經也，勢也。夙，早也。康，安也。后，王也。『二后』，文王武王也。成王者，武王之子，文王之孫也。文王有大德而功未就，武王有大功而治未成，及成王承嗣，仁以臨民，故稱『昊天』焉。不敢怠安，早興夜寐，以繼文王之業。布文陳紀，經制度，設犧牲，使四海之內懿然葆德，各遵其道，故曰『有成』。承順武王之功，奉揚文王之德，九州之民，四荒之國，歌謠文武之烈，累九譯而請朝，致貢職以供祀，故曰『二后受之』。方是時也，天地調和，神人順億，鬼不厲禁，民不謗怨，故曰『宥謐』。成王質仁聖哲，能明其先，能承其親，不敢惰懈，以安天下，以敬民人。」漢書匡衡傳引此詩，亦言「昔者成王思述文武之道，休烈盛美皆歸之二后，而不敢專其名。」是齊魯詩說皆如此。馬瑞辰云：「晉語引此詩，韋昭注：『謂文武修己自勤，成其王功，非謂周成王身也。』但考叔向說，是『詩曰』是道成王之德也。成王，能明文昭、能定武烈者也。『二后』指文武，則『成王』自指周成王無疑。叔向曰：『夫道成命而稱昊天，翼其上也。二后受之，讓於德也。』蓋謂成王不自謂能受天命，而曰文武受之，故以爲讓於德，若不指周成王，則二后受之，何謂讓於德乎？呂覽愼大篇云：『文王造之而未遂，武王遂之而未成，周公旦抱少主而成之，故曰成王。』史記周公謂伯禽曰：『我文王之子，武王之弟，成王之叔父。』『成王』蓋時臣美其德，生有此號。酒誥釋文載馬融注引：『或曰以成王爲少成二聖之功，生號曰成王，沒因爲謚。』其說是也。尚書大傳：奄君蒲姑謂祿父曰：『武王已死矣，成王尚幼矣。』成王惟生有此號，故周頌作於成王在位時，得稱『成王』耳。傳義本晉語。戴震毛鄭詩攷正取晉語釋之，是也，然尚有未盡合者。叔向曰：『夙夜，恭也。基，始也。命，信也。宥，寬也。密，寧也。』後總釋之曰：『其中也，恭儉信寬，帥歸於寧。』承上五字言，不應獨去『基』字，另增『儉』字，知『儉』卽承『基始』言也。蓋云『恭始信寬』則不詞，故易爲『儉』。『儉』者，禮之本，本卽基也，故『基』爲『始』，又爲『儉』耳。命、令古通用，『令』从『亼』、『卪』，說文：『卪，瑞信也。』賈子曰：『命者，制令也。』與叔向訓『命』爲『信』同義。玩叔向所釋，『基命』與『宥密』各爲一德，基、命二字平列，不連讀。孔疏釋傳云：『始於信順天命。』戴震云：『早夜敬恭其命，有始未竟之謂基命。』均失之。」**於緝熙，單厥心，肆其靖之。**【疏】傳：「緝，明。熙，廣。單，厚。肆，固。靖，和也。」箋：「『廣』當爲『光』，『固』當爲『故』，字之誤也。於美乎，此成王之德也，既光明矣，又能厚其心矣，爲之不解倦，故於其功終能和安之。謂夙夜自勤，至於天下大平。」○馬瑞辰云：「釋詁：『亶，厚也。』詩作『單』者，雙聲叚借字。叔向釋詩曰：『肆，固也。靖，和也。』又曰：『廣厚其心，以固和之。』故、固古通用，爾雅：『肆，固也。』『肆』可訓爲語詞之『故』，卽可訓爲『堅固』之固，非誤字也。」

昊天有成命一章，七句。

我將【注】魯說曰：「我將一章十句，祀文王於明堂之所歌也。」【疏】毛序：「祀文王於明堂也。」○「我將」至「歌也」，蔡邕獨斷文，魯說也。漢書郊祀志：「周公相成王，王道大洽，制禮作樂，天子曰明堂辟雍，諸侯曰泮宮。宗祀文王於明堂，以配上帝。四海之內，各以其職來助祭。」陳喬樅云：「明堂月令論以明堂、辟雍異名而同事，其實一也。引禮記盛德篇：『明堂九室，以茅蓋屋，上圓下方，其外有水，名曰辟雍。』據班志語，知齊詩與魯說同。」大戴禮注引韓詩說「明堂在南方七里之郊」，卽釋此詩語。

我將我享，維羊維牛，維天其右之。【疏】傳：「將，大。享，獻也。」箋：「將，猶『奉』也。我奉養、我享祭之羊牛皆充盛肥腯，有天氣之力助。言神饗其德而右助之。」○胡承珙云：「周禮羊人疏引詩『維牛維羊』，隋書宇文愷傳亦作『維牛維羊』，知唐以前本皆然。開成石經始誤作『維羊維牛』。但隋禮儀志載梁天監十年議曹朱异議明堂牲牢云：『我將詩有「維羊維牛」之說』，又與宇文所引不同，疑經文或有二本，無容執一爲信也。」儀式刑文王之典，日靖四方。【注】齊韓「典」作「德」。伊嘏文王，既右饗之。【疏】傳：「儀，善。刑，法。典，常。靖，謀也。」箋：「靖，治也。受福曰嘏。我儀則式象法行文王之常道，以日施政於天下，維受福於文王。文王既右而饗之，言受而福之。」○「齊典作德」者，漢書刑法志：「詩曰：『儀式刑文王之德，日靖四方。』」師古曰：「言法象文王之德以爲儀式，則四方日以安靖也。」「韓作德」者，左昭六年傳引詩：「儀式刑文王之德，日靖四方。」疏引服虔注：「儀，善。式，用。靖，謀也。言善用法文王之德，日日謀安四方也。」服用韓詩，是韓作「德」，魯詩亦必作「德」也。愚案：言法文王之德，日靖四方，是四方皆受福於文王，故文王右而饗之也。我其夙夜，畏天之威，于時保之！【疏】箋：「于，於。時，是也。早夜敬天，於是得安文王之道。」○趙岐孟子章句二云：「詩周頌我將之篇，言成王尚畏天威於是時，故能安其太平之道也。」趙訓「保」爲「安」，與箋合。漢書孔光傳：「詩曰：『畏天之威，于時保之。』謂不懼者凶，懼之則吉也。」陳喬樅云：「光，孔霸子；霸，安國從孫。安國治魯詩，光亦必傳其家學。」愚案：據此，光學亦魯義也。韓詩外傳三載周文王時地動，改行重善而免；殷時穀生湯庭，湯行善政而穀亡；外傳八載梁山崩，晉君召伯宗，問絳人，素服哭祠三事，並引詩：「畏天之威，于時保之。」皆以明「畏天」之實。左文十五年傳引詩，釋之云：「不畏于天，將何能保。」孟子梁惠王篇：「樂天者，保天下。畏天者，保其國。」亦引詩二句。詩中專言文王，是祀文王之詩。後武王崩，成王嗣政治雒，兼祀文武，亦歌此詩，與清廟歌詩同也。

我將一章，十句。

時邁【注】魯說曰：「時邁一章十五句，巡狩告祭柴望之所歌也。」齊說曰：「時邁者，太平巡狩祭山川之樂歌。」韓說曰：「美成王能奮舒文武之道而行之。」【疏】毛序：「巡守告祭柴望也。」箋：「巡守告祭者，天子巡行邦國，至于方岳之下而封禪也。書曰：『歲二月，東巡守，至于岱宗，柴，望秩于山川。徧于羣神。』」○「時邁」至「歌也」，蔡邕獨斷文，魯說也。「時邁」至「樂歌」，儀禮大射儀鄭注文，齊說也。「美成」至「行之」，後漢李固傳注引薛君傳文。胡承珙云：「孔疏引左宣十二年傳云：『昔武王克商，作頌曰：載戢干戈。』明此篇武王事也。國語稱周文公之頌曰：『載戢干戈。』明此篇周公作也。白虎通曰：『何以知太平乃巡守？以武王不巡守，至成王乃巡守。』其言違詩反傳，所說非也。據李固傳引薛傳，是韓詩以時邁爲成王巡守。白虎通蓋用韓說也。然逸周書大匡解、文政解俱有『維十有三，祀王在管』之文。又度邑解云：『我南望過於三塗，北望過於有嶽丕顧，瞻過於河宛，瞻過於伊洛』，與詩言『及河喬嶽』亦相近。史記周本紀：『武王既克殷，命宗祝享祠于軍。乃罷兵西歸。行狩，記政事，作武成。』書序云：『武王伐殷，往伐歸獸，作武成。』所謂『歸獸』者，即樂記云『馬散之華山之陽，牛散之桃林之野』者。其下文云『車甲衅而藏之府庫，而弗復用，倒載干戈，包之以虎皮』，正與此詩『載戢干戈，載櫜弓矢』語合。然則時邁雖作於周公，要爲頌武王克殷後巡守諸侯之事甚明，班固謂『武王不巡守』，妄矣。」愚案：三家大恉無相違者，此詩似不合而實非也。武王克殷。周公始作此歌以頌武王，及成王巡狩，乃歌此詩以美成王，與清廟頌文王，仍兼祀武王、又祀周公相同。「狩」、「獸」古通用，書序「歸獸」，本卽爲『歸狩』，情事甚明。韓以爲非巡狩正禮，故主美成王爲說。白虎通宗魯詩，未嘗用韓說，班固雖録通義，並未參用己說。胡氏之論皆誤也。獨斷與白虎通爲一家之言，於武成巡狩告祭柴望，不沒其事實，仍不以爲正禮。韓魯同，齊說亦必同也。

時邁其邦，昊天其子之，實右序有周。薄言震之，莫不震疊。懷柔百神，【注】韓詩上「震」作「振」。韓説曰：「薄，辭也。振，奮也。莫，無也。震，動也。疊，應也。美成王能奮舒文武之道而行之，則天下無不動而應其政教。後引章句亦作「振」。及河喬嶽。【注】魯「喬」一作「嶠」。允王維后！【疏】傳：「邁，行。震，動。疊，懼。懷，來。柔，安。喬，高也。高嶽，岱宗也。」箋：「薄，猶『甫』也，甫，始也。允，信也。武王既定天下，時出行其邦國，謂巡守也。『天其子』，愛之。右，助。次序其事，謂多生賢知，使爲之臣也。其兵所征伐，甫動之以威，則莫不動懼而服者，言其威武又見畏也。王行巡守，其至方岳之下，來安羣神，望于山川，皆以尊卑祭之。信哉武王之宜爲君，美之也。」○馬瑞辰云：「爾雅：『時，是也。』時、是皆語詞。『序』與『敍』同。釋詁：『順，敘也。』『次序』爲序，『順從』亦爲序，『順之』即『助之』也。司書注：『敘，猶比次也。』凡相比相次，皆有『助』義。『實右序有周』，猶言實佑助有周也。右、序二字同義。箋云『次序其事』，非。」「韓詩」至「政教」者。後漢李固傳固上疏引周頌曰：「『薄言振之，莫不震疊。』此動之於內，而應於外者也。」李注引薛君傳曰：「薄，辭也。振，奮也。莫，無也。震，動也。疊，應也。美成王能奮舒文武之道而行之，則天下無不動而應其政教。」又文選揚雄甘泉賦、張協七命李注並引韓詩薛君章句云：「振，奮也。」是韓上「震」作「振」，齊魯詩當同。荀子禮論篇云：「天能生物，不能辨物也。地能載人，不能治人也。宇中萬物生人之屬，待聖人然後分也。詩曰：『懷柔百神，及河喬嶽。』」東觀書章帝詔亦引「懷柔百神」二句，帝治魯詩者。釋詁：「柔，安也。」某氏注：「詩曰：『懷柔百神。』」陳喬樅云：「孔疏：『詩定本作「柔」，集注作「濡」。』段氏玉裁曰：『宋書樂志謝莊造歌詩曰：「昭事先聖，懷濡上靈。」然則六朝本作『懷濡百神』也。柔、濡古音同，故假『濡』爲『柔』。』臧氏鏞堂曰：『毛作『懷濡』，三家作『懷柔』，樊光注爾雅，引用皆非毛詩也。』」「喬一作嶠」者，淮南泰族訓：「精誠感於內，形氣動於天，則景星見，醴泉出，河不滿溢，海不容波。故詩云：『懷柔百神，及河嶠嶽』。」此魯「亦作」本。陳喬樅云：「說文新附：『嶠，山鋭而高也。从山，喬聲。』古通用『喬』。」漢書郊祀志：「天子祭天下名山大川，懷柔百神，咸秩無文。五嶽視三公，四瀆視諸侯。」此用齊詩義。三禮義宗引韓詩曰：「天子奉玉升柴。」此亦「柴望」，韓義也。**明昭有周，式序在位。**【疏】傳：「明矣知未然也，昭然不疑也。」箋：「昭，見也。王巡守而明見天之子有周家也，以其有俊乂，用次第處位。言此者，著天其子愛之、右序之效也。」〇韓詩外傳八：「詩曰：『明昭有周，式序在位。』言各稱職也。」外傳三又三引詩以明其義。儀禮大射儀鄭注：「詩曰：『明昭有周，式序在位。』」明齊毛文同。愚案：「明昭有周，」與臣工詩「明昭上帝」同義，言大明著見之有周，在位者咸得其序，謂皆賢也。**載戢干戈，載櫜弓矢。**【疏】傳：「戢，聚。櫜，韜也。」箋：「『載』之言『則』也。王巡守而天下咸服，兵不復用，此又著『震疊』之效也。」〇禮樂記鄭注：「兵甲之衣曰櫜。詩曰：『載櫜弓矢。』」漢書五行志亦引詩曰：「載戢干戈，載櫜弓矢。」明齊毛文同。蔡邕釋誨「武功定而干戈戢」，用魯經文。**我求懿德，肆于時夏。允王保之！**【疏】傳：「夏，大也。」箋：「懿，美。肆，陳也。我武王求有美德之士而任用之，故陳其功於是夏而歌之。樂歌大者稱『夏』。允，信也。信哉武王之德，能長保此時夏之美。」〇史記周本紀周文公之頌曰：「載戢干戈，載櫜弓矢。我求懿德，肆于時夏。允王保之！」此魯詩也，明魯毛文同。鹽鐵論論菑篇：「兵者，凶器也。甲堅兵利，爲天下殃。以母制子，故能久長。聖人法之，厭而不揚。詩云：『載戢干戈，載櫜弓矢。我求懿德，肆于時夏。』」是魯詩說此詩未聞以爲樂章。荀悦漢紀序：「先王光演大業，肆于時夏。」荀亦用齊說，釋「時夏」猶言「諸夏」耳。胡承珙云：「編樂名夏，必在作詩之後，豈有詩未終篇而即曰陳於此以爲『夏』者？」馬瑞辰云：「說文：『夏，中國之人也。』大司樂鄭注：『大夏，禹樂也。禹治水傅土，言其德能大中國也。』左襄二十九年傳：『爲之歌秦，曰：「此之謂夏聲」。』又曰：『能夏則大』。服虔注：『與諸夏同風，故曰夏聲。』是樂之名夏，本取『中夏』之義，詩言『肆于時夏』，承上『我求懿德』言，宜從朱子集傳謂『布德於中國』，而後人因有『肆于時夏』一語，遂名其樂爲肆夏耳。」

時邁一章，十五句。

執競【注】魯說曰：執競一章十四句，祀武王之所歌也。【疏】毛序：「祀武王也。」○「執競」至「歌也」，蔡邕獨斷文，魯說也。齊韓蓋同。

執競武王，【注】韓詩云：執，服也。無競維烈。不顯成康，上帝是皇。【疏】傳：「無競，競也。烈，業也。不顯乎，其成大功而安之也。顯，光也。皇，美也。」箋：「競，彊也。能持彊道者，維有武王耳。不彊乎，其克商之功業，言其彊也。不顯乎，其成安祖考之道，言其又顯也。天以是故，美之子之福祿。」○「執，服也」者，釋文引韓詩文。北堂書鈔八十九引同。馬瑞辰云：「說文：『執，捕罪人也。』義與『服』近。又執、慹、慴古通用，史記項羽紀『諸將皆慴服』，漢書作『讋服』，陳咸傳作『執服』，朱博傳作『慹服』。韓詩訓『執』爲『服』者，蓋以『執競』爲能執服彊禦，猶朱博云『執服豪彊』也。說文：『倞，彊也。』廣雅：『倞，彊也。』凡詩言『執競』、『無競』，又呂叔玉引詩作『執倞』，皆『倞』字之叚借。若『競』之本義，則說文自訓『彊語』耳。」自彼成康，奄有四方，斤斤其明。【疏】傳：「『自彼成康』，用彼成安之道也。奄，同也。斤斤，明察也。」箋：「『四方』，謂天下也。武王用成安祖考之道，故受命伐紂，定天下爲周。明察之君，斤斤如也。」○孔疏：「『奄，同』，釋言文。又云：『奄，蓋也。』鄭於閟宮、玄鳥箋皆以『奄』爲『覆』。釋訓：『明明、斤斤，察也。』」鍾鼓喤喤，【注】三家「喤」皆作「鍠」。磬筦將將，【注】魯「磬筦」一作「管磬」。齊「將」作「鏘」，魯作「瑲」，亦作「鎗」，韓作「[illegible]」。降福穰穰。降福簡簡，威儀反反。【注】魯「穰」一作「禳」，「反」一作「板」。既醉既飽，福祿來反。【疏】傳：「喤喤，和也。將將，集也。穰穰，衆也。簡簡，大也。反反，難也。反，復也。」箋：「反反，順習之貌。武王既定天下，祭祖考之廟，奏樂而八音克諧，神與之福又衆大。 謂如嘏辭也。 君臣醉飽，禮無違者，以重得福祿也。」○「三家喤作鍠。魯磬筦亦作管磬。 齊將作鏘，魯作瑲，亦作鎗，韓作蹡」者，漢書禮樂志：「詩曰：『鍾鼓鍠鍠，磬管鏘鏘，降福穰穰。』書云：『擊石拊石，百獸率舞。』鳥獸且猶感應，而況於人乎？況於鬼神乎？」荀悅漢紀五引詩云：「鍾鼓煌煌，磬管鏘鏘，降福穰穰。」荀子富國篇引詩曰：「鍾鼓喤喤，管磬瑲瑲，降福穰穰。」張衡東京賦：「鍾鼓喤喤。」又曰：「降福穰穰。」應劭風俗通義六「詩云：『鍾鼓鍠鍠，磬管鏘鏘，降福穰穰。』夫樂者，聖人所以動天地、感鬼神、安萬民、成性類者也。」釋訓：「鍠鍠，樂也。」「穰穰，福也。」臧鏞堂云：「漢書、風俗通皆同爾雅作『鍠』，孔疏引舍人注順毛改爲『喤』。今攷荀子及東京賦並作『喤』，疑亦後人所改，如『管磬瑲瑲』之從毛改爲『磬管將將』也。」（元刻同毛，宋本詩攷作「管磬瑲瑲」。）愚案：三國魏志文帝紀注引曹植魏文帝誄：「鍾鼓鍠鍠。」植習韓詩，是韓作「鍠」，合之漢書、漢紀之爲齊詩，荀、張、應之爲魯詩，皆當作「鍠」，與毛異字。今漢紀作「煌」，亦後人所改也。魯「磬管」作「管磬」，齊「將」作「鏘」，魯作「瑲」，亦作「鎗」，皆「一作」本之異。「將將，」說文作「蹡蹡，」蓋亦韓異文。「魯穰一作禳，反反一作板板」者，爾雅釋文「穰穰」作「禳禳」，云「本今作穰。」潛夫論巫列篇：「德義無違，鬼神乃享，鬼神受享，福祚乃隆。故詩云：『降福禳禳』。」王習魯詩，用「一作」本也。正列篇又云：「『降福簡簡，威儀板板。既醉既飽，福祿來反。』此言人德義茂美，神歆享醉飽，乃反報之以福也。」陳喬樅云：「賓之初筵詩『威儀反反』，釋文引韓詩，作：『昄昄，音「蒲板」反，善貌。』則此頌『威儀反反』文義當與彼同。據釋文載沈音『符板』反，正『昄』字之音讀也。傳云：『反反，難也。』箋云：『反反，順習之貌。』順習卽善貌也，正列篇引詩作『板板』，此魯詩之異文。『板板』蓋卽『昄昄』假借字。」愚案：詩祭武王，而箋謂「鍾鼓」以下乃言武王祭祖考，似與詩意不合。蓋祭武王則武王降福耳，敷陳禮樂，卽商頌那篇祀成湯之所祖。

執競一章，十四句。

思文【注】魯説曰：思文一章八句，祀后稷配天之所歌也。齊説曰：周公相成王，王道大洽，制禮作樂，郊祀后稷以配天。【疏】毛序：「后稷配天也。」○「思文」至「歌也」，蔡邕獨斷文，魯説也。「周公」至「配天」，漢書郊祀志文，齊説也。韓説蓋同。

思文后稷，克配彼天。立我烝民，【注】魯「烝」亦作「蒸」。莫匪爾極。【疏】傳：「極，中也。」箋：「克，能也。立，當作『粒』。烝，衆也。周公思先祖有文德者后稷之功能配天。昔堯遭洪水，黎民阻飢，后稷播殖百穀，烝民乃粒，萬邦作乂，天下之人無不於女時得其中者。言反其性。」○「魯烝亦作蒸」者，史記周本紀：「頌曰：『思文后稷，克配彼天。立我蒸民，莫匪爾極。』」所引「烝」作「蒸」。列女姜嫄傳引詩云：「思文后稷，克配彼天。立我烝民。」仍作「烝」。國語作「烝」，與列女傳同，則史記用「亦作」本也。貽我來牟，【注】韓詩曰：「貽我嘉麰。」韓説曰：麰，大麥也。魯作「飴我釐麰。」齊作「詒我來麰」。帝命率育。無此疆爾界，陳常于時夏。【注】韓「界」作「介」，曰：介，界也。【疏】傳：「牟，麥。率，用也。」箋：「貽，遺。率，循。育，養也。武王渡孟津，白魚躍入于舟，出涘以燎。後五日，火流爲烏，五至，以穀俱來。此謂『遺我來牟』。天命以是循存后稷養天下之功，而廣大其子孫之國。無此封竟於女今之經界，乃大有天下也，用是故陳其久常之功於是夏而歌之。夏之屬有九。書説：烏以穀俱來，云穀紀后稷之德。」○「貽我」至「麥也」，文選班固典引李注引韓詩及薛君文。王念孫云：「韓詩『貽我嘉麰』，『嘉』當爲『喜』字之誤，來、釐、喜古聲相近，故毛詩作『來』，劉向傳作『釐』，韓詩作『喜』，猶『僖公』之爲『釐公』，『祝禧』之爲『祝釐』也。」陳喬樅云：「王説是也。其致誤之由，緣後人不明文字通假之義，以生民詩有『誕降嘉種』語，遂臆改韓詩『喜麰』爲『嘉麰』耳。」馬瑞辰云：「方言：『陳楚之間，凡人嘼乳而雙產謂之釐孳。』廣雅：『釐孳，孿也。』『雙，孿，二也。』『釐孳』亦作『孷孖。』玉篇：『孷孖，雙生也。』『來牟』，一麥二夅，正與『釐』之爲雙產者聲近而義同。又『來』與『丕』二字同部，一麥二夅謂之『來』，猶一秠二米謂之『秠』也。」「魯作飴我釐麰」者。漢書劉向傳向上封事曰：「周頌曰：『飴我釐麰。』釐麰，麥也，始自天降。此皆以和致和，獲天助也。」趙岐孟子章句十一：「來麰，大麥也。詩云：『貽我來麰。』」陳喬樅云：「趙用魯詩，當作『飴我釐麰』，此後人妄改之。」「齊作詒我來麰」者，說文：「來，周所受瑞麥，來麰也，一麥二夅，象其芒束之形。天所來也，故爲『行來』之來。詩曰：『詒我來麰。』」陳喬樅云：「說文所引與魯韓異，蓋齊詩之文。正義引禮說曰：『武王赤烏穀芒，應周尚赤用兵，王命曰：爲牟天意，若曰須暇，紂五年乃可誅之。武王即位，此時已三年矣。穀，蓋牟麥也。詩云：「貽我來牟。」是鄭所據之文也。』書說『烏以穀俱來』云云，尚書旋璣鈐及合符後皆有此文。喬樅謂書說禮說並與齊詩同一師傳，鄭箋當即本齊詩。班固典引所言『朱烏黃麰』之事，亦皆用齊說。詩釋文云：『牟字或作麰。』『麰』蓋『麰』之或體。」「韓界作介，曰介，界也」者，文選魏都賦李注引薛君韓詩章句文。陳喬樅云：「唐石經初刻『界』，後改『介』，蓋從韓詩。」馬瑞辰云：「小雅『四國無政，不用其常』。『常』即『政』也。左昭二十年傳『布常無藝』，杜注：『言布政無法度。』此詩『陳常』，猶『布常』也。『陳常於時夏』，謂陳農政於中夏也。時邁詩『肆于時夏』，承上『我求懿德』言，謂布德於是中夏也。此詩『陳常于時夏』，承上『貽我來牟，帝命率育，無此疆爾界』言，謂徧布其農政，所以布利於是中夏也。國語芮良夫曰：『王人者，將導利而布之上下者也。』末引詩『立我烝民』爲證。其『導利』之言，實據詩『陳常于時夏』爲訓，箋說失之。」

思文一章，八句。

清廟十篇，十章，九十五句。

詩三家義集疏卷二十五

臣工第二十五　詩周頌

臣工【注】魯說曰：「臣工一章十句，諸侯助祭，遣之於廟之所歌也。」【疏】毛序：「諸侯助祭，遣於廟也。」○「臣工」至「歌也」，蔡邕獨斷文，魯說也。齊韓蓋同。

嗟嗟臣工，敬爾在公。王釐爾成，來咨來茹。【疏】傳：「嗟嗟，敕之也。工，官也。公，君也。」箋：「臣，謂諸侯也。釐，理。咨，謀。茹，度也。諸侯來朝天子，有不純臣之義，於其將歸，故於廟中正君臣之禮，敕其諸官卿大夫云：敬女在君之事，王乃平理女之成功，女有事當來謀之、來度之於王之朝，無自專。」○馬瑞辰云：「『王』、『往』古同聲通用。此爲遣諸侯於廟之詩，故言『往』，作『王』者借字耳。」愚案：馬說是也。詩言嗟嗟爾之卿大夫，各當敬爾在公朝之政事，往釐理爾之成功，來謀來度，毋致懈惰。**嗟嗟保介，維莫之春，亦又何求？如何新畬？**【疏】傳：「田二歲曰新，三歲曰畬。」箋：「『保介』，車右也。月令：『孟春，天子親載耒耜，措之於參保介之御間。』莫，晚也。周之季春，於夏於孟春，諸侯朝周之春，故晚春遣之，敕其車右以時事：女歸當何求於民？將如新田、畬田何？急其教農趨時也。介，甲也。車右勇力之士，被甲執兵也。」○呂覽孟春紀：「是月也，天子乃以元日祈穀于上帝，乃擇元辰，天子親載耒耜，措之參于保介之御間，率三公九卿、諸侯大夫躬耕帝藉田。天子三推，三公五推，卿諸侯大夫九推。」高誘注：「措，置也。保介，副也。御，致也。擇善辰之日，載耒耜之具於藉田，致于保介之間，施用之也。」陳奐云：「高注以『保介』爲『副』，當是相傳古訓。『副』者，天子之副，卽下文『三公九卿諸侯大夫』也。天子躬耕則三公以下爲副，諸侯躬耕則三卿以下爲副。『嗟嗟保介』，猶云『嗟嗟臣工』耳，則『臣工』、『保介』爲諸侯，藉田時皆所率耕之人矣。乃鄭於注禮、箋詩言『保介』爲『車右勇力之士被甲執兵』者，然月令言親耕秉耜，無庸更有被甲之人守視耕器，況詩言爲農祈年，於被甲執兵之人尤無干涉，又何庸『嗟嗟』敕之乎？」愚案：據鄭禮注，以「保介」爲「車右」，蓋用齊詩說；據高注，以「保介」爲「副」，可以推見魯詩「保介」義說。韓詩外傳三載楚莊王寢疾一條，末引詩「嗟嗟保介」，乃推衍之義。黃山云：「禮禮器：『天子無介。諸侯七介七牢。』周官儀禮亦但有諸侯之介，不聞天子有介。禮器孔疏：『介，副也。牢，太牢也。謂諸侯朝天子，天子以太牢禮賜之也』。則諸侯助祭於周固有介矣。呂覽秦制，謂天子有介，仍侯國之沿習，不合禮經，故鄭注月令說『保介』爲『車右介士』，注不引詩『保介』，是否本齊詩說，殆不可知，其箋毛則直本月令前說，取合古文而已。至高注訓『保介』爲『副』，則必本於魯詩。蓋『臣工』斥諸侯保介，卽指諸侯之副，王禮諸侯兼及其副，敕諸侯亦及其副，宜也。陳氏奐乃謂『保介』卽『臣工』，并以月令『保介』爲卽『天子之三公九卿諸侯大夫』，不獨於詩指不符，月令亦從無此解，是魯說本確，陳反亂之矣。且韓外傳載楚莊敕其大夫之言，末引詩『嗟嗟保介』，雖屬推衍之義，『保介』要卽指其大夫，非如陳氏之說也。」陳奐云：「釋地：『田二歲曰新，三歲曰畬。』易无妄馬融注：『菑田一歲，畬田三歲。』詩正義引鄭易注同。禮坊記注：『田一歲曰菑，二歲曰畬，三歲曰新田。』案易注是，而禮注非也。說文：『畬，三歲治田也。』孫炎云：『菑，始災殺其草木也。新田，新成柔田也。畬，和也，田舒緩也。』郭璞云：『今江東呼初耕地反草爲菑。』說文：『菑，不耕田也。』不耕爲『菑』，猶休不耕者爲『萊』，『菑』與『萊』聲相近也。鄭箋讀『俶載』爲『熾菑』，初耕未能柔孰，必以利耜發田，與『田一歲菑』合。『新』謂耕二歲者，『畬』謂耕三歲者，易董遇注：『悉耨曰畬。』蓋至三歲悉可耕耨矣。此詩『新畬』就耕田說，若采芑『新畬』就休耕之田說，故有可采之芑，立文自有不同。」於皇來牟，將受厥明。明昭上帝，迄用康年。【疏】傳：「康，樂也。」箋：「將，大。迄，至也。於美乎，赤烏以牟麥俱來，故我周家大受其光明。謂爲珍瑞，天下所休慶也。此瑞乃明見於天，至今用之有樂，歲五穀豐熟。」○馬瑞辰云：「釋詁：『明，成也。』古以年豐穀孰爲『成』，周書糴匡解『成年年穀足賓祭』是也。」「將受厥明」，謂大受厥成也。命我衆人，庤乃錢鎛，奄觀銍艾。【疏】傳：「庤，具。錢，銚。鎛，鎒。銍，穫也。」箋：「奄，久。觀，多也。教我庶民，具女田器，終久必多銍艾。勸之也。」○說文：「庤，儲置屋下也。」釋詁：「峙，具也。」明魯「庤」作「峙」。說文：「偫，待也。」「儲，偫也。」考工記注引詩「偫乃錢鎛」，是齊「庤」作「偫」。孔疏：「說文：『錢，銚，古田器。』世本『垂作銚』，宋仲子注：『銚，刈也。』然則銚刈物之器也。釋名：『鎛，鋤類也。』說文：『銍，穫禾短鎌也。』」釋言：「奄，同也。」詩言勉力農田，用答天佑命，我衆民具乃利器，同觀銍艾之盛焉。

臣工一章，十五句。

噫嘻【注】魯說曰：噫嘻一章八句，春夏祈穀于上帝之所歌也。【疏】毛序：「春夏祈穀于上帝也。」箋：「祈，猶禱也，求也。月令『孟春祈穀于上帝』、『夏則龍見而雩』是與？」○「噫嘻」至「歌也」，蔡邕獨斷文，魯說也。齊、韓蓋同。黃山云：「經傳有春祈無夏祈，月令：『仲夏，大雩帝，以祈穀實。』『雩』爲祈雨之祭，因祈雨而及穀耳。箋引月令『孟春祈穀』而不用『仲夏大雩』之文，別舉左傳『龍見而雩』者，以祈穀之實在既耕既種之後。詩言『駿發爾私』、『亦服爾耕』，則非其時矣。耕必資雨，故意春不得雨，或龍見祈得雨而後耕，但祈雨究非祈穀，故曰『是與』，亦疑不能定也。方觀承云：『祈穀在孟春，祈雨在孟夏，兩祈不同，詩序謂「春夏祈穀于上帝」，乃騎牆之見，足徵其陋。若以祈雨卽爲祈穀，實牽挽爲一，益復支離矣。』」山案：蔡邕用魯詩，獨斷同於毛序，毛當卽本魯說，不得輕詆。蓋春夏祈穀，實一祈而非兩祈，其曰『春夏祈穀於上帝』者，穀梁論郊所謂『夏之始可以承春』也。左傳孟獻子曰：『夫郊祀后稷，以祈農事也。是故啟蟄而郊，郊而後耕。』亦即此詩祈穀言耕之義。『啟蟄而郊』者，謂必啟蟄之後乃可郊，非謂必郊於啟蟄之月；猶『龍見而雩』謂必龍見而後可雩也。白虎通社稷篇引援神契曰：『仲春祈穀』，夏正仲春，即周正孟夏，魯詩『祈穀』，春連夏言，可知必不用月令『孟春』，用孟春則不定爲啟蟄之後。呂覽秦記，本不足證，詩箋專於古文求之，宜不合也。若詩爲兩祈，祈於春既曰『駿發』，祈於夏又曰『駿發』，不可通矣。」

噫嘻成王，既昭假爾！率時農夫，播厥百穀。【注】韓詩曰：「帥時農夫，播厥百穀。」韓說曰：「穀類非一，故言百也。」【疏】傳：「意，(阮校勘記：「噫古字。」)歎也。嘻，和也。成王，成是王事也。」箋：「『噫嘻』，有所多大之聲也。假，至也。播，猶種也。噫嘻乎，能成周王之功，其德已著至矣。謂光被四表，格于上下也。又能率是主田之吏農夫，使民耕田而種百穀也。」○戴震云：「『噫嘻』，猶『噫歆』，祝神之聲。儀禮既夕篇『祝聲三』，注：『三有聲存神也。舊說以爲聲噫歆也。』士虞禮『祝聲三』，注：『聲者噫歆也。』禮記曾子問注：『聲噫歆，警神也。』詩爲祈穀所歌，故噫歆於神，以爲民祈禱。」馬瑞辰云：「釋詁『祈，告也。』釋言：『祈，叫也。』郭注：『祈祭者叫呼而請事。』『噫嘻』即『噫歆』之叚借，噫嘻祀神，正卽叫呼之義。『噫嘻成王』，蓋倒文，謂成王噫歆爲聲，以祈呼上帝也，故下卽云『既昭假爾』，謂既昭假于上帝也。」愚案：戴馬說皆是，成王是生號，(詳昊天有成命。)順文釋之亦合，言成王既能昭假於上帝也。詩凡言「昭假」者，義爲昭其誠敬以假神，昭其明德以假天。精誠表見曰「昭」，貫通所至曰「假」。「帥時」至「百也」，文選東都賦李注引韓詩及薛君文。「帥」，「率」古字通用，故毛作「率」，韓作「帥」。**駿發爾私，**【注】齊「駿」作「浚」。**終三十里。亦服爾耕，十千維耦。**【疏】傳：「私，民田也。言上欲富其民而讓於下，欲民之大發其私田耳。『終三十里』，言各極其望也。」箋：「駿，疾也。發，伐也。亦，大，服，事也。使民疾耕，發其私田，竟三十里者一部，一吏主之，於是民大事耕其私田，萬耦同時舉也。周禮曰：『凡治野，田夫間有遂，遂上有徑；十夫有溝，溝上有畛；百夫有洫，洫上有塗；千夫有澮，澮上有道；萬夫有川，川上有路。』計此萬夫之地，方三十三里，少半里也。耜，廣五寸，二耜爲耦。一川之間萬夫，故有萬耦耕。言『三十里』者，舉其成數。」○「齊駿作浚」者，鹽鐵論取下篇「君篤愛，臣盡力，上下交讓而天下平。『浚發爾私』，上讓下也；『遂及我私』，先公職也。」陳喬樅云：「詩釋文：『浚，本又作駿。』是釋文本作『浚』，與韓同。箋訓『駿』爲『疾』，釋詁：『駿，速也。』說文：『越，行速越越也。』訓義並同，『浚』即『越』之叚借。」案周語「土乃脈發」，韋注引農書曰：「春土冒橛，陳根可拔，耕者急發。」「浚發」即「急發」也。

噫嘻一章，八句。

振鷺【注】魯說曰：「振鷺，二王之後來助祭之所歌也。」【疏】毛序：「二王之後來助祭也。」箋：「二王，夏、殷也，其後杞也、宋也。」○「振鷺」至「歌也」，蔡邕獨斷文，魯說也。漢書匡衡議曰：「王者存二王後，所以尊其先王而存三統也。」是齊詩亦有此說。韓義蓋同。

振鷺于飛，于彼西雝。【注】韓說曰：「鷺，絜白之鳥。西雝，文王之雍也。言文王之時，辟雍學士皆絜白之人也。我客戾止，亦有斯容。【疏】傳：「興也。振振，羣飛貌。鷺，白鳥也。雝，澤也。客，二王之後。」箋：「白鳥集于西雝之澤，言所集得其處也。興者，喻杞宋之君有絜白之德，來助祭于周之廟，得禮之宜也。其至止亦有此容，言威儀之善如鷺然。」○「鷺絜」至「人也」，後漢邊讓傳注引薛君章句文。胡承珙云：「辟雍，本取四周有水形如璧環爲名，故辟雍又謂之『澤宮』。其云『鷺，白鳥』者，即謂靈臺之『白鳥』。薛云『西雍，文王之雍』，案，鄭君注禮，謂殷制小學在公宮南之左，大學在西郊。樂記疏引熊氏云：『武王伐紂之後猶用殷制。』然則文王辟雍自當在西郊也。」愚案：詩以西雍爲學士所集，其絜白本如鷺然，下文「我客」，亦如學士，「亦」字方有根據。蓋其時西雍學士沐文王之教澤，不獨德行純美，即威儀無不盡善，今我客之來亦與之同，非謂客威儀如鷺也。蔡邕薦皇甫規表：「以廣振鷺西雍之美。」又與何進薦邊讓書：「雖振鷺之集西廱，濟濟之在周庭，無以或加。」又釋誨：「振鷺充庭。」皆用魯經文。據韓魯詩說「雝」作「雍」，其作「廱」者蓋「亦作」本也。**在彼無惡，在此無斁。**【注】韓「斁」作「射」，說曰：射，厭也。**庶幾夙夜，以永終譽。**【注】韓魯「終」作「衆」。【疏】箋：「『在彼』，謂居其國無怨惡之者。『在此』，謂其來朝人皆愛敬之無厭之者。永，長也。譽，聲美也。」〇「射，厭也」者，後漢曹昭傳李注引韓詩文，知韓作「射」也。禮中庸：「詩曰：『在彼無惡，在此無射。庶幾夙夜，以永終譽。』」鄭注：「射，厭也。永，長也。」是齊作「射」，知魯今文亦同也。「韓魯終作衆」者，馬瑞辰云：「後漢崔駰傳云：『豈可不庶幾夙夜，以永衆譽。』義本三家。『終』乃『衆』之叚借，猶詩『衆稺且狂』即言『終稺且狂』也。中庸引此詩曰：『君子未有不如此而蚤有譽於天下者也。』有譽於天下，即『衆譽』也。詩承上『在彼』、『在此』言之，亦爲『衆譽』。正義讀如『終始』之終，非也。」愚案：上文言「永」，下文「終」字當讀爲「衆」方不犯複。齊詩作「終」，則作「衆」者，魯韓文也。

振鷺一章，八句。

豐年【注】魯說曰：豐年一章七句，烝嘗秋冬之所歌也。【疏】毛序：「秋冬報也。」箋：「報者，謂嘗也、烝也。」〇「豐年」至「歌也」，蔡邕獨斷文，魯說也。齊韓當同。陳喬樅云：「此『烝嘗』，非四時宗廟之祭也。禮月令：『季秋之月，大饗帝，嘗犧牲，告備於天子。』鄭注：『嘗者，謂嘗羣神。天子親嘗帝，使有司祭於羣神，禮畢而告焉。』又：『孟冬之月，大飲烝，天子乃祈來年于天宗，大割祠于公社及門閭，臘先王五祀。』鄭注：『十月農功畢，天子諸侯與其羣臣飲酒於大學，以正齒位，謂之大飲，別之于他。其禮亡。』又釋『祈』與『大割』及『臘』云：『此周禮所謂蜡祭也。』淮南時則訓高注云：『烝，冬祭也。』正此詩所言『蒸嘗』。秋冬之祭謂之『嘗』者，取物成嘗新之義；謂之『烝』者，取品物備進之義。月令言『畢饗先祖』，詩言『烝畀祖妣』，其事正同。噫嘻爲春夏祈祭之所歌，豐年爲秋冬報祭之所歌，與宗廟時祀之『烝嘗』名同而實異也。」黄山云：「此詩獨斷云『蒸嘗秋冬之所歌』，毛序云『秋冬報』，箋謂『報者，嘗也、烝也』，得箋說而知蔡言『蒸嘗』亦即指『報祭』矣。報社稷必於秋，良耜之『秋報社稷』是也。報先祖則或於秋，或於冬，亦必一報，而非二報。蓋天時有早晏，成熟有先後，一物不備，一人不得其所，孝子不敢以誣其先。秋祭曰『嘗』，冬祭曰『烝』，本皆宗廟之祭。詩言『爲酒爲醴，烝畀祖妣』，又明爲享先祖先妣，不必爲月令之『大享帝』及『祈來年於天宗』也。古者祭不欲數，天子祈報，皆即於時祭行之。書雒誥之『烝祭於新邑』，即成王之告卽政，而烈文之詩於此歌之，是其證矣。」

豐年多黍多稌，亦有高廩，萬億及秭。【注】韓說曰：陳穀曰秭也。【疏】傳：「豐，大。稌，稻也。廩，所以藏齍盛之穗也。數萬至萬曰『億』，數億至億曰『秭』。」箋：「『豐年』，大有年也。亦，大也。『萬億及秭』，以言穀數多。」○「陳穀曰秭」者，釋文引韓詩文。陳喬樅云：「『陳穀』，猶言『積穀』。廣雅釋詁一：『秭，積也。』正本韓訓。魏伐檀傳云：『種之曰稼，斂之曰穡。』方言：『嗇，積也。』穡，從『嗇』，取『積』之義。頌言『萬億及秭』，是形容豐年黍稌之多，故云『陳穀曰秭』，謂積穀人之數也。」愚案：釋詁：「秭，數也。」據此，知魯訓同毛。張衡東京賦「觀豐年之多稌」，用魯經文。**爲酒爲醴，烝畀祖妣，以洽百禮，降福孔皆。**【注】魯「皆」作「偕」。【疏】傳：「皆，徧也。」箋：「烝，進。畀，予也。」○說文：「醴，酒一宿孰也。」楚詞九歎王逸注：「醴，醴酒也。詩云：『爲酒爲醴』。」「魯皆作偕」者，說苑貴德篇：「聖王布德施惠，非求報於百姓也。郊望禘嘗，非求報於鬼神也。山致其高，雲雨與焉；水致其深，蛟龍生焉；君子致其道德，而福禄歸焉。周頌曰：『豐年多黍多稌，亦有高廩，萬億及秭。爲酒爲醴，烝畀祖妣，以洽百禮，降福孔偕。』聖人之於天下也，譬猶一堂之上也，有一人不得其所者，則孝子不敢以其物薦進。」劉向全引魯詩，止一「偕」字與毛不同。左襄二年傳引詩，亦作「降福孔偕。」馬瑞辰云：「皆、偕、嘉一聲之轉，廣雅釋言：『皆，嘉也。』王氏疏證曰：小雅魚麗曰：『維其嘉矣。』又曰：『維其偕矣。』賓之初筵曰：『飲酒孔嘉。』又曰：『飲酒孔偕。』偕，亦嘉也。今案此詩『孔皆』，亦當從廣雅訓『嘉』，『嘉』與『佳』同也。」「百禮」，孔疏：「謂牲玉幣帛之屬，合用以祭。」韓詩外傳五「夫百姓內不乏食，外不患寒，則可以教御以禮義矣。詩曰：『烝畀祖妣，以洽百禮。』」禮郊特牲鄭注：「詩頌豐年曰：『爲酒爲醴，烝畀祖妣，以洽百禮。』」明韓齊文與毛同。

豐年一章，七句。

有瞽【注】魯說曰：「有瞽一章十三句，始作樂合諸樂而奏之所歌也。」【疏】毛序：「始作樂而合乎祖也。」箋：「王者始定，制禮功成。『作樂合』者，大合諸樂而奏之。」〇「有瞽」至「歌也」，蔡邕獨斷文，魯說也。齊韓蓋同。

有瞽有瞽，在周之庭。設業設虡，崇牙樹羽，應田縣鼓，鞉磬柷圉。【疏】傳：「瞽，樂官也。業，大板也，所以飾栒爲縣也，捷業如鋸齒。或曰，畫之植者爲虡，衡者爲栒，崇牙上飾卷然可以縣也。『樹羽』，置羽也。應，小鞞也。田，大鼓也。『縣鼓』，周鼓也。鞉，鞉鼓也。柷，木椌也。圉，楬也。」箋：「瞽，矇也，以爲樂官者，目無所見，於音聲審也。周禮：『上瞽四十人，中瞽百人，下瞽百六十人。』有視瞭者相之。又設縣鼓。『田』當作『𣪠』。𣪠，小鼓，在大鼓旁，應鞞之屬也，聲轉字誤，變而爲『田』。」〇楚詞九章王注：「瞽，盲者也。詩云：『有瞽有瞽。』」明魯毛文同。韓詩外傳三云：「傳曰：太平之時，無瘖聾，跛眇，尪蹇，侏儒，折短，父不哭子，兄不哭弟，道無襁負之遺育。然各以其序終者，賢醫之用也。故安止平正，除疾之用無他焉，用賢而已矣。詩曰：『有瞽有瞽，在周之庭。』紂之餘民也。」明韓毛文同。禮明堂位鄭注：「簨虡，所以懸鍾磬也，横曰簨，飾之以鱗屬；植曰虡，飾之以臝屬、羽屬。簨以大版爲之謂之業，殷又於龍上刻畫之，爲重牙以挂懸紘也，周又畫繒爲翣，載以璧，垂五采羽于其下，樹於簨之角上，飾彌多也。周頌曰：『設業設虡，崇牙樹羽。』」陳喬樅云：「說文：『業，大版也。所以飾懸鍾鼓，捷業和鋸齒，以白畫之，象其鉏鋙相承也。』牙卽業之上齒。皇氏云：『崇，重也。謂刻畫大版，重疊爲牙是也。』靈臺詩『虡業維樅』，毛傳：『樅，崇牙也。』正義謂『以采色爲大牙，其狀隆然謂之崇牙』，失之。」明堂位「周縣鼓」，鄭注：「縣，縣之以簨虡也。周頌曰：『應朄縣鼓。』」陳喬樅云：「周禮『太師令奏鼓朄』，注引鄭司農云：『朄，小鼓也。先擊小鼓，乃擊大鼓，小鼓爲大鼓先引，故曰朄。朄，讀爲「導引」之引。』玄謂『鼓朄』，猶言『擊朄』。詩云：『應朄縣鼓。』」釋樂郭注引詩同，是知齊、魯今文皆作『朄』也。陳氏禮書曰：儀禮『朔鞞』，卽『朄鼓』也。以其引鼓，故曰『朄』；以其始鼓，故曰『朔』。是以儀禮有『朔』無『朄』，周禮有『朄』無『朔』。馬瑞辰云：陳氏說是也。釋名：『鞞，裨助鼓節也。聲在前曰朔，朔，始也。在後曰應，應，大鼓也。』朄以引鼓在前，可知『朄』之卽『朔』。詩言『應朄』，蓋前後皆備矣。」愚案：釋樂云：「大鼓謂之䵊，小者謂之應。」邢疏引李巡曰：「小者音聲相承，故曰應，應，承也。」孫炎曰：「和應大鼓也。」郭璞注：「詩曰：『應朄縣鼓。』在大鼓側。」蓋以引大鼓言之，故謂之「朄」；以承大鼓言之，故謂之「應」。「應朄」是一非二，詩與「縣鼓」對文。既備乃奏，簫管備舉。喤喤厥聲，肅雍和鳴，先祖是聽。

【疏】箋：「『既備』者，懸也、朄也皆畢已也。『乃奏』，謂樂作也。簫，編小竹管，如今賣餳者所吹也。管如篴，併而吹之。」○應劭風俗通義六：「詩云：『簫管備舉。』管，漆竹，長一尺，六孔，十二月之音也。物貫地而牙，故謂之管。尚書大傳：『舜之時，西母來獻其白玉琯』。知古以玉爲管，後乃易之以竹耳。夫以玉作管，故神人和，鳳皇儀也。」又曰：「簫，其形參差，像鳳之翼，十管，長一尺。」應習魯詩，此魯說也。釋言：「肅，噰聲也。」郭注：「詩曰：『肅噰和鳴。』」史記樂書：「詩曰：『肅雍和鳴，先祖是聽。』夫肅肅，敬也；雍雍，和也。夫敬以和，何事不行。」蔡邕禮樂意亦引詩云：「肅雍和鳴，先祖是聽。」皆魯家也。禮樂記：「詩云：『肅雍和鳴，先祖是聽。』」鄭注：「言古樂和且敬。」此齊家也，明魯齊皆作「雍」，不作「雝」。韓詩當同。爾雅作「噰」，乃魯「亦作」本。我客戾止，永觀厥成。【疏】箋：「『我客』，二王之後也。長多其成功，謂深感於和樂，遂入善道，終無愆過。」〇班固辟雍詩「永觀厥成」，用齊經文。

有瞽一章，十三句。

潛【注】魯說曰：潛一章六句，季冬薦魚、春獻鮪之所歌也。【疏】毛序：「季冬薦魚，春獻鮪也。」箋：「冬魚之性定，春鮪新來。薦、獻之者，謂於宗廟也。」〇「潛一」至「歌也」，蔡邕獨斷文，魯說也。齊韓蓋同。「潛」當作「涔」，見下。

猗與漆沮，潛有多魚。【注】韓魯「潛」作「涔」。韓說曰：涔，魚池也。有鱣有鮪，鰷鱨鰋鯉。【疏】傳：「漆沮，岐周之二水也。潛，槮也。」箋：「『猗與』，歎美之言也。鱣，大鯉也。鮪，鮥也。鰷，白鰷也。鰋，鮎也。」〇孔疏：「『漆沮，自豳歷岐周以至豐鎬。以其薦獻所取不宜，遠於京邑，故不言豳。言岐周者，鎬京去岐不遠，故繫而言之，其實此爲潛之處，當近京邑。」愚案：詩賦「漆沮」，必非虛語，蓋祭宗廟或以致遠爲貫也。「涔，魚池也」者，文選長笛賦李注引薛君韓詩章句文，釋文引同。據此，知韓「潛」作「涔」。「魯作涔」者，釋器：「槮謂之涔。」御覽八百三十四引舍人注：「以米投水中養魚爲涔。」孔疏引孫炎曰：「積柴養魚曰槮。」陳喬樅云：「孔疏：『涔、潛古今字。』釋文『潛』，爾雅作『涔』，郭音『潛』。韓詩云：『涔，魚池』。小雅作『槮』。據此，則魯詩『潛』亦當作『涔』，與韓同，今獨斷作『潛』，此後人順毛所改也。淮南說林訓高注：『今沇州人積柴水中捕魚爲罧，幽州人名之爲涔。』與孫炎說同。舍人注：『以米投水中養魚。』『米』字蓋『木』之譌。毛傳『槮』字亦從『米』旁，詩正義引李巡爾雅注云：『以木投水中養魚曰涔。』『槮』字爾雅作『木』邊，積柴之義也。『槮』

用『木』，不用『米』，當從『木』爲正。胡承珙曰：『槮』謂之『涔』。爾雅列於釋器。若以米養魚，不得爲器，況漆沮大水，非可投米以養。若如韓詩謂『涔』爲『魚池』，則當入釋地。爾雅既與罭、罶、罬、罾並列，則『槮』自是圍魚待捕之具。水中列木，所以聚魚，亦可謂『養』，非必以米畜養也。」愚案：列木水中，魚得藏隱，有若池然，故曰「魚池」。邢疏引小爾雅云：「魚之所息謂之橬。橬，槮也，積柴水中魚舍也。」是可稱「魚舍」，亦可稱「魚池」，若在漆沮水中而曰別有魚池謂之「涔」，韓固不爲此訓也。「潛」、「涔」古今字。禹貢「沱潛既道」，史記作「沱涔」，亦其證矣。箋：「鰷，白鰷也。」本或作「白鯈也。」桂馥說文義證「鯈」下引何敬祖詩「流目玩鯈魚」，字或作「鯈。」爾雅翼：「鯈，白鰷也。其形纖長而白，今人謂之參。」（蓋卽「鰺」字之誤。埤雅：「鯈，江淮之間謂之鰺。」（廣韻「鯈」與「鮋」同。莊子秋水篇「鯈魚出游」，釋文：「白魚也。」何晏景福殿賦：「瀨戲鰋鯈。」然則「鰷」卽今俗呼「白魚」重三四斤者，質嫩而味美，過大則不堪食。釋魚：「鮂，黑鰦。」郭注：「卽白鯈魚，江東呼爲鮂。」廣韻以爲鮂、鮋小魚，亦失實也。餘見衞風小雅。易林比之觀：「鱣鮪鰋鯉，衆多饒有。一笱獲兩，利得過倍。」益之晉同，用齊經文。**以享以祀，以介景福。**【疏】箋：「介，助。景，大也。」

潛一章，六句。

雝【注】魯說曰：雍一章十六句，禘太祖之所歌也。韓說曰：禘，取毀廟之主皆升合食於太祖。【疏】毛序：「禘太祖也。」箋：「禘，大祭也，大於四時而小於祫。太祖，謂文王。」〇「雍一」至「歌也」，蔡邕獨斷文，魯說也。陳喬樅云：「白虎通云：『祭宗廟所以禘祫何？尊人君，貴功德，廣孝道也。位尊德盛，所及彌遠。謂之禘祫何？『禘』之爲言『諦』也，序昭穆，諦父子也。『祫』者，合也，毀廟之主，皆合食於太祖也。周以后稷文王，特七廟。周之所以七廟者，以后稷始封，文王武王受命而王，后稷爲始祖，文王爲太祖，武王爲太宗。』韋玄成云：『禮，王者受命，諸侯始封之君，皆爲太祖。』並與箋說同，則魯家之說以此『禘太祖』爲祀文王也。鄭用魯義。」淮南主術訓「奏雍而徹」，高注：「雍，已食之樂也。」以上魯說。禮仲尼燕居「客出以雍徹」，鄭注：「雍，樂章也。」陳喬樅云：「樂師云：『及徹，率學士而歌徹。』注：『徹者，歌雍，在周頌臣工之什。』論語『雍徹』，注引馬融云：『天子祭於宗廟，雍以徹祭。』是宗廟之祭及食畢樂並歌雍以徹也。又小師：『徹歌，大饗亦如之。』賈疏云：『大饗，饗諸侯之來朝者，徹器亦歌雍。若諸侯自相饗，徹器卽歌振鷺。仲尼燕居云「徹以振羽」，是其事也。』雍本禘太祖之所歌，用之徹祭，又用之大饗。文選李注釋西都賦『食舉雍徹』，引禮記『客出以雍徹』爲證，是讀以『雍徹』絕句，謂歌雍以徹也。又言『以振羽』者，謂兩君相見，諸侯大饗之禮，則歌振鷺以徹也。禮記正義讀『客出以雍』爲句，言客出之時歌雍以送之，失其義矣。」以上齊說。「禘取」至「太祖」，三禮義宗引韓詩內傳文，通典四十九、禮書七十一引同。王應麟詩攷引此條，無所附著，盧文弨以爲當在此篇而文不全。

有來雝雝，至止肅肅。相維辟公，天子穆穆。於薦廣牡，相予肆祀。【疏】傳：「相，助。廣，大也。」箋：「雝雝，和也。肅肅，敬也。有是來時雝雝然，既至止而肅肅然者，乃助王禘祭，百辟與諸侯也。天子是時則穆穆然於進大牡之牲，百辟與諸侯又助我陳祭祀之饌。言得天下之歡心。」〇包咸論語注：「辟，謂諸侯。公，二王之後也。穆穆，天子之容。」咸習魯詩。漢書劉向傳向上封事曰：「詩曰：『有來雍雍，至止肅肅。相維辟公，天子穆穆。』言四方皆以和來也。」韋玄成傳玄成議：「臣聞祭非自外至者也，繇中正，生於心也。故唯聖人爲能饗帝，孝子爲能饗親。立廟京師之居，躬親承事，四海之內，各以其職來助祭，尊親之義，五帝三王所共，不易之道也。詩云：『有來雍雍，至止肅肅。相維辟公，天子穆穆。』」馬瑞辰云：「『肆祀』，卽周禮大祝之『肆享』。周語：『禘郊之事，則有全烝。』韋注：『全其牲體而升之。』大司徒：『奉牛牲，羞其肆。』先鄭注：『肆，陳骨體也。』小子『羞羊肆』，先鄭注：『體薦全烝也。』與周語合。」**假哉皇考，綏**

予孝子。宣哲維人，文武維后。【疏】傳：「假，嘉也。」箋：「宣，徧也。嘉哉皇考，斥文王也。文王之德乃安我孝子，謂受命定其基業也。又徧使天下之人有才知，以文德武功爲之君故。」○馬瑞辰云：「宣、哲平列。朱子集傳訓『宣』爲『通』，『哲』爲『知』，是也。『宣』之言『顯』，顯，明也。『宣哲』，猶言『明哲』也。」愚案：詩言文王之德安我孝子，既教成明哲之士爲國人材，又生文武兼備者以爲之君。「后」，謂武王也。燕及皇天，克昌厥後。綏我眉壽，介以繁祉。【疏】傳：「燕，安也。」箋：「繁，多也。文王之德安及皇天，謂降瑞應，無變異也。又能昌大其子孫，安助之以考壽與多福禄。」○桓寬鹽鐵論申韓篇：「頌曰：『綏我眉壽，介以繁祉。』此天爲福亦不小矣。」明齊毛文同。既右烈考，亦右文母。【疏】傳：「烈考，武王也。文母，太姒也。」箋：「烈，光也。子孫所以得考壽與多福者，乃以見右助於光明之考與文德之母。歸美焉。」○楚詞離騷王逸注：「父死曰考。詩曰：『既右烈考』。」魯說也。雒誥曰：「烈考武王。」此禘祭當在成王之世。列女傳：「太姒號曰『文母』。」漢書杜鄴傳：「禮明三從之義，雖有文母之德，必繫於子。」蓋武王卽位時，太姒尚存也，故詩言文王在天之靈所以右助烈考與文母者爲尤至焉。

雝一章，十六句。

載見【注】魯說曰：「載見一章十四句，諸侯始見于武王廟之所歌也。」【疏】毛序：「諸侯始見乎武王廟也。」○「載見」至「歌也」，蔡邕獨斷文，魯說也。齊韓當同。

載見辟王，曰求厥章。龍旂陽陽，和鈴央央，【注】魯「央」作「鉠」。鞗革有鶬，【注】韓魯作「鶬」，齊作「瑲」，毛原作「鎗」。休有烈光。【疏】傳：「載，始也。『龍旂陽陽』，言有文章也。和，在軾前；鈴，在旂上。『鞗革有鶬』，言有法度也。」箋：「諸侯始見君王，謂見成王也。曰求其章者，求車服禮儀之文章制度也。交龍爲旂。『鞗革』，轡首也。鶬，金飾貌。『休』者，休然盛壯。」○「載見」者，孔疏：「周公居攝七年而歸政成王，成王卽政，諸侯來朝，於是率之以祭武王之廟。烈文，成王卽政，諸侯助祭。箋以爲朝享之祭，於時始告嗣位，不得祭前已受諸侯之朝。此詩言既朝成王乃後助祭，與烈文異時也。」「魯央作鉠」者，張衡東京賦：「和鈴鉠鉠。」衡習魯詩，是魯作「鉠鉠」也。「韓作鶬」者，大戴禮盧辯注十三引韓詩內傳曰：「鶬鴰胎生，孔子渡江見而異之。」史記司馬相如傳正義及廣韻十三末引韓詩曰：「孔子渡江見之異，（當是「見而異之」之誤。）衆莫能名。孔子：（脫「曰」字。）嘗聞河上人歌曰：『鴰兮鶬（當是「鶬」。）兮，逆毛衰兮，一身九尾長兮。』鶬鴰也。」兩引當是韓此詩注，而文皆不全，是韓作「鶬」。「魯作鶬」者，釋鳥：「鶬，麋鴰。」卽釋此詩「鶬」字，與韓皆謂鑾首飾爲鶬形，是魯作「鶬」。「齊作瑲」者，說文：「瑲，玉聲也。从玉，倉聲。詩曰：『鞗革有瑲』。」與韓魯異，是齊作「瑲」。「毛作鎗」者。希見之字與物，傳、箋例必詳釋，今傳但云「言有法度也」，箋但云「金飾貌」，皆爲「鎗」字下意，其原作「鎗」，不作「鶬」可知。正義本又是「鎗」字。止釋文一「鶬」字，不知其所由來，雖云「本亦作鎗」，而經字遂爲所亂矣。蔡邕陳太丘廟碑「休有烈光」，用魯經文。

率見昭考，以孝以享。以介眉壽，永言保之，思皇多祜。【疏】傳：「『昭考』，武王。享，獻也。」箋：「言，我。皇，君也。諸侯既以朝禮見於成王，至祭時伯又率之見於武王廟，使助祭也，以致孝子之事，以獻祭祀之禮，以助壽考之福，長我安行此道，思使成王之多福。」○馬瑞辰云：「釋詁：『享，孝也。』釋名引孝經說曰：『孝，畜也。畜，養也。』廣雅：『享，養也。』謚法解云：『協時肇享曰孝。』是『孝』與『享』同義，故『享祀』亦曰『孝祀』，楚茨詩『苾芬孝祀』是也。『致享』亦曰『致孝』，論語『而致孝乎鬼神』是也。此詩『以孝以享』，猶潛詩『以享以祀』，皆二字同義，合言之則曰『孝享』。天保詩『是用孝享』，猶閟宮詩『享祀不忒』也。箋分孝、享爲二義，失之。」又：「說文：『佋，廟佋穆，父爲佋南面，子爲穆北面。』今經傳通作『昭』，皆『佋』字之叚借。」

烈文辟公，綏以多福，俾緝熙于純嘏。

【疏】箋：「俾，使。純，大也。祭有十倫之義。成王乃光文百辟與諸侯，安之以多福，使光明於大嘏之意。天子受福曰大嘏，辭有福祚之言。」○「十倫之義」，祭統文。

載見一章，十四句。

有客

有客【注】魯說曰：「有客一章十三句，微子來見祖廟之所歌也。」【疏】毛序：「微子來見祖廟也。」箋：「成王既黜殷，命殺武庚，命微子代殷。後既受命來朝而見也。」○「有客」至「歌也」，蔡邕獨斷文，魯說也。齊韓當同。

有客有客，亦白其馬。有萋有且，敦琢其旅。【疏】傳：「殷尚白也。『亦』，亦周也。萋、且，敬慎貌。」箋：「『有客有客』，重言之者，異之也。『亦』，亦武庚也。武庚爲二王後，乘殷之馬，乃叛而誅，不肖之甚也。今微子代之，亦乘殷之馬，獨賢而見尊異，故言亦駁而美之。其來威儀萋萋且且，盡心力於其事，又選擇衆臣卿大夫之賢者與之朝王。言『追琢』者，以賢美之，故玉言之。」○白虎通王者不臣篇：「王者不臣二王之後者，尊先王，通天下之三統也。詩云：『有客有客，亦白其馬。』謂微子朝周也。」又三正篇：「王者所以存二王之後何也？所以尊先王，通天下之三統也。明天下非一家之有，謹敬謙讓之至也，故封之百里，使得服其正色，用其禮樂，永祀先祖。詩曰：『厥作祼將，常服黼冔。』言微子服殷之冠助祭於周也。周頌曰：『有客有客，亦白其馬。』此微子朝周也。」案，馬瑞辰云：「『亦』字，當訓爲語詞。釋詞曰：『「亦」，有不承上文而但爲語詞者，若易井彖辭「亦未繘井」，書「亦行有九德」，詩草蟲「亦既見止」是也。』今案，此詩『亦白其馬』，及豐年詩『亦有高廩』，『亦』皆爲語助，爲上無所承之詞，傳、箋皆失之。」又云：「『萋、且雙聲字，皆以狀從者之盛。說文：『萋，艸盛也。』韓詩章句：『萋萋，盛也。』『且』與『居』同部義近。『且且』猶言『裾裾』，荀子楊倞注：『裾裾，盛服貌。』草之盛曰『萋萋』，服之盛曰『裾裾』，人之盛曰『萋且』，其義一也。」孔疏：「『旅』，是從者之衆。『敦琢』，治玉之名。釋器：『玉謂之雕』。又云：『玉謂之琢。』是雕、琢皆治玉之名。敦、雕古今字。」黄山云：「『萋且』猶『萋苴』，說具召旻篇。『敦琢』猶『追琢』，棫樸篇『追琢其章』，箋謂『追琢玉使成文章』，則『敦琢其旅』，亦謂微子有文德，能化其從臣，使皆有威儀文章之美也。周禮大行人，上公九介，其車九乘。則其附從之美盛可知。」有客宿宿，有客信信。【注】魯說曰：「有客宿宿」，言再宿也。「有客信信」，言四宿也。言授之縶，以縶其馬。【疏】傳：「一宿曰『宿』，再宿曰『信』。欲縶其馬而留之。」箋：「縶，絆也。周之君臣皆愛微子，其所館宿可以去矣，而言絆其馬，意各殷勤。」○「有客」至「宿也」，釋訓文，因重文而倍言之，魯說也。公羊隱三年傳何休解詁云：「王者封二王後，地方百里，爵稱公，客待之而不臣也。詩云：『有客宿宿，有客信信』。」陳喬樅云：「公羊傳解詁又云：『王者存二王，使統其正朔，服其服色，行其禮樂，所以尊先聖，通三統。師法之義，恭讓之禮，於是可得而觀之。』說亦與白虎通合，疑皆本魯故。」薄言追之，左右綏之。既有淫威，降福孔夷。【疏】傳：「淫，大。威，則。夷，易也。」箋：「追，送也。於微子去王始言餞送之，左右之臣又欲從而安樂之，厚之無已。既有大則，謂用殷正朔行其禮樂，如天子也。神與之福，又甚易也。言動作而有度。」○馬瑞辰云：「廣雅釋言：『威，德也。』風俗通十反篇：『書曰：「天威棐諶。」言天德輔誠也。』是知古者『威』有『德』訓。『既有淫威』，猶云『既有大德』耳。」又云：「說文『夷』从『大』、从『弓』，古『夷』字必有『大』訓。『降福孔夷』，猶云『降福孔大』也。」

有客一章，十二句。

武【注】魯說曰：武一章七句。奏大武，周武所定一代之樂之所歌也。【疏】毛序：「奏大武也。」箋：「大武，周公作樂所爲舞也。」○「武一」至「歌也」，蔡邕獨斷文，魯說也。齊韓當同。陳喬樅云：「呂覽古樂篇『武王卽位，以六師伐殷，六師未至，以銳兵克之於牧野，歸乃薦俘馘於京太室，乃命周公爲作大武。』攷春秋繁露，言：『文王受命作武樂，制文禮以奉天；武王受命作象樂，繼文以奉天；周公輔成王受命，成文武之制，作汋樂以奉天。』直以武爲文王樂者。白虎通禮樂篇：『周樂曰大武象，周公之樂曰酌，合曰大武。象者，象太平而作樂，示已太平也。合曰大武者，天下始樂周之征伐行武，故詩人歌之。王赫斯怒，爰整其旅，當此之時，天下樂文王之怒以定天下，故樂其武也。』據此，是文王已作武樂，及武王克殷，繼文而卒成武功，又定大武之樂，故魯詩序云『周武所定一代之樂』，不言周武所作者，明文王已作武樂也。大武爲武王所定，卽傳爲武王樂，猶咸池本黄帝所作樂，堯增修而用之曰大咸，而咸池亦得爲堯樂也。」愚案：大武者，祀周武王所定一代之樂歌，周公作也。大武之樂亦爲象，象用兵時刺伐之舞，見維清孔疏。禮仲尼燕居鄭注：「武，象武王之大事也。」明堂位鄭注：「象，謂周頌武也，以管播之。」是也。維清者，武王克殷後祀文王，奏象武之所歌，武王作也。繁露言「文王受命作武樂」，是武王未克殷時已祀文王而作武樂，但未制象舞耳。

於皇武王，無競維烈。允文文王，克開厥後。嗣武受之，勝殷遏劉，耆定爾功。【注】魯「爾」作「武」。【疏】傳：「烈，業也。武，迹。劉，殺。耆，致也。」箋：「皇，君也。於乎君哉，武王也，無彊乎，其克商之功業。言其彊也。信有文德哉，文王也，能開其子孫之基緒。遏，止。耆，老也。嗣子武王受文王之業，舉兵伐殷而勝之，以止天下之暴虐而殺人者，年老乃定女之此功。言不汲汲於誅紂，須暇五年。」〇「魯爾作武」者，風俗通一引詩云：「勝殷遏劉，耆定武功。」是魯不作「爾」，與毛異。潛夫論五德志篇：「武王駢齒，勝殷遏劉，成周道。」亦用魯經文。據此，知魯訓「耆」爲「老」。箋以魯義易毛也。韓詩外傳三亦引詩曰：「勝殷遏劉，耆定爾功。」明韓、毛文同。釋文：「耆，毛音指。鄭『巨移』反。韓詩音同。鄭云，惡也。」馬瑞辰云：「韓詩：『耆，惡也。』當爲皇矣詩『上帝耆之』章句，釋文誤入此章。若云『惡定其功』，則不詞矣。」

武一章，七句。

洭江十篇，十章，一百六句。

詩三家義集疏卷二十六

閔予小子第二十六　詩周頌

閔予小子【注】魯説曰：「閔予小子一章十一句，成王除武王之喪，將始卽政，朝於廟之所歌也。」【疏】毛序：「嗣王朝於廟也。」箋：「『嗣王』者，謂成王也。除武王之喪，將始卽政，朝於廟也。」「閔予」至「歌也」，蔡邕獨斷文，魯説也。齊韓當同。黃山云：「『將始卽政』，未遂卽政也。成王卽政在洛，烈文篇韓説可證，此『朝於廟』乃吉祭於武王之廟，告除喪耳。」

閔予小子，遭家不造，嬛嬛在疚。【注】齊「嬛」作「煢」，韓作「惸」，魯作「煢」，「疚」作「㝌」。【疏】傳：「閔，病。造，爲。疚，病也。」箋：「閔，悼傷之言也。造，猶『成』也。可悼傷乎，我小子耳，遭武王崩，家道未成，嬛嬛然孤特，在憂病之中。」○蔡邕宗廟祝嘏詞：「予末小子，遭家不造。」用魯經文。漢書敘傳：「遭家不造。」明齊毛文同。後漢桓帝紀梁太后詔曰：「曩者遭家不造。」用韓經文。「齊嬛作煢」者，漢書匡衡傳衡疏曰：「詩云：『煢煢在疚。』言成王喪畢思慕，意氣未能平也。」是齊作「煢」。「韓嬛作惸」者，文選寡婦賦注引韓詩曰：「『惸惸余在疚。』凡人喪曰疚。」（「余」字衍，玉海無「余」字。）是韓作「惸」。「魯嬛作煢，疚作㝌」者，説文「㝌」下引詩「煢煢在㝌」。「煢」、「㝌」皆與毛異，當是魯文。**於乎皇考，永世克孝！念茲皇祖，陟降庭止。**【注】齊「茲」作「我」，「庭」作「廷」。【疏】傳：「庭，直也。」箋：「陟降，上下也。於乎，我君考武王，長世能孝。謂能以孝行爲子孫法度，使長見行也。念此君祖文王，上以直道事天，下以直道治民。言無私枉。」〇「庭，直」，釋詁文，魯詩當與毛同。「齊茲作我，庭作廷」者，漢書匡衡傳衡疏曰：「昔者成王之嗣位，思述文武之道以養其心，休烈盛美，皆歸之二后，而不敢專其名，是以上天歆享，鬼神佑焉。其詩曰：『念我皇祖，陟降廷止。』言成王常思祖考之業，而鬼神祐助其治也。」顏注：「周頌閔予小子之詩，言成王常念文王武王之德，奉而行之，故鬼神上下臨其朝廷。」衡用齊詩，文與毛異，顏氏當亦本齊詩相承舊說爲注；或韓詩文義同齊，顏因取之。要其說「廷」爲「朝廷」，謂鬼神上下臨之，推見成王羹牆如見之誠，義尤深切。

維予小子，夙夜敬止。於乎皇王，繼序思不忘！【疏】傳：「序，緒也。」箋：「夙，早。敬，慎也。我小子早夜慎行祖考之道，言不敢解倦也。於乎君王，歎文王武王也。我繼其緒，思其所行不忘也。」〇潛夫論慎微篇：「文王小心翼翼，成王夙夜敬止，思慎微眇，早防未萌，故能太平而傳子孫。」愚案：王符習魯詩，言成王夙夜敬慎，思念祖考，合之蔡邕「除喪朝廟」，是魯詩與齊韓說同。王肅以爲周公致政之後，殊誤。

閔予小子一章，十一句。

訪落【注】魯說曰：訪落一章十二句，成王謀政於廟之所歌也。【疏】毛序：「嗣王謀於廟也。」箋：「謀者，謀政事也。」〇「訪落」至「歌也」，蔡邕獨斷文，魯說也。齊韓當同。黄山云：「『謀政於廟』，即謀之武王廟也。蓋斯時成王雖未卽政，而周公在外，家難未平，故預訪羣臣而謀之。」

訪予落止，率時昭考。於乎悠哉，朕未有艾！將予就之，繼猶判渙。【疏】傳：「訪，謀。落，始。時，是。率，循。悠，遠。猶，道。判，分。渙，散也。」箋：「昭，明。艾，數。猶，圖也。成王始卽政，自以承聖父之業，懼不能遵其道德，故於廟中與羣臣謀我始卽政之事。羣臣曰，當循是明德之考所施行。故荅之以謙曰：於乎遠哉，我於是未有數。言遠不可及也。女扶將我，就其典法而行之，繼續其業圖，我所失分散者收斂之。」○釋詁：「落，始也。」馬瑞辰云：「左昭七年傳：『楚子成章華之臺，願與諸侯落之。』王引之曰：『謂與諸侯始其事也，楚語伍舉對靈王曰：「願得諸侯與始升焉。」是其明證。』案，檀弓：『晉獻文子成室，晉大夫發焉。』發，開也，『開』亦『始』也。孔廣森曰：物終乃落，而以爲始者，大抵施於終始相嬗之際。如宮室考成謂之『落成』，言營治之終而居處之始也；成王詩言『訪予落止』，此先君之終而今君之始也。離騷『夕餐秋菊之落英』，宋人有引『落，始也』訓之者，蓋秋者百卉之終，草木黃落而菊始有華，故惟菊乃言『落英』。今案，終則有始，義本以相反而相成，以『落』爲『始』，猶之以『徂』爲『存』、『亂』爲『治』、『來』爲『往』、『故』爲『今』、『廢』爲『置』，義有反覆互訓耳。」又云：「釋詁：『艾，歷也。』『歷，數也。』又曰：『艾、歷，相也。』郊特牲『簡其車徒而歷其卒伍』，『歷』當讀爲『閱歷』之歷。說文：『閱，具數於門中也。』是知『艾』、『歷』與『數』皆同義。箋釋『未有艾』爲『未有數』，猶云『未有歷』也。『未有歷』則難及，故箋又言『遠不可及』。孔疏謂『未有等數』，失之。」又云：「『就』當訓『因』。說文：『因，就也。』小爾雅：『就，因也。』二字互訓。成王志在述祖，故以能因爲先。」又云：「釋詁：『圖、猷，謀也。』猷、猶古通用。『判渙』，當讀與卷阿詩『伴奐爾游矣』同，伴、奐皆『大』也。說文：『伴，大皃。』『奐』字注：『一曰大也。』小毖詩以『小毖』名篇，言當慎其小也。此詩『繼猶判渙』，言當謀其大也。作『判渙』者，叚借字。箋訓爲『分散』，失之。」維予小子，未堪家多難。**【疏】**箋：「多，衆也。我小子耳，未任統理國家衆難成之事，心有任賢待年長大之志。難成之事，謂諸政有業未平者。」○馬瑞辰云：「小毖詩亦云『未堪家多難』，正義引王肅云：『言患難宜慎其小。』又引王肅解經云：『非徒多難而已，又多辛苦。』是肅述毛，正讀『難』如『患難』之難，此章解『多難』宜與彼同。箋以爲『國家衆難成之事』，非詩義。」黃山云：「三年之喪，二十五月而畢，成王即吉，甫逾二年也。尚書大傳曰：『周公攝政，一年救亂，二年克殷，三年踐奄，四年建侯衛，五年營成周，六年制禮作樂，七年致政成王，東征三年，踐奄而後歸。』與豳詩說合。三監之變，公親致刑焉，骨肉摧殘，正成王所謂『家難』也。訪落之時，公既未歸，難猶未已，惟其不堪多難，故訪羣臣而謀之。箋乃說『多難』爲事之難，孔疏卽指爲『制禮作樂營洛之等』。無論三者皆周公五年以後之事，斯時成王保身是亟，無暇遠圖，且三事皆國之大經，與家何涉？其非詩義明矣。」**紹庭上下，陟降厥家。休矣皇考，以保明其身！**【疏】箋：「紹，繼也。『厥家』，謂羣臣也。繼文王陟降庭止之道，上下羣臣之職以次序者，美矣我君考武王，能以此道尊安其身。謂定天下，居天子之位。」○閔予小子篇：「念茲皇祖，陟降庭止。」鬼神臨其庭而業光，臨其家而身安，家既多難之家，與桓篇「克定厥家」同詞，箋指「羣臣」，非。書雒誥：「公明保予沖子。」多方：「大不克明保享于民。」「保明」猶「明保」也。「明」者，勉也，皇考以此道保其身而勉其身，予亦惟紹之而已。黃山云：「朱集傳於閔予小子訪落敬之『陟降』句均推顏師古說，以今文易古文。其說『紹庭上下』四句，謂『繼其上下於庭，陟降于家，庶賴皇考之休，以明保吾身』，是以『家』爲卽成王之家，集傳已然矣。惟詩意乃冀鬼神感召繼臨其庭者，而又臨其家以保其身。『紹』當屬鬼神言，集傳仍以屬成王，故胡承珙有『不可謂繼鬼神』之疑耳。」愚按：此本齊韓詩說。毛訓「庭」爲「直」，則本魯說也。

訪落一章，十二句。

敬之【注】魯說曰：敬之一章十二句，羣臣進戒嗣王之所歌也。【疏】毛序：「羣臣進戒嗣王也。」○「敬之」至「歌也」，蔡邕獨斷文，魯說也。齊韓當同。

敬之敬之，天維顯思，命不易哉！無曰高高在上，陟降厥士，日監在茲。【疏】傳：「顯，見。士，事也。」箋：「顯，光。監，視也。羣臣見王謀卽政之事，故因時戒之曰：敬之哉，敬之哉，天乃光明，去惡與善，其命吉凶不變易也。無謂天高又高在上，遠人而不畏也。天上下其事，謂轉運日月，施其所行，日月瞻視，近在此也。」○新書禮容篇引詩「敬之敬之」六句，漢書孔光傳引詩「敬之敬之」三句，魯文也。漢書郊祀志匡衡奏議引詩：「『毋曰高高在上，陟降厥士，日監在茲。』言天之日監王者之處也。」此齊文也。「無」作「毋」，餘魯、齊全同。胡承珙云：「左僖二十二年傳：『邾人以須句故出師。公卑邾，不設備而禦之。臧文仲曰：「國無小，不可易也。」』引詩曰：『敬之敬之，天維顯思，命不易哉。』又成四年傳：『公如晉。晉侯見公，不敬。季文子曰：「晉侯必不免。詩曰：『敬之敬之』云云。夫晉侯之命在諸侯矣，可不敬乎？」』據此，皆以詩『不易』爲『難易』之易。箋說似非經旨。」馬瑞辰云：「大雅文王篇『駿命不易』，釋文述毛云：『不易，言甚難也。』此詩『命不易哉』，義當與彼同。『天維顯思』，謂天道之顯赫。」**維予小子，**【注】魯「維」作「惟」。**不聰敬止。日就月將，學有緝熙于光明。佛時仔肩，**【注】韓「佛」作「弗」。**示我顯德行。**【注】魯「示」作「視」。【疏】傳：「小子，嗣王也。將，行也。光，廣也。佛，大也。仔肩，克也。」箋：「緝熙，光明也。佛，輔也。時，是也。仔肩，任也。羣臣戒成王以敬之，敬之，故承之以謙云：我小子耳，不聰達於敬之之意。日就月行，言當習之以積漸也。且欲學於有光明之光明者，謂賢中之賢也。輔佛是任，示道我以顯明之德行。是時自知未能成文武之功，周公始有居攝之志。」○「魯維作惟，示作視」者，新書禮容篇又引：「『惟予小子，不聰敬止。日就月將，學有緝熙于光明。佛時仔肩，視我顯德行。』故弗順弗敬，天下不定，忘敬而怠，人必乘之。嗚乎，戒之哉！」據此，魯「維」作「惟」，與毛異。「示」作「視」，古字通，餘全同。「佛」字，三家義無可攷。李黼平云：「說文：『⿱大弗，大也。从大，弗聲，讀若予違汝弼。』毛蓋讀『佛』爲『⿱大弗』。」曾釗云：「凡從『弗』之字，即有『弼違』之意，如矯弓之屈以使正爲『⿱弗弓』，矯人之非以合宜爲『⿱弗廾』，其字皆從『弗』。『⿱大弗』從『大』、從『弗』，言大矯之。鄭訓『佛』爲『輔』，與傳相成，非違傳也。」淮南修務訓：「知人無務，不若愚而好學，自人君公卿至於庶人，不自彊而功成者，天下未之有也。詩云：『日就月將，學有緝熙于光明。』此之謂也。」高誘注：「詩頌敬之篇，言日有所成就，月有所奉行，當學之是明，此勉學之謂也。」又曰：「夫事有易成者名小，難成者功大。君子修美，雖未有利福，將在後至，故詩曰：『日就月將，學有緝熙于光明。』此之謂也。」中論治學篇：「大樂之成，非取乎一音；嘉膳之和，非取乎一味；聖人之德，非取乎一道。故曰學者，所以總羣道也。羣道統乎己心，羣言一乎己口，唯所用之，故出則元亨，處則利貞，默則立象，語則成文。述千載之上若共一時，論殊俗之類若與同室，度幽明之故若見其情，原治亂之漸若指己效。故詩曰：『學有緝熙于光明』，其此之謂也。」愚案：以上皆魯說，高注尤可推見魯義。易林升之節：「日就月將，昭明有功。靈臺觀賞，膠鼓作仁。」陳喬樅云：「據此，知齊詩說亦以靈臺、辟雍同處。『膠鼓作仁』，謂膠庠及鼓宗也。」繁露身之養重於義篇：「聖人事明義以炤燿其所闇，故民不陷。詩云：『示我顯德行。』先王顯德以示民，民樂而歌之以爲詩，說而化之以爲俗，故不令而自行，不禁而自止，從上之意，不待使之，若自然矣。」陳喬樅云：「說郛載詩緯氾歷樞曰：『聖人事明義以炤燿其所闇，故民不陷。詩云：「示我顯德行。」』詩緯與繁露皆齊詩說，故文大同。」韓詩外傳三引「日就月將」三條，外傳八引「日就月將」一條。「韓佛作弗」者，外傳三引「弗時仔肩，示我顯德行」一條，「佛」作「弗」。陳喬樅云：「韓詩作『弗』，說文：『弗，矯也。』『矯』亦『輔弼』之義。」黄山云：「尚書大傳：『武王死，周公身居位，聽天下爲政。』淮南繆稱訓：『武王既沒，周公踐東宮，履乘石，攝天子之位。』史記魯世家：『周公恐天下聞武王崩而畔，乃踐阼，代成王攝行政當國。』是今文說皆謂攝政卽在武王崩時。箋謂成王作敬之篇，周公始有居攝之志，則攝政在成王除喪後。諒陰之内，政誰屬乎？己不合矣。攝政既改後，故流言之作、三監之畔亦皆在後，成王前此固無家難之可言，遂不得不說『多難』爲『衆難成之事』，並改詩說也。然『難成之事』既卽爲制禮作樂營洛，自必俟平三監、淮夷之亂乃暇議及。酌篇箋言『周公居攝六年，制禮作樂』，與大傳同，而說小毖詩謂『統理衆難』爲『使周公居攝時』，『又集于蓼』爲『遇三監、淮夷之難』，矛盾倒置，尤爲不合，必不可從矣。」

敬之一章，十二句。

小毖【注】魯說曰：小毖一章八句，嗣王求忠臣助己之所歌也。【疏】毛序：「嗣王求助也。」箋：「毖，慎也。天下之事當慎其小，小時而不慎，後爲禍大，故成王求忠臣早輔助己爲政，以救患難。」○「小毖」至「歌也」，蔡邕獨斷文，魯說也。齊韓當同。胡承珙云：「篇中桃蟲飛鳥之喻，多難集蓼之言，是方當武庚作亂、國家不靖之時急求輔助，故其詞危迫。大誥曰『殷小腆，誕敢紀其敍』，卽桃蟲飛鳥之謂也；曰『予惟小子，若涉淵水，予惟往求朕攸濟』，卽求助之謂也。小毖之作，似正值周公東征。詩曰『予其懲』者，懲戒往日之誤信流言，致疑周公。史記所謂『推己懲艾，悲彼家難』也；曰『毖後患』者，謂禍難未已，當日慎一日。大誥所云『朕言艱日思』也。逸周書：『成王卽位，因嘗麥而語羣臣求助，作嘗麥解。』其曰『求助』，與詩序相應，其文曰『維四年孟春』，又可證此及上三篇通爲免喪謀卽政時事也。」愚案：胡說甚得詩恉，箋謂詩作於周公歸政之後，非也。

予其懲而，毖後患！【注】韓說曰：懲，苦也。**莫予荓蜂，**【注】魯「荓蜂」作「甹夆」，云：掣曳也。一作「莫予併螽」。**自求辛螫。**【注】韓「螫」作「赦」，曰：赦，事也。【疏】傳：「毖，慎也。荓蜂，摩曳也。」箋：「懲，艾也。始者管叔及其羣弟流言於國，成王信之，而疑周公。至後三監叛而作亂，周公以王命舉兵誅之，歷年乃已。故今周公歸政，成王受之，而求賢臣以自輔助也。曰：我其創艾於往時矣，畏慎後復有禍難，羣臣小人無敢我摩曳。謂爲謠詐誑欺，不可信也。女如是徒自求辛苦毒螫之害耳，謂將有刑誅。」○「懲，苦也」者，列子釋文下引韓詩內傳文，詩釋文引同。陳喬樅云：「箋云：『懲，艾也。』本史記『推己懲艾，悲彼家難』語。韓以『懲』爲『苦』義，亦與『艾』相近。」愚案：「懲」，憂悔之詞。小明詩云：「心之憂矣，其毒太苦。」「苦」亦疾惡之詞。淮南精神篇云：「苦洿之家，掘洿而注之江。」注云：「苦，猶疾也。」「荓蜂作甹夆，云掣曳也」者，釋訓文，魯説也。「掣」，説文作「瘛」，云：「引縱曰瘛。」「甹夆」蓋「𢕃𢓜」之省，説文「𢕃」、「𢓜」並云：「使也。」孔疏引孫炎曰：「謂相掣曳入於惡也。」與「荓蜂」聲近叚借。「一作莫與併螽」者，潛夫論愼微篇引詩作「莫與併螽」。（「螽」之誤。）王習魯詩，是用魯「亦作」本。「予」作「與」，古字通。二叔流言，成王疑周公，流言何以上聞，成王何以致疑，必有小人掣曳其間而使然，故王深惡而嚴敕之。易林履之泰：「蠆室蜂户，螫我手足。不得進止，爲吾害咎。」屯之明夷、蠱之觀同。據此，齊文與毛同而釋用「蜂」字本義。「荓」又本與「拼」同，釋詁「拼」亦「使」也。言勿在予側，使口如蜂，不能螫人而還以自螫也。「韓螫作赦，云赦，事也」者，馬瑞辰云：「『赦』卽『螫』字之省。訓『事』者，蓋以『螫』爲『赦』之同音叚借。釋詁：『赦，勞也。』『事，勤也。』勤、勞同義，故『赦』可訓『勞』，卽可訓『事』。『辛螫』，猶『辛勤』、『辛苦』。言小人莫予掣曳，徒自辛苦耳。」

肇允彼桃蟲，拚飛維鳥。【注】韓「拚」作「翻」，説曰：翻，飛貌。【疏】傳：「桃蟲，鷦也，鳥之始小終大者。」箋：「肇，始。允，信也。始者信以彼管蔡之屬，雖有流言之罪，如鷦鳥之小，不登誅之，後反叛而作亂，猶鷦之翻飛爲大鳥也。『鷦』之所爲鳥，『題肩』也，或曰『鴞』，皆惡聲之鳥。」〇「韓拚作翻，曰翻，飛貌」者，文選謝瞻詠張子房詩李注引薛君韓詩章句文。據此，知韓「拚」作「翻」。箋云「翻飛爲大鳥」，卽用韓義申毛。孔疏云：「諸儒皆以『鷦』爲『巧婦』，與『題肩』又不類，箋以『鷦』與『題肩』及『鴞』三者爲一，其義未詳。且言『鷦之爲鳥題肩』，事亦不知所出。」馬瑞辰云：「釋鳥：『桃蟲，鷦䴕。』郭注：『鷦䴕，桃雀也，俗呼爲巧婦。小鳥而生雕鶚者也。』陸璣草木疏云：『今鷦鷯是也。微小於黃雀，其雛化而爲雕，故俗語鷦鷯生雕。』易林亦曰『桃蟲生雕』。（御覽九百二十三引同。）藝文類聚九十二引易林又云：『布穀生子，鷦鷯養之。』今案，古云鶻鵃生雛，蓋卽謂鶻鵃取布穀之子養之化爲雛鶚。故方言說『巧婦之名，或謂之『過贏』，猶桑蟲之化螟蛉，亦名『果贏』也。『鶻鵃』一名『鴟鴞』，豳詩『鴟鴞鴟鴞，既取我子』，喻武庚之誘管蔡，猶鴟鴞取布穀之子使化雛鶚也。此詩『肇允彼桃蟲，翻飛維鳥』，喻管蔡之從武庚，猶布穀之子爲桃蟲所養而化雛鶚也。列子天瑞篇：『鷂之爲鸇，鸇之爲布穀，布穀又復爲鷂。』呂覽仲春紀：『鳩化爲鷹。』高注：『鳩蓋布穀。』則布穀與鷹鸇互相變化，由來久矣。箋云『或曰鴞，皆惡聲之鳥』，據正義云定本、集注皆云『或曰鴟，皆惡鳥也』，以桃蟲一名鴟鴞證之，當作『或曰鴟鴞，皆惡鳥也』。定本、集注遺『鴞』字，遂誤作『惡聲之鳥』矣。」愚案：禮月令注：「鷹或名題肩。」合列子、呂覽注證之，鄭箋非不可通也。**未堪家多難，予又集于蓼。**【疏】傳：「堪，任。予，我也。我又集于蓼，言辛苦也。」箋：「集，會也。未任統理我國家衆難成之事，謂使周公居攝時也。我又會於辛苦，遇三監及淮夷之難也。」○楚詞東方朔七諫「蓼蟲不知徙乎葵菜」，王注：「言蓼蟲處辛烈，食苦惡，不能知徙於葵菜，食甘美。」洪興祖補注：「蓼，辛菜也。」陳奐以爲「桃蟲集蓼」，大誤。成王言時逢多難，境又處辛苦，切望羣臣各抒忠謀以相助也。黄山云：「此詩作於成王除喪朝廟之後，當卽在征淮夷之時。『家多難』，指三監之啟商。『又集于蓼』，正指淮夷之繼叛。不當如箋說也。」易林觀之益：「去辛就蓼，毒愈酷甚。」用齊經文。

小毖一章，八句。

載芟【注】魯說曰：「載芟一章三十一句，春藉田祈社稷之所歌也。」【疏】毛序：「春藉田而祈社稷也。」箋：「藉田，甸師氏所掌，王載耒耜所耕之田，天子千畝，諸侯百畝。『藉』之言『借』也，借民力治之，故謂之『藉田』。」○「載芟」至「歌也」，蔡邕獨斷文，魯說也。南齊書樂志：漢章帝時，「玄武司馬班固奏用周頌載芟以祈先農。」是齊說亦以此詩爲藉田祈社稷所用樂歌。韓詩當同。

載芟載柞，其耕澤澤。【注】魯「澤」作「郝」，云：耕也。千耦其耘，徂隰徂畛。侯主侯伯，侯亞侯旅，侯彊侯以。【疏】傳：「除草曰芟，除木曰柞。畛，埸也。主，家長也。伯，長子也。亞，仲叔也。旅，子弟也。彊，彊力也。以，用也。」箋：「載，始也。隰，謂新發田也。畛，謂舊田有徑路者。『强』，有餘力者。周禮曰：『以强予任民。』『以』，謂閒民，今時傭賃也。春秋之義，能東西之曰『以』。成王之時，萬民樂治，田業將耕，先始芟柞其草木，土氣烝達而和，耕之則澤澤然解散。於是耘除其根株，輩作者千耦。言趨時也。或往之隰，或往之畛，父子餘夫，俱行强有餘力者，相助又取傭賃，務疾畢已當種也。」〇馬瑞辰云：「說文：『槎，衺斫也。』『槎』與『乍』雙聲，此詩『載柞』及周禮『柞氏』，皆當爲『槎』之叚借。『柞』又與『斮』聲近而義同。說文：『斮，斬也。』『斬，截也。』禮內則『魚曰作之』。爾雅樊光本作『斮』，亦『柞』、『斮』相通之類。又皇矣詩『作之屏之』，『作』謂除木，亦當讀與『載柞』之柞同。『釋』、『澤』古通，故釋文『澤澤』音『釋釋』。」「澤作郝，云耕也」者，釋訓文，魯說也。郭云：「言土解。」孔疏引舍人注：「釋釋，猶藿藿，解散之意。」此蓋本作「郝郝」，故云「猶藿藿」，若作「釋釋」，不得云「猶藿藿」也。楚詞九歎王逸注：「耘，耔也。詩云：『千耦其耘』。」又大招注：「畛，田上道也。詩云：『徂隰徂畛』。」明魯毛文同。馬瑞辰云：「遂師：『巡其稼穡而移用其民。』『侯彊侯以』，皆在『移用其民』之列。『彊』，謂彊有力者，既自治其田，復有餘力治人之田。『以』則傭賃，專爲人用，此其異也。遂人『以彊予任甿』，『彊』爲詩之『侯彊』，『予』即詩之『侯以』。『予』、『以』古通用，『予』即『與』也，『與』猶『以』也，『彊』、『予』二字平列。鄭注遂人云：『謂民有餘力，復予之田。』不知『予』即『侯以』之以，故但引『彊予』以證『侯彊』耳。」有嗿其饁，思媚其婦，有依其士。【疏】傳：「嗿，衆貌。士，子弟也。」箋：「饁，饋饟也。『依』之言『愛』也。婦子來饋饟其農人於田野，乃逆而媚愛之，言勸其事勞不自苦。」〇馬瑞辰云：「說文：『嗿，聲也。』集傳：『嗿，衆飲食聲。』蓋兼取毛傳說文之義。王引之云：『依』之言『殷』也。馬融易注：『殷，盛也。』『有殷』，爲壯盛之皃。『有嗿其饁』四語，皆形容之詞。」有略其耜，【注】魯「略」作「⿱㓞各」，云：⿱㓞各，利也。俶載南畝。播厥百穀，實函斯活。【疏】傳：「略，利也。」箋：「『俶載』，當作『熾菑』。播，猶『種』也。實，種子也。函，含也。活，生也。農夫既耘除草木根株，乃更以利耜熾菑之而後種，其種皆成好含生氣。」○「⿱㓞各，利也」者，釋詁文。據此，知魯作「⿱㓞各」。說文「㓵」，籀文作「⿱㓞各」，云：「刀劍刃也。」詩釋文：「略，字書本作⿱㓞各。」匡謬正俗引張揖古今字詁云：「略，古作⿱㓞各。」楚詞九章王逸注：「播，種也。詩曰：『播厥百穀』。」明魯毛文同。孔疏：「函者，容藏之義，故轉爲『含』，猶人口含之也。」驛驛其達，【注】魯「驛」作「繹」，云：生也。有厭其傑。厭厭其苗，緜緜其麃。【注】韓「緜」作「民」。魯「麃」作「穮」。【疏】傳：「達，射也。『有厭其傑』，言傑苗厭然特美也。麃，耘也。」箋：「達，出地也。傑，先長者。『厭厭其苗』，衆齊等也。」○「魯驛作繹，云生也」者，釋訓文，魯說也。孔疏引舍人曰：「穀，皆生之貌。」又順毛改「繹繹」爲「驛驛」。文選甘泉賦李注引薛君章句曰：「繹繹，盛貌。」是韓與魯同。馬瑞辰云：「『厭』當卽『懕』之省。說文廣雅並云：『懕，好也。』故『懕然』爲特美皃，以別於下之『厭厭』也。」又云：「廣雅：『苗，衆也。』『苗』與『傑』對言，『傑』爲『特出』，則『苗』爲『衆』矣。」集韻：「『稽稽，苗齊等也。』作『稽稽』者蓋韓詩文。鄭箋及集韻『苗齊等』，義亦當本於韓詩。『厭厭』，卽『稽稽』之叚借也。」愚案：馬說是。行露詩「厭浥」，韓作「湆浥」。小戎詩「厭厭良人」、湛露詩「厭厭夜飲」，韓皆作「愔愔」。湆、愔皆「音」聲，則此詩之「厭厭」，韓亦必用「音」聲字，「稽稽」之爲韓詩異文確然無疑。「韓緜作民」者，釋文引韓詩云：「民民，衆貌。」陳喬樅云：「傳：『麃，芸也。』孔疏引王肅云：『芸者，其衆緜緜然不絕也。』肅卽用韓義述毛。民、緜雙聲通用。小雅『緜蠻黃鳥』，禮記引作『緡蠻』，是其類也。」「魯麃作穮」者。釋訓：「緜緜，穮也。」是魯詩「緜」與毛同，「穮」與毛異，毛作「麃」借字，魯作「穮」正字也。孔疏順毛改爲

「麃」，引孫炎曰：「穮穮，言詳密也。」郭璞曰：「芸，不息也。」其引郭注與今異。釋文引說文云：「穮，耨鉏田也。」字林云：「穮，耕禾間也。」今說文作：「穮，耘禾間也」，是以字林語溷入。

載穫濟濟，有實其積，萬億及秭。爲酒爲醴，烝畀祖妣，以洽百禮。有飶其香，邦家之光。有椒其馨，胡考之寧。【注】三家「椒」作「馥」。

【疏】傳：「濟濟，難也。飶，芬香也。椒，猶『飶』也。胡，壽也。考，成也。」箋：「『難』者，穗衆難進也。『有實』，實成也，其積之乃『萬億及秭』，言得多也。烝，進。畀，予。洽，合也。進予祖妣，謂祭先祖、先妣也。『以洽百禮』，謂饗燕之屬。芬香之酒醴饗燕賓客，則多得其歡心，於國家有榮譽。寧，安也。以芬香之酒醴祭於祖妣，則多得其福右。」〇「三家椒作馥」者，釋文：「椒，沈作『俶』，尺叔反，云作『椒』者誤也。」阮氏元曰：「『椒』乃『馥』之誤。隸釋八冀州從事張表碑引作『有馥其馨』，隸續十一膠東令王君廟門斷碑亦作『有馥其馨』，是漢之經文作『馥』明矣。晉左貴嬪納楊后贊曰『有馥其馨』，見藝文類聚十五。傅咸荅潘尼詩曰『有馥其馨』，見藝文類聚三十一，是晉猶作『馥』矣。沈重作『俶，尺叔反』，(「馥」字切音，廣韻集韻皆以「房」，爲雙聲，「尺」字疑「房」之訛。)且以作『椒』爲誤，此不知唐以前何時寫者損滅『馥』字，又損『房』爲『尺』，又誤『叔』爲『俶』，又由『叔』形與『椒』近而誤爲『椒』。陸氏釋文云『無故改爲俶』，而不知『俶』乃『馥』切音字之誤冒也。傳：『椒，猶飶也。』當作『馥，猶飶也』。此蒙上『有飶其香』而言，『飶香』與『馥香』同，若是『握椒』、『椒榝』之椒，傳箋皆不容無解『椒』之詞，而『椒猶飶也』，爲不詞矣。此經文明是『馥』字之本證，然非漢、晉四證，則此字無由臆造，永不知其誤而又誤矣。程氏恩澤曰：詩『苾芬孝祀』，文選注、衆經音義並引韓詩作『馥芬孝祀』。『馥』字形聲不謬於六書，可補說文之遺。元又謂飶、苾皆從『必』，義同『馥』，音亦同『馥』，所以毛傳云『馥猶飶也』。『馥』與『飶』同，此亦詩義同字變之例也。『虙羲』卽『伏羲』，與『宓子賤』皆『房六』切，亦必、复同音之證。」愚案：阮說詳洽，惟所據皆本三家詩說，強毛就之則非。陳喬樅云：「案華嚴經音義上引字林云：『馥，香氣盛也。』正詩『馥』字之訓。廣雅釋訓：『馥馥、芬芬，香也。』『馥馥』即『苾苾』。小雅信南山曰『苾苾芬芬』，三家詩作『馥馥芬芬』，蔡邕司空臨晉侯楊公碑曰『祀事孔明』，又曰『馥馥芬芬』，是其明證。何晏景福殿賦亦云『馥馥芬芬』，皆用信南山詩語。廣雅所釋，即據三家詩訓義也。上林賦：『芬香漚鬱，酷烈淑郁』。『淑郁』正芬香之義。據聘禮『俶獻』注，古文『俶』作『淑』，是『俶』又可通『淑』也。三家今文作『馥』，毛以『淑』爲『馥』之通假，『水』旁與『木』旁形近，遂誤作『椒』耳。若毛同三家作『馥』，則馥、椒字形迥別，無緣致誤，况重亦無因改字爲『俶』矣。」匪且有且，匪今斯今，振古如茲。【疏】傳：「且，此也。振，自也。」箋：「匪，非也。振，亦『古』也。饗燕祭祀，心非云且而有且，謂將有嘉慶，禎祥先來見也；心非云今而有此今，謂嘉慶之事不聞而至也。言修德行禮，莫不獲報，乃古古而如此，所由來者久，非適今時。」○釋詁：「振，古也。」郭注：「詩曰：『振古如茲。』」箋蓋據魯義易毛。

載芟一章，三十一句。

良耜

良耜【注】魯說曰：良耜一章二十三句，秋報社稷之所歌也。【疏】毛序：「秋報社稷也。」○「良耜」至「歌也」，蔡邕獨斷文，魯說也。齊韓當同。

畟畟良耜，俶載南畝。【注】魯說曰：畟畟，耜也。播厥百穀，實函斯活。【疏】傳：「畟畟，猶『測測』也。」箋：「良，善也。農人測測以利善之耜熾菑是南畝也，種此百穀，其種皆成好含生氣。言得其時。」○說文「畟」下云：「治稼畟畟進也。」「畟畟耜也」者，釋訓文，魯說也。孔疏引舍人注：「畟畟，耜入地之貌。」爾雅釋文：「畟，字或作稄。」太玄經注引作「稄稄」，是魯詩異文。或來瞻女，載筐及筥，其饟伊黍。【注】齊「饟」作「餉」。其笠伊糾，其鎛斯趙，以薅荼蓼。【注】三家「趙」作「掤」。魯「薅」作「茠」，「荼」作「蒤」。【疏】傳：「笠，所以禦暑雨也。趙，刺也。蓼，水草也。」箋：「瞻，視也。有來視女，謂婦子來饁者也。筐筥，所以盛黍也。豐年之時，雖賤者猶食黍。饁者見戴糾然之笠，以田器刺地，薅去荼蓼之事。言閔其勤苦。」〇「齊饟作餉」者，禮郊特牲鄭注：「詩曰：『其餉伊黍，其笠伊糾。』言野人之服也。」是齊詩如此。說文「饟」下云：「周人謂餉曰饟。」「餉」下云：「饟也。」是二字音近通用，義並同。陳喬樅云：「說文：『糾，三合繩也。』郊特牲言『草笠而至，尊野服也』。是詩『其笠伊糾』謂以草爲笠，其繩惟三合之耳。」「三家趙作掤」者。馬瑞辰云：「考工記鄭注引詩：『其鎛斯掤。』集韻引同，本三家詩。集韻又曰『掤』或作『趙』。是掤、趙一字。古文通借作『趙』，掤、趙雙聲通用，猶『朝』借作『輖』也。『掤』之言『揫』，說文、廣雅並云：『揫，刺也。』故『掤』亦爲『刺』耳。」「魯薅作茠，荼作蒤」者，釋草：「蒤，委葉。」郭注：「詩云：『以茠蒤蓼。』」是魯詩如此。說文：「薅，拔去田草也。」重文作「茠」。引詩作「既茠荼蓼。」釋文引說文仍作「以茠」，與郭同。今本「既」字或誤也，「蒤」皆作「荼」，與毛同，與郭異。爾雅釋文：「荼，亦作蒤。」則本通作矣。孔疏引王肅云：「荼，陸穢。蓼，水草。由田有原有隰，故並舉水陸穢草。」荼蓼朽止，黍稷茂止。穫之挃挃，積之栗栗。【注】魯說曰：挃挃，穫也。栗栗，衆也。齊韓作「穦之秩秩」。其崇如墉，其比如櫛，以開百室。【疏】傳：「挃挃，穫聲也。栗栗，衆多也。墉，城也。」箋：「『百室』，一族也。草穢既除而禾稼茂，禾稼茂而穀成熟，穀成熟而積聚多。如墉也、如櫛也，以言積之高大且相比迫也。其已治之，則百家開户納之。千耦其耘，輩作尚衆也。一族同時納穀，親親也。『百室』者，出必共洫間而耕，入必共族中而居，又有祭酺合醵之歡。」〇「挃挃」二句，釋訓文，魯說也。孔疏引孫炎曰：「挃挃，穫聲也。」李巡曰：「栗栗，積聚之衆。」義皆與毛同。釋名「挃挃」作「銍銍」，云：「斷禾穗聲也。」「挃」、「銍」聲義相近。「齊韓作穦之秩秩」者，說文：「穦，積禾也。」引詩「穦之秩秩」，蓋本三家。魯文同毛，則作

「稽之秩秩」者，齊韓文也。馬瑞辰云：「稽、積以雙聲爲義，廣雅亦曰：『稽，積也。』栗、秩古音同部通用，公羊哀二年經『戰于栗』，釋文：『栗，一本作秩。』是其證矣。說文：『秩，積也。』又『瑮』下云：『玉英華羅列秩秩。』『瑮』猶『秩』也，則『秩秩』與『栗栗』義亦同。蓋衆多則積，積之必秩然有序，其義正相成也。」**百室盈止，婦子寧止。殺時犉牡，有捄其角。以似以續，續古之人。**【疏】傳：「黃牛黑脣曰犉。社稷之牛角尺。『以似以續』，嗣前歲，續往事也。」箋：「捄，角貌。五穀畢入，婦子則安，無行饁之事，於是殺牲報祭社稷。『嗣前歲』者，後求有豐年也。『續往事』者，復以養人也。『續古之人』，求有良司穡也。」○北堂書鈔二十七引韓詩曰：「王者藏於天下，諸侯藏於百姓。」此「百室盈止」之義也。鹽鐵論力耕篇：「古者尚力務本而種樹繁，躬耕趣時而衣食足，雖累凶年而人不病也。故衣食者民之本，稼穡者民之務也，二者修則國富而民安也。詩曰：『百室盈止，婦子寧止』。」此齊詩義。馬瑞辰云：「說文：『觓，角皃。』『捄』即『觓』之叚借。詩『兕觥其觩』，『角弓其觩』。作『觩』者又『捄』之俗。」孫志祖云：「禮王制：『祭天地之牛角繭栗，宗廟之牛角握，賓客之牛角尺』。『賓客』即『社稷』之譌，王制以『祭』字貫下三句。若『賓客』，則不得言『祭』。禮器『牲不及肥大』，彼疏謂『郊牛繭栗，宗廟角握，社稷角尺』。」愚案：此數說固皆於毛合，惟詩疏引禮緯稽命徵云：「宗廟社稷角握。」公羊僖三十一年傳何注亦云：「社稷宗廟角握。」則知今文說祭社稷之牛不作「角尺」矣。陳奐云：「『古之人』，田祖、田畯皆是也。籥章：『凡國祈年于田祖，龡豳雅，擊土鼓，以樂田畯。』甫田傳：『田祖，先嗇也。』鄭司農注：『田畯，古之先教田者』，蓋亦古農官。」

良耜一章，二十三句。

絲衣【注】魯說曰：絲衣一章九句，繹賓尸之所歌也。【疏】毛序：「繹賓尸也。高子曰：靈星之尸也。」箋：「繹，又祭也。天子諸侯曰繹，以祭之明日。卿大夫曰賓尸，與祭同日。周曰繹，商謂之肜。」○「絲衣」至「歌也」，蔡邕獨斷文，魯說也。

齊韓當同。陳喬樅云：「劉向五經通義亦以『絲衣其紑』爲言王者祭靈星公尸所服之衣，與高子說合，知魯、毛義同。胡承珙曰：史記封禪書：『漢興八年，或曰周興而邑郃，立后稷之祠，至今血食天下。於是高祖制詔御史：其令郡國縣立靈星祠，常以歲時祠以牛。』張晏注：『龍星左角曰天田，則農祥也，晨見而祭之。』張守節正義引漢舊儀云：『五年，修復周家舊祠，祀后稷於東南，爲民祈農報厥功。夏則龍星見而始雩。龍星左角爲天田，右角爲大庭。天田爲司馬，教人種百穀爲稷。靈者，神也。辰之神爲靈星，故以壬辰日祠靈星於東南，金勝爲土相也。』其後漢書郊祀志、續漢書祭祀志皆因之。以漢法推周制。考周語虢文公曰：『農祥晨正。』伶州鳩曰：『昔武王伐殷，月在天駟。月之所在，辰馬農祥也。我太祖后稷之所經緯也。』晉語董因曰：『大火，閼伯之星也，是爲大辰。辰以成善，后稷是相。』此三條，皆足爲周人祀靈星之證。續漢書云：『言祠后稷而謂之靈星者，以后稷又配食星也。』然則靈星之祀，其來甚古。淮南主術訓：『君人之道，其猶零星之尸也。』（「零」同「靈」。）是靈星之有尸亦久矣。高子與孟子同時，去古未遠，故能確知此詩爲祀靈星之作也。古今注云：『元和三年，初爲郡國立稷及祠社靈星禮器。』後漢東夷傳：『高句驪好祠鬼神社稷零星。』可知古者靈星之祀與社稷爲類。絲衣詩之次於載芟良耜，殆非無故矣。喬樅謂，據論衡明雩篇云：『水旱不時，雖有靈星之祀，猶復雩，恐前不備，彤繹之義也。』是知古者祭天地社稷，皆有繹祭賓尸之禮。此絲衣詩爲繹賓尸之所歌，即承上載芟良耜二詩言之，載芟良耜爲一歲再祭之明文。孝經援神契曰：『仲春祈穀，仲秋穫禾，報社祭稷。社者五土之主，稷者百穀之長，祭社配以后土，祭稷配以后稷。』五經通義曰：『王社在藉田中，爲千畝報功也。』載芟良耜所云『祈報社稷』者，『社』即指王社言之，『稷』亦即靈星之祠，祀后稷也。漢書郊祀志：『社者，土也。宗廟，王者所居。稷者，所以奉宗廟、供粢盛，人所食以生活也。王者莫不尊重親祭，自爲之主，禮如宗廟。』故鄭箋釋絲衣之『繹賓尸』，即據宗廟之禮申明其說。載芟良耜二篇是正祭所歌，絲衣一篇則繹祭之樂章也。」蓋觀胡氏所論，已足證明靈星之祭爲古所有，益以陳氏之説「繹尸」，亦復有據，於義備矣。黄山云：「靈星所祭者天田，天田爲龍左角之星，非卽龍也。龍主雨，天田主稷，惟其主稷，故爲祈報社稷繹尸之詩。而又以『雩』捉之，非也。龍見於建巳之月，於夏正亦爲四月，而云『二月』，亦非也。求雨之祭，至兩漢猶始立夏，止立秋。春雩秋雩，古所謂非禮之雩，豈可爲典。要祈穀與祈雨有別，月令之『祈穀』，實因大雩而及之，然亦在仲夏八月。而祈穀實亦月令所無。春社祈也，秋社報也，報尚何求？尤不可通也。惟周以后稷配天，非時不敢祭，故別立靈星以爲常祀，旱潦蟲蝗，蓋皆禱之，豈專爲求雨設哉？」

絲衣其紑，載弁俅俅。【注】魯韓「載」作「戴」。韓「俅」作「頍」。**自堂徂基，自羊徂牛，**【注】韓「徂牛」作「來牛」。**鼐鼎及鼒。**【疏】傳：「絲衣，祭服也。紑，絜鮮貌。俅俅，恭順貌。基，門塾之基。『自羊徂牛』，言先小後大也。大鼎謂之『鼐』，小鼎謂之『鼒』。」箋：「『載』，猶『戴』也。弁，爵弁也。爵弁而祭於王，士服也。繹禮輕使士。升門堂視壺濯及籩豆之屬，降往於基，告濯具。又視牲從羊之牛，反告充已，乃舉鼎冪告絜。禮之次也。鼎圜弇上謂之鼒。」○「魯載作戴」者，釋言：「俅，戴也。」郭注：「詩曰：『戴弁俅俅。』」釋訓：「俅俅，服也。」郭注：「謂戴弁服。」是魯作「戴」。説文：「俅，冠飾貌。」引詩：「戴弁俅俅。」所引當亦魯文。釋名：「戴，載也，載之於頭也。」及箋「載，猶戴也」，是爲毛通譯騎耳。通典四十四引劉向五經通義曰：「靈星爲立尸，故云『絲衣其紑，會弁俅俅』，言王者祭靈星公尸所服之衣也。」「會」，當是誤字。「韓載作戴，俅作頍」者，玉篇頁部：「詩云：『戴弁俅俅。』或作頍」。此韓異文。禮禮器鄭注引詩頌曰：「自堂徂基。」明齊毛文同。説苑尊賢篇引詩曰：「『自堂徂基，自羊徂牛。』言以内及外，以小及大也。」明魯齊與毛同。「韓徂牛作來牛」者，外傳三載齊桓公設庭燎，末引詩曰：「自堂徂基，自羊來牛。」「來」之言「至」也，韓文獨異。釋器：「鼎絕大謂之鼐，圜弇上謂之鼒。」此魯説也。説文：「鼐，鼎之絶大者。」又引魯詩説：「鼐，小鼎。」疑字有誤。兕觥其觩，旨酒思柔。不吴不敖，【注】魯「吴」作「虞」，「敖」作「驁」。胡考之休。【疏】傳：「吴，譁也。考，成也。」箋：「柔，安也。繹之旅士用兕觥，變於祭也。飲美酒者皆思自安，不讙譁，不敖慢也，此得壽考之休徵。」〇釋文：「吴，舊如字。説文作『吴』，吴，大言也。何承天云：『吴』字誤，當作『吴』，从『口』下『大』。故魚之大口者名『吴』，胡化反。此音恐驚人也，音『話』。」孔疏：「人自娛樂，必讙譁爲聲，故以『娛』爲『譁』。定本『娛』作『吴』。」據此，作「吴」者乃定本。釋文本孔疏據鄭箋本，則作「娛」。泮水篇「不吴不揚」，孔謂鄭讀「不吴」爲「不娛」，明鄭卽本此詩作「不娛」讀之也。「魯吴作虞敖作驁」者。史記孝武紀引詩作「不虞不驁」，褚少孫用魯詩，是魯文如此。黄山云：「古吴、娛、虞三字音義並通，泮水『不吴不揚』，衡方碑亦作『不虞不揚』。公羊定四年經『帥師伐鮮虞』，釋文：『虞，本或作吴，音虞。』左僖五年傳『虞仲』，漢書地理志、吴越春秋作『吴仲』。釋名釋州國：『吴，虞也。太伯讓位而不就，歸封之於此，虞其志也。』是作『虞』、作『吴』義皆同『娛』。鄭風『聊可與娛』，釋文亦云『娛』本作『虞』。孟子『驩虞如也』，莊子『許由虞于潁濱』，又通以『虞』爲『娛』，可知魯詩作『不虞』，仍爲『不娛』之義，孔疏本所據信而有徵。釋文於此篇云『吴，舊如字』，而於泮水篇云『吴，鄭如字，讙也』，亦卽以讀『娛』者爲如字，故以『讙也』申明之，非謂如説文『大言』之『吴』字也。傳、箋訓『吴』爲『譁』，陸又釋『譁』爲『讙』，本皆就『娛樂』爲説，近儒必據説文『大言』之注以説『譁』，則非詩恉。蓋繹祭非正祭，娛則嬉，敖則嫚，皆慮遠於敬。若『吴』卽是『大言』，與『敖』何別？觀『不吴不揚』，箋謂『揚』爲『大聲』，則『吴』不爲『大言』，尤其明證。『敖』，釋文本又作『傲』。然説文有『敖』無『傲』，故魯文變爲『驁』。呂覽下賢篇『士驁爵禄』，亦魯家以『驁』爲『敖』之證也。至釋文爲『吴』字引説文及何説，有因後儒訂其誤字而轉窒者。説文『吴』从『夨』、『口』，『夨』，傾頭也，本卽从『大』象形。陶潛文：『時矯首而游觀。』

『傾頭』亦具有『娛』義，誤形从『大』，誤尚不遠，如漢書郊祀志、後漢書戴就傳引詩皆作『不吳』是也。隋唐碑版文字則皆誤形爲『吴』，不从『大』而从『天』矣。或从『夨』作『吳』，爲今所承用，亦誤字也。釋文兼采兩讀，當原作『吳，舊如字』。說文作『吳』，『吳，大言也。』何承天云『吳』字誤，當作『吳』，从『口』下『大』耳。是說文『吳吳』乃『吳吳』之誤，何說『吳吳』，又互誤也。監本於經注之『吳』皆已訂爲『吳』，獨於何說互誤之『吳』疑不敢訂，故猶存一『吳』字。近儒並訂此『吳』爲『吳』，又於說文之『吳』亦掍作『吳』，益紛而莫辨。盧文弨援史記，改『不吳』爲『不虞』，固非矣。馬瑞辰云『吳』古音同『瓠』，故『碩人俁俁』，韓詩作『扈扈』。何『胡化』反，正讀近『瓠』。說文：『鱯，魚也。』讀若『瓠』。蓋魚之大口者本名『鱯』，與『吳』音近義同。今案本草圖經：『鮧口腹並大者爲鱯。』『鱯』音亦正同『胡化』反，馬以此通何讀，可云精審矣，而援臧庸之說，謂釋文不當多『作也』二字，亦非也。說文『吳』，小徐引詩『不吳不揚』，謂今寫詩者改『吳』作『吳』、音『胡化』切爲謬甚。馬亦謂何未檢說文，則何所謂从『口』下『大』本不合六書明矣，乃又以『吳』卽『吳』古文之變體，是惑也。『吳』之古文作『吙』，推六書之義，本爲从『口』、『夫』聲，以夫、吳諧音也。段玉裁强說爲从『口』、『大』，豈可據哉。」

絲衣一章，九句。

酌【注】魯說曰：「酌一章九句，告成大武，言能酌先祖之道以養天下之所敬也。」齊說曰：「周公作勺，勺，言能勺先祖之道也。」

【疏】毛序：「告成大武也。言能酌先祖之道以養天下也。」箋：「周公居攝六年，制禮作樂，歸政成王，乃後祭於廟而奏之。其始成，告之而已。」○「酌一」至「歌也」，蔡邕獨斷文，魯說也。白虎通禮樂篇：「周樂曰大武象，周公之樂曰酌，合曰大武。周公曰酌者，言周公輔成王，能斟酌文武之道而成之也。」風俗通義六：「武王作武，周公作勺。勺，言斟酌先祖之道也。武，言以功定天下也。」以上亦魯說。「周公」至「道也」，漢書禮樂志文，齊說也。又「籥勺羣慝」，晉灼注：「勺，周樂也。言以樂征伐也。」又董仲舒傳：「五帝三王之道，改制作樂，而天下和治，百王同之。虞氏之樂莫盛於韶，周之樂莫盛於勺。」張晏注：「勺，周頌篇名，言能成先祖之功以養天下也。」陳喬樅云：「謂『周樂莫盛於勺』者，謂文王、武王之武功至是大成，故爲極盛耳。」繁露質文篇：「周公輔成王，受命作宮邑於洛陽，成文武之制，作汋樂以奉天。」儀禮燕禮「若舞則勺」，鄭注：「勺，頌篇，告成大武之樂歌也。萬舞而奏之，所以美王侯、勸有功也。」以上皆齊說。「酌」正字，「汋」通用字，荀子、左傳並作「汋」。「汋」譌字，「勺」省字也。韓說蓋同。

於鑠王師，遵養時晦。時純熙矣，是用大介。【疏】傳：「鑠，美。遵，率。養，取。晦，昧也。」箋：「純，大。熙，興。介，助也。於美乎文王之用師，率殷之叛國以事紂，養是闇昧之君以老其惡，是周道大興而天下歸往矣，（愚案：「是」下奪「以」字。）故有致死之士助之。」○馬瑞辰云：「『遵養時晦』，言用王師以取是晦昧也。晦昧既除，則天下清明，故下卽接言『時純熙矣』。『養』，從傳訓『取』爲是。左宣十二年傳晉隨武子曰：『兼弱攻昧，武之善經也。』下引仲虺有言曰：『「取亂侮亡」，兼弱也。汋曰：「於鑠王師，遵養時晦。」耆昧也。』正引詩『遵養時晦』爲武經『攻昧』之證，是『養晦』卽『耆昧』也，『耆昧』卽『攻昧』也。攻昧，謂攻取是昧，與傳訓『養』爲『取』義合。逸周書允文解曰：『遵養時晦，晦明遂語，于時允武。』孔晁注：『養時晦昧而誅之，使昧者修明，而遂告以言武也。』以『遵養時晦』爲『誅晦』，亦與傳義合。王肅曰：『率以取是紂，定天下。』其說是也。『養』字古有『取』義，月令『羣鳥養羞』，『羞』，謂羣鳥所藏之食，『養』，謂取也。呂覽長見篇『申侯善持養吾意』，猶云善探取吾意。『將』與『養』古同義，桑柔箋：『將，猶養也。』廣雅：『將，養也。』孟子『匍匐往將食之』，謂往取食之也。箋謂『養是闇昧之君以老其惡』，非詩義也。左傳杜注：『須暗昧者，惡積而後取之。』又承箋說之誤。」又云：「『純熙』，謂大光明也。武王既攻取昧晦，於時遂大光明，猶緜之詩曰『會朝清明』也。釋詁：『介，善也。』『大介』卽『大善』，『大善』猶『大祥』也，故下卽繼以『我龍受之』，正謂受此大善耳。」楊雄長楊賦：「酌允鑠」，用魯經文。燕禮鄭注引勺詩曰：「於鑠王師，遵養時晦。」明齊毛文同。韓詩外傳三兩引詩曰：「於鑠王師，遵養時晦。」外傳五引「於鑠王師，遵養時晦」，義與箋近，蓋別一解，爲韓所主，鄭卽用韓易毛，左傳注亦本韓義也。**我龍受之，蹻蹻王之造。載用有嗣，**【疏】傳：「龍，和也。蹻蹻，武貌。造，爲也。」箋：「龍，寵也。來助我者，我寵而受用之。蹻蹻之士，皆争來造王，王則用之，有嗣傳相致。」○愚案：上文當如馬說，以此大善，我知爲天之寵而受之，遂誅商奄，滅國五十。蹻蹻武臣，争來造王，王之所用有相續不絕者。言周得人之盛也。**實維爾公允師。**【疏】傳：「公，事也。」箋：「允，信也。王之事所以舉兵克勝者，實維女之事信，得用師之道。」○詩言爾之舉事既荷天寵，又得人和，信可爲後世師法矣。時周公歸政成王，天下太平，告成大武，詩不得專言文武用兵之事，以爲義當如此也。燕禮鄭注引勺詩曰：「實維爾公允師。」明齊毛文同。

酌一章，九句。

桓【注】魯說曰：「桓一章九句，師祭講武類禡之所歌也。」【疏】毛序：「講武類禡也。桓，武志也。」箋：「類也、禡也，皆師祭也。」○「桓一」至「歌也」，蔡邕獨斷文，魯說也。齊韓當同。

綏萬邦，婁豐年。【疏】箋：「綏，安也。婁，亟也。誅無道，安天下，則亟有豐熟之年，陰陽和也。」○左宣十二年傳引頌曰：「綏萬邦，婁豐年。」而釋之云「和衆豐財」，謂武七德之二事也。班固靈臺詩「屢惟豐年」，用齊經文，「屢」俗字。**天命匪解。桓桓武王，保有厥士。于以四方，克定厥家。**【疏】傳：「士，事也。」箋：「天命爲善不解倦者以爲天子，我桓桓有威武之武王，則能安有天下之事。此言其當天意也。於是用武事於四方，能定其家先王之業，遂有天下。」〇漢書匡衡傳衡疏云：「陛下聖德純備，莫不修正，則天下無爲而治。詩云：『于以四方，克定厥家。』傳曰：『正家而天下定矣。』」案，文王刑于寡妻，至兄弟，以御家邦；武王率循文王之道，正家以定天下。亂臣有十，必兼婦人，此「克定厥家」之明證也。衡用齊義，與傳箋異。於昭于天，皇以間之。【疏】傳：「間，代也。」箋：「于，曰也。皇，君也。於明乎曰天也，紂爲天下之君，但由爲惡，天以武王代之。」〇釋詁：「間，代也。」書益稷疏引孫炎曰：「間，厠之代也。」知詩義同。言武王之德顯著于天，故命君天下以間代紂，付以誅紂有罪之權也。

桓一章，九句。

賚【注】魯說曰：賚一章六句，大封于廟，賜有德之所歌也。【疏】毛序：「大封于廟也。賚，予也，言所以錫予善人也。」箋：「大封，武王伐紂時封諸臣有功者。」〇「賚一」至「歌也」，蔡邕獨斷文，魯說也。左宣十二年傳云：「昔武王克商而作頌。」知是伐紂後大封也。

文王既勤止，我應受之。敷時繹思，我徂維求定。【疏】傳：「勤，勞。應，當。繹，陳也。」箋：「敷，猶『徧』也。文王既勞心於政事，以有天下之業，我當而受之，敷是文王之勞心，能陳繹而行之，今我往以此求定。謂安天下也。」〇胡承珙云：「左傳引此詩作『鋪時繹思』，敷，布也。鋪，亦布也。大雅『陳錫哉周』，彼箋云：『能敷恩惠之施，以受命造始周國。』彼疏引王肅云：『文王能布陳大利，以賜予人。』竊意此詩亦當云文王既勞心於政事，我當而受之，將布陳文王之恩惠以錫予善人，我自今以往，惟求善人以定王業耳。」愚案：「我徂維求定」者，言我自此以往，惟求與女諸臣共定天下耳，如此方與「大封」之意合。中論爵祿篇：「先王之將封建諸侯而錫爵祿也，必於清廟之中陳金石之樂，隆宴賜之禮，宗人擯相，內史作策也。其頌曰：『文王既勤止，我應受之，敷時繹思。』由此觀之，爵祿者，先王之所貴也。」此魯說。時

周之命 於繹思！【疏】箋：「勞心者是周之所以受天命而王之所由也，於女諸臣受封者陳繹而思行之，以文王之功業敕勸之。」○説文：「繹，搯絲也。」「搯，引也。」字與「抽」同。言是封爵雖我周之新命，於乎，女諸臣盍卽文王勤勞天下之意，更尋繹而引申之乎？兩「思」字，皆語詞。

賚一章，六句。

般【注】魯説曰：般一章七句，巡狩祀四嶽河海之所歌也。【疏】毛序：「巡守而祀四嶽河海也。般，樂也。」○「般一」至「歌也」，蔡邕獨斷文，魯説也。史記封禪書：「周成王封泰山，禪社首，受命然後得封禪。」詩云紂在位，文王受命，政不及泰山。武王克殷二年，天下未寧而崩。爰周德之洽維成王，成王之封禪則近之矣。陳喬樅云：「史記所引詩，卽魯詩説。據封禪書言：『上招賢良趙綰王臧等以文學爲公卿，欲議立古明堂城南，以朝諸侯。草巡狩封禪改曆服色事。』綰、臧並申公弟子，益足證魯詩以般爲言封禪事矣。史記又云：『孔子論述六藝，傳略言易姓而王，封泰山禪乎梁父者七十餘王。』疑『傳』卽指魯詩傳也。」白虎通封禪篇：「王者易姓而起，必升封泰山何？報告之義也。始受命之日，改制應天，天下太平功成，封禪以告太平也。所以必於泰山何？萬物之始交泰之處也。詩云：『於皇明周，陟其高山。』言周太平，封泰山也。又曰：『墮山喬嶽，允猶翕河。』言望祭山川，百神來歸也。」陳喬樅云：「元本白虎通作『明周』，與詩攷引合，惟小字本作『時周』。」以上亦魯説。易林萃之比：「德施流行，利之四鄉。雨師灑道，風伯逐殃。巡狩封禪，以告成功。」益之復旅之小過同，此齊説。尚書孔序疏引韓詩外傳曰：「古封泰山禪梁甫者萬餘人，仲尼觀焉，不能盡識。」司馬貞補史記三皇本紀，引略同。陳喬樅云：「封禪之禮，古者帝王巡守必皆行之。封，卽堯典『封十有二山』之封，鄭注書大傳云：『祭者必封，封亦壇也。』『禪』與『墠』同。東門之墠傳云：『墠，除地町町者。』然則封土爲『壇』，除地爲『墠』，乃巡守祭祀之常事，故經典皆未嘗特言之耳。」愚案：秦漢以後狃於所無，未免鄭重言之。其實古帝王無不巡狩，巡狩無不祭方嶽，則封禪之事並非巡狩之外，經傳別有盛典。乾隆間東巡岱宗，祀典隆重，破除世俗拘墟陋見，所以爲千古之極則與？

於皇時周！【注】魯「時」作「明」。陟其高山，嶞山喬嶽，【注】魯「嶞」作「墮」。允猶翕河。【疏】傳：「高山，四嶽也。嶞山，山山之嶞嶞小者也。翕，合也。」箋：「皇，君。喬，高。猶，圖也。於乎美哉，君是周邦而巡守，其所至則登其高山而祭之，望秩於山川，小山及高嶽，皆信案山川之圖而次序祭之。河言『合』者，河自大陸之北敷爲九，祭者合爲一。」○「魯時作明」者，白虎通作「於皇明周。」（餘俱引見上。）「明周」，猶時邁詩之「明昭有周」也。以「高山」爲四嶽，「嶞山喬嶽翕河」爲望秩之山川，魯說與傳同。時邁詩作於武王時，並非巡狩，魯說已詳之。此詩爲成王巡狩而作，魯說不誤，而說者猶以爲武王，斯亦傎矣。「魯嶞作墮」者。釋山：「巒，山墮。」郭注：「謂山形長狹者，荆州謂之巒。詩曰：『墮山喬嶽。』」郝氏懿行以爲「墮」者「嶞」之叚借。字林：「嶞，山之施嶞者。」是呂忱以「嶞」爲「延施」，即「狹長」也。一河播爲九河，九河同爲一河，其分合非圖不信，故曰「允猶」。

敷天之下，裒時之對，時周之命。【注】三家「命」下有「於繹思」句，與賚篇同。【疏】傳：「裒，聚也。」箋：「裒，衆。對，配也。徧天之下衆山川之神皆如是配而祭之，是周之所以受天命而王也。」○言總山川之大小，因京畿之遠近，聚而配之，書所謂「徧于羣神」也。是我周之新命，所以獲神佑。「三家命下有於繹思句」者。釋文云：「『於繹思』，毛詩無此句，齊魯韓有之，今毛詩有者，衍文也。崔集注本有，是採三家之本，崔因有故解之。」臧鏞堂云：「此句涉上賚篇而誤，即在三家，亦爲衍文。」阮元云：「釋文所說，自得其實。臧氏乃併三家此句亦以爲衍，誤矣。」愚案：獨斷言「般一章七句」，亦不數此句，陸云三家皆有，或魯詩有二本也。禮王制：「五岳視三公，四瀆視諸侯。」賚封功臣而望其繹思，般祭山川之神亦望其繹思，一也。時邁之詩曰「懷柔百神」，若神不能繹思，無爲用「懷柔」矣。臧氏謂在三家亦爲衍文，殆不然乎？

般一章，七句。三家多「於繹思」一句，當爲八句。

閔予小子十一篇，十一章，百三十七句。三家當爲百三十八句。

詩三家義集疏卷二十七

詩魯頌

【疏】漢書地理志：「魯地，奎、婁之分埜也。東至東海，南有泗水，至淮，得臨淮之下相睢陵僮取慮，皆魯分也。周興，以少昊之虛曲阜封周公子伯禽爲魯侯，以爲周公主。其民有聖人之教化。瀕洙泗之水，其民涉度，幼者扶老者而代其任。俗既益薄，長老不自安，與幼少相讓，故曰：『魯道衰，洙泗之間齗齗如也。』」魯都在今山東兗州府曲阜縣。

駉第二十七

駉【疏】毛序：「頌僖公也。僖公能遵伯禽之法，儉以足用，寬以愛民，務農重穀，牧于坰野，魯人尊之，於是季孫行父請命于周，而史克作是頌。」箋：「季孫行父，季文子也。史克，魯史也。」〇孔疏：「文公六年，行父始見於經；十八年，史克名見於傳。此詩之作，當在文公之世。天子巡守，采諸國之詩，觀其善惡，以爲黜陟。周尊魯若王者，巡守述職，不陳其詩，雖魯人有作，周室不采。故王道既衰，變風皆作，魯獨無之。至臣頌君功，亦樂使周室聞之，是以行父請焉。」愚案：史克作頌，惟見毛序，他無可證。三家詩說皆以魯頌爲奚斯作。楊雄文云：「昔正考父嘗晞尹吉甫矣，公子奚斯嘗晞正考父矣。」說魯頌者首雄，但云「奚斯晞考父」，不云「史克晞考父」，此魯說。班固兩都賦序：「昔皋陶歌虞，奚斯頌魯，皆見采於孔氏，列於詩書。其義一也。」此齊說。曹植承露盤銘序：「奚斯魯頌。」此韓說，而皆不及史克。後漢曹褒傳：「昔奚斯頌魯，考甫詠殷，夫人臣依義顯君，竭忠彰主，行之美也。」此又漢人承用皆屬奚斯之證。史克見左傳，在文公十八年，至宣公世尚存，見國語。奚斯見閔公二年，故文公二年傳已引閟宮之詩。不應季孫行父請命於周之前，已有史克先奚斯作頌。知毛序不足據矣，今特標舉以顯三家之義。

駉駉牡馬，在坰之野。【注】三家「駉」作「駫」，「坰」作「駉」。【疏】傳：「駉駉，良馬腹幹肥張也。坰，遠野也。邑外曰郊，郊外曰野，野外曰林，林外曰坰。」箋：「必牧於坰野者，辟民居與良田也。周禮曰：『以官田牛田賞田牧田，任遠郊之地。』」〇「三家駉作駫」者。釋文：「駉，古熒反。說文又作『駫』，同。」說文：「駫，馬盛肥也。」引詩蓋作「駫駫牡馬」。今本作「四牡駫駫」，因下「騯」字注引詩「四牡騯騯」而誤，作「駫駫」者蓋三家詩。顏氏家訓云：「江南書皆『牝牡』之牡，河北本悉爲『放牧』之牧，唐石經初刻作『牡』，改刻作『牧』。」孔疏云：「定本作『牡馬』。」則注疏本作「牧馬」無疑，今作「牡馬」，非其舊也。胡承珙云：「禽獸之類，皆牡大於牝。詩意形容『肥張』，自當舉其牡者言之。」馬瑞辰云：「牧、牡一聲之轉，故本或作『牧』，或作『牡』。楊雄太僕箴：『僖好牡馬，牧于坰野。』釋文引草木疏云：『牡，騭馬也。』以釋經文『牡馬』，則當從釋文本作『牡馬』爲是。古馬政惟牡馬在牧，若牝馬惟季春合牧，見月令。故詩但言『牡馬』耳。」「三家坰作駉」者，說文：「駉，牧馬苑也。詩曰：『在駉之野。』」亦三家文。（楊雄用魯經，太僕箴當作「駉」，今作「坰」，疑亦後人誤改。）段注：「宜本作『冋之野』。詩言牧馬在冋，故許引之以證『从馬、冋』會意。馬在『冋』爲『駉』，猶艸木麗于地爲『蘼』也。」黃山云：「段氏詩經小學引說文此條云：許意『在駉之野』，即『在野之駉』，倒句以就韻。其義確不可易矣。而於許書『駉』下則又刪『从馬，冋聲』『聲』字，作『从馬、冋』，改引詩爲『在冋之野』以就其說。蓋段酷信古文，因毛詩作『坰』，與許書古文之『冋』同爲『冂』之重文。而『冂』下許注：『邑外謂之郊，郊外謂之野，野外謂之林，林外謂之冋。』與釋地文『郊』作『牧』者異，而適與此詩傳說同，故強許就毛，謂許亦作『在冋』，與『坰』本爲一字，『駉』則別爲牧馬苑，不關此詩也。實則毛作『在坰』，引此說以釋詩；許自爲『冂』作注，與『駉』各爲一字，於詩何涉乎？段改許書，又亂許例，反成奇謬矣。山意三家作

『駫駫牡馬，在駉之野』。篇以駉名，正指此『駉』。下『薄言駉者』，亦卽此『駉』，謂苑中馬各色皆備也，四章蓋同。若如毛詩，『駉駉』既爲疊字，不應又變文單舉。就『駉』者之不誤，益知『駉駉』之爲誤文已。」

薄言駉者，有驈有皇。【注】魯「皇」作「騜」。

有驪有黃，以車彭彭。【疏】傳：「牧之坰野則駉駉然。驪馬白跨曰驈，黃白曰皇，純黑曰驪，黃騂曰黃。諸侯六閑馬四種，有良馬、有戎馬、有田馬、有駑馬。彭彭，有力有容也。」箋：「坰之牧地，水草既美，牧人又良，飲食得其時，則自肥健耳。」〇「魯皇作騜」者，說文：「驈，驪馬白跨也。詩曰：『有驈有騜。』」釋畜：「黃白騜。」郭注：「詩曰：『騜駁其馬。』」毛詩豳風作「皇駁」，與此作「有皇」同。郭據魯詩作「騜駁」，則作「有騜」者亦魯文矣。段氏詩經小學云：「說文『驈』下引詩『有驈有騜』，而無『騜』字，蓋或闕遺。」於說文「驈」注又斥「騜」爲俗字，非也。馬瑞辰云：「上句『有皇』，傳：『黃白曰皇。』見爾雅。據三章『有雒』釋文：『雒，本或作駱。』阮氏元謂爾雅舊有兩『駱』，蓋同名而異物，爲毛傳所本。竊謂此傳『黃騂曰黃』，亦當作『黃騂曰皇』，與三章作兩『駱』者同，亦同名而異物，皆本爾雅爲說。爾雅爲淺人誤爲重出，刪去其一。毛詩又爲後人疑二『皇』不應並用，因準詩人義同字異之例，叚『黃』爲『皇』，以與『皇』韻，猶三章改『駱』爲『雒』，又或改作『駁』也。黃白曰『皇』，黃騂亦曰『皇』，皆黃馬兼有別色之稱。若單稱『黃』則止一色，傳宜云『純黃曰黃』，與『純黑曰驪』同訓，何由知其必爲黃騂乎？此固有以知『黃』爲『皇』之叚借也。爾雅：『皇，黃鳥。』蓋以皇、黃同音，叚『皇』爲『黃』，與此詩叚『黃』爲『皇』可以互證。」黃山云：「黃、皇互通，如伏羲號皇雄氏，亦作黃熊氏；楚有苗賁皇，亦作賁盆黃皆是。但謂『有黃』爲避上文之『皇』所借，則有駜之『駜彼乘黃』何以亦作『黃』？蓋馬色本無正黃，卽以『黃騂』者名『黃』，此易知也。『有雒』，釋文云『雒』音『洛』，本或作『駱』。觀清廟毛序釋文：『雒音洛，本亦作洛。』則此『駱』明卽『洛』字，涉上文而誤。阮不詳審，反疑爾雅舊有兩『雒』，臆度無稽。馬奈何亦沿其誤？爾雅既本作『黃白騜』，『騜』固不能借『黃』，無待辨也。」愚案：「以車彭彭」者，「以」，用也。用車以駕，則彭彭然出車，詩「我出我車，于彼牧矣」，與此詩在牧出車合。楊雄太僕箴又云：「輂車就牧而詩人興魯。」可以推見魯詩義訓也。**思無疆，思馬斯臧。**【疏】箋：「臧，善也。僖公之思遵伯禽之法，反覆思之，無有竟已，乃至於思馬斯善。多其所及廣博。」〇案，上「思」，思慮；下「思」，語詞。「思無疆」者，言僖公思慮深微，無有疆畔。即牧馬之法亦皆盡善，致斯蕃庶，與定之方中詩美衛文公「匪直也人，秉心塞淵，騋牝三千」同意。

駉駉牡馬，在坰之野。薄言駉者，有騅有駓，有騂有騏，以車伾伾。【疏】傳：「蒼白雜毛曰騅，黃白雜毛曰駓，赤黃曰騂，蒼祺曰騏。伾伾，有力也。」〇說文：「騅，馬蒼黑雜毛。」段注以釋言「菼，騅也」，郭注「菼，艸色如騅」證之，知「蒼黑」爲「蒼白」之譌。釋文：「祺，字又作騏。」今相臺本作「騏」，段云「蒼騏」即「蒼綦」也。小戎傳：「騏，騏文也。」正義作「綦文」。尸鳩傳：「騏，騏文也。」釋文作「綦文」。顧命馬鄭本作「騏弁」，枚本作「綦弁」。是古通叚「綦」爲「騏」，此傳「蒼祺」亦當是「蒼綦」之誤。黃山云：「說文：『騏，馬青驪文如博棊也。』『驪，馬深黑色。』馬黑而近青，即爲『蒼』矣。說文『博棊』之『棊』，隸寫變『棋』，故詩譌爲『祺』。『有棋』，即馬文如博棊者。傳言『蒼棋』爲『騏』，謂蒼而棋文耳。棋文之馬既即是『騏』，故釋文『棋』又作『騏』。小戎尸鳩二傳之『騏文』，皆言文、不言色，亦即『棋』、『文』兩字互通也。說文：『綦，蒼艾色。』鄭風『綦巾』，傳亦訓『蒼艾色』，正與許同。若如段作『蒼綦』，是蒼蒼艾色矣，於義爲窒，自不可從。餘詳小戎鳲鳩篇。」愚案：釋馬：「蒼白雜毛騅，黃白雜毛駓。」明魯毛同訓。郭注：「駓，今之桃花馬。」**思無期，思馬斯才。**【疏】傳：「才，多材也。」〇陳奐云：「『材』當爲『才』之誤，叔于田序：『叔多才而好勇。』盧令箋：『才，多才。』皆其證。」黃山云：「才、材古音義均互通。莊子徐无鬼『天下馬有成材』，釋文：『材，本作才。』是其例。就成材論，則固以

『材』爲本字也。馬養成壯健，斯爲成材，詩意亦本如此，故傳以『材』釋『才』耳。」愚案：「思無期」者，思慮遠長，無有期限，卽馬亦多成材也。

駉駉牡馬，在坰之野。薄言駉者，有驒有駱，【注】韓說曰：驒，白馬黑髦也。**有駵有雒，以車繹繹。**【疏】傳：「青驪驎曰驒，白馬黑鬣曰駱，赤身黑鬣曰駵，黑身白鬣曰雒。繹繹，善走也。」○「白馬黑髦也」者，釋文云：「驒，說文：『馬文如鼉魚也。』韓詩及字林云：『白馬黑髦也。』」陳喬樅云：「釋畜音義引同。攷說文：『驒，青驪白鱗，文如鼉魚。』與爾雅『青驪驎驒』合，驎、鱗音義同。孫炎云：『色有深淺，似魚鱗。』是也。而釋文引韓詩及字林說異。攷爾雅：『白馬黑鬣駱。』釋文引舍人同，衆家引此，『鬣』並作『髦』。又引說文云：『白色馬黑毛尾也。』則『白馬黑髦』乃駱之毛色。郝氏懿行謂韓詩字林似因『有驒有駱』相涉而誤，其說是也。或曰，爾雅釋文又引廣雅云『白馬朱鬣曰駱』，疑韓詩以黑鬣者爲『驒』，朱鬣者爲『駱』，此非也。廣雅『駱』字乃『駁』之譌，段氏據說文引逸周書王會篇：『犬戎文馬，赤鬣縞身，目若黃金，名吉黃之乘。』與山海經海內北經同文。說文作『駁』，陸氏所引乃廣雅譌本，宜訂正之。」愚案：三家異說者多，韓既以「白馬黑髦」爲「驒」，於「駱」必別有說，陸不並舉，故近儒皆疑爲誤，要亦未可定耳。釋畜：「白馬黑鬣駱。」明魯毛同訓。郭注：「禮記曰：『夏后氏駱馬黑鬣。』」引明堂位文。說文：「駱，馬白色黑鬣尾也。」詩釋文引樊、孫爾雅並作「白馬黑髦鬣尾。」說文「駵」、「駱」皆兼尾言，蓋許所見不與樊、孫同。詩釋文：「雒，音『洛』，本或作『駱』，同。」說見上。**思無斁，思馬斯作。**【疏】傳：「作，始也。」箋：「斁，厭也。思遵伯禽之法無厭倦也。作，謂牧之使可乘駕也。」○「思無斁」者，思之詳審，無有厭倦。「作」，謂騰起。

駉駉牡馬，在坰之野。薄言駉者，有駰有騢，有驔有魚，以車袪袪。【注】韓說曰：袪，去也。

【疏】傳：「陰白雜毛曰駰，彤白雜毛曰騢，豪骭白曰驔，一目白曰魚。祛祛，强健也。」○釋畜：「陰白雜毛駰，彤白雜毛騢。」明魯毛同訓。孔疏引舍人曰：「駰，今之泥驄。」孫炎曰：「陰，淺黑也。」說文：「騢，馬赤白雜毛。謂色似騢魚也。」孔疏引舍人曰：「今赭白馬。」釋畜：「驪馬黃脊騽。」說文「驔」下云：「驪馬黃脊。讀若簟。」「騽」下云：「馬豪骭白也。」合毛傳證之，是「驔」、「騽」通。釋文：「今爾雅亦有作『驔』者。」玉篇廣韻「騽」字俱兼二義，故說文段注疑「驔」、「騽」本一字，是也。釋畜：「一目白瞯，二目白魚。」說文作「瞯」，云：「馬一目白曰瞯，二目白曰魚。」釋文：「魚，本又作『䲆』。字林作『驇』。」皆或體。傳作「一目白」，蓋誤。「祛，去也」者，文選殷仲文南州桓公九井詩李注引薛君韓詩章句文。廣雅釋詁：「祛，去也。」正本韓詩，石經从「衣」作「祛」。胡承珙曰：「祛，本衣袂之名。釋名：『袂，掣也。掣，開也，開張之以受臂屈伸也。』廣雅：『祛，開也。』馬之開張者强健，故毛以『祛祛』爲『强健』。」陳喬樅云：「『祛祛』，薛君訓『去』，當爲疾驅之貌。傳訓『祛祛』爲『强健』，正用『開張』之義。凡字之從『去』者多有『開』義。衆經音義四引埤蒼云：『呿，張口頻伸也。』呂覽重言篇『君呿而不唫』，高注：『呿，開也。』莊子『將爲胠篋』，釋文引司馬注曰：『從旁開爲胠。』史記老莊申韓傳正義亦云：『胠，開也。』漢書兒寬傳『合祛於天地神祇』，注引李奇曰：『祛，開散也。』馬之善馳者必骨幹開張，毛以『彊健』言之，是狀其善馳之貌，與韓詩義亦相成。」思無邪，思馬斯徂。【疏】箋：「徂，猶『行』也。思遵伯禽之法，專心無復邪意也，牧馬使可走行。」○案，「思無邪」者，思之真正，無有邪曲。「徂」，往也。往，歸往。於彼卬頭以指遠也。「斯徂」，即言能致遠。韓詩外傳三載公儀休相魯而嗜魚，末引詩曰：「思無邪。」明韓毛文同。

駉四章，章八句。

有駜【疏】毛序：「頌僖公君臣之有道也。」箋：「『有道』者，以禮義相與之謂也。」○三家無異義。

有駜有駜，駜彼乘黄。【疏】傳：「駜，馬肥彊貌。馬肥彊則能升高進遠，臣彊力則能安國。」箋：「此喻僖公之用臣，必先致其禄食，禄食足而臣莫不盡其忠。」○説文：「駜，馬飽也。詩云：『有駜有駜。』」馬瑞辰以爲義本三家。愚案：馬飽則肥彊，義與毛相成。鄭箋「禄食足」之説，蓋卽本三家申傳也。鄭風「乘乘黄」，傳云：「四馬皆黄。」此當同。夙夜在公，在公明明。【疏】箋：「夙，早也。言時臣憂念君事，早起夜寐，在於公之所。在於公之所，但明明德也。禮記曰：『大學之道，在明明德。』」○馬瑞辰云：「明、勉一聲之轉，『明明』卽『勉勉』之叚借，謂其在公盡力也。箋説失之。」振振鷺，鷺于下。鼓咽咽，醉言舞，于胥樂兮！【疏】傳：「振振，羣飛貌。鷺，白鳥也，以興絜白之士。咽咽，鼓節也。」箋：「于，於。胥，皆也。僖公之時，君臣無事則相與明明德而已。絜白之士羣集於君之朝，君以禮樂與之飲酒，以鼓節之咽咽然，至於無算爵，則又舞燕樂以盡其歡，君臣於是則皆喜樂也。」○釋文：「咽，本又作『鼝』，同。」馬瑞辰云：「説文『鼘』下云：『鼘鼘，鼓聲也。』引詩『鼗鼓鼘鼘』。今商頌作『淵淵』，及此詩作『咽咽』，皆『鼘鼘』之叚借。『鼘』借作『咽』，猶『姻』之重文作『婣』也。釋文作『鼝』，又『鼘』字之變體。説文『淵』或省『水』，是淵、𣶒本一字。」

有駜有駜，駜彼乘牡。夙夜在公，在公飲酒。振振鷺，鷺于飛。鼓咽咽，醉言歸。于胥樂兮！【疏】傳：「『在公飲酒』，言臣有餘敬而君有餘惠。」箋：「飛，喻羣臣飲酒醉欲退也。」

有駜有駜，駜彼乘駽。夙夜在公，在公載燕。自今以始，歲其有？【注】三家「有」下多「年」字。君子有穀，詒孫子。【注】魯「詒」下有「厥」字。于胥樂兮！【疏】傳：「青驪曰駽。『歲其有』，豐年也。」箋：「『載』言『則』也。穀，善。詒，遺也。君臣安樂，則陰陽和而有豐年，其善道則可以遺子孫也。」○釋畜：「青驪駽。」明魯毛同訓。邢疏引孫炎云：「青毛、黑毛相雜者名駽，今之鐵驄也。」「三家有下多年字」者，隸釋載西嶽華山廟碑云：「歲其有年。」孔疏云：「定本、集注皆作『歲其有年』。」此從三家本也。釋文云：「本或作『歲其有矣』，又作『歲其有年年矣』，皆衍字也。」愚案：「歲」謂每歲，「有」下得「年」字語方足，不容謂之衍。「魯詒下有厥字」者，列女魯季姜篇引詩曰：「君子有穀，貽厥孫子。」是魯有「厥」字。陳喬樅云：「釋文言：『本或作「貽厥孫子」、「詒于孫子」，皆是妄加』。今案，陸說非，是三家文與毛殊。據列女傳，是魯有『厥』字，然則或有『于』字者乃齊韓文。」黃山曰：「『駽』本平聲，『燕』三聲並讀，皆與『年』韻。鴟鴞『既取我子』，『子』讀入聲，與『穀』韻，是三家文異而讀仍協也。」

有駜三章，章九句。

泮水【疏】毛序：「頌僖公能修泮宮也。」〇三家無異義。釋文：「頖宮，音『判』，本多作『泮』。」

思樂泮水，薄采其芹。【疏】傳：「泮水，泮宮之水也。天子辟廱，諸侯泮宮。言水則采取其芹，宮則采取其化。」箋：「芹，水菜也。言己思樂僖公之修泮宮之水，復伯禽之法，而往觀之，采其芹也。辟廱者，築土雝水之外，圓如璧，四方來觀者均也。『泮』之言『半』也，『半水』者，蓋東西門以南通水，北无也。天子諸侯宮異制，因形然。」〇白虎通辟雍篇：「天子辟雍，諸侯泮宮何？以知有水也。詩曰：『思樂泮水，薄采其荇。』詩訓曰水圓如璧，諸侯曰泮宮，半於天子宮也，明尊卑有差，所化少也。『半』者，象璜也，獨南面禮儀之方有水耳，其餘壅之。言垣（愚案：「言」疑作「以」。）宮名之，別尊卑也，明不得化四方也。不曰『泮雍』何？嫌但半天子制度也。詩云：『穆穆魯侯，克明其德。既作泮宮，淮夷攸服。』」陳喬樅云：「此魯說。毛作『芹』，與『旂』韻，疑『荇』爲字誤也。水經泗水注：『魯泮宮在高門直北道西，宮中有臺高八十尺。臺南水東西一百步，南北六十步。臺西水南北四百步，東西六十步。臺池咸結石爲之，詩所謂「思樂泮水」也。』」禮王制鄭注：「『頖』之言『班』也，所以班政教也。」又禮器鄭注：「頖，郊之學也，詩所謂『頖宮』也。」陳喬樅云：「此齊說。說文：

『泮』，諸侯饗射之宮，西南爲水，東北爲牆。』其説獨異。攷許氏五經異義，釋『辟雍』據韓詩説。鄭君駁異義，據禮王制，謂大學即『辟雍』，又據詩頌泮水爲『泮宮』，復與『辟雍』同義之證。然則鄭所云『半水』，謂『以南通水』，是用齊詩之説；許所云『西南爲水』，是用韓詩之説也；鄭言西、南通水，與許合，其所偁詩亦當爲韓矣。」陳奐云：「思，詞也。禮禮器正義引詩作『斯樂泮水』，『斯』亦詞也。箋以『思』爲『思念』之思，失之。」又云：「王制：『天子命之教，然後爲學。小學在公宮南之左，大學在郊。天子曰辟雍，諸侯曰泮宮。』鄭注：『此小學、大學，殷之制。』案，殷制大學在郊，靈臺『辟雍』是也。周制天子大學在國，小學在郊，文王有聲『辟雍』是也。天子郊學、國學各四。諸侯用殷制，小學在國，大學在郊，各一。鄉射記：『君國中射則皮樹中，於郊則閭中。』注：『國中，城中也，謂燕射也。於郊，謂大射也，大射於大學。』此諸侯大學在郊之義證矣。明堂位曰：『米廩，有虞氏之庠也。序，夏后氏之序也。瞽宗，殷學也。頖宮，周學也。』米廩，周之上庠，虞學也。序，周之東序，夏學也。瞽宗，周亦曰瞽宗，即殷之右學也。頖宮，周之東膠，周人名大學爲東膠也。魯路寢明堂與周同制，於路寢明堂四門外，亦得立四代之學。惟天子四門之學總爲辟雍，故瞽宗亦稱『西雝』。若魯惟周學稱『頖宮』，則其餘三代之學不必皆依頖宮形也，此魯國學之制也。禮器：『魯人將有事於上帝，必先有事於頖宮。』注：『頖，郊之學也，詩所謂「頖宮」也。字或爲「郊宮」。』蓋周四郊之學，亦總爲辟雍。魯郊近於周郊，不必於四郊設四學，或亦從殷制，諸侯大學在郊者止有一泮宮，亦不四郊皆設泮宮也。此魯郊學之制也。魯頌『泮宮』與禮器『頖宮』同處，而與明堂位『頖宮』爲異處。泮宮在郊，其遠近未聞也。魯有國學，有郊學，國外、郊內又有州黨之學，若『矍相之圃』之類，此州長黨正爲主人，而魯侯所不至者也。魯侯之所至者，泮宮也。」

魯侯戾止，言觀其旂，其旂茷茷，鸞聲噦噦。【注】三家「鸞」作「鑾」。齊韓「噦」作「鉞」，亦作「鐬」。

無小無大，從公于邁。【疏】傳：「戾，來。止，至也。『言觀其旂』，言法則其文章也。茷茷，言有法度也。噦噦，言其聲也。」箋：「于，往。邁，行也。我采水之芹，見僖公來至于泮宮，我則觀其旂茷茷然，鸞和之聲噦噦然，臣无尊卑，皆從君行而來。稱言此者，僖公賢君，人樂見之。」○釋文：「茷，本又作伐。」馬瑞辰云：「羣經音辨三曰：『其旂伐伐。伐伐，旂貌也。』『伐伐』即『茷茷』之省，『茷茷』又『旆旆』之叚借。六月篇『白旆央央』，釋文：『旆，本作茷。』是『茷』、『旆』古同聲通用之證。『其旂茷茷』，猶出車篇『胡不旆旆』也。說文：『旆，繼旐之旗旆然而垂也。』『旆旆』正旂之垂皃。『旆』借作『茷』與『伐』，猶『發』可借作『旆』也。」（荀子韓詩外傳並引商頌「武王載發」，毛詩作「武王載旆」。）「鸞聲噦噦」，與庭燎文句同。采菽作「鸞聲嘒嘒」，釋文：「嘒，呼惠反。」「噦，呼會反。徐又呼惠反。」（見庭燎篇。）其音同。庭燎傳：「噦噦，徐行有節也。」采菽傳：「嘒嘒，中節也。」其義亦同，說備於前，故此傳但云「噦噦，言其聲也。」禮曲禮釋文：「彗，徐音『雖醉』反。」彗讀同「歲」，故「彗」、「歲」二聲之字得以同聲通用。雲漢「有嘒其星」，說文言部亦引作「有識其星」，云：「識，聲也。」又口部：「嘒，小聲也。」引詩「嘒彼小星」。「噦，氣啎也。」義與「識」、「嘒」異。是毛詩之「噦噦」就鸞聲言，本當作「識」，作「嘒」，毛假「噦」爲「識」，以通於「嘒」，直以爲同字耳。（「噦噦其冥」，乃气啎之義；「鳴蜩嘒嘒」，乃小聲之義，則皆用本義也。）「三家鸞作鑾。齊韓噦作鉞」者，張衡東京賦「鑾聲噦噦」，此作「噦噦」，同毛。「鸞」作「鑾」，本魯詩文。說文「鑾」、「鉞」連文：「鑾，人君乘車四馬鑣八鑾，鈴象鸞鳥聲，和則敬也。从金、从鸞省。鉞，車鑾聲也。从金，戉聲。詩曰：『鑾聲鉞鉞。』」「鑾」既从「鸞」省，是「鑾」正字，「鸞」借字。許引詩亦作「鑾」，明三家皆作「鑾」。「噦」作「鉞」，與魯毛並異，自當爲齊韓文。「亦作鐬鐬」者，說文徐鉉注以「鐬」爲「鉞」之俗字。然玉篇：「鐬，呼會切，鈴聲也。」廣韻同。又廣雅：「鐬鐬，盛也。」正言聲之盛，是張揖所見詩已有作「鐬鐬」者，不得謂爲俗也。「鉞」字得聲於「戉」，亦與「歲」聲字通用者。「歲」从「步」，「戌」聲，古讀「戌」爲舌上音，（猶「葉」音之爲「涉」，「喫」音之爲「治」。）本於「戉」近，

(「戉」音「王伐」切，亦舌上音。)故說文目部之「眓」卽讀若詩曰「施罛濊濊」，大部之「奯」亦讀若詩曰「施罛泧泧」。「眓」音同「濊」，「濊」又作「泧」，是其例，抑猶毛詩以「嘒」通「噦」，通以同聲，不必拘以本聲也。馬瑞辰乃謂「歲」從「戉」聲，「鉞」讀本字，謬矣。七月之「何以卒歲」，與「發」、「烈」協；生民之「以興嗣歲」，與「軷」、「烈」協；長發之「率履不越」，與「達」、「發」、「烈」、「截」協，同也。而長發之「有虔秉鉞」，下協「烈」而上協「旆」。「旆」，與「其旂茷茷」之「茷」亦同聲通用字，尤足爲今文作「鉞鉞」之確證。古文借字作鸞、噦、嘒，皆从「口」，以鳥聲爲聲，亦借也。今文正字作鑾、鉞、鐬，皆从「金」，實指金鈴之聲，亦正也。然則東京賦或本作「鑾聲鐬鐬」，後人據毛改从「金」爲从「口」耳。

思樂泮水，薄采其藻。魯侯戾止，其馬蹻蹻，其馬蹻蹻，其音昭昭。載色載笑，匪怒伊教。

【疏】傳：「『其馬蹻蹻』，言彊盛也。『載色載笑』，色溫潤也。」箋：「『其音昭昭』，僖公之德音。僖公之至泮宮，和顏色而笑語，非有所怒，於是有所教化也。」○韓詩外傳三載魯有父子訟者、當舜之時，有苗不服、季孫子治魯共三條，外傳八載曾子有過一條，末俱引詩曰：「載色載笑，匪怒伊教。」明韓毛文同。

思樂泮水，薄采其茆。魯侯戾止，在泮飲酒。既飲旨酒，永錫難老。順彼長道，屈此羣醜。

【注】韓說曰：「屈，收也，收斂得此衆聚。」【疏】傳：「茆，鳧葵也。屈，收。醜，衆也。」箋：「『在泮飲酒』者，徵先生君子，與之行飲酒之禮而因以謀事也。已飲美酒，而長賜其難使老。難使老者，最壽考也。長賜之者，如王制所云『八十月告存，九十日有秩』者與？順，從。長，遠。屈，治。醜，惡也。是時淮夷叛逆，既謀之於泮宮，則從彼遠道往伐之，治此羣爲惡之人。」○韓詩外傳三引詩曰：「『思樂泮水，薄采其茆。魯侯戾止，在泮飲酒。』樂水之謂也。」說苑雜言篇亦言「智者樂水」，引詩云：「『思樂泮水，薄采其茆。魯侯戾止，在泮飲酒。』此之謂也。」明韓魯與毛文同。「屈收也收斂得此衆聚」者，

釋文引韓詩文，明韓訓亦與毛同。陳奐云：「釋詁：『屈，收聚也。』『屈』訓『聚』，亦訓『收』，轉相爲訓。文王世子曰：『凡語於郊者，必取賢斂才焉。或以德進，或以事舉，或以言揚。曲藝皆誓之，以待又語，三而一有焉，乃進其等，以其序，謂之郊人，遠之。於成均，以及取爵於上尊也。』注：『天子飲酒於虞庠，則郊人亦得酌於上尊以相旅。』鄉射記曰：『古者於旅也語。』然則云『屈，收』者，即『敢賢斂才』之義；云『醜，衆』者，亦即『郊人相旅』之義。毛韓解詩正與禮記合。」陳喬樅云：「王肅云：『順彼仁義之長道，以斂此羣衆。』即用韓義以述毛也。箋釋『屈』爲『治』，蓋以『屈』爲『淈』之叚借。釋詁：『淈，治也。』某氏引此詩『淈此羣醜』。魯蓋訓『屈』爲『治』。此章未及伐淮夷之事，箋謂在泮宮謀治淮夷羣爲惡之人，與韓毛不合。」愚案：魯訓「屈」爲「治」，蓋謂順常道以治不率教之人，不如箋說。

穆穆魯侯，敬明其德。敬慎威儀，維民之則。允文允武，昭假烈祖。【疏】傳：「假，至也。」箋：「則，法也。僖公之行，民之所法傚也。僖公信文矣，爲修泮宮也；信武矣，爲伐淮夷也。其聰明乃至於美祖之德，謂遵伯禽之法。」○案，「烈祖」，謂魯有功烈之祖，斥伯禽，如商頌「衎我烈祖」斥湯，「嗟嗟烈祖」斥大戊。此亦奚斯晞正考父之一端也。**靡有不孝，自求伊祜。**【疏】箋：「祜，福也。國人無不法傚之者，皆庶幾力行，自求福禄。」○王引之云：「『孝』，本作『𡥈』。說文：『𡥈，效也。从子，爻聲。』『效』與『傚』同，經文作『𡥈』而訓爲『效』，故箋云『無不法傚之者』。釋文正義所見本已誤爲『孝』，是以張參五經文字失收『𡥈』字也。『靡有不𡥈』，謂僖公無事不法傚其祖，非謂國人傚僖公也，當承『昭假烈祖』爲義。」韓詩外傳八：「魏文侯問狐卷子曰：『父賢足恃乎？』對曰：『不足。』『子賢足恃乎？』對曰：『不足。』『兄賢足恃乎？』對曰：『不足。』『弟賢足恃乎？』對曰：『不足。』『臣賢足恃乎？』對曰：『不足。』文侯勃然作色而怒曰：『寡人問此五者於子，子一以爲不足者何也？』對曰：『父賢不過堯，而丹朱放。子賢不過舜，而瞽瞍頑。兄賢不過舜，而象傲。弟賢不過周公，而管叔誅。臣賢不過湯武，而桀紂伐。望人者不至，恃人者不久。君欲治，從身始，人何可恃乎？詩曰：『自求伊祜。』」愚案：據此，韓毛文同。狐卷子語警世特深，故備録之。

明明魯侯，克明其德。既作泮宮，淮夷攸服。【疏】箋：「克，能。攸，所也。言僖公能明其德，修泮宮而德化行，於是伐淮夷，所以能服也。」○白虎通辟雍篇引詩：「穆穆魯侯，克明其德。既作泮宮，淮夷攸服。」（引詳上。）「穆穆」乃「明明」之誤，明魯毛文同。魯侯修文德以來遠人，故修泮宮而廣德化，乃淮夷所悦服，非但武功也。矯矯虎臣，在泮獻馘。淑問如皋陶，在泮獻囚。【疏】傳：「囚，拘也。」箋：「矯矯，武貌。馘，所格者之左耳。淑，善也。囚，所虜獲者。僖公既伐淮夷而反，在泮宮使武臣獻馘，又使善聽獄之吏如皋陶者獻囚。言伐有功，所任得其人。」○釋訓：「矯矯，勇也。」釋文引舍人注：「矯矯，得勝之勇也。詩云：『矯矯虎臣。』」蔡邕明堂月令論：「詩魯頌云：『矯矯虎臣，在泮獻馘。』諸侯泮宮獻馘，即王制所謂『以訊馘告』者也。」此魯説。禮王制鄭注：「訊馘，謂所生獲斷耳者。詩曰：『在頖獻馘。』」毛詩「泮」、「頖」兩作，據此，知齊作「頖」也。漢書匡衡傳衡疏曰：「淑問揚乎疆外。」是衡讀「問」爲「聲聞」之「聞」，以「淑問」爲善名。明齊義與箋説異。

濟濟多士，克廣德心。桓桓于征，狄彼東南。【注】韓「狄」作「鬄」，云：除也。【疏】傳：「桓桓，威武貌。」箋：「多士，謂虎臣及如皋陶之屬。征，征伐也。狄，當作『剔』，剔，治也。『東南』，斥淮夷。」○班固竇車騎北征頌「克廣德心」，明齊毛文同。「狄作鬄，云除也」者，釋文引韓詩文。陳喬樅云：「士喪禮『四鬄去蹄』，注：『今文鬄作剔。』是狄、剔、鬄古皆通用，箋訓『剔』爲『治』，『治』與『除』同義，其説即本之韓詩也。」烝烝皇皇，不吳不揚。【注】魯「吳」作「虞」，「揚」作「陽」。不告于訩，在泮獻功。【疏】傳：「烝烝，厚也。皇皇，美也。揚，傷也。」箋：「烝烝，猶『進進』也。

皇皇，當作『暀暀』，『暀暀』猶『往往』也。吳，譁也。訩，訟也。言多士之於伐淮夷，皆勸之有進進往往之心，不讙譁，不大聲。僖公還在泮宮，又無以爭訟之事告於治訟之官者，皆自獻其功。」○馬瑞辰云：「說文：『烝，火氣上行也。』引申之爲『厚』，又爲『美』。大雅『文王烝哉』，釋文引韓詩曰：『烝，美也。』以傳訓『皇皇』爲『美』推之，『烝烝』亦當爲『美』。『美』，與『盛』同義。『烝烝皇皇』，皆極狀多士之美盛耳。」「魯吳作虞，揚作陽」者，漢衞尉衡方碑作「不虞不陽」。史記武帝紀褚少孫補，褚治魯詩，引「不吳不敖」作「不虞不驁」。澤陂詩「傷如之何」，魯作「陽如之何」。是作「不虞不陽」者，魯文也。釋文：「瘍，『余章』反。」盧文弨謂，經文「揚」字，陸本原作「瘍」。阮元校釋文，駁之，謂『瘍』當指傳之「傷」字，而校毛詩又從之，謂毛作「瘍」，訓「傷」。今案，「揚」之訓「傷」，雅訓所無。「瘍」本通「傷」，(巧言傳釋文：「瘍，本亦作傷。」左襄十七年傳釋文：「傷，一本作瘍。」)廣雅釋詁又直訓爲「傷」。釋文出音，又列「吳」之下，「訩」之上，則以「瘍」爲經字，於說較長。黃山云：「吳、虞同『娛』，說在絲衣篇，此亦魯、毛同義也。娛而歡呼，與忿鬩爭喧有別，『譁』與『歡』同字，讙譁即歡呼大聲，當如漢廷擊柱爭功，醉而妄呼。箋訓『吳』爲『讙譁』，『揚』爲『大聲』。讙譁係臚歡之聲，大聲抗爭，一二人之所獨，義自有別。魯詩『揚』作『陽』，玉篇訓『陽』爲『傷』，而爾雅釋詁訓『陽』爲『予』，觀郭注引魯詩『陽如之何』，則魯義當爲『予』。『予』者，以己尚人，亦爭自標許之意。玉篇所據或本韓詩，疑韓字亦作『陽』，說與毛同耳。陳喬樅謂玉篇采毛，則毛字不作『陽』，魯義不同『傷』，未能合矣。『傷』，本爲『憂傷』之傷，與『娛』反對，謂不自傷無功也。廣雅釋詁『瘍』、『殤』之訓『傷』，皆爲『憂傷』，是其證。若察夷傷，當在畢戰之時，不當在獻功之地。若有功而負傷，又非所當諱也。王肅、孔疏說爲『傷損』，似尤未合。陸於『讙譁』二字爲箋作音，明見鄭本作『揚』矣，乃於『瘍』字出音而無別作，此其上必有脫文。前詩『揚』字，惟揚之水釋文云：『揚，如字，或作『楊木』之字，非。』餘皆無音，則『瘍』亦必非『揚』之誤。而此條上文云『吳，鄭如字，讙也。王音誤，作吳；音話，同。』上音『誤』，王音也；下音『話』，『吳』字之本音，即絲衣所載何音也。明明不同，何以下贅一『同』字？尋求其例，全文當亦作：『揚，鄭如字。王讀同瘍，余章反，同。』本與『瘍』連讀也，曰『同瘍』則知本非爲『瘍』作音，而上文之有脱從可見。王所以讀同『瘍』者，亦謂『揚』不得逕訓爲『傷』。毛訓『傷』，實借『揚』爲『瘍』，猶借『吳』爲『誤』，然則非經原作『瘍』，亦非傳之『傷』作『瘍』已。」陳奐云：「『告』者，『鞫』之假借字。文王世子『告于甸人』，注：『告讀爲鞫。』與此『告』字同。『鞫』亦作『𥷚』。說文：『𥷚，窮治罪人也。』『不告于訩』，言不窮治凶惡，惟在柔服之而已。」

角弓其觩，束矢其搜。戎車孔博，徒御無斁。既克淮夷，孔淑不逆。式固爾猶，淮夷卒獲。【疏】傳：「觩，弛貌。五十矢爲束。搜，衆意也。」箋：「角弓觩然，言持弦急也。束矢搜然，言勁疾也。『博』當作『傅』，甚傅致者，言安利也。徒行者、御車者皆敬其事，又無厭倦也。僖公以此兵衆伐淮夷而勝之，其士卒甚順軍法而善，無有爲逆者。謂堙井刊木之類。式，用。猶，謀也。用堅固女軍謀之故，故淮夷盡可獲服也。謀，謂度己之德，慮彼之罪，以出兵也。」〇陳奐云：「『博，猶『衆』也。『不逆』，言率從也。」

翩彼飛鴞，集于泮林。食我桑黮，懷我好音。憬彼淮夷，【注】魯韓「憬」作「獷」。韓詩曰：「獷彼淮夷。」韓說曰：「獷，覺寤之貌。」來獻其琛，元龜象齒，大賂南金。【疏】傳：「翩，飛貌。鴞，惡聲之鳥也。黮，桑實也。憬，遠行貌。琛，寶也。元龜尺二寸。賂，遺也。南，謂荆揚也。」箋：「懷，歸也。言鴞恆惡鳴，今來止於泮水之木上，食其桑黮，爲此之故，故改其鳴，歸就我以善音，喻人感於恩則化也。『大』猶『廣』也，『廣賂』者，賂君及卿大夫也。荆揚之州，貢金三品。」〇「魯憬作獷」者，揚雄揚州牧箴：「獷彼淮夷。」是魯作「獷」。「獷彼」至「之貌」，文選齊安陸昭王碑文李注引韓詩薛君文。陳喬樅云：「釋文：『憬，說文作懬，音獷，云闊也。一曰，廣大也。』今攷說文『懬』下無引詩語，蓋文説佚耳。『廬』字訓『闊』，與毛傳『遠行』義近，是毛詩以『憬』爲『廬』之叚借，又說文：『憬，覺悟也。詩云：憬彼淮夷。』此文同毛而義則同韓，是韓詩又以『獷』爲『憬』之叚借也。說文又云：『[illegible]，讀若詩云「穬彼淮夷」之穬。』檢說文『穬』字無此訓，『穬彼』之穬，卽『獷』字之譌。孟康漢書音義訓『獷』爲『彊』，孟用齊詩，音義所釋卽本齊故也。是齊與魯同作『獷』，說用『彊』，『獷』本義。韓釋『獷』爲『覺悟』，疑字本作『廬』。『廬』或爲『懭』，形與『獷』相似，因而致誤耳。」蔡邕和熹鄧后謚議「來獻其琛」，明魯毛文同。易林萃之中孚：「元龜象齒，大賂爲寶。稽疑當否，衰微復起。」又比之噬嗑：「蒼梧鬱林，道易利通。元龜象齒，寶貝南金，爲吾歸功。」陳奐云：「傳意謂此淮夷既服，而聲教所被，雖荆楊之遠亦來，大遺元龜象齒與金也。『大賂』二字，分屬上下，與『韋顧既伐，昆吾夏桀』文法相同。」愚案：易林「元龜象齒，大賂爲寶」，亦以「大賂」包上「元龜象齒」，據下「寶」字，可爲明證。龜、象俱出荆楚，交廣尤多，雖易林之義不可究知，而「道易利通」，實由淮夷之不爲梗也。

泮水八章，章八句。

閟宮【疏】毛序：「頌僖公能復周公之宇也。」箋：「宇，居也。」○三家無異義。

閟宮有侐，實實枚枚。【注】韓「侐」或作「閴」。又云：「枚枚，閒暇無人之貌也。」【疏】傳：「閟，閉也。先妣姜嫄之廟在周，常閉而無事。孟仲子曰：是禖宮也。侐，清淨也。實實，廣大也。枚枚，礱密也。」箋：「閟，神也。姜嫄神所依，故廟曰神宮。」○「韓侐或作閴」者，玉篇人部：「詩曰：『閟宮有侐。』侐，清淨也。或作閴。」陳喬樅云：「韓義與毛同。釋文不言毛詩或本作『閴』，則作『閴』者乃韓詩異文，此顧氏獨采韓文也。」「宮」與「廟」通。釋宮：「宮謂之室，室謂之宮。」又：「室有東西廂曰廟，無東西廂有室曰寢。」「閟」與「毖」同。釋詁：「毖、神、溢，愼也。」郭注：「『神』未詳，餘見詩書。」邢疏引書洛誥「夙夜毖祀」，而不及詩。就書義推之，則「閟宮」者毖祀之宮也。此魯說。周禮「守祧奄八人」，鄭注：「天子七廟。」賈疏：「通姜嫄廟爲八廟，廟一人，故八人也。」又大司樂「以享先妣」，鄭注：「姜嫄履大人跡，感神靈而生后稷，是周之先母也。周立廟自后稷爲始祖，姜嫄無所妃，是以特立廟而祭之，謂之『閟宮』。閟，神之。」鄭注禮用齊詩，箋詩卽以齊易毛。釋詁「神」與「毖」同訓「慎」，慎則必主清靜，亦與韓詩「侐」義合，是三家說可互通。大司樂以時享爲文，姜嫄必四時皆祭，而毛傳「閟閉也」、「常閉而無事」，可謂好爲異說矣。春秋元命包：「姜嫄游於閟宮，其地扶桑，履大人跡而生稷。」謂姜嫄行桑郊外，履跡生子，周因就其地立廟。主祀先妣，因以祠禖，猶后稷本爲周郊，因以祈穀。前漢武帝既得戾太子，而議祠禖及行桑祓除，至元后時尚沿故事，皆依據今文家說，非如生民傳以呂覽「高禖」傅會「郊禖」也。姜嫄行桑於閟宮之地，亦非先有閟宮，故曰「游於閟宮，其地扶桑」，名從主人，援後之閟宮以定其地也。武帝禖祠置石，則本無神，周祀姜嫄，廟在禖地，故孟仲子有「禖宮」之說。若謂以姜嫄爲禖神，仰非「享先妣」之義矣。惟此詩本以周之閟宮與魯之寢廟，閟宮在姜嫄履跡之地，自惟西周有之，他所無也。傳據爲「周廟」，與守祧賈疏合。鄭說「享先妣」，亦本就周立廟言，而於此詩「新廟奕奕」，乃曰「新者，姜嫄廟」，實爲大謬。魯之郊禘但始后稷，不得祀帝嚳，安得祀姜嫄？后稷但祀於郊，姜嫄安敢立廟？縱有禖祀，亦在郊野，不應在寢廟之中。而曰「治正寢，上新姜嫄之廟」，經外增飾，自不可從，故詳論之。「枚枚閑暇無人之貌也」者，釋文引韓詩文。陳奐云：「傳釋『實實』爲『廣大』，末章『松桷有舄』，『舄，大貌。』義同。韓釋『枚枚』云云者，韓必連『實實』作訓，以狀其常閉，而與毛義異。」愚案：「實」、「舄」雙聲，「有舄」卽「舄舄」，亦猶「實實」同訓爲「大貌」也。陸以其無異義，故置不言，而止引「枚枚」異訓耳。陳說非。赫赫姜嫄，其德不回。上帝是依，無災無害，彌月不遲。【疏】傳：「『上帝是依』，依其子孫也。」箋：「依，依其身也。彌，終也。赫赫乎顯著姜嫄也，其德貞正不回邪，天用是馮依而降精氣，其任之又無災害，不坼不副，終人道十月而生子，不遲晚。」〇列女姜嫄傳引詩云：「赫赫姜嫄，其德不回，上帝是依。」明魯、毛文同。是生后稷，降之百福，黍稷重穋，稙穉菽麥。【注】韓詩曰：稙，長稼也。穉，幼稼也。奄有下國，俾民稼穡。有稷有黍，有稻有秬。奄有下土，纘禹之緒。【疏】傳：「先種曰『稙』，後種曰『穉』。緒，業也。」箋：「奄，猶『覆』也。姜嫄用是而生子后稷，天神多與之福，以五穀終覆蓋天下，使民知稼穡之道。言其不空生也。后稷生而名弃，長大堯登用之，使居稷官，民賴其功，後雖作司馬，天下猶以后稷稱焉。秬，黑黍也。緒，事也。堯時洪水爲災，民不粒食，天神多予后稷以五穀，禹平水土，乃教民播種之，於是天下大有，故云纘禹之事也。美之，故申說以明之。」〇呂覽任地篇高注：「晚種早熟爲稑，早種晚熟爲重。詩云：『黍稷重稑，稙穉菽麥。』」明魯毛文同。「稙長稼穉幼稼也」者，釋文引韓詩文。陳喬樅云：「說文：『稙，早穜也。从禾，直聲。』『穉，幼禾也。从禾，犀聲。』許於『穉』不言『後種者』，『穉』從『犀』聲，『犀』者遲也，已具『後種』之義，故但云『幼禾』，引申之爲凡幼穉者之稱。『稙』本有『長』義，釋名釋親屬曰：『青徐人謂長婦曰稙長，禾苗先生者曰稙。』義取諸此也。」陳奐云：「七月傳：『後熟曰重，先熟曰穋。』凡黍稷菽麥皆有先後種熟之異，經於黍稷言『重穋』，菽麥言『稙穉』，傳又於『重穋』言『熟』，義具於七月，而此『稙穉』言先種、後種，皆互詞以見者也。」

后稷之孫，實維大王，居岐之陽，實始翦商。【疏】傳：「翦，齊也。」箋：「翦，斷也。大王自豳徙居岐陽，四方之民咸歸往之，於時而有王迹，故云是始斷商。」〇釋詁：「翦，勤也。」惠棟云：「大王自邠遷岐，始能光復祖宗，修朝貢之職，勤勞王事也。」陳喬樅云：「晉書習鑿齒傳云：『昔周人詠祖宗之德，追述翦商之功；仲尼明大孝之道，高稱配天之義。』語意亦主勤商言。釋詁之訓即魯義也。」至于文武，纘大王之緒。致天之屆，于牧之野。無貳無虞，上帝臨女。敦商之旅，克咸厥功。【疏】傳：「虞，誤也。」箋：「屆，極。虞，度也。文王、武王繼大王之事，至受命致天所罰，極紂於商郊牧野。其時之民，皆樂武王之如是，故戒之云：無有二心也，無復計度也，天視護女，至則克勝。敦，治。旅，衆。咸，同也。武王克殷而治商之臣民，使得其所能，同其功於先祖也。后稷大王文王，亦周公之祖考也，伐紂周公又與焉，故述之以美大魯。」○「屆，極。虞，度」，釋言文，是箋說本魯訓，郭注：「有所限極。」則爲商祚盡於此也。「敦」通「屯」，聚也，猶「裒荆之旅」。

王曰叔父，建爾元子，【注】魯說曰：王者諸父兄不名。韓說曰：元，長也。齊「曰」作「謂」。俾侯于魯，大啟爾宇，爲周室輔。【疏】傳：「王，成王也。元，首。宇，居也。」箋云：「『叔父』，謂周公也。成王告周公曰：叔父，我立女首子，使爲君於魯。謂欲封伯禽也。封魯公以爲周公後，故云大開女居，以爲我周家之輔。謂封以方七百里，欲其彊於衆國。」○「王者諸父兄不名」者，白虎通王者臣有不名篇：「諸父諸兄不名諸父諸兄者，親與己父兄有敵體之義也。詩云：『王曰叔父。』」此魯說。何休公羊桓四年傳解詁云：「禮，君於臣而不名者有五，諸父兄不名，詩曰『王曰叔父』是也。」與白虎通合，此何用魯詩之證。又封公侯篇：「周公不之魯何？爲周公繼武王之業也。詩云：『王曰叔父，建爾元子，俾侯于魯。』周公身薨，天爲之變，成王以天子之禮葬之，命魯郊，以明至孝天所興也。」又攷黜篇：「公功成封百里，詩曰：『王曰叔父，建爾元子，俾侯于魯。』」孟子：「周公之封於魯，爲方百里也，地非不足也，而儉於百里。」此言「封百里」，與箋「七百里」異，同爲魯說。「元，長也」者，玉篇一引韓詩文，此訓「元子」爲「長子」也。漢書淮陽憲王傳王駿諭指曰：「禮爲諸侯制相朝聘之義，蓋以考禮壹德，尊事天子也。且王不學詩乎？詩云：『俾侯于魯，爲周室輔。』」駿傳吉學，此諭帝指同爲韓說。「齊曰作謂」者，見下。漢書律曆志：「成王元年正月己巳朔，此命伯禽俾侯于魯之歲也。」班治齊詩，同爲齊說。乃命魯公，俾侯于東。錫之山川，土田附庸。【疏】箋：「東，東藩魯國也。既告周公以封伯禽之意，乃策命伯禽，使爲君於東，加賜之以山川土田及附庸，令專統之。王制曰：『名山大川不以封諸侯。』附庸則不得專臣也。」○禮明堂位鄭注：「上公之封，地方五百里，加魯以四等之附庸方百里者，二十四并五五二十五，積四十九，開方之，得七百里。」詩魯頌曰：『王謂叔父，建爾元子，俾侯于魯。大啓爾宇，爲周室輔。乃命魯公，俾侯于東。錫之山川，土田附庸。』」此齊說，引詩「王曰」作「王謂」，與毛異，亦本齊經文。周公之孫，莊公之子，龍旂承祀，六轡耳耳。春秋匪解，享祀不忒。【疏】傳：「『周公之孫，莊公之子』，謂僖公也。耳耳然至盛也。」箋：「交龍爲旂。『承祀』，謂視祭事也。四馬，故『六轡』。『春秋』，猶言『四時』也。忒，變也。」○馬瑞辰云：「孔疏謂『龍旂承祀』是宗廟之祭，案司常『王建大常，諸侯建旂。』又曰：『交龍爲旂。』覲禮：『侯氏載龍旂弧韣。』是龍旂本諸侯所建，朝覲且用之，則祭天祭祖皆得建之。古毛詩說專指郊祀固非，孔疏亦泥。郊特牲：『旂十有二旒，龍章而設日月，以象天也。天垂象，聖人則之，郊所以明天道也。』是祭天之旂實兼有龍與日月。李氏黼平謂：『明堂位言日月而不言龍，此詩言龍而不言日月，皆各舉其一。』其說是也。孔疏據明堂位以駁龍旂祭天之說，誤矣。」皇皇后帝，皇祖后稷，享以騂犧，是享是宜，降福既多。【疏】傳：「騂，赤。犧，純也。」箋：「『皇皇后帝』，謂天也。成王以周公功大，命魯郊祭天亦配之以君祖后稷，其牲用赤牛純色，與天子同也，天亦饗之宜之，多予之福。」○繁露郊祀對云：「周公傅成王，成王遂及聖，功莫大於此。周公聖人也，有祭於天道，故成王令魯郊也。魯郊用純騂剛，周色上赤，魯以天子命郊，故以騂。」陳喬樅云：「董爲齊學，此詩『享以騂犧』，正魯郊用純騂之證。曲禮『天子以犧牛』，鄭注：『犧，純毛也。』謂毛之純色者。」周公皇祖，亦其福女。秋而載嘗，夏而楅衡，白牡騂剛。犧尊將將，毛炰胾羹，籩豆大房。萬舞洋洋，孝孫有慶。【疏】傳：「諸侯夏禘則不衸，秋祫則不嘗，唯天子兼之。『楅衡』，設牛角以楅之也。『白牡』，周公牲也。『騂剛』，魯公牲也。『犧尊』，有沙飾也。『毛炰』，豚也。胾，肉也。羹，大羹、鉶羹也。『大房』，半體之俎也。洋洋，衆多也。」箋：「此『皇祖』謂伯禽也。載，始也。秋將嘗祭，於夏則養牲。楅衡其牛角，爲其觸觝人也。秋嘗而言『始』者，秋物新成，尚之也。『大房』，玉飾俎也，其制足間有橫，下有柎，似乎堂後有房然。萬舞，干舞也。」○馬瑞辰云：「說文『告』下云：『牛觸人，角箸橫木，以告人也。』與傳箋言楅衡設於牛角者相類。至『楅』下云：『以木有所逼束也。』『衡』下云：『牛觸，橫大木其角。』韻會所據小徐本無『其角』二字，段玉裁曰：說文以設於角者謂之『告』，此云『牛觸橫大木』，是闌閑之謂『衡』，大木斷不可施於角，此易明者。案，段說是也。封人：『凡祭祀，飾其牛牲，設其楅衡。』鄭司農曰：『楅衡，所以楅持牛也。』杜子春云：『楅衡，所以持牛，令不得抵觸人。』皆不云『設於角』。又牛人：『凡祭祀，共其牛牲之互。』鄭司農曰：『互，謂楅衡之屬。』以說文訓『梐枑』爲『行馬』證之，『行馬』即今鹿角木，取其可以闌人也，則鄭司農亦以『楅衡』爲闌閑之類矣。易大畜六五『豶豕之牙吉』，鄭注讀『牙』爲『互』，互以禁豕放逸，與六四『童牛之牿』，牿以防牛抵觸正相類。公羊文十三年傳：『周公白牡，魯公騂犅。』何休解詁云：『白牡，殷牲。周公死有王禮，謙不敢與文武同也。騂犅，赤脊。』言『赤脊』，非純色可知。若羣公不毛，則又不盡赤脊矣。繁露郊祀對云：『武王崩，成王幼而在襁褓之中，周公繼文武之業，成二聖之功，德漸天地，功被四海，故成王賢而貴之。詩云：「無德不報。」故成王使祭周公以白牡，上不得與天子同色，下有異於諸侯，以爲報德之禮。』案，公羊繁露皆齊學，可以推見齊詩之義。『剛』者，『犅』之借字。說文：『犅，特也。』『特，牛父也。』『騂犅』猶言『騂牡』，『犅』字從『岡』，取『赤脊』之義也。」陳奐云：「犧、沙聲同，『沙』讀爲『娑』，假借字也。傳云『有沙飾』，疑『沙』下奪『羽』字。孔疏云『此傳言犧尊有沙羽飾』，是正義本有『羽』。明堂位『尊用犧象山罍』，注：『犧尊以沙羽爲畫飾。』鄭同毛說，亦有『羽』，皆可證。司尊彝：『春祠夏禴，其朝踐用兩獻尊。』鄭司農注云：『獻讀爲犧，犧尊飾以翡翠。』『翡翠』即『羽』也。鄭志張逸問曰：『犧讀如沙，沙，鳳皇也，不解鳳皇何以爲沙？』荅曰：『刻畫鳳皇之象於尊，其形娑娑然。或有作「獻」字者，齊人之聲誤耳。』禮器『犧尊』疏、『布鼎』疏引鄭云：『畫尊作鳳羽娑娑然，故謂娑尊也。』案此鄭注，即鄭志『沙』爲『鳳皇』，其實『沙』爲羽之狀，非必謂『鳳皇』也。莊子天地篇：『百年之木，破爲犧尊。』淮南俶真篇：『百圍之木，斬而爲犧尊。』則犧尊木質，而畫以沙羽爲飾。阮諶以爲『牛飾』，王肅以爲『牛形』，悉爲臆說。」禮明堂位云：「周以房俎」，鄭注：「房，謂足下跗也。上下兩間，有似於堂房。魯頌曰：『籩豆大房。』」案，鄭注與箋大同，知齊「大房」義不異。張衡東京賦云：「物牲辯省，設其楅衡。」又云：「毛炰豚胉，亦有和羹。」用魯經文。俾爾熾而昌，俾爾壽而臧。保彼東方，魯邦是常。不虧不崩，不震不騰。【注】韓說曰：騰，乘也。三壽作朋，如岡如陵。【疏】傳：「震，動也。騰，乘也。壽，考也。」箋：「此皆慶孝孫之辭也。俾，使。臧，善。保，安。常，守也。虧、崩，皆謂毀壞也。震、騰，皆謂僭踰相侵犯也。『三壽』，三卿也。岡，陵，取堅固也。」○「騰，乘也」者，文選甘泉賦及顏延年侍遊蒜山詩李注引薛君韓詩章句文。馬瑞辰云：「『震』，當讀如『三川震』之震，『騰』，當讀如『百川沸騰』之騰。『騰』者，『滕』之叚借。說文：『滕，水超湧也。』正與『騰』之訓『乘』同義。孔疏云『震、騰以川喻』，是也。」馬瑞辰云：「『三壽』，猶『三老』也。晉姜鼎銘：『保其子孫，三壽是利。』左昭三年傳『三老凍餒』，杜注：『三老，謂上壽、中壽、下壽，皆八十以上。』文選李注引養生經黃帝曰：『上壽百二十，中壽百年，下壽八十。』皆『三壽』即『三老』之證。箋說非。」陳喬樅云：「張衡東京賦云『送迎拜乎三壽』，衡治魯詩，蓋魯『作朋』之義如此。漢書禮樂志注引李奇曰：『王者父事三老，兄事五更。』詩云：『三壽作朋。』與衡賦三壽說合，當亦魯訓。」

公車千乘，朱英綠縢，二矛重弓。公徒三萬，貝胄朱綅，烝徒增增。戎狄是膺，荆舒是懲，【注】魯「膺」作「應」，「舒」作「荼」。則莫我敢承。俾爾昌而熾，俾爾壽而富。黃髮台背，壽胥與試。【注】魯「台」作「鮐」，又曰：「壽胥與試」，美用老人之言以安國也。俾爾昌而大，俾爾耆而艾。萬有千歲，眉壽無有害。

【疏】傳：「大國之賦千乘。『朱英』，矛飾也。縢，繩也。『重弓』，重於鬯中也。『貝胄』，貝飾也。『朱綅』，以朱綅綴之。『增增』，衆也。膺，當。承，止也。」箋：「『二矛重弓』，備折壞也。兵車之法，左人持弓，右人持矛，中人御，萬二千五百人爲軍，大國三軍，合三萬七千五百人。言『三萬』者，舉成數也。烝，進也。徒進行增增然。懲，艾也。僖公與齊桓舉義兵，北當戎與狄，南艾荆及羣舒，天下無敢禦也。『俾爾』至『與試』，此慶僖公勇於用兵討有罪也。『黃髮台背』，皆壽徵也。胥，相也。壽而相與試，謂講氣力，不衰倦。『俾爾』至『有害』，此又慶僖公勇於用兵討有罪也，中時魯微弱，爲鄰國所侵削，今乃復其故，故喜而重慶之。『俾爾』，猶『使女』也。『眉壽』，秀眉亦壽徵。」〇禮明堂位「革車千乘」，鄭注：「革車，兵車也。兵車千乘，成國之賦也。詩魯頌曰：『公車千乘，朱英綠縢。』」禮少儀鄭注：「詩云：『公徒三萬，貝胄朱綅。』亦鎧飾也。」明齊毛文同。「魯膺作應，舒作荼」者，史記建元以來侯者年表引詩：「戎狄是應，荆荼是懲。」史遷治魯詩，此魯作「應」、作「荼」異文之證。淮南衡山傳贊引詩，仍與毛同，疑後人所改。孟子云：「周公方且膺之。」又曰：「無父無君，是周公所膺也。」趙岐注：「膺，擊也。懲，艾也。周家時擊戎狄之不善者，懲止荆舒之人，使不敢侵陵也。」孟子釋文：「膺，丁本作應。」呂覽察微篇、處方篇高注並曰：「應，擊也。」攷工記「斲目必荼」，又「寬緩以荼」，先鄭皆讀「荼」爲「舒」。左襄二十三年傳「晉魏舒」，史記魏世家索隱注引世本作「魏荼。」荀子大略篇「諸侯御荼」，楊注：「荼，古『舒』字。」亦魯家「舒」作「荼」之證。漢書淮南衡山濟北王傳贊：「詩云：『戎狄是膺，荆舒是懲。』信哉是言也。」嚴朱等傳贊匈奴傳贊並引詩二句，明齊毛文同。翟灝云：「首、二章陳姜嫄后稷大王文武之功德；三章言成王封魯；四章『則莫我敢承』以上，皆言周公，『俾爾昌而熾』等句，亦謂周公俾之也；五章、六章繼周公而頌伯禽，所謂『淮夷來同』、『遂荒徐宅』，係伯禽事見於費誓者也；七章、八章方頌僖公復宇。案，孟子古說，聖門傳授，確指周公，自不可易。」陳奐謂：「首從祀帝、祀稷說起，因而享祀大廟，備陳魯以天子禮祀周公，工祝致告於僖公作嘏。下又極陳兵賦之大，征伐之美，工祝又致神意，再作嘏。此皆在廟中頌周公，不美僖公也。『萬有千歲，眉壽無有害』，皆嘏孝孫之詞。少牢禮上祝嘏主人之詞『眉壽萬年，勿替引之』，亦此意也。」愚案：「淮夷來同」，已見泮水，然序曰「僖公修泮宮」，而詩曰「既作泮宮，淮夷攸服」，亦仍是推原始作之伯禽而言，翟、陳之說非不合也。孟子引詩「戎狄是膺，荊舒是懲」，屬之周公，猶封魯謂周公之封於魯也。父在，子不得自專，故魯公之事皆就周公言之耳。「膺戎」即所以「懲楚」，不必定爲「伐楚」，故孟子之說亦重在膺新寢廟者，自爲僖公而詩仍推原所本言之，其恉一也。前疏已定，姑附其說於此。「魯台」至「壽也」，釋詁文。魯說也。張衡南都賦：「鮐背之叟，皤皤然被黃髮者。」即用魯詩語。毛詩作「台」，古文之省借。「壽胥」至「國也」，新序雜事五引詩文。「試」，蓋讀如「明試以功」之試。中論夭壽篇：「詩云：『萬有千歲，眉壽無有害。』人豈有萬千歲者，皆令德之謂也。」明魯毛文同。韋玄成傳匡衡禱廟文「眉壽無疆」，用齊經文。

泰山巖巖，魯邦所詹。【注】魯一作「魯侯是瞻」。奄有龜蒙，遂荒大東，【注】魯「奄」作「弇」，「荒」作「幠」。韓詩曰：「荒，至也。」至于海邦，淮夷來同。莫不率從，魯侯之功。【疏】傳：「詹，至也。龜，山也。蒙，山也。荒，有也。」箋：「奄，覆。荒，奄也。『大東』，極東。『海邦』，近海之國也。『來同』，爲同盟也。『率從』，相率從於中國也。魯侯，謂僖公。」○「魯一作魯侯是瞻」者，應劭風俗通義十：「東方泰山。詩云：『泰山巖巖，魯邦所瞻。』尊曰岱宗，岱者，長也。」應治魯詩，明魯毛文同。說苑雜言篇：「詩曰：『泰山巖巖，魯侯是瞻。』樂山之謂也。」此魯「一作」本。韓詩外傳三引此詩，以證「仁者樂山」之說，文仍與毛同。「魯奄作弇」者，釋言：「弇，同也。」郭注引詩曰「奄有龜蒙」，「奄」當爲「弇」，郭用魯詩舊注，蓋後人誤改。漢書諸侯王表序「奄有龜蒙」，明齊毛文同。「荒作幠」者，釋詁：「幠，有也。」郭注：「詩曰：『遂幠大東』。」陳喬樅云：「荒、幠一聲之轉。禮投壺『毋幠毋敖』，大戴禮作『無荒無傲』，是通用之驗。」「荒，至也」者，釋文引韓詩文。盧文弨云：「若韓作『荒』，則與毛鄭字無異，何須別出？浦氏聲之云疑是作『巟』，故訓爲『至』。說文：『巟，水廣也。』『廣』有『大』義，『至』亦『大』也。」

保有鳧繹，【注】魯「繹」作「嶧」。遂荒徐宅，至于海邦，淮夷蠻貊，及彼南夷，莫不率從。莫敢不諾，魯侯是若。【疏】傳：「鳧，山也。繹，山也。宅，居也。淮夷，蠻貊而夷行也。南夷，荆楚也。若，順也。」箋：「諾，應詞也。『是若』者，是僖公所謂順也。」○「魯繹作嶧」者，釋山：「屬者嶧。」御覽四十二引舊注云：「言絡繹相連。」今魯國鄒縣有嶧山，純石相積搆連屬而成山，蓋謂此也。郭注「言駱驛相連屬」，義本此。陳奂云：「『徐』讀爲『𨛜』，說文：『魯東有𨛜城』。段注：周禮雍氏注：『伯禽以王師征徐戎』，劉本『徐』作『𨛜』。魯世家：『頃公十九年，楚伐我，取徐州。』徐廣曰：『徐州在魯東。』是楚所取之徐州，即𨛜地。『徐宅』，𨛜戎之舊居。」「南夷」，即楚，伐楚，止帶說僖四年從齊桓伐楚兵事，非魯專主也。

天錫公純嘏，眉壽保魯，居常與許，復周公之宇。【疏】傳：「常許，魯南鄙、西鄙。」箋：「純，大也。受福曰嘏。許，許田也，魯朝宿之邑也。『常』或作『嘗』，在薛之旁，春秋魯莊公三十一年『築臺于薛』是與？周公有嘗邑，所由未聞也。六國時齊有孟嘗君，食邑於薛。」○馬瑞辰云：「齊語管子曰：『以魯爲主，反其侵地堂潛。』管子作『常潛』，則常邑曾見侵於齊，莊公時復歸於魯，去僖公時未遠，故詩人尚舉以爲頌美之詞。春秋桓元年：『鄭伯以璧假許田。』僖公時蓋亦復之，春秋未及載，猶齊桓反魯常潛，春秋亦未載也。」魯侯燕喜，令妻壽母，宜大夫庶士，邦國是有。既多受祉，黃髮兒齒。【注】魯「兒」作「齯」。【疏】箋：「燕，燕飲也。令，善也。喜公燕飲於内寢，則善其妻，壽其母。謂爲之祝慶也。與羣臣燕則欲與之相宜，亦祝慶也。『是有』，猶『常有』也。『兒齒』，亦壽徵」。○易林豫之否：「令妻壽母，宜家無咎。君子之歡，得以長久。」此齊說。「魯兒作齯」者，釋詁：「黃髮齯齒，壽也。」此魯說。書正義引舍人曰：「黃髮，老人髮白復黃也。」孫炎曰：「黃髮，髮落更生者，老人壽徵也。」說文：「齯，老人齒也。」「兒」者，「齯」之叚借，說文依魯詩今文也。釋名：「九十曰黃耇，鬢髮變黃也。或曰齯齒，大齒落盡更生細者，如小兒齒也。」當亦魯說。陳喬樅云：「爾雅釋文：『兒，本今皆作齯，五兮反。一音如字。』『本今皆作齯』者，謂舍人及樊孫諸本今皆作『齯』字，惟陸氏所據郭本作『兒』，故云然。然則『兒』字後人順毛所改也。」

徂來之松，新甫之柏，是斷是度，是尋是尺。松桷有舃，路寢孔碩。新廟奕奕，奚斯所作，孔曼且碩，萬民是若。【注】魯、齊「新」作「寢」，「奕」作「繹」。韓說曰：曼，長也。【疏】傳：「徂徠，山也。新甫，山也。八尺曰尋。桷，榱也。舃，大貌。路寢，正寢也。新廟，閔公廟也。有大夫公子奚斯者作是廟也。曼，長也。」箋：「孔，甚。碩，大也。奕奕，姣美也。修舊曰新，『新』者，姜嫄廟也。僖公承衰亂之政，修周公、伯禽之教，故治正寢，上新姜嫄之廟。姜嫄之廟，廟之先也。奚斯作者，教護屬功課章程也。至文公之時，大室屋壞。曼，修也，廣也。且，然也。國人謂之順也。」○唐石經「來」作「徠」。水經汶水注：「汶水西南流逕徂徠山，西山多松柏，詩所謂『徂徠之松』也。」漢地理志泰山郡有梁父縣。後魏志魯郡汶陽縣有新甫山，新甫卽梁甫也。「父」、「甫」古通用。白虎通曰：「梁甫者，泰山旁山名。」又曰：「桒，信也。甫，輔也。」「信」，古讀如「伸」，伸、辛雙聲。顏氏家訓音詞篇引字林，「伸」音「辛」，則知「桒」訓爲「伸」，「伸」讀同「辛」，故「桒甫」一作「新甫」，白虎通用魯訓也。「魯新作寢，奕作繹」者，甘泉賦云：「望通天之繹繹。」太常箴云：「寢廟奕奕。」蔡邕獨斷云：「宗廟之制，古學以爲人君之居，前曰朝，後曰寢。終則前制廟以象朝，後制寢以象寢，廟以藏主列昭穆，寢有衣冠几杖，象生之具，總謂之宮。月令『先薦寢廟』，詩云『公侯之宮』，頌曰『寢廟』，言相連也，是皆其文也。」淮南時則訓高注：「前曰廟，後曰寢。詩云：『寢廟奕奕。』言相連也。」呂覽季春紀高注引詩同。陳喬樅云：「甘泉賦正用詩語，然則魯文作『寢廟繹繹』，今楊雄太常箴、蔡邕獨斷、呂覽、淮南高注引詩俱作『寢廟奕奕』，後人據毛詩改之，並宜訂正。又蔡邕集胡太傅祠前銘『新廟奕奕』，據獨斷所言『寢廟』連文，此用詩語不得作『新廟』，皆後人妄改也。」「齊新作寢，奕作繹」者，隸僕鄭注：「詩云：『寢廟繹繹。』相連貌也，前曰廟，後曰寢。」是齊作「寢廟繹繹」，與魯同。「奚斯所作」者，言「作詩」，非言「作廟」。王延壽魯靈光殿賦云：「奚斯頌僖，歌其露寢。」文選兩都賦序李注引韓詩魯頌曰：「新廟奕奕，奚斯所作。」薛君曰：「奚斯，魯公子也。言其新廟奕奕然盛，是詩公子奚斯所作也。」王賦注引同。「曼，長也」者，文選四子講德論李注引薛君章句文。孔廣森云：「三家謂詩爲奚斯所作者，是也。此與『吉甫作頌，其詩孔碩』，文義正同。詩之章句未有長於此篇者，故以『曼』言之。毛謂奚斯作廟，則『孔碩』、『且碩』詞意窘複矣。」愚案：薛於此特明詩爲奚斯作者，慮後人溷「作詩」於「作廟」也。餘見前文。

閟宮八章，二章章十七句，一章十二句，一章三十八句，二章章八句，二章章十句。

駉四篇，二十三章，二百四十三句。

詩三家義集疏卷二十八

那第二十八　詩商頌

【注】魯説曰：宋襄公之時，修仁行義，欲爲盟主。其大夫正考父美之，故追道湯契高宗所以興，作商頌。齊説曰：商，宋詩也。韓説曰：正考父，孔子之先也，作商頌十二篇。【疏】「宋襄」至「商頌」，史記宋世家文。揚雄法言：「昔正考甫嘗睎尹吉甫矣。」大雅云：「吉甫作頌，穆如清風。」考甫睎之，即謂作商頌。雄亦習魯詩者也。「商宋詩也」者，禮樂記鄭注文，不曰「宋」而曰「商」者，孔子編詩，魯定公諱宋故也。班固漢書地理志：「宋地，房、心之分埜也。周封微子於宋，今之睢陽是，本陶唐氏火正閼伯之虛也。」班亦學齊詩者。「正考」至「二篇」，後漢曹褒傳李注引韓詩薛君章句文。孔子編詩時又佚其七篇也。史記集解亦云：『韓詩商頌章句亦美襄公。』餘詳下。黄山云：「漢之睢陽，即今河南歸德府地，商邱縣爲府治。志云『閼伯之虛』者，本左傳『昔陶唐氏之火正閼伯居于商邱』也。商之亳都，即在宋境，故路史云宋爲故亳商之舊都。殷本紀：『湯始居亳。帝仲丁遷于隞。河亶甲居相。祖乙遷于邢。盤庚渡河南，復居成湯之故居，治亳。』中宗帝乙在仲丁未遷隞之前，高宗武丁在盤庚復故居之後，是與湯皆居亳者也，遺烈具在，宋之烝嘗必及焉。『亳』亦作『薄』，管子輕重篇『湯以七十里之薄』，荀子議兵篇『昔者湯以薄』，大傳『盍歸于薄』，新序『趣歸薄兮』，皆即指亳。左莊十二年傳『公子御説奔亳』，杜注：『亳，宋邑。』哀十四年傳：『桓魋請以鞌易薄。公曰：「薄，宗邑也。」』杜注：『宗廟所在。』皆其證。三亳之分，自周始見。周書立政，後人援以説商之亳，謂西亳在偃師，南亳北亳在宋州，爲故

宋地。北亳亦名景亳，因景山得名，景山在河南府偃師縣，以山考地，皆相距不遠也。」

那【注】韓說曰：「湯爲天子十三年，年百歲而崩，葬於徵，今扶風徵陌是也。【疏】毛序：「祀成湯也。微子至于戴公，其間禮樂廢壞，有正考甫者得商頌十二篇於周之大師，以那爲首。」箋：「『禮樂廢壞』者，君怠慢於爲政，不修祭祀朝聘養賢待賓之事，有司忘其禮之儀制，樂師失其聲之曲折，由是散亡也。自正考甫至孔子之時，又無七篇矣。正考甫，孔子之先也，其祖弗甫何以有宋而授厲公。」○魏源云：「讀三頌之詩，竊怪周頌皆止一章，章六七句，其詞噩噩；商頌則長發七章，殷武六章，且皆數十句，其詞灝灝，何文家之質而質家之文也？及考史記後漢書法言諸書，始知商頌與魯頌一例，宋襄與魯僖同科，猶書之附柴誓秦誓也。曰外此有徵乎？曰：樂記：『肆直而慈愛者宜歌商，温良而能斷者宜歌齊。』鄭注：『商，頌詩也。』疏謂據下文『商人識之，故謂之商；齊人識之，故謂之齊』，知此『商』爲宋人所歌之詩，宋是商後故也。（鄭注所正錯簡二條，尚有未盡，當云：「商者，三代之遺聲也，商人識之。齊者，五帝之遺聲也，齊人識之。」蓋商頌在宋、韶樂在齊故也。莊子云「曾子曳履而歌商頌，聲滿天地」，殆師乙所謂「宜歌商」者也。）左傳哀二十四年臧夏曰：『周公武公取于薛，孝惠取于商，自桓以下取于齊。』杜注：『商，宋也。』國語『吳夫差闕爲深溝于商魯之間』，韋注：『商，宋也。』又左傳哀九年曰：『利以伐姜，不利子商。』杜注：『子商，宋也。』（王引之云：「子」，宜作「予」，通作「與」，敵也，言不利敵宋。）逸周書王會解：『堂下三左，商公夏公立焉。』莊子、韓非均有『商太宰』，與孔子莊子同時，皆謂宋爲商之證。蓋魯定公名宋，故魯人諱宋稱商，夫子録詩，據魯太師之本，猶衞之稱邶鄘，晉之稱唐，皆仍其舊。證一。國語：『正考父校商名頌十二篇於周太師，以那爲首。』蓋考父生宋中葉，禮樂散缺，頌雖補作，難協樂章，故必從周太師審校音節，使合頌聲，乃敢施用。至衞宏續序，乃言『正考父得商頌十二篇於周太師』。夫『校』者，校其所本有；『得』者，得其所本無，改『校』爲『得』，傅會顯然。證二。或謂左氏稱正考父佐戴武宣，而史記稱其爲襄公大夫，宋世家戴襄相距百有十六年，宣襄相距亦七十九年，（戴三十四年，武十八年，宣十九年，穆九年，殤十年，莊十九年，湣十一年，桓三十年卒，子襄公立。）且考父生孔父嘉於殤公時，死華督之難，明爲嗣父執政，則考父必先卒於穆公之世，何由逮事八君？不知世家諸國年數淆訛，而穆公七年當魯隱元年，始入春秋，其前此戴武宣三世之年尤不可考，假如三公之年共止十餘載而孔父嘉嗣位，烏知非考甫中年引疾致仕，而襄公世尚存乎？（孔父豔妻行路死，甫壯年，考父佝僂循牆，中年勇退，安知懸車之後，不更存數十年耶？）商之老彭伊陟，周之君奭老聃子夏，漢之張蒼伏生竇公，皆身歷數朝，年逾百載，恭則益壽，銘鼎可徵，而那頌之『温恭朝夕，執事有恪』，亦睟然三命滋益恭之情文。證三。薛氏鐘鼎款識載正考父鼎銘云：『惟四月初吉，正考父作文王寶尊鼎，其萬年無疆，子孫永保用享。』案竹書紀年，商武丁子曰文丁，此器當成於作頌之時，稱文丁爲文王，猶稱武湯爲武王也。考父大夫，止得祀其家廟，使非奉命作頌，何由作祭器以享先王乎？則知商頌十二篇中必有祀文丁之頌，而亡之矣。證四。商頌果作於商，如箋說那之祀成湯者爲太甲，（箋云：「湯孫，太甲也。」）烈祖之祀中宗者謂仲丁，（中宗，太戊子仲丁。）元鳥之祀高宗者謂祖庚，（箋云：高宗崩，三年喪，禘于其廟，而後合祭于契廟歌是詩。）則皆以子祭父，如成王之於文武，何以遽稱之曰『自古』，古曰『在昔』，昔曰『先民』，而且一則曰『顧予烝嘗，湯孫之將』，再則曰『顧予烝嘗，湯孫之將』，豈非易世之後人往風微，庶冀先祖之眷顧而祐我孫子乎？證五。（那序「祀成湯而傳以烈祖」爲「湯有功烈之祖」。「湯孫」謂「湯爲人之孫子」，則是湯祀其先祖，非祀湯之詩矣。豈不與序相戾，且與殷武篇「湯孫之緒」相戾乎？箋謂嘉客顧念我扶助之，亦非頌體，豈有清廟之中，舍先王而專祈嘉客者乎？宋時「嘉客」，謂附庸小國，左傳隱元年疏引世本，宋之同姓有殷時來宋空同黎比髦目夷蕭。又殷本紀贊曰：「其後有殷氏來氏宋氏空桐氏稚氏比殷氏目夷氏。」又地理志：「蕭，故蕭叔國，宋別封附庸。」皆當助祭于宋者也。)元鳥詩:『武丁孫子，武王靡不勝，龍旂十乘，大糦是承。』此正猶魯頌『周公之孫，莊公之子，龍旂承祀』。明謂先代之後，尚備車服禮樂器以祀其先王也，豈如箋所云『孫子』即武丁，『龍旂』謂助祭諸侯之迂說乎？證六。(上公交龍爲旂，六月詩吉甫出征，「元戎十乘」，明爲上公之制。司馬法，每乘三十人，十乘則虎賁三百人也。是「龍旂十乘」明爲上公之制。君行師從，卿行旅從。箋乃謂「助祭之諸侯」，孔疏乃云:「諸侯當以服數來朝，而得十乘並至者，舉其有十耳，未必同時至也。」如其說，則諸侯來朝每國止一乘乎？)長發疏云:『商人禘嚳而郊冥。此詩若郊天，當以冥配，而不言冥者。馬昭謂，宋爲殷後，郊祭天以契配，不郊冥者，異於先王，故其詩惟詠契德。宋無圜丘之禮，惟以郊爲大祭，且欲別之於夏禘，故云大禘也。』馬昭學出鄭門，此實本樂記鄭注以商爲宋詩之說。孔疏反斥其虛妄，謂是商世之頌，非宋人之詩，豈知鄭之詩學不專用毛乎？證七。殷武詩三章箋云:『時楚不修諸侯之職。』四章箋云:『時楚僭號王位。』此亦鄭闇用韓詩，以三章、四章爲春秋僖四年『公會齊侯宋公伐楚』之事，故箋以『歲時來辟』責包茅不貢之文，『不僭不濫』責僭號稱王之義，與魯頌『荆舒是懲』皆侈召陵攘楚之伐，同時同事同詞，故宋襄作頌以美其父。(宋桓廿四年從戰召陵，逾六年卒，至襄公戰泓之敗，齊桓已沒，在此詩後矣。)楚人春秋，歷隱桓莊閔止稱『荆』，至僖二年始稱『楚』，安得高宗即有『伐楚』之名？孔疏亦窮於詞，故云周有天下始封熊繹爲楚子。於武丁之世，未審楚君何人？證八。易稱『高宗伐鬼方，三年克之』。干寶注:『鬼方，北方國。』漢書五行志:『武丁外伐鬼方，以安諸夏。』後漢西羌傳:『武丁征西戎、鬼方，三年乃克。故其詩曰:『自彼氐羌，莫敢不來王。』范謂易既濟高宗所伐鬼方，即詩之氐羌。賈捐之傳:『武丁地西不過氐羌。』後漢西羌傳『武丁征西羌、鬼方，三年乃克。』李注引紀年:『武乙三十五年，周季歷伐西落鬼戎。』文選趙充國贊『鬼方賓服』，注引世本注:『鬼方即漢之先零戎，在涼州。』蓋『鬼』之爲言『歸』也。東方物所始生，西方物所成就，故以『西方』爲

『鬼方』，是高宗所伐者西戎，非南蠻明矣。歷攷傳記，從無殷高宗伐荆楚之文，亦無以荆楚爲鬼方之説。（或引大戴禮及楚世家「陸終取于鬼方氏，生子六人，曰季連，芊姓」，爲「荆楚」卽「鬼方」之證，不知陸終以南侯而取于西戎，猶周取狄后，魯娶吴孟子，豈得謂周卽北狄、魯卽南夷哉？紂脯鬼侯，史記作「九侯」，而文王世子「西方有九國焉，君王其終撫諸正」，謂文王懷昆夷之事。）是鬼方者高宗所伐，荆楚者宋桓、襄父子所伐。蓋商初難服者莫如西戎，故詩以『昔有成湯，自彼氐羌』爲言，而匡衡疏亦以成湯之服氐羌爲懷鬼方。以史證詩，虛實立見。證九。（大雅厲王詩「内奰于中國，覃及鬼方」，卽西羌傳厲王時征犬戎之事，皆指西夷。至唐書高祖紀「夏曰熏鬻，商曰鬼方，周曰玁狁，漢曰匈奴」，此本干寶「鬼方，北方國」之説，蓋西、北二夷互相統屬，要之非東、南夷也。）文選東京賦注引韓詩曰：『宋襄公去奢卽儉。』正指殷武末章，乃箋謂『高宗之前王有廢政教不修寢廟，故高宗復成湯之道，新其路寢』。考武丁距般庚僅再世，（小辛、小乙。）般庚遷殷必立寢廟，豈十餘年遽至廢壞？蓋宋襄圖霸中興，新其父廟，並頌其父之武功，與魯僖閟宫同時刱造，故陟景山之松柏，詠斲虔於旅楹，與魯頌『徂徠』、『路寢』若同一詞，視周頌邈若皇墳，曾殷人有此浮藻乎？證十。後漢祭祀志注載東平王蒼引詩傳曰：『大樂必易，故周頌以一章成篇。』（此所引蓋魯韓詩傳。）而駉疏亦云魯雖僭頌，『體實國風，非告神之歌，故有章句』。又關雎疏云『風雅之篇，無一章者。頌以告神，不必殷勤，故不重章。高宗一人，而元鳥一章，長發殷武重章者，武丁之德下踰於魯僖，上不及成湯，明成功有大小，斯篇詠有優劣乎』？是漢唐諸儒已疑三頌之高下，皆軒周而輊商，故法言云『正考父常睎尹吉甫』，明其睎雅而不敢睎頌也。『公子奚斯睎正考父』，明其睎商頌而不敢睎周頌也。證十一。左氏季札覌周樂，爲之歌頌，曰：『美哉，盛德之所同也。』杜注：『頌有殷魯，故云盛德之所同。』若非皆周世所作，何以季札觀周樂，統之周頌中乎？證十二。路史後紀注引鄭玄六藝論云：『文王創基，至魯僖間商頌不在數矣。』孔子删詩，録此五章，豈無意哉。商邑翼翼，四方之極，我有嘉客，亦不夷懌，豈能忘哉！景山，商墳墓之所在也』云云。此又鄭君初年用韓詩釋殷武爲宋詩之明文。證十三。然此猶未及其刪述之大義也，孔子自衞反魯，正禮樂，修春秋，據魯，新周，故殷，句運之三代，（見孔子世家。）是以列魯於頌，示東周可爲之志焉，次商於魯，示黜杞存宋之微權焉。合魯商於周，見三統循環之義焉。故曰：『我觀周道，幽厲傷之，吾舍魯何適矣。』又曰：『杞不足徵也。吾學殷禮，有宋存焉。』聖人之情見乎辭微，董生、太史公書其孰明之？」皮錫瑞云：「考父乃孔子之先，孔子距考父止數傳，漢初距孔子亦止數傳，年代相接，豈有謬誤。孔安國西漢大儒，史公嘗從之游，何至於孔子先人之事懵然不識？且孔子世家既載孟僖子正考父佐戴武宣之言，而十二諸侯年表戴襄相距凡百有十六年，則史公非不知考父之年必百三四十歲而後能相及也，乃宋世家仍用考父頌殷之語，其説必有所受，斷非自相矛盾。百齡以外之壽，古所恆有，父在子死，亦事之常。若謂孔父殉君，其父不應尚在，則春秋時明有其事，且卽宋國之人：左文十六年傳云：『初，公子蕩卒，公孫壽辭司城，請使意諸爲之。』意諸死昭公之難，歷文十七、十八兩年，宣十八年，成八年，凡二十八年，宋公使公孫壽來納幣，明見於經傳。（左傳本不足以證三家説，以後人引左氏駁三家，故亦引左氏以間執其口。）蕩意諸見殺，其父公孫壽可來納幣，何獨孔父見殺，其父正考父不可作頌乎？古人致仕亦稱『大夫』，夫子曰『以吾從大夫之後』可證。考父作頌，年已篤老，非必尚在朝列，是皆不足以獻疑也。兩漢今、古文各有師承，毛詩左傳皆古文，同出河間博士，故其義説多相出入。三家詩則與公羊、穀梁合，與左氏不合，公羊盛稱宋襄，以爲文王不是過，史記宋世家贊明引公羊之説，云『傷中國無禮義，襃之也』，此魯詩與公羊爲一家之證。左氏則極詆宋襄，河間博士之治毛詩者，蓋習於左氏之説，以爲襄公不足頌，乃別搬異義，此其蹤迹之可尋者也。陋儒不學，乃據左傳殤公卽位，君子引商頌，以駁三家。無論古文説不足以難今文，卽如左氏之言，左氏作傳在春秋末，距春秋初已二百餘年，其所引『君子曰』，或亦事後追論，安見其人必爲殤公同時之人哉？魏氏列十三證，其言信而有徵，更爲推闡其義，以釋後學之疑，於十三證外，又得七證，具列於後：那『湯孫奏假』，無言傳、箋云：『湯孫，太甲也。』『於赫湯孫』，傳：『盛矣湯爲人子孫也。』箋云：『湯孫，呼太甲也。』烈祖『湯孫之將』，箋云：『中宗之享此祭，由湯之功，故本言之。』殷武『湯孫之緒』，箋云：『是乃湯孫太甲之等功業。』愚案：毛鄭解『湯孫』似皆失之，祀湯而稱『湯』爲『湯孫』，稱謂殊屬不倫。以爲太甲，不應商人頌祖德專歸美於太甲。同一『湯孫』，而前後異訓，恐非確詁。『湯孫』乃主祭君之號，即當屬宋襄公。古者立二王之後，以其祖有功德。成王賜魯以天子禮樂，亦以周公功德比之二王後也，故魯頌稱僖公曰『周公之孫』。商頌稱襄公曰『湯孫』，稱謂相同。證一。『萬舞有奕』，箋云：『其干舞又閑習。』愚案：公羊宣七年傳曰：『萬者何？干舞也。』何休解詁曰：『干，謂楯也，能爲人扞難而不使害人，故聖王貴之，以爲舞樂。萬者，其篇名，武王以萬人服天下，民樂之，故名之云爾。』箋以『萬舞』爲『干舞』，用公羊說。據何義，則萬舞之名始於周，若商頌作於商時，不得有萬舞。證二。『約軝錯衡，八鸞鶬鶬』，箋云：『諸侯來助祭者，乘篆轂金飾錯衡之車，駕四馬，其鸞鶬鶬然聲和，言車服之得其正也。』愚案：此篇上下文皆不及助祭之義，與載見辟王篇不同，此二句即當屬宋公之車。采芑篇云：『約軝錯衡，八鸞鶬鶬。』孔疏以爲：『方叔元老，則方叔五官之長，是上公也。上公雖非同姓，或亦得乘金路矣。』據孔疏義，宋是上公而非同姓，與方叔正同，故亦得乘金路。又干旄疏引王肅云：『古者一轅之車駕三馬，則五轡。其大夫皆一轅車。夏后氏駕兩謂之麗，殷益以一騑謂之驂，周人又益一騑謂之駟。』王基駁云：『商頌云「約軝錯衡，八鸞鶬鶬。」是則殷駕四，不駕三也。』王基以商頌爲商時人作，故駁王肅之說，若如肅說，正可爲商頌作於周時之證。證三。『維女荆楚，居國南鄉』，箋云：『維女楚國，近在荆州之域，居中國之南方，而背叛乎？』愚案：此似敵國相稱之詞，『國』即當屬宋國。楚在宋南，故曰『南鄉』，若以天子臨諸侯，不當有『居國南鄉』之語。證四。『自彼氐羌，莫敢不來享，莫敢不來王，曰商是常』。愚案：此詩與閟宮『及彼南夷，莫不率從，莫敢不諾，魯侯是若』文法大同。『曰商是常』，與『魯邦是常』句法一律。長發篇『則莫我敢曷』，亦與閟宮『則莫我敢承』句同，皆同時人作之證。證五。『命于下國，封建厥福』，傳云：『封，大也。』箋云：『命之於國，以爲天子，大立其福，謂命湯使由七十里王天下也。時楚僭號王位，此又所用告曉楚之義。』愚案：訓『封建』爲『大建』，義頗迂回，此當指周初封建微子於宋而言，謂微子深知天命，故得命于下國，封建之以錫福也。箋云『時楚僭號王位』，亦參用三家義，以此爲宋人詩，若商時，不聞楚僭王事。證六。『商邑翼翼，四方之極』，後漢樊準傳引詩作『京師翼翼，四方是則』。李注：『韓詩之文也。』荀悅漢紀匡衡疏曰：『京邑翼翼，四方是則。』張衡東京賦：『京邑翼翼，四方所視。』愚案：三家詩或作『京師』，或作『京邑』，皆從周人之稱。白虎通京師篇云：『夏曰夏邑，商曰商邑，周曰京師。』是周以前天子所居無『京師』之稱。三家以此爲周人作，故據周人所稱曰『京師』，毛以爲商人作，故據商人所稱曰『商邑』。證七。」先謙案：詩至唐時，齊魯皆亡，韓詩僅存，學官專立毛、鄭，天下靡然不復考求古義，故司馬貞作索隱，疑正考父之年歲，徑駁史記爲謬說。如陸氏音義之稱引韓詩，存什一於千百，已屬難能可貴，僧貫休君子有所思行「我愛正考父，思賢作商頌」，猶用三家義，不可謂非特出也。魏皮二十證精確無倫，即令起古人於九原，當無異議，益歎陋儒墨守，使古籍沈埋爲可惜也。「湯爲」至「是也」，御覽八十三引韓詩內傳文，應是此詩傳，亦言祀湯，而文不全。

猗與那與，置我鞉鼓。【疏】傳：「猗，歎辭。那，多也。鞉鼓，樂之所成也。夏后氏足鼓，殷人置鼓，周人縣鼓。」箋：「『置』讀曰『植』，植鞉鼓者，爲楹貫而樹之。美湯受命伐桀，定天下而作濩樂，故歎之，多其改夏之制，乃始植我殷家之樂鞉與鼓也。鞉雖不植，貫而搖之，亦植之類。」○馬瑞辰云：「猗、那二字疊韻，皆美盛之貌，通作『猗儺』、（見檜風。）『阿難』。（見小雅。）草木之美盛曰『猗儺』，樂之美盛曰『猗那』，其義一也。上林賦：『旖旎從風。』說文：『移，禾相倚移也。』又於旗曰『旖施』，於木曰『檹施』，義並與那同。傳訓『猗』爲歎辭，失之。」愚案：班固典引「於穆猗那」，是訓「猗那」爲平列字義，不以「猗」爲歎詞。又固明堂詩「猗與緝熙」，皆用齊詩經文。禮明堂位「殷楹鼓」，鄭注：「楹謂之柱，貫中上出也。殷頌曰：『植我鞉鼓。』」愚案：齊「置」作「植」，故鄭引作「植」，此箋改讀亦用齊文也。馬瑞辰云：「說文：『植，户植也。』或从『置』作『櫃』。是『櫃』本『植』之或體，毛詩作『置』，卽『櫃』之省借。漢石經論語『置其杖而耘』，與詩假『置』爲『植』同。」孔疏：「禮記：『鼓無當於五聲，五聲不得不和。』是樂之所成在於鼓也，『鞉』則鼓之小者，故連言之。」胡承珙云：「小師掌教鼓、鼗，眡瞭、瞽矇掌播鼓。魯用天子樂，其官有播鼗武，蓋重之也。周鼓亦不皆懸，惟鞉鼓乃懸之。大射禮：『鼗倚于頌磬西紘。』『紘』猶『懸』也。東西兩肆皆有磬鐘鑮，建鼓自北而南陳之，則西肆不得多設一器，鼗鼓在西肆頌磬之西而特懸之，所以象西方功成。禮器『廟堂之下，懸鼓在西』，其義證也。此皆周人以『鼗鼓』爲『懸鼓』之制。爾雅：『大鼗謂之麻，小者謂之料。』鼗有大小，鄭所據其謂小者與？後儒說『鼗』，悉依鄭說矣。大司樂宗廟之中『路鼓路鼗』，『路鼗』，其大鼗也。『鼗』與『鞉』同。」

奏鼓簡簡，衎我烈祖。湯孫奏假，【注】魯「假」一作「嘏」。綏我思成。【疏】傳：「衎，樂也。『烈祖』，湯有功烈之祖也。假，大也。」箋：「『奏鼓』，奏堂下之樂也。『烈祖』，湯也。『湯孫』，太甲也。假，升。綏，安也。以金奏堂下諸縣，其聲和大簡簡然，以樂我功烈之祖成湯。湯孫太甲又奏升堂之樂弦歌之，乃安我心所思而成之。謂神明來格也。禮記曰：『齊之日，思其居處，思其笑語，思其志意，思其所樂，思其所嗜。齊三日，乃見其所爲齊者。祭之日，入室，僾然必有見乎其位；周旋出户，肅然必有聞乎其容聲；出户而聽，愾然必有聞乎其歎息之聲。』此之謂『思成』。」○孔疏：「禮，設樂懸之位，皆鍾鼓在庭，故知『奏鼓』堂下樂也。」白虎通禮樂篇「詩云：『奏鼓簡簡，衎我烈祖。』」明魯毛文同。「魯假一作嘏」者。釋詁：「嘏，大也。」郭注：「詩曰『湯孫奏嘏。』」此舊注魯詩文。陳喬樅云：「王應麟詩攷如此，今本注引詩仍作『假』，後人順毛改之。」馬瑞辰云：「『假』爲『嘏』之叚借，故傳訓『大』，而以爲大樂也。」愚案：晉語：「黃帝以姬水成，炎帝以姜水成。」韋注：「成，謂所生長以成功也。」宋國於商之舊畿，乃湯及中宗生長成功之地，故那之詩曰「綏我思成」，烈祖之詩亦曰「賚我思成」。「湯孫」，就奏大樂者言，自不指太甲。

鞉鼓淵淵，【注】三家「淵」作「鼘」。嘒嘒管聲。既和且平，依我磬聲。【疏】傳：「嘒嘒然和也。平，正平也。依，倚也。磬，聲之清者也，以象萬物之成。周尚臭，殷尚聲。」箋：「磬，玉磬也。堂下諸縣與諸管聲皆和平，不相奪倫，又與玉磬之聲相依，亦謂和平也。玉磬尊，故異言之。」〇「三家淵作鼘」者。說文：「鼘，鼓聲也。詩曰：『鼗鼓鼘鼘。』」陳喬樅云：「淵、鼘古今字，三家皆當作『鼘』。廣雅釋訓：『鼘鼘，聲也。』正用魯韓義。」「管」，簥也。陳奐云：「大射儀：『簥在建鼓之間。』又云：『乃管新宮三終。』鄭注：『管，謂吹簥以播新宮之樂。』賈疏引禹貢注：『簥，大竹也。』諸侯下管新宮，天子下管象。」應劭風俗通義六引詩「嘒嘒管聲」，應用魯詩，明魯、毛文同。馬瑞辰云：「孟子『金聲而玉振之也』，近人通解，謂金，鎛鍾也，聲以宣之於先；玉，特磬也，振以收之於後。樂之終乃舞之始，擊磬以振動之，而樂中之衆聲悉隨磬而止，故曰『終條理』也。」漢書敘傳：「既和且平。」韓詩外傳八引詩曰：「既和且平，依我磬聲。」明齊韓與毛文同。

於赫湯孫，穆穆厥聲！庸鼓有斁，【注】魯「庸」作「鏞」。萬舞有奕。【疏】傳：「『於赫湯孫』，盛矣湯爲人子孫也。大鍾曰庸。斁斁然盛也，奕奕然閑也。」箋：「穆穆，美也。於，盛矣。『湯孫』，呼太甲也。此樂之美其聲，鍾鼓則斁斁然有次序，其干舞又閑習。」〇釋文：「庸，依字作鏞。」明古文借字。廣雅：「驛驛，盛也。」文選甘泉賦注引韓詩章句曰：「繹繹，盛貌。」此傳釋「有斁」爲「斁斁然盛」，亦借字。胡承珙云：「賓之初筵『籥舞笙鼓』，傳：『秉籥而舞，與笙鼓相應。』此詩『庸鼓有斁，萬舞有奕』，則萬舞與庸鼓相應，故特盛之。」皮錫瑞云：

「祭湯而稱『湯』爲『湯孫』，稱謂不倫；以爲太甲，不應商人頌祖德專歸美於太甲。『湯孫』乃主祭君之號，自當屬宋襄公。且萬舞之名，至周始有也。」詳見上。「魯庸作鏞」者，張衡東京賦「鏞鼓設衡」，用魯詩，明魯作「鏞」。又云：「萬舞奕奕」，此用經文易字也。

我有嘉客，亦不夷懌。自古在昔，先民有作，温恭朝夕，執事有恪。【疏】傳：「夷，説也。先王稱之曰『自古』，古曰『在昔』，昔曰『先民』。『有作』，有所作也。恪，敬也。」箋：「『嘉客』，謂二王後及諸侯來助祭者。我客之來助祭者，亦不説懌乎？言説懌也。乃大古而有此助祭禮，禮非專於今也。其禮儀温温然恭敬，執事薦饌則又敬也。」○魏源云：「宋時嘉客，謂附庸小國，如左隱元年傳疏引世本及史記，因本紀贊所載宋同姓皆當助祭於宋者。」詳見上。陳奐云：「魯語：『其輯之亂曰：「自古在昔，先民有作。温恭朝夕，執事有恪。」先聖王之傳恭，猶不敢專，稱曰「自古」，古曰「在昔」，昔曰「先民」』。韋注：『言先聖人行此恭敬之道久矣，不敢言創之於己，乃云受之於先古也。』與箋義異。」荀子大略篇、列女傳二引「温恭朝夕，執事有恪」二句，明魯毛文同。

顧予烝嘗，湯孫之將。【疏】箋：「顧，猶『念』也。將，猶『扶助』也。嘉客念我殷家有時祭之事而來者，乃太甲之扶助也。序助者來之意也。」○陳奐云：「『烝嘗』，時祭也。將，大也，謂祀事大也。」愚案：「大」不屬祀，謂客顧烝嘗，卜湯孫且昌大也。

那一章，二十二句。

烈祖【疏】毛序：「祀中宗也。」箋：「中宗，殷王太戊，湯之玄孫也。有桑穀之異，懼而修德，殷道復興，故表顯之，號爲中宗。」○陳喬樅云：「詩正義引五經異義云：『詩魯説，丞相匡衡以爲殷中宗、周成、宣王皆以時毁。』又引古尚書説：『經稱中宗，明其廟宗而不毁。謹案春秋公羊，御史貢禹説，王者宗有德，廟不毁，宗而復毁，非尊德之義。鄭從而不駁，明亦以爲不毁也。』今攷漢書韋玄成傳元成等奏曰：『禮，王者始受命，諸侯始封之君，皆爲太祖。以下，五廟而迭毁，毁廟之主藏乎太祖，五年而再殷祭，言壹禘壹祫也。祫祭者，毁廟與未毁廟之主皆合食於太祖，父爲昭，子爲穆，孫復爲昭，古之正禮也。周之所以七廟者，以后稷始封，文王武王受命而王，是以三廟不毁，與親廟四而七。非有后稷文武受命之功者，皆當親盡而毁。成王成二聖之業，制禮作樂，功德茂盛，廟猶不世，以行爲謚而已。』玄成治魯詩者，此魯說，謂周成王廟以時毁之說也。又光禄勳彭宣、詹事滿昌、博士左咸等議，皆以爲繼祖宗以下五廟而迭毁，後雖有賢君，猶不得與祖宗並列，此亦『殷中宗周成宣王皆以時毁』之說也。滿昌治齊詩者，是齊詩與魯說同。惟王舜、劉歆議，以爲天子七廟，諸侯五廟，降殺以兩之禮：『七者，其正法數，可常數者也。宗不在此數中。宗，變也，苟有功德則宗之，不可豫爲設數。故於殷太甲曰太宗，太戊曰中宗，武丁曰高宗。周公爲無逸之戒，舉殷三宗以勸成王。繇是言之，宗無數也。或說天子五廟無見文。又說中宗、高宗者，宗其道而毁其廟。名與實異，非尊德貴功之意也。迭毁之禮，自有常經，無殊功異德，固以親疏相推及。至祖宗之序，多少之數，經傳無明文，至尊至重，難以疑文虚說定也。』歆等所言卽『古尚書說經稱中宗，明其廟宗而不毁』之義，然與魯齊詩說不合。許氏治古文者，故異義『謹案』語用古尚書說。鄭君於許氏異義從而不駁，則詩箋之義亦當以殷中宗廟爲宗而不毁矣。」黄山云：「殷禮後世無傳，匡衡謂殷中宗廟以時毁，異義據爲魯詩說，滿昌齊說復同，皆必本之此篇明矣。使三家此篇不云『祀中宗』，衡昌之說將無所昉。既祀中宗矣，又何從知其廟之與周成、宣並毁？蓋七廟以時毁者，三王之通制。宋之祀中宗，侯國之變禮，周所特許，欲表彰殷先王之功德以懷輯殷之遺民也。書多士：『自成湯至於帝乙，罔不明德恤祀。』美殷之恤祀，固當恤殷祀矣，若紂之七廟在朝歌者，於中宗早已親盡而毁，三家必嘗因說此篇而論及之，惜其詳無聞耳。魯齊既皆以商頌爲宋詩，必不以王者廟制歸之宋。衡昌論王者廟制，亦本非詮詩，孔疏徇毛，誤依七廟說之，宜不可通，而古文尚書遷就之言，尤不足道矣。」

嗟嗟烈祖，有秩斯祜。申錫無疆，及爾斯所。既載清酤，賚我思成。【疏】傳：「秩，常。申，重。酤，酒。賚，賜也。」箋：「祜，福也。賚，讀如『往來』之來。嗟嗟乎我功烈之祖成湯，既有此王天下之常福，天又重賜之以無竟界之期，其福乃及女之此所。女，女中宗也。言承湯之業能興之也。既載清酒於尊酌以裸獻，而神靈來至，我致齊之所思則用成。重言『嗟嗟』，美歎之深。」○馬瑞辰曰：「賈子禮篇：『祜，大福也。』『有秩』，即形容福之大皃。秩、呈雙聲。說文：『𢧢，大也。』『秩』即『𢧢』之叚借。說文引詩『秩秩大猷』，作『𢧢𢧢大猷』，是秩、𢧢通借之證。」愚案：「及爾斯所」者，「斯所」乃宋公就宋之國言，以斯國土實即爾中宗受於成湯之舊畿，惟成湯之錫福無疆，授此土於爾，爾又遺之於我，易代受封，不失舊都，仍得祀爾於斯土，俾我於酹酒降神之初，即思爾生長斯所之成功也。亦有和羹，既戒既平。鬷假無言，【注】齊「鬷」作「奏」。時靡有爭。綏我眉壽，黃耇無疆。【疏】傳：「戒，至。鬷，總。假，大也。總大無言，無爭也。」箋：「『和羹』者，五味調腥熟得節，食之於人性安和，喻諸侯有和順之德也。我既裸獻，神靈來至，亦復由有和順之諸侯來助祭也。其在廟中，既恭肅敬戒矣，既齊立平列矣，至于設薦進俎，又總升堂而齊一，皆服其職，勸其事，寂然無言語者，無爭訟者，此由其心平性和，神靈用享，故安我以壽考之福。歸美焉。」○陳奐云：「『亦有』與『既載』對文，言既載清酤，亦有和羹也。『和羹』指祭祀言，不爲取喻而設。左昭二十年傳晏子曰：『和如羹焉，水火醯醢鹽梅，以亨魚肉，燀之以薪，宰夫和之，齊之以味，濟其不及，以洩其過。君子食之，以平其心，君臣亦然。君所謂可而有否焉，臣獻其否以成其可，君所謂否而有可焉，臣獻其可以去其否，是以政平而不干，民無爭心。故詩曰：「亦有和羹，既戒既平。鬷嘏無言，時靡有爭。」』晏子借『和羹』之和，以喻君臣之和，而詩意本無關設喻，政平無爭，自釋詩無言無爭之義。『君子食之以平其心』，是解和羹，不釋詩『既戒既平』也。箋與孔疏杜注皆泥於晏子引詩之義，失詩恉矣。傳訓『戒』

爲『至』，言神靈來至。平，和平也。『既戒既平』，猶言『神之聽之，終和且平』也。禮中庸引詩：『奏假無言，時靡有争。』鄭注：『假，大也。此頌也，言奏大樂於宗廟之中，人皆肅敬，金聲玉色，無有言者，以時太平和合，無所争也。』鄭注或本三家詩。」愚案：陳説是。「齊鬷作奏」者，鬷、奏雙聲字，故通用。左傳「假」作「嘏」，假、嘏亦通用字也。張衡東京賦「亦有和羹」，蔡邕集崔君夫人誄「黃耇無疆」，明魯毛文同。約軝錯衡，八鸞鶬鶬。以假以享，我受命溥將。自天降康，豐年穰穰。來假來享，降福無疆。【疏】傳：「『八鸞鶬鶬』，言文德之有聲也。假，大也。」箋：「『約軝』，轂飾也。鸞在鑣，四馬則八鸞。假，升也。享，獻也。將，猶『助』也。諸侯來助祭者，乘篆轂金飾錯衡之車，駕四馬，其鸞鶬鶬然聲和。言車服之得其正也。以此來朝，升堂獻其國之所有，於我受政教，至祭祀又溥助我。言得萬國之歡心也。天於是下平安之福，使年豐。『享』，謂獻酒使神享之也。諸侯助祭者來升堂，來獻酒，神靈又下與我以久長之福也。」○「約軝錯衡」，詳采芑篇。「鸞」當作「鑾」。「鶬鶬」猶「瑲瑲」也。皮錫瑞云：「此當屬宋公之車，上公雖非同姓，亦得乘金輅。周制駕四，故八鸞。」詳見上。楚詞王注：「將，長也。」此詩「將」字，王引之亦訓爲「長」，言宋君乘此上公之車而來於廟中，以升以獻，由我受周天子之命既大且長，自天降安樂之福，得獲豐年，莫非我祖神靈之來至來享，降福無疆也。韋玄成傳匡衡謝毁廟告「受命溥將」，用齊經文。顧予烝嘗，湯孫之將。【疏】箋：「此祭中宗，諸侯來助之。所言『湯孫之將』者，中宗之享此祭，由湯之功，故本言之。」○愚案：此「湯孫」，亦指主祭之宋公。

烈祖一章，二十二句。

玄鳥【疏】毛序：「祀高宗也。」箋：「『祀』當爲『祫』。『祫』，合也。高宗，殷王武丁，中宗玄孫之孫也。有雊雉之異，又懼而修德，殷道復興，故亦表顯之，號爲高宗云。崩而始合祭於契之廟，歌是詩焉。古者君喪，三年既畢，禘於其廟，而後祫祭於太祖。明年春，禘于羣廟。自此之後，五年而再殷祭。一禘一祫，春秋謂之大事。」〇案，序云「祀高宗」，箋改「祀」爲「祫」，以避下殷武序同也。然人君免喪，祫於太祖之廟，是以太祖爲主，不當云「祫高宗」。況三家以商頌爲宋詩，則此篇卽爲宋公祀中宗之樂歌，明係烝嘗時祭之所用，乃曰「崩而始合祭於契之廟」，其說固不可用矣。

天命玄鳥，降而生商，宅殷土芒芒。【注】魯作「殷社芒芒」。【疏】傳：「玄鳥，鳦也。春分，玄鳥降湯之先祖。有娀氏女簡狄，配高辛氏帝，帝率與之祈于高禖而生契，故本其爲天所命，以玄鳥至而生焉。『芒芒』，大貌。」箋：「降，下也。天使鳦下而生商者，謂鳦遺卵，娀氏之女簡狄吞之而生契，爲堯司徒，有功封商，堯知其後將興，又錫其姓焉。自契至湯八遷，始居亳之殷地而受命，國日以廣大芒芒然。湯之受命，由契之功，故本其天意。」〇史記殷本紀：「殷契，母曰簡狄，有娀氏之女，爲帝嚳次妃。三人行浴，見玄鳥墮其卵，簡狄取吞之，因孕生契。契長而佐禹治水，有功。封於商，賜姓子氏。」陳喬樅云：「案司馬遷贊云：『余以頌次契之事。』則此本紀所敘契事，本之詩傳也。」「魯作殷社芒芒」者。史記三代世表：「詩傳曰：湯之先爲契，無父而生。契母與姊妹浴於玄邱水，有燕銜卵墮之，契母得，故含之，誤吞之，卽生契。契生而賢，堯立爲司徒，姓之曰子氏。子者茲，茲，益大也。詩人美而頌之，曰：『殷社芒芒，天命玄鳥，降而生商。』商者質，殷號也。」愚案：此褚先生所引詩傳，與史遷微異，褚少孫亦習魯詩，不應所引傳異，索隱以爲出詩緯，故曰「詩傳」。愚意或作傳者欲神其事，以爲無父而生爾。「殷社芒芒」三語誤倒。毛詩作「土」，三家作「社」，多偏旁。緜「自土沮漆」，齊作「自杜」，亦其比也。社、土古同音通用，故「大社」稱「冢土」。公羊傳「諸侯祭土」，何注：「土，謂社也。」皆其證。楚詞天問：「簡狄在臺，嚳何宜？玄鳥致貽，女何喜？」王逸注：「簡狄，帝嚳之妃。玄鳥，燕也。簡狄侍帝嚳於臺上，有飛燕墮遺其卵，喜而吞之，因生契。」淮南修務篇高誘注：「契母，有娀氏之女簡翟也，吞燕卵而生契，愊背而生。」詩云『天命玄鳥，降而生商』是也。」淮南墬形訓：「有娀在不周之北，長女簡翟，少女建疵。」高注：「有娀，國名也。不周，山名也。『娀』，讀如『嵩高』之嵩。簡翟建疵姊妹二人在瑤臺，帝嚳之妃也。天使玄鳥降卵，簡翟吞之以生契，是爲玄王，殷之祖。詩云：『天命玄鳥，降而生商』也。」呂覽音初篇：「有娀氏有二佚女，爲之九成之臺，飲食必以鼓。帝令燕往視之，鳴若謚隘，二女愛而争搏之，覆以玉筐，少選發而視之，燕遺二卵北飛，遂不反。二女作歌一，終曰：『燕燕往飛，實始作爲北音。』」高注：「天令燕降卵于有娀氏女，吞之生契。詩云：『天命玄鳥，降而生商。』又曰：『有娀方將，立子生商。』此之謂也。」白虎通姓名篇「殷姓子氏，祖以玄鳥子生也。」潛夫論五德志篇：「娀簡吞燕卵，生子契，爲堯司徒，職親百姓，順五品。」蔡邕月令章句：「簡狄以玄鳥至之日，有事高禖，而生契焉。故詩云：『天命玄鳥，降而生商。』」以上魯說。丹鉛總録引詩含神霧曰：「契母有娀浴於玄邱之水，睇玄鳥銜卵過而墮之，契母得而吞之，遂生契。」易林晉之剥：「天命玄鳥，下生大商。造定四表，享國久長。」禮月令鄭注：「高辛氏之世，玄鳥遺卵，娀簡吞之而生契。」以上齊說。左襄四年傳引虞人之箴曰：「芒芒禹跡。」杜注：「芒芒，遠貌。」古帝命武湯，正域彼四方。方命厥后，奄有九有。【注】韓詩曰：「方命厥后，奄有九域。」韓說曰：「九域，九州也。【疏】傳：「正，長。域，有也。『九有』，九州也。」箋：「『古帝』，天也。天地命有威武之德者成湯，使之長有邦域，爲政於天下。方命其君，謂徧告諸侯也。湯有是德，故覆有九州，爲之王也。」○馬瑞辰云：「正義引尚書緯云：『曰若稽古帝堯。』古，天也。周書周祝解：『天爲古。』皆『天』稱『古』之證。『古帝』，猶言『昊天上帝』。『古帝命武湯』，猶『帝謂文王』，皆託天以命之也。正、域二字平列，卽正其封疆之謂。『方』讀爲『旁』，『方命厥后』，猶晉語『乃使旁告於諸侯』也。」「方命」至「州也」，文選潘勖册魏公九錫文注引韓詩薛君文。徐幹中論法象篇：「成湯不敢怠遑，而奄有九域。」與韓詩字同，知三家今文作「域」也。「域」、「有」一聲之轉。商之先后，受命不殆，在武丁孫子。【疏】傳：「武丁，高宗也。」箋：「后，君也。商之先君，受天命而行之不解殆者，在高宗之孫子。言高宗興湯之功，法度明也。」○孔疏引王肅云：「商之先君成湯受天命所以不危殆者，在武丁之爲人孫子也。」王引之以爲「武丁」當作「武王」，說詳下。**武丁孫子，武王靡不勝。龍旂十乘，大糦是承。**【注】韓「糦」作「饎」，說曰：大饎，大祭也。【疏】傳：「勝，任也。」箋：「交龍爲旂。糦，黍稷也。高宗之孫子有武功，有王德，於天下者無所不勝服，乃有諸侯建龍旂者十乘，奉承黍稷而進之者。亦言得諸侯之歡心。『十乘』者，由二王後，八州之大國與？」○馬瑞辰云：「此詩祀高宗，何不美高宗而美高宗之孫子？惟王氏引之曰：『經文兩言「武丁」，疑皆「武王」之譌，而「武王靡不勝」，則「武丁」之譌。蓋商之先君受命不怠者，在湯之孫子，故曰「在武王孫子」，「武王孫子」，猶那與烈祖之言「湯孫」也。湯之孫子有武丁者，繩其祖武，無所不勝，故曰「武王孫子，武丁靡不勝」，傳寫者上下互譌耳。』大戴用兵篇引詩『校德不塞，嗣武于孫子』，與此形聲相近，『于』卽『王』字脫下一畫耳。『在武王孫子』，下卽接言『武王孫子，武丁靡不勝』，與文王篇『侯文王孫子，文王孫子，本支百世』，文法正相似。」愚案：上言高宗之能嗣祖德，下卽接言今之承祀，文義亦復相承。黃山云：「『在武丁孫子』，猶云『在孫子武丁』，謂先后之子孫惟武丁克肖也。『武王靡不勝』，猶云『靡不勝武王』，謂武丁於湯之業皆克負荷也。二句均倒文合韻，專美高宗，正以中興餘烈長在，故易世之後，猶得龍旂承祀也。王引之乃以烈祖之言『湯孫』爲比，欲改詩文，馬瑞辰又從而附益之，豈知據三家今文，『湯孫』固不得說爲太甲乎？」魏源云：「上公交龍爲旂，六月詩吉甫出征，『元戎十乘』，明爲上公之制龍旂十乘。『大糦是承』，猶魯頌『周公之孫，莊公之子，龍旂承祀』，明謂先代之後尚備車服禮樂器以祀其先王也。」詳見上文。「大糦大祭也」者，玉篇食部引韓詩文。皮嘉祐云：「釋文引脫上二字，故陳喬樅以韓爲作『糦』，與毛同。蓋古文作『糦』，今文作『饎』。天保韓詩『吉圭爲饎』，據此，是韓皆作『饎』也。」**邦畿千里，維民所止，肇域彼四海。**【疏】

傳：「畿，疆也。」箋：「止，猶『居』也。『肇』當作『兆』。王畿千里之内，其民居安，乃後兆域正天下之經界。言其爲政自内及外。」○禮大學引詩云：「邦畿千里，惟民所止。」王制鄭注：「縣内，夏時天子所居州界名也。殷曰畿。殷頌曰：『邦畿千里，惟民所止。』周亦曰畿。」文選西京賦注引詩作「封畿千里」。西都賦亦云：「封畿之内，厥土千里。」馬瑞辰以「封畿」爲本三家詩，但「邦」、「封」字同義通，禮經注皆作「邦」，漢人文或避高祖諱改字也。馬瑞辰云：「字訓『始』者作『肁』。說文：『肁，户始開也。』訓『擊』者作『肇』。李舟切韻：『肇，擊也。』經傳中通借『肇』爲『肁』，又譌作『肈』，故玉篇云：『肈，俗肇字。』張參五經文字曰：『肇作肈，譌。』是知毛詩今作『肈』者，俗譌字也。肇、兆古同音通用，見書堯典及大雅箋。」「邦畿」以下，追述高宗中興之盛。四海來假，來假祁祁。景員維河，殷受命咸宜，百禄是何。【疏】傳：「景，大。員，均。何，任也。」箋：「假，至也。祁祁，衆多也。『員』，古文作『云』。『河』之言『何』也。天下既蒙王之政令，皆得其所，而來朝覲貢獻，其至也祁祁然衆多。其所貢於殷大至，所云維言何乎？言殷王之受命皆其宜也。『百禄是何』，謂當擔負天之多福。」○孔疏釋傳，謂「殷王之政甚大均，如河之潤物」。陳奂云：「高宗都景亳，在冀州域内，三面距河，故詩人言四海之朝貢來至于河者，乃大均也。」黄山云：「陳說善會詩指，然以三家之義推之，猶未盡也。宋之國土，本即亳殷舊疆，自盤庚五遷後還都亳，高宗因而中興。今日之山河，皆先王之遺烈所在焉。『景員維河者』，當謂景山緜亘四周於河。凡此土疆，昔爲受命所宜，今仍『百禄是何』耳。本當前之地，追念中興，其爲宋詩益明已。集傳：『景，山名，商所都。春秋傳「商湯有景亳之命」是也。』『員』，與下篇『幅隕』義同，蓋言『周』也，景山四周皆大河。」

玄鳥一章，二十二句。

長發【疏】毛序：「大禘也。」箋：「大禘，郊祭天也。禮記曰：『王者禘其祖之所自出，以其祖配之。』是謂也。」○陳奂云：「內司服賈疏引白虎通義：『周官，祭天，后夫人不與。』而詩首章先言『有娀』。盤庚言大享功臣從祀，鄭注『大享』，謂烝嘗而郊天，無『功臣從祀』之文。或亦祀高宗之詩，上篇爲『大祫』，而此篇爲『大禘』與？而詩何不一及高宗也。禮無明文，宜從蓋闕。」愚案：此或亦祀成湯之詩。黄山云：「箋以此篇爲『郊祭天』之詩，謂殷後王所用之樂歌也，此仍毛說，不足以證三家。陳氏兩疑，猶之誤也。諸經言禘多矣，無大禘爲郊天之明文，惟禮祭統：『周公既没，成王康王追念周公勳勞，而欲尊魯，故賜以重祭。外祭則郊社是也，內祭則大嘗禘是也。』宋之有禘，本與魯同。『大禘』即『大嘗禘』，抑即盤庚之『大享』，本爲內祭，功臣固得從祀，夫人亦當侍祠。諸侯不得郊天，在魯且然，宋固無郊天之事。蘇傳引盤庚『茲予大享于先王，爾祖其從與享之』，疑是禮起於殷，亦本無可疑也。殷本紀載武王『封紂子，以續殷祀，令修行盤庚之政，殷民大說』。宋國於亳殷舊都，必循盤庚舊典可知矣。朱子乃謂大禘不及羣廟之主，此宜爲祫祭之詩。然宋之大禘本即大享，變『享』言『禘』，重有禘也。魯禘於周公之廟，微子非其比，則當禘於湯之廟。詩本亦主祀湯而以伊尹從祀，其歷述先世，著湯業所由開，非皆祀之。否則宋爲諸侯，禮不得禘帝嚳，又安得及有娀乎？陳氏乃並以詩不及高宗爲疑，故曰猶之誤也。」

濬哲維商，長發其祥。洪水芒芒，禹敷下土方。外大國是疆，幅隕既長。【疏】傳：「濬，深。洪，大也。諸夏爲『外』。幅，廣也。隕，均也。」箋：「長，猶『久』也。『隕』當作『圓』，圓，謂『周』也。深知乎，維商家之德也，久發見其禎祥矣。乃用洪水，禹敷下土正四方，定諸夏，廣大其竟界之時，始有王天下之萌兆，歷虞夏之世，故爲久也。」○馬瑞辰云：「說文：『㕡，深通川也。』或作『濬』，古文作『濬』。又曰：『叡，深明也，通也。』古文作『睿』。此詩『濬』、『哲』並言，『濬』當即『睿』之叚借。廣雅叡、哲並訓『智』，是也。『濬哲』猶言『明哲』，傳箋訓『深』，非。」「外大國是疆」者，京師爲内，諸夏爲外，言禹外畫九州境界也。有娀方將，帝立子生商。【疏】傳：「有娀，契母也。將，大也。契生商也。」箋：「帝，黑帝也。禹敷下土之時，有娀氏之國亦始廣大，有女簡狄，吞鳦卵而生契，堯封之於商，後湯王因以爲天下號，故云『帝立子生商』。」○陳奂云：「史記殷本紀：『桀敗于有娀之虚。』桀都河南，有娀與桀都相去當不甚遠。淮南墬形訓『有娀在不周之北』，高注『娀』讀如『嵩高』之『嵩』。案，嵩高山在河南，於聲求義，高説自得諸師讀。書堯典鄭注：『商國在太華之陽。』括地志：『商州東八十里商洛縣，本商邑，古之商國，契所封也。』司馬貞以爲商即相土所居商丘，誤。」契母吞鳦卵，詳玄鳥篇。又列女簡狄傳云：「契母簡狄者，有娀氏之長女也，當堯之時，與其娣浴於玄邱之水。有玄鳥銜卵過而墜之，五色甚好，簡狄與其妹娣競往取之，簡狄得而含之，誤而吞之，遂生契焉。簡狄性好人事之治，上知天文，樂於施惠，及契長而教之理，順之序。契之性聰明而仁，能育其教，卒致其名，堯使爲司徒，封於亳。及堯崩，舜即位，乃敕之曰：『契，百姓不親，五品不遜，汝作司徒而敬，敷五教在寬，其後世世居亳。』至殷湯興爲天子，君子謂簡狄仁而有禮。詩曰：『有娀方將，立子生商。』又曰：『天命玄鳥，降而生商。』此之謂也。頌曰：『契母簡狄，敦仁厲翼，吞卵産子，遂自修飾。教以事理，推恩有德。契爲帝輔，蓋母有力。』」呂覽音初篇高誘注：「詩曰：『有娀方將，立子生商。』」楚詞離騷王逸注：「有娀，國名。謂帝嚳之妃契母簡狄也，配聖帝，生賢子。詩曰：『有娀方將，帝立子生商。』」以上皆魯説也。高注引詩作「立子生商」，與列女傳合，疑魯詩本無「帝」字，王逸注有「帝」字，或後人順毛加之。

玄王桓撥，【注】韓「撥」作「發」，曰：「發，明也。」受小國是達，受大國是達。率履不越，【注】三家「履」作「禮」。遂視既發。【疏】傳：「玄王，契也。桓，大。撥，治。履，禮也。」箋：「承黑帝而立子，故謂契爲玄王。遂，猶『偏』也。發，行也。玄王廣大其政治，始堯封之商爲小國，舜之末年乃益其土地爲大國，皆能達其教令，使其民循禮，不得踰越，乃遍省視之，教令則盡行也。」○「撥作發。曰發，明也」者，釋文引韓詩文，蓋以「桓」、「發」二字平列。訓「桓」爲「武」，訓「發」爲「明」，言玄王有英明之姿。白虎通瑞贄篇：「『玄王桓撥，受小國是達，受大國是達。』言湯王天下，大小國諸侯皆來見，湯能通達以禮義也。」是魯詩以「玄王」即湯。漢書禮樂志：「昔殷周之雅頌，乃上本有娀、姜嫄，离、稷始生，玄王公劉古公太伯王季姜女太任太姒之德。」師古曰：「离，殷之始祖。玄王，亦殷之先祖，承黑帝之德，故曰玄王。」是齊説以「离」、「玄王」爲二人。离是始祖，相土离孫，玄王成黑帝之德，而在相土前，則爲离子，相土父即昭明也，均與毛義異。韓詩外傳三載晉文公不賞陶叔狐事，引詩：「率禮不越，遂視既發。」蔡邕集胡公碑引「率禮不越」。漢書宣帝紀引「率禮不越」四句，「履」皆作「禮」，是三家文並與毛異。

相土烈烈，海外有截。【疏】傳：「相土，契孫也。烈烈，威也。」箋：「截，整齊也。相土居夏后之世，承契之業，入爲王官之伯，出長諸侯，其威武之盛烈烈然，四海之外率服，截爾整齊。」○漢書人表：「相土，昭明子。」五行志：「相土商祖，契之曾孫，代閼伯後主火星，宋其後也。」師古曰：「據魯典籍，相土即离之孫，今云『曾孫』，未詳其意。」愚案：人表不誤，五行志衍「曾」字。班固封燕然山銘「勦凶虐兮截海外」，用齊經文。

帝命不違，至於湯齊。湯降不遲，聖敬日躋。昭假遲遲，上帝是祇，帝命式于九圍。

【注】齊詩曰：「帝命不違，至於湯齊。湯降不遲，聖敬日齊。昭假遲遲，上帝是祇，帝命式于九圍。」齊説曰：帝，天帝也。詩讀「湯齊」爲「湯躋」，躋，升也。降，下也。齊，莊也。昭，明也。假，至也。祇，敬也。式，用也。九圍，九州之界也。此詩云殷之先君其爲政不違天之命，至於湯升爲君，又下天之政教甚疾，其聖敬日莊嚴，其明道至於民遲遲然安和，天是用敬之，命之用事於九州，謂使王也。韓説曰：「聖敬曰躋」，言湯聖敬之道上聞于天。【疏】傳：「至湯與天心齊。『不遲』，言疾也。躋，升也。『九圍』，九州也。」箋：「『帝命不違』者，天之所以命契之事，世世行之，其德浸大，至於湯而當天心。降，

下。假，暇。祗，敬。式，用也。湯之下士尊賢甚疾，其聖敬之德日進，然而以其德聰明寬暇，天下之人遲遲然。言急於己而綏於人，天用是故愛敬之也。天於是又命之，使用事於天下，言王之也。」○「帝命」至「王也」，禮孔子閒居鄭注文，引詩「躋」作「齊」，與毛異，乃據齊詩所述，亦齊義也。「謂使王也」，與此箋「言王之也」同義。「聖敬」至「于天」，文選閒居賦注引韓詩文。外傳三載孔子觀欹器，周公誡伯禽，子路盛服見孔子三事；外傳八載湯作濩，周公行謙德，田子方贖老馬，齊莊公避螳螂四事，並引「湯降不遲，聖敬日躋」而推演之。說苑敬慎篇引：「湯降不遲，聖敬日躋。」雜言篇亦載子路盛服事，引「湯降」二句而推演之，明魯韓皆作「躋」，與毛同。

受小球大球，爲下國綴旒，何天之休。【疏】傳：「球，玉。綴，表。旒，章也。」箋：「綴，猶『結』也。旒，旌旗之垂者也。休，美也。湯既爲天所命，則受小玉，謂尺二寸圭也；受大玉，謂珽也，長三尺。執圭搢珽，以與諸侯會同，結定其心，如旌旗之旒縿著焉。擔負天之美譽，爲衆所歸鄉。」○荀子臣道篇引詩：「受小球大球，爲下國綴旒。」明魯毛文同。禮郊特牲鄭注：「詩云：『爲下國畷郵。』」正義：「此所引者三家詩也。『郵』，謂民之郵舍。言成湯施布仁政，爲下國諸侯在畷民之處所，使不離散。」陳喬樅云：「鄭所引據齊詩之文，其釋『郵表畷』：『謂田畯所以督約百姓於井閒之處。』引此詩『畷郵』爲證。攷說文：『畷，兩百間道也，廣六尺。』段注：『百者，百夫洫上之涂也。兩百夫之間有洫，洫上有涂。是謂兩百間道，是之謂畷。「畷」之言「綴」也，衆涂所綴也。於此爲田畯督約百姓之處，若街彈室者然，曰郵表畷。』又說文：『桓，亭郵表也。』郵亭爲督約百姓之所，故立表以示人。又玉篇田部引詩云：『爲下國畷流。畷，表也。』玉篇據韓詩之文。『畷』『綴』以音同通用，『郵』、『旒』、『流』以聲假借也。」不競不絿，不剛不柔，敷政優優，【注】魯齊「敷」作「布」。百祿是遒。【注】魯「優」作「憂」，「遒」作「揫」。【疏】傳：「絿，急也。優優，和也。遒，聚也。」箋：「競，逐也。不逐，不與人争前後。」○馬瑞辰云：「廣雅『絿，求也。』蓋本三家詩。竊謂『絿』對『競』言，從廣雅訓『求』爲是。爭競者多驕，求人者多諂，『競』、『求』二義相對成文，與下句『不剛不柔』、雄雉詩『不忮不求』、左昭傳『不懦不耆』句義正同。」韓詩外傳三君子行不貴苟難章引詩「不競不絿，不剛不柔」二句，言當之爲貴」。伯夷叔齊目不視惡色章引同，「言中庸和通之謂也」。又外傳五聖人養一性而御六氣章朝廷之士爲祿章並引詩二句，「言得中也」。皆推演之詞。「齊敷作布」者。繁露循天之道篇：「德莫大于和，而道莫正于中。中和者，天地之美德達理也，聖人之所保守也。詩云：『不剛不柔，布政優優。』非中和之謂與？」董學齊詩，明齊「敷」爲「布」。外傳三王者之等賦正事章引詩曰：「敷政優優，百祿是遒。」明韓毛文同。「魯敷作布，優作憂，遒作揫」者，說文：「憂，和之行也。詩曰：『布政憂憂。』」陳奐云：「古『憂愁』作『惪』，『優和』作『憂』。許據詩作『憂憂』，本字，作『優優』叚借字。廣雅：『憂憂，行也。』蓋本三家。」愚案：齊韓並作「優優」，明作「布」、作「憂」者乃魯詩也。說文：「揫，束也。」引詩曰：「百祿是揫。」釋詁：「揫，聚也。」與毛「遒」訓「聚」合，是釋詁「揫聚」之訓正釋此詩，明魯「遒」作「揫」。「束」謂「收束」，亦「聚」之義也。

受小共大共，【注】魯「共」作「珙」，或作「拱」。爲下國駿厖。【注】魯「駿厖」作「駿蒙」，齊作「恂蒙」。何天之龍，敷奏其勇，【注】齊「龍」作「寵」，「敷」作「傅」。【疏】傳：「共，法。駿，大。厖，厚。龍，和也。」箋：「共，執也。『小共大共』，猶所執搢小球大球也。駿之言『俊』也。『龍』當作『寵』，寵，榮名之謂。」○「魯共作珙，或作拱」者，陳喬樅云：「淮南本經訓高注：『蛩，讀詩「小珙」之珙。』藏本字作『拱』，从『手』、不從『玉』，未詳孰是。」愚案：魯本作「共」，（見下。）高引蓋「亦作」本。說文無「珙」字，當作「拱」。「拱」謂「拱執」，猶言「拱璧」也。孔疏：「『拱執』，釋詁文，以此章文類於上，玉必以手執，故易傳爲『大拱小拱』也。」「魯駿厖作駿蒙」者。荀子榮辱篇引詩：「受小共大共，爲下國駿蒙。」是魯作「駿蒙」。

「齊作恂蒙」者，大戴禮衞將軍文子篇：「詩云：『受小共大共，爲下國恂蒙。何天之寵，傅奏其勇。』」是齊作「恂蒙」。馬瑞辰云：「『駿』與『恂』，『龐』與『蒙』，古並聲近通用。大學『恂慄』，鄭注讀『恂』爲『駿』。詩『狐裘蒙戎』，左傳作『厖戎』，是其證。此詩當以『恂蒙』爲正，『恂』讀爲『徇』。呂覽忠廉篇高注：『徇，猶衞也。』是『徇』有『庇衞』之義。『蒙』通作『幪』。說文：『幪，蓋衣也。』廣雅釋詁：『幪，覆也。』『幪』即『幪』之俗。『爲下國恂蒙』，猶云『爲下國覆庇』耳。荀子榮辱篇『是夫羣居和一之道也』，下引詩此句爲證，則『恂蒙』有羣相庇廕之象。法言：『震風淩雨，然後知夏屋之爲帡幪也。』『恂蒙』猶言『帡幪』耳。上章言『敷政』，故云『爲下國之表章』；此章言『奏勇』，故云『爲下國之覆庇』，義固各有當也。董氏讀詩記引齊詩作『駿駹』，皆叚借字，說齊詩者遂以『馬』釋之，誤矣。」陳喬樅云：「大戴記師傳與齊詩同爲后蒼所授，據大戴記所引，則齊詩作『恂蒙』信而有徵。董氏無稽妄言耳。」「齊龍作寵敷作傅」，引見上。傳云：「龍，和也。」箋云「龍」當作「寵」，即據齊詩改毛。「傅」、「敷」以聲同通用。「敷奏其勇」，孔疏釋爲「湯之陳進其勇」。不震不動，不戁不竦，百祿是總。【疏】傳：「戁，恐。竦，懼也。」箋：「『不震不動』，不可驚憚也。」○陳奐云：「『不震不動』，言不震作動搖也。潘眉云：『不震不動，不戁不竦』二句，當在『敷奏其勇』之上，與上章一律。奐案：家語弟子行篇引詩：『不戁不竦，敷奏其勇。』是王肅本不誤，此亦一證。」

武王載旆，有虔秉鉞，如火烈烈，則莫我敢曷。【注】魯韓「旆」作「發」，「曷」作「遏」。【疏】傳：「武王，湯也。旆，旗也。虔，固。曷，害也。」箋：「『有』之言『又』也。上既美其剛柔得中，勇毅不懼，於是有武功，有王德，及建旆興師出伐，又固持其鉞，志在誅有罪也，其威勢如猛火之炎熾，誰敢禦害我。」○「魯韓旆作發，曷作遏」者，荀子議兵篇引詩云：「武王載發，有虔秉鉞，如火烈烈，則莫我敢遏。」韓詩外傳三載孫卿與臨武君議兵同。（今本皆同毛，「發」字從詩攷訂正，「遏」字從元槧本改。）是魯韓皆作「發」、作「遏」也。漢書刑法志作「旆」，雖述孫卿語，而所引詩仍據齊詩之文也。五行志上亦引「有虔秉鉞，如火烈烈」二句。史記：「湯自把鉞以伐昆吾，遂伐桀。」正此詩「秉鉞」之謂，「發」即「墢」之省借。陳喬樅云：「說文：『坺，治也。一曰，臿土謂之坺。詩曰：武王載坺。』玉篇土部引詩同，又重文『墢』，與『坺』同。『坺』今詩作『伐』。案，『伐』即『茷』字，與今『旆』同。六月篇『白茷央央』，釋文：『本又作旆。一曰，「旆」與「茷」古今字殊。』又小戎篇『蒙瞂有苑』，玉篇重文作『瞂』，云與『瞂』同，本亦作『伐』。『伐』、『發』古字通用，噫嘻篇『駿發爾私』，箋云『發，伐也』可證。說文云：『臿土謂之坺』，正周禮所云『一耦之伐，廣尺深尺謂之甽也』。然則說文所載『坺』字即毛詩之古文，玉篇所載『墢』字即韓詩之異文耳。」陳奐云：「繼旐曰『旆』，傳義見於六月。『旗』，爲九旗之統稱，不得以繼旐之『旆』獨擅『旗』名。」傳中「旆旗也」三字，係後人誤竄。箋云「興師出伐」，是鄭所據詩作「載伐」，不得於上又加「建旆」二字，亦明係誤衍。今漢書刑法志、新序雜事三亦作「旆」，皆後人依誤本毛詩改之耳。馬瑞辰云：「王氏引之言『發』正字，『旆』、『坺』皆借字。『發』，謂興師伐桀是也，惟既引漢書律歷志述武王伐紂，曰『癸巳武王始發』，與此『發』字同義，又以『載』爲『則』，非也。『載』與『哉』通。哉，始也，『載發』即『始發』，謂始興師。」苞有三蘗，【注】韓說曰：蘗，絕。齊「苞」作「包」，「蘗」作「枿」。莫遂莫達，九有有截。【注】魯韓「有」作「域」。【疏】傳：「苞，本。蘗，餘也。」箋：「苞，豐也。天豐大先三正之後世，謂居以大國，行天子之禮樂。然而無有能以德自遂達於天者，故天下歸鄉湯，九州齊一截然。」○「蘗，絕也」者，釋文引韓詩文。漢書貨殖傳「山不茬蘗」，注：「蘗，髡斬之也。」「髡斬」即「斷絕」之義，與韓說同。「齊苞作包，蘗作枿」者，漢書敘傳：「三枿之起，本根既朽。」劉德注：「詩云：『包有三枿。』爾雅：『枿，餘也。』謂木斫髡而復枿生也，喻魏齊韓皆滅而後起，若髡木更生也。」蘗、枿一字。廣韻引詩：「枹有三枿。」包、枹皆假借字。「魯韓有作域」者，晉書樂志四廂樂歌：「九域有截。」以玄鳥「九有」作「九域」例之，知爲魯韓詩也。方言：「逵，芒也。」「遂」與「逵」皆草木生長之稱。「莫遂莫達」，喻三國不能復興。

韋顧既伐，昆吾夏桀。

【疏】傳：「有韋國者，有顧國者，有昆吾國者。」箋：「韋，豕韋，彭姓也。顧昆吾，皆己姓也。三國黨於桀，惡，湯先伐韋顧，克之；昆吾夏桀，則同時誅也。」○文選李注引蔡邕典引注：「韋，豕韋；顧，己姓之國，皆夏諸侯，湯誅之。詩云：『韋顧既伐。』」淮南俶真訓高注：「昆吾，夏伯，桀世也。」又墬形訓注：「昆吾，楚之祖，祝融之孫，陸終之子，爲夏伯。詩云：『昆吾夏桀。』」蔡高皆魯說。漢書人表韋鼓昆吾，係夏桀世。師古曰：「豕韋國彭姓。鼓，即顧國，己姓。昆吾，妘姓國也。三者皆湯所誅也。」愚案：班作人表以「鼓」爲「顧」，蓋齊詩作「鼓」。而其作典引又云「因討韋顧黎崇之不恪」，蓋齊亦作「顧」也。陳喬樅云：「箋以顧昆吾皆己姓，師古以昆吾爲妘姓，與鄭不同，蓋據舊注齊詩之說。據周語『彭姓豕韋，己姓昆吾』，而人表又有劉姓豕韋，則昆吾容或有妘姓也。」馬瑞辰云：「人表韋有三：其一韋居下上，在夏帝癸時；其一大彭豕韋居上下，在殷南庚陽甲時；又其一劉姓豕韋居中上，在武丁時。案，表於南庚陽甲之豕韋，始言大彭豕韋，則不以湯所伐之韋在帝癸時者爲彭姓矣。蓋湯滅韋，始以改封彭姓豕韋，故鄭語但曰豕韋爲商伯，不言在夏時爲侯伯也。夏時之韋，其姓已不可考，故人表不著其姓。箋謂湯所伐即彭姓豕韋，誤矣。至世本云豕韋防姓。防、彭聲近，以旁、彭互通類之，防姓即彭姓，亦未可當此詩之韋也。顧、鼓雙聲，故通用。微子『我不顧行遯』，釋文涂仙民音『鼓』，是顧、鼓同音之證。」陳奐云：「郡國志東郡白馬有韋鄉，今河南衛輝府滑縣東南五十里有廢韋城。左哀二十一年傳『公及齊侯邾子盟于顧』，即故顧國也。今山東曹州府范縣東南有顧城，昆吾國即衛帝丘，帝顓頊之虚也，夏后相亦居此，相爲澆滅，而少康邑諸綸。是衛本相都，夏道既衰，昆吾作伯，當在相滅之後，其居衛亦必在相滅之後。左昭十二年傳曰：『楚之皇祖伯父昆吾，舊許是宅。』史記楚世家服虔注云『昆吾曾居於許』是也。昆吾居衛在後，居許在先。韋昭注、外傳以『舊許』連讀，遂謂昆吾遷許在封衞後，至湯伐時昆吾在許，誤也。今直隸大名府開州是其地。書序曰：『伊尹相湯伐桀，升自陑，遂與桀戰于鳴條之野。湯既勝夏，欲遷其社，不可。夏師敗績，湯遂從之，遂伐三朡，俘厥寶玉。湯歸自夏，至於大坰。』孔傳以爲『桀都安邑』，後儒皆依孔說。漢書地理志臣瓚注：『汲郡古文云：「大康居斟尋，羿亦居之。」吳起對魏武侯曰：「昔夏桀之居，左河濟，右太華，伊闕在其南，羊腸在其北。」河南城爲值之。周書度邑篇曰：「武王問太公曰：吾將因有夏之居，南望過于三塗，北瞻望于有河。」「有夏之居」，卽河南是也。』近儒金鶚又據國語『伊洛竭而夏亡』，攷水經：『伊水過伊闕中，至洛陽縣南，北入于洛；洛水東過洛陽縣南，又東北過鞏縣東，又北入于河。』『伊洛竭而夏亡』，則桀時事也，以爲桀都在今河南洛陽縣之一證。奐案：夏桀之際，昆吾最強，顧在其東，豕韋在其西，俱在漢東郡界內，連屬密邇，湯伐韋顧，鋤其與黨，而昆吾已成孤立之形，斷非望西南而征許州也。湯爲諸侯時居南亳，卽今河南歸德府商邱縣地。書疏載『或說陳留平邱縣有鳴條亭』，卽今開封府陳留縣地。洛陽在商邱之西北，必經陳留，陳留當卽古桀都西郊也。湯自商邱舉師，桀必自洛陽出兵相迎，故於陳留交戰。書序『戰於鳴條之野』，猶武王與紂戰於坶之野耳。夏本紀以爲『桀走鳴條』，非實錄也。湯雖戰勝，桀國未亡，故序云『遷社不可也』。桀因敗績，西走定陶，定陶故三朡國，故序云『湯從之伐三朡』也。開州在定陶北，擊柝相聞，昆吾與桀同日滅也。于是夏桀已亡，湯歸商邱，卽天子位，故序云『湯歸自夏』，尚書大傳所謂『湯放桀而歸于亳』也。因桀都洛陽之說，想當日湯伐情形，考之如此。」

昔在中葉，有震且業。允也天子，降予卿士。【疏】傳：「葉，世也。業，危也。」箋：「『中世』，謂相土也。震，猶『威』也。相土始有征伐之威，以爲子孫討惡之業，湯遵而興之。信也天命而子之，下予之卿士。謂生賢佐也。春秋傳曰：『畏君之震，師徒橈敗。』」○陳奐云：「『中世』，湯之前世也。殷武正義云：孟子『湯以七十里』，契爲上公，當爲大國，過百里。湯之前世，有君衰弱，土地減削，故至于湯時止有七十里耳。案，此卽前世震危之義也。」實維阿衡，實左右商王。【疏】傳：「阿衡，伊尹也。左右，助也。」箋：「阿，倚。衡，平也。伊尹，湯所依倚而取平，故以爲官名。『商王』，湯也。」○說文：「伊，殷聖人阿衡，尹治天下者。从人、尹。」「阿衡」蓋師保之官，特設此官名以寵異之，及太甲時改曰「保衡」。呂覽言伊尹生伊水之上，史記殷本紀又言「伊尹名阿衡」。伊尹名摯，見孫子用間篇。淮南修務訓高注：「伊尹處於有莘之野，執鼎俎，和五味，以干湯，欲調陰陽行其道。詩曰『實維阿衡，左右商王』是也。」呂覽當染篇高注：「湯，契後十二世孫，主癸之子，爲天乙。伊尹，湯相。詩云：『實維阿衡，實左右商王。』」兩引詩明魯毛文同。

長發七章，一章八句，四章章七句，一章九句，一章六句。

殷武【疏】毛序：「祀高宗也。」○魏源云：「春秋僖四年：『公會齊侯宋公，伐楚。』此詩與魯頌『荆舒是懲』，皆侈召陵攘楚之伐，同時同事同詞，故宋襄作頌以美其父。」（宋桓二十四年從戰召陵，逾六年卒，至襄公戰泓之敗，齊桓已没，在此詩後矣。）詳見上。愚案：魏說爲此詩定論，毛序之僞不足辨也。

撻彼殷武，【注】韓說云：撻，達也。奮伐荆楚。罙入其阻，裒荆之旅。【疏】傳：「撻，『疾』意也。殷武，殷王武丁也。荆楚，荆州之楚國也。罙，深。裒，聚也。」箋：「有鍾鼓曰伐。罙，冒也。殷道衰而楚人叛，高宗撻然奮揚威武，出兵伐之，冒入其險阻。謂踰方城之隘，克其軍率而俘虜其士衆。」○馬瑞辰云：「『撻』，蓋勇武之貌。釋言：『疾，壯也。』廣雅釋詁：『壯，健也。』『疾』與『壯健』義近，傳訓『疾』者，亦『壯武』之義。說文『𨔝』，古文『撻』。段玉裁曰：『从「虍」者，言有威也。』則『撻』字亦爲武皃。正義以爲『伐楚之疾』，失傳指矣。據鄭風，『挑達』爲行疾之皃，『達』亦『疾』也，則韓毛字異義同。」愚案：召陵之役，因伐蔡而遂伐楚，所謂出其不意，攻其無備，迅雷脱兔，正以「疾」見其武壯，孔疏未爲失也。「殷武」者，宋爲殷後，原其本稱，猶孔子之自稱「殷人」。「殷武」，猶言「宋武」也。楚入春秋，歷隱桓莊閔，止稱荆，至僖二年始稱楚，言「荆楚」者，著其實也。陳奐云：「『罙』卽『突』之隸變。說文穴部：『突，深也。』本毛。网部『罙』下引詩『罙入其阻』，本三家。鄭箋於字同毛，而義用三家，若閟宮字從『翦商』，訓從『戩商』之例。」馬瑞辰云：「『裒』卽『捊』之别體。說文：『捊，引聖也。』引詩『原隰捊矣』。今詩作『裒』。易謙象傳：『君子以裒多益寡。』釋文：『鄭荀董蜀才「裒」作「捊」，云：取也。』是『裒』卽『捊』之證。『裒』爲『聚』，又爲『取』。廣雅：『捊，取也。』與爾雅訓『捊』爲『取』同義，故傳訓『裒』爲『聚』而箋以『俘虜』易之。」**有截其所，湯孫之緒。**【疏】箋：「緒，業也。所，猶『處』也。高宗所伐之處，國邑皆服其罪，更自敕整，截然齊壹，是乃湯孫太甲之等功業。」○諸侯伐楚，兵所到之處無敢抗阻，故云「有截其所」。「湯孫」，謂宋桓公。

維女荆楚，居國南鄉。昔有成湯，自彼氐羌，莫敢不來享，莫敢不來王，曰商是常。【疏】傳：「鄉，所也。」箋：「氐羌，夷狄國在西方者也。享，獻也。世見曰『王』。維女楚國，近在荆州之域，居中國之南方，而背叛乎？成湯之時，乃氐羌遠夷之國，來獻來見，曰商王是吾常君也。此所用責楚之義，女乃遠夷之不如。」○皮錫瑞云：「『國』，卽宋國，此似敵國相稱之詞。楚在宋南，故曰『南鄉』，若以天子臨諸侯，不當有居國南鄉之語。」「氐羌」，卽高宗所伐之鬼方。魏源說詳見上。揚雄揚州牧箴云：「自彼氐羌，莫敢不來庭，莫敢不來匡。」又并州牧箴：「莫敢不來貢，莫敢不來王。」疑皆魯詩「亦作」本。鹽鐵論論勇篇「故『自彼氐羌，莫敢不來王』，非畏其威，畏其德也。」荀悦漢紀二十：「詩云：『自彼氐羌，莫敢不來王。』」兩引詩同。蓋齊詩本無「莫敢不來享」一句也。黄山云：「此章上言『自彼氐羌』，下言『曰商是常』，則『自彼』之彼當屬湯言，蓋氐羌自湯至高宗時始一蠢動，仍爲高宗所創，常服屬於商也。『是常』與閟宮『魯邦是常』

同，若專就湯初言，不得爲『常』矣。」

天命多辟，設都于禹之績。歲事來辟，勿予禍適。【注】韓說曰：適，數也。稼穡匪解。【疏】傳：「辟，君。適，過也。」箋：「多，衆也。『來辟』，猶『來王』也。天命乃令天下衆君諸侯，立都於禹所治之功，以歲時來朝覲於我殷王者，勿罪過與之禍適，徒敕以勸民稼穡，非可解倦。時楚不修諸侯之職，此所用曉告楚之義也。禹平水土，弼成五服，而諸侯之國定，是以云然。」○馬瑞辰云：「說文：『迹，步處也。』或作『蹟』。古經傳固多叚蹟爲『績』，漢書凡『功績』字通借作『迹』是也。此詩又叚『績』爲『迹』。九州皆經禹治，因稱『禹迹』。周書立政：『以陟禹之迹』。詩云『設都于禹之績』，正謂設都于禹所治之地。箋訓爲『功績』，失之。文王有聲篇『維禹之績』，『績』亦當讀爲『迹』。左哀元年傳『復禹之績』，釋文：『績，一本作迹。』此古叚『績』爲『迹』之證。」「適，數也」者，釋文引韓詩文。王引之云：「『予』，猶『施』也。『禍』，讀爲『過』。廣雅：『謫，過責也。』勿予過責，言不施過責也。」馬瑞辰云：「傳訓『適』爲『過』者，正讀『適』爲『謫』。韓云：『適，數也。』據廣雅，數、謫並訓『責』，是韓亦讀『適』爲『謫』也。王讀『禍』爲『過』，『適』爲『謫』，正與毛鄭相發明。」愚案：「天」，謂王也，詩言周天子命衆諸侯建都於禹迹之地者，但令其歲時來王，不施過責，惟告之以勸民稼穡而已，非有所多求也。蓋宋於周爲客，惟歲事往朝，周頌有客微子助祭於周廟，是其例。荆楚既平，國家無事，重新寢廟，以妥神靈，亦告太平之意耳。

天命降監，下民有嚴。不僭不濫，不敢怠遑。命于下國，封建厥福。【疏】傳：「嚴，敬也。『不僭不濫』，賞不僭，刑不濫也。封，大也。」箋：「降，下。遑，暇也。天命乃下視，下民有嚴明之君，能明德慎罰，不敢怠惰自暇於政事者，則命之於小國，以爲天子，大立其福。謂命湯使由七十里王天下也。時楚僭號王位，此又所用告曉楚之義也。」○馬瑞辰云：「說文：『僭，儗也。』『僭』之本義爲以下儗上，引伸之爲『過差』。『濫』者，『㜮』之叚借。說文：『㜮，過差也。』引論語『小人窮斯㜮矣』。經典通作『氾濫』之濫。禮器『君子以爲濫』，鄭注：『濫，亦盜竊也。』正義曰：『是爲僭濫也。』是僭、濫二字同義。此承上文『下民有嚴』言，謂民知畏法，故不敢僭濫，非謂上之賞刑也。左襄二十六年傳引詩以證『賞不僭，刑不濫』，特斷章取義耳。傳遂引以釋詩，誤矣。」陳奐云：「『嚴』讀爲『儼』，爾雅：『儼，敬也。』荀子儒效篇『嚴嚴乎其能敬己也』，楊倞注：『嚴或爲儼。』」愚案：「有嚴」猶「嚴嚴」也。「下國」，宋公自斥其國也。詩言周天子之命，又下監觀四方在下之民，惟當嚴嚴乎敬以奉上，不敢有所僭濫於民事，不敢有所怠遑，天子乃命于下國，以封建錫其福焉。孟子所謂「慶以地」也。兩言「天命」，見宋與諸侯伐楚皆奉天子之威靈也。趙岐孟子章句十三：「不僭不濫，詩人所紀。」明魯毛文同。

商邑翼翼，四方之極。【注】三家作「京邑翼翼，四方是則。」赫赫厥聲，濯濯厥靈。壽考且寧，以保我後生。【疏】傳：「商邑，京師也。」箋：「極，中也。商邑之禮俗翼翼然可則傚，乃四方之中正也。赫赫乎其出政教也，濯濯乎其見尊敬也，王乃壽考且安，以此全守我子孫。此又用商德重曉告楚之義。」○「三家作京邑翼翼，四方是則」者，後漢樊準傳準上疏曰：「夫建化致理，由近及遠，故詩曰：『京師翼翼，四方是則。』」李注：「韓詩之文也。翼翼然盛也。」後魏書甄琛傳：「詩稱『京邑翼翼，四方是則』。」後魏時齊魯詩已亡，所引韓詩也。白帖兩引詩同，亦據韓詩。後漢魯恭傳恭疏引「四方是則」，張衡東京賦：「京邑翼翼，四方所視。」魯、張皆治魯詩，張賦作「所視」者，改文以合韻也。王符傳潛夫論浮侈篇引「商邑翼翼，四方是極」，蓋後人據毛詩改之。漢書匡衡傳衡疏曰：「道德之行，由內及外，自近者始，然後民知所法，遷善日進而不自知。是以百姓安，陰陽和，神靈應，而嘉祥見。詩曰：『商邑翼翼，四方之極。壽考且寧，以保我後生。』此成湯所以見至治、保子孫、化異俗而懷鬼方也。」荀悦漢紀載衡疏云：「詩云：『京邑翼翼，四方是則。』此教化之原本，風俗之樞機，宜先正者也。」王引之云：「漢紀之文，本於漢書匡衡傳，而傳載衡疏作『商邑翼翼，四方之極』，與漢紀不同者，後人以毛詩改之也。案，疏言『道德之行，由内及外，自近者始，然後民知所法』，故引詩『四方是則』以證之。『則』亦『法』也，若作『四方之極』，則失其指矣。顔注所見已是改竄之本，當據漢紀以正之。」皮錫瑞云：「白虎通京師篇：『夏曰夏邑，商曰商邑，周曰京師。』是周以前天子所居無『京師』之稱。三家以此爲周人作，故據周人所稱曰『京師』、『京邑』。毛以爲商人作，故據商人所稱曰『商邑』也。」釋訓：「赫赫、濯濯，迅也。」孫炎注：「赫赫，顯著之迅。」釋文：「舍人本『赫赫』作『奭奭』。」陳喬樅云：「赫、奭古通，疑舍人本是魯詩之文。」釋文：「『躍躍』，樊光本作『濯濯』。」是古本有作「躍躍」者，與「迅」義合，疑亦魯詩也。言奭奭然揚其名聲，又躍躍然敬其神靈壽考。二句言周王享世長久，與我侯國共保太平也。

陟彼景山，松柏丸丸。【注】韓詩曰：「松柏丸丸。」韓説曰：「取松與柏。」是斷是遷，方斲是虔，【注】魯「虔」作「榩」。松桷有梴，旅楹有閑。【注】韓説曰：「閑，大也，謂閑然大也。」寢成孔安。【注】韓説曰：「宋襄公去奢即儉。」【疏】傳：「丸丸，易直也。遷，徙。虔，敬也。梴，長貌。旅，陳也。寢，路寢也。」箋：「『椹』謂之『虔』。升景山掄材木，取松柏易直者斷而遷之，正斲於椹上，以爲桷與衆楹。路寢既成，王居之甚安，謂施政教得其所也。高宗之前王有廢政教不修寢廟者，高宗復成湯之道，故新路寢焉。」○張衡冢賦：「陟彼景山。」明魯毛文同。「松柏」至「與柏」，文選長笛賦注引韓詩薛君文，引經明韓毛文同。馬瑞辰云：「詩大雅皇矣『松柏斯兑』，傳：『兑，易直也。』古音『兑』讀如『脱』，脱、丸一聲之轉，故『丸丸』亦爲『易直』。説文：『丸，圜也，傾側而轉者。從反仄。』段玉裁曰：『易直，謂滑易而條直，又「丸」義之引申。』至長笛賦『丸梴彫琢』，『丸梴』特節取詩詞。薛注『取松與柏』，乃總括下『是斷是遷』等句釋之，與箋云『取松柏易直者』同義，非訓『丸丸』爲『取』也。李善注誤矣。」「魯虔作榩」者，釋宮：「椹謂之榩。」陳喬樅云：「釋文：『榩，本亦作虔。詩曰：方斲是虔。』毛詩作『虔』，爾雅用魯詩，當爲『榩』字，作『虔』者或後人順毛改之。」釋詁：「旅，陳也」。又：「衆也。」皆魯訓。言陳列則必衆矣，傳訓「陳」，箋說爲「衆」，正以申傳，非異義。「閑，大也，謂閑然大也」者，文選魏都賦「旅楹閑列」李注引薛君韓詩章句文。韓詩「旅」義，注引未及。逸周書「作雒旅楹」，孔鼂注：「旅，列也。」當本韓訓，故賦以「閑列」爲文，亦本一家之說，「列」即「陳」也。孔疏：「箋不解『閑』義。『梴』爲桷之長貌，則『閑』爲楹之大貌。王肅云：『桷楹以松柏爲之，言無彫鏤也。陳列其楹，有閑大貌。』」今以魏都賦證之，則肅義實本韓詩。「宋襄」至「卽儉」，史記司馬貞索隱、文選張衡東京賦李注引韓詩文。王肅云「無彫鏤」，正謂其「儉」也。愚案：考父頌商，本無可疑議，徒以年壽之故，致衆信不堅，今得皮氏引公孫壽爲證，足以冰釋羣惑。毛詩當漢世，雖不立學官，而好古博覽之士，亦閒有取資。漢書杜欽傳之引小卞，卽是暗用毛義。至於此詩，則賈捐之傳云「武丁地南不過荆楚，西不過氐羌」，後漢黃瓊傳「詩詠成湯之不怠皇」，則不獨用毛，兼采左傳。曹植文云：「感殷人路寢之義，嘉先民泮宮之事。」蓋高宗僖公嗣世之王，諸侯之國，猶著德于三頌，騰聲于千載。植習韓詩，而亦旁參毛義，則鄭學大行之後時代爲之也。並著於此，以質學者。

殷武六章，三章章六句，二章章七句，一章五句。

那五篇，十六章，百五十四句。

南書房壬戌年二月初十日欽奉諭旨：已故前內閣學士銜降調國子監祭酒王先謙所著詩三家義集疏，發交南書房閱看。玆據奏稱：該書計二十八卷，網羅散佚，獨具苦心，折衷異同，義據精確，洵屬有益詩學，堪以留備乙覽，請旨一片。王先謙著加恩開復降調處分，以示奬勸。欽此。

附録

陳君進呈稿

爲恭進業師遺著呈請代奏仰祈聖鑒事：竊臣業師在籍已故特賞内閣學士銜前國子監祭酒王先謙，由翰林院編修光緒初累官至祭酒，歷充庚午雲南、乙亥江西、丙子浙江鄉試正副考官，甲戌、庚辰會試同考官，江蘇學政，任滿假歸修墓，因病陳請開缺。其在史館，編成東華録六百三十卷，使薄海内外仰見列聖謨烈，承顯彌昭。督學江蘇，奏刊皇清續經解一千四百三十卷、南菁書院叢書一百四十四卷，尤能昌明經術，俾宏儒效。歸里以後，歷主城南嶽麓書院，務以經典導迪，造成純懿之材。迨學堂初開，則又力挽澆漓，講明正學，既設師範館以研究教旨，復設簡易小學十餘處，以養正童蒙。禆益學風，良非淺鮮。三十二年，升任湖北按察使梁鼎芬以該祭酒覃思經術，忠愛敢言，著書滿家，士林模楷，稱爲一代大師，奏請擢用。三十三年，故大學士升任湖廣督臣張之洞會同前湖南撫臣岑春蓂，亦以該祭酒學術純正，博通古今，衞道憂時，士林宗仰，咨由學部奏派，充湖南學務公所議長。復經張之洞稱其純正博通，當今山斗，函聘爲存古學堂總教。三十四年，禮部奏纂禮書，聘爲禮學館顧問。各在案。是年，撫臣岑春蓂采進該祭酒所著尚書孔傳參正三十六卷、漢書補注一百卷、荀子集解二十卷、日本源流攷二十二卷。六月初三日，奉上諭：「前國子監祭酒王先謙所著各書，洵屬學有家法，精博淵通，淹貫古今，周知中外。著加恩賞給內閣學士銜，用示嘉獎宿儒之至意。欽此。」是該祭酒學術純正，早在先皇睿鑒之中。宣統二年，因飢民滋事案內，被已革湖廣督臣瑞澂誤劾鐫級，當時寃之。辛亥以來，遯居窮鄉，絕迹城市，流離顛沛，不忘朝廷。憂憤既深，以九年十一月二十六日在鄉病故。所著書籍除岑春蓂采進四種外，尚有詩三家義集疏二十八卷、釋名疏證補八卷、後漢書集解百二十卷、新舊唐書合注二百五十卷、元史拾補十卷、合校水經注四十卷、外國通鑑三十三卷、五洲地理志略三十六卷、莊子集解八卷、校正鹽鐵論十卷、世說新語八卷、虛受堂文集十五卷、詩集十九卷、續古文辭類纂三十四卷、駢文類纂四十四卷、律賦類纂十四卷。而詩三家義集疏一種，尤爲有益聖經。三家在西漢，本皆立於學官，非毛傳所得比肩。自鄭康成爲毛作箋，三家遂佚。該祭酒於千載後網羅殘缺，折衷異同，使西漢遺經，還爲完籍。重以義據精確，家法犂然，其功視孔氏正義殆不多讓。合之曩進尚書孔傳參正及荀子集解二種，揆諸國朝史例，實屬有光儒林。臣查漢書儒林傳，諸傳經博士，莫不稱述師說，貢之於朝。臣自愧學無所成，不足揚扢皇風，惟該祭酒係臣業師，既承授以遺經，未忍斯文之墜。茲特將所著詩三家義集疏裝潢成帙，恭呈乙覽。固爲表章師儒起見，似於典學之暇，亦不無裨助於萬一。

所有恭進業師遺著緣由，理合呈請代奏，仰祈皇上聖鑒訓示。謹呈。

南書房覆奏稿

發下内閣學士銜降調國子監祭酒王先謙詩三家義集疏二十八卷，臣等公同閱看。伏查孟子説詩，謂「不以文害辭，不以辭害志，以意逆志，是爲得之。」是詩至戰國，已無確解。西漢之時，齊魯韓三家並列學官，蓋以去古未遠，師承有自，未容偏廢也。毛傳既出，鄭康成爲之作箋，三家之傳遂微。其散見於各家所徵引者，吉光片羽，搜采爲難，學者憾焉。王先謙於千載後網羅散佚，獨具苦心，使西漢經師遺言奥旨，萃於一編，朗若列眉，嘉惠來學，實非淺鮮。至其折衷異同，義據精確，尤爲有益詩學，堪以留備乙覽。再查王先謙生平著述，不下千卷。光緒三十四年，前撫臣岑春蓂采進所著尚書孔傳參正三十六卷、漢書補注一百卷、荀子集解二十卷、日本源流攷二十二卷，奉旨賞給内閣學士銜。嗣因飢民滋事案内，被已革湖廣督臣瑞澂誤劾鐫級，士林寃之。辛亥以後，遁迹窮鄉，不問世事，今其身故已久，可否加恩開復降調處分，以示奬勸之處，出自聖裁，臣等未敢擅便。謹奏。

勘誤表

本書此次重印，共挖改錯誤三百餘處，惟限於版面，有十幾處無法修正，謹列爲此勘誤表，請讀者諒察。

頁碼	行數	誤	正
107	倒3	兼言姪娣	兼言「姪娣恨悔」，統詞也
107	倒2—3	「恨悔」，統詞也	應刪
115	倒7	原貌。	衣原貌。
118	8行	曲禮注言，子者通男女。	曲禮注：「言子者，通男女。」
166	倒3	摽有梅	摽有梅釋文
183	9	下文注既知，似先祖之德尚作『似』字，	下文注『既知似先祖之德』尚作『似』字，
199	倒3		自「王事適我」另起段

頁碼	行數	誤	正
200	4		「我入自外」與上段接排
216	2	邶鄘衛柏舟弟四	應刪。案：底本有此一行文字，當爲衍文。王氏據漢志以三家詩邶鄘衛爲一卷，且後又有「王黍離弟四」，故知爲衍文。
222	倒6	燕居惟纚笄，總舉笄，可以包纚總也。	燕居惟纚、笄、總，舉笄，可以包纚、總也。
222	倒7	先鄭云追冠爲衡維持冠者，	先鄭云追，冠名。衡，維持冠者，
254	10		「彼姝者子」與上段接排
254	倒5		自「孑孑干旟」另起段
293	4		「匪我愆期」與上段接排
318	倒3		自「君子于役，不日不月」另起段
396	9		「舞則選兮」與上段接排

頁碼	行數	誤	正
425	倒7	古字	古次字
639	倒1		「樂彼之園」與上段接排
666	8	自，從也	自口，自，從也
804	5	詩云「垂帶如厲」，	詩云：『垂帶如厲。』